Tina

Droemer
Knaur®

Maeve Binchy

Der grüne See

Roman

Aus dem Englischen von
Christa Prummer-Lehmair,
Gerlinde Schermer-Rauwolf
und Robert Weiß,
Kollektiv Druck-Reif

Droemer Knaur

Titel der Originalausgabe: The Glass Lake
Originalverlag: Orion Books Ltd, London

Die Deutsche Bibliothek – CIP-Einheitsaufnahme
Binchy, Maeve:
Der grüne See : Roman / Maeve Binchy. Aus dem Engl. von Christa Prummer-Lehmair ... – München : Droemer Knaur, 1996
ISBN 3-426-19387-6

Dieses Buch wurde auf chlor- und säurefreiem Papier gedruckt.
Die Folie des Schutzumschlags sowie der Einschweißfolie sind PE-Folien und biologisch abbaubar.

Umschlaggestaltung: Andrea Schmidt, München
Satz: Ventura Publisher im Verlag
Druck- und Bindearbeiten: Franz Spiegel Buch GmbH, Ulm
Printed in Germany
ISBN 3-426-19387-6

2 4 5 3 1

Für Gordon,
mit all meiner Dankbarkeit und Liebe

KAPITEL EINS

1952

Kit hatte immer geglaubt, der Papst sei bei der Hochzeit ihrer Eltern dabeigewesen. Denn bei ihr zu Hause hing ein Foto von ihm – von einem anderen Papst, einem, der schon tot war –, und darunter stand, daß Martin McMahon und Helen Healy vor ihm den Kniefall getan hatten. Nie war ihr in den Sinn gekommen, auf dem Hochzeitsbild nachzuschauen. Es war sowieso ein gräßliches Bild, mit all den Menschen, die in diesen unmöglichen Mänteln und Hüten nebeneinanderstanden. Hätte Kit darüber nachgedacht, wäre sie wohl zu dem Schluß gelangt, daß der Papst schon gegangen war, als die Aufnahme gemacht wurde – weil er das Postschiff in Dun Laoghaire erwischen mußte, um zurück nach Rom zu kommen.

Deshalb war es für sie ein ziemlicher Schock, als Mutter Bernard erklärte, daß der Papst niemals den Vatikan verlassen dürfe; nicht einmal ein Krieg könne ihn vom Heiligen Stuhl vertreiben.

»Aber er geht zu Hochzeiten, nicht wahr?« fragte Kit.

»Nur wenn sie in Rom stattfinden.« Mutter Bernard kannte sich aus.

»Er war aber bei der Hochzeit meiner Eltern«, beharrte Kit.

Mutter Bernard musterte die kleine McMahon mit dem schwarzgelockten Wuschelkopf und den strahlend blauen Augen. Keine kletterte schneller über die Mauer, und so mancher Streich auf dem Schulhof ging auf ihr Konto, aber phantasiert hatte sie bis jetzt noch nie.

»Das glaube ich nicht, Katherine«, entgegnete die Nonne und hoffte, daß die Sache damit erledigt wäre.

»Doch, er war da«, widersprach Kit. »Sie haben ein gerahmtes Bild von ihm an der Wand hängen, und da drauf steht, daß er dabei war.«

»Das ist der päpstliche Segen, du Hohlkopf«, erklärte Clio. »Jeder hat ihn … den kriegt man doch nachgeschmissen.«

»Ich wäre dir sehr verbunden, wenn du nicht in solchen Worten vom Heiligen Vater sprechen würdest, Cliona Kelly.« Mutter Bernard war sehr ungehalten.

Doch weder Kit noch Clio lauschten ihren Ausführungen, wie der Papst durch das Konkordat unabhängiger Herrscher seines eigenen winzigen Staates geworden war. Den Kopf dicht über dem Pult und von dem aufgestellten Atlas verdeckt zischte Kit wütend zu ihrer besten Freundin hinüber: »Nenn mich nie wieder Hohlkopf, oder es wird dir leid tun.«

Clio zeigte keine Reue. »Du bist aber ein Hohlkopf. Der Papst bei der Hochzeit deiner Eltern, pah. Ausgerechnet bei *deinen* Eltern!«

»Und warum hätte er nicht zu ihrer Hochzeit kommen sollen …, wenn man ihn rausgelassen hätte?«

»Ach, ich weiß auch nicht.«

Kit spürte, daß etwas unausgesprochen blieb. »Was hat denn mit ihrer Hochzeit, bitte sehr, nicht gestimmt?«

Doch Clio rückte nicht raus mit der Sprache. »Psst, sie guckt.« Und sie hatte recht.

»Was habe ich gerade gesagt, Cliona Kelly?«

»Sie haben gesagt, daß der Name des Heiligen Vaters Pacelli war, Mutter. Daß er so hieß, bevor man ihn Pius den Zwölften nannte.«

Widerwillig nickte Mutter Bernard. Genau das hatte sie gesagt.

»Woher hast du das gewußt?« fragte Kit voller Bewunderung.

»Ich höre immer mit halbem Ohr hin, egal bei was.«

Clio war hellblond und groß, eine glänzende Sportlerin und sehr gut in der Schule. Sie hatte wunderschönes langes Haar. Clio war Kits beste Freundin, und manchmal haßte sie sie.

Auf dem Heimweg versuchte Clios jüngere Schwester Anna oft, sich ihnen anzuschließen, aber sie wurde immer weggescheucht.

»Verschwinde, Anna. Du bist wirklich eine verdammte Nervensäge«, meinte Clio.
»Das sag' ich Mam, daß du auf der Straße fluchst.«
»Mam hat Wichtigeres zu tun, als sich dumme Märchen anzuhören. Hau ab!«
»Du willst ja bloß mit Kit lästern und kichern ...« Anna war gekränkt, daß man sie so barsch abwimmelte. »Ihr tut den ganzen Tag nichts anderes. Neulich hab' ich gehört, wie Mam gesagt hat ... Ich möchte mal wissen, was Clio und Kit nur immer zu lästern und zu kichern haben?«
Darüber mußten sie noch mehr lachen. Hand in Hand rannten sie los und ließen Anna einfach stehen, die das Pech hatte, erst sieben zu sein und keine eigene Freundin zu haben.

Es gab so viel, was man auf dem Heimweg von der Schule unternehmen konnte. Das war das Großartige, wenn man in einem Ort wie Lough Glass wohnte, einem kleinen Städtchen am Ufer eines großen Sees. Es war zwar nicht der größte See von Irland, aber doch ziemlich groß. Man konnte nur an klaren Tagen bis zum anderen Ufer sehen, und überall gab es kleine Zuläufe und Buchten, von denen manche mit Schilf und Binsen überwuchert waren. Man nannte ihn Glas-See, was aber eigentlich ein Übersetzungsfehler war, denn Lough Glass hieß grüner See, das wußte jedes Kind. Doch manchmal sah er wirklich wie ein Kristallspiegel aus.
Es ging die Sage, daß man in die Zukunft sehen könne, wenn man am Abend vor St. Agnes bei Sonnenuntergang in sein Wasser schaute. Doch Kit und Clio glaubten nicht an solche Dinge. Die Zukunft? Die Zukunft war morgen oder übermorgen, und außerdem gab es sowieso schon immer zu viele halbverrückte Mädchen und Jungen, ältere, schon an die Zwanzig, die sich gegenseitig aus dem Weg schubsten, um etwas sehen zu können. Als ob sie irgend etwas anderes zu sehen bekämen als die Spiegelbilder von sich und den anderen!
Ab und an schauten Clio und Kit auf dem Heimweg bei

McMahons Apotheke vorbei und besuchten Kits Vater, wo sie hofften, ein Malzbonbon aus dem Glas angeboten zu bekommen. Oder sie gingen zu dem Holzsteg, der in den See hineinragte, und beobachteten, wie die Fischer mit ihrem Fang hereinkamen. An anderen Tagen streunten sie am Golfplatz herum und hielten nach verlorengegangenen Bällen Ausschau, die sie den Golfern verkaufen konnten.

Zu Hause besuchten sie einander kaum. Denn dort liefen sie Gefahr, daß man sie aufforderte, Hausaufgaben zu machen. Und um dieser Gefahr so lange wie möglich aus dem Weg zu gehen, trödelten die Mädchen nach der Schule herum.

Im Postamt gab es nie viel zu sehen, seit Jahr und Tag lagen die gleichen Sachen im Schaufenster: Abbildungen von Briefmarken, Informationen über Postsparbriefe und Kindersparbücher, ein Aushang mit den Portogebühren für Briefe nach Amerika. Dort hielten sie sich nicht lange auf. Bei Mrs. Hanley im Textilgeschäft hingen manchmal hübsche Fair-Isle-Strickjacken, und mitunter sah man auch ein Paar Schuhe, das einem gefiel. Aber Mrs. Hanley hatte nichts übrig für Schulmädchen, die vor dem Schaufenster herumlungerten und mögliche Kunden verschreckten. Also rauschte sie heraus und scheuchte sie fort wie Hühner.

»So ist's recht. Husch, husch, weg mit euch«, rief sie dann und jagte sie vor sich her.

Danach schlichen sie an Foleys Bar vorbei, aus der ein säuerlicher Geruch nach Porterbier drang; und an Sullivans Autowerkstatt, wo ihnen der alte Sullivan manchmal nachbrüllte, wenn er besoffen war, und damit die Aufmerksamkeit auf sie lenkte. Da McMahons Apotheke gleich gegenüber lag, war das nicht ungefährlich; irgend jemand wurde von dem Geschrei bestimmt aufgeschreckt. Man konnte auch einen Blick in Walls Haushaltswarenladen werfen, falls dort etwas Interessantes eingetroffen war, wie beispielsweise neue scharfe Scheren. Oder sie beobachteten das Central Hotel auf der anderen Straßenseite, wo man mit ein bißchen Glück Gäste kommen oder gehen sah. Normalerweise sah man allerdings nur Phil O'Briens gräßlichen Vater, der jeden finster anstarrte. Bei der Auslage des Fleischers wurde ihnen beiden ein bißchen flau im Magen. Aber bei Dillons konnte man drinnen die Geburtstagskarten anschauen und so tun, als ob man eine kaufen wollte; leider ließen die Dillons sie nie die Comics oder Zeitschriften lesen.

Wenn sie zu den McMahons gegangen wären, hätte Kits Mutter tausend Dinge zu tun gewußt. Sie konnte ihnen zeigen, wie man Butterkekse buk, und Rita, das Hausmädchen, schaute ebenfalls zu. Oder sie ließ sie einen Blumenkasten bepflanzen und erklärte ihnen, wie man Ableger zog. Die McMahons hatten keinen richtigen Garten wie die Kellys, nur einen Hinterhof. Aber der stand voller Topfpflanzen, die die Mauern hochrankten. Kits Mutter hatte ihnen auch Kalligraphie beigebracht, und sie hatten »Frohes Fest« für Mutter Bernard geschrieben. In Schönschrift, die aussah, als stamme sie von einem Mönch. Mutter Bernard bewahrte die Karte noch immer in ihrem Gebetbuch auf. An anderen Nachmittagen zeigte Mrs. McMahon ihnen ihre Sammlung von Zigarettenbildchen und welches Geschenk sie für jedes vollgeklebte Heft bekommen würde.

Doch Clio stellte häufig Fragen wie: »Was tut deine Mutter eigentlich den ganzen Tag, daß sie soviel Zeit für uns hat?« Es klang wie ein Tadel. Als ob ihre Mutter sich wichtigeren Dingen widmen sollte, Teekränzchen etwa wie Mrs. Kelly. Da Kit Clio keine Gelegenheit zum Kritteln geben wollte, lud sie ihre Freundin nur selten zu sich ein.

Am liebsten aber besuchten sie Schwester Madeleine, die Einsiedlerin in der winzigen Kate am See. Schwester Madeleine führte ein recht angenehmes Leben in ihrer Abgeschiedenheit, weil jeder sich um sie kümmerte und sie mit Lebensmitteln und Feuerholz versorgte. Niemand konnte sich erinnern, wann sie eigentlich hergekommen war, um fortan in der alten verlassenen Kate am Ufer zu leben. Die Leute wußten auch nicht genau, zu welchem Orden Schwester Madeleine einst gehört und warum sie ihn verlassen hatte. Doch niemand zweifelte daran, daß sie eine Heilige war.

Schwester Madeleine sah nur das Gute, in Menschen wie in Tieren. Oft erblickte man ihre gebeugte Gestalt, wie sie Krumen für die Vögel ausstreute oder sogar bösartige, zähnefletschende Hunde streichelte. Sie hatte einen zahmen Fuchs, der allabendlich eine Untertasse voll Brot und Milch ausschlecken kam. Und fast immer hatte sie ein Stöckchen zur Hand, um gebrochene Schwingen von Vögeln zu schienen, die sie bei ihren Ausflügen auflas.

Der Pfarrer, Father Baily, und Mutter Bernard hatten sich mit Bruder Healy von der Knabenschule abgesprochen, Schwester Madeleine eher freundlich als mit Mißtrauen zu begegnen. Nach allem, was man in Erfahrung bringen konnte, glaubte sie an den einen wahren Gott und hatte keine Vorbehalte gegen die hiesige Auslegung Seines Willens. Bei der Sonntagsmesse saß sie still in einer hinteren Bank und enthielt sich jeglicher ketzerischer Rede. Und selbst Doktor Kelly, Clios Vater, gab zu, daß Schwester Madeleine von manchen Dingen soviel verstand wie er: von der Geburtshilfe oder wie man Sterbende tröstete. In früheren Zeiten hätte man sie für eine weise Frau oder vielleicht sogar für eine Hexe gehalten, meinte er. Unbestritten verstand sie es, Umschläge zu machen und die Wurzeln und Beeren zu nutzen, welche üppig rund um ihr kleines Heim sprossen. Und da sie nie über andere Leute sprach, wußte man seine Geheimnisse bei ihr gut aufgehoben.

»Was sollen wir ihr mitbringen?« fragte Kit. Niemand ging je mit leeren Händen zu Schwester Madeleine.

»Sie sagt doch immer, man soll ihr nichts schenken.« Clio dachte praktisch.

»Ja, schon, das sagt sie.« Kit hielt es dennoch für richtig, ihr etwas mitzubringen.

»Wenn wir bei deinem Dad im Laden vorbeigehen, gibt er uns bestimmt etwas für sie.«

»Nein, er wird uns auf der Stelle nach Hause schicken«, erwiderte Kit. Das war ein Risiko, das sie nicht eingehen durften. »Wir könnten ihr einen Blumenstrauß pflücken.«

Clio war skeptisch. »Na ja, wachsen denn nicht genug Blumen bei ihr ums Haus?«
»Ich weiß was!« Kit hatte einen Geistesblitz. »Rita kocht gerade Marmelade ein. Wir nehmen ein Glas mit.«
Was allerdings bedeutete, daß man sich nach Hause wagen mußte, denn Rita war das Hausmädchen der McMahons. Aber die Marmeladengläser standen zum Auskühlen auf dem Fensterbrett, man konnte einfach von draußen eins stibitzen. Das schien ihnen doch der weitaus sicherste Weg, zu einem Geschenk für die Einsiedlerin Schwester Madeleine zu kommen, ohne ein elterliches Verhör zu riskieren.
Die McMahons wohnten in der Hauptstraße von Lough Glass über der Apotheke. Man konnte über die Vordertreppe neben dem Laden oder von hinten her ins Haus gelangen. Niemand war in der Nähe, als Kit in den Hof und die Hintertreppe hinauf schlüpfte. Zwar hing Wäsche auf der Leine, aber von Rita war weit und breit nichts zu sehen.
Auf Zehenspitzen schlich Kit zu dem Fensterbrett, wo in Gefäßen aller Formen und Größen die Marmelade stand. Sie schnappte sich eins der ganz normalen Gläser. Das würde man am wenigsten vermissen.
Doch da sah sie durchs Fenster eine Gestalt, und der Schreck fuhr ihr in alle Glieder: Ihre Mutter saß, reglos und mit abwesendem Ausdruck, am Tisch. Doch weder hatte sie Kit gehört, noch schien sie sonst irgend etwas von ihrer Umgebung wahrzunehmen. Entsetzt sah Kit, wie ihrer Mutter Tränen über die Wangen rollten, die sie nicht einmal abwischte.
Leise schlich sie wieder zurück.
Clio wartete am Hintertürchen. »Hat dich jemand gesehen?« fragte sie.
»Nein.« Kit war kurz angebunden.
»Was ist denn los?«
»Nichts ist los. Du denkst immer, daß irgendwas los ist, wenn überhaupt nichts los ist.«
»Weißt du, Kit, du wirst allmählich genauso eine Nervensäge wie

die blöde Anna. Meine Güte, sei froh, daß du keine Schwester hast.« Clio stieß einen tiefen Seufzer aus.

»Ich habe Emmet.«

Doch beide wußten, daß Emmet nicht zählte. Denn Emmet war ein Junge, und Jungen hingen einem nicht ständig am Rockzipfel, um in irgendwelche Geheimnisse eingeweiht zu werden. Nein, um nichts in der Welt hätte sich Emmet zusammen mit Mädchen erwischen lassen. Er ging seiner eigenen Wege und focht seine eigenen Kämpfe aus, und davon nicht wenige, denn er hatte einen Sprachfehler, und die anderen Jungen äfften sein Stottern nach. »Emm ... Emm ... Emmemm ... Emmet«, so riefen sie ihn. Emmet blieb nie eine Antwort schuldig. »Wenigstens bin ich nicht der Schultrottel«, rief er zurück; oder: »Dafür stinken meine Schuhe nicht nach Schweinestall.« Leider dauerte es sehr lange, bis er diese Antworten über die Lippen brachte, und oft hatten sich seine Peiniger in der Zwischenzeit verdrückt.

»Worüber ärgerst du dich?« ließ Clio nicht locker, als sie den Weg zum See einschlugen.

»Ich nehme an, daß dich irgendwer einmal heiraten wird, Clio. Aber der muß sehr viel Geduld haben und am besten stocktaub sein.« Kit McMahon würde sich unter gar keinen Umständen von ihrer besten Freundin Clio aus der Nase ziehen lassen, wie sehr sie der Anblick ihrer weinenden Mutter aus der Fassung gebracht hatte.

Schwester Madeleine freute sich sehr, sie zu sehen.

Ihr Gesicht war von Wind und Wetter gegerbt; das Haar trug sie unter einem kurzen schwarzen Schleier verborgen – eher einem Mittelding zwischen Schleier und Kopftuch. Vorne spitzten ein paar graue Haare heraus, anders als bei den Nonnen in der Schule, die überhaupt keine Haare hatten. Diese wurden ihnen geschoren und für Perücken verkauft.

Schwester Madeleine war steinalt. Kit und Clio wußten nicht, wie alt genau, aber auf jeden Fall sehr, sehr alt. Ganz sicher älter als ihre Eltern. Und älter als Mutter Bernard. Fünfzig oder sechzig oder siebzig. Man konnte es nicht sagen. Clio hatte sie einmal gefragt. Sie erinnerten sich nicht mehr genau, was Schwester Madeleine erwidert hatte, aber ganz bestimmt hatte sie die Frage nicht beantwortet. Sie hatte so eine Art, von etwas ganz anderem zu sprechen ... etwas, das nur am Rande mit der gestellten Frage zusammenhing, so daß man nicht das Gefühl hatte, taktlos gewesen zu sein. Aber es brachte einen kein bißchen weiter.

»Ein Glas Marmelade«, freute sich Schwester Madeleine wie ein kleines Kind, das ein Fahrrad geschenkt bekommt. »Man kann sich nichts Besseres wünschen ... wie wär's mit Tee für uns?«

Eine Teestunde dort war aufregend, nicht langweilig wie zu Hause. Es gab ein offenes Feuer, darüber hing an einem Haken ein Kessel. Die Leute hatten Schwester Madeleine in der Vergangenheit immer wieder kleine Öfchen und Kochplatten gebracht, aber sie hatte sie stets an weniger vom Schicksal Begünstigte weiterverschenkt. Zwar schaffte sie es, daß niemand ihr wegen dieser Weiterverwertung böse war, aber man wußte nun, daß alles, was man ihr zu ihrer eigenen Bequemlichkeit überließ – wie ein Teppich oder ein Kissen – im Wohnwagen einer Landfahrerfamilie oder bei sonst jemandem landete, der es dringender benötigte. So waren die Einwohner von Lough Glass dazu übergegangen, der Einsiedlerin nur noch zu schenken, was sie zum Leben brauchte.

Ihre Kate war so schlicht und karg eingerichtet, als ob sie gar nicht bewohnt wäre: keine Habseligkeiten, keine Bilder an der Wand, nur ein einfaches Holzkreuz. Es gab Becher und eine Kanne Milch, die ihr jemand im Lauf des Tages vorbeigebracht haben mußte. Und auch einen Laib Brot, von einer anderen freundlichen Seele gebacken. Sie schnitt ein paar Scheiben herunter und strich Marmelade darauf, als bereite sie ein Festmahl zu.

Noch nie hatte Clio und Kit ein Marmeladenbrot so gut geschmeckt. Kleine Enten watschelten im Sonnenlicht zur Tür herein, und Schwester Madeleine stellte ihren Teller auf den Boden, damit sie die Brösel aufpicken konnten. Hier war es immer so

friedlich; selbst die ruhelose Clio sprang nicht ständig auf und rannte herum.
»Erzählt mir, was ihr heute in der Schule gelernt habt. Ich brauche Nahrung für meinen Verstand«, bat Schwester Madeleine.
»Wir haben gelernt, daß Kit McMahon geglaubt hat, der Papst höchstpersönlich sei bei der Hochzeit ihrer Eltern dabeigewesen«, antwortete Clio. Schwester Madeleine wies einen nicht zurecht und sagte auch nie, man sei gemein oder rücksichtslos, aber oft merkten es die Leute in ihrer Gegenwart von selbst. Auch Clio fiel auf, daß sie das Falsche gesagt hatte. »Natürlich ist das ein Irrtum, der jedem mal passieren kann«, brummte sie.
»Vielleicht besucht der Papst ja eines Tages Irland«, meinte Schwester Madeleine.
Sie versicherten ihr, daß dies niemals geschehen könne. Es hatte mit einem Vertrag zu tun. Der Papst hatte versprochen, im Vatikan zu bleiben und nicht wie die Päpste in früheren Jahrhunderten auszuziehen und Italien zu erobern. Allem Anschein nach glaubte Schwester Madeleine ihren Worten.
Dann erzählten sie ihr Neuigkeiten aus Lough Glass und wie der alte Mr. Sullivan droben von der Werkstatt mitten in der Nacht im Schlafanzug herausrannte und nach Engeln haschte. Er behauptete, er müsse vor Morgengrauen so viele wie nur möglich fangen, und klopfte an fremde Türen, um nachzufragen, ob sich drinnen vielleicht Engel versteckt hielten.
Das interessierte Schwester Madeleine. Sie fragte sich, was er wohl geträumt hatte, daß er derart überzeugt von seiner Aufgabe war.
»Er ist eben total plemplem«, erklärte Clio.
»Nun ja, ich denke, wir sind alle ein bißchen verrückt. Das ist es, was uns davor bewahrt, einander allzu ähnlich zu werden, so wie Erbsen in einer Schote.«
Sie halfen ihr abspülen und die Reste vom Tee wegzuräumen. Als Kit den Küchenschrank aufmachte, sah sie noch ein Marmeladenglas, genau so eins, wie sie auch mitgebracht hatte. Vielleicht war ihre Mutter heute hiergewesen. Wenn ja, dann hatte Schwester

Madeleine nichts davon erzählt, wie sie auch niemandem von Clios und Kits Besuch erzählen würde.
»Sie hatten ja schon Marmelade«, sagte Kit.
Doch Schwester Madeleine lächelte nur.

Seit Kit denken konnte, gab es im Haushalt der McMahons den Tee um Viertel nach sechs. Dad schloß die Apotheke gegen sechs, doch nie auf die Minute pünktlich. Denn immer war noch jemand da, der wegen einer Flasche Hustensaft gekommen war, oder ein Bauer, der für seine Schafe oder Rinder Markierungsfarbe brauchte. Es ging einfach nicht, daß man die Leute drängte. Schließlich war eine Apotheke auch ein Ort, an dem man über einige der großen Geheimnisse des Lebens philosophierte – wie über die eigene Gesundheit oder das Wohlergehen eines Familienmitglieds. Es war kein Besuch, den man auf die leichte Schulter nahm.
Kit hatte ihre Mutter schon oft fragen hören, warum sie nicht im Geschäft mitarbeiten könne. Es wäre ein vernünftiger Vorschlag, argumentierte sie. Wenn die Leute Monatsbinden oder Stilleinlagen kauften, würden sie sich lieber von einer Frau bedienen lassen. Und dann war da noch die Schönheitspflege. Vertreter der verschiedenen Kosmetikfirmen gaben sich in den Landapotheken die Klinke in die Hand, um ihre Wundermittel dort an die Frau zu bringen. Es verging keine Woche, in der ihnen nicht jemand von Ponds, Coty, Dawn oder Max Factor einen Besuch abstattete.
Aber Martin McMahon zeigte wenig Interesse an diesem Geschäftszweig. »Lassen Sie einfach was da«, sagte er und orderte teure Badeseifen oder ein ganzes Lippenstiftsortiment.
Die Sachen wurden dann lieblos eingeräumt, verblichen häufig im Schaufenster und wurden niemals verkauft. Doch Kits Mutter sagte, die Frauen von Lough Glass seien auch nicht anders als anderswo: Sie würden gern so gut wie nur möglich aussehen. Die Kosmetikfirmen boten Kurzlehrgänge an, damit die Apothekengehilfinnen lernten, wie die Produkte am besten präsentiert wur-

den und wie die Kundinnen sie zu ihrem Vorteil nutzten. Doch Kits Vater blieb hart. Sie würden Leuten, die es sich nicht leisten konnten, doch nicht Schminke, Puder oder sonstige Zaubermittel aufschwatzen, die ewige Jugend versprachen …

»Das habe ich auch nicht vor«, hatte Helen McMahon oft eingewandt. »Ich würde ja nur lernen, wie man das Beste aus sich machen kann, und ihnen Ratschläge geben.«

»Sie wollen keine Ratschläge«, entgegnete ihr Mann. »Und sie wollen auch nicht in Versuchung geführt werden. Sehen sie nicht gut aus, so wie sie sind? … Und außerdem, sollen denn die Leute denken, daß meine Frau mitarbeiten muß, daß ich den Lebensunterhalt für sie und meine Kinder nicht allein bestreiten kann?« Immer wenn Vater das sagte, lachte er und machte ein drolliges Gesicht.

Vater liebte Späße, er beherrschte Kartentricks und konnte Münzen verschwinden lassen. Mutter lachte nicht so viel, aber sie lächelte Vater an und stimmte ihm normalerweise zu. Und sie beklagte sich nicht wie Clios Mutter, wenn er mal länger arbeitete oder mit Doktor Kelly in Paddles' Bar einen heben ging.

Mutter würde gern in der Apotheke arbeiten, überlegte Kit, aber ihr war klar, daß es sich für Leute ihres Standes nicht schickte, wenn der Mann seine Frau arbeiten gehen ließ. Höchstens Frauen wie die verwitwete Mrs. Hanley, die das Textilgeschäft führte, oder Mona Fitz, die unverheiratete Postmeisterin, oder Mrs. Dillon, deren Mann trank, standen in einem Laden. So war das eben in Lough Glass, und auch sonst überall.

Als sie von Schwester Madeleine nach Hause liefen, wollte Kit das Bild ihrer tränenüberströmten Mutter nicht aus dem Kopf gehen. Langsam, beinahe unwillig stieg sie die Stufen hinauf; sie wollte lieber nicht hinein und erfahren, daß etwas passiert war. Vielleicht waren es ja wirklich schlimme Nachrichten. Doch was konnte es sein?

Dad ging es gut; er schloß gerade die Apotheke ab. Emmet war wohlbehalten zu Hause angelangt, nachdem er sich im Dreck gewälzt hatte – oder was er sonst nach der Schule trieb. Mit der

Familie konnte es also nichts zu tun haben. Wie auf Eiern ging Kit in die Küche, wo die Familie beim Essen saß. Alles war ganz normal. Höchstens, daß die Augen ihrer Mutter ein bißchen glänzten, aber das sah man nur, wenn man sehr genau hinschaute. Sie trug jetzt ein anderes Kleid; offensichtlich hatte sie sich umgezogen.

Mutter sah immer wunderschön aus, beinahe wie eine Spanierin. Jemand hatte ihnen einmal eine Ansichtskarte mit dem Bild einer Flamencotänzerin aus Spanien geschickt, auf der das Kleid aus echtem Stoff war, nicht nur fotografiert. Kit fand immer, daß die Frau mit ihrem zum Knoten aufgesteckten langen Haar und den großen dunklen Augen genau wie Mutter aussah.

Dad war bester Laune, also konnte es keinen Krach oder dergleichen gegeben haben. Er lachte und erzählte, wie der alte Billy Sullivan heute bei ihm Melissengeist kaufen war. Nachdem er in keinem anderen Geschäft, das Alkohol führte, mehr bedient wurde, hatte er plötzlich seine Rettung in Gestalt von Melissengeist entdeckt. Dad gab eine großartige Parodie von einem Mr. Sullivan, der versuchte, nüchtern zu wirken.

»Wahrscheinlich sieht er deshalb Engel – weil er trinkt«, überlegte Kit.

»Der Himmel weiß, was er nach dem Melissengeist sehen wird«, erwiderte ihr Vater reumütig. »Ich mußte ihm weismachen, daß er die letzte Flasche erwischt hat und ich das Zeug nicht mehr besorgen kann.«

»Aber das ist eine Lüge«, sagte Emmet.

»Ich weiß, mein Sohn, aber entweder belüge ich ihn, oder der arme Kerl liegt auf der Straße und brüllt sich die Seele aus dem Leib.«

»Schwester Madeleine sagt, daß wir alle ein bißchen verrückt sind, daß es das ist, was uns von anderen Menschen unterscheidet«, erzählte Kit.

»Schwester Madeleine ist eine Heilige«, meinte ihre Mutter. »Warst du schon bei ihr, Rita, wegen dieser anderen Sache?«

»Das werde ich noch tun, Mrs. McMahon, ganz bestimmt«, antwortete Rita und stellte eine große Schüssel Käsemakkaroni auf den Tisch.

Obwohl sie in der Küche aßen, achtete Mutter darauf, daß immer schön gedeckt wurde. Statt einer Tischdecke verwendeten sie bunte Platzdeckchen, für die Kasserolle lag ein großer Bastuntersetzer bereit. Und das Essen war mit Petersilie garniert, damit auch das Auge mitaß, wie Mutter sich ausdrückte.

»Schmeckt es denn nicht immer gleich, egal, wie es aussieht, Ma'am?« hatte Rita einmal gefragt.

»Sorgen wir trotzdem dafür, daß es immer hübsch aussieht«, hatte ihre Mutter freundlich erwidert, und inzwischen war es für Rita zur zweiten Natur geworden, die Tomaten in Achtel und die hartgekochten Eier in dünne Scheiben zu schneiden. Kit wußte, daß bei den Kellys die Mahlzeiten nicht annähernd so stilvoll serviert wurden wie bei ihr zu Hause, obwohl sie in einem Eßzimmer aßen. Noch ein Grund, weshalb sie ihre Mutter für etwas Besonderes hielt.

Rita gehörte praktisch zur Familie, ganz anders als das Dienstmädchen der Kellys. Und Emmet liebte Rita, immer wollte er wissen, woher sie kam und wohin sie ging. »Wegen welcher Sache?« fragte er jetzt.

»Sie soll mir beim Lesen helfen.« Rita hatte unverblümt geantwortet, noch bevor man Emmet ermahnen konnte, nicht so neugierig zu sein. »Weißt du, ich habe es in der Schule nie richtig gelernt. Ich war nicht oft genug dort.«

»Wo warst du denn?« Emmet klang neidisch. Wie wundervoll war es, ganz beiläufig erwähnen zu können, daß man die Schule geschwänzt hatte.

»Meistens habe ich mich um ein Baby gekümmert oder Heu eingebracht oder Torf gestochen«, erklärte Rita sachlich. Sie schien nicht verbittert darüber, daß sie nichts hatte lernen können; daß sie jahrelang Kinder hüten und vor ihrer Zeit erwachsen werden mußte; daß sie zu guter Letzt fremde Kinder hütete und in fremde Häuser putzen ging.

Kurz nach dem Tee sah Mr. Sullivan überall Teufel. In der Abenddämmerung entdeckte er, wie sie sich mit Heugabeln bewaffnet in die Häuser entlang der Straße schlichen – auch in das des Apothekers. Vielleicht waren sie ja durch die Dielenbretter oder durch Mauerrisse hereingelangt. Kichernd hörten Kit und Emmet auf dem oberen Treppenabsatz, wie ihr Vater Mr. Sullivan widersprach, während er aus dem Mundwinkel heraus Anweisungen erteilte.

»Es ist alles in Ordnung, Billy. Hier ist kein Teufel außer Ihnen und mir im Raum.

Helen, ruf Peter an, bitte!

Setzen Sie sich, Billy. Kommen Sie, wir reden mal von Mann zu Mann über die Sache.

Sag ihm, wie schlimm es steht, Helen.

Jetzt hören Sie mir mal zu, Billy. Halten Sie mich für einen Mann, der Fremde mit Mistgabeln ins Haus läßt?

Er soll so schnell kommen, wie's geht. Und mit jedem Beruhigungsmittel, das er in eine Spritze kriegen kann.

Sie blieben auf der Treppe sitzen, bis Clios Vater eintraf. Die Schreckensschreie verstummten, die Jagd nach den Teufeln fand ein Ende. Dann hörten sie Dr. Kelly sagen, daß jetzt nur noch die Einweisung in die Anstalt bliebe. Billy sei eine Gefahr für sich selbst und für andere.

»Was wird nun aus der Werkstatt?« fragte Dad.

»Einer von seinen prächtigen Söhnen, die er rausgeworfen hat, wird zurückkommen und sie für ihn weiterführen. Wenigstens hat der Onkel die Jungen zur Schule geschickt. Vielleicht schaffen sie es ja, mehr daraus zu machen als eine Ausnüchterungszelle«, meinte Dr. Kelly, der nicht wie Schwester Madeleine der Ansicht war, daß alle Menschen verschieden und deshalb etwas Besonderes seien.

Emmet hatte das Kinn auf die Hände gestützt. Immer wenn er sich fürchtete, kehrte sein Stottern zurück. »Werden sie ihn jetzt einsperren?« fragte er mit großen runden Augen. Er brauchte zehn Anläufe, bis er »einsperren« über die Lippen brachte.

Falls sie jetzt einen Wunsch frei hätte, kam es Kit plötzlich in den Sinn, würde sie sich wünschen, daß Emmet nicht mehr stottern müßte. Manchmal war es ihr Herzenswunsch, langes blondes Haar zu haben wie Clio oder daß Mutter und Vater sich so gut verstehen würden wie Dr. Kelly und Mrs. Kelly. Doch heute abend schien ihr Emmets Sprechvermögen das Wichtigste.

Nachdem man Mr. Sullivan weggebracht hatte, gingen Dad und Clios Vater noch auf ein Bier. Mutter zog sich wortlos ins Wohnzimmer zurück, und Kit sah, wie sie Sachen aufhob und wieder hinlegte, bevor sie in ihr Schlafzimmer ging und die Tür hinter sich schloß.

Kit klopfte an.

»Komm rein, mein Schatz.« Ihre Mutter saß an der Frisierkommode und bürstete sich die Haare. Mit offenem Haar sah sie wie eine Prinzessin aus.

»Ist alles in Ordnung, Mam? Du wirkst ein bißchen traurig.«

Mutter legte ihren Arm um Kit und zog sie an sich. »Mir geht es gut, wirklich. Warum meinst du, daß ich traurig bin?«

Kit wollte ihr nicht erzählen, was sie durchs Küchenfenster beobachtet hatte. »Nun, dein Gesicht.«

»Na ja, wahrscheinlich bin ich auch traurig über manche Dinge – daß der alte Narr in einer Zwangsjacke für den Rest seiner Tage ins Irrenhaus gebracht wird, weil er sich beim Trinken nicht beherrschen kann. Und über Ritas selbstsüchtige, habgierige Eltern, die vierzehn Kinder in die Welt gesetzt haben und die älteren die jüngeren aufziehen ließen, bis sie alt genug waren, daß man sie als Mägde und Knechte beschäftigen und ihnen den halben Lohn abknöpfen konnte ... Aber ansonsten geht es mir gut.«

Zweifelnd betrachtete Kit das Spiegelbild ihrer Mutter.

»Und du, meine kleine Kit? Geht es dir gut?«

»Nein, nicht ganz. Nicht richtig gut.«

»Was hättest du denn gern?«

»Ich wär' gern schneller von Begriff«, sagte Kit. »Ich würde die Dinge gern auf Anhieb verstehen, so wie Clio. Und dann wäre ich gern blond und möchte gleichzeitig reden und zuhören können. Und größer möchte ich sein.«

»Wahrscheinlich wirst du mir jetzt nicht glauben, wenn ich dir sage, daß du zwanzigmal so schön bist wie Clio und viel intelligenter dazu.«

»Oh, Mam, das stimmt nicht!«

»Doch, Kit, ich schwöre es. Clio hat Stil. Ich weiß nicht, woher es kommt, aber sie schafft es, das Beste aus sich zu machen. Schon mit zwölf weiß sie genau, was ihr steht und wie man lächeln muß. Das ist alles. Sie ist nicht schön, so wie du. Vergiß nicht, du hast meine Wangenknochen, Clio hat nur die von Lilian.«

Sie lachten, zwei Frauen, die sich mit Verschwörermiene zublinzelten. Denn Mrs. Kelly hatte ein Vollmondgesicht und ganz und gar keine Wangenknochen.

Rita ging nun an jedem Donnerstag, ihrem halben freien Tag, zu Schwester Madeleine. Wenn jemand anderer ebenfalls vorbeikam, erklärte Schwester Madeleine: »Rita und ich lesen gerade ein paar Gedichte. Das machen wir oft am Donnerstag.« Es war ein taktvoller Hinweis, daß diese Zeit Rita gehörte, und die Leute lernten, das zu respektieren.

Rita buk süße Brötchen, oder sie brachte einen halben Apfelkuchen mit. Dann tranken sie zusammen Tee und beugten sich über die Bücher. Wochen verstrichen, und als der Sommer nahte, strahlte Rita ein neues Selbstbewußtsein aus. Jetzt konnte sie lesen, ohne mit dem Finger jedes Wort entlangzufahren; die schwierigsten Wörter erkannte sie aus dem Textzusammenhang. Es wurde Zeit für den Schreibunterricht, und Schwester Madeleine überreichte Rita einen Füllfederhalter.

»Das kann ich nicht annehmen, Schwester. Den hat man doch Ihnen geschenkt.«

»Nun, wenn er mir gehört, kann ich doch damit machen, was ich will.«

Schwester Madeleine behielt kaum ein Geschenk länger als vierundzwanzig Stunden.

»Na ja, dann könnte ich ihn mir vielleicht leihen, für längere Zeit?«
»Ich leihe ihn dir für den Rest deines Lebens«, erwiderte Schwester Madeleine.
Sie quälten sich nicht mit langweiligen Schönschreibübungen; statt dessen schrieben Rita und Schwester Madeleine über Lough Glass und den See und den Wechsel der Jahreszeiten.
»Demnächst kannst du deiner Schwester nach Amerika schreiben«, meinte Schwester Madeleine.
»Nein, keinen echten Brief, nicht an eine wirkliche Person.«
»Warum denn nicht? Ich sage dir, der ist bestimmt nicht schlechter als jeder andere Brief, den sie aus diesem Teil der Welt bekommt.«
»Wird es sie überhaupt interessieren, was ich von hier schreibe?«
»Sie wird so glücklich darüber sein, etwas von zu Hause zu erfahren, daß man ihre Dankesrufe fast über den ganzen Atlantik hören wird.«
»Ich habe noch nie Post bekommen. Ich möchte nicht, daß sie oben bei den McMahons denken, ich zählte mich jetzt zu den Leuten, denen man schreibt.«
»Sie könnte dir ja hierher schreiben.«
»Bringt denn der Briefträger Post bis zu Ihnen, Schwester Madeleine?«
»Tommy Bennet ist der netteste Mann auf der Welt. Er kommt dreimal die Woche mit Briefen zu mir; bei Wind und Wetter fährt er mit seinem Fahrrad hier runter und trinkt eine Tasse Tee mit mir.«
Sie sagte nicht, daß Tommy nie ohne ein Scherflein für ihre Vorratskammer kam. Oder daß sie ihm behilflich gewesen war, seine Tochter schnell und ohne Aufsehen in ein Heim für ledige Mütter zu verfrachten, so daß dieses Geheimnis den neugierigen Augen und Ohren von Lough Glass verborgen geblieben war.
»Soviel Post bekommen Sie?« staunte Rita.
»Die Menschen sind sehr lieb. Sie schreiben mir oft«, sagte Schwester Madeleine, nicht weniger erstaunt.

Clio und Kit hatten schon in sehr jungen Jahren schwimmen gelernt. Damals hatte sich Dr. Kelly bis zum Bauchnabel ins Wasser gestellt, um es ihnen beizubringen. Denn als junger Medizinstudent hatte er einmal drei tote Kinder aus dem Glas-See ziehen müssen, die im seichten Wasser ertrunken waren, nur weil sie nicht schwimmen konnten. Er hatte sich sehr darüber geärgert – und über die dumpfe Schicksalsergebenheit von Menschen, die am Rande eines Gefahrenherds lebten und dennoch keine Vorsichtsmaßnahmen trafen.
Wie die Fischer in Westirland, die sich in zerbrechlichen Nußschalen zum Fischen hinaus auf den tosenden Atlantik wagten. Alle trugen sie unterschiedliche Pullover, damit man wußte, zu welcher Familie einer gehörte, wenn man seinen leblosen Körper aus dem Wasser zog. Jede Familie hatte ihr eigenes Strickmuster. Kompliziert und pervers, fand Dr. Kelly. Warum brachten sie den jungen Fischern nicht einfach das Schwimmen bei?
Also hatte man die kleinen Kellys und McMahons, kaum daß sie laufen konnten, ans Seeufer mitgenommen. Andere Familien folgten diesem Beispiel: Schließlich war der Arzt eine Autorität im Ort. Auch der kleine Philip vom Hotel und die Hanley-Mädchen lernten schwimmen. Wie vorauszusehen war, hatte der alte Sullivan von der Werkstatt dem Arzt allerdings geraten, die Pfoten von anderer Leute Kinder zu lassen. Stevie und Michael konnten wahrscheinlich heute noch nicht schwimmen.
Peter Kelly hatte fremde Länder bereist, in denen Seen wie dieser Touristenattraktionen waren – Schottland beispielsweise. Menschen besuchten Orte oft nur, weil ein See dort war. Auch in der Schweiz, wo er und Lilian die Flitterwochen verbracht hatten, wurden Seen geschätzt. Aber im Irland der fünfziger Jahre schien niemand ihre Bedeutung und ihre Möglichkeiten zu erkennen.
Und so hielten ihn die Leute für verrückt, als er sich zusammen mit seinem Freund Martin McMahon ein kleines Ruderboot zulegte. Damit fuhren sie oft gemeinsam hinaus und angelten – nach Barsch, Brasse und Hecht. Große, häßliche Fische. Aber das

Warten, daß einer anbiß, während man in das sich ständig verändernde Gewässer starrte, war ein erholsamer Zeitvertreib.
Die beiden Männer waren schon seit ihrer Kindheit miteinander befreundet. Sie kannten die Verstecke in Schilf und Binsen, wo Moorhühner brüteten und ab und zu sogar Schwäne Unterschlupf suchten. An manchen Tagen hatten sie Gesellschaft auf dem Wasser, wenn sie zum Angeln hinausruderten, da einige wenige Einheimische ihre Leidenschaft teilten; doch normalerweise dümpelten auf dem Lough Glass sonst nur Lastkähne, die Tierfutter oder landwirtschaftliches Gerät von einem Seeufer zum anderen übersetzten.
Die Höfe waren so eigentümlich aufgeteilt, daß ein Bauer oft am schnellsten über den Wasserweg zu seinen weitverstreuten Äckern gelangte. Noch eine irische Besonderheit, pflegte Peter Kelly oft zu sagen, daß wir es zuwege bringen, uns Müh und Plag, die wir keiner Kolonialmacht verdanken, durch ständige Familienfehden und -streitigkeiten selbst aufzubürden. Martin hatte ein sonnigeres Gemüt. Er glaubte an das Gute im Menschen und besaß eine Engelsgeduld. Keine Situation war für ihn je zu verfahren, um sie nicht mit einem herzlichen Lachen zu entspannen. Martin McMahon fürchtete nur eins – den See.
Stets ermahnte er die Leute – auch Besucher von außerhalb, die in seine Apotheke kamen – zur Vorsicht, wenn sie am Ufer entlangspazierten. Und selbst jetzt, da Clio und Kit längst alt genug waren, allein mit dem Boot hinauszurudern – sie hatten es ein Dutzend Male unter Beweis gestellt –, war Martin jedesmal unruhig. Er gestand es Peter einmal bei einem Bier in Paddles' Bar.
»Mein Gott, Martin! Paß auf, daß du nicht ein altes Weib wirst!«
Doch Martin war nicht beleidigt. »Kann gut sein. Laß mich mal nach weiteren Merkmalen suchen: Mir ist zwar noch kein Busen gewachsen, aber ich muß mich nicht mehr so oft rasieren … Du könntest recht haben, weißt du!«
Liebevoll betrachtete Peter seinen Freund. Mit seiner scherzhaften Antwort kaschierte Martin seine tiefe Besorgnis. »Ich habe sie beobachtet, Martin. Mir liegt genauso viel daran wie dir, daß

ihnen nichts passiert … aber sie sind auf dem Wasser sehr viel vernünftiger als auf dem Land. Das haben wir ihnen eingebleut. Sieh ihnen doch einmal zu, und überzeug dich selbst.«

»Das werde ich. Sie wollen morgen raus. Helen sagt, wir müssen ihnen ihren Freiraum lassen, wir können sie nicht in Watte packen.«

»Helen hat recht«, stimmte Peter zu, und dann debattierten sie, ob sie noch ein Bier trinken sollten oder nicht. Wie immer bei dieser Frage schlossen sie einen Kompromiß und entschieden sich für ein kleines. Was so voraussehbar war, daß Paddles es schon gezapft hatte, als sie es an der Theke bestellen gingen.

»Mr. McMahon, wollen Sie Anna bitte heimschicken«, bat Clio Kits Vater. »Wenn ich es tue, gibt es bloß wieder Streit.«

»Hast du Lust, mit mir spazierenzugehen?« schlug Kits Vater der kleinen Anna vor.

»Ich will auch ins Boot.«

»Ja, ich weiß, aber die zwei sind jetzt große, erwachsene Mädchen, die unter sich sein und ungestört miteinander plaudern wollen. Warum ziehen wir beide nicht los und schauen, ob wir ein Eichhörnchen aufspüren können?« Er zwinkerte den Mädchen im Boot zu. »Ich weiß, daß ich eine alte Glucke bin. Aber es hat mir keine Ruhe gelassen, ich mußte nachschauen kommen, ob alles in Ordnung ist.«

»Na klar doch.«

»Und ihr werdet auch kein Risiko eingehen? Der See ist gefährlich.«

»Daddy, *bitte*!«

Er machte kehrt, und sie sahen, wie Anna murrend hinter ihm hertrottete.

»Er ist sehr nett, dein Vater«, meinte Clio, während sie die Ruder gewissenhaft in die Dollen schob.

»Ja, schon, wenn man überlegt, was für einen Vater man hätte abkriegen können«, pflichtete Kit bei.

»Mr. Sullivan in der Trinkerheilanstalt«, nannte Clio ein Beispiel.

»Tommy Bennet, den biestigen Briefträger.«
»Oder Paddles Burns, den Wirt mit den großen Füßen ...«
Sie lachten über ihr Glück.
»Obwohl sich die Leute wundern, daß dein Vater deine Mutter geheiratet hat«, meinte Clio.
Kit fühlte, wie ihr die Galle hochstieg. »Nein«, ging sie zum Angriff über. »Darüber wunderst nur *du* dich. Kein Mensch außer dir findet das irgendwie merkwürdig.«
»Bleib auf dem Teppich. Ich wiederhole doch nur, was ich gehört habe.«
»Wer sagt so was? Wo hast du so etwas gehört?« Kits Wangen brannten vor Zorn. Sie hätte ihre Freundin Clio am liebsten in den dunklen See gestoßen und ihr den Kopf unter Wasser gedrückt. Kit war selbst überrascht von der Heftigkeit ihrer Gefühle.
»Ach, die Leute reden halt so ...«, entgegnete Clio von oben herab.
»Was reden die Leute?«
»Na ja, daß deine Mutter eben irgendwie anders ist, halt nicht von hier ... wenn du verstehst, was ich meine.«
»Nein, ich verstehe nicht. Deine Mutter ist auch nicht von hier, sie stammt aus Limerick.«
»Aber sie hat hier häufig die Ferien verbracht. Dadurch gehörte sie irgendwie dazu.«
»Meine Mutter ist hierher gekommen, als sie Dad kennenlernte, dadurch gehört sie jetzt auch dazu.« Kit standen Tränen in den Augen.
»Entschuldigung.« In Clios Stimme lag ehrliches Bedauern.
»Wofür?«
»Daß ich gesagt habe, deine Mutter sei nicht von hier.«
Kit aber merkte, daß Clio noch mehr leid tat: Sie hatte mit dem Finger auf eine Ehe gezeigt, die alles andere als vollkommen war.
»Ach, sei doch nicht blöd, Clio. Wen kümmert es schon, was du über meine Mutter sagst oder woher sie kommt. Du kannst einem den letzten Nerv töten. Meine Mutter stammt aus Dublin, und das

ist zwanzigmal interessanter, als in dem doofen alten Limerick geboren zu sein.«
»Klar doch«, stimmte Clio zu.
Die Dämmerung brach herein, aber Kit hatte der erste Sommerausflug auf den See hinaus keinen großen Spaß gemacht und Clio auch nicht. So waren beide erleichtert, als sie nach Hause zurückkehren konnten.

Rita bekam im Juli immer zwei Wochen Urlaub.
»Die Besuche bei Schwester Madeleine werden mir fehlen«, vertraute sie Kit an.
»Komisch, daß man Unterricht vermissen kann«, staunte Kit.
»Tja, das ist wohl, weil ich so etwas nicht kannte. Jeder will eben das, was er nicht hat.«
»Was würdest du denn in den Ferien am liebsten tun?« fragte Kit.
»Nicht nach Hause müssen, wahrscheinlich. Es ist kein Zuhause wie das hier. Meine Mutter schert sich nicht darum, ob ich da bin, außer daß sie natürlich scharf auf mein Geld ist.«
»Na, dann fahr eben nicht hin.«
»Was soll ich denn sonst tun?«
»Kannst du nicht einfach hierbleiben und nicht arbeiten?« schlug Kit vor. »Ich bringe dir dann morgens eine Tasse Tee ans Bett.«
Rita lachte. »Nein, das würde nicht klappen. Aber du hast recht, ich muß nicht unbedingt nach Hause.« Sie meinte, sie würde mit Schwester Madeleine darüber reden. Der Einsiedlerin würde vielleicht etwas einfallen.
Und die Einsiedlerin hatte eine großartige Idee. Mutter Bernard würde bestimmt liebend gern jemanden bei sich im Kloster aufnehmen, der ihr täglich ein paar Stunden beim Großreinemachen half und vielleicht sogar ein paar Wände tünchte. Als Gegenleistung könnte Rita in der Schule wohnen, wo ihr die Nonnen beim Lernen helfen würden.
Sie habe prima Ferien verlebt, erzählte Rita nach ihrer Rückkehr, die schönsten ihres Lebens.
»Du meinst, es hat dir gefallen, bei den Nonnen zu wohnen?«

»Es war einfach wunderbar. Du ahnst ja nicht, wie friedlich es dort ist. Und dann die schönen Gesänge in der Kapelle. Außerdem hatte ich einen Schlüssel und konnte jederzeit in die Stadt ins Kino oder zum Tanzen gehen. Ich habe gut zu essen bekommen, und sie haben mir stundenlang beim Lernen geholfen.«
»Du willst uns doch nicht verlassen, oder?« Kit merkte, wie der Schatten einer Veränderung auf ihr Leben fiel.
Rita war ehrlich. »Nicht, solange ihr noch klein seid und mich braucht.«
»Mam würde tot umfallen, Rita, wenn du gehst. Du gehörst doch zur Familie.«
»Deine Mutter hätte Verständnis dafür, ganz bestimmt. Sie hat sich oft mit mir darüber unterhalten, daß man Gelegenheiten beim Schopf packen muß. Und sie hat mich immer ermutigt, ich sollte mehr aus mir machen. Sie weiß, daß ich eines Tages etwas anderes tun will als nur Böden schrubben.«
Plötzlich schimmerten Tränen in Kits Augen. »Ich habe Angst, wenn du so sprichst. Ich will nicht, daß sich etwas ändert. Alles soll immer so bleiben, wie es ist.«
»Aber so ist es nun mal im Leben. Schau doch nur, wie aus dem kleinen Kätzchen Farouk ein großer Kater geworden ist; dabei hätten wir gerne gehabt, daß er immer ein Kätzchen bleibt. Und denk an die Entenküken von Schwester Madeleine, die eines Tages ausgewachsen waren und davongeschwommen sind. Deine Mutter hätte auch am liebsten, daß du und Emmet klein und niedlich bleiben, aber bald werdet ihr erwachsen sein und sie verlassen. Das ist eben der Lauf der Welt.«
Kit wünschte, es wäre anders, aber sie fürchtete, daß Rita recht hatte.

»Hast du Lust auf eine Bootsfahrt mit mir, Mam?« fragte Kit.
»Um Himmels willen, nein, dafür habe ich keine Zeit. Fahr doch mit Clio raus.«
»Ich habe die Nase voll von Clio. Ich möchte, daß *du* mitkommst. Ich will dir ein paar Stellen zeigen, wo du noch nie gewesen bist.«

»Tut mir leid, Kit, aber es geht nicht.«
»Was tust du eigentlich nachmittags, Mam? Was ist soviel wichtiger, als mit dem Boot rauszufahren?«
Kit fiel nur in den Schulferien auf, wie sehr sich der Tagesablauf ihrer Mutter von dem anderer Mütter unterschied. Clios Mutter fuhr ständig in die Stadt, um dort nach Gardinenstoffen zu schauen oder Kleider anzuprobieren. Oder sie traf sich mit Freundinnen in einem der eleganten Cafés. Mrs. Hanley und Mrs. Dillon arbeiteten in ihren Läden. Und Philip O'Briens Mutter putzte oben in der Kirche das Messing oder steckte Blumen für Father Baily. Es gab Mütter, die regelmäßig zu Mutter Bernard gingen und dort für die verschiedenen Basare und regelmäßigen Wohltätigkeitsveranstaltungen zugunsten der Missionsarbeit des Ordens bastelten.
Doch Kits Mutter tat nichts von alledem. Statt dessen hielt sie sich stundenlang mit Rita in der Küche auf, wo sie zusammen Rezepte ausprobierten und Gerichte verfeinerten – sie verbrachte viel mehr Zeit als andere Mütter mit ihrem Dienstmädchen. Oder sie arrangierte Blätter und Zweige als Zimmerschmuck. Und ihre über zwanzig selbst gerahmten Ansichten vom Lough Glass nahmen eine ganze Wand ein. Noch jeder Besucher hatte sich von dieser Sammlung beeindruckt gezeigt.
Allerdings hatten sie nur selten Besuch.
Und da Mutter schnell und geschickt arbeitete, hatte sie eine Menge Zeit für sich ... wahrlich genug Zeit, um mit Kit eine Ruderpartie zu machen. »Sag«, beharrte Kit, »Wozu hast du *dann* Lust, wenn du schon nicht mit mir rausfahren willst?«
»Ich lebe mein Leben, so gut ich eben kann«, erwiderte ihre Mutter. Und Kit erschrak über den abwesenden Gesichtsausdruck, mit dem Helen McMahon dies sagte.

»Dad, warum haben du und Mutter getrennte Schlafzimmer?« fragte Kit.
Sie hatte sich eine Zeit ausgesucht, in der niemand in die Apotheke kam und sie nicht gestört werden würden. Ihr Vater stand in

seinem weißen Kittel hinter dem Ladentisch, die Brille nach oben geschoben und das runde, sommersprossige Gesicht in angespannter Konzentration. Nur unter der Bedingung, daß sie ihn nicht ablenkte, hatte er Kit erlaubt, auf dem hohen Hocker zu sitzen.
»Wie?« meinte er zerstreut.
Erneut setzte sie zu der Frage an, aber er unterbrach sie: »Ich habe dich schon verstanden, aber warum fragst du?«
»Einfach nur so, Dad.«
»Hast du deine Mutter schon gefragt?«
»Ja.«
»Und?«
»Sie hat gesagt, weil du schnarchst.«
»Also weißt du es bereits.«
»Ja.«
»Noch irgendwelche Fragen, Kit? Oder kann ich jetzt wieder darangehen, unseren Lebensunterhalt zu verdienen, und weiter Pillen drehen?«
»Warum haben du und Mam geheiratet?«
»Weil wir uns liebten, und das tun wir noch immer.«
»Woher hast du das gewußt?«
»So etwas weiß man einfach, Kit. Ich fürchte, das ist keine sehr befriedigende Antwort, aber ich kann es nicht anders erklären. Es war so, daß ich deine Mutter bei Bekannten in Dublin sah und gleich dachte, ist sie nicht wunderschön und reizend und so fröhlich, und wäre es nicht großartig, wenn sie mit mir ausgehen würde. Und das tat sie, immer und immer wieder, und dann habe ich sie gebeten, mich zu heiraten, und sie hat ja gesagt.« Seine Schilderung klang aufrichtig.
Trotzdem war Kit noch nicht überzeugt. »Hat Mam dasselbe empfunden?«
»Nun, mein Schatz, sie muß wohl dasselbe empfunden haben. Denn schließlich stand niemand mit einem dicken Prügel hinter ihr, der ihr befohlen hat: ›Heirate diesen jungen Apotheker aus Lough Glass, der so verrückt nach dir ist.‹ Ihre Eltern waren schon

gestorben; sie hat es also nicht jemand anderem zuliebe getan, nur weil ich eine gute Partie war oder so.«

»Warst du denn eine gute Partie, Daddy?«

»Ich hatte einen sicheren Arbeitsplatz. 1939, als die Welt vor einem neuen Krieg stand und keiner so recht wußte, was werden würde, war ein Mann mit verläßlichem Auskommen auf alle Fälle eine gute Partie. Das ist heute nicht anders.«

»Und warst du überrascht, als sie eingewilligt hat?«

»Nein, mein Liebling, ich war nicht überrascht. Zu dem Zeitpunkt nicht mehr. Wir haben uns geliebt, verstehst du. Nicht so, wie man es im Kino sieht oder worüber du mit deinen Freundinnen kicherst. Aber für uns war es eben so.«

Kit schwieg.

»Was ist los, Kit? Warum fragst du mir Löcher in den Bauch?«

»Ach, nichts, Dad. Du weißt schon, manchmal fängt man eben an, sich Dinge zu fragen … das ist alles.«

»Ich weiß zumindest, wie *du* dazu kommst, dich Dinge zu fragen.« Dabei beließ er es, und Kit mußte nicht weiter darüber nachdenken, was Clio ihr erzählt hatte. Nämlich daß sie zu Hause ein Gespräch belauscht hatte, wo jemand meinte, Martin McMahon habe ja wohl alle Hände voll zu tun, seine Frau in Lough Glass zu halten. Aber das eigentliche Wunder sei, daß sie überhaupt je hierher gekommen war.

»Das erzähle ich dir nur, weil du meine beste Freundin bist«, hatte Clio gesagt. »Ich dachte, du solltest Bescheid wissen.«

»Schwester Madeleine?«

»Ja, Kit?«

»Sie wissen doch, wie man Leute dazu bringt, einem alles zu erzählen?«

»Nun, Kit, sie erzählen mir viel, weil ich nicht viel zu sagen weiß. Was soll ich schon groß erzählen, wo ich doch den ganzen Tag nur Stöckchen sammle und Blumen pflücke und bete?«

»Sagen Ihnen die Leute alle ihre Geheimnisse? Beichten sie Ihnen auch ihre Sünden?«

»Nein, Kit McMahon«, wehrte Schwester Madeleine erschrocken ab. »Weißt du denn nicht ebensogut wie ich, daß wir nur einem geweihten Priester des Herrn, dem Mittler zwischen Gott und den Menschen, unsere Sünden beichten sollen?«
»Aber ihre Geheimnisse verraten sie Ihnen?«
»Also, was du alles wissen willst! Husch, husch, husch ... jetzt sieh dir mal die kleinen Küken da an. Bruder Healy ist ja so ein guter Mensch. Er hat mir ein Gelege gebracht, und alle sind hier neben dem Feuer geschlüpft ... es war wie ein Wunder.« Sie kniete sich auf den Boden, um die jungen Hühnchen von ihrem gefährlichen Erkundungsgang abzubringen und wieder in ihre Strohkiste zu dirigieren.
Aber Kit wollte sich nicht ablenken lassen. »Ich bin heute allein gekommen, weil ...«
»Ach ja, ich habe Clio schon vermißt. Ihr zwei seid dicke Freundinnen, nicht wahr?«
»Ja, und auch wieder nein, Schwester Madeleine. Sie hat mir erzählt, daß die Leute über meinen Vater und meine Mutter reden ... und da habe ich mich gefragt ... ich würde gerne wissen, ob Sie vielleicht ...«
Schwester Madeleine richtete sich auf. Ihr wettergegerbtes, faltiges Gesicht verzog sich zu einem breiten Lächeln, als wollte sie damit alle Befürchtungen Kits zerstreuen. »Bist du denn nicht ein erwachsenes Fräulein von zwölf Jahren, das weiß, daß hier jeder über jeden redet? Die Leute in kleinen Orten tratschen nun einmal ... Davon wirst du dir doch nicht den Tag verderben lassen?«
»Nein, aber ...«
Beim Nein hakte Schwester Madeleine ein. »Na also, wußte ich's doch. Aber es ist schon eine merkwürdige Sache – wenn die Menschen viele, viele Kilometer weit weg in eine große Stadt ziehen, wo sie niemanden kennen und niemand sie kennt, ist es genau umgekehrt. Dann *wünschen* sie sich, die Leute würden sich für sie interessieren und dafür, was sie tun. Wir Menschen sind schon eine komische Gattung ...«

»Es ist ja nur, weil …«, setzte Kit verzweifelt nochmals an. Sie hatte keine Lust, über die menschliche Gattung zu diskutieren. Sie wollte von Schwester Madeleine versichert bekommen, daß alles in bester Ordnung war; daß ihre Mutter weder unglücklich noch zügellos, noch schlecht war – oder was Clio sonst vermutete. Aber ohne Erfolg.

Schwester Madeleine war jetzt richtig in Fahrt. »Ich wußte, daß du meiner Meinung sein würdest. Und weißt du, was noch komischer ist – Tiere sind da viel einfacher. Ich habe keine Ahnung, warum der Herr ausgerechnet uns für etwas Besonderes hält. Dabei ist uns, was Liebe und Güte angeht, das Tierreich weit überlegen.«

Whiskers, der alte Hund, den Schwester Madeleine davor bewahrt hatte, in einem Sack ertränkt zu werden, sah bei diesen Worten auf; wann immer sie etwas Gutes über Tiere sagte, schien der Hund sie zu verstehen. Als ob sich ihre Stimme dabei veränderte. Und wie zur Bekräftigung schlug er kurz an. »Das findet Whiskers auch. Wie geht es eigentlich Farouk, eurem vornehmen Kater?«

»Gut, Schwester Madeleine. Warum besuchen Sie ihn nicht einmal?«

»Du kennst mich doch. Ich gehöre nicht zu den Leuten, die andere zu Hause besuchen. Alles, was ich hören will, ist, daß er gesund und glücklich ist und in Lough Glass herumstolziert wie ein König.«

Da saßen sie nun und plauderten über Farouk und Whiskers und die menschliche Gattung; es wäre unhöflich gewesen, wieder über den Grund zu sprechen, der Kit heute allein den baumbestandenen Weg zu Schwester Madeleine geführt hatte …

»Hallo, Kit, wie geht's, wie steht's?«

»Gut, Mrs. Kelly, danke.«

Lilian Kelly trat zurück, um die Freundin ihrer Tochter genauer in Augenschein zu nehmen: ein sehr hübsches Mädchen mit dunklem Wuschelkopf und erstaunlich blauen Augen. Wahrscheinlich würde sie genauso eine Schönheit werden wir ihre Mutter.

»Sag mal, hast du dich mit Clio in der Wolle?«
»In der Wolle?« Kits blaue Augen blickten allzu unschuldig drein. Und sie wiederholte die Redewendung, als habe sie keinen blassen Schimmer, was sie bedeuten könnte.
»Na ja, bisher wart ihr so unzertrennlich wie siamesische Zwillinge. Doch seit ein paar Wochen scheint ihr euch aus dem Weg zu gehen. Was schade ist, da doch gerade Sommerferien sind.« Sie wartete.
Doch Kit rückte nicht heraus mit der Sprache. »Wir hatten keinen Streit, Mrs. Kelly, ehrlich nicht.«
»Ich weiß. Das hat Clio auch gesagt.« Kit trat von einem Bein aufs andere, sie wollte weg. »Da ja niemand auf seine eigene Mutter hört … vielleicht nimmst du einen Rat von mir an. Du und Clio, ihr braucht einander. Das hier ist ein kleiner Ort; ihr werdet immer froh sein, hier eine Freundin zu haben. Ganz egal, was euch auch über die Leber gelaufen ist, das ist bald vergessen und vorbei. Also, du weißt, wo wir wohnen. Komm doch heute abend vorbei, wie wär's?«
»Genausogut weiß Clio, wo *ich* wohne, Mrs. Kelly.«
»Der Herr bewahre mich vor zwei so halsstarrigen Weibern wie euch. Was wächst da für eine Generation heran …« Gutmütig seufzte Mrs. Kelly und ging von dannen. Kit sah ihr nach. Clios Mutter war eine große und kräftige Frau, die sich praktisch kleidete. Heute trug sie ein geblümtes Baumwollkleid mit weißen Bündchen und weißem Kragen; in der Hand hielt sie einen Einkaufskorb. Eine Mutter wie aus dem Bilderbuch.
Ganz im Gegensatz zu Kits Mutter, die sehr schlank war und sich in leuchtend grüne, kaminrote oder königsblaue flatternde Gewänder hüllte – sie sah eher nach einer Tänzerin als nach einer Mutter aus.

Kit saß auf dem Holzsteg.
Neben ihr schaukelte das festgemachte Boot, aber ein ehernes Gesetz besagte: Keiner fährt je allein raus. Es war schon einmal eine Frau ertrunken, weil sie allein hinausgerudert war. Das war

zwar schon Ewigkeiten her, aber die Leute sprachen immer noch davon. Man hatte ihren Leichnam erst nach über einem Jahr gefunden, und während dieser Zeit spukte ihr Geist am See und klagte: »Sucht im Schilf, sucht im Schilf.« Jeder kannte die Geschichte. Und sie genügte, auch die hartgesottensten Gestalten – selbst die Jungs – davon abzuhalten, allein hinauszurudern.
Neidisch beobachtete Kit, wie ein paar der größeren Jungen von der Klosterschule ein Boot losmachten. Trotzdem würde sie nicht nachgeben und Clio gegenüber so tun, als ob alles in Ordnung wäre. Weil es nicht so war.
Die Tage wurden ihr sehr lang. Sie hatte niemanden, mit dem sie reden konnte. Allein zu Schwester Madeleine zu gehen schien ihr nicht fair zu sein. Denn schließlich waren sie immer gemeinsam dorthin gegangen. Bis auf das eine Mal, als sie etwas herausfinden wollte und Schwester Madeleine bestimmt gewußt hatte, worum es ihr ging. Rita arbeitete die ganze Zeit oder steckte den Kopf in die Bücher. Emmet war noch zu klein, als daß man sich mit ihm hätte unterhalten können. Daddy war immer furchtbar beschäftigt, und Mutter … na ja. Mutter erwartete von ihr, daß sie unbekümmert war und nicht wie eine Klette an ihr hing. Kein Problem, solange sie Clio noch hatte. Mrs. Kelly könnte wirklich recht damit haben, daß sie und Clio einander brauchten.
Aber sie würde ganz bestimmt nicht klein beigeben und zu ihr nach Hause gehen.
Da hörte sie Schritte hinter sich und spürte, wie der Holzsteg vibrierte. Clio. Sie hatte zwei Vollmilchwaffeln in der Hand, ihre Lieblingsnascherei.
»Ich wollte nicht zu dir nach Hause gehen und du nicht zu mir. Aber hier sind wir auf neutralem Boden, oder?«
Kit schwieg. Dann zuckte sie die Achseln. »Wenn du meinst.«
»Wir könnten doch einfach so weitermachen wie vor dem Streit.« Clio wollte klare Verhältnisse schaffen.
»Es gab keinen Streit«, erinnerte sie Kit.
»Ja, ich weiß. Aber ich habe was Blödes über deine Mutter gesagt.«
Schweigen. Bis Clio weitersprach: »Die Wahrheit ist, daß ich

neidisch war, Kit. Ich hätte liebend gern eine Mutter, die aussieht wie ein Filmstar.«
Kit streckte die Hand nach der Vollmilchwaffel aus. »Da du jetzt hier bist, könnten wir mit dem Boot raus«, schlug sie vor.
Der Streit, den es nie gegeben hatte, war vorbei.

Während der Ferien pflegte Bruder Healy dem Kloster alljährlich einen Besuch abzustatten, um sich mit Mutter Bernard zu besprechen. Sie hatten immer viele Dinge zu klären und kamen dabei recht einvernehmlich miteinander aus. Da gab es den Lehrplan für das nächste Schuljahr; die Schwierigkeit, Hilfslehrer zu bekommen, die sich ebenso hingebungsvoll ihrer Aufgabe widmeten; das gräßliche Problem mit diesen ungezogenen wilden Rangen, die das Treiben auf der Kinoleinwand dem wirklichen Leben, wie es in Irland gelebt werden sollte, vorzogen. Sie koordinierten die Stundenpläne, damit Jungen und Mädchen zu unterschiedlichen Zeiten Schulschluß hatten und die beiden Geschlechter möglichst selten zusammentrafen, da dies nur zu überflüssigen Vertraulichkeiten führte.
Bruder Healy und Mutter Bernard waren inzwischen so gute alte Freunde, daß sie sich gelegentlich sogar zu kleinen Lästereien hinreißen ließen, wie zum Beispiel über Father Baileys überlange Predigten. Der Mann mußte sich wirklich gern reden hören, überlegten sie. Oder diese schwärmerische Liebe der Kinder zu dieser schwierigen Schwester Madeleine. Irgendwie war es doch höchst ärgerlich, daß diese seltsame Frau, über deren Herkunft nur wirre Gerüchte im Umlauf waren, in den Herzen und Köpfen des Nachwuchses von Lough Glass so großen Raum einnahm. Die Gören würden buchstäblich alles für sie tun. Begeistert sammelten sie Briefmarken, Silberpapier und Brennholz für sie. Und als Bruder Healy im Klassenzimmer auf eine Spinne getreten war, hatten die Jungen angesichts dieses Frevels beinahe den Aufstand geprobt – dieselben Burschen, die noch vor ein paar Jahren nur zum Spaß den Fliegen die Flügel ausgerissen hatten.
Schwester Madeleine sei viel zu nachsichtig für diese Welt, fand

Mutter Bernard; sie wisse anscheinend über jeden etwas Gutes zu sagen, selbst über die Feinde der Kirche. Ein paar Mädchen, die ja so leicht zu beeinflussen waren, hatte sie erzählt, daß die Kommunisten vielleicht einem sehr vernünftigen Glauben anhingen, wenn sie den Reichtum gerecht aufteilen wollten. Das bereite ihr manches Kopfzerbrechen, seufzte Mutter Bernard, auf das sie gut und gern verzichten könnte.

Und dabei ziehe sie ja nicht nur die Kinder in ihren Bann, stimmte Bruder Healy bekümmert zu. Ach nein. Auch Männer, die es eigentlich besser wissen müßten, wie Martin McMahon, den Apotheker. Bruder Healy hatte mit eigenen Ohren gehört, wie er Mrs. Sullivan geraten hatte, zu Schwester Madeleine zu gehen und sich von ihr einen Beruhigungs- und Schlaftrunk zubereiten zu lassen, nachdem man ihren kreischenden Billy weggebracht hatte.

»Demnächst bekommen wir es noch mit Schwarzer Magie zu tun«, unkte Mutter Bernard und nickte aufgeregt.

Natürlich wäre Martin sehr viel besser beraten, wenn er sich um seine Angelegenheiten kümmern und seine aufgedonnerte Frau ein bißchen im Auge behalten würde. Doch damit war Bruder Healy möglicherweise die Lästerzunge durchgegangen, das wußte er ebenso wie Mutter Bernard. Geräuschvoll begannen sie, ihre Unterlagen zusammenzusammeln, und beendeten das Treffen.

Und so blieb unausgesprochen, daß diese beunruhigend schöne Helen McMahon viel zu oft allein spazierenging, wobei sie mit einem Schlehenstecken auf Hecken eindrosch, während ihr Blick in die Ferne schweifte und sie in Gedanken weit weg war – weit weg von Lough Glass und den Menschen, die dort lebten.

Mit einem Seufzer der Erleichterung schloß Martin McMahon wie jeden Mittwoch den Laden. Am Fliegenfänger klebten Unmengen von toten Schmeißfliegen. Er mußte ihn unbedingt entfernen, bevor Kit und Emmet hereinkamen und ihm einen Vortrag darüber hielten, daß auch sie Geschöpfe Gottes seien. Wie hinterhältig von ihm, sie in den Tod zu locken!

Gott sei Dank hatten Kit und Clio Kelly ihren kindischen Streit – oder was immer es gewesen war – anscheinend begraben und redeten nun, nach wochenlangem Schweigen, wieder miteinander. Mädchen in diesem Alter waren so empfindlich, man konnte nie sagen, was in ihren Köpfen vorging. Als er Helen gefragt hatte, ob sie nicht vermitteln sollten, hatte sie empfohlen, den Dingen lieber ihren Lauf zu lassen. Und wie immer hatte sie recht behalten.

Wenn Helen etwas vorhersagte, dann trat es auch ein. Sie hatte ihm versichert, daß Emmet sein Stottern in den Griff bekommen würde, daß er über den Hohn und Spott nur noch lachen würde, und die Zeit hatte ihr recht gegeben. Sie hatte behauptet, daß Rita ein helles Köpfchen habe, als jeder andere sie noch für geistig minderbemittelt hielt. Und Helen hatte auch gewußt, daß Billy Sullivan hinter den verschlossenen Türen seiner Werkstatt trank, als noch niemand sonst davon ahnte. Allerdings hatte Helen ihm vor all den Jahren auch gesagt, daß sie ihn niemals von ganzem Herzen lieben könnte; aber sie würde ihn lieben, so sehr sie es vermochte. Was beileibe nicht genug war. Aber er wußte: entweder das oder gar nichts.

Als Martin sie kennenlernte, hatte sie sich nach einem anderen verzehrt, und sie war ihm gegenüber ganz offen gewesen. Es sei nicht fair, ihm Hoffnungen zu machen, hatte sie gesagt, da sie doch mit ihren Gedanken ganz woanders sei. Er hatte eingewilligt, ihr Zeit zu lassen. Aber immer öfter fand er eine Ausrede, um nach Dublin zu fahren und mit ihr auszugehen. Ganz allmählich kamen sie sich näher. Doch nie verlor Helen auch nur ein Sterbenswörtchen über den Mann, der sie verlassen hatte, um ein vermögendes Mädchen zu heiraten.

Langsam, sehr langsam kehrte die Farbe auf ihre Wangen zurück. Er lud sie ein, sein Heimatstädtchen zu besuchen ... seinen See, seine Familie ... und sie kam und spazierte mit ihm die Uferpfade entlang.

»Vielleicht ist es für dich nicht die größte Liebe, die die Welt je gesehen hat ... aber für mich«, hatte er gesagt.

Das sei der schönste Antrag, den ein Mann machen könne, hatte sie erwidert. Sie nehme an. Bei diesen Worten seufzte sie.
Helen hatte ihm versprochen, bei ihm zu bleiben; sollte sie ihn jemals verlassen, würde sie ihm sagen, warum, und es müßte ein sehr triftiger Grund dafür vorliegen. Aber sie hatte auch gesagt, es sei gefährlich, wenn man versuche, jemanden allzugut kennenzulernen. Die Menschen müßten eine Rückzugsmöglichkeit haben, sie müßten in eine Gedankenwelt flüchten können, wohin ihnen niemand je folgte.
Natürlich war er darauf eingegangen. Das war der Preis, den er zahlen mußte, um sie als seine Frau heimzuführen. Aber es wäre ihm lieber gewesen, wenn sie sich nicht so oft in Gedanken von ihm entfernt hätte; und er sah es auch nicht gern, daß sie bei Wind und Wetter allein am See spazierenging. Aber das sei eine ihrer liebsten Beschäftigungen, hatte sie erwidert; der See im Wechsel der Jahreszeiten sei Balsam für ihre Seele. Bald wußte sie auch alles über die dort lebenden Menschen und Tiere und fühlte sich am Seeufer zu Hause.
Einmal hatte sie ihm erzählt, daß sie es schön fände, wie Schwester Madeleine in einer kleinen Kate zu wohnen, mit dem Plätschern des Wassers vor der Tür.
Er hatte gelacht. »Ist es nicht schon schwer genug, die ganze Familie hier im Haus unterzubringen? Wie sollten wir wohl alle in eine Einsiedlerklause passen?«
»Ich hatte nicht die ganze Familie gemeint. Nur mich.« An diesem Tag waren ihre Blicke sehr weit in die Ferne geschweift. Martin hatte nicht versucht, ihren Gedankengängen zu folgen; sie hätten ihn zu sehr beunruhigt.

Martin schloß die Eingangstür neben der Apotheke auf und ging hinein. Die Treppe direkt dahinter führte in das, was sie ihr Haus nannten – auch wenn Kit sich schon darüber beschwert hatte, daß sie ihres Wissens die einzigen Menschen in Irland seien, deren Haus kein Erdgeschoß habe.
Rita deckte gerade den Tisch. »Die gnädige Frau kommt heute

mittag nicht. Sie läßt Ihnen ausrichten, daß sie Sie nach Ihrem Golfspiel trifft.«

Seine Enttäuschung war nicht zu übersehen.

»Auch Frauen brauchen mal Zeit für sich«, verteidigte sie Kit.

»Selbstverständlich«, stimmte er übertrieben fröhlich zu. »Und da Mittwoch ist, hat jeder außer Rita heute nachmittag frei. Ich werde eine Runde Golf mit Clios Vater spielen, ich fühle mich großartig in Form. Wahrscheinlich spiele ich ihn in Grund und Boden. Ich sehe schon ein paar Pars, einen Birdie und einen Eagle und ... vielleicht sogar einen Albatros.«

»Heißt das wie der Vogel?« wollte Emmet wissen.

»Ja. Vielleicht, weil der Ball dazu so hoch in die Luft fliegen muß ... was soll's. Nun, dann vertrete ich jetzt mal Mutter«, sagte er und begann den Lammeintopf auszuteilen.

Martin fiel auf, daß er diesen Satz seit einiger Zeit immer häufiger wiederholte. Und er fragte sich, warum um alles in der Welt Helen ihm nicht gesagt hatte, daß sie außer Haus sein würde. Wo, zum Teufel, steckte sie bloß?

Vom Golfplatz aus hatte man immer wieder einen prächtigen Blick auf den See. Und nicht wenige Leute behaupteten, daß es sich um einen der schönsten Golfplätze von ganz Irland handelte. Das Gelände war zwar nicht so schwierig wie das der berühmten Plätze an der Küste, auf denen Meisterschaften ausgetragen wurden, aber sehr abwechslungsreich: eine hügelige Parklandschaft, viele Baumgruppen ... und dann natürlich der See, heute eine dunkelblaue, spiegelglatte Fläche, auf die kaum ein Wölkchen seinen Schatten warf.

Am achten Green legten Peter Kelly und Martin McMahon eine Pause ein und blickten über die Hochebene. Da auf dem Platz nie viel Betrieb war, standen sie keinem im Weg. Es war immer genug Zeit, zu verweilen und auf Lough Glass und den See hinunterzuschauen.

»Ach schau, die Kesselflicker sind wieder da.« Peter zeigte auf die bunten Wohnwagendächer am gegenüberliegenden Seeufer.

»Zuverlässig wie die Zugvögel, stimmt's? Sie kommen immer um dieselbe Zeit und nehmen immer die gleiche Route.«
»Aber die Kinder haben ein hartes Los. Manche von ihnen kommen zu mir, wenn sie sich an Maschinen verletzt haben oder von Hunden gebissen worden sind. Arme Kerle«, seufzte der Arzt.
»Zu mir kommen sie auch, aber nur ganz selten. Meist muß ich dann zugeben, daß sie mehr von der Heilkunst verstehen als ich.«
Martin lachte. Er pflegte zu sagen, daß die Kesselflicker zusammen mit Schwester Madeleine für Lough Glass eine ausgezeichnete medizinische Zusatzversorgung boten.
»Manche sind ausgesprochen schöne Menschen.« Peter starrte in die Ferne, wo zwei Frauen am Ufer entlangschritten. Auch Martin schaute hinüber, und dann drehten sich beide unvermittelt um und spielten weiter. Als ob ihnen gleichzeitig durch den Kopf geschossen wäre, daß eine der Frauen Helen McMahon wie aus dem Gesicht geschnitten war, aber keiner von beiden es aussprechen wollte.

Clio erzählte Kit, daß bei den Kesselflickern eine Frau sei, die einem die Zukunft weissagte. Und daß sie alles wisse, was passieren würde. Aber Mutter Bernard würde einen umbringen, wenn man sich auch nur in ihrer Nähe blicken ließ.
»Was meint wohl Schwester Madelcine dazu?« überlegte Kit.
Das war eine gute Frage. Für Schwester Madeleine gab es nicht nur Schwarz oder Weiß. Fröhlich rannten sie los, um ihren Rat einzuholen. Und die Einsiedlerin hielt es durchaus für möglich, denn manche Menschen hatten eben diese Gabe.
»Wieviel kostet das wohl? Meinst du, daß drei Pence reichen werden?« fragte Kit.
»Ich glaube, sie verlangt mehr. Was meinen Sie, Schwester Madeleine?« Clio war aufgeregt. Sie hatte nächste Woche Geburtstag. Vielleicht konnten sie ja genug Geld zusammenkratzen, bevor die Landfahrer weiterzogen. Wie wunderbar mußte es doch sein, seine Zukunft zu kennen.
Zu ihrer Enttäuschung schien Schwester Madeleine nichts davon

zu halten. Zwar würde sie nie jemandem *abraten*, etwas zu tun; sie gebrauchte auch keine Wörter wie unklug oder töricht; ebensowenig sprach sie von Sünde oder verurteilte Dinge als falsch. Aber sie sah die beiden mit durchdringendem Blick an, und ihr faltiges, braunes Gesicht sprach Bände. »Es ist gefährlich, die Zukunft zu kennen«, meinte sie.

Darauf folgte Schweigen, und beide, Clio und Kit, überlief ein kalter Schauder. Und sie waren erleichtert, als Whiskers sich erhob und ohne erkennbaren Grund ein langgezogenes Jaulen von sich gab.

Mit einem Gedichtband und noch warmen Butterkeksen frisch aus dem Ofen schlenderte Rita den kleinen Pfad zu Schwester Madeleines Kate hinunter. Zu ihrer Überraschung hörte sie Stimmen. Normalerweise war die Einsiedlerin allein, wenn Rita zu ihrer Unterrichtsstunde kam.

Sie wollte schon umkehren, aber da rief Schwester Madeleine: »Komm rein, Rita, und trink eine Tasse Tee mit uns.«

Bei Schwester Madeleine saß die Landfahrerfrau, die in die Zukunft sehen konnte. Rita erkannte sie auf den ersten Blick, denn sie war erst letztes Jahr bei ihr gewesen. Sie hatte ihr eine halbe Krone gegeben und erfahren, daß sich ihr Leben ändern werde. Bald würde ihr sieben mal sieben soviel Land gehören wie ihrem Vater – was hieß, daß sie beinahe zwanzig Hektar besitzen sollte. Auch hatte die Frau gesehen, daß sie ihren Kopf noch viel in Bücher stecken und einen Mann heiraten würde, der im Moment nicht in Irland lebte. Die Kinder aus dieser Ehe würden schwierig sein – es war nicht ganz klar, ob aus gesundheitlichen Gründen oder wegen ihres Charakters. Und nach ihrem Tod, so sagte die Frau, würde Rita auf einem großen Friedhof begraben liegen und nicht hinter der Kirche von Lough Glass.

Es war sehr aufregend gewesen, zu dieser Frau zu gehen, die ausschließlich am Seeufer weissagte. Denn ihre Leute schätzten ihr Tun nicht, weshalb sie es nicht gern in der Nähe des Lagers tat. Weil sie zu gut sei, erklärte sie. Während Rita ihr zuhörte,

wuchs ihre Überzeugung, daß dies wahr sein mochte. Denn die Kesselflickerin sprach mit einer ruhigen Bestimmtheit. Und die Sache mit den Büchern war ja bereits in Erfüllung gegangen.
Schon damals war Rita überrascht gewesen, wie sehr diese Frau Mrs. McMahon ähnelte. Hätten sie im schummrigen Licht nebeneinandergesessen, man hätte geschworen, daß die beiden Schwestern waren. Was die Frau wohl zu Schwester Madeleine getrieben hatte? Aber das würde Rita nie erfahren.
»Rita und ich lesen zusammen Gedichte.« Schwester Madeleine begnügte sich wie immer mit einer knappen Vorstellung. Die Frau nickte, als ob sie nichts anderes erwartet hätte; zweifellos würde auch alles andere, was sie damals gesehen hatte, wahr werden.
Und Rita war plötzlich ebenso davon überzeugt, was sie ein bißchen erschreckte. Es gab einen Mann außerhalb Irlands, den sie heiraten würde. Ihr würden fast zwanzig Hektar Land gehören, und Geld, über das sie verfügen konnte. Sie würden Kinder haben, die ihr Schwierigkeiten machten. Und vor ihrem geistigen Auge sah sie ihren Grabstein in einer weit entfernten Stadt, umgeben von vielen Kreuzen.
Unbemerkt schlüpfte die Frau aus der Tür.
»Meine dunkle Rosaleen«, forderte Schwester Madeleine sie auf. »Lies es mir langsam und deutlich vor. Ich werde die Augen schließen und Bilder an mir vorbeiziehen lassen.«
Rita stellte sich ins Licht, neben das kleine Fenster mit den Geranientöpfen, die man der Einsiedlerin geschenkt hatte. Die Küken scharrten zu ihren Füßen, während sie las:

Meine dunkle Rosaleen!
Meine einz'ge Rosaleen!
Darf ich dir das Herz erleichtern,
Hoffnung darin säen?
Möchte dich auf Händen tragen
und an deiner Seite geh'n.
Oh, dunkle Rosaleen!

»Wie schön!« Schwester Madeleine gefiel das Gedicht. Rita lachte laut auf vor Freude, weil sie es geschafft hatte, ohne Stocken zu lesen. »Und dein Vortrag, Rita! Behaupte bloß nie wieder, daß du kein Gedicht vorlesen könntest.«

»Wissen Sie, woran ich gerade gedacht habe, Schwester Madeleine?«

»Nein, wie soll ich das wissen? Du warst mit den Gedanken weit weg. Gedichte haben diese Wirkung auf dich.«

»Ich habe gerade überlegt, wenn der kleine Emmet zu Ihnen kommen würde …«

»Emmet McMahon?«

»Ja. Vielleicht könnten Sie ihn von seinem Stottern kurieren, wenn Sie ihn Sonette und so was lesen ließen?«

»Ich kann kein Stottern heilen.«

»Aber Sie könnten ihn zum Lesen ermuntern. In der Schule ist er zu schüchtern dazu. Wenn er mit seinen Freunden zusammen ist, hat er keine Probleme, aber sobald Bruder Healy ihn aufruft, wird er nervös. So war er schon als Baby, er lief dann rot an im Gesicht vor lauter Angst.«

»Er müßte schon aus eigenem Antrieb kommen. Sonst ist es nur eine Quälerei für ihn.«

»Ich erzähle ihm, was für Wunder Sie vollbringen.«

»Wir sollten lieber nicht von Wundern reden. Am Ende glauben die Leute das noch.«

Rita verstand sofort. In Lough Glass gab es Menschen, die Schwester Madeleine, die Einsiedlerin, mit großem Argwohn betrachteten. Die an ihrer Frömmigkeit zweifelten. Es wurde gemunkelt, daß die kräuterkundigen Frauen früherer Tage ihre Heilkräfte doch wohl eher Gottes Gegenspieler verdankt hatten. Zwar erwähnte niemand den Satan, doch das Wort stand unausgesprochen im Raum.

Dan O'Brien stand vor der Tür und sah die Straße hinunter. Im Central Hotel war nie so viel los, daß er nicht mehrmals am Tag Gelegenheit fand, hinauszugehen und das Treiben auf der Durchgangsstraße zu betrachten. Wie viele irische Ortschaften bestand auch Lough Glass aus einer einzigen langen Straße: mit der Kirche in der Mitte, den Mönchen am einen und den Nonnen am anderen Ende – strategisch geschickt plaziert, damit sich die Mädchen und Jungen so selten wie möglich über den Weg liefen. Dazwischen ein paar Geschäfte und die Wohnhäuser seiner Nachbarn, die ebenso wie sein Hotel an ein und derselben Straße lagen. Man bekam so einiges mit, wenn man ab und zu vor seiner Eingangstür stand. So wußte Dan O'Brien, daß die beiden Söhne von Billy Sullivan zurückgekehrt waren, kaum daß man ihren Vater weggebracht hatte. Angeblich hätten sie ihren Onkel besucht, um ihm auf dem Hof zu helfen. Dabei wußte doch jeder, daß Kathleen sie dorthin geschickt hatte, weil sie ihnen die Tobsuchtsanfälle des betrunkenen Vaters und die gespannte Atmosphäre zu Haus ersparen wollte. Für Kinder war das ja ziemlich schwer zu ertragen.

Den Jungen konnte man keinen Vorwurf daraus machen, daß sie in diese Verhältnisse hineingeboren worden waren. Außerdem waren sie gutaussehende Burschen, ganz wie Billy, bevor sein Gesicht vom Saufen aufgedunsen war und er sich bis zur Unkenntlichkeit verändert hatte. So stand die arme Kathleen nun wenigstens nicht ganz allein in der Welt. Stevie mußte jetzt ungefähr sechzehn sein, überlegte Dan O'Brien, und Michael war genauso alt wie sein eigener Sohn Philip.

Allerdings konnte Philip ihn nicht ausstehen. Er hielt Michael Sullivan für einen groben Burschen, der immer auf eine Rauferei aus war.

»So wärst du auch, wenn du bei dem alten Burschen aufgewachsen wärst«, hatte Dan O'Brien gesagt. »Nicht jeder hat soviel Glück wie du, Philip.« Philip hatte ihn zweifelnd angesehen. Aber schließlich waren Jugendliche ja nie zufrieden mit dem, was sie hatten.

Dan beobachtete das gemächliche Treiben an diesem Sommernachmittag. In Lough Glass ging es nie hektisch zu. Selbst an einem Markttag waren die Menschen gelöst und heiter. Aber

wenn es warm war wie heute, schienen die Leute sich ganz besonders bedächtig zu bewegen.
Drüben auf dem Bürgersteig übte die kleine Clio Kelly Arm in Arm mit Kit McMahon irgendwelche Tanzschritte; die beiden nahmen ihre Umgebung überhaupt nicht wahr. Dabei schien es doch erst ein paar Monate her zu sein, daß sie noch seilgehüpft waren, und jetzt waren sie fast alt genug, um tanzen zu gehen. Sie waren zwölf, wie Philip auch – ein schwieriges Alter.
Während er ihnen zusah, näherte sich gemessenen Schrittes Mutter Bernard vom Kloster, eine jüngere Nonne im Schlepptau. Ihr ganzes Gesicht drückte Mißbilligung aus. Auch in den Ferien hatten ihre Schützlinge sich anständig zu betragen und nicht auf offener Straße alberne Tänzchen aufzuführen.
Die beiden bemerkten ihr Kommen und hörten sofort mit dem Gekasper auf.
Dan lächelte in sich hinein, als er die zerknirschte Haltung der beiden Missetäterinnen sah. Er hätte liebend gern eine Tochter gehabt, aber seine Frau fühlte sich nach Philips Geburt keiner zweiten Schwangerschaft gewachsen.
»Wir haben doch einen Sohn, reicht dir das nicht?« hatte Mildred gesagt. Und da sie keine weiteren Kinder wollte, hatte sie ihm auch intimere Zärtlichkeiten verweigert. Das verstehe sich doch wohl von selbst, hatte sie gemeint.
Wie so oft seufzte Dan O'Brien. Ach, wenn er sich nur vorstellte, ein Mann mit einem normalen Eheleben zu sein wie … nun, wie jeder andere. Sein Blick fiel auf Martin McMahon, der gerade die Straße zu Sullivans Werkstatt überquerte. Ein Mann mit federndem Schritt und einer sehr begehrenswerten Frau. Dieser Glückspilz, er konnte eine Frau wie Helen McMahon mit nach oben nehmen, die Vorhänge schließen und …
Dan beschloß, sich die Szene nicht weiter auszumalen. Es war zu bitter.

Mutter Bernard und Bruder Healy besprachen die Jugendexerzitien im Herbst. Manchmal waren die Priester, die die Erwachsenenexerzitien leiteten, völlig ungeeignet für den Umgang mit Schulkindern. Aber dieses Jahr sollte ein sehr berühmter Mann nach Lough Glass kommen, ein gewisser Father John, dessen Predigten Hunderte von Menschen besuchten. Man reiste von weither an, nur um ihn zu hören. Zumindest hatte Father Baily das erzählt.

»Ob er wohl mit dieser Horde von Rabauken fertig wird?« Bruder Healy hegte da seine Zweifel. Berühmte Gottesmänner waren für seinen Geschmack meist ein bißchen zu vergeistigt.

»Was, wenn ihn die Mädchen zum Narren halten?« Mutter Bernard hatte Argusaugen, wenn es galt, Unruhestifterinnen ausfindig zu machen.

»Ich weiß gar nicht, warum *wir* uns darüber den Kopf zerbrechen, Mutter Bernard. Man überläßt uns ja sowieso nicht die Entscheidung bei diesen Dingen. Wo wir doch am besten wissen, wie der Hase läuft.«

Sie fragten einander oft, warum sie sich eigentlich die Zeit nahmen, solche Fragen zu erörtern, doch insgeheim wußten sie es: Solche Diskussionen schenkten ihnen tiefe Befriedigung. Als Erzieher des Nachwuchses von Lough Glass bildeten sie ein Bollwerk gegen diese gleichgültige Welt mit all ihren Problemen.

Obwohl Mutter Bernard fand, daß Bruder Healy ein beneidenswert einfaches Leben führte. Schließlich waren Jungen geradeheraus und leicht zu durchschauen – nicht so raffiniert wie die Mädchen. Bruder Healy hingegen hielt es für ein Kinderspiel, kleine Mädchen in Schuluniformen zu unterrichten. Denn diese schmierten keine schlimmen Wörter in den Fahrradschuppen und schlugen sich auch nicht auf dem Schulhof grün und blau. Doch beide waren nicht gerade zuversichtlich, daß Father John, der außergewöhnliche Prediger, die Aufmerksamkeit und die Herzen der Kinder von Lough Glass gewinnen konnte.

Am letzten Ferientag waren alle Kinder des Ortes unten am See, um die wenigen noch verbleibenden Stunden der Freiheit zu

genießen. Doch obwohl sie stöhnten, wie gräßlich es sei, morgen wieder in diesem grauenvollen Klassenzimmer sitzen zu müssen, waren einige von ihnen ganz froh, daß der lange Sommer endlich vorüber war.
Philip O'Brien vom Hotel freute sich ganz besonders. Es war ihm nicht leicht gefallen, all die vielen Stunden etwas mit sich anzufangen. Denn jedesmal, wenn er im Hotel geblieben war, hatte er damit rechnen müssen, daß sein Vater ihn zum Gläserspülen oder Aschenbecherleeren einspannte.
Emmet McMahon wollte die anderen mit seinem neuen Selbstvertrauen verblüffen. Schon wenige Wochen bei Schwester Madeleine hatten Wunder gewirkt. Er hatte sie sogar gebeten, auch die Gedichte aus seinem Schullesebuch mit ihm durchzuarbeiten, vielleicht ergaben ja auch sie einen Sinn wie die in ihrem Gedichtband. Wenn man sie erst einmal tiefer verstand.
»Warum erklärt Bruder Healy sie nicht so?« hatte er Schwester Madeleine gefragt.
Aber sie wußte keine Antwort darauf. Statt dessen hatte sie darauf beharrt, *daß* Bruder Healy sie so erklärte. Eine ziemlich unbefriedigende Antwort.
Clio Kelly allerdings zog nichts zurück in die Schule. Sie hatte die Nase voll davon. Inzwischen wußte sie genug; sie wollte eine Schauspielschule in London besuchen und dort tanzen und singen lernen und von einem netten älteren Herrn entdeckt werden, der ein Theater besaß.
Ihre kleine Schwester Anna war dagegen ausgesprochen froh, daß der Unterricht endlich wieder anfing. Denn sie war zu Hause in Ungnade gefallen. Dabei hatte sie lediglich erzählt, daß sie einen Geist gesehen habe: die wehklagende Frau. Zwar habe sie ihre Worte nicht genau verstehen können, aber sie glaubte, gehört zu haben, wie sie rief: »Sucht im Schilf, sucht im Schilf.« Ihr Vater hatte sie mit ungewöhnlicher Schärfe zurechtgewiesen und behauptet, daß sie sich nur wichtig machen wolle.
»Aber ich habe sie wirklich gesehen«, hatte Anna geschluchzt.
»Nein, das hast du nicht. Und untersteh dich, herumzulaufen und

solche Geschichten zu erzählen. Hier sind schon alle hysterisch genug, da brauchst du nicht auch noch zu kommen. Außerdem ist es gefährlich und dumm, wenn man bei einfachen Menschen den Eindruck erweckt, ein so gebildetes Mädchen wie du glaube solchen Quatsch.«

Nicht einmal ihre Mutter hatte Mitleid gezeigt. Und Clio hatte nur hochmütig gegrinst, als wollte sie sagen: »Na, hatte ich nicht recht? Anna ist einfach unmöglich.«

Auch Kit McMahon ging gern wieder zur Schule. Sie hatte versprochen, dieses Jahr sehr gut zu lernen. Dieses Versprechen hatte sie ihrer Mutter gegeben, als sie – ihres Wissens zum erstenmal – ein richtiges Gespräch miteinander geführt hatten.

Es war an dem Tag gewesen, als sie zum erstenmal ihre Periode bekam. Ihre Mutter war einfach großartig gewesen und hatte genau die richtigen Worte gefunden: Wie prima, daß sie jetzt eine richtige Frau sei; und daß es für die Frauen in Irland eine gute Zeit sei. Man habe so viele Freiheiten, alle Möglichkeiten stünden einem offen.

Kit hatte ihre Zweifel geäußert. Lough Glass vermittelte einem nicht gerade das Gefühl unbändiger Freiheit; und sie fragte sich, wie unbegrenzt ihre Möglichkeiten letztendlich wirklich waren. Aber ihre Mutter meinte es ernst. Im nächsten Jahrzehnt, in den sechziger Jahren, bliebe einer Frau nichts mehr verwehrt. Schon heute akzeptierten die Leute allmählich, daß auch eine Frau den Laden schmeißen konnte.

Beispielsweise die arme Kathleen Sullivan von gegenüber: Sie betankte Traktoren und beaufsichtigte den Mann von der Ölgesellschaft, wenn er die Benzinvorräte auffüllte. Noch vor ein paar Jahren hätte sich keiner von einer Frau etwas sagen lassen; jeder hätte einen x-beliebigen Mann vorgezogen, auch wenn er noch so offensichtlich unfähig war wie Billy Sullivan.

»Aber es hängt natürlich davon ab, ob man entsprechend vorbereitet ist, Kit. Versprichst du mir, in der Schule gut zu lernen, egal, was passiert?«

»Ja. Ja, natürlich«, antwortete Kit unwillig. Warum lief es letztlich

immer darauf hinaus? Aber der Gesichtsausdruck ihrer Mutter verlieh ihren Worten heute einen anderen Klang.
»Setz dich zu mir und halte meine Hand. Und dann versprich mir, daß du den heutigen Tag nie vergessen wirst. Es ist ein wichtiger Tag für dich, und deshalb soll er sich von den anderen Tagen abheben. Laß es uns zu dem Tag erklären, als du deiner Mutter versprochen hast, dich auf diese Welt vorzubereiten.« Kit starrte sie verständnislos an. »Ich weiß, es klingt wie eine alte Leier … aber wenn ich noch mal so jung sein dürfte wie du … wenn das ginge … ich würde Tag und Nacht lernen. Ach, Kit, wenn ich doch damals nur gewußt hätte …« Schmerz lag auf dem Gesicht ihrer Mutter.
»Wenn du was gewußt hättest?« fragte Kit erschrocken. »Mam, was ist los? Was hast du nicht gewußt?«
»Daß Bildung einen frei macht. Wenn du erst einen Beruf hast, ein Heim und eine Stellung, kannst du das tun, was du wirklich willst.«
»Aber hast du das denn nicht getan? Du hast doch Dad geheiratet und uns gekriegt?« Kit wußte, daß sie kalkweiß geworden war, denn das Gesicht ihrer Mutter veränderte sich, und sie streichelte ihr sanft die Wange.
»Ja, ja, natürlich, mein Schatz«, sagte sie in dem tröstenden Singsang, mit dem sie auch Emmet beruhigte, daß keine Ungeheuer im Dunkeln lauerten, oder Farouk, den Kater, aus seinem Versteck hinter dem Sofa lockte.
»Warum wünschst du dir dann …?«
»Ich wünsche es mir nicht für mich, ich wünsche es mir für dich … damit du immer die Wahl hast. Damit du nie etwas tun mußt, nur weil es keine andere Möglichkeit gibt.«
Mutter hielt wieder ihre Hand. »Wirst du mir ehrlich antworten, wenn ich dich etwas frage?« begann Kit.
»Aber sicher.«
»Bist du glücklich? Du siehst oft traurig aus. Ist das hier wirklich der Ort, wo du sein willst?«
»Ich liebe dich, Kit, und ich liebe Emmet, von ganzem Herzen.

Dein Vater ist der netteste und beste Mann auf der Welt. Das ist die Wahrheit. Ich würde ihn nie belügen, ebensowenig wie dich.«
Dabei sah ihre Mutter sie an und nicht, wie so oft, geistesabwesend aus dem Fenster.
Kit fiel ein Stein vom Herzen. »Also bist du nicht traurig oder unzufrieden?«
»Ich habe versprochen, dich nicht anzulügen, und das werde ich auch nicht tun. Manchmal bin ich traurig und ein bißchen einsam in diesem kleinen Ort. Ich hänge nicht an Lough Glass wie dein Vater, der hier aufgewachsen ist und jeden Stein kennt. An manchen Tagen habe ich das Gefühl, noch verrückt zu werden, wenn ich Lilian Kelly weiterhin täglich sehen muß oder mir anhören soll, wie Kathleen Sullivan über ihr schweres Leben in der Werkstatt jammert … oder Mildred O'Brien stöhnen höre, daß sie der Staub in der Luft ganz krank macht … aber du kennst das ja … du ärgerst dich ja auch mal über Clio oder die Schule.« Mutter hatte wie zu einer Freundin mit ihr gesprochen, sie hatte ihr die Wahrheit gesagt. »Glaubst du mir jetzt, Kit?«
»Ja«, hatte Kit geantwortet. Und das stimmte.
»Und egal, was passiert, du wirst dich daran erinnern, daß deine Eintrittskarte in die Welt ein eigener Beruf ist, ja? Daß du nur dann frei wählen kannst, was du wirklich tun willst?«
Es war ein großartiges Gespräch gewesen. Danach hatte sich Kit sehr viel besser gefühlt. Doch eine bohrende Frage setzte sich in ihrem Hinterkopf fest: Warum hatte ihre Mutter gleich zweimal »egal, was passiert« gesagt? Als ob sie in die Zukunft sehen könnte. Wie Schwester Madeleine es anscheinend konnte. Oder diese Zigeunerin unten am See.
Aber schließlich hatte Kit den Gedanken wieder verdrängt. Es gab so viel anderes, worüber man sich den Kopf zerbrechen mußte, und war es nicht prima, daß sie ihre Periode vor Clio bekommen hatte? Was für eine Genugtuung!

Dr. Kelly kam vorbei, als Martin gerade die Apotheke schloß. »Ich bin die leibhaftige Versuchung. Kommst du mit mir zu Paddles, ein Bier trinken?«

In anderen Orten hätte man den Arzt und den Apotheker wahrscheinlich eher im Hotel angetroffen, wo eine vornehmere Bar zur Verfügung stand. Doch bei den O'Briens war es so trostlos und düster, daß Martin und Peter die bodenständigere, aber sehr viel fröhlichere Atmosphäre bei Paddles dem Hotelambiente vorzogen. Sie setzten sich in das Hinterzimmer.

»Du willst meinen Rat?« Spöttisch neigte Martin den Kopf zur Seite, überzeugt, daß der andere nur eine Ausrede brauchte, um beim Trinken Gesellschaft zu haben.

»Unsere kleine Anna macht mir Sorgen. Sie beklagt sich, daß jeder auf ihr herumhackt, dabei habe sie unten am See wirklich eine weinende Frau gesehen ...«

»In dem Alter machen sie aus allem ein Drama ...«, wollte Martin ihn trösten.

»Ich weiß. Natürlich. Aber du kennst doch das Gefühl, wenn du dir sicher bist, daß jemand die Wahrheit sagt?«

»Du glaubst doch nicht im Ernst, sie hat ein Gespenst gesehen?«

»Nein. Aber ich glaube ihr, daß sie etwas gesehen hat.«

Martin war verblüfft. Er wußte nicht, was er sagen sollte.

»Erinnerst du dich an sie?«

»An wen?«

»An Bridie Daly oder Brigid Daly, ich weiß nicht mehr genau, wie sie hieß. Die Frau, die ertrunken ist.«

»Wie sollte ich mich an sie erinnern? Wir waren doch noch Kinder.«

»Wie hat sie ausgesehen?«

»Ich habe nicht die leiseste Ahnung. Wann war das überhaupt? Es ist doch schon ewig lange her.«

»1920.«

»Mensch, Peter! Da waren wir gerade acht.«

»Hatte sie lange dunkle Haare? Ich frage ja nur, weil Anna so überzeugt ist.«

»Was meinst du dazu?«
»Ich habe mir überlegt, daß sich vielleicht jemand verkleidet hat, um die Kinder zu erschrecken.«
»Wenn, dann ist es ihm jedenfalls geglückt. Auch beim Vater.«
Peter lachte. »Ja, du hast recht. Wahrscheinlich ist das alles Unsinn. Aber ich mag noch nicht einmal daran denken, daß jemand vielleicht absichtlich kleinen Kindern Angst einjagt. Anna hat zwar, weiß Gott, viele Fehler, aber ich glaube ihr, daß sie wirklich etwas gesehen hat, was sie beunruhigt.«
»Hat sie denn die Frau beschrieben?«
»Du weißt ja, wie Kinder sind … sie müssen es zu jemandem in Beziehung setzen, den sie kennen. Sie hat gesagt, die Frau sah aus wie deine Helen.«

Die älteren Mädchen der Klosterschule sollten bei Father John eine Extrastunde haben. Das hieß, daß die Zwölf- bis Fünfzehnjährigen etwas zu hören bekommen würden, was nicht für die Ohren der Kleineren bestimmt war.
Anna Kelly war sehr neugierig. »Geht es um Babys?« fragte sie.
»Sehr wahrscheinlich«, erwiderte Clio von oben herab.
»Ich weiß Bescheid über Babys«, entgegnete Anna patzig.
»Wenn ich doch nur genug darüber gewußt hätte, als du noch eins warst! Dann hätte ich dir damals den Hals umgedreht«, meinte Clio freimütig.
»Du und Kit, ihr haltet euch für was Besseres. Dabei seid ihr nur blöde«, schimpfte Anna.
»Ja, ja, ich weiß. Wir sehen weder Geister, noch haben wir Alpträume … es ist schon ein Kreuz mit uns.«
Damit schafften es Clio und Kit endlich, die Kleine abzuschütteln; sie gingen zu Sullivans Werkstatt hinüber und setzten sich dort auf ein Mäuerchen. Hier hatte man einen guten Überblick über Lough Glass, und keiner konnte behaupten, daß sie etwas anstellten, weil sie nur einfach ganz still dasaßen.
»Ist es nicht ein Wunder, daß Emmet so normal ist? Ich meine, für einen Jungen und so«, brummte Clio anerkennend. Insge-

heim glaubte Kit, daß Anna Kelly vielleicht nicht ganz so gräßlich wäre, wenn Clio sie nicht immer so geringschätzig behandeln würde.
»Emmet war schon immer so«, sagte sie. »Ich kann mich nicht erinnern, daß er jemals größere Probleme gehabt hat. Wahrscheinlich hat ihn nie jemand wegen seines Stotterns angebrüllt. Daran wird es wohl liegen.«
»Anna haben sie nicht oft genug angebrüllt«, meinte Clio düster. »Sag mal, was glaubst du, worüber er tatsächlich mit uns reden will? Glaubst du, es geht darum, wie man *es tut*?«
»Wenn, dann fall' ich tot um.«
»Und ich, wenn es nicht darum geht«, gluckste Clio. Daraufhin lachten sie so laut, daß Philip O'Briens Vater seinen Stammplatz vor der Tür einnahm und mißbilligend den Kopf schüttelte.

Worüber Father John, der Missionsprediger, eigentlich mit den älteren Schülerinnen von Lough Glass hatte reden wollen, sollte für immer im Dunkeln bleiben. Denn sein Besuch fiel in eine Phase, da in der Oberstufe eine hitzige Debatte darüber tobte, ob Judas in der Hölle schmorte oder nicht. Mutter Bernard wurde in dieser Frage nicht als letzte Instanz anerkannt; die Mädchen bestanden darauf, daß das Wort des Missionspredigers entscheiden sollte.
Die Ansicht, daß Judas in der Hölle schmorte, fand starken Rückhalt: »Hat Christus, der Herr, nicht gesagt, es wäre besser für diesen Mann, wenn er nie geboren worden wäre?«
»Das muß doch heißen, daß er in alle Ewigkeit verdammt ist.«
»Es könnte auch bedeuten, daß sein Name Tausende von Jahren gleichgesetzt wird mit Verrat und daß dies die Strafe für seinen Treuebruch ist. Wäre doch auch möglich.«
»Nein, keinesfalls. Weil das nur Worte sind. Stöcke und Steine können einem die Knochen brechen, aber Worte nicht.«
Father John sah in die jungen, vor Eifer erhitzten Gesichter. Solche Leidenschaft war ihm schon lange nicht mehr begegnet. »Aber Unser Herr konnte Judas doch nicht zum Freund erwählen

im Wissen, daß dieser ihn verraten und dann zur Hölle fahren würde. Damit hätte Unser Herr ihm ja eine Falle gestellt.«

»Judas *mußte* es ja nicht tun. Er hat es doch nur um des Geldes willen getan.«

»Aber was hatte er denn schon von Geld? Sie zogen doch als Jünger durchs Land.«

»Damit war es aus und vorbei. Judas hat das gewußt und deshalb für sich ein Auskommen gesucht.«

Father John war es gewohnt, daß Mädchen verlegen mit den Füßen scharrten und fragten, ob ein Zungenkuß eine läßliche oder eine Todsünde sei, um sich dann widerspruchslos mit seiner Antwort zufriedenzugeben. Mit solch tiefschürfenden Fragen über die Natur des freien Willens und des Schicksals sah er sich normalerweise nicht konfrontiert.

Zwar gab er mit seinen Antworten sein Bestes, doch war seine Beweisführung letztlich nicht sehr schlüssig. Er glaube, so sagte er, daß hierbei, wie in allen Dingen, im Zweifel zugunsten des Angeklagten entschieden werden müsse und daß Gott der Herr es in seiner unendlichen Güte vielleicht für richtig gehalten habe … man könne aber nie ins Herz eines Sünders blicken, und niemand kenne das Zwiegespräch, das im Augenblick des Todes zwischen dem Menschen und seinem Schöpfer stattfinde.

Während er in der Pause seinen steifen Kragen lockerte, fragte er Mutter Bernard nach dem Grund für dieses außergewöhnliche Interesse. »Gab es vielleicht hier im Ort oder in der Nähe jemanden, der seinem Leben ebenfalls ein Ende gesetzt hat?«

»Nein, nein, nichts in der Art. Aber Sie wissen ja, wie Mädchen sich manchmal etwas in den Kopf setzen.« Mutter Bernard klang weise und abgeklärt.

»Ja, aber dieser Eifer … Sind Sie ganz sicher?«

»Vor vielen, vielen Jahren, Father, lange bevor auch nur eine von ihnen das Licht der Welt erblickt hat, gab es einmal eine unglückliche Frau, die sich plötzlich in gewissen Umständen befand und freiwillig aus dem Leben geschieden sein soll. Das ungebildete Volk erzählt sich Geschichten von ihrem Geist und solchen Unsinn. Vielleicht, daß sie daran gedacht haben.« Mutter Bernards Mund verzog sich mißbilligend, weil sie einem auswärtigen Priester gegenüber einen Selbstmord und eine uneheliche Schwangerschaft erwähnen mußte.

»Das könnte es sein, ja. Diese beiden jüngeren Mädchen in der ersten Reihe, die Hellblonde und die ziemlich Dunkle, schienen sich besonders darüber zu ereifern. Und auch über die Frage, ob Menschen, die sich selbst das Leben genommen haben, in geweihter Erde beerdigt werden sollten.«

Mutter Bernard seufzte. »Cliona Kelly und Mary Katherine McMahon. Ich fürchte, die beiden würden noch mit ihnen darüber streiten, ob Schwarzdrosseln nicht eigentlich weiß sind.«

»Aha. Danke für die Warnung«, sagte Father John und ging zurück in die Klosterkapelle, wo er den Mädchen sehr entschieden sagte, daß man ein Geschenk Gottes zurückwies, wenn man sich das Leben nahm und es sich somit um eine Sünde wider die Hoffnung handelte – um eine der beiden großen Sünden wider die Hoffnung: die Verzweiflung. Und daß kein Selbstmörder auf einem christlichen Friedhof zur letzten Ruhe gebettet werden könne.

»Nicht einmal, wenn ihr verwirrter Geist –«, setzte das blonde Mädchen in der vordersten Kirchbank an.

»Nicht einmal dann«, unterbrach Father John mit Nachdruck.

Er war jetzt schon erschöpft, und dabei hatte er die Jungenschule noch vor sich. Ernsthafte Warnungen vor dem Laster der Trunkenheit und der Selbstbefleckung.

Manchmal fragte sich Father John, ob er damit überhaupt je etwas Gutes bewirkte. Aber dann erinnerte er sich stets sofort daran, daß er mit diesen Zweifeln eine Sünde wider die Hoffnung beging. Er mußte sich in acht nehmen.

KAPITEL ZWEI

»Du hast gar keine richtigen Cousins und Cousinen«, sagte Clio zu Kit. Die Mädchen lagen in Clios Zimmer auf der ausgezogenen Couch.

»Mein Gott, weshalb hackst du jetzt schon wieder auf mir herum?« gab Kit stöhnend zurück. Sie war gerade in einen Zeitschriftenartikel vertieft, der sich mit dem Geheimnis samtweicher Hände befaßte.

»Bei euch sind nie Verwandte über Nacht zu Besuch.«

»Warum sollten sie auch bei uns übernachten? Du weißt doch genau, daß sämtliche McMahons in der näheren Umgebung wohnen«, seufzte Kit. Clio war manchmal ziemlich anstrengend.

»Zu uns kommen laufend Cousins und Cousinen aus Dublin zu Besuch. Und auch Tanten und so.«

»Ja, und dann muß ich mir immer anhören, wie sehr dir das auf die Nerven geht.«

»Tante Maura mag ich.«

»Auch nur, weil sie dir jedesmal, wenn sie bei euch übernachtet, einen Shilling schenkt.«

»Du hast keine einzige Tante.« Clio blieb hartnäckig.

»O Clio, sei endlich still. Ich habe sehr wohl Tanten – was ist mit Tante Mary und Tante Margaret ...?«

»Das sind keine richtigen Tanten, die sind nur angeheiratet.«

»Und was ist mit Daddys Schwester, die in einem Konvent in Australien lebt? Die ist meine Tante. Aber du kannst kaum von ihr erwarten, daß sie bei uns übernachtet und mir einen Shilling schenkt, oder?«

»Deine Mutter hat keine Verwandten.« Clio senkte die Stimme. »Sie hat überhaupt keine eigene Familie.« Man hörte an ihrem

Tonfall, daß sie diesen Satz irgendwo aufgeschnappt hatte und ihn jetzt nur nachplapperte.
»Was meinst du damit?« Kit wurde allmählich ärgerlich.
»Nur das, was ich gesagt habe.«
»Natürlich hat sie eine Familie. Sie hat uns, wir sind ihre Familie.«
»Es ist nur irgendwie wunderlich, das ist alles.«
»Überhaupt nichts ist wunderlich, nur daß du aus irgendeinem Grund ständig über meine Mutter herziehen mußt. Hattest du nicht gesagt, du willst damit aufhören?«
»Reg dich doch nicht so auf.«
»Ich reg' mich aber auf, und jetzt gehe ich nach Hause.« Kit schwang sich beleidigt von der Chouch.
Clio erschrak. »Ich hab's nicht so gemeint.«
»Warum hast du es dann gesagt? Du wirst doch nicht so dämlich sein, etwas herauszuposaunen, was du gar nicht gemeint hast, oder?«
»Ich hab' doch nur gesagt, daß ...«
»Was *hast* du denn gesagt?« Kits Augen funkelten.
»Ich weiß nicht, was ich gesagt habe.«
»Ich auch nicht.« Kit lief leichtfüßig aus dem Zimmer und die Treppe hinunter.
»Gehst du schon wieder?« Clios Mutter war in der Diele. Mrs. Kelly wußte immer, wenn es zwischen den beiden gekracht hatte. »Ich wollte euch gerade fragen, ob ihr Lust auf Butterkekse habt«, sagte sie. Ein Imbiß zur rechten Zeit hatte schon so manchen Streit im Keim erstickt.
Aber nicht heute.
»Clio wird sich bestimmt freuen, aber ich muß nach Hause«, entgegnete Kit.
»Doch nicht schon jetzt!«
»Meine Mutter fühlt sich vielleicht ein bißchen einsam. Wissen Sie, sie hat überhaupt keine Verwandten.« Kits Bemerkung war an der Grenze zur Unverschämtheit. Mrs. Kelly schoß das Blut in die Wangen, und da wußte Kit, daß sie mit ihrer Vermutung recht gehabt hatte. Sie verließ das Haus und schloß sachte die Tür hinter

sich. Mit einem Lächeln dachte sie daran, daß Clio heute wohl keine Kekse bekommen würde. Sehr gut, sagte sie sich zufrieden. Hoffentlich wäscht ihre Mutter ihr gehörig den Kopf.

Mutter war nicht zu Hause. Rita erklärte, sie sei für einen Tag nach Dublin gefahren.
»Wozu denn das?« fragte Kit mißmutig.
»Einen Stadtbummel in Dublin macht doch jeder gern«, entgegnete Rita.
»Ich nicht ... Es gibt ja niemanden dort, den wir besuchen könnten«, sagte Kit.
»In Dublin wohnen doch Millionen von Leuten«, warf Emmet ein.
»Tausende«, verbesserte Kit ihn abwesend.
»Na also!« sagte Emmet.
»Du hast recht.« Kit beließ es dabei. »Was hast du heute mit Schwester Madeleine gelesen?«
»Wir lesen jetzt nur noch William Blake. Jemand hat ihr einen Gedichtband von ihm geschenkt, und sie ist ganz begeistert davon.«
»Ich kenne von ihm nur ›Der Tiger‹.«
»Oh, er hat jede Menge geschrieben. Das ist das einzige von ihm, das in unserem Schullesebuch steht, aber er hat Tausende und Abertausende von Gedichten geschrieben.«
»Wohl eher Dutzende«, meinte Kit. »So ungefähr. Sag mir mal eins auf.«
»Ich hab' mir keines gemerkt.«
»Ach, komm, du hast sie doch schon so oft gelesen.«
»Ich weiß noch das eine über den Pfeifer ...« Emmet ging zum Fenster hinüber und stellte sich hin, genauso, wie er in Schwester Madeleines Kate dagestanden hatte; dabei sah er aus dem Fenster.

»›Pfeif ein Lied von einem Lamm!‹
und ich pfiff ein lustig Lied.
›Pfeifer, pfeif das noch einmal‹;
und er weinte bei dem Lied.«

Emmet schien sehr stolz auf sich. »Pfeifer«, das war schon normalerweise ein schwieriges Wort, und hier kam es auch noch mehrmals in einem Satz vor. Schwester Madeleine hatte wirklich Wunder gewirkt, es ging jetzt ganz ohne Stottern.
Kit hatte gar nicht bemerkt, daß ihr Vater hereingekommen war, während Emmet deklamierte, aber der Junge war nicht ins Stocken gekommen; er hatte jetzt ein unerschütterliches Selbstvertrauen. Und als sie an jenem Septemberabend so beisammensaßen, überlief Kit ein Schauder. Es war fast, als würde Mutter gar nicht zu ihnen gehören, als würde ihre Familie nur aus Emmet, Dad, Rita und ihr selbst bestehen.
Und als würde Mutter nicht wiederkommen.

Aber Mutter kam zurück, frierend und müde. Die Heizung im Zug war ausgefallen, und zweimal war er stehengeblieben.
»Wir war's in Dublin?«
»Es war laut, und alles war voller Menschen, die es furchtbar eilig hatten.«
»Genau deswegen leben wir ja hier«, sagte Vater zufrieden.
»Ja, deswegen leben wir hier«, entgegnete Mutter mit Nachdruck.

Kit starrte ins flackernde Kaminfeuer. »Ich glaube, wenn ich groß bin, werde ich Einsiedlerin«, sagte sie unvermittelt.
»Dieses einsame Leben würde dir nicht gefallen. Das ist nur was für solche Eigenbrötler wie mich.«
»Sind Sie eine Eigenbrötlerin, Schwester Madeleine?«
»Ein bißchen wunderlich bin ich schon. ›Wunderlich‹, das ist doch ein komisches Wort, nicht? Als ich es neulich mit Emmet zusammen gelesen habe, haben wir uns gefragt, woher es wohl kommt.«
Kit mußte daran denken, daß Clio das gleiche Wort verwendet hatte. Sie hatte gesagt, es sei ›wunderlich‹, daß ihre Mutter keine Verwandten habe. »Als Sie noch klein waren, Schwester Madeleine, hat es Sie da verletzt, wenn jemand schlecht über Ihre Familie gesprochen hat?«

»Nein, mein Kind, niemals.«
»Und warum hat es Ihnen nichts ausgemacht?«
»Wahrscheinlich weil ich dachte, wenn jemand versuchen würde, meine Familie in den Schmutz zu ziehen, hätte er ganz einfach unrecht.« Kit schwieg. »Und das wäre bei deiner Familie ja genauso.«
»Ich weiß.« Aber in Kits leiser Stimme schwangen Zweifel mit.
»Dein Vater ist weit über unsere Grafschaft hinaus ein angesehener Mann; er ist so gut zu den Armen, und die Leute fragen ihn um Rat wie einen Arzt. Deine Mutter ist einer der liebenswürdigsten und gütigsten Menschen, die ich kenne, und ich schätze mich glücklich, daß ich ihre Bekanntschaft machen durfte. Sie hat eine künstlerische Ader und liebt die Schönheit ...« Das Schweigen lag drückend zwischen ihnen, deshalb sprach Schwester Madeleine weiter. Ihr Gesicht verriet nicht, was sie dachte. Sie sprach langsam, wählte ihre Worte mit Bedacht. »Natürlich sagen die Menschen oft Dinge, weil sie eifersüchtig sind und kein Selbstvertrauen haben. Aus Angst schlagen sie um sich, so wie ein Mann mit einem Stock vielleicht in einen Strauch drischt und die wunderschönen Blüten daran abreißt und dabei nicht einmal weiß, warum er es tut ...« Schwester Madeleines Stimme hatte einen hypnotischen Klang, sie schien alles zu wissen über die Sache mit Clio. War Clio vielleicht bei ihr gewesen und hatte es ihr erzählt? Das konnte durchaus sein. »Und dem Mann, der mit dem Stock die schönen Blüten abgerissen hat, tut gewiß leid, was er getan hat, aber er weiß nicht, wie er es sagen soll.«
»Ich weiß«, erwiderte Kit. Sie freute sich, daß Schwester Madeleine fand, ihre Mutter habe eine künstlerische Ader und sei gütig und liebenswürdig. Und sie nahm sich vor, Clio irgendwann wieder zu verzeihen.
Vorausgesetzt natürlich, sie würde sich angemessen entschuldigen.

»Es tut mir sehr leid«, sagte Clio.
»Ist schon gut«, entgegnete Kit.
»Nein, es ist nicht gut. Ich weiß nicht, warum ich es getan habe, warum ich es immer wieder tue. Wahrscheinlich möchte ich einfach ein bißchen besser sein als du oder so. Die Wahrheit ist, daß ich mich selbst nicht leiden kann.«
»Und ich kann es nicht leiden, daß ich so schnell eingeschnappt bin«, sagte Kit.
Ihre Familien waren erleichtert. Es lag immer etwas Beunruhigendes in der Luft, wenn Kit und Clio einen Streit hatten – wie Donner, der ein schlimmes Unwetter ankündigt.

Manchmal war es schwerer, die Nachricht vom Tod eines ungeliebten Menschen zu überbringen, als von jemandem, dessen Tod großen Kummer bereitete. Peter Kelly holte noch einmal tief Luft, bevor er zu Kathleen Sullivan ging, um ihr zu berichten, daß ihr Mann schließlich seiner Leberzirrhose erlegen war, an der er ebenso schwer gelitten hatte wie an dem geistigen Verfall, der zu seiner Einweisung in die Anstalt geführt hatte. Er wußte, daß die üblichen Beileidsbekundungen in diesem Fall unangebracht waren. Aber schwierig war es immer.
Kathleen Sullivan nahm seine Nachricht mit steinerner Miene entgegen. Ihr ältester Sohn Stevie, ein dunkelhaariger, gutaussehender Bursche, der einmal zu oft die Faust seines Vaters zu spüren bekommen hatte und daraufhin auf den Hof seines Onkels gezogen war, zuckte nur mit den Schultern. »Für uns ist er schon vor langer Zeit gestorben, Herr Doktor«, sagte er.
Der jüngere Michael wirkte verwirrt. »Wird es eine Begräbnisfeier geben?« fragte er.
»Ja, natürlich«, sagte der Arzt.
»Nein, wir brauchen keine Begräbnisfeier«, widersprach Stevie unvermutet. »Niemand wird Komödie spielen und so tun, als wäre er traurig.«
Seine Mutter sah ihn entsetzt an. »Aber wir *müssen* doch eine Begräbnisfeier halten«, fing sie an.

Alle blickten hilfesuchend zum Arzt. Wie so oft fragte sich Peter Kelly auch diesmal, warum in solchen Angelegenheiten ausgerechnet er als Quell der Weisheit erachtet wurde.
Stevie mit seinen sechzehn Jahren sah ihm in die Augen. »Sie sind kein Heuchler, Doktor Kelly. Sie wollen doch nicht, daß das Ganze zu einem Affentheater wird.« In dem Blick des Jungen lagen Stärke und Entschlossenheit. Sechs oder sieben Jahre seiner Kindheit, in denen er sich wie ein Erwachsener behaupten mußte, hatten ihn gut auf das Leben vorbereitet, doch zu einem hohen Preis. Der Junge hatte etwas anderes verdient, als einer scheinheiligen Zeremonie beiwohnen zu müssen.
»Ich denke, man kann eine Beerdigung in aller Stille in der Anstalt arrangieren. Das ist in solchen Fällen üblich. Dort wird dann eine Messe gelesen, nur im engsten Kreis der Angehörigen. Father Baily wird sich sicher darum kümmern.«
Kathleen Sullivan sah ihn dankbar an. »Sie sind sehr gut zu uns, Herr Doktor. Ich wünschte nur, es wäre alles anders gekommen.« Ihr Gesicht war unbewegt; es lag ein harter Ausdruck darin, während sie sprach. »Ich kann von niemandem Mitgefühl oder so etwas erwarten, denn alle werden sagen, es war am besten so und wir können froh sein, daß wir ihn los sind.«
»Ich weiß, was Sie meinen, Kathleen.« Peter Kelly wußte es nur allzugut. Wenn nicht einmal er ein tröstendes Wort für sie fand, wer dann in Lough Glass? »Sie können jederzeit zu Schwester Madeleine gehen«, sagte er. »Bei ihr werden Sie in dieser schweren Zeit Trost finden.«
Als er das Haus verließ und wieder in seinem Auto saß, sah er, wie Kathleen Sullivan, jetzt mit Mantel und Kopftuch, sich aufmachte, um seinem Rat zu folgen. Sie schlug den kleinen Pfad zum See ein. Auf der Heimfahrt überholte er Helen McMahon, die mit wehendem Haar die Straße entlangging. Trotz des kalten Windes trug sie nur ein wollenes Kleid, keinen Mantel. Ihr Gesicht war gerötet, sie wirkte erregt.
Er hielt neben ihr an. »Soll ich dich zurückfahren, dann können sich deine Beine ein wenig ausruhen?« fragte er.

Sie lächelte ihn an, und wieder einmal wurde ihm bewußt, wie schön sie war. Manchmal vergaß er, daß sie so schön war, so wunderschön, daß sie einst die Herzen aller Männer in Dublin gebrochen hatte. Das Mädchen mit dem bezauberndsten Gesicht der Welt, das ausgerechnet Martin McMahon erhört hatte.
»Nein, Peter. An einem Abend wie heute gehe ich gern spazieren ... man fühlt sich so frei. Kannst du die Vögel dort über dem See sehen? Sind sie nicht wundervoll?«
Sie sah wundervoll aus. Ihre Augen strahlten, ihre Haut hatte einen seidigen Schimmer. Bisher war ihm nie aufgefallen, daß sie trotz ihrer zierlichen Figur so üppige Rundungen besaß; das blaue Wollkleid spannte sich eng um die vollen Brüste. Mit Bestürzung wurde ihm plötzlich klar, daß Helen McMahon schwanger war.

»Peter, was ist los mit dir?«
»Immer fragst du mich, was mit mir los ist«, sagte er gereizt zu Lilian. »Was soll schon sein?«
»Du hast den ganzen Abend kein Wort gesprochen. Immerzu starrst du ins Feuer.«
»Mir gehen eben ein paar Dinge durch den Kopf.«
»Das scheint mir auch so. Und ich habe dich gerade gefragt, *was* für Dinge.«
»Bist du hier der Großinquisitor? Darf ich jetzt nicht einmal mehr ohne deine Erlaubnis nachdenken?« fuhr er sie an.
Er sah, wie ihr die Tränen in die Augen stiegen und sich ihr rundes Gesicht verzog. Das war sehr gemein von ihm gewesen. In ihrer Ehe war es ganz normal, daß der eine den anderen fragte, wie es ihm ging und was er dachte. Er hatte sich scheußlich benommen. Er gab es zu.
»Ich habe dich nur gefragt, weil du so besorgt aussiehst.« Lilian war schon wieder beinahe besänftigt.
»Ich habe darüber nachgedacht, ob ich Kathleen Sullivan den richtigen Rat gegeben habe, als ich ihr sagte, sie soll die Beerdigung in der Anstalt abhalten«, entgegnete Peter Kelly und hörte mit einem Ohr seiner Frau zu, wie sie ihre Ansicht darüber

äußerte, während ihn weiterhin die Frage beschäftigte, was es wohl mit Helen McMahons Schwangerschaft auf sich hatte. Denn tief im Innern spürte er, daß damit irgend etwas nicht stimmte. Dabei gab es eigentlich keinen Grund, warum Martin und Helen McMahon nicht noch mal ein Baby haben sollten. Helen mochte sieben- oder achtunddreißig sein, und in diesem Alter wäre es für die meisten Frauen hier völlig normal, noch ein Kind zu bekommen. Aber Peter Kelly hatte ein ungutes Gefühl bei der Sache. Es waren eigentlich nur Gesprächsfetzen, die er irgendwann aufgeschnappt hatte und die ihm jetzt wieder einfielen: Clio, die einmal erzählt hatte, daß Kit McMahons Eltern getrennte Schlafzimmer hatten, und Martin, der eines Abends bei Paddles von den guten alten Zeiten geschwärmt und angedeutet hatte, daß Helen und er schon lange nicht mehr miteinander schliefen. Und hatte Helen nicht einmal, als Emmet noch ein Baby war, davon gesprochen, daß er keine jüngeren Geschwister haben würde? All diese Erinnerungen fügten sich in seinem Kopf zu einem verrückten Puzzle zusammen. Und es wurde ihm klar, daß es wirklich eine völlig verrückte Idee von ihm sein mußte, denn angenommen – nur einmal angenommen –, dieser Wirrwarr von Gedanken würde sich als die Wahrheit herausstellen, was dann?
Wer um alles in der Welt konnte der Vater von Helen McMahons Baby sein, wenn nicht ihr Ehemann?

Martin hörte Schritte auf der Treppe. Er stand auf und ging zur Wohnzimmertür. »Helen?«
»Ja, Liebling.«
»Ich habe dich gesucht. Hast du das von dem armen Billy Sullivan schon gehört?«
»Ja, Dan hat es mir erzählt. Ich denke, es ist so am besten gewesen. Er wäre nie wieder gesund geworden.«
»Sollen wir mal zu den Sullivans rübergehen, was meinst du?« Martin war immer ein guter Nachbar.
»Nein. Kathleen ist nicht da, nur die beiden Jungs. Ich war schon drüben, auf dem Rückweg.«

»Du bist lange weggewesen ...«
»Ich habe nur einen Spaziergang gemacht. Heute ist so ein schöner Abend. Sie haben gesagt, daß ihre Mutter zu Schwester Madeleine gegangen ist. Das war eine gute Idee. Sie findet immer die richtigen Worte.«
»Bist du im Hotel gewesen?«
Helen wirkte überrascht. »Aber nein. Wozu sollte ich dort hingehen?«
»Du hast gesagt, daß Dan dir das mit Billy Sullivan erzählt hat.«
»Der steht doch ständig vor der Tür und erzählt seine Geschichten jedem, der sie hören will ... Nein, wie ich schon sagte, ich war spazieren. Unten am See.«
»Warum willst du nur immer allein spazierengehen? Warum läßt du mich nicht mitkommen?«
»Du weißt, warum. Ich möchte nachdenken.«
»Aber worüber denn nur?« Aus seinem Blick sprachen Unverständnis und Hilflosigkeit.
»Mein Kopf ist bis zum Überlaufen voll von Dingen, über die ich nachdenken muß ...«
»Und sind es angenehme Dinge, über die du nachdenkst?« Fast klang seine Stimme, als hätte er Angst vor ihrer Antwort, als wünschte er, er hätte nicht gefragt.
»Wir müssen miteinander reden ... wir müssen reden ...« Helen sah zur Tür, als wollte sie sichergehen, daß niemand zuhören konnte.
Martin erschrak. »Es gibt nichts zu bereden. Ich wollte nur wissen, ob du glücklich bist, das ist alles.«
Helen seufzte tief. »Ach, Martin, das habe ich dir schon so oft gesagt. Ich bin weder glücklich noch unglücklich, und du kannst gar nichts daran ändern – genausowenig, wie du das Wetter ändern kannst ...«
Bekümmert sah er sie an. Sein Blick verriet, daß er es bereute, sie gefragt zu haben.
»Aber jetzt ist alles anders. Alles hat sich geändert. Und wir sind immer ehrlich zueinander gewesen – das ist mehr, als viele andere

Paare von sich behaupten können ...« Ihre Worte klangen, als wollte sie ihn trösten.
»Aber es ist doch noch mehr als das, oder?« fragte er hoffnungsvoll.
»Natürlich ist es mehr als das – aber ich habe dich niemals belogen, und deshalb möchte ich es dir immer sagen, wenn es etwas Wichtiges gibt.«
Martin trat einen Schritt zurück und hob die Hände, als wollte er jegliche Erklärungen aus ihrem Mund abwehren. Auf ihrem Gesicht lag ein gequälter Ausdruck. Er konnte den Anblick nicht ertragen.
»Oh, mein Liebling, was habe ich nur wieder angerichtet? Es ist doch dein gutes Recht, allein spazierenzugehen. Unten am See oder wo immer du willst. Was fällt mir eigentlich ein, dich ins Kreuzverhör zu nehmen? Ich werde schon wie die Mutter Bernard, und das in meinem Alter, also nein.«
»Ich möchte dir alles sagen ...«
»Heute ist schon genug geschehen ... nachdem der arme Mann von gegenüber zu seinem Schöpfer heimgegangen ist ...«
»Martin ...«, unterbrach sie ihn.
Aber er wollte nicht mit ihr darüber sprechen. Er nahm ihre Hände und zog sie zu sich. Als sie ganz nah bei ihm war, umschlang er sie fest mit seinen Armen. »Ich liebe dich, Helen«, flüsterte er immer wieder in ihr Haar.
Und sie erwiderte ganz leise: »Ich weiß. Ich weiß, Martin, ich weiß.«
Keiner von beiden bemerkte Kit, die im Dunkeln an der Tür vorbeischlüpfte, noch einen Augenblick verharrte und dann in ihr Zimmer ging. In jener Nacht lag sie lange wach im Bett. Immer wieder fragte sie sich, ob das, was sie gehört hatte, nun sehr gut oder sehr schlecht war.
Zumindest sah es nicht so aus, als wäre ihre Mutter ausschweifend und zügellos, oder worauf Clio sonst andauernd anspielte.

Halloween fiel auf einen Freitag. Kit überlegte, ob sie nicht eine Party geben sollte.
Ihre Mutter schien dagegen zu sein. »Wir wissen ja noch gar nicht, was wir da vorhaben«, sagte sie unruhig.
»Aber natürlich wissen wir das.« Kit fand das nicht fair. »Es ist ein Freitag, und wir werden, wie jeden Freitag, Rührei mit Kartoffeln essen. Ich habe nur gefragt, ob ich wohl ein paar Freunde dazu einladen könnte ...«
Mutter wirkte völlig verändert, als sie antwortete. Sie betonte jedes einzelne Wort, als würde sie eine Botschaft ausrichten oder eine Nachricht verlesen. »Glaub mir, ich weiß sehr genau, was ich sage. Wir wissen noch nicht, was wir an Halloween vorhaben. Jetzt ist nicht der richtige Zeitpunkt, um über eine Halloween-Party nachzudenken. Wir werden bestimmt mal wieder ein Fest feiern, aber jetzt nicht.«
Es klang endgültig. Und erschreckend.

»Spuken an Halloween richtige Gespenster?« fragte Clio Schwester Madeleine.
»Du weißt genau, daß es keine Gespenster gibt«, antwortete Schwester Madeleine.
»Nun, ich meine Geister.«
»Die Geister der Verstorbenen sind immer unter uns.« Schwester Madeleine sprach in ausgesprochen heiterem Ton, als wolle sie sich auf Clio Kellys Hang zur Dramatik nicht einlassen.
»Haben Sie Angst vor Geistern?« Clio ließ nicht locker. Sie wollte dem Gespräch unbedingt eine gruselige Note verleihen.
»Nein, mein Kind. Warum sollte man vor jemandes Geist Angst haben? Ein Geist ist etwas Liebes, Freundliches. Er haucht dem Körper Leben ein, das, woran man sich erinnert und was immer hierbleibt ...«
Das klang schon etwas vielversprechender. »Und hier am See, sind hier auch Geister?«
»Natürlich – von den Menschen, die diesen Ort geliebt und hier gelebt haben.«

»Und an diesem Ort gestorben sind?«
»Natürlich, auch das.«
»Ist der Geist von Bridie Daly auch hier?«
»Bridie Daly?«
»Die Frau, die gesagt hat: ›Sucht im Schilf.‹ Die Frau, die ein Baby erwartete, obwohl sie nicht verheiratet war.« Schwester Madeleine fand Clio ein bißchen zu sensationslüstern und schwatzhaft. Nachdenklich betrachtete sie die beiden Mädchen. »Und werdet ihr zwei eine Halloween-Party feiern?« fragte sie.
Kit schwieg.
»Kit wollte eine Party geben, aber dann wurde das Ganze abgeblasen«, schimpfte Clio.
»Ich habe nur gesagt, vielleicht«, wehrte sich Kit.
»Ja, aber das ist doch ziemlich blöd, erst ›vielleicht‹ zu sagen und dann ohne eine Erklärung abzusagen«, trumpfte Clio auf.
Schwester Madeleine sah Kit mitfühlend an. Das Kind hatte irgendeinen Kummer. Aber die Erwähnung der Halloween-Party war nicht das richtige gewesen, um sie abzulenken. »Habt ihr schon mal einen zahmen Fuchs gesehen?« fragte sie die Mädchen in verschwörerischem Ton.
»Sie können doch unmöglich einen zahmen Fuchs haben, oder?« Clio wußte wieder mal alles besser.
»Nun, natürlich nicht so zahm, daß man ihn mit Enten- und Hühnerküken allein lassen könnte«, pflichtete Schwester Madeleine ihr bei. »Aber ich habe einen süßen kleinen Kerl, den ihr sehen müßt. Er ist in meinem Schlafzimmer in einer Kiste. Ich kann ihn nicht hinauslassen, aber ihr könnt mit mir zu ihm hineingehen und ihn ansehen.«
In ihr Schlafzimmer! Die Mädchen sahen sich entzückt an. Niemand wußte, was sich hinter der verschlossenen Schlafzimmertür befand. Jetzt war alles andere vergessen, die Wasserleichen im See, die Geister der Toten und die so schnöde abgesagte Halloween-Party. Sie gingen hinein, und Schwester Madeleine schloß die Tür hinter ihnen.
Da stand ein schmales, schlichtes Eisenbett, über das eine schnee-

weiße Tagesdecke gebreitet war. An der Wand hing ein Kreuz, kein Kruzifix, nur ein einfaches Kreuz. Und es gab noch eine kleine Kommode ohne Spiegel, auf der ein Kamm und eine Rosenkranzkette lagen.
Unter dem Kreuz standen ein Stuhl und ein Betpult, an dem Schwester Madeleine offensichtlich betete.
»Sie haben es sehr sauber und ordentlich hier«, sagte Clio schließlich. Sie wollte eine nette Bemerkung machen, und das war das einzig wirklich Zutreffende, was ihr zu diesem Raum einfiel, der etwa so luxuriös wie eine Gefängniszelle war.
»Hier ist er«, rief Schwester Madeleine und zog eine mit Stroh gefüllte Pappschachtel hervor. Mittendrin saß ein winzig kleiner Fuchswelpe, der den Kopf auf eine Seite legte.
»Ist der niedlich!« kam es wie aus einem Munde von Clio und Kit. Zaghaft streckten sie die Hand aus und wollten ihn streicheln.
»Beißt er?« fragte Kit.
»Vielleicht zwickt er dich ein bißchen, aber seine Zähnchen können dir nicht weh tun.« Jeder andere Erwachsene hätte ihnen verboten, den Welpen zu berühren.
»Werden Sie ihn behalten?« wollte Kit wissen.
»Weißt du, er hat sich das Bein gebrochen. Ich habe mich darum gekümmert ... mit so was kann man nicht zum Tierarzt gehen. Mr. Kenny würde sich schön bedanken, wenn man ihm einen Fuchs brächte.« Schwester Madeleine wußte, daß sie sich die Sympathien in Lough Glass leicht verscherzen konnte, wenn die Leute erfuhren, daß sie einen Fuchs pflegte. Füchse waren schließlich Raubtiere, sie jagten Hühner und Gänse und sogar kleine Truthähne. Weder ein Arzt noch sonst jemand würde einem dabei helfen, einen kleinen Fuchs zu heilen. Bewundernd betrachteten sie das dünne Holzstäbchen, mit dem das Beinchen geschient war. »Bald wird er wieder laufen können, und dann lassen wir ihn frei, was immer ihn da draußen auch erwarten mag.« Schwester Madeleine blickte in das winzige, spitze Gesichtchen, das vertrauensvoll zu ihr hochsah, und streichelte den kleinen, weichen Kopf.

»Wie können Sie ihn nur wieder freilassen?« entfuhr es Kit. »Ich würde ihn für immer bei mir behalten.«
»Sein Platz ist da draußen. Wer frei sein will, den kann man nicht halten. Der Freiheitsdrang liegt in seiner Natur.«
»Aber Sie könnten ihn doch zu einem Haustier machen ...«
»Nein, das würde nicht gehen. Jedes Tier und jeder Mensch, der die Freiheit sucht, wird am Ende gehen.«
Kit fröstelte. Es war, als könnte Schwester Madeleine in die Zukunft sehen.

Helen ging langsam die Treppe hinunter und in die Apotheke. Sie lächelte matt.
»Bei uns ist es wie bei den Schusterkindern, die keine Schuhe kriegen ... im ganzen Badezimmer war kein Aspirin zu finden«, sagte sie.
Martin holte eilig ein Glas Wasser und gab ihr zwei kleine Tabletten. Einen Moment lang ließ er seine Hand auf der ihren ruhen. Sie erwiderte diese zärtliche Geste mit einem müden Lächeln.
»Du siehst erschöpft aus, Liebes ... konntest du heute nacht nicht schlafen?« Martin McMahons Ton war sehr liebevoll.
»Nein, ich habe wirklich kein Auge zugemacht. Statt dessen bin ich auf und ab gegangen. Ich hoffe, ich habe nicht das ganze Haus aufgeweckt.«
»Du hättest zu mir kommen sollen. Ich hätte dir ein Schlafmittel gegeben.«
»Aber ich möchte dich nicht mitten in der Nacht stören. Es ist schlimm genug, daß ich dich aus meinem Schlafzimmer verbannt habe, und ich möchte dir keine falschen Hoffnungen machen.«
»Ich habe die Hoffnung nie aufgegeben, Helen. Vielleicht eines Tages?« Auf seinem Gesicht lag ein erwartungsvoller Ausdruck. Sie schwieg. »Oder eines Nachts?« fügte er lächelnd hinzu.
»Ich muß mit dir reden, Martin.«
Beunruhigt legte er die Hand auf ihre Stirn.
»Was ist mit dir, Liebes, hast du Fieber?«

»Nein, nein, das ist es nicht.«
Betroffen sah er sie an. »Nun sag schon, du machst mir ja richtig angst.«
»Nicht hier – es ist eine lange und komplizierte Geschichte, und ... ich muß hier raus ...« Die Blässe ihres Gesichts war einer glühenden Röte gewichen.
»Sollen wir Peter kommen lassen?«
»Nein, wir lassen Peter nicht kommen«, fuhr sie ihn an. »Ich möchte mit dir allein reden. Machst du mit mir einen Spaziergang?«
»Jetzt? Aber wir gehen doch gleich nach oben, wo der Mittagstisch bestimmt schon gedeckt ist.« Ihr merkwürdiges Verhalten brachte ihn völlig aus der Fassung.
»Ich habe Rita Bescheid gesagt, daß wir beide heute nicht mitessen, und uns ein paar belegte Brote gemacht.« Sie hatte ein ordentlich in Pergamentpapier gewickeltes Päckchen dabei. »Ich muß unbedingt mit dir reden.« Ihr Ton klang nicht drohend, aber trotzdem schien Martin sich vor ihren Worten zu fürchten.
»Hör zu, Liebes, ich habe meine Arbeit zu tun. Ich kann nicht einfach losgehen und einen Spaziergang machen, wenn mir gerade danach ist«, entgegnete er.
»Heute nachmittag ist geschlossen.«
»Ja, nur ich ... ich habe noch soviel zu erledigen – wir könnten die Brote doch auch oben mit Rita essen. Wäre das nicht eine gute Idee?«
»Ich möchte aber nicht vor Rita mit dir sprechen ...«
»Weißt du, ich finde, du solltest jetzt gar nicht mehr reden – komm mit, ich steck' dich ins Bett, und dann hören wir mit diesem Unsinn auf.« Er sprach beruhigend auf sie ein, redete ihr gut zu – in demselben Tonfall, wie er mit einem Kind sprach, dem er einen Spreißel aus dem Finger zog oder dem er das Knie mit Jod desinfizierte.
Helen traten die Tränen in die Augen.
»Ach, Martin, was soll ich bloß mit dir anfangen?« fragte sie.
Er tätschelte ihre Hand. »Du sollst mir dein Lächeln schenken. Es

gibt nichts auf der Welt, was man nicht mit einem Lächeln besser machen könnte.«
Sie zwang sich zu einem Lächeln, und er wischte ihr die Tränen ab.
»Was habe ich dir gesagt?« meinte er triumphierend. Er hielt immer noch ihre Hand, und sie wirkten wie ein glückliches Paar, das ein Geheimnis, ein gemeinsames Leben und vielleicht einen Moment des Glücks miteinander teilt, als die Ladentür aufging und Lilian Kelly hereinkam, gefolgt von ihrer Schwester Maura, die wie jedes Jahr um diese Zeit zu Besuch war.
»Na, ihr versteht es zu leben, wie zwei Turteltäubchen inmitten all dieser Flaschen und Tinkturen«, sagte Lilian lachend.
»Hallo, Helen, du siehst noch genauso prächtig aus wie letztes Jahr.« Maura war eine kräftige Frau wie ihre Schwester, quirlig und überschwenglich und außerdem eine erstklassige Golfspielerin. Sie arbeitete bei einem Dressurreiter, und es hieß, daß sie ein Auge auf ihn geworfen habe. Aber ihre Hoffnungen hatten sich nicht erfüllt. Maura mußte mittlerweile um die Vierzig sein, aber immer war sie gutgelaunt und lebensfroh.
Sie zogen die beiden hohen Hocker heran, die Martin McMahon für die Kunden im Geschäft stehen hatte, und es wurde ein Aschenbecher hervorgeholt, denn Lilian und Maura rauchten beide Zigaretten, die sie beim Reden gestikulierend herumschwenkten.
Martin bemerkte, daß Helen versuchte, dem Qualm auszuweichen. »Soll ich die Tür einen Spalt aufmachen?« schlug er vor.
Sie sah ihn dankbar an.
»Wir holen uns hier noch den Tod, Martin, so kalt ist es.«
»Es ist nur wegen Helen, sie fühlt sich nicht so …«, sagte er fürsorglich.
»Ist dir nicht gut?« erkundigte sich Lilian mitfühlend.
»Alles in Ordnung, mir war heute nur ein bißchen übel, ich weiß auch nicht, warum.«
»Doch nicht etwa aus dem ältesten Grund der Welt, oder?« neckte sie Lilian.

Helen sah ihr direkt in die Augen und antwortete dann mit einem matten Lächeln: »Das glaube ich kaum.«
Draußen auf der Straße atmete sie in tiefen Zügen die kalte Luft ein. Selbst für Ende Oktober war es ziemlich kühl, und vom See her zog Nebel auf. Aber zumindest bekam ihr Gesicht wieder etwas Farbe.
»Hört mal, wir wollten euch eigentlich fragen, ob ihr mit uns ins Hotel essen geht – wir gönnen uns heute den Luxus. Komm schon, Helen, heute ist doch nachmittags geschlossen. Peter kommt auch, und es wird bestimmt recht nett. Wir können doch mit euch rechnen, oder?«
Helen sah zu ihrem Mann. Noch vor wenigen Minuten hatte er beteuert, er müsse tausend Dinge erledigen. An seinem freien Nachmittag fand er nicht die Zeit, um mit ihr allein zu sein. Aber kaum stellte man ihm eine gesellige Unternehmung in Aussicht, sprang er offensichtlich gleich darauf an.
»Nun, ich weiß nicht, ich weiß wirklich nicht …«, begann er.
Helen machte keinerlei Anstalten, ihm die Entscheidung abzunehmen.
»Wir machen doch so was nicht jeden Tag«, versuchte Lilian Kelly ihn zu überreden.
»Martin, ich bestehe darauf.« Auch Maura schien ganz angetan von dieser Idee. »Kommt schon, ich lade euch alle ein. Tut mir doch den Gefallen – es würde mich wirklich freuen.« Sie sah mit leuchtenden Augen in die Runde.
»Helen, was meinst du?« Er war aufgeregt wie ein Schuljunge. »Sollen wir's riskieren?«
Lilian und Maura klatschten vor Begeisterung fast in die Hände.
»Geh ohne mich, Martin, bitte, ich kann leider nicht mitkommen. Ich muß weg …« Helen winkte mit der Hand in eine unbestimmte Richtung.
Niemand fragte, warum sie nicht mitkam oder wohin sie ging.

In der Knabenschule war der Mittwochnachmittag frei, bei den Mädchen nicht. Emmet McMahon besuchte Schwester Madeleine und las mit ihr die »Oden aus dem alten Rom«; immer wieder erzählte er die Geschichte, wie Horaz die Brücke hielt. Sie schloß die Augen und sagte, sie sehe im Geiste alles vor sich: jene tapferen jungen Männer, die zu dritt gegen die feindlichen Horden ankämpfen und schließlich in den Tiber gestoßen werden. Auch Emmet hatte das Bild jetzt vor Augen, und er sprach mit sicherer Stimme:

»›Oh, Tiber, Vater Tiber! Den die Römer anbeten‹ …« Er stockte.

»Warum beteten die Römer einen Fluß an?«

»Sie dachten, er sei ein Gott.«

»Sie müssen verrückt gewesen sein.«

»Ich weiß nicht«, sinnierte Schwester Madeleine. »Der Tiber war ein sehr mächtiger Fluß, reißend und schäumend, und in vielerlei Hinsicht waren sie von ihm abhängig … ein bißchen wie von einem Gott, nehme ich an.« Schwester Madeleine fand nichts Erstaunliches daran.

»Kann ich den kleinen Fuchs sehen, den Sie Kit gezeigt haben?« fragte er.

»Natürlich, aber zuvor erzählst du mir noch ein bißchen von den tapferen Römern. Das höre ich so gerne.«

Und da stand Emmet McMahon, der früher vor anderen Leuten nicht einmal seinen eigenen Namen ohne Stottern aussprechen konnte, und trug die Verse von Lord Macaulay vor, als ob es das Selbstverständlichste von der Welt wäre.

»Wenn ich heimkomme, ist Tante Maura schon da«, sagte Clio.

»Das ist doch schön für dich«, entgegnete Kit.

»Ja. Sie hat gesagt, sie würde uns Golfunterricht geben. Sollen wir das machen?«

Kit dachte darüber nach. Auf der einen Seite war das etwas, das nur die Erwachsenen taten. Sie wären eine Klasse über denjenigen, die nur die Golfbälle einsammelten. Aber Kit verspürte einen inneren Widerstand. Sie fragte sich, warum. Vielleicht, weil ihre Mutter nicht Golf spielte. Mutter hatte sich nie auch nur im geringsten dafür interessiert. Wenn Kit es nun lernen würde,

käme ihr das fast so vor, als würde sie sich ihrer Mutter widersetzen.
»Ich werde darüber nachdenken«, sagte sie schließlich.
»Bei dir heißt das soviel wie nein«, entgegnete Clio.
»Warum sagst du das?«
»Ich kenne dich nun mal ziemlich gut.« Es klang wie eine Drohung.
Kit beschloß, am Abend mit ihrer Mutter darüber zu sprechen; wenn Mam ihr riet, Golfspielen zu lernen, würde sie es tun. Dann würde Clio Kelly schon sehen, daß sie nicht immer recht hatte.

»Für mich bitte nicht soviel, Rita. Ich hatte heute schon so ein üppiges Mittagessen, wie man es nicht mal als Henkersmahlzeit kriegen würde«, sagte Martin McMahon reumütig.
»Warum hast du dann alles aufgegessen?« fragte Emmet.
»Wir waren im Hotel beim Essen.«
»Wieviel hat es gekostet?« wollte Emmet wissen.
»Ehrlich gesagt, ich weiß es nicht. Clios Tante Maura hat uns alle eingeladen.«
»Hat es Mutter gefallen?« Kit freute sich, daß ihre Eltern ausgegangen waren.
»Oh, deine Mutter konnte nicht mitkommen.«
»Wo ist sie jetzt?«
»Sie kommt später.«
Kit wünschte, sie wäre jetzt hier; sie wollte mit ihr über die Golfstunden sprechen. Warum nur fanden es alle normal, daß Mutter kaum noch bei ihnen war?

Clio besuchte sie nach dem Tee. »Nun, wie hast du dich entschieden?«
»Entschieden?«
»Die Golfstunden. Tante Maura möchte Bescheid wissen.«
»Nein, das stimmt nicht. *Du* willst es wissen«, sagte Kit mit Nachdruck.
»Na ja, sie will es bestimmt auch wissen.«

»Ich habe mich noch nicht entschieden.«
»Was könnten wir jetzt machen?« Clio ließ den Blick in Kits Zimmer umherschweifen und wartete auf eine Eingebung oder auf eine Einladung von Kit, zusammen noch einmal den Cha-Cha-Cha zu üben, den sie schon fast beherrschten. Die Schrittfolge war noch komplizierter als Geometrie bei Mutter Bernard.
»Ich weiß nicht«, sagte Kit. Sie wünschte sich, Mutters leichte Schritte auf der Treppe zu hören.
Sie schwiegen. »Haben wir einen Streit?« fragte Clio.
Kit war zerknirscht. Beinahe hätte sie ihrer besten Freundin erzählt, daß sie sich nur Sorgen machte, weil ihre Mutter nicht zu Hause war. Aber sie bezwang sich noch einmal.

»Clio ist aber nicht lange geblieben.« Kits Vater zog die Vorhänge im Wohnzimmer zu.
»Nein.«
»Habt ihr wieder Streit?«
»Nein, aber das hat sie auch gefragt«, sagte Kit.
»Na, dann bin ich erleichtert.«
»Daddy, wo ist Mutter?«
»Sie kommt schon wieder, Liebes. Sie mag es nicht, wenn man sie kontrolliert.«
»Aber wo steckt sie denn bloß?«
»Ich weiß es nicht, Liebes. Laß das jetzt, und lauf nicht dauernd auf und ab wie ein Tiger im Käfig.«
Kit setzte sich und schaute ins Feuer. Vor ihren Augen entstanden Häuser und Burgen und große, wilde Gebirge. Nie erschien das gleiche Bild zweimal. Von Zeit zu Zeit sah sie zu ihrem Vater hinüber.
Er saß da mit einem Buch auf dem Schoß, aber er blätterte nie um.
In der Küche saß Rita neben dem Ofen. So ein Ofen war schon angenehm an einem windigen Abend wie diesem. Sie dachte an die Menschen, die kein Zuhause hatten, wie die »alte Frau auf den Straßen« in dem Gedicht von Padraic Colum. Sie hatten einen

gerahmten Druck dieses Gedichts an der Wand hängen. Ein behagliches Zuhause war schon eine wunderbare Sache.
Sie dachte an die Frauen der Landfahrer, die jahraus, jahrein in diesen feuchten Wohnwagen über Land zogen, und an Schwester Madeleine, die nie wußte, was sie am nächsten Tag zu essen haben würde, und sich auch keine Sorgen darüber machte. Irgend jemand würde ihr schon Feuerholz bringen oder ein paar Kartoffeln.
Und Rita dachte an die gnädige Frau.
Was ging nur in ihr vor? Eine bildhübsche junge Frau wie sie, mit einer Familie, die sie auf Händen trug, und ging in so einer kalten, stürmischen Nacht unten am See spazieren, anstatt zu Hause in ihrem Zimmer gemütlich am Feuer zu sitzen und die schweren Samtvorhänge zuzuziehen.
»Die Leute sind oft sehr komisch, Farouk«, sagte Rita zu der Katze.
Farouk sprang mit einem Satz aufs Fensterbrett und sah hinaus, über die Hinterhöfe von Lough Glass, als könnte er jetzt auch da draußen sein, wenn er nur Lust dazu hätte.
Emmet war schon im Bett, und Vater sehnte sich danach, die Haustüre zu hören. Das Ticken der Uhr ging Kit durch und durch, so daß sie fast zu zittern begann. Warum hatten sie nur eine derart laute Uhr? Oder war sie nur heute so laut? Bisher war es Kit noch nicht aufgefallen, aber sie übertönte all die anderen Geräusche im Haus.
Wie schön wäre es doch, wenn Mutter jetzt hier wäre und ihr ein Kartenspiel beibrächte! Mutter sagte, man könne jedes Spiel aus Büchern lernen. Es habe nichts damit zu tun, ob man für solche Spiele begabt sei oder ein gutes Gespür für Karten habe, man könne es ganz allein aus eigener Kraft lernen.
Nicht mehr lange, dann würden sie die Tür hören und Mutters leichten Schritt, wenn sie die Treppe hinauflief. Vater würde sie nicht fragen, warum sie so lange fortgewesen war … obwohl es das erste Mal war, daß sie so spät noch nicht zu Hause war.
Vielleicht sollte er sie fragen, dachte Kit, die allmählich ungedul-

dig wurde. Es war doch nicht normal; jedenfalls nicht das, was Clio als normal bezeichnen würde.
Und dann hörten sie an der Haustür unten ein Geräusch. Kit spürte, wie ihr Gesicht wieder Farbe bekam. Sie wechselte mit ihrem Vater einen verschwörerischen Blick, der ihrer beider Erleichterung verriet – doch darüber würden sie kein Wort verlieren, wenn Mutter gleich hereinkam. Aber die Tür öffnete sich nicht. Es war nicht Mutter. Jemand rüttelte an der Türklinke und begann dann zu klopfen. Kits Vater rannte nach unten, um aufzumachen.
Es war Dan O'Brien vom Hotel mit seinem Sohn Philip. Sie waren durchnäßt, ihr Haar zerzaust.
Kit beobachtete sie vom oberen Treppenabsatz aus. Es schien ihr, als würde sich die ganze Szene in Zeitlupe abspielen.
»Martin, es ist bestimmt gar nichts passiert«, begann Dan.
»Was ist los? Sagen Sie schon, verdammt noch mal!« Voller Angst wartete Vater auf die Worte, die Mr. O'Brien so schwer über die Lippen kommen wollten.
»Ich bin ganz sicher, daß alles in bester Ordnung ist. Die Kinder sind doch zu Hause, oder ...?«
»Was ist los, Dan?«
»Es ist wegen dem Boot, Ihrem Boot ... Ihrem Boot, Martin. Es hat sich losgemacht und treibt jetzt kieloben auf dem See. Ein paar Burschen sind schon draußen und holen es herein. Ich hab' gesagt, ich laufe rasch zu euch und sehe mal nach ... ob die Kinder alle zu Hause sind.« Dan O'Brien schien erleichtert, daß die zwei Kindergesichter auf ihn herunterstarrten. Emmet war aufgestanden und kauerte im Schlafanzug neben Kit.
»Na, dann ist es ja nur das Boot ... und wahrscheinlich nicht mal sehr beschädigt.« Er hielt inne.
Martin McMahon packte ihn am Revers. »War jemand im Boot ...?«
»Martin, Sie sehen doch, die Kinder sind da ...«
»Aber Helen?« Martin schluchzte beinahe, als er ihren Namen aussprach.

»Helen? Was sollte Helen so spät da draußen zu tun haben? Martin, es ist jetzt Viertel vor zehn. Sind Sie nicht mehr ganz bei Trost?«

»Helen ...«, schrie Vater und stürmte hinaus in den Regen.

»Helen ...«, hörten sie ihn rufen, als er die Straße zum See hinunterrannte.

Vor Kits Augen spielte sich diese Szene mit halber Geschwindigkeit ab. Es schien eine Ewigkeit zu dauern, bis die Worte aus Vaters und Mr. O'Briens Mund kamen, obwohl sie doch offensichtlich schrien. Und als Vater wegrannte, bewegten sich seine Beine wie bei den Zeitlupenaufnahmen von Hoch- und Weitspringern in den Nachrichten.

Dann war es plötzlich vorbei, und Kit erlebte alles wieder in normalem Tempo. Sie sah, wie Emmet erschrocken zu ihr aufblickte.

»Was ist passiert?« wollte er sagen, aber er brachte das letzte Wort nicht heraus, seine Stimme versagte nach der ersten Silbe, er schien beinahe daran zu ersticken.

Zur gleichen Zeit war Rita hinuntergelaufen, um die Haustür zu schließen, die die ganze Zeit auf- und zuschlug, während Philip O'Brien unschlüssig und hilflos herumstand. »Komm entweder herein, oder bleib draußen«, fuhr Rita den Jungen an.

Er ging hinein und folgte ihr nach oben.

»Da war niemand«, sagte er zu Kit. »Ich meine, deine Mutter war nicht in dem Boot oder so. Alle dachten, ihr beiden hättet irgendwelche Mätzchen mit dem Boot gemacht.«

»Nun, ich war es jedenfalls nicht«, erwiderte Kit mit einer Stimme, die von weither zu kommen schien.

»Wo ist Daddy?« Auch diesmal brachte Emmet das letzte Wort nicht über die Lippen; Emmet, der jedes Gedicht im Schullesebuch fehlerlos aufsagen konnte.

»Er holt Mutter nach Haus.« Kit ließ sich die Worte noch einmal durch den Kopf gehen, um ihre Bedeutung zu begreifen. Es klang beruhigend. Sie wiederholte den Satz.

»Er holt Mutter nach Haus.«

Unten am See hatte man Lampen aufgestellt.
Sergeant O'Connor war da, Peter Kelly und auch die beiden Sullivan-Jungs von der Autowerkstatt.
Sie beugten sich gerade über das Boot, als sie Martin McMahons Schritte hörten und die Laute, die aus seiner Kehle drangen. »Es ist nicht Helen. Sagt schon, daß ihr da im See nicht Helen gefunden habt.« Seine Augen irrten von einem zum anderen; die Männer, die dort im Halbkreis standen, kannte er schon sein ganzes Leben lang. Der junge Stevie Sullivan wandte den Blick ab; er konnte es nicht ertragen, einen Mann weinen zu sehen.
»Bitte, sagt es mir«, flehte Martin noch einmal.
Da faßte sich Peter Kelly ein Herz. Er legte ihm den Arm um die zitternden Schultern und führte ihn ein Stück weg von den Männern. »Komm schon, Martin, reiß dich doch zusammen. Warum um alles in der Welt bist du überhaupt hierhergelaufen?«
»Dan war bei uns, er hat gesagt, daß mit dem Boot …«
»Zur Hölle mit diesem Dan O'Brien. Immer muß er sich überall einmischen. Es war völlig unnötig, dich wegen nichts und wieder nichts aufzuregen …«
»Ist sie …?«
»Mensch, Martin, da ist überhaupt niemand. Nur ein Boot, das nicht richtig festgebunden war. Es ist auf den See hinausgetrieben … Das ist alles.«
Zitternd stand Martin neben seinem alten Freund. »Sie ist noch nicht heimgekommen, Peter. Ich war zu Hause und hab' mir gedacht, daß sie noch nie so spät heimgekommen ist. Ich wollte schon nach ihr suchen. Wenn ich es nur getan hätte. Aber sie wollte allein sein. Sie hat immer gesagt, sie fühlt sich wie im Gefängnis, wenn sie nicht allein spazierengehen kann.«
»Ich weiß, ich weiß.« Dr. Kelly hörte ihm zu und klopfte ihm beruhigend auf die bebenden Schultern, aber auch er sah sich suchend um.
Die an den Bäumen aufgehängten Öllampen warfen ihren Lichtschein in die Fenster der Wohnwägen. Wahrscheinlich hatten die Landfahrer an einem geschützten Platz ein Feuer entfacht, er

konnte ihre Umrisse ausmachen. Sie standen schweigend da und beobachteten aufmerksam das Durcheinander und die dramatischen Geschehnisse am Ufer.

»Ich bring' dich zu ihnen, damit du hier nicht in diesem Wind herumstehen mußt«, sagte Peter Kelly. »Bei ihnen kannst du dich unterstellen, bis wir sicher sind, daß alles ...« Er verstummte, als würde ihm die Sinnlosigkeit seiner Worte bewußt.

Peter Kelly hatte immer schon eine zwiespältige Meinung über das fahrende Volk gehabt. Zum einen wußte er sicher, daß sie von den umliegenden Höfen Hühner stahlen; im Wald gab es ganz einfach nicht genügend Hasen, um sich nur davon zu ernähren. Er wußte auch, daß es mit einigen der jungen Burschen oft Ärger gab, wenn sie in Paddles' Bar kamen. Aber gerechterweise mußte er auch zugeben, daß sie oft von den Ortsansässigen provoziert wurden.

Peter wünschte, sie würden einsehen, daß das Wanderleben ihren Kindern nicht viele Möglichkeiten bot. Die Kleinen konnten meist kaum lesen und schreiben. Sie blieben nirgendwo lange genug, daß etwas vom Schulunterricht hängenbleiben konnte – wobei sie in der Schule auch nicht immer willkommen waren. Seine Dienste als Arzt nahmen sie kaum in Anspruch, denn mit Geburt, Krankheit und Tod setzten sie sich auf ihre Weise auseinander. Und sie taten es meist mit mehr innerer Kraft und Würde als die Seßhaften. Er hatte sie nie zuvor um einen Gefallen gebeten.

»Können Sie diesem Mann etwas zum Umhängen geben?« fragte er in eine Runde ernst dreinschauender Männer.

Die Gruppe teilte sich, und von hinten kam eine Frau mit einer großen Wolldecke und einer dampfenden Tasse heran. Sie führten Martin McMahon zu einem in der Nähe liegenden Baumstamm. »Können wir Ihnen irgendwie helfen?« fragte einer der dunklen Männer.

»Ich wäre Ihnen dankbar, wenn Sie helfen könnten, das Seeufer zu beleuchten«, antwortete Peter ohne Scheu. Und er wußte, daß er sein Leben lang nicht den Anblick vergessen würde, wie sein

Freund in eine Decke gehüllt auf dem Baumstamm saß, während das ganze Lager von hell lodernden Teerfackeln erleuchtet wurde, die man im Feuer entzündete.
Und dann wanderte die Prozession hinunter zum Seeufer.
Martin schmiegte sich in die Decke und wimmerte. Immer wieder murmelte er: »Sie ist nicht im See, sie hätte es mich wissen lassen. Helen hat mich nie angelogen. Sie hat versprochen, nie etwas zu tun, ohne mir vorher Bescheid zu sagen.«

Die Uhr tickte, und zwischen jedem Ticken surrte sie ein bißchen. Kit war das noch nie aufgefallen. Aber sie hatte auch noch nie am Boden gesessen, gegen die Standuhr gelehnt und mit ihrem kleinen Bruder im Arm, während Philip O'Brien auf der Treppe saß, die nach oben zum Dachboden führte, wo Rita ihr Zimmer hatte.
Rita saß auf einem Stuhl in der Küchentür. Ein- oder zweimal, vielleicht auch öfter stand sie auf und meinte: »Ich leg' noch ein Holzscheit nach. Die Wärme wird ihnen guttun, wenn sie heimkommen.«
Jemand hatte nach Clio geschickt. Sie kam durch die unversperrte Haustür und lief nach oben. Clio betrachtete das Bild, das sich ihr bot. »Meine Mutter hat gemeint, ich soll gleich zu euch kommen«, sagte sie. Alle warteten darauf, daß Kit etwas antworten würde. Doch sie schwieg. »Sie hat gesagt, ich sollte jetzt bei euch sein.«
Kit platzte innerlich fast vor Wut.
Wie konnte Clio es nur wagen, in diesem Moment von sich selbst zu sprechen! Bei ihr hieß es immer *ich, ich, ich. Sie* sollte jetzt hiersein, *sie* ist gleich losgegangen. Kit wußte, daß sie jetzt besser nichts sagte, nicht, bevor diese maßlose Wut abgeebbt war. Wenn sie jetzt nicht den Mund hielt, würde sie Clio Kelly nur Beleidigungen ins Gesicht schleudern und sie hinauswerfen.
»Kit, sag doch was.« Unbeholfen stand Clio auf der Treppe.
»Danke, Clio«, preßte sie hervor. Jetzt bloß nichts Abscheuliches sagen, etwas, wofür ich mich mein ganzes Leben lang entschuldigen muß.

Emmet spürte das unbehagliche Schweigen. »Mummy …«, wollte er sagen, aber er kam nicht weiter als bis zum »M«.
Clio sah ihn mitfühlend an. »O Emmet, du stotterst ja wieder«, sagte sie.
Philip stand auf. »Ich glaube, hier sind schon genug Leute, Clio. Du solltest lieber wieder heimgehen.«
Clio warf ihm einen erbosten Blick zu.
»Er hat recht, Clio.« Kit fand, daß ihre Worte sehr ruhig und klar klangen. »Vielen Dank, daß du gekommen bist, aber Philip soll hier nach dem Rechten sehen, bis alle wieder zurückkommen.«
»Aber ich möchte auch hiersein, wenn alle zurückkommen.« Clio klang wie ein kleines, verzogenes Kind.
Schon wieder dieses *ich,* dachte Kit. »Du bist eine wunderbare Freundin. Ich wußte, daß du das verstehen würdest«, sagte sie. Und Clio ging nach unten.
Die Uhr tickte wieder mit diesem Surren dazwischen, und niemand sagte mehr etwas.

»Bevor es nicht hell wird, finden wir gar nichts«, meinte Sergeant O'Connor kopfschüttelnd.
»Aber wir können doch jetzt nicht einfach aufhören und nach Hause gehen.« Peter Kellys Gesicht war naß von Schweiß, Tränen oder vom Regen, wer konnte das sagen.
»Mann, seien Sie doch vernünftig. Wenn wir jetzt weitermachen, haben Sie die Hälfte der Männer morgen als Patienten, und die andere Hälfte liegt auf dem Friedhof. Ich sag' Ihnen, da ist nichts zu finden. Kommen Sie, sagen Sie den Kesselflickern, sie sollen nach Hause gehen, ja?«
»Nennen Sie sie nicht Kesselflicker, Sean.« Aber Peter Kelly wußte, daß es weder die richtige Zeit noch der richtige Ort war, um Sergeant Sean O'Connor über solche Feinheiten aufzuklären.
»Wie soll ich sie sonst nennen? Vielleicht Apachen?«
»Ich bitte Sie, sie waren uns heute eine große Hilfe … dabei haben sie keinen Grund, zu einem von uns besonders freundlich zu sein … sie tun ihr Bestes …«

»Sie sehen aus wie Wilde mit ihren Fackeln. Wenn ich sie bloß anschaue, läuft's mir kalt über den Rücken.«
»Aber sie haben uns schließlich bei der Suche geholfen ...«, setzte Peter an.
»Wir werden die Frau so oder so finden, und es macht nicht den geringsten Unterschied, ob heute oder Dienstag in einer Woche.«
»Sie sind sich also sicher?« fragte Peter.
Sean O'Connor traf mit seiner direkten Art meist den Nagel auf den Kopf, und diesmal gab es für ihn nicht den geringsten Anlaß zu Hoffnung oder Zweifel. »Natürlich. Die arme Frau war doch nicht ganz richtig im Kopf«, sagte der Sergeant. »Man hat sie doch gesehen, wie sie zu jeder Tages- und Nachtzeit hier herumgelaufen ist und Selbstgespräche geführt hat. Ein Wunder, daß sie es nicht schon früher getan hat.«

Eine hochgewachsene, dunkelhaarige Frau brachte Martin eine Tasse aus ihrem Wohnwagen.
»Trinken Sie das.« Es klang wie ein Befehl.
Er nahm einen Schluck und verzog das Gesicht. »Was ist das? Ich dachte, es wäre Tee«, sagte er.
»Ich würde Ihnen nichts geben, was Ihnen schadet«, antwortete sie. Sie sprach so leise, daß er sie bei dem Wind und den lauten Rufen vom Seeufer her kaum verstand.
»Ich bin Ihnen sehr dankbar«, sagte er und trank das Gebräu, eine Art Brühe mit einem herben Beigeschmack. Es hätte alles sein können; aber das kümmerte ihn nicht.
»Kommen Sie jetzt erst einmal zur Ruhe«, sagte die Frau zu ihm. »Entspannen Sie sich, und hören Sie auf zu zittern, vielleicht ist ja gar nichts passiert.«
»Alle denken, daß meine Frau ...«, begann er.
»Ich weiß, aber das würde sie niemals tun. Sie würde nirgendwo hingehen, ohne es Ihnen zu sagen«, entgegnete die Frau so leise, daß er sie nur mit Mühe verstand.
Als er sich zu ihr umwandte, um ihr zu danken und zu sagen, daß

sie bestimmt recht hatte, war sie schon wieder in der Dunkelheit verschwunden.
Dann hörte er, wie Sergeant O'Connor die Suche für diese Nacht abblies. Sein Freund Peter kam, um ihn nach Hause zu bringen. Martin McMahon wußte, daß er um seiner Kinder willen stark sein mußte.
Helen hätte es so gewollt.

Rita hörte sie kommen.
An den schlurfenden Schritten und den leisen Stimmen in der Diele erkannte sie, daß es keine guten Nachrichten gab. Sie ging sofort in die Küche, um Wasser aufzusetzen.
Philip O'Brien erhob sich. Ihm wurde nicht oft Verantwortung übertragen, aber er wußte, daß es jetzt an ihm war zu handeln. »Euer Vater wird ganz durchnäßt vom Regen sein«, sagte er. Kit brachte kein Wort heraus. »Gibt es in ihrem Schlafzimmer einen Heizstrahler? Er möchte sich vielleicht umziehen.«
»In wessen Schlafzimmer?« kam Kits Stimme wie aus weiter Ferne.
»Im Schlafzimmer eurer Eltern.«
»Sie haben getrennte Schlafzimmer.«
»Dann eben in seinem Schlafzimmer.«
Sie warf Philip einen dankbaren Blick zu. Clio hätte bei einer solchen Gelegenheit sofort eine Bemerkung darüber fallen lassen, wie seltsam es sei, daß Kits Eltern nicht in einem Bett schliefen. Philip war wirklich eine große Hilfe. »Ich geh' und schalt ihn ein«, sagte sie. Auf diese Weise konnte sie ihren Platz an der Treppe verlassen und mußte ihrem Vater nicht ins Gesicht sehen, wenn er heraufkam. Sie wollte es nicht sehen.
Emmet wußte nicht, wie schlecht die Dinge standen. Er wußte nicht, daß Mutter und Vater unglücklich waren und daß Mutter vielleicht nicht zurückkommen würde. Vielleicht für immer.
Kit brauchte jetzt einen Augenblick für sich.
Im Zimmer war es kalt; sie fand den kleinen Heizstrahler und schloß ihn an der Steckdose an, die sich direkt über der gelben Fußleiste befand. Alle Gegenstände im Raum erschienen ihr auf

einmal sehr klar. Sie sah ganz deutlich das Teppichmuster, sah, daß die Tagesdecke schief auf dem Bett lag, auf einer Seite hing sie mehr herunter als auf der anderen.
Falls Daddy sehr naß geworden war, wollte er vielleicht seinen Morgenmantel anziehen. Aber nur, wenn keine anderen Leute im Haus wären. Doch Kit hatte eben die Stimme von Clios Vater gehört, und draußen vor dem Haus waren Father Baily, Philips Vater und einige andere. Nein, er würde also eine Jacke anziehen. Sie ging am Kopfende des Bettes vorbei zu dem großen Stuhl, wo wie immer Vaters Tweedsakko hing.
Da sah sie den Brief auf dem Kopfkissen. Ein großer weißer Umschlag mit dem Wort *Martin* darauf.
Über Daddys Bett hing ein Bild des Papstes; Kit hatte immer gedacht, er wäre bei der Hochzeit ihrer Eltern dabeigewesen. Während sie es betrachtete, schien die Zeit stillzustehen. Der Papst trug eine kleine, runde Brille, die ihm viel zu klein war, wie eine Kinderbrille. Sein Gewand war mit weißem Pelz besetzt, so ähnlich wie das Kostüm vom Weihnachtsmann, den sie immer bei Clery's sahen, wenn sie an Weihnachten einen Ausflug nach Dublin machten. Er hatte seine Hände wie zum Segen erhoben.
Ganz langsam las Kit, was unter dem Bild stand: »Martin McMahon und Mary Helena Healy knien demütig zu Füßen Eurer Heiligkeit, um den apostolischen Segen zu erbitten aus Anlaß ihrer Vermählung am 20. Juni 1939.« Und darunter war eine Art Siegel eingeprägt.
Sie betrachtete das Bild, als hätte sie es noch nie gesehen. Jede Einzelheit darauf versuchte sie sich einzuprägen, als würde es ihr helfen, die Fassung zu bewahren, was auch immer geschehen mochte.
Und aus irgendeinem Grund, den sie später nicht mehr nachvollziehen konnte, bückte sie sich und steckte den Heizstrahler wieder aus. Als ob nichts daran erinnern sollte, daß sie dieses Zimmer je betreten hatte.
Kit hielt den Brief in ihren Händen. Ihre Mutter hatte also eine

Nachricht hinterlassen, in der sie die Gründe für ihre Tat erläuterte. Unvermutet kamen Kit die Worte des Priesters in den Sinn, der einmal mit ihnen Exerzitien abgehalten hatte. Er hatte gesagt, daß das Leben ein Geschenk Gottes sei und es für diejenigen, die sich das Leben nahmen, keinen Ort gebe, an denen die Gläubigen um sie trauern würden. Und daß in der geweihten Erde des Friedhofs kein Platz für sie sei. Kit sah das Gesicht dieses Priesters vor sich. Was sie dann tat, geschah ganz automatisch, ohne Nachdenken. Sie steckte den Umschlag tief in die Tasche ihres blauen Kittels und ging zur Treppe, um die Ankömmlinge zu begrüßen und ihrem Vater gegenüberzutreten, sein verzerrtes Lächeln zu sehen.

»Es gibt keine Anzeichen für einen Unfall, wir müssen uns also keine Sorgen machen. Eure Mutter kann jeden Augenblick putzmunter zur Tür hereinspazieren.« Niemand sagte etwas. »Jeden Augenblick«, wiederholte Kits Vater, und sein Blick war voller Hoffnung.

Rita machte im Wohnzimmer Feuer und jagte Farouk von seinem Lieblingsplätzchen vor dem Kamingitter fort. Unsicher und verlegen standen die Männer herum, keiner wußte, was er sagen sollte.

Außer Clios Vater. Dr. Kelly fand immer die richtigen Worte. Dankbar sah Kit ihn an – er übernahm die Rolle des Gastgebers. »Ich glaube, wir sind alle halb erfroren, nachdem wir so lange draußen waren, am kältesten Fleck von ganz Irland. Wie ich höre, hat Rita schon Wasser aufgesetzt. Und du, Philip, sei doch so gut und lauf rüber ins Hotel und besorg uns beim Barkeeper eine Flasche Paddy. Dann werden wir uns erst mal einen heißen Whisky genehmigen, denn den können wir alle brauchen.«

»An einem Tag wie heute ist der natürlich gratis«, sagte Philips Vater, Mr. O'Brien, mit Trauermiene.

Dr. Kelly war eifrig bemüht, die Stimmung etwas aufzulockern. »Danke, Dan, das ist sehr nett von Ihnen. Wir nehmen ihn mit Zitrone und Nelken, da wird uns schnell warm werden. Das ist jetzt eine ärztliche Anweisung, die müssen alle befolgen.« Sergeant

O'Connor weigerte sich beharrlich, einen Drink zu nehmen, aber trotzdem wartete er, während eingeschenkt wurde. »Sean, Ihnen wird es auch guttun. Trinken Sie!« forderte Dr. Kelly ihn auf.
»Ich bin nicht hier, um Whisky zu trinken. Ich muß die Frage stellen, ob sie eine Nachricht hinterlassen hat ...«
»Was?« Dr. Kelly sah den Sergeant entsetzt an.
»Sie wissen schon, was ich meine. Irgendwann einmal muß ich diese Frage stellen. Jetzt ist der richtige Augenblick dafür.«
»Jetzt ist *nicht* der richtige Augenblick«, flüsterte Clios Vater. Aber nicht so leise, daß Kit es nicht hörte. Sie wandte sich ab, als hätte sie nichts mitbekommen.
Dann hörte sie den Sergeant sprechen, ebenfalls mit gedämpfter Stimme. »Mein Gott, Peter, wenn es wirklich einen Brief gibt, dann sollten wir es doch lieber wissen.«
»Sie werden ihn nicht fragen. Das mache ich schon.«
»Es ist wichtig. Lassen Sie ihn nicht ...«
»Sagen Sie mir nicht, was wichtig ist und was nicht. Und was ich zu tun habe!«
»Wir sind jetzt alle ziemlich fertig ... nehmen Sie's doch nicht persönlich.«
»Ich nehm' es so, wie es mir paßt. Und jetzt trinken Sie um Himmels willen endlich Ihren Whisky, und halten Sie den Mund, außer wenn Sie wirklich etwas zu sagen haben.«
Kit sah, wie Sergeant O'Connor rot anlief, und er tat ihr leid. Man hatte ihn heruntergeputzt wie einen Schuljungen. Dann beobachtete sie, wie Clios Vater sich durch die Herumstehenden einen Weg zu Kits Vater hinüber bahnte. Unauffällig näherte sie sich den beiden.
»Martin ... Martin, alter Freund ...«
»Was willst du, Peter? Was ist los? Weißt du etwas, was du mir bisher verschwiegen hast?«
»Nein, es gibt nichts, was ich dir verschweigen würde.« Peter Kelly wirkte unglücklich. »Aber hör mal zu, könnte es nicht sein, daß Helen allein irgendwohin gefahren ist? Nach Dublin zum Beispiel, weißt du, vielleicht um jemanden zu besuchen ...?«

»Das hätte sie mir gesagt. Sie hat mir immer Bescheid gesagt, wenn sie weggegangen ist. Wir sind immer ehrlich zueinander.«
»Und wo hätte sie eine Nachricht hinterlassen, wenn du gerade nicht da warst?«
»Eine Nachricht ... einen Brief ...« Martin McMahon begriff endlich, was ihm sein Freund so verzweifelt zu sagen versuchte. »Nein, nein«, protestierte er.
»Ich weiß. Herrgott, ich weiß es doch auch. Aber dieser einfältige Trottel Sean O'Connor meint, er könne nicht weitersuchen, bevor er nicht sicher ist, daß ...«
»Wie kann er es wagen, so etwas auch nur zu denken ...«
»Wo, Martin? Nur, damit er endlich Ruhe gibt ...«
»Wahrscheinlich im Schlafzimmer ...« Kit folgte den Männern, die zum Schlafzimmer ihres Vaters gingen, dem kalten Zimmer mit dem Papstbild über dem Bett. Sie stand da, die Hand an der Kehle, als sie den Blick der beiden Männer auf sich spürte. »Kit, Liebes, geh wieder ins Wohnzimmer, und setz dich mit Emmet an den Kamin. Hier draußen ist es so kalt.«
»Ja«, erwiderte sie. Sie schaute ihnen nach, bis sie im Schlafzimmer verschwunden waren, und huschte dann in die Küche.
Rita war damit beschäftigt, Whisky in Gläser mit Nelken, Zitronensaft und Zucker zu gießen. »Für meinen Geschmack ist es etwas zu feuchtfröhlich«, murrte sie.
»Ja.« Kit stand neben dem Ofen. »Ich weiß.«
»Was meinst du, sollen wir Emmet ins Bett bringen? Wäre das im Sinn deiner Mutter, falls sie heimkommt?«
»Ja, ich glaube schon.« Keiner von ihnen fiel auf, daß Rita »falls« gesagt hatte.
»Willst du es machen, oder soll ich?«
»Könntest du das machen, Rita? Dann setz' ich mich noch ein bißchen zu ihm vor dem Einschlafen.«
Rita trug das Tablett mit den Drinks hinaus, und mit einer schnellen Bewegung drehte Kit den Griff herum und öffnete die Klappe des Ofens. Die Flammen flackerten auf, als sie den Umschlag hineinwarf, auf dem *Martin* stand. Den Brief, der es unmög-

lich machen würde, ihre Mutter in geweihtem Boden zu beerdigen.

Die ganze Woche lang glich ein Tag dem anderen. Peter Kelly bat einen Freund, Martin McMahon in der Apotheke zu vertreten und ihn nur zu stören, wenn es wirklich nötig war. Doch man hatte den Eindruck, daß ganz Lough Glass die Beschwerden, für die der Apotheker zuständig war, einfach auf später verschob.
Clios Mutter und ihre Tante gingen im Haus der McMahons ein und aus. Rita gegenüber verhielten sie sich sehr rücksichtsvoll. Immer wieder betonten sie, daß sie sich nicht in ihren Haushalt einmischen wollten. Oft hatten sie rein zufällig ein Pfund Schinken oder einen Apfelkuchen dabei oder einen guten Grund parat, warum sie die Kinder zu sich nach Hause holen wollten. In diesen Tagen ging es drunter und drüber.
Alle schliefen bei offener Tür. Nur die Tür zu Mutters Zimmer war verschlossen.
Jede Nacht träumte Kit, daß Mutter zurückgekommen war und sagte: »Ich war die ganze Zeit in meinem Zimmer, ihr habt nur nie nachgesehen.«
Aber sie hatten sehr wohl nachgesehen. Jeder war in Mutters Zimmer gewesen, sogar Sergeant O'Connor, um dort nach Hinweisen zu suchen, daß sie vielleicht fortgegangen war.
Er hatte alle möglichen Fragen gestellt. Wie viele Koffer sie besaßen, und ob einer davon fehlte. Was Mutter an jenem Abend getragen hatte. Nur eine Jacke, keinen Mantel oder Regenmantel. Auch in Schubladen und Schränke warf er einen Blick. Fehlten irgendwelche Kleidungsstücke?
Kit war sehr stolz, daß alles so sauber und aufgeräumt war.
Sie dachte, Sergeant O'Connor würde seiner Frau vielleicht erzählen, daß Mrs. McMahon wundervoll duftenden Lavendel in den Schubladen mit der Nacht- und Unterwäsche liegen hatte. Und daß ihre Schuhe blankgeputzt und in einer Reihe unter den Kleidern in dem alten Schrank standen. Daß die Bürsten auf dem Frisiertisch silberne Griffe hatten, passend zum Spiegel. Und am

meisten freute sie sich darüber, daß sie das getan hatte, was ihre Mutter gewollt hätte.
Ja, sicher hätte Mutter es so gewollt.
Kit fand kaum einen Augenblick Zeit zum Nachdenken, doch ab und zu stahl sie sich in ihr Zimmer und versuchte, sich über die Dinge klar zu werden. Hatte Mutter, die immer wußte, was sic tat, womöglich gewollt, daß man den Brief fand? Hätte sie ihn lesen sollen? Vielleicht hatte ihr Letzter Wille darin gestanden. Aber schließlich war er nicht an Kit gerichtet gewesen, und wenn etwas für Daddy darin gestanden hatte ...
Kit fühlte sich klein und ängstlich. Doch sie wußte, es war richtig gewesen, den Brief zu verbrennen. Wenn man jetzt Mutters Leiche fand, konnte sie auf dem Friedhof beerdigt werden, und sie konnten alle hingehen und Blumen aufs Grab legen.
Taucher in Gummianzügen suchten den See ab. Zwar durfte Kit nicht selbst hingehen und zusehen, aber Clio erzählte ihr davon. Clio war jetzt immer sehr nett zu ihr. Kit konnte sich kaum mehr erinnern, warum sie sich je über sie geärgert hatte.
»Sie wollen, daß du eine Weile bei uns wohnst«, sagte Clio immer wieder.
»Ich weiß, und es ist wirklich lieb gemeint, aber ... es ist wegen Daddy, weißt du. Ich möchte ihn nicht allein lassen.«
Clio verstand sie. »Und wenn ich bei euch wohnen würde? Wäre das eine Hilfe oder eher das Gegenteil?« fragte sie.
»Ich glaube, es wäre nicht so günstig.«
Clio nickte. »Kann ich irgend etwas für dich tun? Ich würde alles tun, um dir zu helfen.«
»Das weiß ich.« Und das meinte Kit ganz aufrichtig.
»Nun, vielleicht fällt dir ja was ein.«
»Erzähl mir, was die Leute reden. Sagen sie Dinge, die sie vor uns nicht aussprechen würden?«
»Soll ich dir wirklich alles sagen, auch wenn du es nicht gern hören wirst?«
»Ja.«
So berichtete ihr Clio all den Klatsch, den man sich in Lough Glass

über den Vorfall erzählte, und Kit erfuhr Näheres über die Untersuchung. Man hatte die Leute befragt, ob sie Mrs. McMahon irgendwo gesehen hatten, an der Bushaltestelle, am Bahnhof, in der nahe gelegenen Stadt, am Straßenrand, wo sie von jemandem mitgenommen werden wollte, oder auch bei irgend jemandem im Wagen. Die Polizei schloß die Möglichkeit aus, daß sie den Ort lebend und wohlbehalten verlassen hatte.

»Wäre es nicht phantastisch, wenn sie nur ihr Gedächtnis verloren hätte?« fragte Clio. »Wenn man sie in Dublin finden würde und sie nicht wüßte, wer sie ist?«

»Ja«, entgegnete Kit tonlos. Sie wußte, daß das nicht geschehen würde. Und daß Mutter in jener Nacht Lough Glass nicht verlassen hatte. Denn Mutter hatte einen Abschiedsbrief geschrieben, in dem sie erklärt hatte, warum sie sich das Leben nahm.

»Vielleicht war es auch ein Unfall«, fuhr Clio fort, aber so dachten nur die wenigsten.

Der Großteil der Ortsansässigen meinte, man habe es schon lange kommen sehen. Die arme Frau sei nicht ganz richtig im Kopf gewesen, und wenn sie in jener Nacht mit dem Boot rausgefahren war, dann einzig und allein, um sich das Leben zu nehmen.

»Natürlich war es ein Unfall«, entgegnete Kit scharf.

Wenn Mutters Leiche gefunden war, würde man sic richtig beerdigen, und das war nur Kit zu verdanken, weil sie so schnell und überlegt gehandelt hatte. Es durfte niemals etwas anderes sein als ein Unfall. Mutters Namen würde man nicht in einem Atemzug mit Bridie Daly nennen, sie würde kein Schreckgespenst für Kinder werden, keine Stimme, die aus dem Schilf rief.

»Wenn sie im Himmel ist, müßte sie uns jetzt sehen können«, sagte Clio und schaute an die Decke.

»Natürlich ist sie im Himmel«, erwiderte Kit und verdrängte die Angst, die manchmal in ihr hochstieg, daß nämlich Mutter möglicherweise in der Hölle war und für alle Ewigkeit die Qualen der Verdammten ertragen mußte.

Unzählige Besucher kamen ins Haus.

Und jeder brachte etwas mit: ein paar Worte des Trostes oder der Hoffnung, ein Gebet oder eine Geschichte von jemandem, der drei Wochen lang als vermißt gegolten hatte und dann doch wieder aufgetaucht war.
Nur Schwester Madeleine kam nicht. Aber das tat sie nie. Nach einer Woche machte Kit sich auf zu ihrer Kate. Zum erstenmal hatte sie kein Geschenk dabei.
»Sie kannten sie, Schwester Madeleine ... warum hat sie es getan?«
»Nun, sie dachte wohl, sie wüßte, wie man mit einem Boot umgeht ...« Für die Einsiedlerin war alles ganz einfach.
»Aber wir fahren *nie* allein mit dem Boot raus. Auch Mutter hat es noch nie getan ...«
»In jener Nacht wollte sie das anscheinend. Es war eine wunderschöne Nacht. Die Wolken jagten am Mond vorbei wie Rauchschwaden. Ich stand lange Zeit am Fenster und habe in die Nacht hinausgeblickt ...«
»Haben Sie Mutter nicht gesehen?«
»Nein, mein Kind, ich habe niemanden gesehen.«
»Sie ist doch nicht in der Hölle, Schwester Madeleine, oder?«
Die Nonne legte die Röstgabel nieder und sah Kit verwundert an.
»Du wirst mir doch nicht erzählen, daß du das auch nur einen Augenblick lang gedacht hast?« sagte sie.
»Nun, immerhin ist es eine Sünde wider die Hoffnung, nicht wahr? Verzweiflung ist eine der Sünden, für die es keine Vergebung gibt.«
»Wo hast du das gehört?«
»Ich glaube, in der Schule. Und in der Messe, und bei den Exerzitien.«
»So etwas kannst du nicht gehört haben. Aber warum glaubst du, daß deine Mutter sich das Leben genommen hat?«
»Es muß so sein, Schwester. Sie war immer so unglücklich.«
»Das sind wir alle. Jeder ist ein kleines bißchen unglücklich.«
»Nein, sie war richtig unglücklich. Sie können das nicht wissen ...«
Schwester Madeleine sprach nun mit fester Stimme. »O doch, das

weiß ich. Ich weiß so manches. Und deine Mutter hätte so etwas nie getan.«

»Aber ...«

»Kein Aber, Kit. Glaub mir bitte, ich kenne die Menschen. Und angenommen, nur mal angenommen, deine Mutter hätte wirklich das Gefühl gehabt, daß sie nicht mehr weiterleben kann, dann hätte sie einen Brief hinterlassen, in dem sie deinem Vater und dir und deinem Bruder die Gründe dafür erklärt und euch um Verzeihung bittet. Da bin ich mir so sicher, wie wir jetzt hier sitzen ...« Sie schwiegen. »Und es gab ja keinen Abschiedsbrief«, schloß Schwester Madeleine.

Es folgte ein beklemmendes Schweigen. Kit war versucht, der Nonne ihr Geheimnis anzuvertrauen. Schwester Madeleine würde es für sich behalten, und sie wüßte einen Rat, was jetzt zu tun war. Aber wenn sie es erzählte, wäre alles zunichte gemacht.

Kit sagte nichts. Schwester Madeleine wiederholte es noch einmal: »Da es keinen Abschiedsbrief gab, ist es völlig ausgeschlossen, daß deine Mutter sich das Leben genommen hat. Glaub mir, Kit, du kannst heute nacht beruhigt schlafen.«

»Ja, Schwester Madeleine«, antwortete Kit und spürte dabei einen solchen Schmerz in ihrer Brust, daß sie dachte, er würde nie mehr vergehen.

An jenem Abend war der Sergeant bei ihnen zu Hause. Er saß in der Küche und unterhielt sich mit Rita. Als Kit hereinkam, verstummten sie.

Kit sah von einem zum anderen. »Gibt es was Neues?«

»Nein, nichts. Nichts Neues.« Es war Rita, die nun sprach.

»Ich habe Rita gerade gefragt, ob ihr auch ganz bestimmt überall nachgesehen habt ...«

»Sie können sicher sein, daß es für alle in dieser Familie eine große Erleichterung gewesen wäre, wenn die gnädige Frau irgendeinen Hinweis auf künftige Pläne hinterlassen hätte. Und ganz sicher hätte niemand eine solche Nachricht für sich behalten.«

Kits Gesicht war kreideweiß, sie sah aus, als würde sie gleich in Ohnmacht fallen.
Sein Ton wurde sanfter. »Da haben Sie wahrscheinlich recht, Rita. Aber wir haben alle unsere Arbeit zu tun. Sie müssen die Töpfe scheuern, und ich muß Menschen, die in Trauer sind, unangenehme Fragen stellen.«
Mit schweren Schritten stapfte er die Treppe hinunter und hinaus auf die Straße.
»Pah, Töpfe scheuern«, meinte Rita.
Kit mußte lächeln, weil sie so entrüstet war. »Er hat eine reizende Art, sich auszudrücken«, sagte sie.
»Als ob wir hier nicht alles auf den Kopf gestellt hätten, um einen Brief von der armen gnädigen Frau zu finden.«
»Und wenn wir einen gefunden hätten ...?«
»Dann wäre endlich Schluß damit, daß sie jeden Trottel am Busfahrkartenschalter und am Bahnhof fragen, ob er nicht vielleicht die gnädige Frau gesehen hat, vermummt mit einem Kopftuch ... Wenn es einen Brief geben würde, dann hätte der arme gnädige Herr endlich seinen Frieden, anstatt wie eine verlorene Seele herumzugeistern.«
Kit saß da, ohne sich zu rühren. Rita kannte nicht die ganze Wahrheit. Sie hatte unrecht. Wenn man den Brief gefunden hätte, würde man Mutter außerhalb der Friedhofsmauern begraben. Wie Bridie Daly.
Aber nun würde Mutters Leichnam ehrenvoll begraben werden – falls man ihn fand.

Bruder Healy sagte den Jungen, daß der kleine Emmet nun wieder zur Schule gehen würde. »Wenn irgendeiner von euch sich auch nur mit einem Wort über Mem Mem Memmet oder sein Stottern lustig macht, reiße ich euch den Kopf ab, das garantiere ich euch.« Seine Augen blickten grimmig.
»Glauben Sie, es ist endgültig sicher, daß sie ertrunken ist?« fragte Philip O'Brien vom Hotel.
»Ich denke, davon können wir ausgehen, O'Brien. Und wir wer-

den weiterhin drei Ave-Maria beten, damit man ihren Leichnam findet.«

»Es sind jetzt schon neun Tage«, sagte Philip.

»Sicher, aber es hat oft schon länger gedauert, bevor eine Leiche wieder aufgetaucht ist ... der See ist sehr tief. Deshalb warnt man euch ja auch immer wieder davor.«

»Und was würde passieren, wenn ...?« fing Michael Sullivan an. Der Junge wollte fragen, in welchem Zustand sich die Leiche befinden würde. Ob wohl die Verwesung schon eingesetzt hätte? Über solche Dinge unterhielten sich Jungen in seinem Alter liebend gerne.

»Schlagt jetzt gefälligst eure Geschichtsbücher auf, Seite vierzehn«, donnerte Bruder Healy. Nicht zum erstenmal wünschte er sich, er würde an Mutter Bernards Schule die braven Mädchen unterrichten. Die Nonne hatte ihm erzählt, daß die Mädchen ein tägliches Rosenkranzgebet in der Schulkapelle für Kit McMahons Mutter eingeführt hatten. Es war das reinste Vergnügen, Mädchen zu unterrichten. Das hatte er immer schon gesagt. Überhaupt kein Vergleich mit dem, womit er sich Tag für Tag herumschlagen mußte.

Martin McMahon aß kaum noch. Er behauptete, jeder Bissen bleibe ihm schier im Halse stecken, und das Essen liege ihm wie ein Klumpen den ganzen Tag lang im Magen. Aber er achtete strengstens darauf, daß die Kinder ordentlich aßen.

»Ich glaube, ich schaffe kein ganzes Abendessen«, hatte Emmet gesagt.

»Du mußt bei Kräften bleiben, Junge. Iß schon auf. Rita hat uns ein fürstliches Mahl gekocht.«

»Und was ist mit dir, Daddy? Mußt du nicht bei Kräften bleiben?« wollte Emmet wissen.

Er bekam keine Antwort.

Später brachte ihm Kit eine Tasse Brühe und zwei Scheiben Buttertoast ins Wohnzimmer. Sie und Rita waren zu dem Schluß gekommen, daß er zumindest das vertragen würde.

»Bitte, Vater«, beschwor sie ihn. »Bitte. Was soll ich denn machen, wenn du krank wirst? Dann haben wir niemanden mehr, der uns sagt, was wir tun sollen.« Folgsam versuchte ihr Vater, Löffel für Löffel hinunterzuschlucken. »Wäre es besser gewesen …«, fing sie an. Er hob langsam den Blick, um zu hören, was sie sagen wollte. Es schien, als würde ein schweres Gewicht auf ihm lasten, so schwerfällig bewegte er sich. »Wäre es besser gewesen, wenn Mutter einen Brief hinterlassen hätte, was meinst du …?«
»Ja, natürlich, tausendmal besser …«, antwortete er. »Dann wüßten wir, warum … und was … sie getan hat.«
»Vielleicht war es ein Unfall oder etwas, was sie nicht vorhersehen konnte?«
»Ja, möglicherweise …«
»Aber auch wenn es kein Unfall war, wäre es nicht trotzdem besser, Gewißheit zu haben?«
»Alles wäre besser als das, wie es jetzt ist, Kit. Diese quälenden Fragen und Zweifel, ob ich etwas falsch gemacht habe. Selbst wenn sie Mutters Leiche finden würden und wir sie begraben und an ihrem Grab für sie beten könnten, wäre es besser als das.«
Sie kniete neben ihm, ihre kleine Hand lag in seiner. »Wenn sie im See ist, werden sie sie auch finden, nicht wahr?«
»Der See ist tief und tückisch … Vielleicht wird man sie sehr lange nicht finden …«
»Aber all die Leute, die jeden Tag suchen …«
»Damit ist's bald vorbei. Der Sergeant hat mir gesagt, daß sie die Suche abbrechen müssen.« Sein Blick war voller Verzweiflung.
»Vater, du hast alles getan, was du konntest … Ich weiß ganz sicher, daß es nichts gibt, was du anders hättest machen sollen. Mutter hat es mir gesagt. Sie hat mir gesagt, daß sie dich liebt und dich niemals verletzen würde.«
»Deine Mutter war eine Heilige, ein Engel. Daran wirst du immer denken, nicht wahr, Kit?«
»Daran werde ich immer denken«, versprach Kit.
Auch in dieser Nacht schlief sie unruhig, fuhr immer wieder plötzlich hoch und hörte ihre Mutter sagen: »Der Brief war nicht

für dich bestimmt ... du hättest ihn nicht anrühren sollen.« Und dann sah sie es so deutlich vor sich, als würde es wirklich existieren: das Grab mit dem einfachen Holzkreuz, das außerhalb der Friedhofsmauern lag. Schafe und Ziegen stiegen über die letzte Ruhestätte jener Frau, der man ein christliches Begräbnis verwehrt hatte.

»Sie haben die Suche im See jetzt abgebrochen.« Obwohl sie nur selten das Hotel verließ, war Philip O'Briens Mutter immer bestens darüber unterrichtet, was sich in Lough Glass ereignete.
»Heißt das, daß Kits Mutter vielleicht gar nicht ertrunken ist?« fragte der Junge hoffnungsvoll. Kit sah schon viel zu lange so bleich aus, und unter den Augen hatte sie dunkle Ringe.
»Nein, es bedeutet nur, daß sie ganz tief unten liegt«, meinte Mildred O'Brien nüchtern. Sie hatte Helen McMahon nicht sehr nahegestanden, im Gegenteil. Diese Frau war ihr immer ein bißchen reserviert und undurchschaubar vorgekommen.
»Und was ist dann mit der Beerdigung?« fragte Philip. Der Blick, den seine Eltern wechselten, gefiel ihm nicht.
»Wer weiß, ob es überhaupt eine richtige Beerdigung geben wird«, meinte sein Vater.
»Aber warum denn nicht, wenn man ihren Leichnam findet?«
»Ach, weißt du, über die Toten soll man nichts Schlechtes sagen«, erwiderte Dan O'Brien und versuchte, besonders fromm zu klingen. »Aber die Kirche muß natürlich sehr vorsichtig sein. Wenn es auch nur den leisesten Zweifel gibt, wie sie in den See gelangt ist ...« Er merkte, daß Philip etwas sagen wollte, und schnitt ihm das Wort ab. »Auf alle Fälle ist es völlig überflüssig, mit den unglücklichen McMahon-Kindern über solche Dinge zu reden. Schließlich können die überhaupt nichts dafür.«
Damit war die Sache für ihn erledigt.

Clio war eine wundervolle Freundin. Anders als früher stellte sie Kit jetzt keine Fragen mehr, auf die es keine Antwort gab, und kam ihr nicht mit an den Haaren herbeigezogenen Lösungen. Sie

war einfach nur da, und manchmal sagte sie überhaupt nichts. Für Kit war das ein großer Trost. Früher hatte meistens Clio die Anregungen für gemeinsame Unternehmungen oder Ausflüge gegeben, aber nun wartete sie, bis Kit die Initiative ergriff.
»Ich würde gerne unten am See spazierengehen«, sagte Kit.
»Soll ich mitkommen?« fragte Clio vorsichtig. Noch vor kurzem hätte sie den Kopf geschüttelt und alle möglichen Gründe vorgebracht, warum das vielleicht keine gute Idee war.
»Wenn du Zeit hast.«
»Ja, hab' ich«, entgegnete Clio.
Sie gingen zusammen die Hauptstraße entlang. Kit wollte ihre Schultasche zu Hause abstellen und Rita Bescheid sagen, daß sie später kommen würde. Seit dem Tag, als ihre Mutter verschwunden war, waren weder sie noch Emmet auch nur eine halbe Minute später als verabredet heimgekommen. Sie wußten nur zu gut, was qualvolles Warten bedeutete.
»Was soll ich sagen, wo du hingegangen bist?« wollte Rita wissen.
»Sag einfach, daß ich mit Clio zusammen bin.«
»Bei ihr zu Hause?«
»Ja, bei Clio.« Kit wollte endlich losgehen.
Vor der Autowerkstatt sahen sie Michael Sullivan und seinen Freund Kevin Wall, zwei der schlimmsten Rabauken an der Jungenschule. Normalerweise hätten sie gejohlt und den Mädchen hinterhergerufen, aber jetzt waren keine normalen Zeiten. Kit bemerkte, daß Michael etwas sagen wollte, es dann aber doch bleiben ließ; die McMahons kamen im Moment als Zielscheibe für Spott und höhnische Bemerkungen nicht in Frage, nicht nach allem, was ihnen zugestoßen war.
»Hallo«, sagte er unentschlossen.
Sein älterer Bruder Stevie zog den Kopf unter einer Motorhaube hervor. »Macht, daß ihr ins Haus kommt, und laßt die Mädchen in Ruhe«, herrschte er sie an.
Eigentlich sah er ziemlich gut aus, aber in seinem schmutzigen Arbeitsanzug und mit den von Motoröl oder Pomade schmierigen Haaren war das nur schwer zu erkennen. Clio hatte einmal ge-

meint, daß Stevie Sullivan mit der richtigen Kleidung jeden ausstechen würde.
Er hatte ein nettes Lächeln.
»Ist schon in Ordnung«, rief Kit ihm zu. »Er hat nur ›hallo‹ gesagt.«
»Das war wahrscheinlich das erste höfliche Wort, das er je zu jemandem gesagt hat.« Stevies Kopf war schon wieder unter der Motorhaube verschwunden.
Kit und Clio sahen sich an und zuckten mit den Schultern. Es war natürlich sehr angenehm, wenn man von einem erwachsenen Sechzehnjährigen in Schutz genommen wurde, aber im Grunde war es nicht nötig gewesen. Freilich konnte Michael Sullivan einem furchtbar auf die Nerven gehen und auch unverschämt werden, etwa wenn er fragte, welche Farbe ihre Unterhose habe. Aber diesmal hatte er wirklich nur »hallo« gesagt.
Als sie am Hotel vorbeikamen, nickten sie Philips Vater zu, der in der Tür stand.
»Ist es nicht schon etwas spät für euch, Mädchen, um noch zum See zu gehen?« meinte er, als er sie in den schmalen Weg einbiegen sah.
»Wir wollen nur ein bißchen frische Luft schnappen. Wir haben Bescheid gesagt, wo wir sind«, rief Clio zurück.
Friedlich spazierten sie die Straße entlang, auf der Kits Mutter wahrscheinlich jeden Tag ihres Lebens gegangen war.
»Einmal um den Block gehen«, hatte sie es genannt. Sie bog entweder am Hotel zum See ein und kam dann am Polizeirevier vorbei wieder zurück oder umgekehrt. Bei schönem Wetter und wenn es abends länger hell war, wanderte sie manchmal bis zum Lager der Landfahrer, das im Wald am anderen Ende des Sees lag, oder in die andere Richtung zu Schwester Madeleines Kate und noch weiter. Es schien, als hätte sie nach etwas gesucht. Etwas, das sie in der Wohnung über der Apotheke oder in Lough Glass nicht fand.
Und es war nicht so, daß sie vor der Arbeit davonlief. Helen McMahon hatte mit Rita zusammen die Gardinen neu genäht und

die Stoffbahnen dabei umgedreht, damit der Stoff gleichmäßig abgenutzt wurde. Sie kochten Marmelade und Gelee ein, weckten Obst und Pickles ein. Die Regale in der Küche sahen so blank aus, als würden sie Tag und Nacht gewienert.

Ihre Spaziergänge am See machte sie nicht, um sich vor der Arbeit zu drücken. Anscheinend wollte sie nur unter allen Umständen vermeiden, daß sie einen Augenblick Muße hatte, um sich niederzusetzen und nachzudenken. Aber was fand sie daran, in die dunklen Tiefen des Sees zu starren anstatt in die Schaufenster des kleinen Städtchens, wie es die anderen Frauen taten?

Clios Mutter kannte jedes einzelne Stück, das es in dem einzigen Bekleidungsgeschäft am Ort, *P. Hanley, Textilien,* zu kaufen gab. Mrs. Kelly ging oft dorthin, auch wenn sie gar nichts kaufen wollte, nur um sich die weichen Strickjacken und die Blusen mit den bestickten Kragen anzusehen. Andere Mütter gingen zu *Joseph Wall und Söhne, Haushaltswaren,* um die neuen Rührbesen und Backformen zu bewundern.

Aber Kits Mutter hatte sich für solche Dinge nicht interessiert. Es schien, als könnte sie einzig auf den Wegen und Pfaden und in den Wäldern am See glücklich sein.

»Ich verstehe nicht, was sie immer hierhergezogen hat«, meinte Kit schließlich, als sie die hölzerne Anlegestelle erreichten, wo die Boote vertäut waren.

»Hier war sie glücklich, du hast es selbst gesagt«, erwiderte Clio. Kit warf ihr einen dankbaren Blick zu. Clio war in letzter Zeit so unerwartet nett zu ihr und fand immer die richtigen Worte. Als hätte ihr jemand beigebracht, wie sie sich verhalten sollte. Zögernd begann Clio zu sprechen. »Kit … du kennst doch meine Tante Maura …«

»Ja, und?« Kit horchte auf. Kam nun wieder die alte Clio zum Vorschein? Würde sie gleich wieder angeben mit ihrer netten, normalen, in geregelten Verhältnissen lebenden Familie, mit ihrer pummeligen, fröhlichen Tante, die Kit Golfspielen beibringen wollte – worüber sie vor vier langen Wochen mit ihrer Mutter hatte sprechen wollen?

»Nun, weißt du, sie ist jetzt wieder in Dublin …«
»Ja, ich weiß …«
»Bevor sie gefahren ist, hat sie mir ein bißchen Geld gegeben. Sie hat gesagt, ich soll dir damit eine Freude machen, denn ich wüßte am besten, womit man dir eine Freude machen kann.«
»Ja, nun …« Kit war um Worte verlegen.
»Aber ich weiß es nicht, Kit. Ich weiß es einfach nicht.«
»Das war sehr nett von ihr …«
»Sie hat gesagt, damit könnte man nichts mehr heilmachen, aber es könnte uns zumindest ablenken. Bonbons, neue Strümpfe oder eine Schallplatte … eben was ich glaube, das dir gefallen könnte …«
»Eine Schallplatte hätte ich gerne«, sagte Kit plötzlich.
»Das ist prima … Am Samstag könnten wir in die Stadt fahren und eine besorgen.«
»Reicht denn das Geld dafür?« Kit dachte daran, daß sie die Buskarten bezahlen mußten, und dann kämen noch Limonade und Kekse dazu, die sie sich nach dem Einkaufen gönnen würden.
»Ja, wir haben mehr als genug … Sie hat mir drei Pfund gegeben.«
»Drei Pfund!« Ergriffen von diesem enormen Betrag standen sie schweigend im Wind. Kit stiegen Tränen in die Augen. Clios Tante Maura mußte gedacht haben, daß die Dinge sehr, sehr schlecht standen, wenn sie sie mit so viel Geld abzulenken versuchte.

»Stevie?«
»Was gibt's?«
»Stevie, ich muß mit dir reden.«
»Ich hab' jetzt keine Zeit.«
»Du bist immer beschäftigt und hast nie für etwas Zeit, außer für Autos.«
»Ja und, ist es nicht auch gut so? Wenn jemand sein Auto zu Sullivans Werkstatt bringt, soll er schließlich nicht mehr denken, daß sein Geld anstatt für Ersatzteile fürs Saufen ausgegeben wird, wie das früher der Fall war.«
»Versprich mir, daß du mir nicht den Kopf abreißt.«

»Nein, so was verspreche ich nicht. Es kann gut sein, daß ich dir für das, was du mir erzählst, den Kopf abreißen muß.«
»Dann sag' ich es nicht.« Das stand für Michael fest.
»Gott sei Dank«, sagte Stevie Sullivan. Er hatte schon genug anderes im Kopf. Zuerst mußte er sich waschen und umziehen, und dann hatte er eine Verabredung mit einem Mädchen, mit dem er sich zum erstenmal traf. Deirdre Hanley wollte mit ihm ins Kino gehen. Sie war schon siebzehn, ein ganzes Jahr älter als er, und bestimmt erwartete sie von ihm, daß er Annäherungsversuche machte. Und Stevie Sullivan wollte auf keinen Fall etwas falsch machen. Zum Glück mußte er sich jetzt nicht damit aufhalten, seinem Bruder wegen irgendeiner Sache den Kopf zu waschen. Was er angestellt hatte, würde sowieso ans Tageslicht kommen, wenn Bruder Healy ihrer Mutter einen überstürzten Besuch abstattete.

»Wann bist du wieder zu Hause?« Mrs. Hanley vom Textilgeschäft hatte das Gefühl, daß bei dieser Verabredung nicht alles mit rechten Dingen zuging.
»Mam, bitte, wie oft soll ich es dir noch sagen? Ich komme wie immer mit dem Bus.«
»Ja, und ich werde aufpassen, daß du auch wirklich aussteigst«, sagte ihre Mutter in einem strengen, warnenden Ton.
Deirdre nickte folgsam. Das wäre kein Problem für sie. Stevie würde sie bestimmt, um bei ihr Eindruck zu schinden, ein Stück in seinem Auto mitnehmen und dann den Bus einen Kilometer vor Lough Glass abfangen. Und wenn ihre Mutter noch so argwöhnisch war, sie würde sie nie erwischen. Deirdre wischte sich den Lippenstift ab, den sie probeweise aufgelegt hatte; sie wollte nicht, daß man sie so herausgeputzt das Haus verlassen sah. Sonst würde man noch glauben, daß sie etwas anderes vorhatte als das, was sie zu Hause erzählt hatte, nämlich daß sie mit ein paar Freundinnen in der Stadt ins Kino gehen wollte.

»Komm doch mit zu Paddles.«
»Nein, Peter.«
»Martin, sie kommt nicht mehr zurück, sie taucht nicht plötzlich wieder auf. Das weiß ich.«
»Nein, ich muß hierbleiben.«
»Für immer? Für immer und ewig, Martin? Glaubst du, daß Helen das gewollt hätte?«
»Du hast sie nicht gekannt.« Martin wirkte verstört.
»Immerhin gut genug, um zu wissen, daß sie sich gewünscht hätte, du würdest so normal wie möglich weiterleben und dich nicht in einen Einsiedler verwandeln. Einer reicht für Lough Glass.« Martin schenkte ihm ein mattes Lächeln.
»Ich hatte unrecht, Peter. Du hast sie gekannt. Hat sie je davon gesprochen, daß ... hat sie ...?«
»Sie hat mir nie etwas erzählt. Und mich nie um etwas gebeten, von dem du wissen solltest ... das schwöre ich dir. Wie ich es schon die letzten achtundzwanzig Tage getan habe. Du fragst mich das jeden Tag, und jeden Tag gebe ich dir die gleiche Antwort.«
»Frage ich dich jeden Tag? Wirklich jeden Tag? Jeden?« Martin McMahon sah elend aus.
»Nein, ich übertreibe. An dem einen oder anderen Tag vielleicht auch nicht.«
»Ich gehe erst mit dir auf ein Bier, wenn sie ihre Leiche gefunden haben, Peter.«
»Nun, dann muß ich wohl noch eine ganze Weile allein trinken«, meinte der Arzt resigniert.
»Warum sagst du das?« Martin sah ihn entsetzt an.
Peter Kelly wischte sich über die Stirn. »Mein Gott, Martin, es ist doch nur ihr Körper. Ihre Seele, ihr Geist ist schon lange nicht mehr hier unten bei uns. Das weißt du doch, Mensch, du weißt es. Warum gestehst du es dir nicht endlich ein?«
Martin weinte, seine Schultern bebten.
Peter stand neben ihm, er brachte es nicht fertig, ihn in den Arm zu nehmen. So etwas gab es in ihrer Freundschaft nicht, daß ein

Mann den anderen festhielt, wenn er einen Weinkrampf hatte. Schließlich wurde er ruhig.

Martin sah auf, sein Gesicht war gerötet und verweint. »Ich glaube, ich gestehe es mir deshalb nicht ein, weil ich nicht aufhören kann zu hoffen … Komm, gehen wir zu Paddles.«

Emmet sagte zu Schwester Madeleine, er könne sich nicht auf Gedichte konzentrieren, sie erinnerten ihn immer an … na ja, an das, was passiert ist.

»Das ist doch nicht schlecht, oder?« entgegnete Schwester Madeleine. »Du möchtest deine Mutter sicher nicht vergessen.«

»Aber wenn ich jetzt Gedichte lese, habe ich nicht mehr das Gefühl dafür wie früher …«

Sein Stottern war so schlimm wie nie zuvor. Doch Schwester Madeleine ließ ihn nicht spüren, daß er jetzt für jedes Wort viel länger brauchte.

»Nun, dann lassen wir das Lesen eben.« Für Schwester Madeleine war wie immer alles ganz einfach.

»Muß ich nicht? Ich dachte, das hier wäre Unterricht.«

»Es ist kein richtiger Unterricht. Eher eine Unterhaltung. Du liest mir etwas vor, weil meine alten Augen im Kerzenlicht und Feuerschein nicht mehr so gut sehen.«

»Sind Sie sehr alt, Schwester Madeleine?«

»Nein, nicht sehr alt. Aber viel älter als du und viel älter als deine Mutter.« Schwester Madeleine war die einzige Person, die Mutter je erwähnte; alle anderen vermieden es, über dieses Thema zu sprechen.

»Wissen Sie, was mit Mummy passiert ist?« fragte er zögernd.

»Nein, mein Kind, ich weiß es nicht.«

»Aber Sie sitzen die ganze Zeit hier und schauen auf den See hinaus … Haben Sie nicht vielleicht gesehen, wie sie aus dem Boot gefallen ist?«

»Nein, Emmet. Niemand hat sie gesehen. Du weißt doch, es war dunkel …«

»Glauben Sie, daß es sehr schlimm war? Wie Ersticken?« Diese

Frage konnte er niemandem außer ihr stellen, alle anderen hätten gesagt, er solle still sein, oder ihm beruhigend zugeredet.
Schwester Madeleine schien sich wirklich Gedanken darüber zu machen. »Nein, ich glaube eher, daß es sehr friedlich ist. Weißt du, man fällt in diese dunklen Wassermassen, die einen wie Samt und Seide umhüllen und mit sich ziehen. Nein, das ist bestimmt nichts Erschreckendes.«
»Und war sie wohl traurig, als es geschah?«
»Das glaube ich nicht. Sie hat sich vielleicht Sorgen um dich und Kit gemacht – Mütter machen sich ständig Sorgen, weißt du, über so alberne Dinge, ob die Kinder warme, trockene Strümpfe tragen und ob sie ihre Hausaufgaben machen und genug zu essen haben. Alle Mütter, die ich kenne, sorgen sich um derlei Dinge … aber nein, nicht als sie ertrank …« Wenn es Schwester Madeleine auffiel, daß Emmet nicht mehr stotterte, ließ sie es sich jedenfalls nicht anmerken. »Nein, sie war bestimmt nicht traurig. Wahrscheinlich hat sie sich gewünscht, daß es euch gutgeht und ihr damit fertig werdet …«
»Wenn man sich vorstellt, daß sie daran gedacht hat …« Seine Stimme zitterte.
Erwartungsvoll sah Schwester Madeleine ihn an, als würde sie darauf warten, daß er noch etwas sagte, etwas Positives. Und wie auf ein Stichwort fuhr Emmet fort: »Darüber hätte sie sich nicht zu sorgen brauchen. Natürlich werden wir damit fertig.«

Father Baily biß die Zähne zusammen, als er die McMahons am Sonntag in der Messe sah. Er wußte nicht mehr, wie er diese Familie noch trösten sollte. Einer trauernden Familie konnte man nicht immer wieder sagen, daß es eben Gottes Wille gewesen sei. Und je mehr er darüber hörte, desto weniger war er der Ansicht, daß es Gottes Wille gewesen war. Es war wohl eher der Wille dieser armen, verwirrten Helen McMahon gewesen, die im dunklen Beichtstuhl vor ihm gekniet und ihm gesagt hatte, daß ihr Herz schwer sei. Was war das für eine Art, seine Sünden zu bekennen? Und wie oft hatte er ihr die Absolution erteilt, obwohl er das

Gefühl hatte, daß sie sie gar nicht wollte. Sie schien nicht wirklich zu bereuen, da war kein Wille zur Besserung.
Er konnte sich nicht mehr daran erinnern, was sie genau gebeichtet hatte.
Wenn die Menschen nur wüßten, wie ähnlich und alltäglich ihre Sünden für den Beichtvater waren! Aber an eines konnte er sich erinnern, nämlich daß sie selbst wohl glaubte, ihr Leben nicht im Griff zu haben. Sie warf sich vor, immer außen zu stehen, nie richtig dabei zu sein. Aber seinen Rat, sich in der Pfarrgemeinde zu engagieren, etwa der Gruppe beizutreten, die für den Blumenschmuck in der Kirche zuständig war, oder für den Kirchenbasar etwas zu backen, hatte sie nicht befolgt.
Nach der Messe grüßte er jedes Gemeindemitglied.
»Hallo, Dan. Kalter Tag heute, was?«
»Das kann man wohl sagen, Father. Kommen Sie doch auf einen Drink ins Hotel, da wird Ihnen wieder warm.«
»Ja, das wäre schön. Aber nach dem Frühstück muß ich Krankenbesuche machen.«
Dabei hätte Father Baily nichts mehr genossen, als in dem dunklen Hinterzimmer des Central Hotel zu sitzen und sich drei Brandys zu genehmigen, um sich aufzuwärmen. Aber seine Haushälterin hatte den Frühstückstisch bereits gedeckt, und gleich nach dem Frühstück mußte er in Mutter Bernards Kloster eine ältere Nonne besuchen. Dann stand ein Hausbesuch auf einem abgelegenen Hof an, um einem Bauern die heilige Kommunion zu spenden; dabei hatte der Mann sein Lebtag keine Kirche von innen gesehen, bis er erfuhr, daß er Krebs im Endstadium hatte. Nun sollte die Kirche plötzlich zu ihm kommen.
Und überall, wo er hinkam, fragten ihn die Leute, was geschehen würde, wenn man Helen McMahons Leiche fand. Er blieb stets vage, legte sich nicht fest, sagte, man solle die Hoffnung nicht aufgeben und die arme Frau stets in die Gebete einschließen.
Martin McMahon begrüßte er mit besonderer Herzlichkeit. »Mein guter Martin, du bist wahrlich wie ein Fels in der Brandung. Ich bete jeden Tag dafür, daß Gott dir die Kraft geben möge, die

du brauchst ...« Martin sah bleich und elend aus. Father Baily fragte sich, ob seine Gebete bis jetzt überhaupt etwas bewirkt hatten.

»Danke, Father.«

»Und Kit und Emmet, schön, schön.« Die Worte waren völlig bedeutungslos, das wußte er. Aber wie sollte er sie trösten? Der einzige Trost war, daß diese Frau keinen Brief hinterlassen hatte. Wenn man den Leichnam fand, wäre der Leichenbeschauer sicher diskret genug, um einen Unfall als Todesursache festzustellen. Dann konnten sie Helen McMahon im Friedhof beerdigen, wo sie hingehörte.

Auch Schwester Madeleine war in der Messe gewesen. Mit einem grauen Umhang um ihre schmalen Schultern saß sie unauffällig in einer der hinteren Bänke.

»Möchten Sie nicht mitkommen und bei uns zu Mittag essen?« fragte Kit sie aus heiterem Himmel.

»Danke, nein, mein Kind. Ich mache selten Besuche.«

»Wir brauchen Sie aber«, sagte Kit schlicht.

»Ihr habt doch einander.«

»Ja, nur in letzter Zeit reicht das nicht mehr. Es dauert einfach schon zu lange. Wir sitzen nur noch da und starren uns an.«

»Frag doch einen deiner Freunde. Clio zum Beispiel oder den jungen Philip O'Brien vom Hotel ...«

»Sie sind meine Freundin. Bitte kommen Sie doch.«

»Danke. Deine Einladung freut mich sehr«, sagte Schwester Madeleine.

Rita schnitt das Fleisch, einen großen Rinderbraten von der Metzgerei Hickey.

»Ich habe noch nie so ein großes Stück Fleisch gesehen.« Schwester Madeleine traute ihren Augen kaum.

»Das ist nicht alles für heute, wir sind ja keine Verschwender. Morgen essen wir noch einen Teil davon kalt, und am Dienstag wird der Rest zu Hackbraten verarbeitet. Oft reicht es sogar noch für Frikadellen am Mittwoch.« Rita war stolz auf ihre umsichtige Haushaltsführung.

Schwester Madeleine sah sich in der Küche um, wo sie um den Tisch versammelt saßen. Das Unglück, das die Familie getroffen hatte, war hier beinahe greifbar.

»Wissen Sie, die Landfahrer suchen immer noch«, meinte sie. Diese Bemerkung ließ alle am Tisch erschreckt aufhorchen. Sie waren es nicht gewöhnt, daß ausgerechnet ein Gast das Thema ansprach, das sonst nach Möglichkeit vermieden wurde. »Sie suchen alles rund um den See herum ab. Wenn es irgend etwas zu sehen gibt, werden sie es finden.«

Es herrschte tiefes Schweigen. Die McMahons vermochten nichts darauf zu sagen, wenn jemand über das sprach, was sie am meisten beschäftigte. Schwester Madeleine wartete. Die Stille störte sie nicht, und sie unternahm keinen Versuch, sie zu durchbrechen.

»Das ist nett von ihnen … daß sie sich soviel Mühe geben«, sagte Martin schließlich.

Schwester Madeleine schien seine Beklommenheit nicht zu bemerken. »Helen war auf ihren Spaziergängen immer sehr freundlich zu ihnen, sie kannte ihre Namen und die Namen ihrer Kinder. Oft stellte sie ihnen Fragen über ihre Lebensweise und ihre Sprache.« Kit sah sie verwundert an. Das hatte sie von ihrer Mutter nicht gewußt. Aber Schwester Madeleine sprach ganz offen und aufrichtig, sie hatte sich keine Geschichte ausgedacht, um sie zu trösten, keine beruhigenden Worte, um die Tote zu verklären. »Sie wissen, daß eine Beerdigung etwas Notwendiges ist«, fuhr Schwester Madeleine fort. »In ihrem Volk ist eine Beerdigung etwas ganz Besonderes, und sie nehmen lange Reisen durch das ganze Land auf sich, um daran teilzunehmen. Es ist eine Art, Lebewohl zu sagen, und die Verstorbenen finden auf dem Friedhof ihre letzte Ruhestätte.«

»Aber nur, wenn …«, begann Kit.

Schwester Madeleine unterbrach sie: »Aber nur, wenn man sie findet, und das wird auch geschehen. Entweder die Landfahrer finden sie oder jemand anderer, und dann könnt ihr an ihrem Grab beten …« Schwester Madeleines Ton ließ keinen Widerspruch zu.

Sie wollte nichts davon hören, daß Helen McMahon außerhalb der Friedhofsmauern begraben werden würde. Ohne Grabstein, wie es für Selbstmörder üblich war.
An jenem Abend saß Kit mit ihrem Vater zusammen.
»Es ist jetzt schon so lange her, über einen Monat ... Ist von Mutter überhaupt noch etwas übrig, was man begraben kann?«
»Das habe ich erst neulich Peter Kelly gefragt, als wir in Paddles' Bar waren. Er sagte, darüber sollten wir uns keine Gedanken machen. Ihre Seele, ihr Geist hat in jener Nacht ihren Körper verlassen, und die sterblichen Überreste sind unwichtig.«
»Wahrscheinlich hat er recht.«
»Ja, Kit, wahrscheinlich.«

Mutter Bernard wurde aus dem Unterricht gerufen.
Das Stimmengewirr im Klassenzimmer erreichte eine beachtliche Lautstärke. Es herrschte helle Aufregung, denn Deirdre Hanley, eines der älteren Mädchen, war mit Stevie Sullivan in den Büschen gesehen worden, eng umschlungen, und sie hatten sich nicht nur geküßt, sondern viel mehr als das. Alle waren neugierig auf die Einzelheiten, und so fiel niemandem auf, daß Mutter Bernard zurückgekommen war. Ihre schneidende Stimme traf sie wie ein Peitschenhieb.
»Ich hatte eigentlich erwartet, daß große, erwachsene Mädchen in eurem Alter dazu in der Lage wären, ruhig ihre Arbeit weiterzumachen. Das war ein Irrtum. Ein großer Irrtum.« Verschämt schlichen sie auf ihre Plätze zurück. Mutter Bernards Gesicht war kreideweiß. Sie mußte wirklich sehr wütend sein. »Aber diesmal will ich euch bei eurer Ehre packen. Nehmt bitte eure Aufsatzhefte heraus und schreibt eine ganze Seite über den Advent. Die Zeit des Wartens, die Vorbereitung auf Weihnachten.« Verzweifelt sahen sie einander an. Eine ganze Seite über den Advent. Was gab es darüber schon zu sagen, außer daß er ewig dauerte und fast so schlimm wie die Fastenzeit war? »Und keine Tintenkleckse und keine großen Abstände zwischen den Wörtern. Auf diese Arbeit

wollen wir alle stolz sein können.« Mutter Bernards Stimme klang drohend.
Sie griffen zu ihren Federhaltern; diesmal meinte sie es ernst. Die Neuigkeiten über Deirdre Hanley mußten eine Weile warten.
»Katherine McMahon, würdest du bitte einen Augenblick mitkommen«, sagte Mutter Bernard zu Kit.

Bruder Healy hatte Kevin Wall klargemacht, daß er sich zu den Glücklichen zählen könne, wenn er diesen Tag überstehen würde, ohne den Stock auf seinen Händen zu spüren, und zwar auf beiden. Der Junge wirkte ängstlich, aber nicht ängstlich genug. Er verbrachte die Zeit damit, Papierkügelchen aus Löschpapier herzustellen und sie in Tinte zu tränken.
Bruder Healy wurde zur Tür gerufen.
»Ich bin in fünf Minuten wieder da. Verstanden?« dröhnte er in die Klasse. Dann ging er, um dem kleinen Emmet McMahon zu sagen, was er ihm sagen mußte.
Keine Ausbildung konnte einen auf eine derartige Aufgabe vorbereiten. Bruder Healy seufzte, während seine Soutane durch die Gänge raschelte, bis er zu dem Klassenzimmer gelangte, wo nichtsahnend die zweite Klasse von Bruder Doyle saß.

Bei Einbruch der Dunkelheit wußte jedermann in Lough Glass Bescheid.
Man hatte im Schilf eine Leiche gefunden. Die Verwesung war schon weit fortgeschritten. Es war unmöglich, die Person zu identifizieren.
Dr. Kelly hatte seinen Freund Martin McMahon aufgesucht. Nach Meinung aller sollte Martin auf keinen Fall etwas zu Gesicht bekommen, was mit seiner Frau nicht mehr das geringste zu tun hatte. Auch der Leichenbeschauer, der aus Dublin angereist war, teilte diese Auffassung. Die Untersuchung würde einige Tage dauern, hieß es.
Ein Teil des Sees war abgesperrt worden. Die Leute erzählten sich, daß sie den Krankenwagen gehört hatten. Als ob man nach einem

Monat noch Sanitäter brauchen würde! Andererseits: Wie sollte man sonst die Leiche der armen Frau ins Leichenschauhaus im Krankenhaus überführen?
Jeder wußte über die McMahons etwas zu berichten.
Kathleen Sullivan von der Autowerkstatt erzählte, daß die Lichter im Haus in jener Nacht bis morgens brannten. Anscheinend war keiner von ihnen zu Bett gegangen. Clio Kelly behauptete, daß sich bei den McMahons etwas verändert habe; alles sei jetzt viel normaler. Sie sprachen nicht mehr mit diesen seltsamen, gepreßten Stimmen. Und Mrs. Hanley aus dem Textilgeschäft sagte, sie habe der Familie ihr Beileid aussprechen wollen, aber dieses unverschämte Hausmädchen habe sie nicht hereingelassen. Angeblich leide die Familie an nervöser Erschöpfung.
Mrs. Dillon vom Zeitungsladen meinte, jeder wolle jetzt eine Karte kaufen, mit der man eine Messe lesen lassen konnte. Nun, da es eine Leiche gab, wollten alle ihren Respekt bezeugen und eine Seelenmesse für Helen McMahon lesen lassen.
Sergeant Sean O'Connor mußte zugeben, daß er selten so nette Leute kennengelernt hatte wie die Männer, die vom Polizeipräsidium in Dublin gekommen waren.
Sie bestätigten ihm, daß er den Papierkram bestens erledigt habe. Und er solle sich keine Gedanken machen, daß man die Leiche erst nach so langer Zeit gefunden hatte. Dies sei schließlich eine richtige Wildnis hier. »Indianerland«, wie einer von ihnen es bezeichnete. Sie konnten nicht begreifen, wie man es hier aushielt, es sei doch nichts los. Sergeant O'Connor gefiel diese Bemerkung nicht, er fand sie ein bißchen abfällig, doch sie meinten, auch Dublin habe einige Nachteile.
Und sie blieben mit ihm unverschämt lange in Paddles' Bar, wo um diese späte Stunde noch halb Lough Glass versammelt war.
»Sie kennen hier wohl jeden«, sagte einer der Polizisten.
»Natürlich, und ich weiß alles von ihnen.«
»Kannten Sie die Verstorbene?«
»Selbstverständlich.«
»Was glauben Sie, warum hat sie es getan?«

»Nun, es ist nicht erwiesen, daß sie es getan hat.« Sean O'Connors Wachsamkeit ließ auch nach ein paar Gläsern Bier nicht nach.
»Nein, es ist nicht erwiesen, aber wir gehen davon aus. Was, meinen Sie, war der Grund dafür?«
»Sie paßte nicht hierher. Sie hat sich nie eingelebt, blieb immer ein bißchen Außenseiterin. Vielleicht war sie zu hübsch für diesen Ort.«
»Hatte sie einen Liebhaber?«
»Guter Gott, in Lough Glass kann man als verheiratete Frau unmöglich einen Liebhaber haben. Es ist schon schwer genug, wenn man ledig ist. Man wird ja auf Schritt und Tritt beobachtet ...«
»Sie war also nicht unglücklich verliebt, vielleicht sogar schwanger ...?«
»Nein.« Sergeant O'Connor war auf einmal hellwach. »Dafür gab es keine Hinweise, oder?«
»Nein.« Der junge Dubliner Polizist war gutgelaunt. »Nein, und man hätte es wohl auch nicht mehr feststellen können, selbst wenn da etwas gewesen wäre. Trinken wir noch einen, was meinen Sie?«
Philip O'Brien schaute bei den McMahons vorbei und wollte Kit ein bißchen Gesellschaft leisten. »Du weißt schon, wie in der Nacht, als sie ... verlorenging«, sagte er.
Kit stiegen die Tränen in die Augen. Das hatte er sehr nett ausgedrückt. Mutter war verlorengegangen.
»Vielen Dank, Philip«, sagte sie und strich ihm über die Wange. »Das ist wirklich sehr lieb von dir, aber ich glaube, wir würden lieber ...«
Er ließ sie nicht ausreden. »Ich weiß. Du sollst nur wissen, daß ich immer da bin. Gleich da unten, ein paar Häuser weiter.« Als er wieder die Treppe hinunterging, spürte er immer noch die Stelle, wo Kit McMahon ihn gestreichelt hatte.
Im Haus war es merkwürdig friedlich wie schon lange nicht mehr. Es war ihnen bewußt, daß die Formalitäten noch ein paar Tage dauern würden, aber die Beerdigung würde am nächsten Wo-

chenende stattfinden. Nun konnten sie etwas für Mutter tun. Sie konnten sich richtig von ihr verabschieden.
»Tut es dir leid, daß man sie gefunden hat, Vater? Hast du immer noch gehofft, daß sie am Leben ist, vielleicht sogar entführt wurde?« fragte Kit.
»Nein, mir war klar, daß das nicht sein kann.«
»Dann ist es also besser, daß sie sie gefunden haben?«
»Ja, viel besser. Jetzt können wir wenigstens an ihr Grab gehen.« Es herrschte ein langes Schweigen. »Es war ein schrecklicher Unfall, Kit, das weißt du«, sagte ihr Vater.
»Ich weiß«, erwiderte Kit. Und sie sah in die Flammen, große rote und gelbe Flammen, die emporloderten.

Ihre Vermutung, daß man die Formalitäten nicht lange hinauszögern würde, erwies sich als richtig. Dr. Kelly hatte als ortsansässiger Arzt die Leiche identifiziert und sich nur kurz mit dem Pathologen beraten müssen. Es gab keine Hinweise auf irgendwelche Ungereimtheiten oder auf Fremdeinwirkung.
Ebensowenig auf einen Selbstmord aufgrund von Unzurechnungsfähigkeit. Falls Zweifel wegen des fortgeschrittenen Verwesungszustandes bestanden, wurden sie nicht laut geäußert. Zwar hatte Helen McMahon nur einen Monat lang im See gelegen, aber schließlich war Winter, und die Fische in diesem Teil des Sees … nun, man brauchte nicht näher ins Detail zu gehen.
Und wer sonst hätte es sein können? In dieser Gegend wurde niemand vermißt. Der Leichenbeschauer sprach von der dringenden Notwendigkeit, die Binnenwasserstraßen in Irland zu räumen, da in den zugewachsenen Schilfbereichen der Seen schon zu viele tragische Unfälle passiert seien.
Schließlich wurde die Leiche Helen McMahons zur Bestattung freigegeben.

Am Tag der Beerdigung kam Clio zu ihnen nach Hause. »Ich habe dir eine Mantilla mitgebracht«, sagte sie.
»Was ist das denn?«

»Ein schwarzer Spitzenschleier, so ähnlich wie ein Halstuch. Bei den Spanierinnen und bei den reichen Katholiken überall auf der Welt ist eine Mantilla die übliche Kopfbedeckung, wenn man keinen Hut tragen möchte und ein Kopftuch nicht angemessen ist.«
»Soll ich die in der Kirche tragen?«
»Wenn du möchtest. Sie ist ein Geschenk von Tante Maura.«
»Sie ist sehr nett, nicht wahr?« Normalerweise fand Kit an Clios Tante immer etwas zu kritisieren.
Clio wirkte erfreut. »Ja, das ist sie wirklich. Und sie kennt sich in allen Sachen so gut aus.«
Kit nickte. Es stimmte. Gestern abend hatte Rita ihr erzählt, daß Mrs. Kellys Schwester sie beraten hatte, was man den Gästen reichen sollte. Sie hatte einen großen gekochten Schinken vorgeschlagen, und Mr. Hickey, der Metzger, sollte ihn für sie kochen. Rita hatte eingewandt, das würde er nie tun, aber Clios Tante hatte darauf bestanden. Schließlich waren sie schon seit langem gute Kunden. Und die Hickeys würden sich freuen, wenn sie etwas für sie tun konnten. Am Sonntag nachmittag, bevor die Leute vom Friedhof zurückkamen, sollte er geliefert werden.
Rita sagte, sie habe ihr damit sehr geholfen. Jetzt mußte sie nicht stundenlang neben einem riesigen Topf stehen, und außerdem würde nicht das ganze Haus nach Essen riechen. In der Zeit konnte sie statt dessen den Frauen sagen, sie sollten selbstgebackenes Brot mitbringen, und Mr. O'Brien vom Hotel bitten, ihr drei Dutzend Gläser zu borgen.
Trotzdem hätte Kit es als Treulosigkeit gegenüber ihrer Mutter empfunden, wenn sie zugegeben hätte, daß Clios Tante eine große Hilfe war. Mutter hatte sie nicht gemocht; das hatte sie zwar nie gesagt, aber Kit war sich dessen sicher. Doch da sie nie darüber gesprochen hatte, gab es auch keinen Grund anzunehmen, daß Mutter es lieber sähe, wenn sie Distanz zu Clios Tante hielt.
Würde es Mutter gefallen, wenn sie die Mantilla trug? Reglos stand Kit da und fragte sich, ob Mutter sich überhaupt Gedanken über ihre Beerdigung gemacht hatte, bevor sie weggegangen war, um

nicht wiederzukehren. Und als sie den Brief schrieb, hatte sie da innegehalten und überlegt, wie man sie in Lough Glass beerdigen würde?

Wut stieg in ihr auf.

»Alles in Ordnung?« fragte Clio besorgt.

»Ja, klar.«

»Tante Maura hat gesagt, ich soll nicht lange bleiben, falls du allein sein willst.« Clio wirkte unsicher, ihre großen blauen Augen blickten kummervoll.

Kit fühlte auf einmal ein schlechtes Gewissen. Schließlich war Clio ihre beste Freundin, und sie hatte soviel für sie getan. Warum konnte sie dann nicht aufhören, ständig so abweisend zu ihr zu sein? »Ich würde mich freuen, wenn du bliebst«, sagte sie. »Du wärst mir eine große Hilfe.« Clios strahlendes Lächeln schien das ganze Zimmer in ein freundlicheres Licht zu tauchen. »Hast du auch eine Mantilla?«

»Nein, Tante Maura hat gesagt, die sollst nur du haben.« Kit legte sie an. »Du siehst großartig aus. Deine Mutter wäre stolz auf dich gewesen.«

Und zum erstenmal ließ Kit vor der Freundin ihren Empfindungen freien Lauf und begann zu weinen.

Die Lieder bei Begräbnisfeiern waren immer traurig. Doch an jenem naßkalten Winternachmittag, als der Wind den See aufpeitschte und es in der Kirche klamm und ungemütlich war, hatte Father Baily das Gefühl, als wären sie noch nie so traurig gewesen. Vielleicht lag es an Martin McMahons rundlichem, arglosem Gesicht, seinem verwirrten und ungläubigen Ausdruck. Oder an den beiden Kindern, dem Mädchen mit dem spanischen Schleier und dem Jungen, dessen Sprachfehler bereits geheilt gewesen war, der aber jetzt wieder stotterte wie eh und je.

Father Baily ließ seinen Blick schweifen.

Es war alles wie immer. Der Chor sang »Maria sei mein Lob gesungen«. Nach der ersten Strophe stimmte die ganze Gemeinde mit ein.

»Oh, Maiglöckchen im Tale,
ein Sproß, so licht und zart und rein,
wer könnte deiner Anmut gleichen,
welch' Baum, welch' Strauch, welch' Blümelein …«

Der Gesang wurde von viel Husten und Räuspern begleitet, und so manchem wurden die Augen feucht, als er an die Frau dachte, die im See dahingegangen war.

Bei der Messe am Abend zuvor hatte Father Baily sich über Helen McMahons Tod Gedanken gemacht. Wenn sie sich nun doch das Leben genommen hatte? Aber schließlich erwartete Gott nicht von ihm, daß er in dieser Angelegenheit den Richter spielte. Er war nicht mehr als der Priester, der den Trauergottesdienst abhielt und ihren Leichnam der Erde übergab. Man lebte nicht mehr im Mittelalter, sondern im Jahr 1952. Sollte sie doch in Frieden ruhen.

Die Sullivans standen zusammen, Kathleen und ihre beiden Söhne. Stevie suchte den Blick von Deirdre Hanley aus dem Textilgeschäft. Kathleen funkelte ihn böse an. Eine Kirche war nicht der richtige Ort, einem Mädchen schöne Augen zu machen. Und eine Beerdigung nicht der richtige Zeitpunkt. Michael trat fortwährend mit der Schuhspitze gegen die Kirchbank, um die Erdklumpen von den Sohlen abzubekommen. Mit einem kräftigen Stupser gebot sie ihm Einhalt.

Michael machte ihr seit einiger Zeit Sorgen. Er lief nur noch mit Trauermiene herum und stellte ihr merkwürdige Fragen, auf die sie keine Antworten wußte. Zum Beispiel, was man tun sollte, wenn man etwas wußte, was die anderen nicht wußten. Oder angenommen, alle dachten, eine Sache sei so und so, aber man wisse bestimmt, daß es sich anders verhalte, sollte man es dann sagen? Kathleen Sullivan brachte für derlei Gedankenspiele wenig Geduld auf. Letztes Wochenende hatte sie Michael gesagt, sie habe keine Ahnung, wovon er überhaupt rede, und er solle bitte seinen älteren Bruder um Rat fragen. Sie war sich sicher, daß es irgendwie mit Sex zusammenhing, und Stevie würde ihm alles sagen, was er wissen mußte. Immerhin schien er sich jetzt etwas beruhigt zu haben. Kathleen hoffte, daß Stevie wußte, wovon er sprach. Ihr gefielen die Blicke, die er diesem dreisten Hanley-Mädchen zuwarf, ganz und gar nicht. Sie war viel zu alt für ihn und außerdem ein ausgesprochen freches Luder.

Kevin Wall fand die Vorstellung, daß die eigene Mutter von den Fischen gefressen wurde, schrecklich. Das war nämlich mit Emmet McMahons Mutter passiert. Und ausgerechnet in der Nacht, als er und Michael Sullivan am See gewesen waren! Vielleicht waren sie ganz in der Nähe gewesen, als es passierte. Michael hatte sich große Sorgen gemacht und gesagt, sie sollten es erzählen, daß sie in jener Nacht das Boot genommen hatten. Kevin war dagegen gewesen. Sie würden ihm den Hintern versohlen, meinte er. Michael, der keinen Vater hatte, der ihn versohlen konnte, meinte, da Emmet McMahons Mutter gar nicht in der Nähe des Bootes gewesen sei, könnten sich doch die Polizei und alle anderen die Suche nach ihr sparen. Sie hatten mit dem Boot gespielt und es am Pier hin- und hergezogen, bis es ihnen entglitten war und sie es nicht mehr erwischten. Dann trieb es zur Mitte des Sees ab und wurde von den Wellen zum Kentern gebracht. Kevin meinte, es sei egal, aber Michael hatte es mit der Angst zu tun bekommen.

Er sagte, wenn die Polizei im Spiel war, könnten sie beide im Gefängnis enden. Na, jedenfalls war alles gut ausgegangen. Kevin hatte schließlich recht gehabt, daß sie den Mund halten sollten. Michael war fast durchgedreht. Klar, sein Vater war ja auch in einer Irrenanstalt gestorben. Aber das erwähnte Kevin besser nicht.

Maura Hayes und ihre Schwester trugen ihre guten dunklen Mäntel und dazu die schlichten Velourshüte. Peter putzte sich während der Messe mehrmals lautstark die Nase. Beim Schlußgesang standen die kleine Clio und Anna neben ihnen.

»Kit hält sich großartig«, bemerkte Lilian anerkennend zu ihrer Tochter. »Sieh nur, wie sie sich zusammenreißt, sie weint nicht einmal.«

»Sie hat schon so viel geweint, vielleicht kommen jetzt einfach keine Tränen mehr«, entgegnete Clio.
Lilian sah sie überrascht an. Clio war nicht immer so einfühlsam. Vielleicht hatte das Kind mehr Feingefühl, als sie ihr bisher zugetraut hatte.
Als die Menge die Kirche verließ und in den schneidend kalten Wind hinaustrat, schaffte Stevie es, in die Nähe von Deirdre Hanley zu gelangen. »Kommst du zu mir nach Hause ...? Du weißt schon, wenn das hier vorbei ist.«
»Zu dir nach Hause? Bist du verrückt?« sagte sie.
»Meine Mutter wird gegenüber bei den McMahons sein.«
»Genau wie meine.«
»Wir können also vom Fenster aus sehen, wenn alle gehen, und du kannst schnell heimlaufen.«
»Von wo aus können wir es sehen?« Sie ließ ihre Zunge über die Lippen gleiten.
»Von meinem Schlafzimmer aus ...«
»Machst du Scherze?«
»Ein Bett ist im Grunde nichts anderes als ein Sofa, oder?« meinte Stevie.
»Und besser als ein Autositz«, entgegnete Deirdre.

Als sie am Grab standen, unterhielt sich Kit mit Schwester Madeleine. »Hat ihre Seele jetzt Frieden gefunden?« wollte sie wissen.
»Das hat sie schon vor langer Zeit«, sagte Schwester Madeleine. »Nur haben wir jetzt auch unseren Frieden, weil wir sehen können, daß sie zur letzten Ruhe gebettet ist.« Vor ihrem geistigen Auge sah Kit den weißen Umschlag mit dem Wort *Martin* darauf. Schwester Madeleine nahm sie in den Arm und drückte sie fest. »Bitte, du darfst jetzt nur daran denken, was deine Mutter von dir gewollt hätte, nämlich daß du eine starke junge Frau wirst, die nach vorne schaut und nicht in die Vergangenheit.« Kit starrte Schwester Madeleine verwundert an. Das hatte sich ihre Mutter tatsächlich gewünscht, sie hatte es sogar fast wortwörtlich zu ihr

gesagt. »Daran mußt du jetzt denken. So kannst du ihr Frieden schenken – wenn sie weiß, daß du das tust, was sie gewollt hat.«
Kit blickte um sich und sah all die Leute aus Lough Glass, die sich anschickten, einen Rosenkranz für Helen McMahon zu beten. Nur dank Kit war das möglich geworden. Sie hatte den Brief verbrannt, der bedeutet hätte, daß ihre Mutter in einem anonymen Grab in ungeweihter Erde bestattet worden wäre.
Sie straffte die Schultern.
»Ich tue mein Bestes, Mutter«, sagte sie und ergriff die große kalte Hand ihres Vaters und Emmets zitterndes Händchen, während sie dort im Regen vor dem Grab standen.

KAPITEL DREI

Helen McMahon zündete sich noch eine Zigarette an. Sie mußte zur Ruhe kommen, sie mußte nachdenken.

Martins Verhalten war ihr einfach unbegreiflich. Sie hatte doch immer alles gehalten, was sie ihm versprochen hatte, ihm auch gesagt, daß sie ihn nicht bedingungslos lieben konnte, denn sie würde Louis Gray niemals vergessen können. Sie hatte Martin versprochen, sie würde ihm treu sein, mit ihm zusammenleben und ihm nach besten Kräften eine gute Frau sein, wenn er ihr die Freiheit zugestand, spazierenzugehen, ihren Gedanken nachzuhängen und der erdrückenden Langeweile einer Kleinstadt zu entfliehen.

Daß sie ihn nicht verlassen würde, ohne ihm die Gründe dafür zu nennen, hatte sie sich geschworen. Und in dem Brief, den sie vor ihrem Verschwinden auf sein Bett gelegt hatte, hatte sie alles genau aufgeschrieben: daß sie ein Kind erwartete, daß sie Louis wiedergetroffen hatte und er es bereute, sie je verlassen zu haben. Um ihrer beider Glück willen mußten sie einen neuen Anfang wagen.

Sie wollte nichts mitnehmen, nichts von alldem, was Martin ihr geschenkt hatte.

Diesen Brief zu schreiben hatte sie eine ganze Woche gekostet, die Woche vor ihrer Abreise. Sie ließ ihm die Wahl, was er den Leuten als Grund für ihr Verschwinden erzählen wollte – sie würde sich danach richten. Zum Beispiel, daß sie mit Louis durchgebrannt war, daß sie Verwandte besuchte oder daß sie krank war und sich irgendeiner Behandlung unterziehen mußte. Mehr konnte sie ihm nicht geben als die freie Entscheidung, mit welcher Geschichte er ihr Verschwinden vertuschen wollte.

Es war nicht viel, was sie ihm ließ, um sein Gesicht und seine Würde zu wahren, verglichen damit, wieviel sie sich selbst genommen hatte.
Und sie hatte ihm Anschrift und Telefonnummer einer Organisation in London hinterlassen, die sich um irische Mädchen kümmerte, wenn sie in Schwierigkeiten steckten. Eine bittere Ironie, denn sie war tatsächlich in vielerlei Hinsicht eine Irin, die in Schwierigkeiten steckte. Dort, hatte sie geschrieben, wäre sie täglich von vier bis sechs erreichbar und würde darauf warten, daß er ihr mitteilte, was er den Leuten zu sagen gedachte.
Am Nachmittag des 30. Oktober waren sie angekommen, müde und durchnäßt, und sie litt noch immer an Schwangerschaftsübelkeit. Wie versprochen, hatte sie vier Tage lang am Telefon gesessen. Doch es kam kein Anruf.
In ihrem Brief hatte sie ihm zugesichert, daß sie keinen Kontakt zu ihm aufnehmen, sondern abwarten würde, bis er seine Entscheidung getroffen hatte. In diesem Punkt war ihr Brief ganz eindeutig gewesen. Sie wollte ihm Zeit geben, soviel Zeit, wie er brauchte, um die Nachricht zu verdauen und erst dann zu reagieren, wenn er es für richtig hielt. Zwanzigmal hatte sie versucht, mit ihm darüber zu reden, aber jedesmal hatte er sie bloß dümmlich und verliebt angelächelt oder einen albernen Scherz gemacht.
Nur schriftlich konnte sie ihm mitteilen, wie ernst es ihr mit ihrer Entscheidung war. Und jetzt saß sie hier, mit gebundenen Händen, verzweifelt und voller Ungeduld zu erfahren, wie er reagierte und was er den Kindern sagen wollte. Aber es war ein Gebot des Anstands, daß sie Wort hielt. Jetzt konnte sie ihn nicht mehr anrufen ... ihm nicht mehr schreiben.
Die ersten Tage ihres neuen Lebens mit Louis Gray, dem Mann, den sie schon immer geliebt hatte, waren ein Alptraum.
Sie hatte sich für den Anruf gewappnet, war auf Martins Schluchzen, seine flehentlichen Bitten, sie solle doch zu ihm zurückkehren, gefaßt.
Falls er ihr vorwerfen würde, sie sei eine Rabenmutter, weil sie ihre

Kinder im Stich ließ, hatte sie eine Erklärung parat: Sie erwarte noch ein Kind und trage Verantwortung dafür. Martin würde nicht die Kinder vorschicken und sie betteln lassen, sie möge nach Hause zurückkehren; so sehr würde er sich nicht erniedrigen, das wußte sie.

Er würde die Kinder nicht als Druckmittel einsetzen. Wenn er ruhig und besonnen war, konnte sie ihm vielleicht sogar den einen oder anderen Rat geben.

Sie hatte sich zurechtgelegt, was sie ihm sagen wollte: daß bald Gras über die Sache gewachsen sein würde, daß die Leute auch viele andere Menschen vergessen hatten, die aus diesem oder jenem Grund aus Lough Glass verschwunden waren. Eine Zeitlang würden noch Fragen gestellt werden, aber nach ein paar Wochen erlahmte das Interesse bestimmt. Er hatte weder einen Skandal zu befürchten, noch würde man ihm mit Mitleid begegnen oder ihn gar verspotten.

Das war sie ihm schuldig ... was er auch von ihr verlangte, sie würde Entgegenkommen zeigen.

Vier Tage und vier Nächte lang wartete sie, ohne von ihm zu hören.

»Ruf ihn an«, hatte Louis gedrängt.

»Nein.« Sie blieb hart.

»Mein Gott, Helena, es ist Montag abend. Du bist seit Mittwoch fort. Mit dieser Taktik treibt er uns beide noch an den Rand des Wahnsinns.«

»Das ist keine Taktik, Louis. Das wäre nicht Martins Art.«

Sie musterte ihn, sein dunkles, kräftiges Haar, sein anziehendes Gesicht, das bleich vor Sorgen war. Er trug eine schieferblaue Jacke in derselben Farbe wie seine Augen. Noch nie in ihrem Leben war sie einem besser aussehenden Mann begegnet. Nachdem sie ihn kennengelernt hatte, gab es für sie keinen anderen mehr.

Sie konnte es noch immer nicht fassen, daß er zu ihr zurückgekommen war. Sie glaubte ihm, als er sagte, es sei alles ein Fehler gewesen, nur seine Habgier habe ihn verleitet, sich mit einer reichen Frau einzulassen. Und sie wußte, daß er die Wahrheit sprach.

In sein Gesicht hatten sich nun Falten gegraben, was ihn noch attraktiver machte, wenngleich es Sorgenfalten waren. Das Wunderbarste aber war, daß er sich so dankbar zeigte, weil sie ihm verziehen hatte und ihm nicht nachtrug, daß er sie verlassen und betrogen hatte.

»Ich habe dich nicht verdient«, hatte er unzählige Male wiederholt, seit er zu ihr zurückgekehrt war. »Ich könnte dir keinen Vorwurf daraus machen, wenn du mich wegschickst.«

Ihn wegschicken?

Louis Gray, den Mann, den sie haben wollte, seit sie dreiundzwanzig war? Nach dem sie sich sogar noch gesehnt hatte, als sie mit fünfundzwanzig Jahren Martin McMahon heiratete? An den sie jedesmal mit geschlossenen Augen gedacht hatte, wenn Martin mit ihr schlief?

Diesen Mann sollte sie wegschicken?

Sie hätte auf der ganzen Welt nach ihm gesucht, wenn sie gewußt hätte, daß auch nur eine vage Aussicht bestand, ihn zurückzuerobern.

Doch dann hatte *er* nach ihr gesucht. Heimlich war er nach Lough Glass gekommen und hatte sie angefleht, ihm doch bitte zu glauben, daß ihm nun die Augen aufgegangen seien. Es gebe auf der Welt immer nur einen Menschen, der für einen bestimmt sei, hatte er gesagt. Er habe sich schrecklich geirrt, als er glaubte, er könne für eine andere Frau dasselbe empfinden.

Anscheinend hatte auch Helen sich geirrt, als sie glaubte, sie könne mit Martin McMahon, dem freundlichen, ehrbaren und langweiligen Apotheker aus Lough Glass, glücklich werden. Und dann war es ihnen beiden klar: jetzt oder nie! Die heimlichen Stunden, die sie im Frühjahr und Sommer in den Wäldern von Lough Glass verbracht hatten, bewiesen, daß der Zauber ungebrochen war. Und die Entdeckung, daß Helen schwanger war, gab den letzten Anstoß.

In ihrer Aufregung über das bevorstehende Abenteuer waren sie wie zwei verliebte Teenager, rücksichtslos und unbekümmert gegenüber der Außenwelt, während sie sich vor den neugierigen Blicken der Kleinstadt verbargen. Sollten sie sich verkleiden, wenn sie nach London fuhren? Was für ein dummer Zufall wäre es, wenn sie dort jemandem aus Lough Glass über den Weg laufen würden – Lilian, in geheimer Mission unterwegs, um sich einer kosmetischen Gesichtsbehandlung zu unterziehen, oder Mrs. Hanley auf der Suche nach ausgefallener Damenunterwäsche für ihr Textilgeschäft. Kichernd spannen sie diese verrückten Geschichten fort, aber nach ihrer Ankunft ließ sich Helen sofort die Haare schneiden. Es war nicht nur ein Versuch, sich zu tarnen, sondern markierte auch den Beginn eines neuen Lebens.

Als Helen ihre langen dunklen Locken zu Boden fallen sah, spürte sie förmlich, wie auch die vergeudeten Jahre von ihr abfielen. Sie wirkte jetzt jünger und stärker. Und es gefiel Louis, was das wichtigste war. Nicht, daß jemand sie in diesem Teil Londons aufspüren würde. Irische Touristen gingen zum Piccadilly oder in die Oxford Street oder besuchten Verwandte in Camden Town. In diese Straße in Earl's Court würden sie sich nie verirren.

Mit ihrer Wohnung hatten sie großes Glück gehabt. Eigentlich war es nur ein Zimmer in einem großen Haus, welches die Vermieterin gerade renovierte. Doch bis jetzt hatte sie nur ein Stockwerk geschafft, bei ihrem Zimmer war sie offensichtlich noch nicht angelangt. Und bis sie dazu kam, auch dieses schöner und eleganter zu gestalten, würden Helen und Louis bereits woanders wohnen, in einem Haus, das für eine Familie geeignet war.

Denn zu ihrem gemeinsamen Leben würde bald auch ein Kind gehören. Bis dahin war das hier ihr Zuhause, ein Zimmer in Earl's Court, London SW 5. Helen mußte es sich immer wieder vorsagen. Diese Stadt war so groß, daß man angeben mußte, ob man im nördlichen, südlichen, östlichen oder westlichen Teil wohnte. Und dazu den Namen des Viertels und eine Nummer.

Nach dreizehn langen Jahren in Lough Glass, wo es nur eine Straße und ein paar kleine Pfade zum See gab … ein atemberaubendes Erlebnis.

Das Zimmer war nicht besonders groß, mit einem Sofa, das sich zum Bett ausklappen ließ. Zu der kargen Einrichtung gehörten ein paar Bilder von Alice Springs, die die Vormieter, ein australisches Paar, zurückgelassen hatten, ein kleiner Tisch und zwei Holzstühle. Der Teppich war abgetreten, und das Papier, mit dem die Schubladen der Kommode ausgelegt waren, war schmuddelig und roch muffig. Im Spülbecken hatten die Tropfen des Wasserhahns Rostspuren hinterlassen, und daneben hing ein kleines Regal mit einem zerrissenen Öltuch darauf, das sowohl als Toilettentisch wie auch als Abtropfbrett diente. Doch es war ihr Zuhause, das Heim, das sie immer schon mit Louis Gray hatte teilen wollen.

Schon nach vier Tagen in ihrem neuen Leben hatte Helen die geschnitzten Möbel in ihrem Schlafzimmer vergessen: den Mahagonikleiderschrank, der Martins Eltern gehört hatte, die hübsche Frisierkommode mit den Kugel- und Klauenfüßen. All das gehörte zu einem Leben, das hinter ihr lag – oder hinter ihr liegen würde, wenn Martin das Spiel mitgespielt hätte.

Für Louis lag der Grund auf der Hand. »Ich kann's dem Mann nicht verübeln, wirklich nicht. Er muß unseretwegen leiden, und jetzt läßt er uns schmoren. Wenn du mit einem anderen durchbrennen würdest, würde ich dasselbe tun.« Er hockte neben ihr auf dem Boden und blickte zu ihr hoch.

Aber darüber wollte Helen nicht mehr mit ihm streiten. Sie hatte dreizehn Jahre mit Martin McMahon zusammengelebt. Es entsprach nicht seinem Wesen, andere schmoren oder leiden zu lassen. Am meisten Angst hatte sie davor, daß er anrufen und am Telefon weinen würde. Daß er versprechen würde, besser, anders, netter, stärker zu werden … was immer sie von ihm verlangte. »Er hat doch hoffentlich den Brief bekommen«, meinte sie plötzlich. »Hast du nicht gesagt, du hast ihn an einer Stelle hingelegt, wo er nicht zu übersehen ist?«

»Ja, das habe ich auch …«

»Und ein anderer kann ihn nicht weggenommen haben … er war doch an ihn adressiert, oder?«

»Niemand sonst hätte ihn weggenommen.« Bei dieser Frage war Helen schon mehrmals angelangt. Doch sie brachte sie nicht weiter, und Louis begann allmählich, sich darüber aufzuregen. Helen zwang sich, an etwas anderes zu denken. »Ich liebe dich, Louis«, sagte sie.

»Ich liebe dich auch, Helena.«

So hatte er sie immer genannt, es war eine Art Kosename. Sie erinnerte sich, wie sie Kit einmal bei ihren Hausaufgaben in Geschichte geholfen hatte – die Insel, auf die Napoleon verbannt wurde. Sankt Helena. So heiße ich auch, hatte sie gesagt.

»Du heißt Helen«, hatte Kit sie in scharfem Ton zurechtgewiesen, als läge eine Gefahr darin, wenn ihre Mutter einen anderen Namen hatte. Als hätte das Kind etwas geahnt.

»Willst du mich in der Stadt ausführen?« fragte sie ihn lächelnd und hoffte dabei, er sähe ihr nicht an, wie alt und müde sie sich in Wirklichkeit fühlte.

»Das ist ein Wort«, antwortete er, holte die Regenmäntel und reichte ihr das rote Kopftuch. Sie band es so wie die Zigeunerin, auf eine kecke, fröhliche Art. »Du bist so schön«, schwärmte er.

Sie biß sich auf die Lippe. Unzählige Male hatte sie davon geträumt, daß er zu ihr zurückkehren würde. Jetzt, da der Traum Wirklichkeit geworden war, konnte sie es noch immer nicht fassen.

Als sie die Treppe hinunterstiegen, kamen sie an dem Badezimmer vorbei, das sie mit drei anderen Parteien teilten. An der Wand hing die Benutzungsordnung, vor Feuchtigkeit geschützt hinter einem Plastikrahmen. Für heißes Wasser aus dem Durchlauferhitzer mußte extra bezahlt werden, und man sollte das Bad so verlassen, wie man es vorzufinden wünschte. Es war nicht gestattet, Toilettenbeutel liegenzulassen.

Helen dachte nicht ein einziges Mal an das große, komfortable Badezimmer zurück, das im ersten Stock über McMahons Apotheke lag, wo die dicken Handtücher am Heizstrahler vorgewärmt wurden und ein Wollvorleger einen vor kalten Füßen bewahrte.

»Ach, das ist herrlich«, rief Helen, als sie leichtfüßig die Treppe hinuntersprang. Louis' Lächeln sagte ihr, daß sie das Richtige tat. Denn Louis Gray liebte es, wenn das Leben unkompliziert war und er nicht in ein sorgenvolles Gesicht blicken mußte.

Ivy spähte aus ihrer Wohnung neben der Haustür heraus, eine kleine, drahtige Frau, deren kurzgeschnittenes Haar von grauen Strähnen durchzogen wurde. Ihr runzeliges Gesicht verzog sich zu einem strahlenden Lächeln. Ob sie eher Anfang Vierzig oder vielleicht schon in den Fünfzigern war, ließ sich schwer sagen. Sie trug ein Kittelkleid mit pink- und purpurfarbenem Blümchendruck. Ihre ganze Erscheinung ließ darauf schließen, daß sie immer schon hart gearbeitet hatte und sich in jeder Lebenslage zurechtfand. Offenbar war sie allen Anforderungen gewachsen, die sich ihr als Vermieterin in einem Haus mit so vielen verschiedenen Mietern stellten. An ihrer Glastür hing ein eng gewebter Store, so daß sie jeden sehen konnte, der kam oder ging.

»Na, gehen Sie sich noch ein bißchen amüsieren?« fragte sie.

Helen empfand Ivy Browns Fragen nicht als lästig. Sie waren anders gemeint als damals in Lough Glass. »Machen Sie einen Spaziergang am See, Mrs. McMahon?« – »Mal wieder allein unterwegs, Helen?« – »Und wo bist du heute nachmittag gewesen?« Es war ihr jedesmal zuwider gewesen, wenn sie von Mrs. Hanley aus dem Textilladen gegrüßt wurde; oder von Dan O'Brien aus dem Central Hotel; oder von Lilian Kelly, der Frau des Arztes, die einen allzu wissenden Blick hatte.

Bei Ivy Brown war das ganz anders. Sie behielt lediglich die Treppe im Auge, damit die australischen Jugendlichen nicht ein Dutzend weitere Gäste mitbrachten, die auf dem Boden schliefen, oder damit nicht jemand untervermietete, um sich das Zimmer in Tag- und Nachtschichten mit einem anderen zu teilen.

»Er führt mich aus und zeigt mir ein bißchen was von London, Mrs. Brown.« Helen warf den Kopf in den Nacken und lachte vergnügt.

»Nenn mich Ivy, meine Liebe. Sonst heißen wir alle Mrs. Gray und Mrs. Brown, und das wäre doch ziemlich trist«, erwiderte Ivy lachend.

Louis reichte ihr zum Zeichen der Freundschaft die Hand. »Louis und Helena Gray«, stellte er sie beide vor.
Bei diesen Worten überlief Helen vor Erregung ein Schauder – als wäre sie sechzehn, nicht eine Frau mittleren Alters, die mit einem anderen Mann durchgebrannt war und von ihm ein Kind erwartete.
»Lena Gray«, bemerkte Ivy Brown nachdenklich. »Das ist ein hübscher Name. Klingt nach einem Filmstar. Du könntest tatsächlich ein Filmstar sein, meine Liebe, wirklich.«

Hand in Hand liefen sie zur Earl's Court Road, dann weiter auf der Old Brompton Road. Wohin sie auch blickten, alles schien so geschichtsträchtig: Baron's Court ... und die Plätze, die nach Schlachten benannt waren, Waterloo, Trafalgar. Die Orte klangen irgendwie vornehm und würdevoll, vor allem wenn man jahrelang in einem Städtchen gewohnt hatte, wo die Leute von Paddles' Lane redeten und damit eine kleine Gasse meinten, die zum See führte und in der ein Mann mit enorm großen Füßen eine Bar betrieb.
»Wir werden hier sehr glücklich sein«, sagte sie lächelnd zu Louis und drückte seinen Arm.
»Und ob wir das werden«, erwiderte er. Ein Obst- und Gemüsehändler trug gerade die unverkaufte Ware hinein, die er auf dem Gehsteig vor dem Laden aufgestellt hatte. Dabei fiel eine Blume zu Boden. Louis hob sie auf. »Haben Sie dafür noch Verwendung?« fragte er den Ladeninhaber. »Oder darf ich sie meiner wundervollen Frau geben?« Sein Lächeln war hinreißend.
»Das ist nicht Ihre Frau, guter Mann«, erwiderte der Händler, und auf seinem müden Gesicht spielte ein Lächeln.
»Aber natürlich, das ist Lena Gray, meine Frau.« Louis wirkte entrüstet.
»Nee, glaub' ich nicht. Schenken Sie ihr ruhig die Nelke, aber sie ist nicht Ihre Frau. Dafür amüsiert ihr euch viel zu gut.«
Sie lachten wie Kinder, als sie die Straße entlang davonliefen und ein italienisches Restaurant entdeckten.

Am Tisch nahm Louis ihre Hand. »Versprichst du mir etwas?«
»Was immer du willst, das weißt du doch.«
»Versprich mir, daß wir nicht wie die Paare werden, die sich nichts mehr zu sagen haben, ja?« Aus seinem Blick sprach Besorgnis.
»Ich werde dir immer etwas zu sagen haben. Aber vielleicht willst du es nicht immer hören.« Schon einmal war er das Zuhören leid geworden und fortgegangen, hatte sie in Dublin allein zurückgelassen, wo sie bittere Tränen um ihn vergossen hatte. Das war in ihren Augen zu lesen.
»Du bist meine Lena, wie Ivy gesagt hat. Lena Gray. Der Name eines Filmstars ... Du bist bezaubernd und wunderschön, mein Liebling ... Von nun an bist du nur noch Lena ... so aufregend wie unser neues Leben. Daran mußt du immer denken.« Seine Augen funkelten, und sie wußte, wenn sie ihn nicht verlieren wollte, durfte sie ihm nichts mehr von Provinzkäffern erzählen oder davon, daß sie doch eine Landpomeranze sei. Sie würde tatsächlich zu Lena Gray werden, einer starken Frau, die einen Mann wie Louis halten konnte ... ohne Angst davor, alt und langweilig zu werden.
Diese sieben Tage sollten ihre Flitterwochen sein – ohne Arbeitssuche, ohne die Auseinandersetzung mit der harten Realität und die Frage, wie sie ihren Lebensunterhalt bestreiten wollten. Damit würden sie erst am nächsten Montag anfangen, am 10. November. Dafür hatten sie später noch genügend Zeit.
Louis war Verkäufer. Es gab nichts, was er nicht an den Mann bringen konnte, obwohl er keine Referenzen vorzuweisen hatte. Gewiß, er hatte in dieser Firma in Irland gearbeitet, wo man große Stücke auf ihn gehalten hatte. Bis er dann mit der Tochter des Geschäftsführers durchgebrannt war. Damit war seine Karriere beendet. Sie waren nach Spanien gegangen. Die Einzelheiten blieben unklar, und Lena fragte auch nie danach. In späteren Jahren waren die beiden mehrmals umgezogen, worüber er nur vage berichtet hatte. Und Lena Gray hatte nie nachgebohrt und würde es auch jetzt nicht tun.
Man hatte Louis Geld angeboten, damit er das Mädchen, das

einzige Kind der Familie, verließ. Selbstverständlich hatte er abgelehnt. Doch als ihre Liebe erkaltete und er erkannte, welchen Fehler er begangen hatte, nahm er das Geld doch, um noch mal von vorne anzufangen. Auch über diesen Neuanfang war nicht viel gesprochen worden – nur daß er nach Amerika gegangen war und dort gearbeitet hatte, aber ohne Einreise- oder Arbeitsgenehmigung. Danach hatte er sich eine Weile in Griechenland aufgehalten.

Zu Helen, seiner wahren Liebe, wäre er zurückgekommen, doch es erschien ihm nicht fair. Sie hatte kleine Kinder und versuchte selbst gerade, neu anzufangen. Er wollte nicht zu ihr zurückkehren, solange er nicht beweisen konnte, daß er sie liebte und sein weiteres Leben mit ihr verbringen wollte.

Natürlich hatte er gewußt, daß sie in Lough Glass lebte. Und anscheinend war er ein- oder zweimal auch dort gewesen, nur um sie von ferne zu sehen. Wenn ihm nicht aufgefallen wäre, wie unglücklich sie wirkte, hätte er keinen Kontakt mit ihr aufgenommen. An einem Wintertag im letzten Januar sah er sie am See spazierengehen, das Gesicht naß von Tränen oder Regentropfen, während sie sich durch Brennesseln und Brombeergestrüpp ihren Weg bahnte. Und da hatte er sie angesprochen.

Sie hatte ihn verstört angestarrt, als wäre er ein Trugbild aus einem Traum, dann warf sie sich in seine Arme. Er war verrückt gewesen, so lange zu warten, haderte er mit sich. Doch Lena hielt dagegen, es sei genau der richtige Zeitpunkt. Wäre er früher gekommen, hätte sie niemals mit ihm fortgehen können.

Aber nun waren ihre Kinder alt genug ... vielleicht nicht, um alles zu verstehen, doch zumindest, um ohne sie leben zu können. Vielleicht würden die Kinder sogar besser ohne sie zurechtkommen. Was war das denn für ein Leben, wenn die eigene Mutter sich an nichts freuen konnte, jede Hoffnung begraben hatte und ihr vor jedem neuen Tag graute? Kit war in der Lage, allein für sich zu sorgen ... Sie war seit Monaten darauf vorbereitet worden, daß ihre Mutter fortgehen würde. Und Emmet – für den Jungen hatte sie getan, was sie konnte, hatte ihn wegen seines Stotterns zu Schwester Madeleine geschickt, der alten Einsiedlerin, deren klarer Blick alles zu sehen schien, was in den Menschen vorging. Und selbst für Rita, das Hausmädchen, hatte sie alles Menschenmögliche getan, sie zu einer Weiterbildung ermuntert, damit sie den Kindern besser zur Seite stehen konnte, wenn ... nun, wenn es soweit war.

Martin würde damit leben können, das war ihr immer klargewesen. Bei ihrer Heirat hatte er schließlich gewußt, daß sie einen anderen liebte. Sie hatte ihm versprochen, ihn nicht zu verlassen, ohne ihm ihre Gründe darzulegen. Sicher, sie hätte unter vier Augen mit ihm darüber reden sollen. Aber er war immer so gefühlsbetont. Er hätte geweint und irgend etwas völlig Abwegiges getan, hätte sie womöglich auf Knien angefleht, nicht fortzugehen. Oder sogar gedroht, sich umzubringen, wer weiß? Nein, dazu war er zu vernünftig. Er würde sich damit abfinden. Martin war realistisch genug zu wissen, daß er damit rechnen mußte. Aber warum antwortete er ihr nicht? Das war merkwürdig, wirklich sonderbar.

Louis schmiedete mit ihr Pläne für den nächsten Tag. Sie würden mit dem Zug zur Küste fahren. Es gebe nichts Schöneres, als im Winter am Strand entlang zu spazieren, wenn keiner außer ihnen unterwegs war. Vielleicht sollten sie nach Brighton fahren und sich die beiden Landungsstege ansehen, die weit ins Meer hinausragten, und den Royal Pavillion. Und in den kleinen Gassen gab es winzige Läden, von denen jeder seinen eigenen Reiz besaß.

Sein Gesicht strahlte vor Vorfreude auf all diese Orte, die er ihr zeigen würde. »Diesen Tag wirst du nie vergessen«, schwärmte er.

»Ich werde keinen einzigen Tag vergessen, den ich mit dir verbracht habe«, erwiderte sie schlicht und sah, wie seine Augen feucht wurden, weil sie so offenkundig die Wahrheit sprach.

•

Lena Gray sollte Brighton tatsächlich niemals vergessen. Denn hier erlebte sie die ersten Anzeichen einer Fehlgeburt. Zuerst war es nur ein ziehender Schmerz, ähnlich wie bei der Periode. Doch sie beschloß, nicht darauf zu achten. Wie sie es sich ausgemalt hatten, liefen sie Hand in Hand den Strand entlang, lachten zu den grauen Wolken hinauf und rannten vor den dunklen, schaumgekrönten Wellen davon.

Wenn ihr Kind vier war, wollten sie mit ihm hierher zurückkehren und im Sommer alle zusammen im Sand spielen. Sie würden wieder im selben Hotel wohnen und reich und glücklich sein; ihrem Kind würde es an nichts fehlen.

Lena achtete nicht auf die Krämpfe im Unterleib.

Auf dem Rückweg spürte sie am Bahnhof von Brighton etwas Feuchtes, wollte aber nicht auf die Damentoilette gehen und nachsehen. Aus irgendeinem Aberglauben heraus dachte sie, wenn sie hier in Brighton, wo sie so glücklich gewesen waren, nicht darauf achtete, würde es von selbst aufhören.

Als sie Victoria Station erreichten, gab es keinen Zweifel mehr.

»Irgend etwas stimmt nicht«, sagte sie zu Louis.

»Schaffst du es noch nach Hause?« Ängstlich blickte er sie an.

»Ich weiß nicht.«

»Es sind nur ein paar Stationen mit der U-Bahn«, meinte er.

Alles weitere geschah wie in einem nebelhaften Alptraum. Sie erinnerte sich, daß man sie aufs Bett legte und Ivys Gesicht knapp über ihr erschien.

»Es ist alles in Ordnung, meine Liebe. Nur noch einen Augenblick. Bleib ganz still liegen.« Louis stand am Fenster und biß sich auf die Hand. »Der Arzt kommt gleich, es dauert nicht mehr lang ... Nimm meine Hand.«

»Ich wollte es dir sagen ...«, schluchzte Lena. Ivy hatte ihnen sehr nachdrücklich erklärt, daß in diesem Haus Kinder nicht erwünscht waren.

Der Schmerz war nun heftig, und immer wieder quälte sie sich zur Toilette und zurück. Überall schien Blut zu sein, sogar auf Ivys geblümtem Kleid.

Dann das müde Gesicht des Arztes, eines freundlichen, alten Mannes. Lena verwechselte ihn mit dem Obst- und Gemüsehändler, der ihnen letzte Woche – oder wann auch immer – die Blume geschenkt hatte. Vielleicht sahen in England alle gleich aus.

Fragen nach der Schwangerschaftswoche, nach früheren Schwangerschaftsbeschwerden und was ihr Arzt ihr damals geraten hatte.
»Ich hatte keinen Arzt«, antwortete Lena.
»Wissen Sie, sie kommt aus Irland«, erklärte Ivy.
»Dort gibt es auch Ärzte«, erwiderte der Mann mit dem müden Gesicht.
»Sagt Peter nichts«, keuchte Lena plötzlich. »Was auch geschieht, sagt Peter und Lilian nichts.« Sie packte die Hand des Arztes und starrte ihn aus weit aufgerissenen Augen an.
»Nein, nein«, beruhigte er sie und wandte sich dann an Louis, der am Fenster stand. »Wer sind Peter und Lilian?«
»Das weiß ich nicht. Leute von … von dort, wo sie herkommt.«
»Ihre Frau hat viel Blut verloren …«, begann der Arzt.
»Wird sie es überstehen?«
»Ja. Eine Einweisung ins Krankenhaus ist nicht erforderlich. Mehr können wir im Augenblick nicht tun. Ich werde ihr noch ein Beruhigungsmittel geben … Haben Sie bereits Kinder?«
»Nein«, antwortete Louis.
»Ja«, sagte Lena.
Schweigen trat ein.
»Sie schon, aus einer früheren Ehe«, erklärte Louis.
»Das arme Ding«, bemerkte Ivy.
»Ich werde Ihnen morgen früh eine Krankenschwester schicken. Und wenn ich morgen aus der Praxis komme, schaue ich noch mal vorbei.«
»Danke, Herr Doktor.« Lenas Stimme klang schwach.
Der Arzt stützte ihren Kopf, während sie das Beruhigungsmittel trank. »Das Schlimmste ist überstanden, Mrs. Gray«, sagte er freundlich. »Jetzt geht es wieder aufwärts.«
»Wie haben Sie mich genannt?« murmelte sie schläfrig.
»Schlafen Sie jetzt.« Leise unterhielt er sich mit Ivy, welche Vorkehrungen zu treffen seien: Handtücher und Eimer mit Wasser bereitstellen, das Zimmer warmhalten.
Als die beiden gegangen waren, nahm Louis ihre Hand. Tränen

liefen ihm über das Gesicht. »Es tut mir so leid, Lena ... Ach, Lena, es tut mir so leid, daß das geschehen ist.«
»Hast du mich trotzdem noch lieb? Willst du immer noch mit mir zusammensein, obwohl wir kein Baby und keine Familie haben werden?« Ihr blasses Gesicht blickte ängstlich zu ihm hoch.
»Ach, mein Schatz. Natürlich liebe ich dich noch ... mehr als je zuvor ... Jetzt haben wir nur noch uns beide und brauchen einander mehr denn je. Nichts kann uns mehr trennen. Nichts.«
Die Falten auf Lenas Gesicht schienen plötzlich verschwunden, und mit seiner Hand an ihrer Wange schlief sie ein. Lange saß er da und strich ihr übers Haar. Er hörte nichts außer ihrem gleichmäßigen Atem. Weder das Zischen des Ölofens, den Ivy hereingetragen hatte, noch den Verkehrslärm von den Londoner Straßen.
In den nächsten paar Tagen erschien ihr alles um sie herum verdreht. Ständig erwartete sie, daß Rita mit Tee und süßen Brötchen hereinkommen würde, doch dann war es Ivy mit Brühe und Keksen. Sie wartete, daß ihre Kinder von der Schule heimkamen. Statt dessen erschien Louis strahlend lächelnd in der Tür und überreichte ihr ein Geschenk nach dem anderen. Ein kleines Glas Stärkungswein auf einem Tablett, zusammen mit zwei in Silberfolie eingewickelten Pralinen. Oder etwas zu lesen, eine Zeitschrift, in der eine Karte steckte mit der Aufschrift: »Ich liebe dich«. Oder ein Gericht aus geschnetzeltem Hühnerfleisch, das er im Restaurant an der Ecke bekommen hatte, als er sagte, seine Frau liege krank im Bett.
»Du hast einen guten Mann«, bemerkte Ivy über Louis, als dieser gerade zu einer erneuten Besorgung unterwegs war.
»Ja, ich weiß.« Allmählich nahmen Lenas Wangen wieder Farbe an.
»Der andere war wohl ein schlechter Kerl, hm?« fragte Ivy mitfühlend.
»Der andere?« erwiderte Lena verblüfft.
»Dein erster Mann ... du hast an dem Abend, als der Arzt hier war, von ihm gesprochen ...«

»O nein. Nein, Ivy. Er war kein schlechter Mensch. Ganz und gar nicht.«
Ivy merkte, daß sie ins Fettnäpfchen getreten war. »Na, hätte ja sein können. Es gibt eben solche und solche …«, fuhr sie vage fort. Und dann, als wollte sie Lena zeigen, daß sie Ähnliches durchgemacht hatte: »Meinem ersten Mann weine ich keine Träne nach. Das kann meinetwegen jeder wissen.«
»Ich bin sehr froh.« Lena war wirklich froh, daß Ivy so nett zu ihr war.
»Du und dein erster Mann – seid ihr schon lange auseinander?«
»Noch nicht lange.« Und damit war für Lena das Thema beendet. Konnte sie denn dieser Frau erzählen, daß sie Martin McMahon erst vor neun Tagen verlassen hatte? Würde Ivy oder sonst jemand begreifen können, daß Lena Gray noch vor zwei Wochen mit ihrem Gatten Martin und ihren Kindern in Lough Glass zur Messe gegangen war und man sie dort unter dem Namen Helen McMahon kannte?

Am Sonntag hatte Lena wieder eine gesunde Gesichtsfarbe.
»Wie lange bin ich denn im Bett gelegen?« fragte sie Ivy.
»Es ist am Donnerstag passiert, meine Liebe. Aufstehen darfst du noch nicht.«
»Ich muß aber. Wir wollen uns morgen um Arbeit kümmern.«
»Das kommt gar nicht in Frage. Frühestens in einer Woche.«
»Versteh doch …«
»Nein, auf keinen Fall! Ich habe dem Arzt versprochen, ein Auge auf dich zu haben. Und das heißt, daß ich dich nicht einfach so zum Arbeitsamt marschieren lasse.«
»Aber ich muß, Ivy. Wirklich. Vielleicht bekommt Louis nicht gleich eine Stelle, ich kann alles mögliche machen …«
»Das glaube ich dir gern, aber nicht diese Woche. Wirklich nicht.«
»Es muß sein.« Gegen ihren Willen sprach Lena weiter: »Es muß sein, wegen der Miete. Die müssen wir dir doch bezahlen.« Sie dachte an all die Geschenke, die Louis gekauft hatte, an seinen unbekümmerten Umgang mit Geld, obwohl sie doch Ivy bezahlen

mußten. Wahrscheinlich würde er sagen, sie sei eine gute Seele, sie würde ihnen sicher noch eine Woche Zeit lassen …
Doch Lena hatte ihren Stolz. Sie wollte nicht, daß diese nette Frau sie für die Sorte Leute hielt, die sich nicht um eine Woche Mietrückstand scherten. Und wenn sie auf allen vieren zur Arbeit kriechen mußte!
Ivy biß sich auf die Lippe. »Eine Woche soll nicht das Problem sein«, meinte sie.
»Nein«, beharrte Lena.
»Na gut, dann läßt du aber Louis das Geld verdienen, meine Liebe. Wenn du vom Krankenbett aufstehen mußt, um Geld zu verdienen, dann nehme ich es nicht. Das garantiere ich dir.«
Da hörten sie Louis' Schritte auf der Treppe. Erschrocken sah Lena auf. »Bitte kein Wort darüber, Ivy.«
»Solange du weißt, daß mein Wort Gesetz ist.« Ihre Miene war furchteinflößend, doch dann mußten sie beide lachen.
»Na, was heckt ihr beiden denn aus?« Die Arme voller Zeitungen trat Louis ein.
»*Louis!* Hast du denn den ganzen Laden aufgekauft?« Entsetzt blickte Lena auf den Stapel.
»Es mußte sein, mein Schatz. Ich kaufe sie ja nicht zum Vergnügen, sondern wegen der Inserate. Ich muß morgen eine Arbeit finden, oder hast du das vergessen? Schließlich muß ich meine wundervolle kranke Frau versorgen und meine böse Vermieterin bezahlen …« Schelmisch schaute er von einer zur anderen.
Ivy ergriff zuerst das Wort. »Die Dinge liegen nun anders, Louis. Es würde mir nichts ausmachen, euch ein paar Wochen Kredit zu gewähren.«
Da beugte Louis sich vor und tätschelte Ivys Hand. »Du bist wirklich eine wahre Freundin, obwohl du uns erst eine Woche kennst. Aber ich möchte nicht, daß du uns für unzuverlässige irische Taugenichtse hältst, die deine Gastfreundschaft ausnutzen. Wir werden bezahlen, Ivy. Wir wollen hier schließlich noch lange wohnen bleiben.«
Ivy erhob sich von dem Stuhl neben dem Bett. »Dann überlasse

ich euch die Entscheidung. Du hast wirklich Glück, Lena, du hast einen richtigen Mann.«
»Da hast du recht.« Lächelnd sah sie ihn an.
»Und falls ihr ein Empfehlungsschreiben oder so etwas braucht … Ich wäre gern bereit …«, sagte Ivy.
»Das ist zu liebenswürdig von dir.« Aus seinem Blick sprach tiefempfundene Dankbarkeit. »Die Menschen sind so gut zu uns«, meinte er, während er die Zeitungen auf dem Bett ausbreitete.
Lena strich ihm über das dunkle Haar. »Die gute Ivy, ist es nicht rührend, wie sie sich um uns kümmert … Und sie denkt doch tatsächlich, *sie* könnte dir ein Empfehlungsschreiben geben!«
»Ich wäre froh, wenn ich sie beim Wort nehmen könnte«, entgegnete er in ernstem Ton.
»Ivy? Eine Frau, die eine Pension betreibt?« Lena war erstaunt.
»Na, wer würde mir sonst bescheinigen, daß ich zuverlässig bin?«
»Aber Louis … im Geschäftsleben, bei einer Handelsgesellschaft … da kannst du doch nicht sagen, du hast eine Referenz von Ivy …«
Louis seufzte. »Es wird nicht das große Geschäftsleben sein, mein Schatz. Es wird nicht auf Vorstellungsgespräche mit dem Verkaufsleiter oder dem Geschäftsführer einer Handelsgesellschaft hinauslaufen. Das weißt du doch. Ich nehme, was ich kriegen kann. Wenn ich mich um eine Stelle als Hoteldiener oder in einer Bar bewerbe, kann Ivy mir durchaus behilflich sein. Sie könnte sagen, daß sie mich schon seit fünf Jahren kennt, nicht erst seit zehn Tagen.«
Lena starrte ihn entgeistert an. »Das ist doch keine Arbeit für dich, Louis … das lasse ich nicht zu. So haben wir es doch nie gewollt.«
»Wir wollten es genau so«, antwortete er und nahm ihre Hände. »Ich war nur zu dumm, es zu erkennen. Und du hast mir eine zweite Chance gegeben.«
Sie weinte lange.
Sie weinte um das Baby, das sie verloren hatte, und um den Traum von einer gutbezahlten Stellung für Louis. Ein Traum, der jeder

Grundlage entbehrte. Sie weinte, weil sie die Kirchenglocken irgendwo im Westen Londons läuten hörte und an ihre Kinder denken mußte, die zur Messe gingen, und weil sie nicht die geringste Ahnung hatte, was Martin ihnen über ihre Mutter erzählt hatte. Sie weinte, weil sie sich als schlechte Mutter fühlte, als eine Mutter von der allerschlimmsten Sorte. Eine, die ihre Kinder im Stich ließ. Kein Wunder, daß Gott ihr dieses Wunschkind weggenommen hatte!

»Ich werde das Beste daraus machen, glaub mir.« Auch er hatte Tränen in den Augen.

»Louis, sag mir eins …«

»Was du willst, mein Liebling.«

»Ist Gott zornig auf uns … Ist es deshalb passiert?« Bei diesen Worten faßte sie sich an den Bauch. »Ist es eine Strafe, eine Warnung?«

»Natürlich nicht«, sprach er im Brustton der Überzeugung.

»Aber du stehst mit Gott nicht auf allzu gutem Fuße. Du warst die ganze Zeit nicht mehr in der Kirche«, meinte sie zweifelnd.

»Nein. Aber ich weiß, daß er da ist, und er ist der Gott der Liebe. Das hat er doch selbst gesagt, nicht wahr? Er hat gesagt, das ist sein höchstes Gebot, daß man seinen Nächsten und Gott lieben und achten soll.«

»Ja, aber ich glaube, er hat es so gemeint, daß wir …«

»Du glaubst, er meint dieses … du glaubst, er meint jenes … na, na, na. Wohin soll das denn führen? Wenn du glücklich bist, denkst du, daß er nur das Beste für uns will. Wenn es dir schlecht geht, denkst du, er will uns bestrafen, und siehst alles schwarz …« Den Kopf zur Seite geneigt, lächelte er sie an. »Was für einen Glauben hast du eigentlich, wenn du jedem nur finstere Beweggründe unterstellst? Es war ein Mißgeschick. Das hat der Arzt gesagt. Vielleicht aufgrund von Überanstrengung … dabei hatte er keine Ahnung, welche Strapazen du hinter dir hast … Hör mal, Schatz, Gott hat nichts gegen uns. So was darfst du nicht denken. Wir haben uns doch immer darauf verlassen, daß er auf unserer Seite steht.«

»Ich weiß.« Sie fühlte sich nun wohler. Seine Worte klangen so zuversichtlich.
»Also?«
»Also werde ich aufhören, mit ihm zu hadern und ihm alles zur Last zu legen.«
»Hervorragend. Jetzt schneuz dich mal kräftig, und hilf mir bei der Arbeitssuche.«
Nachdem sie sich die Nase geputzt und die Augen gewischt hatte, machte sie sich mit neuem Mut daran, die Stellenanzeigen durchzusehen.
»Am nächsten Sonntag gehe ich wieder zur Messe«, sagte sie halb zu sich selbst. »Damit Gott weiß, daß ich nicht mit ihm gebrochen habe.«
»Das weiß Gott bereits«, meinte Louis. »Wenn du nicht mal mit mir gebrochen hast, obwohl ich dich wirklich schlecht behandelt habe, wirst du dich erst recht nicht von Gott abwenden.«

Die Woche zog sich merkwürdig schleppend dahin.
Entmutigt kam Louis am Montag nach Hause. Auf einer Baustelle würde er sofort etwas finden, erzählte er. Anscheinend befand sich halb Irland in London; man arbeitete für mehrere Subunternehmer gleichzeitig und gab bei jedem einen anderen Namen an. Doch er besaß nicht die Statur und die Erfahrung dafür und hatte auch keine Lust, den Pickel zu schwingen oder den Mörteltrog zu schleppen. Es war reine Zeitverschwendung gewesen.
Aber er wollte sich seine gute Laune nicht verderben lassen. »Na, guck doch nicht so bekümmert. Bleib brav im Bett liegen. Schau, das war nur der erste Tag. Am zweiten wird es klappen. Wenn du ewig Trübsal bläst, machst du es mir nur noch schwerer. Dann kann ich nicht heimkommen und die Wahrheit sagen; dann müßte ich mir irgendwas aus den Fingern saugen.«
Sie sah ein, daß er damit nicht unrecht hatte. In der Montagnacht lag sie wach, während er neben ihr schlief, verriet ihm jedoch nichts von ihrer Besorgnis.
Am zweiten Tag stellte sich der Erfolg ein. Louis kam in Hoch-

stimmung nach Hause. Er hatte eine Stelle gefunden und konnte morgen anfangen. Als Hoteldiener in der Empfangshalle eines großen Hotels, nicht weit entfernt von der U-Bahn. Um acht Uhr morgens war Dienstbeginn. Er würde die ersten beiden Wochen tagsüber arbeiten, danach bekam er vielleicht Nachtschichten. Und das war prima.

»Wieso ist das prima?« wollte Lena wissen.

Weil er sich dann natürlich tagsüber für andere Stellen bewerben konnte, die ihm eher entsprachen. Aber fürs erste war das doch großartig, oder nicht? Die Miete war gesichert. Er hatte nur vierundzwanzig Stunden gebraucht, um eine passable Stelle zu bekommen.

Lena brachte kein Lächeln zustande. Zwar versuchte sie es, aber es wollte ihr nicht gelingen. »Ich finde es unerträglich, daß du so etwas machen mußt«, klagte sie.

»Herrgott noch mal, es ist schon hart genug, ohne daß ich mir dein pessimistisches Gerede anhören muß!« platzte er heraus. Lena sah ihn niedergeschlagen an, und er entschuldigte sich sofort. »Verzeih mir, es tut mir leid. Ich wollte nicht auf dich losgehen. Es war ein langer Tag. Ich bin beinahe vierzig, und man hat mir gewissermaßen zu verstehen gegeben, daß ich für eine Arbeit wie diese vielleicht zu alt bin. Das hat mich sehr getroffen, Liebling, aber ich wollte es nicht an dir auslassen.«

Die Versöhnung war so liebevoll wie immer.

Von Anfang an hatten sie gewußt, daß ihr gemeinsames Leben nicht nur eitel Sonnenschein sein würde. Wichtig war, daß man die Probleme erkannte und sich bewußt machte. Es tat ihnen beiden schrecklich leid.

Am Mittwoch abend wußte Louis witzige Geschichten aus dem Hotel zu berichten. Der Erste Hoteldiener war ein Gauner, der Wirtschaftsdirektor völlig unfähig, die Dame am Empfang hatte einen Bart, und die Gäste, mit denen er sich unterhalten hatte, waren vor allem amerikanische GIs, die in verschiedenen britischen Stützpunkten ihren Dienst leisteten, nette Kerle, viele noch

fast Kinder. Der Tag war ihm lang erschienen, aber es war interessant gewesen.
Lena hörte wißbegierig zu und prägte sich all die Namen ein. Am Donnerstag abend erzählte Louis, daß der Erste Hoteldiener ein Trinkgeld einstecken wollte, das für Louis gedacht war, woraufhin die schottische Dame protestierte.
»Es ist für den netten Mann mit den blauen Augen«, hatte sie gesagt.
Gegenüber der Schottin hatte der Erste Hoteldiener ein gutmütiges Lächeln zur Schau gestellt, doch aus den Mundwinkeln hatte er Louis zugeraunt: »Ich habe ein Auge auf Sie.«
»Und was hast du erwidert?« fragte Lena gespannt.
»Ich habe gesagt, ich hätte ein Auge auf seinen Posten geworfen. Das brachte ihn zum Schweigen.«
Lena brach in schallendes Gelächter aus.
Louis würde nicht lange dort bleiben. Es war nur eine Frage von Tagen, schlimmstenfalls von Wochen, bis er etwas anderes gefunden hatte, was seinen Fähigkeiten mehr entsprach.
Am Freitag kam er müde, doch mit einer Lohntüte nach Hause. Freitags war immer Zahltag, und von seinen drei Tagen Arbeit konnte er die Miete bezahlen. Sie überreichten Ivy das Geld in einem Umschlag.
»Ich glaube, du bist wieder kräftig genug, daß ihr ausgehen und feiern könnt«, meinte sie. »Ich lade euch auf ein paar Gläser Bier ein, in ein Lokal, das ein Freund von mir führt.«
Und so nahmen sie einen der roten Busse. Lena war noch etwas schwach auf den Beinen, doch der kleine Ausflug weckte ihre Lebensgeister. Während der Bus durch die Straßen Londons fuhr, zeigte Ivy ihr dies und jenes, während Louis sie auf andere Örtlichkeiten aufmerksam machte. Lena fühlte sich wie ein Kind auf einem Geburtstagsausflug.
Ivy wies sie auf ein großes Bürogebäude hin, in dem sie während des Krieges gearbeitet hatte, und auf die Viertel, die bombardiert worden waren. In diesem Geschäft, sagte sie, könne man schöne Aale kaufen, und dort befinde sich ein recht anständiger Pfand-

leiher, falls sie mal in eine echte Notlage gerieten; aber dann sollten sie unbedingt sagen, daß Ivy ihn empfohlen hatte. Louis zeigte ihr Restaurants, Hotels und Theater, die er alle namentlich kannte, doch im Unterschied zu Ivy erzählte er keine Anekdoten dazu. Das gehörte zu Louis' Vergangenheit, und Lena stellte darüber keine Fragen, sondern freute sich einfach, diese Orte kennenzulernen. Schließlich trafen sie in einem großen, lauten Pub ein, wo Ivy die meisten Gäste kannte.

»Für eine Stammkneipe ziemlich weit von zu Hause weg«, stellte Louis fest.

»Ach, weißt du, ich habe früher hier gearbeitet, aber diese alten Geschichten will ich jetzt nicht wieder aufwärmen.«

»Natürlich.« Louis drückte Lenas Hand. So etwas war durchaus nach ihrem Geschmack – ein aufregendes Abenteuer, wo man über manche Dinge nicht sprechen durfte ... das gefiel ihnen.

Die drei nahmen an einem Tisch Platz, und es kamen zahlreiche Leute vorbei, die ihnen als Doris, Henry, Nobby oder Steve vorgestellt wurden. Der Wirt hieß Ernest, ein Mann von kleinem Wuchs mit einer Menge Tätowierungen an den Armen. Anscheinend sah er es als seine Pflicht an, mehrmals an ihrem Tisch zu erscheinen. Das fiel Lena und Louis deshalb auf, weil man – anders als in den Pubs bei ihnen zu Hause – an den Tischen nicht bedient wurde. Wenn man noch ein Bier haben wollte, mußte man zur Theke gehen.

Nur Ivy nicht.

Ihr und Lena und Louis brachte der »Chef«, wie ihn die Leute nannten, das Bier persönlich an den Tisch. Ohne daß Geld den Besitzer wechselte, wie Lena beobachtete. Sie hatten gerade genug Geld, um eine Runde auszugeben, doch Ivy winkte ab.

»Überlaßt das mal Ernest«, sagte sie entschieden. »Er tut das gern.«

Im Lauf des Abends bemerkte Lena öfter, wie Ivys Blick dem kleinen, runzligen Mann folgte, der hinter der Theke bediente und Kunden begrüßte. Gelegentlich suchte auch er den Blickkontakt mit Ivy, und dann lächelte er.

Ein paar Gäste erkundigten sich: »Was macht Charlotte denn so?« Und darauf erwiderte Ernest stets: »Sie ist wie immer freitags bei ihrer Mutter.«

Lena wußte, warum Ivy nur freitags in den Pub ging. Wie lange mochte das wohl schon gehen? Vielleicht erzählte Ivy es ihr einmal. Vielleicht aber auch nicht. Schließlich war das hier nicht Lough Glass, wo über jedermann so endlos getratscht wurde, bis es keinen mehr interessierte.

Heute abend würde man in Paddles' Bar sagen ...

Schlagartig erkannte sie, daß sie nicht wußte, was man dort reden würde. Hatte Martin erzählt, sie besuche jemanden? Oder daß sie krank sei? Nein. Sonst müßte er ja Peter Kelly in die Sache einweihen.

Und was hatte er den Kindern gesagt? Die Zornesröte trat ihr ins Gesicht, weil er ihr noch immer vorenthielt, welche Geschichte er Kit und Emmet erzählen wollte. Sie hatte ihn gedrängt, ihnen, wenn irgend möglich, die Wahrheit zu sagen, damit sie sich keine falschen Hoffnungen machten. Aber offensichtlich hatte er das nicht getan.

Ivy unterhielt sich mit Ernest, und wie sie ihm Flusen vom Jackenärmel zupfte, hätte man die beiden für ein lang verheiratetes Paar halten können.

Als Lena bemerkte, daß Louis sie anschaute, lächelte sie und verscheuchte die Gedanken an Lough Glass. »Woran denkst du gerade?« fragte er sie.

»Ich hab' gedacht, daß ich jetzt kräftig genug bin, mir eine Arbeit zu suchen ... und nächste Woche lade ich euch alle zum Feiern ein«, entgegnete sie.

»Ich will nicht, daß du arbeiten gehen mußt.«

»Ich will auch nicht, daß du es mußt, aber es ist ja nur vorübergehend. Später werden wir einen richtigen Beruf und ein richtiges Zuhause haben ...«, meinte sie mit einem strahlenden Lächeln.

Es war eine der vielen Lügen, die sie ihm erzählte.

Am Samstag machte Lena sich hübsch zurecht und ging zur Stellenvermittlungsagentur Millar. Vor der Tür atmete sie dreimal ganz tief durch und sog die kalte Londoner Luft bis in die Zehenspitzen ein. Dies konnte das erste von zahlreichen erfolglosen Vorstellungsgesprächen werden. Was war mit ihr schon anzufangen? Eine Frau ohne Stenographiekenntnisse. Ohne nennenswerte Tippgeschwindigkeit. Ohne Referenzen. Für eine Berufsanfängerin war sie zu alt, für eine leitende Sekretärinnenstelle fehlten ihr die Kenntnisse.
Hinter dem Schreibtisch saß eine Frau in einer Strickjacke und kaute an einem Bleistift. Ihr Lächeln war liebenswürdig, ihr Gesichtsausdruck unbestimmt. Eine sympathische Frau, ganz und gar nicht der Typ, den man in einer Stellenvermittlung erwarten würde.
Sie schob Lena ein Formular zu, das diese mit zitternder Hand ausfüllte. In jeder Kategorie fühlte sie sich wie eine Versagerin. *Hab Selbstvertrauen*, sagte sie sich. Zwar konnte sie weder praktische Berufserfahrung noch Empfehlungsschreiben vorweisen, dafür aber etwas, was so manchem Schulabgänger fehlte: die Fähigkeit, eigenständig zu denken und Initiative zu ergreifen. Zuversichtlich lächelte sie die Frau in der Strickjacke und mit der vogelnestartigen Frisur an, um ihre Angst zu überspielen. Zumindest hatte sie keine Frau von der Sorte vor sich, die sie auslachen und aus dem Büro werfen würde mit dem Argument, sie wolle sich nicht ihre wertvolle Zeit stehlen lassen.
»So, ich glaube, ich bin fertig«, meinte Lena mit einem strahlenden Lächeln. Während sie zusah, wie die Frau bedächtig die Angaben auf dem Formular durchlas, gruben sich ihre Fingernägel in die Handballen. Sie zwang sich, weder Erklärungen noch Entschuldigungen vorzubringen.
»Es ist ziemlich schwierig festzustellen … na ja, was genau … wo wir Sie …«
Lena setzte ihre selbstsicherste Miene auf. »Oh, ich weiß, ich bin nicht der durchschnittliche Angestellten- oder Sekretärinnentyp«, erwiderte sie, selbst erstaunt über ihren Tonfall. »Aber

ich habe eigentlich gehofft, es gäbe etwas, wo ich meine speziellen Fähigkeiten, meine persönliche Reife einbringen könnte.«

»Was denn genau?« Wie Lena bemerkte, war die Frau ihr gegenüber verlegener als sie selbst.

»Entschuldigen Sie, wie war doch noch Ihr Name?« fragte Lena.

»Miss Park. Jessica Park.«

»Nun, wissen Sie, Miss Park, vielleicht eine Firma, die jemanden braucht, der sich überall nützlich machen kann. Nicht so eine junge Frau, die noch am Anfang ihrer Karriere steht, sondern jemanden für die verschiedensten Aufgabenbereiche, den Telefondienst, die Aktenablage. Jemand, der Tee kocht, die Räumlichkeiten hübsch gestaltet, neue Anregungen mitbringt ...« Lena blickte in dem schäbigen Büro der Agentur umher, während sie ihre Worte mit Gesten unterstrich.

»Ich weiß, was Sie meinen. Jedes Büro könnte jemanden wie Sie brauchen«, meinte Miss Park versonnen. Da klingelte das Telefon, gleich darauf betraten zwei Mädchen das Büro, die Handzettel haben wollten, und dann läutete abermals das Telefon.

So gewann Lena Zeit zum Überlegen. Als Jessica Park sich wieder ihr widmete, beschloß Lena, ihre Gedanken offen auszusprechen.

»Dieses Büro hier zum Beispiel«, fing sie an und hoffte, daß die Frau das Zittern in ihrer Stimme nicht bemerkte. »Wie ich sehe, sind Sie sehr beschäftigt. Vielleicht könnte ich mich gerade hier nützlich machen.«

Jessica war nicht sehr entscheidungsfreudig; sie wirkte erschrocken. »O nein, ich glaube nicht ...«, begann sie.

»Aber warum denn nicht? Sie scheinen ein wenig überlastet zu sein. Ich könnte Ihnen etwas von den Routinearbeiten abnehmen. Zum Beispiel die Ablage ...«

»Aber ich kenne Sie überhaupt gar nicht ...«

»Sie wissen doch alles über mich.« Lena deutete auf das Formular.

»Ich bin nicht die Geschäftsführerin ... Mr. Millar wird ...«

»Lassen Sie mich einfach gleich anfangen. Machen Sie sich selbst ein Bild davon, ob ich was tauge, und dann können Sie Mr. Millar fragen.«

»Ich weiß nicht, bestimmt …«

Lena hielt inne. Es war schwer zu sagen, wie alt Jessica Park sein mochte. Vielleicht vierzig oder fünfundvierzig. Ebensogut konnte sie aber fünfunddreißig sein, eine Frau, die auf ihr Äußeres nicht sehr achtete und vorzeitig gealtert war.

Lena entschied sich für letztere Möglichkeit. »Nun, Jessica. Ich nenne Sie so, weil ich sehe, daß Sie jünger sind als ich. Warum lassen wir es nicht auf einen Versuch ankommen? Wenn es nicht klappt – Sie haben nichts dabei zu verlieren, es kostet Sie nichts.«

»Nennen Sie mich Jessie. Und ich bin ein wenig älter als Sie«, gestand Jessie. »Aber gut. Solange wir uns keinen Ärger einhandeln.«

»Was für einen Ärger denn? Warten Sie, ich hole mir einen Stuhl und setze mich neben Sie.«

Ehe Jessica es sich anders überlegen konnte, hatte Lena schon begonnen. Sie spitzte Bleistifte, räumte den Schreibtisch auf und ordnete die Anmeldeformulare so, daß jedes mit einem Kohlepapier und Durchschlag versehen war.

»Daran habe ich nie gedacht«, meinte Jessie verwundert.

»Natürlich haben Sie daran gedacht«, erwiderte Lena. »Sie kommen nur nicht dazu, weil Sie so beschäftigt sind.« Lena meldete sich am Telefon freundlich mit »Agentur Millar, was können wir für Sie tun?«, was weitaus besser klang als Jessies zögerliches »Hallo?«

Sie meinte, sie würde sich sehr gern damit befassen, nach welchem System die Vorgänge abgelegt wurden, denn damit würde ihre Hilfe noch effektiver. Jessie gab ihr ein paar vage Hinweise und ließ sie dann damit allein. Lena stöberte in den Akten, bis sie gefunden hatte, wonach sie suchte. Es dauerte nicht lange, ehe sie auf die Unterlagen stieß, die für sie wirklich interessant waren. Nämlich die Stellenangebote für Handel und Vertrieb. Die Stellen, für die Louis sich möglicherweise bewerben konnte, wenn sie erst einmal wußte, was gefragt war und wo Bedarf herrschte.

»Willst du damit sagen, du bist da einfach reingegangen und hast gesagt, daß sie genau dich brauchen?« staunte Louis.
»So ungefähr«, lachte Lena, die selbst kaum glauben konnte, daß es geklappt hatte. Welche Ängste sie dabei ausgestanden hatte, brauchte sie ihm ja nicht zu erzählen.
Mr. Millar hatte gesagt, Miss Park habe klug gehandelt, als sie von den vielen Bewerbern, die sich bei ihr vorstellten, eine erfahrene Frau ausgewählt und ihm als Mitarbeiterin vorgeschlagen hatte. Über dieses unverhoffte Lob hatte Jessie sich sehr gefreut. Lena sollte am Montag anfangen.
Von den wahren Gründen, warum sie die Arbeit angenommen hatte, die sich vielleicht als Goldgrube entpuppen würde, verriet sie Louis nichts. Denn sie wollte in ihrer Funktion als Stellenvermittlerin selbst bei diesen Firmen anrufen und Informationen einholen.
Louis konnte sich dann dort auf eigene Faust bewerben.
Die Dinge entwickelten sich bestens. Wenn sie am nächsten Tag zur Messe ging, dachte Lena, konnte sie ohne Bitterkeit zu Gott sprechen.
Ivy sagte, sie kenne leider keine römisch-katholischen Kirchen in der Nähe. Obwohl sie immer wieder mal eine sehe. Aber sie würde sich erkundigen. Jedenfalls wisse sie bestimmt von einer sehr großen Kirche in Kilburn, in der Quex Road. Sonntags strömten immer wahre Massen dorthin. Das wäre doch das Richtige für sie.
»Kilburn … ist das nicht ein bißchen zu irisch für uns? … Meinst du, daß uns jemand dort erkennt?« fragte sie Louis.
»Nein«, entgegnete er. »Seit du verschwunden bist, wird kaum jemand aus Lough Glass ausgewandert sein.«
»Nein, natürlich nicht. Aber dich … könnte *dich* jemand erkennen?«
»Schatz, es ist egal, ob mich jemand erkennt. Du bist doch weggelaufen, nicht ich. Aber was meinst du, soll ich mitkommen?«
»Gern, wenn es dir nichts ausmacht. Nur um uns bei Gott zu bedanken.«

»Ja, es gibt einiges, wofür ich mich bedanken möchte. Ich komme selbstverständlich mit.«

Es war ein richtiges Abenteuer, in London zur Messe zu gehen. Sie mußten den richtigen Bus erwischen, sich die Richtung merken, die Kilburn High Road überqueren und dann der Menschenmenge folgen, die mit Kopftüchern und hochgeschlagenen Krägen dem kalten Wind trotzte. Es waren einige Polen darunter, und auch Italiener.
Sie kannten niemanden.
Welch ein Unterschied zu den Sonntagsmessen in Lough Glass! Guten Morgen, Mrs. Hanley, Mr. Foley, Dan, Mildred, Mr. Hickey, Mutter Bernard, Mrs. Dillon. Hallo, Lilian, hallo, Peter. Schön, Sie mal wieder zu sehen, Maura. Wie geht's, Kathleen? Stevie? Man war schon erschöpft, bevor man die Kirche überhaupt betrat. Und wenn man dann drinnen war, konnte man noch jeden an seinem Husten und Plappern erkennen. Und man wußte immer schon im voraus, was Father Baily sagen würde.
Der Schwall der vertrauten lateinischen Worte spülte über sie hinweg. Es mußte schrecklich sein, wenn man Protestant war. Die hatten nicht ein und denselben Gottesdienst auf der ganzen Welt; eine Messe in Afrika oder Deutschland würde man nicht verstehen. Welche Sicherheit bot doch der katholische Glaube! Und für einen Menschen wie Louis war er so einfach – ein Gott der Liebe sah von dort oben auf die Menschen herab.
Lena empfand tiefen Frieden und Glück, als sie in den rauhen Wind hinaustraten. Gleich neben der Kirche befand sich ein Zeitungskiosk.
»Hier haben sie die ganzen irischen Zeitungen vom Land, und die religiösen auch«, erklärte Louis. »Ich kaufe mir da drüben eine, dann gehen wir auf einen Sonntagsschoppen, was meinst du?«
Lena nickte zustimmend, doch ihre ganze Aufmerksamkeit galt den Schlagzeilen. Es gab hier all die Zeitungen aus ihrer Heimat: *Kerryman, Cork Weekly Examiner, Wexford Free Press, Connaught Trib-*

une. Und darunter auch das Blatt, das freitags immer in die Apotheke geliefert wurde. Sie sah nach, welche Filme im Kino liefen, welche Grundstücke zum Verkauf standen, was es Neues von ihren Landsleuten gab: Wer die Prüfungen für den öffentlichen Dienst bestanden hatte, wer nach Übersee versetzt wurde, wer geheiratet hatte oder die goldene Hochzeit feierte.

Gerade wollte sie den Blick abwenden, da sah sie es, auf der Titelseite, ein Foto vom See Lough Glass, mit ein paar Booten darauf. Darunter stand die Schlagzeile: »Suche nach der Vermißten aus Lough Glass eingestellt«.

Mit ungläubig aufgerissenen Augen las sie, daß Helen McMahon, die Frau des bekannten Apothekers Martin McMahon aus Lough Glass, zuletzt am Mittwoch, den 29. Oktober, beim Spazierengehen an dem tückischen See gesehen worden war. Taucher und freiwillige Helfer hatten das schilfüberwucherte Gewässer, dem der Ort seinen Namen verdankte, vergeblich abgesucht. Man hatte ein gekentertes Boot entdeckt. Vermutlich war Mrs. McMahon damit hinausgefahren und von einer der plötzlichen Böen, wie sie in dieser Gegend oft auftraten, überrascht worden.

»Wollen Sie die kaufen?« fragte der Mann vom Kiosk. Helen gab ihm eine halbe Krone und wandte sich zum Gehen, die Zeitung fest umklammert. »He, sie sind zwar teuer, aber so teuer auch wieder nicht«, rief ihr der Mann hinterher, das Wechselgeld in der Hand.

Doch sie hörte ihn nicht. »Louis«, rief sie, und ihre Stimme dröhnte ihr in den Ohren. »Louis, o mein Gott ...«

Als man ihr auf die Beine half, schlug jeder etwas anderes vor – frische Luft, ein Brandy, ein Whisky, Wasser, Tee, Bewegung, ruhig sitzen.

Der Zeitungsverkäufer bestand darauf, daß man ihr das Wechselgeld in die Handtasche steckte.

Während Helen sich auf Louis' Arm stützte und halb getragen werden mußte, gingen sie die Straße hinunter. Sie wollten möglichst rasch irgendwohin kommen, wo sie allein waren. Louis meinte immer wieder, sie sollten einen Arzt aufsuchen.

»Keine Angst, es gibt nichts zu verlieren, ich bin nicht schwanger. Bring mich nur von den Leuten weg.«

»Aber sicher, mein Schatz.« In der Kneipe hörte man hauptsächlich irische Dialekte, doch das Stimmengewirr war weit genug entfernt. Jeder kümmerte sich um seine eigenen Angelegenheiten, niemand interessierte sich für einen Mann und eine Frau, die vor einem unberührten Glas Brandy saßen und fassungslos den Bericht über die Suche nach Helen McMahon lasen.

»Wie kann er nur die ganze Stadt in Aufruhr versetzen ... die Polizei, die Kripo von Dublin Castle!« Louis schüttelte den Kopf.

»Er hat die Nachricht nicht bekommen, das ist die einzige Erklärung«, schlußfolgerte Helen. »Er muß wirklich geglaubt haben, daß ich im See bin ... O mein Gott. O mein Gott, was habe ich getan?«

»Aber das haben wir doch schon hundertmal durchgekaut. Wohin hast du den Brief gelegt?«

»In sein Zimmer.«

»Wie sollte er ihn da übersehen können? Wie, sag mir das.«

»Wenn er vielleicht nicht reingegangen ist?«

»Lena, überleg doch mal. Er muß reingegangen sein. Himmel, er hat die Polizei gerufen. Selbst wenn er nicht im Zimmer war, die Polizisten waren auf jeden Fall dort.«

»Das hätte er nicht fertiggebracht, den Kindern so etwas Entsetzliches zuzumuten ... sie glauben zu machen, ich läge tot am Grund des Sees, wie die arme Bridie Daly ...«

»Wer war das?«

»Das ist unwichtig. Martin hätte das nie getan, schon um der Kinder willen nicht.«

»Na gut. Wie hätte es dazu kommen können, daß er die Nachricht *nicht* erhält?« Mit gequälter Miene starrte Louis immer wieder auf den Artikel, als könnte er sich plötzlich in Luft auflösen.

»Euer Mädchen. Du sagst, sie hätte ihn nicht an sich genommen?«

»Nein, niemals.«

»Vielleicht um dich zu erpressen oder so?«

»Wir reden hier von Rita. Nein, das ist ausgeschlossen.«

»Dann vielleicht die Kinder. Angenommen, eines von ihnen hat den Brief geöffnet und wollte nicht wahrhaben, daß du fortgegangen bist. Du weißt doch, wie seltsam Kinder manchmal sind. Sie haben den Brief versteckt und so getan, als wäre nichts geschehen.«

»Nein«, entgegnete sie schlicht.

»Was macht dich so sicher?«

»Ich kenne sie, Louis, es sind meine Kinder. Erstens würden sie einen Brief nicht öffnen, der an Martin adressiert ist … Aber wenn sie es trotzdem getan hätten … wenn sie wirklich …«

»Angenommen, sie haben es getan. Nur mal angenommen.«

»Wenn Emmet ihn geöffnet hätte, hätte er ihn seinem Vater gezeigt. Und wenn Kit es getan hätte, würde sie mich in London anrufen. Sie hätte sofort nach unserer Ankunft angerufen. Und verlangt, daß ich nach Hause zurückkehre.«

Sie schwiegen.

Es schien eine Ewigkeit zu vergehen, bis Louis das Wort ergriff.

»Wirst du es als gegeben hinnehmen, daß er die Nachricht erhalten hat?«

»Es fällt mir *ziemlich* schwer zu glauben, daß er alle Welt in Aufruhr versetzt hat, um …« Mit einer Handbewegung wies sie auf die Zeitung.

»Wer weiß, vielleicht konnte er es nur auf diese Weise bewältigen.«

Wieder herrschte Schweigen.

»Ich muß es herausfinden, Louis.«

»Was meinst du damit?«

»Ich muß ihn anrufen.« Sie war schon im Begriff, sich zu erheben.

Louis starrte sie erschrocken an.

»Um ihm was zu sagen? Was willst du ihm denn sagen?«

»Daß sie aufhören sollen, im See nach mir zu suchen. Daß er den Kindern erzählen soll, daß ich am Leben bin …«

»Aber du wirst nicht zu ihnen zurückkehren. Das tust du doch nicht, oder?«

Sein sehnsüchtiger Blick war kaum zu ertragen. »Du weißt, daß ich nicht zurückgehe. Louis.«

»Dann überleg mal. Denk einen Augenblick lang nach.«
»Was gibt es da noch zu überlegen? Du hast es doch selbst gelesen, all die Einzelheiten, was ich anhatte, als ich verschwand. Ich gelte als vermißt, so wie man es immer in den Nachrichten hört. Sie glauben, ich wäre im See ertrunken …« Ihre Stimme überschlug sich beinahe. »Herrgott, womöglich gibt es sogar ein Begräbnis.«
»Nicht ohne eine Leiche, das geht nicht.«
»Aber sie halten mich für tot. Ich will nicht, daß man mich für tot hält, um meiner Kinder willen nicht. Sie müssen erfahren, daß ihre Mutter gesund und munter ist und nicht auf dem Grund des Sees von Lough Glass zwischen Schilf und Morast vermodert!«
»Es ist nicht deine Schuld, daß sie das annehmen.«
»Was soll das heißen, es ist nicht meine Schuld? Ich habe sie schließlich verlassen.«
»Es ist *seine* Schuld«, antwortete Louis gedehnt.
»Wie kannst du so etwas sagen?«
»All das hat *er* den Kindern doch weisgemacht. Du hast ihm die Wahl gelassen, was er ihnen sagen will. Und so hat er sich dann entschieden.«
»Aber so etwas kann er ihnen doch nicht sagen. Das ist absurd. Er kann ihnen nicht erzählen, ihre Mutter sei tot. Ich möchte sie sehen. Ich will sie sehen, miterleben, wie sie groß werden.«
Louis musterte sie bekümmert. »Hast du denn je geglaubt, daß er das zulassen würde?«
»Selbstverständlich.«
»Daß er dir verzeihen und sagen würde: ›Mach dir mit Louis in London ein schönes Leben, und komm ab und zu heim nach Lough Glass, dann schlachten wir ein gemästetes Kalb?«
»Nein, so nicht.«
»Aber wie dann? Denk nach, Lena. Denk nach. Das ist Martins Art und Weise, damit zurechtzukommen. Vielleicht ist es das Beste so.«
Sie sprang auf. »Daß er zwei unschuldigen Kindern erzählt, ich sei tot, nur weil er es nicht fertigbringt, ihnen zu sagen, daß ich fortgegangen bin!«

»Möglicherweise glaubt er, daß es für sie besser ist. Du sagst doch selbst, daß dieser Ort die reinste Gerüchteküche ist. Vielleicht ist es besser, wegen einer toten Mutter bemitleidet zu werden, als wegen einer Mutter, die durchgebrannt ist, das Gerede der Leute ertragen zu müssen.«

»Ich glaube nichts von alldem. Ich werde ihn anrufen, Louis, ich muß es tun.«

»Das wäre aber ziemlich unfair von dir. Du hast dem armen Teufel gesagt, daß du ihm zumindest die Entscheidung überläßt, wie er damit umgehen will. Wenigstens soviel Würde wolltest du ihm zugestehen. War es nicht das, was du ihm geschrieben hast?«

»Ich kann mich nicht mehr an den genauen Wortlaut erinnern.«

»Hast du ihm das so geschrieben oder nicht?«

»Ich habe keinen Durchschlag davon gemacht«, fauchte sie.

»Aber wir haben oft genug darüber gesprochen.«

»Ja, das habe ich ihm geschrieben«, räumte sie ein. »Aber ich muß es wissen. Ich muß herausfinden, ob sie wirklich …« Ihre Streitlust war gänzlich verschwunden.

»Nehmen wir an, sie halten dich tatsächlich für tot, Lena. Denk nach, ich bitte dich. Wäre das nicht für die beiden Kleinen das beste? Wenn du jetzt anrufst, mußt du nach Hause zurückkehren und alles erklären. Martin ist bestimmt sehr bekümmert. Du würdest es ihm nur noch schwerer machen. Überleg doch mal, welchen Schaden du anrichten könntest.«

»Ich muß es wissen«, schluchzte sie, und Tränen liefen ihr übers Gesicht.

»Na schön. Wir rufen sie an.«

»Was?«

»Ich rufe an«, erklärte er. »Ich sage, ich möchte dich sprechen, und versuche, etwas herauszubekommen.«

»Das geht doch nicht.«

»Ich besorge uns Kleingeld«, erwiderte er. Mit grimmiger Miene begab er sich zur Theke.

Lena trank den ganzen Brandy in einem Zug aus. Es fühlte sich an, als würde sie Brennesseln hinunterschlucken.

Da es in der Kneipe zu laut war, telefonierten sie von einer öffentlichen Fernsprechzelle draußen auf der Straße.
»Was willst du denn sagen?« fragte Lena zum zehntenmal.
Louis hatte kaum etwas darauf erwidert, doch als sie das Klingelzeichen hörten, umfaßte er mit einer Hand ihr Gesicht und meinte: »Ich werde schon das Richtige sagen, vertrau mir. Ich warte ab, was er zuerst sagt.«
Während sie seine Hand fest umklammert hielt, beugte sie sich ganz nah vor, um mitzuhören.
»Lough Glass, drei-neun-neun.« Es war Kits Stimme.
Lena preßte die Hand vor den Mund, um die Worte zurückzuhalten. Da meldete sich die Dame von der Vermittlung: »Ein Anruf aus London für Sie … Anrufer, Sie können jetzt sprechen.«
»Hallo.« Louis verstellte seine Stimme ein wenig. »Bin ich bei McMahon?«
»Ja, hier ist McMahon in Lough Glass.«
»Kann ich bitte Mr. McMahon sprechen?«
»Nein, tut mir leid, er ist momentan nicht da …« Lena riß die Augen auf. Inzwischen müßte Martin doch schon lange von der Messe zurück sein. Sie müßten schon beim Mittagessen sitzen. Im Haus ging alles drunter und drüber, seit sie verschwunden war. Da fiel ihr ein, daß die Familie ja in Trauer war, daß jeder angeblich glaubte, sie sei ertrunken.
»Wann wird er zurückkommen?«
»Darf ich bitte fragen, wer Sie sind?« Lena lächelte stolz. Erst zwölf, aber schon praktisch denkend und lebenstüchtig. Gib keine Auskunft, ehe du selbst eine bekommst.
»Mein Name ist Smith, ich bin Handelsvertreter. Ich habe geschäftlich mit der Apotheke deiner Eltern zu tun.«
»Das ist aber unsere Privatnummer, nicht die von der Apotheke«, erklärte Kit.
»Ich weiß, es tut mir leid, wenn ich störe. Kann ich vielleicht mit deiner Mutter sprechen?« Lena drückte seine Hand so fest, daß es weh tat. Mit weit aufgerissenen Augen wartete sie, was das Kind sagen würde.

Es schien eine Ewigkeit zu dauern, ehe sie antwortete.
Was wollte sie von Kit hören? So etwas wie: »Es hat ein heilloses Durcheinander gegeben, weil man nicht wußte, wo sich meine Mutter aufhält, aber das wird noch vor Weihnachten geklärt sein.«
»Sie rufen aus London an?« fragte Kit.
»Ja, richtig.«
»Dann haben Sie wohl noch nichts davon gehört. Es ist ein schrecklicher Unfall passiert. Meine Mutter ist ertrunken.« Es entstand eine Pause, als sie um Atem rang.
Louis sagte nichts. Sein Gesicht war bleich. Dann murmelte er mit erstickter Stimme: »Das tut mir schrecklich leid.«
»Ja, das glaube ich Ihnen.« Kits Stimme klang sehr dünn.
Lena hatte sich oft vorgestellt, wie sich ihre Kinder mit Louis unterhalten würden. Sie war sich sicher, daß sie einander mögen würden. Irgendwie hatte sie geglaubt, sie würden gut miteinander auskommen. Doch das war früher gewesen. Ehe die Dinge eine so furchtbare Wendung genommen hatten.
»Wo ist denn dein Vater jetzt?« fragte Louis.
»Er ist gerade mit Freunden von uns beim Mittagessen. Sie versuchen ihn ein bißchen abzulenken.«
Das sind wohl die Kellys, dachte Lena.
»Und warum bist du nicht mitgegangen?« Louis klang aufrichtig mitfühlend. Lena spürte einen dicken Kloß im Hals.
»Ich dachte, es sollte jemand hier sein, falls es etwas Neues gibt, wissen Sie …«
»Etwas Neues?«
»Na ja, sie haben sie noch nicht … wenn sie Mummys Leiche finden«, antwortete Kit. Louis öffnete den Mund, brachte aber kein Wort heraus. »Sind Sie noch dran?« fragte Kit.
»Ja … ja.«
»Soll ich meinem Vater ausrichten, daß er Sie zurückrufen soll?«
»Nein, nein. Ich wollte nur anrufen, falls ich in der Gegend vorbeikomme. Bitte, sag ihm nichts, und belästige ihn nicht damit. Entschuldige die Störung … in so einer Zeit …«

»Es war ein Unfall«, meinte Kit. »Heute ist in der Messe für ihren Seelenfrieden gebetet worden.«
»Ja, natürlich. Natürlich.«
»Damit sie in Frieden ruhen kann«, erklärte Kit. »Also, soll ich ihm nicht sagen, daß Sie angerufen haben?«
»Nein. Nein. Wie wird denn dein kleiner Bruder damit fertig?«
»Woher wissen Sie, daß ich einen Bruder habe?«
»Ich glaube, deine Eltern haben es mir erzählt, als ich im Laden war.«
»Das ist schon möglich. Mummy hat immer viel von uns erzählt.« Kit war den Tränen nahe. »Es war nur wegen der Windböen, wissen Sie. Es wäre nichts passiert, wenn der Wind nicht gewesen wäre.« Sie schwiegen. Die Schweigepausen nahmen einen großen Teil der drei Minuten ein.
»Anrufer, wollen Sie noch länger sprechen?« fragte die Vermittlung.
»Nein, danke. Wir sind fertig«, erwiderte Louis.
Und über die weite Entfernung hinweg hörten sie an jenem nassen Sonntag im November, wie Kit »auf Wiederhören« sagte, dann noch einmal, zögerlich, damit sie das Gespräch auch wirklich ordentlich beendet hatte: »Also, auf Wiederhören.«
Sie hängten ein und hielten einander fest umarmt, während der Regen gegen die Scheibe der Telefonzelle trommelte. Jeder, der mit der Absicht zu telefonieren vorbeikam, bemerkte, welche Seelenqualen die beiden litten, und ging weiter. Von einem Paar, das offensichtlich so schlechte Nachrichten erhalten hatte, konnte man nicht verlangen, daß es die Telefonzelle verließ und in die harte Wirklichkeit zurückkehrte.

»Ich könnte ihn umbringen«, sagte Louis, als sie in ihrem Zimmer saßen und es noch immer nicht fassen konnten.
»Falls er es absichtlich getan hat.«
»Gehen wir es noch einmal durch.«
Als nächstes würde Louis fragen: »Wie könnte es sein, daß er es *nicht* weiß?«, und darauf gab es wie immer keine Antwort.

Sie konnten nicht schlafen, obwohl es nötig gewesen wäre, denn am nächsten Morgen mußten sie beide zur Arbeit gehen.
Einmal fragte Louis mit hellwacher Stimme: »Glaubt er etwa, die Leute kaufen seinen blöden Hustensaft nicht mehr, wenn sie wissen, daß seine Frau durchgebrannt ist? Wenn sie dagegen ertrunken ist, blüht das Geschäft, wie?«
»Frag mich nicht. Er ist mir völlig fremd.«
»Du hast dreizehn Jahre deines Lebens mit ihm verbracht.«
Sie schwieg. Eine Stunde später fragte sie dann: »Was meinte Kit mit den Windböen ... was für Windböen?«
»In der Nacht, als wir verschwunden sind, nehme ich an.«
»Ich erinnere mich nicht daran, daß es windig gewesen wäre.«
»Ich auch nicht, aber ...«
Weitere Worte erübrigten sich. In der Nacht, als sie ihr neues Leben begannen, hätte es gewittern oder schneien können, ohne daß sie es bemerkt hätten.
Sie war zum anderen Ende des Sees gelaufen, bis vor das Zigeunerlager, wo Louis sie mit seinem Auto erwartete – na ja, genaugenommen mit dem Auto seines Freundes. Dieser Freund hatte nichts von ihrem Plan gewußt, nur daß Louis an dem Tag einen Wagen brauchte. Dann waren sie nach Dublin gefahren und in die Straßenbahn nach Dun Laoghaire gestiegen. Sie waren die ersten auf dem Schiff gewesen. Die ganze Nacht hatten sie sich unterhalten, von Holyhead bis Euston, und gelacht, als sie in einem Teehaus frühstückten.
Und seitdem hatte man die ganze Zeit über, jeden Tag und jede Nacht, in Lough Glass geglaubt, Helen McMahon befände sich am Grund des Sees.
Louis hatte recht. Martin mußte verbitterter sein, als sie es sich jemals vorgestellt hatte.

Jessie hatte eine Mutter, die ziemlich kränklich war, und zwar schon lange, obwohl man nichts Konkretes feststellen konnte. Das erfuhr Lena, ausgeschmückt mit vielen Details, an ihrem ersten vollen Arbeitstag, an jenem Montag.

»Warum schauen Sie in der Mittagszeit nicht auf einen Sprung bei ihr vorbei?« schlug Lena vor.
»Ach, das kann ich doch nicht machen.« Jessie war ausgesprochen schüchtern.
»Warum denn nicht? Ich bin doch hier, ich halte die Stellung.«
»Nein, das will ich nicht.«
»Jessie, ich habe es bestimmt nicht auf Ihre Stelle abgesehen. Ich bin Ihre Gehilfin. Und ich werde auch nicht weggehen und die Tür sperrangelweit offenstehen lassen. Wenn jemand etwas will, womit ich mich nicht auskenne, werde ich ihn oder sie bitten, später mit Miss Park zu sprechen. Es hat doch keinen Sinn, daß wir beide hier herumsitzen, wenn Sie sich Sorgen um Ihre Mutter machen.«
»Aber wenn nun Mr. Millar hereinkommt?«
»Ich könnte ihm sagen, daß Sie sich gerade nach besserem Papier umsehen. Das könnten Sie auf Ihrem Weg auch tatsächlich tun. An der Ecke gibt es ein großes Geschäft, warum erkundigen Sie sich dort nicht, ob es Rabatt für Großabnehmer gibt? Wir kaufen doch immer größere Mengen an Umschlägen. Eigentlich müßten sie uns einen Preisnachlaß geben.«
»Ja ... das könnte ich machen.« Jessie hatte noch immer Zweifel.
»Gehen Sie doch, bitte«, beharrte Lena. »Bin ich nicht deshalb angestellt, um als nette, vernünftige und reife Frau den Laden am Laufen zu halten? Lassen Sie mich beweisen, daß ich mein Gehalt nicht umsonst bekomme.«
»Werden Sie wirklich zurechtkommen?«
»Aber natürlich. Ich habe einiges zu tun.« Lena spürte, wie ihr Lächeln zur Maske erstarrte. Wenn Jessie Park wüßte, wieviel sie zu tun hatte, wie viele Entscheidungen sie zu treffen hatte, wenn man ihr nur ein wenig Ruhe dafür ließ!
Während sie sich den Anschein gab, ihrer eigentlichen Arbeit nachzugehen, stand Lena Gray an diesem Tag vor der Entscheidung, ob sie in Lough Glass anrufen und sagen sollte, daß Helen McMahon gesund und wohlauf war. Auch nach dem stundenlan-

gen Gespräch mit Louis war sie noch nicht überzeugt. Sie konnte doch nicht ihre eigene Todesanzeige schreiben und aus Kits und Emmets Leben verschwinden.
Selbst wenn das Baby, das sie in sich getragen hatte, am Leben geblieben wäre, müßte sie sich immer noch mit der Tatsache auseinandersetzen, daß ihr Sohn und ihre Tochter sie für tot hielten und sie es in gewisser Weise zugelassen hatte. Auf Martin und seine Charakterschwäche zu schimpfen war sinnlos. Sie brauchte Zeit zum Nachdenken. Zeit für sich selbst und ein Telefon in greifbarer Nähe.
Deshalb war es so wichtig, die arme Jessie aus dem Büro zu verscheuchen.
Lena verschob es, Stellenangebote für Louis herauszusuchen. Schließlich hing einiges davon ab, was sie nun tat. Wenn sie zu Hause anrief und verkündete, daß sie noch am Leben war, würde das vielleicht alles ändern. Es konnte bedeuten, daß für sie und Louis ihr gemeinsames Leben nicht – wie geplant – hier in London begann. Es konnte heißen, daß sie nach Hause zurückkehren und für alles, was sie getan hatte, die Konsequenzen tragen mußte.
Also wäre es töricht, Vorstellungsgespräche für ihn zu vereinbaren, wenn sie nicht einmal wußte, ob er und sie noch lange hier sein würden. Sie versuchte sich die Szene vorzustellen, wie Louis sie nach Lough Glass zurück begleitete.
Doch es wollte ihr nicht gelingen. Sie scheiterte bereits bei dem Gespräch, das zwischen ihnen dreien, zwischen Martin, Louis und ihr, im Wohnzimmer stattfinden würde. Ihr kamen keine Worte, keine Erklärungen. Sie dachte an die Kinder, wie sie sie festhalten, sich an sie klammern würden. Wie Kit sagen würde: »Ich habe *gewußt*, daß du nicht tot bist. Ich habe es einfach *gewußt*.« Wie Emmets Stottern immer schlimmer werden würde, bis er bei jedem Wort zu ersticken drohte.
Sie dachte an Rita, die sich trotz ihrer Verblüffung diskret im Hintergrund halten würde. An die verlogene Unterhaltung mit Peter und Lilian. An Maura, Lilians Schwester, die mit aufgesetz-

ter Fröhlichkeit kundtun würde, das Leben sei so kurz, sie sollten sich alle über diese glückliche Fügung freuen, anstatt nur das Negative daran zu sehen.
Die ganze Zeit über versuchte sie, sich eine Rolle für Louis vorzustellen, aber sie fand keine. Sein Lächeln, sein Charme, seine Liebe zu ihr, all das wäre völlig fehl am Platz.
Sie wußte, daß sie allein gehen müßte. Und daß es sein mußte. Man konnte zwei unschuldigen Kindern nicht erzählen, daß ihre Mutter nun doch nicht tot war, wenn man es ihnen nicht von Angesicht zu Angesicht sagte. Mit Martin darüber zu reden kam für sie überhaupt nicht in Frage. Ihre jahrelange Hochachtung für ihn hatte sich soeben in nichts aufgelöst. Sie konnte es nicht fassen, daß jemand so etwas tat, nur weil er sich in seinem Stolz gekränkt fühlte.
Anscheinend hatte sie Martin tatsächlich nie richtig gekannt.

Jessie verschwand, und damit auch ihr ständiges Geplapper. Lena hoffte, nun etwas Zeit für sich zu haben. Doch zur Mittagszeit herrschte in der Agentur Millar immer Hochbetrieb. Jeder, der bereits eine Stelle hatte und sich verändern wollte, nutzte seine Mittagspause, um sich auf dem laufenden zu halten und für andere Stellen zu bewerben.
Lena wurde ziemlich in Trab gehalten. Vielleicht ist es besser so, dachte sie, während sich die Drahtkörbe mit Bewerbungsunterlagen und persönlichen Angaben füllten. Vielleicht wäre sie gar nicht imstande gewesen, sich etwas zu überlegen, selbst wenn sie die Zeit gehabt hätte. Zweimal hob sie den Telefonhörer ab, zweimal legte sie wieder auf. Wenn sie mit Martin in der Apotheke gesprochen hätte, hätte sie ihre Wut auf ihn nicht mehr zügeln können. Vielleicht sollte sie warten, bis die Kinder von der Schule heimkamen.
Oder sollte sie über jemand anderen Kontakt aufnehmen? Aber über wen?
Nicht über die Kellys. Niemals. Tja, wenn Schwester Madeleine ein Telefon gehabt hätte. Lena lächelte bei dem Gedanken, daß

sich in der kleinen Kate der Einsiedlerin so etwas Modernes wie ein Telefon befinden könnte.
»Sie lächeln, das ist ein gutes Zeichen«, bemerkte Jessie.
»Soll das heißen, daß ich nicht immer lächle?« Lena riß sich zusammen.
»Sie sehen heute ganz verändert aus im Vergleich zum letzten Samstag. Ich dachte, es wäre Ihnen am Wochenende irgend etwas Schlimmes passiert.« Wißbegierig musterte Jessie sie.
Doch Lena ließ sich nicht aus der Reserve locken. »Nein, gar nichts. Nun, und wie geht es Ihrer Mutter? Hat sie sich über Ihren Besuch gefreut?«
»Ja, es war wirklich gut, daß ich zu ihr gegangen bin.« Und schon begann Jessie, in aller Ausführlichkeit von den Verdauungsstörungen ihrer Mutter zu erzählen.
Bis dahin hatte Lena geglaubt, Mrs. Hanley vom Textilgeschäft in Lough Glass sei die einzige Frau auf der ganzen Welt, bei der die aufgenommene Nahrung Hunderte von verschiedenen Stadien durchlief (die ihr selbst höchst wunderlich erschienen), ehe sie verdaut wurde. Jetzt erkannte Lena, daß Mrs. Hanley eine Leidensgefährtin im Westen Londons haben mußte.
Lena hatte dreizehn Jahre Erfahrung darin, eine interessierte Miene aufzusetzen, wenn sie in den Schlund der unsäglichen Mrs. Hanley blickte. So fiel es ihr nicht schwer, auch für den Verdauungstrakt von Jessie Parks Mutter leidliches Interesse aufzubringen. Unterdessen waren ihre Hände damit beschäftigt, neue und deutlichere Etiketten auf die Aktenordner zu kleben; in Gedanken weilte sie Hunderte von Kilometern entfernt an einem winterlichen See in Irland.
Als sie Louis' Gesicht sah, wußte sie, daß das an diesem Abend kein Gesprächsthema sein würde. Das war nicht der Mann, der sich hinsetzen und wieder einmal den Kopf darüber zerbrechen würde, wie sie ihren Kindern am besten sagte, daß sie noch am Leben war.
Er war müde und ausgelaugt nach seinem langen Arbeitstag. Seine Hände sahen rissig aus, seine Schultern schmerzten. »Kön-

nen wir uns ein heißes Bad leisten, oder wäre das ein unerhörter Luxus?« fragte er.
Seine Augen wirkten wie große dunkle Flecken in seinem Gesicht, und sein Lächeln war so gequält und herzzerreißend, wie sie es noch nie erlebt hatte. Das überwältigende Bedürfnis, ihm ihre Liebe zu schenken und ihn zu beschützen, raubte ihr beinahe den Atem. Vom Abend bis zum Morgen und noch den ganzen nächsten Tag wollte sie nur für ihn dasein, sich um ihn kümmern, damit die Erschöpfung von ihm abfiel.
Und sie wußte, daß er dasselbe für sie tun würde.
Wie er bei ihrer Fehlgeburt vor Angst fast gestorben war, wie er bei ihr gesessen, ihre Hand gehalten, ihr über die Stirn gestrichen hatte und nur von ihrer Seite gewichen war, um ihr kleine Geschenke zu besorgen ... Tränen traten ihr in die Augen. Das war ihr Mann, ihre große Liebe.
Welches Glück hatte sie doch! Wie wenige Menschen konnten wirklich mit ihrer großen Liebe zusammenleben! Die meisten bedauerten, daß sie ihre Chancen vertan, ihre Gelegenheiten verpaßt hatten.
Man war doch dumm, wenn man auch nur einen Augenblick dieser Zeit mit Sorgen und Kopfzerbrechen über die Vergangenheit vergeudete!
Sie wollte allein darüber nachdenken. Von ihrer kostbaren Zeit mit Louis würde sie nicht eine Minute mit etwas verschwenden, was in seinen Augen Schnee von gestern war.
»Ich denke, unsere Firma kann sich ein heißes Bad für einen ihrer Mitarbeiter leisten«, sagte sie mit leuchtenden Augen. »Aber nur unter einer Bedingung.«
»Unter welcher?«
»Daß ich ins Badezimmer mitgehe und dir den Rücken schrubbe.«
»Unzucht im Badezimmer! Ivy wird entsetzt sein.«
»Rückenschrubben ist nichts Unzüchtiges ...«
»Könnte es aber werden, oder?« Erwartungsvoll blickte er sie an.
»Na, das wäre gut möglich«, erwiderte sie – womit sie ihm zu

verstehen gab, daß sie zur Liebe bereit war. Und mehr als bereit … wollüstig in einem Maße, das sie selbst verblüffte.

»Dann laß uns in der Wanne plantschen«, meinte Louis fröhlich, packte sein Handtuch und den Badeschwamm und nahm ein Sechs-Pence-Stück von den Münzen auf dem Unterteller – ihrem Taschengeld, wie sie es nannten.

Die Krise in Lough Glass wurde an jenem Abend mit keinem Wort erwähnt.

Um fünf Uhr morgens wachte Lena auf und konnte nicht mehr einschlafen. Vielleicht reden wir noch darüber. Vielleicht findet sich der richtige Zeitpunkt, sagte sie sich. Doch nach reiflicher Überlegung erkannte sie, daß sie sich selbst etwas vormachte. Für Louis Gray war ihr Leben in Lough Glass abgeschlossen. Und in gewisser Hinsicht schien die Art und Weise, wie man ihr Leben für beendet hielt, die beste Lösung zu sein. Louis schmiedete eifrig Pläne für ihr neues Leben. Mit Lenas altem Leben wollte er nichts mehr zu tun haben.

Die Gesichter von Kit und Emmet standen deutlich vor ihr, als würden sie an die Wand gegenüber vom Bett projiziert: Kit, wie sie ihr Haar zurückstrich, das Gesicht naß von Regen und Tränen, und mit grimmiger, beherrschter Miene auf den See blickte; Emmet, der sich fassungslos an die Kehle griff, wie er es oft tat, wenn er stotterte und versuchte, die Worte herauszubekommen. Sie konnte sie nicht in dem Glauben lassen, daß sie tot war. Sie würde einen Weg finden, ihnen die Wahrheit zu sagen.

Am Dienstag hatte sie noch keinen Weg gefunden.

Mr. Millar stattete dem Büro einen Besuch ab.

Bei seinen Besuchen wurde Jessie immer sehr nervös. »Ich möchte wissen, was er sich einbildet, hierherzukommen und uns zu kontrollieren«, zischte sie Lena zu.

»Es ist nun mal sein Geschäft«, erklärte Lena milde. »Er will sich nur vergewissern, daß der Laden läuft, nachsehen, ob wir etwas brauchen und so.«

Jessie hatte ihre Zweifel. »Wenn er den Eindruck hätte, daß alles

läuft und wir das Büro ordentlich führen, würde er gar nicht erst kommen«, meinte sie und biß sich auf die Lippe.
Lena zwang sich zu einem Lachen, obwohl sie mit ihren Gedanken weit weg war. »Kommen Sie, Jessie. Sehen wir's doch mal von der positiven Seite. Gerade weil alles gut läuft, kommt er gern vorbei und möchte daran teilhaben. Haben Sie es schon mal von dieser Warte betrachtet?«
Das hatte Jessie nicht. »Sie sind so selbstsicher, Lena ... das liegt bestimmt daran, daß Sie verheiratet sind«, sagte sie.
Lena schluckte – sie und selbstsicher! Wenn die anderen nur wüßten, wie klein sie sich fühlte. »Begrüßen wir ihn recht freundlich, wenn er heute vorbeikommt, und beziehen wir ihn ein, anstatt abzuwarten, bis er verschwunden ist, ehe wir weitermachen.«
»Ich frage mich ...« Jessie wollte lieber kein Risiko eingehen.
»Versuchen wir's trotzdem«, erwiderte Lena.

»Ich hab' mich gefragt, Mr. Millar, was Sie davon halten würden, wenn wir ein paar Sitzgelegenheiten und einen kleinen Tisch hereinstellen, damit sich die Kunden beim Warten setzen können.«
»Ich weiß nicht recht«, erwiderte er, ein großer Mann mit Glatze und Eierkopf und einem Gesichtsausdruck, als wäre er permanent erstaunt.
»Wissen Sie, wenn wir ihnen das Gefühl geben, daß sie hier ganz ungezwungen vorbeikommen können ... eher so eine Art Treffpunkt, anstatt Schlange stehen zu müssen wie bei der Post oder auf der Bank.«
»Aber welchen Vorteil hätte das für uns?«
Jessie krümmte sich zusammen, aber Lena wußte, daß es dem Mann tatsächlich nur um diesen Punkt ging. Seine Frage war nicht ablehnend gemeint.
»Miss Park hat mich darauf hingewiesen – wissen Sie, sie hat mich ganz wunderbar eingearbeitet – nun, sie hat gesagt, bei unserer Arbeit haben wir viel mit Stammkunden zu tun. Wer beim

erstenmal eine gute Stelle bekommen hat, der kommt auch wieder.«

»Ja, aber Stühle oder Sessel ...«

»Oh, ich hatte keine luxuriöse Ausstattung im Sinn, Mr. Millar. Ich glaube, Miss Park schwebte eher vor, die Agentur Millar sollte eine vertrauenerweckende Atmosphäre ausstrahlen, wo sich die Leute wie zu Hause fühlen.« Sie schenkte ihm ein strahlendes, zuversichtliches Lächeln.

Und er nickte zustimmend. »Das ist eine gute Idee, Miss Park. Ja, wirklich. Ich frage mich, woher wir solche Möbel bekommen können.«

»Es würde Sie nicht allzuviel kosten, Mr. Millar. Man muß sich nur ein bißchen umsehen.« Er schaute hilflos drein. »Damit sollte man natürlich am besten Miss Park betrauen. Sie hat ein Gespür dafür, genau das Richtige zu finden.« Jessie sah auf. Sie erweckte nicht den Eindruck, als habe sie je das Richtige finden können: weder die richtige Strickjacke noch die richtige Frisur oder die richtige Mimik. Doch Lena ging darüber hinweg. »Wissen Sie, diese Gebrauchtmöbelgeschäfte – wenn man da ein wenig herumstöbert, kann man recht günstige Sachen erstehen. Miss Park könnte ja vielleicht nach der Mittagspause ... das heißt, wenn Sie ... Was meinen Sie ...?«

Sogar die etwas begriffsstutzige Jessie verstand diesmal den Fingerzeig. Lena versuchte, etwas freie Zeit für sie herauszuschinden, damit sie zu ihrer Mutter gehen konnte. »Wenn ich vielleicht ein bißchen zusätzliche Zeit dafür bekäme ...«, fing sie an und klang dabei wie ein Hund, der Prügel erwartet.

»... würde sich das mehr als bezahlt machen«, half ihr Lena.

»Nun, wenn es Ihnen nichts ausmacht, Miss Park?« Mr. Millar war von alldem noch nicht ganz überzeugt. Glücklicherweise kam ihnen Jessies angeborene Schüchternheit diesmal zugute: Sie hörte sich an, als sei sie von dem Vorschlag nicht allzu angetan.

»Ich denke, ich könnte schon ...«, begann sie wieder.

Nun schien sich Mr. Millar für das Vorhaben zu erwärmen. »Wir könnten uns ein paar Aschenbecher zulegen«, meinte er kühn.

»Vielleicht auch einen alten Schirmständer, für solches Wetter wie heute.«
»Und einen Tisch, auf dem wir unser ganzes Informationsmaterial auslegen, anstatt es den Leuten am Schreibtisch vorzulesen, was nur Zeit kostet.«
»Ja, und wie Miss Park gesagt hat, muß es gar nicht viel kosten.«
Als Mr. Millar ging, war er glücklich, ja entzückt von seinem Besuch.
Jessie musterte Lena, als hätte sie sich eben in die Höhle des Löwen gewagt. »Ich weiß nicht, wie Sie auf all diese Dinge kommen, ich verstehe es wirklich nicht. Und sie rücken *mich* immer ins beste Licht.« In ihrer Dankbarkeit wirkte sie wie ein demütiger Hund.
»Weil Sie wirklich gut sind«, meinte Lena. »Oder war es etwa keine gute Entscheidung, mich hier einzustellen?«
»Das war überhaupt das Beste, was ich in meinem Leben je getan habe«, entgegnete Jessie glücklich.
Lena tätschelte ihre Hand. »Gut. Aber finden Sie die Möbel nicht allzu schnell. Zumindest nicht in den nächsten Wochen. So haben Sie mehr Zeit für Ihre Mutter, ohne daß Sie sich abhetzen müssen.«
Lena wurde bewußt, daß sie den ganzen Tag Theater gespielt hatte.
Schon als sie aufgestanden war und Louis erzählt hatte, sie habe in seinen Armen so gut und fest geschlafen. Dann, als sie Ivy sagte, sie mache in dem Büro nur sauber und koche Tee, weil es nicht aussehen sollte, als hätte sie eine bessere Stelle als Louis. Allen hatte sie etwas vorgegaukelt, den Kunden am Telefon und im Büro, ihnen Gott weiß was für Hoffnungen gemacht.
Würde das jetzt immer so weitergehen?
Dabei hatte sie schon all die Jahre in Lough Glass Theater spielen müssen: Interesse heucheln an den neuen Holzfällerjacken, die einzeln verpackt in Mrs. Hanleys Textilgeschäft geliefert worden waren. Ein Lächeln aufsetzen bei Lilian Kellys wirrem Wortschwall über Leute, die in großen Anwesen auf dem Lande wohnten und

die sie gar nicht kannte. Mit den Hickeys Floskeln austauschen, daß das Steak von der Keule gut sei, das Rippensteak dagegen mitunter ein bißchen zäh, aber natürlich müsse man, wenn man Filet erwarte, auch Filet bezahlen.

Und dann zu Hause mußte sie sich wieder verstellen, wenn sie Martins Blick auf sich spürte. Wenn er sie dann wieder einmal fragte: »Bist du glücklich?« oder »Geht's dir gut?« – und sie sich zusammenreißen mußte, um ihm die Antwort nicht ins Gesicht zu schreien.

Nur ihren Kindern mußte sie nichts vormachen. Dennoch hatte sie es fertiggebracht, sie von einem Tag auf den anderen zu verlassen – sie zu verlassen, um mit Louis Gray zu leben.

Dabei hatte sie sich alles ganz anders ausgemalt. Daß sie ein neues Leben beginnen würde, wie sie es sich immer erträumt hatte. Daß sie noch ein Baby haben würde, ein Kind von Louis. Und nun war es völlig anders gekommen. Sie hatte das Baby verloren, ihre Familie zu Hause hielt sie für tot, und sie spielte immer noch Theater.

Was hätte sie dafür gegeben, in der kleinen, ärmlichen Hütte von Schwester Madeleine zu sein! Ein Gespräch so wie damals führen zu können, ohne einen Rat zu bekommen, ohne kritisiert zu werden. Allein das Reden hatte ihr geholfen. Ja, hätte sie das alles mit der alten Einsiedlerin besprechen können, wäre alles klarer geworden.

Aber das waren gefährliche Hirngespinste. Weil sie es ihrem Liebhaber recht machen wollte, zögerte sie, ihre Kinder wissen zu lassen, daß sie nicht tot war – und das wollte sie einer Nonne sagen? Ein Ding der Unmöglichkeit.

Lena seufzte und setzte gegenüber der jungen Frau namens Dawn, die als Empfangsdame in einem Hotel arbeiten wollte, eine angemessene Miene auf.

»Ich habe schon eine Menge Bewerbungsgespräche hinter mir, aber nach dem ersten Blick heißt es immer, ich bin ungeeignet«, beschwerte sie sich.

Dawn sah wie ein Flittchen aus. Ihr blondes Haar schimmerte am

Ansatz dunkel, die Fingernägel hatten schwarze Schmutzränder, und die grell geschminkten Lippen wirkten wie eine klaffende Wunde in ihrem Gesicht.

»Sie sehen einfach zu betörend aus«, erklärte Lena ihr. »Sie erwecken einen falschen Eindruck. In einem Hotel braucht man eine solide Erscheinung. Warum verändern Sie nicht Ihr Äußeres ein wenig? Versuchen Sie's, es lohnt sich ...«

Fasziniert hörte das Mädchen zu. Noch nie hatte jemand solche Anteilnahme an ihr gezeigt. »Was meinen Sie denn, wie ich mich verändern sollte, Mrs. Gray?« Gespannt sah sie Lena an.

Lena betrachtete sie nachdenklich und gab ihr wohlüberlegte Ratschläge, die nicht als Kritik formuliert waren, sondern durchwegs positiv klangen. »Eine Stelle zu bekommen ist wie Vorsprechen fürs Theater, man muß fast eine Schauspielerin sein. Nun wollen wir mal sehen, Dawn, ob wir Ihnen Ihre gewünschte Rolle verschaffen können.«

Dawn bedachte sie mit einem dankbaren, beinahe liebevollen Blick, als sie ging, um sich ihren Fingernägeln, ihrer Frisur und ihrer Kleidung zu widmen. Am nächsten Vormittag wollte sie wiederkommen, zur Generalprobe sozusagen. »Das ist eine prima Agentur«, rief sie von der Tür zurück, »ja, eigentlich viel mehr als eine Agentur. Hierher kommt man gern zurück.«

Lena, Jessie und Mr. Millar wechselten freudige Blicke.

Sie waren auf dem richtigen Weg.

Aufgeregt rannte Louis die Treppe hoch. »Ich soll heute nacht an die Rezeption!« rief er.

»Die Rezeption?«

»Ja. Jemand hat sich krank gemeldet, jetzt haben sie niemanden. Und so bin ich zum Leiter für den Nachtdienst befördert worden.«

»Mußt du dann die ganze Nacht arbeiten?«

»Ja, deshalb heißt es doch Nachtdienstleiter. Na, jetzt bin ich ein ganzes Stück weitergekommen, was?« Er strahlte sie an wie ein süßer kleiner Welpe, der gelobt werden will.

Lena musterte ihn so unvoreingenommen wie möglich. Kein Wunder, daß die Hotelleitung glaubte, er würde sich gut am Empfang machen, wo er die Spätankömmlinge begrüßen würde und alle eventuell auftretenden Schwierigkeiten meistern mußte. Überhaupt war es erstaunlich, daß man ihn in eine Hoteldieneruniform gesteckt hatte, wo er doch offensichtlich zu Höherem berufen war.

»Dann wirst du aber sehr erschöpft sein.«

»Ach, dafür habe ich morgen frei«, gab er zurück. »Und ich habe mir gedacht, du könntest vielleicht eine Grippe vorschützen und mir hier Gesellschaft leisten.«

»Du wirst Schlaf brauchen.«

»Mit dir im Arm kann ich noch besser schlafen.«

»Mal sehen«, meinte sie lächelnd.

In dieser Situation konnte sie ihm unmöglich sagen, daß sie am Boden zerstört war. Denn er würde heute abend nicht da sein, um endlich mit ihr zu besprechen, was sie unternehmen sollte. Und es war auch nicht der geeignete Moment, ihm beizubringen, daß sie keineswegs vorhatte, einen Tag krank zu feiern.

Statt dessen lächelte sie, als sie ein Hemd suchten, das seiner neuen Stellung angemessen war.

»Wirst du mich vermissen? Wirst du dich einsam fühlen?«

»Vermissen – ja, einsam fühlen – nein. Ich werde die Beine hochlegen, dann vielleicht ein bißchen rausgehen und das Viertel erkunden.«

»Aber du wirst nichts ... ich meine, du wirst keine Entscheidungen treffen?«

Es war eine Bitte, nicht zu Hause anzurufen, und das wußte sie.

»Ich werde überhaupt nichts entscheiden«, antwortete Lena. »Nicht, bis wir beide darüber geredet haben und uns gemeinsam entschieden haben.«

Er schien erleichtert. Und schon war er wieder fort. Nachdem er gerade erst gekommen war, verhallten seine raschen, leichtfüßigen Schritte bereits wieder auf der Treppe.

Lena zündete sich eine Zigarette an und sog den Rauch tief ein.

Zum erstenmal, seit sie heute morgen aufgewacht war, hatte sie Zeit für sich. Zeit, um ungestört nachzudenken. Doch irgendwie ging es nicht. Die Zimmerwände mit ihren pink- und orangefarbenen Tapeten schienen sie zu erdrücken. Lena dachte an den Grafen von Monte Christo, dessen Gefängniszelle jeden Tag ein Stückchen kleiner wurde. Dasselbe geschah wohl gerade in ihrem Zimmer. Ganz ohne Zweifel war der Abstand zwischen Tisch und Fenster kleiner als zuvor. Als sie die Zigarette zu Ende geraucht hatte, stand für sie fest, daß sie hier keine Minute länger bleiben konnte.

»Aber ich möchte nicht, daß du denkst, ich will diese Besuche zur Gewohnheit machen.«
»Nicht doch, sag so was nicht. Ein bißchen Gesellschaft tut mir immer gut.« Ivy hatte gerade ihren Totoschein ausgefüllt. Darauf verwendete sie jede Woche eine Menge Zeit. Sollte sie einmal gewinnen, würde das ihr Leben völlig verändern. Sie würde sich ein großes Hotel am Meer kaufen, einen Geschäftsführer einstellen, dem sie die ganze Arbeit überließ, und selbst sehr nobel in der obersten Etage wohnen. »Stimmt's, Hearthrug?« meinte sie zu dem alten Kater, der in froher Erwartung schnurrte.
Lena streichelte seinen grauhaarigen Kopf. »Katzen sind ein wahrer Trost. Farouk zu Hause habe ich sehr gern gehabt, obwohl er immer getan hat, was er wollte.« Ihr Blick schien sich in unendlicher Ferne zu verlieren.
»War das in deiner Jugendzeit?«
»Nein, nein. Zu Hause eben«, erwiderte Lena. Zum erstenmal hatte sie sich eine Blöße gegeben, und sie merkte, daß Ivy das nicht entgangen war.
Doch Ivy schwieg und beschäftigte sich damit, Tee zu kochen. Erklärungen waren überflüssig. Lena fühlte sich ebenso entspannt wie in Schwester Madeleines Kate, obwohl man sich kaum zwei unterschiedlichere Umgebungen vorstellen konnte.
An diesem Winterabend würde Schwester Madeleine an ihrem Kamin sitzen und sich mit einem der Einwohner aus Lough Glass

unterhalten. Vielleicht mit Rita über deren Zukunftspläne. Oder mit Paddles, dem Mann, der seit siebenunddreißig Jahren einen Pub betrieb, ohne dort je einen Schluck getrunken zu haben. Es könnte auch Kathleen Sullivan sein, die trauernde Witwe, die eine Autowerkstatt besaß und mit allem, was dazugehörte, überfordert war – einschließlich ihrer beiden strammen Söhne. Und wie immer würde auf einem Sack irgendein Tier sitzen: ein Fuchs, ein Hund oder ein Truthahn, der nicht als Weihnachtsbraten enden würde, weil er das Glück gehabt hatte, in das Haus der Einsiedlerin zu geraten.

Dort würden keine Fragen gestellt, keine Rechtfertigungen vorgebracht werden für etwas, das nicht zu rechtfertigen war.

So wie hier in Earl's Court in dem unruhigen Zimmer, wo man kaum noch einen Quadratzentimeter von der Tapete sah. Die Wand war voll von Regalen mit Schnickschnack und Fotos von Ausflügen aus lang vergangenen Tagen. Ein großer Spiegel konnte seinen eigentlichen Zweck kaum noch erfüllen, weil so viele Briefe und Postkarten in seinen Rahmen geklemmt waren. Hier standen bunte Glasvasen und Zwerge, dort kleine Eierbecher und Aschenbecher als Souvenirs. Und doch strahlte der Raum dieselbe Atmosphäre aus – eine Atmosphäre, in der man sich ganz zwanglos fühlte.

Und wo niemand eine Erklärung verlangte, die man nicht von sich aus geben wollte.

Ohne große Umschweife, als hätte sie es so geplant, begann Lena Gray, Ivy Brown ihre Geschichte zu erzählen. Tee wurde eingeschenkt, eine Packung Kekse geöffnet. Und als Lena an jenem Sonntag angelangt war, als sie die Zeitungsmeldung entdeckt und in Lough Glass angerufen hatten, stand Ivy auf und stellte wortlos zwei Gläschen und eine Flasche Brandy auf den Tisch. Lena öffnete ihre Handtasche und reichte ihr den Zeitungsausschnitt. Zu keinem Zeitpunkt zeigte sich auf Ivys schmalem, komischem Gesicht ein anderer Ausdruck als der des Mitgefühls. Weder Entsetzen noch Unglauben, nicht einmal als sie den Zeitungsartikel glattstrich und von dem Todesfall las, der allen soviel

Kummer bereitete. Es schien, als könnte Ivy das alles begreifen und ermessen, welche Ungeheuerlichkeit darin lag, ohne in Panik auszubrechen.

Schwester Madeleine faßte einen niemals an. Sie konnte Wärme und Beistand geben, ohne ihr Gegenüber am Arm zu tätscheln oder zu umarmen. Und Ivy Brown war genauso. Sie stand am anderen Ende des Wohnzimmers, an die Kommode gelehnt, in der sich all ihre Schallplatten befanden.

Mit gekreuzten Armen stand sie da. Sie sah aus wie auf einem Zeitungsbild, das die typische englische Hausfrau darstellen sollte. Nur Lockenwickler hätten noch gefehlt. Die geblümte Schürze fest um die zierliche Taille gebunden, hörte sie sich mit düsterer Miene die Geschichte an. Ihre Solidarität und Unterstützung waren beinahe greifbar zu spüren. Selbst wenn sie eine schluchzende Lena an ihre Brust gedrückt hätte, hätte sie nicht mehr Mitgefühl ausstrahlen können.

»Tja, meine Liebe«, meinte sie nach einer langen Pause. »Du hast deine Entscheidung getroffen, stimmt's?«

»Nein«, erwiderte Lena überrascht. Noch nie war sie so vollkommen ratlos gewesen.

»Doch, Lena.« Ivy war sich ganz sicher.

»Warum sagst du das? Wie habe ich mich denn entschieden?«

»Daß du nicht zu Hause anrufen wirst. Habe ich recht? Du wirst gar nichts unternehmen, sondern sie in dem Glauben lassen, daß du tot bist.«

Sie redeten, und die Stunden vergingen.

Lena erzählte, daß Louis sie geliebt und dann verlassen hatte. Daß er zu ihr zurückgekehrt war. Und daß sie jetzt ein Leben führten, wie Lena es sich erträumt hatte. Sie zeichnete ein Bild von Martin McMahon, das ihr einigermaßen objektiv erschien. Noch bis zum Sonntag hätte sie voller Bewunderung und mit großer Sympathie von ihm gesprochen, auch von ihren Schuldgefühlen, obwohl sie sich an ihren Teil der Abmachung gehalten hatte – durch den Brief.

Doch Martins Verhalten hatte all ihre Gefühle für ihn abgetötet.

Der Mann war ein Ungeheuer, ein Opfer kleinstädtischer Ehrbarkeit. Stück für Stück gingen sie die Ereignisse durch, so wie Lena es mit Louis getan hatte. Die Möglichkeit, daß er den Brief vielleicht nicht erhalten hatte. Und am Ende die Erkenntnis, daß das ziemlich unwahrscheinlich war.

Aber mit Ivy zu reden war leicht und mühelos. Lena brauchte nicht zu befürchten, daß ein falsches Wort einen Streit mit ihr heraufbeschwor. Und am Ende der Geschichte wirkte Ivy ebenso unerschütterlich wie zu Beginn.

Louis Gray war Lenas große Liebe. Dreizehn Jahre hatte sie auf ihn gewartet, jetzt waren sie wieder vereint. Lena würde nichts unternehmen, was ihr Zusammenleben gefährden konnte, und das wußte sie ebensogut wie Ivy.

»Aber meine Kinder?« Lenas Stimme zitterte, als wäre sie den Tränen nahe.

»Was nützt es ihnen, wenn du zurückkehrst?« fragte Ivy. Das Schweigen zwischen ihnen hatte nichts Feindseliges. Lena versuchte nachzudenken. Sie würde ihre Kinder gern im Arm halten, sie streicheln. Doch das wäre mehr Nehmen als Geben. Es würde die Kinder vielleicht mit Scham erfüllen. Und dann würde sie sie trotzdem wieder verlassen. »Warum willst du sie zweimal verlassen?« gab Ivy zu bedenken. »Ist einmal nicht schon hart genug?«

»Wenn der See abgesucht und keine Leiche gefunden wird, wissen sie, daß ich nicht tot bin. Dann werden sie anfangen, nach mir zu suchen.« Als sie das sagte, merkte Lena, daß sie bei einer Entscheidung angelangt war. Eigentlich suchte sie nur mehr nach Schwachstellen und möglichen Risiken in ihrem Plan.

»Du hast gesagt, es ist ein sehr tiefer See.«

»Ja, ja.«

»Dann können dort durchaus schon Menschen ertrunken sein, ohne daß man sie gefunden hat.«

»Ja, das stimmt.«

»Du liebst ihn, Lena. Laß ihn wissen, daß du nicht zu deinem früheren Leben zurückkehren wirst. Gib ihm diese Gewißheit. Er will nicht, daß du immer wieder mit diesem Gedanken spielst.«

»Er hat mich ein halbes Leben lang im Ungewissen gelassen.«

»Ja, aber du hast ihm verziehen. Du bist mit ihm durchgebrannt. Gib acht, daß du am Ende nicht mit völlig leeren Händen dastehst.«

»Vielleicht bin ich nur einem Traumgespinst nachgejagt.«

»Es scheint mir aber sehr real. Paß auf, daß du ihn nicht verlierst, Lena. Es gibt zu viele, die nur darauf warten, ihn sich zu angeln, sobald du ihn losläßt.« Ihre Worte klangen sehr nachdrücklich.

»Weißt du das, weil du dasselbe getan hast?«

»Nein, meine Liebe. Ich weiß es, weil ich es nicht getan habe.« Fragend blickte Lena sie an. »Ernest, vom Pub. Er sieht vielleicht nicht so gut aus wie dein Louis, aber er ist der Mann, den ich geliebt habe und noch immer liebe.«

»Ernest? Den wir am Freitag getroffen haben?«

»Ernest, den ich seit Jahren jeden Freitag treffe.«

»Warum immer freitags?«

»Weil so jede Woche ein wenig Sinn für mich bekommt, und weil seine Frau, diese dumme Kuh, freitags zu ihrer Mutter geht.«

»Wie ist das gekommen?«

»Ich hatte nicht den Mut. Ich war nicht tapfer genug.« Auch diesmal wirkte das Schweigen nicht unangenehm. Ivy schenkte die Brandygläser noch einmal voll. »Ich habe bei ihm im Pub gearbeitet. Gerade als ich angefangen hatte, brach der Krieg aus. Ron, mein Ehemann, wurde einberufen. Trotzdem hatten wir damals eine schöne Zeit. Es klingt merkwürdig, wenn ich sage, daß wir den Krieg genossen haben, aber du weißt schon, wie ich es meine. Alle gingen sehr freundlich miteinander um. Man wußte nicht, ob dieser oder jener nächste Woche noch dasein würde. Deshalb hielt man sich nicht lange mit Zimperlichkeiten auf. Wenn die Zeiten nicht so gewesen wären, hätte ich Ernest vielleicht nie kennengelernt. Weißt du, bei Fliegeralarm gingen wir alle in die Luftschutzbunker hinunter, und wir hörten im Pub

ständig Radio. Es war sehr intim, wie wenn sich die Leute nach einem Schiffsunglück auf einem Floß zusammendrängen.«
Ivy lächelte bei der Erinnerung daran. »Er hatte zwei Kinder, und Charlotte war natürlich auf der Hut. Sie hegte schon einen Verdacht, noch bevor überhaupt etwas geschehen war. Und es gab viel Gerede, daß unsere tapferen Jungs an der Front kämpfen, während sich ihre liederlichen Frauen mit anderen Männern amüsieren. Diese Anspielung kapierte jeder, und es wurde eine ziemlich unangenehme Situation.«
»Hast du denn Ron eigentlich geliebt?«
»Nein. Es war nicht die Liebe, die ich später für Ernest empfunden habe. Weißt du, die Mädchen haben damals recht schnell geheiratet. Und ich war nicht gerade eine atemberaubende Schönheit, wie du dir denken kannst. Ich bekam nicht viele Heiratsanträge. Da war ich froh um Ron. Ich war neunundzwanzig, fast dreißig, als wir heirateten, er war zehn Jahre älter. Es mußte alles ganz nach seinen Vorstellungen sein – ein nettes, ordentliches Haus, ein gutes Essen auf dem Tisch. Ausgehen wollte er nie. Daß wir keine Kinder bekamen, schien ihn nicht sonderlich zu stören. Wahrscheinlich dachte er, sie würden nur Unordnung ins Haus bringen. Ich ließ Untersuchungen machen und so, aber er nicht. Als ich ihm vorschlug, ein Kind zu adoptieren, meinte er, er wolle nicht den Sohn anderer Leute großziehen.«
»Ach, Ivy, das tut mir leid.«
»Na ja, wir waren auch nicht schlechter dran als so manche andere Leute. Und nach dem, was du erzählt hast, fügen sich die Leute in deinem Lough Glass auch in ihr Schicksal, egal, was es für sie bestimmt hat.«
»Richtig. Alle außer mir.«
»Nun, ich hatte die gleiche Chance wie du und habe sie nicht genutzt. Deshalb weiß ich, wovon ich rede.«
»Ernest?«
»Ja. Er meinte, wir sollten zusammen fortgehen. Aber ich hatte Schuldgefühle, fürchterliche Gewissensbisse. Meinem Mann davonlaufen, der an der Front für sein Vaterland kämpfte? Und

Ernest hatte Frau und Kinder. Ich hatte Angst. Angst, daß er es bereuen könnte, daß ich ihm als Frau nicht gut genug sein könnte. Und Angst, daß Ron zusammenbrechen würde. Wie du siehst, bin ich nicht fortgegangen.«

»Und wie ging es im Pub weiter?«

»Der Pub, ja. Da war mehr los als draußen an der Front, das kann ich dir sagen. Es schien, als besäße Charlotte eine Art Radar, mit dem sie über alles Bescheid wußte. Sie wußte, wann er mich bat, mit ihm durchzubrennen, und daß ich nein sagte. Sie suchte sich genau den richtigen Zeitpunkt aus. Und dann meinte sie, ich solle verschwinden und keinen Fuß mehr über die Schwelle des Pubs setzen, solange sie da sei. An diesem Tag bin ich gegangen.«

»Und dann?«

»Ich ging in unsere Wohnung und putzte sie auf Hochglanz. Als Ron aus dem Krieg heimkehrte, hatten wir uns noch weniger zu sagen als vorher. Er war sehr unzufrieden. Das Land sei undankbar gegenüber seinen Soldaten, beschwerte er sich. Nichts konnte man ihm recht machen. Und dann schrieb ihm die reizende Charlotte einen Brief und meinte, ihrer Ansicht nach sollte er über alles Bescheid wissen. Er tobte wie ein Verrückter, beschimpfte mich als Abschaum und sagte, daß ich ihn anwiderte und er von alldem nichts wissen wolle. Eine ziemlich deprimierende Geschichte, nicht wahr?«

»Was willst du mir damit sagen?«

»Ich will dir sagen, daß ich meine Freitagabende habe.«

»Und Ron?«

»Er ging fort. Es war wirklich seltsam. Er sagte, er wolle nichts mehr davon hören. Noch in derselben Woche, in der er es von Charlotte erfahren hatte, zog er aus.«

»Hast du nicht versucht, ihn zurückzuhalten?«

»Doch, damals schon, glaube ich. Ich war ängstlich. Ich hatte ja niemanden, hatte es im Leben zu nichts gebracht. Aber er ließ sich natürlich nicht umstimmen, er haßte mich, und ich erkannte ihn kaum wieder. Danach bin ich in diese Wohnung eingezogen –

verglichen mit unserem gemeinsamen Heim ein Unterschied wie Tag und Nacht! Ich putzte in diesem Haus und auch in anderen. So sparte ich mir etwas zusammen, und als das Haus zum Verkauf anstand, nahm ich eine Hypothek auf und kaufte es.«

»Das ist doch recht beachtlich.« Lenas Augen glänzten vor Bewunderung.

»Ein schwacher Trost, glaub mir, Lena. Wenn ich mir überlege, was ich hätte haben können ...«

»Und hast du mal darüber nachgedacht ... wenn sie ... angenommen, sie ...«

»Dafür ist es zu spät, meine Liebe. Ich habe meine Entscheidung getroffen. Der Zug ist abgefahren.«

Schweigen trat ein.

»Ich weiß, was du mir sagen möchtest«, meinte Lena dann.

»Du bist mit ihm zusammen, du liebst ihn und hast ihn immer geliebt. Wenn du zu Hause anrufst, hast du alles verloren.«

»Dann muß ich also so tun, als sei ich tot?«

»Das hast du nie vorgetäuscht. Du hast einen Brief hinterlassen, in dem du alles erklärt hast. Es ist nicht deine Schuld, wenn sie etwas anderes glauben.«

»Kit und Emmet?« murmelte Lena mit blassem Gesicht.

»Auf diesc Weise werden sie mit Liebe und nicht mit Haß an dich zurückdenken.«

»Ich glaube, ich kann das nicht.«

»Ich habe gesehen, mit welchem Blick du ihn anschaust. Du kannst es«, entgegnete Ivy.

Um halb acht Uhr morgens kam Louis in Hochstimmung nach Hause. »Nimmst du dir nun den Tag frei, um mich zu verwöhnen?« fragte er, den Kopf zur Seite gelegt, und sah sie mit seinem schiefen Lächeln an, das sie so unwiderstehlich fand.

»Viel besser«, erwiderte Lena. »Ich zerre dich jetzt zu mir ins Bett und liebe dich zu Tode, dann lass' ich dich den Rest des Tages ruhig schlafen.«

Er setzte zu einem Protest an, doch da zog sie schon ihre Bluse

aus, ganz langsam, wie er es gern sah. »Du bist eine ziemlich herrische Frau«, meinte er, während sie begann, sein Hemd aufzuknöpfen.
Bevor sie die Wohnung verließ, schlief er schon.

»Sie sehen immer so frisch und munter aus, Mrs. Gray.« Erfreut über Mr. Millars Kompliment sah Lena vom Schreibtisch auf.
Sie hatte sich aus dem Bett geschlichen, um Louis nicht zu wecken, hatte sich im Badezimmer angekleidet und war während der Hauptverkehrszeit durch dichte Menschenmengen auf nassen Straßen gelaufen. Der Kopf schwirrte ihr angesichts der Ungeheuerlichkeit, gegen die sie nichts unternahm, daß nämlich ihre Kinder mit jedem Tag mehr davon überzeugt sein mußten, sie sei im See ihres Heimatortes ertrunken. Zudem hatte sie eine Fehlgeburt gehabt.
Und dennoch meinte dieser Mann, sie sehe frisch und munter aus.
Damals in Lough Glass fanden immer alle, sie sehe müde aus. »Haben Sie eine Grippe gehabt, Mrs. McMahon?« fragte man sie bei Hickey, dem Metzger. »Brauchst du nicht vielleicht ein Stärkungsmittel?« meinte Peter Kelly oft mit seiner dröhnenden Stimme. »Helen, Schatz, du siehst blaß aus«, hatte sie von Martin bestimmt hundertmal im Jahr zu hören bekommen.
Hier, mitten im furchtbarsten Chaos, aber an der Seite des Mannes, den sie liebte, sagte jeder, sie sehe aus wie das blühende Leben. Es mußte etwas dran sein.
»Ich habe ja auch einen sehr schönen Arbeitsplatz, Mr. Millar. Und ich finde es wunderbar, daß ich zusammen mit Ihnen und Miss Park erleben kann, wie nun alles neu und anders wird.«
Lena Gray hatte das Büro verschönert und das Leben ihrer Mitarbeiter bereichert. Das konnte sie in ihren Gesichtern lesen, und sie fühlte sich wohler denn je.

Manchmal vergingen die Tage wie im Flug, und Lena wunderte sich, wie denn schon Geschäftsschluß sein konnte, da doch eben erst Mittagspause gewesen war. Dann wiederum zogen sich die Tage so langsam dahin, daß sie sich fragte, ob das Weltende bevorstand und sich alles verlangsamte. Sie durchstöberte die Gebrauchtwarenläden und Auktionshallen Londons und entdeckte herrliche Wandbehänge und indische Tagesdecken, mit denen sie die schäbigen Möbel in der Wohnung drapierte. Für Louis kaufte sie eine lederne Aktentasche mit Messingverschlüssen. Sie polierte sie auf Hochglanz.

»Das gehört nicht unbedingt zur Ausstattung eines Hoteldieners«, bemerkte er wehmütig.

»Nun hör aber auf! Wie oft haben sie dich schon gebeten, die Nachtdienstleitung zu übernehmen! Deine Tage als Hoteldiener sind gezählt.«

Und so war es auch.

Bald arbeitete Louis drei Nächte in der Woche an der Rezeption. Und es schickte sich nicht, daß der Herr, den die Gäste von der Rezeption her kannten, ihnen später die Koffer trug.

Eines Abends begleitete Lena ihn, um seinen Arbeitsplatz kennenzulernen.

»Wenn ich es sehe, kann ich mir alles viel besser vorstellen«, sagte sie.

Anfangs war er dagegen gewesen. »Das kann ich dir nur schwer erklären«, meinte er. »Weißt du, in der Arbeit spiele ich so was wie eine Rolle. Ich bin dann nicht ich selbst.«

»Das geht mir genauso«, pflichtete Lena ihm bei.

Und so ließ er sie mitgehen.

Mr. Williams, der Hoteldirektor, war beeindruckt von der hübschen, dunkelhaarigen Frau, die der Ire ihm vorstellte. »Kein Wunder, daß er Sie immer vor uns versteckt hat«, meinte Mr. Williams.

Lena wußte, was sie darauf erwidern mußte. »Ach, Sie schmeicheln mir, Mr. Williams. Aber es ist allein meine Schuld, ich bin in London noch nicht ganz heimisch.« Sie gab ihm ein Gefühl der Überlegenheit, indem sie betonte, daß sie eine Frau vom Land sei, die keine Ahnung von der Großstadt habe.

Doch sie flirtete nicht mit ihm, denn das wäre unfein gewesen.
So traf sie genau den richtigen Ton. Mr. Williams, ein großer Mann mit rauher, aber herzlicher Art, wurde jovial und zuvorkommend. »Ich hoffe, es gefällt Ihnen beiden hier. Louis ist ein hervorragender Mitarbeiter.«
»Oh, wir haben fest vor, es uns hier gutgehen zu lassen, das können Sie uns glauben. London hat ja so vieles zu bieten.«
»Es wundert mich, daß Sie Ihre attraktive Frau nachts allein lassen und hier arbeiten können.«
Rasch ergriff Lena das Wort: »Anders wäre es mir lieber, Mr. Williams. Aber ich weiß, wenn Louis sich zum Tagdienst an der Rezeption hinaufarbeiten will, ist es unvermeidlich, daß er auch zu den ungelegeneren Zeiten Dienst tun muß.« Alle lächelten. Das war ein Paar, das nicht jammerte und klagte – aber nach oben wollte.
Es dauerte nicht lange, bis man Louis eine leitende Funktion an der Rezeption anbot. Gegenüber den Hoteldienern, mit denen er zusammen gearbeitet hatte, legte er stets eine ausgesuchte Höflichkeit an den Tag. Und besonders gegenüber dem Ersten Hoteldiener, der ihm anfangs solche Schwierigkeiten bereitet hatte.
London erstrahlte im Glanz der Weihnachtslichter. Lena zwang sich, den Gedanken abzuschütteln, daß sie die Straße hinunter zur Metzgerei Hickey gehen und den Truthahn bestellen sollte. Dieses Jahr würde die Wohnung über McMahons Apotheke nicht festlich geschmückt sein.
Wie sie vermutet hatte, kam Ivy nicht mehr auf das Gespräch zurück, das sie an jenem regnerischen Dienstagabend geführt hatten, als Lena beschlossen hatte, nicht in Lough Glass anzurufen. Wenn Ivy begriff, daß es für Lena eine harte und seltsame Entscheidung gewesen war, so gab sie es nicht zu erkennen, sondern begnügte sich mit kleinen freundschaftlichen Gesten: ein Glas selbstgemachter Marmelade, das sie von jemandem bekommen hatte, ein paar Schallplatten, die sie nicht mehr hörte.

Denn Ivy hatte Louis einmal sagen hören, daß ihm »Singing in the Rain« so gut gefiel, das wußte Lena.
Ivy erwähnte Weihnachten mit keinem Wort. Wahrscheinlich ahnte sie, daß es für das junge Paar im zweiten Stock eine spannungsreiche und schwierige Zeit sein würde. Lena fragte sich manchmal, wie Louis in den langen Jahren ihrer Trennung Weihnachten verbracht haben mochte. Doch es war Teil ihrer Abmachung und ihres gemeinsamen Plans, keine Fragen über die Vergangenheit zu stellen.
Er fragte sie nicht nach ihren ehelichen Intimitäten, sie fragte ihn nicht nach Personen, Orten und Daten, von denen sie nichts wußte.
So klappte es sehr gut. Sie hatten ihre eigene kleine Welt. Manchmal ging er sonntags mit ihr zur Messe, manchmal nicht. Wenn er sie nicht begleitete, war es ihr lieber. Dann konnte sie die Zeitungen kaufen und sich informieren, was in einem Umkreis von achtzig Kilometern um Lough Glass passierte. Sie las von Landverkäufen, von Geburten und Todesfällen.
Und als Lena am Sonntag, dem einundzwanzigsten Dezember, in die große Kirche in Quex Road Kilburn ging und zu Gott betete, Er möge Louis und ihr ein schönes Weihnachten bescheren, da traf sie eine Vereinbarung mit Gott. Sie sagte zu Gott, Er habe die Sünder doch immer geliebt und ihnen Seine Gnade erwiesen, und wenn es ihre einzige Sünde war, daß sie mit Louis durchgebrannt war, dann sollte Gott doch etwas barmherziger auf sie herabblicken.
»Schau«, sagte sie, »ich betrüge nicht, ich stehle nicht und lüge nicht, abgesehen von der einen großen Lüge, daß wir uns als Mann und Frau ausgeben. Ich sage nichts Schlechtes über andere Leute, ich begehe keine Gotteslästerung, ich versäume keine Messe.« Ob Gott mit der Abmachung einverstanden war? Aber auch wenn man keine Todsünde begangen hatte, wußte man ja oft nicht, ob Gott sich auf den Handel einließ. Man mußte versuchen, Seine Antworten im eigenen Herzen zu ergründen. Mitunter war das ziemlich schwer. Besonders an einem kalten Dezem-

bertag in einer großen, fremden Kirche, wo die Leute um einen herum ständig husteten und sich schneuzten.

Lena ging zum Kiosk und kaufte die Zeitung mit den Nachrichten aus der Heimat. Da las sie, daß man ihre Leiche im See gefunden hatte. Daß als Todesursache Tod durch Ertrinken festgestellt worden war. Und daß zahlreiche Trauergäste der Bestattung auf dem Friedhof von Lough Glass beigewohnt hatten. Durch einen Tränenschleier las sie die Namen derer, die den Trauerzug angeführt hatten: der Ehemann der Verstorbenen, Martin McMahon von der Apotheke in Lough Glass, ihre Tochter Mary Katherine und ihr Sohn Emmet John. Nun war ihre Mutter tot und begraben auf dem Friedhof neben der Pfarrkirche. Man hatte die sterblichen Überreste von irgend jemand anderem gefunden. Und sie als ihren Leichnam identifiziert.

Da kam Lena plötzlich ein Gedanke, und sie wußte, daß Gott für sie gehandelt hatte. Vielleicht hatte Er ihre Gebete erhört. Jetzt mußte sie keine Entscheidung mehr treffen.

Jetzt konnte sie nie mehr nach Hause zurückkehren.

KAPITEL VIER

Lilian Kelly schnitt das Thema noch einmal an. »Peter, ich möchte, daß du es Martin etwas nachdrücklicher sagst. Sag ihm, er soll mit seiner Familie zum Weihnachtsessen zu uns kommen.«

»Das habe ich ihm vorgeschlagen …«

»Ach, du hast es nur vorgeschlagen … sag ihm, es wäre das Beste für sie alle. Auch für ihr Mädchen aus der Küche, wenn er sich ihretwegen Sorgen macht. Sie kann unserer Lizzie hier zur Hand gehen. Lizzie wäre froh darüber. Nach allem, was in dem Haus passiert ist, wollen sie doch dort bestimmt nicht dasitzen und einander anstarren.«

»Nichts ist dort passiert, Lilian«, erwiderte Peter Kelly. Wie üblich las er eine medizinische Fachzeitschrift und schien seiner Frau nur mit halbem Ohr zuzuhören.

Lilian wandte sich an ihre Schwester Maura, die ihren Weihnachtsurlaub bei ihnen verbrachte. »Komm, Maura, sag du ihm, daß es nicht geht. Sie können nicht da rumsitzen und sich gegenseitig anstarren …«

»Aber irgendwann werden sie es tun müssen«, entgegnete Maura. »Vielleicht sollten sie sich lieber gleich daran gewöhnen, anstatt davor wegzulaufen.«

Erstaunt sah Peter auf. »Dasselbe hat Martin auch gesagt.«

»Na also.«

Im Hotel fragte Dan O'Brien Mildred, was sie davon halten würde, die McMahons zum Weihnachtsessen einzuladen.

»Wir wollen doch nicht aufdringlich sein.«

»Es wäre nicht aufdringlich, sondern eine freundschaftliche Geste.« Dan gefiel die Vorstellung nicht, ein weiteres langweiliges und einsilbiges Weihnachtsfest mit Frau und Sohn zu verbringen. Zumindest würde durch die Anwesenheit der McMahons irgendein Tischgespräch in Gang kommen.

»Ich denke, sie werden ihr eigenes Festessen haben, weißt du, damit wieder ein bißchen Normalität einkehrt«, mutmaßte Philip. Auch er hätte gern Kit als Tischnachbarin gehabt und sich gefreut, sie bedienen zu dürfen. Doch er wußte, daß nichts daraus werden würde.

»Na, siehst du«, meinte Mildred O'Brien. Sie hatte diese bohemienhafte Helen McMahon noch nie ausstehen können, und jeder wußte, daß an ihrem Tod irgend etwas faul war. Abschiedsbrief hin oder her – es gab so manchen in Lough Glass, der überzeugt war, daß sie ihrem Leben selbst ein Ende gesetzt hatte.

Mrs. Hanley vom Textilgeschäft hatte ernsthafte Schwierigkeiten mit ihrer Tochter Deirdre. »*Wohin* willst du am Weihnachtstag gehen?« fragte sie nach.

»Ein bißchen spazierengehen, zu den Gräbern, weißt du.«

»Nein, weiß ich nicht. Zu welchen Gräbern?«

»Na, wo eben Leute beerdigt sind. Das macht man doch so an Weihnachten. Man besucht die Gräber von Menschen, die einem nahestanden, und betet für sie.«

»Zur Zeit hast du gar keine Verwandten auf dem Friedhof. Paß lieber auf, sonst nimmt's mit dir selber noch ein schlimmes Ende.«

»Du bist egoistisch und gefühllos.«

»Angenommen, ich lasse dich am Weihnachtstag wirklich gehen – sag mir, für wen du dann beten willst ... nenn mir nur einen.«

»Na ja, ich könnte droben am Friedhof für Stevie Sullivans Vater beten.«

»Er ist gar nicht dort begraben, sondern in einem Irrenhaus fünfzig Kilometer weg!« triumphierte Deirdres Mutter.

»Na, dann für Kit McMahons Mutter.«

»Die ist doch gerade erst beerdigt worden. Mach mir nichts vor,

Deirdre, du willst nur raus, um mit irgendeinem Kerl was anzustellen. Und wenn ich rausfinde, mit wem, dann kannst du was erleben, das verspreche ich dir.«
»Wer könnte in diesem Kaff schon was anstellen?« gab Deirdre seufzend zurück.
»Du allemal. Aber ich hab' dich im Auge. Ist es dieser junge Bursche, der Sohn von Dan O'Brien?«
»Philip O'Brien!« Aus Deirdres Stimme sprachen echtes Entsetzen und Abscheu.
Da wußte Mrs. Hanley, daß sie woanders nach einem Verdächtigen fahnden mußte.

Schwester Madeleine schlug alle Weihnachtseinladungen aus, aber man sagte, in den meisten Haushalten von Lough Glass sei der Tisch nicht so üppig gedeckt wie bei ihr. Dezent horchte man einander aus, was die anderen ihr bringen wollten, damit sie nichts doppelt bekam.
Rita meinte, sie wolle ihr nur einen Laib Brot schenken. »Da weiß ich zumindest, daß Sie den auch essen. Den Plumpudding geben Sie bestimmt den Zigeunern und die Truthahnscheiben dem kleinen Fuchs oder was Sie gerade dahaben.«
»Ich habe eine große lahme Gans«, erwiderte Schwester Madeleine. »Und es wäre ziemlich taktlos von mir, wenn ich einen so nahen Verwandten wie einen Truthahn an sie verfüttern würde. Aber du hast recht, ein Brot nehme ich gern.«
»Am Donnerstag wird es ziemlich hart werden, oben im Haus«, sinnierte Rita.
»Auch nicht härter als an anderen Tagen.« Schwester Madeleine zeigte erstaunlich wenig Mitgefühl.
»Aber die Erinnerung an frühere Weihnachten, Sie wissen schon …«
»Es ist gut, daß sie nun in allen Ehren bestattet worden ist. Das gibt den Leuten in gewisser Weise Frieden.«
»Wäre es Ihnen wichtig, wo man Sie beerdigt, Schwester Madeleine?«

»Nein, überhaupt nicht. Aber ich bin ja auch ein ziemlich sonderbarer Mensch, wie du weißt.«

»Meinen Sie, daß ich irgend etwas Bestimmtes tun sollte?«

»Nein, ich halte nichts davon, anderen was vorzumachen. Was geschehen wird, wird geschehen.«

»Ich wünschte, sie würden über sie reden.«

»Vielleicht tun sie's an Weihnachten.«

»Bruder Healy! Es ist doch immer wieder schön, Sie zu sehen. Die Leute sagen, man muß die Weihnachtskrippe drüben in St. John's gesehen haben, sonst glaubt man nicht, wie herrlich sie ist.« Mutter Bernard gab sich gnädig.

»Alles das Werk dieses jungen Rabauken Kevin Wall. Anscheinend hat er von der Einsiedlerin Laub und Heu und solche Sachen bekommen. Die Wege des Herrn sind unergründlich, Mutter Bernard.«

»Und ist es nicht wunderbar, daß der Herr ihnen die Stelle gewiesen hat, wo sie die Leiche von Helen McMahon noch so rechtzeitig gefunden haben, daß sie vor Weihnachten in geweihter Erde beigesetzt werden konnte?« Die Nonne sprach, als handle es sich um ein weiteres lästiges Problem, das Gott freundlicherweise vor der Weihnachtszeit erledigt hatte.

Aber Bruder Healy wußte, worauf sie hinauswollte. »Ja, in der Tat, der Herr sei ihrer Seele gnädig«, entgegnete er. Lehrer hören mehr, als sie hören sollen, und ihm war so manche Vermutung zu Ohren gekommen, besonders auf dem Schulhof.

Da gab es irgendeine verwickelte Geschichte, wonach der junge Wall mit dem Boot der McMahons hinausgerudert war, und das bedeutete, daß Emmets Mutter nicht bei einer Bootsfahrt ertrunken war. Dann wiederum kursierten Gerüchte, sie habe vielleicht eine Affäre mit einem Zigeuner gehabt und sei mit ihm durchgebrannt. Oder sie werde in einem ihrer Wohnwagen versteckt.

Nichts, womit man Sean O'Connor vom Polizeirevier behelligen wollte. Trotzdem war es erfreulich, daß man die Leiche nun endlich gefunden hatte. Mutter Bernard hatte recht, der Herr in seiner Güte hatte ihnen den Weg zu Helen McMahon gezeigt, damit man ihr die letzte Ehre erweisen konnte, wie es sich für jeden Verstorbenen gehörte: mit Hymnengesang und im Beisein von Father Baily, der den Sarg zum Kirchhof geleitete.

»Glaubt Emmet eigentlich noch an den Weihnachtsmann?« fragte Clio an Heiligabend.
»Nicht mehr als wir.«
»Ich meine damit, ob er irgend etwas erwartet ... Vielleicht ist dein Vater zu sehr anderweitig beschäftigt?«
»Darum hat sich immer Mam gekümmert.« Es klang wie eine Rechtfertigung, wenn Kit von den guten Taten ihrer Mutter sprach.
»Oh.« Clio war überrascht.
»Schon gut. Er weiß es zwar, aber ich mache es trotzdem für ihn. Ich lege was neben den Kamin.«
»Und wer macht es für dich?«
»Vielleicht legt Dad mir eine Seife aus der Apotheke hin«, meinte sie zweifelnd.
Es gab so vieles, was Mutter immer getan hatte, Sachen, die jeder als selbstverständlich betrachtet hatte. Zur Weihnachtszeit hatte sie das ganze Haus mit Stechpalmenzweigen geschmückt; Vater lachte dann immer und meinte, er komme sich vor wie in einem Wald. Das würde er nun nie wieder sagen. Schon lange vor Weihnachten pflegte Mutter in die nahe gelegene Stadt zu fahren, um Geschenke zu kaufen, von denen im Haus nie etwas zu entdecken war. Kit fragte sich noch heute, wie sie damals die Fahrräder nach Hause geschafft oder wo sie letztes Jahr den Plattenspieler versteckt hatte. War es erst letztes Jahr gewesen, daß die Welt noch in Ordnung war?
Und Mutter hatte einen sicheren Geschmack für die Kleider, die Rita geschenkt bekam, immer etwas Nagelneues, verpackt in einer Schachtel aus der Stadt. Kit und Vater wußten nicht einmal, welche Größe Rita hatte, und sie konnten ja nicht einfach nach-

sehen oder bei ihr Maß nehmen. Mutter hatte immer irgendwo Kisten mit Knallbonbons verstaut und lange Papiergirlanden, die kreuz und quer in der Küche aufgehängt wurden. Vielleicht sollte sie sie suchen gehen, überlegte Kit. Aber im Küchenschrank waren sie nicht. Sie konnten in Mutters Zimmer sein, als ihre kleine, geheime Überraschung.

Aber sie waren ja in Trauer. Womöglich würde es nicht einmal einen Christbaum geben. Doch immerhin eine Krippe, mit Stroh darin. Das hatte nichts mit Feiern zu tun, sondern war zu Ehren des Jesuskinds. Kit seufzte; all das lastete schwer auf ihr.

Clio dachte, es wäre wegen der Weihnachtsstrümpfe. »Wir könnten das für dich machen, du weißt schon, meine Mutter und mein Vater. Sie würden sich freuen, wenn sie etwas für dich tun könnten«, sagte Clio, Tränen in den Augen.

Kit schüttelte den Kopf. »Nein, ich schaffe das schon, aber trotzdem vielen Dank. Die Weihnachtsvorbereitungen sind nicht das Schlimmste, das kann ich dir sagen.«

»Was ist denn das Schlimmste?«

»Sie wird nie erfahren, was mal aus mir wird. Niemals.«

»Sie kann dich doch vom Himmel aus sehen.«

»Ja«, erwiderte Kit. Dann lag Schweigen zwischen ihnen. Trotz Father Bailys tröstender Worte über dem Sarg wußte Kit, daß ihre Mutter nicht von den Engeln ins Paradies geleitet worden war. Sie hatte die größte Sünde gegen die Hoffnung begangen. Eine Sünde, die nicht vergeben werden konnte.

Kits Mutter war in der Hölle.

»Heiligabend ist manchmal die reinste Hölle«, stöhnte Ivy. »Alle rennen wie aufgescheuchte Hühner herum, um in letzter Minute noch irgendwas einzukaufen. Als ob die Leute von Weihnachten überrascht würden, als ob sie nicht schon seit Wochen wüßten, daß es bevorsteht!«

»Wir arbeiten bis Mittag, obwohl ich nicht weiß, wozu«, meinte Lena. »An Heiligabend will sich doch niemand nach einer neuen Stellung umsehen.«

»Vielleicht haben Mr. Millar und Jessie Park nichts Besseres zu tun«, bemerkte Ivy scharfsinnig.

»Da hast du recht.« Lena erkannte, daß es tatsächlich so sein mußte.

Manche Leute lebten eben nur für ihre Arbeit. Das Hotel, in dem Louis beschäftigt war, hatte an Weihnachten vor allem deshalb geöffnet, weil die Angestellten nicht wußten, wohin sie sonst gehen sollten. Wie Mr. Williams ihnen mitgeteilt hatte, würde um vier Uhr ein großes Festessen für das Personal stattfinden. Und er würde sich sehr geehrt fühlen, wenn Lena ebenfalls teilnähme. Das war in der Tat die Lösung all ihrer Probleme. Nun brauchten sie nicht zu zweit zu Hause zu sitzen und zu versuchen, eine künstliche Weihnachtsstimmung zu schaffen. Die Wohnung war zwar hübsch dekoriert, aber daß sie zu einem Festessen geladen waren, machte es für Lena doch viel einfacher.

»Was hast du an dem Tag vor?« Bei dieser Frage blickte Lena Ivy ins Gesicht und erkannte, daß die Frau nicht die Wahrheit sagen würde.

»Ach, frag lieber nicht. Ich muß hierhin und dorthin. Wie ein Arzt, der an Weihnachten Dienst hat – jede Menge Verpflichtungen aus der Vergangenheit.«

Lena nickte verständnisvoll. Es war besser so.

»In was für einem barbarischen Land leben wir nur, wo die Pubs am Weihnachtstag geschlossen haben?« sagte Peter Kelly zu Kits Vater, als sie von der Messe nach Hause gingen.

»Hast du nicht immer gesagt, daß die vielen Pubs für den bedauerlichen Zustand unseres Landes verantwortlich sind?«

»Ja, schon, aber das ist eine ganz andere Sache.«

»Dann möchtest du vielleicht noch auf einen kleinen Plausch mit reinkommen?«

Kit fand, daß ihr Vater reichlich mitgenommen aussah. Ein Vormittag mit neuerlichen Beileidsbekundungen hatte seinen Tribut gefordert.

Auch Dr. Kelly schien das zu spüren. »Nein, keineswegs. Du hast

schon genug Geplauder hinter dir. Geh lieber heim zu deiner Familie.«
»Ja.« Leer und bedrückend hing das Wort in der Luft.

Sie zogen die Mäntel aus und pusteten sich in die kalten Hände.
»Das riecht aber fein, Rita.«
»Danke, Sir.«
Da saßen sie, die vier, wie stets seit jenem Tag vor zwei Monaten, als Helen verschwunden war. Martin saß auf dem Platz, den Helen innegehabt hatte, Kit nahm den Platz ihres Vaters ein. Auch Emmet war eins aufgerutscht, und Rita saß auf Emmets früherem Platz.
Als Helen McMahon noch gelebt hatte, war auch in der Küche gegessen worden, doch Rita hatte ihre Mahlzeit am Ende des Tisches eingenommen oder nur bedient und erst später selbst gegessen. So hatte es den Anschein, als wären durch die Abwesenheit der Dame des Hauses mehr Gleichheit hergestellt und die Klassenunterschiede aufgehoben worden. Aber das war nicht Mutters Schuld, und Kit wollte das eindeutig klargestellt wissen.
»Du hättest beim Weihnachtsessen schon immer hier bei uns sitzen können, Rita, das weißt du, oder? Ich meine, es war nur, weil du dauernd aufstehen mußtest, wegen der Bratensoße und so ...«
»Aber natürlich, ich weiß«, antwortete Rita.
»Rita braucht man so etwas nicht eigens zu sagen«, entgegnete Vater in scharfem Ton.
»Aber, Daddy, irgendwie muß man doch Dinge ansprechen. Schwester Madeleine hat gemeint, daß man oft die wichtigsten Sachen nicht sagt, sondern nur belangloses Zeug redet.«
»Wie wahr, wie wahr.« Vater nickte. Er sieht sehr alt aus, dachte Kit. Er nickt wie ein alter Mann und wiederholt sich. Eine Weile saßen sie still da, als wüßte keiner etwas zu sagen.
Schließlich brach Rita das Schweigen. »Soll ich das Essen nun bringen, Sir, soll ich für Sie auftragen ... für uns alle auftragen?«
»Ja, bitte, Rita, das wäre nett.« Vater sah elend aus, er hatte große

dunkle Ringe unter den Augen. Anscheinend hatte er in der letzten Nacht überhaupt nicht geschlafen und – wie sie alle – an die früheren Heiligabende zurückgedacht, die immer so kurzweilig gewesen waren. Aber dieser erschien ihnen unerträglich lang.
»Also, zuerst gibt es Pampelmusen«, erklärte Rita. »Die gnädige Frau hat mir beigebracht, wie man sie mit einem gezackten Messer schneidet, wißt ihr, damit es ein bißchen verziert aussieht … Dann wird jede geviertelt, darauf eine kandierte Kirsche, wie eine Blume … und dazu ein wenig Engelwurz als Blumenstiel. Die gnädige Frau hat gesagt, es kann nicht schaden, wenn etwas hübsch aussieht … Das Auge ißt mit, hat sie immer gesagt.«
Sie betrachteten alle die Pampelmusen und überlegten, was sie dazu sagen könnten.
Kit hatte einen Kloß im Hals. »Niemand in Lough Glass oder sonstwo hat so etwas Schönes wie wir hier«, sagte sie in einem Tonfall, der in ihren eigenen Ohren unnatürlich klang. Als würde sie aus einem Theaterstück rezitieren.
»Ja, das stimmt, das stimmt«, pflichtete Vater ihr bei. »Niemand sonst hat so ein Essen, das haben wir immer schon gesagt …« Er brachte den Satz nicht ganz zu Ende, weil ihm klar wurde, daß wirklich niemand sonst ein Weihnachtsessen unter solchen Umständen hatte. Überall in Lough Glass hinter den geschlossenen Vorhängen aßen und tranken die Leute und schmiedeten Pläne für den Nachmittag, den sie mit Lachen, Streiten oder einem Nickerchen vor dem Kamin verbringen würden. Niemand sonst saß so kerzengerade da und versuchte, bittere Pampelmusenstückchen hinunterzuschlucken, die an der Zunge kleben blieben und allen die Tränen in die Augen trieben.
Und als der Truthahn kam, vermieden es alle, Vater ins Gesicht zu sehen. Mutter hatte immer gesagt, es sei ein Glück, daß er Apotheker und nicht Chirurg geworden war, sonst wäre die Bevölkerung hier längst ausgestorben. Mutter hatte sich das Tranchieren selbst beigebracht und war recht geschickt darin gewesen. Doch Rita wollte sich nicht des Vorrechts bemächtigen, das der gnädigen Frau zugestanden hatte.

»Ist er nicht herrlich?« versuchte Vater sie aufzumuntern und grinste dabei wie ein Totenschädel. »Das ist doch der prächtigste Truthahn, den wir je gehabt haben.« Auch dieser Satz wurde Jahr für Jahr wiederholt, und man unterhielt sich darüber, daß die Hickeys immer zum acht Kilometer entfernten Truthahnmarkt fuhren, wo sie nur die besten, fleischigsten und jüngsten Vögel kauften. Doch es herrschte Schweigen. »Ist er nicht prächtig, Emmet?« Der arme Vater säbelte mit dem Tranchiermesser, versuchte zu lächeln und Frohsinn zu verbreiten. Dabei bemerkte er nicht, daß er wie der blutrünstige Mörder in einem Film oder in einer Vorstellung des Wandertheaters aussah, das alle zwei Jahre nach Lough Glass kam.

Emmet schaute ihn stumm an.

»Sag doch was, Junge. Eure Mutter würde nicht wollen, daß ihr trübsinnig dahockt und euch anschweigt, ein bißchen Unterhaltung wäre ihr viel lieber. Es ist Weihnachten, wir sitzen beisammen, und ihr habt die Erinnerung an eine wundervolle Mutter, die ihr euer Leben lang nicht vergessen werdet. Ist das nicht schön?«

Emmet starrte in das rote Gesicht seines Vaters. »Es ist überhaupt nicht schön, Daddy«, sagte er. »Es ist sch-sch-schrecklich.« Sein Stottern war schlimmer denn je.

»Wir müssen eben so tun, als ob alles in Ordnung wäre, mein Junge«, erwiderte er. »Nicht wahr, Kit? Stimmt's, Rita?«

Wortlos schauten sie ihn an.

Dann meinte Kit: »Mutter würde sich und uns nichts vormachen. Bestimmt hätte sie nicht gesagt, daß etwas schön ist, wenn es das nicht ist.«

Man konnte das Ticken der Uhr auf dem Treppenabsatz hören. Während in anderen Häusern die Leute vielleicht nur mit Mühe ihr Gegenüber verstanden, konnte man in diesem Haus das Schnurren des alten Katers, das Ticken der Uhr und das Gluckern in Töpfen hören, die noch auf dem Herd vor sich hinköchelten. Vater sah verbittert aus, grau und verbittert. Kit betrachtete ihn voller Schmerz. Anscheinend wälzte sich Vater nachts immer

noch im Bett hin und her und grübelte, warum Mutter ihn in jener Nacht verlassen hatte und ins Wasser gegangen war.
Zum hundertstenmal fragte sie sich, ob es richtig gewesen war, den Brief zu verbrennen. Und wieder einmal sagte sie sich: Es war richtig. Was wäre denn geschehen, wenn sie anders gehandelt hätte und man dann Mutters Leiche gefunden hätte? Sicherlich hatte auch Vater von der Geschichte gehört, wonach der blöde Kevin Wall in der Nacht, als Mutter ertrank, mit dem Boot der McMahons hinausgefahren war. Dabei glaubte diesem Kevin Wall doch sowieso keiner ein Wort, nicht mal, wenn er behauptet hätte, daß heute Weihnachten sei.
Vater brach das Schweigen. »Dann fange ich mal an, indem ich euch die Wahrheit sage, so wie eure Mutter es immer getan hat ...« Ihm brach die Stimme. »Und die Wahrheit lautet, daß *nichts* in Ordnung ist«, fuhr er unter Tränen fort. »Es ist furchtbar. Ich vermisse sie so sehr, daß mich nicht mal die Vorstellung tröstet, sie später im Himmel wiederzusehen. Ich fühle mich so einsam ohne sie ...« Seine Schultern bebten. Da schlug die Stimmung um. Kit und Emmet standen auf und umarmten ihn. Eng umschlungen verharrten sie eine ganze Weile. Rita blieb auf ihrem Platz sitzen, als gehöre sie nur zur Kulisse. Wie die Küchenvorhänge, der alte Farouk, der auf einem Schemel neben dem Herd döste, der graue Regen draußen.
Als sie sich dann voneinander lösten, war es wie nach einem reinigenden Gewitter. Ihre Stimmen klangen unbeschwerter, jetzt konnten sie die Masken fallenlassen. War es nicht erstaunlich, daß Schwester Madeleine das mehr oder weniger vorhergesagt hatte?
Mitten in diese Szene brach ein schrilles, durchdringendes Geräusch. Das Telefon klingelte. Am Weihnachtstag, an dem niemand anrief, außer in Notfällen.

Im Dryden Hotel gab man sich große Mühe, den Angestellten ein fröhliches Weihnachtsfest zu bescheren. Viele von ihnen arbeiteten schon lange hier. Die meisten waren dem Hotel bereits in den schweren Kriegsjahren treu ergeben gewesen, und wie James Williams wußte, hatten einige von ihnen kein richtiges Heim, wo sie feiern konnten.

Der Christbaum, der im Foyer gestanden hatte, um die Gäste in eine weihnachtliche Stimmung zu versetzen, zierte nun den Speisesaal, und jeder bekam eine Aufgabe zugewiesen, auch die Ehefrauen und -männer der Angestellten. Lena sollte die Platzkarten schreiben.

Louis gab ihr die Namensliste. »Es soll kunstvoll geschrieben sein«, erklärte er. »Eine verrückte Idee, aber du hast dich ja freiwillig gemeldet.«

»Nein, ich finde die Idee ganz gut. So hat jeder ein Andenken an den Tag«, meinte sie. Sie bat ihn, ihr einen Stoß Papier mit dem Briefkopf des Hotels zu bringen, den sie auf jede Karte kleben wollte. »Dann sieht es mehr nach einer Einladung aus«, sagte sie und beschriftete fein säuberlich die Karten: Barry Jones, Antonio Bari, Michael Kelly, Gladys Wood … als Randverzierung malte sie kleine Stechpalmenzweige mit Beeren.

Anfangs waren alle etwas beklommen und verlegen, weil sie an den Tischen sitzen sollten, wo sie sonst bedienten oder saubermachten. Aber James Williams ließ immer wieder die Punschschale weiterreichen, so daß sich die Hemmungen bald legten. Als der Truthahn tranchiert wurde, hatten manche schon an den Knallbonbons gezogen, was eigentlich erst beim Plumpudding vorgesehen war. Eine bunt zusammengewürfelte Menge von neunundzwanzig Leuten saß an den Tischen und sorgte für einen beachtlichen Geräuschpegel.

Lena stahl sich zur Damentoilette davon, wo sie gleich neben der Tür die Telefonzelle entdeckte. Es war halb sechs Uhr nachmittags. Letztes Jahr war sie um diese Zeit mit den Kindern am See gewesen, wo sie nach dem Essen einen Verdauungsspaziergang gemacht hatten. Zumindest hatte sie es so genannt, in Wirklichkeit wollte sie der drückenden Enge des Hauses entfliehen. Martin hatte sie erwartungsvoll angesehen, doch sie hatte ihm geraten, lieber ein Nickerchen vor dem Kamin zu machen. Damals hatte sie ein schlechtes Gewissen gehabt, weil sie ihm die kleine Freude verwehrte, mit seiner eigenen Frau an Weihnachten spazierenzugehen.

Jetzt empfand sie kein Mitleid mehr. Sie war nur noch wütend auf den Mann, von dem sie sich ein wenig Fairneß erhofft hatte. Wenn Martin nicht gewesen wäre, hätte sie mit Kit und Emmet heute an Weihnachten telefonieren und ihnen Geschenke schicken können. Sie hätte ihnen sagen können, daß sie sie liebhatte und daß sie an Ostern zu ihr nach London kommen könnten.

Zorn stieg in ihr auf, sie konnte es förmlich spüren. Und ehe sie noch wußte, was sie tat, stand sie schon in der Telefonzelle und wählte die Vermittlung. Dann nannte sie die Nummer und wartete.

Der Mann von der Vermittlung meldete sich wieder: »Lough Glass ist anscheinend ein ziemlich kleiner Ort, Anruferin, das Gespräch muß handvermittelt werden. Wenn es sich nicht um einen Notfall handelt, kann ich Ihren Anruf am Weihnachtstag nicht durchstellen.«

»Es ist aber ein Notfall«, preßte Lena hervor.

Daraufhin hörte sie mehrmaliges Klicken und das lange Klingeln, das jetzt im Postamt Ecke Lakeview Road und Hauptstraße ertönen mußte. Es schien ewig zu dauern. Lena fragte sich schon, ob nicht Mrs. Hanley von nebenan hereinkommen und abheben würde. Neugierig, wie sie war, würde sie bestimmt zu gerne wissen wollen, wer hier wegen welchen Notfalls anrief.

Doch dann bequemte sich die behäbige Mona Fitz endlich selbst ans Telefon. Lena hörte, wie sie sich mit schleppender Stimme und etwas ärgerlich meldete, da man sie aus dem Schlaf gerissen hatte.

Der Vermittler gab die Nummer der McMahons weiter.

»Am Weihnachtstag sind Anrufe nur in Notfällen gestattet«, erklärte Mona.

Voller Ungeduld ballte Lena die Fäuste. War es denn von dieser dummen Frau zuviel verlangt, den blöden Stecker in eine dieser Buchsen vor ihr zu stecken? In der Zeit, in der sie lange herum-

redete und Rückfragen stellte, hätte sie das schon zweimal erledigen können.
»Ja, aber angeblich handelt es sich um einen Notfall.«
»Na schön.«
Lena stellte sich vor, wie Mona ihre Brille aufsetzte, um den Anruf zu dem Haus weiterzuleiten, das nur wenige Meter entfernt stand. Nach ein paarmal Klingeln hörte sie Martin antworten. »Hallo?« kam es zögerlich und unsicher. Wußte er, daß sie am Weihnachtstag anrufen würde? Daß er sie nicht ewig von ihren Kindern fernhalten konnte, indem er sie einfach für tot erklärte? Ob er jetzt wohl Angst hatte und fieberhaft überlegte, wie er sich aus dem furchtbaren Schlamassel, den er angerichtet hatte, herausreden konnte? »Hallo«, sagte Martin noch mal. »Wer ist da?«
Dieser ganze furchtbare Schlamassel. Von einem Moment auf den anderen konnte damit Schluß sein. Aber auch mit Lenas Leben, das doch eben erst begonnen hatte. Sie sagte nichts und drückte auf die Hörergabel. Da hörte sie den Telefonisten von der Londoner Vermittlung: »Anruferin, sind Sie noch dran? Ihr Anruf wurde durchgestellt … «
Mona Fitz meldete sich: »Was ist das eigentlich für ein Notfall, wenn gar keiner an der Strippe ist?«
Und dann hörte sie Martins Stimme. »Hallo. Hallo, wer ist denn dran?«
»Tut mir leid«, sagte Mona zu Martin. »Normalerweise hätte ich nicht durchgestellt, aber es war ein Mann aus England, aus London. Angeblich ein Notfall.«
»Ein Mann …?« Martin klang verblüfft, aber nicht schuldbewußt. Nicht wie jemand, der alles totschweigen wollte. Aber schließlich kannte sie ihn eigentlich überhaupt nicht.
»Nein, Moment mal, Martin, ich glaube, das war nur der Mann von der Vermittlung … Bleiben Sie dran, ich schaue mal, ob er noch da ist.«
Lena preßte den Hörer ans Ohr. Sie hörte, wie Martin, Mona und der Telefonist darüber sprachen, daß jemand zweifelsfrei mit diesem Anschluß hatte verbunden werden wollen. »Das ist kein

Problem, ich habe die Nummer, von der aus angerufen worden ist. Ich rufe dort zurück«, meinte der Telefonist.
Hastig hängte sie ein, am ganzen Körper zitternd. Beim ersten Klingelton hob sie ab. »Wollten Sie ein Gespräch nach Lough Glass in der Republik Irland anmelden?«
»Nein«, erwiderte Lena, wobei sie ihrer Stimme einen Cockney-Akzent verlieh.
»Aber jemand wollte von diesem Anschluß aus ein Gespräch nach Lough Glass ...«
»Nein, ich habe *Loughrea* gesagt.«
Der Telefonist schloß sich mit den anderen kurz. »Es war der falsche Ort«, erklärte er.
»Ich versteh' nicht, wie man Lough Glass mit Loughrea verwechseln kann«, murrte Mona.
»Dann ist ja alles klar«, meinte Martin.
»Anruferin, wollen Sie mir dann bitte die Nummer in Loughrea geben?« Der Telefonist war anscheinend nicht davon begeistert, daß er am Weihnachtstag arbeiten mußte.
Lena schwieg. Im Hintergrund hörte sie, wie ihre Tochter fragte, wer am Telefon sei.
»Es war falsch verbunden, Kit. Jemand wollte mit Loughrea telefonieren.« Was Kit darauf entgegnete, konnte sie nicht verstehen, aber Martin lachte. Hatte sie gesagt: »Eine ziemlich umständliche Methode?«
»Anruferin?« Der Telefonist verlor allmählich die Geduld.
»Hören Sie, ich habe es mir anders überlegt. Es ist schon zu spät«, meinte sie.
»Na, vielen herzlichen Dank«, grummelte der junge Mann.
»Dann hänge ich jetzt ein, ja?« Lena befürchtete, es könnten noch weitere Kontrollanrufe kommen.
»Ja, Madam.«
»Und Sie rufen nicht mehr zurück?« Sie wollte sich vergewissern, daß sie die Telefonzelle verlassen konnte.
»Nein, Madam. Auf Wiederhören, Madam.« Wie benommen stand sie in der Zelle. Vor nicht einmal einer Woche hatte man

sie beerdigt, und Martin konnte schon wieder lachen. Sie atmete tief durch, bis sie sich imstande fühlte, zu den Festlichkeiten zurückzukehren.

»Alles in Ordnung?« erkundigte sich James Williams. »Sie waren eine ganze Weile weg.«

»Mir geht's gut ... Habe ich was verpaßt?« fragte sie.

Louis stand im Mittelpunkt einer fröhlichen Gruppe. Gladys Wood, deren Namen Lena sorgfältig aufgemalt hatte, hatte sich keck ein Papierhütchen auf den Kopf gesetzt und den Arm um Louis' Hals geschlungen.

»Lesen Sie mir noch mal meine Zukunft vor«, rief sie ausgelassen.

»Hier steht: ›Sie werden einen dunklen, gutaussehenden Mann kennenlernen‹«, las Louis gehorsam von dem Zettelchen ab, das Gladys in ihrem Knallbonbon gefunden hatte.

»Ich habe ihn schon gefunden«, kreischte Gladys.

»Ach, du meine Güte«, flüsterte James Williams. Das wohlwollende Lächeln des Hoteldirektors, der sich freute, daß sich seine Angestellten so gut amüsierten, wirkte etwas gequält.

»Ein wenig überdreht, hm?« Lena war erstaunt, daß sie überhaupt reden konnte. Nach dem Erlebnis am Telefon hätte sie geglaubt, sie würde keinen Ton herausbringen.

»Dreihundertvierundsechzig Tage im Jahr arbeitet die Frau mucksmäuschenstill im Servierraum. Aber jede Weihnachten betrinkt sie sich. Und den Rest des Jahres verbringt sie damit, sich zu entschuldigen.«

»Meinen Sie, es wird ihr übel werden?« fragte Lena in so nüchternem, geschäftsmäßigem Ton, als ob sie sich nach Zugabfahrtszeiten erkundigte.

»Höchstwahrscheinlich, fürchte ich.«

»Vielleicht sollte man sie rausbringen, für alle Fälle, was denken Sie?« Lena betrachtete Louis' Sakko. Es war ihr Weihnachtsgeschenk für ihn und hatte eine Stange Geld gekostet. Sie wollte nicht, daß es ruiniert wurde.

»Ja, dürfte ich Sie vielleicht bitten ...?«

»Nun, ich glaube nicht, daß ich dafür die Richtige bin. Schließlich ist es mein Mann, an den sie sich heranmacht. Man könnte deshalb leicht annehmen, mir wäre ganz besonders daran gelegen, daß sie aus dem Raum verschwindet.«

»Sie sind wirklich erstaunlich, Mrs. Gray«, meinte Mr. Williams und schnippte nach Eric, dem Ersten Hoteldiener.

»Lena«, verbesserte sie ihn.

»Lena«, sagte er lächelnd und gab Eric Anweisungen, daß eine der Damen Miss Wood zur Damentoilette begleiten und bei ihr bleiben sollte. Und zwar sofort.

Louis nestelte an seinem Kragen und lächelte die beiden reumütig an.

Er hätte sich auch schon früher von ihr losmachen können, dachte Lena in einem Anflug von Ärger. Andererseits wurde Louis ständig von Frauen umschwärmt, daran war er gewöhnt. Außerdem zauberte es ein Lächeln auf sein Gesicht, und Lena mußte sich ermahnen, ebenfalls ein Lächeln aufzusetzen.

»Was hast du eigentlich für Vorsätze fürs neue Jahr gefaßt?« fragte Clio neugierig.

»Ich habe noch nicht darüber nachgedacht, nach allem, was war.«

Clio schon. »Ich möchte sehr hübsch werden, eine wirkliche Schönheit, weißt du.«

»Aber das bist du doch schon, oder nicht?«

»Nein, bin ich nicht. Ich sehe aus wie aus einem Bilderbuch für Kinder. Oder wie Dick und Doof«, fügte sie niedergeschlagen hinzu.

Kit kicherte. »Wie Dick oder wie Doof?«

»Wie beide.«

»Unsinn, Clio, du kannst doch nicht wie beide sein. Der eine ist ganz dick, der andere dünn.«

»Aber sie schauen beide furchtbar langweilig aus und gucken immer wie Schafsköpfe drein. Überhaupt keine Persönlichkeiten.«

»Und wie willst du eine Persönlichkeit werden?«
»Ich werde Bücher lesen und mir genau ansehen, wie sich die schönen Menschen zurechtmachen.«
»Denkst du dabei an Kleider? Dafür haben wir doch kein Geld.«
»Nein, ich meine einfach ihre Gesichter, was sie daraus machen.«
»Wir dürfen doch kein Make-up benutzen.«
»Mach mir nicht alles madig. Schließlich ist es meine Entscheidung. Ich werde einfach umwerfend aussehen, wenn ich dreizehn bin.«
»Na klar, nur zu. Es hält dich keiner auf.«
»Du bist eben Kit, so ... ich weiß nicht, dich läßt so was einfach kalt.«
Kit wirkte zerknirscht. »Wie willst du es denn lernen? Vielleicht könnte ich das ja auch lernen.«
»Ich weiß, daß man die Wimpern mit Vaseline einreiben muß, dann wachsen sie besser. Und ich glaube, wir sollten die Wangen ein bißchen einsaugen, damit das Gesicht eine interessantere Form kriegt.«
Sie schürzten die Lippen und mußten über den Anblick lachen.
»Das kann nicht alles sein«, meinte Kit.
»Wir werden es schon noch herausfinden«, erwiderte Clio entschlossen.
»Es sieht aus, als wollten wir jemanden küssen.«
»Das sollten wir auch üben.«
»Mit wem denn, um Himmels willen?«
»Mit dem Erstbesten, der uns über den Weg läuft.«
»Das kann doch nicht dein Ernst sein.«
»Aber natürlich. Wie sollen wir denn sonst herauskriegen, ob wir es richtig machen?«
»Also, mit wem?« Kit dachte praktisch.
»Du könntest Philip O'Brien küssen, der macht dir immer schöne Augen ...«
»Und du?«
»Vielleicht Stevie Sullivan.« Clio lächelte spitzbübisch.
»Aber der küßt doch immer Deirdre Hanley.« Es erstaunte Kit,

daß Clio sich jemanden aussuchte, der schon anderweitig zugange war.
»Sie ist alt. Sie wird bald nicht mehr viel hermachen. Dann suchen sich Männer oft eine Jüngere.«
»Sie ist doch erst sechzehn.«
»Ja, eben. 1953 wird sie siebzehn, und so geht es dann immer weiter. Sie wird laufend älter.«
»Magst du Stevie?«
»Nein. Aber er sieht gut aus.«
»Und findest du, daß Philip O'Brien gut aussieht?«
»Nein, aber er ist sehr von dir angetan.« Clio wußte auf alles eine Antwort.

Im Januar schneite es. Anna Kelly warf einen Schneeball auf Emmet McMahon. Und dem altehrwürdigen Ritual folgend, nahm er eine Handvoll Schnee und steckte ihn ihr in den Kragen, so daß sie vor Vergnügen quietschte. Auch er lachte.
»Bist du jetzt darüber hinweg?« fragte Anna.
»Worüber?«
»Über den Tod deiner Mammy.«
»Nein. Ich glaube, ich habe mich nur irgendwie daran gewöhnt.«
»Läßt du mich mit dir und Kevin Wall spielen?« bat sie.
»Nein, Anna. Tut mir leid, aber du bist ein Mädchen.«
»Das ist ungerecht.«
»So ist die Welt«, gab Emmet philosophisch zurück.
»Kit und Clio lassen mich auch nie mitspielen, obwohl sie Mädchen sind.«
»Aber sie sind alte Mädchen.«
»Sind sie zu dir auch immer so gemein wie zu mir?« Anna hoffte, in Emmet einen Leidensgefährten zu finden.
»Nein, überhaupt nicht.«
»Ich wünschte, ich wäre richtig alt. Zwanzig oder so. Dann wüßte ich, was ich täte.«
»Was denn?« fragte Emmet interessiert.
Anna war ein lustiges kleines Ding mit ihrem scharlachroten

Mantel, der Kapuze und dem geröteten, aufgeregten Gesicht unter der Kapuze. »Dann würde ich hierherkommen und Kit und Clio zum See schleifen und sie beide so lange unter Wasser halten, bis sie ersoffen sind«, triumphierte sie. Da merkte sie, was sie gesagt hatte. »Oh, Emmet«, jammerte sie. Emmet schwieg. »Emmet, es tut mir so leid.«

Er wandte sich ab, Anna lief ihm hinterher. »Ich bin so dumm. Deswegen will niemand mit mir spielen. Ich möchte dir nur sagen, daß ich es einfach vergessen habe, wirklich, sonst nichts. Ich hab's nur vergessen.«

Emmet drehte sich zu ihr um. »Ja, aber es war meine Mutter, und ich hab's nicht vergessen.« Die Worte »vergessen« und »Mutter« brachte er nur stammelnd hervor. Anna liefen die Tränen übers Gesicht.

In diesem Augenblick trat Stevie Sullivan aus der Werkstatt. »He, laß sie zufrieden, Emmet. Sie ist doch noch so klein. Bring sie nicht zum Weinen.«

Emmet machte auf dem Absatz kehrt und ging nach Hause.

Anna wandte ihr tränennasses Gesicht Stevie zu. »Ich habe überhaupt keine Freunde«, jammerte sie.

»Ja, das ist ein Problem«, erwiderte Stevie und schaute dabei träge die Straße hinunter zu Hanleys Textilgeschäft. Vielleicht erhaschte er ja einen Blick auf seine Flamme Deirdre, wie sie einen Spaziergang durch die verschneiten Straßen von Lough Glass machte, um das nächste Rendezvous mit ihm zu verabreden.

James Williams hatte ein persönliches Interesse daran, daß es Louis Gray, war, den die neu ankommenden Besucher im Dryden als ersten zu Gesicht bekamen. Und er sorgte dafür, daß der attraktive Ire immer wie aus dem Ei gepellt aussah.

»Meine Hemden kann ich jetzt in der Hotelwäscherei waschen lassen«, teilte Louis Lena voller Stolz mit. »Das erspart dir das Waschen und Bügeln.«

Zweifellos sparte das Zeit und Platz. Doch in gewisser Weise hatte es ihr Spaß gemacht. Es gehörte zu ihrem Mann-und-Frau-Spiel. Damals in Lough Glass hatte sie nie gebügelt. Das hatte selbstverständlich zu Ritas Pflichten gehört. Manchmal fragte sie sich nun, wie sie eigentlich ihre Tage in dem Haus zugebracht hatte, ohne irgendeine feste Aufgabe.

Und Louis berichtete von einem Erfolg nach dem anderen.

In jener Zeit genügte es, wenn man nachwies, daß man das Zeug zu einem Beruf hatte und mit Leuten umgehen konnte. Durch den Krieg hatte sich alles geändert. Man brauchte weder schriftliche Zeugnisse noch eine herkömmliche Berufsausbildung, um es zu etwas zu bringen.

Lena wußte, daß Louis nicht übertrieb, wenn er sagte, die Rezeption sei der Dreh- und Angelpunkt des ganzen Hotels. Für jeden im Dryden war er der zuständige Mann bei allen organisatorischen Fragen. Die Hausdame und die Zimmermädchen erkundigten sich, wann die jeweiligen Zimmer hergerichtet werden sollten. Er besprach mit dem Chefkoch, daß man eine Kopie der Tageskarte auf einem Ständer im Foyer auslegen sollte. Auf diese Weise ließen sich die Gäste beim Hinausgehen vielleicht dazu anregen, zum Mittagessen zurückzukommen.

Und es war auch Louis' Vorschlag, daß die Hoteldiener Namensschilder tragen sollten.

»Nein, danke, ich weiß, wie ich heiße«, meinte Eric, der Erste Hoteldiener, der es noch immer bereute, daß er Louis' Anstellung zugestimmt und nun selbst das Nachsehen hatte.

Louis reagierte nie auf Ressentiments. Vielleicht bemerkte er sie nicht einmal. »Natürlich, Eric. Sie wissen das, und die Stammgäste auch. Aber was ist mit den Amerikanern, die nur für eine Nacht bleiben? Sie möchten doch wissen, wie der freundliche Herr heißt, der sie bei der Ankunft begrüßt hat.«

Das sah Eric zwar ein, aber er konnte dennoch nicht feststellen, daß er ein höheres Trinkgeld bekam. Wenn Dollars den Besitzer wechselten, dann wanderten sie meist in die Taschen von Louis Gray. Die Amerikaner wußten einen persönlichen Service tatsächlich zu schätzen – daß Louis sie mit Namen ansprach, daß er ihnen

gute Tips für Unternehmungen und für ihre Urlaubsgestaltung gab.
Niemals wurde Louis »Empfangschef« genannt; er war Mr. Gray von der Rezeption. Man riet den Gästen, sich bei allen Fragen an ihn zu wenden, und er enttäuschte sie nie.
»Ich kriege nie wieder einen annähernd guten Job wie diesen. Ich muß mich möglichst unentbehrlich machen«, sagte er, und Lena wußte, daß er recht hatte. Nicht einmal das überschwenglichste Empfehlungsschreiben würde Louis zu einer ähnlichen Stellung in einem anderen Hotel verhelfen. Er hatte keinen einzigen schriftlichen Nachweis für seine Qualifikation, doch wenn man ihm eine Chance gab, kam er mit seinem Charme immer durch.
Manchmal dachte sie über seine Jahre in Spanien und Griechenland nach. Selbst damals, ganz früher in Dublin, als sie ihn als Handelsvertreter kennengelernt hatte, war er den Leuten gegenüber nie ungeduldig gewesen und schien sie auch nicht drängen zu wollen. Aber bei welcher Tätigkeit auch immer, stets war es ihm wichtig gewesen, vorwärtszukommen und noch mehr herauszuholen. Ungewöhnlich, daß sich so unterschiedliche Wesenszüge in ein und derselben Person wiederfanden. Und sein schiefes Lächeln verlieh ihm dazu einen jungenhaften Charme.
Monat für Monat erhöhte sich sein Gehalt, und er genoß auch immer mehr Vergünstigungen, was er nicht zuletzt Lena zu verdanken hatte. Ihr war aufgefallen, daß sich hinter der Empfangstheke eine kleine Abstellkammer befand, und diese wurde nach und nach umgestaltet. All die alten Kisten, die defekten Fahrräder und zerbrochenen Stühle wurden weggeworfen, dafür kamen alte Tische hinein, die für die Gästezimmer oder den Empfangsbereich schon zu abgenutzt aussahen. Louis trieb einen Schirmständer auf und einen Kleiderständer aus Mahagoni mit mehreren Messinghaken daran. Jetzt mußte er seinen Mantel nicht mehr in der vollgestopften Personalgarderobe aufhängen. Und trotzdem konnte keiner etwas daran aussetzen. Er maßte sich keine Sonderstellung an, sondern nutzte lediglich einen leerstehenden Raum. Und schaffte so außerdem mehr Ordnung.

Louis stellte erfreut fest, daß er von den ranghöheren Kollegen im Hotel sehr ernst genommen wurde, aber er überlegte sich jeden Schritt genau.
»Ich kann nicht einfach in dieses Zimmer gehen und die Tür hinter mir zumachen, wenn ich eigentlich am Empfang stehen sollte«, erklärte er Lena.
»Kennst du denn niemanden von eurem Wartungsdienst, der dir eine Glasscheibe in die Tür einsetzt? So wie bei Ivy. Vielleicht sogar mit einem Vorhang davor, einem Store. Dann würdest du sehen, wenn du draußen gebraucht wirst.«
Und es klappte.
Wenn James Williams die Expansionsbestrebungen seines neuen Rezeptionsangestellten überhaupt bemerkte, so war er wohl damit einverstanden, denn er sagte nichts. Und niemand betrat Louis Grays kleines Reich, ohne anzuklopfen.
Die Monate vergingen, und die Liebe zwischen ihnen wuchs. Davon war Lena überzeugt. Es gab nichts, worüber sie nicht reden konnten. Sie unterhielten sich über Lenas Kinder und daß sie das Beste für sie getan hatte. Und er bewunderte sie für ihren Mut. »Du bist eine Heldin, eine richtige Heldin«, sagte er immer wieder zu ihr. Und er meinte es auch so. Sie sei wie eine Löwin, sagte er, während er ihr über das Haar und die Wangen strich, und es gebe nichts, was sie nicht zuwege bringen könnte.
Manchmal fragte sich Lena, ob auch andere Leute in London lebten, die wie sie ein neues Leben begonnen hatten. Vielleicht gab es ja Hunderttausende von Menschen, die mit ihrem alten Leben gebrochen hatten und ein neues anfingen. Es war nicht so schwer, wie man glaubte. Schließlich hatte sie es auch geschafft: ein neuer Ehemann – zumindest nach außen hin –, ein neues Zuhause, eine neue Stellung, ein neues Aussehen. Kaum jemand aus Lough Glass würde in der gepflegten Frau, die elegant gekleidet durch die Straßen Londons eilte, Mrs. Helen McMahon wiedererkennen, die Gattin von Martin, dem freundlichen Apotheker des Ortes. Wenn sie sie jetzt sehen könnten, wie sie, über Akten gebeugt, den jungen Stellensuchenden Mut machte, die bei

großen Firmen arbeiten wollten – sie wären baß erstaunt. Mrs. McMahon, diese distanzierte Frau, die sich nie auf einen längeren Plausch einließ! Und jetzt beschwor sie diese Mädchen, etwas aus sich zu machen, nach den Sternen zu greifen, mehr Abendkurse zu belegen, an ihren Tipp- und Stenographiefertigkeiten zu feilen und ihr Erscheinungsbild zu verbessern. Wie sollte Mrs. McMahon aus Lough Glass denn so etwas wissen, geschweige denn fremde Menschen davon überzeugen?

Wenn sie auf das Leben zurückblickte, das sie dreizehn Jahre lang in einem kleinen Ort am See geführt hatte, erkannte Lena, daß sie viel mehr hätte tun können. Beispielsweise bei Mrs. Hanley arbeiten und ihren schäbigen Laden auf Vordermann bringen: Kleider ins Sortiment nehmen, die den Frauen von Lough Glass wirklich gefallen hätten, und farbenfrohe Kindermode. Außerdem hätte sie vorgeschlagen, eine der Hanley-Töchter zur Schneiderin ausbilden zu lassen, damit Änderungen an Ort und Stelle vorgenommen werden konnten.

Oder bei Mildred O'Brien vom Hotel. Was hätte Lena nicht alles tun können, um dem Central Hotel den Sprung in dieses Jahrhundert zu ermöglichen! Das tat sie nun durch Louis für das Dryden.

Wenn sie Martin hätte überreden können, sie in der Apotheke arbeiten zu lassen, hätte sie die Schaufenstergestaltung übernommen. Statt dessen machte sie das hier in einer Agentur, wo sie nur sehr begrenzte Möglichkeiten hatte. Wie hätte man diese Seifen und Kosmetikartikel hübsch arrangieren können! Sie hätte die Fenster mit Laub dekoriert und die Auslegefläche mit Stoffen und Papier drapiert – ein unwiderstehlicher Blickfang.

Aber Martin wollte davon ja nichts hören. Meine Frau hat es nicht nötig zu arbeiten, pflegte er mit stolzgeschwellter Brust zu verkünden. Als würde er sie zu einer Prinzessin auf der Erbse adeln, die keinen Finger zu krümmen brauchte, nur weil er Stunden um Stunden allein in diesem mickrigen, öden Laden stand.

Einen Großteil dieser Jahre war sie ihm dankbar gewesen. Damals, als Louis sie verlassen hatte und sie krank vor Liebeskummer und

Sehnsucht war, hatte Martin, der anspruchslose Ehemann, sie an einen friedlichen Ort mit einem großen, herrlichen See gebracht. Martin hatte ihr nie Fragen gestellt, und er hatte ihr Ablenkung von ihren Sorgen und ein beschauliches Leben versprochen. Doch jetzt sah sie ihn mit völlig anderen Augen. In seinen Scherzen konnte sie keine gutgemeinte Absicht mehr erkennen, in seinen Grimassen keine liebenswerten Versuche, sie aufzuheitern. Alles an ihm erschien ihr jetzt als Ausdruck einer tiefen, zerstörerischen Unsicherheit mit dem Bedürfnis, sie einzusperren und gefangen zu halten wie einen Vogel im Käfig. Was war das für ein Mann, der sich nicht eingestehen wollte, daß seine Frau ihn wegen eines anderen verlassen hatte, und statt dessen lieber eine Schmierenkomödie aufführte? Der sogar seinen Freund Peter dazu brachte, eine x-beliebige Leiche als die ihre zu identifizieren! Was waren das nur für Menschen? Barbaren. Sie hatte zwei Kinder in einem Barbarenland zur Welt gebracht.
Lena sehnte sich nach ihren Kindern. Obwohl sie gelegentlich mit Louis über sie redete, war das nur ein zartes Kratzen an der Oberfläche. Er durfte nicht wissen, welch großen Raum die Kinder in ihrem Denken einnahmen. In vielerlei Hinsicht war Louis selbst noch ein Kind; er würde sie nicht mit Kit und Emmet teilen wollen. Sie liebte und brauchte ihn so sehr, daß es töricht gewesen wäre, sich an ihn zu klammern und ihm vorzuheulen, wie sehr ihr die Kinder fehlten. Denn damit würde sie ihm zu verstehen geben, daß er ihr nicht genügte, daß die Entscheidung, mit ihm zu gehen, ihr ein zu großes Opfer abverlangt hatte. Und das stimmte nicht. Die alte Schwester Madeleine hatte einmal gesagt, daß letzten Endes jeder tat, was er wollte. Auch nichts zu tun war eine Entscheidung. Und so hatte sie beschlossen, ihre Kinder zu verlassen. Das durfte sie nicht vergessen, das mußte sie sich vor Augen führen. Obwohl sie nicht hatte vorhersehen können, daß Martin eine solch groteske Farce aufführen und den Kindern weismachen würde, ihre Mutter sei tot. Die Entscheidung, die Kinder zu verlassen, hatte sie getroffen. Anscheinend war ihr Louis das wert gewesen.

Es war hart, dieser Tatsache ins Auge zu sehen, doch als Lena sich ihr Tun in seiner ganzen Tragweite eingestand, wuchsen ihre Kräfte. Sie mußte sich ohne Reue und ohne Bedauern in ihr neues Leben stürzen – und möglichst viel daraus machen. All das verwirklichen, wozu sie nie Gelegenheit gehabt hatte. Manchmal kam ihr die Frage in den Sinn, ob man sich in Lough Glass nicht darüber wundern würde, wie vielbeschäftigt sie nun war. Daß ihr vierundzwanzig Stunden am Tag nicht reichten, um alles zu erledigen, weil sie die Agentur Millar inzwischen beinahe auf eigene Faust leitete.

Weder Mr. Millar noch Jessie Park hatten eine einzige Idee zu der von ihr geplanten Neuorganisation beigesteuert. Doch sie ließen sich leicht führen und räumten unumwunden ein, daß das Geschäft nun doppelt so gut lief wie früher. Leute aus größeren und bekannteren Büros hatten sich interessiert bei ihnen umgesehen. In einer lokalen Zeitung war sogar eine Fotoreportage über das neu gestaltete Büro erschienen. Allerdings hatte sich Lena sehr im Hintergrund gehalten.

»Bitte, Mrs. Gray, Sie wären doch eine echte Zierde für das Foto«, bat Mr. Millar.

Lena war darauf vorbereitet. Sie hatte Jessie einen Gutschein für den Friseur gegeben und ihr ein schickes Jackett geliehen, damit sie nicht die alte, fusselige Strickjacke tragen mußte.

»Nein, wirklich nicht. Sie beide führen doch das Geschäft«, erwiderte Lena und weigerte sich, für das Zeitungsfoto zu posieren.

Schließlich hielt man sie für tot. Da war es nicht gut, wenn ein Foto von ihr in der Zeitung erschien. Man konnte nie wissen, wer es zu sehen bekam.

»Du siehst blaß aus«, bemerkte Ivy eines Tages.

»Ich weiß auch nicht, was los ist, aber ich fühle mich wirklich nicht gut«, pflichtete Lena ihr bei.

»Bist du schwanger?« fragte Ivy.

»Nein, das nicht«, antwortete Lena entschieden.

Ivy musterte sie nachdenklich. Diesen kleinen Knopfaugen entgeht nichts, dachte Lena. Wahrscheinlich wußte sie jetzt, daß Louis und Lena kein Kind mehr bekommen würden. Sie hatten darüber gesprochen. Doch jeder von ihnen hatte eine vielversprechende berufliche Laufbahn vor sich. Momentan kam daher wohl kein Nachwuchs in Frage. Lena lächelte gequält bei dem Vorschlag, die Entscheidung vorerst zu verschieben. Sie war neununddreißig Jahre alt. Nächstes Jahr würde sie vierzig. Wahrscheinlich war ihre biologische Uhr ohnehin schon abgelaufen. Das Kind, dessen Fehlgeburt sich in Brighton angekündigt hatte, war ihr letztes gewesen. Und die beiden in Irland hatte sie ebenfalls verloren. Sie war eine kinderlose Frau. Eine Karrierefrau, wie man es im London des Jahres 1953 zu nennen begann.

»Angenommen, ich würde eine Menge Kundschaft zu Ihnen schicken, könnten wir dann eine Vereinbarung treffen?« fragte Lena Grace im Friseursalon.
Grace war einst auf der Suche nach einer Sekretärinnenstelle zur Agentur Millar gekommen. Aber an ihrem eleganten Erscheinungsbild und ihrer Art, mit Kunden umzugehen, hatte Lena erkannt, daß ihr eine Bürotätigkeit nicht liegen würde. Ihr einnehmendes Wesen war viel mehr für eine Tätigkeit geschaffen, bei der sie mit Menschen zu tun hatte. Doch Grace West, eine große, gutaussehende junge Frau, deren Mutter aus Trinidad stammte, war sehr darauf aus, einen Bürojob zu bekommen, wie sie es nannte – das wäre ein enormer Aufstieg gewesen. Zunächst war sie deshalb skeptisch, als Lena ihr vorschlug, Friseuse zu werden. Das machten doch viele Mädchen aus Westindien. Als sonderlich erfolgreich könnte sie sich dann nicht gerade bezeichnen.
»Stimmt, außer wenn Sie Ihren eigenen Salon eröffnen«, hatte Lena erwidert.
Grace übernahm nicht die eigentliche Frisierarbeit, sondern vereinbarte Termine, bediente die Kasse und schlenderte in ihren eleganten Kostümen umher, um gelegentlich einen Rat zu erteilen oder ihre Bewunderung auszudrücken.
»Ich finde, bei Mrs. Jones könnte ein bißchen mehr Festiger nicht

schaden«, sagte sie beispielsweise. Oder: »Wie wär's, wenn Miss Nixon eine zusätzliche Spülung mit einem Spritzer frischen Zitronensaft bekäme?« Die Kundinnen glaubten, daß man ihnen besondere Aufmerksamkeit schenkte, und waren begeistert.

»Was für eine Vereinbarung?« Grace tat, als sei sie nicht sonderlich interessiert, während sie hinter Lenas Stuhl stand. Wie jeden Freitag war Lena zum Waschen und Legen gekommen. An Mrs. Grays dunkles, welliges Haar durften nur die besten Friseusen Hand anlegen.

Den anderen fiel es nicht auf, daß Grace von Lena kein Geld verlangte. Grace wußte, was sie ihr schuldig war. Denn ihren Aufstieg verdankte sie Lena Gray, die sie bei jedem Schritt beraten hatte. Das Vorstellungsgespräch hatten sie beinahe Satz für Satz einstudiert.

»Eine Menge Mädchen, die zu uns kommen ... haben keine Ahnung, wie sie auftreten müssen.«

»Wem sagen Sie das?« Grace erinnerte sich, wie unsicher und verschüchtert sie gewesen war, bis Lena ihr beibrachte, ihre Körpergröße, ihre Hautfarbe und ihre verblüffend elegante Erscheinung als Kapital einzusetzen.

»Oh, Sie hatten immer schon eine Ausstrahlung«, meinte Lena. »Nein, diese Mädchen kommen ganz verschreckt und ohne Make-up zu uns, oder sie sehen aus, als wären sie vom Varieté. Angenommen, ich vermittle Ihnen zehn pro Woche, würden Sie Ihnen dann auch eine kostenlose Schminkstunde geben?«

»Zehn pro Woche? So viele schaffen Sie nie.« Grace riß ungläubig die Augen auf.

»Das wäre die Abmachung. Wenn ich Ihnen weniger schicke, sind Sie zu nichts verpflichtet.«

»Was für eine Schminkstunde? So eine Art Unterricht wie in der Schule?«

»Nein. Sie beraten sie nur, was zu ihnen paßt, ohne ihnen etwas zu verkaufen. Sagen Sie ihnen einfach, wie sie Make-up auftragen müssen, damit es nicht aussieht, als hätten sie es mit dem Spachtel draufgeklatscht.«

Grace lachte. »Sie haben eine so amüsante Art, die Dinge auszudrücken.«

»Was meinen Sie? Lohnt sich das für Sie?«

»Aber sicher. Eines Tages, wenn Sie berühmt sind, kann ich sagen, daß ich Ihnen bei Ihrem Weg nach oben behilflich war, so wie Sie mir.«

»Berühmt? Das bezweifle ich.«

»Ich nicht. Ich sehe es schon vor mir, wie Mr. Millar Sie zur Agenturleiterin macht, große Interviews in den Zeitungen ...«, schwärmte Grace.

»Nein. Das sehe ich ganz und gar nicht«, entgegnete Lena ruhig. Was immer geschehen mochte, es würde keine Interviews in irgendwelchen Zeitungen geben. Jetzt nicht.

Clio war einen Monat älter als Kit, so daß sie schon den ganzen Monat Mai dreizehn war. »In etlichen Ländern könnte ich jetzt bereits heiraten«, prahlte sie stolz.

»Na, das wäre aber nicht sehr klug von dir«, bemerkte Schwester Madeleine. Sie arrangierte gerade die Blumen, die die Mädchen mitgebracht hatten, in mehreren Einmachgläsern auf dem Fensterbrett.

»Ist es denn nicht gut, wenn man früh heiratet?« fragte Clio. Es schien sie nur noch der eine Gedanke zu beschäftigen, daß sie nun im heiratsfähigen Alter war – zumindest theoretisch, in irgendeinem fernen Land.

»Nein, das ist überhaupt nicht gut«, erwiderte Schwester Madeleine mit Nachdruck.

»Aber wenn man irgendwann sowieso heiratet, warum dann nicht so früh wie möglich?« fragte Clio.

»Weil man den Falschen heiraten könnte, du Dussel«, erwiderte Kit.

»Das kann einem doch immer passieren«, gab Clio zurück.

In Erwartung eines klärenden Wortes blickten beide auf Schwester Madeleine. »Das ist sowieso immer Glückssache«, sagte sie, über die Blumen gebeugt.

»Na ja, bei Ihnen war das bestimmt etwas anderes. Sie hatten ja Ihre Berufung. Das hat nichts mit Glück zu tun, wenn Gott einen erwählt«, bemerkte Clio.
Schweigen.
»Wären Sie gern verheiratet gewesen, Schwester Madelcine?« wollte Kit wissen.
»Oh, aber das war ich.« Schwester Madeleine sah sie mit ihren klaren blauen Augen an und lächelte, als hätten die Mädchen das doch wissen müssen.
Mit offenen Mündern starrten sie die Nonne an.
»Verheiratet?« fragte Kit.
»Mit einem Mann?« ergänzte Clio.
»Es ist schon sehr lange her«, meinte Schwester Madeleine, als würde das alles erklären. In diesem Moment watschelte die Gans zur Tür herein und schaute sich mit dümmlichem Blick um. »Na, haben wir da nicht unsere Bernadette?« Die Lachfältchen in Schwester Madeleines Gesicht vertieften sich, als wäre eine Freundin zum Tee erschienen. »Nur herein, Bernadette. Die Mädchen sind bestimmt so nett und stellen dir einen hübschen Teller Maismehl hin.«
Und Clio und Kit erfuhren nicht ein Wort mehr über Schwester Madeleines Ehe.
»Hat sie wirklich gesagt, sie war verheiratet?«
»Ja, ich hab's auch so verstanden.«
»Mit einem Mann? Nicht mit Christus oder so?«
»Nein, sie hat es bestätigt. Sie hat gesagt, es ist schon lange her.«
Am Seeufer setzten sie sich auf einen bemoosten Stein.
»Sie kann doch nicht verheiratet gewesen sein. Und mit einem Mann geschlafen haben und so.«
»Tja, aber sie hat's gesagt, nicht wahr?«
»Ich frage mich, ob das sonst noch jemand weiß«, sinnierte Clio.
»Ich werde es keinem verraten. Und du?« sagte Kit plötzlich.
Clio schien enttäuscht. Das wäre doch wirklich eine prima Geschichte zum Weitererzählen gewesen. »Sie hat nicht gesagt, daß es ein Geheimnis ist.«

»Nein, Clio, aber sie hat es uns gewissermaßen anvertraut, meinst du nicht?«
Clio dachte darüber nach. So betrachtet gewann die aufregende Neuigkeit, die sie soeben erfahren hatten, noch mehr Bedeutung. Wenn sie als Wahrer eines großen Geheimnisses, das sonst niemand kannte, auserwählt worden waren, dann konnte es auch Clio Kelly für sich behalten. »Ja, wahrscheinlich.«
»Daß sie ausgerechnet uns das sagt? Dir und mir?« rätselte Kit.
Der Gedanke gefiel Clio. »Sie weiß eben, daß wir uns aufeinander verlassen können«, erklärte sie.
In aufgeräumter Stimmung spazierten sie auf dem Rückweg vom See an Paddles' Bar vorbei. Paddles stand vor seiner Tür. »Wann sind die Damen denn alt genug, um mein Lokal zu besuchen?« erkundigte er sich.
Die Mädchen kicherten. »Ach, das wird noch ein paar Jahre dauern, Paddles«, antwortete Clio.
»Nun, wenn es soweit ist, wäre es mir eine Ehre, Sie hier begrüßen zu dürfen, Miss Kelly.«
Auf dem ganzen Heimweg konnte Clio vor Lachen kaum an sich halten. Was für ein Gedanke, sie würde jemals, egal in welchem Alter, in Paddles' Bar gehen wollen!
»Du könntest vielleicht deinen dreizehnten Geburtstag dort feiern. Dann verschicken wir Einladungen: Miss Kit McMahon wird am 2. Juni 1953 in Paddles' Bar in die Gesellschaft eingeführt.«
Sie mußten so lachen, daß sie sich an der Mauer des Central Hotel festhalten mußten.
»Ihr amüsiert euch ja prächtig.« Philip klang sehr neidisch.
»Wir planen gerade Kits Geburtstagsfeier«, sagte Clio.
»Machst du ein Fest?« Philips Miene heiterte sich auf.
»Natürlich nicht. Sie ist doch in Trauer«, fuhr Clio ihn an. »Aber deshalb wird man ja wohl noch lachen dürfen.«

Ganz London bereitete sich auf die Krönungsfeier vor. An den Häusern und in den Straßenzügen wurden Flaggen gehißt. Auch Ivy legte ihre Fahnen bereit, die sie seit Kriegsende besaß und als eine Art Andenken an die wirklich denkwürdigen Tage unten in Ernests Pub aufgehoben hatte.

»Es wird ein wundervoller Tag«, sagte sie zu Lena.

»Ja, wahrscheinlich.«

»Entschuldige, ich vergesse dauernd, daß dich das ja gar nicht sonderlich interessiert, als Irin und so.«

»Nein, das ist es nicht. Es interessiert mich durchaus. Ich denke nur meist nicht daran ... ich habe momentan so viel Arbeit.«

»Das ist nicht zu übersehen. Du kommst jeden Abend später heim.«

»Nun, Louis ja auch ...«

»Überarbeite dich nicht, meine Liebe«, meinte Ivy mit besorgter Miene.

Natürlich war ihre Sorge berechtigt. Lena blieb abends immer länger in der Agentur, schrieb Briefe an große Firmen, in denen sie erläuterte, nach welchen Beurteilungskriterien die Agentur Millar vorging und daß sie nicht jeden x-beliebigen Bewerber zum Vorstellungsgespräch schickte. Sie verfügten auch über eine Adressenliste von weiterführenden und Sekretärinnenschulen. In der Agentur Millar bekämen die Mädchen nicht nur eine Adressenliste mit Stellenangeboten, sondern auch eine Berufsberatung; zudem werde das Potential der jeweiligen Bewerberin von erfahrenen Frauen beurteilt, die den Mädchen das erforderliche sichere Auftreten vermittelten, um sie auf Vorstellungsgespräche und den Berufseinstieg vorzubereiten.

Auch die preiswerten Frisurenangebote, die Schmink- und Modeberatungen ließ Lena nicht unerwähnt. Das Geschäft blühte regelrecht auf. In den letzten sechs Monaten hatte Mr. Millar Lenas Gehalt verdoppelt, und sie hatte darauf bestanden, daß Jessie eine vergleichbare Lohnerhöhung bekam.

»Wir sind ein Team, Mr. Millar. Ohne Jessie könnte ich nicht arbeiten«, hatte sie erklärt.

Mr. Millars scharfem Blick war nicht entgangen, daß Miss Park, diese denkbar unscheinbare Angestellte, ihr Äußeres verändert und auch an Selbstvertrauen gewonnen hatte. Wenn Lena Gray das bei einer Frau zustande brachte, der sie hundertmal überlegen war, und ihr trotzdem die Stange hielt, war sie eine echte Perle und hatte Entgegenkommen verdient. Außerdem sahen die Umsätze recht erfreulich aus. Er konnte es sich leisten, Jessie ebenso gut zu bezahlen.

Einmal hatte er Mrs. Grays Mann getroffen, einen erstaunlich gut aussehenden Iren. Anscheinend war er Empfangschef eines Hotels. Mrs. Gray war sehr zurückhaltend und wortkarg, was ihr Privatleben betraf – eine angenehme Abwechslung zu Jessie Park mit ihren detaillierten Schilderungen, die sie Tag für Tag über sich ergehen lassen mußten.

»Mr. Millar«, sagte Lena. »Miss Park und ich haben uns gefragt, ob wir nicht anläßlich der Krönung das Schaufenster neu dekorieren sollten.«

»Aber was könnten wir mit unserem Fenster schon beitragen?« Jessie sah die beiden gespannt an. Mittlerweile wirkte sie gar nicht mehr so schrecklich langweilig; sie trug eine schicke hochgeschlossene Bluse mit einer modischen Kameebrosche, in die anstelle eines Kopfes »Agentur Millar« geschnitten war, in den neuen Firmenfarben Blau und Gold.

Auch die Kissen der neuen Sessel waren blau und golden ebenso wie der Briefkopf, das frisch gemalte Firmenschild über dem Eingang und die Rahmen der Bilder an den Wänden. Jessie hatte immer weite, ausgeschnittene Blusen getragen, bis sich Lena diese schicken neuen Uniformen ausgedacht hatte: weiße Bluse, blauer Rock und goldfarbenes Halstuch. Mit ihrer neuen Frisur und dem gelegentlichen Make-up sah Jessie nun recht ansehnlich aus.

Lena hatte Jessie sogar vorgeschlagen, sich ab und zu einen freien Abend zu gönnen; dank der Lohnerhöhung könnte sie sich doch jemanden leisten, der dann ihre Mutter versorgte. Mit Erleichterung hörten Lena und Mr. Millar, wie Jessie von *Singing in the Rain* schwärmte. Lieber würden sie sich jedes Lied und jede Dialogzeile zehnmal anhören, als sich wieder mit Mrs. Parks Verdauungsproblemen befassen zu müssen.

Die alte Jessie hätte Mr. Millar beigepflichtet, ihr falle auch nichts ein. Doch heute nahm sie kein Blatt mehr vor den Mund. »Wissen Sie, Mr. Millar, unsere Firmenfarben haben doch auch so etwas Königliches. Eine hübsche blaue und goldene Dekoration im Fenster, mit einem Bild von der neuen Königin …«
»Ja, das ist eine prächtige Idee«, meinte Lena. »Dazu könnten wir etwas schreiben wie: ›Willkommen in einem neuen elisabethanischen Zeitalter – die Agentur Millar blickt mit Ihnen in eine verheißungsvolle Zukunft‹ …«
Das gefiel ihnen. Ja, sie waren so begeistert, daß es Lena die Kehle zuschnürte. Waren die Engländer so viel unkomplizierter und unkritischer als die Iren? Oder lag es daran, daß sie in dem Ort, in dem sie dreizehn Jahre lang dahinvegetiert hatte, nie wirklich eine Rolle gespielt hatte?

»Meinst du, das Hotel sollte sich für die Krönungszeremonie einen Fernseher anschaffen?« fragte Louis.
»Soll das etwa heißen, daß ihr keinen habt? Keinen einzigen im ganzen Haus?«
»Genau. Das Dryden ist gewissermaßen stolz darauf, so ein ruhiges Haus zu sein.«
»Dann wird es bald stolz darauf sein müssen, daß es keine Gäste mehr hat.« Überrascht sah er sie an. Lena hatte einen ungewöhnlich scharfen Ton angeschlagen. »Schon gut. Ich glaube, ich bin nur müde.«
»Na schön. Dann frage ich dich in Zukunft eben nichts mehr«, gab Louis zurück. Er hatte einen merkwürdig verkniffenen Zug um den Mund.
»Louis!« rief sie entsetzt. »Ach, Louis, bitte schmoll doch nicht.«
»Schmollen? Ich? Von wegen! *Du* springst mir doch gleich ins Gesicht.« Er war wirklich beleidigt.
»Es tut mir leid. Das ist alles meine Schuld.« Schweigen. »Louis, ich habe einen hundsmiserablen Tag hinter mir.«
»Bei mir ging heute auch nicht alles glatt.«
Doch als sie die Hand nach ihm ausstreckte, wich er zurück.

»Louis, reden wir doch bitte über den Fernseher. Das interessiert mich wirklich, ganz ehrlich«, bat sie inständig.
»Nein, Helena. Es ist schon in Ordnung. Diesmal muß das Dryden eben ohne deinen Rat auskommen.«
Wieder flehte sie ihn an: »Das war nur so dahingesagt, entschuldige. So etwas passiert dir doch auch, wenn du müde bist. Das heißt nichts, das hat doch nichts mit uns zu tun, oder?«
»Nein, natürlich nicht«, entgegnete er eisig.
Lena biß sich auf die Unterlippe. Sie würde alles tun, damit er wieder wurde wie vorhin, bevor sie ihn so unüberlegt angeschnauzt hatte. Sollte sie noch mehr Entschuldigungen vorbringen oder lieber das Thema wechseln? Sie entschied sich für letzteres. »Wir haben uns auch alles mögliche überlegt, wie wir den Tag angemessen feiern können«, begann sie in munterem Ton.
»Ist ja hochinteressant.« Louis' Worte klangen ausgesprochen spöttisch. So einen verächtlichen Gesichtsausdruck hatte sie bei ihm noch nie gesehen.
»Schatz?« Sie spürte, wie ihre Wangen zu glühen begannen.
»Nein, rede nur weiter. Erzähl mir mehr von Mr. Millar und Jessie Park. Ich meine, das sind ja nun wirklich interessante Leute. Nicht so ein Gesindel wie diese armen Idioten, die sich im Dryden ihre Brötchen verdienen müssen.«
»Mein Ton war wohl viel schärfer, als ich es wollte. Ich kann dir gar nicht sagen, wie leid es mir tut.« Lena ließ den Kopf hängen. Sie hoffte, er würde zu ihr kommen, den Arm um sie legen und sagen, es sei schon gut, sie seien eben beide erschöpft. Vielleicht würde er auch vorschlagen, in das kleine italienische Restaurant zu gehen, und sagen, daß sie durch einen solchen Streit nur noch mehr zusammenwachsen würden. Doch er ließ sich ziemlich lange Zeit dafür. So lange, daß ihr Zweifel kamen, ob es wirklich geschehen würde.
Da hörte sie ein Geräusch an der Tür und sah auf. »Wohin gehst du, Louis?« fragte sie.
»Raus.«
»Aber wohin denn?«

»Hast du mir nicht erzählt, Helena, was dich in Lough Glass jahrelang wahnsinnig gemacht habe, seien die ständigen Fragen gewesen, wohin du denn gehst? Ich gehe raus. Genügt dir das nicht?«

»Nein, es genügt mir nicht. Wir lieben uns doch ... Geh nicht weg.«

»Wir wollen uns doch nicht die Luft zum Atmen nehmen.«

»Das tu ich nicht. Bitte«, flehte sie ihn an.

Hatte Martin sie auch so angefleht? Louis trat zu ihr und faßte ihre Hände. »Hör mal, Schatz. Wir gehen uns gerade auf die Nerven. Unsere Gemüter müssen sich ein bißchen abkühlen.«

»Dann laß mich mitgehen. Wir wollen nicht kindisch sein, wir sind doch Erwachsene.«

Sein Lächeln war so liebevoll, so sehr ein Teil seiner selbst, daß sie der Anblick beinahe schmerzte. Und sie fühlte sich wie gelähmt. Sollte sie vor ihm hinausstürmen? Sollte sie ihn noch einmal um Verzeihung bitten? Sie sagte nichts. Kein Wort. Er ließ ihre Hände los, und sie hörte die Tür hinter ihm ins Schloß fallen.

Nein, sie würde nicht weinen. Sie würde auch nicht bei Ivy Trost suchen. Aber sie würde ebenfalls weggehen.

Im Laden an der Ecke kaufte sie einen Apfel und ein Stück Käse, dann ging sie zur Agentur Millar. Als sie den Raum betrat, sah sie sich zufrieden um. Zumindest hier hatte sie etwas geleistet, die Monate in London sinnvoll genutzt: die kleine Glasvitrine mit den ordentlich ausgestellten Briefen zufriedener Kunden; das blaugoldene Motiv überall; die Kissen mit den Bezügen von Jessies Mutter, die nun eine Aufgabe im Leben hatte; das goldlackierte Tablett mit den blauen Tassen, womit jedem Besucher Kaffee angeboten wurde.

Lena setzte sich an den Schreibtisch und holte ihre Akten heraus. Das war genau das Richtige. Ein paar Stunden, um das eine oder andere in Ruhe durchzusehen. Diese Muße hatte sie sonst nie, weil sie immer wie auf Kohlen saß, damit sie bis zu Louis' Rückkehr zu Hause war und alles für ihn vorbereitet hatte.

Louis. Sie wollte ihn aus ihren Gedanken verbannen, denn wenn

sie daran dachte, wie ungerecht er gewesen war, zitterte sie vor Wut.
Die Zeit verging wie im Fluge. Sie konnte kaum glauben, daß es schon elf war, und ihr Herz setzte einen Schlag aus. So lange hatte sie nicht bleiben wollen. Inzwischen war Louis bestimmt wieder daheim, und es würde Krach geben, wenn sie ihm erzählte, sie sei in der Agentur gewesen. Aber sie konnte ihm ja nicht weismachen, daß sie die ganze Zeit allein durch London gestreift war.
Als sie die Treppe hinauflief, legte sie sich ein paar Worte zurecht, aber zunächst wollte sie abwarten, in welcher Stimmung er war. Das war das Geheimnis: auf ihn eingehen, nicht kontern. Sie öffnete die Tür und fand die Wohnung leer. Louis war noch nicht zurückgekommen. Anscheinend wollte er wirklich länger ausbleiben.
Sie hielt die Augen geschlossen, als er heimkam, doch sie war hellwach. Es war zwanzig nach drei. Leise schlüpfte er neben ihr ins Bett. Und er streckte nicht die Hand nach ihr aus, was er sonst automatisch tat, wenn er ins Bett kam.
Wo konnte er so spät noch gewesen sein? Er hatte zuviel Stolz, um zurück zu seiner Arbeitsstelle zu gehen; im Gegensatz zu Lena würde er nie ins Hotel gehen, um Rückstände aufzuarbeiten. Also mußte er bei jemandem zu Hause gewesen sein. Und wenn man ihn bis zum frühen Morgen bleiben ließ, war es wohl ein besserer Bekannter – oder eine bessere Bekannte. Lena atmete ruhig und gleichmäßig, als würde sie schlafen.
Aber in jener Nacht schlief Lena Gray nicht eine einzige Sekunde. Zahllose Bilder stürmten auf sie ein, doch es waren keine Traumgespinste. Sie sah ihre Tochter Kit, an ihrem Geburtstag am 2. Juni, dem Tag der Krönung. Ein Mädchen von nunmehr dreizehn Jahren, dessen Mutter gestorben war. Wenn sie ihrer Tochter nur schreiben dürfte! Wenn Martin den Kindern doch gesagt hätte, ihre Mutter sei zwar weit weg und würde nicht mehr zurückkommen, aber sie würde ihnen zumindest schreiben ...
Und als der Tag über London heraufdämmerte und die Läden vor ihrem Fenster nicht mehr schwarz wie die Nacht aussahen,

sondern einen blassen Gelbton annahmen, da wußte Lena, was sie tun würde. Sie würde einen Brief an ihre Tochter schreiben. Und sich als jemand anderer ausgeben. Dieser Gedanke hatte etwas Aufheiterndes und Belebendes. So munter, wie sie sich aus dem Bett schwang und ankleidete, hätte man nicht glauben mögen, daß diese Frau die ganze Nacht nicht geschlafen hatte. Louis war überrascht, das sah sie ihm an.
»Na, wieder halbwegs versöhnt mit der Welt?« fragte er, den Kopf zur Seite geneigt, und wartete auf eine erneute Entschuldigung. Doch er wurde enttäuscht.
»Gestern abend sind wir ja wie zwei Kampfhähne aufeinander losgegangen, was?« meinte sie, anscheinend selbst verwundert. Louis schwieg. Damit hatte er nicht gerechnet. »Woran hat das wohl gelegen, was meinst du?«
»Wie du schon gesagt hast, wir treten uns hier gegenseitig auf die Füße …« Es war unverkennbar, daß sie es eilig hatte wegzukommen.
Und daher wollte er natürlich, daß sie noch blieb. »So habe ich das aber nicht gemeint …«, fing er an. Das war bereits ein halber Rückzieher, mehr konnte sie nicht von ihm erwarten, das wußte sie.
»Ja, natürlich. Also, bis heute abend.«
»Ich habe dich nicht geweckt, als ich heimgekommen bin?«
»Ach, nein, ich habe geschlafen wie ein Murmeltier.« Als sie ihm einen flüchtigen Kuß auf die Stirn geben wollte, zog er sie auf seinen Schoß.
»So küssen wir uns doch nicht. Das tun bloß alte Leute.«
»Stimmt«, meinte sie lachend und erwiderte seinen Kuß, doch dann machte sie sich entschlossen von ihm los. »Fangen wir lieber nichts an, was wir gleich wieder beenden müssen … Bis heute abend dann, hmm?« Sie schenkte ihm ein anzügliches Lächeln.
»Warum mußt du mich immer auf später vertrösten?« seufzte er. Sie waren wieder ein glückliches Paar. Doch ein anderer Gedanke beschäftigte Lena viel mehr. Sie zermarterte sich das Gehirn, wie sie ihrer Tochter schreiben könnte.

Mr. Millar war schon vor ihr im Büro.
»Sie erinnern mich an diese Geschichte von den Heinzelmännchen«, sagte er zu Lena.
»Heinzelmännchen?«
»Ja, Sie wissen schon ... diese kleinen Geister, die nachts heimlich kommen und die ganze Arbeit erledigen, spinnen und weben und so ... Kennen Sie das Märchen nicht?«
»Ich denke schon, aber wie kommen Sie darauf?«
»Ich glaube, es ist heute nacht jemand hiergewesen und hat Ihre ganze Arbeit erledigt. Der Korb ist voller fertig geschriebener Briefe und Notizen.«
»Ich bin gestern abend noch für ein, zwei Stunden vorbeigekommen.«
»Ich weiß nicht, welche Glücksfee Sie zu mir geführt hat.« Er nahm seine Brille ab und putzte die Gläser. »Mein Bruder hat mich immer ausgelacht und mir vorgeworfen, ich hätte keinen Geschäftssinn. Jetzt, nur ein paar Monate später, will er in die Agentur einsteigen. Was halten Sie davon?«
»Was halten *Sie* davon, Mr. Millar?« Lena wußte, daß die Brüder sich nicht besonders gut leiden konnten.
»Ich kann auf seine Hilfe gut und gern verzichten, Mrs. Gray. Das heißt, wenn Sie uns erhalten bleiben.«

Im Lauf des Vormittags versuchte Lena sich zu erinnern, was sie Kit über ihre Mädchenjahre erzählt hatte. Gespräche über die Vergangenheit waren naturgemäß ziemlich spärlich gewesen. Schließlich konnte sie ihrer Tochter schlecht sagen, daß sie ihren Vater lediglich aus einer Enttäuschung heraus geheiratet und in jedem wachen Moment ohnehin nur an Louis Gray gedacht hatte, so daß alles andere an Bedeutung verlor.
Hatte sie ihr von den Mädchen erzählt, mit denen sie damals auf der Sekretärinnenschule zusammengewohnt hatte? Möglich. Sie konnte sich kaum daran erinnern. Aber wenn sie es nicht mehr wußte, dann wußte es Kit vielleicht auch nicht mehr.

Sie würde den Brief einfach schreiben und dann sehen, wie er wirkte.

Liebe Kit,
bestimmt findest Du es merkwürdig, einen Brief von jemandem zu bekommen, den Du nicht kennst. Aber vor einer Weile habe ich aus einer irischen Zeitung vom Tod Deiner Mutter erfahren, und deshalb wollte ich Dir schreiben und Dir mein Mitgefühl ausdrücken. Ich kenne Deinen Vater nicht, weil Deine Mutter und ich vor langer, langer Zeit befreundet waren, als wir noch sehr jung waren; lange bevor sie ihn kennenlernte. Manchmal hat sie mir in ihren Briefen von Euch und Eurem Leben in Lough Glass erzählt. Ich erinnere mich sogar noch, wann Du geboren wurdest, und weiß, daß Du demnächst dreizehn wirst. Deine Mutter war richtig entzückt von ihrem kleinen Mädchen, sie hat mir geschrieben, daß Du als Baby dunkle Haare hattest und entschlossen die Fäustchen geballt hast. Ich möchte Dir nicht nach Hause schreiben, denn es würde Deinen Vater womöglich traurig stimmen. Von Deiner Mutter habe ich erfahren, daß es so etwas wie einen zweiten Postweg in Lough Glass gibt und die Leute ihre Briefe oft zu Händen dieser Nonne adressieren.
Wenn Du mir schreiben und mehr darüber erfahren möchtest, was für ein Mensch Deine Mutter damals war (wir beide waren nur vier oder fünf Jahre älter als Du heute), dann teile es mir mit.
Ich würde mich freuen, von Dir zu hören. Aber wenn nicht, habe ich dafür volles Verständnis. In Deinem Alter hast Du bestimmt Besseres zu tun, als an irgendwelche Fremden in London zu schreiben.
Alles Gute zum Geburtstag wünscht Dir die alte Freundin Deiner Mutter,

Lena Gray

Als Lena den Brief in den roten Briefkasten an der Straßenecke warf, zog sie ihre Hand erst nach einer langen Weile vom Einwurfschlitz zurück. Es war, als würde sie die Hand nach ihrer Tochter ausstrecken.

Tommy Bennet half im Postamt beim Sortieren der Briefe. Mona Fitz war stets brennend daran interessiert, woher der eine oder andere Brief stammte. So wußte sie immer Bescheid, wenn die Hanleys ein paar Dollar in einem dicken Brief aus Amerika bekamen. Manchmal begutachtete sie auch die Post für Schwester Madeleine. Für eine Frau, die angeblich zurückgezogen von der Welt lebte, nahm sie die weltlichen Dienste – wie den Postdienst – reichlich ungeniert in Anspruch.

Tommy Bennet enthielt sich jeglichen Kommentars. In seinen Augen war Schwester Madeleine eine Heilige. Sie hatte das Unmögliche möglich gemacht und alles in Ordnung gebracht, als Tommys fünfzehnjährige Tochter mit der Nachricht nach Hause gekommen war, die man in jedem irischen Dorf am meisten fürchtete – sie war unerwartet schwanger geworden. Schluchzend hatte er an Schwester Madeleines Kamin gesessen. Und irgendwie hatte die Einsiedlerin die Dinge ins Lot gebracht. Es fand sich eine Freundin, bei der seine Tochter wohnen konnte. Und irgendwo anders fand sich eine weitere Freundin, die das Baby adoptierte. Und wieder eine andere Freundin von Schwester Madeleine stellte das Mädchen bei sich ein. Niemand in Lough Glass wußte von diesem Geheimnis; ja, es argwöhnte nicht einmal jemand, daß etwas nicht stimmen könnte, weil das Mädchen so lange fort war.

An einem warmen, sonnigen Vormittag Ende Mai brachte Tommy Schwester Madeleine drei Briefe. Einer enthielt eine Fünf-Pfund-Note als Spende für einen guten Zweck. Die Einsiedlerin gab den Geldschein Tommy.

»Gib das jemandem, der es braucht.«

»Ich finde es nicht gut, daß Sie mir Geld anvertrauen, das ich als Almosen verteilen soll. Womöglich gebe ich es den falschen Leuten.«

»Was soll ich denn damit? Du weißt besser, wer es wirklich nötig hat«, beharrte sie.

Tommy schien dann immer um drei Köpfe zu wachsen – Schwester Madeleine betrachtete ihn als einen verantwortungsbewußten Menschen. Das tat sonst kaum jemand. Seine Frau hielt ihn für einen Faulpelz, und Mona Fitz, die Postmeisterin, für einen Weichling. Und seine eigene Tochter, der er aus der Patsche geholfen hatte, ohne daß sie es wußte, fand ihn altmodisch und streng.

»Dann lasse ich Sie mal in Ruhe Ihre anderen Briefe lesen, Schwester.«

»Setz doch den Teekessel für uns beide auf. Nach dem langen Weg hier runter bist du bestimmt durstig.« Schwester Madeleine scheuchte ihre Schar Tiere vor sich her und setzte sich auf den dreibeinigen Schemel, wo sie die an sie adressierten Briefe las.

Liebe Schwester,

ich bin eine Freundin der verstorbenen Helen McMahon und würde gern in Briefkontakt mit ihrer Tochter Kit treten.

Aus verschiedenen Gründen will ich ihr nicht nach Hause schreiben. Ich habe dem Kind gesagt, ich möchte Martin McMahon nicht traurig machen, indem ich Erinnerungen an seine verstorbene Frau wecke. Tatsächlich aber habe ich Helen sehr nahegestanden, als sie einen anderen Mann liebte. Es erscheint mir unangebracht, ihn mit solchen Erinnerungen zu konfrontieren.

Ich werde dem Mädchen nichts Beunruhigendes schreiben, und es steht Ihnen frei, meine Briefe zu lesen, falls Sie befürchten, daß sie dem Kind schaden könnten. Ich schicke Ihnen diesen Brief in der Hoffnung, daß noch viele weitere folgen werden. Ich werde den Umschlag an der Ecke mit KM markieren, damit Sie wissen, daß die Briefe für Kit sind. Und vielleicht könnten Sie mir auf irgendeine Weise mitteilen, ob Sie mit diesem Vorschlag einverstanden sind.

Mit freundlichen Grüßen,
Lena Gray

Der Brief war sorgfältig getippt und mit Absender versehen, einer Adresse im Westen Londons. Und in Großbuchstaben stand darauf: BITTE IMMER C/O MRS. IVY BROWN ADRESSIEREN. Schwester Madeleine blickte lange hinaus auf den See. Als Tommy ihr den fertigen Tee brachte, stand er eine ganze Weile da und betrachtete die kleine Frau, die völlig gedankenversunken in die Ferne starrte.

»Clio, du kannst doch so gut mit Hunden umgehen. Würdest du vielleicht Ambrose für mich suchen gehen?« meinte Schwester Madeleine einige Stunden später.

»Wo ist er denn hin, Schwester?«

»Das kann ich nicht genau sagen, aber er liegt sicher irgendwo, und die Hunde kommen doch immer, wenn du sie rufst.«

Clio fühlte sich geehrt und rannte los.

Eifersüchtig schaute Kit ihr nach. »Dafür kann ich besser mit Katzen umgehen«, bemerkte sie.

»Allerdings«, pflichtete Schwester Madeleine ihr bei. »Sie reden fast mit dir, Kit McMahon, sogar die streunenden.« Und sie gab Kit den Brief.

Es wurden nicht viele Worte gemacht, aber Kit wußte, daß sie diesen Brief am besten zu Hause öffnete, wenn sie allein war. Und daß sie wahrscheinlich nicht einmal mit Clio darüber reden sollte – geschweige denn mit Vater. Sonst wäre er nicht an Schwester Madeleine adressiert gewesen.

Sie las den Brief bestimmt vierzigmal, bis sie jede Zeile auswendig kannte. Mutter hatte dieser Frau alles von ihr erzählt, von ihren Fäustchen, ihrem dunklen Haar. Und vielleicht sogar noch mehr.

Der Brief war maschinengeschrieben und sah aus wie einer dieser Geschäftsbriefe, die in die Apotheke kamen.

Die Frau schien nett zu sein, aber auch ein bißchen distanziert. Wollte sie mehr erfahren? Zu ihrer Beruhigung hörte Kit von Schwester Madeleine, daß Mutter früher einmal diese Freundin ihr gegenüber erwähnt habe.

»Ich wußte gar nicht, daß Mutter Freundinnen gehabt hat«, sagte Kit.

»Deine Mutter war jedem ein Freund«, erwiderte Schwester Madeleine.

»Ja, das stimmt.« Kits Augen glänzten. »Die Leute haben sie sehr gemocht, nicht wahr?«

»Ja, sehr«, nickte die alte Nonne.
»Worüber haben Sie und Mutter geredet, wenn sie bei Ihnen war?«
»Ach, über dieses und jenes.« Alle Gespräche mit Schwester Madeleine wurden unter dem Siegel der Verschwiegenheit geführt.
»Aber sie hat Ihnen nichts von dieser Lena Gray erzählt?« fragte Kit mit besorgter Miene.
»Sie hat vor allem über dich geredet, über dich und Emmet.« Bei ihren seltenen Besuchen hatte Helen McMahon mit solcher Liebe von ihren Kindern gesprochen, daß es unvorstellbar war, sie könnte sich ertränkt und die Kinder ihrem Schicksal überlassen haben.
Davon war Schwester Madeleine von Anfang an überzeugt gewesen.

Kit brauchte zwei Wochen, bis sie wußte, was sie in ihrem Antwortbrief schreiben würde. Ein- oder zweimal hatte sie schon angefangen. Aber es schien nie das Richtige zu sein; entweder klang es wie ein Schulaufsatz, oder es wirkte zu überschwenglich gegenüber jemandem, den sie kaum kannte. Sie fragte sich, was Mutter getan hätte. Mutter hätte sich Zeit zum Nachdenken genommen und sich nicht hetzen lassen.
Und so wollte Kit es auch halten.

»Ich habe deine Adresse angegeben, Ivy, falls ich Post bekomme«, sagte Lena.
»Nun, es ist doch auch deine Adresse, oder nicht?« wunderte sich Ivy.
»Nein, ich meine, ich habe deine Wohnung angegeben.«
»Ah, ich verstehe.«
»Das glaube ich nicht.«
»Willst du's mir dann nicht erklären?«
»Es geht nur darum, daß ich gelegentlich einen Brief aus Irland bekommen könnte, und Louis soll nach Möglichkeit nichts davon erfahren.«

»Paß bloß auf, Lena.«
»Nein, es sind keine Liebesbriefe oder so etwas …«
Schweigen.
»Aber aus Irland?«
»Ja, es ist eine Art Brücke zu meiner Tochter …«
»Die dich für tot hält?«
»Ja. Ich verheimliche ihr allerdings, wer ich bin. Ich gebe mich als eine andere aus – mein zweites Ich.«
»Das würde ich nicht tun, Lena. Wirklich nicht.«
»Ich habe es schon getan.«

»Du schmollst doch nicht etwa immer noch wegen des Fernsehers im Hotel?« wollte Louis wissen.
»Natürlich nicht, wie kommst du denn darauf? Ich war schlechtgelaunt, aber ich habe nie geschmollt, ganz im Gegensatz zu dir. Wir wollen doch im nachhinein nichts verdrehen …« Der Schalk sprach aus ihrem Blick, und nichts trübte mehr die heitere, entspannte Atmosphäre zwischen ihnen.
»Gut, dann kannst du ja mitkommen und dir das Spektakel im Hotel anschauen …«
»Mit Sicherheit nicht. Wenn ich bei einem so bedeutsamen historischen Ereignis schon in London bin, dann möchte ich auch direkt dabeisein, auf der Straße.«
»Aber dann mußt du dich schon mitten in der Nacht hinstellen, mit Decken und einer Thermoskanne.«
»Nein, das habe ich natürlich nicht vor. Ivy und Jessie haben ein Plätzchen für uns ausfindig gemacht.«
»Und was ist mit mir? Und mit Mr. Millar und Jessies Mutter und allen anderen?«
»Du mußt arbeiten, wie du mir ein dutzendmal erzählt hast. Ivy will nicht in Ernests Pub gehen, weil da die schreckliche Charlotte ist. Mrs. Park wird bei den Nachbarn aufs Töpfchen gesetzt, wo sie auch fernsehen kann. Mr. Millar ist mit seinem verhaßten Bruder zusammen … Na, ist damit deine Frage ausreichend beantwortet?« fragte sie scherzhaft.

»Ich liebe dich«, sagte Louis plötzlich.
»Das will ich auch hoffen. Schließlich bin ich mit dir durchgebrannt«, erwiderte sie.
»Ich doch auch mit dir, oder nicht?«
Aber das war nicht das gleiche.
»Sicher«, sagte Lena sanft. »Wir sind zusammen davongerannt.«

»Hatte Mutter eine echte Freundin, so wie ich Clio habe?« fragte Kit.
»Na ja, sie hatte natürlich Clios Mutter.« Aber sie wußten beide, daß das nicht stimmte. Mutter hatte Lilian Kelly nicht ausstehen können.
»Ich meine früher, bevor sie dich kennengelernt hat.«
»Da gab es die Mädchen im Wohnheim, als sie auf der Sekretärinnenschule war. Von denen hat sie gelegentlich mal erzählt.«
»Wie hießen sie, Daddy?«
»Ach, das ist so lange her, daß ich mich kaum noch daran erinnern kann. Da war eine Dorothy und vielleicht auch eine Kathleen ...«
»Ist diese Kathleen Lena genannt worden?«
»Das weiß ich nicht. Warum?«
»Mich würde nur interessieren, von was für einem Namen Lena die Kurzform ist. Vielleicht von Kathleen?« Kit wirkte aufgeregt und wißbegierig.
Martin McMahon dachte eine Weile darüber nach. Anscheinend wollte Kit gern eine Bestätigung hören. »Ich glaube, das wäre durchaus möglich. Ja, so kann man den Namen zweifellos abkürzen«, erklärte er. Kit nickte zufrieden. Wie so oft wünschte sich Martin McMahon, er wüßte, was im Kopf seiner Tochter vorging.
Jungen waren soviel unkomplizierter. Abends fuhr er oft mit Emmet zum Angeln auf den See hinaus. Anfangs hatte Emmet mit dem Boot nichts mehr zu tun haben wollen, doch Martin hatte immer wieder auf ihn eingeredet: »Wir wissen nicht, was in jener Nacht wirklich passiert ist, aber eines ist sicher: Deine Mutter würde wollen, daß du hier aufwächst und diesen See, den sie sehr

geliebt hat, als einen Teil deiner Heimat annimmst. Sie würde nicht wollen, daß du den See meidest.«

»Aber das Boot, Daddy …«

»Das Boot gehört zu diesem See, mein Junge. Wir werden nie erfahren, was in diesem Boot geschehen ist und wie es zu dem schrecklichen Unglück kommen konnte. Aber deine arme Mutter würde sich ganz bestimmt wünschen, daß wir mit dem Boot hinausfahren und diesen herrlichen See ebenso genießen, wie sie es getan hat.«

Damit hatte er den richtigen Ton getroffen. Sein Sohn begleitete ihn nun gern aufs Wasser hinaus. Und anscheinend machten Emmet die Angelausflüge, bei denen sie Barsche und Hechte fingen, sogar großen Spaß.

Daß sein Vater gedankenverloren in die Ferne starrte, wenn er hinausruderte, fiel dem Jungen nie auf.

»Bei mir sind keine Briefe für dich angekommen, Lena.«

»Nein? Na, sieh mal an«, erwiderte Lena mit bestem Cockney-Akzent.

»Du klingst schon wie eine waschechte Londonerin«, stellte Ivy fest.

»Wenn ich hier leben möchte, dann sollte ich wohl auch sprechen wie die Leute von hier.«

»Ich dachte, du würdest vielleicht wieder zurück wollen.«

»Nein, das steht überhaupt nicht zur Diskussion.«

»Aber die Brücke, wie du es genannt hast …«, hakte Ivy nach.

»Du hattest wahrscheinlich völlig recht – sehr gefährlich und töricht.«

»Lena Gray, schau nicht so grimmig. Ich bin deine Freundin … und ich habe nie gesagt, daß es gefährlich oder töricht ist. Nur daß du aufpassen sollst.«

»Du bist eine wahre Freundin, Ivy.«

»Wenn man mir die Gelegenheit dazu gibt, dann schon. Aber das ist momentan nicht der Fall, also belassen wir's erst mal dabei.«

Ivy zog sich in ihr Zimmer im Erdgeschoß zurück. Sie bat Lena nicht herein. Denn sie wußte, daß jetzt nicht der Zeitpunkt für Vertraulichkeiten war.

Jessie Park quälte die Frage, ob ihre Mutter es bis zur Toilette schaffen würde, wenn sie sich während der Krönungsfeier bei den Nachbarn aufhielt.

»Wissen Sie, in so ergreifenden Augenblicken regt sie sich immer sehr auf.« Lena hörte geduldig zu. »Ach, Lena, ich weiß, ich gehe Ihnen ein bißchen auf die Nerven mit meinen Sorgen und Nöten, aber ich weiß einfach nicht, an wen ich mich sonst wenden könnte. Und Sie sind immer so gelassen und denken so praktisch.«

Lena blickte sie wohlwollend an. Daß man sie als einen gelassenen und praktisch denkenden Menschen bezeichnete, war ein großes Kompliment – eine Frau wie sie, die ihre Familie im Stich gelassen hatte und unter falschem Namen mit einem Mann zusammenlebte, der sie ohne weiteres wieder verlassen konnte, wie er es schon einmal getan hatte.

Eine Frau wie sie – hier in dieser großen, fremden Stadt, voller Verzweiflung, weil sie nichts von Kit hörte, und in banger Sorge, der Brief könnte das Kind verschreckt haben – war in den Augen von Jessie ein Fels in der Brandung. »Mal überlegen«, meinte sie. »Haben Sie nicht gesagt, daß die ganze Wohnung auf einer Etage liegt? Dann gibt es doch keine Treppen.«

»Ja, schon, Lena, aber sie geht so schrecklich langsam. Wenn ihr nun ein kleines Malheur passiert?« Jessie biß sich auf die Unterlippe.

»Ich habe letzte Woche in einer Apotheke so eine Art Einlagen gesehen. Wenn sie die tragen würde, gäbe es kein Problem«, schlug Lena munter und zuversichtlich vor.

Jessie bedankte sich so überschwenglich, daß es Lena beinahe Tränen in die Augen trieb. Wie leicht ließen sich die kleinen Probleme anderer Leute lösen, und wie schwierig war es bei den eigenen …

Im Dryden hatte man alle Vorbereitungen für den Krönungstag getroffen. Die Stühle waren im Salon zu einem Halbkreis aufgestellt worden, genau wie Lena es Louis vorgeschlagen hatte; dieser hatte die Anregung an das Hotel weitergegeben.

»Ihre bezaubernde Frau wird den Tag nicht mit uns verbringen?« meinte James Williams enttäuscht. Er fand, durch Lenas Anwesenheit wäre das Ereignis noch stilvoller geworden.

»Leider nicht. Sie ist an ihrem Arbeitsplatz unabkömmlich.«

»Das überrascht mich nicht. In dieser Stellenvermittlungsagentur leistet sie bestimmt Hervorragendes. Vielleicht kann sie für uns ja auch mal eine neue Stellung besorgen, wenn irgendwo was frei wird.«

»Ja, sicher. Sie ist natürlich immer auf der Suche nach dem idealen Arbeitsplatz für ihren Mann«, scherzte Louis.

»Ich würde es sehr bedauern, Sie zu verlieren, Louis. Ehe Sie eine andere Stelle annehmen, sollten wir unbedingt noch einmal über Gehalt und Konditionen sprechen.«

»Mr. Williams, Sie dürfen um Himmels willen nicht glauben, daß ich das ernst gemeint habe.«

»Und obwohl ich Ihnen schon ein dutzendmal angeboten habe, mich James zu nennen, tun Sie's nicht.«

»Ich bin hier sehr zufrieden.«

»Und fühlt sich auch Ihre Frau in London wohl? Zieht es sie nicht woanders hin?«

»Wie kommen Sie darauf, Mr. Williams?« Louis' Blick verfinsterte sich.

»Ich weiß nicht. Sie hat an Weihnachten etwas in der Art gesagt, daß jeder auf der Welt gezwungen werden sollte, eine Weile in London zu arbeiten. Ich dachte, es würde mehr hinter diesen Worten stecken.«

»Sie ist meine Frau, und mir hat sie nichts dergleichen gesagt.« Louis' Erwiderung klang durchaus höflich, aber James Williams beschloß, das Thema nicht weiter zu erörtern.

»Wäre es nicht prima, zur Krönung nach England zu fahren?« meinte Clio.
»Wo sollten wir denn übernachten?«
»Tante Maura hat Freunde dort, und *sie* fährt hin.«
»Ob sie uns wohl mitnehmen würde, wenn wir sie bitten?« überlegte Kit.
»Nein, wahrscheinlich nicht. Es ist ja noch Schule, und bestimmt heißt es dann, wir wären noch zu jung.«
»Ich würde gern in der Welt herumreisen.«
»Ich weiß, ich auch. Bis sie uns lassen, sind wir zu alt«, erwiderte Clio bedrückt.
»Philip O'Brien fährt mit seiner Mutter nach Belfast«, wußte Kit zu erzählen.
»Ja, aber stell dir vor, mit Philips Mutter auch nur irgendwohin zu fahren!«
»Aber er ist ganz nett. Ich mag ihn.«
»Du wirst ihn eines Tages heiraten, das sehe ich deutlich vor mir«, verkündete Clio im Brustton der Überzeugung.
»Das erzählst du mir immer wieder. Ich bin noch nicht mal auf den Gedanken gekommen. Warum sagst du das nur laufend?«
»Weil er dich liebhat.«
»Na und?«
»Es ist egal, ob du ihn auch liebhast oder nicht. Am Ende heiratet man immer den, der einen liebhat.«
»Das geht aber nicht auf«, protestierte Kit.
»Nein, ich meine, die Frauen tun das, die Mädchen.«
»Wieso? Ich dachte, gerade wir, die Mädchen, hätten die Wahl und müßten nicht den Erstbesten nehmen.«
»Das ist bloß in Büchern und Filmen so. In Wirklichkeit heiraten wir die Männer, die uns haben wollen.«
»Ist das bei allen Frauen so?«
»Ja. Ganz im Ernst.«
Kit dachte darüber nach. »Bei deiner Mutter? Bei meiner Mutter?«
»Ja, mit Sicherheit.«

»Und deine Tante Maura hat keiner liebgehabt?«
»Das ist was anderes. Sie hat mir erzählt, daß sie ihre Zeit mit einem Mann vergeudet hat, der sie nicht geliebt hat. Das war ihr Fehler.«
»War es wirklich ein Fehler?« wollte Kit wissen. »Du hast doch immer gesagt, daß sie sehr glücklich ist, glücklicher als jede andere.«
»Ja, das habe ich zwar gesagt, aber wir kennen nur den äußeren Schein. Vielleicht ist sie insgeheim furchtbar unglücklich.«
»Und was ist mit Schwester Madeleine, die angeblich verheiratet war und trotzdem Nonne ist?«
»Das werde ich nie kapieren«, antwortete Clio. »Mein Lebtag nicht.«

»Woran denkst du gerade?« fragte Lena.
Auf Louis' Gesicht breitete sich langsam ein Lächeln aus. »Ich habe gerade gedacht, wie wunderschön du doch bist«, antwortete er.
»Nein, das hast du nicht.«
»Warum fragst du mich dann?«
»Ich weiß nicht. Vielleicht weil ich manchmal wissen möchte, was in deinem hübschen Kopf vor sich geht. Wir hatten zu Hause einen Kater namens Farouk. Den hab' ich immer angeschaut und mich dabei gefragt, was wohl gerade in ihm vorgeht.«
»Und ich bin so wie der Kater Farouk?«
»Nicht annähernd so hübsch, fürchte ich.«
»Es gefällt mir nicht, wenn du von ›zu Hause‹ sprichst. Dein Zuhause ist hier bei mir. In gewisser Weise war es das immer schon.«
Sie musterte ihn ein, zwei Augenblicke lang. Noch vor wenigen Wochen hätte sie sofort klein beigegeben, ihn bekniet und inständig gebeten, daß er das doch nicht so ernst nehmen dürfe. Aber seit jenem Abend, als er wegen einer Kleinigkeit schmollend fortgegangen war und sie sich entschieden hatte, ihrer Tochter zu schreiben, hatte sich etwas geändert. Sie wollte ihn nicht mehr

mit demütigen Entschuldigungen an sich binden; eine so teuer erkaufte Liebe war keine Liebe.
»Na, siehst du das nicht so?« meinte er herausfordernd.
»Nein, mein Schatz. Es war nicht der Platz, den ich mir gewünscht habe, aber ich habe dreizehn lange Jahre dort verbracht. Die anderen haben es mein Zuhause genannt, und ich habe dort gelebt. Wenn ich also beiläufig von einem Kater spreche, der dort gewohnt hat, von einem hübschen Kater namens Farouk, der bei mir zu Hause gewohnt hat … dann glaube ich nicht, daß das ein Versprecher ist, der unsere Beziehung in Frage stellt.«
Voller Bewunderung sah er sie an.
Mit jähem Bedauern erkannte sie, daß er sie nie verlassen hätte, wenn sie schon vor Jahren so reagiert hätte. Aber wenn er geblieben wäre … was wäre dann mit Kit und Emmet? Wären sie dieselben oder ganz andere Menschen? Wären sie überhaupt auf der Welt?
Kein Preis war zu hoch dafür, daß die beiden auf der Welt sein durften.

»Ich lasse mir anläßlich der Krönung eine Dauerwelle legen«, sagte Jessie Park.
»Eine gute Idee«, meinte Lena.
»Mr. Millar hat uns beide abends zu seinem Bruder eingeladen.« Jessie sprach voller Ehrfurcht.
»Ja. Sie gehen doch hoffentlich hin und erzählen mir davon, ja? Ich werde den Abend mit Louis verbringen, ich glaube, er ist ein bißchen enttäuscht, daß ich nicht den ganzen Tag mit ihm zusammen bin …« Sie bemerkte, wie Jessie die Stirn runzelte.
»Ach, Lena, muß das denn sein? Kommen Sie doch bitte mit zu Mr. Millar. Mit Louis können Sie schließlich jeden Abend zusammensein. Aber das ist etwas Besonderes.«
Lena schaute sie liebevoll an. Obwohl Jessie ihren Arbeitgeber immer noch Mr. Millar nannte, hegte sie sehr viel tiefere Gefühle für ihn. Lena hatte gesehen, daß sie ihm Blicke zuwarf, die mit der Arbeit ganz und gar nichts zu tun hatten. »Tut mir leid, Jessie,

aber es geht wirklich nicht. Ich würde ja gern, aber ich kann nicht anders. Außerdem ist es ohne mich bestimmt viel netter. Ich wäre doch nur der Anstandswauwau.«

»Leider hat er für mich überhaupt keine Augen«, meinte Jessie betrübt.

»Woher wollen Sie das denn wissen? Was in einem Mann vorgeht, ist doch ein Buch mit sieben Siegeln ... nein, es ist gescheiter, wenn Sie allein gehen. So lernen Sie ihn besser kennen, als wenn ich dabei wäre.«

»Glauben Sie wirklich? Meinen Sie, es wird alles gutgehen?«

»Aber sicher. Sie haben ja keinen Fremden vor sich, jemanden, den Sie auf einem Fest oder so kennenlernen. Sie und er haben so vieles gemeinsam, so vieles zusammen erlebt ...«, versuchte Lena ihr Mut zu machen.

»Aber ich weiß nie, was ich sagen soll, wenn Sie nicht dabei sind.« Jessie wirkte nervös.

»Dann ist es jetzt vielleicht an der Zeit.«

»Hoffentlich sehe ich auch einigermaßen hübsch aus. Meinen Sie, die Dauerwelle lohnt sich?«

»Unbedingt. Außerdem kostet es Sie sowieso fast nichts. Grace steht in unserer Schuld. Wir haben ihr soviel Kundschaft geschickt, daß ihr Salon praktisch nur noch von uns lebt.«

Fröhlich und den Kopf voller Pläne machte sich Jessie auf den Weg zum Friseursalon. Lena griff nach dem Telefon. »Grace, bitte tun Sie mir einen Gefallen. Wenn Jessie einen Termin vereinbart, dann machen Sie ihr eine kosmetische Behandlung mit allem Drum und Dran. Wirklich mit allem, verstehen Sie? Das Finanzielle klären wir später. Aber samt Maniküre, Gesichtsbehandlung, Make-up ... was Sie für nötig halten.«

»Sie sucht sich doch nicht etwa eine neue Stelle?«

»Viel besser«, antwortete Lena. »Sie sucht einen Mann.«

Deirdre Hanley kam in die Apotheke. »Ich wollte fragen, ob Sie vielleicht eine Gehilfin brauchen könnten, Mr. McMahon«, sagte sie.

»Ja, willst du denn Pharmazie studieren, Deirdre?« Martin McMahon war überrascht.
»Nein, aber das brauche ich doch auch nicht, um hier zu arbeiten, oder?«
»Nun, wenn du mir wirklich eine Hilfe sein wolltest, müßtest du das schon«, erklärte er milde.
Ein unruhiger Geist, diese Tochter von Mrs. Hanley. Stets hatte sie lauthals verkündet, sie könne es gar nicht erwarten, endlich aus Lough Glass wegzukommen. Manchmal hatte sie das auch Helen gegenüber geäußert und – wie Martin befürchtete – damit offene Türen eingerannt.
»Aber geht es nicht im Grunde bloß darum, den Leuten Make-up und so was zu verkaufen?« fragte sie.
»Ich denke, es gehört schon mehr dazu, Deirdre. Aber willst du eine Ausbildung als Kosmetikerin anfangen? Geht es dir darum?«
»Dazu braucht man keine große Ausbildung, Mr. McMahon. Man muß nur eine dieser Kosmetikfirmen überreden, daß sie einem eine kleine Einführung geben, dann verkauft man deren Produkte, indem man den Leuten erzählt, wie prima die Sachen sind. So ungefähr, verstehen Sie?«
»Und das möchtest du in Lough Glass machen?«
»Ja, warum denn nicht?«
»Aber glaubst du ... Angenommen, wir finden hier etwas zu tun für dich, was ich allerdings für unwahrscheinlich halte ... Meinst du, daß du damit glücklich wärst?«
»Mr. McMahon, daß wir von früh bis spät arbeiten, gibt uns unsere Daseinsberechtigung. Darauf läuft es doch im Grunde hinaus«, erklärte Deirdre Hanley.
»Und dieses Dasein möchtest du hier in Lough Glass fristen?« Er hatte von dem Mädchen immer nur gehört, daß sie an ihrer kleinen Heimatstadt schier verzweifelte. Woher dieser plötzliche Sinneswandel? Deirdre schaute hinüber zu Sullivans Werkstatt auf der anderen Straßenseite. Es war nur ein flüchtiger Blick, aber dann fiel Martin McMahon ein, daß er das Mädchen gelegentlich zusammen mit Stevie Sullivan gesehen hatte. Meist unten am See,

wo sie für sich waren. »Was hält denn deine Mutter davon?« fragte er plötzlich.

»Meiner Mutter wäre es am liebsten, wenn ich von hier fortginge. Sie sagt, sie weiß nicht warum, aber sie glaubt, daß es das Beste für mich wäre.«

»Dann geh, Deirdre. Er wird dich viel interessanter finden, wenn du nicht einfach ein Mädchen aus dem gleichen Ort bist.«

»Mr. McMahon, daß Sie so gut Bescheid wissen über die Frauen und das Leben und so …«, staunte Deirdre.

»Ich weiß«, erwiderte Martin McMahon gutmütig. »Schon komisch, nicht?«

»Wollt ihr zwei zu mir in die Apotheke kommen?« fragte er seine Kinder am Abend.

»Jetzt?« fragte Emmet verwundert. War die Tür erst einmal abgeschlossen, machte sein Vater sie nur höchst ungern wieder auf, und dann nur in Notfällen.

»Nein, ich meine in der Zukunft«, erklärte er.

»Würdest du das denn wollen?« fragte Kit.

»Nur wenn ihr es wollt, oder einer von euch beiden. Es sind lange Arbeitstage, und man muß Spaß an der Arbeit haben.«

»Ich möchte eigentlich lieber Schauspielerin werden«, meinte Kit.

»Und ich Missionspriester«, verkündet Emmet.

»Oh, na gut, dann ist ja alles klar.« Er blickte von einem zum anderen. »Father Emmet … irgendwo in Nigeria … der in seiner langen weißen Soutane Seelen rettet und dann kurz zurückkommt, um das Bühnendebüt von Katherina McMahon im Abbey Theatre zu erleben. Da wird ziemlich viel Arbeit an mir hängenbleiben. Vielleicht sollte ich doch besser Deirdre Hanley als Gehilfin einstellen.«

»Deirdre Hanley?« riefen Emmet und Kit ungläubig und wie aus einem Mund.

»Sie hat sich heute um eine Stelle als Hilfskraft beworben.«

»Die nimmst du aber nicht, Daddy, oder?« meinte Kit.

»Ich muß ja nicht unbedingt Priester werden. Das war nur so eine Idee«, beeilte sich Emmet einzulenken.
»Und vielleicht werde ich als Schauspielerin gar nicht engagiert …«
»Dann möchtet ihr also notfalls doch auf die Apotheke zurückgreifen können – wenn alles andere schiefgeht.«
»Genau«, erwiderte Kit.
»Kinder sind etwas Wunderbares«, sagte Martin McMahon halb zu sich selbst, »ein wahrer Segen.«

Am Morgen des 2. Juni wachte Lena in froher Erwartung auf. Heute wurde ihre Tochter dreizehn. Hoffentlich sorgte Martin dafür, daß ihr Geburtstag etwas Besonderes, ein fröhlicher und festlicher Tag für sie wurde.
Sie empfand das Bedürfnis, ihn anzurufen und ermutigende Worte in den Hörer zu flüstern. Wie gern hätte sie geweint und ihm gesagt, daß es so schwer sei, ohne ihre Kinder zu leben. Aber sie wußte, daß sie solchen Wunschträumen nicht nachhängen durfte. Sie mußte ihr Leben führen. Ihr eigenes Leben. Und so war sie heute hier in London, am Tag der Krönung der neuen Königin.
Gleich nach dem Aufstehen lauschte jeder gebannt dem Radio, als stünde zu befürchten, daß die Krönung in letzter Minute abgeblasen werden könnte. Über jede Einzelheit wollte man genau Bescheid wissen. Die Zeitungen waren voll von Schilderungen des prunkvollen Tages. Minuziös wurden die Route des Festzugs zur Westminster Abbey und der Verlauf der Zeremonie beschrieben.
Lena betrachtete entzückt die Menschenmassen, die den großen Tag gebührend feiern wollten. Vor nicht einmal zehn Jahren hatten sie einen furchtbaren Krieg durchstehen müssen. Vor dreizehn Jahren, am Tag der Geburt ihres Kindes, als Martin, schluchzend vor Freude über die niedliche Tochter, an ihrem Bett gesessen hatte … herrschte in Londons Straßen Angst und Schrecken.

Eigentlich, dachte Lena, gab es bei den Engländern zu wenige Feiertage. Sie kannten keinen St. Patrick's Day, keine Fronleichnamsprozessionen, keine Bootsweihe, keine Wallfahrten zum Croagh Patrick – all die Anlässe, denen man einen freien Tag verdankte, an dem man einmal über etwas anderes nachdenken konnte. Es hatte etwas Beglückendes zu sehen, wie alle Leute einander anlächelten und sich mit Fremden unterhielten. Lena bahnte sich ihren Weg zu dem Plätzchen, das Ivy für sie hatte ergattern können, weil sie die Familie kannte, die dort an der Ecke einen kleinen Laden besaß. Deren Kinder waren schon lange vor Morgengrauen hinausgegangen, um ihnen alle die Plätze zu sichern. Es gab kleine Holzhocker und Picknickkörbe, Flaggen und Wimpel.

Einen Moment lang erschien es Lena, als sei sie aus ihrem Körper herausgetreten und betrachte die Szene von einem anderen Blickwinkel aus, ungerührt von der allgemeinen Erregung und Vorfreude. Das Wissen, daß die junge Königin nur wenige Meter von ihr entfernt vorüberfahren würde, erfüllte sie keineswegs mit Ehrfurcht. Dennoch empfand sie sich nicht als Fremdling. Diesen Menschen hier fühlte sie sich nicht weniger verbunden als jenen, die an der Hauptstraße von Lough Glass wohnten.

Nirgendwo auf der Welt würde sie je mehr zu Hause sein als hier. Als sie ihre Plätze einnahmen, hörten sie die Nachricht vom Mount Everest. Großbritannien hatte den höchsten Berg der Welt bezwungen; die Freude war grenzenlos. Das Tosen der Menge wurde noch lauter, als die Kutschen in Sicht kamen, die geschmückten Pferde mit glitzerndem Zaumzeug, die prachtvollen Brokatstoffe und Livreen. Und dann sah man sie, Prinzessin Elisabeth, wie sie noch immer genannt wurde: Lächelnd, doch mit etwas banger Miene winkte sie mit der behandschuhten Hand freundlich den Menschen auf der Straße zu, die ihr einen so liebevollen und herzlichen Empfang bereiteten.

Sie schien sie alle direkt anzusehen, das sagten Ivy, Jessie und auch die anderen Umstehenden. Und Lena war sich ganz sicher. Sie erwiderte den Blick und winkte der Frau zu, die nun gekrönt

werden würde. Einer Frau, die einen kleinen Jungen und ein Mädchen hatte. Tränen traten ihr in die Augen.
Ein Mann neben ihr faßte sie am Arm. »Ist das nicht ein großartiger Tag? Davon können Sie noch Ihren Kindern erzählen.«
Lena griff ebenfalls nach seinem Arm. »Ja, ein großartiger Tag«, stammelte sie.

»Wissen Sie immer, wie Sie handeln müssen, Schwester Madeleine?«
»Nein, Kit, meistens weiß ich es nicht.«
»Aber das bekümmert Sie nicht?«
»Nein, darüber mache ich mir keine Sorgen.«
»Haben Sie deshalb nicht zur Ehefrau getaugt?«
»Ich habe nie behauptet, daß ich dazu nicht getaugt hätte.«
»Nein, aber sonst wären Sie doch noch verheiratet und keine Nonne, nicht?«
»Ach, du denkst, ich habe mich vom Eheleben losgesagt und bin in ein Kloster gegangen?«
»Haben Sie uns das denn nicht erzählt, Clio und mir?« Die arme Kit wünschte nun, sie hätte nie damit angefangen. Die lebhaften blauen Augen der Nonne musterten sie neugierig, gaben aber nichts preis. »Ich meine, das haben wir uns doch nicht nur eingebildet, oder?«
»Ich war mal mit einem Mann verheiratet, aber er hat mich verlassen. Er ging weit, weit weg.«
»Haben Sie sich mit ihm gestritten?« fragte Kit mitfühlend.
»Nein, keineswegs. Ich dachte, es sei alles in Ordnung. Aber er sagte, er sei nicht glücklich.« Bei diesen Erinnerungen wanderte ihr Blick über den See.
»Und dann sind Sie im Kloster aufgenommen worden, weil Ihr Mann nicht zurückgekehrt ist?«
»O nein, noch lange nicht. Ich saß zu Hause, habe alles geputzt und poliert und im Garten Blumen gezogen und jedem erzählt, daß mein Mann bald zurückkommen werde …«
»Wo ist das alles gewesen, Schwester Madeleine?«

»Ach, weit weg von hier. Wie auch immer, es vergingen Wochen und Monate, und eines Tages habe ich mich gefragt, was ich hier eigentlich tue. Und da ließ Gott eine leise Stimme in mir sprechen. Sie sagte mir, daß ich im Grunde nur für meine Besitztümer lebte, wenn ich den ganzen Tag das Silber putzte, die Gläser polierte … ich sollte wirklich etwas anderes machen.«

»Und was haben Sie dann gemacht?«

»Ich habe alles verkauft und das Geld bei einer Bank für meinen Mann hinterlegt. Dann habe ich einem Freund von ihm geschrieben, daß ich ins Kloster gehe und daß das ganze Geld für meinen Mann bestimmt ist, falls er je zurückkommt.«

»Und ist er je zurückgekommen, Schwester Madeleine?«

»Ich weiß es nicht, Kit. Aber ich glaube nicht.« Die Nonne wirkte völlig gelassen, weder traurig noch bestürzt.

»Dann sind Sie also ins Kloster gegangen?«

»Für eine Weile. Doch dann habe ich mich eines Tages im Kloster gefragt, was ich hier eigentlich tue. Die Tische im Empfangszimmer polieren, die Kirchenbänke polieren, den Marmor des Altars polieren. Und da meldete sich wieder diese leise Stimme Gottes.«

»Was hat sie diesmal gesagt?« Kit konnte es kaum fassen, daß Schwester Madeleine ihr all das erzählte.

»Dasselbe wie damals. Sie sagte, ich verbrächte meine Zeit mit dem Putzen und Polieren von Besitztümern. Zugegeben, es waren nicht meine, sie gehörten dem Kloster, aber es schien mir trotzdem nicht das Richtige zu sein.«

»Und dann sind Sie fortgegangen und hierhergekommen?«

»Ja, im großen und ganzen war es so.«

»Und hier hören Sie keine Stimme Gottes, die Ihnen sagt, daß Sie sich von Besitztümern einengen lassen, weil Sie keine haben.« Kit sah sich in dem kargen Häuschen um und staunte, wie alles gekommen war.

»Ja, ich glaube, ich habe das Richtige getan. Jedenfalls hoffe ich es.«

»Aber es war doch Gott, der zu Ihnen gesprochen hat, oder?«

»Selbstverständlich, aber Gott spricht immer zu uns. Es kommt darauf an, daß man sich dessen sicher ist und hört, was Er einem sagen will.«

»Zum Beispiel, wenn man sich entscheiden muß und mal das eine und mal das andere für richtig hält.« Kit kannte das Problem der Unschlüssigkeit recht gut.

»Richtig, Kit. Man muß genau zuhören und herausfinden, worum es wirklich geht und was wir nach dem Willen Gottes tun sollen.«

»Ist es eine richtige Stimme, so wie wir gerade miteinander sprechen?«

»Nein. Es ist mehr ein Gefühl.«

»Wenn ich also nicht weiß, ob ich etwas tun soll oder nicht… dann warte ich einfach ab und schaue, welches Gefühl das stärkere ist?«

»Normalerweise funktioniert es.« Kit schloß die Augen. »Aber man kann es nicht erzwingen, Kit. Es ist nicht so wie eine Fee, die einem drei Wünsche gewährt.« Kit schaute auf den See hinaus. Er lag ganz still da, kein Lüftchen kräuselte das Wasser. Ein herrlicher Junitag. »Schreib ihr, Kit«, sagte Schwester Madeleine.

»Was?« Kit starrte sie erschrocken an.

»Du überlegst doch, ob du der Freundin deiner Mutter schreiben sollst oder nicht. Schreib ihr, es kann nicht schaden.«

»Lena?«

»Ivy!«

Ivy hatte nicht gemerkt, daß auch Louis gekommen war. »Hättet ihr Lust, mit mir am Freitag abend in den Pub zu gehen? Ernest hat sich neulich schon nach euch erkundigt.«

»He, das wäre nicht schlecht«, meinte Louis. »Aber können wir dort denn nie unsere Drinks selbst bezahlen? Das ist das einzige, was mich daran stört. Rede doch mal mit Ernest, er wird das bestimmt verstehen.«

»Das einzige, was Ernest für mich tun kann, ist, meinen Freunden ein paar Gläser Bier zu spendieren. Er tut es gern, Louis. Laß ihm die Freude.«

»Nun gut, ich lasse mich auch gerne freihalten«, erwiderte Louis und stieg weiter die Treppe hinauf.

Ivy rief ihnen nach: »Lena, ich habe diesen Prospekt, den du haben wolltest ... du weißt schon, wegen der Abendkurse ...«
Louis stöhnte. »Sie wird sich doch nicht in noch mehr Aktivitäten stürzen? Unterstütze sie nicht noch darin, Ivy. Bitte, wenn du mich magst, dann ermuntere sie nicht dazu.«
»Die Kurse sind doch nicht für mich, Dummkopf. Sie sind für die Kunden. Gut, Ivy, ich komme später herunter, dann sehen wir uns das mal zusammen an.« Lenas Stimme klang ruhig, es schien, als wäre nichts geschehen. Doch innerlich war sie aufgewühlt.
Ein Brief von ihrer Tochter.

Ivy wartete, den Brief in der Hand. »Es ist die Handschrift eines Kindes, Lena.«
»Das habe ich dir doch gesagt.«
»Ich habe Angst um dich, Lena, wirklich.«
»Ich habe auch Angst.« Sie tauschten einen langen Blick.
Dann rückte Ivy ihr einen Stuhl hin. »Setz dich und lies ihn. Ich hole uns beiden was zu trinken.«
Und Lena begann zu lesen.

Liebe Miss Gray,
oder vielleicht Mrs. Gray, das haben Sie mir nicht geschrieben. Ich habe für meine Antwort lange gebraucht, weil ich nachgedacht habe. Ich hatte fast ein bißchen Angst davor, ich weiß nicht, warum. Vielleicht, weil ich befürchte, daß Sie mir etwas Trauriges über meine Mutter sagen könnten, zum Beispiel, daß sie Ihnen geschrieben hat, sie würde uns nicht lieben oder wäre unglücklich in Lough Glass.
Deshalb möchte ich Ihnen sagen, daß sie sich hier sehr wohl gefühlt hat. Es ist ihr hier wirklich gut gegangen. Wir haben ein prima Zuhause. Daddy ist zu allen Menschen nett, und er war es besonders zu Mutter, weil er ihr nie dreingeredet hat. Er wußte, daß sie gern allein spazierenging, und so hat er sie gehen lassen, auch wenn er sich selbst einsam gefühlt hat. Manchmal stand er hinten in der Küche am Fenster, wo man zum See hinunter sehen kann, und sagte: »Schaut, da geht eure Mutter am See spazieren, sie liebt den See von Lough Glass.« Außerdem

hatte sie auch viele Freunde hier, die Kellys waren eng befreundet mit unserer Familie, und meine Mutter kannte jeden im Ort, und es wird immer noch viel von ihr gesprochen. Das, dachte ich mir, sollte ich Ihnen erzählen, falls Sie Emmet und mir sagen wollten, daß Mutter sich hier nicht wohl gefühlt hätte oder sich beklagt hat. Damit Sie wissen, wie es wirklich war.

Emmet habe ich von Ihrem Brief nichts gesagt, weil er noch so klein ist und wirklich noch gar nichts kapiert. Entschuldigen Sie, wenn dieser Brief nicht viel hermacht, aber das wollte ich Ihnen erklären.

Mit freundlichen Grüßen,
Kit McMahon

Lena sah Ivy an. Ihr Gesicht war so ausdruckslos, als wäre jedes Leben und jegliches Gefühl in ihr erstorben. Ivy befürchtete, Lena könnte in Ohnmacht fallen, denn eine solche Leichenblässe hatte sie noch nie gesehen.

»O mein Gott, Ivy«, seufzte sie. »Mein Gott, was habe ich angerichtet? Ach, Ivy, was um alles in der Welt habe ich getan?«

»Ganz ruhig, ganz ruhig«, beschwichtigte Ivy sie.

»Ich habe das Leben von so vielen Menschen zerstört. Ach, ich wünschte, ich läge wirklich auf dem Grund des Sees, wie sie alle glauben. Dort gehöre ich hin.«

»Schluß jetzt!« Noch nie hatte Lena Ivy in so einem barschen Ton reden hören. »Hör sofort auf damit. Dieses Selbstmitleid ist ja unerträglich. Denk nach. Da oben ist dein Mann, der dich liebt und den du schon immer geliebt hast. Und jetzt hast du die Gelegenheit, einiges klarzustellen, etwas an dem Kind wiedergutzumachen.«

»Wie kann ich denn etwas wiedergutmachen? Wie könnte ich das alles ungeschehen machen?«

»Sag ihr, daß Helen McMahon immer vergnügt war. Lüg das Blaue vom Himmel herunter, gönne ihr ein paar tröstliche Gedanken an ihre Mutter. Das kannst du tun.«

»Aber das wären doch alles Lügen. Ich kann meiner Tochter doch keine Lügenmärchen auftischen.«

»Na, du kannst ihr wohl kaum die Wahrheit schreiben, oder?« sagte Ivy und füllte erneut die Gläser.

Clios Tante Maura brachte ihnen beiden Souvenirtassen von der Krönung mit. Sie habe sich in London prächtig amüsiert, meinte sie. Ein so aufregendes Ereignis! Alle seien in Hochstimmung gewesen.

Zu Kit war sie immer sehr nett, und sie verstand es besser als Mrs. Kelly, den richtigen Ton zu treffen. »Du siehst hübsch aus, Kit, bist auch schon richtig groß und stark. Deine Mutter wäre stolz auf dich.« (Mrs. Kelly hingegen sprach immer von »deiner armen Mutter«.) »Diese Gegend hatte es ihr sehr angetan, sie kannte jeden Farn und jedes Schilfrohr am See«, meinte Clios Tante Maura, während Mrs. Kelly sich hütete, den See im Gespräch mit Kit auch nur zu erwähnen – was in Lough Glass nicht einfach war.

Ja, es stimmte: Mutter hatte sich mit all den Pflanzen gut ausgekannt. Das hatte Kit auch von Lena Gray erfahren, der Freundin ihrer Mutter in London. Auf ihre Bitte hin sollte Kit sie nicht mit Miss oder Mrs. anreden, sondern mit Lena. Ihre langen, maschinengeschriebenen Briefe über Mutter waren so interessant, daß Kit sie nur zu gern Dad gezeigt hätte. Bestimmt hätte es ihn aufgemuntert, wenn er gelesen hätte, wie sehr Mutter diesen Ort geliebt hatte, die Sonnenuntergänge am See, die kleinen Büschel Schlüsselblumen, die im Frühling hervorsprossen. Aber sie wußte, daß Lena Gray recht hatte – irgendwie gingen diese Gedanken keinen anderen etwas an.

Und Kits Herz schlug höher, als ihr bewußt wurde, wie sehr ihre Mutter sie geliebt haben mußte, wenn sie all diese Dinge einer Frau in England mitgeteilt hatte. Warum hatte Mutter nur nie etwas von dieser Freundin erwähnt? Was für ein verschlossener Mensch mußte Mutter gewesen sein, daß sie diese große Freundschaft verschwiegen hatte.

Lena bewahrte alle Briefe von Kit in Ivys Wohnung auf. »Nicht, daß ich Louis nicht trauen würde ...«, erklärte sie Ivy.
»Ich weiß, meine Liebe.« Ivy hatte vollstes Verständnis.
»Es ist ein großer Trost für mich«, sagte Lena.
»Ich weiß, ich weiß.«
»Aber du möchtest mich vor irgend etwas warnen, stimmt's?«
»Erzähl ihr nicht zuviel. Hüte dich vor zuviel Nähe.«

»Schwester Madeleine?«
»Ja, Kit?«
»Stelle ich zu viele Fragen?«
»Aber nein. Fragen sind dazu da, daß man sie stellt. Es ist den Leuten ja freigestellt, wie ausführlich sie sie beantworten wollen.«
»Nun, ich wüßte gern ...« Sie hielt inne, als wollte sie die Antwort gar nicht hören. »Ich wüßte gern, ob auch meine Mutter Sie als Kontaktperson für ihren Briefwechsel benutzt hat ...«
»Warum fragst du, mein Kind?«
»Nun, wissen Sie, ihre Freundin, Lena ... sie hat gewissermaßen angedeutet, daß sie und Mutter einander die ganze Zeit über geschrieben haben, und ich habe nie gesehen, daß zu Hause mal ein Brief aus England angekommen ist. Das wäre uns doch an der Briefmarke aufgefallen.«
»So, so.« Schwester Madeleine schien nachdenklich. Aber sie hatte weder ja noch nein gesagt.
»Hat sie das getan?«
»Was getan, Kit?«
»Hat sie sich Briefe an Ihre Adresse schicken lassen?«
»Nun, es gäbe natürlich viele Mittel und Wege ... Jeder handelt auf seine Weise.« Schwester Madeleine verweigerte nicht die Antwort, aber sie wich aus.
»Wie meinen Sie das?« Kit ließ nicht locker.
»Daß jeder auf seine Weise handelt? Darüber, wie verschieden die Menschen sind, könnte man sich jeden Tag seines Lebens von neuem wundern. Und auch darüber, wie sehr sich die Tiere voneinander unterscheiden. Woher wissen zum Beispiel die En-

tenküken, daß sie schwimmen können, und die jungen Spatzen, daß sie fliegen können? Und die Menschen betrachten die Dinge eben auch auf unterschiedliche Weise.
Denk nur mal an deine Mutter. Sie kannte jedes Kind drüben im Zigeunerlager mit Namen, und man kannte sie dort ebenfalls. Obwohl die Zigeuner eine ganz andere Lebensweise haben. Doch für deine Mutter hätten sie alles getan.«
»Sie meinen, sie hat sich vielleicht dorthin Briefe schicken lassen?«
»Weder du noch ich werden hingehen und sie fragen, stimmt's, Kit? Wir wissen doch, daß sie eine ganz besondere Art von Menschen sind. Sie leben eben so, wie sie es für richtig halten. Und ich würde keinem von unserer Unterhaltung erzählen oder wer wem Briefe schreibt. Und du wirst Clio doch auch nichts von dem sagen, was ich dir erzählt habe, von dieser Sache mit den Besitztümern, die ich putzen mußte. Denn wir wissen, daß man nicht darüber reden muß. Nicht, daß wir ein Geheimnis daraus machen – aber man muß es ja nicht überall herausposaunen ...«
»Ich verstehe.« Kit begriff, daß sie nie erfahren würde, ob die Kate der Einsiedlerin Lena Gray und Mutter als Adresse gedient hatte. Aber sie war sich ziemlich sicher. Jetzt gab es nur noch eine offene Frage. Wenn Lena so eine liebe und nahestehende Freundin gewesen war, warum wußte dann Vater nichts von ihr?

Mutter Bernard hieß Rita im Kloster herzlich willkommen. »Bist du dir wirklich sicher, daß du das willst, Rita? Natürlich wissen wir deine hervorragende Arbeit hier zu schätzen, aber ich frage mich, ob wir dich nicht ausnutzen.«
»Nein, Mutter, es ist mir ein Vergnügen. Es macht mir Freude, schöne Dinge zu putzen. Und so ein nettes Zimmer, wie ich es hier habe, bekommt ja nicht mal die Königin von England ...«
»Na ja, ich kann mir nicht vorstellen, daß sie auf ihren Reisen ausgerechnet das Kloster von Lough Glass besucht.« Mutter Bernard hatte natürlich nichts übrig für die neue Königin von Eng-

land, die sich als Oberhaupt einer Kirche verstand. Wenn auch nur der anglikanischen.

»Tja, sie weiß nicht, was sie versäumt, Mutter. Zu meiner Familie möchte ich nicht zurückkehren. Sie braucht mich nicht, und wir würden uns nur streiten. Außerdem ...« Sie verstummte.

»Gibt es da vielleicht einen jungen Mann in Lough Glass?« erkundigte sich Mutter Bernard vorsichtig.

»Nein, Mutter, keine Sorge. Eigentlich wollte ich sagen, daß ich in der Nähe von Kit und Emmet bleiben möchte. Sie tun mir so leid.«

»Es sieht ja aus, als würde Kit ganz gut zurechtkommen. Besser jedenfalls, als ich gedacht hätte.«

»Ja, von den dreien scheint sie ihren Seelenfrieden am ehesten wiedergefunden zu haben. Als hätte sie irgendein Geheimnis. Vielleicht betet sie zu ihrer Mutter, was meinen Sie?«

So weit wollte Mutter Bernard nicht gehen.

Natürlich wußte sie, daß man sich gegen die christliche Nächstenliebe versündigte, wenn man bestimmte Meinungen nicht für sich behielt. Dennoch gehörte Mutter Bernard zu der beträchtlichen Schar derer, die davon überzeugt waren, daß Helen McMahon ihrem Leben selbst ein Ende gesetzt hatte. Und das bedeutete, daß sie sich an einem Ort befand, wo jedes Gebet zu ihr ungehört verhallte.

KAPITEL FÜNF

Maura tröstete ihre Schwester Lilian Kelly. »Zwischen dreizehn und sechzehn sind sie alle schrecklich ... das kommt von den Hormonen ... es ist ganz natürlich ...«

»Niemand sonst hat ein Naturell wie Clio. Wenn das noch lange so geht, erwürge ich sie noch, das versprech' ich dir.«

»Aber nein, das ist bei allen jungen Mädchen so. Es liegt an den Veränderungen in ihrem Körper, das weißt du doch. Sie wären schon in der Lage, Kinder zu bekommen und aufzuziehen, aber die Gesellschaft läßt das nicht zu, und deshalb ist diese Zeit sehr verwirrend für sie ...«

»Kinder kriegen, das fehlte gerade noch – das ist wirklich die einzige Schandtat, die sie noch nicht begangen hat.« Lilian Kelly preßte erbittert die Lippen zusammen.

Clio hatte sich zu einem ziemlichen Früchtchen entwickelt. Paradoxerweise schien bei Kit, der Halbwaise, die immer ein Wildfang gewesen war, das Gegenteil eingetreten zu sein. Und so mancher junge Mann hatte bereits ein Auge auf Clio – mittlerweile eine attraktive Blondine – geworfen, doch ihre Eltern blieben hart. Vor dem Sommer, in dem sie ihren Schulabschluß machte, durfte sie nicht mit Jungen ausgehen. Schule war wichtig. Spaß konnte sie später noch genug haben.

Fast jedes Wochenende kam Maura jetzt nach Lough Glass. Von Dublin aus sei es nur ein Katzensprung, und sie sei so gerne mit ihnen allen zusammen. Monat für Monat, schließlich Jahr für Jahr verlief es jedes Wochenende nach dem gleichen Muster: Am Freitagabend aß man bei den Kellys zu Abend; den Samstag verbrachte man auf dem Golfplatz. Dr. Kelly hatte seinem Freund Martin McMahon versichert, daß ein Mann über Vierzig unbe-

dingt regelmäßig Sport treiben müsse. Am Samstagabend ging man dann im Golfclub zum Essen.
Doch Martin mußte erst davon überzeugt werden, daß es den Kindern guttat, wenn sie ab und zu sich selbst überlassen blieben. »Ich bin sicher, es wäre Helens Wunsch, daß du die Kinder zur Selbständigkeit erziehst«, hatte Maura gemeint. Und damit war es entschieden. Wie leicht ihr der Name seiner verstorbenen Frau über die Lippen kam! Martin McMahon gefiel das. Allzuoft dämpften die Leute die Stimme, wenn sie über Helen sprachen. Falls sie überhaupt über sie sprachen.
Während alle anderen Mädchen jetzt häufig mit ihren Müttern aneinandergerieten, entwickelte sich zwischen Kit McMahon und der Freundin ihrer Mutter, Lena, eine immer engere Beziehung. Woche für Woche kam in Schwester Madeleines Kate ein maschinengeschriebener Brief von Lena an, seitenweise Erinnerungen, Kommentare und Reaktionen auf das, was Kit ihr erzählte.
Einmal kam Schwester Madeleine auf diese Briefe zu sprechen. Aber nur dieses eine Mal. »Die Freundin deiner Mutter schreibt dir lange Briefe, nicht wahr?«
Einen Moment lang hatte Kit überlegt. »Ich würde sie Ihnen schon zeigen, Schwester Madeleine, nur ... Es ist schwer zu sagen, es ist ... nun, nicht direkt ein Geheimnis, aber ich habe trotzdem das Gefühl, daß das, was sie schreibt, nur für mich bestimmt ist.«
»O Kind, es würde mir nicht im Traum einfallen, sie lesen zu wollen ... Sie schreibt dir doch sicher viel Schönes über deine Mutter ...«
»Ja, wundervolle Dinge erzählt sie mir. Die beiden müssen alles voneinander gewußt haben. Schließlich hatten sie einen regen Briefwechsel. Aber das wissen Sie ja, weil die Briefe bestimmt durch Ihre Hände gingen.« Schwester Madeleine blickte schweigend ins Feuer. »Ich kann Mutter jetzt viel besser verstehen. Erst jetzt kenne ich sie richtig, weiß, wie sie als Kind war und all das. Es ist, als hätte ich ihr Tagebuch gefunden oder so ...«
»Da hast du großes Glück«, erwiderte Schwester Madeleine und schaute zu, wie das Holz allmählich Feuer fing.

Lena hatte sich angewöhnt, die Briefe nach einem festen Ritual zu lesen.
Und zwar in Ivys Wohnung am Küchentisch, zwischen all den vollgestopften Regalen, in den vier Wänden, an denen kein Quadratzentimeter freie Fläche mehr war, so viele Postkarten, Tücher, Plakate und anderer Zierat waren dort befestigt.
Dazu schenkte sie sich einen kleinen Brandy ein und ließ sich dann entführen in eine Welt, in der es ein frisches Lüftchen am See, Zwischenzeugnisse und Father Baily gab, der eine Stunde zu spät gekommen war, weil er die Zeit vergessen hatte.
Sie las davon, daß ihrem Sohn die Mandeln entfernt worden waren und er danach nur noch Wackelpeter und Eis essen konnte; daß Rita ihren Sekretärinnenkurs absolviert hatte, aber, Gott sei Dank, nicht nach Dublin gehen würde, um eine Stelle anzunehmen; sie arbeitete jetzt in der Autowerkstatt der Sullivans gegenüber.
Lena hörte von Menschen, die sie dreizehn Jahre lang nicht ausstehen konnte, nun aber faszinierend fand.
Anscheinend sprachen die Hickeys nicht mehr miteinander. Wenn man zum Metzger ging und drei Lammkoteletts haben wollte, wiederholte Mrs. Hickey den Satz in gequältem Ton, woraufhin Mr. Hickey sich anschickte, die Koteletts herunterzuschneiden. Vorbei die Zeiten, da Mrs. Hickey noch freundlich mit den Kunden plauderte und dann zu ihrem Mann hinaus schrie. Wie Kit schrieb, war ein Einkauf in diesem Laden unterhaltsamer als eine Theatervorstellung. Manchmal übernahm sie sogar um des reinen Vergnügens willen an Ritas Stelle die Einkäufe.
Lena erfuhr, wie furchtbar nett Philip O'Brien war und wie gräßlich seine Mutter. Daß Clio häufig Auseinandersetzungen mit ihrer Mutter hatte und Deirdre Hanley sich schon mit ihrer Mutter zankte, sobald sie nur den Fuß über die Schwelle setzte.
»Manchmal denke ich mir, daß ich auch mit meiner Mutter streiten würde, wenn sie noch lebte. Sonst wäre es gar nicht normal.«

Lenas Hand zitterte, als sie diese Stelle las. Sie schrieb eine ausführliche Antwort.

Deine Mutter hat immer so liebevoll von Dir erzählt und gesagt, daß Du stark und mutig bist. Ihr hättet bestimmt nicht gestritten, denn Du hättest sie so gesehen, wie sie war, mit all ihren Schwächen …

Dann zerriß sie, was sie geschrieben hatte. Sie durfte sich jetzt keine Blöße geben. All die Jahre war sie so vorsichtig gewesen, das durfte sie jetzt nicht aufs Spiel setzen.

Rita erledigte für Stevie Sullivan die Buchführung.
Allerdings war seine Mutter, diese ewig jammernde Person, der Ansicht, es gehöre sich eigentlich nicht, daß das Hausmädchen der McMahons von gegenüber zu ihnen kam und sich wer weiß was einbildete. Also beschloß sie, ihre Beziehung von Anfang an auf die richtige Basis zu stellen.
»Rita, es freut mich, daß du nun den Vormittag über bei uns arbeitest.«
»Danke, Mrs. Sullivan.«
»Ich habe mir überlegt, daß du vielleicht ein- oder zweimal die Woche das Bügeln übernehmen könntest …« Rita blickte sie höflich an, erwiderte jedoch nichts. »Wann immer es dir paßt, natürlich …«
»Was sagten Sie noch mal, Mrs. Sullivan?«
Kathleen wußte nun, daß sie auf Granit beißen würde. Sie trat den Rückzug an. »Selbstverständlich nur, wenn du Zeit dafür erübrigen kannst …«
»Nun, das ist eben das Problem, nicht wahr? Ihr Sohn bezahlt mich für drei Stunden am Vormittag, und ich hoffe, daß ich in der Zeit überhaupt die Korrespondenz und Buchführung schaffe. Das allein wird schon nicht ganz einfach werden, glauben Sie nicht auch?«
»Und anschließend wirst du gegenüber bei den McMahons wie bisher die Hausarbeit machen?« stichelte Mrs. Sullivan weiter.

Rita tat, als würde sie die Anzüglichkeit nicht bemerken. »Bei den McMahons habe ich mich schon immer zu Hause gefühlt. Von dort würde ich niemals weggehen, nicht bevor die Kinder groß sind.«

In Paddles' Bar erkundigte sich Peter Kelly nach Ritas neuer Stelle.

»Anscheinend macht sie sich recht gut.« Martin war stolz auf Rita. »Sie hat dort erst einmal gründlich aufgeräumt.«

»Ich weiß, das ist nicht zu übersehen. Frisch gestrichen, überall Regale und Aktenschränke, und das ausgerechnet in Sullivans Werkstatt. Kaum zu fassen!«

»Ich kann mir vorstellen, daß sie es mit Kathleen nicht gerade leicht hat.«

»Mit der hat's niemand leicht«, erwiderte Peter Kelly. »Aber andererseits hat das Schicksal es auch nicht gerade gut mit ihr gemeint, und ihre beiden Jungs sind keine Engel.«

»Stevie ist ein ziemlicher Schürzenjäger, findest du nicht auch?«

»Wir werden unsere Töchter einsperren müssen, Martin. Stevie Sullivan weiß sehr viel besser Bescheid als wir mit neunzehn.«

»Und sein jüngerer Bruder Michael ist ein wilder Bursche. Erst neulich hat man ihn und den kleinen Wall hinter Sheas Pub erwischt, wie sie die letzten Reste aus den leeren Flaschen ausgetrunken haben. Diese Lausebengel.«

Doch Peter Kelly war gar nicht so entrüstet, wie er vielleicht klang. Die kriminellen Neigungen der Jugendlichen – wie manche am Ort es bezeichneten – betrachtete er mit großer Nachsicht. Zum Beispiel verstand er einfach nicht, was so furchtbar schlimm daran war, daß Clio sich den schwarzen Satinunterrock ihrer Mutter ausgeliehen hatte, als sie an einem Sommerabend ins Kino ging, während Lilian sich noch immer nicht von diesem ungeheuerlichen Vorfall erholt hatte.

»Es ist ein wahrer Segen, daß Maura uns so regelmäßig besucht«, vertraute er Martin an. »Lilian würde noch viel öfter auf Clio herumhacken, wenn sie sich nicht vor Maura ein bißchen zusammenreißen müßte …«

Martins Miene hellte sich auf. »Maura ist ein prima Kumpel. Es wundert mich zwar, daß sie so oft Zeit findet, uns zu besuchen, aber ich freue mich jedesmal, wenn sie kommt.«
Peter Kelly nippte nachdenklich an seinem Bier. Warum Maura soviel Zeit fand, wußte er sehr gut. Würde Martin wohl jemals bemerken, daß es hauptsächlich seinetwegen war?
Rita fiel es jedenfalls auf. Und sie sprach mit Schwester Madeleine darüber.
»Ich dachte mir schon, daß es vielleicht darauf hinauslaufen würde.«
»Woher wußten Sie das nun wieder, Schwester? Sie besuchen doch nie jemanden ... Wie um alles in der Welt wissen Sie trotzdem immer Bescheid?«
»Ich habe es einfach im Gefühl.«
Schwester Madeleine merkte sich, was Kit erzählte: daß ihr Vater zumindest ab und zu lachte, wenn Clios Tante da war, und daß sie jetzt regelmäßig am Wochenende zusammen Golf spielten. Auch Emmet erwähnte manchmal Anna Kellys Tante, wenn er zu Schwester Madeleine kam, um Gedichte vorzutragen. Maura hatte offensichtlich auch etwas für Lyrik übrig und bat ihn oft, ihr etwas vorzulesen, weil sie ihre Brille vergessen hatte.
»Und ist sie eine nette Frau?« wollte Schwester Madeleine wissen.
»Ja, sehr, finde ich.«
»Nun, vielleicht sollte er sie dann einmal zum Abendessen einladen, was meinst du?«
»Das habe ich mir auch schon überlegt. Am besten wohl zusammen mit den Kellys, oder?«
»Nun, zumindest das erstemal.«

... und für nächste Woche haben wir die Kellys und Clios Tante Maura zum Abendessen eingeladen. Eine merkwürdige Idee eigentlich, aber Rita hat gemeint, Dad würde zu oft bei ihnen zu Abend essen und habe sich noch nie revanchiert. Ich habe zu ihr gesagt, daß Dad häufig die ganze Runde im Hotel oder im Golfclub zum Essen einlädt, doch Rita blieb dabei, er habe doch auch ein Heim, wo er Gäste bewirten könne.

So ist es nun beschlossene Sache. Wir Kinder werden natürlich nicht dabeisein, es ist nur für Erwachsene. Es wird Suppe und Lammbraten und danach Trifle geben. Und Wein dazu. Dad freut sich schon sehr. Ich für meinen Teil weiß nicht so recht. Du findest es vielleicht furchtbar dumm von mir, aber ich habe irgendwie das Gefühl, daß es Mutter gegenüber nicht fair ist. Weißt Du, als Mutter noch bei uns war, hätte sie jederzeit für die Kellys und ihre Tante Maura ein Essen geben können, sie war eine wundervolle Köchin. Da erscheint es mir albern, daß wir uns jetzt so abmühen, damit wir sie angemessen bewirten, wenn es für Mutter ein leichtes gewesen wäre. Trotzdem hat sie sie niemals eingeladen. Vielleicht mochte sie die Kellys nicht. Es ist so schwer zu sagen. Ich werde das Gefühl nicht los, daß sie sie bestimmt einmal zum Essen eingeladen hätte, wenn sie sie wirklich gemocht hätte …

Lena traten die Tränen in die Augen. Wie wenig doch dem wachsamen Auge eines Kindes entging. Die Kellys waren ihr weder besonders sympathisch noch unsympathisch gewesen; sie verkörperten in ihren Augen nur all das, was für Lough Glass typisch war: Solidität und Langeweile. Weil sie frei und unabhängig bleiben wollte, hatte sie sich ganz bewußt nicht mit ihnen angefreundet – als habe sie geahnt, daß Louis eines Tages kommen und sie holen würde.

Die Folgen ihrer Gleichgültigkeit hatte nun dieses unschuldige Mädchen auszubaden, das sogar noch nach ihrem Tod so eine hohe Meinung von ihr hatte, daß sie nichts tun wollte, was ihrem Andenken schaden könnte.

Lena schrieb sofort zurück:

Ich weiß nicht, ob Du in bezug auf die Kellys recht hast. Helen hat sie in ihren Briefen immer als Freunde bezeichnet. Du und Clio, ihr hättet so eine ungestüme Freundschaft – mal wärt ihr unzertrennlich und dann wieder Todfeinde. Ich weiß, daß sie nicht mit den Kellys Golf spielen wollte, doch manchmal hatte sie Schuldgefühle deshalb, weil sie damit auch Deinem Vater die Möglichkeit dazu nahm. Eigentlich hat sie ihn immer ermutigt, auch ohne sie zu spielen, aber das wollte er nicht.

Es ist gut, daß er jetzt wieder spielt. Ich hoffe, das Dinner wird ein Erfolg. Nur zu gerne würde ich dabei Mäuschen spielen.

»Was ist, wenn er wieder heiratet?« fragte Ivy eines Tages.
»Wer?«
»Dein Exmann, Martin.«
»Oh, der wird nicht wieder heiraten.« Lena war sichtlich überrascht von dieser Frage.
»Nach allem, was du mir schon erzählt hast, weiß ich über die ganze Gesellschaft recht gut Bescheid. Und diese Maura taucht ziemlich häufig auf.«
»Maura wird er ganz sicher nicht heiraten.« Bei dem Gedanken daran mußte Lena lächeln.
»Warum eigentlich nicht? Er glaubt, daß du tot bist und er jederzeit heiraten kann. Und es wäre doch nur vernünftig, oder?«
»Aber wenn es um Liebe geht, läßt Martin die Vernunft im Stich. Wäre er nämlich vernünftig gewesen, hätte er gleich Maura geheiratet, und dann wäre dieser ganze Schlamassel nie passiert.«
»Und Kit und Emmet wären nicht auf der Welt.«
»Das wäre vermutlich auch besser gewesen. Für mich existieren sie sowieso nur noch in meiner Vorstellung.«
»Was ist los mit dir, Liebes?«
»Ich weiß nicht, Ivy, ich weiß es nicht.«

Doch Lena wußte, was nicht stimmte.
Louis war seit einiger Zeit unruhig. Seit fast fünf Jahren lebte er nun schon am gleichen Ort, und er hatte das Gefühl, es sei an der Zeit weiterzuziehen. In eine wärmere Gegend, meinte er, nach Südspanien zum Beispiel.
Dorthin zogen heutzutage immer mehr Engländer. Sie könnten ins Hotelgeschäft einsteigen, er kenne sich in der Branche inzwischen ziemlich gut aus. Sie konnten einen Riesengewinn machen und dazu noch in einem angenehmen Klima leben.
»Und was ist mit meiner Arbeit?« hatte Lena ihn gefragt.

»Das ist doch nur ein Job, Liebling. Du hast am ersten Tag dort angefangen und bist einfach geblieben …«
»Genau wie du«, konterte sie. »Wir sind beide geblieben, weil wir aufgestiegen sind, weil wir etwas daraus gemacht haben.«
»Lena, es gibt Millionen von solchen Stellen.«
»Aber hier haben wir uns hochgearbeitet. Du bist der eigentliche Kopf des Dryden, und genauso ist es bei mir in der Agentur Millar.«
»Ach ja? Wir sind aber nicht mit ihnen verheiratet«, hatte Louis geantwortet.
»Und miteinander auch nicht«, hatte sie erwidert.
Das mit dem Heiraten war so ein Problem. Für die Behörden war Helen McMahon tot. Wenn sie sich um eine Geburtsurkunde bemühte, würde man ihr unter Umständen eine Sterbeurkunde präsentieren. Es war besser, dieses Risiko nicht einzugehen. Wer wußte, welche Schwierigkeiten sich daraus ergeben konnten.
So waren sie verblieben. Aber Lena wurde den Gedanken nicht los, daß Louis sich zu bereitwillig damit abgefunden hatte. Wenn er sie wirklich lieben würde, so sehr, wie er immer beteuerte, hätte er die Sache etwas entschlossener angepackt.

Jessie Park und Mr. Millar hatten seit einiger Zeit ein Verhältnis miteinander, das Lena Gray von Anfang an nach Kräften gefördert hatte. Häufig aßen Mr. Millar, Jessie und Lena am Samstag zusammen zu Mittag. Lena pflegte sich dann schon etwas früher zu verabschieden und gab ihnen Gelegenheit, miteinander zu plaudern.
Bei solchen Essen trafen sie wichtige geschäftliche Entscheidungen. Lena machte sich Gesprächsnotizen und tippte sie dann am Montag ab. Die Agentur florierte, sie mußten sogar noch eine zusätzliche Kraft einstellen. Vielleicht ein junges Gesicht, überlegten sie. Ein junges und bildschönes Gesicht.
»Wäre Dawn Jones nicht die Richtige?« hatte Lena vorgeschlagen. »Sie hat gerade keine Stelle, und wir können unmöglich eine größere Schönheit auftreiben.«

»Glauben Sie, daß unsere Agentur für Dawn aufregend genug ist?« meinte Jessie. »Sie mag Orte, wo etwas los ist.«
»Bei uns ist jede Menge los«, warf Mr. Millar ein, der nicht begriffen hatte, worauf sie hinauswollte.
»Ich habe den Eindruck, Dawn ist es allmählich leid, betatscht zu werden«, sagte Lena. »Sie freut sich vielleicht, wenn sie mal eine Weile in einer seriösen Umgebung arbeiten darf.«
Dawn Jones war einer ihrer ersten Erfolge. Zu ihrem Vorstellungsgespräch war sie aufgetakelt wie ein Flittchen auf Kneipentour in Soho erschienen: eine dicke Schicht Make-up, tief ausgeschnittener Pullover und Nikotinflecken an den Fingern. »Von meinen Schwestern hat es noch keine ins Büro geschafft. Ich würde das zu gern von mir sagen können«, hatte Dawn sie bestürmt.
Ihre Naivität und Begeisterung hatten Jessie und Lena gefallen. Mit viel Fingerspitzengefühl hatten sie Dawn nahegelegt, sich anders zu kleiden, und in Grace Wests Salon wurde ihr eine neue Frisur verpaßt. Ihre Zahl der Anschläge pro Minute war ordentlich; es war kein Problem gewesen, für die reizende Dawn eine Stelle in einem Büro zu finden. Das Problem bestand in der Zukunft vielmehr darin, den Kollegen und Chefs beizubringen, ihre Finger von ihr zu lassen. Sogar in einem adretten dunkelblauen Twinset mit hellblauem Rock hatte Dawn etwas an sich, das Aufregung und Abenteuer versprach.
Sie hatte eine Weile im Dryden gearbeitet, für Mr. Williams. Louis hatte sie als süß, aber dumm bezeichnet. Dafür gab es keinen bestimmten Grund; man hielt sie einfach für nicht zuverlässig, wenn es darum ging, eine Nachricht zu übermitteln oder einen Bericht abzutippen. Dawn hatte das Dryden nach drei Monaten verlassen, und James Williams hatte an ihrer Stelle eine nette Frau mittleren Alters eingestellt, ein mütterlicher, tüchtiger Typ, was den Anforderungen viel eher entsprach. Und obwohl Dawn ein ausgezeichnetes Zeugnis bekommen hatte, war es jedesmal das gleiche Lied: Sie war einfach zu sexy, um ernst genommen zu werden.
Lena überlegte, ob sie das nicht als Vorteil für sich nutzen konn-

ten. Junge Mädchen wollten ein Vorbild, jemanden, mit dem sie sich identifizieren konnten. Sie und Jessie waren dafür schon zu alt und gesetzt; doch wenn die Mädchen Dawn sahen, dachten sie vielleicht, daß Büroarbeit viel aufregender war, als sie es sich vorgestellt hatten.

Jim Millar meinte, das leuchte ihm ein, und Jessie schloß sich Jims Meinung an. So trat man also an Dawn heran.

»Ich bin mir nicht ganz sicher, Mrs. Gray, wirklich nicht. Ich weiß nicht. Finden Sie denn, daß das hier das Richtige für mich ist?« Dawn sah sich zweifelnd im Büro um.

»Wir werden die Agentur ein bißchen aufmöbeln, Dawn. Und anschließend laden wir Journalisten und Fotografen ein und so.«

Lena wußte, daß sie gewonnen hatte. Sie schickte eine Pressemitteilung an die Lokalzeitungen und Fachzeitschriften. Und dazu legte sie einen Bericht über Dawn Jones, die ihren Job als Fotomodell aufgegeben hatte, um bei der Agentur Millar einzusteigen. Das mit der Arbeit als Fotomodell war nur ein kurzes Intermezzo gewesen, und Dawn hatte nie die Absicht gehabt, weiter in dieser Branche tätig zu sein. Denn anscheinend gab es verschiedene Auffassungen darüber, was zur Arbeit eines Mannequins gehörte. Trotzdem, es machte sie für die Presse interessant.

Und wenn die Fotografen kamen, um Dawn aufzunehmen, mußten sie auch die Stellenvermittlungsagentur Millar erwähnen, wo neben guten Steno- und Schreibmaschinenkenntnissen auch ein gepflegtes Äußeres und ansprechende Manieren gefragt waren. Lena hatte die richtige Methode gewählt, die Agentur erhielt jede Menge Aufträge.

Jessie und Jim waren hocherfreut.

»Es läuft alles so gut, ich kann es kaum fassen.« Jessie verschlug es schier den Atem.

»Was würde ich nur ohne meine beiden Mädchen anfangen?« meinte Mr. Millar und sah sie stolz an.

»Glauben Sie, daß er mich mag, Lena?« fragte Jessie flüsternd, nachdem Mr. Millar gegangen war.

»Natürlich, ganz bestimmt«, versicherte ihr Lena.

»Ich wünschte, ich wüßte, wie ich es anstellen muß. Ich bin in solchen Dingen so unerfahren ... Sie wüßten es genau, Lena.«
»Nein, ich bin auch ein hoffnungsloser Fall.« Und das war die Wahrheit, dachte sie. Sie hatte nie eine Ahnung gehabt, wie sie mit dieser großen Leidenschaft, mit der Louis sie bis vor kurzem geliebt hatte, umgehen sollte. Dabei hätte sie alles dafür gegeben, es zu wissen.
»Aber Sie sind so ... nun, so attraktiv, und Sie haben so einen umwerfenden Ehemann. Ich dachte, vielleicht könnten sie mir ein paar Tips geben ...« Jessies große, blasse Augen hefteten sich unschuldig und hoffnungsvoll auf Lena.
»Meiner Meinung nach ist er ein Mann, der sich viel Zeit läßt, ehe er sich entscheidet, aber am Ende die richtige Entscheidung trifft«, beruhigte sie Lena.
»Und wenn er in der Zwischenzeit eine andere kennenlernt?« Jessica biß sich auf die Unterlippe.
»Nein. Nicht Mr. Millar, das können Sie mir glauben.«
Und Jessie glaubte es ihr, denn Lena wirkte so sicher. Wenn sie wüßte, dachte Lena. Wenn sie wüßte, bei wem sie sich Ratschläge über die Liebe und die Ehe holt.
Dawn war hocherfreut über die Aufmerksamkeit der Öffentlichkeit. »Sie haben mir wirklich einen guten Dienst erwiesen, Mrs. Gray«, gestand sie. »Und es gefällt mir sogar, mit Frauen zusammenzuarbeiten. Das hätte ich nicht erwartet. Frauen sind irgendwie vernünftiger als Männer, finden Sie nicht auch?«
»Ein paar wenigstens, nehme ich an.« Lena unterdrückte ein Lächeln. Dawn hatte sich als gute Wahl erwiesen. In der Werbebroschüre über die Agentur, die sie verschickten, hatten sie sie sogar namentlich erwähnt, nur um ihr Foto verwenden zu können.
Lena war stolz auf alles, was sie erreicht hatten, und sie mußte einfach Louis davon erzählen. Immer noch war er schlechter Laune, doch zumindest sprach er jetzt nicht mehr von Spanien.
»Du gibst dein Bestes für diese Firma«, sagte er zu ihr.
»Das gleiche machst du für das Dryden. So sind wir nun mal.« Sie

saß auf dem Boden, ihr Kopf ruhte in seinem Schoß. Die Abende zu zweit genoß sie sehr; mit ihm zusammen erschien ihr ihre heruntergekommene Wohnung weder klein noch schäbig.
»Und wozu das Ganze?« Louis machte eine ausladene Handbewegung. »Wir arbeiten uns krumm und bucklig, nur damit wir uns eine solche Absteige leisten können.«
»Das ist keine Absteige«, gab Lena ärgerlich zurück.
»Nun, das Camino Real ist es jedenfalls nicht«, höhnte er. Während sie sich unterhielten, spielte er mit ihrem Haar und zwirbelte gedankenverloren die Strähnen zusammen.
Louis faßte sie oft an. Es lag nicht in seiner Art, für sich allein dazusitzen und über den Tisch hinweg mit ihr zu sprechen. Meistens legte er dabei die Hand auf ihren Arm oder Nacken oder streichelte ihre Wange.
»Was ist das Camino Real?« wollte sie wissen.
»Das ist nur so eine Redensart ... es ist der Name eines großen Hotels, eines Hotels in Spanien ... wo wir jederzeit arbeiten könnten ...« Sie schwieg. »Jederzeit«, wiederholte er, und seine dunklen Augen blickten sie flehentlich an.
Panik stieg in ihr hoch. Sie mußte das Gespräch in eine andere Richtung lenken, weg von Spanien. Wieviel mehr, wieviel Wichtigeres hätte sie für ihn aufgegeben! Kit konnte ihr überallhin schreiben, das war nicht das Problem. Das Problem war, daß Louis, falls er nach Spanien ging, allein gehen würde. Denn sie konnte keinen Reisepaß bekommen. Eine Lena Gray existierte nicht.

»Was meinst du, sollen wir uns betrinken?« fragte Clio Kit.
»Jetzt gleich?« Sie waren auf dem Weg zur Schule, in einer jener letzten Wochen vor den Prüfungen, in denen fieberhaft nochmals der Stoff wiederholt wurde.
»Nicht sofort, aber in Bälde. Schließlich ist es eine Erfahrung, die wir bis jetzt versäumt haben.«
»Was meinst du damit, in Bälde? Sollen wir etwa umkehren und zu Paddles gehen oder vielleicht Mr. und Mrs. O'Brien bitten, uns vor der Schule ein paar Cocktails zu mixen?«

»Du mußt dich immer über alles lustig machen«, beschwerte sich Clio.
»Das ist nicht wahr.« Kit war verärgert. »Ich bin für jeden Unsinn zu haben, das weißt du genau. Aber jetzt, kurz vor den Prüfungen, ist vielleicht nicht der richtige Zeitpunkt, um sich zu betrinken. Stell dir bloß vor, wir kommen nicht mehr davon los, so wie diese alten Kerle mit den wäßrigen Augen und den roten Nasen, die nur noch darauf warten, daß Foleys Bar endlich öffnet.«
Clio kicherte. Kit konnte ungeheuer komisch sein. Und dann ging sie wieder aus heiterem Himmel in die Luft und war beleidigt. Es gab eine Reihe von Dingen, auf die sie sehr empfindlich reagierte. Zum Beispiel hätte Clio sie für ihr Leben gerne gefragt, ob sie sich vorstellen könnte, daß Tante Maura sich mit ihrem Vater verloben würde, und ob ihr die Aussicht darauf gefallen würde, eine Stiefmutter und Clio als Cousine zu haben. Doch das war ein Tabuthema.
Nur allzugern hätte sie erfahren, ob sich zwischen Tante Maura und Mr. McMahon ... nun ... etwas anbahnte. Und falls die beiden heirateten, ob sie dann richtig miteinander ins Bett gehen würden. Normalerweise konnte man über so etwas mit seiner besten Freundin reden, doch nicht mit Kit McMahon.
»Warst du schon mal betrunken, so richtig bis zur Besinnungslosigkeit?« fragte Kit Stevie Sullivan.
»Warum fragst du?« Er sah sogar voller Schmiere und in seinem schmutzigen Arbeitsanzug noch gut aus. Trotzdem, Stevie war ein Windhund, das wußte jeder.
»Nur, weil du fast alles schon mal ausprobiert hast. Wenn unsere Prüfungen vorbei sind, möchten Clio und ich uns betrinken, und darum möchte ich Bescheid wissen. Wie es zum Beispiel am billigsten und schnellsten geht, ohne daß uns allzu übel wird.«
»Da fragst du den Falschen. Ich habe keine Ahnung.«
»Ich wette, doch.« Kit ließ nicht locker.
»Nein, ehrlich. Als ich noch klein war, hatten wir so was schließlich zur Genüge zu Hause.«
Kit hatte es vergessen. Sie schämte sich, daß sie den alkoholabhän-

gigen Vater vergessen hatte, der sich immer einbildete, aus der Wand würden Tiere und alle möglichen Gestalten heraussteigen, wenn er wieder mal im Delirium tremens war. Doch sie beschloß, sich nicht zu entschuldigen. Denn wie sehr haßte sie es selbst, wenn die Leute gedankenlos in ihrer Gegenwart über Ertrunkene oder Vermißte sprachen und dann vor Verlegenheit erröteten. Ihre Scham und die darauffolgenden Entschuldigungen waren ihr noch mehr zuwider als der eigentliche Fauxpas.

»Ja, das ist einleuchtend«, entgegnete sie sachlich.

»Für mich schon, aber nicht für Michael. Der würde den Schnaps noch vom Boden auflecken, wie man so schön sagt.«

»Guter Gott, wer sagt denn so was?« Kit schauderte vor Abscheu.

»Gewöhnliches Volk. Die Art von Leuten, mit denen ich verkehre, Kit McMahon«, erwiderte er und ging.

Mutter Bernard und Bruder Healy waren erbitterte Rivalen, wenn es um die Abschlußzeugnisse ging. Die Ergebnisse wurden nämlich in der Lokalzeitung veröffentlicht, wo jeder sie begutachten und vergleichen konnte. Mutter Bernard habe von vornherein die besseren Karten, erklärte Bruder Healy immer wieder, denn Mädchen hätten so einfache Fächer wie Handarbeiten und Hauswirtschaft. Es sei demnach nicht besonders schwer für Mutter Bernard, mit einer Ehrfurcht einflößenden Anzahl von bestandenen Prüfungen und solchen mit Auszeichnungen aufzuwarten.

Die Schwestern hingegen behaupteten hartnäckig, sie hätten es im Gegenteil viel schwerer. Die ärmeren Bauern seien meist der Auffassung, es genüge, wenn ihre Töchter grundlegende Kenntnisse erwarben, die sie angemessen auf ein späteres Leben als Bauersfrauen vorbereiteten. Wurden die Mädchen älter, betrachteten ihre Eltern es mit Skepsis, wenn sie Französisch und Latein lernten. Statt dessen sollten sie lieber etwas über das Buttern und die Geflügelzucht erfahren, und in mancher Hinsicht hatten sie damit recht. Wozu in einem Mädchen Erwartungen wecken, das den elterlichen Hof nur verließ, um dann in einer Nachbargemeinde Bäuerin auf einem ganz ähnlichen Hof zu werden?

»Werden Sie heuer eine gute Ernte einfahren, Bruder Healy?« fragte Mutter Bernard höflich und ließ sich nicht anmerken, daß sie nur auskundschaften wollte, wie ihre Chancen beim diesjährigen Wettstreit standen.

»Lauter Dummköpfe, Mutter Bernard. Nieten und faule Esel … und Sie? Nur Asse diesmal, kann ich mir vorstellen, oder?«

»Nein, leider bloß Hohlköpfe, Bruder, mit nichts im Hirn außer Jazzmusik.«

»Ja, diese Jazzmusik lenkt sie alle zu sehr ab«, pflichtete Bruder Healy ihr bei.

Doch wenn sie auch ansonsten über die Jugend in Lough Glass ziemlich gut Bescheid wußten, ihren Musikgeschmack kannten sie nicht. Der Erzfeind Jazz war längst abgelöst worden, denn ein neuer Klang hatte die Herzen der Jugendlichen im Sturm erobert: Rock'n' Roll.

»Peter, wirst du mit Clio sprechen?«

»Nein, Lilian, ehrlich gesagt habe ich das nicht vor.«

»Das ist ja eine schöne Antwort, daß du nicht einmal mit deiner eigenen Tochter sprechen willst.«

»Sie ist immer nur dann meine Tochter und ich werde immer nur dann gebeten, mit ihr zu reden, wenn irgend etwas Schreckliches vorgefallen ist, das nach fürchterlicher Bestrafung schreit. Zufällig … zufällig hatte ich heute einen schweren Tag, Lilian, einen grauenhaften Tag. Und ich werde weder mit einer meiner Töchter noch mit meiner Frau sprechen, denn ich habe vor, mit meinem Freund Martin auf ein Bier zu Paddles zu gehen. In Ordnung?«

»Na schön. Entschuldige, daß ich überhaupt da bin und deinen Haushalt führe und deine Kinder großziehe, die sich beide allmählich zu kleinen Kriminellen entwickeln.«

»Laß sie doch. Das gibt sich schon wieder, wenn sie erst merken, daß es nichts einbringt«, entgegnete Peter Kelly und war schon zur Tür hinaus. Er wußte, daß Annas Vergehen irgend etwas mit Kosmetika und Parfüm zu tun hatte. Und bei Clio ging es vermutlich darum, daß sie sich wie eine Zigeunerin Ohrlöcher hatte stechen lassen, ohne vorher um Erlaubnis zu bitten. Aber das war doch wirklich nicht der Rede wert. Er knallte die Tür zu und strebte eiligen Schrittes dem Frieden und der Ruhe bei Paddles entgegen.

Doch leider sollte es an diesem Abend auch bei Paddles nicht allzu friedlich zugehen. Mr. Hickey grölte in einer Ecke vor sich hin.

»Ich hab's Ihnen schon mal gesagt, John, und nicht nur einmal, sondern ein dutzendmal. Das hier ist keine Musikkneipe«, empörte sich Paddles.

»Quatsch mit Soße, Paddles. Sie wissen doch nicht mal, was das ist, eine Musikkneipe.«

»Zumindest weiß ich, was das hier für eine Kneipe ist, und zufällig ist es auch noch *meine* Kneipe. Deshalb bekommen Sie hier nichts mehr zu trinken, wenn Sie nicht auf der Stelle mit diesem Gejaule aufhören«, schimpfte Paddles.

»Bekomme ich allen Ernstes Lokalverbot? Täuschen mich meine Ohren, oder habe ich das jetzt richtig verstanden – ich, John J. Hickey, Feinkosthändler, werde aus dieser erbärmlichen Spelunke hinausgeworfen?«

»Sie haben mich schon verstanden, John«, entgegnete Paddles.

»Nun, ich betrachte es als eine Ehre, in diesem Loch Lokalverbot zu haben. Es macht mich stolz.« Mr. Hickey wankte zur Tür. »Und ich schätze es sehr, nicht mit dem Abschaum, der hier verkehrt, trinken zu müssen.« Dabei lächelte Mr. Hickey freundlich in die Runde, er schenkte seinen Nachbarn, Freunden und Kunden ein breites Grinsen, bevor er hinaus an die frische Luft trat, um sich auf den Weg zu Foleys Bar zu machen.

Martin und Peter wechselten einen Blick.

»Das haben Sie gut gemacht, Paddles«, lobte ihn Peter.

»Können Sie ihm nicht ein bißchen Angst einjagen, Dr. Kelly? Machen Sie ihm doch weis, seine Leber gebe bald den Geist auf. Das stimmt wahrscheinlich sogar«, meinte Paddles.

»Nein, das geht nicht, Paddles. Seit einer Ewigkeit sehe ich ihn jetzt schon Abend für Abend hier trinken, da steht es mir nicht zu, ihm auf einmal mit so was zu kommen. Und bei Ihnen verhält es sich nicht anders, Paddles. Sie verkaufen ihm Abend für Abend seine Drinks. Wir leben nun mal in einer grausamen Welt, in der sich niemand für den anderen verantwortlich fühlt.«

Paddles war murrend ans andere Ende der Theke gegangen, um dort zu bedienen, als plötzlich die Tür aufflog und Mrs. Hickey hereinstürzte. Sie blieb am Eingang stehen und hielt ein Tablett in der Hand, auf dem etwas Furchterregendes lag.

»Was haben Sie uns denn da mitgebracht, Mrs. Hickey?« Paddles' Stimme schwankte ein wenig.

»Ach, Paddles, das ist nur ein Schafskopf. Ich dachte, Sie würden sich ihn vielleicht gern ansehen, und auch der Rest der Anwesenden darf einen Blick darauf werfen ...«

Im Lokal war ein unbehagliches Murmeln zu vernehmen. An diesen Ort hier, in diese schummerige, einfache Kneipe, verirrte sich so gut wie nie eine Frau, und schon gar nicht eine mit einem Metzgertablett, auf dem ein großer Schafskopf lag.

»Nun, vielen Dank, Mrs. Hickey. Danke.«

»Ich mach' nur mal eben die Runde, damit jeder ihn richtig sehen kann«, entgegnete sie. Ihr Blick loderte wie bei einer Irrsinnigen. Keiner wollte sie noch mehr aufregen oder riskieren, mit ihr in ein Gespräch verwickelt zu werden. Und so nickten die Männer und machten zustimmende Geräusche, während das Ding an ihnen vorbeigetragen wurde. »So sieht John Abend für Abend aus, wenn er von hier nach Hause geht: dämlich und bleich wie ein Schaf. Ich wollte Ihnen das Vergnügen dieses Anblicks nicht vorenthalten.«

»Nun, John ist im Moment gar nicht da ...«, fing Paddles unsicher an. »Aber wenn wir ihn sehen, nun, dann ...« Seine Stimme erstarb.

»Machen Sie sich keine Mühe«, erwiderte Mrs. Hickey leichthin. »Ich wollte nur, daß Sie alle wissen, was vorgeht.«

»Danke, Mrs. Hickey«, entgegnete Paddles ernst; sein Ton machte deutlich, daß die Vorstellung zu Ende war.

»Möchtest du irgendwo anders leben?« fragte Martin Peter Kelly, als Mrs. Hickey samt Tablett wohlbehalten das Lokal verlassen hatte.
Peter Kelly hatte an jenem Abend eigentlich über diese vermaledeite Gesellschaft herziehen wollen. Er hatte sich empören wollen über die Menschen, die ihm sagten, es sei gut, daß das Baby gestorben war, es hätte ja doch keinen Vater gehabt, wissen Sie. Wie hatte er sich über diese bigotte Moral aufgeregt, die dazu führte, daß man es für besser hielt, wenn ein uneheliches Kind starb, als daß es in einer bescheidenen Berghütte mit Liebe großgezogen wurde. Doch da saß Martin, der friedfertige, unkomplizierte Martin, der nur die komischen und erfreulichen Seiten an Lough Glass sah. Er konnte ihn nicht mit seinem Kummer behelligen.
»Du hast recht, Martin«, meinte er. »Hier gibt es alles außer einem Zirkus mit drei Manegen. Maura meint, hier ist mehr los als in ganz Dublin.«

Als Kit nach Hause kam, tünchte Rita gerade die Mauer im Hof hinter dem Haus. »Soll ich dir helfen? Haben wir noch einen Pinsel?«
»Du solltest lieber lernen«, entgegnete Rita.
»O nein, Rita, bitte, du nicht auch noch. Ich fange am anderen Ende an.«
»Du mußt sowieso erst deine Schuluniform ausziehen.« Kit kam dieser Aufforderung sogleich nach und stand einen Moment später in der Unterwäsche da. »So habe ich es nicht gemeint«, lachte Rita. »Ich meinte, du solltest alte Sachen anziehen.«
»Ach was, wozu denn? Bis ich mich oben umgezogen habe und wieder hier bin, bist du fertig. Hier sieht mich doch außer Farouk keiner.«
Die alte Katze betrachtete sie schläfrig und teilnahmslos. Es war schwer, Farouk für irgend etwas zu interessieren.
Vor ihren Augen verwandelte sich das fleckige Grau der Mauern wieder in ein strahlendes Weiß, und der Hof sah aus wie jeden

Sommer, bevor er durch die Feuchtigkeit und Regenspritzer wieder schmutzig wurde.
»Manchmal frage ich mich, warum wir das überhaupt machen«, sagte Kit. »Das wird nur immer wieder schmutzig, und außer uns sieht es sowieso keiner.«
»Deine Mutter hätte geantwortet, deswegen sei es gerade wichtig, alles hübsch in Ordnung zu halten«, entgegnete Rita.
»Wirklich?« Kit legte ihren Pinsel einen Augenblick nieder.
»Ja, sie sagte, man solle einen Ort um seiner selbst willen in Ehren halten und nicht wegen der Nachbarn.«
»Sie mochte es, wenn in ihrer Umgebung alles hübsch und gepflegt aussah, nicht wahr?«
»Ja, das stimmt.«
»Wie schade, daß sie nicht wie die Kellys einen Garten hatte. Bestimmt war es hart für sie, direkt an der Straße leben zu müssen, nur mit einem kleinen Hof.«
»Sie hat immer gesagt, der See ist ihr Garten«, entgegnete Rita. Sie sprach frei heraus und legte nicht erschrocken die Hand vor den Mund, weil ihr plötzlich wieder einfiel, daß Helen McMahon im See ertrunken war. »Niemand sonst hätte einen so schönen Garten direkt vor der Haustür.«
»Das habe ich jedenfalls nicht von ihr geerbt. Wie meine Umgebung aussieht, ist mir völlig egal«, meinte Kit.
»Das wird sich ändern, wenn du mal ein eigenes Heim hast«, prophezeite ihr Rita. »Nun zieh dich schon an, bevor Sergeant O'Connor über die Mauer springt und dich wegen Erregung öffentlichen Ärgernisses verhaftet.«

Lena sah sich in ihrer kleinen Wohnung um und bemühte sich, objektiv zu sein. Warum bezeichnete Louis sie als Absteige? Weshalb behauptete er, sie hätten nach all den Jahren harter Arbeit nichts erreicht?
Seit sie dort eingezogen waren, hatte sich Ivys Haus sehr zu seinem Vorteil verändert. Die Fassade war frisch gestrichen und der Zaun repariert worden. Während des Krieges waren in London viele

Zäune entfernt worden, Lena hatte das nicht gewußt. In der Diele lagen nun Teppiche, und auch das Treppengeländer war erneuert worden. Die einzige Wohnung, die nicht frisch renoviert war, war im Grunde ihre eigene.

Doch sie hatten sie selbst hübsch gestaltet, Bilder und Wandbehänge aufgehängt und Teppiche ausgelegt. Für Lena war diese Wohnung ein sicherer Hafen, der Ort, an dem sie mit dem Mann, der ihr alles bedeutete, leidenschaftliche Stunden verbrachte, wo sie für ihn kleine Mahlzeiten kochte, mit ihm plauderte und dabei aus dem Fenster sah, in den Himmel über London ... Wohin sie auch blickte, an diesem Ort fühlte sie, daß sie frei war. Sicher, die Wohnung war nicht groß. Aber schließlich hatten sie nie Gäste; das wollten sie beide nicht. Louis mußte abends immer lange arbeiten, es wurde jeden Tag später. Es war doch stets das gleiche – sobald man in eine verantwortungsvolle Position aufstieg, konnte man kaum noch über sein Leben bestimmen.

Lena liebte diese Wohnung. Sie hing an ihrer Freundin Ivy Brown, die keinerlei Forderungen an sie stellte. Mit niemand anderem könnte sie je ihr »Postgeheimnis« mit solch diebischer Freude teilen. Und es gefiel ihr, daß die Agentur nur einen Katzensprung entfernt lag, so daß sie in der Mittagspause schnell nach Hause laufen und eine Blume mit einem Liebesgruß und vielleicht noch ein Stück klebriges Mandelgebäck dazu für Louis auf den Tisch stellen konnte, falls er Spätschicht hatte und deshalb nachmittags kurz nach Hause kam.

Auch Louis liebte die Wohnung. Er war mit Lena durch die Stadt gebummelt, um eine exotisch gemusterte Bettdecke zu finden und den Spiegel mit der Putte, der so schrecklich dekadent aussah. Warum hatte er gesagt, die Wohnung sei ein Loch, eine Absteige und daß sie nach all der Zeit hier nichts erreicht hätten? Auch Ivy mochte er, und zur U-Bahn-Station waren es nur ein paar Schritte. Vielleicht war sie für seine Vorstellungen einfach nicht luxuriös genug, eine Wohnung ohne Badezimmer. Aber mal angenommen, eine der anderen Wohnungen im Haus würde frei, nur mal angenommen ...

Doch mit so etwas zu rechnen war Unsinn. Die meisten Hausbewohner waren langjährige Mieter. Sie durfte nicht anfangen, einer fixen Idee nachzujagen.

Es gab also doch einen Gott, oder ein Schicksal, das es gut mit ihr meinte, sagte sich Lena. Nur drei Tage später teilte ihr Ivy mit, daß die Neuseeländer aus dem zweiten Stock auszogen.
»Angeblich wegen Heimweh.« Ivy schüttelte zweifelnd den Kopf. »Als ob man nach dieser abgeschiedenen Wildnis Heimweh haben könnte.« Nun, jedenfalls hatten sie ihr eine Monatsmiete gezahlt und waren ausgezogen. »Du kannst mir dabei helfen, die nächsten Mieter auszusuchen«, bot Ivy Lena an. »Schließlich werden das eure Nachbarn, und ihr möchtet bestimmt jemanden, mit dem ihr gut auskommt.«
»In welchem Zustand haben sie die Wohnung verlassen?« wollte Lena wissen.
»Komm mit und sieh sie dir selbst an.« Ivy nahm den Schlüssel vom Schlüsselbrett, und sie gingen nach oben.
Diese Wohnung mit ihren hohen Decken und großen Fenstern konnte Louis nicht schlechtmachen, die würde er nicht ausschlagen. Nicht, wenn sie sie hübsch einrichteten. »Wieviel verlangst du dafür?« erkundigte sich Lena.
»An euch hatte ich gar nicht gedacht ... ich war der Meinung, ihr würdet für etwas Eigenes sparen«, gestand Ivy.
»Nein, nein, das haben wir nicht vor.« Ivy brauchte nicht zu wissen, daß sie kaum Erspartes besaßen. Was sie verdienten, gaben sie aus. Falls sie die Wohnung nahmen, würden sie sich einschränken müssen, aber sie war es wert.
»Weiß er es schon?« fragte Ivy.
»Natürlich nicht. Ich habe es doch selbst erst vor zehn Sekunden erfahren.«
»Hör mal, bevor du sie ihm zeigst, bring' ich die Wohnung erst noch ein bißchen in Schuß.«
»Was willst du daran machen?«
»Was meinst du?« Sie sahen sich um und sprudelten über vor

Ideen. »Ernest wird mir sicherlich ein paar Schwarzarbeiter aus dem Pub rüberschicken, du weißt schon, die eigentlich im Auftrag der Brauerei einen Tag dort arbeiten sollten, aber in Wirklichkeit gleichzeitig sechs verschiedene Jobs erledigen.«

»Wie wär's mit einem großen Schrank für das Schlafzimmer?«

»Für all die schönen Jacken und Schuhe von Louis Gray«, neckte Ivy sie.

»Sag bloß nichts gegen ihn.«

»Das würde ich nicht wagen«, entgegnete Ivy. »Gib mir eine Woche, dann führe ich sie euch beiden vor, und ihr könnt euch entscheiden. Wenn ihr es euch anders überlegt, ist es auch kein Problem, vermieten werde ich sie so oder so.«

»Ich glaube, er wird begeistert sein«, meinte Lena, die nun wieder Hoffnung schöpfte. Diese Wohnung könnte ihn seine Pläne mit Spanien vergessen lassen. Zumindest für eine Weile.

Und er war tatsächlich begeistert. Die Zimmer seien besser geschnitten als im Dryden, erzählte er Ivy aufgeregt. Mit Lena tanzte er durch die großen, leeren Räume und stellte fest, nun hätten sie endlich ausreichend Platz, um ein entsprechendes gesellschaftliches Leben in London zu führen. Mit einer Flasche Champagner, die er besorgte, tranken die drei auf die neue Wohnung.

»Ich kann es gar nicht erwarten, bis wir einziehen«, gestand Louis. Er war gespannt und aufgeregt wie ein kleines Kind, ging im Zimmer umher und berührte, ja streichelte beinahe die Wände und Türklinken. »Jetzt machen wir etwas aus uns«, sagte er und freute sich wie ein Schneekönig.

In Scarborough wurde eine Tagung für leitende Hotelangestellte veranstaltet.

»Da wollte ich schon immer einmal hinfahren«, meinte Lena.

»Ich werde dir alles genau erzählen.«

»Kann ich denn nicht mitkommen?« Lena hatte sich ein paar Tage freinehmen wollen.

»Leider ohne Ehefrauen.«

»Dann erzählst du mir eben danach alles ganz genau«, sagte sie mit einem strahlenden Lächeln.

Sie suchte gerade bei Selfridges einen Vorhangstoff für die neue Wohnung aus, als ihr James Williams über den Weg lief.
»Wieder etwas in Blau und Gold für die Agentur?« fragte er. Er hatte es nicht vergessen.
»Nein, ich schaue mich nur ein bißchen um.«
»Sie sehen fabelhaft aus.« Für ihren Geschmack betrachtete er sie immer etwas zu wohlwollend.
»Danke, James.« Sie bedankte sich für das Kompliment mit einem Standardlächeln.
»Lassen Sie es sich gutgehen in Scarborough«, meinte er.
»Werden ... Sie mit von der Partie sein?« preßte sie hervor. Ihre Kehle war wie zugeschnürt.
»Nein, ich habe leider keinen Vorwand. Sie werden dort auch arbeiten, aber hauptsächlich ist es als Dankeschön für die Mitarbeiter gedacht, dafür, daß sie so hart und zu allen möglichen und unmöglichen Zeiten arbeiten. Dort können sie ihre Gattinnen einmal richtig ausführen, ohne jeden Penny zweimal umdrehen zu müssen.«
»Kommen denn alle Ehefrauen mit?«
»Ja. Eine solche Reise lassen sie sich nicht entgehen. Ich wünsche Ihnen auf alle Fälle viel Vergnügen.«
»Das habe ich bestimmt«, entgegnete Lena. Sie mußte sich am Ladentisch festhalten, um nicht zu Boden zu sinken.

Wahrscheinlich ist das nur ein Hirngespinst von mir, schrieb Kit, *aber ich habe das Gefühl, daß Dad Clios Tante Maura den Hof macht. Ich weiß, das ist ein altmodischer Ausdruck, aber mir fällt kein anderer ein. Und mit keinem kann ich darüber sprechen. Sie waren ein paarmal in O'Briens Hotel beim Essen. Philip hat mir erzählt, daß sie unentwegt die Köpfe zusammengesteckt hatten, aber Philip redet immer so daher, daß die Leute die Köpfe zusammenstecken würden und so. Er kann an nichts anderes denken.*

Kannst Du Dir etwa vorstellen, daß sie in ihrem Alter wirklich noch ans Heiraten denken? Ich weiß, daß Dad so etwas nie tun würde, ohne vorher mit uns darüber zu sprechen, aber ich möchte unbedingt wissen, wie Du darüber denkst.

Diesmal kam die Antwort ziemlich schnell, Lena mußte sie postwendend abgeschickt haben. Der Brief war allerdings sehr kurz.

Kit, ich muß erst ein paar Dinge wissen: Glaubst Du, daß Maura Deinen Vater glücklich machen würde? Er hat ein schweres Leben hinter sich und verdient ein bißchen Glück. Und Du und Emmet, könnt Ihr es Euch vorstellen, daß eine andere Frau im Haus lebt, dort, wo Eure Mutter war, sogar in ihrem Zimmer, oder würde Euch das verletzen? Erst wenn ich Antwort auf diese Fragen habe, kann ich Dir schreiben, was ich davon halte.

Kit schrieb:

Woher weißt Du, daß Mutter ein eigenes Zimmer hatte? Ich hab es Dir nicht erzählt. Und ich kann nicht glauben, daß sie Dir so etwas anvertraut hätte. Bitte erkläre es mir.

Lena ging im Büro auf und ab. Nie wieder durfte sie so überstürzt antworten. Auf diese Weise schlichen sich Fehler ein. Aber es war noch einmal gutgegangen; diesen Fehler konnte sie überspielen.

Wie aufmerksam Du doch bist, Kit, schrieb Lena. *Deine Mutter hat mir allerdings tatsächlich erzählt, daß sie ein eigenes Zimmer hatte. Sie könne nicht schlafen, wenn noch jemand im Raum sei. Es war nicht nötig zu erwähnen, daß ich es nicht weitersagen sollte, da ich ohnehin mit niemandem über sie sprach. Unsere Korrespondenz war gewissermaßen geheim, ähnlich wie jetzt unsere. Manche Menschen würden das vielleicht schade oder gar traurig finden, aber ich nicht. Und ich hoffe, Du auch nicht. Deiner Mutter jedenfalls gefiel es so. Du kannst Dir nicht vorstellen, wie einsam ich mich fühlte, als keine Briefe mehr von ihr eintrafen. Sag mir, daß Du mich verstehst.*

Ich verstehe Dich, schrieb Kit. *Trotzdem begreife ich nicht, warum Du mir erzählt hast, Du hättest von Mutters Tod aus der Zeitung erfahren. Es muß Dir doch sofort aufgefallen sein, daß etwas nicht stimmt, als keine Briefe mehr kamen.*

So habe ich es nur im ersten Brief formuliert, erklärte Lena, *damit ich einen Ansatzpunkt hatte, um mich bei Dir vorzustellen. Aus Loyalität Deiner Mutter gegenüber hättest Du sonst den Kontakt vielleicht gleich wieder abgebrochen; deshalb habe ich Dir von unseren Briefen nichts erzählt.*

Das ist alles so verwirrend, antwortete Kit. *Du bist so eine geheimnisvolle Frau. Ich weiß nichts von Dir, überhaupt nichts. Aber Du weißt alles von mir. Hast Du eigentlich meiner Mutter etwas von Dir erzählt? Und hat sie Deine Briefe vernichtet? Nach ihrem Verschwinden haben wir ihre Sachen weggeräumt, aber keine Briefe gefunden. Nicht den kleinsten Hinweis darauf, daß sie Dich gekannt hat.*

Ich sage Dir alles, was Du wissen möchtest, schrieb Lena zurück. *Mach eine Liste mit Fragen, dann versuche ich, sie zu beantworten.*

Daß sie damit ein Risiko einging, war ihr klar. Sie verstrickte sich allmählich zu tief in diese Sache. Nun würde sie für Lena eine Geschichte erfinden müssen, eine Vergangenheit, die es nie gegeben hatte. Sie hatte Angst davor, was Kit sie fragen würde.
Doch Kit hakte nicht weiter nach, fast so, als fände sie eine solche Ausfragerei unhöflich. Statt dessen tat sie etwas sehr Rührendes, etwas, womit Lena niemals gerechnet hätte, obwohl es unter Freunden eine ganz normale Reaktion war. Kit wollte, daß sie nach Irland kam.

Kannst Du uns besuchen kommen? An Geld fehlt es Dir doch nicht. Und wenn Du willst, daß es geheim bleibt, kannst Du auch in O'Briens Hotel übernachten.

In gewisser Hinsicht hoffte Kit allerdings, daß sie nicht kommen würde. Möglicherweise erwies sich ihre Begegnung als Enttäuschung. Vielleicht hatte sie so einen komischen englischen Akzent. Und vielleicht war es nicht halb so schön, sich mit ihr zu unterhalten, wie ihr zu schreiben.
Doch derartige Gedanken waren Unsinn. Wenn Lena so alt war wie Mutter, war sie jetzt etwa Mitte Vierzig. In so einem Alter hatte sie bestimmt Besseres zu tun, als mit einer irischen Jugendlichen über längst vergangene Zeiten zu reden. Lena schien eine ganz normale Frau zu sein; sie hatte einen Ehemann, der Empfangschef war. Und sie arbeitete irgendwo in einer großen Stellenvermittlungsagentur und wohnte in einem Haus, das einer gewissen Ivy Brown gehörte.
Vielleicht war sie auch eine ältliche Gouvernante. Wie dem auch sei, wenn sie kam, würde Kit es jedenfalls erfahren.

Liebe Schwester Madeleine,
seit beinahe fünf Jahren spielen Sie jetzt schon für mich den Briefkasten, und ich danke Ihnen für Ihre Diskretion und Zurückhaltung in all der Zeit. Kit McMahon spricht von Ihnen mit solcher Bewunderung und Ergebenheit, daß ich mich nun mit einer großen Bitte an Sie wenden möchte. Kit hat mich nach Lough Glass eingeladen, doch aus einer Vielzahl von Gründen möchte ich dieser Einladung nicht nachkommen, da es weder für sie noch für irgend jemanden sonst gut wäre. Dabei denke ich nicht an mich, sondern in erster Linie an andere. Wie Kit Sie mir geschildert hat, finden Sie stets eine Lösung, auch wenn die Situation ausweglos erscheint. Ich stehe für immer in Ihrer Schuld, wenn Sie Kit davon überzeugen können, daß es besser wäre, wenn wir uns nie begegnen.
Über die Gründe dafür muß ich für Sie sicherlich keine Lügenmärchen erfinden; ich weiß, daß Sie mir glauben, wenn ich Ihnen beteuere, daß es besser so ist.

Ihre verzweifelte
Lena Gray

Mein liebes Kind,
es war immer meine Überzeugung, daß neben der realen Welt noch eine Welt der Vorstellung existiert, die man nicht mit der Wirklichkeit vermischen darf, da sie sonst Schaden nimmt. Zwei Welten können nebeneinander existieren. Das Leben zweier Menschen kann parallel verlaufen, ohne daß sie einander jemals begegnen müssen. Ich wünsche Ihnen Frieden und Glück und das Wissen, daß Sie hier Freunde haben und schon immer hatten.

Gottes Segen sei mit Ihnen,
Ihre Madeleine

»Sie weiß es, nicht wahr?« Lena reichte Ivy den Brief.
»Das denke ich auch«, meinte Ivy. »Und was nun?«
»Sie wird es niemandem sagen«, erwiderte Lena. »Soviel ist sicher.«

»Hast du was mit Philip O'Brien?« wollte Clio wissen.
»O Gott, Clio, ich wünschte, ich hätte eine andere Freundin. Natürlich habe ich nichts mit Philip O'Brien, was immer das auch heißen mag. Und das habe ich dir auch schon hundertmal gesagt.«
»Er ist ständig bei euch. Hängt hier an der Schule rum. Oder du bei ihm«, maulte Clio.
»Wir sind nun mal Nachbarn.«
»Hat er dich schon geküßt?«
»Halt die Klappe.«
»Wir haben uns geschworen, keine Geheimnisse voreinander zu haben. Das mit dem Flaschendrehen auf der Party hab' ich dir auch anvertraut.«
»Ich habe dir alles erzählt. Es gibt einfach nicht mehr zu berichten.«
»Er hat dich also tatsächlich geküßt, aber weil ihr ineinander verliebt seid, kannst du es nicht weitererzählen. Ist es das?«
Kit konnte nicht mehr aufhören zu kichern. »Nein, das ist es nicht, in Ordnung? Er hat mich schon irgendwie geküßt, aber nicht auf

den Mund, denn ich wußte nicht, daß er mich küssen wollte und habe meinen Kopf gedreht, so daß er nur mein Kinn erwischt hat. Dann hat er sich entschuldigt, und ich mich auch, und dann haben wir es noch einmal versucht, aber es war irgendwie ein bißchen peinlich. Jetzt weißt du alles, also laß mich endlich in Ruhe.«

»Wann ist das passiert?« Clio war noch nicht zufrieden.

»Oh, Clio. Irgendwann letzte Woche ...«

»Und das hast du mir verschwiegen!«

»Dafür erzähl' ich dir jetzt was ganz anderes: Stevie Sullivan hat eine neue Flamme.«

»Nein!« Clio klang sehr interessiert, aber gleichzeitig enttäuscht.

»Doch. Eine Amerikanerin, die in O'Briens Hotel wohnt. Ihre Eltern sind hergekommen, um nach ihren Wurzeln zu suchen. Die meiste Zeit verbringen sie oben auf dem Friedhof, und da ist sie über die Straße spaziert und mit Stevie ins Gespräch gekommen.«

»Das kann ich mir vorstellen.«

»Philip sagt, sie sieht phantastisch aus. Und stell dir vor, Stevie ist rüber ins Hotel gegangen, und sie hat ihren Eltern erzählt, daß er sie mitnimmt auf die andere Seite des Sees, um seine Clique zu treffen. Und sie hatten nichts dagegen. Natürlich war da keine Clique, sondern nur Stevie mit seiner altbekannten Masche.«

»Ach, die ist bald wieder fort«, meinte Clio bissig. »Wenn ihre Eltern erst einmal ihre Wurzeln gefunden haben, sind sie so schnell wieder weg, als wäre der Teufel hinter ihnen her. Und Mr. Stevie Sullivan muß seiner neuen kleinen Freundin auf Wiedersehen sagen.«

»Heute nachmittag haben wir schon wieder Berufsberatung«, stöhnte Kit.

»Ja, es ist hoffnungslos«, entgegnete Clio. »Ich nehme an, sie werden uns sagen, welche Möglichkeiten es überhaupt gibt.«

»Außer Krankenschwester und Lehrerin gibt es nichts. Und das auch nur, wenn man eine Zulassung bekommt.«

»Ich kann beides nicht ausstehen«, meinte Clio.

»Mutter Bernard ist ganz versessen darauf, daß du Ärztin wirst.«

»Sie will nur sagen können, daß eine ihrer Schülerinnen es bis zur Ärztin gebracht hat – und daß ich die nächsten sieben Jahre den Kopf in die Bücher stecken muß.«

»Was willst du wirklich machen?«

»Ich werde den Baccalaureus machen. Tante Maura sagt, es ist ein prima Sprungbrett.«

»Wohin kannst du damit springen?«

»In die Arme eines reichen Ehemannes, hoffe ich.«

»Das willst du doch nicht im Ernst?«

»Nein, er muß außerdem noch sexy und erfahren sein. Schließlich möchte ich nicht, daß er beim Küssen meinen Mund verfehlt und mit seiner Nase gegen mein Kinn stößt.«

»Wunderst du dich tatsächlich, daß dir niemand etwas erzählt, Clio?«

»Ach, du bist in letzter Zeit eine richtige Geheimniskrämerin«, quengelte Clio, und ihre Augen wurden ganz schmal.

»Was ist jetzt schon wieder los?«

»Erstens gehst du zu Schwester Madeleine, wenn ich nicht dabei bin.«

»Ja.«

»Und dann diese Annäherungsversuche von Philip. Und diese merkwürdige Lernwut.«

»Nun, ich lerne wirklich. Wir haben in drei Monaten Abschlußprüfung, vielleicht erinnerst du dich dunkel daran.«

»Und jetzt, lernst du da auch?«

»Ja.«

»Aber da liegen gar keine Bücher, nur Blätter ...«

»Ich mache mir Notizen.«

»Zeig mal her.« Clio schnappte sich die Schreibmappe und öffnete sie. Darin befanden sich ein frankierter Briefumschlag und ein halbfertiger Brief. »Nein, du lernst nicht. Du schreibst Briefe ... Liebesbriefe.«

»Gib ihn mir zurück!« Kits Gesicht war weiß vor Zorn.

»Laß mich mal lesen ...«

»Gib ihn mir zurück, Clio!«

Clio las vor: »Liebst … liebst was? Ich kann seinen Namen nicht lesen.«
Mit einem Aufschrei stürzte sich Kit auf sie. »Was für ein selbstsüchtiger, unersättlicher Mensch du doch bist. Du hast weder Benehmen noch Anstand.«
»Weder Benehmen noch Anstand«, äffte Clio sie nach und hielt den Brief in die Luft.
Doch Kit boxte sie ohne Vorwarnung in den Bauch, worauf sie sich zusammenkrümmte vor Schmerz. Da schnappte Kit sich den Brief und rannte aus dem Klassenzimmer.
Auf dem Gang traf sie Mutter Bernard. »Eine Dame rennt nicht, Mary Katherine.«
»Ich weiß. Tut mir leid, Mutter. Ich wollte rasch in die Bibliothek, um noch ein bißchen Stoff zu wiederholen.«
»In Ordnung. Aber auch dann solltest du nur zügig gehen. Fühlst du dich gut? Du wirkst erhitzt.«
»Mir fehlt nichts, Mutter.« Kit entwischte, bevor Mutter Bernard ihre dreiste Lüge aufdecken und weitere Nachforschungen anstellen konnte.

»Emmet, würdest du für mich eine Nachricht zu den Kellys bringen?«
»Nein.«
»Gegen Bezahlung.«
»Wieviel? Drei Pence?«
»Ich dachte eigentlich an einen Penny.«
»Für einen Penny mach' ich's nicht.«
»Was bist du doch für ein abscheulicher Mensch.«
»Gut. Dann mache ich es gar nicht.«
»Wenn ich daran denke, was ich alles für dich tue.« Kit war gekränkt.
»Was genau tust du denn für mich?«
»Ich beschütze dich.«
»Vor wem?«
»Vor Leuten, die dich hänseln.«

»Sei nicht albern, Kit. Du beschützt mich nicht. Und die Leute hänseln jeden.«
»Ich sage immer nette Sachen über dich. Ich denke sogar nette Sachen über dich.«
»Warum auch nicht? Schließlich bin ich gar nicht so übel. Warum solltest du also etwas Schlechtes über mich sagen?«
»Alle machen ihre Geschwister schlecht, nur ich nicht.«
»Wer denn?«
»Clio zum Beispiel. Und Stevie. Auch Patsy Hanley zieht über Deirdre her.«
»Na ja, die.« Emmet zuckte mit den Schultern, als wäre es bei diesen Leuten auch kein Wunder.
»Oh, ist schon gut, sei du nur genauso gemein wie alle anderen. Dabei habe ich immer gedacht, du wärst etwas Besonderes.«
»Was sollte ich eigentlich hinbringen?«
»Einen Brief für Clio.«
»Warum bringst du ihn denn nicht selbst hin? Ihr steckt doch auch sonst ständig zusammen.«
»Ich rede gerade nicht mir ihr.«
»Dann ist dieser Brief also ein Versöhnungsangebot?«
»Nein, das nicht. Darin steht, wie schlecht sie ist und daß sie ihre abscheuliche Nase immer in Dinge steckt, die sie nichts angehen.«
»Das wird alles nur noch schlimmer machen«, meinte Emmet weise.
»Ja, aber das macht mir nichts aus. Wenn es nach mir ginge, könnte es zwischen uns gar nicht schlecht genug stehen.«
»Sicher, aber am Ende entschuldigst du dich, oder sie entschuldigt sich, und dann wird alles so sein wie immer.« Emmet hatte im Laufe der Jahre die Höhen und Tiefen ihrer Freundschaft miterlebt.
»Ich glaube, diesmal nicht.«
»Das sagst du jedesmal«, entgegnete Emmet. »Aber du verzeihst ihr ja doch, oder sie verzeiht dir, und dann geht es wieder für eine Weile gut.«
Kit dachte darüber nach. Er hatte eigentlich recht. So war es von

jeher gelaufen. Aber diesmal nicht. Nein, denn Clio hätte um ein Haar ihr Geheimnis entdeckt.

Bloß weil sie sich auf den Schlips getreten fühlte, hätte sie beinahe herausgefunden, daß Mutters Freundin Lena ihr diese Briefe schrieb. Und wenn Clio das entdeckt hätte, wäre es das Ende des Briefwechsels gewesen. Ein unbestimmtes Gefühl sagte Kit, daß ihre Brieffreundschaft nur Bestand haben konnte, solange sie ein Geheimnis blieb. Sie wünschte, Lena hätte eine vernünftige Erklärung gegeben, warum sie nicht nach Lough Glass kommen konnte. Doch ihre Gründe klangen nur vorgeschoben.

»Und wie geht's jetzt weiter?« wollte Emmet wissen. Er überlegte, ob er mit dem Preis heruntergehen sollte.

Aber das Leben barg immer wieder Überraschungen. »Das werde ich dir gleich sagen«, entgegnete Kit fröhlich und hakte sich bei ihm unter. »Ich spendiere dir ein Eis, wie wäre es damit?«

»Was muß ich dafür tun?« fragte Emmet argwöhnisch.

»Nichts, gar nichts. Du mußt nur zugeben, daß du die beste Schwester weit und breit hast.«

»Ich glaube, das habe ich wirklich«, entgegnete Emmet nachdenklich. Und dann liefen sie zusammen zum Laden, bevor es sich Kit vielleicht noch einmal anders überlegte.

»Schatz?« Louis rief Lena in der Agentur an.

»Am Apparat«, erwiderte sie mit einem Lächeln, das sich auf ihre Stimme übertrug.

»Ich hab' dir doch von dieser Tagung erzählt.«

»Oh, ja.« Ob das wohl beiläufig genug klang? Oder war ihr anzuhören, daß sie seit Wochen an nichts anderes dachte?

»Die Bestimmungen haben sich geändert.«

»Was heißt das?«

»Wir dürfen jetzt unsere Frauen, Freundinnen oder wie man sie sonst nennt mitnehmen.« Ein langes Schweigen folgte. »Also ...«

»Also was, Louis?«

»Also, ist das nicht wunderbar? Pack deinen Sonntagsstaat ein, und wir werden uns prächtig amüsieren.«

»Ich kann nicht.«
»Wie bitte?«
»Ich kann nicht, Liebling, das weißt du doch. Ich habe mich bereit erklärt, auf Mrs. Park aufzupassen und das Büro zu hüten. Nein, da kann ich nicht mehr zurück. Zu viele Leute verlassen sich auf mich.«
»So eine Chance kriegen wir nie wieder. Das kannst du nicht ausschlagen.«
»Wenn ich es früher erfahren hätte, hätte ich all diese Termine nicht vereinbart.«
»Ich hab's eben, verdammt noch mal, nicht früher gewußt.«
Oh, wie gern hätte sie diese kostenlose Bahnreise nach Yorkshire angetreten! Während der Fahrt hätte sie auf einer Landkarte nachgesehen, ob sie bereits an Wash und Humber vorbeifuhren. Zum ersten Mal seit ihrer Fehlgeburt auf jener schrecklichen Reise nach Brighton hätten sie wieder zusammen in einem Hotel übernachtet, hätten Zeit für sich gehabt, Zeit, um miteinander zu reden und sich zu erholen. Sie hätte sich um ihn kümmern können und wäre selig dabei gewesen. Und wie stolz wäre Louis auf sie gewesen, wenn sie vor den anderen Leuten gestrahlt hätte vor Glück. Der Knoten in ihrem Magen wäre verschwunden, weil er sie wieder begehrt hätte.
Sie hatte nichts getan, um das Schweigen zwischen ihnen zu brechen. »Überlegst du noch, oder war's das schon?« hörte sie ihn schimpfen.
»Warum hast du es mir nur nicht früher gesagt?« seufzte sie.
»Weil ich es nicht früher wußte«, antwortete er in einem Ton, als würde er mit einem Kind oder einer Schwachsinnigen reden.
»James Williams wußte es aber schon früher«, konterte Lena.
»Was meinst du damit?«
»Ich habe ihn getroffen, und er fragte mich, ob ich auch mitkäme. Als ich behauptete, Ehefrauen seien doch nicht vorgesehen, widersprach er mir.«
»Und er hatte recht«, rief Louis triumphierend. »Er war ja auch von Anfang an dafür, daß die Frauen mitkommen sollten.«

Lena fühlte sich so müde. Was hätte eine andere in ihrer Situation getan? Eine klügere Frau? Wäre sie mit ihm gegangen, hätte sie alles hingeworfen und sein Herz im Sturm zurückerobert? Oder hätte sie nie die Spröde gespielt, die sich nicht so leicht betören ließ?

»Ich kann nun mal nicht mitkommen, Louis«, sagte sie. Weil sie gedacht hatte, sie wäre das ganze Wochenende allein, hatte sie so viele Termine ausgemacht, um sich abzulenken, daß sie keine ruhige Minute haben würde. Jetzt wurde ihr die bittere Ironie ihres Verhaltens bewußt, denn es war unmöglich, das alles wieder rückgängig zu machen. Zu viele Menschen verließen sich auf sie. Und Louis glaubte, sie spiele die Beleidigte und würde darauf herumreiten, daß er sie zuerst nicht hatte mitnehmen wollen. Lena entschied, daß es das beste war, sich nicht zu entschuldigen oder lange Erklärungen abzugeben. Er sollte nur wissen, daß sie gerne mitgefahren wäre. »Ich führe dich dafür am Freitag zum Essen aus«, schlug sie vor.

»Ich weiß nicht recht. Wenn du die Zeit hast, dich mit einem Mann wie mir herumzutreiben und essen zu gehen, warum hast du dann keine Zeit für Scarborough?«

»Weil ich dachte, du Idiot, daß du mich nicht mitnehmen könntest. Komm schon, laß uns zusammen Essen gehen, wie es die Leute in den Filmen immer machen.« Sie hatte ihn überredet.

Doch als Lena danach im Büro saß und im Spiegel ihrer Puderdose ihr Gesicht betrachtete, bemerkte sie mit Entsetzen, daß sie einige Jahre älter aussah, als sie tatsächlich war. Da war dieser strenge, verhärmte Gesichtsausdruck, das fast eingemeißelte Stirnrunzeln. Ihr Haar wirkte stumpf, und in ihren Augen war kein Funken Leben. Wen wunderte es da, daß er eine andere gebeten hatte, mit ihm nach Scarborough zu fahren? Eine, die ihn im letzten Moment hatte sitzen lassen. Nein, nein. Solchen Gedanken durfte sie sich nicht hingeben. Doch was für eine farblose Ehefrau hätte sie abgegeben!

»Jessie«, sagte sie plötzlich und stand auf. »Ich muß weg, habe geschäftlich zu tun. Wir sehen uns dann nach der Mittagspause.«

Sie wußte, daß ihre Stimme wie ein blechernes Krächzen klang, und sie bemerkte auch, wie Dawn und die beiden anderen Mitarbeiterinnen überrascht aufsahen. Normalerweise sprach Mrs. Gray doch mit sanfter Stimme und bewegte sich gewandt. Sie packte nicht ihre Handtasche und hastete aus dem Büro wie heute.

Dawn blickte ihr verwundert nach. »Was hat sie denn heute?« fragte sie.

Doch Jessica mochte keinen Büroklatsch, und schon gar nicht über Lena. »Kümmern Sie sich um Ihre Arbeit«, entgegnete sie barsch.

Aber im Allerheiligsten – Jim Millars Büro – eröffnete sie ihrem Chef, daß Lena Gray ihrer Meinung nach zuviel arbeitete. »Sie paßt auf meine Mutter auf, während wir beide ausgehen; sie kommt ins Büro, um die Arbeiter zu beaufsichtigen ... Schreiner, die sie selbst engagiert hat. Sie hat die Mädchen dazu gebracht, Überstunden zu machen, damit das neue Ablagesystem bis Montag fertig ist ... Also, ich weiß nicht.«

»Was wird ihr gutaussehender Ehemann davon halten, wenn sie Tag und Nacht hier sitzt?«

»Ich glaube, er fährt auf irgendeine Tagung oder so.«

»Vielleicht ist es das, was sie nervös macht«, meinte Jim Millar.

»Grace, können Sie mich noch einschieben?«

»Na klar. Kommen Sie hier herüber zum letzten Waschbecken.« Grace nahm sich einen Klecks Shampoo.

»Aber doch nicht Sie selbst ... Sie sind die Chefin ... Ich dachte an eines der Mädchen.«

»Die sind alle beschäftigt, und ich bin froh, das sagen zu können.« Graces melodische Stimme klang stets fröhlich, doch Lena wußte, daß sie kein leichtes Leben hatte. Der Mann, den Grace liebte, hatte zwei Kinder von anderen Frauen. Aber darüber sprach man nicht.

»Ich fühle mich scheußlich. Ich wirke alt und traurig und als wäre ich für niemanden von Nutzen.«

»Vielleicht sind Sie nur müde«, meinte Grace.
»Wir beide wissen, was ›müde‹ eigentlich heißt.« Sie lachten. Es war eine höfliche Umschreibung dafür, daß sich das Alter bemerkbar machte.
»Ist es die Arbeit?« hakte Grace nach, während ihre kräftigen Finger Lenas Kopf massierten.
»Nein«, murmelte Lena ins Handtuch, als sie sich über das Becken beugte. »Nein, die Arbeit läuft von allein.«
»Bei mir auch«, entgegnete Grace. »Ist doch komisch, oder? Die Männer machen immer soviel Aufhebens von ihrer Arbeit. Für Frauen wie Sie und mich ist das ein Klacks. Das reinste Kinderspiel.«
»Er hat eine andere«, sagte Lena, als sie wieder aufrecht saß und sich mit ihrem Handtuchturban im Spiegel betrachtete.
»Nein, das glaube ich nicht«, widersprach Grace.
»Es gibt keinen Zweifel.«
»Ich mache Ihnen eine warme Ölpackung, das bringt mehr Glanz in Ihr Haar. Und dann überleg' ich mir ein schönes Make-up für Sie.
»Er wird nicht zu mir zurückkommen.«
»Vielleicht ist er noch gar nicht weg.«
»Ich glaube schon ... Sie wissen ja, irgendwie hat man so was im Gefühl.«
Grace hatte das warme Olivenöl einmassiert und wickelte ein frisches Handtuch um ihren Kopf. »Hat er Ihnen *gesagt*, daß er eine andere hat?«
»Nein, natürlich nicht.«
»Nun, dann ...«
»Ich habe ihn auch nicht danach gefragt«, bekannte Lena.
»Nein, natürlich haben Sie das nicht«, grinste Grace.
»Aber ich kann nicht mehr aufhören, daran zu denken ... überall und zu jeder Zeit: zu Hause, in der Arbeit, im Bett, sogar hier. Und ich werde herausfinden, wer dahintersteckt, ganz bestimmt. Bevor ich das nicht weiß, kann ich nicht ruhig schlafen.«
»Man sieht, daß Sie in letzter Zeit nicht viel geschlafen haben.«

Grace strich sanft über die dunklen Schatten unter Lenas Augen. Lena hätte am liebsten geweint und diese Frau umarmt. Doch das ging nicht vor all den Leuten, und Lena hatte schließlich jahrelange Erfahrung damit, ihre Gefühle zu verbergen.
»Denken Sie an etwas Schönes. Etwas, wovon Sie wissen, daß es beständig und wahrhaftig ist …«
»Meine Tochter«, sagte Lena.
Grace sah überrascht auf. In all den vielen Jahren, die sie sich bereits kannten, hatten sie noch nie über ihre Vergangenheit gesprochen. Nur Ivy kannte die ganze Geschichte.
»Wie alt ist sie?« fragte Grace behutsam.
»Demnächst wird sie siebzehn.«
»Das ist ein schönes Alter. Mit siebzehn sind sie reizend. Und haben Sie Kontakt zu ihr?«
»Nein, nicht direkt.«
»Warum nicht?«
»Sie hält mich für tot«, erwiderte Lena und dachte, daß sich wohl noch nie jemand so elend gefühlt hatte wie sie sich in diesem Augenblick.

»Also, du siehst heute einfach hinreißend aus«, bemerkte er im Restaurant.
Und das tat sie, Grace hatte Wunder gewirkt.
»Du sollst mich eben in angenehmer Erinnerung behalten, wenn du wegfährst«, erwiderte sie lächelnd.
»Ich wünschte, ich müßte mich nicht nur an dich erinnern.«
»Ich auch, aber schließlich ist es bloß ein Wochenende …, und es werden noch mehr kommen.« Sie war entschlossen, das Beste daraus zu machen, nun, da nichts mehr zu ändern war.
Seine Augen ruhten auf ihr, das konnte sie spüren, ohne aufzuschauen. »Du wirkst so voller Leben«, sagte er.
»Danke, Louis.«
»Laß uns nur ein Glas Wein trinken und dann gleich heimgehen, willst du?«
»Was? Wir sind doch eben erst gekommen.«

»In ein paar Minuten sind wir zu Hause. Ich kann mich nicht in die Wildnis aufmachen und hier etwas unerledigt zurücklassen.« Er wollte sie, jetzt gleich. Sie konnte ihn immer noch erregen, ihn dazu bringen, daß er sie begehrte.

Lena lächelte. »Nun, ich hatte geplant, zum Essen zu gehen wie die Leute im Film. Aber das ist sogar noch besser«, meinte sie und verließ ihm voran das Lokal.

Sie rannten wie Kinder die Straße entlang. Falls Ivy sie kommen hörte, kam sie jedenfalls nicht heraus, um sich mit ihnen zu unterhalten.

Als sie in der Wohnung waren, zog er sie ganz eng an sich. »Es gibt auf der ganzen Welt keine Frau für mich außer dir, Lena«, sagte er. »O Gott, ich brauche dich so sehr. Ich kann dir gar nicht sagen, wie sehr.«

Danach half sie ihm beim Kofferpacken.

»Was für ein verständnisvoller Mann ich doch bin«, meinte er, während sie seine Hemden zusammenlegte.

»Ach, wirklich, Louis Gray, wie kommst du denn darauf?« Sie war entschlossen, mit ihm zu lachen und glücklich zu sein. Er sollte nicht wegfahren mit der Erinnerung an eine beleidigte, nörgelnde Frau.

»Nun, meine Frau vernachlässigt ihre Pflichten, ihre ehelichen Pflichten: Sie weigert sich, mich auf einen Betriebsausflug zu begleiten.« Sein Lächeln über den geöffneten Koffer hinweg war unwiderstehlich.

»Aha. Aber ich bin doch gar nicht deine Ehefrau, Louis.«

»Ist das vielleicht meine Schuld? Ich bin wahrscheinlich der einzige Mann auf der Welt, der mit einer Frau zusammenlebt, die offiziell tot ist. Wenn ich könnte, würde ich dich auf der Stelle heiraten. Das weißt du.«

»Weiß ich das?« Sie konnte sich die Frage nicht verkneifen.

»Nun, wenn dir das nicht klar ist, ist dir nicht zu helfen.« Er faßte in das Schrankfach, in dem seine Unterwäsche lag. Als er seine zusammengelegten Unterhosen, Unterhemden und Socken herausholte, ließ er zwei Päckchen Kondome demonstrativ liegen.

»Hat wohl wenig Sinn, die mitzunehmen, wenn ich dich zu Hause lassen muß«, meinte er.
»Nicht den geringsten«, lachte Lena.
Doch ihr Lachen klang freudlos. Auf dem Weg nach Scarborough gab es genügend Apotheken, wo man solche Dinge besorgen konnte.

Wahrscheinlich liegt es daran, daß ich selbst in einer Stellenvermittlung arbeite, jedenfalls mache ich mir Gedanken darüber, was Du nach der Schule vorhast, schrieb Lena an Kit. *Weißt Du, Mädchen haben so schlechte Chancen im Berufsleben, weil sie nicht richtig oder überhaupt nicht beraten werden. Du sprichst nicht viel über die Zukunft, doch Deine Pläne interessieren mich sehr.*
Du hast Dich noch nie dazu geäußert, ob Du zum Beispiel später in Eurer Apotheke arbeiten willst oder ob Du studieren möchtest.

So schnell hatte sie nicht mit einer Antwort gerechnet.

Es ist ein merkwürdiger Zufall, daß Du gerade jetzt danach fragst. Also, ich würde gerne im Hotel arbeiten. Es gibt einiges, was dafür, und auch etliches, was dagegen spricht. Dagegen spricht vor allem Philip O'Brien, der Junge, von dem ich Dir schon erzählt habe. Er ist sehr nett, aber irgendwie mag er mich mehr als ich ihn. Da ich nicht die Art von Mädchen bin, auf die alle gleich fliegen, ist es eigentlich sehr angenehm – trotzdem möchte ich nicht, daß er denkt, ich schreibe mich nur an der Hotelfachschule in der Cathal Brugha Street ein, um mit ihm zusammensein zu können.
Er hat schon oft davon gesprochen, daß wir einmal gemeinsam das Hotel in Lough Glass führen werden. Aber glaub mir, Lena, wenn Du wüßtest, wie es dort aussieht, würdest auch Du die Burg von Graf Dracula vorziehen.

Wie es dort aussieht, weiß ich sehr gut, dachte Lena grimmig, und ich habe noch nie eine treffendere Beschreibung gehört. Der Brief ging noch weiter.

Dein Ehemann arbeitet doch in einem Hotel. Vielleicht könnte ich kommen und den Sommer über dort arbeiten, um Erfahrungen zu sammeln … Könntest Du ein gutes Wort für mich einlegen?

Lena hielt den Brief in der Hand und saß eine Weile lang einfach nur da. Die Vorstellung, daß Louis, ohne es zu wissen, ein Verhältnis mit ihrer Tochter anfangen könnte, war einfach absurd. Aber Kit war ein hübsches, dunkelhaariges Mädchen mit lebhaften Augen. Bald siebzehn … danach würde sich ein Mann, der das Gefühl hatte, allmählich alt zu werden, alle zehn Finger lecken. Doch das Schicksal konnte nicht so grausam sein und zulassen, daß Mutter und Tochter vom gleichen Mann verführt wurden. Daß Louis Gray der erste Liebhaber von beiden, Mutter und Tochter, war.

Nein, Kit durfte niemals nach London kommen. Und sie durfte auch ihr nie begegnen. Da sie nur Ivys Namen und Adresse kannte und Lenas Name nicht auf dem Türschild stand, würde Kit, falls sie doch kam, nicht wissen, daß sie dort wohnte. Und sie kannte weder den Namen der Stellenagentur Millar noch den Namen des Hotels, in dem Louis arbeitete. Denn Lena hatte darauf geachtet, den Namen »Dryden« in ihren Briefen nicht zu erwähnen.

Selbstverständlich kannte sie Louis' Namen, aber das war auch alles.

Lena schrieb zurück:

Das Problem ist, Kit, daß sich die Dinge hier verändert haben. Die Hotelbranche ist im Wandel begriffen, und da Louis nie im Besitz schriftlicher Zeugnisse war, wird er nun in ein anderes Fach wechseln. Er geht ins Marketing, da dort anscheinend die Zukunft liegt. Momentan ist er in Scarborough und versucht, seine Zukunftspläne in die Tat umzusetzen … er kann Dir also überhaupt nicht weiterhelfen. Ich vermisse ihn sehr, das kannst Du mir glauben. Das Wochenende kommt mir wie eine Ewigkeit vor …

Kit las den Brief. Sie las ihn immer wieder. Ganz offensichtlich hatten Lena und Louis Streit. Möglicherweise würden sie sich sogar trennen oder scheiden lassen. Schließlich waren in England solche Dinge möglich.

Sie wünschte, sie hätte eine Telefonnummer, damit sie Lena anrufen und ihr irgend etwas Hilfreiches sagen könnte. Doch was könnte sie ihr schon sagen … sie, Kit McMahon, die noch keine siebzehn war und gerade fürs Abschlußzeugnis büffelte? Die so gut wie nichts über Männer wußte, außer daß sie wirklich wünschte, Philip O'Brien würde nicht wieder versuchen, sie zu küssen. Wie konnte ausgerechnet *sie* der selbstsicheren Lena Gray einen Rat geben, die eine große Agentur leitete und obendrein einen gutaussehenden Ehemann hatte?

Denn an vielen Stellen in ihren Briefen hatte sie angedeutet, daß Louis gut aussah. Zum Beispiel erwähnte sie, daß er eine neue Jacke hatte; oder wie gut er sich in dem Auto machte, das sie sich einmal ausgeliehen hatten; oder wie vorzüglich ihm die Smokingjacke stand, die er auf einem offiziellen Empfang getragen hatte. Und auch Lena Gray mußte eine Schönheit sein, das wußte Kit. Es war völlig klar, daß ein Louis Gray sich nur mit einer schönen Frau zufriedengab.

Am Samstag spielte Lena Rommé mit Mrs. Park.

»Würde ich doch mehr Leute kennen, mit denen ich Karten spielen könnte. Sonst nehmen die Tage kein Ende«, meinte Jessies Mutter.

»Warum ziehen Sie nicht in die kleine Seniorenwohnanlage, von der ich Ihnen erzählt habe? Dort gibt es einen Speiseraum, in dem man das Mittagessen einnimmt, und am Abend kehren alle Bewohner wieder in ihre eigenen Wohnungen zurück. Auf diese Weise hat man am Nachmittag jede Menge Partner zum Kartenspielen.«

Bildete sie es sich nur ein, oder blickte Mrs. Park sie tatsächlich sehnsüchtig an? »Ja, nun, da muß man mal abwarten«, erwiderte sie.

»Oh, so kenne ich Sie gar nicht, Mrs. Park. Sie waren immer so eine entschlußfreudige Frau. Sie müssen doch wissen, ob Sie das wollen oder nicht.«

»Lena, das verstehen Sie nicht. Sie haben ja keine Kinder. Jessie zählt auf mich, es bedeutet ihr so viel, abends heimzukommen und mir das Abendessen zu machen. Den ganzen Tag lang freut sie sich schon darauf. Wahrscheinlich würde sie denken, ich brauche sie nicht mehr ...«

»Ach, ich weiß nicht, Mrs. Park«, entgegnete Lena. »Wenn ich Jessie so höre, habe ich den Eindruck, sie sähe es gerne, wenn Sie mehr von Ihrem Leben hätten.«

»Aber was ist dann mit ihrem Leben?«

»Wenn ich sicher sein könnte, daß Sie allein zurechtkommen, würde ich öfter mit ihr ausgehen. Doch da ich das Gefühl habe, sie fühlt sich verpflichtet, nach Hause zu gehen, frage ich sie lieber erst gar nicht.«

»Ich weiß nicht, ob Sie das richtig sehen.« Mrs. Park hatte ihre Zweifel.

»Doch, ich glaube schon, aber vielleicht auch nicht. Probieren Sie es einfach aus. Wenn sie heimkommt, fragen Sie Jessie, was sie davon hält.«

»Und Sie würden wirklich dafür sorgen, daß sie ein bißchen unter die Leute kommt?«

»Ja, Mrs. Park, das verspreche ich Ihnen.«

»Sie sind sehr freundlich, Lena Gray, aber Sie kennen die Bindungen zwischen Mutter und Tochter nicht. Als Mutter möchte man nur das Beste für sein Kind, das ist von Anfang an so, und daran wird sich auch nie etwas ändern.«

»Da haben Sie sicher recht, Mrs. Park«, entgegnete Lena Gray mit einem gezwungenen Lächeln.

Ivy schob den Store zurück.

Lena blieb an ihrer Tür stehen.

»Alles in Ordnung, Florence Nightingale? Kommst du noch ein bißchen rein zum Plaudern?«

»Du mußt mich nicht auf andere Gedanken bringen«, entgegnete Lena.
»Nein, du selbstsüchtiges Weib, das muß ich nicht. Aber vielleicht brauche ich selbst mal ein bißchen Aufmunterung«, gab Ivy zurück.
»Du?« Lena verdrehte die Augen.
»Ja, ich.« Ivy preßte die Lippen zusammen. Ausnahmsweise war sie einmal richtig niedergeschlagen. Lena ging hinein und setzte sich. »Es ist wegen Charlotte«, fing Ivy an.
»Charlotte? Was hat sie denn jetzt wieder verbrochen?« Lena hatte für die mißgünstige Ehefrau wenig übrig. Charlotte wollte Ernest anscheinend gar nicht für sich haben, aber es sollte ihn auch keine andere bekommen.
»Sie ist fort, und sie hat Krebs. Das ist es«, erklärte Ivy.
»Nein!«
»Doch. Das hat er gesagt. Er ist vor einer Stunde gegangen, wieder zu ihr ins Krankenhaus. Sie wird da nicht wieder rauskommen, Lena.«
Lena sah sie mit großen Augen an. Es war einer der seltenen Augenblicke, in denen ihr die passenden Worte fehlten. Einerseits war sie froh darüber, daß es diese unbekannte Frau, die zwischen Ivy und deren Glück gestanden hatte, bald nicht mehr geben würde. Doch sie konnte sich nicht wirklich freuen, wenn eine andere Frau schwerkrank war. »Wo hat sie es, Ivy?«
»Überall.«
»Und eine Operation?«
»Hat keinen Sinn mehr.«
»Wie hat Ernest es aufgenommen?«
»Schwer zu sagen. Er hat nicht viel gesprochen, wollte nur bei mir sein. Wir haben kaum ein Wort gewechselt.« Ivy sah zu ihr auf. Sie machte einen mitleiderregenden Eindruck, ihre Augenlider waren geschwollen vom vielen Weinen. »Kannst du dir das vorstellen, Lena, ich sitze hier schon die ganze Zeit und denke mir, vielleicht haben wir uns einfach nichts mehr zu sagen.« Lena

blickte Ivy verständnislos an. »Das zieht sich jetzt schon zu lange hin. Und jetzt ist es zu spät.«
»Aber ihr steht euch doch so nah, seht euch an jedem Freitag … fast jeden Freitag.«
»Wir haben uns wahrscheinlich nur etwas vorgemacht. Wenn es Charlotte nicht mehr gibt, ist alles aus und vorbei. Denk an meine Worte.«
»Nein, das ist Unsinn.«
»Das sagt man halt so«, meinte Ivy. »Du sagst auch oft Dinge, die nichts bedeuten. Was man bei euch in Irland eben sagt.«
»Warum glaubst du das?« Lena sprach jetzt mit sanfterer Stimme.
»Ich denke, daß es nur deshalb gehalten hat, weil es keine Zukunft hatte. Jetzt, da uns diese verdammte Krankheit eine Aussicht eröffnet, wird er sich im Handumdrehen verdrücken.«
Lena sah den tiefen Schmerz im Gesicht ihrer Freundin. »Hör mal, natürlich ist er im Moment erschüttert. Obwohl er Schuldgefühle hat, ist er gleichzeitig erleichtert, und deswegen fühlt er sich noch mehr schuldig. Im Moment durchlebt er ein Wechselbad von Gefühlen, und da mußt du ausgerechnet auf dem schlechtesten davon herumreiten.«
»Wenn man jemanden schon so lange liebt wie ich, kann man in ihm lesen wie in einem Buch.«
»Manchmal täuscht man sich auch.«
Sie selbst hatte sich vielleicht auch in Louis getäuscht. Womöglich hatte sie sich nur eingebildet, daß er sich für eine andere interessierte, daß er eine andere Frau eingeladen hatte, ihn nach Scarborough zu begleiten. Immerhin war das möglich.
Außerdem, wie zärtlich war er gestern nachmittag gewesen, bevor er zum Bahnhof fuhr, und wie hatte er sich über die neue Wohnung gefreut! Hatte beteuert, daß er sie vermissen würde und daß er es nur schwer ertragen würde, ohne sie in dem großen Bett zu schlafen, wo sie doch eigentlich neben ihm liegen sollte. Es war doch möglich, daß sie einfach nur zuviel arbeitete und Gefahren sah, wo es gar keine gab.

Vielleicht sah ein Außenstehender klarer. Wie Grace zum Beispiel.
»Haben Sie schon mal daran gedacht, daß er die Wahrheit sagen könnte?« hatte Grace gefragt. »Daß er wirklich nicht wußte, daß die Einladung auch für Ehefrauen galt?«
»Nein, daran habe ich noch nicht gedacht«, hatte Lena geantwortet. »Was beweist, wie tief mein Mißtrauen sitzt.« Sie hatte Graces Versuch, ihr Hoffnung zu machen, einfach beiseite gefegt.
Nun versuchte sie dasselbe mit Ivy. Sie wollte sie davon überzeugen, daß all die Jahre, die sie ihn geliebt hatte, nicht vergeudet waren. »Weißt du eigentlich, daß Frauen etwas Wunderbares sind, Ivy? Ich wünschte, Frauen würden die Welt regieren.«
»Das tun sie doch«, erwiderte Ivy und klang schon wieder ein bißchen wie früher.

Am Sonntag morgen erwachte Lena mit Kopfschmerzen. Wie gerne wäre sie jetzt in Scarborough in Louis' Armen gelegen! Wie hatte James Williams es noch mal ausgedrückt ...? Ein kleiner Ausflug als Dankeschön für die Angestellten, weil sie oft bis tief in die Nacht hinein arbeiten müssen ... Eine Gelegenheit für sie, ein paar Tage mit ihren Ehefrauen in einer angenehmen Umgebung zu verbringen.
Sie mußte von Sinnen gewesen sein, als sie sich diese Million von Verpflichtungen aufbürdete: auf Mrs. Park aufpassen, die Schreiner beaufsichtigen, die sie aus Ernests Pub entführt hatte, damit sie ihrer neuen Wohnung in Ivys Haus und dem Büro den letzten Schliff gaben. Und den Mädchen hatte sie eine Zulage versprochen, wenn sie am Sonntag ins Büro kamen, um alles wieder herzurichten.
Der Tag schleppte sich endlos dahin. Sie war mit den Gedanken immer woanders, zum Beispiel in Lough Glass. Was man an so einem sonnigen Sonntag dort wohl unternahm? Inzwischen wußte sie viel mehr über den Ort als damals, als sie noch dort gelebt hatte. Allein mit Hilfe von Kits Briefen hätte sie ein Buch über die Menschen in dem kleinen Städtchen am See schrei-

ben können. Und sie dachte auch an Jessie und Jim Millar. Vielleicht würden sie sich an diesem Wochenende zu einer Entscheidung durchringen. Eigentlich ging es um Jim, denn Jessies Entschluß stand schon lange fest. Ihre Gedanken wanderten weiter zu Ivy, die diesen merkwürdigen, mürrischen Ernest liebte. Zu jener Charlotte, die sie nie kennengelernt hatte und die ihr Bett im Krankenhaus nicht lebend verlassen würde. Glaubte diese Frau an Gott und daß sie Einlaß bei ihm im Himmel finden würde?

Glaubte denn überhaupt irgendjemand an Gott, fragte sich Lena. Wie war es dann möglich, daß Martin McMahon, von dem sie geschworen hätte, daß er unerschütterlich an einen allmächtigen Gott glaubte, erwog, sich der Bigamie schuldig zu machen und Maura Hayes zu heiraten?

Schließlich wußte er, daß sie am Leben war. Martin wußte, daß er noch eine Ehefrau hatte.

Lena schüttelte ungläubig den Kopf, als sie sich vorstellte, daß er in Lough Glass in der Kirche stand, während Father Baily ihn und Maura zu Mann und Frau erklärte, nachdem er alle Anwesenden gefragt hatte, ob jemandem ein Grund bekannt sei, der der Vermählung dieser beiden Menschen im Wege stand.

Doch vielleicht hatte Kit sich das alles auch nur eingebildet. Das Kind war womöglich sehr einsam. Bestimmt sogar, denn sonst würde Kit ihr in ihren Briefen nicht derart ihr Herz ausschütten. Vielleicht sehnte sie sich nach einer netten, ruhigen, anspruchslosen Stiefmutter, die die Stelle ihrer geliebten Mutter einnahm. Der Mutter, die ihr durch die Überheblichkeit und Eitelkeit ihres Vaters genommen worden war.

Während ihr all dies im Kopf herumging, arbeitete sie unentwegt weiter, unterteilte die neuen Regale und gab den Mädchen Ratschläge, wie sie am günstigsten einzuräumen wären. Das ewige Durcheinander von Bewerbungsformularen, Broschüren und anderen Materialien würde nun ein Ende haben. Es sah alles sehr professionell aus.

Sie hatte sogar an einen Imbiß für alle gedacht, und als sie sich um halb vier zum Essen hinsetzten, lobte Lena ihre ausgezeichnete Arbeit.

»Aber Sie bezahlen uns bis um sechs. Wir sollten uns mit dem Essen also lieber beeilen«, meinte Dawn.

Die schöne Dawn mit ihrer makellosen Haut und dem glänzenden Haar, deren Bild auf jedem Titelblatt erscheinen würde, wenn sie es darauf anlegte. Sie sah Jahre jünger aus, als sie vermutlich war.

»Nein, nein, Sie haben wie Sklaven geschuftet. Jeder bekommt sein Geld bis sechs Uhr, aber jetzt ruhen wir uns erst einmal aus und erfreuen uns an dem, was wir Großartiges geleistet haben.«

Lena nahm sich einen der blau-goldenen Kaffeebecher, die für die Besprechungen mit den Kunden gedacht waren.

Sie räumten noch auf und aßen die letzten Sandwiches, die Lena mitgebracht hatte, und die Butterkekse. Danach gab sie jedem einen Umschlag. »Gehen Sie schon heim, und genießen Sie das bißchen, was vom Wochenende noch übrig ist«, sagte sie.

Sie stürmten hinaus wie Kinder bei Schulschluß. Und die zwei Jüngsten waren auch kaum der Schulbank entwachsen. Dawn zögerte noch einen Moment. »Das hat großen Spaß gemacht, Mrs. Gray, ich hab's gerne getan. Vor einer Weile noch hätte mir keiner erzählen können ... daß es mir gefallen würde, sonntags zu arbeiten. Aber das hat es wirklich.«

»Machen Sie sich doch nicht schlechter, als Sie sind, Dawn. Sie können es zu einer Konzernchefin bringen, wenn Sie wollen«, lachte Lena.

»Nein, aus dem Holz bin ich nicht geschnitzt. Mein Ziel ist es, demnächst einen netten, reichen Mann zu finden.«

»Die Ehe ist auch nicht alles im Leben.«

»Wie können ausgerechnet *Sie* das sagen, Mrs. Gray? Sie mit Ihrem sagenhaften Ehemann.«

»Bitte?« Lena hatte einen Augenblick lang vergessen, daß Dawn vor einiger Zeit im Dryden gearbeitet hatte. Natürlich, damals hatte sie Louis sicher kennengelernt. »Das ist wahr, Dawn, ich habe großes Glück.«

»Er hat auch Glück«, erwiderte Dawn. Sie schien zuerst noch etwas hinzufügen zu wollen, besann sich dann aber eines anderen. Lena wartete. »Großes Glück«, bekräftigte Dawn. Dann trat sie hinaus in den warmen Londoner Abend.

Lena blieb an ihrem Schreibtisch sitzen und fragte sich, ob es möglich war, daß Louis und Dawn Jones eine Affäre gehabt hatten. Vielleicht hatte er sogar sie gefragt, ob sie mit ihm zu dieser Tagung fahren wollte, und sie hatte sich dann anders entschieden.

Als Lena zum Traualtar geführt wurde, um ihre Vernunftehe zu schließen, war Dawn Jones, Jahrgang 1932, noch ein blondlockiger kleiner Fratz gewesen. Nein, ausgeschlossen. Dann holte sie noch einmal tief Atem. Völlig ausgeschlossen. Wenn sie so weitermachte, würde sie im Irrenhaus enden.

Louis liebte sie, das beteuerte er immer wieder. Noch heute abend würde er zu ihr heimkehren. Dawn war einfach ein gedankenloses Kind. Wahrscheinlich hatte Louis sie nur selten zu Gesicht bekommen, während sie im Dryden arbeitete, schließlich war sie James Williams' Sekretärin gewesen. Das kam alles nur davon, weil sie so furchtbar müde war und ihr soviel durch den Kopf ging. Da schrillte plötzlich das Telefon in dem leeren Büro. Jessie war am Apparat.

»Oh, Jessie ... nun, es hat alles wunderbar geklappt. Sie können Jim erzählen, daß das Büro jetzt phantastisch aussieht und daß die Schreiner, als sie fertig waren, den ganzen Müll mitgenommen und keinerlei Spuren hinterlassen haben.« Sie konnte es kaum erwarten, die guten Neuigkeiten weiterzugeben.

»Lena, Lena, wir werden heiraten!« platzte Jessie heraus. »Jim bat mich, ihm die Ehre zu erweisen, seine Frau zu werden. So hat er es formuliert, Lena. Ist das nicht herrlich?«

Sie wußte nicht, wie ihr geschah, aber Lena liefen auf einmal zwei Tränen übers Gesicht. »Das sind wundervolle Neuigkeiten, Jessie. Ich freue mich so für Sie«, sagte sie, während die Tränen in einen der blau-goldenen Aschenbecher tropften.

»Wir besuchen heute abend noch Mutter, um es ihr zu erzählen. Aber ich wollte, daß Sie die erste sind, die es erfährt.«

Lena meinte, das sei das Wundervollste, was sie je gehört habe. Danach saß sie lange Zeit einfach nur da. Sie verspürte den fast unwiderstehlichen Drang, ihre Tochter anzurufen.
Zum Glück konnte sie sich gerade noch beherrschen.
Nach einer Ewigkeit stand sie auf, säuberte die Aschenbecher, packte die Reste vom Imbiß in ihren Korb und schloß das Büro ab. Ganz gemächlich ging sie die Straße entlang, in der schon wieder reger Betrieb herrschte – die Menschen waren auf dem Weg zu ihren abendlichen Unternehmungen. Doch sie ging nach Hause und legte sich aufs Bett, um auf Louis zu warten.
Um elf Uhr stürmte er herein. »Mein Gott, wie ich dich vermißt habe, Lena. Lena, ich liebe dich«, sprudelte er hervor und kuschelte sich an sie wie ein liebeskranker Schoßhund. »Ich habe dir eine Rose mitgebracht«, sagte er noch.
Sie war wie eine Ansteckblume mit einer Sicherheitsnadel auf ein Farnblatt gesteckt. *Woher* er sie hatte, war einerlei – vielleicht hatte er sie gefunden, oder er hatte sie gekauft und ewig lange warten müssen, bis das Gesteck fertig war. Möglicherweise hatte sie auch jemand im Zug liegen lassen.
Er hatte sie für sie mitgebracht. Er roch nach Meer, und sie liebte ihn.
Nur das zählte.

»Kit, diese Mutter Madeleine, mit der du und Clio befreundet seid ...?« Clios Tante Maura zögerte.
»Ja, was ist mit ihr? Allerdings nennt man sie Schwester Madeleine, Miss Hayes.«
»Würde es dir etwas ausmachen, wenn ich sie mal besuchen würde?«
»Wegen uns, meinen Sie?« Kit und Clio hatten seit zwanzig Tagen nicht mehr miteinander gesprochen, so lange wie nie zuvor; und beinahe der ganze Ort schien darüber Bescheid zu wissen.
Doch Clios Tante lachte. »Nein, gar nicht wegen euch, sondern wegen mir. Ich habe den Eindruck, daß sie die wundervolle Gabe hat, einem die Dinge klarer zu machen.«

»Ja, schon, aber manches kann man nicht klären.« Das stand für Kit unverrückbar fest. Schwester Madeleine war so ungefähr die einzige gewesen, die sie nicht gedrängt hatte, sich wieder mit Clio zu versöhnen.

»Ich wollte nur sichergehen, daß ich nicht in dein Revier eindringe, wenn ich sie besuche ...«

Kit betrachtete die Frau mit neuer Wertschätzung. »Nein, nein. Jeder spricht mit ihr, und sie erzählt nie etwas weiter. Es ist, als ob man zur Beichte gehen würde.«

»Wenn ich also zu ihr gehe, wird es so aussehen, als wäre ich nur zufällig vorbeigekommen?«

»Das war übrigens sehr nett von Ihnen, Miss Hayes. Ich meine, daß Sie mich gefragt haben.«

»Möchtest du mich nicht Maura nennen?«

»Sehr gern«, entgegnete Kit. Und sie freute sich wirklich darüber, sogar mehr als das. Es würde großen Spaß machen.

Allein die Vorstellung, wie sie in Gegenwart von Mrs. Kelly »Maura« zu ihr sagte. Oder noch besser, vor Clio.

»Schwester Madeleine, mein Name ist Maura Hayes.«

»Ich kenne Sie. Ich habe Sie doch schon oft in der Messe mit Dr. Kelly gesehen.«

»Über Sie hört man nur Gutes, Schwester.«

»Es ist ein großer Segen, unter so warmherzigen Menschen zu leben, Maura. Möchten Sie nicht eine Tasse Tee und süße Brötchen dazu? Rita oben bei den McMahons ist eine begnadete Köchin, und sie bringt mir oft welche vorbei, falls Gäste kommen.«

»Ja, sie ist wirklich eine fähige Kraft, Schwester. Vielleicht sollte sie versuchen, sich zu verbessern.«

»Ich weiß, ich weiß, das ist ein Problem.«

Beide kannten das Problem. Rita würde die McMahons nicht verlassen, bevor sie nicht wußte, wie es dort ohne sie weitergehen sollte. Die Frage bestand jetzt nur darin, wer von beiden zuerst die mögliche Lösung für dieses Problem zur Sprache brachte.

Die Einsiedlerin entschied, es Maura Hayes leicht zu machen. »Sie sind sehr häufig hier zu Besuch«, begann sie.

»Das stimmt, ich komme oft hierher. Meine glückliche Schwester hat so eine nette Familie.«

»Und eines Tages haben Sie vielleicht selbst eine nette Familie.«

»Nach Ansicht vieler bin ich dafür schon ein wenig zu alt.«

»Das finde ich nicht, Maura. Und außerdem war ich noch nie dafür, schon in jungen Jahren zu heiraten. Irgendwie scheinen solche Ehen nicht zu klappen. Doch wenn man es länger hinauszögert, besteht natürlich die Gefahr, daß man die Vorgängerin vielleicht nicht angemessen ersetzen kann. Doch das wäre nur der Fall, falls man versuchte, ihr nachzueifern. Das kann ich mir bei Ihnen nicht vorstellen.«

»Nein, bestimmt nicht. Falls es dazu kommen sollte, wäre es gewiß völlig anders.«

»Nun, dann ... bin ich sicher, daß sich alles gut entwickeln würde.« Im Kessel, den sie in die Mitte des Feuers geschoben hatte, begann es zu zischen und brodeln. Die alte Nonne nahm ihn geschickt vom Haken.

Als sie mit dem Tee fertig waren, hatten sie einiges geklärt. Ohne daß Vertraulichkeiten enthüllt oder Namen genannt wurden, erfuhr Maura, daß sie im Haus der McMahons auf keinerlei Widerstände stoßen würde, falls Martin sich für ihre Verbindung erwärmen sollte. Kit, seine Tochter, würde bald nach Dublin auf die Hotelfachschule gehen; und sein Sohn Emmet bekam – wie alle Jungen – kaum etwas von dem mit, was um ihn herum vorging. Und das Hausmädchen Rita würde – wenn sie die Familie in guten Händen wußte – nach Dublin ziehen. Dort hatte sie nämlich eine Stelle bei einem Autoverleih in Aussicht. Mit den wärmsten Empfehlungen der Autowerkstatt Sullivan in Lough Glass würde sie diese Stelle sicher bekommen und ein erfüllteres Leben beginnen können.

»Aber ich könnte nie so etwas Besonders wie Helen sein«, sagte Maura mit leiser Stimme.

»Nein, natürlich nicht.«

Maura drängte es zu fragen, wie Helen wirklich gewesen war und worüber sie gesprochen hatte; ob sie der Nonne jemals anvertraut hatte, warum sie so abwesend wirkte und was sie quälte, wenn sie kreuz und quer rund um Lough Glass spazierenging. Doch das wäre völlig aussichtslos gewesen. Schwester Madeleine hätte nur den Blick abgewandt und auf den See hinausgeblickt, wo Helen den Tod gefunden hatte ... und dann hätte sie vage bemerkt, daß es schwer sei, ein Urteil über das Wesen eines Menschen abzugeben. Und so sagte Maura nur: »Wenn es wirklich klappt und Martin und ich ein gemeinsames Leben beginnen, glauben Sie, daß Helen McMahon das gutheißen oder ablehnen würde?«
Der Blick der Nonne war in die Ferne gerichtet, als weilten ihre Gedanken an einem Ort jenseits des Sees. Lange Zeit schwiegen sie. »Ich glaube, sie würde sich sehr freuen«, sagte Schwester Madeleine dann bedächtig.

Zwei Wochen nach Scarborough zogen sie um. Die neue Wohnung versetzte Louis in Hochstimmung. Er war sehr zärtlich und verlor kein Wort mehr über Spanien. Kein Ton mehr davon, daß er mit England fertig sei und Männer mit Weitblick das Land verlassen würden, solange die Aussichten noch günstig waren. Er glich so sehr dem alten Louis, daß die Tage und Nächte der dumpfen Verzweiflung fast der Vergangenheit angehörten.
Fast, doch nicht ganz. Immer noch blieb er manchmal bis spät in die Nacht aus und reagierte äußerst empfindlich, wenn Lena ihn nach dem Grund fragte.
»Schatz, haben wir jetzt zu Hause auch schon eine Stechuhr?« meinte er ungnädig.
Natürlich hatten sich auch ihre Mutmaßungen über das Wochenende als falsch erwiesen. Von vielen Leuten war ihr seither versichert worden, wie schade es doch gewesen sei, daß sie nicht mit von der Partie hatte sein können, es war alles vollkommen harmlos gewesen. Und als sie argwöhnte, Louis und Dawn Jones hätten eine Affäre, mußte sie verrückt gewesen sein. Dawn arbeitete Tag

für Tag mit ihr zusammen und machte in der Zeit vor der offiziellen Eröffnung der neuen Geschäftsräume sogar Überstunden. Wenn Louis anrief, sagte sie: »Oh, hallo, Mr. Gray. Einen Moment bitte, ich verbinde Sie.« Das hätte sie nur mit Schauspielunterricht bei der Royal Shakespeare Company so unpersönlich über die Lippen gebracht. Ihr Mißtrauen war übertrieben gewesen – aber dennoch war Louis nicht mehr derselbe, der mit ihr Hals über Kopf nach London durchgebrannt war.

Er fühlte sich nun nicht mehr so eng mit ihr verbunden, daß er niemanden sonst brauchte, wie es früher und bei ihr noch immer der Fall war. Manchmal kam er nach der Arbeit später nach Hause, weil er mit ein paar Kollegen in einer Kneipe um die Ecke noch etwas trinken ging. Es machte sich nicht gut, wenn man das am eigenen Arbeitsplatz tat.

»Du bist also lieber noch in den Pub gegangen, als nach Hause zu kommen?« hatte sie ihm vorgeworfen. Doch in diesem verletzten Ton hatte sie es nur ein einziges Mal getan.

»Herrgott, Lena. Wenn ich dir sage, wo ich hingehe, bist du beleidigt, und wenn ich es nicht sage, auch. Am besten besorgen wir uns bei einem Eisenhändler Ketten mit einer Kugel dran, dann können wir uns eine Menge Ärger sparen.«

»Red nicht solchen Unsinn«, entgegnete sie und konnte nur mit Mühe ihren Schrecken verbergen. In seinen Augen las sie, daß er sich wirklich ärgerte und allmählich die Geduld verlor.

Die neuen Geschäftsräume wurden im Mai eröffnet, und wie erwartet war die Aufmerksamkeit groß. Wieder wurde Dawn fotografiert, und Lena schaffte es auch diesmal, sich vom Rampenlicht der Öffentlichkeit fernzuhalten. Andererseits konnte sie der Presse diesmal eine interessante Information bieten.

»Mr. Millar, unser Geschäftsführer, und Miss Park, die leitende Angestellte, werden sich noch im Laufe dieses Jahres vermählen«, verriet sie den Reportern, die bei der Eröffnungsfeier in der neu gestalteten Agentur Millar erschienen waren.

Niemandem außer ihren Kolleginnen fiel auf, daß Lena nicht

angemessen gewürdigt wurde. Und Louis kannte den Grund, genau wie Ivy.

Grace fragte als einzige nach. »Man könnte meinen, Sie sind hier untergetaucht«, meinte sie. Ihr war aufgefallen, daß in den Zeitungen die Lebensgeschichte aller Mitarbeiter samt Foto abgedruckt war, mit Ausnahme von der Frau, der die Agentur ihren Erfolg verdankte.

»So ungefähr«, entgegnete Lena. »Wenn auch nicht vor dem Gesetz.«

»Dann vor einem Mann.«

»Nun, ja. Allerdings bin ich eher *zu* einem Mann geflohen.«

»Aber da gab es doch noch einen … und eine Tochter?«

»Ja, und einen hübschen Jungen.«

»Ich hoffe, er ist es wert … Ihr Louis.«

»Grace, Sie wissen genau, daß er es nicht wert ist. Hören Sie auf, sich solche dummen Hoffnungen zu machen«, meinte Lena, und dann mußten sie beide lachen.

Am meisten fehlt mir das Lachen, schrieb Clio. *Ich hätte mir Deinen Brief niemals anschauen dürfen. Allerdings habe ich nicht gesehen, für wen er bestimmt war. Ich wollte einfach wissen, ob er für Philip ist und Du mir etwas verheimlicht hast. Wenn wir jemals wieder Freundinnen werden, schwöre ich, daß Deine Briefe für mich von nun an tabu sind. Außerdem werden ich Dich auch nicht mehr zu überreden versuchen, mit mir auf die Universität zu gehen. Ich weiß jetzt, daß Du es nicht tun wirst, und es ist Dein Leben. Bestimmt bin ich keine sehr gute Freundin, weil ich immer bestimmen will, aber für die Sache mit dem Brief schäme ich mich wirklich. Und ich bin einsam und vermisse Dich und kann nicht mehr richtig lernen. Vielleicht findest Du auch, daß wir unseren Streit jetzt begraben sollten.*

Liebe Grüße,
Deine Clio

Liebe Clio,
In Ordnung. Aber eines sollst Du wissen: Wir müssen nicht unbedingt Freundinnen sein. Es gibt kein Gesetz, das vorschreibt, daß wir uns in Lough Glass oder anderswo nur zu zweit sehen lassen dürfen. Trotzdem bin ich froh, daß Du Dich gemeldet hast. Ich habe die Nase gestrichen voll von Lonny Donegan. Hast du bessere Platten?

Liebe Grüße,
Deine Kit

Emmet brachte den Brief zu den Kellys.
»Die sind doch verrückt, was?« sagte Anna Kelly zu ihm.
»Völlig plemplem«, pflichtete Emmet ihr bei.
»Sie gehen in die gleiche Schule, sitzen im gleichen Klassenzimmer, und wir müssen für sie Briefträger spielen.«
»Es muß einen schlimmen Streit gegeben haben«, mutmaßte Emmet.
»Weißt du nicht, weshalb?«
»Nein, Kit hat es mir nicht gesagt.«
»Clio hat von nichts anderem gesprochen. Anscheinend hat Kit irgendeinen Brief fallen lassen, und Clio hat ihn aufgehoben und ihr zurückgegeben. Dabei hat sie wohl zufällig gesehen, an wen er war. Und Kit ist völlig durchgedreht.«
»Und an welchen geheimnisvollen Unbekannten hat sie geschrieben?« wollte Emmet wissen.
»An einen Kerl namens Len«, entgegnete Anna und war stolz darauf, daß sie so wichtige Neuigkeiten zu berichten wußte.

»Danke, Emmet, bist ein guter Kerl.«
»Nein«, meinte Emmet, »ich bin ein Dummkopf.«
»Warum sagst du das?«
»Weil ich mir so dumm vorgekommen bin. Ich wußte nicht, daß du einen Freund hast, der Len heißt. Anna Kelly mußte es mir erst erzählen.«
»Was für einen Len?« rätselte Kit.
»Der, an den du den Brief geschrieben hast, der dir auf den Boden gefallen ist.«

Kit starrte ihn an. »War Clio zu Hause, als du dort warst?«
»Nein, nur Anna.«
»Ich geb' dir alles, was du willst, wenn du noch mal hingehst und meinen Brief zurückholst.«
»Nein, Kit. Das ist doch albern. Drehst du jetzt endgültig durch?«
»Kann schon sein, aber ich geb' dir sechs Pence dafür.«
»Du hast keine sechs Pence.«
»Doch, in meiner Statue vom Prager Jesuskind. Wenn ich mein Taschengeld bekomme, leg' ich es wieder zurück.«
»Warum willst du ihn wiederhaben?«
»Bitte, Emmet. Bitte.«
»Du bist schon groß. Da benimmt man sich nicht so.«
»Ich weiß, aber so bin ich nun mal. Ich mach' alles, was du willst. Solange du lebst, werde ich alles tun, was du von mir verlangst ... ganz sicher.«
»Wirklich?« Er schien nicht überzeugt.
»Ich werde immer an diesen Tag denken, daran, was du für mich getan hast.«
»Und du wirst wirklich alles tun?« Emmet ließ es sich durch den Kopf gehen.
»Ja. Beeil dich.«
»Und wenn Clio wieder zurück ist?«
»Dann gilt es nicht. Also, mach so schnell, wie du kannst.«

»Bist du vielleicht ihr Laufbursche?« meinte Anna Kelly.
»Nein, ich habe ein gutes Geschäft gemacht«, erwiderte Emmet.
»Welches?«
»Solange ich lebe, wird sie alles tun, was ich von ihr verlange.«
»Du spinnst wohl! Das tut sie bestimmt nicht«, lachte Anna.
»Und ob sie das tut. Kit lügt nicht«, entgegnete Emmet, steckte den Brief ein und ging heim.
Am nächsten Morgen in der Schule erklärte Mutter Bernard der Abschlußklasse, sie habe nachgerechnet und sei auf genau dreiundzwanzig Tage gekommen, die noch für gründliche Wiederholung, Gebete an den Heiligen Geist und nur wenig sonst zur

Verfügung stünden. Die Zeit der Abschlußprüfungen mit all ihren Ängsten stehe unmittelbar bevor. Bis die Prüfungen vorüber seien, wolle sie nichts mehr von irgendwelchem Unfug oder Dummheiten hören.

In der Pause sprach Clio mit Kit. »Wie ich gehört habe, hast du mir einen Brief geschickt und es dir dann anders überlegt?«

»Der Nachrichtendienst läuft wie geschmiert.«

»Warum, Kit? Warum hast du es dir anders überlegt?«

»Du weißt ja gar nicht, was ich geschrieben habe.«

»Doch, Anna hat es gelesen. Sie hat den Brief über Wasserdampf geöffnet und es mir erzählt. Ich habe dir ›Che sera sera‹ als Versöhnungsgeschenk mitgebracht.«

»Du bist so eine Lügnerin, Clio! Du lügst, sobald du den Mund aufmachst.«

Clios Wangen brannten. »Nein, das ist nicht wahr. Ich habe sie in meiner Schultasche.«

»Du hast mir weisgemacht, du hättest nicht gesehen, für wen der Brief bestimmt war. Aber das hast du doch.«

»Nur den Namen …«

»Du hast erzählt, ich hätte ihn auf den Boden fallen lassen, und nicht, daß du ihn mir aus der Hand gerissen hast.«

»Diese verdammte Anna.«

Zum erstenmal lächelte Kit. »In Ordnung, du verlogenes Stück, gib mir die Schallplatte, und besuch mich heute abend, dann machen wir einen Spaziergang.«

»Wir müssen doch eigentlich lernen!« Clio konnte es kaum fassen, daß der lange Streit nun vorbei sein sollte.

»Gut, dann lernst du eben. Ich gehe jedenfalls spazieren.«

»Und dann erzählst du mir alles«, sagte Clio.

»Kein Wort«, versicherte ihr Kit.

Martin hatte Maura Hayes noch nicht gefragt, ob sie seine Frau werden wollte. Die Worte wollten ihm einfach nicht über die Lippen kommen. Sie erschienen ihm wie Phrasen aus einem Theaterstück. Er befürchtete, nicht die richtigen Worte zu finden, und hatte Angst, daß Erinnerungen an vergangene Zeiten in ihm wach werden würden.

Also hoffte Martin, daß sich die Dinge von allein regeln würden, ohne daß er Maura direkt fragen mußte. Schließlich war sie eine so verständnisvolle Frau, die keine Forderungen stellte. Sie heiterte ihn auf und brachte ihn zum Lachen. Und es gefiel ihr, mit ihm spazierenzugehen, wobei sie es jedoch vermied, die Wege zum See einzuschlagen, wo Helen stets unterwegs gewesen war. Statt dessen entdeckte sie neue Wanderziele, etwa ein geschütztes kleines Tal, von dem aus man in der Ferne die Berge sah und den See als eine schimmernde Linie am Rand. Manchmal packte sie auch eine Thermosflasche Kaffee und leckeren Kuchen ein, den sie aus Dublin mitgebracht hatte. Sie hatten so ein inniges und zugleich kameradschaftliches Verhältnis, wie es Martin während seiner Ehe nie erlebt hatte.

Mit Kit und Emmet hatte er schon gesprochen, mit jedem unter vier Augen. Beiden hatte er gesagt, seine Beziehung zu Maura Hayes sei etwas Besonderes. Und beide hatten gemeint, sie fänden es großartig.

Besonders Kit. »Dad, du brauchst uns nicht zu erklären, daß sie nicht Mutter ist, das *wissen* wir schon. Aber sie ist sehr nett, und ich habe sie immer schon lieber gemocht als Clios Mutter.«

Jeden Abend tranken Peter Kelly und Martin in Paddles' Bar ein Bier, doch obwohl sie sich sehr verbunden fühlten, wurde dieses Thema nie angeschnitten. Die beiden Männer wußten, wenn es etwas zu sagen gäbe, käme es schon zur Sprache.

Ein unbestimmtes Gefühl, als gäbe es etwas, das noch nicht abgeschlossen sei, hielt Martin McMahon von dem Schritt ab, der – wie er selbst wußte – das einzig richtige war. Und es bedrückte ihn, daß er deshalb wie ein Schwächling dastand, der sich nicht entscheiden konnte. Dabei gab es viele Bereiche seines Lebens, in denen er entschlossen und voller Selbstvertrauen handelte: in der Apotheke, wo er Trost spendete, Ratschläge erteilte und Arzneien mischte; als Vater seiner Kinder, die ihm vertrauten und immer mit allem zu ihm kamen; und möglicherweise auch als Freund.

Nur als Verehrer dieser guten Frau, die Besseres verdient hatte, versagte er. »Wahrscheinlich verschwendest du mit mir nur deine Zeit, Maura«, sagte er zu ihr.

»Keine Minute, die ich mit dir verbringe, ist verschwendet.« Sie war nicht im geringsten nervös oder unsicher.

»Ich bin nicht das, was du dir erhofft hast.«

»Du bist, wie du bist.«

Er betrachtete sie voller Zärtlichkeit. Es war am Abend vor Beginn der Abschlußprüfungen. Maura hatte Kit so sehr geholfen, als sie ihr klargemacht hatte, daß es bei den Prüfungen darum ging herauszufinden, was man wußte – und nicht darum, bei dem ertappt zu werden, was man *nicht* wußte.

Für Kit war diese Erkenntnis nicht nur nützlich, sondern eine Offenbarung gewesen. »Das ist mir völlig neu«, erklärte sie wahrheitsgemäß.

»Nun, nach diesem System funktioniert es aber«, hatte Maura entgegnet, als sie alte Prüfungsunterlagen durchsah. »Sieh mal, hier heißt es als Aufsatzthema ›Mein Lieblingsort in Irland‹ und hier ›Meine früheste Erinnerung‹ … Du hast mir doch erzählt, daß du über Glendalough sehr gut Bescheid weißt und hoffst, ein Aufsatzthema wie ›Ein Ort von historischer Bedeutung‹ zu bekommen. Nun könntest du aber auch bei den beiden Themen hier dieses Wissen einsetzen …«

Dann empfahl ihr Maura noch, Tee und einen Schokoladenkeks mit ins Bett zu nehmen.

Martin und Maura saßen nebeneinander auf dem großen Sofa. Mit Helen hatte er dort nie gesessen, sie hatte sich stets entweder auf der Fensterbank niedergelassen oder auf einem schmalen Stuhl mit hoher Rückenlehne, um zu lesen. Im Laufe der Jahre hatte man den Stuhl allmählich an eine weniger auffällige Stelle gerückt. Und Helens Schlafzimmer war inzwischen ein Abstellraum. Doch obwohl ihre Gegenwart immer weniger sichtbar war, war ihr Geist noch zu spüren.

Martin griff nach Mauras Hand. »Es ist dir gegenüber nicht fair, Maura, aber weißt du, ich bin einfach noch nicht soweit.«

»Habe ich dich denn gebeten, für irgend etwas ... bereit zu sein?« Sie beugte sich zu ihm hinüber und küßte ihn, so wie sie einander gewöhnlich küßten, sanft und innig. Auf diesem Gebiet maß er sie nicht an Helen. Helen hatte sich kein einziges Mal zu ihm gebeugt und ihn geküßt, sie hatte seine Liebe nur angenommen. Nie war er sicher gewesen, ob es ihr gefiel oder nicht. Sie hatte ihn weder ermutigt noch zurückgestoßen, sie war völlig unbewegt gewesen. Nicht einmal sein Gesicht hatte sie je von sich aus gestreichelt.

Er klammerte sich an Maura. »Ist es fair, wenn ich dich bitte, mir noch ein wenig Zeit zu lassen?« raunte er ihr ins Ohr. Erregt von ihrem Duft, einer Mischung aus Blue-Grass-Seife von Elizabeth Arden und Talkumpuder, wollte er sie noch fester umarmen, mehr von ihrem Körper kennenlernen. Doch damit hätte er ihr endgültig Unrecht getan. Wenn er Maura Hayes besitzen wollte, dann als Ehefrau und Lebensgefährtin und nicht als schnelle Nummer auf dem Sofa.

Sie schien das zu spüren und machte sich behutsam los. »Nimm dir soviel Zeit, wie du brauchst, Martin«, entgegnete sie. »Ich habe nichts vor, wovon du mich abhalten würdest.«

Da hörten sie Schritte auf der Treppe, und Kit klopfte an die Tür. »Ich wollte euch nur sagen, daß ich nicht schlafen kann. Das mit dem Tee hat nicht gewirkt.«

»Möchtest du hereinkommen und reden?« bot Maura ihr freundlich an.

»Nun, eigentlich würde ich am liebsten auf eine halbe Stunde oder so zu Schwester Madeleine gehen.« Kit sagte immer, wohin sie ging. Die Erinnerung daran, daß jemand von einem Spaziergang nicht zurückgekommen war, lastete zu schwer auf diesem Haus.

»Ich weiß nicht, ist es nicht schon ein bißchen spät dafür?« Martin klang besorgt.
»Wahrscheinlich gibt es jetzt keinen besseren Ort als Schwester Madeleines Kate«, widersprach Maura. »Bei ihr wird einem alles so klar.«
Kit warf ihr einen dankbaren Blick zu und lief die Treppe hinunter.
»Ich wünschte, Schwester Madeleine könnte auch mir Trost spenden.« Martin hatte nie vermocht, sich der alten, runzligen Frau anzuvertrauen, die von den meisten Bewohnern von Lough Glass so verehrt wurde.
»Wahrscheinlich kommt das daher, daß Helen so oft zu ihr gegangen ist. Du hast Angst, daß sie zuviel weiß und vielleicht meint, du kommst nur, um etwas davon herauszufinden.«
»Du hast es ziemlich genau getroffen.« Martin war überrascht.
»Nun, darüber würde ich mir keine Gedanken machen. Was immer man ihr auch erzählt oder nicht erzählt, sie bewahrt vollkommenes Stillschweigen darüber.« Maura nahm ihre Strickjacke und die Handtasche. »Ich mache mich jetzt auf den Weg, Martin. Peter und Lilian sollen nicht glauben, daß ich auf Abwege geraten bin.« Sie lächelte tapfer. Wenn Maura Hayes auch zutiefst verletzt war, weil Martin sich nicht entschließen konnte, wollte sie es sich doch zumindest nicht anmerken lassen. Sie winkte ihm noch einmal zu, während er an der Haustür stand, und bemerkte, wie sich bei Kathleen Sullivan der Vorhang leicht bewegte. Wenigstens würde die nun berichten können, daß die törichte Schwägerin des Doktors das Haus des Witwers zu einer völlig angemessenen Zeit verlassen hatte.

»Jetzt erzähl mir mal, warum die Prüfung so wichtig für dich ist«, bat Schwester Madeleine.
»Oh, Schwester Madeleine, Sie müssen der einzige Mensch in Irland sein, der nicht weiß, daß es bei der Abschlußprüfung um Kopf und Kragen geht. Mein ganzes Leben hängt davon ab.«
»Wohl kaum.«

»Doch. Denn wenn ich bestehe, kann ich zwei Jahre lang die Hotelfachschule in der Cathal Brugha Street besuchen und habe einen Beruf. Wenn nicht, ist es aus, und mein Leben ist verpfuscht.«

»Du könntest doch auf jeden Fall weiter zur Schule gehen und das Jahr wiederholen«, schlug Schwester Madeleine vorsichtig vor.

»Noch ein Jahr in der Schule mit Mutter Bernard und all den schrecklichen Fünftkläßlerinnen, die einen auslachen und hänseln! Während Clio in Dublin die Universität besucht ... Da würde ich sterben, Schwester Madeleine, sterben würde ich ... und überhaupt möchte ich etwas werden, jemand sein. Nicht nur für mich.«

»Wem zuliebe denn?«

»Nun, Daddy zuliebe, damit er sich vor Dr. Kelly nicht schämen muß, wenn er mit ihm in Paddles' Bar über mich spricht. Und ... ja, eigentlich für meine Mutter.«

»Ich weiß schon.« Schwester Madeleine nickte.

»Ich habe ihr versprochen, daß ich es zu etwas bringen werde. Sie wissen schon ... vor langer Zeit einmal.«

»Und das wird dir auch gelingen.«

»Aber diese Prüfungen sind wie Meilensteine auf meinem Weg.«

»Hat dir deine Mutter das gesagt?«

»Nein, ihre Freundin Lena ... Sie wissen schon, die hierherschreibt. Sie hat es gesagt.«

»Es ist dir sehr wichtig, was sie sagt, nicht wahr?«

»Ja. Wissen Sie, sie kannte Mutter sehr gut ... es ist fast, als ...«

»Ja, das kann ich mir vorstellen.«

»Ich wünschte, sie würde mal hierherkommen ... Ich hab's ihr auch schon vorgeschlagen«, meinte Kit.

»Vielleicht zieht sie es vor, ihre Welt nicht zu verlassen.«

»Dann muß ich eben warten, bis ich hinüberfahren und sie besuchen kann.«

»Ja, aber das kann noch eine Weile dauern. Und in der Zwischenzeit bleibt ihr weiterhin Brieffreundinnen.«

»Es kann gut sein, daß es gar nicht mehr so lange dauert, Schwe-

ster. Nach den Abschlußprüfungen habe ich vor, nach London zu fahren.«
»Wirklich?« Die Nonne konnte ihr Erschrecken nicht verbergen.
»Ja. Daddy hat gemeint, ich hätte mir Ferien verdient.«
»Aber ausgerechnet London! Willst du allein fahren?«
»Nein, nicht allein, sondern mit Clio und anderen aus unserer Klasse. Mutter Bernard hat dafür gesorgt, daß wir in einem Konvent in London übernachten können. So müssen sich unsere Eltern nicht sorgen und fürchten, daß wir Mädchenhändlern in die Hände fallen.«
»Ach, du liebe Güte! Und was willst du dort machen?«
»Nun, ich werde Lena besuchen.«
»Und hast du vor, ihr deinen Besuch anzukündigen?«
»Nein, ich denke, ich tauche einfach auf und überrasche sie damit.«
Schwester Madeleines Blick schien noch weiter in die Ferne zu schweifen als sonst, während sie über das stille Wasser des Sees sah. Schließlich sprach sie weiter. »Nun, dann müssen wir erst einmal zusehen, daß du die Abschlußprüfung schaffst. Ich werde heute abend ein Extragebet für dich sprechen.«
»Knien Sie sich nieder und beten einen Rosenkranz?« Kit brannte darauf zu erfahren, mit wieviel Unterstützung sie rechnen konnte.
»Aber, Kit. Du bist jetzt eine erwachsene Frau von siebzehn Jahren, und wie du genau weißt, möchte Gott lediglich eine Bitte hören und die Gründe, warum sie erfüllt werden soll. Was er nicht will, ist ein Herunterleiern von Ave-Marias, während man mitzählt. So geht das nun mal nicht.«
Kit wußte, daß Schwester Madeleine völlig recht hatte, doch zugleich wußte sie, daß es genau diese Reden waren, die den Argwohn von Father Baily, Bruder Healy und Mutter Bernard weckten. Solche Äußerungen hätten sie in anderen Zeiten auf den Scheiterhaufen gebracht.
Nachdem Kit am See entlang heimgegangen war, nahm Schwester Madeleine ihr Briefpapier heraus.

Liebe Lena Gray,
ich schreibe Ihnen, damit Sie wissen, daß Kit McMahon nach den Abschlußprüfungen nach London reisen möchte ... und Sie mit ihrem Besuch überraschen will. Da ich finde, daß Überraschungen ihren Reiz verlieren, wenn man ein gewisses Alter überschritten hat, dachte ich, Sie würden es vielleicht begrüßen, auf einen solchen Fall vorbereitet zu sein. Wenn es irgend etwas gibt, das ich für Sie tun kann, lassen sie es mich wissen. Obwohl ich ihr geraten habe, es bei einer Brieffreundschaft zu belassen, fürchte ich, daß sie sich zu sehr von Ihnen, den Erinnerungen an ihre Mutter sowie Ihrem Interesse an ihren Zukunftsplänen angezogen fühlt, um sich damit zufriedenzugeben.
Und sie ist eine entschlossene junge Frau ... genau wie ihre Mutter.

Mit den besten Wünschen
und Gottes Segen,
Ihre Madeleine

»Sie weiß nicht, in welcher Wohnung ich wohne«, meinte Lena zu Ivy.
»Nein, aber sie muß nur den erstbesten, der ihr auf der Treppe begegnet, fragen«, gab Ivy zu bedenken.
»Sie wird *dich* fragen. Und du sagst einfach, daß wir weggefahren sind.«
»Ja, aber sie wird wiederkommen, wenn sie glaubt, daß ihr zurück seid.«
»Dann schreibe ich ihr und sage, daß wir den ganzen Sommer über verreisen.«
»Du kannst nicht für immer vor ihr davonlaufen.«
»Ich kann sie auch nicht *treffen*, das wissen wir doch beide.«
»Könntest du dir nicht die Haare färben und eine Sonnenbrille tragen?« Ivy meinte es ganz ernst.
»Hör mal, ich bin ihre Mutter!«
»Ich versuche ja nur, dir zu helfen.« Ivy war gekränkt. Sie hatte es sowieso nicht leicht. Ernest verbrachte jeden Abend im Krankenhaus, wo sich Charlottes Zustand zusehends verschlechterte. Auf dem Heimweg kam er dann jede Nacht auf einen Schluck bei Ivy

vorbei. Auf einen Schluck und ein ewiges Gejammer, wie schuldig er sich fühle, weil er seine Frau so schlecht behandelt habe. Sie fand es immer unerträglicher.
Lena bereute, daß sie so schroff gewesen war. »Ich habe entsetzliche Angst, deshalb habe ich dich so angefahren. Dabei bist du doch die einzige Freundin, die ich habe auf der Welt.«
»Ich bin *nicht* deine einzige Freundin ... du hast Dutzende von Freunden. Du hast Louis und all deine Kolleginnen, die dich vergöttern und auf dich bauen. Und eine Tochter, die dich liebt, obwohl sie nicht weiß, wer du bist ... Erzähl mir bloß nicht, du hättest keine Freunde.«
»Ach, Ivy. Weißt du, was ich gern tun würde? Mit dir nach Irland in Urlaub fahren.«
»Dann mach's doch«, meinte Ivy herausfordernd.
»Ich kann nicht, das weißt du doch. Sie würden mich erkennen und alles herausfinden.«
»Ja. Ich kann mir vorstellen, daß sie bewaffnete Posten am Flughafen und an den Fährhafen aufgestellt haben, die nur auf dich warten«, höhnte Ivy. »Wenigstens ist das so üblich, wenn jemand in einem See ertrinkt, seine Leiche gefunden und anschließend beerdigt wird.« Ivy klang bitter.
»Irgendwann werden wir fahren. Aber im Moment fühle ich mich dem nicht gewachsen – wo alles um mich herum zerbricht«, sagte Lena.
»Reiß dich jetzt bloß zusammen, Lena. Charlotte hat höchstens noch eine Woche.«

»Kann ich auch mit nach London fahren?« bettelte Anna Kelly.
»Daddy, du darfst nicht zulassen, daß sie an so was auch nur denkt«, protestierte Clio.
»Still, Clio. Anna, du kannst selbstverständlich auch nach London fahren. Und zwar in drei Jahren, wenn du dein Abschlußzeugnis in der Tasche hast.«
»Aber Daddy, wäre das jetzt nicht eine ideale Gelegenheit für mich? Meine große Schwester könnte auf mich aufpassen, wäh-

rend ich durch Reisen meinen Horizont erweitere, und es wäre völlig ungefährlich.«
»Spar dir deine Worte, Anna«, warnte sie Clio.
»Den anderen würde es nichts ausmachen. Ich habe schon Kit McMahon, Jane Wall und Eileen Hickey gefragt, und keine hätte etwas dagegen.«
»Natürlich haben die nichts dagegen, du bist schließlich nicht ihre abscheuliche Schwester.«
Clio war wütend.
Da ergriff überraschend Tante Maura das Wort. »Mir wäre es allerdings lieber, wenn du nicht fährst, Anna«, sagte sie.
»Warum das denn?« fragte Anna mißtrauisch.
»Weißt du, ich komme doch zu diesem Golfturnier her, und da brauchen wir Caddies. Aber alle im Club sind zu beschäftigt, und da haben Martin McMahon und ich uns überlegt, ob nicht Emmet und du einspringen könntet.«
»Nein, ich glaube nicht, daß ...«
»Die Bezahlung kann sich durchaus sehen lassen«, fügte Tante Maura hinzu. »Es macht bestimmt viel mehr Spaß, als mitten in der größten Hitze in London mit einer Gruppe von Leuten herumzuziehen, mit denen man eigentlich gar nicht so dick befreundet ist. Sicher, ich will dich jetzt nur überreden, weil Martin und ich uns freuen würden, wenn uns jemand aus unserer eigenen Familie anfeuert. Aber es wird auch jede Menge Partys und eine Tanzveranstaltung für die Jugend geben.«
»Als ich so alt war wie sie, durfte ich noch nicht tanzen gehen.« Clio fühlte sich zurückgesetzt.
»Seit du jung warst, hat sich die Welt eben verändert, Clio«, meinte Anna.
Für den Bruchteil einer Sekunde begegnete Clios Blick dem von Tanta Maura. Auf ihrem Gesicht lag die Andeutung eines Lächelns, und Clio wußte, daß ihrer Tante gelungen war, was sonst niemand geschafft hätte – nämlich Anna dazu zu bewegen, mit ihrem Gemecker aufzuhören. Denn obwohl Anna Kelly erst vierzehn war, machte sich an ihr schon der unangenehme Zug be-

merkbar, daß sie unbedingt immer das bekommen mußte, was sie sich in den Kopf gesetzt hatte.

»Was denkst du, werden sie sich irgendwann mal zu einer Entscheidung durchringen oder einander für immer und ewig anschmachten?« fragte Lilian ihren Gatten.
»Ich weiß auch nicht«, erwiderte Peter milde.
»Du mußt das doch wissen, er ist schließlich dein Freund.«
»Und sie ist deine Schwester«, konterte er.
»Über manche Dinge kann man nicht mit seiner Schwester sprechen, wenn sie die Blüte ihrer Jugend schon hinter sich hat und immer noch ledig ist.«
»Ja, und über manches kann man auch nicht mit seinem Freund reden, wenn er schon über seine erste Jugend hinaus ist und eine Menge durchgemacht hat«, entgegnete Peter Kelly.

»Schön, daß Sie so regelmäßig zu uns heraus kommen, Maura«, sagte Schwester Madeleine.
»Nun, Schwester, ich werde so lange kommen, wie ich glaube, daß er es will.«
»Er will, daß sie kommen.«
»Woher wollen Sie denn das wissen? Ich möchte nicht unhöflich sein, aber wissen Sie denn irgendwas?«
»Ich denke schon, Maura – von dem her, was die Leute erzählen.«
Maura wurde klar, daß die Leute tatsächlich viel redeten und Schwester Madeleine vieles hörte. Wahrscheinlich wußte sie wirklich Bescheid.
»Sie sind so eine gute Frau. Ich wünschte, ich könnte etwas für Sie tun.«
Schwester Madeleine blickte sie nachdenklich an. »Da gibt es tatsächlich etwas, das ich gerne erledigt wüßte. Allerdings ist die Sache so kompliziert, daß ich Ihnen niemals meine Beweggründe verraten könnte.«
»Ich brauche Ihre Beweggründe nicht zu wissen.«
»Nein, Gott segne Sie, das brauchen Sie wahrscheinlich wirklich

nicht. Nun, dann frage ich Sie. Mag sein, daß es unmöglich ist, doch wenn Sie …«

»Bitte fragen Sie, Schwester. Es ist mir ein Vergnügen, etwas für Sie tun zu können, egal, was.«

»Wie Sie wissen, haben Clio, Kit und noch ein paar andere vor, nach ihrer Abschlußprüfung eine Reise nach London zu unternehmen …«

»Und ob ich das weiß. Sie sprechen ja von nichts anderem mehr.«

»Ja nun, wäre es möglich, daß Sie Kit und Clio überreden, nicht zu reisen?«

»Aber warum um alles in der Welt? Oh, tut mir leid, ich habe vergessen …« Maura überlegte. Nach einer Weile fuhr sie fort. »Ich denke, es wäre zumindest äußerst schwer.«

»Das habe ich befürchtet.«

»Gibt es denn einen guten Grund?«

»Einen sehr guten Grund.«

»Mir fällt nichts ein, womit ich da helfen könnte. Schließlich kann ich ihnen nicht weismachen, in London herrsche eine Typhusepidemie. Oder ihnen anbieten, statt dessen mit ihnen nach Frankreich zu fahren. Ich konnte gerade noch verhindern, daß Anna mitfährt, indem ich ihr angeboten habe, daß sie beim Golfturnier mein Caddy werden darf.« Sie schwiegen. »Kann denn niemand sonst dabei helfen?«

»Niemand, den ich darum bitten könnte.«

Maura war sehr stolz, daß sie zu dem erlesenen Kreis der Menschen gehörte, an die sich die Einsiedlerin wenden konnte. »Ich glaube, Mutter Bernard vom Konvent organisiert das Ganze. Vielleicht könnte sie …«

»Nein. Bedauerlicherweise würde man ihr die Angelegenheit in allen Einzelheiten erklären müssen, und das ist unmöglich.« Wieder schwiegen die beiden Frauen.

»Ich bemühe mich nach Kräften, aber mir fällt einfach nichts ein, was sie von ihren Plänen abbringen könnte. Nicht in diesem Stadium.«

»Jedenfalls danke, daß Sie darüber nachgedacht haben.«

»Was werden Sie jetzt tun?«
»Ich nehme an, ich werde beten, daß sich der Herr darum kümmert. Und daß Sie sich nicht zu sehr den Kopf darüber zerbrechen, warum ich Sie um etwas gebeten habe, das Ihnen reichlich seltsam erscheinen muß.«
»Ich weiß schon gar nicht mehr, was es war«, erwiderte Maura Hayes lächelnd.
Da nahm Schwester Madeleine ihre Hand. Sie ist wirklich eine gute Frau, dachte die Nonne. Und sie wäre dem armen Martin McMahon eine ausgezeichnete Ehefrau und Gefährtin, wenn ... nun ... wenn die Dinge anders lägen.

Am Donnerstag morgen starb Charlotte im Krankenhaus.
Ivy wollte Ernest zum Krankenhaus begleiten, doch er lehnte ab. »Ich werde weit weg von all den anderen im Wartezimmer sitzen, nur für den Fall, daß du mich brauchst«, hatte Ivy ihn angefleht.
»Nein, Liebes, wirklich nicht. Mach jetzt bloß keinen Wirbel. Dies ist nicht der richtige Zeitpunkt, um alle in eine unangenehme Situation zu bringen. Bleib zu Hause, ich komme dann später vorbei.«
Der Donnerstag verstrich, aber Ernest kam nicht. Ivy rief im Pub an, kurz bevor geschlossen wurde. Sie sprach mit einem Barkeeper, den sie kannte. »Er ist mit der Familie vorne im Nebenzimmer, Ivy. Aber es ist wohl besser, wenn ich ihm nicht sage, daß Sie angerufen haben.«
»Ja, mit Sicherheit«, entgegnete Ivy. Die ganze Nacht saß sie wach in ihrem kleinen Zimmer. Sie war so sicher, daß er irgendwann noch bei ihr auftauchen würde, wenn alle anderen gegangen waren.
Um drei Uhr morgens hörte sie ein Taxi vorfahren. Sie zog den Store beiseite und sah hinaus, aber es war nicht Ernest, sondern eine Frau in einem weißen Rollkragenpullover mit sehr blondem Haar, sehr roten Lippen und sehr hohen Absätzen. Um sich von Louis Gray richtig verabschieden zu können, war sie aus dem Taxi ausgestiegen, und nun küßte sie ihn hingebungsvoll, während sie

kicherte und keck ein Bein nach oben schob. Seine Ermahnungen, leise zu sein, während er das Taxi bezahlte und den Fahrer bat, sie so schnell wie möglich von hier fortzubringen, beachtete sie gar nicht.

»Soll ich dich zur Beerdigung begleiten?« bot Lena an.
»Was?«
»Du brauchst doch eine Begleitung. Schließlich kannst du dich kaum unter die trauernde Familie mischen. Ich dachte, du bräuchtest eine Freundin, sozusagen als Tarnung.«
»Gott, Lena, du bist einfach großartig.«
»Dann komme ich also mit. Wann findet sie statt?«
»Liebes, wir werden nicht hingehen, egal, wann sie stattfindet. Es würde sich nicht ziemen, wie Ernest sich ausdrückte. Kannst du dir vorstellen, daß Ernest ein so hochgestochenes Wort wie ›ziemen‹ kennt?«
»Aber sicher können wir hingehen. Jeder kann zu einer Beerdigung gehen.«
»Vielleicht in Irland, aber hier nicht.«
»Man braucht aber doch keine Eintrittskarte, oder? Selbstverständlich werden wir hingehen.«
»Er will uns nicht dabeihaben. Warum es auf die Spitze treiben?«
»Schon gut, schon gut. Vielleicht sind ihre Verwandten dort, vielleicht findet es auch nur in ganz kleinem Rahmen statt. Kann sein, daß er recht damit hat, wenn er dich nicht dabeihaben will.«
»Er will mich *nirgendwo* mehr dabeihaben. Deshalb bin ich traurig, nicht wegen dieser verdammten Charlotte«, erwiderte Ivy.

»Bist du dir wirklich sicher, daß du ins Hotelfach willst?«
»Klar, Philip. Das weißt du doch.«
»Dann werden wir in Dublin also zusammensein.«
»Im Unterricht schon, aber sonst nicht. Ich werde nämlich im Wohnheim am Mountjoy Square wohnen, das ist nur einen Katzensprung von der Schule entfernt. Allerdings fürchte ich, daß es dort ziemlich trostlos ist.«

»Ich werde bei meiner Tante und meinem Onkel wohnen, und ich *weiß*, daß es dort trostlos ist.« Philip war in letzter Zeit ziemlich niedergeschlagen. Widerwillig hatte er sich gefügt, als Kit ihm eröffnet hatte, sie sollten mit dem Küssen und Gefummel und all dem aufhören, und zwar wegen der Prüfungen.

»Es könnte mich ablenken«, log sie.

Doch kaum, daß die letzten Prüfungen vorbei waren, stand Philip schon wieder bei ihr vor der Tür. »Jetzt kann es dich von nichts mehr ablenken«, meinte er, lechzend wie die beiden kläffenden Terrier, die die Gäste im Central Hotel terrorisierten.

Also hatte Kit eine andere Entschuldigung vorgeschoben. »Mit siebzehn sind Mädchen in einer schwierigen Phase. Bitte, hab Verständnis dafür. Und glaube mir, ich habe keinen anderen. Aber im Moment möchte ich mich wirklich und wahrhaftig weder mit dir noch mit sonst jemandem einlassen.«

»Aber magst du mich denn überhaupt?« wollte Philip wissen.

»Ja, sehr sogar.«

»Und weiter?« Er gab die Hoffnung nicht auf.

»Nichts weiter.«

»Wirst du auf mich warten und ich auf dich? Sag's mir, bitte«, hatte Philip sie bedrängt.

»Laß es mich so sagen – keiner von uns legt es darauf an, aber wenn du eine andere kennenlernen würdest, würde ich es nicht als Betrug auffassen oder so. Ich hätte vollstes Verständnis dafür«, hatte sie erwidert.

»Und wie ist es bei dir, Kit?«

»Ich werde für so was keine Zeit haben. Dazu bin ich zu beschäftigt.«

»Nein, das stimmt nicht, du hast doch Ferien.«

»Da fahre ich nach London. Wem könnte ich in London schon begegnen?«

»In London bist du nur zehn Tage.«

»Und dann bin ich wieder hier. Philip, *bitte.*«

Er bedrängte sie nicht weiter, weil er ihr nicht auf die Nerven fallen wollte. Sie gingen zusammen ins Kino, manchmal nur sie beide, ab und zu auch mit Emmet oder Clio. Weil Anna Clios Worten zufolge so ein furchtbarer Quälgeist war, konnte man sie nur zu Unternehmungen mitnehmen, wo sie nicht weiter störte. Ins Kino zum Beispiel, weil dort niemand mit ihr reden mußte.

Liebe Kit,

Ich bin so gespannt auf Deine Prüfungsergebnisse. Wie aufregend wird es sein, Deinen Werdegang auf der Hotelfachschule mitzuverfolgen. Du mußt mir unbedingt mehr darüber erzählen. Was hast Du eigentlich in den Ferien vor? Ich werde viel auf Reisen sein, aber Deine Briefe können nachgeschickt werden, ich kann Dir also von überallher antworten. Schade, daß ich im Sommer nicht in London sein werde, da ich es doch im Gegensatz zu den meisten Menschen genieße, wenn die Stadt voller Touristen ist. Mit Schwester Madeleines Gebeten und Maura Hayes' Unterstützung und wenn Du Dich tatsächlich so gründlich vorbereitet hast, wie Du es mir geschildert hast, brauchst Du meinen Beistand sicher gar nicht mehr. Trotzdem drücke ich Dir ganz fest die Daumen.

Wie immer liebe Grüße,
Deine Lena

»London ist im Sommer sicher ziemlich überfüllt«, meinte Maura Hayes zu Kit, einen Tag nachdem sie Lenas Brief bekommen hatte.
»Ich finde es schön, wenn alles voller Touristen ist. So richtige Urlaubsstimmung eben«, entgegnete Kit.
»Vielleicht nicht gerade die richtige Zeit für Besichtigungen.«
»O Maura, fang du nicht auch noch an wie all die anderen, die mich davon abbringen wollen, *bitte.*«
»Ich will dich ja gar nicht davon abbringen ...«
»Was willst du dann damit sagen?« fragte Kit.
»Ich weiß es nicht«, antwortete Maura wahrheitsgemäß, und dann mußten die beiden aus irgendeinem Grund plötzlich furchtbar lachen. Martin McMahon kam sogar in die Küche, um zu erfahren, was so lustig war. »Selbst wenn ich dir jedes einzelne Wort unserer Unterhaltung wiederholen würde, wüßtest du nicht, war-

um wir lachen«, meinte Maura und wischte sich die Tränen von den Backen.
»Man würde denken, wir sind reif für die Irrenanstalt«, bestätigte Kit.
Rita war gerade mit dem Bügeln fertig. Sie hatte die ganze Unterhaltung mit angehört und dachte im stillen, es sei wirklich an der Zeit, daß Mr. McMahon etwas unternahm. Miss Hayes war eine nette Person, und er würde nie wieder jemanden finden, der so gut mit seinen Kindern auskam.

Mutter Bernard erhielt in der Schule einen Anruf. Er kam von einer Dame aus London, die sich erkundigte, wann die Ergebnisse der Abschlußprüfung erwartet wurden.
»Wir haben sie heute bekommen.« Mutter Bernard klang zufrieden. Die Dame wollte wissen, ob jemand durchgefallen war und wer die besten waren.
»Und mit wem spreche ich?« Mutter Bernard würde nicht irgendeiner Fremden am Telefon erzählen, daß das Wall-Mädchen und die kleine Hickey sehr schlecht abgeschnitten hatten.
»Ich bin mit Cliona Kelly entfernt verwandt.«
Falls Mutter Bernard es merkwürdig fand, daß diese Verwandte nicht die Kellys selbst angerufen hatte, sagte sie es zumindest nicht. Statt dessen las sie ihr voller Stolz die Fächer vor, in denen Cliona Kelly mit Auszeichnung bestanden hatte.
»Und ihre Freundin Kit McMahon?«
»Mary Katherine McMahon hat auch ausgezeichnete Noten. Insgesamt war der Durchschnitt sehr gut.«
»Wie ich gehört habe, fahren die Mädchen nach London in eines Ihrer Schwesternhäuser?«
»Ja, das ist richtig, aber ...«
»Ich möchte mich gern mit einer der Schwestern dort, wenn Sie mir freundlicherweise einen Namen nennen könnten, in Verbindung setzen ... vielleicht kann ich ein Treffen mit Cliona vereinbaren? Können Sie mir sagen, an welchem Tag genau die Mädchen ankommen werden?«

»Mutter Lucy führt unser Haus in London und ist für die Mädchen, solange sie sich dort aufhalten, verantwortlich. Sie werden am neunten August eintreffen und neun Tage bleiben ... Und wer sind Sie?«

»Vielen herzlichen Dank, Mutter Bernard.« Die Verbindung war unterbrochen. Mutter Bernard starrte den Hörer an. Woher wußte diese Frau, daß sie Mutter Bernard war?

Bei der Messe am Sonntag sprach Mutter Bernard mit den Kellys.

»Ihre Verwandte aus England hat angerufen. Sie wollte wissen, wie Cliona bei der Prüfung abgeschnitten hat«, erzählte sie.

»England?« staunte Peter Kelly.

»Verwandte?« fragte Lilian.

»Das hat sie behauptet«, verteidigte sich Mutter Bernard.

Auf dem Heimweg überlegten sie, was sie gemeint haben könnte.

»Sie wird vielleicht schon ein bißchen wirr im Kopf«, meinte Lilian.

»Auf mich wirkte sie ganz klar.« Peter war nachdenklich.

»Hoffen wir jedenfalls, daß sie durchhält, solange Anna noch in der Schule ist.« Lilian sah stets die praktische Seite.

... und so bin ich ab dem achten August auf einer Geschäftsreise. Ich habe Dir ja schon erzählt, daß ich für etwa zwei Wochen nicht in London sein werde. Es ist wirklich eine großartige Chance für mich. Ich hoffe, daß Du Deine Pläne für den Sommer verwirklichen kannst und für Dein neues Leben in Dublin schon alles Nötige vorbereitet hast.

Nochmals vielen Dank, daß Du so schnell geschrieben hast, noch am selben Tag, an dem Du die Ergebnisse erfahren hast. Während der Arbeit habe ich Dir auch ganz fest die Daumen gedrückt und gestern abend mit meiner Freundin Ivy Brown auf Dein Wohl getrunken.

Jetzt beginnt ein neuer, aufregender Lebensabschnitt für Dich.

»Was soll ich tun, wenn Louis gerade heimkommt?« wollte Ivy wissen.
»Das wird er nicht«, entgegnete Lena bitter. »Wie du sehr wohl weißt. In letzter Zeit ist er nicht sehr oft zu Hause.«
»Aber er bleibt nie die ganze Nacht über weg«, meinte Ivy betroffen.
»Nein, aber wenn Kit mich besuchen kommt, dann nicht nachts. Sie werden sich nicht begegnen.«
»Und was ist mit dir? Angenommen, sie sieht dich auf der Straße?«
»In dieser Stadt wohnen acht Millionen Menschen.«
»Aber nicht in dieser Straße.«
»Sie weiß ja nicht, daß ich mich vor ihr verstecke. Und sie weiß nicht, wie ich jetzt aussehe. Beruhige dich, Ivy.«
»*Du* solltest dich erst mal beruhigen.«
»Das ist nur deshalb, weil meine Tochter in derselben Stadt sein wird wie ich und ich sie sehen möchte.«
»Ich habe ein furchtbar schlechtes Gefühl dabei, ganz ehrlich.«
»Unsinn, Ivy. Du sollst mich nur die Abende hinten in deiner Küche verbringen lassen, das ist alles.«
»Und woher weißt du, daß sie kommen wird, um dich zu besuchen?«
»Ich weiß es.«

Die Fahrt mit dem Schiff war ein herrlicher Spaß. Die Mädchen machten die Bekanntschaft einer Gruppe von irischen Bauarbeitern, die die Sommerferien zu Hause verbracht hatten, nun aber erleichtert schienen, wieder nach England in die Freiheit zurückkehren zu dürfen.
»Warum singen sie ständig davon, wie wundervoll Irland ist, wenn sie es doch wieder verlassen?« wunderte sich Kit.
»Das genau ist es ja bei irischen Liedern: Nur, wenn man sie im Ausland singt, sind sie wirklich schön.« Clio kannte sich aus.
»Stell dir bloß vor! Wir sind im Ausland!« schwärmte Kit.
»Noch nicht ganz.« Clio wußte es mal wieder besser.

»Doch, wir sind mitten in der Irischen See. Das ist nicht mehr Irland, wir befinden uns nämlich schon jenseits der Dreimeilenzone.«
Die Männer forderten die Mädchen auf, zu ihnen zu kommen und zuzuhören, während sie »Rose of Tralee« sangen. Bei diesem Lied waren schöne Mädchen als Zuhörerinnen immer hochwillkommen.
»Wir fahren tatsächlich nach London«, flüsterte Clio. »Wir werden richtige Teds sehen, richtige Cafés und all so was.«
»Ich weiß«, sagte Kit. »Ich weiß.« Sie dachte darüber nach, wie sie Mutters Freundin Lena finden konnte, die Frau, die mehr über ihre Mutter wußte als jeder andere. Sie würde zu ihrem Haus gehen und Mrs. Brown fragen, wo sie war. Und dann würde sie sie mit ihrem Besuch überraschen.

Falls sie je gedacht hatten, Mutter Bernard sei ein Drache, so mußten sie bald feststellen, daß sie – verglichen mit Mutter Lucy – locker und aufgeschlossen war. Mutter Lucy war der Überzeugung, daß sie sich ausschließlich für kulturelle Sehenswürdigkeiten interessierten. Die Abende verbrachten sie mit Tischtennisspielen, und nach dem Rosenkranz in der Kapelle des Konvents gab es noch eine Tasse Kakao.
Obwohl ihnen Westminster Abbey, der Tower, das Planetarium und Madame Tussauds Wachsfigurenkabinett gefielen, waren die Mädchen enttäuscht, daß man sie keinen Augenblick unbeaufsichtigt ließ. Der ersehnten Freiheit so nah und doch so fern zu sein war ein quälendes Gefühl.
»Wir könnten jederzeit ausbüchsen«, schlug Jane Wall vor.
»Ist das den ganzen Ärger wert?« wandte Clio ein. »Wir werden wie Verbrecher dastehen, und daheim werden sie denken, wir haben wer weiß was angestellt. Und das alles nur wegen einer Tasse Kaffee in Soho.«

»Deine Tante hat noch einmal angerufen, Cliona«, sagte Mutter Lucy am dritten Abend.

»Meine Tante?« Clio war beunruhigt. »Stimmt denn irgend etwas nicht?«
»Sie wollte nur wissen, was du vorhast und ob du auch Zeit zur freien Verfügung hast.«
Clio sah Kit verständnislos an. »Warum um alles in der Welt wollte sie das bloß wissen?«
»Ich weiß es nicht. Aber ich kann mir vorstellen, daß sie eventuell mit dir ausgehen möchte, denn sie wollte unbedingt deinen Stundenplan wissen.«
Es war ein Rätsel. Tanta Maura in London!
»Will sie denn noch einmal anrufen?« wollte Clio wissen.
»Ich bin nicht sicher. Aber wenn sie dich tatsächlich ausführen will, denke ich, ist das kein Problem.«
Clio und Kit zwinkerten sich zu. »Falls sie sich noch einmal meldet – ich würde mich sehr freuen, sie zu sehen«, sagte Clio schmeichlerisch.
»Nun, das ist doch selbstverständlich.«
»Maura ist gar nicht in London. Die ist daheim in Lough Glass und spielt Golf«, flüsterte Kit später Clio zu.
»Ich weiß. Es muß eine wundersame Fügung sein, die Gott, der heilige Patrick und der heilige Judas, der Schutzpatron für hoffnungslose Fälle, auf den Weg gebracht haben. Du rufst jetzt hier an und hinterläßt eine Nachricht für mich.«
»Von wo aus?«
»Egal, geh in irgendeine Telefonzelle auf der Straße. Die glauben, du bist auf der Toilette.«
Kit fand eine rote Telefonzelle und warf Münzen ein. »Kann ich bitte Cliona Kelly sprechen? Hier spricht ihre Tante.« Am Apparat war die kleine Schwester von der Pforte.
Kit wurde sofort mit Cliona verbunden, die sich im Freizeitraum aufhielt. »Hallo«, flüsterte sie aus Angst vor Entdeckung.
»Oh, Tanta Maura, wie schön, daß du anrufst. Mutter und Vater haben so gehofft, daß du dich melden würdest.«
Kit hörte sprachlos zu, wie mühelos Clio all die Lügen über die Lippen gingen. Wie sie sich freuen würde, Tanta Maura morgen

um fünf Uhr zu treffen. Nein, nein, Mutter Lucy würde Kit und ihr gerne für ein paar Stunden freigeben.
»Du hast vielleicht ein Glück«, meinte Jane Wall. »Daß deine Tante ausgerechnet jetzt in London ist.«
»Ich weiß«, entgegnete Clio. »Das Schicksal meint es anscheinend gut mit uns.«
»Was wollen wir unternehmen?« fragte Clio. »Wohin gehen wir?«
»Du kannst gehen, wohin du willst. Ich mache mich allein auf den Weg.«
»Nein, Kit, das kannst du nicht machen. Wir können zwar ohne Begleitung ausgehen, aber nur zusammen.«
»Du warst doch diejenige, die darüber geschimpft hat, wie lächerlich es sei, uns erwachsene Frauen im Konvent einzusperren.«
»Ja, natürlich ist es lächerlich. Aber das heißt noch lange nicht, daß du dich aus irgendeiner Laune heraus aus dem Staub machen und mich allein lassen sollst. Schließlich hast du die freien Stunden mir zu verdanken. *Meine* Tante ist gerade in London.«
»Du weißt so gut wie ich, daß es keine Tante in London gibt. Der Schwester an der Pforte ist nur ein Fehler passiert.«
»Trotzdem ist es mein Verdienst.«
»Nein, das stimmt nicht. Ich war diejenige, die von der Telefonzelle aus angerufen hat.«
»Wo willst du hin?« wollte Clio wissen.
»Das sage ich nicht. Ich habe auch kein bestimmtes Ziel, sondern möchte nur meine Freiheit auskosten.«
»Wir können die Freiheit auch zu zweit genießen und uns dabei amüsieren.«
»Nein, das geht nicht. Hör auf zu quengeln, Clio. Mach einfach, wozu du Lust hast. Um zehn treffen wir uns wieder, und dann kannst du mir alles erzählen.«
»Manchmal hasse ich dich.«
»Ich weiß. Ich hasse dich auch manchmal, aber die meiste Zeit kommen wir doch ganz gut miteinander aus«, entgegnete Kit.
»Es ist mir ein Rätsel, warum eigentlich«, maulte Clio.
Kit hatte den Stadtplan und wußte, wo sie in die U-Bahn Richtung

Earl's Court einsteigen mußte. Doch vorher mußte sie noch Clio abschütteln. »Seit wir fünfzehn sind, schwärmst du von Soho. Du brauchst nur den Bus zu nehmen und bis zur ...«

»Du triffst dich mit jemandem, das weiß ich genau«, sagte Clio.

»Clio, das geht jetzt alles schon auf Kosten von dem bißchen freier Zeit, die wir haben. Steigst du jetzt in den Bus ein oder nicht?«

Als der Bus mit Clio an Bord außer Sichtweite war, lief Kit die Stufen zur Circle Line hinab. Wenigstens das Haus, in dem Lena und Louis Gray wohnten, konnte sie sich ansehen. Und sie wollte eine Nachricht hinterlassen und vielleicht sogar mit dieser Mrs. Brown sprechen. Ein- oder zweimal hatte sie in ihren Briefen gefragt, wer diese Mrs. Brown denn war, doch sie hatte nie eine richtige Erklärung bekommen. Vor Aufregung schlug ihr das Herz bis zum Hals. In zwanzig Minuten würde sie dort sein.

Sie hatte eine vornehmere Straße erwartet. In ihrer Vorstellung hatte sie immer große Häuser mit einer Auffahrt davor gesehen. Und sie hatte gedacht, Mrs. Brown wäre so etwas wie eine Tante, jedenfalls eine Verwandte. Eine reiche Dame, nach der die Grays gelegentlich sahen. Aber die Adresse stimmte, es war genau die Straße und Hausnummer, an die sie seit beinahe vier Jahren ihre Briefe schickte.

Lena hatte die Gegend zwar nie als elegant bezeichnet, doch hatte sie sie auch nicht als so gewöhnlich beschrieben. An mehreren Haustüren blätterte schon die Farbe ab, und die Vorgartenzäune waren rostig. Auf der Straße und in Kellereingängen türmten sich Mülltonnen. Es war nicht das richtige Umfeld für eine Freundin ihrer Mutter.

Kit betrachtete in einem Fenster ihr Spiegelbild. Sie hatte sich sehr sorgfältig angezogen, ihren besten Karorock mit gelber Bluse dazu. Um den Hals trug sie ein kariertes Halstuch, ein Geschenk von Maura. Sobald die Klostermauern hinter ihr lagen, hatte sie natürlich Lippenstift aufgelegt. An ihrer Schulter hing eine schwarze Umhängetasche, und ihre langen, dunklen Locken zierte eine hübsche schwarze Schleife. Lena würde bestimmt bemerken, daß sie sich große Mühe gegeben hatte. Und falls Lena

wirklich nicht zu Hause war, würde ihr diese Mrs. Brown eben erzählen, was Kit für ein hübsches Mädchen war.
Als Kit an die Tür von Nummer siebenundzwanzig klopfte, überfiel sie aus irgendeinem Grund, den sie nicht erklären konnte, plötzlich panische Angst.

Louis war zur Mittagszeit in die Agentur gekommen. »Gehen wir auf ein kleines Bier?« fragte er Lena.
Jessie Park sah Louis Gray, diesen eleganten, gutaussehenden Mann, immer gerne. Sie drohte ihm mit dem Zeigefinger: »Sie kommen viel zu selten hierher«, meinte sie scherzhaft. Jessie hatte sich im Laufe der Jahre zweifellos zu ihrem Vorteil verändert. Ihr Haar war jetzt nicht mehr so wild zerzaust wie ein Vogelnest. Sie trug ein schickes graues Kleid und einen blau-goldenen Schal dazu; ihre Fingernägel waren lackiert. Sie gab eine perfekte Londoner Geschäftsfrau ab.
»Wie bezaubernd Sie heute wieder aussehen, Jessie«, schmeichelte er ihr.
Erwartungsgemäß lächelte und errötete sie. Seit sie mit Louis zusammen war, hatte Lena die Wirkung seiner Worte von den Gesichtern vieler Frauen ablesen können.
Sie entschuldigte sich bei den Kunden. Es mußte um etwas Wichtiges gehen, denn Louis kam sonst nie zu ihr ins Büro. Plötzlich bekam sie Angst. War Kit etwa schon gekommen? Hatte sie Louis getroffen? Doch das war ja unmöglich, beruhigte sie sich. Schließlich hatte sie im Konvent, wo die Mädchen wohnten, nachgefragt. Unter Tags bekam Kit auf keinen Fall frei; das Besichtigungsprogramm ließ es nicht zu.
Seite an Seite schlenderten sie zum nächstgelegenen Pub. Sie setzte sich schon, während er etwas zu trinken holte.
»Du weißt doch noch, daß du mich gebeten hast, diese Woche freizunehmen«, begann er.
»Ja.« Sie hatte ihn nicht nur gebeten, sondern angefleht, mit ihr zusammen wegzufahren, wohin er auch wollte, und in einem Hotel seiner Wahl zu übernachten. Doch er hatte behauptet, es

ginge nicht, er sei im Dryden unabkömmlich. Schließlich war er sogar ärgerlich geworden und hatte behauptet, Lena würde nicht begreifen, daß auch er Verantwortung zu tragen habe. Sie hatte das Thema fallenlassen.

»Fahr doch allein, wenn du so dringend Urlaub brauchst«, hatte er gemeint.

Doch Lena konnte das Haus Nummer siebenundzwanzig nicht verlassen, wenn sie wußte, daß Kit McMahon jeden Moment unerwartet dort auftauchen konnte. Sie durfte das Risiko nicht eingehen, daß Kit Louis begegnen und alles erfahren würde.

Er lächelte liebevoll wie immer. »Mein Schatz ... War es nicht gut, daß du mich davon abgehalten hast, schwach zu werden und mir freizunehmen?«

»Warum das?« Sie zwang sich, fröhlich und unbeschwert zu klingen.

»Sie schicken mich nach Paris«, sagte er triumphierend.

»Nach Paris?« Sie war wie versteinert.

»Nicht für immer, nur für zehn Tage. Um zu sehen, wie dieses französische Hotel geführt wird. Es handelt sich um einen Austausch, ein Franzose kommt so lange für mich hierher. Was meinst du, werden die im Dryden nicht entzückt sein von ihm?«

»Bestimmt nicht mehr als von dir«, entfuhr es ihr ganz spontan. Aber irgendwie kamen die Worte falsch heraus, sie klangen verbittert, wie ein Vorwurf.

»Dann fahre ich also.«

»Du fährst?«

»Nun, du kannst wohl kaum mitkommen, oder?« meinte er.

»Ich denke, ich könnte mir schon freinehmen ...«

»Du hast aber keinen Reisepaß«, entgegnete Louis. Dabei musterte er sie gleichmütig. Natürlich hatte Lena keinen Reisepaß. Wie sollte eine Tote auch zu einem Reisepaß kommen? Er konnte für immer ins Ausland gehen, ohne sie.

»Wann fährst du?« fragte sie.

»Ich dachte, heute«, antwortete er.

Lenas Kopf fühlte sich auf einmal so schwer an, daß es sie unend-

liche Mühe kostete, ihn zu heben und Louis in die Augen zu blicken. »Liebst du mich überhaupt, Louis?« fragte sie.
»Ich liebe dich sogar sehr«, erwiderte er. Sie schwiegen. »Glaubst du mir das?« fragte er nach einer Weile.
»Ich weiß nicht.« Ihre Stimme klang rauh. Sie sah seinen unwirschen Gesichtsausdruck. Er haßte solche Szenen, aber sie war zu müde und ausgelaugt, um sich darum zu kümmern. Schließlich würde er so oder so fortgehen, ob sie nun fröhlich und heiter war oder schwermütig und bedrückt.
»Nun, du solltest es aber wissen. Warum würde ich sonst bei dir bleiben, wenn ich dich nicht liebte? Und ich bin hier, oder etwa nicht?«
»Das stimmt.« Sie gab auf.
»Lena, laß mich nicht weggehen mit diesem elenden Schuldgefühl. Für mich ist es eine Gelegenheit, eine Chance, das, was wir wollen. Du benimmst dich wie eine zänkische Ehefrau. Das sieht dir gar nicht ähnlich.«
»Nein, du hast recht. Zu mir paßt eher, daß ich fröhlich bin und immer lächle. Und daß ich bei allem, was passiert, ein Auge zudrücke.«
»So, was passiert denn?« Seine Stimme klang eiskalt.
»Das werde ich dir sagen: daß du mich wie Dreck behandelst. Daß du irgendwann im Morgengrauen heimkommst ...«
»O Gott, nein. Mach mir hier in aller Öffentlichkeit bloß keine Szene.« Er legte den Kopf in die Hände.
»Du weißt ganz genau, daß du tun kannst, was du willst. Du mußt mich nicht heiraten, weil ich tot bin. Du mußt mich nicht mit auf Reisen nehmen, weil ich schon gestorben und unter der Erde bin. So denkst du doch, oder?« Sie lachte hysterisch.
»Herrgott, Lena, verlier jetzt nicht die Fassung.« Er sah besorgt um sich.
»Ich verliere nicht die Fassung, aber dich kriege ich nicht zu fassen, überhaupt nicht.«
Jetzt war er verärgert. »Nein, und das sollst du auch nicht. Wir glauben doch nicht an dieses ganze Gesums von festen Bindun-

gen. Das haben wir alles besprochen. In der Liebe darf es keine starren Regeln geben – du sollst dies nicht tun und jenes nicht tun …«

»Ist es denn ein Zeichen von Liebe, daß du mit dem erstbesten Flittchen, mit dem du gerade schläfst, nach Frankreich durchbrennst?«

»Lena, du bist widerlich. Ruf im Dryden an und frag sie nach dem Austausch. Frag sie.«

»Laß mir doch wenigstens dieses kleine bißchen Würde. Glaubst du im Ernst, ich würde mich derart erniedrigen und dich mit einem Anruf kontrollieren?«

»Siehst du, man kann es dir nicht recht machen. Erst willst du Beweise, dann bekommst du sie, und dann willst du sie nicht.«

»Hau ab nach Paris, Louis. Ich hab' dich so satt. Fahr nach Paris, und komm am besten gar nicht erst wieder.«

»Keine schlechte Idee«, entgegnete er. »Und wenn ich es wirklich mache … dann hast du es so gewollt.«

Der Nachmittag war eine einzige Qual. Ein paarmal sah Jessie zu ihr hinüber, aber wenn sie zu einer besorgten Frage ansetzte, winkte Lena ab.

»Sie haben doch nicht etwa schlechte Nachrichten erhalten, oder?« erkundigte sich Dawn.

»Nein, überhaupt nicht. Louis fährt nach Frankreich, und vielleicht treffe ich ihn dort übers Wochenende.«

»Was für ein glückliches Paar Sie doch sind«, meinte Dawn mit aufrichtiger Bewunderung.

Um sechs Uhr endlich legte sie mit großer Erleichterung die Schutzhülle über ihre Schreibmaschine, sperrte ihre Unterlagen in ihren Schreibtisch und verließ das Büro. Louis hatte die Wohnung in der Zwischenzeit sicher wieder verlassen. Er war wahrscheinlich direkt nach Hause gegangen und hatte gepackt. Die Frage war nur, wieviel er eingepackt hatte. Genug für zehn Tage in Frankreich oder mehr für einen längeren Zeitraum ohne sie?

Und wie er richtig bemerkt hatte, hatte sie es dann selbst so gewollt.
Um den traurigen Moment der Heimkehr ein bißchen hinauszuzögern, ging sie noch in einen Pub.
»Sie sind zu hübsch, um allein zu trinken«, sagte der Barkeeper zu ihr, als sie ihren Gin-Tonic bestellte.
»Flirten auf eigene Gefahr«, entgegnete sie.
Er lachte, entfernte sich aber schleunigst. Etwas in ihren Augen sagte ihm, daß sie nicht spaßte.

Ivy brühte Tee auf, für ein auffallend hübsches irisches Mädchen in einer dottergelben Bluse und einem Karorock. Sie sah aus wie eine jüngere Ausgabe von Lena, hatte die gleichen schimmernden Locken und großen dunklen Augen.
»Ich hab' Sie mir ganz anders vorgestellt, Mrs. Brown. Seit Jahren schicke ich Ihnen jetzt schon Briefe, da hätte ich nicht gedacht, daß Sie …« Sie hielt inne.
»Daß ich was?« Ivy warf ihr einen gespielt drohenden Blick zu.
»Nun, daß Sie noch so jung und irgendwie lustig sind. Ich hatte den Eindruck, Sie wären alt, und die Leute würden in Ihrer Gegenwart vor Ehrfurcht verstummen.«
»Hat mich Lena so geschildert?«
»Nein, sie hat Sie überhaupt nicht beschrieben. Sie schreibt immer nur über mich. Von ihrem Leben hier weiß ich nur wenig, aber natürlich alles von der Zeit, als sie Mutter kannte. Weil sie stets alles darüber wissen will, was ich mache, habe ich wohl meistens nur von mir selbst erzählt, fürchte ich …«
»Sie freut sich darüber. Das weiß ich.«
»Wie schade, daß sie nicht hier ist.«
Kit klang so enttäuscht, daß Ivy schlucken mußte. »Ja, nun … du hast ihr deinen Besuch sicher nicht angekündigt. Sonst wäre sie bestimmt hiergeblieben.«
»Es sollte eine Überraschung sein.«
»Wußtest du denn nicht, daß sie wegfahren wollte? Hat sie es dir nicht geschrieben?«

»Doch, aber wissen Sie, ich hatte das merkwürdige Gefühl, daß sie nicht wegfahren würde ... daß es noch nicht sicher war. Ich dachte, vielleicht ist sie doch hier.«
»Und jetzt bist du völlig umsonst hergekommen.«
»Nein, nicht umsonst, ich habe ja Sie kennengelernt. Und ich weiß jetzt, wo sie wohnt. Wissen Sie, sie ist der einzige Mensch, der mir wirklich etwas über meine Mutter erzählen kann. Sie waren ja eng befreundet. Und ich verstehe auch, warum. Lena schreibt wundervolle Briefe, es ist fast so, als würde man sich mit ihr unterhalten.«
»Ja, das kann ich mir vorstellen.«
»Ich nehme an, es ist nicht möglich, daß Sie mir kurz ihre Wohnung zeigen? Ich würde wetten, es macht ihr nichts aus.«
»Nein, Liebes, das mache ich besser nicht. Das sind schließlich meine Mieter, ich darf ihre Privatsphäre nicht verletzen.«
»Aber Sie haben hier für jede Wohnung einen Schlüssel hängen.«
»Ja, aber nur für Notfälle.«
»Bin ich denn kein Notfall?«
»Nein, Kindchen. Du bist nur eine Besucherin, obwohl sie natürlich untröstlich sein wird, daß sie dich verpaßt hat. Sie wird sagen –« Ivy brach mitten im Satz ab. An der Tür hinter Kit hörte man ein Klopfen.
»Entschuldigung, ich bin gleich wieder da ...« Ivy machte einen Satz zur Tür, in einer Geschwindigkeit, die ihr Kit nicht zugetraut hätte. Bevor Ivy die Tür hinter sich zuziehen konnte, konnte Kit noch ganz kurz einen Blick auf einen sehr gut aussehenden Mann in einem weißen Hemd mit offenem Hemdkragen und grauen Flanellhosen erhaschen. Er sah aus wie ein Filmstar.
»Ivy ...«, setzte er an.
»Gehen wir ein Stück in den Flur hinaus, wenn's recht ist.«
»He, wo brennt's denn?« Kit sah, wie er außer Sichtweite gezerrt wurde.
Sie blickte sich in Ivys eigenartiger Wohnung um. Jeder Quadratzentimeter Wand war mit Bildern und Plakaten, Programmheften, Bierdeckeln und kleinen Ausschnitten aus Zeitschriften voll-

gepflastert. Hier wird es einem bestimmt nie langweilig, dachte Kit, es wäre tröstlich, wenn ich noch ein Weilchen bleiben dürfte. Doch sie wollte Ivys Gastfreundschaft nicht mißbrauchen. Wenn sie ihren Tee ausgetrunken hatte, mußte sie gehen. Sie konnte nur noch Lena eine Nachricht hinterlassen.

Die Stimmen draußen im Flur schienen lauter zu werden. Ivy wurde sich mit dem gutaussehenden Mann, wer immer er auch war, nicht einig.

»Hör mal, laß mich die Kiste bei dir unterstellen, dann steht sie nicht im Weg. Du willst doch nicht, daß jemand darüber stolpert, sich das Genick bricht und dich dann auf Schadenersatz verklagt, oder?«

»Ich hol' sie später herein. Wie gesagt, sie steht gut da.«

Doch davon wollte er nichts hören. Eine große Holzkiste wurde durch die Tür hereingeschoben, und dann sah der Mann auf und erblickte Kit. »Na, du lieber Himmel«, sagte er.

»Hallo«, erwiderte sie lächelnd.

Ivy schien bemüht, ihn schnellstens wieder hinauszubefördern. »Wenn das alles war«, fing sie an.

»Ich geb' dir noch meinen Schlüssel, Ivy, häng ihn zu den anderen. Die Kiste hol' ich dann später ab.«

»Schon gut«, schnitt Ivy ihm das Wort ab. »Ja, ich bin im Bilde. Gute Reise!«

»Und wer ist das?« Sein Lächeln war herzlich.

»Das ist eine Freundin von mir, sie heißt Mary Katherine ...«

Kit blieb vor Staunen der Mund offenstehen.

»Nett, Sie kennenzulernen, Mary ...«, sagte er.

»Und Sie ...?« Ihr Ton klang fragend.

Da hörten sie ein Hupen von der Straße. »Dein Taxi wartet nicht ewig«, meinte Ivy.

Und schon war er draußen. Im Flur und durch die Glastür unterhielten sich Ivy und er weiter miteinander, Kit konnte beobachten, daß er Ivy einen Kuß auf die Wange drücken wollte, doch sie wich zurück.

»Wer war denn *das*? Er ist phantastisch.«

»Er macht einem nur Scherereien, Kit. Eine ganze Menge Scherereien.«
»Warum haben Sie mich vorhin Mary Katherine genannt?«
»Deine Mu …«, begann Ivy, verbesserte sich jedoch sofort. »Deine mütterliche Freundin hat mir mal erzählt, daß du auf den Namen getauft bist und man dich in der Schule so nennt.«
»Was Sie hier in London alles über mich wissen!« Kit klatschte vor Begeisterung in die Hände.
Ivy brachte es nicht übers Herz, sie wieder wegzuschicken. Das Mädchen wußte nicht, wohin. Und wenn Lena jetzt noch nicht zu Hause war, würde es sicher spät werden. Ohnehin hatten sie vereinbart, daß Lena nicht bei Ivy vorbeischauen würde.
»Kit, Liebes, du mußt einen Moment auf mich warten. Ich muß rasch etwas nach oben bringen, bin aber gleich zurück.« Ivy lief mit Stift und Papier die Treppe hinauf. *Sie ist hier*, schrieb sie auf den Zettel, bevor sie ihn unter dem Türspalt durchschob. Dann sprang sie, immer zwei Stufen auf einmal nehmend, wieder hinunter. Kit hatte sich nicht von der Stelle gerührt. Sie hatte nicht das Schild auf der Kiste gelesen, auf dem für denjenigen, der die Kiste abholen sollte, Louis' Name stand.
»Laß uns noch eine Tasse Tee trinken«, meinte Ivy.
»Nur, wenn ich Sie nicht aufhalte.«
»Nein, Liebes, ich freue mich über deine Gesellschaft.« Und da Lena bei ihrer Heimkehr ein Leben ohne Louis erwartete, sollte sie sich zumindest mit einer genauen Beschreibung vom Besuch ihrer Tochter trösten können.
Man hörte, wie die Haustür aufging. Ivy sah hoch. Etwas an ihrem Blick ließ Kit ebenfalls aufmerken, der besorgte Ausdruck, die gerunzelte Stirn. Alles, was sie durch den Store vor der Glastür erkennen konnte, waren die Umrisse einer dunkelhaarigen Frau.
»Ist schon gut«, rief Ivy mit einer unnatürlich hohen Stimme. »Ich habe in deinem Zimmer eine Nachricht für dich hinterlassen. Du brauchst nicht hereinzukommen.« Kit verstand nicht, was die Frau draußen erwiderte. Es klang ein bißchen erstickt. »Ich kom-

me später hoch und rede mit dir. Jetzt habe ich Besuch.« Sie klang wie eine sehr schlechte Schauspielerin.
Kit wußte später nicht mehr, warum sie es tat, aber sie ging zur Tür. Irgendwie hatte sie das Gefühl, daß dort Lena stand, die unerwartet zurückgekommen war – die Frau, die gerade die Treppe hochgehen wollte, drehte sich um, als die Tür aufging.
Da stand sie. Eine Frau in einem cremefarbenen Kleid, eine cremefarbene Jacke lose über der Schulter, dazu ein langer blaugoldener Schal um den Hals. Ihr Gesicht wurde von dunklen Locken eingerahmt.
Kit entfuhr ein erstickter Aufschrei. Der Augenblick schien kein Ende zu nehmen. Die Frau auf der Treppe, Ivy Brown hinter ihr in der Tür und Kit dazwischen mit der Hand an der Kehle.
»Mutter!« schrie sie. »Mutter!«
Keiner sagte ein Wort.
»Mutter«, wiederholte Kit.
Lena streckte ihre Hand aus – doch Kit wandte sich ab.
»Du bist gar nicht tot – du bist weggelaufen. Du bist nicht ertrunken – du hast uns nur verlassen – einfach verlassen.«
Aus ihrem Gesicht war alle Farbe gewichen, während sie die Gestalt auf der Treppe betrachtete.
»Du hast uns glauben lassen, du wärst tot«, rief sie voller Entsetzen, und mit tränennassen Augen stürzte sie zur Haustür und hinaus auf die Straße.

KAPITEL SECHS

Ivy holte sie an der Ampel ein. »Bitte«, flehte sie, »komm zurück.«

Kits Gesicht war aschfahl; alles Leben war daraus gewichen. Das war nicht mehr das strahlende Geschöpf, das noch wenige Minuten zuvor munter mit Ivy geplaudert hatte. Aber schließlich hatte das Mädchen soeben einen Geist gesehen.

»Ich bitte dich, komm zurück.« Ivy wollte sie am Arm fassen, doch Kit wich zurück. »Es war ein großer Schock für dich. Komm weg von der Straße.«

»Ich muß gehen … ich muß gehen.«

Verstört blickte Kit um sich: auf das Verkehrsgewühl, die ungewohnten großen roten Busse und die Menschen, die alle ganz anders aussahen als zu Hause. Auf das lärmende Treiben eines Londoner Abends.

Ivy rührte sie nicht an, packte sie nicht am Handgelenk, denn sie hatte Angst, daß Kit sich losreißen und blindlings auf die Straße stürzen würde.

»Deine Mutter liebt dich so sehr«, sagte sie.

»Meine Mutter ist tot«, fuhr Kit sie an.

»Nein, nein.«

»O doch, sie ist tot. Im See ertrunken … sie hat sich selbst das Leben genommen. Ich weiß das … und ich bin die einzige, die es weiß. Sie kann nicht hier sein … sie ist ins Wasser gegangen …« Kits schrille Stimme überschlug sich beinahe.

Höchste Zeit einzugreifen, erkannte Ivy und legte Kit ihren drahtigen dünnen Arm um die Schultern. »Mir ist ganz gleich, was du da erzählst, jedenfalls darfst du jetzt nicht allein bleiben. Ich nehme dich mit zurück.« Halb führte sie, halb zog sie das Mäd-

chen zum Haus Nummer siebenundzwanzig und in ihre Wohnung.
Lena war nicht da. Es war, als hätte es die vergangenen zehn Minuten nie gegeben. Kit betrachtete auf dem gleichen Stuhl wie vorhin die albern überladenen Wände – genau dort hatte sie gesessen, bevor sie die Frau auf der Treppe gehört hatte und nachschauen ging.
Was hatte sie nur dazu bewogen? Was, wenn sie nicht hinausgegangen wäre? Ihr Kopf fühlte sich an, als sei er innen ganz hohl, in ihren Ohren summte es, und plötzlich bewegte sich der Boden auf sie zu. Von überallher dröhnten Stimmen, doch sie klangen, als kämen sie durch eine Wand aus Watte.
Dann fühlte sie, wie ihr jemand ein paar Klapse auf die Backen gab, während ein merkwürdig stechender Geruch sie würgen ließ. Ivys ängstliches Gesicht tauchte ganz nahe und riesenhaft vor ihr auf. Sie hielt ein kleines Fläschchen in der Hand.
»Sprich nicht. Atme nur tief ein.«
»Was? Was?«
»Es ist Riechsalz, *sal volatile* … du bist in Ohnmacht gefallen.«
»Ich falle nie in Ohnmacht«, widersprach Kit erbost.
»Jetzt geht es dir jedenfalls besser. Komm, ich helfe dir aufs Sofa.«
»Wo ist sie?« wollte Kit wissen. Das ganze ungeheuerliche Geschehen kam ihr wieder zu Bewußtsein.
»Sie ist oben und wird erst herunterkommen, wenn ich sie rufe.«
»Ich will sie nicht sehen.«
»Pssst, pssst … ganz ruhig. Steck deinen Kopf eine Weile zwischen die Knie, damit wieder Blut reinfließt.«
»Ich will sie nicht …«
»Hörst du nicht? Ich habe doch gesagt, daß ich sie erst rufe, wenn du es willst.«
»Ich will es aber auch später nicht.«
»Gut. Jetzt trinkst du erst mal eine Tasse zuckersüßen Tee.«
»Ich nehme nie Zucker …«, setzte Kit an.
»Heute schon«, erwiderte Ivy in einem Tonfall, der keinen Widerspruch zuließ.

Der süße Tee brachte allmählich wieder etwas Farbe auf Kits Wangen.

Und schließlich fing sie zu fragen an. »War sie von Anfang an hier? Von dem Tag an, als wir dachten, sie wäre tot?«

»Das wird sie dir selbst erzählen.«

»Nein.«

»Noch etwas Tee ... und Kekse ... *bitte,* Kit, das ist ein Hausmittel aus Kriegstagen gegen Schock. Es hat damals geholfen und wird auch heute helfen.« Die Frau gab sich solche Mühe.

In ihrem zerfurchten Gesicht leuchteten die Augen wie zwei runde Knöpfe; ein bißchen erinnerte sie Kit an ein neugieriges kleines Äffchen, das sie einmal im Zoo gesehen hatte. War das damals gewesen, als sie mit ihrer Mutter dort gewesen war? Oder im darauffolgenden Jahr, als Vater sie und Emmet zur Ablenkung eingeladen hatte, damit sie nicht unentwegt an die Tragödie dachten, die ihrer aller Leben überschattete?

Kit wollte die nächste Tasse Tee schon ablehnen, als ihr plötzlich klar wurde, daß dies alles war, was ihr diese gutherzige Frau anbieten konnte; also nahm sie an.

»Woher wußte sie, daß sie hier unterkommen konnte?« erkundigte sich Kit weiter.

»Wie meinst du das?«

»Waren Sie schon damals mit ihr befreundet?«

»Ich habe Zimmer vermietet, sonst nichts.«

»Aber heute sind Sie ihre Freundin.«

»Ja, heute sind wir Freundinnen.«

»Warum nur?« Kits leiderfülltes Gesicht spiegelte Unverständnis.

»Warum? Weil sie eine wunderbare Frau ist. Wer wäre nicht gern mit ihr befreundet?« meinte Ivy.

Die Uhr an der vollgepflasterten Wand tickte laut vor sich hin, von draußen drang gedämpft Verkehrslärm herein. Zwar waren auf der Treppe Schritte zu hören, aber sie stammten nicht von Lena; das Paar aus dem dritten Stock ging aus. Kit und Ivy hatten beide angestrengt durch den Türstore gespäht.

Als die Eingangstür zuschnappte, meinte Ivy fast triumphierend:

»Ich habe dir doch gesagt, daß sie erst herunterkommt, wenn du sie sehen willst.«
Schweigen.
»Du könntest natürlich auch zu ihr hochgehen.«
»Nein, das kann ich nicht.«
»Laß dir Zeit.«
»Zu keiner Zeit der Welt.«
Wieder herrschte Schweigen, dann fragte Ivy: »Hast du etwas dagegen, wenn ich nach oben gehe und ihr sage, daß dir nichts fehlt? Nein, keine Angst, ich verspreche dir, daß ich sie nicht mit nach unten bringe. Aber sie wird gern wissen wollen, wie es dir geht.«
»Das ist ihr doch ganz egal.«
»Bitte, Kit, zwing mich nicht dazu, sie dort oben sitzen zu lassen, ohne daß sie Bescheid weiß. Ich bin in einer Minute wieder da.«
Kit schwieg. »Und geh bitte nicht weg.«
»Nicht ich bin fortgelaufen«, entgegnete Kit.
»Sie wird es dir erklären.«
»Nein.«
»Wenn du es hören willst.« Und schon war Ivy aus der Tür.
Als ihre Schritte auf der Treppe verklungen waren, stand Kit auf. Hier in diesem Zimmer waren also all die Jahre ihre Briefe angekommen – die Briefe an Lena Gray, in denen sehr private Dinge über ihre Mutter standen, in denen sie von ihrem Grab erzählte und den Blumen, die sie darauf gepflanzt hatten. Sie hatte dieser Lena Geheimnisse anvertraut, die niemand sonst auch nur ahnte, und die ganze Zeit über war sie hintergangen worden. Zorn und Scham schnürten ihr die Kehle zu. Doch sie würde es nicht dabei belassen und sich leise aus diesem Haus davonstehlen; sie würde nicht so tun, als ob nichts geschehen wäre. Mutter lebte, das mußte Vater erfahren, und auch Emmet und all die anderen.
Es war beinahe nicht zu fassen, so ungeheuerlich war das Ganze. Wieder wurde es Kit schwindelig, aber sie riß sich zusammen. Sie würde nach oben gehen und ihre Mutter zur Rede stellen. Sie

würde in Erfahrung bringen, was geschehen war und warum. Warum ihre Mutter sie alle schnöde verlassen hatte, um hierherzukommen und in London zu leben, während man im See nach ihrem Leichnam fischte.

Kit trat hinaus in den Gang und stieg die Treppen hinauf. Sie würde an allen Türen klopfen, bis sie die richtige gefunden hatte. Aber das war gar nicht nötig.

Denn im ersten Stock hörte sie Ivys Stimme. »Ich gehe jetzt wieder zu ihr hinunter, Lena. Das Kind hat einen Schock. Sie darf nicht lange allein gelassen werden.« Da entdeckte Ivy Kits Gestalt auf der Treppe und machte einen Schritt beiseite, um das Mädchen eintreten zu lassen.

»Kit?« Ihre Mutter saß, eine Decke um die Schultern, auf einem Stuhl. Sie zitterte; offensichtlich hatte Ivy sie warm eingepackt. In der Hand hielt sie ein Glas Wasser.

Leise schloß Ivy die Tür hinter sich, und Mutter und Tochter waren allein.

»Warum hast du das getan?« Kits Tonfall war eisig, ihr Blick stahlhart. »Warum hast du uns glauben lassen, du seist tot?«

»Ich mußte es tun«, erwiderte Lena mit ausdrucksloser Stimme.

»Das mußtest du nicht. Wenn du uns schon verlassen wolltest, Daddy, Emmet und mich, dann hättest du gehen können … und uns sagen, daß du gehst, anstatt uns im Wasser nach dir suchen zu lassen … uns für dich beten zu lassen … und uns glauben zu lassen, du wärst in der Hölle«, schluchzte Kit auf, überwältigt von den widersprüchlichsten Gefühlen.

Lena sagte nichts. Doch ihre Augen waren schreckgeweitet. Alles war noch schlimmer gekommen, als sie es sich in ihren Alpträumen ausgemalt hatte. Ihre Tochter hatte sie gefunden. Und blickte angeekelt auf sie herab. Mußte Lena jetzt den Mund aufmachen? Dem Mädchen erzählen, daß es in Wirklichkeit ihr Vater gewesen war, der sie derart hintergangen hatte? Oder sollte sie ihn schonen? Und Kit den Glauben lassen, daß zumindest ein Elternteil vertrauenswürdig war? Daß nicht gleich beide sie im Stich gelassen hatten?

Das Mädchen war temperamentvoll und willensstark. Aus ihren Briefen wußte Lena, was Kit bewegte. Doch jetzt würde sie dergleichen nie mehr erfahren. Diese Wunde schmerzte – ebenso wie der offene Kleiderschrank, in dem noch gestern Louis Grays Anzüge gehangen hatten.
Als Lena auf einen Stuhl wies, schüttelte das Mädchen den Kopf und blickte statt dessen im Zimmer umher; sie schluckte, darauf bedacht, nicht die Fassung zu verlieren. Während Lena sie beobachtete, überlegte sie, wie das Zimmer wohl auf ihre Tochter wirkte. Wie gern hätte sie jetzt Kits Gedanken gelesen.
Kit holte tief Luft, um etwas zu sagen, doch dann überlegte sie es sich anders. Statt dessen ging sie zu einem der Fenster, zog den schweren Vorhang zurück und sah auf die Straße hinunter. Wieder schien sie erst mit sich ins reine kommen zu wollen, bevor sie sprach.
Indes saß Lena mit aufgerissenen Augen da; als sie das Glas Wasser hinstellte, zitterten ihre Hände. Alles schien sich in Zeitlupe abzuspielen. »Sag doch etwas«, bat sie.
»Warum sollte *ich* etwas sagen«, entgegnete Kit mit klarer Stimme. »Was hätte *ich* denn zu sagen? Du bist diejenige, die etwas zu erklären hat.«
»Wirst du mir zuhören?«
»Ja.«
»Ich mußte eine Entscheidung treffen. Ich habe einen anderen Mann geliebt … es war eine Liebe, die alles andere in den Schatten stellte, so daß ich dich und Emmet und mein altes Leben zurückließ.«
»Wo ist denn dieser Mann, den du so vergötterst?« In Kits Stimme klang Hohn.
»Er ist nicht hier«, erwiderte Lena nur.
»Aber warum hast du so getan, als ob du tot wärst?« Kit sprach ganz ruhig, doch man hörte die Anspannung heraus.
»Das habe ich nicht. Es ist ein schrecklicher Irrtum passiert.«
»Ach! Jetzt hör mir mal zu«, brauste Kit auf. »Hör gut zu, was ich dir sage. Seit ich zwölf bin, glaube ich, daß du tot bist. Mein Bruder

und ich haben regelmäßig dein Grab besucht; an jedem Todestag haben wir eine Messe für dich lesen lassen. Daddys trauriges Gesicht, wenn er von dir spricht, würde einen Stein erweichen ... und du lebst hier ... einfach, weil du einen anderen Mann geliebt hast ... einen Mann, der sonstwo steckt ... und sagst, es sei nur ein Irrtum, daß die Leute dich für tot halten ... du mußt völlig verrückt geworden sein, verrückt, verrückt!«
Kits Wut brachte Leben in Lena, die jetzt die Decke von den Schultern warf und ihrer Tochter gegenübertrat. »An diesen Machenschaften um meinen angeblichen Tod war ich nicht beteiligt. Ich habe deinem Vater mitgeteilt, daß ich ihn verlasse, und ließ ihm die Wahl, wie er mein Verschwinden den Nachbarn und den Freunden gegenüber erklären wollte ... zumindest seine Würde wollte ich ihm nicht nehmen ... ich habe keine Forderungen gestellt ... in meiner Lage konnte ich das wohl auch schwerlich ... obwohl ich gehofft hatte, daß er mir erlauben würde, euch zumindest von Zeit zu Zeit zu sehen.«
»Du hast Daddy *nicht* gesagt, daß du ihn verläßt. Keinen Ton hast du gesagt. Mir ist es gleich, mit welchen Lügen du dein Gewissen beruhigst, aber mich wirst du nicht belügen. Schließlich habe *ich* ihn Nacht für Nacht im Schlafzimmer weinen hören. *Ich* war es, die mit ihm zusammen das Seeufer abging all die vielen Wochen, die man nach dir gesucht hat.
Und ich war auch an seiner Seite, als der Leichnam angeschwemmt wurde und er darüber so erleichtert war und gesagt hat, jetzt im Grab könnte deine Seele wenigstens ihre Ruhe finden. Wage bloß nicht, mir weismachen zu wollen, daß Daddy über all das hier Bescheid weiß ... über diesen Berg von Lügen. Daddy hat keine Ahnung.« Mutter und Tochter standen sich, nur eine Armlänge voneinander entfernt, aufgebracht gegenüber.
»Er muß ein sehr viel besserer Schauspieler sein, als ich dachte, wenn er dich derart überzeugt hat.« Die Bitterkeit in Lenas Stimme war nicht zu überhören. »Und auch wenn ich mir nie verzeihen werde, was ich dir und Emmet angetan habe, trifft ihn

doch auch ein Teil der Schuld. Denn ich habe es ihm mitgeteilt. Ich habe ihm einen Brief hinterlassen.«

»Was?«

»Ja, ich habe ihm einen sehr langen Brief geschrieben, in dem ich ihm alles erklärt und um nichts gebeten habe – nicht einmal um Verständnis.«

Kit wich zurück. »Einen Brief? O mein Gott!«

Sie faßte sich an die Kehle und wurde kreidebleich. Bis zum heutigen Tag war Kit McMahon noch nie in Ohnmacht gefallen, doch jetzt sah es ganz so aus, als würde sie neuerlich von Schwindel übermannt. Als die Wände um sie herum zu kreisen begannen, taumelte sie, doch sie bezwang die Übelkeit und die Benommenheit.

»Ich wußte, daß du mir nicht glauben würdest«, sagte Lena.

»Doch, ich glaube dir«, erwiderte Kit mit gepreßter Stimme.

»Ja?«

»Ich habe ihn gefunden ... und im Küchenherd verbrannt.«

»Du hast *was*?«

»Ich habe den Brief verbrannt.«

»Du hast einen Brief verbrannt, der nicht an dich gerichtet war? Warum, um Gottes willen, hast du so etwas getan? *Warum*?«

»Ich wollte, daß du auf dem Friedhof begraben wirst«, antwortete Kit schlicht. »Wenn man erfahren hätte, daß du Selbstmord begangen hast, wäre das nicht in Frage gekommen.«

»Aber ich habe nicht Selbstmord begangen! Oh, mein Gott, warum mußtest du dich einmischen?«

»Ich habe halt gedacht ...«

»*Wieso?* Wie kamst du nur darauf? Und was für ein Recht hattest du, eine solche Entscheidung zu treffen? Ich kann es nicht fassen, nein, ich glaube es einfach nicht.«

»Alle haben sie nach dir gesucht. Die Leute waren mit Suchscheinwerfern unterwegs, und Sergeant O'Connor ... und dann das umgekippte Boot ...«

»Aber um Himmels willen ... wenn du deinem Vater den Brief gegeben hättest ...«

»Du bist an dem Tag so sonderbar gewesen ... so außer dir, weißt du noch ... deshalb haben wir geglaubt ...«
»Deshalb hast *du* es geglaubt, hast du dir es eingeredet.«
»Zufällig haben es eine Menge Leute geglaubt.«
»Woher willst du das wissen?«
»Man hört so allerlei.«
»Und was war mit der gerichtlichen Untersuchung ... ein abgekartetes Spiel zwischen deinem Vater und Peter Kelly! Sie haben den Leichnam irgendeiner unglücklichen Frau als den meinen identifiziert.«
»Die beiden waren überzeugt, daß du es warst. Wir alle haben das geglaubt.«
»Aber wer war es denn? Wessen Körper liegt da in meinem Grab?«
Betroffen schaute Kit sie an. »Ich habe keine Ahnung. Es könnte jemand sein, der schon vor langer Zeit ertrunken ist.«
Doch Lena fuhr fort, als habe sie Kits Worte nicht gehört: »Man führe sich einmal vor Augen, was er sich alles zuschulden kommen ließ, nur um nicht zugeben zu müssen, daß ich ihn verlassen habe.«
Sehr ruhig widersprach Kit: »Vater hat es nicht gewußt. Dank mir hält Vater dich wirklich für tot.«
Erst jetzt wurde Lena die schreckliche Wahrheit in ihrem vollen Ausmaß klar. Jahrelang hatte Martin tatsächlich geglaubt, daß sie ins Wasser gegangen sei, daß sie sich in dem See vor seiner Haustür das Leben genommen habe. Wie hatte ein derart abstruser Irrtum entstehen können?
»Hat er denn einen möglichen Grund genannt ... hat er geahnt, daß ich ihn verlassen wollte, und geglaubt, daß ich mir deshalb das Leben genommen habe?«
»Nein, Dad glaubt nicht an einen Selbstmord. Er hält das Ganze für einen schrecklichen Unfall. Mit dieser Meinung steht er so gut wie allein da, aber er ist fest davon überzeugt. Und er hat es Emmet und mir immer und immer wieder versichert.«
Lena griff nach einer Schachtel Zigaretten. Ganz in Gedanken bot sie Kit eine an, doch diese schüttelte den Kopf. Nach der heftigen

Auseinandersetzung war es jetzt so still, daß das Entzünden des Streichholzes die Stille wie ein Peitschenknall zerriß.
Nach einer halben Ewigkeit fuhr Kit fort: »Es tut mir leid, daß ich den Brief verbrannt habe. Aber es schien mir damals das einzig Richtige zu sein.«
Wieder sagte lange Zeit keine ein Wort, dann sprach Lena: »Du weißt nicht, wie leid es mir tut, daß ich euch verlassen mußte ... doch damals ... damals ...« Lena setzte sich, Kit jedoch blieb weiterhin stehen.
»Du hättest zu uns zurückkommen und uns sagen können, daß du noch lebst. Daß alles nur ein Irrtum war.« Lena schwieg. »Ich meine, ich hätte das mit dem Brief nicht ungeschehen machen können, selbst wenn ich gewußt hätte, daß mein Handeln falsch gewesen war. Aber du wolltest nicht kommen, stimmt's? Es hat dich nicht geschert, daß wir gedacht haben ... geglaubt haben ...«
»Ich saß in einer Falle«, erklärte Lena. »Ich hatte deinem Vater versprochen ...«
»Die Falle hattest du dir selbst gestellt. Und berufe dich nicht darauf, was du Daddy versprochen hast. Hattest du ihm nicht auch versprochen, ihn zu lieben, zu ehren und ihm zu gehorchen, bis daß der Tod euch scheidet? An dieses Versprechen hast du dich auch nicht gebunden gefühlt.«
»Setz dich bitte, Kit.«
»Nein, ich möchte nicht sitzen. Danach ist mir ganz und gar nicht.«
»Aber du bist so blaß ... du siehst angegriffen aus.«
»Bei uns zu Hause sagt man krank dazu. Du hast bereits unsere Sprache verlernt ...«
»Kit, bitte setz dich. Wir haben vielleicht nicht viel Zeit, um zu reden ... möglicherweise ist das heute unsere einzige Chance.«
»Mir ist nicht nach einem netten Schwätzchen.«
»Mir auch nicht.«
Kit gab ihren Widerstand auf und sank auf einen Stuhl, denn ihre Knie zitterten. »Was kannst du mir am wenigsten verzeihen?« fragte Lena schließlich.

»Was du Daddy angetan hast.«
Schweigen. Bis Lena sehr sanft sagte: »Oder was *du* ihm angetan hast?«
»Das ist nicht fair. Ich habe es schließlich nicht absichtlich getan.«
»Ich will dir ja auch gar nicht die Schuld in die Schuhe schieben, ich möchte nur gerne mit dir sprechen … darüber, was wir jetzt tun sollen …«
»Wie sollte ich über irgend etwas mit dir sprechen können? Ich habe dich das letztemal mit zwölf gesehen, als ich noch ein Kind war … ich kenne dich nicht. Ich weiß überhaupt nichts von dir.«
Kit wich vor ihr zurück.
Lena wagte nicht weiterzusprechen. Denn alles, was sie sagte, schien Kit nur noch mehr aufzuregen. Also saß sie still da und wartete. Bis sie es nicht länger ertrug. »Du kennst mich sehr wohl … wir haben uns jahrelang geschrieben …«
Kits Augen blickten kalt. »O nein, da irrst du dich … vielleicht weißt du alles über mich, zumindest mehr als sonst jemand auf der Welt. Dinge, die ich dir in gutem Glauben anvertraut habe. Aber ich weiß nichts über dich. Da kenne ich nur Lügen.«
»Ich habe dir stets die Wahrheit geschrieben.« Jetzt schluchzte Lena. »Als ich dir geschrieben habe, daß deine Mutter dich geliebt hat und immer so stolz auf dich war … habe ich dir das nicht immer und immer wieder versichert?«
»Lügen, nichts als Lügen. Mit keinem Wort hast du je erwähnt, daß meine Mutter abgehauen ist … durchgebrannt, und uns im Glauben ließ, sie wäre tot.«
Jetzt blitzten Lenas Augen vor Zorn. »Ebensowenig, wie du mir geschrieben hast, daß du den Abschiedsbrief verbrannt hast, in dem alles stand.«
»Was ich nur getan habe, um ihren Ruf zu retten.«
Es gab Lena einen Stich ins Herz, daß Kit von ihrer Mutter in der dritten Person sprach. Als ob sie wirklich und wahrhaftig bereits verstorben wäre.
Und für immer tot und begraben bleiben würde.
»Deine Briefe klangen, als würdest du mich mögen«, versuchte es

Lena erneut. »Und du hast an *mich* geschrieben. Was ich dir schrieb, ist alles wahr: Ich arbeite in einer Stellenvermittlung, Louis in einem Hotel ...«
»Das interessiert mich nicht die Bohne, oder was glaubst du? Ich will jetzt gehen.«
»Kit, bitte bleib. Du darfst jetzt nicht allein durch London irren, nachdem du so schreckliche Dinge erfahren hast.«
»Ich habe auch schon früher schreckliche Dinge erfahren und es überstanden«, meinte Kit bitter.
»Bleib wenigstens noch ein paar Minuten. Ich werde auch ganz still sein, wenn du willst. Aber ich möchte nicht, daß du nach diesem Schock allein bist.«
»Daß ich einen Schock haben könnte, hat dich doch damals auch nicht gekümmert ... als du gegangen bist.« Die geballten Fäuste gegen den Mund gepreßt, versuchte Kit, die Tränen zurückzuhalten.
Lena wußte, daß sie ihre Tochter jetzt keinesfalls in den Arm nehmen oder auch nur berühren durfte. Denn Kit war drauf und dran zu gehen. Nur ihr Versuch, genug Mut und Kraft zu sammeln, um aufstehen zu können, hielt sie noch hier im Raum. Während sie die Tränen hinunterschluckte, biß sie sich in die Handknöchel, um nicht endgültig die Fassung zu verlieren.
Ganz still blieb Lena sitzen und sah Kit nicht einmal an, sondern stützte den Kopf auf und schaute aus dem Fenster – hinaus in eine Welt, wo alle anderen Menschen ein ganz gewöhnliches Leben führten.
Da hob Kit den Kopf und beobachtete sie.
So war ihre Mutter immer gewesen; von jeher hatte sie eine Ewigkeit stillsitzen können. Wenn sie zusammen am See gewesen und alle anderen ständig von hier nach dort gerannt waren, hatte Mutter gelassen und friedlich dabeigesessen, ohne sich auch nur zu rühren oder einen Ton zu sagen. Und abends am Kaminfeuer, wenn Vater Kartentricks zeigte oder ihnen Zungenbrecher beibrachte, ein Quiz oder Mensch-ärgere-dich-nicht mit ihnen spiel-

te – da sah Mutter still in die Flammen und kraulte höchstens Farouk: ein ruhiges, friedliches Bild.
Damals war ihr alles so sicher vorgekommen. Warum nur hatte dieser Mann auftauchen und Mutter von ihnen wegreißen müssen? Der Zorn auf diesen Mann, der ihr Leben zerstört hatte, ließ Kits Tränen versiegen, und sie konnte wieder sprechen.
»Weiß er eigentlich von uns?« fragte sie.
»Wer? Was?« Lena schien aufrichtig erstaunt.
»Dieser Mann ... Louis, oder wie er heißt?«
»Ja, er heißt Louis. Natürlich weiß er von euch.«
»Und er hat dich uns trotzdem weggenommen.« In Kits Stimme lag Abscheu.
»Ich bin freiwillig mit ihm gegangen. Überleg doch mal, wie sehr es mich zu ihm hingezogen haben muß ... schließlich habe ich euch dafür zurückgelassen.«
Doch Kit hielt sich die Ohren zu. »Ich will nicht hören, was du wolltest. Und ich will vor allem nicht darüber nachdenken, was du von ihm wolltest. Es macht mich ganz krank.« Schmerz lag auf ihrem geröteten Gesicht. Für ein junges Mädchen war es schwer genug, sich die Mutter in den Armen des Vaters vorzustellen, geschweige denn sich einzugestehen, daß diese einen anderen Mann begehren könnte.
Auch Lena war dies klar. »Das habe ich nur gesagt, weil mich allein die Schuld trifft.«
»Schuld!« schnaubte Kit.
Da Lena fürchtete, daß Kit sie jetzt verlassen könnte – daß sie einfach aufstehen und hinausgehen würde, ohne sich auch nur umzudrehen, fragte sie schnell: »Und was sollen wir jetzt tun?«
»Was meinst du damit?«
»Wirst du es Emmet und ... na ja, eurem Vater erzählen ... daß die Dinge anders liegen, als wir geglaubt haben?«
»Du hast immer gewußt, daß die Dinge anders lagen.«
»Kit, bitte ... du weißt doch, daß dies nie in meiner Absicht lag. Dein Handeln hat zu dem Irrtum geführt.«
»Was also willst du von mir wissen?« Kits Tonfall war eisig.

Es folgte eine lange Pause, doch schließlich hob Lena den Kopf und blickte ihrer Tochter in die Augen: »Wahrscheinlich will ich wissen, ob du mich tot oder lebend haben willst.«
Wieder herrschte Schweigen, bis Kit langsam sagte: »Da du seit fünf Jahren ... für uns lieber tot sein wolltest ... sollst du es auch bleiben.« Sie stand auf und ging hinaus. Für Lena klang das Geräusch der Tür, als schließe sich der Deckel zu ihrem Sarg.

Als Ivy das Mädchen die Treppen herunterkommen und zur Eingangstür gehen sah, erschien ihr Kit gefaßter. Zumindest schien sie niemanden mehr zu brauchen, der sie stützte oder durch den Verkehr geleitete. Aber auch, wenn sie allein zurechtzukommen schien, wirkte ihr Gesicht doch merkwürdig leblos. Steinern und ohne Wärme, ganz anders, als Ivy sie kennengelernt hatte.
Wie gern wäre sie jetzt zu Lena gegangen und hätte die Frau getröstet, die ihren Geliebten und ihre Tochter am gleichen Tag verloren hatte. Doch sie wußte es besser. Lena würde bei ihr anklopfen. Sobald sie soweit war, würde sie zu ihr kommen. Aber nicht eher.

Kit entdeckte ein Café. Vor der Musikbox standen ein paar Mädchen ihres Alters und spielte eine Scheibe nach der anderen. Wie wunderbar, so unbeschwert zu sein. In ganz gewöhnlichen Familien zu leben. Bei einer Mutter, die nicht weggelaufen war und so getan hatte, als wäre sie tot. Keinem dieser Mädchen war je ein Geist begegnet. Und sie hatten genug Geld, um ununterbrochen Musik zu hören.
Dabei unterhielten sie sich über die Jungs, mit denen sie ausgingen. Zwei von ihnen waren Farbige mit Londoner Akzent. Die Welt drehte sich ganz normal weiter: Menschen verschiedener Hautfarbe und Dutzende von Cafés in einer einzigen Straße, und niemand kannte sämtliche Nachbarn und die Passanten, so wie bei ihr zu Hause.
Hier also hatte Mutter gelebt, seit sie ertrunken war.

Mutter lebte. Was würde Emmet dazu sagen? Er würde sich überschlagen vor Freude. Und Daddy? Wie würde Vater reagieren, wenn er es erfuhr? Doch da zerrte wieder das schwere Gewicht an ihr und drückte sie nieder. Sie durften es ja gar nicht erfahren; dazu war es jetzt zu spät. Nach all den Jahren wäre es für alle zu schmerzlich; es würde sie nur unglücklich machen.

Und das war allein Kits Schuld.

So oft hatte sie sich in den vergangenen Jahren schuldbewußt gefragt, ob sie wohl richtig gehandelt hatte, als sie damals den Brief verbrannte. Und immer wieder hatte sie sich damit beruhigt, daß es aus edlen Beweggründen geschehen war und Gott dies wußte. Sie wollte, daß ihre Mutter ein Grab auf dem Friedhof bekam wie jeder andere auch. Und nicht wie eine Verbrecherin außerhalb der Mauern verscharrt wurde. Sie hatte es aus Liebe zu ihrer Mutter getan. Doch wer würde ihr jetzt noch zugute halten oder auch nur glauben, daß sie das Beste gewollt hatte? Schließlich hatte sie damit für alle die schwierigste Situation geschaffen.

Der Kaffee brannte ihr in der Kehle.

Das Beste wäre, wenn niemand es je erfuhr. Das war auch das, was … *sie* … wollte. Kit schaffte es nicht, von ihr als Mutter zu sprechen … nicht von dieser schlanken Frau in der eleganten Wohnung, die von ihrer Liebe zu Louis sprach … oder ihrem Begehren oder wie sie es genannt hatte. Warum sollte Emmet durch dieselbe Hölle gehen wie Kit? Und Vater? Wie würde Vater es aufnehmen, wenn er erfuhr, daß seine geliebte Helen, um die er so viele Tränen vergossen hatte, ihn wegen eines Mannes namens Louis verlassen hatte?

Und wo war dieser Louis eigentlich geblieben? Wenn sie schon so verrückt nach ihm war, warum wohnten sie nicht zusammen, warum wies nichts auf seine Abwesenheit hin? Der gutaussehende Mann mit den dunklen Haaren, der bei Ivy hereingeschaut hatte, fiel Kit ein. Der Mann, der ausgesehen hatte wie ein Filmstar. Aber das konnte nicht Louis gewesen sein; er war ja gerade beim Umziehen. Und hatte eine große Kiste mit Habseligkeiten dagelassen, die irgendwann abgeholt werden sollte. Das war sicher nicht Mutters Louis gewesen. Außerdem war er ja auch viel zu jung. Zu jung, um der Liebhaber ihrer Mutter zu sein.

Da berührte sie jemand am Arm. Kit schrak zusammen. Waren Mutter oder Mrs. Brown ihr etwa bis hierher gefolgt?

Aber es war nur ein Junge von ungefähr achtzehn Jahren. »Bist du allein hier?« fragte er.

»Ja.« Argwöhnisch sah Kit ihn an.

»Möchtest du dich vielleicht zu uns setzen?« Er machte eine Geste zu einem Tisch hinüber, wo eine ganze Clique saß und sie aufmunternd anlächelte.

»Nein, vielen Dank ... aber wirklich danke ...«

»Ach, komm schon, du kannst doch nicht allein hier rumsitzen, wenn die Musikbox spielt«, meinte der Junge.

Kit war unentschlossen. Die jungen Leute sangen mit und klatschten im Takt, wie sie und Clio es auch getan hätten, wäre die Situation nicht so verfahren gewesen. Doch unter den gegebenen Umständen konnte sie unmöglich mit ihnen zusammen scherzen und so tun, als ob alles in bester Ordnung wäre. Andererseits konnte sie aber auch nicht weiter nur dasitzen und ihren Gedanken nachhängen, die sich im Kreise drehten – immer und immer wieder, ohne daß eine Lösung in Sicht war.

»Danke«, nahm Kit lächelnd an.

Er strahlte, weil er es geschafft hatte, ein so hübsches, gutangezogenes Mädchen an den Tisch zu locken. Kit lächelte und nickte, während die anderen ihre Namen nannten. Anscheinend hatte sie ihnen auch ihren gesagt, denn man rief sie Kit, als sie sich schließlich von ihnen verabschiedete und aus dem Café rannte, um den Bus zurück zum Kloster zu erwischen.

Mürrisch ging Clio auf und ab. »Du kommst zu spät«, behauptete sie.

»Nein, du bist zu früh dran.« So war es schon immer gewesen, nichts hatte sich zwischen ihnen verändert. Dabei hatte Kit, als sie Clio das letztemal gesehen hatte, die schreckliche Tatsache noch nicht gewußt. Die Tatsache, daß ihre Mutter nicht gestorben,

sondern fortgelaufen war. Und daß Kit sich an dem Betrug mitschuldig gemacht hatte, indem sie ihren Brief verbrannte.
»Was hast du unternommen?« Clio schmollte noch immer, weil Kit nicht mit ihr zusammen durch in die Stadt gebummelt war.
»Die meiste Zeit war ich in einem Musikcafé.« Kit zuckte die Achseln.
»Das war alles? Ich habe eine Menge gesehen.«
»Schön für dich.«
»Bist du mit jemandem ins Gespräch gekommen?« Clio gierte nach Einzelheiten.
»Ja, mit einer ganzen Clique. Sie hielten die Musikbox am Laufen.«
»Waren auch Jungen dabei?«
»Hauptsächlich Jungen.« Kit war mit ihren Gedanken ganz woanders – meilenweit weg von Clio oder dem Café.
»Und wie waren sie?«
»Ganz in Ordnung. Und wie war's bei dir?« Sie mußte so tun, als ob nichts Außergewöhnliches passiert wäre.
Doch scheinbar hatte Clio keine berauschenden Abenteuer in London erlebt. »Ach, ich war so hier und da. Wie hießen sie?«
»Wer?«
»Die Jungen, die du kennengelernt hast?«
»Ich weiß nicht mehr.« Das entsprach offensichtlich der Wahrheit.
Während sie die Stufen zur Klosterpforte hochstiegen, musterte Clio sie besorgt. »Du hattest doch nicht mit einem von ihnen Geschlechtsverkehr, Kit?« fragte sie unvermittelt.
»Himmel, wie kommst du denn darauf?« Clio war doch immer für eine Überraschung gut.
»Weil du so verändert wirkst«, erwiderte Clio. »Und du weißt doch, daß man es einer immer ansieht, wenn sie es getan hat – sie sieht dann nicht mehr wie eine Jungfrau aus.«
»Tut mir leid, dich enttäuschen zu müssen. Wir sind in dem Café einfach nicht dazu gekommen. Ich weiß auch nicht, warum. Vielleicht standen doch zu viele Leute drum herum?«

»Ach, halt die Klappe, Kit. Ich habe nur gefragt, weil du so anders wirkst. Auch wenn ich nicht weiß, was los war – ich kenne dich gut genug, um zu wissen, daß etwas passiert ist.«
»Jedenfalls habe ich nicht meine Jungfernschaft auf einem Kaffeehaustisch verloren, meine Liebe.«
»Was war es dann?«
»Nichts. Einfach, daß ich in einer fremden Stadt unterwegs war und nirgends richtig Zugang gefunden habe.«
Mit dieser Erklärung gab Clio sich zufrieden, weil es ihr nicht anders ergangen war. Für sie hatte sich dieser Ausflug als gräßlicher Fehlschlag erwiesen, und der Gedanke, daß auch Kit McMahon sich nicht amüsiert hatte, tröstete sie. Merkwürdig allerdings, daß Kit aussah, als ob ihr etwas zugestoßen wäre – ein Unfall oder etwas in der Art.

Kit tat die ganze Nacht kaum ein Auge zu. Sie saß am Fenster und starrte hinaus, bis es zu dämmern begann. Ob ihre Mutter sich wohl ebenso das Hirn zermarterte? Ach nein, die lag wahrscheinlich in den Armen von diesem Louis, den sie so sehr begehrte. Wieder fragte sich Kit, ob Louis nicht doch der gutaussehende Mann gewesen sein konnte, der seine Sachen untergestellt hatte, um sie später abzuholen.
Und plötzlich brach sich aus dem Nichts heraus ein Gedanke Bahn – machtvoll und schmerzhaft wie eine eisige Böe. Was, wenn Louis Mutter verlassen hatte und sie nun, da man sie am Leben wußte, nach Hause zurückkehren wollte? Wenn sie nach all den Jahren wieder nach Lough Glass kommen und versuchen würde, ihr altes Leben aufzunehmen? Was würde ihr armer Vater sagen, der sie doch für eine tote Heilige hielt? Und Emmet, der noch so jung gewesen war, als sie ertrank? Damit würde sie auch die bevorstehende Hochzeit von Maura Hayes und Vater vereiteln. Obwohl Maura Hayes ihren Vater jetzt natürlich keinesfalls mehr heiraten konnte.
Keiner würde Mutter je vergeben.
Kits Wangen brannten, dann waren sie wieder eiskalt. Und als der

Morgen anbrach, war sie viel zu krank, um an der gemeinsamen Exkursion teilzunehmen – ein Spaziergang durch London auf Charles Dickens' Spuren.

Mutter Lucy war sehr besorgt. »Hast du oft so hohe Temperatur?« fragte sie. Das Thermometer zeigte einen bedrohlichen Wert.

»Mir geht es sicher bald wieder besser, wenn ich einfach liegenbleiben kann. Am besten in einem abgedunkelten Zimmer«, erwiderte Kit.

»Ich werde jede Stunde nach dir sehen«, versprach Mutter Lucy.

»Das wird deine Unternehmungslust allerdings bremsen«, meinte Clio.

»Ich will gar nichts unternehmen. Du kannst einem wirklich den letzten Nerv rauben, Clio.«

»Wenn ich an deinem Café vorbeikomme, soll ich dann ausrichten, daß du noch mal vorbeikommst?« Clio war enttäuscht, daß Kit das Bett hüten mußte. Alles war viel lustiger, wenn Kit mit von der Partie war. Aber sie sah tatsächlich aus, als hätte sie irgendeine Krankheit aufgeschnappt.

Kit lag in dem Schlafraum für acht Mädchen in einem schmalen Bett. Während des Schuljahres schliefen acht englische Mädchen hier. Doch diese Woche waren die Mädchen aus Lough Glass in diesem Zimmer einquartiert. Und alle konnten sich abends hinlegen, den Kopf aufs Kissen betten, ohne daß ihnen Angst ins Herz schnitt.

Mit offenen Augen starrte Kit in die Dunkelheit; wenn die Nonne ihren Kopf durch die Tür steckte, tat sie, als ob sie schlief. Auf diese Weise mußte sie keine Fragen über sich ergehen lassen, was wohl das Fieber verursacht haben könnte.

Auch Lena hatte nicht geschlafen. Gegen sechs Uhr morgens sah sie ein, daß es keinen Sinn hatte, sich weiterhin schlaflos im Bett herumzuwälzen. Also stand sie auf, zog sich an und ging hinunter, wo sie einen Zettel unter Ivys Tür hindurchschob. *Ich komme heute abend zu dir.* Mehr mußte sie nicht sagen.

Im Büro versuchte Lena, einen Brief an ihre Tochter zu schreiben.

Doch eine Seite nach der anderen flog aus der Maschine und wurde in kleine Fetzen gerissen. Auch aus der Feder wollten ihr keine Worte fließen. Und als die Tür klapperte und Dawn Jones hereinkam, hatte Lena ihr Vorhaben bereits wieder aufgegeben. Die vielen tausend Dinge, die gesagt werden mußten, ließen sich nicht in Worte fassen; das bewiesen die kleinen konfettigleichen Papierschnipsel, Überbleibsel der verworfenen Briefe, die keinen Rückschluß mehr auf ihren Inhalt zuließen.

Keiner hätte je erraten, daß die stets freundliche Mrs. Gray eine qualvolle Nacht hinter sich hatte. Daß sie an einem einzigen Tag ihre Tochter gefunden und wieder verloren hatte, während sie gleichzeitig von dem Mann verlassen wurde, mit dem sie seit fünf Jahren zusammenlebte. Nun gab es für sie nichts mehr, wofür es sich zu leben lohnte. Aber sie würde diesen Tag dennoch überstehen. Und alles, was ihr in den durchwachten Stunden durch den Sinn gegangen war, hatte sie davon überzeugt, daß ihre Tochter tatsächlich recht hatte: Sie mußte tot bleiben. Schließlich hatte sie auch so schon genug Unheil angerichtet.

Doch was immer wieder aufblitzte und sich nicht verdrängen ließ, war die Angst, daß Kit ihre Meinung vielleicht ändern würde, wenn sie den ersten Schreck überwunden hatte. Wenn Kit ihre Abscheu und die Scham über ihre eigene tragische Rolle – das gutgemeinte Verbrennen eines Briefes, um die Schande eines Selbstmordes zu vertuschen – überwand? Dann empfand sie es womöglich als ihre Pflicht preiszugeben, daß sie ihre Mutter gefunden hatte.

Lenas schlechtes Gewissen Martin gegenüber war grenzenlos. Sie hatte ihn völlig falsch eingeschätzt. Jahrelang hatte ihr Tod, ihr möglicher Selbstmord, diesem Mann das Leben vergällt. Kit hatte angedeutet, was in der Stadt für Gerüchte umgingen. Doch er hatte das nicht nur ertragen, sondern die Kinder sogar dazu erzogen, ihr Andenken zu ehren. Dieser Mann durfte jetzt nicht bloßgestellt werden als einer, dem die Frau mit einem anderen durchgebrannt war; ihm sollte die ehrenhafte Erklärung eines tragischen Todes durch Ertrinken bleiben.

Denn Martin verdiente, daß sein Name ohne Makel blieb. Eigentlich verdiente er mehr als das, er verdiente ein bißchen Glück. Kit mußte für immer schweigen.
Während der Nacht hatte Lena geglaubt, sie würde an ihrem Schreibtisch die richtigen Worte finden; schließlich hatte sie an ebendiesem Tisch schon oft als vermeintliche Freundin der Toten lange Briefe an ihre Tochter geschrieben. Briefe, die nie wieder geschrieben und nie wieder beantwortet werden würden.
Doch es war ihr einfach nicht möglich, ihre Überlegungen zu Papier zu bringen.
Außerdem war Dawn schon da, wie immer quicklebendig. »Ich dachte, ich wäre heute die erste ... aber nein, Sie haben mich schon wieder ausgestochen«, zwitscherte die junge Frau, die mit ihrem blau-goldenen Kleid, dem glänzenden Haar und dem perfekten Make-up einem Paradiesvogel ähnelte.
Neben ihr fühlte Lena sich alt und verbraucht. »Ich muß heute vielleicht ein paar Stunden freinehmen, Dawn. Könnten Sie bitte mit einem Block zu mir reinkommen? Ich diktiere Ihnen dann, was zu erledigen ist. Könnten Sie sich das bitte mit Jessie aufteilen?«
»Selbstverständlich, Mrs. Gray.« Dawn saß mit gespitzten Ohren da.
Glückliche Dawn, schoß es Lena durch den Kopf. Sie hat die ganze Nacht durchgeschlafen und an jedem Finger einen Verehrer. Die einzige Frage, über die sie sich neben der Arbeit den Kopf zerbrechen muß, ist, mit welchem sie heute abend ausgehen soll.
Als Lena im Haus Nummer siebenundzwanzig ankam, klopfte sie sofort an Ivys Tür. »Wenn du eine Minute Zeit hast, Ivy, könntest du dann mit mir hinaufgehen?«
Lena sah so mitgenommen aus, daß Ivy erschrak. »Soll ich dich nicht zum Arzt bringen?« fragte sie.
»Nein, nein. Aber wenn du mich die Treppe hinaufbegleiten könntest, wäre das sehr lieb.«
Während Lena sich auszog, nahm Ivy ihre Kleider und legte sie

zusammen. Dann schlüpfte Lena ins Bett – in das Doppelbett, das sie und Louis geteilt hatten und das für sie allein viel zu groß war. Nachdem Ivy Lenas Sachen auf den Stuhl gelegt hatte, reichte sie ihr wie eine Zofe das Nachthemd, und Lena zog es sich über den Kopf. In ihr Gesicht hatten Schmerz und Müdigkeit tiefe Falten eingegraben.

Keine von beiden hatte bisher ein Wort gesprochen.

Doch dann faßte sich Ivy ein Herz. »Sie ist ein sehr hübsches Mädchen, Lena. Eine wunderbare Tochter für dich ...«

Nichts, was sie hätte sagen können, war mehr geeignet, die Schleusen zu öffnen, die Lenas Tränenstrom zurückhielten. Bislang hatte Lena keine Träne vergossen, doch als Ivy die Schönheit und den Charme ihrer Tochter pries, die sie für immer verloren hatte, konnte sie sich nicht länger beherrschen und heulte los wie ein kleines Kind.

Erst nach einer halben Ewigkeit konnte Ivy sie überreden, sich zu schneuzen und ihr die volle Tragik der Geschichte zu offenbaren – wie ihre Tochter in aller Unschuld dafür gesorgt hatte, daß Helen McMahon niemals mehr zurückkehren und ihre Familie wiedersehen konnte.

»Dir hat es nicht übermäßig gefallen, stimmt's?« fragte Martin McMahon.

»O doch, Daddy, und es war ja auch sehr teuer ...«

»Das ist nicht die Frage. Wir geben manchmal viel Geld aus für Dinge, die uns dann eigentlich nichts bedeuten. War es zu sehr wie Unterricht?«

»Nein, es war prima, das habe ich dir doch gesagt. Und ich habe dir doch auch Ansichtskarten geschickt. Wir haben einfach alles gesehen.«

»Was hat dir am meisten gefallen?« erkundigte sich Emmet.

Kit starrte ihn an. Denn seine Worte erinnerten sie an die ihrer Mutter: »Was kannst du mir am wenigsten verzeihen?« Kit schluckte und suchte nach einer befriedigenden Antwort für ihren Bruder. »Der Tower von London, glaube ich.«

»Und was war das mit diesem Fieber?« Ihr Vater wirkte immer noch besorgt.
»Ich hatte lediglich ein, zwei Tage erhöhte Temperatur ... du weißt doch, was für ein Theater die Nonnen immer gleich machen.«
»Clio hat Peter davon erzählt. Sie behauptet, du mußtest zwei Tage im Bett bleiben.«
»Clio ist noch schlimmer als die Nonnen, Daddy.«
»Laß das bloß nicht die arme Mutter Bernard hören – nach all der Mühe, die sie sich gegeben hat, euch beide zu anständigen jungen Damen zu erziehen.« Ihren Vater hatte sie jedenfalls glücklich abgelenkt.
Aber daß Clio wirklich aus jeder Mücke einen Elefanten machen mußte!

»Da bist du also, Kit McMahon.« Mit diesen herablassenden Worten begrüßte Father Baily alle Leute.
»Da bin ich also, Father«, erwiderte Kit neckisch.
Father Baily sah sie scharf an und überlegte, ob sie sich wohl über ihn lustig machte. »Erzähl mir, wie hat dir London gefallen?«
»Es war sehr interessant, Father. Wie schön, daß sich uns eine solche Möglichkeit bot.« Ihre Antwort klang so steif wie die eines kleinen Mädchens, das man diesen Satz hatte auswendig lernen lassen.
Clio kicherte.
»Eine schöne Stadt«, plauderte Father Baily. »Wenn man es so sieht, wie es ist, gibt es nichts daran auszusetzen.«
Kit überlegte, wie man London anders sehen konnte, aber dann entschied sie, daß es ein ungünstiger Zeitpunkt war, mit dem alten Pfarrer zu streiten. »Waren Sie selbst schon einmal dort, Father?« erkundigte sie sich.
»Schon zweimal, auf der Durchreise zur Heiligen Stadt«, erwiderte er.
»Gab es damals schon Cafés?« wollte Clio wissen.

»Wir hatten keine Zeit in Cafés zu vergeuden«, antwortete der Pfarrer.
»Wie gut«, zischte Clio, als sie gingen. »Stell dir nur vor, was er dort zu sehen bekommen hätte.«

»Was für ein Zufall, daß Sie zur gleichen Zeit in London waren wie meine Schülerinnen«, sagte Mutter Bernard zu Maura Hayes.
»Wie meinen Sie das, Mutter?«
»Weil Clio und Kit sich doch dort mit Ihnen getroffen haben ... Mutter Lucy hat mir davon erzählt.«
»Ach so, Mutter Lucy ...« Maura hatte nicht die leiseste Ahnung, wovon sie sprach. Aber das brauchte Mutter Bernard nicht zu bemerken.
»Was für Zufälle es doch gibt.« Die Nonne konnte sich gar nicht darüber beruhigen.
»Ja, wirklich«, stimmte Maura mit gerunzelter Stirn zu.

»Clio, komm doch mal her.«
»Ja, Tante Maura.«
»Ist Mutter Bernard nicht mehr ganz klar im Kopf, oder hat ihr vielleicht jemand den Floh ins Ohr gesetzt, daß ich während eurer Klassenfahrt auch in London war?«
»Ich war's nicht, das schwöre ich«, beteuerte Clio.
»Nun, wer war es dann?«
»Ich habe keine Ahnung. Aber als so eine beschränkte Nonne dort behauptet hat, daß unsere Tante angerufen hätte, nahmen wir es gewissermaßen als Geschenk des Himmels ...« Clio kicherte. »So eine Chance konnten wir uns doch nicht entgehen lassen, oder?«
»Und wie habt ihr dieses Geschenk des Himmels genutzt?«
»Ich weiß nicht, wo Kit war, sie tat sehr geheimnisvoll. Für mich war es eigentlich ein ziemlich langweiliger Nachmittag. Ich hab' Schaufenster angeguckt und bin immer mal wieder in ein Café oder eine Bar gegangen, aber nur kurz – ich habe so getan, als ob ich jemanden suchen würde.«

»Und hast du dich nicht näher erkundigt, was für eine Tante da plötzlich nach dir gefragt hat?«
Clio zuckte die Achseln. »Nein, ich dachte nur, was für eine selten günstige Gelegenheit. Aber da habe ich mich geirrt.«

Orla Dillon, die inzwischen Orla Reilly hieß, besuchte ihre Mutter im Laden. »Warum darf ich dir nicht helfen, Mammy? Du hast dich doch immer beklagt, daß ich dir nicht genug helfe.«
»Das war, als du noch hier gelebt hast. Jetzt lebst du mit deinem Mann zusammen, und deshalb würde ich es gern sehen, wenn du auch dort wärst.«
»Du liebe Zeit, Mammy. Ab und zu muß man doch mal aus dem Haus. Ich hab ihm gesagt, daß du im Geschäft etwas Hilfe brauchen könntest.«
»Nun, dann sag ihm, daß du dich geirrt hast. Und wer kümmert sich überhaupt um das Baby?«
»Seine Mutter, Mrs. Reilly. Da hat die alte Schachtel wenigstens eine Beschäftigung.
»Ich habe es einmal gesagt, und ich sage es wieder: Hier gibt es nichts für dich zu tun, Orla.«
»Mammy, bitte!«
»Das hättest du dir eben früher überlegen sollen.« Das Gesicht ihrer Mutter war undurchdringlich wie eine Maske. Orlas überstürzte Hochzeit hatte in ihrer Familie nicht gerade Jubel ausgelöst.
Im Hintergrund blätterten Clio und Kit die Zeitschriften durch. Normalerweise gelang es ihnen, mindestens fünf zu lesen, bevor sie eine kauften. Clio belauschte dabei das Gespräch zwischen Orla und ihrer Mutter. »Die Ehe ist anscheinend auch nicht gerade das Gelbe vom Ei«, flüsterte sie Kit ins Ohr.
»Was?«
»Du bist mit deinen Gedanken ja meilenweit weg«, meinte Clio. Man konnte seit einiger Zeit genausogut gegen eine Wand reden wie mit Kit, die sich für rein gar nichts mehr zu interessieren schien.

Auch der Prospekt der Hotelfachschule in der Dubliner Cathal Brugha Street lag drei Tage nach seinem Eintreffen noch immer ungeöffnet auf dem Tischchen in der Diele.
»Willst du den Brief nicht endlich aufmachen, Kit?« fragte Rita. »Da wird drinstehen, was für Arbeitskleidung und andere Sachen du noch brauchst.«
»Ja, natürlich«, erwiderte Kit.
Aber sie tat es nicht.

»Hotelwesen?« meinte Mrs. Hanley vom Textilgeschäft.
»Hotelwesen und Gastronomie, ja, das ist sicher sehr interessant. Dann gehst du also nicht zur Universität wie Clio?«
»Nein, Mrs. Hanley, ich möchte ins Hotelfach. Und es soll eine sehr gute Schule sein. Dort lernt man kochen und Buchführung und was man sonst noch braucht.«
»Ist dein Vater nicht enttäuscht, daß du nicht studieren willst? Ich weiß, daß es sein Herzenswunsch gewesen wäre.«
»Ja?« Erstaunt sah Kit Mrs. Hanley an. »Das höre ich zum erstenmal. Er hat nie einen Ton davon verlauten lassen. Vielleicht sollte ich besser mal nach Hause gehen und ihn fragen. Aber er hat nie auch nur eine Andeutung gemacht.«
»Nein, laß mal lieber«, riet Mrs. Hanley ab. »Vielleicht habe ich mich ja verhört. Mach besser keinen unnötigen Wirbel darum.«
In Kits Augen blitzte Empörung. Sie konnte nicht wissen, daß Mrs. Hanley sich für ihre Tochter Deirdre in Grund und Boden schämte, die in einem drittklassigen Café in Dublin arbeitete – und nicht einmal als Bedienung, sie räumte nur ab und wischte die Tische sauber. Deshalb tat sie alles, was in ihrer Macht stand, um der Jugend von Lough Glass ihre Zukunftspläne und -aussichten madig zu machen.
Allerdings ahnte sie nicht, daß dieses junge Ding mit den zornroten Wangen ihre Worte und deren Bedeutung kaum wahrgenommen hatte. Die bloße Erwähnung ihres Vaters hatte diesen Sturm der Emotionen ausgelöst.

Denn Kit lag nachts meist schlaflos da und war untertags ständig unkonzentriert. In ihr bohrte die Angst, daß ihre Mutter von England aus schreiben oder sogar – was noch schlimmer gewesen wäre – zurückkehren könnte. Was, wenn die sichere und sonnige Zukunft ihres Vaters vor ihren Augen zerplatzte wie eine Seifenblase?

»Emmet, du stinkst nach Alkohol«, rügte Kit.
»Ja? Ich hätte gedacht, man würde inzwischen nichts mehr davon merken.«
»Wovon?«
»Du wirst mich doch nicht verpetzen?«
»Habe ich auch nur einmal gepetzt?«
»Hmmm, also Michael Sullivan und Kevin Wall und ich ... wir haben uns einen Cocktail genehmigt.«
»Das glaube ich nicht!«
»Doch. Wir haben ihn aus Resten zusammengemixt, aus den Flaschen, die vor Foleys Bar stehen. Die haben wir zusammengekippt und geschüttelt.«
»Emmet, du bist verrückt. Ganz und gar verrückt.«
»Ehrlich gesagt, es war schauerlich. Und bestand sowieso hauptsächlich aus wäßrigem Bier. In den Whisky- und Brandyflaschen war kaum noch was drin.«
»Wie schade!« meinte Kit.
»Auf jeden Fall danke, daß du es mir gesagt hast. Ich werde mir mal die Zähne putzen.«
»Warum, um Himmels willen, hast du das denn getan?« fragte Kit.
»Es war einfach mal nötig. Manchmal ist es hier ganz schön öde, findest du nicht?«
Kit sah Emmet an und biß sich auf die Unterlippe. Sollte sie es ihm sagen?

»Na, Kit, wie geht's?« rief Stevie Sullivan.
»Nicht so gut.«
»Das gefällt mir aber gar nicht, wenn so ein hübsches Mädchen

nicht auf der Höhe ist«, lächelte Stevie sie mit seinem einnehmenden Lächeln schelmisch an.
Doch damit konnte er bei Kit McMahon keinen Blumentopf gewinnen. »Mir ginge es erheblich besser, wenn du deinen Bruder davon abhalten könntest, im Hinterhof von Foley und Paddles Cocktailpartys zu veranstalten«, erwiderte sie.
»Wieso das denn plötzlich? Bist du unter die Abstinenzler gegangen? Hast du dem Dämon Alkohol entsagt?« erkundigte sich Stevie.
»Ich zähle nun mal zu den Leuten, die es zu schätzen wissen, wenn der eigene Bruder nicht wie der letzte Pennbruder stinkt.«
»Das ist ein Argument«, nickte Stevie.
»Was heißt das?«
»Das heißt, daß ich meinen Bruder davon abhalten werde.«
»Danke«, sagte Kit und ging ins Haus. Doch während sie die Treppen hinaufstieg, fragte sie sich, warum sie so harsch reagiert hatte. Die Jungen waren schließlich nicht wirklich betrunken gewesen, sie hatten nur Erwachsensein gespielt.
Doch sie beruhigte sich, daß sie es ihrem Vater zuliebe getan hatte. Daddy hatte schon genug durchgemacht. Und auch noch genug vor sich. Denn inzwischen war Kit überzeugt, daß sie die Last dieses Geheimnisses nicht länger allein tragen konnte. Sie würde es nicht schaffen, jahrelang zu schweigen wie bei dem Brief, den sie verbrannt hatte. Alles würde herauskommen, und ihrer aller Leben wäre ruiniert.
Sie träumte, daß ihre Mutter zu Hause war und sie zusammen in der Küche Tee tranken. »Geht nicht so streng mit Kit ins Gericht«, sagte Mutter gerade, während alle am Tisch saßen und Rita hinter ihnen stand. Nur Kit saß wie eine Aussätzige weit weg von den anderen. Und sie hörte im Traum das laute Schluchzen von Maura.

»Ich habe ein wunderhübsches Geschenk für dich, zu deinem Start ins Berufsleben, Kit.« Mrs. Hanley überreichte ihr eine flache Schachtel.
»Das ist furchtbar nett von Ihnen, Mrs. Hanley.«

»Mach's auf und schau, ob es dir gefällt.«
In der Schachtel lag ein zitronengelber Pullover mit kurzen Ärmeln, ein Kleidungsstück, das Kit sich niemals ausgesucht hätte. Aber wenn sie ihn unter einem Blazer trug, ging es vielleicht.
»Er ist wunderschön, Mrs. Hanley. Vielen, vielen Dank.«
»Ich habe mich gestern nicht sehr gut benommen. Lieb, daß du es einfach überhört hast.«
Kit starrte sie verständnislos an. Sie hatte keine Ahnung, wovon die Frau überhaupt redete. Aber zur Zeit war sowieso alles so merkwürdig. Seit sie aus London zurückgekehrt war, konnte sie sich kaum je erinnern, was sie eigentlich gerade getan hatte. Irgendwie kam ihr alles unwirklich vor. Alles schien in der Schwebe zu sein ...

Für Lena in London waren die Tage endlos wie die Nächte, in denen sie zusammengerollt in einer kleinen Ecke des großen Bettes schlief – oder zu schlafen versuchte –, das sie einst mit Louis geteilt hatte.
Im Büro arbeitete sie wie ein Roboter ... ohne sich auf ihre Pausen oder den Feierabend freuen zu können. Sie schmiedete keine Pläne mehr für ein Abendessen mit Louis, rannte mittags nicht mehr nach Hause, um ihn zwischen seinen Schichten abzupassen, damit sie ein Stündchen zusammen verbringen konnten.
Unglaublich, daß ihr Geburtstag kommen und wieder vergehen würde, ohne daß auch nur einer daran dachte. Aber Louis in Frankreich würde ihn ganz sicher vergessen, und auch Kit in Irland wußte das Datum bestimmt nicht mehr. Jeder andere in Irland hielt sie für tot. Höchstens, daß Ivy sich des Festtags entsann, aber sie würde taktvoll genug sein, ihr nicht ins Gedächtnis zu rufen, daß es dieses Jahr nichts zu feiern gab.
Wenn sie Samstag mittags die Türen der Stellenvermittlung hinter sich schloß, gratulierte sich Lena manchmal selbst, daß sie wieder eine Woche überstanden hatte. So würde nun wohl der Rest ihres Lebens verlaufen, außer natürlich, wenn ihre Tochter die Bürde

nicht länger tragen konnte und enthüllte, daß sie, wenn auch nicht glücklich und zufrieden, in London lebte. Daß ihre Mutter dort im leeren Bett eines Mannes schlief, der sie verlassen hatte, wie einst sie ihren Ehemann verlassen hatte.

An manchen Tagen traf es sie härter als an anderen. Beispielsweise, als eine Witwe auf der Suche nach einer Teilzeitarbeit erklärte, sie müsse um vier Uhr nachmittags zu Hause sein, weil ihr Junge um diese Zeit aus der Schule käme.

»Er ist dreizehn, wissen Sie. In diesem Alter brauchen sie die Mutter einfach«, vertraute sie Lena an.

Zum Erstaunen der Frau füllten sich Mrs. Grays Augen mit Tränen. »Ja, das glaube ich gern«, erwiderte sie ernst. »Wir werden uns alle Mühe geben, etwas Passendes für Sie zu finden.« Und Lena engagierte sich mit voller Kraft. Als ob sie Emmet gewissermaßen die Hand reichen könnte, wenn sie dieser Frau half, sich um ihren Sohn zu kümmern.

Lena dachte viel an Emmet. Vielleicht wäre er nicht so hartherzig, würde sie nicht so schnell verdammen wie Kit. Immerhin war er völlig frei von Schuld, er hatte keinen erklärenden Brief unterschlagen und verbrannt. Gab es einen Weg, ihm zu schreiben, ihm mitzuteilen, daß sie am Leben war? Oder war das der direkte Weg in den Wahnsinn?

Und dann gab es da noch Martin. Martin, dem sie so bitter Unrecht getan hatte. War es wirklich besser, wenn sie tot blieb, so wie Kit gesagt hatte? Doch was, wenn ihre Tochter wankelmütig wurde? Wenn sie irgendwann das Schweigen brach und alles preisgab? War es nicht fairer, Martin jetzt selbst gegenüberzutreten und ihm die ganze Wahrheit zu enthüllen, als zu riskieren, daß er sie später aus zweiter Hand erfuhr?

Sie hatte ihm einst versprochen, ihn nie ohne eine Erklärung zu verlassen. Doch er ahnte nichts. Oder wollte sie sich nur an ihn wenden, weil Louis sie verlassen hatte? Mußte nicht zumindest er das glauben?

In ihrem Kopf summte es wie in einem Bienenstock, während sie stundenlang wachlag.

Wenn sie aber schlief, träumte sie oft, daß Louis zu ihr zurückgekommen sei. Dann wachte sie frierend und verspannt auf, nur um festzustellen, daß es nicht stimmte. Eines Nachts aber träumte sie, daß sie nach Lough Glass zurückkehrte: Sie stieg vor dem Kloster aus dem Bus und lief durch den ganzen Ort; dabei passierte sie die Lakeview Road, die zum Haus der Kellys führte, und kam am Postamt vorbei, wo Mona Fitz ihr die Tür vor der Nase zuschlug. Tommy, der Briefträger, wollte zu ihr herauskommen und sich mit ihr unterhalten, aber Mona pfiff ihn zurück; und gegenüber in der Polizeistation schob zwar jemand den Vorhang beiseite, aber keiner trat heraus, um sie zu begrüßen. Bei Mrs. Hanley hing ein Schild »Geschlossen« an der Ladentür, damit sie nicht in die Verlegenheit kam, mit Lena reden zu müssen.
Eine mürrische Menge versperrte ihr den Zutritt zu Foleys Bar. Sullivans Werkstatt lag gänzlich verlassen da, und die Verkäufer in Walls Haushaltswarenladen drehten ihr den Rücken zu. Als ob er sie nicht gesehen hätte, eilte Father Baily die Church Road hinauf; und als sie die Straße in umgekehrter Richtung entlanglief – in der Hoffnung, daß ihr jetzt jemand begegnen würde –, wichen Dan und Mildred O'Brien vom Central Hotel ihren Blicken aus; die Türen von Paddles waren verschlossen, und Mrs. Dillon schwieg beharrlich.
Dann betrat sie das Haus des Apothekers. »Ich bin wieder da«, rief sie die Treppe hoch. Doch sie bekam keine Antwort. Schließlich erschien Rita, ganz in Schwarz gekleidet, auf dem Treppenabsatz. »Sie können leider nicht hereinkommen, Mam, die gnädige Frau ist verstorben«, sagte sie ernst. »Aber ich bin die gnädige Frau«, schluchzte Lena in ihrem Traum. »Das weiß ich, Mam, aber Sie können trotzdem nicht reinkommen.«
Schweißgebadet wachte Lena auf. Es stimmte. Sie hatte keinerlei Zukunft. Ebensogut hätte sie tot sein können.

Was Lena schrecklich fehlte, waren die Briefe. Nun gab es keinen Grund mehr, hoffnungsvoll bei Ivy hereinzuschauen. Von Kit würde sie nie mehr einen Brief erhalten. Kein von Neuigkeiten übersprudelnder Brief würde je wieder an die Freundin der Mutter adressiert sein.

Auch Kit fehlten die Briefe. Denn jetzt konnte sie niemandem ihr Herz ausschütten, niemandem erzählen, was vor ihr lag und sie beschäftigte: das College, die hündische Ergebenheit von Philip O'Brien und Clios immer lästigere Rechthaberei. Die Lena Gray, an die sie geschrieben hatte, hätte vielleicht eine Lösung für alles gewußt – außer natürlich für das, was wirklich im argen lag.

Ja, ohne die Briefe war ihr Leben ein Stück leerer geworden. Und Kit vermißte auch, daß Schwester Madeleine ihr die Kuverts mit den englischen Briefmarken zusteckte, auf deren Inhalt sie sich freuen und die sie zu Hause in ihrem Zimmer öffnen konnte. Doch da sie nun wußte, wie verlogen die Briefe gewesen waren, hatten sie jeglichen Wert für sie verloren. Kit konnte es kaum ertragen, daran zu denken, was alles darin gestanden hatte. Wie hätte sie Lena Gray auch noch eine einzige Zeile glauben sollen, nach dem, was sie inzwischen wußte?

Dafür bekam sie eine Postkarte von Philip aus Killarney.

Liebe Kit,
ich arbeite während der Ferien hier, in dem Hotel, das Du auf der Vorderseite siehst. Stell Dir nur vor, sie haben eine eigene Ansichtskarte von ihrem Hotel! Wie angeberisch!
Kannst Du auch so wenig wie ich erwarten, daß unsere Schule endlich losgeht? Wir haben den anderen ja auch sehr viel voraus, schließlich gehen wir miteinander. Die anderen müssen erst neue Freunde finden.

Alles Liebe
Philip

Liebe Kit,
Dein Vater hat mir erzählt, daß Du im Wohnheim am Mountjoy Square wohnen wirst. Eine gute Adresse, wenn man die Hotelfachschule besucht.
Ich weiß, daß eine der angenehmsten Seiten am Studentenleben in Dublin das Gefühl der Freiheit ist und daß man auf eigenen Füßen

steht. Ich wollte Dich auch nur wissen lassen, daß ich in einer sehr netten Wohnung in Rathmines lebe. Wenn Du also Lust hast, mich dort zu besuchen, würde ich mich sehr freuen. Aber sei versichert, daß ich nicht zu Hause sitzen und auf Deinen Besuch warten werde. Wenn ich um halb sechs aus der Arbeit komme, gehe ich bei schönem Wetter oft eine Stunde später auf den Golfplatz. Oder ich bin im Kino oder besuche Freunde. Manchmal habe ich auch Gäste zum Abendessen.
Ich schreibe Dir das so ausführlich, damit Du weißt, daß ich nicht nach Gesellschaft lechze oder ein Auge auf Dich haben will, wenn Du in Dublin lebst. Aber Du hast jetzt meine Telefonnummer und darfst gerne mal zum Essen vorbeikommen, wenn Du möchtest.

Liebe Grüße,
Maura

Lieber Michael Sullivan,
hier eine Nachricht von einem, der es gut meint. Es wurde beobachtet, daß Du Dich an den Resten aus Flaschen vergreifst, die vor den verschiedenen Pubs von Lough Glass abgestellt sind.
Damit muß Schluß sein.
Auf der Stelle.
Andernfalls bekommt Sergeant O'Connor einen Tip.
Und Father Baily.
Außerdem – und nicht zuletzt – wird Dich Dein Bruder windelweich prügeln.
Du bist also gewarnt.

Lieber Philip,
was immer Du und ich in Dublin auch unternehmen werden, ganz bestimmt gehen wir nicht miteinander. Das wollte ich von Anfang an klarstellen, damit es diesbezüglich keine Mißverständnisse gibt.

Alles Liebe (rein freundschaftlich gesehen!)
Kit

»Sie wollen, daß ich so bald wie möglich in Dublin anfange, Stevie«, erzählte Rita.
»Himmel! Dabei hast du hier alles so prima im Griff.«
»Es wird nun mal Zeit.«
»Aber Martin und die Dame deiner Wahl sind sich doch noch gar nicht nähergekommen, oder?«
»Wenn du von Miss Hayes sprichst, die beiden sind sehr gute Freunde. Aber du hast natürlich recht, es gab – zumindest bisher – keine Verlobung.«
»Und ich hatte gehofft, du würdest bei mir bleiben und mir in der Werkstatt die Stange halten.«
»Deine Mutter kann mich nicht ausstehen, Stevie.«
»Das kann dir doch egal sein. Mich kümmert es auch nicht.«
»Aber es ist nicht angenehm, wenn man immer wieder aufgefordert wird, den Müll rauszubringen, die Töpfe zu schrubben, die Wäsche zu machen ...«
»Ach, red doch nicht, Rita, du *tust* ja nichts dergleichen. Sie trägt es dir auf, und du weigerst dich. Es ist nur ein Spiel.«
»Glaub mir, für mich ist es das nicht.«
»Aber das ist doch nicht der Grund. Es muß einen anderen geben ... hat man dir eine bessere Stellung angeboten?«
»Nein, nicht direkt.«
»Was ist es also?«
»Ich war hier ein Nichts und habe etwas aus mir gemacht. Jetzt wäre ich gern irgendwo, wo man mich auch entsprechend behandelt.«
»Ich zahle dich doch gut.«
»Auf dem Strich würde ich mehr verdienen. Geld ist nicht alles.«
»Ja, schon verstanden. Aber ich schufte mich hier krumm und buckelig. Zugegeben, ich habe keine Zeit, auch noch freundlich zu den Leuten zu sein.«
»Kunden gegenüber bist du sehr freundlich, Stevie. Und auch zu den Männern, die dir vielleicht eine Ford-Vertretung verschaffen.«
»Ja, das stimmt«, gab er betroffen zu.

»Und zu Mädchen, die dir gefallen, zu Leuten, von denen du einen Kredit haben willst, und zu denen, die demnächst vielleicht ein neues Auto kaufen wollen.«
»Du hast einen scharfen Blick.«
»Ja. Und mir gefällt manches nicht, was ich sehe.«
»Mensch, Rita, es tut mir leid. Das ist alles, was ich dazu sagen kann.«
»Komisch, ich glaube, du meinst es sogar ehrlich.«
»Ist damit wieder alles in Ordnung? Ich habe meine Lektion gelernt und werde in Zukunft das reinste Goldkind sein.« Er strahlte sie mit seinem Herzensbrecherlächeln an.
»Du bist wirklich noch ein Kind, Stevie. Und deshalb verfängt das nicht bei mir«, lachte Rita.
»Was muß ich also tun?«
»Eigentlich nichts. Schreib mir ein gutes Zeugnis, dann mach' ich mich eins, zwei, drei auf die Socken, und alles ist in Butter.«
»Du willst mich doch nicht hängenlassen?«
»Mehr deine Mutter.«
»Die hat damit nichts zu tun.«
»Dann hat sie auch hier im Büro nichts zu suchen.«
»Wer hat dir nur beigebracht, so dickköpfig zu sein?«
»Mrs. McMahon, der Herr sei ihrer Seele gnädig.«
»Das bezweifle ich sehr, nachdem sie ins Wasser gegangen ist.«
»Du hast ein loses Mundwerk, Stevie Sullivan.«
»Ich werde dich sehr viel besser bezahlen, Rita. Aber bitte, bleib.«
»Nein. Trotzdem vielen Dank.«
»Wen soll ich denn als Ersatz einstellen?«
»Eine ältere Frau als mich.«
»Wie alt bist du denn schon, Rita? Du bist doch noch ein junges Ding.«
»Immerhin gut fünf Jahre älter als du.«
»Das ist heutzutage doch gar nichts.«
»Stell jemand älteren ein. Jemanden, der deiner Mutter die Flötentöne beibringt.«

»Was soll ich in dem Zeugnis schreiben, das du von mir willst?«
»Ich habe es schon aufgesetzt«, lächelte Rita ihn an.

»Ich kann es nicht fassen, Rita. Meinst du das ernst?« Martin McMahon war völlig überrascht.
»Es wird Zeit für mich zu gehen, Sir.«
»Gibt es irgend etwas, womit ich dich zum Bleiben überreden könnte?«
»Sie haben immer nur zu meinem Besten gehandelt, danke. Aber ich könnte Ihnen helfen, jemanden an meiner Statt zu finden.«
»Es gibt niemanden, der deine Stelle einnehmen könnte, Rita.«
»Ich wollte Ihnen eine jüngere Cousine von mir vorschlagen. Vielleicht nur für den Vormittag: zum Waschen, Bügeln, Gemüse putzen ... Sie können ja selbst mit ihr verhandeln. Vielleicht wollen Sie auch eine grundsätzliche Änderung in der Haushaltsführung?« Deutlicher konnte sie ihm nicht sagen, daß es allmählich Zeit war, Maura zu heiraten.

Maura Hayes öffnete den Brief, der in Lough Glass abgestempelt war.

Sie halten diesen Brief sicher für ungewöhnlich, Mrs. Hayes. Wenn Sie ihn auch für ungehörig halten, habe ich mich in Ihnen geirrt.

Schnell überflog Maura die Zeilen, um festzustellen, wer der Absender war. Der Name Rita Moore sagte ihr nichts. Doch dann verstand sie. Das Hausmädchen der McMahons schrieb ihr, daß sie ging. Und daß zwei Stellen neu zu besetzen waren. Die einer Haushälterin und die im Büro gegenüber.

»Scharwenzelst du etwa um die kleine Kit McMahon rum?« fragte Dan O'Brien seinen Sohn am Abend vor dessen Abreise in die Hotelfachschule in der Dubliner Cathal Brugha Street.
»Was meinst du damit?«
»Das weißt du ganz genau.«

»Nein, wirklich nicht«, erwiderte Philip.
»Nun, damit es auch du begreifst: Habt ihr vor, miteinander zu gehen?«
»Was wäre, wenn?«
»In diesem Falle müßte ich dich warnen, daß sie vielleicht ein wenig flatterhaft sein könnte, so wie ihre Mutter. Und daß ich es nicht schätze, wenn der Name meines Sohnes im Zusammenhang mit einer solchen Person fällt.«
»Besten Dank, Vater.«
»Rede nicht in diesem Ton mit mir.«
»Was für einen Ton meinst du?«
»Mildred, sprich du mit ihm.«
»Das hat ja doch keinen Sinn. Er ist eben wild entschlossen, sich genauso unmöglich aufzuführen wie der Rest unserer heutigen Jugend.«

»Schwester Madeleine«, begann Kit. »Ich wollte mit Ihnen wegen dieser Briefe aus London sprechen.«
»Wieso das?«
»Ich denke, die Freundin meiner Mutter kann mir jetzt nach Dublin schreiben.«
»Ja, natürlich ...«
»Ich wollte nur nicht, daß Sie denken, ich betrachte Ihre Hilfe als selbstverständlich ... oder daß ich Ihnen etwas verheimlichen will.«
»Nein, nein, natürlich nicht ... und oft erweisen sich Dinge, die sich ungeheuer kompliziert anhören, im Grunde als sehr einfach.« Schwester Madeleine sah den indirekten Postweg über ihre Person mit großer Gelassenheit. »Wenn du erst mal so alt bist wie ich, Kit, und mit Vögeln und Füchsen und am Ende des Sommers mit den Schmetterlingen redest, weißt du auch nicht mehr genau, was eigentlich wirklich ist und was du dir nur einbildest.«
»Glauben Sie, daß jeder ein Geheimnis mit sich herumträgt?«
»Bestimmt. Obwohl natürlich manche Geheimnisse schwerwiegender sind als andere.«

Kit sah sie an. Da gab es noch etwas, was sie fragen wollte. Aber sie wußte nicht recht, wie sie es anfangen sollte. »Mal angenommen, Sie wüßten etwas ... etwas, das einer anderen Sache ein Ende machen würde ...« Die strahlend blauen Augen der Nonne verrieten nicht, was sie dachte. »Ich frage mich, wenn das bei jemandem der Fall wäre ... sollte dieser Jemand versuchen einzugreifen, indem er alles enthüllt, oder wäre es besser, die Dinge einfach weiter ihren Lauf nehmen zu lassen?«

»Eine sehr schwierige Frage«, meinte Schwester Madeleine voller Mitgefühl.

»Sie müssen mehr darüber wissen, bevor sie antworten können ... ja?«

»Nein, nein, ganz und gar nicht. Aber ich kann so eine Frage nicht für jemand anderen beantworten. Die richtige Lösung muß derjenige selbst finden. Und tief in seinem Inneren weiß er sie bereits.«

»Er weiß vielleicht, was er am liebsten hätte. Aber ob es auch das Richtige ist?«

»Richtig ist, was den Menschen hilft und sie glücklich macht ...« Schwester Madeleine hielt inne.

Und Kit ging nicht zum erstenmal durch den Sinn, daß die Einsiedlerin Gottes Gebote recht frei und stark vereinfacht auffaßte und diese Sicht von offizieller Kirchenseite wohl nicht immer geteilt wurde.

Lena kaufte die Zeitung jede Woche. Und wenn sie dann das Blatt von vorne bis hinten durchlas, wünschte sie stets, daß mehr über Lough Glass und weniger über die vielen umliegenden Gemeinden drinstünde.

Die nächsten Ausgaben las sie voller Furcht, daß die Nachricht von einem großen lokalen Skandal darin veröffentlicht sein könnte. Doch im Lauf der Wochen wurde ihr klar, daß Kit ihr Wissen nicht preisgegeben hatte. Es würde keine Artikel geben, die enthüllten, welch großer Fehler bei der Identifizierung jenes Leichnams vor all den Jahren gemacht worden war.

Statt dessen las Lena, daß zwei Jugendliche aus Lough Glass die Aufnahmeprüfung für die Hotelfachschule bestanden hatten. Kit wurde in der Meldung als Tochter des wohlbekannten Apothekers Martin McMahon und seiner verstorbenen Frau, Mrs. Helen McMahon, bezeichnet.
Und sie erfuhr Neues über die inzwischen eingeführte Kanalisation, Straßenbauarbeiten und die Bemühungen um eine Straßenbeleuchtung. Unter dem Foto einer beschmierten überdachten Bushaltestelle waren ein paar erbitterte Leserzuschriften zum Thema Vandalismus abgedruckt.
Eines Tages jedoch las – sie völlig unerwartet –, daß Martin McMahon, Apotheker aus Lough Glass, seine bevorstehende Hochzeit mit Miss Maura Hayes bekannt gab. Lange Zeit saß sie regungslos da. Dann las sie die Anzeige noch einmal.
Kit McMahon mußte ein sehr tapferes Mädchen sein, wenn sie das verantworten konnte. In ihren jungen Jahren zuzulassen, daß sich der Vater der Bigamie strafbar machte! Denn mit der Gewißheit, daß ihre Mutter lebte, würde Kit in der Kirche einer Hochzeitszeremonie beiwohnen müssen, von der sie wußte, daß sie keine Gültigkeit besaß. Es gehörte eine Menge Mut dazu, den Zorn Gottes und auch den des Staates auf sich zu laden, falls die Sache jemals ans Licht kam.
Entweder Kit hatte diesen Mut, oder sie haßte ihre Mutter aus tiefster Seele und hatte sich inzwischen eingeredet, daß diese tatsächlich tot war.

Kit wußte, daß es das Richtige war. Schwester Madeleine hatte ihre letzten Zweifel beseitigt. Man mußte tun, was man im Herzen für das Beste hielt.
Aber eine brennende Sorge quälte sie. Angenommen, Lena erfuhr davon … angenommen, Lena ließ das Kartenhaus einstürzen. Vielleicht tauchte sie ja im letzten Moment auf. Kit würde es sich nie verzeihen, wenn der Hochzeitstag ihres Vaters mit einer Katastrophe endete und er und Maura der Lächerlichkeit preisgegeben wurden. Aber sie brachte es nicht über

sich, einen Brief zu schreiben und darin um einen Gefallen zu bitten.
Als sie an jenem Tag gegangen war, hatte sie gewußt, daß sie richtig handelte. Ihre Mutter existierte nicht mehr für sie. Und deshalb konnte sie jetzt nicht bei ihr angekrochen kommen und sie auf Knien anflehen, bitte nicht zurückzukehren und damit ein Glück zu zerstören, das sich bei ihrer Familie erst zögernd wieder einzustellen begann. Also blieb ihr nichts anderes übrig, als zu hoffen und zu beten, daß Lena niemals von dieser Hochzeit erfuhr. Und wie sollte sie auch Kenntnis davon erhalten? Sie stand ja mit niemandem aus Lough Glass in Kontakt. Und es würde schließlich nicht in den Nachrichten verbreitet werden.
Allerdings war es schwierig, in den gewohnten Worten darum zu beten. Und so schickte Kit Stoßgebete gen Himmel, in denen das Thema Ehegelöbnis immer nur gestreift wurde.
Doch Gott wollte schließlich auch das Beste für die Menschen, nicht wahr?

Lena dachte lange Zeit darüber nach.
Ihr stand vor Augen, wie Martin Maura Hayes' Hand hielt und dieselben Worte sprach, die ein jedes Ehepaar auf der ganzen Welt sagte. Wie Martin Maura mit nach Hause nahm und ins Schlafzimmer führte. Wie Maura am Kopfende des Küchentisches saß ... sie würde bei Kits Abschlußfeier dabeisein und für Emmet Hosen kaufen.
In dieser Nacht rauchte Lena viele Zigaretten. Doch was war schon eine weitere schlaflose Nacht? Sie hatte schon so viele hinter sich.
Am nächsten Morgen hatte sie ihren Entschluß gefaßt. Und so fuhr sie in der Mittagspause mit dem Bus in eine elegante Einkaufsstraße und suchte zwei Stunden lang nach einem Kleid, das sie einpacken ließ und zur Post brachte. Sie adressierte das Paket an Kit McMahon, Erster Jahrgang, St.-Mary-Hotelfachschule, Cathal Brugha Street, Dublin. Und bevor sie sich anders besinnen konnte, steckte sie einen Zettel hinein: »Ich dachte, vielleicht möchtest Du das gern bei der Hochzeit tragen. L.«

Dann gab sie das Paket an Ort und Stelle auf, bevor sie sich anders besinnen würde.
Lena erzählte Ivy nichts von dem Kleid; sie verriet ihr nicht einmal etwas von der geplanten Hochzeit. Irgendwie war es besser, wenn sie es nicht laut aussprach. Sie fühlte sich dann nicht ganz so verletzlich, nicht ganz so einsam.
Doch jede Nacht träumte Lena von ihren Kindern – sie sah, wie Emmet überall nach ihr suchte: hinter den Klippen an einem Strand, zwischen den Bäumen in einem Wald. Dabei rief er immer wieder: »Ich weiß, daß du da bist. Bitte, bitte, komm heraus. Komm zurück, bitte, komm zurück.« Und sie sah im Traum, wie Kit das Kleid trug; sie stand unbewegt am Kirchenportal und sagte: »Hier kannst du nicht herein, du darfst nicht zu dieser Hochzeit kommen. Weißt du denn nicht, daß du dort drüben begraben liegst? Vergiß das nie mehr und geh!«

Maura dachte lange und gründlich über die Hochzeit nach.
Sie würde zwar im kleinen Kreis stattfinden, aber ohne jede Heimlichtuerei. Und in Dublin, weit entfernt von den Augen der allzu interessierten Bürger von Lough Glass. Lilian würde als Brautführerin und Peter als Trauzeuge fungieren. Oder besser nicht? Schließlich war Peter auch bei Martins erster Hochzeit Trauzeuge gewesen, als er Helen geheiratet hatte, voller Hoffnung und Zuversicht. Aber wenn nicht Peter, wer dann? Er war Martins einziger guter Freund in Lough Glass, eigentlich sein einziger überhaupt. Es wäre falsch, Peter zu übergehen.
Für diesen Anlaß hatte Maura ein cremefarbenes Kostüm und einen blauen Hut mit cremefarbenem Band gewählt.
Ihre Freunde in Dublin hatten überrascht reagiert, als sie von Mauras Hochzeitsplänen hörten. Und sie konnten sich die vernünftige, sportliche Maura, die regelmäßig Golf spielte, auch nicht so recht als Braut vorstellen. Doch dann hörten sie von diesem netten Witwer, Apotheker in einer Kleinstadt, dessen zwei Kinder Maura ins Herz geschlossen hatte – und die beiden waren offenbar auch recht angetan von Mauras Entschluß, ihren Vater

zu heiraten. Erstaunt erfuhren sie, daß Maura sogar schon eine Stelle in diesem Städtchen gefunden hatte, als Buchhalterin und Sekretärin in einer aufstrebenden Autowerkstatt, die nur zwei Schritte von ihrem künftigen Heim entfernt lag.
Außerdem war ihre Schwester mit dem Arzt dort verheiratet, und es gab einen herrlichen Golfplatz. Um Mauras Glückes willen ließen ihre Kollegen und Freunde sie widerwillig ziehen. Bei der Hochzeit würde auch Father Baily aus Lough Glass als Gast anwesend sein, die Trauung allerdings würde ein Priester vollziehen, den Maura aus ihrer Dubliner Heimatgemeinde kannte. Danach würden die etwa zwanzig Hochzeitsgäste in einem Restaurant zusammen zu Mittag essen.
Maura hatte die früheren Hochzeitsbilder studiert, die von 1939. Damals waren sechzig Gäste geladen gewesen. Maura erkannte den Bruder und die Schwestern von Martin – eine weitverstreute, schweigsame Familie, die sich nur zu Beerdigungen und Hochzeiten traf.
Diesmal würden sie nicht dabeisein. Denn das würde aussehen, als wollte man ein zweitesmal ein Geschenk aus dem gleichen Anlaß. Ihre eigene Schwester Lilian sah auf den Fotos noch sehr jung und unschuldig aus, Peter als Trauzeuge trug eine ernste Miene zur Schau. Sie musterte die Brautjungfer, ein Mädchen namens Dorothy, und dann verweilte ihr Blick lange auf dem wunderschönen Gesicht von Helen Healy, der Frau, die Martin einst unbändig und leidenschaftlich geliebt hatte.
Er hatte Maura eines Tages am See die ganze Geschichte erzählt. Aufrichtig und anständig gegenüber jedem – Helen, sich selbst und Maura. Diese Frau, bekannte er, habe ihn vom ersten Augenblick an gefesselt.
Eingehend musterte Maura Helens Gesicht. Was war in ihr vorgegangen, als sie an jenem Tag für den Fotografen posierte? Hatte sie gehofft, daß die Jahre an der Seite eines lieben, gütigen Mannes wie Martin den Schmerz lindern würden, den ein anderer Mann ihr zugefügt hatte? Ein Mann, den sie geliebt hatte, den sie hatte heiraten wollen und der sie verlassen hatte? Die Augen in

ihrem ovalen Gesicht glühten groß und dunkel, ihr Lächeln war bezaubernd. Trotzdem hätte auch jemand, der die Geschichte nicht kannte, bemerkt, daß dies nicht der übliche Ausdruck einer glücklichen Braut an ihrem Hochzeitstag war. Denn ihr Blick schweifte in die Ferne und blieb dort an etwas hängen, was nur sie allein sehen konnte.
Maura verscheuchte diese Gedanken und widmete sich wieder der Vorbereitungsliste. Die O'Briens vom Hotel waren bereits eingeladen, hauptsächlich um sie versöhnlich zu stimmen, weil die Feier nicht in ihren Räumlichkeiten abgehalten wurde. Vielleicht sollte auch der kleine Philip mit von der Partie sein, der zusammen mit Kit die Hotelfachschule besuchte? Maura würde Kit fragen. Denn schließlich war es Unsinn anzunehmen, daß sich die Jugendlichen alle glänzend miteinander verstanden, nur weil sie in der gleichen Straße aufgewachsen waren.

Ivy rief bei der Agentur Millar an.
»Sie ist leider gerade mit einem Kunden beschäftigt, Mrs. Brown«, sagte Dawn. »Kann vielleicht jemand von uns Ihnen helfen?«
»Nein, meine Gute, sagen Sie ihr, daß Ivy sie sprechen muß. Es dauert nur eine halbe Minute.«
»Entschuldigung, Mrs. Brown, ich weiß, daß Sie eine gute Freundin von ihr sind. Aber es ist ein sehr wichtiger Geschäftspartner bei ihr, jemand, der uns viele Aufträge verschaffen kann. Ich fürchte, daß sie über eine Störung sehr ungehalten sein wird.«
»Sie wird dankbar sein.« Ivy ließ nicht locker.
»Mrs. Gray, Mrs. Ivy Brown läßt sich nicht abwimmeln. Darf ich sie kurz durchstellen?«
»Ja, danke, Dawn.« Lenas Stimme blieb ganz ruhig.
Ivy wußte, daß Dawn mit gespitzten Ohren am anderen Apparat mithörte. »Oh, Lena, entschuldige, daß ich störe, aber Mr. Tyrone kam wegen seines Schlüssels vorbei. Ich habe ihm gesagt, daß ich ihn dir gegeben hätte.«
»Was du ja auch getan hast«, antwortete Lena munter.

»Tja, und deshalb sollte ich Mr. Tyrone vielleicht sagen können, wann du heute nach Hause kommst?«
»Erst abends, frühestens gegen acht. Und danke, daß du mir Bescheid gesagt hast, Ivy.« Lena legte auf.
Doch Ivy blieb noch so lange in der Leitung, bis ihr ein Knacken signalisierte, daß auch Dawn aufgelegt hatte. Grimmig lächelte sie in sich hinein. Sie hatten heute zum erstenmal einen Code benutzt. Wie schnell Lena doch kapiert hatte! Aber schließlich hatten sie mehr als einmal darüber gekichert, wie gut Louis doch aussah, fast wie ein Filmstar – Tyrone Power beispielsweise.
Und Ivy hatte diese naseweise Dawn partout nicht wissen lassen wollen, daß der auf Abwegen wandelnde Ehemann von Mrs. Gray zurückgekehrt war. Vor allem aber hatte Ivy weder Dawn noch sonst irgend jemanden wissen lassen wollen, daß Lena bereit war, ihn mit offenen Armen wieder aufzunehmen.
Acht Uhr. Das hieß, daß sie noch zum Friseur ging.

Grace gab sich abgeklärt und weise. »Natürlich halte ich Sie nicht für verrückt. Sie haben vollkommen recht. Machen Sie sich so hübsch wie nur möglich ... wenn er bleibt, werden Sie froh sein, sich die Mühe gemacht zu haben. Und wenn nicht, dann wissen Sie wenigstens, daß Sie verdammt gut aussehen und sich ohne Probleme einen anderen angeln können.«
»Aber ich will ja keinen anderen«, erwiderte Lena.
»Na klar«, meinte Grace. »Das ist genau das Problem. Darum dreht sich doch alles, oder?«
Ivy war oben gewesen und hatte aufgeräumt. Erst hatte sie das Tischchen unter dem Fenster poliert und eine Schale mit goldfarbenen Rosen darauf gestellt. Dann hatte sie mehrere von Lenas Blusen gebügelt und das Bett frisch bezogen. Sämtliche angetrockneten Reste von hastigen Mahlzeiten und Päckchen mit altbackenen Keksen hatte sie weggeworfen; statt dessen lagen frisches Brot, Schinken und Tomaten bereit. Und eine Flasche Wein. Zwar sollte nicht der Eindruck entstehen, daß sie Louis erwartet hatte, aber so bot sich auch kein Bild der Verzweiflung.

In den letzten Jahren hatte Ivy nicht oft gebetet, doch heute ertappte sie sich bei der Bitte, daß Louis' Rückkehr einen glücklichen Ausgang nehmen möge. Daß er diesmal etwas entdeckte, was ihn zum Bleiben veranlaßte.

Gegenüber gab es ein Café, wo Arbeiter große Becher mit Tee leerten und dick belegte Brote aßen. Dort saß auch Louis Gray. Wenngleich er mit seinem gebräunten Teint und dem Anzug nicht dazupaßte, wurde er von den übrigen Gästen doch akzeptiert: dank seines Charmes und weil er wie sie unbedingt wissen wollte, wie die Chancen eines bestimmten Pferdes bei dem Rennen am nächsten Tag standen. Aus den Augenwinkeln heraus beobachtete er das Haus Nummer siebenundzwanzig.

Er saß schon ungefähr eine Stunde dort. Ivy hatte gesagt, daß Lena gegen acht Uhr nach Hause käme. Und Lena würde nicht wissen, daß auch er nach Hause kam. Deshalb entschuldigte er sich höflich bei seinem Gesprächspartner, als er sie kommen sah, und ging auf die andere Straßenseite, um sie im Treppenhaus einzuholen.

Als er ihre Beine im Hausgang um die Ecke verschwinden sah, rief er leise: »Lena!«

Sie hielt inne, ein Bild des blühenden Lebens. Nach dieser selbstbewußten Frau würde sich jeder Mann umdrehen. Ihr glänzendes Haar erstaunte ihn stets aufs neue, und ihr Make-up war einfach perfekt. Keine andere Frau, die nach einem langen Arbeitstag heimkehrte, konnte ihr das Wasser reichen. Er eilte ihr nach und stand dicht neben ihr: Lena roch frisch wie ein Gänseblümchen, in ihren Augen blitzte Überraschung auf. »Ach«, sagte sie gedehnt.

»Du warst noch nicht bei Ivy.«

»Nein, ich besuche sie nicht jeden Abend.« Sie unterhielten sich wie alte Freunde.

»Darf ich mit reinkommen?« Er zeigte hoch zu ihrer Wohnung.

»Es ist dein Zuhause, Louis. Natürlich darfst du hereinkommen.« Wo hatte sie nur so gut schauspielern gelernt? Sie war selbst überrascht von ihren Fähigkeiten.

»Ich habe Ivy meinen Schlüssel zurückgegeben. Sie hat gesagt, daß du ihn hättest.«
»Ja, das stimmt.« Lena wußte, daß Ivy den Schlüssel in ihrer Abwesenheit zurückgelegt haben würde. Und als sie ihre frisch aufgeräumte Wohnung betrat, floß ihr das Herz über vor Zuneigung zu dieser guten Frau im Erdgeschoß. Alles war für eine Versöhnung bereit: für die Versprechungen, die Beteuerungen, eine Nacht der Liebe. Und auf dem Kaminsims stand – nicht zu übersehen – ein kleines Glastellerchen mit Louis' Schlüssel. Lena ging geradewegs darauf zu, nahm ihn und reichte ihn Louis.
»Ich habe eine Flasche Champagner gekauft«, sagt er.
»Wie reizend.« Lena war auf alles vorbereitet und hatte sich den ganzen Tag ermahnt, unbedingt gelassen zu bleiben.
»Wenn du mich hereinläßt, hab' ich gedacht, dann ist es ein Grund zum Feiern; wenn nicht, dann trinke ich sie, um mich zu trösten.« Er lächelte sie schelmisch an.
Lena lächelte zurück. »Dann laß uns feiern«, schlug sie vor, drehte aber den Kopf beiseite, als er auf sie zukam und sie in die Arme schloß. Er sollte nicht sehen, wie sehr es sie danach verlangte, ihn an sich zu pressen, bis er keine Luft mehr bekam; wie sehr sie danach lechzte, seine Lippen, seine Augen, seinen Hals zu küssen, ihn langsam zu entkleiden und ins Schlafzimmer aufs Bett zu ziehen. Er sollte nicht sehen, welch leichtes Spiel er mit ihr hatte.
Louis drehte ihren Kopf zu sich und küßte sie auf den Mund. »Ich bin ein Idiot, Lena«, murmelte er.
»Wie die meisten von uns«, erwiderte sie.
»Das ist mein Zuhause. Ich war kaum fünf Minuten weg, da habe ich das bereits gewußt.«
»Und jetzt bist du heimgekehrt«, sagte sie.
»Willst du, daß ich rede ... willst du es hören?«
»O nein, ganz sicher nicht ... was ist mit dem Champagner? Bekomme ich nun ein Glas, oder war das nur ein leeres Versprechen?«
»Ich werde keine leeren Versprechungen mehr machen, Lena«,

erwiderte Louis. »Ich werde dich lieben bis ans Ende meiner Tage und dich nie wieder verlassen.«

Kit hatte sich sehr entgegenkommend gezeigt. »Was soll ich anziehen?« fragte sie Maura.
»Ach, Kit, was du willst. Was du auch bei späteren Gelegenheiten noch gerne tragen möchtest.«
»Nein, es ist dein Tag. Also entscheide du«, beharrte Kit. Mauras Augen füllten sich mit Tränen, und als sie etwas zu sagen versuchte, schnürte es ihr die Kehle zu. »Natürlich ist es auch Daddys Tag«, räumte Kit ein. »Aber Männer nehmen von solchen bedeutsamen Dingen überhaupt keine Notiz. Sag, mit was ich dir eine Freude machen kann.«
»Allein, daß du glücklich darüber bist, daß dein Vater mich heiratet, ist Freude genug für mich«, antwortete Maura bewegt.
»Emmet freut sich auch, Maura. Nur, daß er es einfach nicht über die Lippen bringt.«
»Jungen haben eine andere Bindung an ihre Mutter, glaube ich.«
»Nein, das ist es nicht. Er war erst neun, als es passierte. Und außerdem stand ich ihr immer näher als er. Wir haben uns richtig gut verstanden, während er in vielerlei Hinsicht noch ein Baby war. Für ihn war sie immer nur seine Mummy ... er kannte sie nicht so wie ich.«
»Hoffentlich würde sie es billigen, daß Martin wieder heiratet. Ich will ja auch keine zweite Helen sein. Schließlich bin ich ganz anders als sie.«
»Sie würde sich mit Sicherheit freuen«, meinte Kit.
Nicht zum erstenmal fragte sie sich, warum sie zulassen wollte, daß vor ihren Augen eine Ehe geschlossen wurde, die vor Gott und der Welt eine Sünde war. Während des Gottesdienstes würde der Priester fragen, ob jemand einen Grund nennen könne, warum dieses Paar nicht miteinander verbunden werden solle. Dann würde Kit schweigen müssen, obwohl sie wußte, daß die Ehefrau ihres Vaters noch lebte. Aber sie hatte schließlich Schwester

Madeleine gefragt, und diese hatte ihr geraten zu tun, was sie für richtig hielt.
Sie lud damit eine große Verantwortung auf ihre Schultern, aber sie würde bei ihrem Entschluß bleiben.

Kit lebte sich ohne Probleme auf der Hotelfachschule ein.
Schon in der ersten Woche lernte sie ein Mädchen namens Frankie Barry kennen, in dessen Augen Unternehmungsgeist funkelte. Frankie wollte später nach Amerika gehen und dort von der Ost- zur Westküste reisen. Auf dem Weg wollte sie hier und dort ein Hotel leiten.
»Du denkst, so etwas können wir?« fragte Kit zweifelnd.
»Aber natürlich. Schließlich legen wir die Prüfung vor der Industrie- und Handelskammer ab. Eine bessere Qualifikation gibt es nicht auf der Welt«, entgegnete Frankie voller Selbstvertrauen.
Kit war sehr froh, das zu hören. Sie mußte also nach zweieinhalb Jahren nicht arbeitslos auf der Straße stehen und schließlich reumütig ins Central Hotel gehen, um dort unter Philips gräßlichen Eltern zu arbeiten oder den Jungen gar am Ende noch heiraten, nur damit jedermann zufrieden war.
Auch Philip gefiel es auf der Hotelfachschule. Stolz zeigte er ihr die von ihm selbst eingenähten Namensschildchen. »Bist du nicht ein Goldstück«, neckte ihn Kit. »Mit dir zieht jedes Mädchen das große Los.« Philip wurde knallrot, worauf Kit sich schämte. Wäre es nicht prima, wenn er statt ihrer Frankie anhimmeln würde? Sie versuchte, die beiden zusammenzubringen, aber es klappte einfach nicht. Frankie teilte sich mit zwei anderen Mädchen eine Wohnung, Philip lebte im Haus seines Onkels, und Kit war im Wohnheim untergebracht.
In Dublin konnte man tausend Dinge unternehmen. Das Problem war, sich zu entscheiden. Als sie eines Tages mit Rita verabredet war, wartete Philip nach einer Vorlesung geduldig auf sie.
»Nein, Philip, ich habe schon etwas vor. Ehrlich.«
»Mit wem?«
»Wie bitte?«

»Ich meine, mit jemandem, den ich kenne?« Philip merkte, daß er zu besitzergreifend gewesen war.
»Ja, in der Tat. Mit Rita Moore.«
»Mit Rita, eurem Mädchen aus Lough Glass?«
»Ja.« Kit gefiel sein herablassender Ton nicht; er klang plötzlich wie seine Mutter.
»Ich meine, du triffst dich mit ihr in einem Café ... in aller Öffentlichkeit?« Er schien fassungslos über so viel demokratische Gesinnung.
»Nein, nein, ganz und gar nicht ... ich setze mich allein an einen Tisch und trage ihr auf, mich zu bedienen und abzuräumen.«
»Ich habe ja nur gefragt.«
»Und ich habe geantwortet«, erwiderte Kit schnippisch.

Rita wollte sämtliche Neuigkeiten hören, und vor allem, ob Peggy, die jetzt stundenweise bei den McMahons aushalf, auch ordentlich ihre Arbeit tat.
»Wird Miss Hayes ein paar Änderungen einführen, was glaubst du?«
»Ich hoffe es«, erwiderte Kit. »Sie soll unser Heim zu ihrem Zuhause machen und nicht nur als einen Haushalt betrachten, in den sie zugezogen ist.«
»Sie hat mich zur Hochzeit eingeladen«, erzählte Rita.
»Ich weiß. Was wirst du anziehen?«
»Ich habe bei Clery's ein Kleid gesehen, es ist genau das Richtige. Vielleicht finde ich noch passende Schuhe dazu. Es ist lindgrün. Und du, Kit?«
»Ich weiß es nicht. Daddy hat mir Geld gegeben, damit ich mir in Dublin etwas kaufe. Aber ich habe noch nichts gesehen, was mir gefällt.«

Am nächsten Vormittag wurde Kit benachrichtigt, daß ein Paket für sie im College angekommen sei.
Als sie den Londoner Poststempel sah, nahm sie es mit in die

Damentoilette. Das Herz klopfte ihr bis zum Hals, als sie es öffnete.
Erstaunt packte sie das grau-weiße Seidenkleid aus und las die beigefügte Nachricht. Das Kleid sah zwar nach nichts Besonderem aus, aber das zählte nicht; wichtig für Kit waren allein Lenas Worte.

Ich dachte, vielleicht möchtest du das gern bei der Hochzeit tragen. L.

Kit las sie immer und immer wieder.
Damit gab sie ihren Segen zu der geplanten Hochzeit. Helen McMahon versprach, die Zeremonie ungestört vonstatten gehen zu lassen. Tränen der Erleichterung flossen Kit über die Wangen. Sie sah sich das Kleid genauer an. Es war aus Seide, vielleicht sogar aus reiner Seide. Es mußte ein Vermögen gekostet haben. Sie würde es heute abend anprobieren und dann überlegen, was sie zurückschreiben sollte.
Falls sie überhaupt schrieb.
Aber für ein solches Geschenk mußte man sich bedanken. Was Lena ja wohl auch damit beabsichtigt hatte.

Clios Wohnheim lag nur ein paar Schritte von der Universität entfernt. Dort wohnten Mädchen aus ganz Irland, einige stammten aus sehr vornehmen Familien. Und die meisten hatten noch nie von Lough Glass gehört. Dafür hatten sie Internate besucht und kannten sich bereits untereinander. Es war nicht so leicht, neue Freundinnen zu finden, wie Clio gedacht hatte. Und in den Vorlesungen sah es nicht anders aus. Auf mysteriöse Weise schienen sich die anderen Studenten alle zu kennen.
So machten Clio ihre ersten Tage am University College of Dublin viel weniger Spaß, als sie gehofft hatte. Zum erstenmal in ihrem Leben fühlte sie sich einsam. Zum erstenmal in ihrem Leben merkte sie, daß sie nur ein ziemlich kleiner Fisch in einem sehr großen Teich war – so groß, daß sie das Ufer nur erahnen konnte.

Doch sie munterte sich mit dem Gedanken auf, daß es für Kit noch schlimmer sein müsse, wenn es für *sie* schon derart unerfreulich war. Denn die Hotelfachschule wurde von gräßlichen Hoteliers-sprößlingen aus aller Welt besucht. Außerdem lag sie am anderen Ende der O'Connell Street, meilenweit von dort entfernt, wo das Leben tobte.

Kit ging mit Philip O'Brien zum Abendessen aus. Sie lud ihn ein und sagte, er müsse ihr Gast sein.

»Weshalb?« erkundigte sich Philip mißtrauisch.

»Ich will ernsthaft mit dir reden. Wenn du aber für mich bezahlst, ist es, als ob du mit mir ausgehen würdest, wie bei einem Rendezvous.«

»Und so lädst du mich ein. Wo liegt der Unterschied?« knurrte er.

»Du weißt, daß das etwas anderes ist«, beharrte Kit.

Philip war inzwischen recht groß, und die Sommersprossen schmeichelten seiner blassen Haut. Auch standen seine Haare nicht mehr in alle Richtungen ab, und er stierte nicht mehr unentwegt mit großen runden Augen in die Welt. Außerdem hatte er Sinn für Humor entwickelt. In vielfacher Hinsicht war er ein idealer Freund. Nur in einer nicht. Und darüber wollte Kit mit ihm reden.

»Ich nehme Spaghetti«, sagte sie nach einem Blick auf die Speisekarte.

»Die sind wahrscheinlich aus der Dose«, riet Philip ab.

»Gut. Ich liebe Dosen-Spaghetti. Man kann sie viel leichter essen.«

»Laß das bloß niemand in unseren Kursen hören. Die halten uns sonst vermutlich für Barbaren.«

»Genau darüber wollte ich mit dir reden«, sagte Kit.

»Was? Über Spaghetti?«

»Nein, über dieses ›*Wir* sind Barbaren‹ ...«

»Die meisten kommen eben aus Dublin oder anderen großen Städten. Jeder aus einem kleinen Ort wie Lough Glass ist für sie ein Hinterwäldler.«

»Nein, das meine ich nicht. Mich stört das ›wir‹.«

»So lautet nun mal der Plural.« Philip war gekränkt.
»Aber der Plural gehört da nicht hin. Ich habe mein Leben zu leben, und es gibt schon genug, worüber ich mir den Kopf zerbrechen muß. Ich möchte nicht bei allem auch noch an dich denken müssen, bloß weil du es schaffst, daß man uns ständig in einen Topf wirft.«
»Ich verstehe nicht, was daran so schlimm sein soll ...«, setzte er an.
»Es ist nicht schlimm. Aber es ist etwas, worüber sich zwei Menschen einig sein sollten. Es geht nicht an, daß der eine so tut, als ob, und der andere notgedrungen eine gute Miene dazu machen muß.«
Philip faßte sich ein Herz. »Willst du mit mir gehen?«
»Nein.«
»Aber warum denn nicht?«
»Weil ich allein bleiben will, ohne festen Freund.«
»Für immer?«
»Nein, nicht für immer. Aber so lange, bis ich jemanden kennenlerne – vielleicht bist es ja auch du – und wir uns beide einig sind.«
»Du kennst mich doch längst.« Philip war zutiefst verwirrt.
»Ich bin mit dir befreundet, Philip, aber ich bin nicht deine Freundin. Und wenn du jetzt sagst, daß man ein Mädchen, mit dem man befreundet ist, seine Freundin nennt, reiße ich dir den Kopf ab.«
»Ich wollte schon immer, daß du meine feste Freundin bist«, erwiderte er kleinlaut. »Du kannst gehen, mit wem du willst, aber ich werde immer für dich dasein und in Lough Glass mit einem Hotel auf dich warten. Und wer weiß, vielleicht heiraten wir sogar.«
»Philip! Du bist jetzt achtzehn. Kein Mensch heiratet mit achtzehn.« Hinter ihnen stand die Bedienung und wartete.
»Wenn sich zwei Menschen lieben, dann heiraten sie auch mit achtzehn«, erwiderte Philip trotzig und ignorierte das mit einem Bestellblock bewaffnete Mädchen neben sich.

»Tun sie nicht, außer wenn sie schwanger sind«, widersprach Kit energisch.
»Dann wirst du eben schwanger. Eine prima Idee!« begeisterte sich Philip.
»Himmel!« mischte sich die Bedienung ein. »Ich komm wohl besser später wieder, wenn euch weniger aufregende Dinge beschäftigen. Beispielsweise die Frage, was ihr essen wollt.«

»Sind sie bei dir da draußen nicht schrecklich provinziell?« fragte Clio, als sie mit Kit in der Grafton Street einen Kaffee trank.
»Was heißt ›da draußen‹? Ich bin von hier aus schneller in meiner Schule als du in deinem College.«
»Ja, gut. Also, wie sind sie denn so?«
»Sehr nett die meisten. Es ist allerdings eine ganz schöne Schufterei. Man muß sich ziemlich zusammenreißen, aber ich krieg' den Dreh schon noch raus.«
»Und was hast du danach vor? Ich meine, was kannst du damit anfangen?«
»Himmel, Clio, wie soll ich das heute wissen? Ich bin doch erst seit einer Woche hier. Wie steht's denn bei dir? Was machst du, wenn du deinen Baccalaureus in der Tasche hast?«
»Tante Maura sagt, es ist eine prima Grundlage, um Leute kennenzulernen.«
»Maura behauptet, das habe sie nie gesagt.«
»Mir wäre es sehr viel lieber, wenn ihr nicht hinter meinem Rücken über Dinge tuscheln würdet, die ich dir anvertraut habe. Immerhin ist sie *meine* Tante.«
»Und demnächst meine Stiefmutter.« Jetzt mußten sie beide lachen. Sie hatten sich in der Wolle wie schon als Siebenjährige.
»Vielleicht hören wir ja nie damit auf«, überlegte Clio.
»O nein. Noch als alte Damen werden wir uns, wenn wir in Südfrankreich unseren Urlaub verbringen, die Liegestühle streitig machen und wegen unserer Pudel zanken«, stimmte Kit zu.
»Falls du es schaffst, dich von Philip O'Brien loszueisen, dem brummigen alten Eigentümer des Central Hotel.«

»Warum siehst du mich nicht als Besitzerin einer eigenen Hotelkette?«
»Weil das keine Zukunft ist für eine Frau«, entgegnete Clio.
»Und was ist mit dir? Willst du als Gattin eines passablen Geisteswissenschaftlers enden?«
»Um Gottes willen, nein. Da gibt es keine passablen Kandidaten. Ich werde mich unter den Rechtsanwälten und Ärzten umschauen.«
»Du als Frau eines Arztes, Clio? Du hättest niemals genug Geduld. Sieh doch nur, was deine Mutter mitmachen muß.«
»Nicht als Frau eines Landarztes. Aber als Gattin eines berühmten Chirurgen oder eines anderen Spezialisten ... ich plane das sehr sorgfältig«, erwiderte Clio. Und dann fragte sie: »Was wirst du eigentlich anziehen?«
»Ein grau-weißes Kleid«, antwortete Kit.
»Aus was für Material?«
»So eine Art Seide.«
»Nein! Woher hast du das?«
»Aus einem kleinen Laden in einer Seitengasse«, wich Kit aus.
»Du reißt dir nicht gerade ein Bein aus, stimmt's?«
»Es ist recht hübsch. Und es paßt zu einer Hochzeit«, verteidigte Kit das Kleid.
»Grau und weiß klingt in meinen Ohren eher nach Eintritt in ein Kloster.«
»Wart's erst mal ab.«

»Hast du nicht ein komisches Gefühl dabei, daß dein Vater wieder heiratet?« fragte Anna Kelly, als ihr Emmet an der Süßigkeitentheke im Zeitungsladen über den Weg lief.
»Was meinst du mit ›komisch‹?« fragte Emmet nach. Anna war sehr hübsch mit ihren blonden Locken und dem umwerfenden Lächeln. Nach der Hochzeit würden sie gewissermaßen verwandt miteinander sein.
»Na ja, wirst du ›Mummy‹ zu ihr sagen?« fragte sie.
»Meine Güte, nein. Wir sagen ja jetzt schon Maura zu ihr.«

»Und wird sie im Schlafzimmer von deinem Vater oder in dem von deiner Mutter schlafen?« Anna war sehr wißbegierig.
»Keine Ahnung. Ich habe nicht gefragt. In Daddys, nehme ich an. Verheiratete Leute schlafen gewöhnlich in einem Zimmer.«
»Und warum hat das deine Mutter nicht getan?«
»Sie war erkältet und wollte Daddy nicht anstecken.«
»Erkältet? All die Jahre?«
»Das hat man mir gesagt«, erwiderte Emmet arglos.
Anna wurde von einem bisher unbekannten Gefühl erfaßt. »Ja, bei manchen Menschen kommt das vor«, nickte sie. Und dann erörterten sie freundschaftlich die Vorzüge der flacheren Cleeves-Toffees gegenüber den klobigeren und teureren Schokotoffees. Mrs. Dillon behielt sie im Auge. Gewiß sahen die beiden nicht aus wie Leute, die sich die Taschen mit der halben Auslage vollstopften, wenn gerade keiner hinsah. Aber man konnte ja nie wissen.

Maura wollte keinen Verlobungsring. »Dafür sind wir zu alt«, lehnte sie ab.
»Wir sind nicht alt. Sag doch nicht so was.«
»Das habe ich damit nicht gemeint. Aber wir müssen uns doch nicht erst verloben ... wir sind uns einig geworden im besten Sinne des Wortes.«
»Ich weiß gar nicht, warum du so lange und geduldig auf mich gewartet hast, obwohl ich doch derart gezaudert habe«, meinte Martin.
»Hör auf, das hatten wir doch schon. Du mußtest für dich viel mehr Dinge klären als ich für mich.« Jetzt konnte sie es sich leisten, großzügig zu sein, dachte Maura. Die langen Monate des Wartens wegen Martins Unschlüssigkeit waren vorbei. Jetzt war er aus tiefstem Herzen zur Ehe mit ihr entschlossen. Er würde sie glücklich machen. Maura konnte es kaum fassen, daß es ihr letztlich doch noch gelungen war, den Schatten der ruhelosen, wunderschönen Vorgängerin zu verscheuchen. Jetzt konnten Martin und Maura an einem Herbstabend das Seeufer entlang-

spazieren, ohne jedesmal betroffen innezuhalten und sich Helens schreckliches Ende zu vergegenwärtigen.

»Der Hochzeitstag soll der schönste Tag in deinem Leben sein.«

»Das wird er«, versprach Maura.

»Dann laß mich dir wenigstens ein anderes Schmuckstück kaufen, wenn du schon keinen diamantbesetzten Verlobungsring haben willst. Du sollst mehr von mir bekommen als nur einen schlichten Ehering. Würde dir eine Diamantbrosche gefallen?« Sein Gesicht glühte vor Eifer. Er wollte ihr so gerne eine Freude machen.

»Nein, Liebster. Wirklich nicht.«

»In der Schatulle liegen noch Helens Schmuckstücke, das weißt du. Ich könnte sie bei einem Juwelier in der Stadt umarbeiten lassen, dann bräuchtest du dir keine Sorgen wegen der Kosten zu machen.« Martin konnte inzwischen mit unbefangener Miene Helens Namen erwähnen.

»Danke, Martin, aber nein. Der Schmuck gehört Kit. Sie muß ihn eines Tages bekommen, vielleicht, wenn sie volljährig wird – in drei Jahren? Dann mußt du ihn ihr geben, und sie soll ihn mit Freude tragen. Laß nichts für mich ändern. Ich habe schon genug.«

»Die Sachen müssen noch alle dasein. Ich habe sie seither nicht einmal mehr in der Hand gehabt.«

»Gut. Dann kann Kit sie an ihrem einundzwanzigsten Geburtstag bekommen.« Im Gegensatz zu Martin hatte Maura den Schmuck sehr wohl in der Hand gehabt und ihn traurig betrachtet: eine Markasitbrosche, ein Medaillon, eine Diamantspange, ein Paar Ohrringe, deren Rubine echt sein konnten oder auch nicht.

Doch vor allem hatten zwei Ringe ihren Blick magisch angezogen – ein Verlobungsring und ein Ehering. Helen McMahon hatte sie in der Nacht, als sie mit dem Boot auf den See hinausgerudert war, nicht getragen. Ob Sergeant Sean O'Connor und die Untersuchungsbeamten aus Dublin sich damals nicht darüber gewundert hatten, überlegte Maura. Das war doch zweifellos ein Hinweis auf den Zustand eines Menschen – auf seine Bereitschaft, sich das Leben zu nehmen. Warum sonst würde jemand seinen Schmuck abstreifen und ihn zurücklassen?

»Hast du Stevie Sullivan zur Hochzeit eingeladen?« erkundigte sich Clio bei ihrer Tante Maura.
»Nein, wir haben uns nach langem Hin und Her dagegen entschieden. Sicher, er ist mein zukünftiger Chef, aber dann müßte man seine Mutter auch einladen. Und seinen schrecklichen kleinen Bruder.«
»Immerhin ist er ledig und sieht gut aus«, warf Clio ein.
»Das schon, aber ihm eilt auch der Ruf voraus, mit jungen Damen im Schlepptau von öffentlichen Veranstaltungen zu verschwinden.« Inzwischen kannte Maura die kleine Welt von Lough Glass. »Martin und ich sind übereingekommen, ihn nicht einzuladen.«

In der Woche vor der Hochzeit trudelten Berge von Geschenken für das Brautpaar in der Apotheke ein. Aber noch wichtiger waren den beiden die beiliegenden Karten, die ihnen alles Glück dieser Welt wünschten. Die Menschen drückten ihre Freude darüber aus, daß zwei so reizende Menschen zusammengefunden hatten. Da Maura in den vergangenen Jahren häufig als Besucherin in Lough Glass geweilt hatte und als Kind nur wenige Kilometer entfernt von hier aufgewachsen war, betrachtete man Martin McMahons Zukünftige nicht als Fremde.
Im Gegensatz zu seiner ersten Frau.
Mona vom Postamt schenkte ihnen irisierende Belleek-Keramik. Sie sagte, der warm schimmernde Glanz passe gut zu der neuen Mrs. McMahon. Mildred O'Brien beglückte sie mit einer Garnitur silberner Kaffeelöffel, die Walls brachten ihnen eine Glasbonbonniere mit Silbergriff. Die Hickeys hatten ihnen zuerst Fleisch schenken wollen, sich dann aber eines anderen besonnen und ihnen etwas überreicht, das verdächtig einer Kinderwagendecke ähnelte.
Von Paddles trafen vier Flaschen Brandy und vier Flaschen Whisky ein – in der Gewißheit, daß der Bräutigam und der künftige

Schwager dieser Menge mit Leichtigkeit in einem Jahr den Garaus machen würden. Von Mutter Bernard und ihrem Konvent bekamen sie ein Stickmustertuch, von Bruder Healy und der Jungenschule die Geschichte der Grafschaft. Dazu gesellten sich ein Kochtopfsatz von Mrs. Hanley aus dem Textilgeschäft und ein Ballen weißes Heidekraut mit Kübel von Schwester Madeleine. Es sei zwar Aberglauben, daß weißes Heidekraut Glück bringe, sagte sie, aber da es ein hübsches Symbol für ihre Ehe sei, könnten sie sich, wenn es die nächsten Jahre wuchs und gedieh, dabei stets der glücklichen Fügung erinnern, die sie zusammengeführt hatte. Nachdenklich betrachtete Kit das Heidekraut. Schwester Madeleine wußte, daß diese Ehe vor Gottes Augen keinen Bestand hatte, und dennoch gratulierte sie.

Manchmal kam es Kit so vor, als stehe die Welt kopf.

»Nie erzählst du etwas von Lough Glass«, beschwerte sich Louis eines Samstagmorgens bei Lena.

»Früher habe ich das ab und zu getan, aber du hast gemeint, es sei dir zu banal.«

»Na ja, manche Dinge waren das wohl auch … du weißt schon, der Alltagskram … aber ich bin ja schließlich nicht aus Holz. Ich weiß, daß du an die Kinder denkst … und an Martin.«

»Manchmal«, räumte Lena ein.

»Dann schließ mich nicht davon aus … Ich will damit sagen, daß mich alles interessiert, was dich beschäftigt. Denn ich liebe dich.« Louis klang, als fühle er sich in die Ecke gedrängt.

»Ich weiß.«

»Wie kannst du das wissen?« Der ausdruckslose Ton ihrer Stimme hatte ihn aufhorchen lassen.

»Weil du zurückgekommen bist.« Wieder klang es wie auswendig gelernt. Und sie wiederholte ja auch nur, was er zu ihr gesagt hatte. *Warum wäre ich sonst wohl zurückgekehrt, wenn ich dich nicht lieben würde?*

»Na gut.« Doch Louis war auf der Hut. Lena wirkte heute morgen etwas abwesend.

»Wie, glaubst du, sieht es heute dort aus?«
Lena musterte ihn eingehend. Einen kurzen Moment rang sie mit sich. Sollte sie ihm erzählen, daß ihr Ehemann heute um elf Uhr vormittag Maura Hayes heiratete und ihre Tochter Kit anläßlich dieser Feier ein Kleid trug, für das Lena einen Wochenlohn ausgegeben hatte? Ob Louis sich ihr wohl so stark verbunden fühlte, daß er all die vielen Zerstreuungen seiner Welt eine Zeitlang vergessen konnte, wenn sie ihm die wirklich wichtigen Dinge in ihrem Leben anvertraute? Nein, das würde nicht geschehen. Seine Reaktion würde sie unweigerlich enttäuschen. Lena würde höchstens Vorwürfe zu hören bekommen, weil sie ihm den jahrelangen Briefverkehr und die Begegnung mit ihrer Tochter verheimlicht hatte.
»Nicht anders als an jedem anderen Tag«, lächelte sie daher. »Eben ein ganz gewöhnlicher Samstag in Lough Glass.«

Da er sowieso in Dublin sein würde, hatte Stevie Sullivan sich erboten, die Braut zur Kirche und nachher das frischgetraute Ehepaar zum Empfang zu kutschieren.
»Das können wir doch nicht annehmen …«, hatte Martin ablehnen wollen.
»Kommen Sie, Martin, ist doch ein prima Hochzeitsgeschenk, und preiswert dazu. Lassen Sie mich das für Sie tun.«
Stevie war zu einem sehr gut aussehenden jungen Mann von einundzwanzig Jahren herangewachsen. Sein langes dunkles Haar fiel ihm über die Augen und in das sonnengebräunte Gesicht. Als Kind hatte er oft mit anhören müssen, wie sein betrunkener Vater seine Mutter beschuldigte, sie habe sich wohl mit einem Zigeuner eingelassen … sonst hätte sie doch keinen Balg in die Welt gesetzt, der ihm überhaupt nicht ähnlich sehe. Darauf hatte sie stets geantwortet, es sei schon schlimm genug gewesen, sich für *ihn* hinlegen zu müssen; da habe sie wirklich keine Lust gehabt, diese Erfahrung mit einem anderen zu wiederholen, Zigeuner oder nicht. Stevies Erfahrungen mit Sex sagten ihm, daß seine Mutter eine ganze Menge verpaßt hatte, wenn das

wirklich ihr Ernst gewesen sein sollte. Aber das behielt er lieber für sich.
»Und Sie wissen ja, Maura, daß Sie sich auf mich verlassen können. Bei diesen Dubliner Burschen weiß man ja nie.«
Sie war ihm dankbar, denn ein freundliches Gesicht an ihrer Seite würde ihr den Weg zur Kirche sehr erleichtern. Längst hatte sie sämtliche Besitztümer zusammengepackt, die sie aus ihrer Dubliner Wohnung mitnehmen wollte, und sie vorab nach Lough Glass geschickt. Inzwischen war die Wohnung bereits renoviert und an ein junges Paar vermietet, das auch schon eingezogen war. Maura hatte gehofft, daß sich Kit und Clio künftig die Wohnung teilen würden. Sie lag günstig, und mit den zwei Schlafzimmern bot sie sich geradezu für die beiden an. Aber vielleicht waren die Mädchen doch zu unterschiedlich, um zusammenzuwohnen. Eine nicht näher bestimmbare Hürde verhinderte eine wahre Freundschaft zwischen ihnen; sie waren eher darauf aus, sich ständig eins auszuwischen. Deshalb wollte Maura diesen Vorschlag erst zur Sprache bringen, wenn die beiden genauer wußten, wie sie leben wollten.
Als Stevie zum Hotel kam, um Maura abzuholen, trug er einen dunklen Anzug, der entfernt einer Chauffeurslivree ähnelte.
»Sie sehen bezaubernd aus, Maura«, sagte er.
Stevie war der erste, der sie zu sehen bekam. Und auch wenn er noch fast ein Kind war, freute sie sich über das Kompliment und wurde rot. »Danke, Stevie.«
»Es freut mich zu sehen, daß meine Angestellten sich zurechtzumachen wissen«, scherzte er.
Kit und Clio standen in der großen Kirche nebeneinander.
Und seit sie die Kirche betreten hatten, quengelte Clio wegen Kits Kleid. »In *was* für einem Laden hast du das angeblich gekauft?«
»Das habe ich dir doch schon gesagt, in einer Seitengasse.«
»Du lügst ja wie gedruckt.«
»Warum sollte ich dich anlügen?«
»Du bist nun mal ein verlogenes Stück.«
»Dann frag jemanden anderen. Frag Daddy. Oder Maura.«

»Die hast du auch angelogen. Denn das ist ein hochelegantes Kleid. So etwas kostet ein Vermögen. Hast du es geklaut?«
»Du bist wohl krank im Kopf. Willst du jetzt endlich die Klappe halten, damit ich die Hochzeit meines Vaters mitkriege?«
In diesem Augenblick drehten sich alle Anwesenden um, und Maura Hayes betrat am Arm ihres Bruders das Kirchenschiff. Sie schritt nach vorne zur Kommunionbank, wo Martin McMahon sie mit strahlendem Lächeln erwartete.
»Sie sieht großartig aus«, flüsterte Clio. »Das Kostüm ist umwerfend.«
»Wahrscheinlich hat sie es gestohlen. So kommen die meisten von uns zu Klamotten«, bemerkte Kit von oben herab.
Stevie wartete vor der Kirche und öffnete den Wagenschlag. »Ich wußte gar nicht, daß er auch kommt«, sagte Philip zu Clio.
»Ach, der ist überall dabei«, entgegnete Clio. »Mit seiner Unverfrorenheit und seinem guten Aussehen liegt ihm die Welt zu Füßen.«
Philip konnte den Blick nicht von dem Wagen wenden.
»Gehört das Auto ihm?« fragte er.
»Ja.« Clio klang immer noch geringschätzig. »Es ist Teil der Geschäftsstrategie von Sullivans Autowerkstatt. Denn im Leben eines jeden Menschen gibt es Anlässe, bei denen er Wert auf ein bißchen Stil legt. Dann schlägt seine Stunde.«
»Kommt er denn bei Frauen an?«
»Ja, aber nur auf sehr oberflächliche Art. Ich meine, ich persönlich würde ihn ja nicht einmal mit der Beißzange anfassen. Aber anscheinend hat ihm kein Dienstmädchen und keine Magd zwischen hier und Lough Glass widerstehen können.«
»Du meinst, er hat mit ihnen geschlafen?« Philip riß die Augen auf.
»Das habe ich zumindest gehört.«
»Und keine ist … ähm … schwanger geworden?«
»Offenbar nicht.«
Mit der Wahl des Hotels hatte Maura ein glückliches Händchen bewiesen. Der Empfang, bei dem mit Sherry angestoßen wurde,

fand in einem geräumigen, hellen Saal statt; mit Chintz bezogene Sofas und Sessel luden zum Ausruhen ein. Freundliche Bedienungen sorgten aufmerksam dafür, daß die Gläser stets gefüllt waren. Als man sich zum Essen setzte, fielen die letzten Strahlen der Herbstsonne schräg durch die Fenster auf die Hochzeitsgesellschaft.

Die Sitzordnung war wohldurchdacht. Kit und Emmet saßen links und rechts von Rita. Die O'Briens waren über den ganzen Tisch verstreut, damit sie einander nicht finster anstarren konnten. Und Lilian Kelly fand sich neben zwei Arbeitskolleginnen von Maura wieder, mit denen sie über die Dubliner Geschäfte und Pferderennen plaudern konnte.

Als Vorspeise wurde ein Grapefruit-Cocktail gereicht; dann folgten Huhn und Schinken. Als Dessert gab es Eiskrem mit heißer Schokoladensoße. Die bescheidene Hochzeitstorte war nur einstöckig.

»Eine Taufe steht ja wohl nicht ins Haus, für die man etwas aufheben müßte«, erklärte Mildred O'Brien ihrem Sitznachbarn, der verständnislos nickte.

Die Reden waren sehr schlicht. Peter Kelly sagte, daß dies der schönste Tag seit langem für ihn sei. Und wie großartig er es finde, daß sein bester Freund eine Frau gefunden habe, mit der er gemeinsam durchs Leben gehen könne. Alle klatschten.

Martin dankte jedermann für sein Kommen und die vielen guten Wünsche. Er sei besonders dankbar, daß Maura bereits heute viele gute Freunde in Lough Glass habe und es für sie in vielfacher Hinsicht eine Art Heimkehr sei. Dann dachten alle, daß die Reden vorüber seien, doch da meldete sich Maura McMahon zu Wort. Ein leises Raunen lief durch die Reihen. Frauen sprachen nur selten in der Öffentlichkeit. Bräute niemals.

»Ich möchte mich dem Dank von Martin anschließen und hinzufügen, daß der heutige Tag der schönste in meinem Leben ist. Doch vor allem möchte ich Kit und Emmet McMahon danken, dafür, daß sie so großzügig bereit sind, ihren Vater mit mir zu teilen. Sie sind die Kinder von Martin und Helen, das werden sie immer bleiben, und ich hoffe aufrichtig, daß die Erinnerung an ihre Mutter nie verblaßt. Ohne Helen McMahon gäbe es Kit und Emmet nicht. Ohne Helen hätte Martin keine glücklichen Jahre in einer ersten Ehe erlebt. Dafür danke ich ihr. Ich hoffe, daß sie auf uns herabblickt und spürt, mit welcher Wärme wir ihrer heute gedenken. Und ich versichere Ihnen allen, daß ich mein Bestes tun werde, um Martin so glücklich zu machen, wie er es verdient. Denn er ist ein wahrhaft guter Mann.«

Zuerst herrschte Stille, während die Gäste ihren tiefempfundenen Worten nachlauschten. Doch dann klatschten sie begeistert und erhoben ihre Gläser. Der Pianist in der Ecke begann leise zu klimpern, eine Aufforderung, sich verschiedene Lieder zu wünschen. Maura hatte sich erkundigt. Bei Martins und Helens Hochzeit war nicht gesungen worden.

Vor der Tür wartete Stevie Sullivan. Maura hatte sich nicht umgezogen; ihr Kleid mit Jäckchen gab ein hervorragendes Reisekostüm ab. Und die gepackten Koffer waren bereits hinten im Wagen verstaut.

»Du siehst unwiderstehlich aus, Kit«, schmeichelte Stevie.

»Widersteh mir lieber«, riet Kit. »Du mußt sie schließlich zum Bahnhof bringen.«

»Da bin ich aber anders informiert.«

»Wieso? Chauffierst du sie denn nicht die ersten Meter in ihre Flitterwochen?«

»Ja, das schon.«

»Aber?«

»Aber nicht zum Bahnhof, es geht zum Flugplatz.«

»Zum *Flugplatz*?« Kit hatte gedacht, sie wollten nach Galway fahren.

»Sie verbringen die Flitterwochen in London«, sagte Stevie. »Haben sie dir das denn nicht erzählt?«

KAPITEL SIEBEN

Zu Ivys größter Überraschung kam eines Tages wieder ein Brief an mit einer irischen Briefmarke und dem fremdartig anmutenden Poststempel, den hier niemand lesen konnte. Als sie Lena auf dem Weg zur Arbeit die Treppe heruntersteigen sah, schob sie den Store zur Seite.

Lena wagte kaum zu hoffen. Sie setzte sich in Ivys Küche und begann zu lesen. Es war nur eine Seite, ohne Anrede und Gruß. Doch ihre Nachricht an Kit war ebenso knapp gehalten gewesen.

Vielen Dank für das wunderschöne Kleid. Es steht mir großartig und wurde sehr bewundert. Obwohl das Paket schon vor über einer Woche hier angekommen ist, wollte ich mit meinem Brief noch warten.

Weil ich Dir nämlich Bescheid geben wollte, daß die Hochzeit stattgefunden hat. Es ist alles gutgegangen, sie sind heute nach London abgereist. Ich dachte, sie würden nach Galway fahren, doch anscheinend haben sie sich für das Regent Palace Hotel in London entschieden. Obwohl ich weiß, daß London eine riesengroße Stadt ist, dachte ich trotzdem, Du wüßtest gerne Bescheid. Nur für den Fall.

Nochmals danke für das Kleid.

Kit

Lena blieb mit dem Brief in der Hand sitzen.

»Sind es schlechte Nachrichten?« erkundigte sich Ivy.

»Nein, keine schlechten Nachrichten. Nein.«

»Und, spricht sie wieder mit dir?«

»Nein, noch nicht so richtig. Nein.«

»Komm schon, Lena, laß dir nicht jedes Wort aus der Nase ziehen ... Was schreibt sie?«

»Sie wollte einfach Kontakt aufnehmen, mich wegen einer bestimmten Sache vorwarnen ... aber ich habe dir noch nicht die ganze Geschichte erzählt, Ivy. Kann ich das irgendwann einmal an einem langen, einsamen Abend nachholen?«

»Davon haben wir noch jede Menge vor uns«, willigte Ivy ein.

Als sie in der Agentur ankam, erwartete Jessie Park sie bereits in ihrem Büro. Jessie war nicht mehr die farblose, nervöse Frau in der Strickjacke, die Lena am ersten Tag kennengelernt hatte. Mittlerweile hatte sie sich in ein adrettes Persönchen von siebenundvierzig Jahren verwandelt, das ein gesundes Selbstvertrauen ausstrahlte. Und ihre Mutter fegte wie ein Wirbelwind durch die Seniorenwohnanlage und hielt ihre Mitbewohner ständig auf Trab; ihre Verdauungsprobleme schienen vergessen.

Die Hochzeitsfeier sollte im kleinen Kreis stattfinden, nur insgesamt acht Personen, und nach der Trauung war ein Essen in einem Hotel geplant. Ob Lena ihre Trauzeugin werden wollte? Jim Millars Bruder würde der zweite Trauzeuge sein. Selbstverständlich sei auch Lenas Gatte ein willkommener Gast. Lena umarmte Jessie und brachte zum Ausdruck, wie sehr sie sich für sie freue. Ob Louis sich freinehmen könne, wisse sie allerdings nicht, denn seine Arbeitszeiten seien sehr unregelmäßig. Sie fand die passenden Worte für den Anlaß, aber in Gedanken war sie weit weg.

Lena schickte ein Dankgebet zum Himmel dafür, daß Kit sie von Martins und Mauras Anwesenheit in London unterrichtet hatte. Was, wenn Jessies Hochzeitsessen ausgerechnet im Regent Palace Hotel stattgefunden hätte? Es hatte schließlich schon merkwürdigere Zufälle gegeben. Auf alle Fälle war es gut, Bescheid zu wissen.

Es war ihr klar, daß Louis nicht zur Hochzeit kommen würde.

»Liebling, habe ich davon nicht jeden Tag schon genug in der Arbeit?« meinte er mit einem gespielt verzweifelten Lächeln und einer Handbewegung, die andeuten sollte, daß er sich den lieben langen Tag mit Hochzeitsgesellschaften herumschlagen mußte.

Dabei richtete das Dryden eigentlich nur selten Hochzeiten aus.

Doch Lena wollte nicht nachhaken. »Ich weiß. Du sollst nur wissen, daß du herzlich eingeladen bist und sie sich freuen würden, wenn du dich freimachen könntest. Das ist alles.«
»Kannst du mich entschuldigen?« Er schien zufrieden.
»Kein Problem«, entgegnete sie.
Sie merkte, wie sich seine Gesichtszüge entspannten. Vielleicht gefiel Louis Gray die Vorstellung nicht, mit ihr zusammen einer Hochzeit beizuwohnen, mit ansehen zu müssen, wie zwei Menschen sich das Eheversprechen gaben. Und in letzter Zeit war er so gut gelaunt, so unbeschwert und glücklich. Jetzt nur wegen seiner Teilnahme an dieser Hochzeit einen Streit vom Zaun zu brechen wäre lächerlich gewesen. Denn diese Hochzeit würde zwangsläufig eine ziemlich steife Angelegenheit werden. Louis würde sich zu Tode langweilen.
Gerade weil sie ihn weder gedrängt noch sich beklagt hatte, war er ganz besonders liebevoll. Eines Tages tauchte er sogar unerwartet im Büro auf und brachte eine Flasche Champagner für das glückliche Paar mit.
»Es tut mir so leid, daß ich nicht kommen kann«, sagte er. Seine Augen und seine Stimme drückten echtes Bedauern aus.
Als Lena ihn reden hörte, hatte sie den Eindruck, daß es Louis Gray in gewisser Hinsicht tatsächlich leid tat, nicht dabeisein zu können.
Jim Millar und Jessie Park waren natürlich begeistert von ihm. »Sie haben einen bemerkenswerten Ehemann. Ich bin sicher, er ist auch in seinem Beruf große Klasse«, meinte Jim Millar.
»Ich glaube, im Dryden schätzt man ihn sehr«, pflichtete Lena ihm bei.
»Es überrascht mich, daß er nicht selbst ein Hotel führt«, bemerkte Jessie.
»Vielleicht wird er das eines Tages«, entgegnete Lena. Doch sie dachte nicht so weit voraus. Ihrer Erfahrung nach kam man besser durchs Leben, wenn man eine Etappe nach der anderen nahm.

Sie zog sich vor Louis an, was er vom Bett aus mit bewundernden Tönen kommentierte. Er mußte an diesem Morgen erst später zur Arbeit.
»Du bist viel zu aufregend für diese Horde«, meinte er. »Laß uns zusammen ausgehen und die ganze Welt verzaubern.«
»Wir sehen uns später.« Sie warf ihm eine Kußhand zu.
»Trink nicht zuviel«, rief er ihr nach.
»Das ist äußerst unwahrscheinlich«, meinte sie lachend.
Das Hochzeitsmahl endete, wie allgemein erwartet, zeitig. Mrs. Park wurde nach Hause zu ihren neuen Freunden gebracht; Jessie und Jim nahmen den Zug nach St. Ives in Cornwall, wo damals ihre Romanze begonnen hatte. Lena versicherte ihnen, daß sie noch jede Menge zu tun habe.
Ohne sich dessen bewußt zu werden, schlug sie den Weg zum Regent Palace Hotel ein. Vor einem Schaufenster blieb sie stehen und musterte eingehend ihr Spiegelbild. Sie trug ein cremefarbenes Kostüm mit einem fliederfarbenen Besatz, passend zu ihrem Samthut, dazu eine große schwarze Tasche, schwarze Handschuhe und Pumps mit sehr hohen Absätzen. Außerdem war sie besonders sorgfältig und nicht gerade dezent geschminkt.
Mit Sicherheit erinnerte nichts an ihr an jene Frau in den Dirndlröcken und weiten, wallenden Kleidern, die sie vor Jahren gewesen war.
Aber ihre Augen könnten sie verraten. Man erkannte jemanden oft allein an den Augen wieder. Deshalb machte sie bei Boots halt, um sich eine Sonnenbrille zu kaufen. »Die werden in letzter Zeit nicht viel verlangt«, meinte die junge Verkäuferin.
»Ich will eine Bank ausrauben«, erklärte ihr Lena.
»Brauchen Sie jemanden zum Tragen?« bot sich das Mädchen an.
Louis hatte mit seiner Meinung über die Engländer recht gehabt: Sie plauderten für ihr Leben gerne – nur brauchten sie jemanden, der das Gespräch in Gang brachte.
Mit der Sonnenbrille betrachtete sich Lena im Spiegel. Das war genau das Richtige. Sie suchte sich einen Platz im Salon des Regent Palace. Da sie an diesem Tag nichts anderes vorhat-

te, würde sie hier warten, bis sie das Hotel betraten oder verließen.
James Williams traute seinen Augen kaum. Er hätte geschworen, daß die gut gekleidete Dame mit der Sonnenbrille Louis Grays Frau war. Es gab nicht viele mit solchem Haar und solchen Beinen. Doch was um alles in der Welt machte sie in der Empfangshalle dieses großen Hotels? Es schien fast, als wollte sie sich jemanden anlachen. Doch vielleicht wartete sie auch nur auf ihren attraktiven, wenn auch flatterhaften Mann.
James Williams fragte sich, ob Mrs. Gray eine Ahnung davon hatte, wie außerordentlich beliebt ihr Mann bei den Damen war. Gewöhnlich schenkte er dem Klatsch, der in seinem Hotel die Runde machte, keinerlei Gehör; das hielt er für unter seiner Würde. Doch er hätte taub sein müssen, um zu überhören, daß Louis Gray erst vor kurzem mit irgendeiner reichen, verwöhnten jungen Amerikanerin nach Paris gefahren war. Vielleicht hatte sich Mrs. Gray auch damit abgefunden.
Er sah zu der eleganten Frau hinüber, die durch die dunklen Gläser der Sonnenbrille hindurch auf den Drink vor ihr starrte. Möglicherweise war sie auch hier, um sich zu trösten. Ein verlockender Gedanke, doch James Williams mußte zu einer geschäftlichen Besprechung in einen der Konferenzräume.
Als er danach wieder in die Empfangshalle herunterkam, saß sie immer noch dort. »Was trinkt die Dame?« erkundigte er sich bei einem Kellner.
»Bisher hat sie alle Einladungen ausgeschlagen.«
»Wir kennen uns.« Wie er erfuhr, trank sie Gin-Orange. Er bestellte zwei, und im selben Augenblick, als das Tablett ankam, tauchte er bei ihr am Tisch auf. »*Nein, so was,* Mr. Williams«, sagte sie.
»*Nein, so was,* Mrs. Gray.« Die formelle Anrede gehörte zu ihrem scherzhaften Umgangston.
»Warten Sie zufälligerweise auf mich?« schäkerte er.
»Nein, da muß ich Sie leider enttäuschen. Ich bin gerade erst gekommen, um mich ein bißchen auszuruhen«, meinte sie.
»Gerade gekommen? Hab' ich ein Glück!«

»Eben vor einer Minute«, bekräftigte Lena Gray. Er betrachtete sie aufmerksam. Seit über zwei Stunden hielt sie sich hier in diesem Raum auf. Was um alles in der Welt brachte sie dazu, ihn derart zu belügen?
Sie plauderten weiter, Lena und James, über die Welt im allgemeinen und über Hotels im besonderen. Kein einziges Mal erwähnte einer von ihnen Louis Gray, ihren einzigen gemeinsamen Bekannten. Sie tranken noch eine zweite Runde und eine dritte. Drei Gin-Orange mit ihm, und vorher vielleicht auch schon ein paar ... James malte sich aus, ob er etwa durch einen glücklichen Wink des Schicksals bei dieser äußerst attraktiven Irin würde landen können. Sie sprach immer noch mit klarer Stimme. Ihre Augen konnte er wegen dieser albernen Sonnenbrille nicht sehen; angeblich brauchte sie sie wegen einer Augenentzündung. Doch ihr Verhalten erschien ihm etwas seltsam und zerfahren; einmal stand sie urplötzlich auf und entschuldigte sich. Wider Erwarten begab sie sich jedoch nicht zur Damentoilette, sondern zum Fahrstuhl. Dort stellte sie sich ziemlich nahe neben ein Paar mittleren Alters, das über und über mit Taschen und Tüten beladen war – typische Touristen, die in London auf Einkaufstour gewesen waren. Wenn der Gedanke nicht so lächerlich gewesen wäre, hätte James Williams angenommen, sie wäre zu ihnen hinübergegangen, um sie zu belauschen.

Vor fünf Jahren hatte sie sie zum letzten Mal gesehen. Lena fühlte sich ein wenig benommen. Diesen Augenblick wollte sie sich fest einprägen.
Martin trug immer noch schlecht sitzende Anzüge. Dieser hier sah zwar neu aus, war aber auch nicht maßgeschneidert. Mit seinen fünfundvierzig Jahren war er nur ein Jahr älter als Louis, doch man hätte ihn zehn oder sogar fünfzehn Jahre älter geschätzt. Auch seine leicht gebeugte Haltung war unverändert. Und sein gutmütiges Lächeln. Auf den Armen trug er alle möglichen Einkaufstaschen, von British Home Stores, C & A und sogar von Liberty's. Hatte sich etwas an ihm verändert? Glücklich wirkte er,

wie damals, wenn er mit den Kindern spielte oder das Boot zu Wasser ließ. Nicht mehr so bemüht, es allen recht zu machen.
Und neben ihm Maura Hayes. Bei ihrem Anblick empfand sie Unbehagen, weil sie die fröhliche Schwester von Lilian war, der Frau, deren Einladungen man nur schwer abschlagen konnte. Ob sie wohl älter oder jünger als Lilian war? Hatte er es ihr je erzählt? Hatte sie ihm je zugehört? Maura wirkte erregt und glücklich.
»Jetzt wäre eine Tasse Tee recht«, hörte Lena sie sagen. »Oder wünscht man sich das nur als typische Landpomeranze?«
»Und so was ausgerechnet von einem Großstadtmenschen, der jahrelang in Dublin gearbeitet hat!« lachte er. »Aber ich denke, es wird kein Problem sein, sich ein Tablett aufs Zimmer bringen zu lassen.«
»Meinst du wirklich?« Sie wirkte, als wäre sie nun wunschlos glücklich.
»Wir sind hier nicht im Central Hotel in Lough Glass, weißt du«, meinte er.
Lena stand so nahe neben ihnen, sie hätte sie berühren können – der Geist der Ehefrau, die sie für tot hielten. Wenn sie sich zu erkennen gab, würde sie das Leben so vieler Menschen zerstören. Erfüllt von Selbstmitleid, das nicht zuletzt von dem vielen Gin herrührte, begann Lena zu weinen. Vielleicht wäre es wirklich besser gewesen, wenn sie in jener Nacht im See ertrunken wäre.
Als sie zurückkam, war ihr Gesicht gerötet. James Williams beugte sich über den Tisch zu ihr. »Wenn Sie nicht dringend nach Hause müssen …«, begann er. Sein Ton war höflich, es klang nicht im entferntesten wie ein unsittlicher Antrag.
»Wenn nicht … was dann, Mr. Williams?«
»Dann würde ich vorschlagen, daß wir noch etwas unternehmen könnten …« Er bewegte sich nun auf dünnem Eis. Ihre Stimme zitterte, und auf ihren Wangen schimmerten Spuren von Tränen.
»Ich dachte, wir könnten ein Taxi nehmen …«
»Wohin?«
»Wohin Sie wollen. Vielleicht in ein anderes Lokal, um noch etwas

zu trinken? Oder einen Happen zu essen? Zu Ihnen nach Hause? Oder ins Dryden?«

»Ich überlasse Ihnen die Entscheidung.« Sie nahm ihre Brille ab und blickte ihm ins Gesicht. Man sah, daß sie geweint hatte, aber nichts von einer Augenentzündung. Sie wirkte aufgewühlt. »Sie sind ein überaus intelligenter Mann, James Williams, mit geschliffenen Manieren und feiner Lebensart. Ich bin Ihrer nicht würdig. Obwohl ich immer so tüchtig und beherrscht scheine, bin ich doch nichts weiter als eine jämmerliche Landpomeranze. Dieses Wort habe ich vor ein paar Minuten von zwei Menschen gehört. Eine Landpomeranze, das bin ich.«

»Nicht doch«, wandte er ein. »Bitte sprechen Sie sich aus. Was darf ich Ihnen anbieten?«

»Die Gelegenheit zu gehen, solange mich meine zwei Beine noch bis zur Tür tragen«, entgegnete sie.

Sie setzte ihre Sonnenbrille wieder auf. Lena Gray war eine begehrenswerte Frau. Wenn irgendeine Frau eine starke Schulter brauchte, an der sie sich ausweinen konnte, dann war sie es, dachte James Williams.

Und wenn sie sich dann wieder beruhigt hätte, wäre sie ihm zutiefst dankbar. Einen Augenblick spielte er ernsthaft mit dem Gedanken. Aber nur einen Augenblick lang. »Dann gehen wir jetzt, ich rufe Ihnen ein Taxi.« Seine Hand leicht auf ihren Arm gelegt, lotste er sie nach draußen auf den belebten Piccadilly Circus.

»Wie ich sehe, hast du meinen Rat nicht befolgt«, bemerkte Louis, als Lena zur Tür hereinstolperte.

»Wass für ein Rat war dass?« Lena hatte Mühe, die Worte zu artikulieren.

»Ich glaube, ich habe gesagt, du sollst nüchtern bleiben, und du hast gemeint, das sei doch klar.« Fragend sah er sie an.

Sie hatte ihre Schuhe von den Füßen geschleudert; ihr Hut saß merkwürdig schief auf dem Kopf. »Jaah«, erwiderte sie grinsend. »Dass dachte ich auch. Aber ich h-habe mich getäuscht.«

»Na, du bist mir ja eine«, sagte er und zog ihr das gute Kostüm aus, hängte es sorgfältig auf einen Bügel und geleitete sie zum Bett.

Zweimal mußte sie während der Nacht aufstehen, weil ihr schlecht wurde.

Falls Louis sie hörte, gab er keinen Laut von sich. Er lag ruhig atmend neben ihr. Entweder träumte er überhaupt nicht, oder er konnte sich zumindest nicht mehr an seine Träume erinnern. Und das ausgerechnet er, ein Mann, der soviel erlebte – warum kam nichts davon in seinen Träumen vor?

Lena hatte die ganze Nacht von James Williams geträumt und davon, was passiert wäre, wenn sie auf sein eindeutiges Angebot eingegangen wäre. Sie schauderte bei dem Gedanken, wie nahe daran sie gewesen war.

Louis hatte Frühschicht. »Ich wollte dich nicht wecken«, schrieb er auf einen Zettel. »Dein reizendes kleines Schnarchen klang, als dürfte man es nicht unterbrechen. Bis heute abend.«

So schlecht hatte sie sich noch nie gefühlt. Aus welchem Grund nur betrank sich alle Welt, wenn man am nächsten Morgen in einem solchen Zustand war? Sie hatte sogar ihre Zweifel, ob sie es überhaupt ins Büro schaffen würde.

Also wollte sie erst einmal Ivy um Rat fragen.

»Wie war's auf der Hochzeit?« fragte Ivy, während sie den Kaffee einschenkte.

»Sie machten einen glücklichen Eindruck, haben jede Menge eingekauft in der Oxford Street und sind dann zurück ins Hotel gegangen, um sich Tee aufs Zimmer servieren zu lassen.«

»Hast du sie etwa in die Flitterwochen begleitet?« fragte Ivy schockiert.

»Nein, das war etwas anderes. Ivy, glaubst du, daß mir eine Prärieauster bekommen würde?«

»Eine was?«

»Ein Mittel gegen Kater.«

»Und was soll das sein?«

»Du bist doch diejenige von uns, die Beziehungen zu einem Pub hat.«
»Nicht mehr«, entgegnete Ivy.
»Nun, ich muß es jedenfalls wissen. Glaubst du, Ernest kennt sich da aus?«
»Ich denke schon.«
»Wie ist seine Nummer?«
»Lena, du bist verrückt. Es ist erst halb zehn Uhr morgens.«
»Ja, ich müßte schon seit einer halben Stunde in der Arbeit sein. In diesem Zustand kann ich aber nicht gehen, sonst breche ich zusammen. Gib mir seine Privatnummer, oder ich rufe die Auskunft an.«
»Ich habe schon immer gesagt, daß du verrückt bist.«
»Hallo, Ernest, hier spricht Lena Gray.«
»Ja?« meldete er sich verhalten.
»Können Sie sich an mich erinnern?«
»Nun, ja.«
»Ernest, ganz kurz, was ist eine Prärieauster? Soweit ich weiß, hat es nichts mit Austern zu tun, sondern irgend etwas mit rohen Eiern, stimmt's?«
»Man gibt ein rohes Ei in ein Glas, dazu einen Eßlöffel Sherry und ein Schuß Worcestersauce. Dann kräftig schütteln und in einem Zug austrinken.«
»Vielen Dank, Ernest.«
»Haben Sie alle Zutaten?«
»Ja, ich glaube schon. Danke.«
»Wird sie sich wieder fangen, was meinen Sie?«
»Wer?«
»Ivy. Ich nehme an, sie hat einen über den Durst getrunken.«
Lena überlegte einen Moment. Vielleicht war das eine Möglichkeit, Ivy und Ernest wieder zusammenzubringen. »Ich kann es nur hoffen, Ernest. Sie spricht nicht darüber, aber das alles macht ihr ziemlich zu schaffen.«
»Könnten Sie ihr – ähm – sagen, daß …«
»Ja?«

»Daß sie … auf sich aufpassen soll.«
»Vielleicht sollten Sie ihr das selbst sagen, Ernest.«
»Das ist nicht leicht.«
»Doch. Es ist ganz einfach.«
»Aber wenn sie immer sternhagelvoll ist.«
»Das ist sie aber gar nicht. Gestern abend war eine Ausnahme, da war irgendein Jahrestag von euch beiden. Ich weiß auch nicht genau. Aber was es auch war, es hat sie schwer mitgenommen.« Lena wagte kaum, den Blick zu heben, um Ivy nicht in die Augen sehen zu müssen.
»Ja, genau, um diese Zeit herum haben wir uns … Aber das wollen Sie bestimmt nicht hören.«
»Es geht mich nichts an. Ich weiß nur, daß sie nichts auf Sie kommen läßt. Ich hab's versucht, weiß Gott, ich wollte ihr die Augen öffnen, aber sie will nichts davon hören.«
»Sie sind wirklich eine gute Freundin, Lena. Obwohl Sie Irin sind und überhaupt keine Ahnung von unserer Lebensart haben«, entgegnete er.
»Danke, Ernest«, erwiderte sie bescheiden und hängte ein.
»Ich bring' dich um, Lena. An Ort und Stelle bring' ich dich um.«
»Nein, hol lieber zwei Eier, Sherry, Worcestersauce und eine Untertasse als Deckel für das Glas.«
»Warum?«
»Damit nicht alles herausläuft, wenn ich schüttle.«
»Nein, ich meine, warum soll ich das alles für dich tun?«
»Weil dank meiner Hilfe wahrscheinlich deine große Liebe zu dir zurückkommt. Beeil dich, Ivy, sonst sterbe ich noch.«

»War es eine schöne Hochzeit?« erkundigte sich Dawn.
»Einfach wunderschön«, schwärmte Lena.
»Ich hatte eigentlich gehofft, Sie würden mich auch einladen.«
»Vom Büro war kaum jemand da. Es war wirklich nur eine ganz kleine Gesellschaft.«
»War Ihr Mann auch dabei, Mrs. Gray?«
»Nein, Louis konnte leider nicht kommen.«

Dawn wandte sich wieder ihrer Arbeit zu.
Lena sah hinüber zu der blonden Frau, die über irgendwelche Papiere gebeugt am Schreibtisch saß. Dawn war wirklich außergewöhnlich attraktiv. Lena und Jessie hatten ihr Rhetorikstunden verordnet, und es hatte sich gelohnt, denn Dawn konnte nun mühelos vor einer Schar von Schulabgängerinnen einen Vortrag halten. Und Lena wußte, daß diese Mädchen einer jungen bezaubernden Schönheit, die kaum älter war als sie selbst, auch zuhörten. Wenn Dawn ihnen erzählte, wie wichtig gute Schreibmaschinenkenntnisse, exakte Stenokürzel und Büroorganisation waren, sahen sie es ein. Aus Lenas oder Jessies Mund hätten solche Ratschläge hingegen wenig bewirkt.
Lena hatte einen schweren Kopf und unerklärlichen Durst. Bis zur Mittagszeit mußte sie sechs Gläser Wasser getrunken haben. Ging das allen starken Trinkern so? Den Stammkunden bei Paddles und Foley damals in Lough Glass? Und den Zechern in Ernests Bar? Mußten sie auch jedesmal am nächsten Morgen ihre Wasserreserven wieder auffüllen? Wie sinnlos war das doch! Sie würde sich nie wieder betrinken.

»Ernest kommt heute abend vorbei«, berichtete Ivy.
»Das ist ja großartig! Hast du schon: ›Vielen Dank, Lena‹ gesagt?«
»Nein, sag mir lieber, warum ich jetzt eigentlich eine hoffnungslose Schnapsdrossel spielen muß.«
»Du könntest eine geheilte Schnapsdrossel spielen. Männer mögen das«, schlug Lena vor.
»Im Grunde freue ich mich ja.«
»Das weiß ich doch.«
»Aber ich möchte mir keine allzu großen Hoffnungen machen.«
»Nein, natürlich nicht.« Lena lag auf ihrem Bett und schlummerte ein.
Als sie aufwachte, stand Louis neben ihr. »Wie geht's meiner armen Trunkenboldin?« Seine Stimme war voller Anteilnahme und Liebe.
»Es tut mir so leid, Louis. War ich sehr abstoßend?«

»Nein, du warst süß wie ein Stoffhäschen. Du konntest weder allein stehen noch gehen ...« Er reichte ihr eine Tasse Tee, die sie gierig leerte.

»Und was habe ich alles gesagt?« Sie war sich zu neunzig Prozent sicher, daß sie nichts erwähnt hatte von ihrem Ausflug ins Regent Palace Hotel, wo sie dem frisch vermählten Paar nachspioniert hatte.

»Du warst kaum zu verstehen, hattest große Schwierigkeiten, Wörter mit einem ›S‹ darin auszusprechen.« Er strich ihr über die Stirn. »Trink noch ein wenig Tee, dann mach' ich dir ein paar Rühreier ... mehr wirst du jetzt nicht schaffen. Verlaß dich ganz auf Onkel Louis.«

Lena schloß die Augen. Wie merkwürdig das alles war. Sie lag hier im Bett, während Louis Gray ihr eine Tasse Tee holte. Und ein paar Kilometer entfernt lag Maura Hayes im Bett, während Martin ebenfalls Tee für sie bestellte.

Lena vergegenwärtigte sich noch einmal, welchen Eindruck sie gemacht hatten ... Martin und Maura. Sie gingen ganz ungezwungen miteinander um, wie zwei Menschen, die sich schon seit Jahren schätzen und lieben und das erst vor kurzem bemerkt haben. Martin schien nicht mehr so bemüht, seiner Frau alles recht zu machen, wie es bei Helen der Fall gewesen war. Und Maura erwartete nicht, daß er sich ständig nur um sie kümmerte. Sie paßten gut zusammen.

Lena fragte sich, ob sie auch Leidenschaft füreinander empfanden. Bestimmt schliefen sie auch miteinander. Schließlich hätten sie diese Ehe nicht geschlossen ohne die Absicht, sie auch zu vollziehen.

Doch es gelang ihr nicht, sich das vorzustellen.

An das Liebesleben, das sie und Martin geführt hatten, erinnerte sie sich kaum noch. Sex hatte für sie immer nur Louis bedeutet. Schon als sie ihn zum erstenmal gesehen hatte, wußte sie, daß er für sie bestimmt war. Der Gedanke, daß Martin und Maura sich in ihren Flitterwochen in London liebten, bereitete ihr kein Unbehagen, auch nicht, daß Maura neben Martin in jenem Zim-

mer liegen würde, aus dem Helen McMahon schon nach wenigen Ehejahren ausgezogen war.
Sie konnte es sich nur einfach nicht vorstellen.

Als Jessie und Jim aus ihren Flitterwochen zurückkamen, waren sie begierig zu erfahren, wie den anderen ihre Hochzeitsfeier gefallen hatte.
»Ich glaube, alle haben sich gut amüsiert«, meinte Jessie.
»O ja, es war wundervoll«, versicherte ihr Lena.
Doch in Wahrheit konnte sie sich kaum noch an irgendwelche Einzelheiten dieses Tages erinnern – außer daß sie neben Martin und Maura gestanden hatte, während sie auf den Aufzug warteten.

Ivy murrte von Zeit zu Zeit, Ernest rede ihr nun dauernd ins Gewissen, schon der Genuß von Sherry-Trifle könnte sie leicht wieder auf die schiefe Bahn bringen. Doch das schien ein geringer Preis dafür, daß er wieder ein Teil ihres Lebens war.
Er besuchte sie regelmäßig, und manchmal unterhielt er sich auch mit Lena. »Ich bin Ihnen zu großem Dank verpflichtet«, meinte er einmal im Verschwörerton zu ihr. »Immer dachte ich, Ivy wäre eine Frau, die selbst auf sich aufpassen kann und ihr Leben im Griff hat. Daß es so schlimm um sie stand, hätte ich nicht für möglich gehalten.«

Die Monate verstrichen in Lough Glass wie auch anderswo, und bald hatte man sich daran gewöhnt, daß man Martin McMahon und seine Frau Maura gemeinsam spazierengehen und liebevolle Blicke wechseln sah.
»Die ist wesentlich pummeliger als ihre Vorgängerin«, meinte Mildred O'Brien, als sie vom Hotelfenster aus beobachtete, wie die McMahons gerade Rusty, ihren kleinen roten Setter, ausführten. Mildred hatte Helen zu ihren Lebzeiten nicht leiden können, doch auch von der zweiten Mrs. McMahon schien sie nicht sonderlich angetan.

Dan seufzte. »Helens Klasse hat sie nicht, das stimmt schon«, bemerkte er und dachte wehmütig an den eleganten Schwung ihres Rocks, ihre wallende Mähne, ihren ruhelosen Blick, wenn sie auf dem Weg hinter dem Hotel entlangwanderte.

Von Zeit zu Zeit besuchte Maura Schwester Madeleine. Einmal brachte sie ihr eine Glasscheibe und ein wenig Fensterkitt mit. »Die werden Sie wenigstens nicht weiterverschenken«, meinte sie.
Dann breitete sie alte Zeitungen aus und schlug mit einem Hammer die beschädigte Scheibe heraus.
»Da wäre ich nicht so sicher. Es gibt viele Menschen, die schlechter dran sind als ich«, widersprach die Einsiedlerin.
»Dies ist die erste Fensterscheibe, die ich je selbst eingesetzt habe. Sie werden mir doch nicht mein Selbstvertrauen rauben, indem sie sie wieder herausnehmen und dem nächstbesten Taugenichts geben?«
»Sie scheinen sehr glücklich zu sein, Maura.«
»Ja, Gott sei Dank bin ich das auch. Und obendrein habe ich noch soviel Freude mit diesen beiden Kindern.«
»Das kommt nur daher, weil Sie so gut zu ihnen sind.«
»Ich wüßte gern ...« Maura strich den Fensterrahmen mit Kitt aus, während sie sprach. »Ich wüßte gern, ob Sie mir in einer bestimmten Sache Klarheit verschaffen könnten ...«
»In meinem Kopf herrscht selbst so ein Durcheinander, Maura. Ich bin die letzte, die jemand anderem Klarheit verschaffen könnte.«
»Wissen Sie, es geht um so etwas wie Wachträume ... oder Erscheinungen. Um Dinge, die man zu sehen glaubt ...«
»Fahren Sie fort.«
»Kann es so etwas wirklich geben, oder liegt das nur an Übermüdung?«
»Sie müßten etwas deutlicher werden, damit ich weiß, worauf Sie hinauswollen.«
»Es klingt so albern.«

»Das ist immer so.« Madeleine ging zur Feuerstelle hinüber, um den alten, schwarzen Kessel über die Flammen zu schieben.

Maura rückte die Glasscheibe zurecht. »Sehen Sie mal, ist es nicht großartig geworden?« meinte sie und trat einen Schritt zurück, um das etwas verzogene Fenster zu bewundern, das jetzt sehr viel besser aussah als mit der gesprungenen Scheibe, an der schon einige Stücke herausgebrochen waren.

»Ja, Maura. Ich danke Ihnen von ganzem Herzen«, sagte Schwester Madeleine und warf ihr einen bewundernden Blick zu.

»Oben habe ich extra viel Kitt verwendet, da in der Ecke, wo ein Stück vom Rahmen fehlt. Aber ich glaube nicht, daß man es sieht.« Maura biß sich auf die Lippe, während sie ihr Werk begutachtete.

»Alles, was ich sehe, ist eine wundervoll glänzende, saubere Fensterscheibe, die Wind und Regen abhält. Nochmals vielen Dank, Maura.« Sie schenkte den Tee ein. »Und was haben Sie gesehen oder geträumt, was Sie so verwirrt hat?«

»Es ist so merkwürdig. Es geschah damals, als wir in London waren ... Eine Frau kam her und stellte sich neben uns, so nahe, wie ich jetzt neben Ihnen bin.«

»Und?«

»Und ich war mir absolut sicher, daß es Helen war.«

Wie jeden Samstag aßen sie im Golfclub zu Abend. Es war ein zwangloses Beisammensein im kleinen Kreis. Meist waren sie zu viert, hin und wieder schloß sich ihnen auch noch ein anderes Paar an. Sie kamen auf die Einsiedlerin zu sprechen.

»Sie will sich von mir nicht die Brust abhören lassen«, berichtete Peter Kelly. »Mit der modernen Medizin hat sie, glaube ich, nichts am Hut. Man müßte, damit sie auf einen hört, wohl ein Druide oder Zigeuner sein.«

»In ihrer Kate hat sie es doch schön warm. Ich finde ich es dort recht gemütlich«, warf Maura ein.

»Na, warm ist es schon, nur atmet sie ständig diesen Torfrauch ein, und außerdem könnte ihr Bettzeug feucht sein. Aber man könnte genausogut gegen eine Wand reden. Etwas wunderliche Ansichten hatte sie ja schon immer. Danach lebt sie, und sie wird sie auch mit ins Grab nehmen.«

»Letztes Jahr wollte ich ihr ein Präparat gegen Frostbeulen geben, was sie dankend ablehnte mit der Bemerkung, die würden nach einer Weile von selbst wieder vergehen.« Martin schüttelte den Kopf.

»Trotzdem scheint sie mir völlig klar zu sein«, wandte Maura ein.

»Und ohne Zweifel hat sie Emmet von seinem Stottern geheilt«, pflichtete Martin ihr bei.

»Und als Clio sich aufführte, als wollte man sie zum Schafott führen, hat Schwester Madeleine sie wieder zur Vernunft gebracht«, fügte Lilian noch hinzu.

»Für überspannte Ideen hat sie kein Verständnis – in mancher Hinsicht denkt sie genauso praktisch wie Mutter Bernard«, meinte Maura.

Dann unterhielten sie sich über Mutter Bernard und ihre Bestrebungen, im Kloster einen neuen Flügel anzubauen. Mit ihrer Sammelaktion trieb sie Lough Glass schier in den Wahnsinn.

Mauras Gedanken schweiften ab.

Sie dachte daran, wie fest die Nonne darauf beharrt hatte, daß sie in London unmöglich Helen McMahon gesehen haben konnte. Ganz ohne Zweifel mußte ihr ihre Phantasie einen Streich gespielt haben. So wie man sich aus Angst einbildete, ein Baum wäre der schwarze Mann, oder der Schatten im Fenster stamme von einem Einbrecher und nicht von einem Ast, der sich im Wind bewegte. Maura hatte wahrscheinlich gerade an Helen gedacht und dabei unwillkürlich irgendeine Frau ihres Alters und ihrer Größe für sie gehalten.

»Aber wissen Sie, ich habe gar nicht an sie gedacht«, hatte Maura eingewandt.

»Wie war sie denn gekleidet?«

»Sie trug eine Sonnenbrille und einen kleinen Hut mit violetten Federn. Und sie sah Helen wirklich täuschend ähnlich, Schwester Madeleine.«

Die Nonne warf den Kopf in den Nacken und lachte. »Was ist, glauben Sie mir etwa nicht?« fragte Maura.
»Helen McMahon mit einer Sonnenbrille? Drinnen? Und mit einem Hut? In all den Jahren hier sah ich sie nie einen Hut tragen …«
»Aber angenommen …«
»Wissen Sie, obwohl Sie nicht bewußt an sie dachten, müssen Sie unbewußt ihr Bild vor Augen gehabt haben. Deshalb haben Sie sie mit einer völlig Fremden, die zufällig neben Ihnen stand, verwechselt.« Mit einem strahlenden Lächeln hatte ihr Schwester Madeleine diese einleuchtende Erklärung präsentiert.
Und natürlich wußte Maura, daß sie recht haben mußte.

Obwohl sie auf der Hotelfachschule viel lernen mußten, blieb ihnen auch noch ein wenig Zeit für sich. Kit ging häufig ins Kino, meist mit Frankie, die immer Unfug im Kopf hatte und es glänzend verstand, im Wohnheim für ihre Freundin Kit eine abendliche Ausgangserlaubnis auszuhandeln.
Frankie war fröhlich und ungezwungen. Sie besaß weder Clios ungestümes, hitzköpfiges Temperament, noch reagierte sie so empört, wenn Kit nicht alles tat, was sie wollte. Zum Beispiel hatte sie Kit eingeladen, ein Wochenende bei ihrer Familie in Cork zu verbringen. Kit wäre gerne mitgefahren, doch es war zu Ende des Monats, und sie hatte fast alles von ihrem Taschengeld ausgegeben. Für die Zugkarte reichte es nicht mehr. Frankie hatte sich mit einem Schulterzucken begnügt. Dann eben ein anderes Mal. Kit war erleichtert und dachte daran, wie Clio sie bei solchen Gelegenheiten ins Kreuzverhör genommen und alle möglichen Schlüsse gezogen hatte.
Hin und wieder gab es auch Partys in irgendwelchen Wohnungen, wo es meist sehr lustig zuging und bis tief in die Nacht gesungen und getanzt wurde. Manche dieser Feste entpuppten sich allerdings als reine Knutschpartys, was weniger erfreulich war. Kit und Frankie fanden, es zeuge von schlechtem Benehmen, in aller Öffentlichkeit zu knutschen. Dies sei eine intime Angelegenheit,

erklärten sie einander in dem prüden Ton der Nonnen, bis sie sich vor Lachen kugelten.
»Was machst du eigentlich die ganze Zeit? Ich bekomme dich kaum noch zu Gesicht«, beschwerte sich Clio. Kit versuchte es ihr zu erklären, doch nichts, was sie erzählte, erweckte Clios Interesse.
»Das klingt furchtbar langweilig«, meinte sie abfällig.
»Dann ist es ja ganz gut, daß du nicht dabei bist«, erwiderte Kit gleichgültig. »Aber ich würde ab und zu gerne mit dir einen Kaffee trinken gehen. Schließlich sind wir doch Freundinnen.«
»Gut. Laß uns morgen zu Bewley's in der Grafton Street gehen.«

»Hast du es schon einmal so richtig mit einem gemacht?« fragte Clio Kit.
»Spinnst du?«
»Heißt das: ›Spinnst du, na klar‹? Oder: ›Spinnst du, natürlich nicht‹?« Clios Grinsen war unwiderstehlich. Deshalb hatten ihre Zerwürfnisse, als sie noch jünger waren, auch nie lange gedauert. Jetzt stritten sie sich überhaupt nicht mehr. Für solche Albernheiten waren sie schon viel zu alt.
»Wie du sehr genau weißt, lautet die Antwort: nein«, entgegnete Kit.
»Ich auch nicht«, meinte Clio verlegen.
»Nicht ich hab' dich danach gefragt, merk dir das. Ich bin nämlich erwachsen genug, um zu wissen, daß das Privatsache ist.«
»Glaubst du, daß wir die letzten alten Jungfern sind? Vielleicht machen es alle anderen schon längst und sind schon unheimlich erwachsen und reden bloß nicht darüber.« Clio klang sehr unsicher.
»Nun, von Deirdre Hanley wissen wir jedenfalls, daß sie es mit jedem macht, der ihr über den Weg läuft. Wir wissen außerdem, daß Orla Dillon aus dem Zeitungsladen daheim so dumm war, sich mit diesem Mann aus den Bergen einzulassen, und jetzt ist sie mit ihm verheiratet. Was so ungefähr das Schlimmste ist, was ihr passieren konnte.«

»Solche Leute habe ich doch nicht gemeint«, sagte Clio. »Ich dachte, Leute wie wir.«
»Die sind doch wie wir, Leute aus Lough Glass.«
»Nein, du weißt schon, was ich meine, Leute aus der Mittel- und Oberschicht.«
»O Clio, jetzt klingst du wie Margaret Rutherford in einem Film.« Kit brach in schallendes Gelächter aus.
»Ich meine es ernst. Woher sollen wir das wissen?«
»Wir können es nicht wissen. Das muß jeder für sich selbst herausfinden.«
»Aber es muß doch einen Weg geben dahinterzukommen.« Clio wirkte sehr aufgewühlt.
Kit betrachtete sie aufmerksam. »Warum, ist das denn so wichtig?«
»Sehr wichtig sogar.«
»Nun, ich denke, Leute wie wir tun es, wenn sie wirklich wollen, und sie lassen es bleiben, wenn sie es nicht wollen – zum Beispiel, wenn man Angst hat, in die Hölle zu kommen oder daß die Leute schlecht über einen reden könnten.«
»So einfach, glaube ich, ist es nicht.«
»Einfach? Jetzt hab' ich dir alle Möglichkeiten aufgezählt, und du bist immer noch nicht zufrieden.«
»Es ist nur wegen Michael O'Connor. Du weißt schon, der, von dem ich dir erzählt habe …«
Kit kannte ihn. Ein großer, nicht besonders gut aussehender Wirtschaftsstudent mit einem unsympathischen Lachen, ein Bruder von Kevin O'Connor, der auch die Hotelfachschule besuchte … Söhne aus einer reichen Familie, wo jeder sein eigenes Auto besaß, und das in Dublin – ein unerhörter Luxus! … Clio hatte schon mehrmals von Michael O'Connor erzählt.
»Ja, was ist denn mit Michael?«
»Er sagt, alle tun es und daß ich nur eine dumme Landpomeranze bin. Daß ich von gestern bin.«
»Na, die Frage ist, willst du's oder willst du's nicht?«
»Ich möchte ihn nicht verlieren.«

»Wenn er dich wirklich mag, wird er bei dir bleiben.«
»Das klingt mir zu sehr nach den Lebensweisheiten von Mutter Bernard, Kit. Heutzutage läuft das aber nicht mehr so.«
»Und magst du ihn?«
»Ja, natürlich mag ich ihn.«
»Aus welchem Grund? Bringt er dich zum Lachen? Seid ihr auf der gleichen Wellenlänge?«
»Nicht so richtig. Aber ich bin gern mit ihm zusammen. Ich bin gerne seine Freundin.«
Kit fand, daß Clio manchmal ziemlich kindisch wirkte. Nicht wie jemand, der an der Universität studierte und einen akademischen Grad anstrebte.
»Und sagt er, wenn du nicht mit ihm schläfst, ist es aus zwischen euch?«
»Er nennt es ›sich lieben‹.«
»Wie auch immer ...«
»Nun, er hat es nicht direkt ausgesprochen, aber man merkt, daß es so gemeint ist.«
»Das ist Erpressung.«
»Er sagt, man kann jemanden nicht richtig lieben, wenn man nicht ...«
»Darauf hätte ich gewettet«, meinte Kit sarkastisch.
Clios Augen blitzten. »Außerdem hat er ausposaunt, Kevin habe es mit dir gemacht.«
»Er hat *was?*«
Kits heftige Reaktion erschreckte Clio. »Ja, das hat er erzählt, und zwar nach irgendeiner Party.«
Mit zornrotem Gesicht stand Kit auf. »Ich habe auch eine Neuigkeit für dich, Clio ... Hör's dir an, oder laß es bleiben, ganz wie du willst. Das ist eine ganz große Lüge. Eines stimmt allerdings: Sein Bruder, dieser Schwachkopf, hat tatsächlich eines Abends versucht, mir das Höschen auszuziehen, aber ich hab' ihn abgewiesen, denn sollte ich eines Tages meine Unschuld verlieren, dann nicht mit einem dieser strohdummen O'Connors, die nur blöde lachen und Lügen verbreiten können und sich für weiß Gott

was halten, wenn sie in ihren großen, dicken Autos sitzen und brumm-brumm machen.«
Die Gäste an den anderen Tischen sahen interessiert auf, als das attraktive dunkelhaarige Mädchen mit den langen Locken und der schicken roten Jacke ein paar Münzen auf den Tisch warf und aus dem Lokal stürmte. Man wurde nicht jeden Tag Zeuge einer Unterhaltung, in der es um Lügen, verlorene Unschuld, Höschen und weiß Gott was ging.
Dublin veränderte sich.

Immer wieder überlegte Lena, unter welchem Vorwand sie Kit einen kurzen Brief schicken konnte, vielleicht auch nur eine Postkarte. Doch ihr fiel kein halbwegs plausibler Grund ein. Das Mädchen würde sich bei jedem erneuten Annäherungsversuch noch weiter zurückziehen. Mit ihrem Brief hatte sie sich schließlich nur für das Kleid bedanken und sie über Martins und Mauras Besuch in London unterrichten wollen. Ihr nüchterner Ton ließ nicht darauf schließen, daß sie die Freundschaft wieder aufleben lassen wollte.
Trotzdem, irgend etwas mußte es geben, ihr würde schon noch ein Grund einfallen. Auf der Suche nach Themen, die Kit interessieren könnten, durchforstete Lena die lokale Tageszeitung, und schließlich entdeckte sie einen Artikel über die schlechte Arbeitsmarktsituation im Hotelgewerbe. Den schnitt sie aus und klebte ihn auf ein Blatt Papier. Dann schickte sie ihn zusammen mit einer Broschüre der Agentur Millar über »Chancen und Möglichkeiten im Hotelgewerbe« an Kits Schuladresse.
Kit war jetzt im zweiten Studienjahr, und allmählich wurde es Zeit für sie, sich über Stellen und Berufsaussichten zu informieren. Einen solchen Brief würde sie ihr sicher nicht übelnehmen.
Wieder und wieder verwarf Lena den Text des Begleitschreibens, bis sie endlich damit zufrieden war:

Ich dachte, das könnte Dich und Deine Studienkollegen interessieren. Hoffentlich läuft alles gut in der Schule.

Viel Glück und Erfolg

Und sie unterschrieb mit »L«.

Maura bemerkte als erste, daß mit Emmet irgend etwas nicht stimmte.

Kein Grund zur Aufregung, behauptete er. Außerdem müsse er an diesem Spiel teilnehmen, Bruder Healy wäre über seine Absage bestimmt nicht gerade begeistert.

»Wenn es dir nichts ausmacht, würde ich trotzdem gern Peter holen, damit er nach dir sieht«, beharrte Maura.

»Maura, ich bin kein kleines Kind mehr. Wenn ich krank wäre, wüßte ich es.« Sie sahen einander in die Augen. Es war ihre erste Meinungsverschiedenheit.

Emmet war ein hübscher Junge, sehr schlank, beinahe zierlich. In der Hurling-Mannschaft war er als zäher Kämpfer sehr gefragt. Und Maura wußte, daß man sein Fehlen bei einem Spiel nur im äußersten Notfall akzeptieren würde. Doch dem Jungen tat alles weh, seine Haut wirkte fahl, und seine Augäpfel waren gelb.

Diesmal würde sie nicht nachgeben. »Natürlich weiß ich, daß du erwachsen bist, Emmet, glaub mir. Und ich würde nie von dir verlangen, daß du zu Dr. Kelly in die Praxis gehst und im Wartezimmer wie ein x-beliebiger Patient jede Menge Zeit vergeudest. Aber Peter ist schließlich mein Schwager. Gibt es etwas dagegen einzuwenden, wenn ich ihn bitte, heute abend vorbeizukommen und zu schauen, ob dir etwas fehlt?«

Emmet grinste. »Du bist einfach so schrecklich vernünftig, Maura, das ist das Problem.«

Peter Kelly diagnostizierte bei Emmet McMahon eine akute Gelbsucht, die sich allerdings zu Hause behandeln ließ – wenn er sich in einem abgedunkelten Zimmer aufhielt, viel Gerstenwasser trank, eine hohe Dosis eines bestimmten Medikaments einnahm und regelmäßig den Urin kontrollieren ließ, der im Moment rot wie Portwein war.

Maura unterbrach jeden Vormittag zweimal ihre Arbeit bei Stevie Sullivan, um nach Emmet zu sehen. Und auch sein Vater kam jeden Morgen zweimal von der Apotheke nach oben. Außerdem besuchte ihn noch Anna Kelly. Sie mußte nicht zur Schule gehen, weil sie sich noch von den Masern erholte, und las ihm etwas vor.
»Was würdest du gerne hören? Wie wär's mit *Désirée*? Das ist ein Roman über Napoleons Verlobte.«
»Nein, mir wäre etwas anderes lieber, wenn es dir nichts ausmacht. Vielleicht Gedichte.«
»Die aus unserem Schullesebuch? Das wäre gleichzeitig eine gute Vorbereitung für die Prüfungen.«
»Bloß nicht. Das einzig Gute an dieser ganzen Sache ist doch, daß ich nicht an die Schule und die Prüfungen denken muß. Kennst du keine lustigen Gedichte?«
»Nicht auswendig, nein«, entgegnete Anna. Sie waren ratlos. »Aber zu Hause habe ich ein Buch mit komischen Gedichten ... von Ogden Nash ... wäre das vielleicht etwas?«
»Gut, wenn du mal wieder vorbeikommst.«
»Ich hol' es geschwind«, bot sie an.
»Mach dir wegen mir keine Umstände«, meinte er.
»Aber nein, um Himmels willen, das macht mir nichts aus. Außerdem bist du von uns beiden der Schwerkranke, ich hatte ja nur die Masern.«
Emmet kam sich wegen seiner ernsten Erkrankung ziemlich wichtig vor, und es schmeichelte ihm, daß Anna den ganzen weiten Weg über die Lakeview Road auf sich nahm, nur um das Buch zu holen.
Sie waren begeistert von Ogden Nash. Im ganzen Haus konnte man ihr Gelächter hören, wenn sie einander seine Gedichte vorlasen.
Als Kit von Dublin heimkam, fiel ihr auf, daß sie jeden Tag zusammensteckten – ihr Bruder Emmet mit der gelben Haut und den gelben Augen und Anna Kelly mit den allmählich verblassenden braunen Masernflecken. Sie schienen sich recht gut zu verstehen.

Kit überlegte lange, ob sie Lena antworten sollte. Natürlich mußte sie sich für die Broschüre bedanken. Aber hatte Lena nicht auch ein Recht zu erfahren, daß ihr Sohn schwerkrank gewesen und nun wieder gesund war? Sicher, als sie fortging, hatte sie jedes Anrecht darauf verloren. Doch wenn der Brief, den Lena hinterlassen hatte, beim richtigen Empfänger angelangt wäre, wüßte sie das eine oder andere über ihre Kinder – auch ob es ihnen gutging. Andererseits – wäre der Brief tatsächlich angekommen, hätten Vater und Maura nicht heiraten können.
Ihre Gedanken drehten sich stets im Kreis, sie kam keinen Schritt weiter. Wahrscheinlich sollte sie sich einfach mit der Situation abfinden, anstatt sich mit Zweifeln und Wünschen zu quälen.

Vielen Dank für die Broschüre. schrieb sie schließlich. *Es ist wirklich interessant, welch ein breites Angebot es in England gibt. Da wir an unserer Schule die gleichen Prüfungen ablegen, wäre hier jeder dafür qualifiziert. Uns wird dauernd erzählt, was für ungeheure Möglichkeiten sich uns eröffnen, wenn der Tourismus in Irland erst einmal richtig Fuß gefaßt hat. Trotzdem finde ich es auch sehr aufschlußreich, daß der Spezialisierungsprozeß in England bereits so fortgeschritten ist.*
Emmet erholt sich gerade von einer schweren Gelbsucht. Er ist gut versorgt worden und wird in zwei Wochen wohl wieder in die Schule gehen.
Ich dachte, darüber sollte ich Dir Bescheid sagen.
Auch von mir die besten Wünsche,

Kit

Als Lena las, daß ihr einziger Sohn mit Gelbsucht im Bett gelegen hatte, was immerhin eine Form von Hepatitis war, empfand sie unwillkürlich Eifersucht. Eifersucht auf Maura Hayes, die ihm Kraftbrühe und Hühnersuppe brachte und den Krug mit Gerstenwasser und Zitronensaft neben seinem Bett mit Gaze abdeckte. Auch Lena hätte all das für ihn getan, und sogar noch mehr. Sie hätte ihm über die Stirn gestrichen und immer frische Schlafanzüge gebracht. Und sie hätte sich zu ihm ans Bett gesetzt, ihm

Geschichten erzählt und Gedichte vorgelesen. Gedankenverloren malte sie sich die Szene aus.
Da berührte Louis ihre Hand. Lena war stets darauf bedacht, daß sie gemütlich zusammen frühstückten, an einem hübsch gedeckten Tisch mit einer rosafarbenen Tischdecke, mit richtigem Kaffee, warmen Brötchen und Honig. Louis sollte einen angenehmen Einstieg in den Tag haben.
»Und wovon hast du gerade geträumt?« fragte er.
»Ich dachte daran, daß mein Sohn Gelbsucht hat … und daß ich hoffe, er wird wieder gesund«, verriet sie sich.
»Woher um alles in der Welt weißt du das?« Erschrocken sah er sie an.
Doch sie hatte sich schon wieder in der Gewalt. »Wolltest du nicht wissen, wovon ich träume? Das war es.« Sie lächelte ihm beschwichtigend zu.
Sein Blick war voller Mitgefühl. »Ich will gar nicht weiterbohren, es wären ja doch nur Vermutungen. Aber ich weiß genau, wie schwer das für dich ist.«
»Ja, Louis. Ich bin ganz sicher, daß du das weißt.«
»Wie schade, daß wir kein Kind zusammen haben, du und ich.«
»Ja«, erwiderte sie tonlos.
»Sicher mußt du manchmal an deinen Sohn und deine Tochter denken … das ist doch verständlich.« Er klang ganz so, als wollte er ihr verzeihen, daß sie sich an ihre Kinder erinnerte.
»Gelegentlich, ja.«
»Und hast du es noch nie bereut, daß du sie verlassen hast …?« Er kannte die Antwort bereits.
Aber Lena zögerte sie noch einen Moment hinaus. Auf seinem Gesicht lag ein Anflug von Angst, doch dann verzog es sich zu einem breiten Lächeln. »Du weißt, Louis, daß ich dich mein ganzes Leben lang geliebt habe. Und daß jeder Tag, den ich nicht mit dir verbracht habe, für mich ein verlorener Tag war … Wie sollte ich etwas bereuen, was mir die Möglichkeit gab, mit dir zusammen zu sein?«
Er schien gerührt. Hatte er je ein schlechtes Gewissen gehabt, weil

er ihr vor all den Jahren den Laufpaß gegeben hatte? Und ihr jetzt immer wieder untreu wurde? Stets beteuerte er, sie sei die einzige Frau, die ihn halten könne. Konnte das nicht auch heißen, daß sie als einzige dumm genug war, trotz aller Demütigungen bei ihm zu bleiben? Verstand er das unter »halten«?
Vor vielen Jahren, als sie Martin McMahon gestanden hatte, sie könne ihn nicht heiraten, weil ihr Herz immer noch einem anderen gehörte, hatte er ganz verblüfft geantwortet, das habe doch nichts mit Liebe zu tun – es sei bloß Schwärmerei. Damals hatte sie sich furchtbar über diese Bemerkung geärgert. Es sei Unsinn, alles mit Worten definieren zu wollen, hatte sie erwidert. Was für den einen Vernarrtheit oder Schwärmerei war, war für den anderen Liebe. Man konnte diese Begriffe nicht so sauber voneinander trennen.
Und sie war immer noch derselben Ansicht. Während sie Louis Grays Kinn und seine langen Wimpern betrachtete, überlegte sie, wie anders ihr Leben wohl verlaufen wäre, wenn sie ihn hätte vergessen können, nachdem er sie zum erstenmal verlassen hatte. Und wenn sie ihn fortgeschickt hätte, als er zu ihr zurückkam, um sie zu holen.
»Was würdest du dieses Wochenende gern unternehmen?« fragte er sie.
Die ehrliche Antwort wäre gewesen, daß sie gerne nach Dublin fliegen und dann mit Kopftuch und Sonnenbrille verkleidet per Bahn und Bus weiter nach Lough Glass fahren würde. Sie würde das Haus betreten und ins Zimmer ihres Sohnes gehen, nachmittags, wenn er schlief, und ihm über die Stirn streichen, ihm zuflüstern, daß seine Mutter ihn liebte und alles über ihn wußte – jeden Schlag seines Herzens kannte. Dann würde sie ihn küssen. Und wenn er erwachte, würde er sich noch genau daran erinnern, nur würde er glauben, er hätte es geträumt.
In Schwester Madeleines Kate würde sie der alten Nonne dafür danken, daß sie so lange ihre Mittelsfrau gewesen war. Sie würde ihr erzählen, daß sie ihr Glück gefunden habe. Dann würde sie mit Kit eine Weile unten am See spazierengehen und sich so

herrlich frei fühlen. Aber was für Hirngespinste waren das! Sie wußte, es war gefährlich, auch nur ein paar Augenblicke lang mit diesem Gedanken zu spielen. Hieße es denn nicht, daß sie noch mehr Menschen ins Unglück stürzen würde?

»Weißt du, wohin ich gerne fahren würde? Nach Oxford oder Cambridge, und dort übernachten.« Sie klang aufgeregt wie ein Kind.

Er überlegte. »Na ja, mit dem Zug wäre das nicht weit.«

»Wir könnten an einer Besichtigungstour teilnehmen und uns ein Bild von der Lebensweise dort machen ...«

»Und wenn dann die Jungs von Oxford und Cambridge ihre Ruderregatta auf der Themse austragen, können wir ›unsere‹ Mannschaft anfeuern, weil wir schon mal dort gewesen sind«, ergänzte er. Er erwärmte sich allmählich für diesen Gedanken.

Sie entschieden sich für Oxford. Er wollte sich in der Arbeit nach einem netten Hotel erkundigen. Es war so einfach, die einzige Frau auf der Welt zu sein, die Louis Gray halten konnte: Man mußte nur mit geschlossenen Augen und geschärften Sinnen durch die Welt wandern. Weder in Oxford noch in Cambridge war er je geschäftlich gewesen. Dort waren sie vor Überraschungen sicher.

»Wie geht's Emmet?« erkundigte sich Stevie.

»Das Schlimmste hat er überstanden. Er ist zwar immer noch so gelb wie ein Eidotter, aber auf dem Weg der Besserung.« In Mauras Stimme lag Erleichterung. Sie hatte sich große Sorgen um Emmet gemacht.

»Das ist schön. Hören Sie, Maura: Heute nachmittag werde ich ein paar Stunden weg sein. Vielleicht komme ich überhaupt nicht mehr ins Büro. Hier gibt es doch keine Probleme, oder?«

»Im Geschäft nicht, Stevie, nein.«

»Was um alles in der Welt meinen Sie denn damit?«

Sie hatte sagen wollen, daß es in Stevies Privatleben jede Menge Probleme gab. Maura McMahon war ja nicht blind. Sie wußte von der hübschen kleinen Orla Dillon aus dem Zeitungsladen. Orla, die vor ein paar Jahren sehr überstürzt geheiratet hatte und bei der Familie ihres Mannes in einer weit entfernten Gemeinde wohnte.

Man hatte sie einige Male zusammen mit Stevie gesehen, und zwar an Orten, die, gelinde ausgedrückt, nicht sehr klug gewählt waren. Und heute morgen hatte sie angerufen. Zwar hatte sie einen anderen Namen angegeben, doch Maura kannte ihre Stimme. Offenbar war am Nachmittag ein Stelldichein geplant.

»Ich meine überhaupt nichts, Stevie.« Maura senkte den Blick.

»Großartig. Nun, ich mach' mich dann auf den Weg. Die beiden Burschen auf dem Hof haben alles im Griff, und wenn Sie nach Emmet sehen, hängen Sie bitte so lange das Telefon aus ...« Er stand in der Tür und schwang seine Autoschlüssel, ein großer, gutaussehender junger Mann. Und viel zu intelligent und vielversprechend, um wegen der kleinen Dillon und all ihren angeheirateten Verwandten aus den Bergen in einen Schlamassel zu geraten.

»Ich weiß, ich bin nicht Ihre Mutter ...«, begann sie.

»Gott sei Dank nicht, Maura. Sie sind jünger und klüger und haben mehr Klasse als meine Mutter ...«

Sie blickte ihm bedrückt nach.

Von seiner Mutter konnte er tatsächlich keinen sinnvollen Rat erwarten. Sie war eine mürrische Person, die das Leben hart gemacht hatte. Doch sie war unfähig einzugestehen, daß sie es jetzt in vieler Hinsicht besser hatte. Statt dessen stichelte sie unaufhörlich gegen Maura. Der Apotheker sollte doch eigentlich in der Lage sein, für seine Frau zu sorgen. Auch vergaß sie nicht, immer wieder darauf hinzuweisen, daß seine erste Frau es nie für notwendig erachtet hatte, sich mit einer Arbeit außer Haus zu belasten. Aber Maura überhörte das. Kathleen Sullivan konnte einem nur leid tun. Sie war ein armer Teufel, das sagte jeder.

Sie konnte das Büro kaum länger als fünfzehn Minuten verlassen haben. Gerade lange genug, um ihrem Stiefsohn eine frische Pyjamajacke und einen feuchten Waschlappen zu geben, damit er sich Stirn, Hals und Hände abwischen konnte, und einen

Schokoriegel als Belohnung. Inzwischen ging es wieder bergauf mit ihm. Leise huschte sie hinaus und schaute nicht einmal bei Martin in der Apotheke vorbei.
Sofort beim Betreten des Büros bemerkte sie, daß die Türen des Safes offenstanden. Die Gegenstände auf den Regalen waren heruntergeworfen worden, die Schreibtischschubladen lagen umgedreht auf dem Boden. Daß man sich bei einem Schock wie gelähmt fühlt, hatte Maura schon oft gehört, und genau so ging es ihr jetzt. Denn sie war unfähig, sich von der Stelle zu rühren. Bis sie ein Geräusch vernahm ... ein schwaches Stöhnen von der Tür her, die zur Wohnung der Sullivans führte. Endlich gehorchten ihr ihre Beine, und sie fand Kathleen Sullivan auf dem Boden liegend, die Hände hilfesuchend ausgestreckt. Man hatte sie brutal zusammengeschlagen, Gesicht und Haar waren blutüberströmt. Jemand hatte in wilder Raserei auf sie eingeprügelt und sie fast umgebracht.
Später lobte man Maura für ihr überlegtes Handeln, doch sie wies das Lob zurück. Es war keine Kunst, wenn man den Ehemann in der Apotheke gleich gegenüber hatte und einen Schwager, der Arzt war. Doch sie empfand Gewissensbisse, weil sie das Büro kurzzeitig verlassen hatte. Wäre sie nicht weggegangen, wäre Kathleen vielleicht nicht überfallen worden.
»Das darfst du nicht sagen«, flüsterte Martin. »Dann hätte es womöglich dich getroffen. Mein Gott, Maura, wenn du es gewesen wärst ...«
Stevies Abwesenheit behandelte sie mit Diskretion. Er habe gesagt, er müsse zu einer geschäftlichen Besprechung fahren. Vermutlich ein Termin mit seinen Finanzberatern. Nein, nicht bei der Bank oder seinem Buchhalter. Er komme bald zurück.
Sie bestand darauf, hier im Geschäft auf ihn zu warten. Kathleen hatte man in der Zwischenzeit mit der Ambulanz ins Krankenhaus in der Stadt gebracht. Dort sollte sie auf Knochenbrüche hin untersucht werden. Außerdem hatte sie viel Blut verloren, und ihre Wunden waren so tief, daß man sie nicht ohne Betäubung nähen konnte.

Peters Blick war grimmig. »Du siehst auch ein bißchen mitgenommen aus, Maura. Am besten gehst du jetzt nach Hause«, riet er ihr.

»Das sag' ich ihr auch schon die ganze Zeit«, pflichtete ihm Martin bei.

Sie wußte, daß sie jetzt ganz ruhig wirken mußte, niemand durfte den Eindruck haben, sie wäre hysterisch. »Bitte, laßt mich hierbleiben. Ich sollte für Stevie Sullivan die Stellung halten. Wenn er zurückkommt, möchte ich dasein.«

Auch Sergeant O'Connor wollte auf Stevie warten.

»Ach, Sean, um Himmels willen, Sie können doch auf dem Polizeirevier warten. Ich werde Stevie Bescheid sagen, daß er sich meldet, wenn er zurück ist.«

»Nein, ich warte hier.« Sean wirkte entschlossen.

»Ich kann Ihnen eine Liste der fehlenden Gegenstände machen ...«

»Ich bleibe, Maura.«

»Es kann allerdings noch eine Weile dauern.«

»Ist er bei der kleinen Dillon?«

»Ich habe keine Ahnung, mit wem er sich trifft ... Er hat gesagt ...«

»Ist schon gut, Maura.« Der Sergeant wirkte gequält. »Nur, falls es Orla Dillon ist – soweit ich weiß, treffen sie sich für gewöhnlich in einem verlassenen Haus hinter dem Friedhof.«

»Woher wollen Sie denn so was wissen?«

»Das gehört zu meiner Arbeit.«

»Nein, tratschen und lästern gehört bestimmt nicht zu Ihrer Arbeit.«

»Meinen Sie, es wäre reine Zeitverschwendung, dort einmal nachzusehen?«

»Von mir werden Sie kein Sterbenswörtchen hören ...«

»Nun, eigentlich war es nur ein Versuch, die Sache abzukürzen. Dann könnten wir beide nämlich ein paar Stunden früher nach Hause gehen.«

»Ja, dann ...«

Sean erhob sich und kramte den Schlüssel für das Polizeiauto aus seiner Tasche.

Niemand hatte eine Ahnung, woher sie gekommen waren. Andere Einbrüche hatte es in dieser Gegend nicht gegeben. Und brauchbare Fingerabdrücke ließen sich auch nicht finden.
Ob es sich wohl um eine professionelle Bande handelte? Sean O'Connor bezweifelte es. Auch Profis hätten unter Umständen solche Verwüstungen angerichtet, aber niemals hätten sie all die Dokumente zurückgelassen, die sich in bares Geld verwandeln ließen: Kraftfahrzeugbriefe, unterschriebene Schecks und sogar Nummernschilder. Das war nicht die Handschrift einer organisierten Bande.
Kathleen Sullivan, die noch immer im Krankenhaus lag, konnte sich nicht mehr erinnern, wie viele Personen sie angegriffen hatten. Manchmal dachte sie, es sei nur einer gewesen, ein großer Kerl mit buschigen, schwarzen Augenbrauen, der nach Schweiß roch. Dann wieder war sie der Ansicht, es müßten zwei gewesen sein, weil sie von hinten ein Schlag getroffen hatte, und der dunkle Kerl hatte vor ihr gestanden.
»Das könnte auch der Schreibtisch gewesen sein«, gab der Sergeant zu bedenken. Sie hatte sich am Schreibtisch den Kopf angestoßen.
Ja, aber der Schlag war von oben gekommen.
Ihrem Gefühl nach waren es zwei gewesen. Auf alle Fälle waren die Täter nicht mit dem Auto gekommen, das wußten die Jungs an der Tankstelle sicher. Sie erinnerten sich noch an jeden einzelnen Kunden, und keiner von ihnen war ins Haus gegangen. Jemand mußte durch die Hintertür eingedrungen sein, nachdem er beobachtet hatte, wie Maura die Straße zur Apotheke überquerte. Einer, der nicht erwartet hatte, Kathleen im Büro vorzufinden.
Außerdem, was hatte sie eigentlich dort zu suchen gehabt? Aber die Frage erübrigte sich. Maura, Stevie und Sergeant O'Connor, sie alle wußten, daß Kathleen nur auf die Gelegenheit gewartet

hatte, daß Maura das Haus verließ, um nach Herzenslust herumzuschnüffeln, wahrscheinlich sogar in Mauras Handtasche. Natürlich nicht, um etwas zu stehlen, Gott bewahre, nur auf der Suche nach Informationen ... zum Beispiel, wieviel Geld sie auf dem Postsparbuch hatte, welches Geburtsdatum in ihrem Führerschein stand, welche Briefe sie mit sich herumtrug.
Man machte sich nicht einmal die Mühe, Kathleen nach dem Grund ihrer Anwesenheit im Büro zu fragen – sehr zur Erleichterung der alten Frau, die sich im Krankenhaus von ihren Verletzungen erholte und die Genesungswünsche von Lough Glass entgegennahm.

»Ich hätte nicht nach Hause gehen sollen«, sagte Maura zu Stevie.
»Und ich hätte mich auch nicht dort, wo ich war, herumtreiben sollen«, grinste er.
»Auf mich, eine stärkere Gegnerin, wären sie vielleicht nicht losgegangen«, mutmaßte sie. Aber ihre Stimme zitterte immer noch bei dem Gedanken daran.
»Ich hab's schon schwer genug, Maura. Wenn die Einbrecher Sie angegriffen hätten, wie könnte ich dann Martin McMahon jemals wieder in die Augen sehen? Nein, das würde ich wirklich nicht wollen. Gerade jetzt, wo der Mann endlich wieder ein bißchen auflebt.«
Maura freute sich über diese Bemerkung und lächelte. »Kannten Sie Helen?«
»Nicht richtig. Wer kannte sie schon? Sie war eine äußerst attraktive Frau. Doch sogar ich mit meiner Schwäche für Frauen fand, daß ich noch ein bißchen zu jung für sie sei.«
»Die Frau, die Sie mal heiraten, tut mir jetzt schon leid, Stevie Sullivan.«
»Nein, das glaube ich Ihnen nicht. Gerade die Frauen, die so etwas sagen, würden sich gern selbst zu den Glücklichen zählen.«
»Sie sind ja sehr von sich eingenommen! Sollen wir heute noch mit dem Aufräumen anfangen? Sean ist mit seiner Arbeit schon fertig.«

»O Gott, nein. Keinen Schritt will ich dort hineinsetzen. Kommen Sie mit zu Paddles? Ich lade Sie auf einen Drink ein, nach diesem Schock.«

»Nein danke. Bei Paddles sind Frauen nicht erwünscht. Die machen ihm zuviel Wirbel in seiner Kneipe und stören den Hausfrieden.«

Stevie lachte. »Und ins Hotel?«

»Nein, wirklich, ich gehe lieber nach Hause. Der arme Emmet hat noch keine Ahnung, was passiert ist. Aber kommen Sie doch mit zu uns, Martin würde sich freuen.«

»Ja, gern. Mir zittern immer noch die Knie.« Doch das kam hauptsächlich daher, daß ihm der Schreck in alle Glieder gefahren war, als sein Liebesnest so überraschend vom Sergeant entdeckt worden war. Er hatte gedacht, Orla Dillons angeheiratete Verwandtschaft würde anrücken, und diese Begegnung hätte er wohl nicht lebend überstanden.

Er hatte einen Drink nötig. Egal, wo.

Anna Kelly saß an Emmets Bett. Über ihrem blaßblauen Kleid trug sie eine weiße Strickjacke. Wie Clio hatte sie blondes Haar, das golden schimmerte wie reifes Getreide.

Stevie fiel zum erstenmal auf, was für ein hübsches kleines Ding sie war. »Sieh mal an, der glückliche Emmet. Hat seine ganz private Florence Nightingale«, bemerkte er bewundernd.

»Wir spielen Schwarzer Peter, und ich verliere dauernd«, erklärte Anna.

»Pech im Spiel, Glück in der Liebe.« Stevie lächelte.

»Oh, ich weiß nicht. Wenn ich mir vorstelle, ich muß mal jemanden von hier heiraten ...«

»Du mußt ja keinen von hier nehmen«, sagte ihre Tante Maura.

»*Du* hast es aber getan«, stellte Anna fest.

»Ja, aber da war ich schon im vorgerückten Alter und habe bewußt diesen Ort gewählt. Nun, Emmet, ich wollte nur mal nachsehen, ob du vielleicht einsam bist ... aber das ist ja nicht der Fall.«

»Hat man sie schon erwischt?« fragte Emmet mit großen, neugierigen Augen.
»Noch nicht«, sagte Stevie. »Aber keine Bange, die sind sicher schon über alle Berge. Die Polizei nimmt an, daß sie durch die Hintertür auch wieder verschwunden sind. Dann die Straße rauf und an der Kirche vorbei. Mittlerweile sind sie bestimmt schon auf dem Weg nach Dublin.«
»Warum haben sie ausgerechnet bei dir eingebrochen?« fragte Anna.
»Weil ich das führende Autohaus in der Gegend besitze«, entgegnete Stevie.
Anna sah fragend zu ihrer Tante.
»Sonst würde ich doch nicht dort arbeiten, was glaubst du denn?« bestätigte Maura. »Kommen Sie, Stevie, jetzt bekommen Sie den versprochenen Drink.«
Sie gingen ins Wohnzimmer. Martin telefonierte gerade mit Kit. Sie hatte durch das Radio von dem Raubüberfall erfahren.
Als sie den Namen »Lough Glass« hörte, wollte sie wissen, ob es allen gutging.
»Sprich du mit ihr.« Martin winkte Maura ans Telefon.
»O Maura«, schluchzte Kit. »Ich hatte solche Angst, daß dir etwas passiert sein könnte. Gott sei Dank war es nur Kathleen, der alte Besen.«
Maura verharrte einen Augenblick, ehe sie den Hörer auflegte. Denn sie konnte kaum sprechen, so gerührt war sie, weil ihre Stieftochter aus Sorge um sie geweint hatte. Es war mehr, als sie je zu hoffen gewagt hätte. Dazu der erleichterte und liebevolle Ausdruck in Martins Augen, als er jedem einen großen Brandy einschenkte. Natürlich aus rein medizinischen Gründen.

Schwester Madeleine goß Mrs. Dillon eine Tasse Tee ein. »Die Welt ist manchmal schwer zu begreifen«, sagte sie.
»Ich bin zu Ihnen gekommen, Schwester, weil Sie wissen, wie schlecht die Leute sind, und weil Sie nicht oben auf der Kanzel

stehen und darüber predigen und den Menschen die Beichte abnehmen.«

Mrs. Dillon aus dem Zeitungs- und Süßwarenladen machte sich große Sorgen um ihre Tochter Orla. »Vielleicht hätte sie nie in diese Sippschaft einheiraten sollen«, meinte sie. »Aber Father Baily hat auf eine unverzügliche Hochzeit gedrängt, damit es keinen Skandal geben würde – oder vielmehr ›nicht noch einen größeren Skandal‹, wie er sich ausdrückte.« Schwester Madeleine seufzte nur und murmelte etwas Unverständliches vor sich hin, was die Menschen stets als äußerst tröstlich empfanden. Bei ihr wurde niemandem die Schuld in die Schuhe geschoben. Deshalb kamen die Leute auch so gerne zu ihr. Nirgendwo wurde man so wunderbar getröstet. Und wenn man einen Rat brauchte, ließ sie einen einfach reden, bis man selbst auf die Lösung kam.

»Ich befürchte, daß Orla ihr Kind vernachlässigt, und das kann ich nicht dulden.« Mrs. Dillons Kopf hob und senkte sich. »Aber Schwester Madeleine, die jungen Leuten heutzutage lassen einfach nicht mit sich reden. Sie haben keinen Respekt mehr wie wir früher.«

»Vor den Brüdern ihres Mannes dürfte sie aber durchaus Respekt haben«, meinte Schwester Madeleine schließlich. »Vielleicht könnten Sie andeuten, daß ihrer Verwandtschaft in irgendeinem Pub ein Gerücht zu Ohren gekommen ist. Sie werden sehen, das wirkt Wunder.«

Als Mrs. Dillon wieder ging, dankte sie der Nonne so überschwenglich, als hätte sie tatsächlich ein Wunder vollbracht. So würde sie es machen. Das war genau die richtige Methode. Keine der beiden Frauen äußerte sich dazu, daß es ein Trick war, eigentlich sogar eine Lüge. Hauptsache, es wirkte.

Wieder allein, goß Schwester Madeleine etwas Milch in eine Untertasse für ein blindes Kätzchen, das Kinder ihr gebracht hatten. Zwar war der Tierarzt der Ansicht gewesen, man würde dem Tier einen besseren Dienst erweisen, wenn man es einschläferte, doch Schwester Madeleine wollte für das Kätzchen sorgen, es füttern und vor allen Gefahren bewahren. Das Kätzchen war klein und schwach, es zitterte nach allem, was ihm in seinem kurzen Leben schon zugestoßen war. Doch als es mit dem Köpfchen auf ein Gefäß mit Brot und Milch gestupst wurde, schnurrte es behaglich.

Da hörte die Einsiedlerin plötzlich ein Geräusch. Ein rasselndes, keuchendes Atmen. Direkt vor ihrer Tür. Zuerst dachte sie, es wäre ein Tier, denn schon einmal hatte sich ein Reh bis zu dem Uferstück vor ihrer Kate herangewagt. Aber da war auch noch dieses Ächzen.

Schwester Madeleine kannte keine Angst. Auch als sich eine große Gestalt in ihrem Türrahmen aufbaute, blieb sie ganz ruhig, anders als der Mann mit den buschigen Augenbrauen und dem blutüberströmten Arm, der ganz offensichtlich bei einem Kampf verletzt worden war. Sein Blick war irr, und er schien weit mehr entsetzt über ihre Anwesenheit als Schwester Madeleine über seine. Er hatte angenommen, die Kate wäre leer.

»Keine Bewegung, dann passiert Ihnen nichts«, rief er.

Schwester Madeleine rührte sich nicht vom Fleck. Mit der Hand nestelte sie an dem schlichten Kreuz, das sie an einer Kette um den Hals trug. Ihr Haar steckte wie immer unter einem kurzen, grauen Schleier, und auch ihre Kleidung ließ darauf schließen, daß sie eine Nonne war. Vielleicht nicht unbedingt eine, die in einem Kloster lebte; aber mit dem grauen Rock, der grauen Strickjacke und den einfachen Schnürschuhen konnte sie nur eine Nonne sein, nichts anderes. Ihr Blick ruhte unverwandt auf dem Gesicht des Mannes.

Dann, nach einer scheinbar endlosen Zeit des Schweigens, verzog er das Gesicht. »Helfen Sie mir Schwester, bitte, helfen Sie mir«, schluchzte er, und Tränen liefen ihm über die Wangen.

Ganz langsam, um ihn nicht zu erschrecken, bewegte sich Schwester Madeleine auf ihn zu und bot ihm einen Stuhl an. »Setz dich, mein Freund«, sagte sie langsam und ruhig. »Setz dich, damit ich mir deinen verletzten Arm ansehen kann.«

»Wenigstens waren's nicht die Landfahrer«, sagte Sean O'Connor zu seiner Frau.
»Warum sollten es ausgerechnet die armen Landfahrer gewesen sein?« verteidigte Maggie O'Connor sie.
»Sag' ich doch. Keiner kann behaupten, daß sie es waren. Die waren alle weg auf irgendeinem Ausflug oder einem Pferdemarkt oder so – was die eben so unternehmen.«
»Wenn du dich öfter mit ihnen unterhalten würdest, anstatt ihnen immer nur eine Heidenangst einzujagen, wüßtest du, was sie so unternehmen«, entgegnete Maggie.
»Herrgott, heutzutage kann man nichts mehr sagen, ohne daß einem das Wort im Mund umgedreht wird«, ärgerte sich Sean O'Connor, der sich sehr ungerecht behandelt fühlte.
Die Polizei hatte nicht den geringsten Hinweis, wer bei den Sullivans eingebrochen und Kathleen so schlimm zugerichtet hatte. Allem Anschein nach war es ein Wahnsinniger gewesen. Aber wie hatte es ein Wahnsinniger geschafft, sich so unbemerkt davonzumachen?

»Das geht niemanden etwas an«, sagte Schwester Madeleine, während sie die Wunde des Mannes reinigte.
Immer wieder bat er sie, vor die Tür zu sehen, doch er hatte auch Angst, daß sie davonlaufen und jemandem von seiner Anwesenheit in der Kate erzählen könnte. »Bleiben Sie bloß immer schön in meinem Blickfeld«, warnte er sie, und seine Miene wurde dabei noch finsterer.
»Ich brauche noch mehr Wasser.« Schwester Madeleine sprach ohne Angst oder Unterwürfigkeit. »Draußen von der Pumpe, und dann muß ich es abkochen.« Er lehnte sich in seinem Stuhl zurück. Etwas an ihrer Art sagte ihm, daß sie ihn nicht verraten würde.
»Ich stecke in Schwierigkeiten«, gestand er schließlich.
»Das glaube ich gern«, erwiderte sie so gleichmütig, als hätte er ihr eben irgendeine Belanglosigkeit erzählt, zum Beispiel daß er aus Donegal oder Galway kam. Soweit sie es beurteilen könne,

müsse die Wunde nicht genäht werden, meinte sie. Mit einem ordentlichen Verband würde sie nach einer Weile verheilen. »Vielleicht möchtest du dich draußen am Brunnen ein wenig frisch machen. Natürlich mußt du aufpassen, daß der verletzte Arm nicht naß wird ... aber dann fühlst du dich bestimmt wohler, ehe es Tee gibt.«
»Tee?« Er konnte es nicht glauben.
»Mit ganz viel Zucker. Das gibt dir nach dem Unfall wieder Kraft.«
»Es war kein Unfall.«
»Na, ist ja auch egal. Und ich habe herrlich frisches Brot, das hat mir Mrs. Dillon mitgebracht ...«
»Hierher kommen Leute?« Er war auf der Hut.
»Aber nicht nachts. Nun geh schon«, sagte Schwester Madeleine sanft, aber mit Nachdruck.
Nach kurzer Zeit saß er, zur Hälfte gewaschen und ein wenig entspannter, an ihrem Tisch und trank von dem süßen Tee eine Tasse nach der anderen. Dazu verschlang er mehrere Scheiben Brot mit Butter. »Sie sind eine gute Frau«, sagte er nach einer Weile.
»Nein, ich bin nicht anders als die anderen.«
»Dann würden Sie aber nicht einen Fremden einfach so in Ihr Haus lassen und sich um ihn kümmern. Nicht alle sind so anständige Leute wie ich.«
Wenn sie verstohlen lächeln mußte, so bemerkte er es jedenfalls nicht. »Ganz im Gegenteil, ich mache meistens die Erfahrung, daß die Menschen sehr anständig und großzügig sind, wenn man sie nur läßt.«
Zustimmend schlug er mit dem Löffel auf den Tisch. »Genau, nur daß die Leute einen meistens eben nicht lassen. Da haben Sie völlig recht.«
»Möchtest du heute nacht hier am Feuer schlafen? Ich habe ein Kissen und eine Decke.«
Sein breites Gesicht verdüsterte sich. »Sie verstehen nicht ... das geht nicht.«
»Wie auch immer, hier wartet ein Plätzchen am Kamin auf

dich. Aber wenn du lieber draußen in der Kälte übernachten willst …«
»Wissen Sie, Schwester, es könnte sein, daß man nach mir sucht.«
»Aber nicht in meinem Haus und nicht in der Nacht. Das würden sie nicht tun.«
»Ich könnte nicht ruhig schlafen, wirklich.«
Mit einem Seufzer brachte sie ihn zur Tür. »Schau mal, siehst du da vorne den großen Baum, der etwas abseits von den anderen steht?«
»Ja, ich sehe ihn.« Er blinzelte in die Nacht hinaus.
»Da oben ist ein Baumhaus. Am Stamm ist eine Leiter angebracht, und oben ist ein verstecktes Baumhaus. Das haben Kinder vor langer Zeit gebaut.«
»Und die kommen jetzt nicht mehr hierher?«
»Sie sind längst erwachsen und aus dem Alter hinaus.«

Im Ort redete man über nichts anderes mehr. Tagelang erzählte Mona Fitz, daß ihr das Herz bis zum Halse schlage, weil solche Banden für gewöhnlich zurückkämen und das Postamt überfielen; sie hatte schon von solchen Vorfällen gelesen. Die Walls brachten in ihrem Haushaltwarenladen an jeder Tür Vorhängeschlösser an. Denn wenn die Einbrecher wirklich durch die Hintertür verschwunden waren, waren sie auf ihrem Fluchtweg auch an ihrem Laden vorbeigekommen und hatten gesehen, was es dort zu holen gab. Und dann könnten sie eines Tages zurückkommen.
Dan und Mildred O'Brien vom Hotel waren sehr betrübt. In dem Ort sei ohnehin schon kaum etwas zu verdienen, aber bewaffnete Raubüberfälle würden das Geschäft endgültig ruinieren. Und noch dazu wurde in der Lokalpresse alles breitgetreten.

In der Zeitung, die sich Lena jede Woche kaufte, wurde ausführlich über den Überfall berichtet. Sie erfuhr alle Einzelheiten über das anscheinend sinnlose Gewaltverbrechen. Sie konnte sich lebhaft vorstellen, wie erleichtert die Menschen in der kleinen Stadt

sein mußten, daß Maura McMahon zur Zeit des Verbrechens nicht an ihrem Arbeitsplatz gewesen war, sondern gerade etwas zu erledigen gehabt hatte. Und zwischen den Zeilen konnte sie lesen, daß Kathleen Sullivan im Büro herumgeschnüffelt hatte.
Lena war nicht erfreut über diese Neuigkeiten, doch zumindest gaben sie ihr einen Vorwand, um wieder einmal an Kit zu schreiben.

Mit großer Sorge las ich von den Vorfällen in der Autowerkstatt Sullivan gegenüber von Eurem Haus. Du sollst nur wissen, daß ich mit Euch fühle und hoffe, Ihr habt Euch alle von dem Schock erholt. Bitte glaube nicht, Du müßtest auf jeden meiner kurzen Briefe antworten. Manchmal überkommt mich einfach das Bedürfnis, Dir mitzuteilen, wie sehr mich das alles interessiert und beschäftigt. Ich bin sicher, Du nimmst es mir nicht übel.

Sie unterschrieb mit »Lena«.

»Kit, ich habe mir gedacht, ich könnte erzählen, daß du und ich übers Wochenende verreisen«, sagte Clio am Telefon.
»Warum willst du das erzählen?«
»Weil *ich* nämlich übers Wochenende verreise.«
»Und ...«
»Du weißt doch, daß Tante Maura immer in alles ihre Nase steckt und wissen will, ob es mir gutgeht und so ...«
»Ja.« Kit wiederum störte das überhaupt nicht. Denn Maura erkundigte sich lediglich, ob sie genug Geld hatten, was sie in der Freizeit unternahmen und ob sie etwas Frisches zum Anziehen hatten. Über ihre Freunde fragte sie sie nie aus. Aber wahrscheinlich führte Clio nichts Gutes im Schilde und fühlte sich schon durch ganz normale Fragen in die Enge getrieben.
»Und da habe ich mir gedacht, ich erzähle einfach, daß du und ich zusammen nach Cork fahren. Das ist auch gar nicht so abwegig.«
»Doch, so etwas würden wir nie zusammen machen.«

»Wie auch immer – spielst du mit?«
»An welches Wochenende hast du gedacht?«
»Übernächstes.«
»Und wohin fährst du wirklich?«
»Ich weiß nicht genau.«
»Doch, das weißt du. Du fährst irgendwohin, um mit diesem gräßlichen Michael O'Connor deine Unschuld zu verlieren, stimmt's?«
»Kit, also wirklich!«
»Stimmt's?«
»Na ja, schon möglich.«
»O je, wie kann man nur so dumm sein.«
»Tut mir leid, Schwester Mary Katherine, ich wußte nicht, daß ich es mit einer richtigen Nonne zu tun habe.«
»Ich meinte nicht, *daß* du es tust, sondern mit *wem*.«
»Nur, weil du seinen Bruder nicht magst …«
»Ich mag ihn nicht, und du magst ihn auch nicht, Clio. Dich interessiert nur, daß sie reich sind.«
»Das stimmt nicht. Ich habe bereits seine Familie kennengelernt und finde sie sehr sympathisch. Ob sie reich sind oder nicht, ist mir einerlei.«
»Auch ich habe einen Teil seiner Familie kennengelernt, seinen Bruder Kevin nämlich, und den kann ich nicht ausstehen. Vor allem paßt es mir nicht, was er über mich gesagt hat. Ich wünschte, ich könnte es ihm heimzahlen … mir fällt schon noch was ein.«
»Mach doch nicht so ein Drama daraus«, meinte Clio. »Sie sind wirklich sehr nett. Sie haben auch noch eine ältere Schwester, Mary Paula. Du kannst dir nicht vorstellen, was die für Kleider hat. Und sie war schon überall … in Hotels in der Schweiz, Frankreich … überall.«
»Hat sie dort eine Ausbildung gemacht …? Zur Hotelfachkraft?«
»Nein, ich glaube, sie wollte nur Erfahrungen sammeln. In einem großen Wintersporthotel.«
»Erfahrungen in einem Skihotel kann man in Irland immer gut gebrauchen«, meinte Kit sarkastisch.

»Hör doch auf, auf ihnen herumzuhacken. Also, was machst du an diesem Wochenende?«

»Zufälligerweise fahre ich tatsächlich nach Cork, und zwar mit Frankie«, erwiderte Kit. »Aber ihr könnt nicht mitkommen, keiner von euch beiden.«

»Das ist schon in Ordnung, ich sage einfach, daß ich mitfahre, dann habe ich ein prima Alibi. Wie heißt sie mit Nachnamen?«

»Wer?«

»Frankie.«

»Keine Ahnung. Ich habe sie nie danach gefragt.«

»Oh, du bist wirklich unmöglich, Kit ... Dann erfinde ich eben einen Namen. Mein Gott, sei doch mal ein bißchen entgegenkommend! Manchmal habe ich den Eindruck, du bist schon genauso verrückt wie deine Mutter.«

Schweigen.

Dann hängte Kit ein.

Frankie und Kit amüsierten sich während der Zugfahrt nach Cork prächtig.

Ein dicker, alter Mann kaufte ihnen Orangenlimonade und Schokoladenkekse. Er sehe junge Mädchen gerne essen, trinken und lachen, erklärte er.

»Mehr wird er auch nicht zu sehen bekommen«, flüsterte Frankie Kit zu.

»Wir können uns nicht noch eine spendieren lassen. Hör auf, Frankie, du gehst zu weit.« Kit hatte ein schlechtes Gewissen, als sie den aufgeregten, erwartungsvollen Blick des Mannes sah, der sich für seinen hohen Einsatz auch eine Belohnung erhoffte ... ein bißchen fummeln vielleicht ...

»Er ist doch selbst schuld«, meinte Frankie.

In der Grafschaft Cork nahmen sie den Bus zu Frankies Heimatort, der nur unwesentlich größer als Lough Glass war. Frankies Vater besaß dort einen Pub. Allerdings behauptete er, er wolle ihn verkaufen und in Rente gehen, sobald seine Tochter einmal ein Hotel leite und sein Sohn Rechtsanwalt sei. Doch Frankies

Mutter wandte ein, das würde er niemals tun. Im Gegenteil, man würde ihn einmal aus dem Pub heraustragen müssen, die Arme immer noch in Zapfstellung. Schließlich hatte er seit seinem achtzehnten Lebensjahr Bier gezapft; er kannte nichts anderes.

Sie waren eine fröhliche, unbeschwerte Familie. Andererseits hätte Kits Mutter ihr Haus eleganter hergerichtet, wenn sie einen Gast erwartete. Warum mußte sie ausgerechnet jetzt an Mutter denken, fragte sich Kit. Schließlich lag der Haushalt in Lough Glass schon seit geraumer Zeit in Mauras Händen. Warum war es in ihrer Vorstellung immer noch Mutters Haus?

Sie überlegte, ob sie Lena noch einmal schreiben sollte, aber eigentlich gab es dafür keinen Grund. Die Brieffreundschaft wieder aufzunehmen kam gar nicht in Frage. Nicht nach all den Lügen. Nach diesem Betrug.

Auch Frankies Bruder Paddy wollte zum Wochenende aus Dublin heimkommen. Allerdings traf er erst kurz vor Mitternacht ein, denn er hatte nur eine Mitfahrgelegenheit in einem schrottreifen Auto bekommen.

»Oh, schön«, bemerkte er bei Kits Anblick. »Eine dufte Biene fürs Wochenende.«

»Wirklich nicht«, erwiderte Kit von oben herab.

»Du weißt schon, wie ich es meine. Es war eigentlich als Kompliment gedacht.«

»Ach so, dann vielen Dank«, lenkte sie gutmütig ein.

Paddy studierte Jura. Die Vorlesungen an der juristischen Fakultät seien der angenehme Teil seiner Ausbildung, erklärte er, aber den Rest müsse er in der Kanzlei seines Onkels absolvieren, und das sei die reinste Sklavenarbeit.

»So schlimm ist er auch wieder nicht, oder?« verteidigte Frankie ihren Onkel.

»Du hast leicht reden, du mußt ja nicht für ihn schuften ... aber man lernt viel dabei.«

Im Pub von Frankies Vater saßen sie gemütlich beisammen. Paddy trank kleine Gläser dunkles Bier, die Mädchen bestellten Bitter

Lemon. Außer ihnen waren nur noch ein paar Stammgäste da, die sich nicht um die Sperrzeit kümmerten und taten, als wäre es ihr gutes Recht, hier zu sitzen. Und solange man sie in Ruhe ließ, würden sie auch keinen Ärger machen.

Paddy erzählte den Mädchen von seiner Arbeit.

Am wenigsten mochte er das Eintreiben von Schulden. Denn das bedeute, daß man zu Leuten nach Hause gehen mußte, wo einem eine Frau mit Kindern auf dem Arm zu erklären versuchte, warum ihr Mann – der sich selbst vor dieser Aufgabe drückte – nicht zahlen konnte.

In einer Anwaltskanzlei lerne man das Leben von all seinen Seiten kennen, meinte er. Es kamen Menschen, die ohne Rücklicht Fahrrad gefahren waren, andere, die eine Gaststättenlizenz beantragen wollten; und einmal erschien eine Frau, die an einem Hühnerknochen beinahe erstickt wäre. Darauf sollten sie übrigens achtgeben, wenn sie erst im Hotelgewerbe arbeiteten, denn diese Frau hatte tatsächlich ein nicht unerhebliches Schmerzensgeld erhalten.

Dann war da noch diese Schadenersatzklage einer Frau, der jemand im Gesicht eine große Narbe beigebracht hatte. Auch sie bekam eine Abfindung, weil ihre Heiratschancen dadurch gesunken waren.

»Bekommen das eigentlich nur entstellte Frauen oder auch Männer?«

»Nur Frauen, soweit es um die Heiratsaussichten geht«, erklärte Paddy leutselig. »Männer könnten auch mit einem Narbengesicht heiraten, das würde ihre Chancen nicht im geringsten beeinträchtigen.«

»Das ist doch ziemlich ungerecht, nicht wahr?« meinte Kit. »Es bedeutet immerhin, daß Frauen nur Aussicht auf eine Heirat haben, wenn sie passabel aussehen.«

»Das stimmt«, pflichtete Paddy ihr bei. »Und die Frau, von der ich erzählt habe, bekommt eine hohe Entschädigung. Was hat eine Frau sonst schon zu bieten außer ihrem Aussehen und ihrem guten Ruf?«

Frankie lachte. »Das könnte aus dem Mund einer Nonne kommen.«
»Nun, zufällig handelt es sich dabei um Fallrecht«, erklärte Paddy. »Wenn du zu Unrecht den guten Ruf einer Frau zerstörst, mußt du dafür bezahlen.«
»Darüber mußt du mir mehr erzählen.« Kits Augen leuchteten vor Aufregung. »Verrate mir alles darüber, ich finde es höchst interessant.«
Sie verbrachten das ganze Wochenende damit, einen Brief zu formulieren, und hatten einen Riesenspaß dabei. Paddy meinte, je schärfer er gehalten wäre, desto größer seien die Aussichten, daß Kevin O'Connor zu Kreuze kriechen würde.
»Wir fordern eine hohe Entschädigung«, sagte er. »Dieser Bursche ist der Sohn von Fingers O'Connor – ein bekannter Mann, der wohl auf jeden Fall einen Skandal vermeiden möchte. Der wird hübsch brav zahlen.«
»Auf das Geld kommt es mir gar nicht an«, entgegnete Kit. »Ich möchte ihm nur einen ordentlichen Schreck einjagen.«
»Außerdem bist du noch gar kein richtiger Anwalt«, gab Frankie zu bedenken.
»Wenn ich unser Briefpapier aus der Kanzlei verwende, wird er das aber nicht merken«, erwiderte Paddy.

Kit schickte Lena eine Ansichtskarte vom Blarney Stone bei Cork. Wenn man diesen Stein küsse, werde einem für alle Zeiten die Gabe der Beredsamkeit zuteil. Zumindest erzählte man das den Touristen.

Ich verbringe hier mit Freunden ein nettes Wochenende. Danke, daß Du wegen dieses schrecklichen Vorfalls in Lough Glass geschrieben hast. Mittlerweile ist Gras darüber gewachsen, obwohl man immer noch keine Ahnung hat, wer es getan hat und warum.

Paß auf Dich auf,
Kit

»Hast du Bekannte in London?« wollte Frankie wissen, als Kit die Karte aufgab.
»Ach, nur eine Frau, die ich mal kennengelernt habe. Wir haben eine gute Brieffreundschaft, und ich dachte, es würde ihr gefallen, von hier eine Ansichtskarte zu bekommen.«
»Stimmt, und auf einer Karte muß man auch nicht viel schreiben«, pflichtet Frankie ihr bei.
Im Vergleich zu Clio war Frankie eine sehr angenehme Freundin.

Er lebte recht friedlich in seinem Baumhaus. Es war ruhig hier, und er liebte das Klatschen der Wellen unter ihm, wenn sie ans Ufer schlugen, und auch das Singen der Vögel. Die Schwester war eine sehr vernünftige Frau. Sie sagte, sie sei selbst in gewisser Weise eine Ausgestoßene und könne ihn gut verstehen. Schon am ersten Abend hatte er versucht, ihr von der Sache zu erzählen, aber sie wollte nichts davon hören. Am nächsten Tag allerdings sah er an ihrem Gesichtsausdruck, daß sie es erfahren hatte.
»Wo ist der zweite Mann?« hatte sie ihn gefragt. »Die Leute im Dorf haben gesagt, es waren mindestens zwei Täter, vielleicht sogar eine ganze Bande.«
Diese Neuigkeiten versetzten ihn in große Aufregung. Denn nun würden sie ihn mit Sicherheit jagen, vielleicht sogar mit Suchhunden. Doch er beteuerte, er habe es allein getan. Da er Geld brauchte, habe er neben dem Haus gewartet, bis die Frau gegangen war. Wie hätte er wissen sollen, daß die alte Frau sich hereinschleichen würde, sobald die andere verschwunden war? Und wie sie gebrüllt und getobt hatte ... nun, da mußte er sie eben schlagen, nur damit sie endlich Ruhe gab. Aber er hatte sie nicht so schwer verletzen wollen.
»Wie heißt du?« wollte Schwester Madeleine wissen.
Die ganze Unterhaltung fand auf einer Distanz von einer Baumlänge statt: Der Mann saß im Baumhaus, eingewickelt in die Decke, die sie ihm gegeben hatte, und Schwester Madeleine hockte auf dem Baumstamm.
»Ich soll Ihnen meinen Namen verraten?« fragte er ungläubig.

»Irgendwie muß ich dich ja anreden. Ich heiße Madeleine«, erwiderte sie.
»Und ich Francis«, sagte er. »Francis Xavier Byrne.« Beide schwiegen. Sie stellte sich vor, wie man ihn damals getauft hatte und daß jemand geglaubt hatte, dies sei ein schöner, passender Name für ihn.
»Und wo lebst du ... sonst, Francis?«
»Ich wohne ... ich wohne ...« Er hielt inne. Schwester Madeleine schwieg. »Ich habe in einem Heim gewohnt, Schwester Madeleine, aber ich bin davongelaufen. Das Problem war, daß ich Geld brauchte. Ich habe dieses Heim gehaßt ... In diesem Baumhaus fühle ich mich viel mehr zu Hause.«
»Dann bleib doch hier«, sagte sie schlicht.
»Meinen Sie das ernst? Nach allem, was ich getan habe!«
»Ich bin weder ein Richter noch eine Geschworene, ich bin nur ein anderer Erdenbewohner«, erwiderte sie.
Den größten Teil des Tages verbrachte er schlafend in seinem Baumhaus.
Am selben Tag noch kam Sergeant O'Connor zu Schwester Madeleine. Wie er berichtete, wurde die Gegend abgesucht. »Sie sagen uns doch Bescheid, wenn Sie etwas sehen oder hören, nicht wahr?« Ihm fiel der unstete Blick der Nonne auf.
»Nun, wissen Sie, ich komme eigentlich kaum in den Ort, Sergeant. Und außer Freunden, die mich besuchen, sehe ich niemanden.«
»Ja, aber wenn Ihnen irgend etwas Ungewöhnliches auffällt, dann werden Sie das doch Ihren Freunden erzählen, oder?« Aber als sie ihm dann direkt in die Augen sah, zweifelte er daran.
»Schauen Sie sich ruhig um, Sean. Mehr als diese zwei Zimmer gibt es nicht.«
Durch die offene Tür konnte man in ihr schlichtes Schlafzimmer sehen: das Bett mit der weißen Tagesdecke, an der Wand ein Kruzifix. Bildete er es sich nur ein, oder war die Tür bisher stets geschlossen gewesen? Fast hatte er das Gefühl, als wollte sie ihm zeigen, daß sie niemanden versteckte.

Aber Sean wußte, daß er bei dieser Sache auf die abwegigsten Ideen kam. »Ich lasse Sie jetzt allein, Schwester. Mein Gott, jetzt wäre ich beinahe auf Ihre kleine Katze getreten. Ist sie krank?«

»Sie ist blind, das arme kleine Ding.« Schwester Madeleine nahm sie auf den Arm und streichelte sie.

»Ist doch auch kein Leben für eine Katze, wenn sie nicht weiß, wo sie hintritt. Es überrascht mich, daß Sie nicht das einzig Richtige tun und sie einschläfern lassen«, meinte er.

»Wir wissen nicht immer, was das Richtige ist«, erwiderte Schwester Madeleine.

»Nicht? Nun, auf alle Fälle ist es das Richtige, uns Bescheid zu sagen, falls eine Gruppe von Männern hier auftaucht, und nicht, sie zu Tee und belegten Broten einzuladen.«

»Ach, ist es eine ganze Bande? Nicht ein Einzeltäter?« fragte sie mit gleichgültiger Miene.

»Ja, eine Bande. Bis zum nächsten Mal, Schwester.« Auf dem Heimweg grübelte er nach. Obwohl er sich aufmerksam umsah, entdeckte er kein Anzeichen eines Bootes, und nirgendwo war Blut zu sehen. Aber eines wußten sie genau, nämlich daß einer von der Bande, vielleicht auch der Einzeltäter, wie ein Schwein geblutet hatte.

Schwester Madeleine lächelte, während sie die Katze streichelte. Wie gut, daß sie daran gedacht hatte, die zerrissenen Hemdstreifen und Lappen zu verbrennen, mit denen sie das Blut aufgewischt hatte.

Lange Zeit saß sie da, blickte auf den See hinaus und fragte sich, ob sie das Richtige getan hatte. Normalerweise hatte sie eine klare Vorstellung davon, wie man handeln mußte – nämlich so, daß man niemandem damit weh tat. Doch dieser Mann hatte die arme Kathleen Sullivan geschlagen, und beinahe hätte er sie umgebracht. War er also ein gefährlicher Mensch, den man der Polizei ausliefern mußte? Obwohl sie nicht dieser Ansicht war, fühlte sie zum erstenmal seit langem einen leisen Zweifel in sich aufsteigen.

»Du bist jetzt kein bißchen mehr gelb«, meinte Anna stolz zu Emmet, als ob das einzig und allein ihr Verdienst wäre.
»Ich weiß. Jetzt sehe ich nicht mehr wie eine Ratte aus.«
»Wie eine Ratte hast du nie ausgesehen.« Anna zauste ihm das Haar. »Eigentlich bist du sogar ziemlich attraktiv.« Sie zögerte. »Wirklich«, fügte sie noch hinzu, damit er es auch sicher glaubte.
»Ja, natürlich.«
»Sonst würde ich es nicht sagen.«
»Weißt du ... es wäre mir schon wichtig, einigermaßen gut auszusehen, wenn wir was zusammen machen.«
»Was zusammen machen?«
»Na, du weißt schon, ins Kino gehen, spazierengehen und all so was.«
»Fragst du mich etwa gerade, ob ich mit dir gehen will?« Ihre Augen funkelten, erwartungsvoll sah sie ihn an.
»Wie du weißt, neige ich in sehr gefühlvollen und dramatischen Augenblicken wie diesem dazu, wieder zu stottern«, sagte er.
»Ach, und ist das jetzt einer von diesen Augenblicken?« Anna legte schelmisch den Kopf zur Seite.
»Ja, und ob«, entgegnete Emmet. Er zog die Situation ins Lächerliche, für den Fall, daß sie sich nur über ihn lustig machen wollte. Alles hing davon ab, wie sie jetzt reagierte.
»Nun, das wäre aber sehr unpassend«, meinte Anna nach einer Weile.
»Unpassend?«
»Möglicherweise mußt du ja gerade dann stottern, wenn du mir sagen willst, daß ich hübsch bin oder so etwas ... und wenn du dann beim ›hh hh hh‹ hängenbleibst, wäre mir das irgendwie unangenehm ...«
»Warum sollte ich zu dir sagen, daß du hübsch bist?« Er wollte immer noch nicht glauben, daß sie ihn richtig ernst nahm.
»Weil ich auch zu dir gesagt habe, daß du sehr attraktiv bist. Das wäre doch eine schöne Gelegenheit, das Kompliment zurückzugeben.« Wieder dieses schelmische Lächeln. Aber er glaubte darin zu lesen, daß auch sie Feuer gefangen hatte.

»Du bist sehr hübsch, Anna«, sagte er.
»Da siehst du's, kein Stottern oder Stammeln. Wahrscheinlich ist das kein sehr gefühlvoller oder dramatischer Augenblick.«
Sie warf ihm eine Kußhand zu, und schon war sie die Treppe hinuntergelaufen und auf der Straße.
Emmet McMahon konnte es kaum fassen. In seinem ganzen Leben war er noch nie so glücklich gewesen.

Emmet war schon beinahe soweit, daß er wieder zur Schule gehen konnte, aber er sah immer noch ein wenig mitgenommen aus. Und so überlegte sich Maura, daß die ganze Familie in Urlaub fahren könnte, eine Woche in einen der großen Badeorte, wo es nun, am Ende des Sommers, ruhig zugehen würde.
Nachdem sie sich über die Preise informiert hatte, erzählte sie Martin von ihrer Idee. »Vielleicht hat auch Kit Lust, dort ein verlängertes Wochenende mit uns zu verbringen. Montags hat sie sowieso frei. Wie wäre es also, wenn sie sich zusätzlich noch den Freitag freinehmen würde?«
Maura wirkte so glücklich über ihre neue Familie, daß er kaum ablehnen konnte. »Sie wird bestimmt begeistert sein«, sagte Martin. »Nur mit dem jungen Romeo wirst du Schwierigkeiten haben. Ihn kannst du bestimmt nicht so leicht von seiner Eroberung fortlocken.«
Aus diskreter Distanz hatten sie die Romanze zwischen Emmet und Anna mitverfolgt, sich allerdings jedes Kommentars enthalten.
»Das schon, aber nimm mal an, das Objekt seiner Begierde fährt auch mit?« lachte Maura. »Peter und Lilian haben gemeint, so ein kleiner Urlaub wäre jetzt genau das Richtige für sie … und ich habe zwei kleine nebeneinanderliegende Häuser gefunden. Das wäre doch traumhaft«, schwärmte Maura.
Emmet erklärte, es täte ihm sehr leid, aber er könne im Moment wirklich nicht verreisen. Mit ernster Miene sprach er davon, daß er noch viel lernen müsse, damit er in der Schule nicht den Anschluß verpaßte. Er hatte keine Ahnung, wie leicht er zu durch-

schauen war. Sogar ein Blinder hätte gemerkt, daß er nur nicht von dort weggehen wollte, wo Anna Kelly lebte.

Martin neckte ihn ein bißchen. »Du könntest dich prima erholen, weißt du. Und es wäre wahrscheinlich das letztemal, daß dir jemand einen Urlaub bezahlt und dir das Arbeiten ausdrücklich verbietet«, sagte er.

»Ich weiß, Dad, und es ist ja auch lieb gemeint, aber ... gerade im Moment ...« Es schien ihm peinlich, daß er die großzügige Einladung zurückweisen mußte.

»Ach, komm schon, Emmet, wenn du nicht mitfährst, nimmt sie mich auch nicht mit.« Martin tat oft so, als hätte er in seiner eigenen Familie überhaupt nichts zu sagen.

»Oh, aber ich muß dich mitnehmen. Als ich mit Peter und Lilian den Urlaub geplant habe, habe ich ihnen versprochen, dafür zu sorgen, daß *du* dich auch mal ausruhst. Nun, ich habe von Stevie frei bekommen, und du kannst dich in der Apotheke von diesem netten jungen Mann vertreten lassen, der schon mal für dich eingesprungen ist ...«

»Ach, die Kellys fahren auch mit?« erkundigte sich Emmet neugierig.

»Aber ja. Und ich bin sicher, Anna wird sehr enttäuscht sein, daß du nicht mitkommst.«

»Und du wärst wahrscheinlich auch enttäuscht, wenn ich zu Hause bleiben würde«, sagte er zu Maura.

»Ja, ein bißchen schon«, gab Maura zu.

Mittlerweile strahlte er übers ganze Gesicht. »Ich glaube, ich lauf' mal rasch zu den Kellys, um alles zu besprechen«, verkündete er.

»Aber zieh dir eine Jacke an«, rief ihm sein Vater nach. »Du bist noch immer nicht ganz gesund.«

»O doch. Jetzt fühle ich mich schon viel besser.«

»Ich war ziemlich erstaunt, als ich gehört habe, daß Clio auch mitkommen will«, sagte Lilian Kelly zu ihrem Mann.

»Einem geschenkten Gaul sieht man nicht ins Maul.« Peter Kelly freute sich, daß seine ältere Tochter Lust hatte, mit ihnen in

diesen beschaulichen Badeort zu fahren, und auch noch außerhalb der Saison.
»Es wird nichts Aufregendes«, hatte er sie vorgewarnt, damit es keine Mißverständnisse gab.
»Aufregungen hatte ich schon genug«, erwiderte sie geheimnisvoll.
Auch Philip erfuhr von der geplanten Reise. »Zufälligerweise bin ich vielleicht zur selben Zeit dort.«
»Nein, bist du nicht«, warnte ihn Kit. »Bis gerade eben hast du nie auch nur einen einzigen Gedanken daran verschwendet, zur selben Zeit dorthin zu fahren. Wenn du trotzdem aufkreuzt, nehme ich das als sicheren Beweis dafür, daß du mir gefolgt bist.«
»Es ist nur zu deinem Besten«, verteidigte sich Philip.
»Was?«
»Wenn ich dir folge.«
»Du hast es also schon einmal gewagt, mir zu folgen? Wohin?«
»Zum Bahnhof, als du nach Cork fuhrst.«
»Nach Cork? Du bist mir nach Cork gefolgt!« Sie war bleich vor Zorn.
»Nein, nur zum Bahnhof. Um sicherzugehen, daß du nicht zusammen mit diesem Gorilla …«
»Welchem Gorilla? Nicht, daß es nicht mein gutes Recht wäre, mit jedem x-beliebigen Gorilla wegzufahren, aber welchen genau meinst du?«
»Kevin O'Connor. Er hat uns erzählt, er hätte mit dir geschlafen und du wärst ganz wild darauf, es noch einmal zu tun … Ich weiß, daß das nicht stimmt, trotzdem dachte ich, wenn er sich keine Hoffnungen machen würde, würde er nicht so reden.« Philip war sehr aufgewühlt.
»Und warum erzählst du mir diesen ganzen Schwachsinn?« schrie Kit ihn an.
»Du hast mich danach gefragt.«
»Ich hab' dich nicht danach gefragt, sondern dich lediglich gebeten, mir nicht ans Meer nachzufahren. Von all diesen Lügenmärchen hatte ich keine Ahnung … Und ich beabsichtige, diesem

Kevin O'Connor einen Brief von meinem Anwalt zukommen zu lassen ... Es ist nämlich gesetzwidrig, so etwas zu behaupten, wenn es gar nicht stimmt ... Bei Gott, das wird er mir büßen ... Und ich habe geglaubt, Clio hätte nur mal wieder übertrieben.«
»Nun, aber sag ihm nicht ...«
»Doch, und ob ich ihm das sagen werde, du kleiner Angsthase ... Diesem Gorilla wird es noch leid tun, mir jemals begegnet zu sein.«

Clio und Kit spazierten am Strand entlang. Zu dieser Jahreszeit war es wunderschön hier. Die relativ kühlen Temperaturen lockten niemanden mehr, auch nicht die Abgehärtetsten, in die kalten Fluten des Atlantik; doch war es noch warm genug, um gemütliche Spaziergänge über den feuchten, festen Sand zu machen.
»Bevor du mir alles in den leuchtendsten Farben schilderst, muß ich dir etwas über diese Familie erzählen«, sagte Kit.
»Wie kommst du darauf, daß ich dir irgend etwas erzählen möchte? Du warst ja nicht gerade hilfsbereit bei der Planung des Wochenendes«, nörgelte Clio.
»Ich werde künftig noch viel weniger hilfsbereit sein«, erwiderte Kit mit kaum verhohlenem Vergnügen.
»Wieso?«
»Ich werde seinen Bruder verklagen.« Sie trat einen Schritt zurück, denn sie wollte sich nicht entgehen lassen, was für ein dummes Gesicht Clio machte.
»Ihn verklagen? Weshalb denn, in Gottes Namen?«
»Wegen Rufschädigung und übler Nachrede.«
»Was?«
»Ich hab' dir doch davon erzählt. Er brüstet sich vor anderen Leuten, auch vor seinem eigenen Bruder, damit, daß er mit mir eine sexuelle Beziehung hätte. Das stimmt aber nicht. Ich bin eine ledige Frau; wenn er also behauptet, er hätte mit mir geschlafen, schädigt er meinen Ruf. Und das verringert meine Heiratsaussichten. Dafür muß er bezahlen.«
»Herrgott«, begann Clio.

»Und du bist nicht die einzige, die davon gehört hat. Er hat es auch Philip O'Brien erzählt, was ungefähr auf dasselbe hinausläuft, als hätte man es in den Sechs-Uhr-dreißig-Nachrichten im Radio verkündet.« Kits Augen funkelten vor Wut über diese Ungeheuerlichkeit.

»Und wird die Sache vor Gericht kommen?«

»Das hoffe ich doch.«

»O Gott. Wann?«

»Nun, falls er sich nicht entschuldigt und mir eine angemessene Summe zur Deckung meiner Unkosten und als Entschädigung für meinen ruinierten Ruf bezahlt, dann ...«

»Er hat deinen Ruf nicht ruiniert.«

»Doch. Wenn sein abscheulicher Bruder dir davon erzählt ... und Philip ... Was ist das sonst, wenn nicht eine Schädigung meines Rufs?«

»Nein, Kit, tu das nicht. Ich flehe dich an.«

»Zu spät. Ich hab's schon getan.«

»Du hast ihn verklagt? Du hast Michael O'Connors Bruder verklagt?«

»Ich habe ihm ein Schreiben meines Anwalts zukommen lassen.«

»Das kannst du gar nicht, du bist noch nicht alt genug. Dazu muß man einundzwanzig sein.«

»Nein, das stimmt nicht.«

»Und der Brief ist schon abgeschickt?«

»Ja, das ist nichts Besonderes. So was gibt's am laufenden Band.«

»Das kann ich mir nicht vorstellen. Von so etwas habe ich noch nie gehört. Und du bislang doch auch nicht.«

»Nein, ich meine Briefe von Rechtsanwälten. Man hat mir gesagt, ich muß mit allem rechnen – daß er sagt, ich sei ein Flittchen und so. Da habe ich gesagt, ich bin noch Jungfrau, und das kann ich beweisen. Also muß er ein Lügner sein.«

Clio hatte sich auf einem Felsen niedergelassen; ihre Gesichtsfarbe war noch grüner als der Seetang an den Steinen.

»Du hast alles zwischen Michael und mir kaputtgemacht. Du hast es zerstört.«

»Nein, im Gegenteil. Jetzt kannst du Michael warnen und ihm ausrichten, daß ich mit allen Mitteln gegen Kevin vorgehen werde, falls er es bestreitet. Im übrigen bin ich an Sex nicht uninteressiert, aber erst dann, wenn die Zeit dafür reif ist. Und ich möchte nicht, daß ein betrunkener, ungehobelter Gorilla, mit dem ich nicht einmal schlafen würde, wenn er der letzte Mann auf Erden wäre und ich es kaum erwarten könnte ... wenn so einer in der Weltgeschichte herumerzählt, er hätte es mit mir getan. Das kannst du ihm von mir bestellen. Es wäre mir sogar sehr lieb.«
»Aber Kit, dein Vater, Tante Maura ... was werden die denn alle denken?«
»Sie werden sagen, daß ich eine Wucht bin und mir den gebührenden Respekt verschafft habe. Aber jetzt erzähl mir schon von deinem Wochenende mit Michael.«

Die Kellys und die McMahons hatten zwei nebeneinanderliegende Ferienhäuser gemietet, jedes mit drei Schlafzimmern und einer kleinen Veranda zum Strand hinaus. Sie konnten Emmet und Anna beobachten, wie sie zusammen spazierengingen, Seite an Seite, wenn auch nicht händchenhaltend. Das taten sie erst, nachdem sie um die Ecke und außer Sicht waren.
Auch Clio und Kit fanden sie in angeregte Gespräche vertieft.
»Trotz all der Höhen und Tiefen scheinen sie immer noch Freundinnen zu sein«, meinte Lilian Kelly.
»Ja, es sieht so aus«, erwiderte Maura, der allerdings nicht entging, auf welche Weise die beiden miteinander sprachen. Das war nicht das unbeschwerte Kichern zweier Mädchen, die sich über alles amüsieren konnten, sondern eine angespannte Auseinandersetzung.

Als die regnerische Jahreszeit kam, wurde es im Baumhaus ziemlich feucht. Das Dach mußte verstärkt werden. Dafür war Tommy Bennet, der Briefträger, der richtige Mann.
»Weißt du, was ich gut gebrauchen könnte, Tommy? Ein Stück Linoleum oder eine Plane, um einen Wohnwagen abzudichten.«

»Aber, Schwester, ich habe Ihnen schon tausendmal gesagt, die Kesselflicker haben mehr Geld als wir.«
»Ich brauche es nicht für unsere lieben Nachbarn, die Landfahrer auf der anderen Seite des Sees, sondern für einen anderen Freund von mir, der ebenfalls einen Wohnwagen besitzt. Du hast mich schon oft gefragt, ob du etwas für mich tun kannst. Damit wäre mir sehr geholfen.«
»Ist schon gut.« Tommy Bennet konnte diese Leute nicht leiden, die die gütige Nonne ausnutzten. »In ein oder zwei Tagen besorge ich Ihnen etwas.« Als er das Haus verließ, zog er seinen Umhang an. Der Regen peitschte gegen die Tür. »Ach, schauen Sie doch mal«, sagte er. »Das arme kleine Kätzchen ist in der großen Pfütze fast ertrunken.«
»Was? Wo?« Ungeachtet des Regens stürzte Schwester Madeleine hinaus.
Da sah sie es, wie es keuchte und um sein Leben kämpfte, aber offensichtlich war es schon zu spät. »Ich mach' ihm in der Tonne ein Ende, dem armen kleinen Ding. Es wird nicht durchkommen.« Tommy hatte ein gutes Herz.
»Nein!« schrie Schwester Madeleine.
»Sehen Sie doch, Schwester, es ringt nach Luft, aber es wird sterben. Quälen Sie es nicht unnötig, wir können es nicht mehr retten. Erweisen Sie ihm diesen Dienst. Es war sowieso blind und hat sich ständig gestoßen, vielleicht hätten wir seinem leidvollen Dasein gleich ein Ende bereiten sollen.«
Auf Schwester Madeleines Gesicht vermischten sich Regentropfen und Tränen. »Dann ertränk es, Tommy«, murmelte sie und wandte sich ab.
Schon nach wenigen Sekunden hörten die kleinen, nassen Glieder auf zu zucken.
»Hier, Schwester, jetzt hat sie Frieden«, sagte er.
Er wunderte sich über die Nonne. Sie nahm den kleinen Körper und legte ihn in eine leere Corn-flakes-Schachtel. »Ich begrabe sie später«, meinte sie. Das Kätzchen war nicht ihr erstes Tier, das gestorben war – überall in der Nähe standen kleine, einfache

Kreuze, und sie wußte genau, welcher Fuchs, welcher zahme Hase oder alte Hund unter jedem lag. Warum machte sie nur soviel Aufhebens wegen eines armen, blinden Kätzchens, das sie gar nicht erst hätte aufnehmen sollen, wie ihr jedermann gesagt hatte? Doch er konnte nicht ahnen, daß das Kätzchen für Schwester Madeleine ein Omen war, ein Zeichen dafür, daß ihr Tun nicht immer richtig gewesen war.

»Das Beten habe ich schon vor langer Zeit aufgegeben, aber jemand wie Sie könnte einen fast wieder dazu bringen«, erklärte Francis Xavier Byrne, während er ein Lammkotelett bis auf den Knochen abnagte.

Der Junge der Hickeys war Schwester Madeleine so dankbar gewesen für das Empfehlungsschreiben, das sie für ihn verfaßt hatte, daß er alles für sie tun wollte. »Bloß hin und wieder ein Stück Fleisch, aber nur, wenn deine Eltern keine Verwendung dafür haben. Ich möchte nicht, daß du sie um einen Teil ihrer Einkünfte bringst«, hatte sie gemeint. Der Junge begriff von selbst, daß seine Eltern auch besser nichts davon erfahren sollten. »Ist es für die Zigeuner?« hatte er gefragt. »Es ist für jemanden, der Fleisch braucht, damit er wieder zu Kräften kommt«, hatte sie entgegnet.

»Wir könnten ja miteinander beten, Francis«, bot sie ihm an.

»Wofür sollten wir beten?«

»Wir könnten eine Dankgebet dafür sprechen, daß Kathleen Sullivan bald aus dem Krankenhaus entlassen wird und wieder nach Hause kommt.«

»Ehrlich gesagt, sie tut mir gar nicht besonders leid. Die ist wie der Teufel auf mich losgegangen.«

»Immerhin hast du sie angegriffen und das Geschäft ihres Sohnes ausgeraubt. Nur, weil ich dich hierbleiben lasse, sollst du nicht glauben, daß ich mit allem einverstanden bin, was du getan hast.«

»Aber Sie wissen doch, warum ich es getan habe.«

»So?«

»Sie wissen, daß ich das nicht wollte. Aber ich brauchte etwas zum Leben, ich lass' mich nicht mehr einsperren. Sie haben doch auch gesagt, daß Sie nicht eingesperrt sein wollen.«
»Ich habe deshalb aber niemanden überfallen und ausgeraubt und niedergeschlagen.«
»Das brauchten Sie auch nicht, Schwester.«
Da war sie wieder ganz sicher, das Richtige getan zu haben. Denn als das blinde Kätzchen gestorben war, hatte Schwester Madeleine es für einen Fingerzeig Gottes gehalten, daß ihr Gefühl sie vielleicht getrogen hatte ... daß die lauteste Stimme in ihr womöglich nur ihre eigene gewesen war.

»Weißt du was, ich glaube, du bist sogar bei diesem schlechten Wetter braun geworden«, sagte Stevie Sullivan bewundernd zu Anna Kelly.
»Nun, es heißt doch immer, daß man vom Wind Farbe bekommt«, erwiderte sie lächelnd.
»Nur noch ein Jahr, dann bist du endlich frei«, fuhr er fort und musterte sie von oben bis unten, das hochgewachsene, blonde Mädchen mit den ebenmäßigen Zähnen und dem strahlenden Lächeln.
Anna gefiel es, umschwärmt zu werden. »Dann bin ich zwar mit der Schule fertig, aber nicht das, was du unter ›frei‹ verstehen würdest, Stevie Sullivan.«
»Was verstehe ich denn unter ›frei‹?«
»Nun, auf alle Fälle muß man dafür sehr viel kesser sein, als ich es bin«, entgegnete sie.
Als sie heimging, war sie mit sich und der Welt zufrieden. Es war kein schlechtes Gefühl, die zwei bestaussehenden Burschen von Lough Glass zu seinen Bewunderern zählen zu können. Nicht, daß sie sich für Stevie interessiert hätte. Jeder wußte doch, was der im Schilde führte.

Sie waren jetzt alt genug, um in eine eigene Wohnung zu ziehen, und ganz selbstverständlich ging man davon aus, daß Kit und Clio

sich eine Wohnung teilen würden. Zumindest dachten das alle in Lough Glass. Bis auf Maura.
»Wirst du dich in dem kleinen Untermietszimmer nicht einsam fühlen?« erkundigte sich Martin besorgt bei seiner Tochter.
»Nein, Dad, und es ist so nah an der Hotelfachschule und so ...«
»Aber wenn du mit Clio zusammenziehen würdest, könntet ihr euch beide etwas Besseres leisten.«
»Da kämen wir nicht zum Lernen ... wir würden nichts anderes tun, als herumzualbern ... Außerdem haben wir sowieso ganz verschiedene Freundeskreise in Dublin.«
Maura warf ihm einen raschen Blick zu, und da ließ Martin das Thema fallen.

Frankie half Kit beim Umzug in ihr kleines Zimmer.
»Wie schade, daß in unserem Haus kein Platz mehr für dich ist«, sagte sie. »Aber ich bin als letzte dazugekommen, da kann ich jetzt nicht jemand anderen rauswerfen.«
»Nein, wie gesagt, ich wohne wirklich ganz gern allein.«
Und im großen und ganzen stimmte das auch. Sie konnte lernen, wann sie wollte, und wenn sie Gesellschaft brauchte, besuchte sie einfach Frankie oder Clio, die mittlerweile auch eine eigene Wohnung hatte. Doch dort hielt sich ziemlich häufig Michael O'Connor auf. Clios Wunsch, allein zu leben, hatte viel damit zu tun, daß Michael O'Connor eine bestimmte Art der Gastfreundschaft von ihr erwartete. Aber davon durfte zu Hause natürlich niemand etwas wissen.
»Schau mal, wie hübsch das geworden ist.« Frankie bewunderte ihr Werk: Sie hatte eine buntgemusterte Decke an der Wand befestigt und das kleine Regal, auf dem die von Maura beigesteuerten Küchenutensilien standen, mit Linoleum ausgelegt.
Auch Frankies Bruder Paddy, der Jurastudent, half mit. »Ich habe im Büro gesagt, ich würde eine Vorladung zustellen«, erklärte er.
»Eines Tages werden sie dich noch rausschmeißen.« Kit staunte über Paddys lässige Arbeitsauffassung.

»Nicht den Neffen des Chefs! Nie im Leben«, meinte er gutgelaunt.
»Na, dann«, lachte Kit.
»Mensch, eigentlich könnte ich mich ja oben im Büro zurückmelden, nur damit sie mich mal kurz gesehen haben, und euch danach zu gebackenen Bohnen und Pommes einladen.«
Er schilderte es als ganz großes Ereignis, und Kit und Frankie meinten, so ein prima Angebot hätte ihnen die ganze Woche noch niemand gemacht.
Nach einer Viertelstunde war er wieder zurück und stürmte, ein Blatt Papier in der Hand, die Treppe hinauf. Er war so aufgeregt, daß er kaum einen Ton herausbrachte. »Ihr werdet es nicht glauben, er hat bezahlt! Er hat tatsächlich bezahlt. Hier habe ich den Scheck!«
»Was, wie?«
»Fingers O'Connor. Ein Scheck von ihm zur Begleichung aller Forderungen. Er ist darauf hereingefallen ... und hat uns die volle Summe bezahlt ...«
Die Mädchen starrten ihn ungläubig an. »Aber ist das denn überhaupt zulässig ... Ich meine, es war ja keine richtige Forderung ... von einem echten Anwalt«, gab Kit zu bedenken.
»Ist es eigentlich möglich, daß jemandem die Zulassung entzogen wird, bevor er sie überhaupt bekommen hat?« überlegte Frankie.
»Aber nein, das ist alles völlig legal ... Seht mal, was er geschrieben hat ...« Der Brief war an Paddy gerichtet.

Sehr geehrter Mr. Barry,
ich bin sicher, daß ich in dieser Angelegenheit auf Ihre Diskretion zählen kann. Wir gestehen ein, daß die meinem Sohn Kevin zugeschriebene Äußerung nicht der Wahrheit entspricht; er wird sie nicht mehr wiederholen. Beiliegend erhalten Sie einen Scheck, zahlbar an Miss McMahon. Mein Sohn versichert Miss McMahon, daß er sich vor Dritten nie wieder in dieser Weise über ihren Charakter und ihr Verhalten äußern wird. Sollten Ihnen darüber hinaus Kosten entstanden sein, werde ich diese gerne übernehmen. Jedoch möchte ich Sie bitten, jegliche Korrespondenz

in dieser Angelegenheit mit dem Vermerk »Streng vertraulich« zu versehen.

Ich würde mich freuen, bald von Ihnen zu hören.

Mit vorzüglicher Hochachtung
Francis Fingleton O'Connor

Sie stimmten ein Freudengeschrei an, als Paddy zu Ende gelesen hatte.

»Können wir das Geld annehmen, was meinst du?« fragte Kit.

»Natürlich ... schließlich mußtest du dir dafür gefallen lassen, daß man dich in Verruf gebracht hat.«

»Jetzt lade *ich* euch ein – und zwar zu etwas Besserem als zu Bohnen und Pommes«, verkündete Kit.

»Wir müssen ihn erst einlösen«, meinte Frankie.

»Ein Scheck von Fingers ist ganz bestimmt gedeckt«, beruhigte sie Paddy.

»Und was ist mit dem Honorar? Du kannst nicht erwarten, daß dein Büro ihm eine Rechnung schickt, wenn man dort nicht einmal von deinem Brief weiß.« Kit wagte kaum zu glauben, daß das alles wahr sein sollte.

»Ach was, ich werde ihm ganz großzügig schreiben, daß ich kein Honorar berechne, da er so prompt bezahlt hat und ich persönlich mit dir befreundet bin. So kann ich mich aus der Affäre ziehen.«

»Du bist eine Wucht, Paddy«, sagte Kit.

Er blickte verlegen drein, während sich seine sommersprossigen Wangen röteten. Offenbar wußte er nicht, wie er mit dem Kompliment umgehen sollte.

»Habe ich da nicht gerade etwas von einem Essen mit allem Drum und Dran gehört?« fragte er.

»Du darfst dir aussuchen, wo«, entgegnete Kit. Schließlich hatte sie Paddy Barrys Brief diese Entschädigung zu verdanken – eine Summe, von der sie nicht einmal zu träumen gewagt hätte. Es war so viel, wie sie in einem ganzen Jahr an Taschengeld von ihrem Vater bekam.

Diese altmodischen Gesetze zum Schutz des guten Rufes einer Frau waren wirklich nicht zu verachten.

»Hallo, Philip, hier spricht Kit.«
»Ja?« Er klang ängstlich. Hatte sie schon wieder ein Hühnchen mit ihm zu rupfen?
»Ich möchte dich heute abend ganz groß ausführen«, sagte sie.
»Ach ja?«
»Wohin würdest du gerne gehen?«
»Mach dich nicht über mich lustig, Kit. Bitte.«
»Ich schwör's, ich möchte dich einladen. Wenn du die Wahl hättest, was würdest du gerne unternehmen? Nimm keine Rücksicht darauf, was mir gefallen würde, sondern sag, was du willst.«
»Gut, zuerst würde ich ins Kino gehen, in *Mein Onkel,* du weißt schon, dieser französische Film, wie *Die Ferien des Monsieur Hulot,* den wir zusammen gesehen haben. Anschließend würde ich zu Jammet gehen, aber kein ganzes Menü nehmen, sondern nur den Hauptgang. Ich würde nämlich zu gerne mal sehen, wie dort serviert wird.«
»Abgemacht«, willigte Kit ein. »Wo sollen wir uns treffen? Vorher müssen wir noch nachsehen, wann die Vorstellung beginnt.«
»Warum machst du das, Kit?«
»Weil du mein Freund bist.«
»Nein, was ist der eigentliche Grund?«
»Weil ich es dir zu verdanken habe, daß ich von diesem Ekel Kevin O'Conner ein kleines Vermögen bekommen habe. Ein richtiges kleines Vermögen.«
»Wieviel?«
»Das wirst du nie erfahren. Ich spendiere dir einen schönen Abend, und das war's.«

Bei Switzers in der Grafton Street besorgte Kit ein Spitzennachthemd für Clio. Sie überreichte es ihr in einer mit Seidenpapier umhüllten Schachtel.
»Was ist das?« fragte Clio argwöhnisch.

»Der Gorilla hat bezahlt, der große, böse Gorilla hat den Schwanz eingezogen. Das schulde ich dir.«
»Weißt du, alle denken mittlerweile, daß du spinnst. Daß bei dir eine Schraube locker ist, sagen sie.«
»Gut. Dann muß ich jedenfalls nicht die Brautjungfer machen.«
»Laß doch diese Witze. Was hat er gesagt, als er dir das Geld gegeben hat?«
»Nichts. Es wurde alles über Anwälte abgewickelt, mit der beiderseitigen Versicherung, absolutes Stillschweigen darüber zu bewahren.«
»Wieviel hast du eigentlich bekommen?«
»Wie ich gerade sagte: absolutes Stillschweigen.«
»Ich bin doch deine Freundin. Und ich hab' dich schließlich auf seine Fährte gebracht.«
»Dafür bekommst du ein Nachthemd. Viel Vergnügen damit, obwohl ich natürlich keine Ahnung habe, wie das geht.«
»Du bist eben nicht auf allen Gebieten Expertin.«
»Das weiß ich. Du reibst es mir ja auch immer wieder unter die Nase.«

»Warum kann Emmet mich nicht für ein Wochenende besuchen? Ich möchte ihn ein bißchen in der Stadt herumführen«, sagte Kit.
»Vielleicht kommen wir einmal alle zusammen«, schlug Maura statt dessen vor.
»Nein, ich würde zu gerne meinem kleinen Bruder Dublin zeigen. Sag ja, Maura. Dann könnte ich mir auch mal groß und wichtig vorkommen«, bettelte Kit. Maura lächelte so zärtlich und liebevoll, daß Kit fast ein schlechtes Gewissen bekam.
Maura wurde sofort weich. Emmet durfte fahren.
Da Philip jetzt auch eine eigene Wohnung hatte, konnte Emmet dort übernachten. »Aber nur, wenn du dich nicht wieder an unsere Fersen heftest und uns nachspionierst und all solche scheußlichen Sachen machst«, warnte ihn Kit.
»Ich habe dir doch schon mal gesagt, aus dieser Phase bin ich längst raus«, beruhigte sie Philip. Er war jetzt viel netter. Der

Abend bei Jammet, dem vornehmsten Lokal Dublins, hatte sich als großer Erfolg erwiesen. Philip hatte sich mit dem Ober so fachkundig über die Wahl der Weine beraten, als wäre er dort Stammgast.
»Was willst du mit ihm unternehmen?« wollte Philip wissen.
»Ich hab' dich gewarnt, spionier uns nicht nach«, erwiderte Kit drohend.
»Was interessiert es mich schon, was du machst?« meinte Philip bloß. »Auch wenn mein künftiger Schwager nicht das kleinste bißchen von unserer Hauptstadt zu sehen bekommt, ich werde schweigen.«
»So ist's brav«, lobte ihn Kit.

Für Lena bedeutete Kits Ansichtskarte vom Blarney Stone, daß das Eis zwischen ihnen jetzt gebrochen war.
Denn Kit hatte ohne einen bestimmten Anlaß geschrieben, es war kein Dankschreiben ... wenigstens nicht im landläufigen Sinn. Und sie hatte ihr ans Herz gelegt, auf sich aufzupassen. Das gleiche Mädchen, das sich vor einigen Monaten voller Abscheu von ihr abgewandt hatte, brachte es nun immerhin wieder fertig, ihr zu sagen, sie solle auf sich aufpassen. Es war ein Hoffnungsschimmer. Lena bewahrte die Briefe sorgfältig in einer Schublade in Ivys Küche auf. Von Zeit zu Zeit nahm sie sie heraus, um sie noch einmal zu lesen. Und der letzte war zweifellos sehr vielversprechend.
Lena wollte ihr nicht von London aus zurückschreiben. Da traf es sich gut, daß sie und Dawn eine Vortragsreise in vier verschiedene Städte unternahmen, um vor Schülerinnen der Abschlußklassen zu sprechen. In Birmingham würden sie übernachten. Lena kaufte eine Ansichtskarte vom Bull Ring und adressierte sie an Kit.

Ich bin gerade hier, um Schülerinnen mit der frohen Botschaft unserer Agentur zu beglücken. Eine ziemlich aufreibende, aber auch sehr befriedigende Aufgabe. Vielleicht hätte ich Lehrerin werden sollen. Auf alle Fälle weiß ich jetzt, daß es dumm von mir war, so lange auf eine

Berufstätigkeit zu verzichten. Weißt Du schon, wann Deine Abschlußprüfungen stattfinden? Und natürlich würde es mich auch sehr interessieren, wie es Deinem Bruder geht.
Ich hoffe, Du bist glücklich und gesund und munter.

Lena

Sie überlegte, ob sie noch »Alles Liebe« hinzufügen sollte, entschied sich jedoch dagegen.
»Schicken Sie Mr. Gray eine Ansichtskarte?« wollte Dawn wissen.
»Wohl kaum, Dawn. Ich bin doch morgen abend schon wieder zu Hause.«
»Er ist so ein netter Mann, der gute Mr. Gray. Immer lustig und fröhlich ... er war die Seele des Dryden.«
»Ach ja, ich habe ganz vergessen, daß Sie ihn damals bereits kannten.«
Lena hatte es wirklich vergessen, denn Dawn arbeitete jetzt schon so lange mit ihr in der Agentur Millar. Es lag Jahre zurück, daß Lena für Dawn in kurzen Abständen immer wieder neue Stellen in einem Büro oder Hotel suchen mußte, weil die Annäherungsversuche irgendeines Kollegen jedesmal zu Komplikationen geführt hatten. Doch soweit sie wußte, war im Dryden nichts dergleichen passiert. James Williams war nicht der Typ dazu.
»Mochten Sie Mr. Williams?« erkundigte sich Lena.
»Ich kann nicht behaupten, daß ich mich noch an ihn erinnere, Mrs. Gray.« Dawn, diese Schönheit mit den großen, blauen Augen, hatte in ihrem Leben viele Menschen nur beiläufig wahrgenommen.
»Nun, es ist ja auch schon lange her.«
»Das ist wahr.«
Dawn sah sich im Speisesaal des Hotels um. Sie wurden mit vielen bewundernden Blicken bedacht, das blonde Mädchen und die attraktive dunkelhaarige Frau. Doch niemand konnte so richtig einordnen, was sie hier wohl zu tun hatten. Einerseits wirkten sie zu seriös, als daß man sie einfach anzusprechen gewagt hätte, andererseits aber hatte Dawns Blick etwas sehr Verheißungsvolles.

Mit einem verstohlenen Lächeln dachte Lena daran, wie der große James Williams es aufnehmen würde, wenn er erführe, daß ihn eine kleine, hübsche Sekretärin wie Dawn Jones so schnell vergessen hatte.
Doch dann gab es ihr wie schon so oft einen Stich ins Herz, als ihr bewußt wurde, daß Dawn sich noch sehr wohl an Louis Gray erinnern konnte und auch daran, wie lustig er gewesen war. »Die Seele des Dryden«, wie sie sich ausgedrückt hatte.

Sie saßen wieder in ihrem Büro, und Lena ertappte sich dabei, daß sie grübelnd das blonde Mädchen betrachtete. Mit diesem absurden und gefährlichen Argwohn mußte jetzt Schluß sein. Sie konnte doch nicht auf jede Frau, die irgendwann einmal mit Louis zusammengearbeitet hatte, eifersüchtig sein.
Als sie sich gerade in einem der vorderen Büros aufhielt, um irgendwelche Unterlagen zu holen, hörte sie zufällig ein Gespräch zwischen Dawn und Jennifer, der Empfangssekretärin, mit.
»... Ehrlich, sie war so nett zu mir und hat so viel für mich getan. Manchmal habe ich ein richtig schlechtes Gewissen wegen dieser Sache mit ihrem Mann.«
Plötzlich bemerkte Dawn, wie Jennifer voller Entsetzen über ihre Schulter starrte, und sie blickte in Lenas lächelndes Gesicht. »Oh, Mrs. Gray ...« Dawn wurde knallrot. Lena sagte gar nichts, sie stand einfach nur da und lächelte kalt. »Mrs. Gray, Sie wissen doch, wie das gemeint war. Wir haben uns nur ein bißchen amüsiert, es war nichts Ernstes.«
»Ja, das weiß ich sehr wohl, Dawn ... ihr habt euch nur ein bißchen amüsiert.«
»Und Sie sind nicht verärgert ...?«
»Weil Louis sich ein bißchen amüsiert hat? Mein Gott, wofür halten Sie mich?« erwiderte sie und wandte sich ab.
Sie schaffte es gerade noch rechtzeitig zum Waschbecken in der Toilette, bevor sie sich übergeben mußte. Louis und dieses Mädchen. Dabei hatte er sogar gewußt, daß Lena sie in dieses Hotel geschickt hatte. Lena wusch sich das Gesicht und legte neues

Make-up auf. Dann kehrte sie zurück an ihren Schreibtisch. Es gelang ihr, Dawn für den Rest des Tages aus dem Weg zu gehen. Am selben Abend suchte sie Jessie in ihrem Büro auf und eröffnete ihr, daß sie Dawn Jones gerne entlassen würde.

»Ich habe dich vermißt, als du in Birmingham warst«, meinte Louis an jenem Abend zu ihr.
»Ich war doch gar nicht lange weg.«
»Nein, aber jede Zeit ohne dich erscheint mir lang.«
»Wir haben hart gearbeitet«, sagte sie. »Am Schluß waren Dawn und ich fast heiser.«
»Dawn?« fragte er.
Sie sah ihn an. Wahrscheinlich erinnerte er sich nicht mehr an Dawn. Das bißchen Spaß mit ihr war nur eine kleine, flüchtige Episode gewesen, nichts, was in seinem Gedächtnis lange haften geblieben war.
»Dawn Jones. Du weißt doch, sie hat einmal für James Williams gearbeitet.«
»Ach, ja.« Jetzt fiel es ihm wieder ein. »Und wie seid ihr beiden ... dort miteinander ausgekommen?«
»Gut, wirklich gut. Allerdings glaube ich, daß sie die Agentur verlassen will.«
»So? Warum das denn?«
»Ich weiß auch nicht genau«, erwiderte Lena und knipste das Licht aus.

Rita hatte sich in dem Autoverleih in Dublin mittlerweile gut eingearbeitet. Und sie ging mit einem ihrer Kollegen, der aus dem fernen Donegal stammte. Ihr kam die Zigeunerin wieder in den Sinn, die ihr einmal vorhergesagt hatte, sie würde einen Mann von weither heiraten. Rita hoffte, daß er es sein würde. Er hieß Timothy, und in nicht allzu ferner Zukunft wollte er sie seiner Mutter vorstellen.
Von Anfang an hatte sie klargestellt, daß sie aus sehr einfachen Verhältnissen stammte. Ihre Eltern kümmerten sich nicht mehr

um sie, seit sie das Haus verlassen hatte und als Hausmädchen bei den McMahons angefangen hatte. Timothy sollte keinen falschen Eindruck von ihr bekommen.
Doch er hatte erwidert, das sei für ihn völlig unwichtig. Dieser ganze Unsinn sei ein Relikt aus der Vergangenheit, in Irland würde sich jetzt vieles verändern, und das sei auch höchste Zeit.
Ein- oder zweimal überlegte Rita, ob sie nicht einmal Kit zu einem Treffen mit Timothy einladen sollte. Es würde ihr Ansehen aufwerten, wenn sie eine nette, selbstsichere Schülerin der Hotelfachschule als ihre Freundin vorweisen könnte.
Aber Kit hatte eine Menge zu tun, und Rita wollte ihre Freundschaft nicht mißbrauchen. Irgendwann würde es sich schon ergeben, daß sie Timothy kennenlernen konnte.

Emmet besuchte die Kellys, um Anna von seiner Reise nach Dublin zu erzählen. Kit würde ihn vom Bahnhof abholen, und bei Philip O'Brien, der sich allem Anschein nach sehr zu seinem Vorteil verändert hatte, konnte er übernachten. Sie wollten ins Kino gehen und mit dem Vorortzug zum Jahrmarkt nach Bray fahren. Außerdem würde ein Bekannter von Kit, der Jura studierte, ihnen das Gefängnis zeigen und sie zu einem Tätowierer mitnehmen.
Das Wochenende würde phantastisch werden – all diese Dinge hatten ihn schon immer interessiert. Natürlich gefiel ihm der Gedanke nicht, Anna und Lough Glass verlassen zu müssen, aber in letzter Zeit hatte sie ohnehin ständig etwas anderes vor ... ein Schulausflug hier, eine Berufsberatung dort. Eigentlich hatte er sie schon eine Ewigkeit nicht mehr gesehen.
Lilian Kelly öffnete die Tür. »Hallo, Emmet«, begrüßte sie ihn überrascht. Etwas an ihrem Tonfall ließ Emmet aufmerken. Er erwiderte nichts, sondern grinste nur. »Ich dachte, Anna wäre bei dir«, wunderte sich Lilian.

Kit stand vor der heiklen Frage, wie sie Vater und Maura erklären könnte, daß sie für Emmets Aufenthalt in Dublin kein zusätzliches

Geld benötigte. Außerdem hätte sie den beiden nach dem unerwarteten Geldsegen auch gerne etwas geschenkt. Doch sie kam zu dem Schluß, daß die beiden sich nur aufregen würden, wenn sie ihnen den Grund dafür verriet.

Sie winkte, und da entdeckte Emmet sie. »Komm mit, wir schaffen noch den nächsten Bus zurück. Schnell, die Vordersitze!« sagte sie und nahm ihn bei der Hand, als sie zusammen losrannten, um den Bus in die Innenstadt zu erwischen.

»Daß du dich in Dublin so gut auskennst! Kaum zu glauben.« Er wirkte wehmütig.

»Ja, aber das wirst du nächstes Jahr auch, oder?«

»Ja.« Er klang ein bißchen niedergeschlagen. Vielleicht war er auch nur müde von der Fahrt.

»Zuerst zeige ich dir mein Zimmer«, sagte Kit, entschlossen, nicht nach Problemen zu suchen, wo wahrscheinlich gar keine waren.

Herrlich, meinte Emmet. Was für eine Vorstellung, ein eigenes Reich zu haben! Kit war gerührt.

Denn sogar ihr Schlafzimmer in Lough Glass war größer als das Zimmer hier, in dem sie schlafen, wohnen, essen, lernen und sich an einem Waschbecken waschen mußte. Aber es hatte den Vorteil, daß es sehr zentral lag; so sparte sie das Geld für den Bus. Und das nächste Kino war so nah, daß sie von ihrem Fenster aus sehen konnte, ob die Schlangen schon kürzer geworden waren.

»Wir könnten tanzen gehen, heute ist ja Freitag abend«, schlug Kit vor. »Ich würde dir auch zu gerne mal eines unserer Stammlokale zeigen, nur ist es dort sehr heiß und stickig. Und, ehrlich gesagt, habe ich mir gedacht, an deinem ersten Abend hier sollten wir vielleicht etwas Ruhigeres unternehmen.«

»Ja, das wäre schön«, erwiderte er.

Er hörte sich tatsächlich niedergeschlagen an. Kit hatte es sich nicht nur eingebildet.

»Wie wär's mit einem indischen Restaurant?« meinte sie. »Ich kenne eines in der Leeson Street. Es ist prima, ich war schon oft dort und kenne mich mit der Speisekarte aus. Danach treffen wir uns mit Philip, und er bringt dich nach Hause.«

Das klinge gut, erwiderte er. Sie gingen zusammen die belebte O'Connell Street entlang.
»Nachts war ich noch nie hier«, sagte Emmet.
»Ja, da ist es ganz anders.« Sie blieben stehen und betrachteten den Liffey, der unter der O'Connell Bridge dahinfloß.
»Der Fluß stinkt ja gar nicht«, wunderte sich Emmet. »Dabei sagt man das doch immer.«
»Im Sommer riecht man ihn schon ein bißchen, aber jetzt nicht«, pflichtete Kit ihm bei.
Als sie am Trinity College vorbeischlenderten, zeigte Kit auf die Studenten, die durch das Haupttor hinein- und herausgingen.
»Sind das alles feine Pinkel? Reiche englische Oberschicht?« wollte Emmet wissen.
»Das glaube ich nicht, obwohl ich es früher auch gedacht habe. Anscheinend sind es vor allem viele Ausländer und Nichtkatholiken ... aber trotzdem ganz normale Leute.«
»Das ist doch verrückt, daß man als Katholik dort nicht studieren darf. Bruder Healy findet, das sei schon richtig so, weil man die Katholiken, als sie dort studieren wollten, so lange nicht zugelassen hat.«
Sie bummelten die Grafton Street entlang und sahen sich die teuren Auslagen an. Dann kamen sie am St. Stephen's Green vorbei, wo es jetzt in der Nacht stockdunkel war, und schlenderten hinauf zur Leeson Street.
»Hier um die Ecke gibt es eine Studentenkneipe. Dort treffen wir uns nachher mit Philip«, erklärte Kit.
»Ich bin froh, daß er beim Essen nicht dabei ist«, meinte Emmet unvermittelt.
»Ja, stimmt, er ist zwar netter geworden, aber auch nicht so nett, daß man ihn dauernd dabeihaben mag. Im Grunde liegt es nur an seinen Eltern, aber das färbt eben ab.«
Sie betraten das indische Lokal, und Kit steuerte auf einen Tisch in der Ecke zu. Sie beriet Emmet bei der Auswahl der Speisen.
»Ich schlage vor, du nimmst das Hammelfleischgericht. Ich nehme Kofta Curry – das sind Fleischbällchen.«

Er nickte, den Blick starr auf die Speisekarte geheftet. Es schien, als würde er gerade seinen ganzen Mut zusammennehmen, um ihr etwas zu sagen. »Das ist aber ziemlich teuer, Kit. Bist du sicher, daß wir uns das leisten können?« fragte er.

»Ohne Probleme«, erwiderte sie.

»Aber das teure Essen und morgen noch das Kino … und dann der Tätowierer.«

»Der kostet ja nichts. Ehrlich, Emmet, du mußt dir keine Gedanken darüber machen.« Als sie beschwichtigend ihre Hand auf die seine legte, füllten sich seine Augen mit Tränen. »O Emmet, was ist los mit dir?« rief sie erschrocken.

»Kit, ich möchte dich um einen großen Gefallen bitten. Kannst du etwas für mich tun, auch wenn es sehr viel verlangt ist?«

»Was?«

»Erst mußt du es versprechen.«

»Bevor ich es nicht weiß, kann ich nichts versprechen. Das ist nicht fair. Aber ich werde tun, was ich kann, das weißt du.«

»Du mußt es aber versprechen …«

»Worum geht es denn?«

»Es geht um Anna. Sie hat sich in Stevie Sullivan verguckt, und sie gehen zusammen aus. Von mir will sie nichts mehr wissen.«

»Das ist bestimmt nur eine Schwärmerei. Sie wird bald drüber weg sein.«

»Nein, sie sehen sich ständig, Anna ist ganz verrückt nach ihm.«

»Er ist doch zu alt für sie. Viel zu alt.«

»Ich weiß, aber das macht ihn für sie nur noch interessanter.«

»Aber er kann doch nicht das gleiche für sie empfinden, oder?«

»Doch, er ist auch ganz vernarrt in sie.«

»Was ist mit Annas Eltern? Die finden das sicher empörend.«

»Schon, aber dadurch wird alles nur noch … wie soll ich sagen … noch dramatischer.«

»Und was kann ich dabei tun? Soll ich sie hypnotisieren? Stevie Sullivan entführen?« Kit hatte nicht die geringste Ahnung, inwiefern sie ihm von Nutzen sein konnte.

»Du siehst nicht übel aus, Kit. Manche Jungs finden dich sogar ausgesprochen hübsch. Könntest du dich nicht ein bißchen an ihn ranmachen? Das würde ihn von Anna ablenken … und sie käme wieder zu mir zurück.«

Fast hätte sie losgelacht. Kit McMahon, eine Mata Hari, die mit Leichtigkeit jeden Mann betören und von einer kleinen blonden Schönheit wie Anna Kelly weglocken konnte!

Doch als sie in sein Gesicht sah, blieb ihr das Lachen im Halse stecken. Emmet wirkte fix und fertig. Und er war wirklich der Überzeugung, daß sie es schaffen konnte. Der arme, arme Emmet. Daß er so viel für Anna empfand …

Kit hatte noch nie jemanden so sehr geliebt, daß sie ihre Gefühle derart schonungslos offengelegt hätte. So etwas hatte sie bisher nur aus Büchern gekannt. Dann wurde ihr mit einem jähen Schrecken bewußt, daß die einzige Person, die jemanden so hemmungslos und rückhaltlos geliebt hatte, daß niemand anderer mehr zählte, Helen McMahon war. Ihre Mutter. Sie betrachtete ihren Bruder voller Schmerz.

»Tust du es für mich, Kit, bitte?« flehte er sie an.

»Ich versuche es«, willigte sie ein.

Das mindeste, was sie für ihn tun konnte, war, es zu versuchen.

KAPITEL ACHT

Paddy Barry entschuldigte sich vielmals. Der Mann, den sie im Gefängnis hatten besuchen wollen, war bereits entlassen worden.

»So ein Pech«, sagte er immer wieder.

»Für ihn ist es doch ein Glück, oder nicht?« wandte Kit ein.

»Schon, aber nicht für deinen Bruder.«

»Mir macht das gar nichts aus«, meinte Emmet. »Gibt es wenigstens den Tätowierer noch?«

Paddys fröhliches, mit Sommersprossen übersätes Gesicht hellte sich auf. »Und ob es den noch gibt, Emmet, mein Junge, und wir werden ihn noch heute vormittag besuchen.«

»Es steht doch wohl außer Frage, daß sich keiner von uns irgendwas auf den Arm machen läßt?« Kit musterte Paddy ehrfurchtsvoll und ein wenig bange. Denn wem es so listig gelungen war, Fingers O'Connor in ein unterwürfiges Schoßhündchen zu verwandeln, der war nicht zu unterschätzen.

»Vielleicht lasse ich mir einen klitzekleinen Anker machen … mal sehen«, erwiderte Paddy. »Aber natürlich ist keiner von euch zu irgend etwas verpflichtet.«

»Ist das sehr schmerzhaft?« wollte Emmet wissen.

»Ja, ziemlich«, antwortete Paddy.

Der Tätowierer war ein sehr kleiner Mann mit ängstlichem Gesicht. »Freunde von Mr. Barry sind mir immer willkommen«, meinte er mit einem zweifelnden Blick auf Kit und Emmet.

»Seht ihr, ich hab's euch doch gesagt«, triumphierte Paddy.

Was für einen besonderen Gefallen Paddy Barry dem Tätowierer getan hatte, blieb im unklaren. Und im Grunde wollte Kit es gar nicht wissen. Sie hatte das Gefühl, daß es eine Sache außerhalb der Legalität war – dabei sollte Paddy als angehendem Rechtsanwalt Recht und Gesetz doch besonders am Herzen liegen. Anscheinend hatte er dem Tätowierer im Zusammenhang mit geschmuggelten Zigaretten von irgendwelchen Matrosen eine Warnung zukommen lassen. Wie auch immer, der Mann war ihm offenbar zu großer Dankbarkeit verpflichtet.

Der Tätowierer bot ihnen Tee an, den er in schmuddelige Emailtassen einschenkte.

Dann zeigte er ihnen die zum Tätowieren verwendeten Nadeln und die Flüssigkeiten, ein Buch mit Vorlagen sowie die Dankesbriefe zufriedener Kunden.

Kit musterte Emmet. Es war eine glänzende Idee gewesen hierherzukommen. Der traurige Junge von gestern abend, der in dem indischen Restaurant lustlos in seinem Essen gestochert und sie um ihre Hilfe gebeten hatte, war nicht mehr wiederzuerkennen.

Sie hatten sich darauf geeinigt, daß Kit sich nach besten Kräften bemühen würde. Aber wann und wie – das war ihre Sache. Emmet sollte sie nicht dauernd löchern, wie die Dinge standen, und sich in keiner Weise einmischen. Das hatten sie mit einem Handschlag besiegelt, und Emmet war bereits wieder etwas zuversichtlicher, als sie Philip im Pub trafen.

Philip hatte auch zu dem Tätowierer mitgehen wollen, doch Kit hatte abgewinkt: Drei Besucher seien schon genug. Dann vielleicht zum Mittagessen, hatte Philip vorgeschlagen. Aber das ging auch nicht, denn Emmet und Kit waren mit Rita und deren Freund verabredet.

»Dieselbe Rita, die bei euch gearbeitet hat?« wunderte sich Philip.

»Genau die.«

»Was habt ihr denn mit der schon zu reden?« fragte er. Bei manchen seiner Bemerkungen glaubte man wirklich, mit Mildred O'Brien zu sprechen.

»Wir haben uns eine Menge zu sagen«, erklärte Kit. »Schließlich hat sie uns aufgezogen.«

Philip bemerkte den mißbilligenden Unterton in ihrer Stimme

und bereute seine Worte, doch es war zu spät. Er würde Kit und Emmet erst abends zum Kino treffen.
Kit konzentrierte sich wieder auf das Gespräch, das im Arbeitszimmer des Tätowierers stattfand. Gerade erkundigte sich Emmet, was ein kleines Herz mit einem Wort von vier Buchstaben darin kosten würde.
»Schlag dir das gleich aus dem Kopf, Emmet«, sagte sie.
»Es wäre an einer Stelle, wo es nicht jeder sieht«, meinte der Tätowierer.
»Und ein Zeichen meiner Liebe«, ergänzte Emmet.
»Man sollte sich allerdings nicht voreilig auf einen Namen festlegen.« Paddy Barry zeichnete sich durch Weltklugheit aus.
»Ich werde nie eine andere lieben«, sagte Emmet in einem Ton, der Kit erschaudern ließ.

»Das ist Timothy«, stellte Rita ihren Freund von der Leihwagenfirma vor.
Rita sah gut aus. Sie hatte einen schicken Haarschnitt und war geschminkt. Wie Timothy trug auch sie eine helle Uniformjacke. Da sie samstags arbeiteten, hatten sie nur in der Mittagspause ein Stündchen Zeit. Rita erkundigte sich bei Kit nach all den Leuten aus Lough Glass, während Timothy und Emmet sich über Autos unterhielten.
»Von seinem Stottern ist nichts mehr zu merken. Wunderbar, nicht?« sagte Rita, als Emmet sie gerade nicht hören konnte.
»Wenn er sich aufregt, kommt es manchmal wieder«, erwiderte Kit.
»Na ja, das wird wohl nicht allzuoft der Fall sein. Führt Maura den Haushalt mit Peggy ordentlich?«
»Kein Vergleich zu dir«, antwortete Kit lachend.
Beide wußten, daß das eine reine Höflichkeitsfloskel war. Denn Maura McMahon kam mit dem Haushalt glänzend zurecht.
»Ist das der Mann fürs Leben?« Kit machte eine Kopfbewegung in Timothys Richtung.
»Ich hoffe es, Kit, er ist sehr gut zu mir. Und er hat auch schon

mehrmals vom Heiraten gesprochen«, erwiderte Rita mit stolzer Freude.

»Kann ich zu eurer Hochzeit kommen?« flüsterte Kit.

»Selbstverständlich, aber es kann noch eine Weile dauern. Wir müssen erst ein bißchen was zusammensparen. Vielleicht komme ich ja vorher noch zu deiner Hochzeit.«

»Das bezweifle ich allerdings«, meinte Kit. »Auf mich fliegen die Männer nicht gerade.«

»Ich würde eher sagen, du bist zu wählerisch. Sie liegen dir doch zu Füßen.«

Kit hoffte, daß das stimmte. Wenn sie nur Stevie Sullivan ein bißchen für sich interessieren konnte, um ihr Versprechen gegenüber Emmet einzulösen! Ob sie dazu wohl bis zum Äußersten gehen mußte? Bei diesem Gedanken schluckte Kit nervös. Das konnte doch niemand von ihr erwarten, nur wegen eines kindischen Versprechens, das sie ihrem Bruder gegeben hatte.

»Sonntags treffe ich mich oft mit Clio«, sagte Kit zu Emmet. »Hättest du Lust, sie zu sehen?«

Strahlend sah er sie an. Allein der Gedanke, in der Nähe von Annas Schwester zu sein, heiterte ihn auf. »Aber vergiß nicht, daß ihre Familie nichts von ihrem Techtelmechtel mit Stevie weiß …«

»Warum sorgen wir dann nicht dafür, daß sie erwischt wird, damit sie noch mehr Druck bekommt? Clio wäre uns dabei bestimmt behilflich.«

»Nein, du verstehst das nicht.« Emmets Gesicht wurde wieder hart und angespannt. »Sie ist zu mir gekommen und hat sich mir ganz offen anvertraut. Und ich mußte ihr als Freund versprechen, daß ich es für mich behalte.«

»Und das hast du ihr versprochen?« fragte Kit.

»Natürlich«, entgegnete Emmet.

»Ja, dann …«

»Hoffentlich erfährt meine Mutter nicht, daß Emmet am Wochenende bei dir gewesen ist«, brummelte Clio ins Telefon, als Kit sie anrief.

»Das erfährt sie mit Sicherheit. Vor Lough Glass kann man doch nichts verheimlichen«, sagte Kit.
»Dann kommt sie womöglich auf die Idee, daß die doofe Anna mich auch besuchen soll.«
»Na, warum auch nicht? Das würde ihr bestimmt gefallen«, erwiderte Kit listig. Vielleicht war das eine Gelegenheit, um Anna aus Lough Glass und von Stevie wegzulocken.
»Wie wir schon immer gesagt haben, sind sie und Emmet grundverschieden. Übrigens, sind sie eigentlich noch ineinander verliebt?«
»Schwer zu sagen«, log Kit. »Du weißt ja, Jungs reden über solche Sachen nicht gern.«
»Jedenfalls ist sie gerade schwer am Schuften. Die miese kleine Petze bringt es am Ende noch fertig, daß sie im Abschlußzeugnis wesentlich bessere Noten bekommt als ich. Anscheinend ist sie nie zu Hause, weil sie immer nur lernt.«
Kit nickte bedrückt. Sie wußte, was es mit diesem Lernen auf sich hatte …

Sie könne nicht lange bleiben, sagte Clio gleich nach ihrer Ankunft. Sie müsse zu Michael O'Connor nach Hause, weil seine Schwester Geburtstag hatte und mittags ein großes Familienessen stattfand.
»Sie legen großen Wert auf das Familienleben«, erklärte sie Kit voller Stolz. Clio genoß es, an den Ritualen der O'Connors teilzuhaben. »Mary Paula darf sich aussuchen, was sie zu Mittag will, und dann wird es in einem Hotel zubereitet und im Haus serviert.«
»Gibt es da auch Champagner?« Emmet wollte Neuigkeiten erzählen können, wenn er zu Hause freundschaftlich mit Anna plauderte.
»Nein, ich glaube nicht. Mr. O'Connor hatte wahrscheinlich in der letzten Zeit ein paar Ausgaben zu begleichen. Höhere Beträge, mit denen er nicht gerechnet hat.«
Clio funkelte Kit an, die nur kicherte. Weiter würde Clio nicht gehen. Sie würde nicht riskieren, daß man zu Hause von der Sache

erfuhr. Denn das hätte kein gutes Licht auf ihre geliebte Familie O'Connor geworfen.

Philip und Kit meinten, Emmet sollte schon sehr zeitig am Bahnhof sein, weil am Sonntag abend viele Leute von einem Ausflug nach Dublin heimfuhren und der Zug ziemlich voll werden würde. Doch vorher wollten sie noch in einem Café Pommes frites essen.

Das Mädchen, das in einem knallgrünen, zeltartigen Kleid am Tresen bediente, kam ihnen bekannt vor. Neugierig musterten sie alle drei und begannen dann gleichzeitig zu reden.

»Das ist Deirdre«, sagte Kit.

»Deirdre Hanley«, ergänzte Philip.

»Und sie ist schwanger«, bemerkte Emmet.

Deirdre freute sich sehr, sie zu sehen. »Nicht zu fassen, daß ihr schon alt genug seid, um allein auszugehen«, meinte sie. »Ich werde dafür sorgen, daß ihr extra große Portionen kriegt.« Dann rief sie dem Mann in der weißen Schürze zu: »Gianni, das sind Freunde von mir, mach ihnen große Portionen.«

»*Molto grande*«, rief Gianni begeistert zurück.

»Das ist mein Gianni«, sagte sie stolz zu Kit. »Ihm gehört der Laden.«

»Er sieht recht nett aus«, meinte Kit anerkennend.

»Ja, er ist in Ordnung«, gab Deirdre zurück.

»Emmet war übers Wochenende zu Besuch da, und Philip und ich gehen jetzt auf die Hotelfachschule«, erklärte Kit, weil Deirdre über die jüngsten Entwicklungen wahrscheinlich nicht auf dem laufenden war.

»Bist du nicht in Patsys Klasse, Emmet?« fragte Deirdre. Patsy war ihre jüngere Schwester – und das genaue Gegenteil von ihr. All die Fehler, die Mrs. Hanley bei ihrer Ältesten begangen zu haben glaubte, hatte sie bei ihrer zweiten Tochter vermieden. Sie hütete Patsy wie ihren Augapfel.

»Das stimmt, ich sehe sie oft«, antwortete Emmet. In Wirklichkeit nahm er kaum je Notiz von ihr, aber er wollte höflich sein.

»Wann habt ihr denn geheiratet, du und Gianni?« erkundigte sich Kit. Sie hatte zu Hause nichts davon gehört, obwohl Mrs. Hanley mit Neuigkeiten und Klatsch nie hinter dem Berg hielt. Daß ihre unstete Tochter mit einem Italiener, der ein eigenes Geschäft besaß, endlich den ruhigen Hafen der Ehe angesteuert hatte, wäre doch durchaus der Erwähnung wert gewesen.

»Wir haben noch nicht geheiratet«, erklärte Deirdre. »Wißt ihr, das ist so eine Sache ... Giannis erste Ehe muß erst annulliert werden. Das wird natürlich geschehen, aber es braucht alles seine Zeit.«

»Ja, ja, ich weiß.« Kit nickte verständnisvoll. Sie wünschte, sie hätte nicht damit angefangen.

Aber Deirdre schien keineswegs verlegen. »Es kann also gut sein, daß unser Bambino bei der Hochzeit schon dabeisein wird«, meinte sie lachend.

Emmet und Philip waren erstaunt, wie lebhaft sich das Gespräch entwickelte.

Da kam auch Gianni und schüttelte ihnen die Hände. »Deirdre behauptet immer, in Lough Glass wohnen nur alte und altmodische Leute«, sagte er, während er Deirdres Bauch streichelte. »Dabei stimmt das gar nicht.«

»Überhaupt nicht«, stieß Philip hervor.

Auf dem Weg zum Bahnhof sagte Kit zu Emmet: »Du solltest vielleicht nicht unbedingt erwähnen ...«

»Deirdre? Das hatte ich auch nicht vor«, entgegnete er.

»Nein, besser nicht«, pflichtete Philip ihnen bei.

Aber Kit wußte genau, daß Mildred und Dan O'Brien es doch erfahren würden.

»Ist Slough nicht ein komischer Name?« sagte Lena zu Louis, während sie ein paar Unterlagen ordnete. Normalerweise nahm sie nur selten Arbeit mit nach Hause, denn Louis sah es nicht gern.

»Wieso komisch?«

»Ich dachte, man würde es *slaff* aussprechen, so wie baff oder Kaff ...«

»Wie kommst du eigentlich darauf?«
»Da muß ich am Samstag hin und an ein paar Schulen Vorträge halten.«
»Fährt Dawn auch mit?«
»Nein, sie ist doch nicht mehr bei uns, wenn du dich erinnerst.«
»Ach ja, natürlich.« Er hatte es vergessen. Was aber zumindest bedeutete, daß Dawn sich nicht mit ihm in Verbindung gesetzt und ihm erzählt hatte, daß man sie wegen ihrer Vergangenheit entlassen hatte.
Dazu hat Dawn zuviel Klasse, dachte sie voller Bedauern. Das Mädchen hinterließ eine schmerzliche Lücke in der Firma. Zwar sollte nun Jennifer in ihre Fußstapfen treten, aber sie hatte nicht Dawns Ausstrahlung.
»Ich fahre allein ... aber du hast doch an dem Tag frei. Warum kommst du nicht einfach mit?«
»Obwohl ich mich gern mal in ein paar Mädchenschulen herumtreiben würde, glaube ich nicht, daß ich mich dort so richtig wohl fühlen würde.«
»Nein, ich kann das in ein paar Stunden erledigen ... wenn wir danach zusammen weggehen und irgendwo übernachten können.«
»Aber diese ewige Bus- und Zugfahrerei ...«, murrte er. Er hätte gern ein eigenes Auto gehabt.
»Da gibt es doch bestimmt ein nettes Hotel. Wir sollten uns mal was gönnen, eine Nacht im Hotel, einfach mal weg sein. Nur wir beide.«
»Na gut, ich kümmere mich darum. Ich frage James, der kennt alles und jeden.«
In letzter Zeit wirkte Louis ein wenig unruhig. Sie hatte gehofft, ihr Vorschlag, einmal aus dem grauen Alltag auszubrechen, würde ihn aufheitern, doch er schien nur eine weitere lästige Aufgabe darin zu sehen. Sie wünschte, es würde sich nicht ausgerechnet um Slough handeln, sondern um einen anderen Ort, wo mehr geboten war.

Aber sie hatte vergessen, wie unberechenbar Louis war. Am nächsten Tag rief er sie im Büro an. »James kennt ein prima Hotel, und er leiht uns seinen Wagen. Das wird ein herrliches Wochenende.«

»Wohin soll es denn gehen?« fragte Grace.

»Ich weiß nicht. Louis hat ein Hotel ausfindig gemacht, in dem wir heute und morgen übernachten werden.«

»So richtige Ferien«, meinte Grace bewundernd.

»Was das bei uns eben heißt«, sagte Lena.

»Warum fahrt ihr nicht mal ins Ausland?« wollte Grace wissen.

»Zu umständlich.«

»Aber Buckinghamshire ist ja auch ganz nett.«

»Hoffentlich.« Lena wirkte ein wenig unsicher.

»Und Sie sind hübsch wie eh und je.«

»Ach, Grace ...« Lena erwiderte ihren Blick im Spiegel.

»Meine liebe Lena, schauen Sie sich doch nur mal an«, entgegnete Grace ungeduldig. »Sie sehen großartig aus. Rank und schlank ... einfach bezaubernd. Aber nur, wenn Sie auch selbst davon überzeugt sind.«

»Ein guter Rat, Miss West«, erwiderte Lena und lachte so herzhaft, daß all die Anspannung von ihr abfiel.

Sie speisten in dem eleganten Landhotel, wo sie dank James Williams' Vermittlung einen fünfzigprozentigen Preisnachlaß auf Übernachtung und Frühstück bekamen. Kaum hatten sie Platz genommen, wurde ihnen ein Weinkühler auf den Tisch gestellt.

»Wir haben doch noch gar nichts bestellt«, wunderte sich Louis.

»Das ist für Sie vorbestellt worden«, erwiderte der Ober. James Williams wollte, daß sie ein schönes Wochenende verbrachten.

Es gab eine kleine Tanzfläche, und ein Pianist und ein Saxophonist spielten für die Gäste. Manchmal befanden sich nur zwei oder drei Paare auf der Tanzfläche. Auch Louis und Lena tanzten engumschlungen zur Musik. Ein schönes Paar: Man hätte meinen können, sie feierten hier einen Jahrestag oder kosteten ein Wochenende lang ihre verbotene Liebe aus. Jedenfalls wirkten sie nicht wie ein gewöhnliches Ehepaar, das auswärts übernachtet.

Nach einer langen Liebesnacht fühlte Lena sich am nächsten Morgen wie gerädert. Nichts wäre ihr lieber gewesen, als in ihrem Hotelbett liegenzubleiben und sich ein luxuriöses Frühstück ans Bett kommen zu lassen. Aber sie mußte ja arbeiten.
Leise schlich sie hinaus, um Louis nicht zu wecken. Mit einem Arm hinter dem Kopf lag er da, und die langen Wimpern warfen Schatten auf sein Gesicht. Er sah umwerfend aus, und liebte ihn so sehr. Nichts, was er je getan hatte oder tun würde, konnte daran etwas ändern.
Als sie nach zwei anstrengenden, aber hoffentlich gewinnbringenden Vorträgen mit dem Taxi zum Hotel zurückfuhr, erwartete Louis sie im Hotelcafe.
»Hättest du doch was gesagt«, meinte er, »dann hätte ich dich hingefahren. Schließlich ist das Auto für uns beide. Aber ich hatte ja keine Ahnung, wo deine Schulen sind.« Wenn es ihn wirklich interessiert hätte, hätte er natürlich nur bei der Agentur Millar anrufen müssen. »Komm«, sagte er, »laß uns gehen. Ich habe Pläne für einen Ausflug.«
An Bauernhöfen und Dörfern vorbei fuhren sie durch die englische Provinz. Louis und Lena verglichen die englische Landschaft nie mit den Gegenden, die sie von zu Hause kannten. Es wäre zu sehr eine Reise in die Vergangenheit geworden, die sie besser nicht heraufbeschworen.
»Wohin fahren wir eigentlich?« fragte sie ihn.
»Das wirst du schon sehen«, antwortete er und legte ihr seine Hand aufs Knie. Er machte sich gut, wie er so am Steuer von James Williams' Wagen saß. Louis Gray war zu einem großzügigen, stilvollen Leben geboren, gleichgültig, aus welchen Verhältnissen er tatsächlich stammte.
Da las sie den Namen des Dorfes: Stoke Poges.
»Aber ist hier denn nicht ...?« fing sie an.
»Genau ... ich möchte dir zeigen, auf wen unsere ganze Familie so außerordentlich stolz ist.«
»Was!«
»›Zum Abschied des verblich'nen Tags die Abendglocke läutet ...

äh …‹, ein Klagelied, geschrieben auf einem ländlichen Friedhof, von meinem Vorfahren Thomas Gray«, verkündete er und parkte vor dem Tor eines übertrieben pittoresken Kirchhofs.
»Aber du bist mit diesem Gray doch gar nicht verwandt«, sagte sie lachend und wußte selbst nicht mehr, was sie glauben sollte.
»Aber natürlich.«
»Davon hast du mir nie etwas gesagt.«
»Du hast mich auch nie gefragt.«
»Das meinst du doch nicht ernst!«
»Wir sind diejenigen, für die wir uns ausgeben. Ich bin bestürzt, daß du mir nicht glaubst.«
»Aber, Louis, du bist doch gar nicht von hier … du kommst doch aus Wicklow … nicht aus Buckinghamshire in England.«
Von seiner Familiengeschichte kannte sie nur wenige Bruchstücke. Sein Vater war gestorben, als er noch klein war … und seine älteren Geschwister waren alle von zu Hause fortgezogen, um im Ausland zu arbeiten. Zu seiner Familie hatte er keinen Kontakt mehr; nach dem Verbleib seiner Geschwister hatte er sich nie erkundigt.
Da Lena selbst keine Familie besaß, glaubte sie immer, jedermann müsse großen Wert auf eine Familie legen. Aber nicht Louis. Das wenige, was er von seiner Kindheit erzählte, war weder positiv noch negativ. Denn nur das Jetzt zähle, pflegte er zu sagen. Das Jetzt, nicht das Gestern.
Sie gingen zum Grab des Dichters und strichen über den glatten Grabstein. Während sie einander vorlasen, was dort geschrieben stand, erinnerten sie sich wieder an einzelne Zeilen des Gedichts, das sie in der Schule gelernt hatten.
»›… und überläßt die Welt der Finsternis und mir‹«, las Lena.
»Tja, so ist es, Onkel Thomas«, sagte Louis.
»Du bist doch nicht wirklich mit ihm verwandt, oder?«
»Wir sind das, was wir zu sein glauben«, erwiderte Louis.

»Ich liebe dich, Lena«, sagte Louis in der Nacht. Er war aufgewacht und fand sie im Morgenrock am Fenster sitzen, wo sie

rauchte und in die Nacht hinaussah. »Warum sagst du mir das?« fragte sie.
»Weil es die Wahrheit ist. Und weil du manchmal traurig aussiehst, als hättest du vergessen, daß es so ist.«

Stevie Sullivans Mutter Kathleen wurde aus dem Krankenhaus entlassen und kam heim nach Lough Glass.
»Laß dich nicht breitschlagen, ihr dauernd Tee zu bringen, Maura«, riet Peter Kelly seiner Schwägerin. »Sie können es sich ohne weiteres leisten, jemanden dafür einzustellen.«
»Wem sagst du das? Ich weiß doch besser über ihre Finanzen Bescheid als jeder andere«, entgegnete Maura. Sie führte die Bücher und wußte genau, wie gut der Fahrzeughandel der Sullivans lief, was einzig und allein Stevies Gespür und seiner harten Arbeit zu verdanken war. Maura wagte gar nicht daran zu denken, wie erfolgreich er hätte sein können, wenn er seine ganze Energie in das Geschäft gesteckt hätte.
Auf seinen Rundfahrten zu den Bauernhöfen überzeugte er die Bauern, die manchmal recht langsam in ihren Entscheidungen waren, daß es klüger war, sich bereits neue landwirtschaftliche Maschinen und Transporter zuzulegen, ehe die alten ihren Geist aufgaben. Dann kaufte er die alten Fahrzeuge auf, richtete sie her und verkaufte sie weiter. Dabei handelte er völlig legal und ohne das Vertrauen seiner Kunden zu mißbrauchen. Sein Erfolg rührte daher, daß er zu überzeugen verstand und nicht abwartete, bis ihm ein Geschäft in den Schoß fiel.
»Meinen Sie, wir sollten uns nach jemandem umsehen, der sich um Ihre Mutter kümmert?« fragte sie Stevie.
»Ach, ich weiß nicht, Maura. Vielleicht will sie das gar nicht. Wissen Sie, sie würde wohl sagen, daß sie zu den einfachen Leuten gehört, die lieber andere bedienen als sich selbst bedienen lassen.«
»Aber das ist doch nicht mehr so. Sie sind doch jetzt in einer anderen Position.«
»Ja, Ihnen ist das klar, aber meiner Mutter nicht unbedingt.«

»Warum soll sie nicht auch etwas davon haben? Ich kenne jemanden, eine Freundin von Peggy, die nach ihr schauen könnte.«

»Regeln Sie das, Maura. Das heißt, wenn Sie es nicht schon getan haben.«

Sie lächelte ihn an. Die beiden kam gut miteinander aus. »Gibt es noch keinen Hinweis auf die Täter?« Maura wußte, daß Stevie vorhin mit Sergeant O'Connor gesprochen hatte.

»Nein. Man könnte fast glauben, sie sind in einer fliegenden Untertasse abgehauen. Sean meint, es ist vielleicht besser so. Er sagt, es wäre für Mutter wahrscheinlich noch schlimmer, wenn sie die Kerle jetzt identifizieren müßte ... eine ziemlich laxe Einstellung zur Verbrechensaufklärung, wenn Sie mich fragen.«

»Aber auch eine sehr menschliche«, erwiderte Maura. »Er ist gutmütig, aber kein Trottel, unser Sean O'Connor.«

»Ich weiß, und er hat so manche Eingebung von oben. Denn natürlich hat ihm niemand einen Hinweis gegeben ...« Stevie faßte Maura scharf ins Auge, als wollte er ihr das Geständnis abringen, daß sie sein Schäferstündchen mit Orla verraten hatte.

»Er wußte genau Bescheid, Stevie. Ich hätte es ihm nicht gesagt, aber er wußte es schon, und auch, wo er Sie finden konnte.«

»Und eine Mordsangst hat er mir auch noch eingejagt«, bekannte Stevie wehmütig.

»Tja.« Maura schürzte die Lippen.

»Aber es ist doch ein merkwürdiger Zufall, daß Orlas Mutter ihr zur selben Zeit mit demselben Argument in den Ohren lag: Hüte dich vor den Leuten aus den Bergen. Und Orla hat dermaßen Angst, ihre Horde von Schwagern würde sie mit Sicheln und Beilen holen kommen, daß sie mich nicht mal mehr anschaut, wenn ich sie grüße. So ist diese kleine Episode nun also beendet.« Einen Moment lang sah er aus wie ein kleiner Junge, dem seine Mutter verboten hatte, nachmittags Fußball zu spielen. Trotzig streckte er die Unterlippe vor.

»Bestimmt finden Sie bald anderweitig Unterhaltung«, sagte Maura ungerührt.

»Wahrscheinlich«, entgegnete Stevie. Warum sollte er Maura McMahon erzählen, daß die Tochter ihrer Schwester, ihre kleine Nichte Anna Kelly, ihm eine ganz vorzügliche Unterhaltung bot?

»Du kannst nicht ewig hierbleiben, Francis«, sagte Schwester Madeleine.
Zitternd saß er an ihrem Feuer. Mit den nassen Wänden aus Sackleinen bot das Baumhaus keinen richtigen Schutz gegen den Winter, der sich in Lough Glass mit viel Regen ankündigte. »Wohin soll ich denn gehen, Schwester?« fragte er. Sein Gesicht war mager und blaß, und ein trockener Husten plagte ihn.
Schwester Madeleine hatte den jungen Emmet McMahon gebeten, ihr eine Flasche Hustensaft von seinem Vater mitzubringen. Ärgerlicherweise hatte Martin McMahon aber nur eine Nachricht zurückgeschickt, wonach ein strenger Winter bevorstehe und er es lieber sehen würde, wenn Schwester Madeleine Dr. Kelly aufsuchte und sich von ihm untersuchen und die Brust abhören ließe. Zwar hatte sie Hustenpastillen, aber Francis keuchte und hustete trotzdem; wie er aussah, gehörte er eigentlich in ein Krankenhaus.
»Schlaf in meinem Bett, Francis«, sagte sie.
»Und Sie, Schwester?«
»Ich schlafe vor dem Feuer.«
»Das geht nicht. Ich bin zu schmutzig, zu schäbig, zu schlecht. Ihr Bett ist schneeweiß.« Doch im Grunde sehnte er sich danach, eine Nacht in einem warmen, behaglichen Bett zu verbringen.
Und das wußte die Nonne. »Ich gebe dir warmes Wasser zum Waschen.«
»Nein, das haben Sie schon oft getan. Aber ich kann gar nicht richtig sauber werden.«
»Und wenn ich dir irgendeine Decke ins Bett lege, in die du dich ganz einwickeln kannst?«
»Ja, und etwas, wo ich meinen Kopf drauflegen kann, Schwester.«
Sie fand eine alte Tagesdecke, die sie am Feuer anwärmte, und breitete ein paar Geschirrtücher über ihr makelloses Kopfkissen.

Nach wenigen Minuten schlief er. Sein Atem ging keuchend und rasselnd wie bei einer Lungenentzündung. Lange saß sie an der offenen Tür und betrachtete ihn. Francis Xavier Byrne, irgend jemandes Sohn. Ein Mensch, der nicht ganz richtig im Kopf war, den man nicht anketten und einsperren, sondern wie die wilden Tiere in Freiheit leben lassen sollte. Hier konnte er keinen Schaden anrichten, und er lernte allmählich, wieder Vertrauen zu entwickeln. Bald, wenn er sich einigermaßen erholt hatte, würde sie ihm das Geld für den Bus geben, und dann würde er weit weg fahren.

Wie sie gehört hatte, ging es Kathleen Sullivan wieder besser. Sie war vom Krankenhaus nach Hause gekommen, wo sich eine Frau um sie kümmerte. Ein Gott voller Liebe und Güte hatte gewiß nicht vor, den armen Francis mit Rache zu strafen, diesen armen Teufel, der sich da in ihrem Bett unruhig hin und her wälzte und zitterte und hustete.

Sie mußte sich etwas überlegen wegen der Tasche mit seinem Besitz, wie er es nannte. Normalerweise gab er sie nie aus der Hand. Aber an diesem Abend lag sie wie zufällig auf dem einfachen Holzstuhl. Er lernte, anderen zu vertrauen – man konnte ihn jetzt nicht ausliefern. Sie würde ihm klarmachen, daß er das Geld, das er aus Sullivans Werkstatt gestohlen hatte, zurückgeben mußte. Und es war ihre Aufgabe, das zu erledigen.

»Was hast du denn in dem indischen Restaurant gegessen?« fragte Maura Emmet.

»Das weiß ich nicht mehr, Maura, tut mir leid.«

»War es Fisch oder Fleisch … oder was?«

»Ich kann mich nicht erinnern. Fleisch, glaube ich.«

»Meine Güte, und dafür spart sich das Mädchen das Geld vom Mund ab, um dich mal richtig auszuführen.« Mit gespielter Empörung schüttelte Maura den Kopf.

»Aber bei Cafollas haben wir Eis gegessen – Knickerbocker Glory.« Es klang wie ein verzweifelter Versuch, glaubhaft zu machen, daß er keineswegs undankbar war.

»Na, jetzt wissen wir zumindest, was bei dir hängengeblieben ist«, lachte Maura.
»Wir haben eben viel geredet, und ich habe nicht so aufs Essen geachtet.«
»Ich weiß, ich weiß«, meinte sie verständnisvoll. Irgend etwas machte Emmet McMahon zu schaffen, aber sie wollte nicht weiterbohren.
Sie dachte, es wäre vielleicht, weil Anna Kelly sich nicht mehr blicken ließ. Aber Emmet ging immer gleich nach dem Essen fort, möglicherweise traf er sich dann ja mit ihr. Hoffentlich war es nichts allzu Ernstes. Maura überlegte sogar, ob sie mit ihrer Schwester Lilian darüber reden sollte. Allerdings hatte Lilian nicht gerade eine glückliche Hand bewiesen, wann immer es darum gegangen war, ihren Töchtern in Herzensdingen beizustehen. Wie so oft im Leben war es wohl das Beste, nichts zu sagen, dachte sich Maura.
»Hallo, Emmet.«
Anna Kelly hatte noch nie so blendend ausgesehen. Zu ihrem grünen Mantel trug sie einen weißen Angoraschal, ihr Gesicht war vor Erregung gerötet, das blonde Haar hatte sie mit einer grünen Klammer zu einem Pferdeschwanz zusammengebunden. Sie sah wie ein Filmstar aus. Und dennoch war sie hier, in Lough Glass. Anna Kelly, die noch vor ein paar Wochen glücklich war, wenn sie ihn küssen konnte und er sie liebkoste.
Und jetzt meinte sie, das gehe nicht mehr, aber sie sollten doch Freunde bleiben. Sie wußte nicht, wie unglaublich hart das für ihn war.
Doch es würde ihm nichts nützen, wenn er schmollte. »Hallo, Anna, wie geht's?« fragte er unbeschwert.
»Schrecklich … ich komme mir vor wie in einem deutschen Kriegsgefangenenlager«, brummte sie.
»Wie das?«
»Ständig heißt es: ›Wohin gehst du? Was machst du? Zu wem gehst du? Wen triffst du? Wann bist du zurück?‹« seufzte Anna. »Jesus, Maria und Josef, da möchte man doch am liebsten ins Wasser

gehen.« Sie verstummte für einen Moment. »Ach, Emmet, entschuldige bitte«, sagte sie dann.
»Was entschuldigen?« Sein Ton war kühl.
»Was ich gesagt habe … wegen deiner Mutter und all dem.«
»Meine Mutter ist bei einem Bootsunglück im See ertrunken. Sie ist nicht ins Wasser gegangen, weil man sie ständig mit Fragen belästigt hat.«
Annas Gesicht wurde knallrot.
Er sehnte sich danach, sie in die Arme zu nehmen und fest an sich zu drücken. Und wie gern hätte er gesagt, er wisse natürlich, daß die Leute so etwas behaupteten, und er verstehe, daß es ihr jetzt peinlich sei, aber das mache ihm wirklich gar nichts aus. Doch sie hatte ihm zu verstehen gegeben, daß sie nicht mehr zusammensein konnten, sondern nur noch befreundet waren. Also behielt er die Hände in den Taschen, anstatt sie nach ihr auszustrecken. Und er sah weg.
Da legte sie ihm ihre Hand auf den Arm. »Emmet?« sagte sie beschämt.
»Ja?« Eigentlich hatte sie ihn um einen Gefallen bitten wollen, er kannte diesen Tonfall. Aber als sich ihre Blicke begegneten, spürte Anna Kelly, daß dies nicht der geeignete Zeitpunkt dafür war.
»Nichts, nichts.«
»Na gut. Dann bis demnächst.« Insgeheim verzehrte er sich danach, ihr zu sagen, daß er immer für sie da war, daß er alles für sie tun würde. Doch das wäre ein Fehler. Denn Anna haßte es, wenn man schwach war, das hatte sie ihm einmal gesagt. Ihr gefielen seine Stärken. Also mußte er jetzt stark sein.
Er sah Kevin Wall und rief ihm zu.
Kevin freute sich, ihn zu treffen. »Was ist mit deiner Kleinen?« fragte er und machte eine Kopfbewegung zu Anna, die ziemlich verloren auf der Straße stand.
»Ach, Anna? Wir haben uns nur ein bißchen unterhalten.«
»Ich dachte, du wärst in sie verknallt.«
»So ein Unsinn, Kevin. Wir sind doch nur befreundet«, erwiderte

Emmet McMahon und ging mit seinem Schulkameraden davon, ohne sich noch einmal umzudrehen.

Kit absolvierte ihr Praktikum in einem Dubliner Hotel, wo man es mit der Ausbildung sehr ernst nahm. Eine Woche lang arbeitete sie an der Rezeption, die nächste Woche an der Bar. Danach würde sie an den Tischen bedienen oder die Zimmermädchen beaufsichtigen. Es war nicht leicht, aber das hatte Kit von Anfang an gewußt.

»Du mußt verrückt sein«, meinte Clio, als sie ihre Freundin eines Tages besuchte.

»Das sagst du doch bei allem, was ich mache.«

»Warum sollte es dann diesmal anders sein?« Clio setzte sich auf einen Barhocker an der Theke. »Kriege ich als alte Bekannte der Bardame einen kostenlosen Drink?« fragte sie hoffnungsvoll.

»Keine Chance«, entgegnete Kit.

»Na schön, dann zahle ich eben dafür. Kann ich einen Gin mit Limone haben?«

»Gin! Das ist doch nicht dein Ernst, Clio.«

»Warum nicht? Bist du ein als Bardame verkleideter Moralapostel, der Abstinenz predigt?«

»Nein, ich wundere mich nur, weil wir doch nie Gin trinken.«

»Du nicht. Ich schon.«

»Wie du willst. Der Kunde ist König.« Kit drehte sich um und schenkte bis zum Eichstrich ein. Dabei sah sie im Spiegel Clios Gesicht. Clio biß sich auf die Lippe und wirkte sehr unglücklich. Mit der silbernen Zange ließ Kit vorsichtig die Eiswürfel ins Glas gleiten und stellte ihrer Freundin dann die Limonensaftflasche und den Wasserkrug hin. »Bedien dich ...«, sagte sie lächelnd.

»Trinkst du einen mit?« fragte Clio.

»Danke, Clio. Ich nehme mir eine Orangenlimonade.«

Still tranken sie ein Weilchen vor sich hin. »Tante Maura wird mir ein bißchen zu neugierig«, sagte Clio schließlich.

»Ach, sie unterhält sich eben gern mit uns. Deshalb fragt sie uns immer, was wir so tun«, verteidigte Kit ihre Stiefmutter.

»Ich glaube, sie weiß von mir und Michael.«
»Na klar. Du redest ja auch dauernd von ihm.«
»Nein, ich meine, über das andere. Daß wir miteinander schlafen und so.«
»Woher sollte sie das wissen?«
»Keine Ahnung.« Clio kaute wieder auf ihrer Unterlippe.
»Du brauchst mich gar nicht so anzuschauen. Ich hab's ihr nicht gesagt.«
»Ja, ich weiß.« Soviel war Clio immerhin klar.
»Wie kommst du darauf, daß sie es wissen könnte?«
»Ach, ich weiß auch nicht. Sie hält immer so furchtbare Moralpredigten, daß man seine Würde bewahren soll und daß ein Mädchen nicht weiter gehen muß, als es will ... um einen Mann zu halten.«
»Na, du gehst doch auch genauso weit, wie du willst«, gab Kit schroff zurück. »Du hast mir selbst gesagt, daß du nur das tust, was du gerne tust.«
»Ja, das stimmt, aber das kann man Tante Maura nicht erzählen ... und anscheinend kennt sie Michaels Vater.«
»Na prima, oder nicht? Die Alten freuen sich doch, wenn sie die Leute kennen und wissen, mit wem sie's zu tun haben.«
»Ich habe das Gefühl, daß sie ihn nicht leiden konnte.«
»Ach ja?«
»Und als ich bei Michael zu Hause war, hat Mr. O'Connor angedeutet, er könne sich auch an sie erinnern.«
»Und es klang nicht gerade erfreut?«
»Nein, eher reserviert, wenn du weißt, was ich meine.«
»Vielleicht hatten sie mal was miteinander.«
»Das bezweifle ich. Michaels Eltern sind schon seit einer Ewigkeit verheiratet.«
»Ich glaube, du bildest dir das alles nur ein«, versuchte Kit ihre Freundin zu trösten.
»Ich wünschte, wir wären noch mal jung. Damals war alles einfacher.«
»Wir sind noch nicht mal zwanzig. Im allgemeinen gilt das schon noch als jung.«

»Nein, du weißt schon, wie ich es meine. Für dich, Kit, ist es leicht, und das ist's immer schon gewesen. Du wirst Philip O'Brien heiraten und mit ihm das Central übernehmen. Mildred, diese alte Kuh, und Dan wirst du in irgendein Häuschen abschieben, und dann bist du ganz allein die Chefin.«

»Sicher, ich darf nur nicht vergessen, daß du mir das immer schon prophezeit hast und ich es immer bestritten habe. Warum glaubst du mir nicht?«

»Weil wir letztendlich doch dasselbe tun wie unsere Eltern. Deine Mutter war eine bezaubernde Frau, alle Möglichkeiten wären ihr offengestanden. Und trotzdem hat sie nur um der lieben Sicherheit willen deinen netten, braven Vater geheiratet und ist in so ein Kaff wie Lough Glass gezogen. Und du wirst dasselbe tun.«

»Und was ist mit dir, Clio? Liebst du Michael?«

»Ich weiß es nicht. Ich weiß es wirklich nicht. Was ist Liebe?«

»Das wüßte ich auch gern«, antwortete Kit geistesabwesend. Sie fragte sich, ob Clio vielleicht recht haben könnte: daß sie genauso wie ihre Mutter handeln würde. Wenn das stimmte, dann stand Kit eine stürmische Zukunft bevor.

Kevin O'Connor brachte ein paar Freunde in die Hotelbar mit, wo Kit arbeitete. Während Kit sie bediente, griff ihr einer der Jungs an den Po.

Kit erstarrte und blickte ihm direkt in die Augen. »Nimm deine Hand weg«, sagte sie, und jedes Wort klang wie ein Peitschenknall. Augenblicklich ließ der Junge den Arm sinken.

Kevin O'Connor starrte sie entsetzt an. »Kit, entschuldige, ich schwöre dir … ich meine … wirklich, ich … Matthew, hau gefälligst ab, wenn du Frauen nicht anständig behandeln kannst.«

Matthew, der Grapscher, sah seinen Freund Kevin mit grenzenlosem Erstaunen an. Eine solche Reaktion hatte er nicht erwartet.

»Ich war doch nur nett zu ihr«, versuchte er sich aufzuspielen.

»Zieh Leine«, befahl Kevin O'Connor.

»Herrgott, O'Connor, du bist ein blödes Arschloch«, schimpfte er beleidigt.

»Noch so ein unflätiger Ausdruck, und es wird überhaupt keiner mehr bediente!« drohte Kit. Sie fühlte sich selbstbewußt und stark. Nicht nur, daß Kevin sie respektierte, er sorgte auch dafür, daß es ihm seine großmäuligen, beschränkten Kumpane gleichtaten.
»Entschuldige, Kit«, meinte er schüchtern, während der verdutzte Matthew das Hotel verließ.
»Schon gut, Kevin. Danke.« Sie schenkte ihm ein freundliches Lächeln, und er freute sich darüber. Sie kam sich gemein vor, dem Jungen etwas vorzuspielen, aber schließlich mußte sie ein bißchen üben. Wegen Stevie Sullivan.

Liebe Kit,
Die Karte, die Du mir über Deine Arbeit in der Bar geschickt hast, war recht amüsant. Ich habe ein Buch über Cocktails gefunden, das ich Dir zukommen lassen wollte; vielleicht findest ja etwas Brauchbares darin. Obwohl es mir seltsam vorkommt, Dir so etwas zu schicken. Unter anderen Umständen würde jemand an meiner Stelle Dich wohl eher vor dem Laster der Trunksucht warnen, als Dir ein Buch in die Hand geben, wie Du noch stärkere Drinks zusammenbrauen kannst. Aber die Umstände sind nun mal sehr ungewöhnlich, und ich möchte Dir für alles danken. Es macht doch einen großen Unterschied.
Liebe Grüße, Lena

Kit las den Brief, der zusammen mit dem Buch über Cocktails ankam, bestimmt ein dutzendmal. Sie fragte sich, wofür Lena ihr eigentlich danken wollte. Dafür, daß sie die Wahrheit über sie nicht in alle Welt hinausposaunt hatte? Doch das lag in Kits Interesse wie auch im Interesse ihres Vaters und des Friedens im allgemeinen. Warum machte es einen großen Unterschied? Ihre Mutter hatte sie verlassen und sich für ein anderes Leben entschieden. Was bedeutete es schon, wenn sie ab und zu eine Karte von Kit bekam?
Vielleicht vermißte auch Lena die problemlosen, sorgenfreien Briefe, die sie und Kit sich als Freunde geschickt hatten. Kit

jedenfalls vermißte den Briefwechsel. Es gab so vieles, was sie Lena hätte schreiben können … wenn Lena nur ihre Freundin wäre. Und nicht die Mutter, die sie belogen hatte.

»Stevie? Hier spricht Kit McMahon.« Sie hatte bewußt die Zeit gewählt, wenn Maura im Haus gegenüber mit Vater zu Mittag aß.
»Oh, tut mir leid, Kit, du hast sie gerade verpaßt. Sie wird um zwei wieder da sein.«
»Nein, ich wollte dich sprechen.«
»Prima. Hast du genug für ein Auto zusammengespart?«
»Nein, es geht nicht ums Geschäft, sondern ums Vergnügen, würde ich sagen.« Sie konnte sich vorstellen, wie er gerade mit einem lässigen Grinsen irgendwo lehnte, den Hörer unter das Kinn geklemmt, und gleichzeitig nach seinen Zigaretten suchte.
»Möchtest du nächsten Samstag zu einem Tanzabend nach Dublin kommen?« fragte sie.
»Sag das noch mal.«
Wenn sie wirklich interessiert an ihm gewesen wäre, ängstlich und gespannt, wie er reagieren würde, dann hätte sie das alles nicht fertiggebracht. Aber weil sie sich so zwanglos gab, spielte sie ihre Rolle goldrichtig.
»Was für ein Tanzabend?«
»Du bist ganz schön wählerisch, was?«
»Das wärst du doch auch, wenn dich jemand aus heiterem Himmel anruft und dir so was vorschlägt.« Er lachte, er wollte Zeit gewinnen.
»Ja, sicher«, räumte Kit ein. »Es ist so ein Tanzball, wo jeder selbst seinen Eintritt bezahlt. Im Gresham, am Samstag abend, mit Tischreservierungen, weißt du, und einer prima Tanzkapelle.«
»Bei so etwas war ich noch nie«, sagte Stevie.
»Ich auch nicht. Wir haben jetzt eine Gruppe zusammen, aber uns fehlen noch ein paar Jungs, und da hab' ich mir gedacht …«
»Warum fragst du nicht Philip O'Brien? Der wäre sofort dabei.«
»Wenn ich ihn fragen würde, würde er nur glauben, daß ich mich für ihn interessiere.«

»Und was ist mit mir? Was soll ich denken?«

»Ach komm, Stevie, du kennst mich lange genug. Sag einfach ja oder nein.«

»Meinst du, ich würde mich dort wohl fühlen?«

»Vielleicht mehr als das – hübsche Mädchen, Musik, auch Drinks. Wäre das nichts für dich?«

»Und du hättest ein Problem vom Hals.«

»Nicht nur das. Ich glaube, dir würden auch die Leute gefallen, die mitgehen. Und du ihnen bestimmt auch, so ein guter Unterhalter wie du …«

»Okay, abgemacht«, willigte er ein.

»Danke, Stevie.« Sie erklärte ihm, wo sie sich treffen würden und wieviel es kosten würde.

»Soll ich deiner Stiefmutter davon erzählen?«

»Das überlasse ich ganz dir.«

»Heißt das, anders ausgedrückt, daß du es ihr sagen willst?«

»Wahrscheinlich werde ich irgendwann einmal erwähnen, daß wir ein kleines Fest organisiert haben. Aber ich halte nichts davon, die Leute mit jeder Kleinigkeit zu behelligen. Du doch auch nicht, oder?«

»Hab' schon verstanden«, antwortete er.

Nachdem Kit aufgelegt hatte, stieß sie einen Seufzer der Erleichterung aus. »Tja, Emmet. Deine ältere Schwester ist im Begriff, das Versprechen einzulösen, das sie dir gegeben hat«, sagte sie zu sich selbst. Immerhin bedeutete es auch, daß die schreckliche kleine Anna Kelly am Samstag abend nichts zu tun haben würde. Aber davon sollte Emmet jetzt noch nichts erfahren, sonst verpfuschte er alles.

Stevie Sullivan legte auf und betrachtete verwundert das Telefon. Diese kleine McMahon hatte sich inzwischen zu einer bemerkenswerten Schönheit gemausert. Daß sie ihn zu ihrer Tanzgesellschaft einlud! Er hatte immer schon mal zu so einem todschicken Abend in Dublin gehen wollen. Was allerdings bedeutete, daß er Anna Kelly für das Kino absagen mußte. Aber wenn er es ihr auf eine nette Art beibrachte, würde sie das schon verstehen.

Anna Kelly wirkte allerdings nicht allzu verständnisvoll. »Jetzt haben mir meine Eltern endlich erlaubt, in die Nachbarstadt ins Kino zu gehen. Ich habe ihnen erzählt, wir würden mit einer ganzen Clique hinfahren.«

»Na, dann fahr doch. Ich muß aber geschäftlich nach Dublin«, meinte Stevie.

»Nein, denn wenn ich fahre, würde das ja heißen, daß ich einen Abend weniger mit dir zusammen habe.« Warum begriff er nicht?

»Na ja, mir tut's auch leid.« Er sah sie mit seinem schiefen Lächeln an, aber nicht mal das wirkte.

»Kannst du nicht vielleicht wann anders fahren?« bettelte Anna. Doch dann merkte sie, daß Stevie ungeduldig wurde. »Ach, wie dumm von mir, das geht natürlich nicht. Gut, dann eben an einem anderen Abend, ja?«

»Okay«, erwiderte Stevie lächelnd. Im Grunde war es ganz einfach, man mußte nur nett zu den Mädchen sein. Viele Leute kapierten das nicht.

»Wenn du willst, könnten wir am Wochenende zusammen ins Kino gehen, Emmet ...«

»Ach, nein, Anna. Aber trotzdem danke.«

»Bist du eingeschnappt?«

»Ganz und gar nicht. Ich habe dir doch gesagt, daß ich nicht schmolle. Du hast gesagt, wir sind Freunde, und daran halte ich mich«, entgegnete er mit einem strahlenden Lächeln.

»Na, aber Freunde gehen schon mal zusammen ins Kino«, beschwerte sich Anna.

»Das habe ich auch zu dir gesagt, aber du hast gemeint, nein, das würde das Verhältnis zwischen dir und Stevie stören.« Auch jetzt machte er eine ganz unschuldige Miene.

»Ja, aber wie es der Zufall will, wird Stevie an diesem Wochenende nicht hiersein. Er muß geschäftlich nach Dublin.«

Emmet lächelte in sich hinein. Also hatte Kit sich an die Arbeit gemacht. »Aber er kommt ja wieder zurück«, tröstete er Anna scheinheilig.

»Natürlich kommt er wieder zurück«, fauchte Anna. »Aber ich dachte, wenn ...«
»Du fragst mich doch nicht etwa deshalb, weil du plötzlich versetzt worden bist?« Emmet schüttelte ungläubig den Kopf. »Wir beide sind doch befreundet. So geht man nicht mit Freunden um. Dann würde man sie nur ausnutzen.«
Sie wandte sich ab und marschierte schnell davon.

»Ich könnte das, was da in deiner Tasche ist, für dich zur Werkstatt zurückbringen«, bot Schwester Madeleine an.
»Ich will sie aber nicht zurückgeben, Schwester.« Er hielt seine Tasche fest umklammert.
»Aber es wäre das Beste«, sagte sie sanft.
»Das gehört jetzt mir. Es ist alles, was ich habe, um von hier wegzukommen und ein neues Leben anzufangen.«
»Wenn wir es zurückgeben, dann wird die Suche nach dir vielleicht eingestellt, und du müßtest nicht mehr oben im Baumhaus wohnen ...« Ihre Stimme erstarb. Sie wußte, daß sie auf taube Ohren stieß.
»Es ist alles, was ich habe«, wiederholte er und drückte die Tasche an sich.
»Was soll ich nur mit dir anfangen?« sagte sie halb zu sich selbst.
»Sie haben gesagt, Sie würden sich um mich kümmern.« Jetzt klang seine Stimme wehleidig.
»Ich weiß, und das tue ich auch.« Schwester Madeleine fühlte sich weniger selbstsicher als sonst.
Was sie früher getan hatte, war immer richtig gewesen. Daran hatte sie nie auch nur im geringsten gezweifelt.
Aber in der letzten Zeit ... vielleicht war es nicht richtig gewesen, das kleine blinde Kätzchen aufzunehmen; alle hatten gesagt, man sollte es einschläfern, ganz ohne Schmerzen. Hatte das Tier denn überhaupt ein lebenswertes Leben gehabt? Wenn sie an den langsamen, qualvollen Tod des kleinen Tierchens dachte, zweifelte sie daran. Und dann dieser Geisteskranke – war es richtig gewesen, ihn so lange hierzubehalten und in ihrem Baumhaus

wohnen zu lassen? Oder hätte sie an jenem ersten Abend lediglich seine Wunde versorgen und dann jemanden benachrichtigen sollen, damit er in Gewahrsam genommen wurde? Für Schwester Madeleine war jede Ungewißheit unerträglich. Sie mußte einfach daran glauben, daß das, was sie tat, richtig war und zum Besten diente. Sonst geriet ihr Leben aus dem Gleichgewicht.

»Na schön, ich werde dich bestimmt zu nichts zwingen«, sagte sie.

»Werden Sie trotzdem noch nett zu mir sein?« fragte er mit kindlicher Unschuld.

»Aber selbstverständlich.« Sie tauchte die Blechtasse in den Topf auf dem Feuer und gab ihm Suppe. »Willst du dann fortgehen und zusehen, daß du ... ein neues Leben anfängst?« fragte sie.

»Ja, bald.«

»Vielleicht sollte ich dir die Haare schneiden, damit du anders aussiehst, ein bißchen ...« Schwester Madeleine verstummte. Was hatte sie sagen wollen? Ein bißchen normaler? Ein bißchen weniger wie ein Verbrecher?

Doch er nickte begeistert. »Ja, Schwester, das wäre schön.«

Also band sie ihm ein Tuch um, als wären sie in einem Friseursalon, schnitt ihm Haare und Augenbrauen und stutzte seinen Bart. Nun sah er weitaus weniger furchterregend aus, viel gewöhnlicher, ja beinahe normal.

»Wenn du fortgehst, Francis, und sie sehen dich mit dieser Tasche, dann werden sie vielleicht ihre Schlüsse ziehen.«

»Ich könnte sie doch eine Weile bei Ihnen lassen, Schwester.«

»Wirst du denn zurückkommen?«

»Aber sicher. Ich komme wieder und sage Ihnen Bescheid, wenn ich einen Wohnsitz habe. Am besten nehme ich nur das Geld mit.«

»Francis, wäre es denn nicht besser ...?«

»Ich vertraue Ihnen, Schwester, so wie Sie mir vertraut haben. Sie haben sich nie vor mir gefürchtet, und ich fürchte mich nicht vor Ihnen.«

Obwohl ihr Herz schwer war, reichte sie ihm die Hand.

»Du hast recht, Francis, mir kannst du vertrauen. Auch wenn du sonst niemandem auf der Welt trauen kannst, auf mich kannst du dich verlassen.« Und er dankte es ihr mit dem breiten, dümmlichen Lächeln eines zurückgebliebenen Kindes – ein Kind mit einem großen, kräftigen Männerkörper.

»Hätten wir doch ein Auto«, brummte Louis beim Anziehen.
»Legen wir uns doch eines zu«, schlug Lena vor.
»Leicht gesagt.« Er verwendete viel Zeit auf seinen Krawattenknoten.
»Auch leicht getan. Wir haben kein Haus gekauft und müssen keine Hypothek abzahlen, wir haben keine Kinder. Worauf sparen wir also?«
»Wir haben nicht viel gespart«, bemerkte er.
Und was Louis betraf, stimmte das auch. Aber er wußte nicht, daß Lena regelmäßig etwas Geld beiseite gelegt hatte. Daß ihr Guthaben auf der Bausparkasse ständig wuchs und die Aktien der Agentur Millar von Jahr zu Jahr stiegen.
»Nun, wieviel Geld könntest du denn monatlich abzweigen?« begann Lena.
»Nicht viel.«
»Ich werde mal sehen, ob ich eine Anzahlung leisten kann. Vielleicht kriege ich ein Auto über die Arbeit, als eine Art Sondervergünstigung, weißt du.«
»Meinst du wirklich?« Mit leuchtenden Augen sah er sie an.
Für jemanden, der seine Affären so geschickt zu vertuschen wußte, soviel Anziehungskraft auf andere ausübte und den Hotelgästen jeden Wunsch von den Augen ablesen konnte, war er in anderen Dingen erstaunlich gutgläubig und naiv. Er kam nicht einmal auf den Gedanken, nachzufragen, warum Mr. Millar ihr einen Zuschuß für ein Auto gewähren sollte, da sie doch nur fünf Minuten zu Fuß zur Arbeit hatte.
»Ja, das wäre doch eine Möglichkeit, nicht wahr?«, meinte er.
»Das ist also das letztemal, daß wir die Grafschaften um London mit dem Zug abklappern müssen«, sagte sie lachend.
»Ich liebe dich, Lena.« Er trat zu ihr und küßte sie, während sie

vor dem kleineren, schlechter beleuchteten Spiegel saß und ihre Ohrringe anlegte. Ihm war nicht aufgefallen, daß sie sich die Haare hatte färben lassen, aber er fand, daß sie gut aussah.

Grace hatte wieder einmal Wunder gewirkt.

Am Bahnhof meinte der Taxifahrer, er kenne die Straße. »Da wohnen die Bonzen«, erklärte er.

»Prima, in ein Glasscherbenviertel würden wir auch gar nicht wollen«, gab Louis mit seiner unwiderstehlich sympathischen Art zurück.

Der Fahrer mit seinem schäbigen Mantel und den Nikotinflecken an den Fingern würde niemals durch die Tore dieser Anwesen eingelassen werden, außer in seiner Eigenschaft als Taxifahrer; doch jetzt wirkte er fröhlich und aufgeräumt. Das war eben Louis, wie er leibte und lebte: In seiner Gegenwart fühlten sich die Menschen einfach wohl.

Wie Lena wußte, war James Williams geschieden. Aber er war mit einer Dame befreundet, die sich große Chancen ausrechnete, die nächste Mrs. Williams zu werden.

»Und, wird sie es schaffen?« wollte Lena wissen.

»Nein, ich glaube, dazu ist er zu klug«, hatte Louis lächelnd erwidert.

Auch Lena lächelte – über Louis' argloses Bekenntnis, daß man es als kluger Mann vermied, zu heiraten und irgendwelche Verpflichtungen einzugehen. Als wüßte sie nicht schon lange, wie er darüber dachte.

James Williams freute sich, das Paar zu sehen. Lena begrüßte er mit einem Küßchen auf jede Wange. »Sie sehen von Tag zu Tag jünger aus.«

»Sie schmeicheln mir.«

»Nein, ganz im Ernst. Kommen Sie herein, ich mache Sie mit allen bekannt … Laura, ich möchte dir Lena Gray vorstellen.«

Laura war eine Frau wie aus Stahl. Glänzender roter Lippenstift, metallisch glänzendes, dunkles Haar, schillernde Satinbluse, schwarzer, enger Rock, ebenfalls glänzend, und hochhackige Lackpumps. Sie sah aus wie auf Hochglanz poliert. »Die berühmte

Mrs. Gray«, sagte sie und musterte Lena abschätzig von Kopf bis Fuß.
»Ach, nein, Sie meinen wohl meinen Mann. Der ist so berühmt in der Hotelbranche.«
»James erwähnt Ihren Namen sehr häufig ... Wenn ich es nicht besser wüßte, würde ich annehmen, daß er in Sie verliebt ist ...«
James Williams hatte sich abgewandt, um Louis zu begrüßen.
Lena sah Laura mit einem langen, durchdringenden Blick an.
»Aber Sie wissen es besser.«
»Oh, natürlich.« Sie hielt inne. Ihre Augen wanderten kurz zu Louis und zurück. Lena dachte, sie würde sagen, daß Lena selbst einen äußerst begehrenswerten Mann habe. Aber Lauras Gedanken gingen in eine andere Richtung. »Ich weiß es besser, denn wenn James in Sie verliebt wäre, hätte er schon lange etwas unternommen.«
»Und wie heißen Sie weiter, Laura?«
»Warum, um alles auf der Welt, wollen Sie das denn wissen?«
Laura blickte Lena an, als hätte sie den größten gesellschaftlichen Fauxpas aller Zeiten begangen.
Aber in den vielen Jahren bei der Agentur Millar hatte Lena eine Menge über den Umgang mit Menschen gelernt. So leicht ließ sie sich nicht den Wind aus den Segeln nehmen. »Weil er mir nicht genannt worden ist«, gab sie im denkbar kühlsten Ton zurück.
Ihre Blicke hielten einander stand.
»Evans«, sagte Laura schließlich.
Spürte James Williams die gespannte Stimmung? Oder war es reiner Zufall, daß er sich umdrehte und jeder der beiden einen Arm um die Schulter legte? »Mit Verlaub, nun möchte ich der übrigen Gesellschaft meine beiden Lieblingsdamen vorstellen.«
Lena würdigte Laura keines Blickes, aber eines wußte sie: In diesem unerwarteten Scharmützel, das so plötzlich entbrannt war, hatte ganz eindeutig sie, Lena, den Sieg davongetragen.

Auf einer solchen Gesellschaft war sie noch nie gewesen, aber Lena wußte bereits, wie sie enden würde. Sie hatte vom ersten

Augenblick an die beiden Frauen bemerkt, die um Louis' Gunst buhlen würden. Und mittlerweile war ihr klar, daß Angela gewinnen würde.
Sollten sie es doch untereinander ausmachen. Sollte er doch die eine tellerweise mit kleinen Cocktailwürstchen auf bunten Spießen füttern und der anderen ständig Wein nachschenken. Sollte er ihnen doch fröhlich in die erhitzten Gesichter lachen. Schließlich gehörte das dazu, wenn man sich amüsieren wollte. Und wahrscheinlich konnte er sich anders nicht amüsieren.
Lena tat, als befände sie sich auf einer Konferenz, nicht auf einer Abendgesellschaft. So erzählte sie den Börsenmaklern und ihren Frauen, daß sie in einer Stellenvermittlungsagentur arbeitete. Da es sich um ein privates Fest handelte, vermied sie es zwar, Visitenkarten auszuhändigen, aber sie erwähnte den Namen Millar so oft, daß ihn bestimmt niemand vergessen würde.
Und während sie angeregte, aber unaufdringliche Konversation betrieb, spürte sie, daß sich die Leute für sie interessierten: eine gepflegte, gutaussehende Frau, die ihr Leben im Griff hatte, die nicht merkte oder sich nicht darum kümmerte, daß ihr Mann mit zwei weiblichen Gästen unverhohlen flirtete. Lena spürte auch, daß James Williams den ganzen Abend nicht den Blick von ihr abwandte.
Und daß Laura Evans, die sich vielleicht niemals Laura Williams würde nennen dürfen, viel zu schnell und viel zuviel trank. Auf ihrer schimmernden cremefarbenen Bluse war bereits ein Fleck zu sehen, ein ziemlich häßlicher Fleck, der gar nicht zu der eleganten Frau paßte, die an diesem Abend für James die Gastgeberin hätte spielen sollen.
Erst als die meisten gegangen waren, schien Laura sich an ihre Pflichten als Gastgeberin zu erinnern. »Ich räume besser mal das ganze Zeug hier weg«, murmelte sie und wankte zu einem der Tische, auf dem Gläser standen.
»Laß doch, Laura. Das hat Zeit.«
»Ist mir egal. *Ich* bleibe schließlich hier. Und ich möchte nicht, daß es aussieht, als hätte eine Bombe eingeschlagen.« Mit einem

Blick auf Lena vergewisserte sie sich, daß die Anspielung auf das Hierbleiben auch verstanden wurde.

»Ja, nun. Es bleiben doch alle noch …«, meinte James unbeschwert. »Lassen wir den Abend mit einem letzten Gläschen ausklingen.«

Aber Laura ging nicht darauf ein. Sie torkelte auf die Gläser zu, stolperte jedoch und fiel hin, wobei sie Weinreste verschüttete und einige Gläser zerbrach.

»Jetzt laß es gut sein, Laura«, sagte James, nicht wütend, aber in leicht ärgerlichem Ton, als würde er zu einem kleinen Kind sprechen.

»Ich mache das weg, laß mich.«

»Das sollten Sie vielleicht besser bei Tageslicht machen«, riet Lena taktvoll. »Da sieht man die kleinen Glasscherben besser als bei Kunstlicht.«

»Ich sehe sehr gut«, erwiderte Laura – und da stürzte sie schon mitten in die Scherben, so daß sie sich an beiden Handflächen schnitt.

Lena brachte sie in die Küche und entfernte schweigend die Glasstückchen von Lauras Händen. Dann betupfte sie die Wunden mit Desinfektionsmittel. »So, alles wieder in Ordnung«, meinte sie schließlich.

»Behandeln Sie mich nicht so herablassend!« fuhr Laura sie an.

»Sie wollte sagen: vielen Dank«, mischte James sich ein.

»Ich habe genau das gemeint, was ich gesagt habe«, erwiderte Laura.

»Die sehen recht harmlos aus, aber sie können ziemlich weh tun«, sagte Lena und meinte damit die Schnitte an Lauras Händen.

»Sie sind ’ne verdammte Nervensäge«, fauchte Laura, während sie zur Tür stürmte. »Kein Wunder, daß er gar nicht erst versucht hat, bei Ihnen zu landen, Lena Gray. So verkniffen, wie Sie dreinschauen, vergeht einem ja alles!«

»Gute Nacht, Laura«, sagte James Williams kühl.

Zu dritt saßen sie vor dem Kamin und unterhielten sich über das

Fest, über die Nachbarn und was man alles über *Der Weg nach oben* hörte. Manche fanden den Film ausgesprochen geschmacklos, andere meinten, dies sei endlich einmal eine realistische Schilderung der Verhältnisse in England. Dann kreiste das Gespräch um Cliff Richard und Yves St. Laurent. »Ob wohl viele der Gäste einen der beiden persönlich kennen?« fragte Louis seinen Chef respektvoll.

Keiner der Gäste hatte Cliff Richard oder Yves St. Laurent, der nun wieder kürzere Röcke kreiert hatte, je aus der Nähe gesehen. Lena sagte nichts dazu. Denn es machte einen Teil von Louis' Charme aus, unschuldig und naiv zu wirken, wenn es darauf ankam.

Was sie allerdings ein wenig beunruhigte, war die Art und Weise, wie James Williams ihren Blick erwiderte. Als wäre ihm nicht nur die Derbheit von Laura Evans bewußt geworden, die nach diesem Abend niemals Mrs. Laura Williams heißen würde, sondern auch, daß dieser naive Louis seiner klugen Frau Lena nicht das Wasser reichen konnte.

Es war ein peinlicher Moment. Schließlich senkte Lena den Blick.

»Nun, vielleicht sollten wir allmählich ...?« begann Louis.

»Ja, Sie sind bestimmt sehr erschöpft, James ... es war wirklich reizend, all Ihre Freunde kennenzulernen«, sagte Lena.

Er geleitete sie die Treppe hinauf zu dem großen Gästezimmer, zu dem ein eigenes Badezimmer gehörte. So elegant hatten sie noch nirgendwo gewohnt. Aus einer offenen Tür drang Schnarchen, und sie sahen Laura Evans auf einem Bett schlafen, den einen Schuh ausgezogen, den anderen noch halb an. Daß James Williams an ihrer Seite schlafen würde, war äußerst unwahrscheinlich.

Kaum war die Tür geschlossen, nahm Louis Lena in die Arme. Das war zu erwarten gewesen. Nichts erregte ihn mehr als der Gedanke, daß zwei Frauen die Gesellschaft nur widerwillig verlassen hatten. Jede von ihnen hätte alles dafür gegeben, diese Nacht mit Louis zu verbringen. Und Lena wußte, wie sehr das seine Leidenschaft entfachte.

»Du bist wunderschön«, flüsterte er ihr ins Ohr.
»Ich liebe dich«, sagte sie wahrheitsgetreu.
»Von all den Frauen heute abend bist du die Königin«, meinte er.
Lena schloß die Augen. Nun, zumindest lag sie nicht betrunken und schnarchend da wie Laura Evans, die Frau, die sich Hoffnungen auf den Gastgeber machte. Und sie war auch nicht nach Hause gegangen wie die beiden Damen, die Louis so attraktiv gefunden hatte. Sie war hier, nüchtern, eine Frau, der man ihre fünfundvierzig Jahre nicht ansah. Ja, ohne Zweifel war sie die Königin des Abends.

»Ich wollte dich fragen – das heißt, wir wollten dich fragen –, ob du unsere Trauzeugin sein willst.«
»Eure was …?«
»Unsere Trauzeugin auf dem Standesamt. Und wirst du meine Brautjungfer sein?«
»Ihr heiratet tatsächlich?« staunte Lena.
»Nun, ich habe alles getan, was du mir geraten hast.«
»Oh, Ivy, ich freue mich so für dich. Wann habt ihr euch entschieden?«
»Gestern abend.«
»Ernest ist sicher auch überglücklich, nicht wahr?«
»Natürlich nicht, das wäre wohl zuviel verlangt. Aber er meint, wir sollten heiraten. Und da kann ich ihm nur aus vollstem Herzen beipflichten. Das habe ich mir doch schon immer gewünscht.« Ihre Augen strahlten vor Glück.
»Ist das nicht wunderbar!« Lena umarmte ihre Freundin herzlich, und während sie hinter ihr die Wand mit all den Postkarten, Zeitungsausschnitten und Fotos sah, dachte sie, daß Ivy tatsächlich ein bißchen Glück und Zufriedenheit verdient hatte.

»Bitte sehr, Mona.« Martin McMahon schob ihr eine Flasche mit Tabletten über den Ladentisch.
Mona Fitz aus dem Postamt nahm regelmäßig ein leichtes blutdrucksenkendes Mittel ein. Martin hätte beinahe jedem im Ort

das richtige Medikament verschreiben können, auch wenn Peter nicht dagewesen wäre, denn er kannte die Beschwerden und Symptome der Leute in- und auswendig.
»Die halten mich am Leben, Martin«, erklärte Mona pathetisch.
»Allerdings«, nickte er ernst.
Sie liebte dieses kleine Spielchen. Es hatte keinen Zweck, ihr zu sagen, daß es ein sehr leichtes Medikament war und es auch nicht weiter tragisch wäre, wenn sie es einen oder mehrere Tage nicht einnahm. Aber von Tabletten und Tropfen ging anscheinend eine magische Wirkung aus. Keiner wußte das besser als der örtliche Apotheker.
»Ist Tommys Schnittwunde gut verheilt?« erkundigte er sich, denn der Postbote hatte vor kurzem größere Mengen Verbandstoff, Heftpflaster und ein Desinfektionsmittel verlangt.
»Ich wußte gar nicht, daß er eine hatte«, erwiderte Mona.
Martin McMahon wünschte oft, er hätte sich die eine oder andere harmlose Bemerkung verkniffen. Denn sie konnten Anlaß zu allerlei Spekulationen liefern. Mona Fitz war ihre Verwunderung deutlich anzusehen.
»Möglicherweise hat er sich am Bein verletzt, aber er hat kein Wort davon gesagt. Vielleicht irre ich mich auch, das passiert mir öfter«, meinte er entschuldigend.
Aber davon wollte Mona nichts hören. »Bestimmt nicht, Martin. Würden wir denn Pillen und Fläschchen bei Ihnen kaufen, wenn Sie sich irren würden?« Ihr Ton klang ausgesprochen mißbilligend. Und als sie ging, grübelte sie, wozu Tommy Bennet wohl Verbandstoff brauchte.

Das Haus erschien ihr ungewohnt leer, nachdem Francis Byrne gegangen war. An diesem Abend empfand Schwester Madeleine kein Bedürfnis, den Kamin anzuzünden. Wenn sie nun vor die Tür trat, würde sie nicht mehr zum Baumhaus hinüberschauen und freundlich winken. Und wenn ihr jetzt jemand ein Brot brachte, würde sie es den Landfahrern drüben geben müssen, damit es nicht verdarb. Francis Xavier Byrne konnte einen ganzen

Laib Brot verdrücken, während sie gerade mal eine Scheibe davon schaffte.
Sonderbar, obwohl er ein Eindringling gewesen war und ihr Sorgen bereitet hatte, hatte sie seine Gesellschaft genossen. Die Abende kamen ihr nun merkwürdig lang vor. Sie betete, daß er es schaffen würde. Daß er in ein paar Monaten zurückkommen und seine übrigen Sachen abholen würde. Und ihr sagen würde, daß er eine feste Bleibe gefunden hatte, unter einem falschen Namen lebte und auf einem Bauernhof arbeitete. Oder auch als Holzfäller für ein großes Mönchskloster, wo man ihn anständig behandelte. Am besten wäre es, wenn er ihr einen Brief schrieb, daß sie den Sullivans die Tasche mit den Sachen zurückgeben sollte. Freilich, schreiben konnte er nicht. Aber das würde gewiß jemand für ihn tun. Irgendein netter Mensch, der sich um ihn kümmerte, so wie sie es getan hatte.

Philip war mit dem Bus übers Wochenende heimgefahren; er brachte seine ganze Wäsche mit.
»Laß mich mal raten, was du da drin hast«, hatte Kit scherzhaft gemeint.
»Bringst du deine Wäsche denn nicht mit nach Hause?«
»Das würde mir nicht im Traum einfallen. Ich wasche sie natürlich selber.«
»Du bist eben eine Frau.«
»Zweifellos, aber das würde ich auch tun, wenn ich ein Mann wäre.«
»Das sagst du nur, weil du keiner bist«, gab Philip zurück.
»Unsinn.«
»Oder weil du mit mir streiten willst«, meinte Philip bedrückt.
»Das ist jetzt aber wirklich Unsinn.« Kit legte ihre Hand auf seinen Arm. »Ich finde dich prima. Du hast diese Herz-Schmerz-Geschichte überwunden, und wir sind gute Freunde, wir zwei, nicht?«
»Leider ist das nicht so einfach«, erwiderte er bekümmert.
Einen Augenblick lang erinnerte er sie an ihren Bruder Emmet

und wie er von Anna Kelly redete. Eine merkwürdige Sache, daß man für einen anderen Menschen so starke Gefühle aufbringen konnte. Sie schlug einen beiläufigen Ton an. »Aber nein, Philip. Darüber bist du doch längst hinweg.«

»Bin ich nicht, Kit. Ich spüre es, und es tut oft noch weh, wie ein bohrender Zahnschmerz. Und immer wieder quälen mich Fragen.«

»Was für Fragen?« Sie konnte ihn einfach nicht barsch oder mit einem Scherz abfertigen. Er ähnelte Emmet zu sehr.

»Zum Beispiel ... warum hast du mich nicht gefragt, ob ich bei der Tanzgesellschaft dabeisein will, die ihr für den Samstag organisiert habt?« Seine Enttäuschung war offensichtlich.

»Das hab' doch nicht ich allein organisiert, sondern mit anderen zusammen.«

»Wenn du gewollt hättest, daß ich mitgehe, hättest du mich gefragt.«

»Na ja, aber du fährst doch nach Hause.« Sie bemühte sich, ihn nicht zu verletzen.

»Das tue ich nur, damit ich nicht hiersein muß. Wenn du mich gefragt hättest, würde ich nicht fahren.«

Was hätte sie darum gegeben, ihn nicht enttäuschen zu müssen. Aber wenn sie ihr Spielchen mit Stevie Sullivan treiben wollte, ging es nicht, daß Philip dabei war. Es wäre nur noch schlimmer für ihn. »Letztendlich wird sich bestimmt alles finden, Philip«. meinte sie.

»Das hoffe ich«, entgegnete Philip. »Bis jetzt sieht es nämlich gar nicht danach aus.«

Als Philip in Lough Glass aus dem Bus stieg, war es dunkel. Er fragte sich, warum er eigentlich heimgefahren war. Seine Mutter beklagte sich garantiert wieder, daß er sich zu Hause so selten blicken ließ. Sein Vater würde ihm sagen, er habe sich für einen ausgesprochen brotlosen Beruf entschieden, die goldenen Zeiten in der Hotelbranche seien vorüber. Und Kit organisierte in Dublin einen Abend mit ihren Freunden, zu denen er offensichtlich nicht zählte.

Der Portier des Hotels murmelte einen lustlosen Gruß. Jimmy begrüßte jeden so, das wußte Philip. Egal, ob der Sohn des Chefs, ein Stammgast oder ein Neuankömmling aus Amerika – in O'Briens Central Hotel wurde man stets mit einem leichten Achselzucken, einem Brummen oder einem müden Seufzer willkommen geheißen.

»Ich lasse meine Sachen erst mal hier und mache noch einen Spaziergang am See«, erklärte Philip, dem die Vorstellung, das Haus seiner Eltern zu betreten, plötzlich großes Unbehagen bereitete.

»Wie du willst«, erwiderte Jimmy.

Als Philip den Weg zum See einschlug, warf er einen Blick zurück zum Hotel. Eine der schönsten Fassaden in Irland, man könnte viel mehr daraus machen. Er seufzte. Trübsinnig trottete er am Ufer entlang und sah auf den unruhigen, windgepeitschten See hinaus. Er mußte oft an Kits Mutter denken, die hier in jener Nacht einen einsamen Tod gefunden hatte. Das hatte er auch Kit gegenüber angesprochen, um ihr zu zeigen, daß er ein einfühlsamer Mensch war und nicht ein gefühlloser Klotz wie viele andere Männer. Aber sie wollte nie darüber reden.

Ohne daß er darauf achtete, hatte ihn sein Weg zu Schwester Madeleines Kate geführt. Natürlich kannte er die Einsiedlerin, jeder kannte sie. Aber er gehörte nicht zu denen, die zu ihr gingen und sich ihr anvertrauten. Gerade wollte er umkehren, da sah er sie an der Tür stehen. Sie zog ihren Umhang fest um die mageren Schultern, und wie sie so dastand, schien es Philip, als habe sie großen Kummer.

Er überlegte, ob er sich davonstehlen sollte. Schließlich hatte sie ihn nicht gesehen. Und sie hatte sich ja selbst für dieses seltsame Einsiedlerdasein entschieden. Wahrscheinlich war sowieso alles in bester Ordnung, und er bildete sich das nur ein. Aber aus irgendeinem Grund rief er ihr dann doch zu: »Stimmt etwas nicht, Schwester Madeleine?«

Sie blinzelte in die Finsternis. »Wer ist da? Es ist so dunkel.«

»Philip O'Brien«, rief er zurück.

»Oh, das ist aber schön, daß du kommst«, sagte sie. Philip fühlte sich entmutigt – sie wollte bestimmt nur, daß er irgendeinen Botengang für sie erledigte. »Möchtest du eine Tasse Tee? Es lohnt sich ja kaum, einen für mich allein zu machen.«
Eigenartig, daß sie das sagte. Sie wohnte doch allein. Meine Güte, sie kochte doch immer nur Tee für sich allein! Aber es war ein verlockendes Angebot; nach der Reise fühlte er sich steif und müde. Also folgte er ihr ins Haus. »Wie geht es denn dem kleinen blinden Kätzchen?« erkundigte er sich. Kit hatte ihm einmal erzählt, daß das Tier es bei der Nonne bestimmt gut haben würde.
»Es ist gestorben. Ertrunken, draußen vor meiner Tür. In einer wenige Zentimeter tiefen Pfütze«, antwortete sie mit ungewöhnlich dünner, tonloser Stimme.
»Oh, das tut mir leid.«
»Besser, es wäre gleich am ersten Tag gestorben. Der Tierarzt hatte völlig recht.«
»Aber vielleicht hat es bei Ihnen doch ein schönes Leben gehabt.«
»Nein, es hatte ein ödes Leben. Hat sich ständig irgendwo das arme Köpfchen angeschlagen.«
Philip hatte keine Ahnung, was er darauf erwidern sollte. Und so schwieg er, setzte sich auf den dreibeinigen Hocker und wartete auf den Tee.
Sie schnitt ihm eine Scheibe Rosinenbrot ab und bestrich sie mit Butter. »Du bist ein ernster Junge, Philip. Das wird dir später mal zugute kommen.«
»Ich hoffe, mir kommt später überhaupt etwas zugute«, erwiderte er verdrießlich.
»Bist du mit deinem Leben nicht zufrieden?«
»Ich möchte Kit McMahon heiraten«, platzte es aus ihm heraus. »Nicht jetzt, aber in ein paar Jahren vielleicht. Und das war mir immer schon klar. Schon seit der Nacht, in der ihre Mutter gestorben ist, und das war vor Jahren.«
»Ja.« Schwester Madeleine starrte ins Feuer.
»Aber mit Geduld allein ist es nicht getan. Sie muß einen anderen haben, von dem sie mir nichts erzählt.«

»Wie kommst du darauf?« fragte die alte Nonne in sanftem Ton. Er berichtete ihr von dem Tanzabend. Wenn es nicht einen anderen gäbe, hätte sie Philip bestimmt eingeladen. »Ich weiß einfach nicht, wer er ist.« Er machte ein trauriges, resigniertes Gesicht.
»Vielleicht gibt es ihn auch gar nicht.«
»Nein, sie ist mit ihren Gedanken ständig bei ihm.«
»Jetzt werde ich dir mal was sagen ... ich weiß, daß Kit Probleme hat, die sie beschäftigen ... eine Sache, die sie sehr mitnimmt. Aber ich kann dir versichern, daß es sich nicht um einen anderen Jungen handelt. Du hast keinen Rivalen. Sie ist einfach noch nicht soweit, sich über Männer Gedanken zu machen.« Ihre strahlend blauen Augen musterten in eindringlich. Er glaubte ihr, er vertraute ihr. Und ihm fiel ein Stein vom Herzen. »Geh jetzt zurück zum Hotel, Philip. Deine Eltern werden bestimmt schon nach dir Ausschau halten.«
»Sie wissen, daß ich zurück bin. Ich habe meine Sachen bei Jimmy gelassen. Eine richtige Frohnatur, unser Jimmy. Sein ›Herzlich willkommen in Lough Glass‹ steht ihm förmlich ins Gesicht geschrieben.«
»Wenn man so ein Leben wie Jimmy hinter sich hat, ist man vielleicht nicht gerade der Fröhlichste«, erwiderte sie. Philip würde nie erfahren, was sie über Jimmys Leben wußte, aber er empfand nun ein klein wenig Mitgefühl für ihn. Es war bestimmt kein Zuckerschlecken, für die O'Briens zu arbeiten, Holz zu hacken und bei jedem Wetter die Kohleneimer aufzufüllen.
»Sie sind ein Segen für die Menschen, Schwester«, sagte er zum Abschied.
»Das habe ich auch immer geglaubt, Philip. Aber inzwischen bin ich mir nicht mehr so sicher.« Sie zitterte, obwohl es nicht zog.
»Auf Wiedersehen, und danke ... nochmals danke.«
Stumm blieb sie am Feuer sitzen und starrte in die Flammen. Philip zog die Tür hinter sich zu und ließ das Schloß einschnappen. Mit einem forscheren Schritt spazierte er dann am Ufer entlang zurück. Kit liebte keinen anderen. Sonst hätte sie es der

Einsiedlerin gesagt, die beiden waren ja dicke Freundinnen. Eine sehr gute Nachricht, eine außerordentlich gute Nachricht.

An jenem Samstag im November erzählte Martin McMahon seiner Frau Maura, daß sie sich ein neues Auto zulegen würden. Mit Stevie Sullivan hatte er bereits darüber gesprochen, aber Maura wollte er damit überraschen.
»Das ist doch dieser auf Hochglanz polierte Wagen!« freute sich Maura. »Ich kann dir versichern, der ist auf Herz und Nieren geprüft worden. Stevie war unentwegt unter der Motorhaube und unter dem Fahrgestell zugange und hat jedes Schräubchen genauestens unter die Lupe genommen ... Martin, du bist der beste Ehemann, den man sich nur wünschen kann.«
»Ich war nicht immer ein guter Ehemann«, meinte er, und ein Schatten legte sich auf sein Gesicht. Maura konnte ihm ansehen, wie er innerlich rang. Da legte sie ihm ihre Hand auf den Arm. »Wo auch immer Helens Seele ist, sie hat inzwischen Frieden gefunden, Martin. Das haben wir einander doch schon so oft gesagt ... und wir glauben daran. Keiner von uns kann auf irgendein Jahr, nicht einmal auf irgendeine Stunde zurückblicken, ohne sich zu wünschen, daß wir irgend etwas anders gemacht hätten. Aber vergiß nicht, wir sind mit diesen Dingen ins reine gekommen. Man verschwendet seine Zeit, wenn man Vergangenem nachtrauert.«
Er nickte. Und sie sah, wie der Schatten allmählich verschwand.

Lena Gray besprach mit Jim und Jessie Millar, daß sie ein Auto über die Firma kaufen wolle.
»Aber natürlich können Sie einen Wagen haben«, sagte Mr. Millar. »Habe ich Ihnen nicht oft genug vorgeschlagen, daß Sie von der Firma, die Sie so groß gemacht haben, auch ein paar persönliche Vergünstigungen haben sollen?«
»Ich werde es gar nicht benutzen, Jim, es ist für meinen Mann. Deshalb möchte ich es bezahlen.«
»Nein, das macht doch keinen Unterschied.«

»Sie nehmen sich nichts für Ihren persönlichen Gebrauch aus der Firma, also tue ich es auch nicht.«

Kit vereinbarte mit den anderen, daß sie sich in Frankies Wohnung zu einem kleinen Umtrunk treffen würden. Die Mädchen sorgten für Wein und Käsehäppchen. Danach, im Hotel, würden die Jungs für die Getränke aufkommen, so daß es sich einigermaßen ausgleichen würde.

»Aber anschließend können sie nicht mehr auf einen Kaffee hierherkommen«, erklärte Frankie mit Nachdruck. »Denn unsere Vermieterin hier greift sofort zum Telefon und ruft unsere Mütter an, wenn eine nach zehn Uhr noch Herrenbesuch bekommt.«

Die anderen pflichteten ihr bei. Wenn man danach noch Jungs in die Wohnung mitbrachte, forderte man das Schicksal heraus.

Als Clio von der Feier erfuhr, stellte sie Kit zur Rede.

»Warum habt ihr mich ausgeschlossen?« wollte sie wissen.

»Du warst von vornherein nicht mit eingeschlossen, das ist etwas ganz anderes. Es gehen nur Freunde und Bekannte mit, die auf der Hotelfachschule sind.«

»Aber Kevin O'Connor geht doch auch mit«, erwiderte Clio.

»Ja. Es mag dir und wahrscheinlich auch allen anderen entgangen sein, aber offiziell besucht er die Hotelschule.«

»Nun, und es mag dir vielleicht entgangen sein, daß ich zufälligerweise mit seinem Bruder gehe«, konterte Clio.

»Clio, du und Michael, ihr könnt doch ins Gresham zum Tanzen gehen, wann immer euch danach ist«, entgegnete Kit.

»Ich wünschte, ich wüßte, was du mit deinem Leben vorhast, Kit McMahon.«

»Ich auch«, pflichtete ihr Kit aus tiefstem Herzen bei.

In der Stadt lief *Die blaue Lagune.* Diesen Film hätte Emmet sich zu gern mit Anna angesehen, aber er durfte nicht schwach werden. Da sah er Patsy Hanley, die mit tieftrauriger Miene die Hauptstraße von Lough Glass entlangging. »Möchtest du mit mir heute abend ins Kino gehen?« fragte er sie rasch.

Patsy errötete vor Freude. »Ich? Nur du und ich? So eine richtige Verabredung?«

»Klar.«

»Aber gern«, erwiderte sie und hastete nach Hause, um sich zurechtzumachen.

Anna Kelly hatte eigentlich mit einem Mädchen aus ihrer Klasse in *Die blaue Lagune* gehen wollen. Aber glücklicherweise hatte sie erfahren, daß auch Patsy Hanley mit Emmet hinfahren würde – was bedeutete, daß sie alle im selben Bus sitzen würden. Und Anna hatte schließlich ihren Stolz.

Es brauchte keiner zu sehen, daß sie heute abend keinen Begleiter hatte. Sie würde daheim bleiben. Und zwar allein, weil ihre Eltern im Golfclub zu Abend essen würden. Ziemlich ärgerlich, seinen Samstagabend so zu verbringen, dachte sich Anna.

Philip saß mit seinen Eltern im Speiseraum. Die Wände waren in einem tristen Braun gehalten, die Tischdecken wiesen Flecken auf, ein Andenken an allzu viele Soßenflaschen. Die Beleuchtung war schlecht, die Bedienung langsam.

Daß es niemanden reizte, in diesem Hotel noch einmal abzusteigen, war für Philip offensichtlich. Dieses Haus verlockte keinen Handelsreisenden, einmal mit seiner Familie wiederzukommen. Das Haus herzurichten wäre ein langwieriges, mühseliges Unterfangen. Er hatte allerdings gehofft, Kit McMahon würde ihm dabei zur Seite stehen. Und vielleicht war diese Hoffnung auch gar nicht so abwegig. Schwester Madeleines Worte hatten sehr sicher und zuversichtlich geklungen. Wenn sie einen mit ihrem durchdringenden Blick ansah, glaubte man ihr alles – und sie hatte ihm versichert, daß Kit McMahon keinen anderen liebte.

Während Philip dasaß und überlegte, was das wohl für Probleme waren, die Kit so sehr in Anspruch nahmen, musterten ihn seine Eltern unzufrieden.

»Da bist du wochenlang fort, und wenn du dann mal heimkommst, bringst du keinen Ton heraus«, nörgelte seine Mutter. »Weißt du, mein Sohn, wenn du im Hotelgeschäft auf einen grünen Zweig kommen willst, dann mußt du mehr aus dir herausgehen, mit den Leuten reden«, sagte Philips Vater Dan O'Brien, dessen Stärke es nie gewesen war, ein Gespräch zu beginnen – außer mit einer Litanei von Klagen und Beschwerden.

»Ihr habt recht«, meinte er freundlich. »Ich bin besser dran als die meisten anderen. Ich habe ein familieneigenes Hotel, wo ich mir meine Sporen verdienen kann.«

Argwöhnisch sahen sie ihn an. Ob er sie womöglich auf den Arm nahm? Aber seine Miene verriet nichts dergleichen.

Philip setzte ein gezwungenes Lächeln auf, während er sich fragte, ob irgendein anderer junger Mann in seinem Alter so einen entsetzlichen Samstagabend verbrachte.

»Wer wird wohl der erste sein?« fragte sich Frankie, während die Mädchen bewundernd um den Tisch standen.

Er sah sehr festlich aus mit den farbigen Kerzen, den Papierservietten und den kalten Platten. In einer Orange steckten Cocktailspießchen mit je einem Käsewürfel und einem Stück Ananas. Es gab hartgekochte Eier, gefüllt mit einer Mischung aus Eigelb und Mayonnaise. Daneben standen mehrere Flaschen Bier und Gläser mit Rot- und Weißwein.

»Bestimmt dieser Kevin O'Connor«, grummelte Kit.

»Ich finde ihn gar nicht so schrecklich«, erwiderte Frankie. »Er kriecht ja richtig zu Kreuze, so einen Heidenrespekt hat er vor dir. Du könntest jetzt ruhig ein bißchen netter zu ihm sein.«

»Er hat mich früher auch nicht gerade nett behandelt«, gab Kit zurück. »So was kann man schwer vergessen.«

»Man muß es aber vergessen können«, meinte Frankie achselzuckend. Dabei rutschte ihr beinahe das trägerlose Taftkleid herunter, so daß sie beschloß, diese Bewegung künftig zu vermeiden.

»Muß ich?« fragte Kit.

»Hör mal, wir wollen uns heute amüsieren, nicht debattieren«, entgegnete Frankie. »Welchen von den Jungs hast du dir denn für heute abend ausgeguckt?«

»Ich weiß es noch nicht. Vielleicht den aus meinem Heimatort, Stevie. Er sieht recht gut aus.« Kit sagte das einerseits, um der bezaubernden Frankie klarzumachen, daß sie ihr nicht in die Quere kommen sollte, andererseits wollte sie es sich auch selbst einreden. Denn im Grunde wußte sie, daß Stevie mit seiner billigen Masche nur auf das eine aus war.

Es klingelte an der Tür. »Jetzt geht's los«, meinte Frankie und rannte zur Tür. Als sie zurückkam, verdrehte sie vor Bewunderung die Augen. Selten hatte eines der Mädchen einen so gutaussehenden Mann gesehen wie den, der gerade hereinkam.

Mit seinem Smoking, dem etwas längeren, aber frisch gewaschenen, glänzenden Haar, dem wind- und wettergegerbten Teint, dem kräftigen, durchtrainierten Körper, der jeden College-Sportler vor Neid erblassen ließ, und einem Lächeln, das die Herzen der Frauen scharenweise brechen konnte, sah Stevie Sullivan aus, als wäre er soeben einem Filmplakat entstiegen.

»Mensch, du siehst ja phantastisch aus!« rutschte es Kit heraus.

»Aber nicht halb so gut wie du«, erwiderte er. Sein Blick ruhte wohlgefällig auf ihren entblößten Schultern und dem pfirsichfarbenen Seidenkleid mit dem Nackenband.

Anfangs hatte Kit Bedenken gehabt, keinen BH anzuziehen, aber die Verkäuferin im Geschäft hatte ihr versichert, das Oberteil des Kleides würde genug Halt geben, sie bräuchte nichts darunterzuziehen. So wie Stevie sie ansah, kam es ihr vor, als würde er sich auch gerade fragen, ob sie darunter noch etwas trug. Doch das bildete sie sich bestimmt nur ein.

In diesem Moment klingelte es wieder, und es erschienen weitere Gäste, darunter Kevin O'Connor. Er steuerte schnurstracks auf Kit zu. »Ich wollte dir nur sagen, daß Matthew ebenfalls da ist, aber wir werden alle ein Auge auf ihn haben. Der kleinste Anlaß genügt, und wir schicken ihn heim. Nur damit du Bescheid weißt.«

»Matthew?« fragte Kit verdutzt.

»Ja. Der, der sich bedauerlicherweise so daneben benommen hat, als du in der Bar gearbeitet hast. Er steht da drüben an der Tür.

Ich habe ihm gesagt, ich will das vorab mit dir klären. Er kommt anstelle von Harry, weißt du.«
»Ist schon gut, er kann bleiben«, erklärte Kit großmütig. »Solange er sich anständig verhält.«
»Darauf gebe ich dir mein Wort«, versicherte Kevin.
»Donnerwetter, Kit McMahon, hast du ganz Dublin Mores gelehrt?« meinte Stevie bewundernd.
»Ach, du kennst ja nur mal die halbe Geschichte, Stevie.« Kameradschaftlich hakte sie sich bei ihm unter und stellte ihn den anderen vor. Die Blicke, die er erntete, verrieten ihr, daß sie nicht die einzige war, die für ihn schwärmte. Ein schick herausgeputzter Stevie Sullivan machte in einer Gesellschaft wie dieser mächtig Eindruck. Und er war viel zu gut für Clios kleine Schwester, diese Nervensäge. Plötzlich fiel Kit wieder ein, welchen Zweck dieser ganze Abend hatte. Sie mußte ihn von Anna ablenken, damit Anna reumütig zu Emmet zurückkehrte. Sie mußte ihm bei diesem Tanzabend völlig den Kopf verdrehen. Möglicherweise klappte es auch nicht, aber zumindest würde sie sich alle Mühe geben.

Wie üblich verbrachten die Kellys und die McMahons den Samstagabend im Golfclub, wo sie, wie so oft am Wochenende, zu Abend aßen. Sie konnten sich kaum noch vorstellen, daß es jemals anders gewesen war.
Das Gespräch drehte sich um die Kinder. Clio nehme ihr Studium nicht sonderlich ernst. Wenn sie zu Besuch nach Hause komme, wolle sie sich vor allem ausschlafen. »Ich habe das Gefühl, sie schläft überhaupt nicht in Dublin«, sorgte sich Lilian um ihre älteste Tochter. Maura McMahon beunruhigte mehr die Frage, *wo* Clio schlief, aber es war weder der richtige Ort noch der richtige Zeitpunkt, um dieses Thema auf den Tisch zu bringen.
»Anscheinend geht Kit heute abend tanzen«, berichtete Peter Kelly. »Clio hat sich am Telefon ganz neidisch angehört.«
»Das stimmt. Zuvor treffen sie sich zu einem Umtrunk in der Wohnung von einem der Mädchen. Ich glaube, es sind alles Leute von der Hotelfachschule«, erklärte Martin.

»So, so. Jedenfalls hat Clio gesagt, wenn sie eine Mitfahrgelegenheit findet, kommt sie heute abend noch heim.«
»Das wäre doch schön«, bemerkte Maura nicht ganz aufrichtig. Sie fand ihre Nichte ziemlich schwierig. Immer gab es ihretwegen irgendwelche unterschwelligen Spannungen.
»Ich habe ihr einen Teller mit belegten Broten hingestellt.« Lilian legte oft eine übertriebene Fürsorglichkeit an den Tag. »Anna will nie mehr etwas essen, sagt sie. Sie bildet sich ein, daß sie zu dick ist. Meine Güte, manchmal hat man's wirklich nicht leicht mit ihnen.«
»Der junge Philip ist auch heimgekommen«, wußte Martin zu erzählen. »Sie hätten doch zusammen fahren können, dann hätten sie Gesellschaft gehabt.«
»Ach, sie redet nur noch von diesem Jungen mit dem schicken Auto. Vielleicht fährt er sie her.« Lilian klang bekümmert.
»Will er hier übernachten?« fragte Peter.
»Davon hat sie nichts gesagt. Und du kennst ja Clio, sie reißt einem gleich den Kopf runter, wenn man sie was fragt. Wir werden es ja sehen. Für alle Fälle habe ich ein paar frische Laken und Kissenbezüge hingelegt.«
Maura schwieg. Sie wußte, daß der Junge mit dem schicken Auto der Sohn von Fingers O'Connor war.
Francis Fingleton O'Connor war ein legendärer Hotelier, der mit seinen vier strategisch günstig plazierten Hotels in Irland ein Vermögen gemacht hatte. Aber noch berühmter war er dadurch geworden, daß er sich für einen unwiderstehlichen Frauenhelden hielt; seiner Ansicht nach genügten ein paar Grapscher und die eine oder andere anzügliche Bemerkung, daß jede Frau sich begehrt und in ihrer Weiblichkeit angesprochen fühlte. Maura hatte durch ihre Arbeit mehr als einmal mit ihm zu tun gehabt und ihn ausgesprochen unsympathisch gefunden. Und in einem unbeobachteten Moment hatte sie ihm einmal gesagt, daß er seine Annäherungsversuche gefälligst unterlassen solle – mit einer Deutlichkeit, die sogar Fingers O'Connor begriff. Doch ihre Meinung über ihn behielt sie für sich.

Kit hatte einmal erwähnt, einer seiner Söhne, Kevin, gehe ebenfalls auf die Hotelfachschule in der Cathal Brugha Street. Ein ziemlich flegelhafter Kerl, hatte sie gemeint. Und obwohl Maura sich eines Kommentars dazu enthielt, freute sie sich über diese Einschätzung. Dagegen schien Clio von dem Bruder des Jungen sehr angetan zu sein. Bestimmt lag es daran, daß sie sich von seinem schicken Wagen und seinem flotten Lebensstil beeindrucken ließ.

Maura brachte das Gespräch auf Emmet – ein unverfängliches Thema, wie sie dachte. »Er ist heute abend im Kino. Inzwischen sind sie alle vier doch schon recht selbständig und gehen ihre eigenen Wege«, meinte sie bewundernd.

Dabei hatte sie den Eindruck, daß die Kellys nicht sonderlich zuversichtlich schienen, was die eigenen Wege ihrer Töchter betraf. Die eine kam unzufrieden aus Dublin heim, nur um den lieben langen Tag zu schlafen, die andere saß allein am Küchentisch und wollte weder essen noch ins Kino gehen. Dabei waren beide so bildhübsche Mädchen, fand Maura.

Zum erstenmal seit langer Zeit mußte sie an Helen McMahon denken. Ihre Schönheit hatte ihr nichts als Unglück gebracht.

»Die sind doch schon zu alt zum Heiraten«, äußerte sich Louis über Ivy und Ernest. Es klang sehr mißbilligend.

»Wieso denn, wenn sie es wollen?« Lena wußte, daß Louis diesen Standpunkt vertreten würde. Darauf war sie vorbereitet, und sie hatte beschlossen, sich nicht in die Defensive bringen zu lassen.

»Ach, komm, das ist doch lächerlich. Jeder weiß, daß sie seit Jahren zusammen sind, warum zieht er nicht einfach zu ihr oder sie zu ihm? Was soll das ganze Theater von wegen lieben und ehren, bis daß der Tod euch scheidet?«

»Ein Symbol, weiter nichts.« Sie wußte, daß ihre Stimme schroff klang.

»Ein Symbol für gar nichts.«

»Leute wie wir sehen das eben anders«, sagte sie, als wäre es ganz selbstverständlich. »Du und ich, wir brauchen so etwas nicht …

weil wir es auch so wissen. Aber für andere ist es wichtig. Du bist doch sonst immer so tolerant, wenn jemand etwas tut, was uns unbegreiflich erscheint … Warum freust du dich nicht einfach für Ivy und Ernest?« Sie traf genau den richtigen Ton.
»Na ja, von der Warte aus betrachtet …« Es schien, als wäre ihm eine schwere Last von den Schultern genommen. »He, warum kaufen wir nicht ein Fläschchen für die beiden und gehen gleich zu ihnen runter? Machen wir eine kleine Feier, zur Erinnerung an ihren letzten Samstag in Freiheit.« Jetzt war er bester Laune. Er würde alle mit seinem Charme mitreißen.
Und Lena behielt recht. Auf der kleinen Feier erwies sich Louis als wahre Stimmungskanone. Er hatte allen Mietern gesagt, sie sollten doch kommen und dem glücklichen Paar alles Gute wünschen, und jeder hatte ein kleines Geschenk mitgebracht. Ernest und Ivy waren überwältigt.
»Wie haben Sie davon erfahren?« flüsterte Ivy einer Neuseeländerin zu.
»Von Mr. Gray. Er fand, wir sollten das ein bißchen feiern«, antwortete sie.
»Du hast wirklich einen fabelhaften Mann«, sagte Ivy zu Lena.
»Ja«, erwiderte Lena.
Ivy musterte sie mit einem durchdringenden Blick. »Im Grunde ist er ein herzensguter Mensch«, erklärte sie. Ivy, die wußte, wie untreu er war und wieviel Mühe Lena sich gab, ihn bei Laune zu halten. Ivy, die als einzige wußte, daß sie nicht verheiratet waren, ließ sich von dieser kleinen freundschaftlichen Geste täuschen.
Lena hatte das Gefühl, daß das ganze Leben nur aus Verstellung bestand. »Ich weiß«, sagte sie mechanisch. Es kam ihr vor, als würde sie aus ihrem Körper heraustreten und die ganze Szene als Außenstehende betrachten. Von ihr stammte doch die Idee mit der Feier zu Ehren von Ivy und Ernest. Sie war neidisch und eifersüchtig auf Ivys unverhofftes Glück gewesen, aber sie hatte diese Gefühle unterdrückt. Denn Ivy hatte es verdient, und Lena freute sich für ihre Freundin.
In Louis' Augen war es sinnlos und dumm, wenn Leute in diesem

Alter heirateten – ein leeres Symbol, einfach lächerlich. Doch nachdem Lena ihm den letzten Rest seiner Schuldgefühle genommen hatte, war er wie ausgewechselt und feierte das Ereignis wie einen Triumph.
Sie betrachtete die anderen; alle Blicke waren auf Louis gerichtet, den lebhaften, gutaussehenden Mann im Mittelpunkt. Was für ein Heuchler, dachte sie zornig, ein Betrüger und Schwindler. Warum hatte sie nur ihr Leben mit diesem Mann vergeudet? Warum war sie nicht wieder in Lough Glass, bei ihrer Familie, bei ihren Kindern, die sie brauchten?
Was tat sie eigentlich in diesem albernen Haus in London, warum schuftete sie sich in einer Stellenvermittlungsagentur ab, warum war sie hier, umgeben von Leuten, die sie kaum kannte? Es war Samstag abend, sie sollte zu Hause in Lough Glass sein.
Das Gefühl einer schrecklichen Leere überkam sie. Zu Hause in Lough Glass – was wollte sie dort?

Michael O'Connor und Clio fuhren durch die Dunkelheit in Richtung Lough Glass.
»Du weißt, daß wir zu Hause nicht in einem Bett schlafen können«, sagte Clio.
»Das erzählst du mir schon die ganze Zeit.«
»Ja, weil ich die ganze Zeit versuche, es dir klarzumachen. Wenn du es nicht als Witz auffassen würdest, könnte ich mir das sparen.«
»Schon gut, schon gut. Wir gehen erst in getrennte Zimmer, und dann schleichst du dich zu mir, ja?«
»Nichts da, Michael. Ich bin in diesem Haus geboren und aufgewachsen. Meine Eltern sind da, sie werden mit gespitzten Ohren auf jedes kleinste Knarzen im Flur hören.«
»Uns wird schon irgendwas einfallen.«
»Nein!« herrschte sie ihn zornig an.
Er hielt am Straßenrand an. »Was soll das? Wieso regst du dich so auf?« fragte er.
»Weil ich dir, noch bevor wir in Dublin losgefahren sind, genau gesagt habe, daß das nicht geht. Damit du dir keine falschen

Hoffnungen machst.« Sie sah sehr besorgt aus und gar nicht erwachsen. Ihre blonden Locken hatten etwas Kindliches, ihre Unterlippe zitterte wie bei einem Baby.

»Okay, okay«, gab er nach. »Ich sehe es ja ein.«

»Auch dann noch, wenn du ins Gästezimmer mußt, Michael?« fragte sie.

»Ich weiß nicht. Kommt darauf an, wieviel Lust ich dann habe.«

»Solange du nicht begreifst, daß es egal ist, wieviel Lust du hast, brauchen wir keinen Meter weiter zu fahren.«

»Ach ja? Und was willst du dann hier in dieser gottverlassenen Gegend machen?«

»Entweder steige ich aus und fahre per Anhalter weiter, oder ich kehre mit dir nach Dublin zurück.« Es klang selbstbewußter, als sie sich fühlte.

»Ach, zum Teufel, wir sind sowieso schon halb dort. Ich bringe dich in dieses Kaff, und danach fahre ich zurück in die Zivilisation.«

»Das kann ich doch nicht von dir verlangen.«

»Euer Wunsch ist mir Befehl, Gnädigste.«

»Nein, wirklich, Michael.«

»Nein, ich wollte mir ohnehin mal ansehen, wo du wohnst. Ich muß doch Bericht erstatten, ob meine Freundin auch meinem Stand entspricht.« Sie hielt es für einen Scherz und lachte. »Das ist mein voller Ernst«, fuhr Michael fort. »Mein Vater fragt mich dauernd, was für eine Sorte Mädchen die Nichte von Maura Hayes ist. Ich glaube, deine Tante hat ganz gern mal eine Sause gemacht.«

»Eine Sause?«

»Ich meine, sie hat sich gern amüsiert.«

»Tante Maura? Du machst Witze.«

»Das hat er gesagt oder jedenfalls angedeutet. Ein richtiges Partymädchen.«

»Ist das gut oder schlecht?«

»Das ist prima. Ein Partymädchen so wie du, für jeden Spaß zu haben.« Er nahm sie fest in den Arm, aber dann fiel ihm ein, wie unpassend das hier und jetzt war. »Ist wohl besser, wenn ich nicht auf dumme Gedanken komme – vor allem wenn ich mir danach jeden Spaß aus dem Kopf schlagen muß.«

Sie fuhren durch die nächtliche irische Landschaft, durch kleine Dörfer, vorbei an Bauernhäusern mit erleuchteten Fenstern, an Rinderherden, die ihnen über die Hecken hinweg nachstarrten, an Marienschreinen am Straßenrand, die Unserer Lieben Frau von Lourdes gewidmet waren. Doch sie redeten über nichts von alldem. Eigentlich sprachen sie ziemlich wenig miteinander, fiel Clio auf; es war bei ihnen einfach nicht üblich, daß man zusammensaß und sich über Gott und die Welt unterhielt.

Aber dafür hatten sie etwas weitaus Wichtigeres, nämlich ein sehr leidenschaftliches Liebesleben. Die meisten Menschen konnten sich nicht so glücklich schätzen, sie kannten so etwas nicht. Inzwischen wußte Clio, wie schwierig es war, Liebe in Gedichten, Gemälden oder in der Musik auszudrücken. Es war eben … nun, Nähe, Vertrautheit. Man konnte es einfach nicht beschreiben.

Während Michael fuhr, schaute sie ihn an und fragte sich, ob er gerade etwas Ähnliches dachte. Sie legte ihre Hand auf sein Bein.

»Wir sind glücklich, wir beide, nicht?« meinte Clio.

»Nein, kein bißchen … deine Eltern sind da und liegen auf der Lauer, um uns zu erwischen.«

»Sie sind noch nicht zu Hause, sie werden noch oben im Golfclub sein«, sagte Clio.

Da hellte sich Michaels Miene auf. »Vielleicht haben wir noch Zeit, bis sie zurückkommen.«

Clio sah auf ihre Uhr. Es war zehn Uhr. Nach Lough Glass brauchten sie noch eine halbe Stunde, aber ihre Eltern kamen selten vor Mitternacht aus dem Golfclub heim. »Fahr schneller«, meinte sie, und Michael stieß einen Freudenjuchzer aus.

Schwester Madeleine war unruhig. Wieder ein langer, einsamer Abend. Nein, so durfte sie nicht denken. Hatte sie sich nicht danach gesehnt, fernab von dem endlosen Geplapper und der

Geschäftigkeit anderer Menschen zu leben? Und wie stolz war sie immer gewesen, daß sie mit sich und ihren Gedanken allein sein konnte! Aber das war wohl in einer Zeit gewesen, als sie zu sich und ihren Gedanken noch Vertrauen haben konnte. Neuerdings geriet sie über immer mehr Dinge ins Zweifeln, und mit dem Verlust der Gewißheit ging auch vieles anderes verloren.

Die abendlichen Schatten über dem See wirkten nun ein wenig bedrohlich, ebenso wie das Knarren und die anderen Geräusche in den Bäumen, das Rascheln im Unterholz. Sie konnte den äußeren Rand des Landfahrerlagers im Wald erkennen. Dort brannte ein Feuer, und bestimmt würde man sie freundlich willkommen heißen. Aber dann würden sie in Schweigen verfallen; Schwester Madeleines Anwesenheit würde sie befangen machen. Als sie durch die Bäume spähte, sah sie Lough Glass, die Lichter an der langen und einzigen Straße des Ortes. In diesen Häusern wohnten seßhafte Menschen, keine Landfahrer, keine Einsiedler wie Schwester Madeleine. Von den meisten kannte sie die Lebensgeschichten, ihre Geheimnisse. Es gab kaum ein Haus, wo man ihr nicht die Hand entgegengestreckt und sie freundlich hereingebeten hätte.

Doch irgend etwas hielt Schwester Madeleine zurück. Wenn sie jemanden besuchte, wenn sie dieses unabhängige Leben aufgab, dann war sie verloren. Mit diesen Hirngespinsten mußte Schluß sein, ermahnte sie sich. Sie versuchte sich vorzustellen, sie wäre selbst eine der vielen Ratsuchenden, die ihre kleine Kate aufsuchten. Was würde sie sagen?

»Die größte Schwierigkeit bei den meisten von uns ist, daß wir zuviel über uns selbst nachdenken, und deshalb erscheinen uns unsere Probleme größer, als sie sind. Wenn man dagegen an jemand anderen denkt ...« Ein sehr guter Rat, aber sie konnte nur an einen anderen Menschen denken, an den armen Francis mit seinem verwirrten Verstand, der wohl gerade irgendwo durch die Nacht irrte. Wenn sie nur daran glauben könnte, daß er seßhaft geworden war und in Sicherheit lebte! Jetzt war er den dritten Tag fort. Sie zitterte, als sie sich vorzustellen versuchte, wo er in dieser

Samstagnacht wohl sein Haupt zur Ruhe betten würde. Könnte es doch noch die Bank neben dem Kamin in ihrem Häuschen sein …

Frankies Wohnung war erfüllt von Stimmengewirr. Das Fest lief prima. Frankie und Kit wechselten freudige Blicke. Wie ein Leibwächter stand Kevin O'Connor neben Matthew, der nach seinem einen Fehltritt in Ungnade gefallen war. Kit mußte ein Schmunzeln unterdrücken. Im Vergleich zu Mädchen waren Jungs wirklich ziemlich unreif. Die beiden benahmen sich, als wären sie nicht älter als Emmet.

Beim Gedanken an Emmet fiel ihr ein, daß sie ihre Aufgabe vernachlässigt hatte. Es genügte nicht, Stevie für einen Samstagabend nach Dublin zu locken; sie mußte ihm das Gefühl geben, daß sie sich für ihn interessierte, damit er Anna vergaß und nur noch Augen für sie hatte.

Diese Kelly-Mädchen waren wirklich ziemlich anstrengend, sagte sich Kit. Clio war entsetzlich gekränkt gewesen, weil Kit sie nicht eingeladen hatte, aber sie hätte unmöglich dabeisein können. Sonst würde ganz Lough Glass erfahren, daß Kit McMahon mit Stevie Sullivan herumgetändelt hatte. Denn genau das würde sie jetzt tun.

Sie trug ein wenig Vaseline auf ihren Lippenstift auf, damit ihr Mund mehr glänzte, und schlenderte dann zu ihm. Locker und entspannt stand er da und plauderte über Autos, als würde er jeden Samstag in Gesellschaft von Leuten verbringen, die Abendkleider und Smokings trugen. Tatsächlich schien er sich wohler zu fühlen als so mancher andere Gast.

»Wir überlegen gerade, wer wen im Auto zum Gresham mitnimmt«, sagte sie. »Hast du bei dir Platz für ein paar Leute?«

»Klar«, lächelte er unbeschwert.

Kevin, der neben ihr stand, prahlte: »Ich nehme dich mit, Kit. Ich habe heute abend den Morris, da passen hinten leicht vier Leute rein.«

»Ich muß Frankie als Gastgeberin helfen und mich gewissermaßen um das ganze Organisatorische kümmern, weißt du.« Kit schenkte ihm ein liebenswürdiges Lächeln, und Kevin grinste dümmlich zurück. Anscheinend hatte man ihm verziehen, er wurde wieder in den Kreis der Freunde aufgenommen Sie legte ihre Hand auf Kevins Arm. »Sei doch so lieb und setz Matthew auf den Beifahrersitz, damit du auf ihn aufpassen kannst. Und nimm die vier Mädchen da drüben mit, ja?«

Kevin freute sich, daß er ihr gefällig sein konnte. Nachdem sie kurz überlegt hatte, wer mit wem fahren konnte, arrangierte sie es so, daß sie mit Stevie fuhr – und zwar nur sie. Als sie die Wohnungstür hinter sich absperrten, waren Paddy und Frankie in einem anderen Auto untergekommen, so daß nur Stevie und Kit übrigblieben.

»Wollte denn keiner bei uns mitfahren?« Schelmisch sah er sie an.

»Es hat sich eben so ergeben«, antwortete sie.

Er öffnete ihr die Tür eines wirklich schicken Wagens.

»Was ist denn das?« fragte sie verwundert.

»Ein Jaguar, Typ E«, erwiderte Stevie beiläufig.

»Na, wenn die anderen den gesehen hätten, hätten wir uns vor Mitfahrern gar nicht mehr retten können.«

»Es nützt gar nichts, Kit, wenn man nur wegen seines Autos gemocht wird. Die Leute müssen einen so mögen, wie man ist.«

Sie fand seine Gesellschaft angenehm, wie er so mit ihr redete, halb flirtend, aber mehr noch bewundernd. Da fiel es ihr nicht schwer, ihre Rolle zu spielen.

»Na, ich würde sagen, in dieser Hinsicht hast du keine Probleme«, meinte Kit.

»In welcher Hinsicht?«

»Daß du so gemocht wirst, wie du bist. Nach allem, was man hört, stehen sie ja förmlich Schlange.«

»Nun hör aber auf. Schließlich bist du doch unsere Nachbarin, nicht wahr? Und du hast bestimmt nie irgendwelche Menschenschlangen vor meiner Werkstatt gesehen.«

»Einige!« Kit lachte.

Als er sie ansah, setzte sie bewußt ein Lächeln auf, wie man es aus

Filmen kannte. Es kam ihr kitschig vor, aber ihm schien es zu gefallen. »Du hast dich in letzter Zeit ganz schön verändert«, bemerkte er.

»Findest du? Ich fühle mich genauso wie früher.«

»Nein, früher warst du ein albernes, kicherndes Schulmädchen, das immer mit Clio herumgezogen ist. Ihr habt euch über alles und jeden kaputtgelacht.«

»Und jetzt bin ich ein Trauerkloß, ist es das, was du meinst?« Wieder sah Kit ihn mit ihrem koketten Augenaufschlag an. Sie fragte sich, ob sie womöglich zu dick auftrug.

Stevie war schließlich kein Dummkopf, er mußte doch merken, daß sie ihm etwas vorschwindelte, und sie dafür verachten. Aber anscheinend war das nicht der Fall. »Sind nette Leute, deine Freunde«, meinte er. »Ja ... das ist der große Vorteil an Dublin, stimmt's? Man kann viel mehr Leute kennenlernen als zu Hause. Dieser große Blonde ... bist du mit dem zusammen?« fragte er dann plötzlich unverblümt.

»Warum willst du das wissen?« Sie hob die Augenbrauen. Bestimmt würde er ihr gleich sagen, sie solle doch mit dem Theater aufhören.

»Ich hatte das Gefühl, daß er dir ziemlich viel Aufmerksamkeit schenkt.«

»Er ist in meinem Jahrgang an der Hotelfachschule.«

»Ist das dieser O'Connor, der mit den Hotels?«

»Genau der«, bestätigte sie. Sie hatte das Bedürfnis, ihm zu erzählen, daß Kevin O'Connor ein dummes Großmaul war, das überall herumerzählt hatte, er habe mit ihr geschlafen – und teuer dafür bezahlt hatte. Daß er jetzt einen Heidenrespekt vor ihr hatte. Und daß er, sobald er die Schule hinter sich hatte, wahrscheinlich ein, wenn nicht alle Hotels seines Vaters zugrunde richten würde. Gern hätte sie Stevie auch von Matthew erzählt, der nur dabeisein durfte, solange er seine Grapschfinger und seine Zunge im Zaum hielt.

Doch das gehörte nicht zu dem Spiel, das nur den Zweck hatte, ihn ein bißchen eifersüchtig zu machen. Ihn glauben zu machen,

sie habe an jedem Finger zehn Verehrer. Also verriet sie ihm nichts von diesen interessanten Einzelheiten über Kevin O'Connor. Aber wenn man mit einem Mann wie Stevie ausging, war das eben etwas anderes als mit einem Freund.
»Dann ist es dieser eine, oder?«
»Frankies Bruder, der Jurastudent? Nein, nur ein guter Kumpel, aber auch … aufmerksam, wie du es genannt hast. Das trifft es wohl ganz gut.«
»Und der junge Philip O'Brien vom Hotel auch! Donnerwetter, du bist ja richtig umschwärmt, Kit McMahon.«
»Ach, nein. Philip ist nur ein Freund.«
»Und warum ist er heute abend nicht dabei?«
»Ich glaube, er mußte nach Hause«, log Kit. Sie war sich sicher, daß Stevie sie völlig durchschaute.
»Na, ich bin froh, daß du mich eingeladen hast. Mir gefällt's hier prächtig«, erwiderte Stevie. Schwungvoll fuhr er auf einen Parkplatz, der anscheinend für prominente Gäste reserviert war. Da aber kaum jemand von den Gästen einen eleganteren Wagen fahren würde, genügten ein paar wohlüberlegte Worte, um den Portier zu überzeugen, daß das alles so seine Ordnung habe.
Eine Hand an ihrem Ellbogen, geleitete Stevie Sullivan Kit ins Hotel, wo sich die übrige Gesellschaft versammelt hatte. Mit offenen Mündern starrten sie auf das Auto, das Stevie so salopp geparkt hatte.
»Was für ein Wagen«, staunte Kevin O'Connor, blaß vor Neid.
»Ach, ich weiß nicht, es ist ein bißchen protzig. Ich glaube, man bezahlt hauptsächlich für das ganze Chrom. Du fährst einen Morris, hast du gesagt, nicht? Ich finde, es gibt auf unseren Straßen heutzutage nichts Besseres, und schnell sind sie auch, wenn's darauf ankommt.«
Kevin war besänftigt. »Ja, stimmt, das denke ich auch.« Als sie sich dem Tanzsaal näherten, hörten sie die Kapelle spielen.
»Kit, schenkst du mir den ersten Tanz?« bat Kevin.
Es war ein lauter Rock 'n' Roll, nichts Verführerisches, nichts, was

sie für Stevie reservieren mußte. »Ja, gern, Kevin«, hauchte sie mit tiefer Stimme. Kevin rückte seine Krawatte zurecht und führte sie an der Hand zur Tanzfläche.
Was sind die Männer doch für Narren, dachte sich Kit. Und aus irgendeinem Grund stand ihr plötzlich das Bild ihrer Mutter vor Augen.

»Sind das da vorne schon die strahlenden Lichter von Lough Glass?« fragte Michael O'Connor.
»Wenn du glaubst, du kannst mich wegen meines Heimatorts in Verlegenheit bringen, hast du dich getäuscht.« Clio blickte ihn lachend an.
»Nein, man muß sich ja auch sehr stolz und wichtig fühlen, wenn man aus einem Ort von solcher Größe kommt«, entgegnete Michael.
»Na schön, du bist in Dublin geboren, aber dein Vater nicht und deine Mutter auch nicht. Jeder kommt aus irgend so einem Nest, es ist nur länger her.«
»Ich liebe dich, wenn du so wütend bist, Miss Kelly.«
»Bin ich doch gar nicht«, gab Clio zurück.
»So? Dann wirst du also ganz, ganz lieb zu mir sein …?«
»Ja, aber wir müssen uns beeilen.«
Sie stellten den Wagen auf dem Zufahrtsweg ab. Wie erwartet, war das Auto ihrer Eltern noch nicht da. Sie würden noch eine Stunde lang im Golfclub sein.
Nachdem Clio die Tür aufgeschlossen hatte, sah Michael sich interessiert im Haus um. Es wirkte gemütlich; Clio sah keinen Grund, sich dafür zu schämen. Ihre Mutter hatte die nicht gerade billigen Vorhang- und Bezugsstoffe mit großer Sorgfalt ausgewählt. Im Flur standen zwei alte, elegante Tische unter einem antiken Spiegel. Und in der Küche brannte Licht.
Clio sah, wie ihre jüngere Schwester trübsinnig am Küchentisch saß und las. »Ach, Mist«, murmelte Clio. »Da ist Anna.«
»Was heißt das?« fragte Michael und warf einen Blick über ihre Schulter.

»Was denkst du wohl, was es heißt?« erwiderte Clio, die Lippen zusammengekniffen.
Da sah Anna von ihrem Buch auf. »Oh, hallo«, begrüßte sie sie. »Ich dachte, es wären die Alten, die schon von ihrem Seniorenkränzchen zurück sind.«
»Warum bist du denn nicht ausgegangen?« fuhr Clio sie an. »Es ist doch Samstag abend.«
»Warum bist *du* denn nicht ausgegangen?« konterte Anna.
Michael stand nur hilflos daneben.
»Bin ich doch«, antwortete Clio dümmlich. »Ich bin von Dublin gekommen.«
»Na prima.« Anna wandte sich wieder ihrem Buch zu.
»Anna, das ist Michael O'Connor, ein Freund von mir aus Dublin. Das ist meine jüngere Schwester Anna, sie geht noch zur Schule.«
»Aber im Moment gerade nicht«, sagte Anna. »Im Moment begehe ich anscheinend gerade das größte Verbrechen, das man sich nur denken kann: Ich sitze bei mir zu Hause und lese ein Buch, was mein Schwesterherz aus unerfindlichen Gründen ungeheuer beleidigend findet.«
»Ach, halt die Klappe, Anna, du gehst mir auf die Nerven«, gab Clio zurück.
»Nun, ich glaube, ich sollte besser ...« Michael hatte es eilig, aus dieser Küche zu verschwinden.
»Nein, meine Güte, du mußt doch was trinken, einen Kaffee oder so. Du kannst doch nicht die ganze Strecke herfahren, um dann einfach ...«
»Tja, es sieht aber ganz so aus, als hätte ich dich die ganze Strecke hergefahren, um dann einfach ...« Er machte ein ziemlich ärgerliches Gesicht.
»Sag mal, Anna, könntest du vielleicht zum Lesen in dein Zimmer gehen, damit Michael und ich uns ... äh ... ein bißchen ungestörter unterhalten können?« fragte Clio ohne große Hoffnung.
»Hier stehen doch sechs Stühle.« Anna sah sich um, als wollte sie

sich vergewissern. »Da ist das Wohnzimmer, da das Eßzimmer. Ich wüßte nicht, daß man ein Buch nur in den eigenen vier Wänden lesen darf.«
»Herrgott!« Clio warf ihr einen Blick zu, bei dem jede andere jüngere Schwester klein beigegeben hätte.
»War nett hier«, bemerkte Michael eisig.
»Hör mal, komm später wieder. Es tut mir wirklich leid.«
»Später? Wozu? Für den nächsten Schlagabtausch in der Küche? Nein, ich fahre schnurstracks nach Dublin zurück. Das mache ich doch gern an einem Samstagabend – in irgendein gottverlassenes Kaff und wieder zurück fahren!« Sie hörte die Wagentür zuschlagen, und weg war er.
Mit einem mörderischen Funkeln in den Augen kehrte Clio in die Küche zurück.

Emmet fand *Die blaue Lagune* ein bißchen schmalzig und gefühlsduselig, aber Patsy Hanley hatte es gefallen. Als sie sich nachher darüber unterhielten, kicherte sie ständig und sagte oft »ähm« und »jetzt habe ich den Faden verloren«. Vielleicht war sie schüchtern und redete deshalb soviel. Emmet wußte, wie schwer es war, wenn man etwas Bestimmtes sagen wollte und die Worte nicht herausbrachte. Aber Patsy wollte einfach nicht mehr aufhören. Wenn es Anna gewesen wäre …
Ach, wäre es doch Anna gewesen. Mit ihr hätte er richtig darüber reden können … Anna war so gescheit, so phantasievoll, so einfallsreich.
Während er im Bus neben Patsy saß, die über den Film plapperte, dachte er an Anna. Sie ging nicht mit diesem schmierigen Stevie aus, und das war gut so. Aber vielleicht hätte er doch die Gelegenheit nutzen und mit ihr heute abend etwas unternehmen sollen? War es klug gewesen, statt dessen mit Patsy ins Kino zu gehen und Anna eifersüchtig zu machen? Warum ging es im Leben nicht ohne solche Winkelzüge und Täuschungen?
Der Bus hielt vor Paddles' Bar, und Emmet und Patsy spazierten die Straße von Lough Glass entlang. »Wäre es nicht schön, wenn

man hier noch irgendwo auf einen Kaffee oder ein Eis gehen könnte?« meinte Patsy.
»Ja.« Emmet hatte langsam genug von Patsy und war ganz froh, daß sie nirgendwo mehr hingehen konnten. Als sie am Central Hotel vorbeikamen, betrachteten sie es lustlos. »Ein richtiges Mausoleum, findest du nicht?« sagte Emmet.
»Ein was?« fragte Patsy.
Emmet grub die Hände in die Taschen.
»Wart ihr im Kino?« rief ihnen Philip O'Brien zu.
»Ja, in der *Blauen Lagune*, es war herrlich«, erwiderte Patsy.
Philip war immer nett zu Emmet McMahon. Schließlich würde er eines Tages sein Schwager sein. »War Anna Kelly nicht dabei?« fragte er beiläufig. Er dachte, Emmet würde sich geschmeichelt fühlen, wenn sich der wesentlich ältere Philip nach seinen Freunden erkundigte.
Auf einen so finsteren Blick war er allerdings nicht gefaßt gewesen. »Nein«, gab Emmet zurück, und da fing sein Stottern wieder an. Nur mit Mühe brachte er heraus, es könne schließlich jeder tun und lassen, was er wolle; dann stapfte er mit rotem Kopf davon. Patsy Hanley verabschiedete sich mit einem Achselzucken von Philip und folgte Emmet. Sie wußte auch nicht, was los war.
»Also, ich gehe heim«, sagte Emmet schroff, als sie McMahons Apotheke erreicht hatten.
»Begleitest du mich nicht mehr nach Hause?« wunderte sich Patsy. »Wir sind doch auch zusammen ausgegangen.«
Emmet hatte bereits die Tür geöffnet, doch da wurde ihm bewußt, daß er sich nur daheim verkriechen wollte, weil er ärgerlich und verstimmt war. Daß er Patsy noch zu Hanleys Textilgeschäft brachte, war eine Selbstverständlichkeit. »Entschuldige«, murmelte er.
Sie gingen durch den stillen Ort. Aus Foleys Bar war nie viel zu hören; das Leben spielte sich drunten bei Paddles ab.
Mrs. Hanley hatte sie erwartet. »Ich hab' mir schon gedacht, der Bus müßte doch bald dasein«, sagte sie. Sie würde es nicht soweit kommen lassen, daß ihre zweite Tochter in Deirdres Fußstapfen

trat, eine leichte Beute für jeden Mann. »Komm doch rein, Emmet. Ich mache dir eine Tasse Kakao«, bot sie an.
»Nein, danke, Mrs. Hanley.«
»Ach, nun zier dich nicht. Es gibt auch Schokoladenkekse.«
Emmet ließ sich überreden. Zu Hause war sowieso niemand. Sein Vater und Maura waren im Golfclub, und er wollte nicht allein sein und an Anna denken müssen. So hatte er wenigstens Gesellschaft.

Zu Kits Überraschung entpuppte sich Stevie als großartiger Tänzer, und sie wollte ihn fragen, wo er es gelernt hatte. Sie selbst hatte einen Tanzkurs besucht, den Mutter Bernard Freitag nachmittags im Konvent organisiert hatte. Damals hatten sie sich über die Lehrerin lustig gemacht, aber heute waren sie dankbar dafür. Dieser Stevie, sieh mal an! Da verbrachte er sein ganzes Leben in Arbeitsoveralls und bastelte an Motoren herum, lebte mit seiner furchtbaren Mutter zusammen, die sich ständig beklagte, und seinem jüngeren Bruder, diesem wilden Kerl. Wie kam es, daß er überhaupt Zeit und auch das Interesse für so feine, kultivierte Dinge gehabt hatte? Als sie zu »Smoke Gets in Your Eyes« tanzten, schmiegte er seine Wange an die ihre. Kit zuckte ein wenig zurück, aber nur ganz leicht, so daß er ihr folgen konnte.
»Weißt du was?« sagte Stevie.
»Was denn?« Kit kicherte schüchtern. Es schien zu klappen.
»Der Text dieses Liedes ist völlig lächerlich. Es geht um einen Mann, der von seinen Freunden verlacht und verspottet wird … hör doch …« Sie lauschten dem Text. Er hatte recht. »Das ist ja eine hübsche Blase von Freunden«, bemerkte Stevie.
Kit pflichtete ihm bei. Gerade war sie im Begriff, ihre Meinung dazu zu sagen, da fiel ihr ein, daß sie nicht aus ihrer Rolle fallen durfte. Sie war hier, damit er sich in sie verknallte. Und das bedeutete, daß man sich ausschließlich diesem Jungen widmete.
»Hast du Freunde?« Sie blickte zu ihm auf.
»Du weißt ziemlich genau, daß ich keine Freunde habe. Du kennst mich doch schon ein Leben lang. Woher sollte ich denn die Zeit

für Freunde nehmen? Und wo würde ich schon welche finden?« Seine Worte klangen bitter.

»Ich kenne dich nicht ein Leben lang«, gab sie lebhaft zurück. »Tatsächlich kenne ich dich fast gar nicht. Du bist heute abend ein anderer Mensch, jemand, der mir völlig unbekannt ist. Auf mich wirkst du wie jemand, der ebensogut Freunde in Hollywood oder Südfrankreich haben könnte.«

»Danke«, sagte er. »Und hast du viele Freunde?« erkundigte er sich, als sie auf der Tanzfläche standen. Sie machten sich nicht einmal die Mühe, zum Tisch zurückzukehren, wo die anderen und der Wein waren, denn sie wollten weitertanzen.

»Eigentlich nicht besonders viele«, antwortete Kit nachdenklich.

»Ich dachte, du und Clio, ihr wärt immer noch wie siamesische Zwillinge.«

»Nein, ganz und gar nicht. Zum Beispiel ist sie ja auch heute abend nicht hier.«

»Anna sagt, ihr haltet zusammen wie Pech und Schwefel.«

»Anna!« Das war das Stichwort. Sie mußte sich auf ihre Aufgabe besinnen – Anna auszustechen. »Anna hat keine Ahnung«, sagte sie so wegwerfend wie nur möglich.

»Sie ist klüger, als du denkst, die macht sich ihre eigenen Gedanken«, verteidigte er sie.

Kit mußte zugeben, daß er recht hatte. Anna war ein helles Köpfchen und phantasievoll. Das wußte sie von damals, als Emmet krank gewesen war und Anna sich um ihn gekümmert hatte. Sie durfte nicht allzusehr widersprechen. »Sie ist hübsch, das schon«, sagte Kit auf eine kokette Art, die ihr schrecklich aufgesetzt schien. »Ich verstehe durchaus, daß man sie für recht attraktiv hält, aber klug … das glaube ich nicht.«

»Doch, auf ihre Schulmädchenart ist sie hübsch«, meinte Stevie. Da begann die Kapelle »A Fool Such As I« zu spielen. Eng umschlungen tanzten sie zu dem langsamen Schieber. Dann lockerte er den Griff ein wenig, um ihr vor Erregung gerötetes Gesicht betrachten zu können, ihre funkelnden Augen. »Aber du, Kit McMahon, du bist wirklich schön«, sagte er.

In diesen Sekunden begriff sie, warum andere ihn so sexy und attraktiv fanden, warum sogar verheiratete Frauen sich mit ihm einließen und dabei größte Risiken in Kauf nahmen. Aber natürlich wäre es lächerlich, sich in jemanden wie ihn zu verlieben, sagte sich Kit. Gott sei Dank machte sie dieses absurde Possenspiel nur deshalb mit, um ihrem kleinen Bruder einen Gefallen zu tun. Das mußte sie sich auch wieder bewußt machen, als Stevie sich beim Tanzen immer enger an sie schmiegte.

»Du hast dich aufgeführt wie eine verzogene Göre«, fuhr Clio ihre Schwester an. »Das werde ich dir mein Lebtag nicht vergessen, darauf kannst du dich verlassen.«
»Habe ich dir einen Strich durch die Rechnung gemacht?« fragte Anna.
»Du warst ausgesprochen unhöflich zu einem Freund, der so nett war, mich den ganzen Weg von Dublin herzufahren.«
»Und der sicher auch so nett gewesen wäre, dich nach oben ins Bett zu zerren, wenn deine kleine Schwester nicht hiergewesen wäre und deinen guten Ruf gerettet hätte.«
»Wie kannst du es wagen, so etwas auch nur zu denken!« Clio war bleich vor Wut.
»Ich denke, wir sind quitt«, erwiderte Anna gelassen. »Du erzählst nichts von meinem schlechten Benehmen, ich erzähle nichts von deinen Absichten.« Sie widmete sich wieder ihrem Buch.
Clio sah, daß es *Die Sturmhöhe* von Emily Brontë war. »Du Angeberin, du aufgeblasene Wichtigtuerin … als ob du so ein Buch zum Vergnügen lesen würdest …«
»Tu ich aber«, entgegnete Anna. »Hier geht es um wahre Leidenschaft, nicht bloß um Fummeln und Grapschen auf dem Autorücksitz. Überhaupt – du bist doch diejenige, die Englisch studiert. Ich dachte, du würdest jeden Tag ein Buch lesen, einen Klassiker natürlich, rein aus Spaß an der Sache.«
»Ich könnte dich mit dem Brotmesser umbringen und sagen, daß es ein Einbrecher war«, stieß Clio hervor.
»Ja, aber das wäre es nicht wert«, meinte Anna und las weiter.

Martin McMahon ärgerte sich, als er und Maura heimkamen, denn die Haustür stand offen. »Das ist aber ziemlich gedankenlos von Emmet«, brummte er. »Läßt er doch einfach die Tür sperrangelweit offen.«

»Vielleicht ist er gerade nach oben gegangen«, meinte Maura.

»Ich sehe mal in der Apotheke nach dem Rechten.« Martin hatte immer Angst, es könnte jemand einbrechen, der es auf Medikamente und Drogen abgesehen hatte.

So stieg Maura ohne ihn die Treppe hinauf. Von Emmet keine Spur, aber in der Küche brannte Licht. Also ging sie dort hinein. Doch es war nicht Emmet, der da saß. Es war ein Landstreicher, dachte sie im ersten Moment, ein Mann mit einem zerrissenen, durchnäßten Mantel. Auch die Schuhe sahen aus, als hätten sie sich mit Wasser vollgesogen. Er war unrasiert und sah furchterregend aus, obwohl er, den Kopf zur Seite geneigt, schlief.

Unwillkürlich faßte sich Maura an die Kehle. »O mein Gott!« entfuhr es ihr. Der Mann schrak aus dem Schlaf hoch und sprang auf. Maura sah seinen irren Blick und starrte ihn entsetzt an. »Bitte«, keuchte sie. »Bitte.«

Schwankend stand er vor ihr und blickte sich nach einer brauchbaren Waffe um.

Maura fiel zu ihrer Erleichterung ein, daß die Messer ganz hinten in einer Schublade lagen, die würde er nicht so schnell finden. Daß sie so einen klaren Gedanken fassen konnte, erstaunte sie. Sie betete, Martin würde die Treppe heraufkommen, gleichzeitig betete sie, er würde es nicht tun. Dieser Mann war wie ein wildes Tier – bei zwei Leuten würde er sich noch mehr in die Enge getrieben fühlen und um so wilder um sich schlagen. »Ich tue dir nichts«, sagte sie.

Er stieß einen unterdrückten Schrei aus. Gleichzeitig packte er einen Küchenstuhl und sprang auf Maura zu.

Aber sie wich zur Seite und gab die Tür frei, damit er fliehen konnte. Bitte, bitte, lieber Gott, mach, daß Martin nicht gerade die Treppe heraufkommt. »Geh. Lauf weg, ich werde nichts sagen.« Ihre Stimme war kaum mehr als ein Flüstern. Verwirrt sah

er sie an, schien dann aber doch auf sie losgehen zu wollen. In ihrer Angst fiel sie auf die Knie.
Als Martin hereinkam, blieb er schreckensstarr in der Tür stehen. Vor sich sah er seine Frau, die furchtsam kauernd vor einem wildgewordenen Kerl kniete, der im Begriff war, sie mit einem Stuhl zu schlagen. »Laß sie! Laß sie zufrieden!« brüllte Martin und stürzte sich auf den Mann mit dem irren Blick.
Der Mann holte mit dem Stuhl aus und ließ ihn auf Martin niederkrachen, während Maura sich aufrappelte und den Rasenden zurückzuhalten versuchte. Unbarmherzig prasselten die Schläge nieder, bis Emmets Stimme zu hören war. »Was ist denn los? Was ist denn los?« schrie der Junge und stürzte nach oben.
Jetzt hatte er es mit dreien zu tun – der Mann mit dem nassen Mantel, dem struppigen Haar und dem irren Blick erkannte, daß die Überzahl zu groß wurde. Er packte seine triefend nasse Tasche, drängte sich an Emmet vorbei und stürmte die Treppe hinunter.
»Daddy, Daddy«, stammelte Emmet verstört.
»Hol Peter«, befahl Maura. »Ruf ihn sofort an.« Dann rannte sie aus dem Zimmer und hastete die Treppe hinunter.
»Maura, komm zurück«, rief Emmet.
»Den kriegen wir … nach dem, was er Martin angetan hat, darf er nicht entkommen.« Sekunden später stand sie an der Haustür und schrie in die dunkle, stille Straße von Lough Glass hinaus: »Hilfe! Hilfe! Helft uns! Da läuft ein Mann die Straße hinunter. Haltet ihn, haltet ihn! Er hat Martin blutig geschlagen.«
Beinahe im selben Moment gingen Lichter an und Türen auf. Maura sah, wie der junge Michael Sullivan aus der Werkstatt gegenüber heraustrat, dann zeigten sich die Walls vom Eisenwarenladen auf der Straße.
»Welche Richtung?« rief Mr. Wall.
»Runter zur Knabenschule.« Nun alarmierten die Walls die Hickeys über dem Fleischerladen, und als der Lärm Foleys Pub erreichte, waren schon eine Menge Leute auf der Straße und

jagten der Gestalt nach, die stolpernd und wankend das Weite suchte.
Als Sergeant O'Connor am Schauplatz erschien, war der Mann, der so wild dreinblickte und nahezu unverständliches Zeug vor sich hin stammelte, bereits überwältigt – und zwar, wie sich herausstellte, von den nächtlichen Zechern aus Foleys Bar und einigen Männern, die gerade aus Paddles' Kneipe gekommen waren. Aber so triviale Dinge wie die Sperrstunde kümmerten im Augenblick niemanden.
»Einer von diesen Pferdeschlächtern. Es ist doch immer dasselbe mit diesen widerlichen Zigeunern«, zeterte Mrs. Dillon vom Zeitungsladen. So etwas Aufregendes hatte sie seit Jahren nicht erlebt – sie sah mit eigenen Augen, wie direkt vor ihrer Haustür ein Verbrecher geschnappt wurde!
»Nein, das glaube ich nicht«, entgegnete Paddles.
Sergeant O'Connor war es gleichgültig, wer der Mann war.
Mit Hilfe des jungen Polizisten, der den Kerl fest im Armschlüssel hatte, verfrachtete er ihn in den Streifenwagen. Der Sergeant gab zu verstehen, daß der Spaß damit zu Ende war. »Jetzt seht aber alle zu, daß ihr nach Hause kommt«, meinte er milde und blickte dabei zu den beiden geöffneten Kneipen – eine verbotene, wenn auch verlockende Versuchung.
Die Leute schauten weg, als ob sie sich nicht angesprochen fühlten.
»Ist Martin McMahon in Ordnung?« fragte Dan O'Brien, der vom Hotel herbeigelaufen war, um zu sehen, was los war.
»Der Doktor ist bei ihm, er will bestimmt nicht, daß man ihm die Bude einrennt. Laßt euch also nicht davon abhalten, ins Bett zu gehen«, sagte Sean O'Connor und führte seinen Gefangenen ab.
»Es sind keine schweren Verletzungen, Maura.« Peter Kelly kniete neben seinem Freund Martin auf dem Boden.
»Aber er ist doch bewußtlos.«
»Weil er auf den Kopf gefallen ist ...«
»Hat er eine Gehirnerschütterung?«
»Das weiß ich nicht. Wir müssen ihn ins Krankenhaus bringen.«

»Mein Gott, Peter, was sollen wir nur tun? Wenn dieser Verrückte Martin schlimm verletzt hat, bringe ich ihn eigenhändig um.«

»Nein, sein Pulsschlag ist regelmäßig. Er kommt schon wieder auf die Beine.«

»Meinst du das ernst? Oder sagst du es nur, um mich zu beruhigen?

»Maura, er wird wieder gesund werden.«

»Kann er mich jetzt hören?« fragte sie.

»Nein, das glaube ich nicht. Im Moment nicht. Aber er wird's überstehen, ganz bestimmt.«

Trotzdem kniete Maura sich neben den Bewußtlosen und küßte sein blutverschmiertes Gesicht. »Du wirst wieder gesund werden, Martin. Ich sehe es Peter an seinem Blick an, daß er die Wahrheit sagt. Und ich liebe dich, ich liebe dich aus ganzem Herzen. Du machst mich glücklich.«

Es war eine lange Nacht in der Zelle. Sean O'Connor besorgte dem zitternden und schmutzigen Mann in seiner Obhut etwas Trockenes zum Anziehen und gab ihm sogar eine Tasse Tee, wenn auch widerwillig. Er hatte das Blut in der Küche der McMahons gesehen und wartete immer noch auf Nachricht aus dem Krankenhaus, wie es Martin ging.

Der Mann war verrückt, geistesgestört. Er redete viel von seiner Schwester – wenn es überhaupt seine Schwester war – und daß sie gern Bescheid wüßte, wo er sich befand und was mit ihm geschehen war. Meistens sprang er von einem Gedanken zum nächsten, ohne seine Sätze zu Ende zu bringen, und erzählte wirres Zeug. Man sollte ihn in eine psychiatrische Anstalt bringen, dachte Sean O'Connor. Vielleicht war er sogar aus einer Anstalt gekommen. Als der Sergeant die Zelle verließ, sah er, wie sich der Mann zum Schlafen auf der Pritsche zusammenrollte. Ständig murmelte er irgendwelche Namen. Aber mit keinem davon konnte Sergeant O'Connor etwas anfangen.

Lilian war noch auf, als Peter Kelly aus dem Krankenhaus zurückkam.

»Es ist alles in Ordnung«, versicherte er ihr schon an der Tür. »Alles halb so schlimm. Er ist wieder bei Bewußtsein, er wird auf eine Gehirnerschütterung hin untersucht und ist gründlich geröntgt worden. Er wird bald wieder auf dem Damm sein.«

Lilian stieß einen Seufzer der Erleichterung aus. »Und Maura?«

»Sie wollte unbedingt bei ihm im Krankenhaus bleiben, und Emmet ist auch dort. Man hat ihnen Betten zur Verfügung gestellt.«

»War das denn notwendig?«

»Sie wollten es eben«, antwortete Peter und goß sich einen Brandy ein.

»Ich habe gerade Tee gekocht.«

»Ich will keinen Tee mehr«, meinte Peter und setzte sich an den Küchentisch. »Sind die Mädchen da? Ist Clio heimgekommen?«

»Ja, und sie waren heute die reinsten Giftspritzen. Ziemlich dicke Luft. Anscheinend hatten sie einen Mordskrach.«

»Gibt's sonst was Neues?« fragte Peter müde. Er war diese ewigen Streitereien allmählich leid.

»Was war das nur für einer? Einer von den Kesselflickern?«

»Nein, war er nicht. Wieso denkt jeder automatisch, daß sie an allem schuld sein müssen?«

»Weil sie eben anders sind. Aber wer ist er dann?«

»Weiß der Himmel ... irgendein Landstreicher.«

»Es gibt keine Landstreicher in Lough Glass. Wie ist er überhaupt reingekommen?«

»Emmet hat die Tür offen gelassen. Der arme Junge ist todunglücklich, er glaubt, es wäre alles seine Schuld. Deshalb hat Maura ihn mitgenommen.«

Sie schwiegen. Lilian dachte, daß Maura mit ihren beiden Stiefkindern viel besser zurechtzukommen schien als sie selbst mit ihren leiblichen Kindern. Als sie Peter ansah, fragte sie sich, ob ihm die gleichen Gedanken durch den Kopf gingen.

»Am Ende ist es mir doch gelungen, dich von dem Salonlöwen loszueisen«, meinte Kevin O'Connor, als er mit Kit tanzte.
»Was immer er auch sein mag, ein Salonlöwe ist er nicht«, erwiderte Kit.
»Ach, nein? Er sieht aus wie auf den Bildern in einem Hochglanzmagazin ... ohne daß was von dem Glanz abgeblättert ist. Trotz all der Jahre, die er die Damenwelt auf dem Tanzparkett beglückt hat.«
»Nein, trotz all der Jahre, die er sich abgerackert hat, wenn er Autos gegen Rost behandelt, Motoren repariert, Traktoren verkauft ...«
»Woher weißt du das alles?«
»Er ist der Nachbarsjunge, er stammt aus Lough Glass.«
»Meine Güte, man konnte meinen, halb Dublin kommt aus diesem Nest. Na, jedenfalls kann es auf seine hübschen Frauen stolz sein.« Er drückte sie ein wenig fester an sich.
Gerade wollte Kit sich von ihm losmachen, als sie sah, daß Stevie Sullivan sie über Frankies Schulter hinweg beobachtete. Da überlegte sie es sich anders und lächelte Kevin statt dessen an. »Noch ein bißchen enger, und ich trete dir mit dem Knie zwischen die Beine«, sagte sie mit dem süßesten Lächeln.
»Du ... was?« Entsetzt starrte er sie an.
»Dann kannst du eine Woche nicht mehr gehen«, meinte Kit mit unverändertem Gesichtsausdruck. Sie sah, daß Stevie noch immer interessiert herüberschaute, ohne zu ahnen, worüber sie sprachen.
Wenn man sich ein bißchen anstrengte, war es gar nicht so schwer, den Männern den Kopf zu verdrehen, stellte Kit fest.
Um Mitternacht war der Tanzabend vorüber. Dann mußte in Dublin jede Tanzveranstaltung beendet werden, damit sie sich nicht in den Sonntag, den Tag des Herrn, hineinzog. Nachdem die Nationalhymne gespielt worden war, holten sie ihre Mäntel. Kevin O'Connor und sein Freund Matthew schlugen beiläufig vor, man könnte ja noch auf einen Kaffee oder ein Bier in ihre Wohnung gehen. Und Platten hören. Allerdings sagte Matthew

das mit so einem anzüglichen Grinsen, daß jedem völlig klar war, was er mit »Platten hören« wirklich meinte.
»Ich fahre dich zu deinem Wohnheim zurück«, bot Stevie Kit an.
»Es ist eigentlich kein Wohnheim, sondern ein Untermietzimmer«, erklärte Kit.
»Na, wenn ich das gewußt hätte, hätte ich mein müdes Haupt ja vielleicht dort zur Ruhe betten können«, meinte er lächelnd.
»O nein, keine müden Häupter außer meinem eigenen.« Kit entspannte sich. Es lief wirklich prächtig.
»Ich hätte vielleicht versucht, dich zu überreden«, lächelte er.
»Darauf hätte ich mich an deiner Stelle nicht verlassen. Nein, es war schon gut, daß du deine eigenen Pläne gemacht hast.«
»Die sind ziemlich einfach: Ich fahre zurück in die Provinz.«
»Jetzt? Um diese Zeit?«
»Als Selbständiger darf man sich eben keine Ruhe gönnen.«
»Aber morgen ist doch Sonntag.«
»Wann sollte ich sonst die Bauern treffen, wenn nicht sonntags, wo sie zum Gottesdienst gehen und ich mit ihnen über die neuen Maschinen reden kann?«
»Du bist wirklich fest entschlossen, ein erfolgreiches Unternehmen aufzubauen, nicht wahr?«
»Na ja, das wäre eine angenehme Veränderung, verglichen damit, wie ich den Laden übernommen habe.« Einen Augenblick lang klang er verbittert.
»Deine Mutter ist bestimmt sehr stolz auf dich …«
»Ach, du kennst doch meine Mutter, die ist auf nichts und niemanden stolz … Mensch, da fällt mir ein … könntest du noch einen Moment warten, ich muß mal eben telefonieren.« Gerade waren sie aus dem Hotel herausgekommen, doch er suchte in seinen Taschen nach Kleingeld und lief zum Telefon. Da drehte er sich noch einmal um und sagte: »Ich habe ganz vergessen, daß meine Mutter ja bei ihrer Schwester übernachtet … und ich sollte auf Michael aufpassen, diesen Rabauken.«
»Wie kannst du auf ihn aufpassen, wenn du hier bist?«
»Eine gute Frage. Aber ich habe ihm gesagt, daß ich gegen

Mitternacht anrufe, um zu sehen, ob er daheim ist – und wenn nicht, versohle ich ihm den Hintern.«
Kit lachte. Er war ihr nicht Rechenschaft schuldig, mit wem er telefonierte, aber in gewisser Weise war sie doch erleichtert. Stevie Sullivan hatte bestimmt eine Menge Telefonnummern, wo er anrufen konnte. Sogar noch am Samstagabend um diese Zeit.
Während sie zusah, wie die Gäste gingen und im Hotel aufgeräumt wurde, dachte Kit, daß der Abend ein voller Erfolg gewesen war. Zweifellos war es ihr gelungen, ihn von Anna, diesem Babygesicht, abzulenken. Anna würde zu Emmet zurückkehren und bei ihm Trost suchen. Es lief alles wie geplant.
Da kam Stevie zurück, aber mit verändertem Gesicht. »He, setzen wir uns noch für einen Moment.« Er deutete auf ein paar Stühle.
»Aber wir wollten doch gehen. Sie machen hier doch schon sauber.«
»Es dauert nur einen Augenblick ...«
»Ist Michael nicht zu Hause?« Sie wußte, daß irgend etwas passiert sein mußte.
»Nein, er ist da, aber ...«
»Aber was?«
»Er hat gesagt, es hat einen Unfall gegeben, bei dem dein Vater verletzt worden ist.«
»O mein Gott, ein Verkehrsunfall? Das neue Auto, sie kannten es noch nicht so ...«
»Nein, nichts dergleichen. Ein Einbrecher. Aber es geht ihm gut, deinem Vater. Er ist zwar im Krankenhaus, aber in ein, zwei Tagen wird er bestimmt wieder entlassen.«
Kit fiel ein, daß das der verrückte Michael Sullivan gesagt haben mußte, und auf dessen Urteil gab sie nicht viel. Sie wurde blaß vor Angst und fühlte sich benommen, als würde sie gleich ohnmächtig werden. Ein Einbrecher hatte ihren Vater ... was war passiert?
»Warte, ich erkläre es dir. Mach dir keine Sorgen.« Stevie erriet, was sie dachte. »Nein, ich habe mich nicht auf Michaels Angaben verlassen, sondern danach noch mit Mona Fitz vom Postamt geredet, die das Gespräch vermittelt hat. Es war irgendein Geistes-

kranker, sie haben ihn festgenommen. Er hat deinen Vater geschlagen, aber er wird wieder gesund ...«
»Vielleicht waren es dieselben, die deine Mutter zusammengeschlagen haben.«
»Ja, schon möglich.«
»Ich fühle mich so schwach«, sagte Kit.
»Schon gut. Ich bringe dich heim, dann ziehst du einen schönen warmen Mantel an, und ich fahre dich zu ihm.«
»Wirklich?« Vertrauensvoll sah sie ihn an. Nach Flirten war ihr schon lange nicht mehr zumute. Er legte seinen Arm um sie und brachte sie zum Wagen. »Aber ich möchte dich nicht so lange aufhalten. Fahren wir gleich so hin«, schlug sie vor.
»Nein, das kannst du nicht machen. Du würdest alle schockieren.«
Ja, da hatte er recht. »Außerdem könnte ich nicht die ganze Strecke fahren, wenn du in diesem Kleid neben mir sitzt. Ich würde es einfach nicht fertigbringen, die Hände von dir zu lassen.«
»Dann ziehe ich mich um«, erwiderte sie tonlos.
Sogleich bereute er seine Worte. Kit sorgte sich um ihren Vater; da war eine solche Bemerkung ziemlich taktlos. »Entschuldige, Kit«, sagte er schlicht. »Manchmal bin ich so ungehobelt, daß ich mich selber verabscheue.«
»Nein, macht nichts«, antwortete sie. Jetzt unterhielten sie sich wie Freunde, wie richtige Freunde, die sich sehr gut kannten. Während sie ins Haus ging und sich umzog, wartete er im Wagen. Sie hängte das Kleid auf, das solche Wunder gewirkt hatte, und betrachtete ihr blasses Gesicht im Spiegel. Es erschien ihr alles nun so kindisch und belanglos. Sie wünschte, sie wüßte mehr von dem Vorfall. Was für ein Glück, daß Stevie zu Hause angerufen hatte! Daß er sich tatsächlich um seinen jüngeren Bruder kümmerte, hätte sie gar nicht von ihm gedacht. Aber bis heute abend hatte sie vieles von ihm nicht gewußt.
Siedlungen und Felder, Wälder, Straßenkreuzungen und Bauernhäuser flogen in der Dunkelheit vorüber. Kit kam alles so unwirklich vor.

»Versuch zu schlafen«, meinte Stevie. »Da hinten ist eine Decke, die kannst du dir als Kissen unter den Kopf legen.« Ängstlich und still saß sie da, in ihrem schwarzen Pulli mit dem Polokragen und dem schwarzroten Rock. Sie hatte auch eine Jacke und einen warmen Wollschal mitgenommen, doch das brauchte sie nicht. In dem luxuriösen Auto war es recht warm.

»Hat Mona Fitz sonst noch was gesagt?« fragte sie.

»Nein. Ich wollte mich nicht lange mit Telefonieren aufhalten, sondern dachte, ich sollte besser gleich hinfahren.«

»Da hast du recht«, meinte sie mit schwacher Stimme.

»Es wird alles gut werden«, sagte Stevie.

»Sicher.«

»Es kann einfach nicht sein.«

Sie schaute ihn an. Im Mondlicht sah sein Gesicht sehr attraktiv aus. »Was kann nicht sein?«

»Es gibt ein bißchen Gerechtigkeit auf der Welt«, antwortete Stevie. »Ich meine, es geht nicht, daß du deine Mutter *und* deinen Vater verlierst. Er wird wieder gesund werden.«

Sergeant Sean O'Connor wurde schlagartig wach. Es war halb acht Uhr morgens. Plötzlich konnte er sich einen Reim darauf machen, was der Verrückte mit diesem Wirrwarr von Namen und dem Gefasel von seiner Schwester hatte sagen wollen. Er ging in die Zelle und trat gegen das Bett, so daß der Mann erschrocken hochfuhr.

»Erzähl mir von der Schwester«, befahl er.

»Was, was?«

»Schwester Madeleine. Hast du ihr was angetan? Wenn du ihr auch nur ein Härchen gekrümmt hast, dann schlage ich dich hier in dieser Zelle tot und stelle mich danach freiwillig.«

»Nein, nein«, antwortete der Mann entsetzt.

»Ich fahre jetzt auf der Stelle zu ihr. Bete zu deinem Gott, daß du ihr nichts getan hast. Diese Frau ist eine wahre Heilige.«

»Nein, nein.« Der Mann kauerte sich zusammen wie ein verschrecktes Tier. »Sie war immer gut zu mir. Ich habe bei ihr gewohnt. Sie hat mich bei sich versteckt, wissen Sie, erst oben im Baumhaus, dann in ihrer Kate. Ich würde Schwester Madeleine nie etwas zuleide tun. Sie ist der einzige Mensch, der immer gut zu mir war.«

Der Sergeant stellte den Polizeiwagen vor Paddles' Bar ab und ging den schmalen Weg zum Häuschen der Einsiedlerin hinunter. Vor der Kate blieb er stehen und spähte durchs Fenster. Die kleine, gebückte Gestalt nahm gerade den schweren schwarzen Kessel vom Haken über dem Feuer. Immerhin ein günstiger Zeitpunkt: Sie konnten sich beim Tee unterhalten.

Sie freute sich, ihn zu sehen. »Sie muß der Himmel geschickt haben. Gerade habe ich mir gedacht, wie nett es wäre, wenn eine gute Seele vorbeikäme und mit mir ein bißchen frühstückt. Damit ich nicht so allein bin.«

»Aber war es nicht Ihre freie Entscheidung, allein zu leben? Ich dachte, Sie lieben die Einsamkeit.« Mit zusammengekniffenen Augen sah er sie an.

»Ach, wissen Sie, es gibt verschiedene Arten von Einsamkeit.« Eine Weile schwiegen sie beide, dann meinte die Einsiedlerin: »Haben Sie etwas auf dem Herzen, Sean?«

»Haben *Sie* etwas auf dem Herzen, Schwester Madeleine?«

Es schien ihm, als sähe sie durch ihn hindurch, über die andere Seite des Sees hinweg bis zu der Gefängniszelle, wo der verstörte Geisteskranke immer noch auf seiner Pritsche lag und ihren Namen brabbelte. »Sie haben Francis gefunden, Sean, stimmt's?«

»Ich kenne seinen Namen nicht, aber er sagt, er hat hier gewohnt und Sie haben sich um ihn gekümmert.«

»Ich habe getan, was ich tun mußte.«

»Einem Wahnsinnigen Zuflucht gewähren?«

»Nun, ich konnte ihn ja nicht einfach gehen lassen, er war verletzt. Außerdem hatte er Angst.«

»Angst wovor?«

»Daß Sie ihn erwischen und bestrafen.«

»Aber er hatte doch noch gar nichts getan, oder?«

»Die Werkstatt, Kathleen Sullivan … das wissen Sie doch alles, Sean.«
Und da fiel es ihm wie Schuppen von den Augen. »Sie wußten, daß er diese Frau verprügelt hatte, und trotzdem haben Sie ihn versteckt! Sie haben einem Verbrecher Unterschlupf gewährt!«
»Das ist ein zu strenges Urteil.«
»Herrgott, er hat zwei Menschen krankenhausreif geschlagen! Ist das etwa ein Kavaliersdelikt?«
»Zwei Menschen?«
»Ja. Er hat gestern abend Martin McMahon bewußtlos geprügelt.«
Schwester Madeleine fuhr sich mit der Hand über das Gesicht, ihre Schultern zitterten. »Der Arme«, murmelte sie. »Der Arme.«
Mit grimmiger Miene saß Sergeant Sean O'Connor da. Er hätte gern geglaubt, daß ihr Mitgefühl Martin McMahon galt, der nichtsahnend in seine Küche gekommen war und dort einen Mann entdeckte, der seine Frau bedrohte.
Aber er befürchtete, daß sie den Irren in seiner Zelle meinte, den Mann, den sie Francis nannte. »Erzählen Sie mir von Francis«, meinte er müde.
»Sie werden ihm nichts tun?«
»Nein, wir kümmern uns darum, daß er versorgt wird.«
»Versprechen Sie mir das?«
Sean winkte ungeduldig ab. Warum sollte er mit jemandem über solche Selbstverständlichkeiten verhandeln? »Hat er Ihnen gesagt, woher er kommt, Schwester?« fragte er langsam und bedächtig.
»Er hat nur gemeint, er würde zurückkommen, wenn er irgendwo einen festen Wohnsitz hat, und seine Sachen abholen.«
»Wie lange war er fort?«
»Nur drei Tage.«
»Nun, wie es aussieht, ist er nicht weiter als bis zur Hauptstraße oben gekommen. Und in die Küche der McMahons, wo er mit einem Stuhl auf die Leute losgegangen ist.«
»Ich kann es nicht fassen«, erwiderte die Nonne.
»Wohin wollte er Ihrer Meinung nach gehen?«

»Ich weiß es nicht. Er sagte, er wollte frei sein.« Sie wirkte sehr erschüttert.
Sean O'Connor zwang sich, einen ruhigeren Ton anzuschlagen. »Und wie lange war er insgesamt hier, was würden Sie sagen?«
»Ich schätze, etwa sechs Wochen ... ich weiß es nicht genau. Was bedeutet schon Zeit?«
»Also unmittelbar nach dem Überfall auf die Werkstatt, als Kathleen ins Krankenhaus gebracht wurde, ja?«
»Das kann sein«, antwortete sie mit tonloser Stimme.
»Und trotzdem sind Sie nie auf den Gedanken gekommen, uns zu sagen, daß er bei Ihnen ist?«
»Nie.«
»Dann haben Sie aber eine äußerst merkwürdige Auffassung von Ihrer Verantwortung gegenüber der Gemeinschaft, wenn ich das so sagen darf, Schwester Madeleine.«
»Ich dachte, wenn er hier ist, kann er niemandem Schaden zufügen.« Aus ihrem klaren Blick sprach völlige Aufrichtigkeit.
»Ja, aber kaum war er weg, ist es doch passiert.«
»Das wußte ich nicht.« Wieder herrschte ein langes Schweigen.
»Ich gebe Ihnen seine Sachen«, meinte Schwester Madeleine und holte eine blaue Tragetasche hervor, in der sich Geld, Schecks, Kraftfahrzeugbriefe und ein paar billige Dekorationsstücke befanden, die Francis aus dem Büro von Sullivan Motors mitgenommen hatte.
Ungläubig sah Sean O'Connor die Beute durch. »Wir haben das halbe Land danach suchen lassen.« Die Nonne schwieg. »Wie haben Sie ihn denn verstecken können, wo ständig Leute bei Ihnen ein und aus gehen? Herrgott, sogar *ich* war bei Ihnen!«
»Tagsüber hielt er sich im Baumhaus auf«, erklärte sie, als wäre es die natürlichste Sache der Welt.
Der Sergeant erhob sich. »Diesmal haben Sie nicht richtig gehandelt, Schwester. Er ist nämlich kein Fuchs oder Hase, auch kein armes Entchen, das sich einen Flügel gebrochen hat, sondern ein Geistesgestörter, der andere schwer verletzt hat ... er hätte sie sogar umbringen können. Sie haben ihm keinen Gefallen damit

getan, daß Sie ihn hier an diesem idyllischen Plätzchen leben ließen.«
»Aber hier war er glücklich«, erwiderte sie. Sean O'Connor verkniff sich eine Erwiderung, denn er fürchtete, er könnte die Beherrschung verlieren und etwas sagen, was er später bereuen würde. »Sean?«
»Ja, Schwester?«
»Darf ich ihn besuchen? Droben auf der Wache?« Eine lange Pause trat ein. »Es könnte doch nichts schaden. Vielleicht sogar etwas nützen.«

Stevie Sullivan setzte Kit an der Krankenhauspforte ab.
»Kommst du nicht mit rein?«
»Nein, da würde ich nur stören.«
»Vielen, vielen Dank, Stevie. Das war sehr lieb von dir.«
»Zum Glück war ich gerade da«, meinte er. Sie wollte sich nicht von ihm trennen. Und sie spürte, daß es ihm genauso ging. »Wir sehen uns dann später heute«, sagte er.
»Wenn du den Kirchgängern deine Traktoren aufgeschwatzt hast.« Sie brachte ein schwaches Lächeln zustande.
»Du bist goldrichtig«, erwiderte er und fuhr mit dem Jaguar schwungvoll davon.
»Ihre Mutter und Ihr Bruder sind gerade bei ihm. Er ist schon wieder bei Bewußtsein«, erklärte die Krankenschwester.
Kit erblaßte, denn ihr schoß der verrückte Gedanke durch den Kopf, Lena wäre aus London hergeflogen, um an Martins Seite zu sein. Doch dann wurde ihr klar, wen die Schwester gemeint hatte.
»Wird er wieder gesund?« fragte sie sie und versuchte dabei, die Antwort in ihrem Gesicht zu lesen.
»Aber sicher«, entgegnete die Krankenschwester. »Kommen Sie, ich bringe Sie hin.«
Maura und Emmet sprangen auf, gleichermaßen erschrocken und erfreut, sie zu sehen. Doch Kit ging als erstes zu ihrem Vater. Er hing am Tropf, sein verletzter Kopf war bandagiert. »Ich sehe schlimmer aus, als ich mich fühle«, beruhigte er sie.

»Ich finde, du siehst großartig aus«, erwiderte sie, ließ den Kopf auf sein Bett sinken und brach in Tränen aus.

Obwohl sie wußten, daß keine Gefahr bestand, wollten sie in seiner Nähe bleiben. Vom Krankenhaus wurden ihnen Betten zur Verfügung gestellt. Kit lag unter der Decke und versuchte zu schlafen, aber ihr gingen zu viele Bilder durch den Kopf. Der Tanzabend. Der Schock, als sie Vaters Gesicht voller Schnittwunden und blauer Flecken gesehen hatte. Emmet, der schluchzte, es sei alles seine Schuld, hätte er doch nur die Tür abgeschlossen! Maura, die Vaters Hand hielt und ihn so liebevoll anblickte, daß Kit beinahe wegschauen mußte.

Und Stevie Sullivan, sein hübsches Gesicht, als er sich aus dem Wagen beugte, noch immer im Smoking, aber den weißen Hemdkragen geöffnet. »Wir sehen uns dann später heute«, hatte er gesagt. Später heute.

Schließlich schlief sie ein.

Als sie nach Lough Glass zurückkehrten, zögerten sie alle, nach oben zu gehen … dorthin, wo am Abend zuvor so schreckliche Dinge passiert waren.

Sergeant O'Connor hatte versprochen, man werde dort ein bißchen für sie aufräumen. Und so war es auch geschehen. Der zerbrochene Stuhl war verschwunden, und jemand hatte das Blut aus dem Sisalboden gewaschen. Zwar war noch ein dunkler, feuchter Fleck zurückgeblieben, aber wenigstens sah es nicht nach Blut aus. Die Wohnung erschien ihnen trostlos und öde.

Maura öffnete den Brief, den jemand unter der Tür durchgeschoben hatte. »Das ist aber nett«, rief sie aus. Philip O'Brien vom Hotel hatte sie alle eingeladen, nach ihrer Rückkehr zum Frühstück ins Hotel zu kommen, da sie wohl nicht in der Stimmung wären, sich selbst etwas zu kochen. »Sollen wir das machen?« fragte sie Emmet und Kit. »Dann stehen wir den Tag leichter durch.« Sie sahen Maura an, daß sie gern hingehen würde, also stimmten sie zu.

Philip war entzückt, Kit zu sehen, die wider Erwarten nach Hause gekommen war. »Dann hast du wohl den Tanzabend versäumt, oder?« fragte er mit kaum verhohlener Freude.
»Nein, ich habe es erst danach erfahren«, antwortete Kit.
»Und wie bist du hergekommen?«
»Es ist sehr nett von dir, uns zum Frühstück einzuladen, Philip«, sagte sie rasch.
Maura pflichtete ihr bei, und bald drang der Geruch von Speck und Würstchen aus der Küche. Von ihrem Fenstertisch aus schauten sie auf den See hinaus, der im Licht der aufgehenden Sonne herrlich aussah.
»Ihr habt wirklich einen wunderbaren Ausblick«, meinte Kit, um das Gespräch in Gang zu halten und von der Frage, wie sie von Dublin hergekommen war, abzulenken.
»Ja ... nur ist es für alle, die hier leben, ganz normal«, erwiderte Philip. »Erst seit du und ich in Dublin sind, wissen wir das zu schätzen.« Er versuchte, eine Gemeinsamkeit zwischen ihnen zu finden, etwas Besonderes, was sie beide verband – selbst wenn es nur so etwas Belangloses war wie die Tatsache, daß sie beide in Dublin wohnten.
»Das stimmt, Philip«, erwiderte sie freundlich. »Und wenn ihr die Büsche da drüben abschneiden würdet, dann wäre es wirklich einmalig, ein richtiges Panorama.«
Das hatte er seinen Eltern schon vor über sechs Monaten vorgeschlagen, aber wie üblich sträubten sie sich gegen jede Veränderung. Mit einem warmen, dankbaren Lächeln sah er Kit an. Sie war ihm tatsächlich seelenverwandt. Vielleicht hatte Schwester Madeleine wirklich recht, wenn sie sagte, Kit habe sich nicht mit einem anderen eingelassen. Und so etwas Besonderes war der Tanzabend wohl nicht gewesen, wenn es ihr nichts ausgemacht hatte, so früh wieder zu gehen.
»Na, dann will ich euch jetzt mal in Ruhe frühstücken lassen«, sagte er in die Runde, und Kit warf ihm einen dankbaren Blick zu.
Als er sich entfernte, hörte er noch, wie Kit zu Maura bemerkte:

»Philip ist wirklich eine große Hilfe, wenn man in einer Notlage ist. Das werde ich ihm nie vergessen.«
Falls Maura ahnte, welche frühere Notlage Kit meinte, so sprach sie jedenfalls nicht davon. »Ich habe eurem Vater versprochen, daß alles seinen gewohnten Gang gehen wird, aber im Moment sieht es nicht gerade danach aus, was? Ein richtiges Hotelfrühstück mit allem Drum und Dran!«
In ihrer Stimme lagen Erleichterung und Freude darüber, daß Martin bald gesund sein und wieder zu ihr nach Hause kommen würde.

Unauffällig ging Schwester Madeleine am Seeufer entlang. Sie bog weder bei Paddles' Bar noch beim Hotel der O'Briens ab, sondern wartete, bis sie auf Höhe der Polizeiwache war. So würde sie weniger Leuten begegnen.
Die kleine, graugekleidete Frau stand demütig vor Sergeant O'Connors Schreibtisch. Sie hatte ein Paket dabei. »Er mag gern Sodabrot, Sean«, erklärte sie schüchtern.
»Ich werde es mir merken«, gab er trocken zurück.
»Vielleicht könnte ich ihm das Brot bringen und eine Tasse Tee mit ihm trinken. So wie früher.«
»Ich lasse Sie doch nicht zu ihm in die Zelle!« Sean O'Connor war entsetzt. »Bei Ihnen mag er sich vielleicht anders benommen haben, aber jetzt führt er sich auf wie ein Tier im Käfig. Er geht auf jeden los, der in seine Nähe kommt.«
»Mir wird er nichts tun«, wandte sie ein.
Schließlich gab er ihr zwei Tassen Tee und stellte das mit Butter bestrichene Brot auf ein Tablett. Er hatte den Mann nie mit seinem Namen angesprochen. »He, du«, rief er in die Zelle. »Eine Freundin von dir ist gekommen und möchte sich zu dir setzen, weiß der Himmel, warum. Wenn du sie anrührst, kriegst du 'ne Tracht Prügel, daß dir Hören und Sehen vergeht.«
Der Mann schien nicht zu begreifen, doch dann erkannte er Schwester Madeleine. Tränen traten ihm in die Augen. »Sie sind gekommen, um mich nach Hause zu bringen«, rief er.

»Ich bin gekommen, um dir ein Frühstück zu bringen«, entgegnete sie.
Da saßen sie in der Zelle, die Nonne und der Verrückte, tranken Tee und aßen dicke Scheiben Butterbrot, wie Sean O'Connor aus einiger Entfernung beobachtete. Sie unterhielten sich über die Bäume am See und darüber, daß der Wind einen Teil des Baumhauses heruntergefegt hatte. Schwester Madeleine erzählte von den Vögeln, die im Herbst wegzogen und im nächsten Jahr zurückkehren würden. Sie kamen auch immer zurück.
Wenn sie ihn beim Namen nannte, sprach sie das Wort »Francis« so gütig und respektvoll aus, daß Sean sich schämte, den Mann immer mit »he, du« angeredet zu haben.
Nun gab Francis auch zusammenhängende und verständliche Antworten. Er erkundigte sich nach dem alten Hund, fragte, ob ihr das Brennholzsammeln viel Mühe bereitete. Er sei sehr naß geworden, erzählte er, und habe an einem Feuer sitzen wollen.
»Und als du von mir weggegangen bist, bist du da weit gekommen?« Ihre leise Stimme klang interessiert, keineswegs anklagend oder einschüchternd. Aber sie wußte, daß der Sergeant zuhörte.
»Ich habe in den Feldern geschlafen, Schwester. Es war kalt und naß. Ich habe nichts gefunden, und ich hatte Kopfweh.«
»Und warum bist du nicht zu mir zurückgekehrt? Bei mir hattest du doch ein Zuhause.«
»Jetzt komme ich zurück«, antwortete er eifrig. Wie ein Kind.
»Und nachts hast du im Regen schlafen müssen?«
»Einmal habe ich nachts einen Stall gefunden, aber es waren Tiere drin, da hatte ich Angst. Ein andermal habe ich unter einem Baum geschlafen. Ich bin nicht weit gekommen. Ich wollte nicht mehr laufen.«
»Aber du bist doch in der Stadt auch in einer Küche gewesen, wo du am Herd gesessen hast. In einem Haus, nicht wahr?«
»Ja.« Er ließ den Kopf hängen.
»Und warum hast du die braven Leute geschlagen ... sie hätten dir doch nichts getan.«
»Sie wollten mich wieder einsperren«, sagte er.

»Du hast Mr. McMahon verletzt, diesen guten Menschen. Er hat dir damals den Verbandstoff und die Hustenbonbons besorgt, und du hast ihn geschlagen.«
»Ich hatte Angst«, erwiderte er.
»Armer Francis, hab keine Angst.« Sie nahm seine Hand. »Die Angst ist nur in unseren Köpfen.«
»Wirklich, Schwester?«
»Ja, gewiß. Ich weiß es, ich spüre sie doch selbst in mir.«
»Kann ich denn nicht mit zu Ihnen kommen?«
»Nein. Du wirst an einen Ort gebracht, wo man sich um dich kümmert und dir viel von deiner Angst nehmen kann. Ich habe das leider nicht geschafft.« Sie erhob sich.
»Gehen Sie nicht«, bettelte er.
»Ich muß. Ich habe noch vieles zu erledigen.«
»Die Tasche mit meinen Sachen ist noch in Ihrem Haus.«
»Sergeant O'Connor hat sie. Er fand sie, als er zu mir kam und mir sagte, daß du hier bist.«
Das war eine leichte Verdrehung der Tatsachen, stellte Sean O'Connor fest. Er hatte die Tasche nicht gefunden, sondern die Einsiedlerin hatte sie ihm gegeben. Aber diese Notlüge war verständlich, denn sie mußte Francis in dem Glauben lassen, daß sie immer zu ihm gehalten hatte.
»Werden Sie mich besuchen kommen?« fragte er.
»Ich werde an dich denken und für dich beten. Ich denke jetzt schon jeden Tag an dich, Francis Xavier Byrne, und so wird es auch bleiben. Wo immer ich sein mag.«
»Sie werden doch in ihrer Kate sein, nicht wahr? Für später, wenn es mir bessergeht …«
»Wo immer ich auch bin, ich werde an dich denken«, wiederholte die Nonne.
Nach der Messe drängten sich alle um die McMahons. Der ganze Ort hatte von den Ereignissen in der vorigen Nacht erfahren, und jeder wollte Martin die besten Wünsche zur baldigen Genesung ausrichten lassen.
In der Menge erkannte Kit Stevie Sullivan. In dem braunen

Mantel und mit der Tweedmütze wirkte er wie ein anderer Mensch. Er unterhielt sich gerade mit einer Gruppe von Männern. Gleich würden die Pubs öffnen. Dann würden sie zusammen die Church Road zur Hauptstraße hinuntergehen und in Foleys Bar, bei Shea oder auch bei Paddles über das Geschäft reden.

Wahrscheinlich wäre er nicht allzu begeistert, wenn sie sich jetzt zu ihm gesellen würde. Ihre Blicke trafen sich. Sie lächelte und winkte, machte aber keine Anstalten, zu ihm zu gehen. Da entschuldigte er sich für einen Moment von den Männern und kam auf sie zu.

»Es geht ihm gut, stimmt's?«

»Genau wie du sagtest. Geh, kümmere dich wieder um deine Geschäfte. Als Selbständiger hat man doch keine Zeit, sich auszuruhen, nicht wahr? Und nochmals danke, Stevie. Das werde ich dir nie vergessen.«

Als sie sich zu Maura umdrehte, konnte sie immer noch seinen Blick im Rücken spüren. Da hupte ein Auto. Peter und Lilian Kelly wollten sie zum Mittagessen abholen.

»Aber ich wollte doch zu Martin zurück«, wandte Maura ein.

»Ich habe im Krankenhaus angerufen. Er schläft gerade, wir sollten ihn besser nicht stören. Du kannst ja nachmittags noch hinfahren. Kommt, quetscht euch alle rein.«

»Sieben Leute in einem Auto?« Maura lachte über diese Idee.

»Was meinst du, warum Ärzte Kombiwagen haben?«

Emmet und Anna musterten einander verstohlen. »Warst du im Kino, Emmet?« fragte Anna schließlich.

»Ja, aber daran erinnere ich mich kaum noch, nach allem, was passiert ist«, antwortete er.

Annas Reserviertheit schlug augenblicklich in Mitgefühl um. »Ja, natürlich, was für eine dumme Frage. Es muß ein entsetzlicher Schock gewesen sein. Hattest du Angst?« Ihr Ton war sehr herzlich.

Kit entging nicht, daß Emmet sofort darauf reagierte. In einem Punkt hatte Stevie Sullivan recht gehabt: Anna Kelly besaß nicht

nur ein hübsches Gesicht unter ihren wuscheligen blonden Locken, sondern auch ein kluges Köpfchen.
Nach dem Mittagessen bei den Kellys ging Kit in Clios Zimmer hinauf. »Was ist denn mit dir los?« fragte sie.
»Was meinst du? Komm mir bloß nicht auf die mütterliche Tour. Was soll denn schon sein?«
»Du siehst ziemlich sauer aus.«
»Na, das bin ich auch! Meine beste Freundin lädt mich nicht zu ihrem Fest ein. Dann hat mich Michael gestern abend heimgefahren, aber die blöde Anna war da und hat sich wie ein feuerspeiender Drache aufgeführt, so daß er nach Dublin zurückfahren mußte, ohne daß ... na, du weißt schon, ohne daß er eben hier raufkommen konnte.«
»Mensch, Clio, du wolltest doch nicht etwa hier, im Haus deiner Eltern, mit ihm ins Bett gehen?«
»Wir hätten noch Zeit gehabt, bevor die anderen aus dem Golfclub heimkamen.«
»Du mußt verrückt gewesen sein. Danke dem Himmel, daß Anna da war. Hast du denn den Verstand verloren?«
»Wahrscheinlich habe ich meinen Freund verloren.«
»Na, das kann kein großer Verlust sein, wenn er nur bleibt, weil er seinen Spaß haben will.«
»Es geht nicht nur darum. Seinen Spaß könnte er auch mit irgendwem haben. Aber er hat mich gern, und er will seinen Spaß eben mit mir zusammen haben.« Clio wirkte außerordentlich bedrückt.
»Na schön, dann muß er warten, bis ihr wieder Gelegenheit dazu habt. Es läuft euch ja nichts davon ...«
»Meine Güte, du hörst dich an wie Mutter Bernard.«
»Nein, das ist nicht wahr. Ich möchte nur nicht, daß man dich dabei erwischt. Ich meine es gut mit dir«, gab Kit energisch zurück.
Clio schien halbwegs überzeugt. »Na ja, kann sein. Ich weiß nicht, was ich tun soll, Kit. Ich weiß es einfach nicht. Soll ich ihn anrufen und mich für das kleine Malheur entschuldigen, oder würde das

zu unterwürfig wirken? Wäre es besser, gar nichts zu sagen und darauf zu hoffen, daß er sich wieder meldet?«

»Tja, das ist tatsächlich die Frage ...« Genau dasselbe Problem hatte Kit mit Stevie Sullivan. Sie mußte ihm den nächsten Schritt überlassen. Aber wenn er sich nicht rührte, was dann?

»Weißt du noch, früher sind wir mit solchen Fragen immer zu Schwester Madeleine gelaufen«, erinnerte sich Clio.

»Es waren nicht gerade solche Fragen«, meinte Kit.

»Nein, aber sie wußte immer eine Antwort.«

Das war die Idee. Nachmittags, wenn Maura zu Vater fuhr, wollte Kit die Einsiedlerin besuchen und mit ihr reden.

Irgendwie sah es bei ihr anders aus als sonst. Vor der Tür standen eine Menge alter Kisten, in denen alle möglichen Tiere in den unterschiedlichen Stadien ihrer Genesung untergebracht worden waren. Auch drinnen hatte sich alles verändert. Schwester Madeleines spärliche Habseligkeiten lagen beinahe vollzählig auf dem Küchentisch. Ein alter Wasserkessel, die drei Tassen, die Blechdose für Kekse oder Kuchen.

Auch die kleine Büchse, die sie ausgekocht hatte, um Milch darin aufzubewahren, lag hier, ebenso standen dort ein paar Teller und einige kleine Schachteln. Schwester Madeleine befand sich im Schlafzimmer, wo sie sich umsah.

»Alles in Ordnung, Schwester?« rief Kit.

»Wer ist da?« Ihre Stimme klang dünn und tonlos, nicht so munter wie sonst, wenn sie einen Besucher begrüßte.

»Kit McMahon.«

»Es tut mir so leid, Kit.« Die Nonne streckte ihr beide Hände entgegen. »Ich werde bis ans Ende meiner Tage für dich und deine Familie beten, daß ihr darüber hinwegkommt und mich versteht.«

»Aber er wird ja wieder gesund, Schwester Madeleine. Ich habe ihn gestern abend und heute morgen gesehen. Übermorgen kommt er aus dem Krankenhaus.«

»Das ist aber schön. Wirklich schön.« Alles war ganz anders. So unglaublich es Kit schien, es sah aus, als würde Schwester Madeleine packen, ihre Kate verlassen, wegziehen. »Er war ein armer Kerl, nicht ganz richtig im Kopf, weißt du. Er hätte in eine Anstalt gehört. Und dorthin hat man ihn jetzt auch wieder gebracht.«

»Ja, ich weiß. Clios Vater hat es mir erzählt.«

»Er wußte nicht, was er tat. Das hilft zwar deinem armen Vater und der armen Kathleen Sullivan nichts ... aber so muß man ihn sehen. Als einen geisteskranken Menschen.«

»Hat er auch Mrs. Sullivan niedergeschlagen und die Sachen aus der Werkstatt gestohlen?«

»Ja. Hat dir das Sergeant O'Connor nicht gesagt?«

»Nein, nein. Er hat uns gar nichts gesagt ...«

»Das wird er schon noch tun, und dann wird es jeder wissen.«

»Aber wo war er denn in der Zwischenzeit? Das ist doch Monate her.«

»Er war hier, Kit. Hier in eurem Baumhaus.«

»Was?« Kit konnte es nicht fassen.

»Ich habe ihn versorgt, weil er verletzt war, weißt du. So wie der arme Gerald hier mit seinem gebrochenen Flügel.« Dabei deutete sie auf einen Vogel, der gewöhnlich in einer der Kisten wohnte und sich jetzt abmühte, ins Freie zu gelangen.

»Er war die ganze Zeit hier?« fragte Kit.

»Deshalb tut es mir ja so leid.« Schwester Madeleine hatte Tränen in den Augen. »Solange er hier war, war er in Sicherheit, er konnte niemandem Schaden zufügen oder selbst zu Schaden kommen. Aber er wollte fort, und ich halte niemanden zurück, der fort möchte.« Sie blickte in den Himmel hinauf und dachte an die Vögel, die weggeflogen waren, als ihre Zeit gekommen war.

»Ach, Schwester Madeleine!«

»Und wenn ich ihn nicht hierbehalten und mich um ihn gekümmert hätte ... dann wäre alles anders gekommen. Er hätte deinen Vater nicht verletzt, er wäre inzwischen in einer Anstalt, die Sullivans hätten ihr Geld zurück ... Warum habe ich mich nur eingemischt?« Sie wirkte um Jahre gealtert und viel gebrechlicher. Sie hatte das Vertrauen zu sich selbst verloren ...

Es herrschte ein langes Schweigen.

»Sie haben getan, was Sie für richtig hielten«, sagte Kit schließlich.
»Aber es führte dazu, daß dein Vater ins Krankenhaus mußte. Wenn er ihn nun umgebracht hätte, wenn dein armer Vater tot wäre ... das alles wäre meine Schuld gewesen.«
»Es ist ja nicht passiert.«
»Haßt du mich nicht dafür, daß ich mir eingebildet habe, ich müßte Gott spielen? Daß ich geglaubt habe, ich wäre klüger als alle anderen?«
»Nein. Ich könnte Sie niemals hassen. Sie haben soviel für mich getan – für uns alle.«
»Früher hatte ich ein gutes Urteilsvermögen. Aber inzwischen nicht mehr.«
»Sie sprechen sonst nie von sich selbst ...«
»Solange alles gutging, war das auch nicht nötig. Aber jetzt muß mit diesem Leben Schluß sein. Im Grunde wußte ich es schon, als dieses kleine Kätzchen ertrank – ein langer, qualvoller Tod, den ich verschuldet habe ... weil ich mir eingebildet habe, ich wüßte alles besser.« Ihre sonst so klarer Blick wirkte trüb.
»Was werden Sie tun?« fragte Kit flüsternd.
»Ich gehe fort. An einen Ort, wo man sich um mich kümmert und auf mich aufpaßt. Wo es Regeln gibt, und wo man mir nicht die Freiheit läßt, falsche Entscheidungen zu treffen.«
»Was für ein Ort ist das?«
»Ein Kloster. Ich kenne eines, das Leute wie mich aufnimmt. Dort kann ich die Böden wischen, im Garten oder in der Küche helfen. Ich bekomme meine Mahlzeiten und eine kleine Zelle.«
»Aber Sie haben doch gesagt, Sie wollen nicht unter Menschen sein und nach Regeln leben müssen.«
»Das war damals. Jetzt ist es anders.«
»Haben Sie sich mit diesem Kloster schon in Verbindung gesetzt? Wollen Sie dort anrufen oder einen Brief schreiben?«
»Nein, Kit. Ich fahre einfach mit dem Bus hin.«
»Aber Sie *können* nicht weggehen, Schwester Madeleine. Die Leute hier lieben Sie doch.«
»Nicht mehr nach dem, was geschehen ist. Denn ich habe den

Verbrecher versteckt, der Kathleen überfallen hat. Und dann habe ich ihn wieder auf die Menschheit losgelassen, und er hat Martin McMahon verprügelt. Weißt du, Liebe kann sehr schnell in Haß umschlagen.«

»Bitte, gehen Sie nicht weg.«

»Ich muß, Kit. Aber ich bin sehr froh, daß du gekommen bist, damit ich dir Lebewohl sagen kann.«

»Aber wenn die Leute wüßten, daß Sie weggehen, würden sie scharenweise kommen, um sich von Ihnen zu verabschieden. Ja, sie würden Sie gar nicht gehen lassen.« Kits Augen funkelten.

»Wenn du meine Freundin sein willst, Kit, dann verrate es ihnen nicht.«

»Haben Sie denn Geld, Bargeld, damit Sie über die Runden kommen?«

»Ja, deine Mutter schickt mir gelegentlich fünf englische Pfund. Sie sagt nicht, daß es von ihr ist, aber ich weiß es. Sie schreibt nur immer *Für Notfälle* drauf, und das ist ein Notfall.«

»Die Leute werden sehr gekränkt sein, Schwester. Sie sind im Lauf der Jahre immer wieder hierhergekommen und haben Ihnen ihre Lebensgeschichte erzählt … und dann gehen Sie einfach, ohne einen Abschied.«

»Es ist das Beste so.«

»Nein, das glaube ich nicht. Was ist mit Emmet? Sie haben ihm Sprechen und Lesen und die Liebe zur Dichtung beigebracht. Was ist mit Rita, wenn sie nach Lough Glass zurückkehrt und nur eine leere Kate vorfindet …? Ich weiß auch, daß Maura große Stücke auf Sie hält. Sie wird Sie nicht dafür verantwortlich machen, was mit Vater geschehen ist. Und sogar die schreckliche Mrs. Dillon, die an keinem ein gutes Haar läßt, habe ich sagen hören, man müßte Sie heiligsprechen … Das können Sie uns einfach nicht antun.«

Doch Kits Worte fruchteten nichts. »Wann fahren Sie, Schwester?« fragte sie schließlich.

»Heute abend noch, mit dem Bus um sechs. Ich habe noch viel zu tun, Kit. Möge Gott dich behüten auf all deinen Wegen.« Sie hielt inne, ehe sie fortfuhr: »Und möge deine Mutter Frieden und Erfüllung in ihrem Leben finden. Führt sie ein gutes Leben?«

»Na ja, so halbwegs«, antwortete Kit.

»Es muß wohl das Leben sein, das sie sich gewünscht hat.« Schwester Madeleines Blick war noch immer verschleiert.

»Wenn Sie dableiben, kann ich Ihnen die ganze Geschichte erzählen ...«, flehte Kit.

»Nein, ich will keine Geschichten über andere Leute hören. Jeder sollte seine eigene Geschichte erzählen. Gott möge immer mit dir sein, Kit McMahon.« Und sie wandte sich ab.

Mit Tränen in den Augen lief Kit aus der Kate. Sie rannte am Seeufer entlang bis zu dem Weg, der zum Hotel hinaufführte. Als sie einen Blick in den verwilderten Garten des Central Hotel warf, sah sie Philip dort sitzen, im alten Pavillon, der ziemlich heruntergekommen war und gründlich renoviert und frisch gestrichen werden müßte. Obwohl Philip eine dicken Mantel trug, war es dort zum Lesen bestimmt recht kühl.

»Darf ich mich ein bißchen zu dir setzen?« fragte sie.

Er klappte das Buch zu, und sie sah, daß es eines ihrer Lehrbücher war. »Ist dir nicht zu kalt?« erkundigte er sich freundlich, um ihr Wohlergehen besorgt.

»Daß du so was liest! Dieser Holzkopf Kevin O'Connor hat noch nicht mal einen Blick reingeworfen.«

»Das hat er mit seinen Hotels auch nicht nötig«, erwiderte Philip.

»Stimmt. Auf dieser Welt geht es ziemlich ungerecht zu, was?«

»Warst du unten bei Schwester Madeleine?«

»Ja. Woher weißt du das?«

»Na, du bist doch über den kleinen Weg gekommen. Wohin würdest du an einem Sonntagnachmittag denn sonst gehen?«

»Sie verläßt uns«, sagte Kit, und dann erzählte sie ihm die ganze Geschichte.

Vor Paddles' Bar war die Straße ziemlich breit. Hier hielt etwa zehn Minuten vor sechs der Bus. Schwester Madeleine kam den Weg vom See hoch. Sie trug eine zerrissene, notdürftig mit Zwirn zusammengeflickte Tasche, die wohl jemand bei ihr gelassen hatte. Es war eines der wenigen Dinge, die sie nicht an andere hatte weiterverschenken können.

Eine Menge Leute standen herum, weitaus mehr, als sonst mit dem Bus fuhren. Und auch mehr, als gewöhnlich in Paddles' Bar gingen. Oder nach Ladenschluß bei Mrs. Dillon an die Hintertür klopften und fragten, ob sie ihnen eine Dose Bohnen oder ein Päckchen Zigaretten verkaufen könnte. All diese Leute waren nur gekommen, weil sie sehen wollten, ob die Einsiedlerin tatsächlich fortging.

Clio war da und auch Anna. Michael Sullivan, Patsy Hanley und Kevin Wall standen neben Emmet. Auch ein paar Ältere waren gekommen: Tommy Bennet, der Briefträger, und Jimmy, der Hotelportier. Schweigend traten sie von einem Bein aufs andere, als warteten sie darauf, daß jemand etwas sagte. Etwas, was die Einsiedlerin abhalten würde, Lough Glass zu verlassen.

Schwester Madeleine schien von den Umstehenden keine Notiz zu nehmen.

Da trat Tommy Bennet vor. »Wohin wollen Sie denn, Schwester? Ich würde Ihnen gerne die Fahrkarte bezahlen.«

»Sie kostet neun Shilling, Tommy«, antwortete Schwester Madeleine leise. Sie wollte nicht in aller Öffentlichkeit kundtun, wohin sie fuhr.

»Aber Sie kommen doch zurück, Schwester?« meinte er, während er bezahlte und sich die Fahrkarte für die Nonne geben ließ.

Im Hintergrund waren schemenhafte Gestalten zu erkennen – auch andere Leute wollten die Einsiedlerin abreisen sehen.

»Sie kann selber bezahlen, mit dem Geld aus Sullivans Werkstatt«, rief jemand, und ein verhaltenes Lachen folgte. Kit schaute sich ungläubig um. Das waren die Menschen, die Schwester Madeleine geliebt hatten – und jetzt wandten sie sich gegen sie …

Der Fahrer, der nicht aus dieser Gegend stammte, erschauderte. Hier ging irgend etwas vor sich, was er nicht begriff und was ihm nicht behagte. Er sah, wie verschiedene Jugendliche der alten Frau, die höchstwahrscheinlich eine Nonne war, die Hand schüt-

telten. Einige andere wiederum hielten sich abseits und betrachteten die Szene wie ein Theaterstück.
Gerade als um sechs Uhr das Angelusläuten begann, war der Schaffner wieder im Bus und nickte dem Fahrer zu. Dieser warf einen hastigen Blick in beide Richtungen der langen Hauptstraße von Lough Glass. Zwar wollte er nicht durch eine vorzeitige Abfahrt irgendwelche Nachzügler verpassen, aber er hatte es eilig wegzukommen.
Der Bus fuhr die dunkle Straße hinunter. Und niemand winkte ihm nach.

KAPITEL NEUN

James William hatte ziemlich lange überlegt, ob und wie er Mrs. Gray zum Mittagessen einladen sollte. Wenn er sie anrief, würde sie sicher ablehnen. Und er konnte kaum damit rechnen, daß sie ihm ein zweites Mal zufällig über den Weg lief.

Also entschloß er sich, in der Agentur Millar vorbeizuschauen. Er habe unerwartet in dieser Gegend zu tun gehabt, wollte er sagen, und ob sie sich vielleicht für eine Stunde von ihrer Arbeit losreißen könne? Wenn sie nein sagte, würde er eben auf eine andere Gelegenheit warten. Denn er mußte wirklich dringend mit ihr reden, und ein gemeinsames Mittagessen schien ihm der richtige Rahmen dafür zu sein.

Die Agentur war sehr viel größer und eleganter, als er geglaubt hatte. Warum wohnte Louis in einer heruntergekommenen Straße in Earl's Court, wenn seine Frau Geschäftsführerin einer so renommierten Agentur war? Und daß sie den Laden führte, daran gab es gar keinen Zweifel.

Sie wurde sorgfältig vom Laufpublikum abgeschirmt. Man bot ihm an, einen Termin zu vereinbaren. Ob er eine halbe Stunde Zeit hätte? Dann würde Mrs. Millar für ihn dasein. Nein, Mrs. Gray zu sprechen sei heute leider unmöglich. Das wurde ihm mehrmals versichert.

»Aber es dauert doch nur eine Minute«, sagte er mit gespielter Verzweiflung.

»In welcher Angelegenheit?« fragte die Empfangssekretärin.

»Ich würde Mrs. Gray heute mittag so gerne zum Essen ausführen.« Er legte seinen ganzen Charme in diese Worte. »Dürfte ich Sie vielleicht bitten, zu meinen Gunsten zu intervenieren?«

»Ist Mrs. Gray mit Ihnen bekannt, Mr. Williams?«

»O ja, das schon. Was aber noch kein ausreichender Grund für sie sein mag, ja zu sagen.« Mit angemessen bescheidener Miene und einem hoffnungsvollen Blick setzte er sich in den blau-goldenen Warteraum und bewunderte das professionelle Erscheinungsbild der Agentur. Das war allein Lenas Verdienst. Millar hatte aus dem Unternehmen jahrelang nichts gemacht, und so gab es für den Erfolg seit Lenas Eintritt keine andere Erklärung.
Da trat sie durch die Tür. »James, was für eine Überraschung«, begrüßte sie ihn und streckte ihm beide Hände entgegen. Lena schien seit ihrer letzten Begegnung noch schmaler geworden zu sein und wirkte auch ein bißchen blaß. Was allerdings an dem dunkelroten Ensemble liegen mochte, das sie trug.
Jedenfalls war Lena in dem rotkarierten Kleid mit passendem Jäckchen und den schwarzroten Pumps dazu eine sehr elegante Erscheinung ... das Idol einer jeden jungen Büroangestellten: Wenn sie in Mrs. Grays Alter so gut und selbstbewußt aussehen würde wie diese, konnte sie auf ein sehr befriedigendes Berufsleben zurückblicken.
»Es ist Viertel vor eins. Und da ich zufällig hier vorbeikam ...«
»Sie kommen nie zufällig irgendwo vorbei«, lachte Lena ihn an.
»Ich gestehe, es hat mich magisch hierhergezogen. Bitte, sagen Sie ja. Nur auf einen kleinen Imbiß, ich liefere Sie auch bis zwei Uhr wieder hier ab.«
»Das wird auch besser so sein. Denn bei uns in der Agentur pflegt man mittags nicht ausgedehnt zu tafeln. Es ist eine andere Welt als die Ihre, James.«
Allerdings ließ sie sich nicht näher darüber aus, was sie für seine Welt hielt; und auch er schwieg zu diesem Thema.
Statt dessen plauderten sie unbeschwert und ein wenig neckisch. Jeder beschuldigte den anderen, mehr von Wein zu verstehen, als er bisher zugegeben habe. Dann war der Fisch bestellt und das scherzhafte Geplänkel vorbei. Stille trat ein.
Bis James das Wort ergriff: »Haben Sie eine Vermutung, weshalb ich mit Ihnen sprechen wollte?«
Lena dachte nach. Ihr Tischnachbar, der sich zuvor in galanten

Scherzen ergangen hatte, wirkte jetzt sehr ernst. Also entschied sie sich, auf seinen Ton einzugehen. »Wegen Louis, nehme ich an.«

»Ja. Aber es fällt mir nicht leicht, darüber zu sprechen. Können Sie es sich nicht denken?«

»Nein. Ist er unzuverlässig geworden? Oder nicht zur Arbeit erschienen?« Lenas Gesicht verriet Besorgnis.

»Nein, nein, ganz im Gegenteil. Er arbeitet beinahe zuviel. Das muß Ihnen doch aufgefallen sein.«

»Na ja, er ist kaum noch zu Hause, das ist wahr.« Ihre Stimme klang nicht bitter, sondern eher resigniert.

»Und hat er nicht mit Ihnen über eine neue Stellung gesprochen?«

»Nein, mit keinem Wort.« Bestürzt sah sie ihn an. Denn Louis besprach sonst immer alles mit ihr, was mit der Arbeit zusammenhing – seine hochfliegenden Pläne, die sie ihm dann behutsam ausreden mußte, ohne daß er merkte, daß sie ihn beeinflußte ... Was für eine neue Stellung konnte das sein? Louis war bereits Wirtschaftsdirektor des Dryden, höher konnte er dort nicht aufsteigen. Also mußte es woanders sein. Hatte er etwa Verhandlungen geführt, ohne sich mit ihr zu beraten? War er bereits halb auf dem Weg nach Schottland? Hatte er sich entschieden, ihr nichts davon zu sagen, damit sie ihm keine Steine in den Weg legte?

Lena blickte James Williams forschend an. Ihr Gesicht war für ihn ein offenes Buch: Sie wußte absolut nichts über eine neue Position ihres Mannes – und war tief verletzt, daß er sie offenbar völlig übergangen hatte.

Doch James Williams' Gesicht verriet nicht, was er dachte. Ja es stahl sich sogar wieder ein leises Lächeln auf seine Lippen, und er schlüpfte erneut in die Rolle des dezent flirtenden Verehrers. »Natürlich hat er völlig recht, Sie nicht mit langweiligem Geschäftskram und Hotelklatsch zu behelligen ...«, strahlte er sie an. Doch Lena begriff, daß er bewußt das Thema zu wechseln versuchte. »Um was für einen Posten handelt es sich?«

»Ach, in Hotels gibt es immer mal wieder Gespräche, Überlegungen, Debatten, was von dieser oder jener Stellung zu halten wäre ... Ein Wunder, daß wir überhaupt noch Zeit für unsere Gäste finden ...«

Bewundernd sah Lena ihn an. James Williams gab sich keine Blöße. Und wie beiläufig er das Thema fallenlassen wollte, kaum daß er gemerkt hatte, wie ahnungslos Lena war. Nun gut, sie wollte ihm helfen und ihrerseits ebenfalls das Thema wechseln.

»Erzählen Sie mir von Laura Evans, Ihrer Freundin, die wir bei unserem Besuch damals kennenlernen durften«, bat sie. Die Worte hallten ihr in den Ohren wider. Sie konnte kaum glauben, daß sie wirklich eine so taktlose Frage gestellt hatte.

»Laura?« fragte er, baß erstaunt.

Doch Lena schlug die Augen nicht nieder. »Ja«, bestätigte sie, ganz freundschaftliches Interesse.

»Oh, ich denke, es geht ihr gut. Ich habe sie schon seit geraumer Zeit nicht mehr gesehen.«

»Verstehe.«

Da legte er Lena eine Hand auf die ihre und ließ sie dort einen langen Augenblick ruhen. »Wie seltsam das Leben doch spielt«, meinte er.

»Wieso?«

»Sie hätten einen Mann wie mich kennenlernen können. Ich hätte einer Frau wie Ihnen begegnen können.«

Das war ganz und gar nicht die Wendung, die Lena dem Gespräch zu geben wünschte. »Die Welt ist klein. Und so haben wir uns schließlich auch kennengelernt. Aber jetzt sollten wir unsere Aufmerksamkeit dieser herrlich angerichteten Scholle widmen, die da gerade kommt.«

Dabei strahlten ihre Augen. Doch James Williams war jetzt sicher, daß ihr Gesicht hagerer war als früher. Wie mochte es wohl sein, fragte er sich, wenn man von einer Frau wie Lena Gray leidenschaftlich und bedingungslos geliebt wurde?

Der Nachmittag schien nicht enden zu wollen, und das kam nur selten vor. Normalerweise verging die Zeit wie im Fluge.

»Ich habe Ihnen bereits zweimal gesagt, daß wir bei Julio's waren und ich dort Scholle alla Fiorentina gegessen habe. Würden Sie jetzt bitte die Güte haben, wieder an Ihre Arbeit zu gehen und mich die meine erledigen zu lassen?« Sonst fuhr Lena ihre Kolleginnen nie an.

Daher reagierte ihre Sekretärin Jennifer betroffen. »Schlechte Nachrichten, Mrs. Gray?« fragte sie.

»Warum um Himmels willen sollte ich schlechte Nachrichten erhalten haben? Und darf ich vielleicht daran erinnern, daß die Agentur Millar für ihre Kunden sogar eine Broschüre mit Verhaltensregeln erstellt hat, in der künftigen Büroangestellten dringend davon abgeraten wird, sich in die Privatangelegenheiten ihrer Arbeitgeber einzumischen? Schon gar nicht, wenn sie bereits aufgefordert wurden, mit ihrer Arbeit fortzufahren.«

Lena wußte, daß sie sich unmöglich aufführte. Warum konnte sie nicht zwei Minuten erübrigen und erzählen, daß Mr. Williams ein privater Freund von ihr und ihrem Mann war, mit dem sie köstlich gespeist hatte, in einem Lokal, wo die Kellner einen Signora nannten? Dann wäre Jennifer, die nur freundlich sein wollte, gutgelaunt an ihren Schreibtisch zurückgekehrt. Warum konnte Lena nicht so gelassen reagieren wie sonst auch?

Weil sie, verdammt noch mal, alles andere als gelassen war.

»Ich werde Samstag mittag nicht mit Ihnen zusammen essen«, teilte Lena Jim und Jessie Millar mit. »Ich bin Trauzeugin bei einer Hochzeit.«

»Eine Hochzeit, wie schön«, sagte Jessie, die mit ihrem Hochzeitstag nur die besten Erinnerungen verband.

Doch Lena überlief ein Schauder, als sie daran zurückdachte.

»Sie sehen müde aus«, meinte Jim Millar. »Vielleicht lassen wir Sie zuviel arbeiten. Nehmen Sie sich doch ein paar Tage frei, die Hochzeit ist ein guter Anlaß.«

»Nein, Jim. Mir geht es besser, wenn ich arbeite.«

»Aber Sie wirken abgespannt – erst gestern habe ich zu Jessie gesagt, wie erschöpft Sie doch aussehen. Und sie hat mir zugestimmt.«

Abgespannt und erschöpft hieß alt. Die Leute wußten nicht, was sie damit sagten, aber so war es und nicht anders. Schließlich war sie auch schon in den Vierzigern, ja, sie ging auf die Fünfzig zu. Wie konnte sie da anders aussehen als alt und verbraucht? Diese Hochzeit war vermutlich die letzte Gelegenheit, bei der sie sich elegant und dennoch flott anzog und zurechtmachte. Danach würde sie zu gediegenen Kleidern in gedämpften Farben greifen: taubengrau oder marineblau mit winzigem weißen Besatz. Brautmütter trugen so etwas.

Schlagartig wurde ihr bewußt, daß sie nicht bei Kits Hochzeit dabeisein würde – egal, in welcher Kleidung. Die kräftige, großherzige, lebenslustige Maura Hayes würde zusammen mit ihrer Schwester Lilian nach Dublin fahren und ein passendes Kleid kaufen; eins, das auch bei den anderen festlichen Gelegenheiten der darauffolgenden Jahre zu Ehren kommen würde. Und plötzlich traten Lena Tränen in die Augen.

»Ist alles in Ordnung, Lena?« erkundigte sich Jessie besorgt.

»Mir könnte es gar nicht besser gehen«, erwiderte sie mit einem viel zu übertriebenen Lächeln.

»Was sollen wir Ivy und Ernest denn schenken?« fragte Louis, der lediglich für eine knappe Stunde heimgekommen war. Inzwischen war das Dryden praktisch sein zweites Zuhause geworden. Auch heute abend gab es wieder einmal eine Feier, und er mußte dort sein und ein Auge darauf haben, daß auch wirklich alles klappte.

»Du hättest den weiten Weg erst gar nicht machen sollen«, meinte Lena, besorgt, daß er sich zu sehr abhetzte.

»Ich wollte dich sehen und wenigstens mal guten Tag sagen.«

»Wird es wieder spät werden heute abend?«

»Hat gar keinen Sinn, daß ich heimkomme, Liebling. Es dauert mindestens bis um vier, und um acht Uhr muß ich schon wieder anfangen. Dann schlafe ich besser gleich dort.«

»Klar«, lächelte sie strahlend, doch das Herz war ihr schwer.

Auch Louis lächelte. Er hatte sein Hemd ausgezogen und begutachtete seinen Bauch. »Furchtbar, dieser Rettungsring ... ein erbärmlicher Anblick.«

»Ach, komm, flach wie ein Brett ... man könnte glauben, daß du täglich Tennis spielst, so durchtrainiert siehst du aus.« Lena mochte es, wenn seine Augen bei ihren Komplimenten zu strahlen begannen.

»Ach, ich weiß nicht. Am Strand würde ich wohl keine gute Figur machen ...«

»Laß uns nächsten Sommer ans Meer fahren«, schlug sie aus heiterem Himmel vor.

Er sah sie an, als hätte sie ihn aus einem Tagtraum aufgeschreckt. »Wer weiß, wo wir nächstes Jahr sind.«

»Eben. Wir könnten in einen ganz mondänen Ort fahren. Ich werde mal ein paar Prospekte durchblättern.«

»Ja, aber laß uns ein andermal darüber reden. Jetzt sollten wir uns lieber den Kopf zerbrechen, was wir dem jungen Glück da unten bescheren wollen.«

Lena wünschte, er würde sich nicht immer über Ivys und Ernests Alter lustig machen. Schließlich würden auch sie und Louis nicht mehr taufrisch sein, wenn sie irgendwann einmal heirateten. *Wenn* sie heirateten.

Er knöpfte sein Hemd zu und betrachtete sich kritisch im Spiegel. Und plötzlich wußte sie, daß sie niemals heiraten würden. Wie war sie nur auf diese alberne Idee verfallen? Warum hatte sie sich jahrelang daran geklammert wie ein Kind an sein Lieblingsspielzeug? Und genauso sicher wußte sie, daß er heute abend eine Affäre beginnen würde. Oder vielleicht schon eine angefangen hatte. Inzwischen kannte sie die Anzeichen.

»Ich dachte an einen Spiegel, ein schönes antikes Stück«, schlug sie vor. Ihre Stimme klang in ihren Ohren sehr dünn und weit entfernt.

Louis grinste.

»Glaubst du, daß dafür noch Platz an der Wand ist, wo doch überall Ivys Plunder hängt?«

»O ja. Sie haben renoviert, hast du das nicht bemerkt?«

»Nein. Mir ist nichts aufgefallen.« Allerdings war Louis seit der kleinen Verlobungsfeier gar nicht mehr unten gewesen.
»Ich glaube, so etwas würde ihnen gefallen.«
»Gut, dann besorg's. Solange es nicht zu teuer ist.«
Louis würde keinen Penny davon bezahlen. Und er würde auch nie erfahren, daß ihr eigentliches Geschenk für Ivy ein Kleid war, ein bordeauxfarbenes Samtkleid mit passendem Hut. Außerdem hatte sie ihr eine Gesichtsbehandlung und eine Frisur bei Grace spendiert. Sie hatte schon zehnmal soviel ausgegeben, wie der Spiegel kosten würde.
War Louis geizig? Für sie war er immer der Inbegriff der Großzügigkeit gewesen. Auch wenn er kaum mehr als ein Sixpencestück in der Tasche hatte, hatte er seine gesamte Barschaft in ein Veilchensträußchen investiert. Der Gedanke, Louis könnte ein Geizhals sein, war ihr unerträglich. Alles, nur das nicht.
»Und mit der Hochzeit am Samstag geht alles klar?« fragte sie.
»Ja. Ich werde mir doch nicht ein gutes Essen und Freibier entgehen lassen. Komisch eigentlich, daß er nicht in seinem eigenen Pub feiert.«
»Das wäre wohl nicht besonders taktvoll den Gästen gegenüber, die sich noch an Charlotte erinnern ... und auch nicht angenehm für seine Söhne. Es ist besser, anderswo zu feiern.«
»Aber in einem Bahnhofslokal! Lena, ich bitte dich.« Er war so überheblich, so voller Dünkel. Und doch wußte sie, daß er in Ivys und Ernests Gegenwart nie dergleichen äußern würde. Im Gegenteil, Louis würde sie loben, was für eine prima Idee es doch sei, den Empfang gleich neben dem Bahnhof zu geben, von dem aus sie danach in die Flitterwochen aufbrechen wollten. Sein Mitleid und sein Spott waren nicht für fremde Ohren bestimmt. Der Öffentlichkeit präsentierte sich Louis stets als Mann ohne Makel.
»Wir müssen um zwölf auf dem Standesamt sein«, erinnerte sie ihn.
»Ich weiß, ich weiß. Und ich werde dasein, ich lasse mich derweil am Empfang vertreten.«
»Du meinst, du mußt danach wieder zurück ins Hotel?«

»Einige von uns Bedauernswürdigen müssen nun mal arbeiten«, erwiderte er gekränkt.

Da fiel ihr James Williams' Bemerkung ein, daß Louis beinahe zuviel arbeitete, und ihr war plötzlich beklommen zumute. »Ich habe heute James Williams getroffen«, sagte sie unvermittelt.

Täuschte sie sich, oder lag auf einmal Argwohn in seinem Blick?

»So? Worüber habt ihr denn geplaudert?«

»Ach, hauptsächlich über Wein und Fisch. Und daß Laura Evans den Weg aller Damen vor ihr und wahrscheinlich auch den aller ihrer Nachfolgerinnen gegangen ist.«

»Sie war eine versoffene Schlampe«, urteilte Louis. »Ich verstehe nicht, was ein Mann wie er an ihr finden konnte.«

»Vielleicht fühlte er sich einsam?«

»Mit so viel Geld? Du hast doch sein Haus gesehen. Wie kann er da einsam sein?«

Das hatte Lenas Ansicht nach nichts miteinander zu tun. Aber da Louis schon im Aufbruch war, wollte sie nicht wegen einer Bagatelle einen Streit vom Zaun brechen.

»Warum habt ihr über Wein und Fisch gesprochen?«

»Wir waren in einem Restaurant. Er hat mich zum Essen eingeladen, als er zufällig an der Agentur vorbeikam.«

»Wann ist James schon jemals zufällig irgendwo vorbeigekommen?«

»Komisch! Genau das habe ich ihn auch gefragt.«

»Weshalb ist er also gekommen?« Louis fühlte sich sichtlich unwohl in seiner Haut.

Doch Lena ging darüber hinweg. »Das würde ich auch gerne wissen. Er schien mir irgend etwas erzählen zu wollen, aber dann überlegte er es sich offenbar anders.«

»Was denn?«

»Keine Ahnung. Vielleicht gibt es ja eine neue Laura Evans, wer weiß? Er kam wieder auf das Essen und den Wein zu sprechen, und das war's.«

»Habt ihr gar nicht von mir gesprochen?« Trotz seines heiteren Tonfalls spürte sie, wie angespannt er war.

»Er hat mir lediglich erzählt, daß du Tag und Nacht arbeitest.«
Da trat er auf sie zu, legte ihr die Hände auf die Schultern und küßte sie feierlich auf die Stirn. Ein Abschiedskuß wie aus einem Theaterstück. »Bis morgen bei der Hochzeit«, sagte er.
»Versuch, eine Mütze Schlaf abzubekommen«, rief sie ihm nach, als er die Treppen hinunterstürmte.
Wie versprochen, schaute sie danach bei Ivy vorbei.
»Ist er da oder nicht?« fragte diese.
»Er ist gerade gegangen.«
»Gut, dann habe ich dich länger für mich.« Wieder nahm Ivy das bordeauxfarbene Kleid aus dem Schrank, strich über den weichen Stoff und bedankte sich nochmals bei ihrer Freundin Lena. »Ohne dich wäre es nie soweit gekommen«, sagte sie mit erstickter Stimme. »Niemals.«
»Hör auf damit, sonst fange ich noch an zu heulen.«
»Ernest ist mit ein paar von seinen Kumpels unterwegs, also können wir beide uns einen genehmigen.«
»Sag bloß nicht, daß für dich immer noch Alkoholverbot gilt«, lachte Lena.
»Doch, schon. Aber warte nur, bis ich erst den Trauschein in der Tasche habe. Als ehrbare Mrs. werde ich dem Dämon Alkohol gestatten, allmählich in unser Leben zurückzukehren.«
Sie hoben die Gläser auf eine glückliche Zukunft.
»Und was hast du nun vor, Lena? Nachdem du bei allen anderen Leuten die Dinge ins Lot gebracht hast?«
»Ich weiß nicht. Louis und ich haben gerade überlegt, nächstes Jahr im Sommer ans Meer zu fahren.«
»Was für eine prima Idee«, meinte Ivy.
»Aber es steht natürlich noch nichts fest.«
»Nein, natürlich nicht.«
Wie gern hätte sich Lena an der Schulter ihrer Freundin ausgeweint und ihr erzählt, daß sich irgend etwas zusammenbraute. Etwas, vor dem James Williams sie hatte warnen wollen, bevor ihn im letzten Moment der Mut verlassen hatte. Etwas, das sie kurz in Louis' Augen aufblitzen sah, als sie den Urlaub nächstes Jahr

angesprochen hatte. Und auch, als er ihr die Hände auf die Schultern legte.
Sie konnte sich nicht vorstellen, was es sein mochte. Was konnte schlimmer sein als die Affären, die er ihr seit Jahren verheimlichte? Doch heute war der Abend vor Ivys Hochzeit. Ganz und gar nicht der richtige Zeitpunkt, um zusammenzusitzen, zu trinken und über die Schlechtigkeit der Männer zu lamentieren.
»Hältst du es für läppisch, daß wir im Bahnhofslokal auf unsere Ehe anstoßen?« fragte Ivy zaghaft.
»Nein, ich halte es für eine glänzende Idee. Du hast doch gesagt, daß Ernest auf keinen Fall eine große, steife Gesellschaft will. So können wir gemütlich in einer uns vertrauten und angenehmen Umgebung plaudern. Ich war schon dort und habe das mit den Sandwiches geregelt.« Lena verriet nicht, daß sie auch für eine kleine Hochzeitstorte gesorgt hatte.
»Als ich damals Ron geheiratet habe«, erzählte Ivy, »war ein Mädchen namens Elsie meine Brautjungfer. Heute weiß ich nicht einmal mehr, wo sie lebt und wie es ihr geht.«
»Was aus meiner ersten Brautjungfer geworden ist, weiß ich auch nicht«, überlegte Lena. »Wahrscheinlich war sie auf meiner Beerdigung. Ich habe vergessen nachzufragen.« Ihr Lächeln war nicht ganz echt.
Ivy fühlte sich immer unbehaglich, wenn die Sprache auf jene lang zurückliegenden Ereignisse kam. Für sie war es unbegreiflich, wie jemand lieber vorspiegeln konnte, tot zu sein, statt sich anständig scheiden zu lassen. »Aber dich werde ich niemals vergessen, Lena. Du bist die beste Freundin, die ich je hatte.«
»Der Portwein macht dich rührselig«, erwiderte Lena. »Ich fürchte, ich muß mich auf die Seite deines Gatten schlagen und dich künftig vom Alkohol fernhalten.«
»Mein Gatte«, staunte Ivy. »Stell dir vor, morgen bin ich Ernests Frau.«
»Du hast es verdient«, sagte Lena.
Und ihr selbst blutete das Herz.

Kits Brief war drei Seiten lang. Lenas erste Reaktion war Angst. Warum schrieb sie so ausführlich, war etwas passiert? Sie überflog die Seiten, aber der Brief schien keine schlechten Nachrichten zu enthalten.

Kit berichtete, ein Mann namens Francis Xavier Byrne werde für den Überfall in Sullivans Werkstatt verantwortlich gemacht; Schwester Madeleine hatte ihm Unterschlupf gewährt wie einem heimatlosen Fuchs.

In schlichten Worten schilderte Kit, daß ihr Vater verletzt worden war, sich aber inzwischen erholt hatte.

Ich weiß, Du wirst Dich freuen zu hören, daß Maura ihn gut gepflegt hat. Er ist jetzt wieder ganz der alte und lacht und macht Späße wie immer.

Das schreibe ich Dir, damit Du den Zwischenfall nicht für ernster hältst, als er war, falls Du darüber in der Zeitung liest. Komisch eigentlich, daß Du immer noch an Neuigkeiten aus Lough Glass interessiert bist. Ich weiß gar nicht, was ich Dir von hier berichten soll.

Die Hickeys haben ihr Geschäft vergrößert. Mr. Hickey hat dem Alkohol abgeschworen, was nach Mrs. Hickeys Meinung bedeutet, daß sie mit dem vielen Geld, das sie dadurch sparen, bald eine landesweite Kette von Metzgereien besitzen werden. Schwester Madeleines Kate steht leer, die Tür ist sperrangelweit offen. Als ich letzte Woche dort war, hatten sich drinnen ein paar Kaninchen und zahme Vögel versammelt. Wahrscheinlich warten sie darauf, daß Schwester Madeleine zurückkehrt und sie füttert. Das Schlimmste ist, daß die Leute jetzt behaupten, sie sei gar keine gute Frau gewesen – eher eine Hexe als eine Heilige. Aber ich habe sie immer gern gemocht und werde meine hohe Meinung von ihr nicht ändern.

Clio geht es genauso. Allerdings bekomme ich sie momentan kaum zu Gesicht, weil sie angeblich »schrecklich verliebt« ist. In einen gräßlichen Kerl namens Michael O'Connor, dessen Vater steinreich ist und eine ganze Hotelkette besitzt. Sein Bruder ist in der Cathal Brugha Street in meinem Jahrgang und ein noch größerer Widerling. Bei mir hat sich in Liebesdingen bis jetzt noch nichts getan.

Stevie Sullivan von der Werkstatt ist sehr viel netter, als ich geglaubt hatte. Doch sein Bruder ist das gleiche Scheusal wie eh und je.
Manche Dinge haben sich gar nicht geändert. Father Bailey und Mutter Bernard und Bruder Healy werden wohl immer so bleiben, wie sie sind. Auch Farouk hat sich nicht verändert, er kümmert sich nicht um den Hund von Dad und Maura, er übersieht ihn einfach. Wenn der Hund reinkommt, stolziert er hocherhobenen Hauptes hinaus. Ich weiß nicht, warum ich Dir das alles schreibe, wahrscheinlich weil ich denke, daß Du immer noch an allem hier interessiert sein mußt, wenn Du allwöchentlich eine Zeitung von hier kaufst.

Mit den besten Wünschen,
Kit.

Nachdem Kit den Brief geschrieben hatte, war sie sehr mit sich zufrieden. Sie wußte nicht genau, warum sie diesmal so ausführlich berichtet hatte, was gar nicht ihrer Art entsprach. Vielleicht, weil sie spürte, daß Lena Gray einsam war und es sie schließlich nicht viel kostete, ihr ein paar Zeilen mehr zu schreiben.

Kit,
ich kann Dir gar nicht sagen, wie gerne ich höre, was in Lough Glass passiert. Alles, was Du mir schreibst, finde ich hochinteressant, und ich freue mich, daß Du Deine freie Zeit für einen so langen Brief geopfert hast. Allerdings fasse ich mich jetzt bewußt kurz, weil ich Dich mit unserem Briefwechsel nicht überbeanspruchen möchte.
Du hast ganz richtig vermutet, daß ich mich über Mauras Fürsorge für Deinen Vater freue. Ich war tatsächlich sehr froh zu hören, daß sie sich gut um ihn kümmert und er schon wieder genesen ist.

Alles Liebe,
Lena.

Lena konnte nicht schlafen. Um zwei Uhr morgens war sie wacher als oft mitten am Tag. Also stand sie auf und kochte sich einen Tee; aber das half nichts. Sie hatte einmal gelesen, daß man sich körperlich betätigen sollte, zum Beispiel mit Silberputzen. Der

Punkt war einfach abzuhaken, sie hatten kein Silberbesteck oder ähnliches. Und die Wohnung war aufgeräumt. Sie hielt sie immer peinlich sauber, damit Louis nicht nörgeln konnte, sie würden in heruntergekommenen Verhältnissen leben. Rastlos wanderte sie hin und her und schaute in Schränke und Schubladen. Alles lag ordentlich an seinem Platz.

Das erinnerte sie an die langen Wochen vor all den Jahren, als sie im Begriff stand, aus Lough Glass wegzugehen.

Sie hatte unendlich viel Zeit und Energie aufgewendet, um alles geordnet zu hinterlassen. So hatte sie Vorsorge getroffen, daß Rita ihren Kleiderschrank entrümpeln konnte und sich nahm, was sie brauchte. Ja sie hatte sogar all ihre Schuhe flicken lassen, damit man sie weggeben konnte. Wie hätte sie auch ahnen können, daß man sie für tot halten würde? Warum hatte Kit sich nur eingebildet, sie müßte ihren Brief verbrennen?

Lenas Blick verweilte auf dem Schrank mit Louis' Kleidung – den Jacketts, die sie ihm gekauft hatte; den Hemden, die sie jede Woche zur chinesischen Wäscherei brachte. Unten standen seine Schuhe, die sie stets auf Hochglanz polierte. »Ach, laß nur, ich putze meine auch gerade«, hatte sie beim erstenmal abgewinkt, als er protestierte; danach war nie wieder ein Einwand gekommen.

Natürlich hatte sie viel zuviel für ihn getan. Aber wenn sie weniger für ihn getan hätte, wäre es schon längst vorbei gewesen. Schon vor Monaten, vor Jahren. Sie fröstelte. Warum glaubte sie, daß es jetzt zu Ende ging?

Das Telefon stand am Treppenabsatz, ein Gemeinschaftstelefon für alle Mieter. Wenn sie mit gedämpfter Stimme sprach, konnte niemand sie belauschen. Niemand würde von ihrer Schmach erfahren. Sie wählte die Nummer des Dryden Hotel. Eine Stimme antwortete. Lena wußte, es mußte der Nachtportier sein. »Ich habe nur eine Frage wegen der Feier heute abend«, sagte sie.

»Wie bitte?«

»Wegen der Feier in Ihren Räumlichkeiten. Wann, glauben Sie, wird sie vorbei sein?«

»Tut mir leid, Madam, aber heute abend haben wir hier gar keine Feier«, erwiderte die Stimme.
»Oh, vielen Dank.«
Sie beobachtete, wie es über der Stadt zu dämmern begann. Natürlich konnte man mit Make-up kleine Tricks und Kniffe vollbringen, aber das würde keine Wunder bewirken. Nichts würde die dunklen Schatten unter ihren Augen verdecken, keine Visagistenkunst konnte einen leidvollen Blick in einen strahlenden verwandeln.
Ihr kam ein Bergarbeiter in den Sinn, der sich nach einem Grubenunglück selbst befreit hatte. »Ich habe die ganze Zeit versucht, an etwas anderes zu denken, bloß nicht an meine Situation«, hatte er im Radio erzählt. »Auf keinen Fall wollte ich daran denken, daß ich sterben könnte. Also habe ich an den Geräteschuppen gedacht, den ich in meinem Garten bauen wollte. Ich habe überlegt, wieviel Holz ich brauchen werde und wie viele Nägel und was für ein Dach ich machen will. Das hat mir geholfen, nicht den Verstand zu verlieren.«
Genauso wollte sie es auch handhaben, entschied Lena. Sie würde sich so intensiv mit Ivys Hochzeit beschäftigen, daß sie keinen Gedanken an ihr eigenes Leben verschwenden konnte.
Mit einer Kanne Tee und Toast mit Honig ging sie hinunter zu Ivy.
»Ich kann es nicht fassen«, strahlte Ivy, die vor lauter Glück die Falten und schwarzen Ringe unter den Augen ihrer Trauzeugin übersah. Und an einem Hochzeitstag galten alle Blicke sowieso nur der Braut. »Heute sollst du alles bekommen, was du dir wünschst«, sagte Lena mit einem breiten Lächeln, bei dem ihre Gesichtsmuskeln schmerzten.
Dann begleitete sie Ivy zu Graces Friseursalon. »Ich hole dich um halb elf wieder ab«, versprach sie.
»Louis Gray wird froh sein, daß ich unter die Haube komme. Ich stehle dir immer soviel Zeit«, meinte Ivy.
»Ach, mach dir wegen Louis mal keine Gedanken.«
Grace musterte Lena mit scharfem Blick. »Wünschen Sie auch

etwas? Ich kann Ihnen gern das Haar bürsten, oder möchten sie vielleicht etwas Lidschatten?« fragte sie leise.
»Nein, danke, damit ist es nicht getan.« Lena klang düster.
»Das haben Sie doch schon häufiger durchgemacht.«
»Diesmal ist es wirklich ernst.« Sie hatten sich aus Ivys Hörweite entfernt.
»Das glaube ich nicht. Ich wette fünf zu eins.«
»Ich war noch nie eine Spielerin …«, entgegnete Lena tonlos.
»O doch, Sie haben auf diesen Mann gesetzt.«
»Wenn ja, dann habe ich verloren.«
Grace schwieg.
»Übrigens, Ivy weiß nichts davon.«
»Niemand weiß davon«, entgegnete Grace. »Sie bilden es sich nur ein, überarbeitet, wie Sie sind.«
»Ja, sicher.«
Lena ging heim und zog sich um. Sie rief nicht im Dryden an, um auszukundschaften, ob Louis wirklich Dienst hatte. Statt dessen legte sie den Film in den Fotoapparat ein und füllte vier Umschläge mit Reis für den Fall, daß auch andere das Brautpaar damit bewerfen wollten.
Dann leerte sie den Inhalt des Papierkorbs in eine Papiertüte, die sie später unten in die Tonne werfen wollte. Dabei fiel ihr Blick auf ein bedrucktes Stück Papier mit den Abflugszeiten und Preisen von Flügen nach Irland. Der Zettel war zerknüllt, nichts weiter als Abfall. Doch er stammte nicht von ihr. Sooft sie schon daran gedacht hatte, nach Irland zu fliegen, sie hatte sich noch nie nach den Flugzeiten erkundigt.
Louis wollte doch nicht etwa nach Irland, ohne ihr Bescheid zu sagen? Sollte das vielleicht heißen, daß seine neueste Eroberung eine Irin war? Die bloße Vorstellung war schon unerträglich. Oder wollte er mit irgendso einem Mädchen einen Traumurlaub auf der grünen Insel verbringen und sie mit seinen Märchen bezaubern? Lena ließ den Zettel, wo er war, und richtete sich kerzengerade auf. Ein langer und schwerer Tag lag vor ihr.
Und es war auch bereits Zeit, Ivy abzuholen.

Ernest war reichlich nervös, und sein Freund Sammy war keine große Hilfe. Anstatt Ernest gut zuzureden, ihn zu beruhigen und ihm zu sagen, daß es nur um ein paar Worte ging, die er so laut oder leise sprechen konnte, wie er wollte, riß er nur am laufenden Band einen Witz nach dem anderen.

»Ich mache mich bestimmt lächerlich vor all den Leuten«, jammerte Ernest.

Lena hätte ihm am liebsten eine kräftige Ohrfeige verpaßt.

Sie würden ganze sechzehn Gäste sein: Freunde, die dem Paar Glück wünschten, und die beiden Söhne, die Ivy als Ernests künftige Frau akzeptierten. Sonst niemand. Und er hatte nichts zu tun, nichts zu organisieren. Seine ganze Aufgabe bestand darin, sich verdammt noch mal zu freuen, daß Ivy ihn zum Mann nahm!

Wurde sie eine Männerhasserin? fragte sich Lena. Nein, bestimmt nicht. Mr. Millar war ein Engel. James Williams war ein Gentleman. Und Martin gar so etwas wie ein Heiliger. Peter Kelly hatte sich als guter und treuer Freund erwiesen. So viele Männer um sie herum waren großzügige und feine Menschen. Und auch Ernest war kein übler Kerl, er war lediglich etwas ungehobelt und brachte die Zähne nicht auseinander; ihm fehlte die Beredsamkeit eines Louis Gray.

Eines Louis Gray, der später nachkommen und alle mit seinen Lügen um den kleinen Finger wickeln würde. Noch lange nach diesem Tag würden sie sich an ihn erinnern; wie er dem Paar den hübschen Spiegel überreicht hatte; was für Späße er gemacht und wie er überall gute Laune verbreitet hatte.

Sie sah, daß Sammy heftig zu schwitzen begann: Der Mann hatte wirklich schwache Nerven. Doch diese Menschen waren nun mal schüchtern, fiel ihr ein; bei festlichen Anlässen und Zeremonien wurde ihnen angst und bang. Sie wußten nicht, daß sie das Geschehen selbst bestimmten; für sie entwickelten diese Dinge ein geheimes Eigenleben.

»Nun, fertig zum Aufbruch?« fragte Lena die beiden Männer. »Das Taxi wartet bereits vor der Tür.« Auch dafür hatte sie gesorgt.

Und im voraus bezahlt. Sonst hätten sie womöglich in letzter Minute auf der Straße nach einem Taxi suchen müssen.
»Wo ist die Braut?« Sammy schien gerade noch eingefallen zu sein, daß sie unverzichtbar war.
»Sie wartet im Schlafzimmer, bis wir alle abmarschbereit sind.« Lena ging sie holen. »Du siehst zauberhaft aus«, schwärmte sie. »Noch nie hast du so schön ausgesehen.«
Ivys faltiges Gesicht strahlte. Mit dem keck aufgesetzten Hut und dem schwungvoll um den Hals geschlungenen, bordeaux- und cremefarben gemusterten Schal sah sie um Jahre jünger aus – und wie eine Dame, die gerade das Ritz verläßt.
Ernest und Sammy staunten sie an. Das war Lenas Lohn, diese unverhohlene Überraschung und Freude, daß die alte Ivy sich so elegant herausgeputzt hatte. Und dazu der leise Zweifel, ob sie neben ihr nicht etwas schäbig aussahen.
»Wo steckt Louis?« fragte Ivy.
»Louis kommt nach. Er muß sich von der Arbeit loseisen.« Lena hakte Ivy unter und geleitete sie zum Taxi. »Caxton Hall, bitte«, sagte sie laut und deutlich, damit auch wirklich jeder mitbekam, wohin die Fahrt ging.
Kurz vor Beginn der Trauung schlüpfte Louis an Lenas Seite. Er roch nach Lavendelseife. Nun, natürlich war es möglich, daß sie im Dryden Lavendelseife benutzten. Liebevoll lächelte er sie an. »Du siehst großartig aus«, meinte er anerkennend. Das creme- und lohfarben gemusterte Kostüm hatte ein Vermögen gekostet, aber sie konnte es auch tragen, wenn sie Vorträge hielt oder sich mit wichtigen neuen Kunden traf. Bei den vielen beruflichen Anlässen, die ihre Zukunft ausmachen würden. »Was für ein niedlicher kleiner Hut«, flüsterte er.
Womöglich hatte man die Feier abgesagt. Und vielleicht hatte er sowieso Spätschicht gehabt, so daß es Zeitverschwendung gewesen wäre, nach Hause zu fahren. Frag nicht, Lena. Laß diese Möglichkeit offen. Dann kannst du immer glauben, daß es so gewesen ist. Doch wenn du nachfragst, wirst du es erfahren. »Wie war die Feier?« fragte sie und hätte sich am liebsten die Zunge abgebissen.

»Frag lieber nicht«, erwiderte er und verdrehte die Augen. »Endlos, so läßt es sich wohl am besten zusammenfassen.«
»Was war es, eine Konferenz oder eine goldene Hochzeit oder was?«
»Eine Horde Verkäufer, die auf den Putz hauen wollten.«
»Na ja, wenigstens gut für das Hotel.«
»Ich habe es satt, mich abzurackern, nur damit das Hotel sich eine goldene Nase verdient.«
Lena blickte ihn an. Das war ihr Stichwort, ihn zu beruhigen; ihn zu überreden, dort zu bleiben; ihm darzulegen, was für eine gute Stellung er doch hatte und wie sehr er geschätzt wurde … und wie unklug es wäre, sich anderweitig umzusehen.
Aber diesmal reagierte sie anders. »Du solltest dir etwas anderes suchen, Louis.«
»Was?«
Sie flüsterten, während die kleine Gruppe allmählich wieder zusammenfand. Lena mußte nach vorne zu Ivy gehen. »Laß nicht zu, daß sie dich ausnutzen. Es gibt bestimmt bessere Stellen für dich. Darüber solltest du ernsthaft nachdenken.«
Louis war sprachlos. »Aber … ich dachte, du würdest …«
»Glaub nie, du wüßtest, was ich denken oder tun würde … wobei mir einfällt, daß ich hier eigentlich als Trauzeugin fungieren soll.«
Gleichzeitig mit dem Standesbeamten trat Lena auf Ivy, Ernest und Sammy zu und nahm an einer Zeremonie teil, von der sie gedanklich Lichtjahre entfernt war. Von hoch droben schien sie auf die nur stecknadelkopfgroßen Akteure herabzublicken, während sie versuchte, ihre Situation zu erfassen.

Nach dem offiziellen Teil wurden Ernest und Sammy so ausgelassen, daß Lena schon fürchtete, das Paar würde nie in die Flitterwochen aufbrechen. Bier, Brandy und Ginger Ale gingen über die Theke, und Platten mit Sandwiches kreisten in der Runde, die sich in der reservierten Ecke des Bahnhofslokals versammelt hatte. Andere Gäste kamen an den Tisch, um dem Paar Glück zu wünschen, und auch ihnen wurden Sandwiches und etwas zu trinken angeboten. Dann trug man die kleine Hochzeitstorte herein, und Lena fotografierte das Brautpaar beim Anschneiden. Für dieses Bild nahm sie sich viel Zeit. Denn das würde dereinst an der Wand hängen. Und so korrigierte sie den Sitz von Ivys Hut, zupfte Ernests Krawatte zurecht und überredete die beiden sogar, gleichzeitig das Messer zu umfassen, damit es wie ein richtiges Hochzeitsbild aussah.

»Mich wundert, daß du sie nicht als Braut in Weiß ausstaffiert hast, mit einem halben Dutzend Schleppenträgerinnen«, brummelte Louis.

Lena schenkte ihm ein strahlendes Lächeln, als hätte er ihr eine sehr liebenswürdige Bemerkung zugeflüstert. Denn Ivy war schnell von Begriff; sie hätte es sofort bemerkt, wenn sich Lenas Miene wegen einer abfälligen Bemerkung verfinstert hätte.

Schließlich wurde der Barkeeper gebeten, ein Gruppenfoto zu knipsen, und dann rannte das junge Paar unter einem wahren Bombardement aus Reis zu den Gleisen. Sie wollten drei Nächte in einem kleinen Städtchen verbringen, das fünfzig Kilometer von London entfernt war. Vom Bahnsteig aus winkten ihnen die Freunde nach. Und schließlich wanderte die kleine Gruppe wieder durch die Schranke zurück.

Der Abschied zog sich etwas in die Länge. Zwar hatten die Pubs mittlerweile geschlossen, aber Sammy versuchte alle zu überreden, mit ihm noch in einen Club in die Innenstadt zu fahren, wo man durchgehend etwas zu trinken bekam. Doch keiner hatte so recht Lust dazu. Lena hätte alle in Ivys Wohnung bitten können, mit ein paar Flaschen Wein wären die wenigen Stunden bis zur Wiederöffnung der Pubs leicht zu überbrücken gewesen. Aber Ernests trübselige Söhne, Sammy und all die anderen, die nicht einen Handgriff allein erledigen konnten, schienen ihr selbst diesen geringen Aufwand nicht wert.

Und so äußerte sie großes Bedauern, daß sie jetzt leider wieder zur Arbeit müsse; dabei nahm sie Louis an die Hand und zog ihn mit sich.

»Du mußt nicht wirklich zurück, oder?« fragte er.

»Nein, aber du. Ich wollte dir die Möglichkeit geben zu verschwinden, ohne daß dir die ganze Meute ins Dryden folgt.«
»Ich muß heute nicht mehr arbeiten.«
»Aber hast du denn nicht gesagt, daß du dich nur für ein paar Stunden freimachen kannst?«
Mißtrauisch sah er sie an. Wollte sie ihn auf die Probe stellen? »Du lieber Himmel, natürlich!« Er schlug sich gegen die Stirn.
»Wäre ich nicht eine prima Sekretärin für dich?« fragte sie neckisch.
»Ich arbeite zuviel, Lena.«
»Ich weiß.« Er merkte nicht, daß sie ihm etwas vorspielte.
»Vielleicht hast du recht. Vielleicht sollte ich wirklich die Stellung wechseln.«
»Aber bitte nicht mitten am Samstagnachmittag, während du nur für kurze Zeit abkömmlich bist. Warte einfach, bis sich etwas Besseres ergibt. Du bist schließlich für jede Position geeignet.«
Inzwischen waren sie an einer U-Bahn-Station angelangt.
»Wohin fährst du?« fragte er.
»Nun, da du zurück ins Dryden gehst, fahre ich eben auch ins Büro. Ohne dich ist es zu Hause nicht schön.«
»Findest du das wirklich?« Er schien besorgt.
»Ach, komm schon, Liebling, das weißt du doch.« Sie küßte ihn auf die Nasenspitze. Als sie sich nach ein paar Stufen umdrehte, stand er noch immer am U-Bahn-Eingang und blickte ihr nach, als wollte er ihr etwas sagen, brächte es aber nicht über sich.
Lena widmete sich der Post. Was für ein Luxus, daß man hier auch am Samstag Post bekam! Man stelle sich so etwas in Lough Glass einmal vor! Mona Fitz und der arme Tommy Bennet hätten einen Anfall bekommen, wenn jemand auch nur den Vorschlag gemacht hätte.
Fachkundig verteilte sie den Posteingang und staunte wie schon so oft darüber, welchen Aufschwung die Agentur genommen hatte. Bei ihrem Eintritt in die Firma waren die paar Briefe kaum der Rede wert gewesen; und nur Jessie hatte damals hinter einem Schreibtisch gesessen, konfus und kopflos angesichts überquel-

lender Schreibtischschubladen, deren Inhalt zu sortieren Stunden in Anspruch genommen hätte. Wenn Lenas Londoner Jahre vielleicht auch sonst zu nichts nütze gewesen waren, so hatte sie doch zumindest der arbeitenden Frau samt ihren Wünschen, Hoffnungen und Möglichkeiten ein Denkmal gesetzt.

Sie kochte sich eine Tasse Tee, setzte den kleinen Hut mit der lohfarbenen Feder ab und streifte die Schuhe von den Füßen. Dann lehnte sie sich in ihrem Bürosessel zurück und überlegte, was sie jetzt gerne tun wollte. Sie entschloß sich, an Kit zu schreiben. Allerdings mußte sie vorsichtig zu Werke gehen, sie bewegte sich auf dünnem Eis. Der Friede zwischen ihnen konnte durch ein unbedachtes Wort leicht zerbrechen.

Doch schließlich war es heute das erste Mal, daß sie sich überlegte, worauf sie, Lena, eigentlich Lust hatte. Und sie würde es tun. Nach all diesen langen Stunden, in denen sie Ivy Mut zugesprochen und Ernest beruhigt hatte … die sie damit zugebracht hatte, sich mit Ernests Söhnen zu unterhalten, zu fotografieren, Reis zu werfen, jedermann anzulächeln und Louis vorzumachen, sie wüßte, daß er zurück zur Arbeit müßte … da hatte sie es sich, verdammt noch mal, verdient, etwas zu tun, was ihr Spaß machte.

Und so schilderte sie ihrer Tochter die Hochzeit, an der sie gerade teilgenommen hatte. Sie schrieb, wie schön Ivy als Braut und wie nervös der Bräutigam gewesen war. Sie schrieb von den Menschen im Pub, die alle Anteil genommen hatten, und von den Fremden, die dem glücklichen Paar ebenso nachgewinkt hatten wie die Freunde. Danach las sie ihren Brief mehrmals durch, um sicherzugehen, daß sich in ihre heiteren Worte keine Spur von Selbstmitleid oder Bitterkeit eingeschlichen hatte. Nicht einmal hatte sie auf den drei engzeilig betippten Seiten Louis Gray erwähnt. Als würde er gar nicht existieren.

»Hallo, Maura, ich bin's, Kit.«

»Oh, Kit, hallo. Tut mir leid, daß du dein Geld verschwendest, aber dein Vater ist gerade mit Peter rüber zu Paddles. Schade, daß du umsonst anrufst.«

»Hörst du wohl gleich damit auf, böse Stiefmutter! Was heißt da Geld verschwenden, habe ich nicht dich an der Strippe?«

»Uns hier geht es allen gut, er ist wieder ganz der alte. Auch Emmet ist wieder fröhlich und steckt den Kopf fleißig in die Bücher. Und du wirst das Haus nicht wiedererkennen, wenn du an Weihnachten kommst.«

»Kann ich Emmet sprechen, Maura?«

»Nein, Liebes, der ist auch nicht da. Er ist mit Anna ins Kino gegangen. Sie scheinen sich wieder ausgesöhnt zu haben. Die beiden sind genauso schlimm wie du und Clio früher. Übrigens, wie geht es Clio?«

»Ich sehe sie nicht sehr oft, Maura, aber es geht ihr gut.«

»Sag ihr, sie soll doch öfter mal zu Hause anrufen, ja? Ich werde schon ganz rot, wenn ich Lilian erzähle, daß du zweimal pro Woche anrufst, weil es so angeberisch klingt.«

»Das kannst du Lilian ruhig unter die Nase reiben, Maura, du bist eben auch viel netter als sie«, meinte Kit.

»Hör auf damit. Soll ich irgend etwas ausrichten?«

»Ja. Sag Vater, daß seine einzige Tochter tief betrübt war zu hören, daß er ausgegangen ist, um sich um den Verstand zu saufen. Und Emmet kannst du sagen, daß ich mein Versprechen halte.«

»Vermutlich wirst du mich nicht einweihen, um was für ein Versprechen es sich handelt?«

»Nein, aber er weiß schon Bescheid.«

»Du bist ein prima Kerl, Kit.«

»Du bist auch nicht übel.«

»Gehst du mit mir ein paar Pommes essen, Clio?«

»Himmel, was mußt du auf den Hund gekommen sein, daß du auf mich als Notnagel zurückgreifst!«

»Gibt es bei euch spezielle Kurse zum Thema Liebreiz, oder liest du nur gerade ein Buch darüber?«

»Tschuldigung. Aber mir geht's nicht besonders.«

»Könnten ein paar Pommes helfen?«

»Aber immer.«

»Kit? Hier ist Philip. Ich wollte dich fragen, ob du mit mir ins Kino gehen willst. Nur wie normale Freunde, du weißt schon.«
»Ich weiß, Philip, aber ich habe keine Zeit. Ich habe mich gerade mit Clio auf ein paar Pommes verabredet.«
»Oh.« Er klang schrecklich enttäuscht.
»Komm doch mit«, bot sie an.
»Ihr wollt doch sicher nur kichern und herumalbern.«
»Nein, dafür sind wir längst zu alt. Sag schon ja.«

»Es würde mein Leben sehr viel einfacher machen, wenn du mit Kevin O'Connor liiert wärst«, seufzte Clio.
»Ich habe dir bereits gesagt, was ich von ihm halte. Ich habe es ihm sogar schriftlich durch einen Anwalt mitteilen lassen, Herrgott noch mal. Diese Hirngespinste kannst du dir aus dem Kopf schlagen.«
»Der Mensch darf doch träumen«, meinte Clio.
»Ich habe übrigens Philip O'Brien gesagt, daß er sich zu uns gesellen darf. Er weiß anscheinend gerade nichts mit sich anzufangen.«
»Kann ich mir denken. Das ändert sich erst, wenn er dich zum Juwelier schleppen darf, um dich mit einem mickrigen Diamantring an sich zu ketten.«
Kit lachte. »Und wo steckt Michael? Was hat er sich zuschulden kommen lassen, daß du hier Trübsal bläst?«
»Er will, daß ich über Weihnachten und Neujahr mit ihm nach England fahre. Seine Schwester gibt dort eine große Party oder so.«
»Das ist doch prima!«
»Sie lassen mich nicht fahren.«
»Ach, sag einfach lieb *bitte, bitte,* Clio.«
»Nein, es ist, als würde ich gegen eine Wand reden. Und Tante Maura steckt mit ihnen unter einer Decke.«
»Aber du bist jetzt erwachsen. Das müssen sie doch einsehen.«
»Sie sehen es aber nicht ein. Statt dessen setzen sie mir die Pistole auf die Brust: Du kommst über Weihnachten und Neujahr nach

Hause, Clio, wie man es von einem wohlerzogenen Mädchen aus einer anständigen Familie erwarten kann.« Sie wirkte leidend.

»Er wird sich schon mit niemand anderem einlassen«, tröstete Kit.

»Aber ich mache mich lächerlich. Das einzige Mal, daß er mein Zuhause zu Gesicht bekommt, sitzt diese widerliche Anna in der Küche und ekelt ihn raus. Und jetzt muß er erfahren, daß meine Eltern Gefängniswärter sind, die mich zwingen, eine stinknormale und großzügige Einladung von der Familie eines Freundes auszuschlagen.«

»Hast du ihm gesagt, daß du nicht fahren darfst?«

»Nein, ich schäme mich zu sehr. Ich werde wohl so tun, als ob ich krank wäre. Oder ich fahre einfach.«

»Das tust du nicht.« Kit kannte Clio gut genug, um zu wissen, daß ihre Freundin sich nicht dem Willen ihrer Familie widersetzen würde.

»Du hast recht. Schließlich will ich zumindest mit ein paar Familienmitgliedern aufwarten können, wenn wir uns verloben.«

»Du willst dich wirklich verloben, mit Ring und so?« Kit war überrascht.

»Oh, irgendwann mal, nicht jetzt sofort. Und nicht mit allem Drum und Dran.«

Da kam Philip herein.

»Wir sprechen gerade über die Zukunft«, erklärte Kit.

»Halt die Klappe«, unterbrach Clio sie.

»Ich wußte doch, daß ihr etwas finden würdet, worüber ihr kichern könnt.«

»Kichern?« fragte Clio erstaunt. »Ich habe schon seit Jahren nicht mehr gekichert. Bestellen wir uns eine doppelte Portion?«

»Ja, und Cappucino dazu«, sagte Kit.

»Ich brauche euren Rat.« Philip hatte noch nie ihren Rat gesucht, sondern nur Ratschläge erteilt. Sie musterten ihn erwartungsvoll.

»Der Fußboden im Golfclub ist praktisch durchgebrochen«, erklärte er schließlich. Clio und Kit sahen sich verständnislos an. »Vollkommen morsch«, nickte er. »Und deshalb werden sie ihre Silvesterfeier mit dem großen Festessen und dem anschließenden

Tanz nicht dort veranstalten können. Tja, und da habe ich mir überlegt … nun, ich habe gedacht, wir könnten versuchen, sie in unserem Hotel auszurichten. Im Central.«

»Im Central?« riefen die Mädchen so verwundert aus, daß Philip gekränkt war.

»Zumindest ist unser Fußboden stabil«, verteidigte er seine Idee.

»Ja, ja, natürlich.« Kit hatte das sichere Gefühl, daß ein weniger erstaunter Gesichtsausdruck angebracht wäre.

»Aber eine Tanzveranstaltung … noch dazu mit einem Essen …«

»Der Speisesaal ist riesig«, meinte Philip. Das war er in der Tat – eine Art riesige, düstere Scheune. Kit hatte nur einmal dort gegessen, damals, als Philip sie alle zum Frühstück eingeladen hatte. Trotz Mauras Lobeshymnen war ihr der Raum sehr trostlos vorgekommen. »Und die Kapelle könnte sich im Erkerfenster aufstellen. Wenn der Mond scheint und wir die Vorhänge zurückziehen, hat man einen großartigen Blick auf den See.«

»Werden sich nicht alle zu Tode frieren?« warf Clio ein.

»Philip würde schon dafür sorgen, daß gut geheizt ist«, entgegnete Kit.

Er sah sie dankbar an. »Ja, aber es bleiben nur noch ein paar Wochen. Wir müssen dem Vorstand des Golfclubs mitteilen, daß es eine Möglichkeit wäre, und gar keine schlechte …«

»Die wird man erst überzeugen müssen«, sinnierte Clio.

»Es handelt sich um deinen Vater, Clio, und um deinen, Kit. Wenn sie dafür sind, wäre es möglich.« Die Mädchen schwiegen. In ihren Elternhäusern war noch nie ein gutes Wort über das Central Hotel gefallen. »Und drüben gibt es keinen Fußboden, vergeßt das nicht.«

»Die richten doch eher den Boden, als daß sie irgendwo anders hingehen«, meinte Clio.

»Nein, die Sache mit dem Boden muß erst vor Gericht entschieden werden. Es war noch Garantie darauf, und jetzt geht er schon in die Brüche …«

»Was sagen denn deine Eltern dazu?« unterbrach Kit Philips Ausführungen.

»Sie wissen noch nichts davon.«
»Sie werden dagegen sein«, meinte Clio.
»Ja, zuerst schon, aber dann werden sie vielleicht einlenken.«
»Sechs Wochen nach Neujahr«, unkte Clio, die, wenn es um Lough Glass ging, stets nur das Schlechteste vermutete.
»Wir müssen sie eben überzeugen, daß es eine prima Sache wäre«, meinte Philip.
»Was heißt ›wir‹?« hakte Kit mißtrauisch nach.
»Na ja, du, Kit. Du könntest mir helfen. Ich meine, du bist mit deiner Ausbildung ja auch fast fertig, und du hast immer so gute Noten ... wenn du ihnen auseinandersetzt, daß es möglich wäre, glauben sie es eher, als wenn sie es nur von mir hören. Eltern glauben doch nie, daß ihre Kinder inzwischen erwachsen sind.«
Kit dachte nach. Es bestand die Gefahr, in etwas hineingezogen zu werden, was von vornherein zum Scheitern verurteilt war. Und wer legte sich schon freiwillig mit Mr. oder Mrs. O'Brien an? Aber Philip war so voller Hoffnung und Zuversicht.
Und wäre es nicht wunderbar, wenn es klappen würde? Ein glanzvoller Ball direkt vor der Haustür, wo sie und Stevie Sullivan sich unter bunten Lichtern im Takt drehen konnten? Wo Emmet wieder mit Anna Kelly zusammenkommen konnte? Und wo Philip seinen trübsinnigen Eltern beweisen konnte, daß er jetzt wirklich erwachsen war und eine Menge guter Ideen hatte?
»Nun?« fragte er und traute sich kaum zu atmen.
»Ich sehe schon ein Tablett vor mir, wo man die Diamantsplitter in den Ringen suchen muß, so winzig sind sie«, flüsterte Clio ihr zu.
»Ich halte es für eine prächtige Idee, Philip«, rief Kit. »Und damit wären auch alle deine Probleme gelöst, Clio.«
»Wieso denn das?« fragte Clio argwöhnisch.
»Wenn wir einen großen Ball veranstalten, bei dem wir alle mithelfen, eine mondäne Gala ... dann kannst du deinen traumhaften Michael auch fragen, ob er nicht lieber nach Lough Glass kommen will, anstatt nach England zu fahren.«
»Das will er bestimmt nicht ...«

»O doch.« Kit fand allmählich Gefallen an der Idee. »Und ich werde das gräßliche Scheusal Kevin einladen, damit eine Gruppe zusammenkommt. Ach, schau mich nicht so an, Philip. Du weißt, daß ich Kevin nicht ausstehen kann. Es ist doch nur wegen Clio.«
Auch Clio schien dem Vorhaben inzwischen etwas abgewinnen zu können. »Aber wo sollen sie übernachten ...?« überlegte sie.
»Im Hotel«, erwiderte Kit.
»Ich glaube nicht, daß sie ...«
»Das Hotel wird in neuem Glanz erstrahlen«, beharrte Kit.
»Wir haben bloß noch ein paar Wochen.« Philip geriet in leichte Panik.
»Dann müssen wir uns eben ordentlich ranhalten. Jeder von uns.«
»Jeder?«
»Ja. Clio muß es ihren Eltern erzählen und ich meinen. Dann müssen wir deinen Vater dafür begeistern und die gräßliche Mrs. Hickey. Sie ist ein echtes Organisationstalent.«
»Aber sie ist doch gar nicht im Golfclub, oder?« Clio fand bei allem einen Haken.
»Nein, aber sie würde liebend gern zur besseren Gesellschaft zählen, und deshalb wird sie sich mächtig ins Zeug legen.«
»Wann fangen wir an?« Philips Augen leuchteten.
»Am Wochenende. Wir fahren Freitag abend alle mit dem Zug nach Hause. Sie werden nicht wissen, wie ihnen geschieht.«

»Ich glaube kaum, daß Dan imstande ist, die Silvesterfeier des Golfclubs auszurichten«, meinte Kits Vater. »Und hast du nicht immer selbst gesagt, daß es dort nach altem Bratenfett stinkt?«
»Uns bleiben noch ein paar Wochen, um gründlich zu lüften«, erwiderte Kit. »O bitte, Vater, gib deinem Herzen einen Stoß. Es sind Leute wie du und Clios Vater, die wir als Unterstützung brauchen.«
»Ich gebe in der hiesigen Gesellschaft nicht den Ton an ...«
»Nein, aber du kannst dafür sorgen, daß alle vom Golfclub kommen ... andernfalls feiern sie in der Stadt, und das gute alte Central hat nie die Chance zu zeigen, was in ihm steckt.«

»Du hast doch immer gesagt, das Beste, was passieren könnte, wäre, wenn es bis auf die Grundmauern einstürzt.« Martin schüttelte den Kopf angesichts des Sinneswandels seiner Tochter.

»Nun, ich bin älter und reifer geworden. Ich möchte, daß etwas für Lough Glass herausspringt. Und für Philip. Er ist schon seit Jahren ein guter Freund.«

Maura mischte sich ein. »Es wäre sehr viel bequemer, Martin, wenn wir im Ort feiern könnten … und wäre es nicht zauberhaft, wenn wir an diesem Abend alle zusammen wären? Emmet würde für sein Leben gern hingehen, und Clio und Anna … es wäre fast ein Familientreffen. Nicht nur wir vier Alten oben im Club.«

»Ihr könnt sowieso nicht im Clubhaus feiern, wegen dem Fußboden«, machte Kit sie aufmerksam.

»Nun, von mir aus sollen Dan und Mildred das Geschäft gern machen … aber werden sie überhaupt wollen? Ich meine, sie sperren sich doch sonst immer gegen alles Neue.«

»Wenn sie erst erfahren, daß ihr alle kommen werdet … die feine Gesellschaft … dann werden sie schon einlenken.«

»Wir sind nicht die feine Gesellschaft«, widersprach Martin.

»Nein, das nicht, aber die feinste, die wir in Lough Glass zu bieten haben«, seufzte Kit.

»Sollen wir Philip, Kit und Clio helfen?« fragte Emmet Anna.

»Ich werde keinen Finger rühren, um Clio bei irgend etwas zu helfen. Eher würde ich alles tun, um sie ins Verderben zu stürzen«, entgegnete Anna.

»Das meinst du nicht ernst.«

»O doch. Bloß weil du mit Kit auskommst, heißt das noch lange nicht, das so etwas normal zwischen Geschwistern ist.«

»Ich weiß.« Und Emmet wußte es wirklich. Nur wenige Menschen hatten eine so wundervolle Schwester wie er. Eine, die zu helfen versprach und es dann wirklich tat. Ihr Versuch, Stevie Sullivan von Anna abzulenken, war tatsächlich sehr erfolgreich gewesen. In Emmets Augen war Kit recht hübsch, wenngleich das für ihn als Bruder natürlich schwer zu beurteilen war. Trotzdem war es ihm ein Rätsel, warum Stevie sich anscheinend mehr zu ihr hingezogen fühlte als zu der wunderschönen, bezaubernden Anna.

Aber wie immer Kit es auch angestellt hatte, es klappte. »Hoffentlich langweilst du dich dabei nicht zu Tode«, hatte er zu Kit gesagt.

»Nein«, hatte sie ihm versichert. »Es macht mir sogar Spaß. Aber verlaß dich nicht allzusehr darauf. Ich an deiner Stelle würde Anna nicht gleich die Tür einrennen, wenn du verstehst, was ich meine.«

»Ja, du hast recht«, nickte er. Und er war sehr zurückhaltend geblieben.

Ihm entging nicht, daß Anna weiterhin herumlungerte und darauf hoffte, Stevie irgendwo abzupassen. »Aber er scheint ja neuerdings ständig in Dublin zu sein«, grummelte sie.

»Mach dir nichts draus. An Weihnachten wird er schon heimkommen«, versuchte Emmet sie aufzumuntern.

»Meinst du? Na, hoffentlich.«

»Wenn du bei den Ballvorbereitungen helfen würdest ... dort könntet ihr zusammen hingehen.«

Daran hatte Anna noch gar nicht gedacht. Ein Ball vor der eigenen Haustür war ja wirklich ein Geschenk des Himmels!

Schon überlegte sie, was sie anziehen sollte. »Du bist sehr lieb, Emmet. Ich finde es wirklich schön, daß du dir was aus mir machst und so.«

»Schon in Ordnung.« Emmet war ganz Kavalier. »Und eine Zeitlang hast du dir ja auch etwas aus mir gemacht. Vielleicht wird es mal wieder so wie früher, aber ich weiß, daß die Dinge im Moment anders liegen.«

»Du verdienst eine tolle Frau«, meinte Anna. »Auf jeden Fall etwas viel Besseres als diese Patsy Hanley.«

»Patsy ist ganz in Ordnung. Man kann sich gut mit ihr unterhalten, wenn man sie näher kennt«, log Emmet.

Clio wußte genau, wie sie es anstellen mußte. Sie würde ihre Eltern nicht anflehen, sie sollten doch bitte das Angebot des Central

Hotel für eine große Abendgala unterstützen. Statt dessen trug sie eine Leichenbittermiene zur Schau.
»Clio, Liebes, bitte lächle doch mal. Wir haben uns so auf ein Wochenende mit dir gefreut, und jetzt sitzt du da wie kurz vor dem Weltuntergang.«
»Für mich ist es ein Weltuntergang, Daddy.«
»Wir können nun mal nicht erlauben, daß du nach England zu Leuten fährst, die wir nicht einmal kennen.«
»Du wiederholst dich. Ich habe nachgegeben, ihr habt gewonnen. Aber deswegen muß ich doch nicht vor Freude Purzelbäume schlagen!«
»Wir haben alle unser Kreuz zu tragen. Und deine Mutter ist deinetwegen sehr betrübt.«
»Nun, und ich bin betrübt wegen euch. So ist es nun mal, Daddy.«
»Ich bin sicher, du wirst hier ein wunderschönes Weihnachten haben.«
»Ja, ja.«
»Und vielleicht will dein Freund Michael ja kommen und dich hier besuchen?«
»Ich kann ihn doch nicht *hierher* einladen, in dieses Kaff, wo nie was los ist. Man muß den Leuten schon etwas bieten, damit sie von Dublin hierher fahren.«
Am Abend hörte Peter Kelly bei Paddles von Kits und Philips hochfliegenden Plänen.
»Wahrscheinlich sollten wir sie unterstützen«. meinte Martin McMahon.
»Himmel, es ist, als hätte Gott unsere Gebete erhört.« Dr. Kelly schien höchst zufrieden. »Auf uns kannst du zählen, Martin. Und wenn das kein Lächeln auf Clios Gesicht zaubert, weiß ich wirklich nicht mehr weiter.«
Doch Clio reagierte ganz und gar nicht erfreut.
»Ich hätte gedacht, daß du vor Begeisterung in die Luft springst«, meinte ihr Vater enttäuscht.
»Ja, schon, aber es wird bestimmt nichts daraus. Du kennst doch die verknöcherten alten Schachteln aus dem Golfclub. Denen

wird das Central nie und nimmer fein genug sein für ihre kostbare Silvesterfeier.«
»Und sie hätten recht, es ist ein gräßliches Hotel ... du und Kit, ihr habt doch immer am lautesten gelästert, was für ein schrecklicher alter Kasten es ist.« Wieder war Peter Kelly ratlos.
»Es wird sich eben nie was ändern, wenn sich die Alten gegen jede Neuerung sträuben«, klagte Clio.
»Ich weiß, du glaubst, meine Generation würde sich stets mit allem abfinden und hätte euch alles verdorben. Gut, aber was tut ihr Jungen denn schon? Sag, was tut ihr, außer beleidigt rumzusitzen und zu jammern?«
»Ich würde Philip schon helfen, aus dem Hotel was Anständiges zu machen, wenn nicht seine gräßlichen, verkalkten Eltern zusammen mit allen anderen gräßlichen, verkalkten Eltern hier im Ort ihre immer kahler werdenden Häupter schütteln und seufzen würden, daß man doch lieber alles beim alten lassen sollte.«
Peter fuhr sich mit der Hand über das schüttere Haar. »Was für eine reizende Anspielung«, versuchte er ihr ein Lächeln zu entlocken.
»Ach, du bist nicht der Schlimmste, Daddy«, erwiderte Clio milde.
»Wollt ihr uns denn überhaupt dabeihaben an Silvester ... wo wir doch solche Tattergreise sind?«
»Geht schon in Ordnung. Es sitzen ja auch ein paar normale Menschen am Tisch«, grinste sie.
»Ich hoffe, daß du eines Tages eine Tochter haben wirst und selbst merkst, wieviel angenehmer es ist, mal von ihr gelobt zu werden, statt immer nur seine Mängel aufgetischt zu kriegen«, sagte Peter, der das seltene Bedürfnis empfand, Clio seine Zuneigung spüren zu lassen.
»Ich werde zweifellos eine traumhafte Mutter sein, wenn es mal soweit ist«, erwiderte Clio.
Allerdings war ihre Stimme bei diesen Worten nicht so fest wie gewohnt. Clios Periode war seit fünf Tagen überfällig; sie hoffte inständig, daß die Zeit der Mutterschaft für sie noch nicht gekommen war.

»Sie werden nicht zu uns kommen, Philip«, meinte sein Vater und rümpfte die Nase.
»Sie hatten seit Jahr und Tag Gelegenheit hierherzukommen. Aber nein, ihnen war ja diese gräßliche Betonscheune von Golfclub lieber«, sagte Mildred.
Philip biß die Zähne zusammen. Bloß nicht die Beherrschung verlieren. Es gehörte schließlich auch zur Hotelierausbildung, daß man lernte, nach außen hin Ruhe zu bewahren, auch wenn man innerlich kochte. Das hatte man ihnen regelrecht eingebleut. Und er hatte auf diese Fähigkeit schon oft genug zurückgreifen müssen, wenn er in den verschiedenen Häusern seine Praktika absolvierte.
»Sie können nirgendwo anders hin«, erklärte er.
»Wir würden uns hier bloß wegen diesem einen Mal abschuften, und dann feiern sie nächstes Jahr wieder in ihrem blöden Schuppen.«
Es wurmte Philips Mutter, daß sie nicht zu dem vornehmen Kreis des Golfclubs gehörte. Daß sie überhaupt nicht Golf spielte, erschien ihr dabei nebensächlich.
»Wenn es ein großer Erfolg wird, werden sie nächstes Jahr wieder bei uns feiern wollen – und andere Leute auch.«
»Wie sollen die das denn erfahren?« fragte Dan O'Brien. »Ich meine, daß es ein Erfolg war – falls es einer war.«
»Wir machen Fotos. Und schicken sie an die Zeitung, vielleicht sogar an eine Zeitschrift.«
»Bald bist du wieder in Dublin, und wir haben die ganze Arbeit am Hals.«
»Nein, ich komme jedes Wochenende heim und bin die ganzen Weihnachtsferien da.«
»Was hast du schon für eine Ahnung ...«, fing sein Vater an.
Philip war erschöpft, aber er wußte, daß Kit und Clio zu Hause den gleichen Kampf fochten. »Ich habe vielleicht nicht von allem eine Ahnung, Vater, aber wir sind doch Hoteliers. Alle drei, das stimmt doch, Mutter? Und wenn sich uns schon einmal die Chance bietet, etwas zu veranstalten, eine interessante Gesellschaft ...

hier wird uns die Gelegenheit doch auf dem Silbertablett präsentiert.«
Die Eltern sahen sich an, und ein Schimmer von Begeisterung flackerte in ihren Augen auf. Nur ganz kurz, aber Philip hatte ihn bemerkt. »Wie heizen wir den Saal?« überlegte sein Vater, und Philip wußte, daß die Schlacht gewonnen war.

Das kleine Vorbereitungskomitee traf sich im Hotel. Kit führte Protokoll; sie notierte alle Beschlüsse in einem großen Notizbuch, tippte sie dann ab und händigte jedem einen Durchschlag aus, damit alle nachschauen konnten, was genau sie vereinbart hatten. Frierend saßen sie in dem eiskalten Frühstückszimmer, das eine Atmosphäre von spießiger Langeweile ausstrahlte. Daran konnte auch das kleine qualmende Kaminfeuer nichts ändern, dessen Wärme sofort den Schornstein hinaufzog.
Sie wirkten sehr geschäftsmäßig, obwohl sie Winterkleidung trugen, um nicht völlig auszukühlen: Kit trug ihren marineblauen Dufflecoat und einen weißen Angoraschal; Clio einen grauen Flanellmantel, aus dem eine pfirsichfarbene Bluse spitzte – sie hatte gelesen, daß dieser Farbton dem Teint schmeichelte; Anna hatte eine Holzfällerjacke an; und Patsy Hanley schmiegte sich in ihren nicht sehr schicken marineblauen Gabardinemantel, aus dem sie inzwischen herausgewachsen war. Sie beschloß, ihre Mutter darauf hinzuweisen, daß es sich nicht gut machte, wenn die Tochter der Besitzerin des Textilgeschäftes das am schäbigsten angezogene Mädchen von ganz Lough Glass war. Emmet hatte eine braune Jacke mit Gürtel über seinen dicken wollenen Rollkragenpullover gezogen; Michael Sullivan saß in einem grauen Mantel da; das lange dunkle Haar fiel ihm bis auf die Schultern. Er sah zwar nicht so gut aus wie sein älterer Bruder, aber eines Tages – wenn erst seine Pickel verschwunden waren und er kräftigere Schultern und ausgeprägtere Gesichtszüge bekam – würde er wohl ebenso ein Herzensbrecher werden wie Stevie.
Das junge Volk von Lough Glass wollte alles daransetzen, um den Silvesterabend zu einem Ereignis zu machen, wie es hier noch

keiner erlebt hatte – und auch nie erleben würde, wenn sie nicht dafür sorgten.

Da Philip fand, daß er seinem Hotel eine Art Vertrauensbeweis schuldig war, trug er als einziger keine Winterkleidung. Es hätte vielleicht zu niederschmetternd gewirkt, wenn auch er sich bei den Sitzungen im Hotel ausstaffiert hätte wie für ein Überlebenstraining.

Als Vorsitzender machte er sich glänzend ... er schien von Anfang an genau zu wissen, daß er nie von *seinem* Hotel oder von *seinem* Ball sprechen durfte, sondern nur von *ihrem.*

»War irgend jemand von uns schon einmal auf einer Veranstaltung des Golfclubs?« fragte er.

Nein, niemand. Deshalb galt es nun als erstes herauszufinden, welche Vorzüge das Clubhaus hatte und was verbesserungsbedürftig war. Jeder bekam von Philip eine bestimmte Aufgabe zugewiesen. Selbst Patsy Hanley, obwohl ihre Mutter noch nie dort gewesen war.

Sie sollte in Erfahrung bringen, wie die Damengarderobe eingerichtet war: Gab es Spiegel? Und wie viele Damentoiletten brauchte man? Hängten die Leute ihre Mäntel selbst auf einen Ständer, oder gab es eine Garderobiere? Wäre es vielleicht am besten, dafür ein Hotelzimmer herzurichten? Am Sonntag nachmittag sollte Patsy Bericht erstatten.

»Wie soll ich das alles herausbekommen?« fragte sie.

»Du mußt Erkundigungen einziehen«, erklärte Philip.

»Du kannst doch großartig mit Leuten plaudern und hast genug Gelegenheit dazu«, meinte Emmet und bemerkte erfreut, daß Anna zusammenzuckte. Emmet selbst sollte sich darum kümmern, was die Männer brauchten. Er würde seinen Vater befragen und Dr. Kelly und Father Bailey und wer sonst noch je den Golfclub betreten hatte.

Von Clio wurde ein Konzept für die Dekoration erwartet. Da der erste Eindruck, den das Hotel machte, enorm wichtig war, wollten sie Clios Ideen in der Gruppe diskutieren und darüber beraten, was machbar schien und was nicht. Daß man ihre Ideen vielleicht für nicht realisierbar halten würde, weil sie zu ausgefallen waren, empfand Clio als sehr schmeichelhaft. Und sie faßte den Vorsatz, Zeitschriften durchzuschauen und sich gründlich Gedanken zu machen.

Michael Sullivan und Kevin Wall sollten überlegen, wie die Fassade des Hotels aufzufrischen war, damit sie eleganter wirkte. Die Wahl fiel auf Michael, weil sich das Erscheinungsbild der Autowerkstatt durch Pflanzentröge und Blumenranken sehr zu seinem Vorteil verändert hatte; und auf Kevin, weil sein Bruder gelegentlich auf dem Bau arbeitete und alle Materialien natürlich von Walls Haushaltwarenladen bezogen werden würden. Sie sollten auch einen Kostenvoranschlag erarbeiten.

Für Vorhänge und Beleuchtung sollte Anna Kelly zuständig sein. Allerdings nur innerhalb des Rahmens, den Clios Gestaltungskonzept vorgab. »Wie soll ich denn wissen, was ich mit den Vorhängen anstellen soll, wenn sich die große Künstlerin noch nicht für ein Gesamtbild entschieden hat«, quengelte Anna.

Doch Philip überhörte den sarkastischen Unterton. »Um diese Aufgabe bist du nicht zu beneiden, Anna. Du mußt dir wirklich was ganz Geniales einfallen lassen. Denn wir haben kein Geld, neue, aufeinander abgestimmte Sachen zu kaufen … da ist wirklich Köpfchen gefragt.« Annas Miene hellte sich auf.

Kit schenkte Philip einen bewundernden Blick. Er hatte die Dinge im Griff und zeigte sehr viel mehr diplomatisches Geschick, als sie für möglich gehalten hätte. »Was habe ich zu tun?« fragte sie beinahe zu eifrig. Immerhin war sie mit die treibende Kraft der Unternehmung gewesen. »Bleibt für mich nur das Protokollieren übrig?«

»Kit und ich werden uns um das Essen kümmern. Schließlich sind wir dafür ausgebildet. Und wir werden für ein Dinner sorgen, das in die Geschichte eingeht.«

»Man wird diesen Abend sowieso nie vergessen«, meinte Kevin Wall. »Die meisten Gäste werden im Bezirkskrankenhaus ihre Frostbeulen behandeln lassen müssen.«

»Am Sonntag wird mein Vater uns mitteilen, wieviel Geld er für die Anschaffung von Speicheröfen und Heizstrahlern lockermachen kann«, erwiderte Philip ungerührt. »Sollen wir uns um drei Uhr wieder hier treffen?«

Und sie gingen ihrer Wege, jeder mit seinem eigenen Traum. Clio war sehr erleichtert, weil ihr das Los der Mutterschaft noch einmal erspart geblieben war; sie würde dafür sorgen, daß an diesem denkwürdigen Silvesterabend zumindest einer der entsetzlich kahlen Räume im Central Hotel hübsch hergerichtet war – ein stilles und vor neugierigen Blicken gut geschütztes Plätzchen.

Patsy Hanley war glücklich. Emmet McMahon hatte sie vor den anderen – und vor allem vor dieser hochnäsigen Anna Kelly – gelobt.

Und auch wenn Kevin Wall und Michael Sullivan es niemals zugegeben hätten, so fühlten sie sich doch sehr geschmeichelt, daß sie bei dieser großen Sache mitmachen durften. Vor nicht allzu langer Zeit hätte man sie beide noch als jugendliche Rowdys betrachtet, die mit allen Mitteln von einer solchen Veranstaltung ferngehalten werden mußten. Und jetzt durften sie sogar bei den Vorbereitungen helfen.

Philip war mit dem bisherigen Verlauf sehr zufrieden. Alle hatten ihre Hilfe angeboten. Wenn es schiefging, dann war es ein Fehlschlag für die ganze Gruppe. Und Kit würde an seiner Seite sein, mochte es nun ein Erfolg oder ein Mißerfolg werden.

Für Emmet McMahon war der Ball *die* Gelegenheit, Anna Kelly wieder zurückzuerobern. Und zwar zu seinen Bedingungen und vor den Augen seiner Heimatgemeinde.

Als Kit McMahon und Anna Kelly bei Stevie in der Werkstatt vorbeischauten, unterhielt er sich gerade mit einem Kunden. Keine von ihnen würde ihn je bei der Arbeit stören. Aber beide setzten große Hoffnungen auf ihn als Tanzpartner bei *dem* Silvesterball von Lough Glass.

Wie sie die Tage nach Ivys Hochzeit lebend überstanden hatte, wußte Lena nicht mehr. Anscheinend hatte sie es geschafft, sich niemandem gegenüber etwas anmerken zu lassen. Ihr hatte einmal jemand erzählt, daß Hühner sich ähnlich verhielten: Selbst wenn man ihnen den Kopf abschnitt, rannten sie noch eine Weile auf dem Hühnerhof herum, als ob nichts geschehen wäre. Was danach passierte, wußte sie allerdings nicht. Wahrscheinlich fielen sie einfach tot um.

Sie hatte in den letzten Wochen eine Menge herausgefunden. Dinge, nach denen sie nicht vorsätzlich gesucht und die sie lieber nicht gewußt hätte. Jetzt gab es keinen Zweifel mehr, daß Louis drauf und dran war, dem Dryden den Rücken zu kehren. Er würde sie verlassen und weit fort ziehen. Ob er wohl nach Irland wollte? Inzwischen kam er nur noch sehr selten, hauptsächlich um seine Post zu holen, die plötzlich bei ihnen zu Hause und nicht mehr im Hotel eintraf. Früher hatte er nie Briefe hierher bekommen. Und wenn sie sich unterhielten, sprach er oft über Irland. Nicht über das Irland längst vergangener Tage ... nein, über aktuelle Entwicklungen. Zudem blieb er nicht mehr über Nacht. Doch Lena erkundigte sich nie über die angeblichen Spätschichten oder Empfänge im Hotel. Sie schienen beide auf etwas zu warten – auf den Tag, an dem er ihr seine Absichten enthüllen würde.

Lena fühlte sich sehr schwach, sie stand am Rande eines Zusammenbruchs. Und als sie dann so kurz nach ihrem Brief an Kit deren Antwort bekam, setzte ihr Herz einen Schlag aus. Bitte, flehte sie, laß nichts Verletzendes drinstehen! Nicht ausgerechnet jetzt. Hoffentlich äußerte sich Kit nicht abfällig über Ivys Hochzeit; Lena hatte ihren langen und ausführlichen Brief darüber schon bereut. Was, wenn Kit sagte, daß sie kein Geschwätz über Leute hören wollte, die sie nicht kannte? Was, wenn sie schrieb, daß sie an einer weiteren Korrespondenz nicht interessiert war und die Verbindung zu Lena abbrechen wollte?

Bitte, lieber Gott ... betete sie, als sie das Kuvert öffnete.

Ihr fiel ein, daß es schon lange her war, seit sie Gott um etwas gebeten hatte. Warum sollte er sie jetzt erhören?

Liebe Lena,
das klang nach einer großartigen Hochzeit. Ich kam mir vor wie im Kino, ich konnte mir all die Leute genau vorstellen, am besten den schrecklichen Trauzeugen.
Mir ist inzwischen klar, wie sehr ich die Briefe aus der Zeit vermißt habe, als Du nur einfach Lena, eine Freundin meiner Mutter, warst. Und mir hat es auch sehr gefehlt, daß ich Dir nicht schreiben konnte, obwohl ich eigentlich kaum zum Luftholen komme, soviel ist gerade los. Du wirst nicht glauben, was wir vorhaben, setz Dich lieber hin, bevor Du weiterliest ... wir wagen es und geben eine glanzvolle, mondäne Silvestergala in O'Briens Hotel ...

Lena konnte ihr Glück kaum fassen und las mit glänzenden Augen von der märchenhaften Verwandlung des Hotels und der harten Arbeit des Vorbereitungskomitees.

Selbst Clio ist mit von der Partie, schrieb Kit, *wenn auch nur, damit diese gräßlichen O'Connors, mit denen sie ständig zusammensteckt, hierherkommen. Anfangs hatte sie geglaubt, die ganze Familie würde nach London fahren, doch nachdem der allmächtige Michael kundtat, daß er das Ereignis mit seiner Anwesenheit beehren würde, hatten wir auch Clios Segen.*

Vergnügt lachte Lena laut auf, als sie das las. Sie konnte förmlich Kits Stimme hören ... wie sie mit neun, mit zehn, mit elf und auch noch mit zwölf Jahren ständig über Clio und deren affektiertes Getue geschimpft hatte, und dennoch hielten sie zusammen wie Pech und Schwefel. Der Brief sprühte förmlich vor Leben und Begeisterung. Doch im letzten Absatz änderte sich Kits Ton.

Du hast gar nichts von Louis geschrieben. Bitte denke nicht, daß Du ihn in Deinen Briefen an mich nicht erwähnen dürftest.

Und sie schloß:

Alles Liebe wünscht Dir
Kit.

Sie konnte Kit nicht reinen Wein über Louis einschenken.
Denn Kit war alles, was ihr noch geblieben war in dieser Welt. Lena wollte in den Augen des Mädchens etwas darstellen – und nicht als die verhärmte, im Stich gelassene Idiotin dastehen, die sie im Grunde war.
Und so las sie wieder und immer wieder, was ihre Tochter mit dem Hotel vorhatte. Manche Ideen waren lächerlich, andere aber durchaus machbar. Sie überlegte, wieviel Geld sie wohl auf dem Konto hatte; gern hätte sie es auf der Stelle in eine Renovierung des Central Hotel von Lough Glass investiert. Irische Hotels hatten eine große Zukunft.
Das wußte Lena aus berufenem Munde.

»Wir müssen auch nächstes Wochenende wieder alle heimkommen«, sagte Kit zu Philip.
»Das kann ich unmöglich von euch verlangen.«
»Es geht ja nur um Clio und mich. Die anderen sind sowieso schon vor Ort.« Kameradschaftlich saßen sie im Pavillon, den sie streichen und an dem großen Abend mit bunten Lichtern schmücken wollten.
»Ja, aber dann kommt ihr nicht zu dem, was euch sonst in Dublin hält.« Philip hatte sich verändert, er war viel netter als sonst. Früher hatte er oft so getan, als ob sie – wie Prinz und Prinzessin aus fernen Landen – einander schon von Geburt an versprochen wären.
»Für Clio ist es allemal besser, nach Hause zu fahren, glaub mir. Der Trottel, in den sie verknallt ist, wird sie viel mehr zu schätzen wissen, wenn sie mal nicht in Dublin ist und wie eine Klette an ihm hängt.«
»Und wie ist das bei dir?«
»Ich habe dir doch schon gesagt, daß ich kein Techtelmechtel habe. Hand aufs Herz, mich hält nichts in Dublin.«
Kit sagte die Wahrheit. Denn Stevie Sullivan war jedes Wochenende zu Hause und kümmerte sich ums Geschäft. Zwar machte sie keinerlei Annäherungsversuche, aber sie paßte auf wie

ein Schießhund, daß er seinerseits keinen Versuch bei Anna Kelly machte.

In jedem O'Connor-Hotel wurde ein Weihnachtsprogramm geboten. Inzwischen galt es als schick, wenn eine Familie die Weihnachtsfeiertage in einem dieser Hotels verbrachte. Dort werde einem jeder Wunsch von den Augen abgelesen, schwärmten die Gäste, es sei eine zauberhafte Atmosphäre. Wenn jemand mäkelte, daß dort doch keine *echte* Weihnachtsstimmung entstehen könne, handelte es sich fast immer um Leute, die sich einen solchen Aufenthalt schlichtweg nicht leisten konnten.
»Wirst du in einem eurer Häuser aushelfen?« fragte Kit Kevin O'Connor.
»Um Himmels willen, nein. Doch nicht in den Ferien. Ich habe während der Schulzeit wirklich genug zu tun.«
Wieder einmal fragte sich Kit, wie die beiden Jungen wohl erzogen worden waren, daß sie nicht das leiseste Interesse an ihrem zukünftigen Erbe hatten.
»Und wo wirst du dann die Ferien verbringen?«
»Meine Schwester in England hat einen Neuen, ich glaube, diesmal ist es ernst ... obwohl es natürlich noch streng geheim ist ... aber ich nehme an, der Ring ist schon gekauft, und wir werden alle hinfahren.«
»Ist er Engländer?«
»Keine Ahnung, ich nehme es an.« Die O'Connors kümmerten sich nur wenig um die Angelegenheiten der anderen Familienmitglieder.
»Und sind dein Vater und deine Mutter mit ihm einverstanden?«
»Ich würde sagen, sie sind heilfroh, daß Mary Paula endlich unter die Haube kommt, so daß es ihnen egal ist, wer ...«
»Das glaube ich nicht ...«
»Doch. Sie wird allmählich eine alte Jungfer.«
»Wie alt ist sie?«
»Warte mal. Da muß ich immer erst überlegen, aber sie wird wohl

schon an die Dreißig sein. Michael und ich sind mit Abstand die Jüngsten.«

»Kleine Nachzügler ... wie reizend«, meinte Kit.

»Kommst du aus einer großen Familie?«

»Ich habe nur einen Bruder.« Das hatte Kit ihm zwar schon einmal erzählt, aber er hatte es wieder vergessen.

»Huch, wie vornehm. Wie bei den Protestanten.«

»In Clios Familie gibt es auch nur zwei Kinder.«

»Ja, Michael hat mir von dieser fürchterlichen Schwester erzählt.«

»Stimmt, sie ist eine ganz schöne Nervensäge«, nickte Kit. »Allerdings recht hübsch. Magst du sie, deine Schwester in England?«

»Ich kann mich kaum an sie erinnern«, gestand Kevin O'Connor. »Sie war ganz in Ordnung und hat immer viele Freunde ins Haus gebracht. Uns hat sie wahrscheinlich für todlangweilig gehalten. Sie hat uns nur nach England eingeladen, damit sie auf dieser Party mit einer ganzen Fußballmannschaft aufwarten kann.«

»Du bist nicht gerade wild darauf hinzufahren, stimmt's?«

»Nein, nicht besonders. Aber warum fragst du? Gibst du auch eine Party?« Er rückte näher an sie heran.

»In gewisser Weise ja. Es wird ein rauschendes Fest werden, wir haben uns Philips Hotel dafür gesichert. Jeder kann gleich dort übernachten.«

»Aber das ist doch am Arsch der Welt.« Seine Begeisterung verlosch.

»Ich stamme von dort, und Clio und Stevie und Philip auch. Das Hotel ist ein wunderschönes, altes georgianisches Gebäude, nicht so ein gräßlicher, moderner Betonklotz. Wir werden dort einen phantastischen Silvesterabend erleben. Ich wollte dich ja eigentlich einladen, aber wenn du so wenig davon hältst ...«

»Ich hab's nicht so gemeint ...« Kevin O'Connor war zerknirscht.

»Na ja, vielleicht ist es noch nicht zu spät ...«

»Wird Michael auch kommen ... werden wir eine ganze Gruppe aus Dublin sein?«

»Ich habe keine Ahnung, ob Michael kommt oder nicht. Wenn er Clio gegenüber genauso herablassend tut wie du eben, dann wohl eher nicht. Aber mach dir mal keine Sorgen, es gibt genug Leute, die liebend gern kommen.«

»Halt, du hast mich falsch verstanden …«

»Hör mal, wir können unseren Silvesterball auch sehr gut ohne die O'Connor-Brüder feiern … merk dir das …«

Er plusterte sich etwas auf, dann ging er telefonieren. Kit lächelte in sich hinein. Sie mußte nicht einmal lauschen, um zu wissen, wen er anrief und weshalb.

»Hallo, Michael, hier ist Kevin. Sag mal, hat Clio dir schon was von dem Ball in diesem gottverlassenen Nest erzählt, wo sie wohnt? Nein? Nun, dann frag sie danach. Und sag um Himmels willen bloß nichts Schlechtes darüber. Sag, daß du kommen willst. Wir werden im Hotel übernachten, also gar kein Vergleich zum letztenmal …« Er hörte zu. »Mary Paula schert das einen Dreck. Wir bleiben über Weihnachten, das reicht. Auf jeden Fall wird das ein Heidenspaß.«

»Wir müssen noch Preise organisieren für die Tanzpaare«, sagte Philip zu Kit.

»Natürlich, du hast recht. Fragen wir Anna, ob sie sich um Spenden kümmert.«

»Warum Anna?«

»Sie sieht gut aus und kann einem Honig ums Maul schmieren. Keiner sagt nein, wenn sie einen um etwas bittet.«

»Du siehst auch gut aus, und dir würde auch keiner was abschlagen«, meinte Philip.

»Himmel, Philip, hab ich nicht schon genug um die Ohren? Außerdem ist sie, im Gegensatz zu mir, die ganze Woche über da. Pack sie bei ihrer Ehre, lobe sie vor den anderen, weil sie so eine schwere Aufgabe übernimmt. Dann wird sie sich die Hacken ablaufen, um möglichst viel zusammenzukriegen.«

»Du kannst sie nicht leiden, stimmt's?«

Nachdenklich sah Kit ihn an. Sie mußte aufpassen, daß sie nicht diesen Eindruck vermittelte. »Für mich ist sie manchmal eben immer noch Clios gräßliche kleine Schwester. Aber eigentlich

finde ich sie große Klasse. Deshalb denke ich auch, daß sie die Richtige ist, um den Leuten Spenden aus der Tasche zu ziehen.«
»Stevie Sullivan ist ja mächtig von ihr angetan«, behauptete Philip.
»Ach komm, er ist Jahre älter als sie.«
»Zumindest habe ich das gehört.« Wenn Philip so etwas erzählte, war er seiner Mutter wie aus dem Gesicht geschnitten: mit den mißbilligend zusammengekniffenen Lippen sah er aus wie ein altes Klatschweib.
»Und ich habe gehört, daß Stevie Sullivan hinter allem her ist, was Röcke trägt«, erwiderte sie. »Doch laß uns nicht unsere Zeit verplempern, wir müssen schließlich ein Bankett auf die Beine stellen.«
Freundschaftlich hakte sie sich bei Philip unter, der vor Stolz zu wachsen schien. Endlich entwickelte sich alles in seinem Sinne. Es hatte sich als richtig erwiesen, die Sache langsam anzugehen und nichts zu überstürzen. Denn nun ging Kit, mitten in Dublin, an seiner Seite und schmiedete mit ihm zusammen Pläne für sein Hotel – für ihr Hotel. Genau wie er es sich erträumt hatte.

Maura erschien in der Tür zu Kits Zimmer. »Die O'Connor-Brüder werden wohl über Neujahr kommen, schätze ich?« Sie fragte so übertrieben beiläufig, wie sie es nur tat, wenn sie etwas unbedingt wissen wollte.
»Stimmt. Sie werden im Hotel übernachten. Es kommen auch noch ein paar andere Leute aus Dublin. Philip gibt uns Rabatt.«
»Er sollte euch gar nichts abknöpfen, nach allem, was ihr für den Ball getan habt.« Maura waren die hektischen Aktivitäten nicht entgangen.
»Es wird einfach großartig werden. Alle sind mit Feuereifer dabei.«
»Sag mal, die O'Connors …?« setzte Maura an.
»Ja?«
»Clio geht mit einem, nicht wahr?«
»Ach, du kennst doch Clio. Halb Dublin liegt ihr zu Füßen.«

»Es ist nicht nur reine Neugier, Kit. Du weißt, ich habe dich noch nie über deine oder Clios Freunde ausgefragt.«

»Aber jetzt erkundigst du dich nach den O'Connors«, erwiderte Kit.

»Ja, das stimmt. Und ich kann dir auch sagen, warum.«

Maura stieg eine zarte Röte ins Gesicht, und sie stand in der Tür wie bestellt und nicht abgeholt.

»Komm schon rein, Maura, und setz dich.« Kit räumte Notizhefte und Schnellhefter von einem Stuhl, um ihr Platz zu machen.

»Es ist schon lange her, da habe ich mal ihren Vater kennengelernt. Ich habe ihn vom ersten Moment an nicht ausstehen können, doch darum geht es nicht. Übrigens, die arme Mildred O'Brien macht ein Gesicht wie sieben Tage Regenwetter, aber Philip hat sich ganz schön gemausert.«

»Ja, ich weiß.« Kit wartete.

»Nun, ich war letzte Woche in Dublin ...«

»Davon hast du mir gar nichts erzählt ...«

»Nur wegen ein paar Untersuchungen ...«

»Oh, Maura!« rief Kit erschrocken.

»Nein, bitte, Kit. Genau deshalb habe ich es dir nicht erzählt. Aber ich bin nun mal eine Frau im fortgeschrittenen Alter, da plagt einen schon hie und da mal ein Wehwehchen. Und ich hielt es für das Beste, kein Aufhebens darum zu machen ...«

»Was haben sie festgestellt?«

»Bis jetzt noch gar nichts, und wahrscheinlich werden sie auch nichts finden ... aber ... laß mich weitererzählen ...«

»Nach was haben sie denn gesucht?«

»Sie haben sich meine Gebärmutter angesehen, vielleicht muß sie entfernt werden. Offensichtlich ist das eine prima Sache, man fühlt sich danach besser als je zuvor – wenn man sich erst einmal dazu durchgerungen hat. Eigentlich wollte ich dir nichts davon sagen ... ich habe es ja nicht einmal deinem Vater erzählt.«

»Aber du mußt uns daran teilhaben lassen. Wir sind doch deine Familie.«

»Ja, ich weiß, und nie war jemand dankbarer für seine Familie als ich. Doch glaube mir, eigentlich wollte ich etwas ganz anderes sagen ... du hast mir diese Geschichte regelrecht aus der Nase gezogen. Kann ich jetzt zum eigentlichen Punkt kommen?«

»Ja, nur zu ...«

»Als ich im Vincent war – nur für eine Nacht, weißt du –, da läuft mir doch ausgerechnet Francis O'Connor über den Weg, der saubere Vater dieser Zwillinge.«

»Fingers? Im Krankenhaus?«

»Vielleicht hat er jemanden besucht ... jedenfalls war er wirklich der letzte, den ich dort treffen wollte, das kannst du mir glauben. Aber er wollte unbedingt mit mir plaudern und drängte mich, mit ihm im Shelbourne einen Kaffee zu trinken.«

»Na, schau mal einer an, was du für Unsinn treibst, kaum daß du dich vom Krankenlager erheben darfst.«

»Ich hab versucht, ihn abzuwimmeln, aber er wollte unbedingt mit mir über alte Zeiten plaudern ...«

»Und?«

»Na ja, Kit ... er ist ein sehr ordinärer Mensch, das war er schon immer und wird es wohl auch bleiben ... aber er hat behauptet, na ja, so gut wie behauptet, vielleicht eher angedeutet ...« Kit wartete geduldig. »Ich kann mich nicht mehr an seine genauen Worte erinnern, wahrscheinlich habe ich sie verdrängt ... daß ich überhaupt mit ihm geredet habe, ich hatte schließlich meine eigenen Sorgen ...« Maura stockte.

»Arme Maura«. Kit war voller Mitgefühl.

»Und er hat gewissermaßen gesagt ... zumindest so gut wie ...«

»Nun komm schon, Maura, was hat er gesagt?«

Damit war die Hürde überwunden. Kits ungeduldiger Ton brachte Maura dazu, endlich mit der Sprache rauszurücken. »Er hat gesagt, daß seine beiden Söhne sich mit dir und Clio eingelassen hätten und daß sie eingeladen wurden, hier nach Weihnachten eine Woche zu verbringen, um weiter ihren Spaß mit euch zu haben. Er war sehr verärgert deshalb, denn er wollte, daß sie alle zusammen nach England fahren ... dort hat sich gerade eine seiner Töchter verlobt, die demnächst heimkommen will, um eines seiner Hotels zu führen …«

»Er hat *was* gesagt?«

Kits Gesicht war bleich vor Wut. »Nun, Maura, dann werde ich dir mal etwas erzählen, was dich bestimmt sehr freuen wird: Ich bin Jungfrau, ich habe noch nie mit jemandem geschlafen – aber selbst wenn die Existenz der menschlichen Rasse davon abhinge, würde ich nicht mit diesem dämlichen Hornochsen Kevin O'Connor ins Bett gehen.«

Maura war überrascht über die Heftigkeit von Kits Ausbruch. »Ich hätte lieber nichts sagen sollen …«, fing sie an.

»O doch, ich bin froh, daß du's getan hast.« Kits Augen funkelten zornig.

»Vielleicht sollten wir die Sache lieber auf sich beruhen lassen …« Maura bedauerte, daß sie womöglich eine Lawine ins Rollen gebracht hatte.

»O nein, das werde ich nicht. Es gibt eine Vereinbarung mit dieser widerlichen, abstoßenden O'Connor-Sippschaft; sie haben ein amtliches Schriftstück unterschrieben, in dem sie versichern, diese Lügen nicht mehr zu verbreiten. Und jetzt haben sie dieses Versprechen gebrochen.«

»Sie haben *was* unterschrieben?« fragte Maura entgeistert.

»Ich habe Kevin O'Connor einen Anwaltsbrief zukommen lassen, weil er mir Unzucht unterstellt hat. Er hat sich entschuldigt, ebenso sein Vater, und sie haben mir ein Schmerzensgeld gezahlt, weil mein Ruf geschädigt wurde, denn das hat meine Tugendhaftigkeit in Frage gestellt und möglicherweise meine Heiratschancen gemindert.«

Maura starrte sie mit großen Augen ungläubig an. »Kit, was erzählst du da für Geschichten?«

»Ich zeig dir den Brief von Fingers«, sagte Kit mit triumphierendem Lächeln.

»Einen Anwaltsbrief! Du hast wirklich eine Kanzlei deshalb konsultiert?«

Maura bekam weiche Knie vor Schreck.

»Na ja, um ehrlich zu sein, Paddy Barry hat das erledigt – du weißt schon, Frankies Bruder … aber auf richtigem Kanzleipapier, mit Briefkopf und so, es hat ganz echt ausgesehen … jedenfalls haben sie einen Riesenschreck gekriegt und gezahlt.«
»Du hast einen Bekannten …? Ein Student hat von den O'Connors Geld für dich gefordert … mit Drohungen? Ich höre wohl nicht richtig!«
»Du weißt ja nicht, was er behauptet hat … dieser Kevin O'Connor hat gesagt, daß ich für jeden zu haben bin! Ich würde mich mit jedem einlassen und hätte es auch mit ihm schon getan! Das hat er seinem Bruder erzählt, und Philip O'Brien, er hätte auch gleich eine Anzeige in den *Evening Herald* setzen können … und das hätte ich ignorieren sollen? Die Schultern zucken und sagen, ach, soll er doch seinen Spaß haben?«
So wütend hatte Maura ihre Stieftochter noch nie erlebt. »Nein, natürlich nicht … aber …«
»Nichts aber, Maura … da gibt es kein Aber … sein Vater, der gutes Geld deshalb gezahlt hat, hält das anscheinend immer noch für eine Geschichte, die es wert ist, weitergetratscht zu werden … Er breitet sie genüßlich vor meiner Stiefmutter aus … und das, obwohl er diese Unterlassungsverpflichtung ja unterschrieben hat …« Kit schien in ihrer Wut zu allem entschlossen.
»Was hast du vor?« fragte Maura ängstlich.
»Vielleicht sollte ich meinen Anwalt bitten, ihn an sein Wort zu erinnern«, meinte Kit leichthin.
»Du und dein Anwalt, ihr werdet noch auffliegen«, warnte Maura.
»Ja, ich glaube, da hast du recht. Ich werde ihm lieber mitteilen, daß ich mich erst persönlich an ihn wenden möchte, bevor ich die Sache erneut einem Anwalt übergebe.« Kit lächelte angesichts der vor ihr liegenden Herausforderung; ihre Begeisterung war ebenso ansteckend wie ihre Empörung.
Auch Maura fing allmählich Feuer. »Ich bin ganz deiner Meinung, daß es schrecklich wäre, ihn weiterhin ungestraft solche Reden über dich und Clio führen zu lassen.« Sie wechselten einen langen Blick.

»Ich trage hier nur meinen eigenen Kampf aus, Maura«, sagte Kit. »Soll Clio für sich selber kämpfen.«
Und Maura wußte, ohne daß sie ein Wort darüber verlieren mußte, daß die Tochter ihrer Schwester keine Anwaltsbriefe verschicken würde.

Auf das Kuvert schrieb sie *Streng vertraulich.*

Sehr geehrter Mr. O'Connor,
mein Anwalt wird es wahrscheinlich mißbilligen, daß ich mich persönlich an Sie wende; dies geschieht allein aus familiärer Rücksichtnahme. Sie werden sich an Ihren Brief an mich erinnern (Kopie in der Anlage), und an die darin eingegangene Verpflichtung. Leider ist mir zu Ohren gekommen, daß Sie sich erneut in einer Weise über mich geäußert haben, die mich schon einmal dazu gezwungen hat, Rechtsbeistand zu suchen; diesmal haben Sie meiner Stiefmutter, Mrs. Maura McMahon (geb. Hayes), gegenüber entsprechende Bemerkungen gemacht.
Ich fordere Sie dringend auf, in einem Brief an meine Stiefmutter alle diesbezüglichen Äußerungen zu widerrufen und mir zudem glaubhaft zu versichern, daß ich nicht erneut meinen Anwalt wegen weiterer rechtlicher Schritte konsultieren muß.
Unter normalen Umständen würde ich weniger Entgegenkommen zeigen, doch da meine Freundin Cliona Kelly mit Ihrem Sohn Michael freundschaftlich verbunden ist, möchte ich unseren Familien eine gerichtliche Auseinandersetzung ersparen.
Ich erwarte, morgen von Ihnen zu hören,
Ihre Mary Katherine McMahon.

»Kevin?«
»Ja. Bist du's, Pa?«
»Dreh diesen verdammten Rock'n' Roll leiser, dann verstehst du, wer am Telefon ist. Lernst du eigentlich auch was oder dröhnst du dir nur die Ohren mit dieser Negermusik voll?«
»Du rufst nicht sehr oft an, Pa«, meinte Kevin verzagt.
»Ist das ein Wunder? Also, du kennst doch dieses Mädchen, Mary Katherine ...?«

»Wen?«
»Diese McMahon aus Lough Glass.«
»Kit, ach ja. Was ist mit ihr?«
»Was ist mit ihr? Was ist mit ihr? Habe ich nicht schon einmal gutes Geld zahlen müssen, damit sie keinen Aufstand macht, nur weil du behauptet hast, du wärst x-mal mit ihr ins Bett gestiegen …?«
»Ja, aber das ist doch schon lange her, Pa. Du weißt doch, es war nichts als ein Mißverständnis.«
»Ich sage dir gleich, was ein Mißverständnis ist … was ist das für eine Göre, hat sie Matsch im Hirn oder was …«
»Nein, ganz im Gegenteil, sie ist ein prima Mädel. Warum fragst du?« Am anderen Ende der Leitung herrschte Schweigen. »Was ist, Pa? Wir haben uns doch entschuldigt. Gut, ich habe mich entschuldigt, du hast gezahlt, und Kit hat die Entschuldigung akzeptiert. Das war's. Wir verstehen uns inzwischen sogar recht gut …«
»So. Aha.« Fingers O'Connor mußte sich zähneknirschend eingestehen, daß es ganz allein sein Fehler gewesen war. Er hatte gedacht, damit könnte er diese nette, dralle Maura gefügiger machen. Was für ein Irrtum. »Und dieses Mädchen und ihre Freundin … sind das die beiden Gänse, wegen denen ihr unsere ganzen Weihnachtspläne durchkreuzt, bloß weil ihr euch lieber mit ihnen in dieses Kaff verdrückt, dieses wie heißt es noch …?«
»Lough Glass, Pa, und auch nur über Neujahr. Ma hat es dir doch schon erklärt. An Weihnachten sind wir in London.«
»Ich kann es kaum erwarten«, knurrte sein Vater und legte auf.

»Kit, hier ist Maura. Ich kann nicht lange sprechen, denn ich rufe von der Arbeit aus an.«
»Hallo, Maura. Sag Stevie, daß seine Angestellte ihr Gehalt wert ist und gelegentlich schon mal vom Büro aus anrufen kann.«
»Er ist gerade nicht hier, Kit. Du, ich habe einen wirklich erstaunlichen Brief von Fingers O'Connor bekommen.«

Kit kicherte. »Das dachte ich mir. Ich auch.«
»Kit, du hast doch nicht ...«
»Genau darum geht's, Maura. Ich habe nicht. Und ich will verdammt sein, wenn sein Sohn, dieser Schwachkopf, noch einmal behauptet, ich hätte ...«

»Clio?«
»Hallo, Michael.«
»Kann ich bei dir vorbeikommen?«
»Nein, ich habe jede Menge zu tun. Ich entwerfe gerade ein Konzept für die Gestaltung eines Saals, so groß wie eine Scheune.«
»Für dieses Hotel in Lough Glass?«
»Ja, woher weißt du das?« Sie hatte Michael gegenüber bisher nichts davon verlauten lassen, weil sie sichergehen wollte, daß wirklich alles klappte, bevor sie ihn zu überreden versuchte.
»Kevin hat mir davon erzählt. Und Dad.«
»Ja, es wird eine ganz große Sache.«
»Warum hast du mich nicht eingeladen?« Michael klang gekränkt.
»Du bist doch gar nicht da. Du bist bei Mary Paula in England, hast du das vergessen?«
»Ich muß nicht unbedingt da hin. Kevin fährt auch nicht.«
»Nun, dann ...«
»Nun, was? Lädst du mich ein?«
»Du bist ziemlich über Lough Glass hergezogen, als du neulich dort warst.«
»Das war doch nur, weil alles schiefgelaufen ist. Deine Schwester hat sich aufgeführt wie ein tollwütiger Schäferhund.«
Clio lachte. »Das ist gut, das muß ich mir merken.«
»Darf ich dann also kommen? Nach Lough Glass?«
»Gerne, wenn du willst. Ich wollte ja nur nicht, daß du dich etwa langweilst, weißt du.«
»Da ist noch etwas, Clio ... du kennst doch Kit.«
»Na, und ob ich sie kenne. Seit meinem ersten Lebensjahr!«
»Ich habe mich wahrscheinlich geirrt, als ich behauptet habe, daß sie es mit Kevin treibt.«

»Ich wußte, daß das nicht stimmt.«
»Vielleicht sollten wir die Geschichte lieber nicht mehr rumerzählen. Was meinst du?«
»So etwas habe ich nie getan. Himmel, hast du das etwa jemandem erzählt?«
»Das ist hier ja schlimmer als in einem Polizeistaat«, brummte Michael.

Peter Kelly und Martin saßen in Paddles' Bar.
»Ich habe gehört, daß Fingers O'Connor schon wieder ein neues Hotel gekauft hat ... das ist dann sein fünftes«, sagte Dr. Kelly.
»Wie kommt er bloß zu diesem Spitznamen?« wunderte sich Martin.
»Klingt auf jeden Fall nicht nach seriösem Geschäftsmann ... eher, als habe er seine Finger in schmutzigen Transaktionen.«
»Solche Namen bleiben nun mal hängen. Erinnerst du dich noch an Arsch Armstrong?«
Sie lachten wie Schuljungen.
»Wo steckt er jetzt eigentlich? Ist er nicht Pfarrer geworden?«
»Oh, ich bin mir sicher, daß Arsch inzwischen mindestens Bischof da drunten in Afrika ist. Vielleicht läuft er in einer langen weißen Kutte herum. Man würde auf jeden Fall nie darauf kommen, woher er seinen Spitznamen hat.«
»Na, egal, wie Fingers zu seinem gekommen ist, in seinen Händen verwandelt sich anscheinend alles in Gold. Unsere Clio ist ziemlich speziell mit seinem Sohn. Wir haben ihn zwar bis jetzt noch nicht kennengelernt, aber anscheinend kommt er her, um an diesem Versailler Hofball drüben bei den O'Briens teilzunehmen.«
Martin McMahon lächelte. »Ist es nicht prima, daß sie alle heimkommen und sich so für die Sache einsetzen? Bei uns zu Hause stolpert man auf Schritt und Tritt über Rezepte und Tischdekorationen ...«
»Hast du ein Glück! Bei uns ist alles mit Ästen verbarrikadiert«, meinte Peter Kelly.

»Um Himmels willen, wieso denn das?«
»Frag mich nicht. *Dekor*, das ist das einzige Wort, das aus Clio herauszubekommen ist. Ich bin jedenfalls froh, daß sie sich nicht mit diesem O'Connor-Sprößling herumtreibt. Maura deutet immer an, daß der Vater nicht gerade ein Waisenknabe war und seine Söhne ihm vielleicht nachschlagen.«
»Ach, Clio kann ganz gut selbst auf sich aufpassen«, beruhigte ihn Martin McMahon.
»Ich hoffe es. Himmel, wenn ich einen Gedanken nicht ertragen kann, dann den, daß irgend so ein hergelaufener Kerl Schindluder mit einem meiner Mädchen treibt. Ich würde ihm eigenhändig den Hals umdrehen, und du weißt, daß ich eigentlich ein friedfertiger Mensch bin.«

»Wann bekomme ich dich endlich mal wieder zu sehen, Kit?«
»Nun, Stevie, siehst du mich denn nicht gerade im Moment?«
»Für zwei Minuten, bis du zur nächsten Komiteesitzung rast und in Dan O'Briens Mausoleum verschwindest.«
»Von wegen. Diese Mauern ... sind verwandelt ganz und gar.«
»Das ist nicht fair, ich habe Yeats nie gelesen.«
»Zumindest weißt du, daß es von ihm stammt.«
»Also, wo gehen wir hin und wann?«
»Du könntest mich zum Essen ins Castle Hotel ausführen.«
»Du machst Witze!«
»Ich zahle meinen Anteil selbst.«
»Es geht mir nicht ums Geld. Aber was haben wir im vornehmsten Hotel der Gegend zu suchen?«
»Ich möchte die Konkurrenz ausspionieren.«
»Das ist doch lächerlich. Einen gewöhnlichen Samstagabend kann man doch nicht mit einem großen Ball vergleichen.«
»Es ist Recherche, Stevie ...«
»Ah, ja?«
»Und ein großes Vergnügen ...« Sie strahlte ihn an. »Ich werde nie vergessen, wie traumhaft du an jenem Abend in Dublin ausgesehen hast.«

»Du willst doch nicht etwa, daß ich mich wieder in einen Smoking zwänge?«
»Nein. Allerdings machst du eine Menge her, wenn du dich in Schale wirfst.«
»Wirst du dich auch schick machen? Dieses umwerfende Rückenfreie habe ich bis heute nicht vergessen.«
»Nein, ich habe keine Abendgarderobe hier, und außerdem wollen wir doch nicht …« Sie hielt inne.
»Du hast recht, wir wollen nicht … aber laß uns trotzdem hinfahren. Wegen der Recherche, du erinnerst dich …«
»Wenn uns jemand dort sieht …«, sagte Kit.
»Tja, das müßte nicht unbedingt sein.« Ihnen war beiden klar, daß ihre gemeinsamen Unternehmungen besser ein Geheimnis blieben.

Die Komiteesitzung am Sonntag war sehr erfolgreich.
Jeder wußte Neuigkeiten zu berichten. So hatten Kevin Wall und Michael Sullivan technische Details aufgelistet, die jedem die Sprache verschlugen – ebenso wie der Kostenvoranschlag.
»Das können wir uns nicht leisten«, sagte Philip sehr bestimmt.
»Schade, denn die Fassade würde einfach großartig aussehen mit all diesen Pflanzenkübeln davor und einem neuen Schild.« Clio lag sehr daran, daß nichts provinziell wirkte, da doch Gäste von auswärts erwartet wurden.
»Vielleicht könnten wir selbst ein paar Sträucher setzen?« schlug Michael Sullivan vor.
»Wie denn?« fragten sie. Nicht geringschätzig, sondern wißbegierig.
»In Fässern«, überlegte Michael Sullivan.
Der Vorschlag wurde angenommen. Jeder würde für mindestens zwei Fässer sorgen. Sie teilten die Pubs unter sich auf, damit nicht die gleichen Leute mehrmals angesprochen wurden. Das wurde allgemein als Aufgabe der Jungen angesehen. Und dann würden sie am Seeufer Sträucher und Büsche ausgraben.
»Dürfen wir das denn?« fragte Anna Kelly.

»Das fragen wir erst hinterher«, meinte Emmet.
Clio hatte eine Freundin an der Kunstakademie, die bereit war, ein neues Schild zu malen. Sie wollte nur die Materialkosten ersetzt bekommen. Die Farbe könnten sie aus dem Haushaltwarenladen haben, bot Kevin Wall an. Niemand fragte allzu genau nach, inwieweit das mit seinem Vater abgesprochen war. Sie vereinbarten, daß Kevin die Farbe zu Clio nach Hause bringen würde und die Freundin noch vor Weihnachten nach Lough Glass eingeladen wurde, um das Schild zu malen.
Anna Kelly reichte Zeichnungen von den Gardinen herum. Sie wollte sie an den Seiten mit rot-weißen Bändern raffen und große Stechpalmenzweige dazustecken. Allerdings müßten die Fensterrahmen unbedingt weiß gestrichen sein, verlangte sie. Sie würde die Malerarbeiten koordinieren, wenn sich freiwillige Helfer meldeten. Als Beleuchtung schlug sie Weinflaschen mit Kerzen darin vor, hoch oben auf den Kaminsimsen und anderen Vorsprüngen, damit niemand sie umwerfen konnte. Auch jede Flasche sollte von einem kleinen Stechpalmenzweig geziert sein. Die normale Beleuchtung sollte ausgeschaltet bleiben, ja, am besten drehte Philip die Birnen heraus, falls jemand versehentlich an einen Schalter kam.
Alle waren sehr angetan von Annas Vorschlägen. Kit beobachtete, wie sie das Lob entgegennahm. Das Mädchen war umwerfend hübsch, viel aufregender als Clio. Und wie sie die Leute ansah, das kleine Biest! Sie blickte einen nur kurz an und dann gleich wieder weg, was sie schüchtern und verletzlich wirken ließ. Dabei war sie alles andere als das. Kit prägte sich jede Einzelheit ein, für einen eventuellen späteren Gebrauch.
Über solche Qualitäten verfügte Patsy Hanley nicht, aber sie las eifrig aus ihrem Notizheft vor, daß bei einer Veranstaltung, an der mehr als sechzig Damen teilnehmen würden, mindestens fünf Toiletten notwendig waren. Düster nahm das Komitee dies zur Kenntnis.
»Das ist, weil immer alle gleichzeitig gehen wollen«, erklärte sie. »Meine Recherchen haben das ergeben.«

»Warum können sie nicht gehen, wenn etwas frei ist, wie jeder andere?« nörgelte Kevin Wall.
»Weil es ungut wäre, wenn sie es sich alle mit zusammengepreßten Knien verkneifen müßten. Das würde die Stimmung verderben«, erwiderte Patsy.
»Wir bräuchten sowieso mal neue Klosetts«, überlegte Philip. »Überlaßt das nur mir.«
»Du bekommst deinen Vater nie im Leben dazu, in den nächsten paar Wochen fünf Toiletten einbauen zu lassen.« Kit klang besorgt.
»Nein, aber laß es wirklich meine Sorge sein. Patsy hat die Recherche dazu erledigt, vielen Dank.«
Von Emmet hörten sie die frohe Botschaft, daß Männer weit weniger anspruchsvoll waren. Zwei Kabinen und ein Urinal würden völlig ausreichen. Aber er wußte auch zu berichten, daß Männer es zu schätzen wußten, wenn irgendwo ein ordentliches Bier ausgeschenkt wurde. Vielleicht konnte man an diesem Abend die Bar vergrößern und ein paar zusätzliche Barkeeper einstellen ... Es würde sich bestimmt auszahlen, denn sonst würden sich alle im Laufe des Abends zu Paddles oder zu Shea gegenüber verdrücken.
»Oben im Clubhaus tun sie das doch auch nicht«, behauptete Clio.
»Nein, aber nur, weil der Club so weit ab vom Schuß liegt«, entgegnete Emmet.
Anna sah ihn bewundernd an, worauf Emmet vor Freude errötete.
Nun erzählte Clio ihnen, wie sie sich das Gesamtbild des Hotels vorstellte. Sie begrüßte es, daß das neue Schild bereits beschlossen worden war, und schlug vor, ein bißchen Geld abzuzweigen, um es entsprechend zu beleuchten.
»Aber weiß denn nicht jeder, wo das Hotel ist? Es sucht doch keiner das Central«, schüttelte Kevin den Kopf.
Doch Philip stimmte mit Clio überein. »Es geht ums Image, meinst du das?«
»Ja, genau.« Clio war wieder besänftigt. Sie meinte auch, daß

etliche von diesen düsteren, dunkelbraunen Bildern in der Eingangshalle durch Efeugirlanden ersetzt werden sollten. Efeu wuchs mehr als genug am See, und nichts würde eine bessere Dekoration abgeben. Außerdem sollten die Gäste im Foyer mit Glühwein empfangen werden, damit sie sich gleich willkommen fühlten.

»Ich hoffe, daß ich damit nicht in Kits Ressort eindringe«, meinte Clio zögernd. »Schließlich sorgt sie für Speis und Trank ... aber es würde irgendwie zum ersten Eindruck gehören. Zum Image.«

»Prima«, sagte Kit mit zusammengebissenen Zähnen.

Doch es war tatsächlich eine gute Idee. Auf diese Weise würde der unansehnlichste Bereich des Hotels aufgemöbelt: die häßliche Eingangshalle mit den abscheulichen sepiabraunen Fotografien in den geschmacklosen Rahmen. Und wenn man die Gäste mit einem heißen Getränk begrüßte, schuf dies zugleich eine Illusion von Wärme.

»Nun zum Essen.« Philip wies auf Kit.

Sie holte tief Luft. Was ihr vorschwebte, war ein warmes Buffet. Da sie wußte, daß von Seiten der Gäste mit großer Skepsis zu rechnen war, wollte sie ihre Überzeugungskünste erst in diesem kleinen Kreis hier erproben. Also, man konnte sich selbst bedienen und auch noch einen zweiten und dritten Teller Nachschlag holen, wenn man wollte. Die Kosten lagen dennoch niedriger als bei einem traditionellen Mehr-Gänge-Menü. Denn zum einen sparte man bei den Bedienungen: Man konnte auf erfahrene Kellner weitgehend verzichten, abräumen war schließlich keine Kunst. »Selbst Schulmädchen können benutztes Geschirr in die Küche bringen«, erklärte sie.

»Oder Schuljungen«, meinte Kevin Wall.

»Ja, sicher.« Obwohl Kit da ihre Zweifel hatte.

Zum anderen wurde bei einem üblichen Menü zuerst Suppe oder Melone erwartet, danach immer Hühnchen und Schinken mit Kartoffeln, Soße und zwei Gemüsen dazu. Das wäre viel mehr Arbeit, als ein Buffet herzurichten.

»Aber rechnen denn nicht alle fest mit einem Menü?« fragte Emmet.
»Sie werden ja drei verschiedene Teller voll nehmen, zumindest manche von ihnen«, versicherte ihm Kit.
»Was aber, wenn alles ausgeht oder wenn jeder Hähnchen in Weinsoße ißt und keiner die kalte Zunge?« Patsys Tonfall verriet, daß sie kalte Zunge verabscheute, jedoch befürchtete, daß zu ihrem Leidwesen nichts anderes mehr übrig sein würde, wenn sie endlich an die Reihe kam.
Geduldig setzte Kit sich mit ihrem Einwand auseinander. Und wie sie nicht anders erwartet hatte, brachten auch die anderen Bedenken vor. »Aber in den Restaurants in Dublin ist das der letzte Schrei«, argumentierte sie.
»Für die Leute hier ist es vielleicht zu großstädtisch«, widersprach Anna.
Die anderen nickten; in Lough Glass dachte man sehr viel konservativer als in der fernen Hauptstadt.
»Auch im Castle Hotel wird es angeboten«, spielte Kit ihren letzten Trumpf aus.
»Bist du sicher?« Philip würde sich von allem überzeugen lassen, was im Castle Hotel üblich war.
»Ja, ich war gestern abend dort«, bestätigte sie. Wenn sie behauptet hätte, den Planeten Mars besucht zu haben, wären die anderen nicht weniger überrascht gewesen.
»Nie und nimmer warst du das«, sagte Clio grün vor Neid.
»Doch. Und sie fahren sehr gut mit dieser Lösung. Ich habe mir alles genau angeschaut, es macht sehr viel mehr her, als eigentlich dahintersteckt, wenn ihr versteht, was ich meine …« Kit versuchte ihnen klarzumachen, welche Vorteile so ein Buffet für sie hätte, aber die anderen starrten sie nur mit offenen Mündern an.
»Du warst zum Dinner im Castle Hotel!« meinte Philip ungläubig.
»Ja, um es mir anzusehen.« Kit mimte Überraschung. »Wir haben doch gesagt, daß wir recherchieren wollten.«
»Ja, aber was das gekostet haben muß.«
»Och, so schlimm war es gar nicht. Ich habe nichts dazu getrun-

ken – daran verdienen sie am meisten. Ja, und Kaffee ist auch extra, darauf habe ich ebenfalls verzichtet. Sie servieren ihn im Salon, damit man möglichst bald vom Tisch verschwindet und sie abräumen können.«

»Du bist doch niemals allein ins Castle Hotel gegangen, um dort zu dinieren.« Anna Kelly kniff mißtrauisch die Augen zusammen.

Kit lächelte sie an. »Aber sieh doch nur, was du alles geleistet hast, Anna. Denk an all die vielen schönen Preise, die man dir versprochen hat. Und dann die Idee mit den Kerzen in den Flaschen und die Stechpalmenzweige.« Voller Bewunderung betrachtete Kit die geschmückte Chiantiflasche, die Anna als Muster mitgebracht hatte.

»Wie bist du denn dorthin gekommen?« erkundigte sich Philip.

Kit wechselte einen Blick mit Emmet. Ihr Bruder war schneller von Begriff, als sie gedacht hätte. »Die Frage ist doch, waren dort Leute, die auch hierher kommen würden … oder war es eher die Crème de la crème, Adel und so?«

»Nein, ich habe mich bei der Bedienung erkundigt. Hauptsächlich verkehren dort Leute aus der Mittelschicht, also die gleichen, die wir auch bei unserem Ball erwarten.«

Daß Kit »unser Ball« gesagt hatte, freute Philip über alle Maßen, und er vergaß, weiter nachzufragen, wer sie denn zum fünfundzwanzig Kilometer entfernten Castle Hotel gefahren hatte.

»Stellen wir eine Liste auf, was es für Bedenken gibt. Los, macht schon, jeder von euch sagt, was ihm an einem Buffet nicht paßt, und wir setzen uns dann mit den Einwänden auseinander.«

Während sie mit dem Sammeln von möglichen Einwänden begannen, warf Kit wieder einen kurzen Blick zu ihrem Bruder hinüber, der sie ehrfürchtig ansah. Wenn Kit und Stevie Sullivan zusammen im Castle Hotel diniert hatten, war ihre Beziehung weit gediehen. Dann hatte Anna bald keinerlei Chancen mehr. Sie würde zu ihm zurückkehren, und alles würde sein wie früher.

»Hallo, Martin, wie geht's?«
»Ah, Stevie, komm rein.«
»Besser nicht, ich bin in Eile. Sagen Sie, ist Kit schon weg?«
»Nein, sie fährt mit dem Sechs-Uhr-Bus. Warum, willst du mit ihr sprechen?«
»Ich frage nur, weil ich einen Wagen nach Dublin bringen muß. Vielleicht hat sie Lust, mit mir zu fahren?«
»Ganz bestimmt sogar, aber dann wird's in deinem Auto recht eng werden. Clio und Philip müssen ja auch zurück.«
»Es ist nur ein Sportwagen, ein Zweisitzer. Ich habe gedacht, ich frage Kit, weil sie doch direkt nebenan wohnt.«
Stevie lächelte gewinnend.
Inzwischen stand Maura am oberen Treppenabsatz. »Ich glaube, sie fahren lieber alle zusammen, Stevie. Wo sie doch im Moment gemeinsam diesen Ball vorbereiten.«
Ihre Blicke trafen sich. Maura wußte ganz genau, was er da anbot, und verweigerte es ihm, aus Sorge um Kit. Er würde also zuerst Maura McMahon auf seine Seite ziehen müssen.
Die Rückfahrt nach Dublin war elend lang. Zuerst mit dem Bus in die Nachbarstadt, dann mit dem Zug zum Dubliner Kingsbridge-Bahnhof und dann noch einmal mit dem Bus zur O'Connell-Brücke.
»Wir wär's mit ein paar Pommes?« fragte Philip hoffnungsvoll.
»Ich bin todmüde, Philip.« Kit sah tatsächlich sehr müde aus.
»Wäre es nicht prima, wenn wir ein Auto hätten?« fragte er.
»Eines Tages wirst du eins haben. Warte nur, bis wir aus deinem Hotel die erste Adresse Irlands gemacht haben.«
Es mißfiel ihm, daß Kit von *seinem* Hotel sprach – heute mittag war es noch *ihr* Ball gewesen. Doch er wußte, daß er lieber nicht darauf herumreiten sollte. »Kevin O'Connors Vater hat schon wieder eins gekauft«, sagte er statt dessen.
»Ja, weil seine Tochter heiratet. Es ist für ihren Zukünftigen gedacht. Für den ist das wie ein Spiel ... sie sind eben ein anderer Schlag als wir.«
Philip winkte ihr zum Abschied nach, als er in seinen Bus stieg,

während Kit leichtfüßig in entgegengesetzter Richtung die O'Connell Street entlanglief.
Vor ihrem Haus parkte in einem kleinen roten Sportwagen Stevie Sullivan.
»Ich kann es nicht fassen«, sagte sie.
»Mich überkam so ein Heißhunger auf chinesisches Essen. Komm, steig ein.« Kit stieg in den Wagen, und sie fuhren zu einem Restaurant.
»Du bist ja recht heikel, was dein Essen betrifft. Anscheinend ist ein ordentliches Schinkenbrot in Lough Glass nicht mehr gut genug für dich«, meinte sie.
»Stimmt, ich habe nun mal eine Schwäche für Huhn süßsauer. Und wenn man einmal mit der entzückenden Kit McMahon im Castle Hotel gespeist hat, bekommt man eben bald Appetit auf mehr.«
Das chinesische Restaurant war ein recht einfaches Lokal. Kit sah sich um. »Laß bloß nicht im Castle Hotel verlauten, daß du dies hier für ebenbürtig hältst.«
»Ich will dich, Kit«, sagte er.
»Du kannst mich nicht haben, ganz schlicht und ergreifend.«
»Du bist ziemlich schroff.«
»Na, du hast es auch nicht gerade zartfühlend ausgedrückt. Und reichlich fordernd dazu.« Kit merkte, daß sie völlig natürlich und ungekünstelt mit ihm sprach.
»Wie hätte ich es denn ausdrücken sollen?« Auch Stevie sprach ernst, er flirtete nicht und tat nicht kokett. Ihr saß ein anderer Stevie gegenüber als der, den sie seit Jahren kannte.
»Nun, es geht doch darum, ob beide einander wollen, oder? Da sagt man nicht *Ich will dich* und meint damit *Ich will dich besitzen* wie ein Cowboy, der sich eine Viehherde, eine Ranch oder eine Frau aus dem Saloon unter den Nagel reißt ... es sollte anders sein.«
»Okay, aber ich halte auch nichts davon, Süßholz zu raspeln. Ich bin die ganze Strecke hierher gefahren, um dir zu sagen, daß ich dich will, daß ich mit dir zusammensein will. Richtig zusammensein, nicht nur küssen und streicheln im Auto wie gestern abend.«

»War das erst gestern? Es kommt mir wie eine Ewigkeit vor.« Überrascht sah sie ihn an.
»Ja, mir auch«, nickte er.
Kit hob die Augen und sah ihn an. Stevie meinte es völlig ernst, das stand ihm ins Gesicht geschrieben. Aber war das nicht das Geheimnis seines unwiderstehlichen Charmes? Jedes Mädchen hatte geglaubt, daß er es völlig ernst mit ihr meinte. Anna Kelly, Deirdre Hanley, Orla Dillon und Dutzende andere, deren Namen sie kannte ... samt Hunderten, von denen sie niemals gehört hatte.
Wahrscheinlich meinte er es sogar ernst. Wenn auch nur für den Augenblick. Deshalb hatte er so großen Erfolg. Er meinte es tatsächlich, bei jeder aufs neue.
»Ich wollte nicht, daß es so kommt«, begann er.
»Nein.«
»Ich habe mir das alles ganz anders vorgestellt.«
»Ja.«
»Kit, hör auf, immer nur ja und nein zu sagen. Schluß damit. Fühlst du dasselbe wie ich oder nicht?« Er war jetzt ärgerlich.
»Ich habe dich sehr gern ...«, setzte sie an.
»Gern!« schnaubte Stevie.
»Ich wollte damit sagen, wenn ich dich nicht sehr gern hätte, wäre ich gestern abend nicht so zärtlich und liebevoll gewesen ...«
»Ich fasse es einfach nicht.«
»Was faßt du nicht?«
»Ich kann einfach nicht glauben, daß du mir so kühl gegenübersitzt und völlig ungerührt erklärst, warum du dich so oder so verhalten hast. Als ob ich eine Erklärung von dir verlangt hätte! Wir haben uns gestern abend in den Armen gehalten, weil wir es so wollten, und wir wollten noch wesentlich mehr. Warum kannst du nicht so ehrlich sein und das zugeben?« Stevie sah verletzt und niedergeschlagen aus.
Aber das mußte ja auch eine völlig neue Erfahrung für ihn sein. Jede andere, einschließlich dieser Kindfrau Anna in ihrem Schulkittel, hatte er wahrscheinlich spielend leicht überreden können.

Für den großen Stevie Sullivan mußte das eine ganz ungewohnte Situation sein – die bizarre, höchst unerfreuliche Erfahrung, einen Korb zu bekommen. Stevie hatte schließlich nicht den ganzen Weg von Lough Glass bis nach Dublin zurückgelegt und dabei Bus und Zug überholt, um sich eine Abfuhr zu holen. Doch Kit würde hart bleiben.

»Warum streiten wir uns?« fragte sie.

»Weil du prüde und unehrlich bist.«

»Prüde vielleicht, für dich mag es danach klingen. Aber unehrlich – nein!«

»Du sitzt da und behauptest, ich bedeute dir nichts.«

»Das habe ich nicht gesagt.«

»Ich habe dir gesagt, was ich empfinde. Ich brauche dich.«

»Nein, das tust du nicht.«

»Erzähl du mir doch nicht, was ich brauche und was nicht.«

»Ich versuche nur zu sagen, ohne billig oder ordinär zu klingen, daß es für dich jede, wirklich jede, tun würde.«

»Und ich versuche nicht billig oder ordinär zu klingen, wenn ich sage, daß du einen immer nur auf Touren bringst, um einen dann abblitzen zu lassen.«

Kits Mantel hing auf ihrer Stuhllehne. Sie fuhr mit den Armen hinein. »Ich werde jetzt gehen. Iß du nur in Ruhe fertig.« Ihr Gesicht war weiß, und sie zitterte vor Wut. Über das, was er gesagt hatte, und weil sie Emmet im Stich gelassen hatte – Stevie würde in weniger als vierundzwanzig Stunden wieder bei Anna sein. Und weil sie ihn so sehr begehrte. Ja, sie brauchte ihn. Sie wünschte sich nichts sehnlicher, als daß er heute nacht mit auf ihr Zimmer kam.

Warum war es nur so schiefgelaufen?

Stevie verbarg sein Gesicht in den Händen. »Bitte, geh nicht«, murmelte er.

»Es ist besser so.«

Kits Stimme brach, und er schaute auf.

Da sah er, wie ihre Lippen bebten, und faßte nach ihrer Hand. »Es tut mir sehr, sehr leid. Ich wünschte von Herzen, daß diese letzte Minute nicht gewesen wäre, daß diese Worte nie gefallen wären. Es tut mir entsetzlich leid.«

»Schon gut, ich weiß.«

»Nein, du weißt nichts, Kit«, entgegnete er, und sie sah Tränen in seinen Augen schimmern. »Du kannst es nicht wissen. Ich habe noch nie so empfunden. Ich will dich so sehr, daß ich es kaum aushalte.« Besorgt sah sie ihn an. »Hör zu. Das ist das Schlimmste, was überhaupt passieren konnte. Ich wollte doch nur mit dir tanzen gehen, vielleicht auch ein bißchen flirten, je nachdem. Aber das hier habe ich nicht gewollt.«

»Was meinst du mit ›das hier‹?« Erstaunt stellte sie fest, daß ihre Stimme ganz ruhig klang.

»Was ich empfinde. Es muß wohl Liebe sein, ich habe noch nie jemanden geliebt ... aber ich freue mich so darauf, dich zu sehen, will wissen, was du sagst ... will dich berühren, dich lachen sehen ...« Die Worte sprudelten aus ihm heraus. »Ist es das, was denkst du?« fragte er.

»Was?«

»Ist das Liebe? Ich habe bis jetzt niemanden geliebt, wie soll ich es also wissen?«

»Ich weiß auch nicht«, antwortete sie aufrichtig. »Wenn du wirklich so empfindest, kann es schon sein.«

»Und wie ist es bei dir?«

Sie hatte vergessen, daß sie gehen wollte; jetzt unterhielten sie sich von gleich zu gleich. »Wahrscheinlich genauso. Ich wollte auch nicht, daß so etwas passiert. Ich wollte ... ich dachte ...«

»Was hast du gedacht? Immerhin hast du damit angefangen. Du hast mich zu dem Tanz eingeladen.«

»Ich weiß.« Kit war sich ihrer Schuld bewußt. Dennoch konnte sie ihm niemals sagen, warum sie das getan hatte. Sie waren schon viel zu weit gegangen, als daß ihr ursprünglicher Beweggrund ans Licht kommen durfte.

»Was hast du dir davon erhofft? Was hast du geglaubt, daß passieren würde?«

»Ich fand, daß du ein netter junger Mann bist und gut zu unserer

Gruppe passen würdest … was ja auch gestimmt hat … aber ich hätte nie gedacht, daß wir uns so nahe kommen würden, so vertraut miteinander werden würden …«

»Du sprichst nicht von Liebe.«

»Ich habe bisher auch noch niemanden geliebt«, gestand sie. »Woher soll ich es denn wissen?«

»Sind wir nicht zwei gefühllose Kreaturen? Die meisten Leute in unserem Alter haben schon Dutzende von Menschen geliebt.«

»Wenn es Liebe war«, meinte Kit.

»Zumindest haben sie es dafür gehalten«, sagte Stevie.

Beide schwiegen. »Was ich vorhin gesagt habe, tut mir leid«, fuhr er schließlich fort.

»Und mir tut leid, daß ich gesagt habe, für dich würde es jede tun. Das war sehr grob«, meinte Kit reumütig.

Er schob den Teller weg. »Ich habe keinen Appetit mehr.«

»Ich auch nicht.«

Vergnügt sagte er ein paar entschuldigende Worte zu dem chinesischen Kellner, der keine Miene verzog.

»Bestimmt wundern sie sich ganz schön über uns, wo sie doch von so weit herkommen«, meinte Kit.

»Über uns würde sich jeder wundern«, erwiderte Stevie und hielt ihr die Tür des winzigen Sportwagens auf.

Dann fuhr er sie bis vor die Tür und beugte sich zu ihr, um sie auf die Wange zu küssen. »Ich sehe dich doch hoffentlich im Lauf der Woche?« Er blickte sie fragend an.

»Gern, wenn du zufällig hier bist.«

»Morgen abend beispielsweise bin ich hier.«

Kits Stimme zitterte noch ein wenig, und sie wußte nicht, ob sie einen kleinen Scherz wagen sollte. »Himmel, du fährst ja noch Löcher in den Asphalt, so oft wie du auf Achse bist.«

»Ich fahre heute abend nicht zurück. Ich bleibe bis morgen abend in Dublin.«

»Wer kümmert sich dann ums Geschäft?«

»Deine Stiefmutter. Und wir werden morgen abend reinen Tisch machen und von vorn anfangen.« Bei diesen Worten erinnerte er sie an einen übereifrigen Schuljungen – und an ihren Bruder Emmet, der sich immer abmühte, die Worte richtig herauszubringen. Aber ganz und gar nicht an den großen Stevie Sullivan.

»Ganz von vorn«, bestätigte sie.

»Ich liebe dich, Kit«, sagte er, wendete und war verschwunden.

Kit lag die ganze Nacht wach. Jede Viertelstunde schlug eine Kirchturmuhr, und sie fragte sich, warum sie das nicht schon früher zum Wahnsinn getrieben hatte. Schließlich stand sie auf und kochte sich einen Tee. Dabei schaute sie sich im Zimmer um: klein und unaufgeräumt, aber mit Atmosphäre. Ihre guten Kleider hingen an Wandhaken, weil der Schrank nicht groß genug war. Dazu Bücherregale, ein kleiner selbstgemachter Schreibtisch mit roter Lampe. Blau-weiße Kissen.

Eine freundliche, liebenswerte Umgebung – es wäre ein guter Platz gewesen, um mit Stevie Sullivan die Nacht zu verbringen.

Während die Uhr weiterhin jede Viertelstunde schlug, saß Kit mit angezogenen Knien da und fragte sich, warum sie so unnachgiebig gewesen war. Was war denn schon dabei? Allein sie hatte soviel Aufhebens darum gemacht. Schließlich war Clio bisher auch nicht der Himmel auf den Kopf gefallen. Verwirrt und einsam grübelte sie vor sich hin. Ob sie wohl Lena irgendwann einmal davon erzählen konnte? Vielleicht. Schließlich hatte Lena Ähnliches durchgemacht, die würde wissen, wie Kit zumute war.

Für die jährliche Weihnachtsfeier des Büros war Lena zuständig; denn sie wollte die Kontrolle darüber behalten. Die Organisation einem der jungen, leichtsinnigen Mädchen – oder gar Jennifer – anzuvertrauen wäre zu gefährlich gewesen. Womöglich wären sie dann in einem völlig unpassenden Lokal ohne jede Atmosphäre gelandet.

Lena hingegen wußte immer ein Restaurant, in dem man sich wohl fühlte, wo italienische, griechische oder spanische Kellner für jeden Spaß zu haben waren, aber niemand über die Stränge schlagen würde.

Schließlich hatte sie einen reichen Erfahrungsschatz, was auf

Betriebsfeiern alles schiefgehen konnte. Und sie hatte Geschichten von Mädchen gehört, die aus guten Stellungen gekündigt worden waren, nur weil sie sich auf der Weihnachtsfeier falsch verhalten hatten oder kompromittiert worden waren.

»Himmel, ich bin ja so vernünftig«, seufzte Lena bei Grace.

»Sie sehen zu attraktiv aus, um vernünftig zu sein.« Lena musterte Graces Spiegelbild. Sie waren schon zu lange befreundet, als daß Grace ihr ungestraft eine Lüge auftischen konnte. Ein tadelnder Blick genügte, und Grace machte einen Rückzieher. »Zu dünn natürlich und zu erschöpft. Aber trotzdem attraktiv.«

»Ich bin ein ausgemergelter alter Truthahn, Grace. In Lough Glass habe ich viele davon gesehen – echte Überlebenskünstler. An Weihnachten sahen sie stets so jämmerlich und mickrig aus, daß niemand ihnen den Hals umdrehen mochte. Jahr für Jahr entgingen sie ihrem Schicksal.«

»Wie Sie auch«, meinte Grace sanft.

»Nein, dieses Jahr nicht. Für jeden alten Truthahn kommt einmal seine Zeit, auch wenn man nur noch Suppe aus seinen Knochen kochen kann.«

»Darf ich dich und Louis zum Weihnachtsessen einladen?« fragte Ivy sie auf der Treppe.

»Das ist sehr lieb von dir, Ivy.«

»Also nein.« Ivy musterte sie mit einem durchdringenden Blick.

»Warum sagst du das?«

»Weil ich dich ziemlich gut kenne.«

»Es heißt nicht nein. Es heißt, ich weiß es nicht.«

Stille. »Das klingt sehr grob.«

»Nein, meine Liebe, es klingt sehr traurig.«

»Genau das ist es, Ivy. Sehr traurig.« Mit schweren Schritten ging Lena die Treppen hoch.

Jessie Millar verbrachte den Abend mit ihrer Mutter. Das machte sie jeden Donnerstag, während Jim zum Rotary Club ging. Und am Sonntagmittag luden sie Mrs. Park immer zum Essen ein.

Wie hatte sich Jessies Leben doch zum Guten gewendet, seit Lena

Gray damals hereingeschneit kam! Sie hätte alles für sie getan, gerade jetzt, da Lena offensichtlich in einer schweren Krise steckte. Aber verschlossen, wie sie war, riß sie einem wahrscheinlich den Kopf ab, wenn man auch nur andeutete, daß bei ihr offenbar nicht alles zum besten stand.

»Bestimmt hängt es mit einem Mann zusammen«, mutmaßte Jessie gegenüber ihrer Mutter.

»Das ist meistens so«, nickte Mrs. Park weise.

»Ich muß etwas unternehmen. Ihr meine Hilfe anbieten.«

»Nun, wenn es um ihren Mann geht, was kannst du da schon tun, Jessica? Dich mit ihm treffen und sagen: ›Sie machen Ihre Frau unglücklich, hören Sie sofort auf damit‹?«

»Nein, aber ich könnte sie trösten.«

Mrs. Park schüttelte den Kopf. »Du könntest ihr nur sagen, daß sie dir leid tut. Aber da sie eine stolze, selbstbewußte Frau ist, wird sie das nicht wollen.«

»Ab und zu besucht sie dich doch. Macht sie denn da nie eine Andeutung …?«

Die alte Frau dachte nach. Ja, Lena Gray nahm sich die Zeit, sie zu besuchen, mindestens einmal im Monat. Und sie hatte immer ein kleines, nützliches Geschenk dabei – eine luftdichte Keksdose, ein Fußkissen oder eine Hülle für die *Radio Times.* Eigentlich merkwürdig, daß eine vielbeschäftigte Karrierefrau wie Lena die Zeit dafür erübrigen konnte.

»Sie spricht nie über sich«, erwiderte Mrs. Park schließlich.

»Ich weiß, aber was glaubst du?«

»Ich glaube, daß sie Kinder hat. Kinder aus einer früheren Ehe, die schon groß sind.«

»Das kann nicht sein«, behauptete Jessie.

»Warum denn nicht?«

»Wenn sie welche hat, wo sind sie dann? Keine normale Frau würde je ihre Kinder verlassen.«

»Mir wäre es lieber, wenn wir mittags ausgingen und nicht erst abends«, jammerte Jennifer.

»Das Mittagessen würde sich bis in die Nacht hinziehen ...«, meinte Jessie.
»Ja, ich weiß. Aber wäre es nicht prima, wenn alle mal so richtig aus sich rausgingen und wir die Leute an den anderen Tischen kennenlernen würden, die auch dort Mittag essen ...«
Und genau das wollte Lena vermeiden, begriff Jessie schlagartig. Zumindest hatte ein Abendessen auch ein vorgegebenes Ende. Die Leute mußten gehen, um noch ihre Züge und Busse zu erwischen. Sie standen nicht um fünf Uhr nachmittags beschwipst auf der Straße und warteten, daß die Pubs endlich öffneten, um fröhlich weiterzuzechen.
»Wir haben wirklich Glück, daß wir uns finanziell nicht beteiligen müssen«, quiekte die Neue vom Empfang. »An meinem letzten Arbeitsplatz mußten wir alle unseren Anteil selbst bezahlen.«
»Das hat Lena schon vor Jahren so geregelt, gleich am Anfang. Sie hat immer wieder kleinere Beträge abgezweigt und in eine Büchse mit der Aufschrift ›Weihnachtsfeier‹ gesteckt«, erinnerte sich Jessie liebevoll.
»Sie ist schon von Anfang an hier?« erkundigte sich die Empfangssekretärin.
»Nein, erst seit acht oder neun Jahren. Aber ich kann mich kaum noch erinnern, wie es war, bevor sie kam.«
»Also haben Sie sie nicht gekannt, als sie noch jung war?« fragte Jennifer.
»Nein, zumindest nicht aus dem Sandkasten.« Verärgert über diesen eng gefaßten Begriff von Jugend trat Jessie von einem Fuß auf den anderen.
»Ich denke, sie war eine umwerfende Schönheit«, überlegte Jennifer. »Wie hätte sie sich sonst diesen Märchenprinzen geangelt?«
Aber das war ein heikles Thema, über das Jessie sich nicht auslassen wollte.
»Ja, sie hat bestimmt das große Los gezogen«, sagte sie in einem Ton, der deutlich machte, daß die Unterhaltung hiermit beendet war.

»Wir können Sie nicht überreden, es sich noch einmal zu überlegen?« fragte James Williams.
»Nein, James. Vielen, vielen Dank für alles. Damals, vor zehn Jahren, kam ich mit leeren Händen hier an, und heute liegt mir die Welt zu Füßen.«
»Das verdanken Sie nicht dem Dryden, sondern sich selbst. Wir bedauern sehr, Sie zu verlieren.«
»Nun, Sie wissen ja, daß ich Sie nicht Knall auf Fall im Stich lasse. Ich stehe Ihnen noch während der hektischen Tage bis nach Neujahr zur Verfügung.«
»Nett von Ihnen. Das ist zweifellos eine große Hilfe.«
»Ach, kommen Sie, das würde ich Ihnen doch nicht antun.«
»Wahrscheinlich ist Lena überglücklich, wieder nach Irland zurückkehren zu können … ich glaube, mit dem Herzen war sie immer dort, obwohl sie hier so viele Triumphe feiern konnte.« Er stellte die Frage mit treuherzigem Blick und wahrer Unschuldsmiene.
Louis Gray holte tief Luft. »Ähm, James, da gibt es noch etwas, das ich Ihnen erzählen muß …«

Seit Wochen nahm sie sich schon Arbeit nach Hause mit und wartete dann mit gespitzten Ohren auf das Geräusch seines Schlüssels. Wenn sie ihn endlich aufsperren hörte, nahm sie die Brille ab, die sie noch älter aussehen ließ, und räumte rasch den ganzen Papierkram weg. Dann stand sie auf, frisch und wohlriechend wie immer, und begrüßte Louis. Manchmal schlug sie ihm vor, doch erst mal ein Bad zu nehmen, sie würde ihm etwas zu trinken an die Wanne bringen.
Niemals fragte sie, wo er gewesen war oder warum er so spät kam. Sie wußte, daß er es ihr eines Abends erzählen würde. Einige Warnzeichen hatten auf den heutigen Abend hingedeutet.
Gewohnheiten ließen sich nicht leicht ablegen. Sie zog ihre beste cremefarbene Bluse und den engen, roten Rock an. Die rote Glaskette um den Hals ersetzte sie durch ein rotes Tuch. Denn es verbarg die Fältchen besser, und außerdem war es ein Mitbringsel

aus Brighton – damals hatte er ihr versprochen, daß er ihr eines Tages Rubine schenken würde.

Danach saß sie drei Stunden lang am Tisch und wartete.

Ihre Augen waren zu müde, der Kopf zu schwer, als daß sie sich auf die mitgebrachte Arbeit hätte konzentrieren können. Statt dessen wartete und wartete sie auf den Klang seiner Schritte im Treppenhaus. Sie hatte eine Flasche Wein im Kühlschrank, auch Kaffee stand bereit. Es würde eine lange Nacht werden; sie würden beides brauchen.

Als er endlich kam, stand sie auf. Doch ihre Füße waren wie festgewachsen, so daß sie nicht auf ihn zuging wie sonst, sondern sich nervös an den Hals faßte und unruhig an dem roten Tuch nestelte.

»Entschuldige, daß ich so spät komme«, sagte er.

Ein schon automatisch dahingemurmelter Gruß. Sie erwiderte dann stets: »Schön, dich jetzt zu sehen.« Doch heute sagte sie nichts. Sie sah ihn nur an – sie wußte, daß sie ihn mit weit aufgerissenen Augen anstarrte, als hätte sie ihn nie zuvor gesehen. Zwar versuchte sie, ihre Gesichtsmuskeln zu entspannen, aber sie wollten ihr nicht gehorchen.

»Lena«, meinte er. Sie sah ihn immer noch an. »Lena. Ich muß dir etwas sagen.«

Unten saßen Ivy und Ernest vor dem Fernsehapparat, doch Ivys Blick glitt immer wieder zur Tür, wo sie durch den Store sehen konnte, wer kam und wer ging. Eine alte Gewohnheit, die sie nicht ablegen konnte, auch wenn ihre jetzigen Mieter allesamt achtbare und seßhafte Menschen waren, die sich nicht bei Nacht und Nebel aus dem Staub machen würden.

Sie sah, wie Louis Gray nach Hause kam, spät wie immer. Doch heute abend hielt er auf der Treppe inne, wo er sich unbeobachtet glaubte. Und Ivy bemerkte, wie er mehrmals tief Luft holte, als bekäme er zu wenig Sauerstoff. Dann setzte er sich, als würden ihn seine Kräfte verlassen, mit dem Kopf zwischen den Knien auf eine Stufe. Er fällt gleich in Ohnmacht, dachte sie, und

instinktiv wollte sie schon zu ihm hinausgehen. Vielleicht war er ja krank.
Doch da fiel ihr ein, wie leblos und steinern Lenas Gesicht heute ausgesehen hatte. Sie waren am Ende ihres gemeinsamen Weges angelangt, das wußte Ivy jetzt. Schließlich rappelte sich Louis wieder auf und ging weiter nach oben. Ernest guckte noch immer selig auf die Mattscheibe.
»Ich hol dir eine Tasse Tee«, schlug Ivy vor, die nicht länger stillsitzen konnte.
»Himmel, tut das gut, verwöhnt zu werden«, erwiderte Ernest.
Es schien ihr noch gar nicht lange her zu sein, daß sie das junge Glück da oben beneidet hatte – den gutaussehenden jungen Ehemann und seine Frau, die die Hände nicht voneinander lassen konnten. Damals hatte Ivy das Gefühl gehabt, das Leben sei an ihr vorübergegangen, und sie hatte sich betrogen gefühlt angesichts dieser leidenschaftlichen Liebe. Jetzt sehnte sie sich danach, Lena, dieser guten Freundin, ein wenig von dem Frieden und der Sicherheit abzugeben, die ihr der Mann schenkte, den sie schon immer geliebt hatte.

Sie saß am Tisch. Mit der Hand auf ihrer Schulter hatte er sie dorthin geführt. Lena bezwang ihr Verlangen, sich an ihn zu klammern und ihn anzuflehen, sie nicht zu verlassen: Er könne diese andere Frau haben, das sei nicht wichtig, ganz egal, wer sie war; mochte sie auch eine Irin sein, mochte er sich auch ihretwegen in irischen Hotels nach einer Stellung umgeschaut haben. Er könne sie sehen, so oft er wolle, solange er nur bei ihr blieb und sie, Lena, seine Frau, nicht verließ. Denn das war sie – seine Frau. Das hatte er immer und immer wieder beteuert.
Alle Welt betrachtete sie als Mann und Frau. Also waren sie es auch. Doch keine Silbe kam über ihre Lippen. Sie saß nur da und wartete ab.
»Ich wollte nie, daß so etwas passiert, Lena«, sagte er.
Sie lächelte, etwas vage und verhalten, wie sie es oft in ihrer Arbeit tat. Dazu mußte man nur leicht die Muskeln anspannen –

sie wußte gar nicht, warum man das den Menschen nicht schon in der Schule beibrachte. Schließlich erweckte man so den Eindruck, ein guter Zuhörer zu sein: aufmerksam, interessiert, empfänglich.
»Wir sind immer vollkommen ehrlich zueinander gewesen.« Louis faßte nach ihrer Hand, die kalt war wie die seine. Anscheinend kostete es auch ihn viel Kraft.
»Ja, natürlich«, erwiderte sie.
Was meinte sie denn damit? Ehrlich zueinander waren sie doch beide nie gewesen. Er hatte sie mit weiß Gott wie vielen Frauen betrogen. Und ihr dabei ein Lügenmärchen nach dem anderen aufgetischt. Sie hatte ihn belogen, was den Kontakt zu Kit und dem Leben in Lough Glass betraf. Und dennoch saßen sie zusammen in einer Wohnung im Londoner Westen und taten so, als ob sie immer ehrlich zueinander gewesen wären.
»Nun ja, und deshalb muß ich dir etwas sagen ... ich habe eine andere kennengelernt. Eine, die ich wirklich liebe.«
»Aber du liebst doch mich«, erwiderte sie mit tonloser Stimme.
»Sicher, Lena, natürlich. Was ich für dich empfinde, ist etwas ganz Besonderes, und das wird sich niemals ändern.«
»Wir haben uns unser ganzes Leben lang geliebt«, sagte sie. Weder beschwörend noch anklagend. Sie stellte lediglich eine Tatsache damit fest.
»Genau das meine ich doch. Niemand kann oder wird je deinen Platz einnehmen. Was wir füreinander empfunden haben, war stark und gut und wichtig.«
Lena sah ihn an. Diese Phrasen hatte er offenbar für die Abschiedsszene auswendig gelernt.
»Aber ...?« fragte sie, um ihm das Stichwort zum Fortfahren zu geben.
»Aber ... ich habe dieses Mädchen kennengelernt ...« Das Schweigen konnte nicht länger als ein paar Sekunden gedauert haben, doch ihr kam es sehr lange vor, bis er weitersprach: »... Ich wollte nicht, daß es passiert, ich wollte, daß es mit uns so weitergeht wie bisher ... Aber du weißt ja nicht, wie sich diese Dinge

plötzlich entwickeln, man tut nichts dazu, sie passieren einfach …« Er wußte nicht mehr weiter.
»Sie passieren?« fragte Lena nach. Nicht ironisch, sie wollte nur, daß er weitersprach … um ihr am Ende zu eröffnen, daß er sie verlassen würde. Alles andere war nur unnötige Quälerei.
»Sie passieren …«, wiederholte er zögernd, als hätte er vergessen, daß er diese Worte gerade selbst gebraucht hatte. »Anfangs war es nur ein bißchen Spaß … vollkommen harmlos, weißt du … und dann wußten wir plötzlich … wir wußten, daß es ernst war.«
»Ernst …«, wiederholte sie ausdruckslos.
»Ja. Sie hatte noch nie jemanden geliebt … es dauerte eine gewisse Zeit, bis es ihr klar wurde …«
»Und du, Louis?«
»Nun, ich weiß, was Liebe ist. Deshalb war es einerseits leichter und doch auch wieder schwerer für mich, wenn du verstehst, was ich meine …« Lena nickte stumm.
»Und dann?« fragte sie.
»Dann ging es eben weiter. Wir verstrickten uns immer tiefer, und es kam der Punkt, an dem es zu spät war …«
»Zu spät?«
»Ja, denn nun wußten wir beide, daß es das war, was wir wollten … daß wir uns dem nicht entziehen können. Sie muß es niemandem sagen außer ihren Eltern … ich muß es dir sagen.«
Lena sah ihm ins Gesicht, das traurig war, weil er einem anderen Leid zufügen mußte. Dieses schöne, liebe Gesicht. Und plötzlich wußte sie, warum er es ihr erzählte, warum er sie nicht einfach verließ, um reumütig zu ihr zurückzukehren, wenn es nicht funktionierte. Die Erkenntnis ließ sie erschaudern.
»Sie ist schwanger, stimmt's?«
»Nun … wir sind beide glücklich darüber.«
Trotzig reckte er das Kinn, bereit zur Gegenwehr, falls sie sich abfällig über seine Liebe äußern sollte.
»Du bist glücklich?« Sie faßte sich an die Kehle.
»Wir sind stolz darauf und freuen uns. Ich wollte schon immer ein Kind … Lena, du hast Kinder, du weißt, wie es ist, wenn du

jemanden heranwachsen siehst, der ein Teil von dir ist ... eine neue Generation. Ich werde alt, ich möchte einen Sohn ... oder eine Tochter. Ich möchte als geachteter Mensch in meiner Heimat leben, in geordneten Verhältnissen, nicht ständig auf dem Sprung. Das weißt du. Das haben du und ich immer gewußt.«

Plötzlich sah sie klar, als würde sich ein Nebel lichten. Ungläubig starrte sie ihn an. Was hätte sie wissen sollen, worüber waren sie sich angeblich einig gewesen? Sie hatte ihm zuliebe Mann und Kinder verlassen, ihre Kinder, die sie liebte und tagtäglich vermißte, schon all die vielen Jahre lang. Und sie war schwanger gewesen mit seinem Kind und hatte es verloren. Als sie daraufhin trotzdem noch ein Baby gewollt hatte, war Louis dagegen gewesen: Es sei nicht der richtige Zeitpunkt.

Und nun, da ihre biologische Uhr abgelaufen war, entdeckte er, daß er gern Vater wäre. Und erwartete, daß sie Verständnis dafür aufbrachte. Ja, daß sie sich vielleicht gar für ihn freute! Louis Gray fehlte jede Spur von Gefühl. Und mit seinem Verstand konnte es auch nicht allzu weit her sein! Vielleicht war er ja einfach etwas beschränkt. Möglicherweise wiesen sein jungenhaftes Lächeln und die unergründlichen Augen nicht auf ein großes Herz hin, sondern täuschten nur über einen einfältigen Geist hinweg.

Konnte es tatsächlich wahr sein, daß er nur eine hohle Nuß war und sie das bis heute nicht gemerkt hatte?

»Sag etwas, Lena, bitte, sag etwas.« Seine Stimme schien von weit her zu kommen.

»Was würdest du denn gerne hören?«

»So unmöglich es vielleicht ist, aber am liebsten würde ich hören, daß du es verstehst.«

»Daß ich verstehe?«

»Und daß du mir verzeihst.«

Sie sah immer noch glasklar, hatte dabei jedoch das merkwürdige Gefühl, ein Fernrohr falsch herum zu halten und ihn am anderen Ende zu sehen – er schien sehr weit weg, ebenso wie seine Stimme.

»Nun gut«, erwiderte sie.

»Was?«

»Dann sage ich das eben.«
»Was?«
»Was du gerne hören willst. Ich habe Verständnis für das, was passiert ist, und verzeihe dir.«
»Aber du meinst es nicht so. Du sagst das nur, weil ich dich darum gebeten habe.«
»Jetzt hör aber auf, du kannst nicht alles haben! Hast du nicht erst heute morgen beim Weggehen gesagt: ›Ich liebe dich‹? Heute morgen erst. Das hast du doch wohl auch nicht so gemeint.« Sie sprach sehr ruhig.
»Doch, in gewisser Weise schon.«
Ja, in gewisser Weise hatte er das wirklich ernst gemeint. »Nun, dann meine ich es vielleicht auch in gewisser Weise.«
»Aber Lena, ist dir denn klar, daß dies das Ende für uns bedeutet? Ich meine, ich habe Mary Paula versprochen, daß ich es dir heute abend sagen werde. Wir werden nämlich nächstes Jahr heiraten.«
»Heiraten?«
»Ja. Hier in London. Ich mußte mir sogar von meiner Heimatgemeinde bestätigen lassen, daß ich ungebunden bin. Vom Pfarrer!«
»Ungebunden?«
»Na ja, er mußte unterschreiben, daß ich mit niemand anderem verheiratet bin.«
»Aha.«
»Ist alles in Ordnung, Lena?«
»Ja. Wie, hast du gesagt, heißt sie?«
»Mary Paula O'Connor. Ihr Vater ist Hotelier. Sie eröffnen gerade ein neues Hotel in Irland, und ich soll es leiten.«
»Mary Paula O'Connor? Eine Tochter von Fingers O'Connor?«
»Ja. Ich hätte nicht gedacht, daß du ihn kennst.«
»Und die ganze Familie kommt zur Hochzeit?«
»Sie kommen schon jetzt an Weihnachten.« Louis hatte keinerlei Probleme, sein zukünftiges Leben in allen Einzelheiten vor ihr auszubreiten. War er verrückt, im medizinischen Sinne wahnsinnig? Begriff er denn nicht, daß er damit ihr Leben in einen Scherbenhaufen verwandelte?

»Und du gehst noch heute abend?«
»Ja, sobald wir uns ausgesprochen haben.«
»Nun, das haben wir, oder nicht?« Sie blieb höflich und distanziert.
»Aber ich komme nicht mehr wieder. Du erinnerst dich doch, wie ich früher manchmal gegangen und dann stets wiedergekommen bin …?«
»Ach ja?«
»Du weißt, daß es so war. Nun, ich möchte nochmals zum Ausdruck bringen, wie traurig ich bin, daß ich dir all das sagen muß … du warst so gut, so verständnisvoll, und du hast in mehrfacher Hinsicht viel für mich aufgegeben …«
»Wir haben beide einiges für unsere Beziehung geopfert.« Lena machte es ihm wirklich leicht.
»Ja, das stimmt.«
Es stimmte *nicht*! Lena hätte es ihm am liebsten ins Gesicht geschrien. Denn Louis Gray hatte gar nichts geopfert. Als er keinen Penny mehr hatte und ganz allein in der Welt stand, hatte er sämtliche seiner Möglichkeiten durchgespielt und war dann bei ihr angekrochen gekommen. Wie konnte er es wagen, einen Schlußstrich zu ziehen … und dabei die Tatsachen völlig zu verdrehen?
»Du gehst jetzt wohl besser packen.«
»Oh, ich glaube nicht …«
»Oder holst du deine Sachen lieber morgen, wenn ich in der Arbeit bin?«
»Wäre das nicht besser … dann könntest du in Ruhe …«
»Ja, was?«
»Nun, aussortieren, was du behalten möchtest und was nicht.«
»Ich denke doch, daß du deine Kleider und persönlichen Dinge mitnehmen willst. Ich meine, was soll ich damit?«
»Gut. Und ich lasse alles da, was uns gemeinsam gehört hat, die Bilder und die Bücher und die Möbel.«
»Ja, ich denke, daß du dafür wohl keine Verwendung hast.«
»Und natürlich lasse ich dir das Auto.«

»Nein, Louis, das habe ich dir geschenkt.«
»Es ist ein Firmenwagen.«
»Nein, ich habe ihn für dich gekauft.«
Da traten ihm Tränen in die Augen. »Du mußt ihn behalten.«
»Nein, wirklich nicht. Ich gehe zu Fuß zur Arbeit.«
Schweigen. »Ich laß den Wohnungsschlüssel dann hier«, sagte er schließlich. »Wenn ich morgen gehe.«
»Du kannst ihn auch bei Ivy abgeben.«
»Nein, dann müßte ich zuviel erklären.«
»Irgend jemand wird es Ivy sowieso erklären müssen. Und sie würde sich freuen, wenn du ihr auf Wiedersehen sagst. Sie hat dich ziemlich gern.«
»Ich denke, ich lege ihn am besten auf den Kaminsims.«
»Nun, tu, was du für richtig hältst ...«
»Ich kann jetzt nicht so gehen.«
»Warum nicht?«
»Wir haben nicht richtig miteinander geredet ... nicht alles ausdiskutiert.«
»Doch.«
Er wollte noch mehr sagen, ach, wie gut kannte sie doch sein Gesicht. Und er wollte, daß sie ihm versicherte, sie würde nicht allzu schlecht von ihm denken. Daß sie ihm sagte, wie schön es mit ihm gewesen war. Am liebsten hätte er wohl gehört, daß auch sie jemanden kennengelernt hatte, den sie liebte, mit dem sie in eine neue Stadt ziehen, ein neues Leben anfangen würde ... Aber sie schwieg, und auch er sagte nichts.
»Ich hoffe, du ...« Er hielt inne.
»Ich auch«, nickte sie.
Dann ging er hinaus.
Sie starrte lange vor sich hin. Sie hoffte, daß sie nicht mehr leben würde, wenn Louis Gray diese Mary Paula O'Connor heiratete, das Mädchen, das seinen Sohn gebären würde.

Ivy sah, wie Louis Gray mit aschfahlem, tränenüberströmtem Gesicht das Haus verließ.

In dieser Nacht schlief sie schlecht, weil sie an die Frau da oben denken mußte. Immer wieder kam ihr der Gedanke, daß sie hinauf zu Lena gehen sollte, doch sie sagte sich jedesmal, daß Lena Gray über eine Menge Dinge hinweggekommen war, indem sie ihr Gesicht gewahrt hatte. Und daß es ihre Entscheidung war, ganz allein ihre, ob und wann sie die Maske fallen lassen wollte.

Am nächsten Tag kam ein Brief von Kit.
Ivy freute sich darüber. Dadurch hatte sie einen Vorwand, Lena abzufangen, als diese das Haus verlassen wollte. Doch als sie Lenas Gesicht sah, erschrak sie. Es schien, als sei alles Leben daraus gewichen.
»Danke, Ivy.« Lena steckte den Brief in die Handtasche. Auch ihre Stimme klang leblos.
»Du weißt, wo ich zu finden bin«, sagte Ivy.
»Ja, das weiß ich.«
Ivy stand in der Tür und sah ihr nach, wie sie die Straße entlangging. Ihr Schritt war schleppend, und während sie an der Ampel wartete, lehnte sie den Kopf gegen einen Laternenpfahl.

Im Büro gab es die übliche Aufregung, wie immer am Tag der Weihnachtsfeier. Die anderen hatten sich Kleider zum Umziehen mitgebracht.
»Diesmal werde ich beim Mittagessen ordentlich zulangen«, meinte Jennifer. »Einmal war ich nämlich ganz schön beschwipst, mir wurde ganz blümerant von all dem Wein. Aber dieses Jahr werde ich mir eine ordentliche Grundlage verschaffen.«
»Eine gute Idee«, nickte Lena beifällig.
»Ein Mr. James Williams hat hinterlassen, daß Sie ihn anrufen möchten, Mrs. Gray.«
»Danke.«
»Meine Mutter läßt Sie herzlich grüßen. Ich war gestern abend bei ihr«, richtete Jessie aus.
»Sehr lieb von ihr. Geht es ihr gut?«

Alle ihre Antworten wirkten verbindlich, aber ohne echte Anteilnahme. Um die Mittagszeit war jeder im Büro davon überzeugt, daß sich Mrs. Gray die Grippe zugezogen hatte, die gerade grassierte.
»Es wäre furchtbar schade, wenn sie die Feier heute abend verpaßt«, meinte Jennifer.
Letztes Jahr war ganz kurz Louis Gray aufgetaucht, um Lena abzuholen. Obwohl er nur fünf Minuten geblieben war, hatte er genug Eindruck gemacht, daß alle sich wünschten, ihn näher kennenzulernen.
Sie arbeitete den ganzen Vormittag in ihrem Büro und hatte sich ausgebeten, weder gestört zu werden noch Anrufe durchgestellt zu bekommen.
Dennoch klopfte die Empfangssekretärin an. »Mr. Williams hat schon wieder angerufen. Ich habe ihm versichert, daß Sie seine Nachricht erhalten haben. War das recht so?«
»Ja, ganz richtig. Vielen Dank, meine Liebe.« Eine höfliche Antwort, aber auch die unmißverständliche Aufforderung, sie wieder allein zu lassen.
»Wir fragen uns alle, ob Sie krank sind, Mrs. Gray«, sagte das Mädchen unvermittelt.
»Ich weiß nicht. Ich hoffe nicht, aber danke der Nachfrage.« Lenas Lächeln wirkte gequält.
Dann kam ein Anruf von Ivy. Manche Leute wurden immer zu Mrs. Gray durchgestellt, Ivy zählte dazu. »Lena, ich bin's bloß, Ivy. Tut mir leid, wenn ich störe, aber ich wollte dir sagen, daß Mr. Tyrone bereits hier war und schon wieder gegangen ist. Nur für den Fall, daß du vielleicht dein müdes Haupt zur Ruhe betten willst oder so.«
»Oh, vielen Dank, Ivy. Du mußt eine Hellseherin sein. Ich habe hier zwar noch eine Menge zu erledigen, aber vielleicht komme ich wirklich schon nachmittags.«
»Ja, tank ein bißchen Energie für die Weihnachtsfeier.«
»Ich fürchte, ich habe mir eine Grippe eingefangen. Ich werde wohl nicht dabei sein können.«

»Ich lege dir um vier Uhr eine Wärmflasche ins Bett.«
»Gott segne dich, Ivy.«
»Dich auch, Lena.«
Sie schickte nach Aspirin und bat um eine Tasse Tee und Zitronensaft.
»Nichts zu essen?« Jennifer war sehr mitfühlend.
»Nein, aber seien Sie so gut und halten Sie mir sämtliche Leute vom Leib. Ich versuche, hier mit allem fertigzuwerden, falls ich mich wirklich ein paar Tage mit Grippe ins Bett legen muß.«
Jennifer schien erleichtert, daß es eine physische Erklärung für Lenas Unwohlsein gab. Denn nachdem sie Lena an diesem Tag mehrmals aufmerksam gemustert hatte, hatte sie zunächst befürchtet, ihre abwesende, angespannte Miene könnte auf einen bevorstehenden Nervenzusammenbruch hindeuten. Prima, daß es nur eine Grippe war.
Lena ging sehr methodisch vor. In ihrer gut leserlichen Handschrift schrieb sie eine Notiz zu jeder Akte, die bearbeitet werden mußte. So empfahl sie, einem der Agentur freundschaftlich verbundenen Kunden einen beträchtlichen Preisnachlaß bei den Beratungsgebühren zu gewähren; bei einem notorisch säumigen Zahler merkte sie an, daß ein Rabatt keinesfalls in Frage komme. Sie arrangierte, daß alle ihre Termine und Vorträge in den nächsten zwei Monaten abgesagt wurden. Dann widmete sie sich den Gedächtnisstützen und Notizen in ihrem privaten Kalender: Rechnungen, die gezahlt werden mußten; Weihnachtsgeschenke, die es in jedem Jahr gegeben hatte und die daher auch diesmal erwartet werden würden.
Schließlich diktierte sie eine ausführliche Notiz, um Jessie zu unterrichten, was sie alles in die Wege geleitet hatte.
Gegen drei Uhr trat sie dann aus ihrem Büro und erklärte, sie hätte versucht, dagegen anzukämpfen, aber vergebens. Offensichtlich habe sie eine böse Grippe erwischt. »Ich werde mich von Ihnen allen fernhalten und hoffe, daß ich nicht schon jemanden angesteckt habe«, sagte sie.

Ihre Kolleginnen äußerten Besorgnis und meinten, daß sie tatsächlich angeschlagen aussehe.
»Soll ich vorbeikommen und nach Ihnen sehen?« bot Jessie an.
»Nein, nein, ich werde bestens versorgt.«
Alle betrachteten die elegante Mrs. Gray, deren glanzlose Augen in tiefen Höhlen lagen. Niemand konnte sich erinnern, daß sie jemals einen Tag gefehlt hätte. Wie schade, daß sie nun die Weihnachtsfeier versäumen würde.
In der Bank war Lena Gray wohlbekannt. »Entschuldigung, daß ich erst nach Schalterschluß komme«, sagte sie zu dem jungen Filialleiter.
»Gute Kunden wie Sie dürfen sich ruhig ein paar Freiheiten erlauben«, lächelte er.
»Schön, ich muß Ihre Zeit ein wenig in Anspruch nehmen. Es handelt sich darum, daß ich ein paar Wochen nicht hiersein werde. Ich muß also einiges Geld von meinem Privatkonto abheben.«
»Kein Problem, Mrs. Gray.«
»Und ich möchte eine Anweisung hinterlassen, weil ich die nächsten Wochen keine Schecks gegenzeichnen kann.«
»Wenn Mr. und Mrs. Millar unterschreiben, reicht das völlig aus.«
»Ich habe Ihnen ein diesbezügliches Schriftstück mitgebracht.«
»Bestens vorbereitet wie immer«, murmelte der Filialleiter bewundernd.
»Ja, ich hoffe es. Allerdings habe ich Mr. und Mrs. Millar bisher noch nicht davon in Kenntnis gesetzt, daß ich einige Zeit aussetzen werde, weil ich nicht weiß, wie lange es dauern wird ... bis ich wieder wohlauf bin ...«
»Müssen Sie ins Krankenhaus, wegen einer Operation?«
»Nein, nein, nur eine Unpäßlichkeit, die ich auskurieren muß. Und ich möchte, daß während meiner Abwesenheit alles glattgeht.«
»Natürlich ... ich verstehe.« Tatsächlich verstand er überhaupt nichts. Nur, daß die Frau, die diese Agentur praktisch allein führte, ihm einen Wink zu geben versuchte. Nämlich daß sie

irgendwann wieder das Heft in die Hand nehmen würde und er nicht zulassen sollte, daß die Millars in der Zwischenzeit die Agentur ruinierten.

Eine heikle Sache für einen Bankier.

Natürlich war es großartig, daß Frauen ihren Weg machten, aber – egal, was man auch darüber reden hörte – sie waren doch recht schwierige Kunden.

»Du hast wahrscheinlich keine Lust auf ein Gläschen?« fragte Ivy hoffnungsvoll.

»Nein, Ivy, wirklich nicht. Aber komm doch mit nach oben und unterhalte dich ein bißchen mit mir.«

Sie gingen zusammen in die Wohnung, und Lenas Blick glitt zum Kaminsims. Dort lag in einer kleinen Glasschale ein Schlüssel. Das Schälchen war neu, ein gutes Stück aus geschliffenem Kristall – eines seiner wenigen Geschenke in der ganzen Zeit, die sie zusammengewesen waren. Daneben lag eine schlichte weiße Karte mit dem Wort Danke.

Sie zerriß die Karte und reichte das Schälchen Ivy. »Da, gefällt es dir?«

»Das kann ich doch nicht annehmen.«

»Wenn du es nicht willst, landet es in der Mülltonne.«

»Na ja, es ist hübsch, natürlich nehme ich es. Ich werde es unten aufheben, bis du es wiederhaben willst.«

»Das kann ganz schön dauern«, meinte Lena. Sie öffnete den Schrank und zog ihre zwei Koffer heraus.

»Lena, nein! Nicht du auch noch«, rief Ivy aus.

»Nur für ein Weilchen. Ich komme zurück, Louis nicht.«

»Natürlich wird er zurückkommen. Es ist doch nicht das erstemal.«

»Nein.«

»Geh nicht weg. Wo willst du denn überhaupt hin, so kurz vor Weihnachten? Du hast doch sonst nirgendwo Freunde. Bleib hier, bleib bei mir.«

»Ich komme zurück, ich schwöre es.«

»Aber ich brauche dich an Weihnachten. Ernest und ich brauchen dich.«
»Nein, du hast nur Angst, daß ich mir etwas antun will. Gestern nacht habe ich mit diesem Gedanken gespielt, aber inzwischen bin ich darüber hinweg, ehrlich.«
»Eines Tages wirst du auf all das zurückblicken …«, setzte Ivy an.
»Ich weiß.« Sorgfältig legte sie ihre Kleider zusammen und steckte die Schuhe in Tüten. Da sie seit Jahren immer wieder ein paar Tage verreiste, um Vorträge zu halten und an Konferenzen teilzunehmen, war das Kofferpacken für sie zur Routine geworden.
»Wohin fährst du?«
»Ich weiß es nicht.«
»Du würdest mich auch nicht aus dem Haus gehen lassen, wenn ich sagen würde, ich weiß nicht, wohin ich fahre. Komm schon. Ich kann dich nicht so fortlassen.«
»Ich rufe dich an.«
»Wann? Heute abend?«
»Nein, in ein paar Tagen.«
»Ich laß dich nicht weg.«
»Ivy, du meinst es gut, aber …«
»Nichts aber … ist dir überhaupt klar, was du an mir hast? Ich stelle dir keine einzige Frage zu deinem Privatleben, ich bin heute nacht nicht hochgekommen, obwohl ich gesehen habe, wie er gegangen ist. Du wirst nirgendwo eine bessere Freundin finden als mich, also laß mich nicht so abblitzen.«
»Ich rufe dich heute abend an.«
»Und du sagst mir, wo du wohnst?«
»Ich schwöre es.«
»Gut, dann laß ich dich gehen.«
»Warum bittest du mich jetzt nicht mehr zu bleiben?«
»Du mußt in eine andere Umgebung … in diesen vier Wänden lauert überall die Erinnerung an Louis. Wenn ich wüßte, wann du zurückkommst, würde ich hier neu tapezieren lassen.«
Lena brachte ein schwaches Lächeln zustande. »Das ist zuviel des Guten.«

»Ich würde es wirklich tun, wenn ich überzeugt wäre, daß er nicht zurückkommt. Aber ich will nicht, daß er wiederkommt und seine Fingerabdrücke auf nagelneuen Tapeten hinterläßt.«

»Er kommt nicht wieder. Er heiratet.«

Ivy wagte es nicht, Lena in die Augen zu schauen, und blickte statt dessen zu Boden. »Nun, dann«, brummelte sie. »Neue Tapeten. Ein Blümchenmuster oder lieber Regency-Streifen?«

»Streifen«, erwiderte Lena, die in diesem Augenblick an die riesigen Sonnenblumen und die Paradiesvögel an Ivys Wänden denken mußte.

»Und heute abend vor Mitternacht, ja?«

»Ja, Mama«, versprach Lena.

Sie ging zur Victoria Station, obwohl sie nicht genau wußte, warum. Die andere Möglichkeit wäre Euston gewesen.

Von Euston aus fuhr man nach Irland. Und Lena wußte, daß eine solche Reise für sie gefährlich war. Nach Irland durfte sie nur, wenn sie gelassen und auf jede Eventualität vorbereitet war. Als sie die Abfahrtszeiten las, sah sie, daß in einer halben Stunde ein Zug nach Brighton ging; den würde sie nehmen. Sie würde am Pier, am Strand und auf der Promenade entlangspazieren. Wenn ihr der Regen ins Gesicht peitschte, würde sie sich erinnern, wie hoffnungsvoll sie sich die Zukunft ausgemalt hatten, als sie damals Louis' Kind trug. Und vielleicht gelang es ihr, einen Sinn in dem zu finden, was geschehen war. Und eine Vorstellung, was sie mit ihrem restlichen Leben anfangen wollte.

Für so viele Mädchen, die sich in der Agentur Millar vorgestellt hatten, hatte Lenas Rat den Scheideweg markiert; Lena hatte sie dazu gedrängt, ihr Leben selbst in die Hand zu nehmen, sich einer Aufgabe zu stellen und sich ein Ziel zu setzen. Nun mußte die legendäre Mrs. Gray eben ihr eigenes Schicksal meistern.

Sie saß in einem Café und beobachtete die Menschenströme, die in vorweihnachtlicher Geschäftigkeit vorbeizogen. Überall waren Leute von oder zu Weihnachtsfeiern unterwegs, andere waren vom Land gekommen, um einen Einkaufstag in der Stadt zu verbringen. Geschäftsleute gingen nach getaner Arbeit nach Hau-

se. Jeder von diesen Menschen führte sein Leben, ein Leben voller Glück und Enttäuschungen.
Als sie die Handtasche öffnete, um die Geldbörse herauszunehmen und ihren Kaffee zu bezahlen, fuhr sie zusammen. Da lag ja, noch immer ungeöffnet, Kits Brief. Es war das erstemal, daß sie einen Brief ihrer Tochter nicht baldmöglichst und mit Entzücken gelesen hatte. Doch heute war eben kein Tag wie jeder andere. Es war ihr nicht möglich gewesen, in Kits Welt einzutauchen, solange sie noch ihrer eigenen verhaftet war. Die Anonymität des riesigen Bahnhofs war jetzt die richtige Umgebung, um ihn zu lesen.

Liebe Lena,
ich hätte nicht geglaubt, daß ich traurig sein würde, so etwas über Louis zu lesen – daß Du befürchtest, es wäre aus und vorbei und daß er Dich vielleicht verläßt. Früher einmal hätte ich mich sogar darüber gefreut. Ich wollte, daß Du bestraft wirst, daß er Dich allein läßt, wie Du uns im Stich gelassen hast. Aber inzwischen empfinde ich anders. Ich würde mir viel, viel lieber vorstellen, daß er bei Dir ist und Ihr ein schönes Leben zusammen führt.
Vielleicht stimmt es ja gar nicht, daß er ans Fortgehen denkt. Es ist sehr schwierig herauszubekommen, was Männer wirklich denken. Nicht, daß ich in dieser Frage eine Expertin wäre, aber ich weiß, daß wir Stunden über Stunden in Frankies Wohnung, in Cafés und nach Vorlesungen über Männer geredet haben, was sie wohl denken und was sie wohl vorhaben … und am Ende stellt sich dann heraus, daß sie überhaupt nichts gedacht oder vorgehabt haben, absolut nichts. Ich schreibe Dir das nur, weil es Dich vielleicht tröstet.

Lena saß in dem Bahnhofscafé, und während das Leben und Treiben um sie herum weiterging, liefen ihr Tränen übers Gesicht. Aber sie wischte sie nicht weg, sondern las einfach weiter.
Kit schrieb von dem Ball, von den zahllosen Hindernissen, die Dan und Mildred O'Brien ihnen ständig in den Weg legten, und von ihrer Befürchtung, daß alle Gäste bis zum Beginn des Balls

schon so lange bei Paddles herumgelungert hätten, daß für das Central beim Getränkeverkauf nichts mehr heraussprang und alle betrunken waren und sich unmöglich aufführten.

Außerdem schrieb Kit über Stevie Sullivan, von seiner Kindheit und wie es war, keine Schuhe zu haben, weil der Vater das Geld versoffen hatte, das man dafür auf die Seite gelegt hatte. Heute trug Stevie Sullivan die teuersten Lederschuhe. Er trank auch keinen Alkohol, spielte nicht und arbeitete hart; natürlich hatte er sich, wie jeder wußte, mehr als eine Jugendsünde zuschulden kommen lassen.

Doch eine der wirklich gräßlichen Eigenheiten einer irischen Kleinstadt war es, daß man seine Vergangenheit niemals loswurde. Keinem war ein Neuanfang vergönnt. Für die Leute war er nach wie vor der Junge von Billy Sullivan, dem Trunkenbold. Und zudem ein ungestümer Bengel, der es mit jedem Mädchen weit und breit getrieben hatte. War es nicht seltsam, daß niemand sah, wie sehr er sich verändert hatte?

Als Lena das las, meinte sie sich selbst zu hören: Kit dachte von Stevie Sullivan wie sie einst von Louis Gray. Sie nahm ihn in Schutz und entschuldigte alles, gleichzeitig war sie taub für jede Kritik an ihm. Kit war die Tochter ihrer Mutter – und vor ihr lag derselbe Weg.

Lange saß Lena in dem Café, bis sie sich mit schmerzenden Gliedern aufraffte und in einen Zug an die Südküste Englands stieg.

»Ivy?«

»Wo steckst du, Lena?«

»In einer netten Pension in Brighton. Ruhig und gut geheizt.«

»Wie ist die Telefonnummer?«

»Hör mal …«

»Ich will sie nur wissen. Keine Angst, ich werde nicht anrufen. Ich will sie nur für mich haben, nicht deinetwegen.«

Die Nummer stand an der Wand neben dem Telefon. Lena las sie vor.

»Ein Mr. James Williams war hier und hat sich nach dir erkundigt.«
»Du hast ihm doch nichts gesagt?«
»Was glaubst du denn? Aber er hat in einem ganz besonderen Ton gesagt, daß ich dir – falls du mit mir Kontakt aufnehmen würdest – ausrichten soll, er werde an Weihnachten sehr einsam sein und würde sich freuen, wenn du …«
»Danke, Ivy … du bist ein wahrer Engel.«
»Hast du jemanden, mit dem du reden kannst?«
»Brauche ich nicht. Ich bin viel zu müde.«
»Na gut. Wann rufst du wieder an?« Sie vereinbarten, daß Lena sich in drei Tagen wieder melden würde. »Und dieser James Williams …?«
»Muß sich nach jemand anderem umsehen, der den Weihnachtsmann für ihn spielt.«
»Er wirkte sehr nett«, meinte Ivy.
»Gute Nacht.«
»Gute Nacht, Liebes. Schade, daß du nicht hier bist, nur zwei Stockwerke höher.«

»Louis, hätten Sie mal eine Minute Zeit?«
Louis sah von den Notizen auf, die er sich wegen des Besuchs bei den O'Connors gemacht hatte. Es war eine ziemlich schwierige Familie, die ständig ihre Pläne änderte. Zuerst wollten fünf kommen, dann vier; dann hieß es zwei und schließlich fünf an Weihnachten, aber nur drei an Neujahr. So hatte er seine liebe Not mit der Zimmerreservierung – als wäre er wegen der bevorstehenden Begegnung mit Mr. O'Connor nicht sowieso schon ein Nervenbündel.
Denn dieser wußte noch nichts von dem bevorstehenden freudigen Ereignis. Vielleicht brach er nicht gerade in Begeisterungsstürme aus, wenn er solche Neuigkeiten zu hören bekam, nachdem er seinen zukünftigen Schwiegersohn erst ein einziges Mal getroffen hatte. Obwohl Mary Paula Louis versichert hatte, daß sie sich von ihrem Vater nicht in ihr Leben hereinreden ließ, schon

seit Jahren nicht mehr. Sie war schließlich achtundzwanzig und damit erwachsen.

Louis wäre es viel wohler gewesen, wenn die Dinge anders gelegen hätten. Schließlich stand er altersmäßig ihrem Vater viel näher als ihr; und er hätte auch lieber zuerst seine Fähigkeiten als Hoteldirektor unter Beweis gestellt, ehe er seine Qualitäten als Vater zeigen mußte. Aber nun blieb ihm nichts anderes übrig, als auf Mary Paulas Worte zu vertrauen, daß die Dinge von selbst ins Lot kommen würden.

»Entschuldigung, James«, sagte er. »Ich werde heute anscheinend an allen Ecken und Enden gebraucht.«

Doch James starrte ihn nur finster an. »Lena ist heute nicht in der Arbeit.«

»Wie bitte?«

»Und sie ist auch nicht zu Hause. Ich war dort und habe mich bei der Vermieterin erkundigt.«

»James, ich verstehe nicht ...«

»Wo ist sie, Louis?«

»Keine Ahnung. Ich habe gestern abend mit ihr geredet, ihr alles gebeichtet. Und heute vormittag war ich dort und habe meine Sachen zusammengepackt und meinen Schlüssel dagelassen, wie wir es vereinbart hatten.«

»Was hat sie gesagt?«

»Ich glaube eigentlich nicht, daß Sie das etwas angeht.«

»Das glaube ich schon – wenn mein Wirtschaftsdirektor beschließt, eine andere Stellung anzunehmen und in ein anderes Land zu ziehen, und dann sagt: *Hoppla, ich habe ganz vergessen, es meiner Frau zu sagen.*«

»Sie ist nicht meine Frau. Das habe ich Ihnen doch gesagt.«

»Sie ist es, verdammt noch mal, wenn Sie jahrelang mit ihr zusammenleben und jedem weismachen, daß Sie verheiratet sind.«

»Sie kennen die Hintergründe nicht. Lena konnte nicht heiraten, sie war gebunden.«

»Na, da kann sie ja von Glück reden, so wie sich die Dinge entwickelt haben.«

»Hören Sie, ich weiß nicht, wieso wir überhaupt darauf gekommen sind …«
»Das kann ich Ihnen sagen – weil Sie sich benommen haben wie der letzte selbstsüchtige Mistkerl. Sie haben immer nur an sich gedacht, Louis, die ganze Zeit … immer nur ich, ich, ich.«
»Ich werde nicht hierbleiben und mir das anhören.«
»Nein, verdammt noch mal, das werden Sie nicht. Holen Sie Ihre Papiere und verschwinden Sie. Noch heute!«
»Weshalb?«
»Weil ich Ihr Gesicht nicht mehr ertragen kann. Sitzen Sie Ihre Kündigungsfrist woanders ab!«
»Das ist doch nicht Ihr Ernst, James.«
»Ich habe nie etwas ernster gemeint.«
»Sie lassen sich von persönlichen Gefühlen hinreißen, weil Sie immer schon eine Schwäche für Lena hatten. Das ist ganz und gar nicht professionell.«
»Sie haben Ihr Zeugnis schon gekriegt, Louis – diese Lobhudelei, die Sie geradewegs in Ihren neuen Job und als Schwiegersohn in die Arme dieses irischen Hotelmoguls gehievt hat. Also hauen Sie ab!«
Louis verzog sein hübsches Gesicht. Mit kalter, harter Miene sagte er: »Dieses Affentheater bringt Ihnen bei Lena auch keine Pluspunkte ein. Für sie waren Sie immer ein Langweiler. Jetzt wird sie Sie auch noch für kleinlich halten.«
»Bis spätestens heute mittag, Louis.« James Williams machte kehrt und war verschwunden.
Es bedurfte einiger Zeit und beträchtlichen Einfallsreichtums, aber Louis hatte viele Freunde und Bekannte im Hotelwesen. Und so machte er in einem anderen Hotel eine Suite ausfindig, wo er die O'Connors standesgemäß unterbringen konnte. Er würde die Sache zu seinem Vorteil wenden und behaupten, daß er das Dryden schon früher verlassen hätte, um sich ganz ihnen widmen zu können.
Natürlich mußte er jetzt ein komplettes Weihnachts- und Neujahrsprogramm für sie auf die Beine stellen. Er mußte überlegen,

was man alles unternehmen konnte. Flüchtig kam ihm sogar der Gedanke, Lena zu fragen; sie hatte immer prima Ideen und wußte immer genau das Richtige, egal bei welcher Gelegenheit.

War es nicht absurd, daß er automatisch an sie dachte? Aber nein, es war nur natürlich, schließlich hatten sie so lange zusammengelebt, daß es eben das Naheliegendste schien, sich bei dem anderen Rat zu holen. Er überlegte, ob es wohl stimmte, was James Williams gesagt hatte. Daß sie weder an ihrem Arbeitsplatz noch in der Wohnung in Earl's Court war.

Es klang unwahrscheinlich, denn Lena hatte doch sehr gefaßt reagiert. Als ob sie es gewußt hätte und sich in das Unvermeidliche fügte. Und eines war so sicher wie das Amen in der Kirche: daß Lena in jeder Krise wie festgenagelt an ihrem Schreibtisch in dieser blöden Agentur sitzen würde. Sie war mit der Agentur Millar mehr verheiratet, als sie es je mit einem Mann sein würde.

In allen Geschäften von Brighton lagen Weihnachtsgeschenke in der Auslage. Lena betrachtete Dinge, die sie gern für ihre Tochter gekauft hätte. Immerhin hatte sie eine ganze Tasche voller Geld bei sich. Sie hätte ihr ohne weiteres die Halskette mit den passenden Ohrringen in einer kleinen Spieldose kaufen können. Oder den eleganten Mantel, der ihrem Teint geschmeichelt hätte. Auch das Maniküreset in einem Etui aus echtem Leder gefiel ihr. Und das kleine Köfferchen mit dem eleganten zweifarbigen Besatz – ideal, um zwischen Dublin und Lough Glass hin und her zu pendeln.

Doch warum quälte sie sich? Sie würde ihrer Tochter nichts schicken.

Ihr stand ein Weihnachtsfest bevor, an dem sie mit niemandem Geschenke austauschen würde. An dem sie sich von jeder Kirche fernhalten mußte, damit ihr nicht der Klang der Weihnachtslieder Tränen in die Augen trieb. An dem sie auch nicht Radio hören durfte, damit die bewegenden Weihnachtssendungen ihr nicht allzusehr bewußtmachten, was sie verloren hatte.

Hohe Wellen brachen sich mit voller Wucht an dem langen Strand.
War das der gleiche Strand, den sie mit Louis entlanggeschlendert war, als sie sein Kind erwartete? Es schienen ihr zwei fremde Menschen in einem anderen Jahrhundert gewesen zu sein. Als sie damals hiergewesen war, hatte sie auf einen beleidigenden Brief von Martin gewartet, der vor Beschimpfungen und Schuldzuweisungen strotzte. Damals wußte sie nicht, daß man gerade den See von Lough Glass nach ihr absuchte.
Wenn sie das Rad der Zeit zurückdrehen könnte ...?
Doch das waren Hirngespinste. Sie konnte es nicht, und damit basta. Es war müßig zu überlegen, was sie getan hätte und was gewesen wäre. Vielmehr mußte sie darüber nachdenken, was es als nächstes zu tun galt. Sie wanderte den Strand entlang. Die Gischt sprühte ihr winzige salzige Tröpfchen ins Gesicht; ihr Haar wurde feucht und kräuselte sich. Und sie war blind für die Leute, die ihr nachblickten und sich fragten, warum eine so attraktive Frau bei diesem Wetter und zu dieser Jahreszeit, die Hände in den Taschen vergraben, ruhelos durch die Gegend lief, ohne der Welt um sich herum Beachtung zu schenken.
Dann gelangte sie zu einem Schutzdach und setzte sich, um an Kit zu schreiben. Diesmal schrieb sie auf einen Notizblock, ganz und gar nicht ihr üblicher Stil. Und sie las das Geschriebene auch nicht noch einmal durch wie sonst. Zurück in der Pension, steckte sie die Zettel sofort in einen Umschlag, klebte eine Briefmarke darauf und lief zum nächsten Briefkasten. Jetzt ging es ihr etwas besser, wie nach einer Aussprache mit einer guten Freundin.

Kits Herzschlag setzte kurz aus, als sie den Brief mit der Handschrift ihrer Mutter auf dem Tischchen oben im Flur liegen sah. Ihr Vater hätte die Schrift erkennen müssen. So hatte nur Mutter geschrieben. Aber anscheinend war es ihm nicht aufgefallen.
Es war der Tag vor Heiligabend. Kit und Philip waren gerade erst aus Dublin heimgekommen. Maura hatte das Haus ge-

schmückt. Allerdings ganz anders als Mutter, nicht mit Blattwerk, Efeu und Stechpalmenzweigen, sondern mit Papierschmuck und Lametta.

In allen Räumen sah es sehr festlich aus. Zahlreiche Weihnachtskarten standen auf dem Kaminsims und vor dem Spiegel, denn Maura schrieb und erhielt sehr viel mehr Weihnachtspost als Helen McMahon damals.

Angst packte Kit. Warum war ihre Mutter so unvorsichtig, hierher zu schreiben? Sie konnte es kaum erwarten, bis sie allein war und den Brief lesen konnte. Aber erst wollten sie alle zu Hause begrüßen. Emmet brachte ihr Gepäck nach oben, mitsamt der Schachtel, in der das extravagante neue Kleid lag, das sie sich von ihrem Schmerzensgeld geleistet hatte. Kit hatte ein Vermögen dafür ausgegeben und wollte nicht, daß irgend jemand es vor dem Ball zu sehen bekam; sonst wurde womöglich die Frage aufgeworfen, ob der Ausschnitt nicht etwas zu gewagt sei.

Clio hatte sie erzählt, daß sie es als echtes Schnäppchen bei einem vorweihnachtlichen Schlußverkauf erstanden habe.

»Vor Weihnachten gibt es keinen Schlußverkauf«, hatte Clio altklug erwidert. »Du entwickelst dich immer mehr zu einer verlogenen Geheimniskrämerin.«

Nun bot Maura ihr zum Aufwärmen einen Teller Suppe an, und Vater wollte ihr unbedingt sämtliche Neuigkeiten berichten. Sie erfuhr, daß der Vorstand des Golfclubs jetzt ohne Wenn und Aber den geplanten Silvesterball befürwortete. Aber Kit konnte es kaum erwarten, sich endlich von ihnen loszueisen. Schließlich fiel ihr als letzter Hort von Ruhe und Frieden das Badezimmer ein. Auf dem Wannenrand sitzend, las sie:

Meine liebe Kit,
ich wünsche Dir ein recht frohes Weihnachtsfest, in diesem wie in allen kommenden Jahren.
Über Deinen Brief habe ich mich sehr gefreut. Ich habe ihn in einem Bahnhof gelesen. Um mich herum waren alle Menschen mit sich und ihrem eigenen Leben beschäftigt. Sie fuhren weg, um sich mit anderen

zu treffen. Oder auch, um vor Leuten zu flüchten. Und ich saß mittendrin und las immer und immer wieder Deinen Brief.
Schön zu hören, daß Stevie es geschafft hat, seine schlimme Jugend zu bewältigen. Das muß ihm sehr viel Kraft gegeben haben. Dasselbe gilt natürlich für Dich. Auch Du hast in Deiner Kindheit viel erlebt, was Du nicht hättest erleben sollen. Und Du bist damit fertiggeworden. Du hast den Tod Deiner Mutter überwunden und die ganzen Gerüchte dazu. Du warst überzeugt, daß Deine Mutter Selbstmord begangen hat und in der Hölle schmort. Du bist ihrem Geist begegnet. Und all das hat Dich nicht aus der Bahn geworfen.
Ja, wahrscheinlich seid ihr in vielerlei Hinsicht füreinander geschaffen. Natürlich mache ich mir Sorgen um Dich. Das tut wohl jede Mutter. Obwohl ich vielleicht nicht das Recht dazu habe. Möglicherweise habe ich es schon vor langer Zeit verwirkt.
Lieb von Dir zu sagen, daß Louis vielleicht gar nicht vorhat, mich zu verlassen. Aber inzwischen hat er es getan. Er wird eine andere heiraten. Eine, die viel jünger ist als ich und ein Kind von ihm erwartet. Und so ist dieses Kapitel meines Lebens nun abgeschlossen.
Ich wollte Dir nur versichern, daß ich die Menschen, denen ich bereits soviel Leid zugefügt habe, nicht noch mehr verletzen werde. Womöglich glaubst Du ja, ich hätte jetzt den Boden unter den Füßen verloren. Wegen Louis. Mach Dir deshalb keine Gedanken. Ich werde keine alten Wunden aufreißen.
Das schreibe ich Dir, weil ich weiß, daß Dir das jetzt durch den Kopf geht. Und auch, weil ich das Verlangen spüre, nach Lough Glass zurückzukehren. Ich würde mir gern den Ball anschauen, den Ihr zusammen vorbereitet. Mir war, als könnte ich vielleicht von außen zusehen. Na ja, teilweise schreibe ich das alles wohl auch, um mir selbst einzutrichtern, daß ich keinesfalls fahren darf. Hoffentlich wird es ein großer Erfolg für Euch.
Friede, Kit, Friede und Glück. Das ist es doch, wonach wir letzten Endes alle streben. Oder?

Deine Dich liebende Mutter
Lena

Ungläubig starrte Kit auf den Brief. Er war völlig anders als Lenas bisherige Briefe. Diese abgehackten Sätze, diese merkwürdige Sprache. Und warum saß sie auf einem Bahnhof? Außerdem hatte sie den Brief an die Apotheke adressiert und mit »Deine Dich liebende Mutter« unterschrieben.
Louis hatte sie verlassen, er würde eine andere heiraten. Und damit wurde Lena nicht fertig.

Kit verhielt sich ganz normal. Keiner merkte, daß etwas nicht stimmte, da war sie ganz sicher. Sie packte Weihnachtsgeschenke ein, brachte Weihnachtskarten zu den Nachbarn und saß viele Stunden im Central Hotel, wo sie Philips Eltern freundlich anlächelte, während sie Listen schrieb und Zeitpläne erstellte. Geduldig ertrug sie Clios Gejammer über Anna, ihre Eltern, ihre Tante Maura und über Michael, der sie vor seiner Abreise nach London nicht einmal mehr angerufen hatte, um sich zu verabschieden.
Ihr blieb nichts anderes übrig, als bis zum Umfallen zu arbeiten. Wenn alles vorbei war, würde sie darüber nachdenken, wie sie Lena helfen konnte. Aber im Moment gab es nichts, was sie ihr sagen oder für sie tun konnte. Kit fühlte sich sehr allein.
An Heiligabend lag sie lange wach und stellte sich vor, wie ihre Mutter allein in dieser Londoner Wohnung im Bett lag. Wie gern hätte sie dort angerufen! Aber es war einfacher, Kontakt zum Mars aufzunehmen, als an Weihnachten von Lough Glass aus nach London zu telefonieren.
Und was, wenn Lena so durcheinander war, daß sie auspackte? Wenn sie der Anruf so aus dem Gleichgewicht brachte, daß sie Maura und Vater die Wahrheit enthüllte … was, wenn Emmet es erfuhr?
Kit lag im Bett und wünschte, sie könnte mit irgend jemandem darüber reden. Der einzige, der in Frage kam, war Stevie Sullivan. Doch es war nicht ihr Geheimnis, sie durfte es nicht preisgeben.

Die Angst ließ sie den ganzen Weihnachtstag nicht los, und im denkbar ungünstigsten Moment brach Kit in Tränen aus. Gerade,

als sich alle fertigmachten, um auf einen Sherry zu den Kellys hinüberzugehen und ihnen Geschenke zu überreichen.
Jeder wollte hin: Maura wegen ihrer Schwester, Vater wegen seines Freundes Peter, und Emmet, um seine geliebte Anna zu sehen … nur Kit wollte nicht gehen.
Aber sie hatte keine Wahl. »Ich komm gleich nach«, rief sie ihnen hinterher, als sie das Haus verließen. Sie brauchte nur ein wenig Zeit, um die Fassung wiederzugewinnen, damit sie den Kellys gegenübertreten konnte.
Sie spritzte sich kaltes Wasser ins Gesicht und ging aus dem Haus; an diesem Weihnachtsmorgen war ihr das Herz schwer wie Blei.
»He, warte auf mich.« Stevie Sullivan hatte gesehen, wie Kit aus dem Haus kam, und lief ihr hinterher. Sie drehte sich um. Das strahlende Lächeln auf seinem Gesicht zeigte, wie sehr er sich freute, sie zu sehen. »Du bist gar nicht vorbeigekommen, um mir frohe Weihnachten zu wünschen«, warf er ihr vor.
»Ich habe gedacht, ich sehe dich in der Messe.«
»Oh, ich war da. Ganz bescheiden im Hintergrund, weißt du. Ich wollte mich nicht ins Rampenlicht drängen.«
»Wahrscheinlich hast du da hinten Geschäfte abgewickelt«, neckte sie ihn.
Er musterte sie genauer. »Du hast ja geweint«, stellte er fest.
»O je, sieht man das? Das würde mir gerade noch fehlen, daß Clio mich jetzt ins Kreuzverhör nimmt.«
»Es fällt nur mir auf. Ich kenne dein Gesicht nun mal. Warum hast du geweint, Kit?«
»Das kann ich dir nicht sagen.«
»Kann ich dir irgendwie helfen?«
»Nein, Stevie, aber danke.«
»Wirst du es mir irgendwann erzählen?«
»Eines Tages, vielleicht.«
»Bis dahin hast du es längst vergessen.«
»Nein, bestimmt nicht. Ich werde nie vergessen, warum ich heute geweint habe.«

»Michael und Kevin haben einen Mordsspaß in London«, erzählte Clio. »Er hat gestern abend angerufen.« Man sah ihr an, wie sehr sie sich darüber freute.

»Wie ist denn seine Schwester?« fragte Kit.

»Keine Ahnung. Ich habe sie nur einmal getroffen.«

»Und der Mann, den sie heiratet?«

»Oh, der ist anscheinend schon uralt. Michael meint, er könnte ihr Vater sein.«

»Aber nett.«

»Scheint so.«

»Ein Lustgreis, der sich junge Liebe kauft?«

»Nein, ganz im Gegenteil. Michael sagt, er hat keinen Penny.«

»Und trotzdem wird er in diese vornehmen Kreise aufgenommen?«

»Ja. Er ist offenbar ein wahres Genie in der Londoner Hotelbranche.«

»Warum ist er dann nicht reich?« wunderte sich Kit.

»Was weiß ich«, meinte Clio. »Jedenfalls ist sie völlig vernarrt in ihn. Und Michael glaubt, daß sie vielleicht schwanger ist.«

»Nein!« Kit riß die Augen auf.

»Ja nun, die Hochzeit ist schon sehr bald. Niemand hat erwartet, daß es so rasch geht.«

»Wie heißt er denn?« Nicht, daß es Kit besonders interessiert hätte. Aber alles war besser, als Clios Fragen beantworten zu müssen.

»Louis. Romantisch, nicht? Louis Gray.«

Am Tag nach Weihnachten bat Kit Stevie, sie in die Stadt zu fahren.

»Aber alle Läden und Pubs haben zu«, meinte er erstaunt.

»Macht nichts.«

»Natürlich macht es was. Was für einen Sinn hat es, in eine verregnete Geisterstadt zu fahren? Bleiben wir bei diesem Wetter doch lieber zu Hause.«

»Bitte, Stevie. Ich verlange doch nicht viel.«

Er dachte nach. Es stimmte, Kit bat ihn nur selten um einen Gefallen. »Na gut, in Ordnung«, willigte er ein.
Er fragte nicht, warum sie von ihm Kleingeld haben wollte und in ein Hotel ging, um zu telefonieren. Er setzte sich an die Bar, trank ein Bier und beobachtete, wie Kit McMahon am anderen Ende der Halle in der Telefonzelle stand; sie fuhr sich nervös durchs Haar und wirkte sehr ernst. Da begriff Stevie, daß dies Sinn und Zweck der Fahrt durch den Regen gewesen war: Kit wollte mit jemandem telefonieren, den sie von zu Hause aus nicht anrufen konnte. Denn auch wenn sie vom Central Hotel aus telefoniert hätte, wäre der Anruf über Mona Fitz gegangen.
Aber er würde ihr keine Fragen stellen. Sie würde es ihm schon von selbst erzählen.
»Ivy Brown?«
»Ja, ja, wer ist dran?«
»Mrs. Brown, ich bin's, Kit McMahon. Wir haben uns mal kennengelernt. Erinnern Sie sich noch an mich?«
»Ja, natürlich.« Ivy klang besorgt. »Ist etwas passiert?«
»Könnte ich vielleicht Lena sprechen ...? Ich habe Ihre Nummer von der Auskunft bekommen ...«
»Tut mir leid, Kit, aber sie ist nicht hier ...«, erwiderte Ivy.
»Hören Sie, Ivy, ich *muß* sie sprechen, unbedingt. Es gibt furchtbare Neuigkeiten, die sie erfahren muß.«
»Nun, ich glaube nicht, daß sie noch mehr schlechte Nachrichten erträgt.«
»Ich weiß, wen er heiratet, dieser Schuft.«
»Kit, bitte ...«
»Ist doch wahr. Aber ich kann hier nicht weg, Ivy. Ich habe kein Geld, und außerdem stecke ich bis über beide Ohren in den Vorbereitungen zu einer Riesensache. Da kann ich die anderen nicht im Stich lassen. Doch ich muß unbedingt mit Lena sprechen. Sagen Sie mir, wo sie ist.«
»Erst war sie in Brighton, aber vorhin hat sie von einem Londoner Telefonhäuschen aus angerufen und gesagt, daß sie ein paar Tage wegfährt und sich an Neujahr wieder meldet.«

»Wohin will sie?«

»Das hat sie nicht gesagt.«

Es gab Reservierungen für einhundertachtundfünfzig Personen. Im Golfclub hatte man nie mehr als sechsundachtzig bewirtet. Und Philip O'Brien gestand Kit, daß er seit Heiligabend nicht mehr richtig geschlafen habe, höchstens zwei Stunden am Stück.

»Es wird einfach großartig werden«, sagte Kit.

»Ach, du willst mir nur Mut machen und was Nettes sagen.«

»Himmel, Philip, manchmal kannst du einem wirklich auf die Nerven gehen. Ich sage, was ich meine. Warum behauptest du also, ich wolle nur nett zu dir sein?«

»Weil du mit den Gedanken sonstwo bist«, erwiderte er. »Seit Weihnachten denkst du an etwas völlig anderes.« Kit schwieg.

»Habe ich nicht recht?« fragte Philip.

»Es gibt eine Menge, was mich beschäftigt, das stimmt. Aber trotzdem bin ich überzeugt, daß der Ball ein Erfolg wird.«

»Willst du mir nicht sagen, was dich bedrückt?«

»Warum?«

»Vielleicht kann ich dir helfen«, meinte Philip.

»Ich weiß nicht.« Kit zögerte. »Ich glaube nicht, daß ich es dir erzählen kann.« Warum hatte sie das Gefühl, daß sie dem unzuverlässigen Stevie Sullivan ihr Herz ausschütten und alles über ihre Mutter und deren tragisches Leben enthüllen könnte, dem guten, treuen Philip O'Brien gegenüber aber Stillschweigen bewahren müsse?

»Ich bin auf jeden Fall immer für dich da«, beteuerte er.

»Du bist ein wunderbarer Freund«, sagte Kit aus tiefstem Herzen.

»Sag noch einmal, daß es keine Katastrophe wird.«

»Philip, sie werden das ganze nächste Jahr davon schwärmen. Aber jetzt zurück an die Arbeit.« Kit schnappte sich ihr Klemmbrett, und dann widmeten sich die beiden den letzten Vorbereitungen.

Kit und Philip stimmten überein, daß jeweils sechzehn bis zwanzig Personen zusammen an einem Tisch sitzen sollten. Und auch, wenn sie Gäste aus Dublin erwarteten – die O'Connor-Brüder, Matthew (der unter der besonderen Beobachtung von Kevin O'Connor stehen würde, damit er sich nicht danebenbenahm), Frankie und andere –, mußte doch das Komitee mit Adleraugen darauf achten, daß nichts schiefging.

Kit war für das Essen zuständig und wies die Mädchen von der Klosterschule in ihre Pflichten als Bedienungen ein. Für alles, was mit dem Ausschank zu tun hatte, war Philip verantwortlich; er mußte sich um das Dekantieren des Weins, das Bierzapfen und den zügigen Getränkenachschub an den Tischen kümmern. Emmet sollte darauf aufpassen, daß die Leute nicht Tische und Stühle zusammenstellten und damit den Bedienungen den Durchgang versperrten. Er sollte jedesmal wie aus dem Nichts auftauchen, noch bevor das erste Möbelstück verrückt war.

Die Dekoration blieb weiterhin Annas Ressort. Wenn sich Stechpalmenzweige von den Gardinen oder den Weinflaschen mit den Kerzen lösten, sollte Anna sie sofort wieder befestigen. Zudem sollte sie umsichtig von Tisch zu Tisch gehen und sich von seinem ordnungsgemäßen Zustand überzeugen. Das war Anna sehr recht. Denn Stevie Sullivan saß nicht an ihrem Tisch, und so bekam sie Gelegenheit, dennoch mit ihm zusammenzutreffen.

Patsy würde ein Auge auf die Damentoiletten haben und darauf achten, daß immer genug Papierhandtücher und Seife vorhanden waren. Einer der unteren Räume war mit rosa Vorhängen, rosa-weiß gestreiften Möbelbezügen und geschmackvollen Blütenzweigen komplett neu gestaltet worden: Und die beiden so dringend benötigten neuen Toiletten waren mittlerweile installiert und betriebsbereit. Dafür hatte Kevin Walls Bruder gesorgt, der sogar an Heiligabend gearbeitet hatte, damit alles rechtzeitig fertig wurde.

Angesichts dieser Ausgabe hatten Philips Eltern schwerwiegende Bedenken geäußert. Andererseits aber freuten sie sich über die ungewohnte Aufmerksamkeit, die dem Hotel allseits zuteil wurde, so daß sie nicht allzu energisch protestierten. »Es ist wirklich an der Zeit, daß die Leute das Central als Hotel ernst nehmen«,

verkündete Mildred großspurig, als sich immer mehr Honoratioren anmeldeten, die bisher nicht zu ihrer Klientel gezählt hatten.
»Ich hab ja schon immer gesagt, daß dieses Haus irgendwann das Ansehen genießen wird, das ihm zukommt«, nickte Dan O'Brien. Daß er diesen Erfolg nicht zuletzt seinem Sohn und dessen Freunden zu verdanken hatte, erwähnte er mit keinem Wort.
Clio hatte an dem besagten Abend keine feste Aufgabe. Man kam überein, daß sie sich um die Dubliner Gäste kümmern und dafür sorgen sollte, daß an ihrem Tisch alles glatt lief und daß das ständige Kommen und Gehen an ihrem Tisch nicht störend wirkte.
»Aber wir werden nicht nur mit Leuten von unserem Tisch tanzen, oder?« erkundigte sich Anna.
Emmets Gesichtsausdruck bei diesen Worten gab Kit einen Stich.
»Nein, ich finde es auch besser, das nicht festzulegen«, meinte sie.
Natürlich ging das nicht. Stevie Sullivan hatte für ein paar seiner Kunden einen Tisch reserviert. Es würden viel mehr Männer als Frauen dasein.

Nachmittags sahen sich Kit und Philip gemeinsam um. »Wir haben es geschafft«, strahlte sie.
Die Tische waren festlich gedeckt, und die mit Pflanzen dekorierten Wände vermittelten den Eindruck, als fände das Ereignis unter freiem Himmel statt. Kurz bevor die ersten Gäste eintrafen, wollten sie die Kerzen entzünden.
Inzwischen waren auch die Mädchen aus der Klosterschule erschienen und hatten ihre Servierkluft inspizieren lassen: Jede von ihnen trug eine weiße Bluse, einen marineblauen Rock und ein besticktes Schildchen mit den Initialen CHL für Central Hotel Lough Glass. Kit hatte darauf bestanden, daß die Mädchen, denen das Haar ins Gesicht fiel, Spangen oder ein Haarband trugen.
Wieder und wieder hatte sie mit ihnen geübt, was im Falle eines Mißgeschicks zu tun war. Wenn jemand ein Tablett fallen ließ, wollte sie weder Gekicher hören noch nervöses Gezappel sehen; unter mehreren Tischen lagen, verborgen von den langen Tisch-

decken, Kehrschaufeln und Handfeger. Und dann mußten die Mädchen die verschiedenen Gerichte aufsagen, sie paukte die Namen mit ihnen ein: *Hors d'oeuvres,* sagt es mir nach, nein, sagt es noch einmal, und jetzt jede einzeln.

»Wie nennt man die Vorspeise?«

»Hors d'oeuvres.«

»Schon sehr viel besser.«

»Geht jetzt nach Hause«, meinte Philip. »Ihr seht alle großartig aus. Kommt um halb sieben genauso prima ausstaffiert wieder her.«

Kichernd gingen sie hinaus

Da brüllte Kit ihnen hinterher: »Wie nennt man die Vorspeise?«

»Hors d'oeuvres«, riefen die sechs Mädchen im Chor.

»Und was sind die Hauptgänge?«

»Estragon-Hühnchen und Rinderbraten in Rotweinsoße.«

»Glänzend. Was gibt's zum Nachtisch?«

»Sherry-Trifle oder Apfelkuchen mit Eiskrem.«

»Dürfen die Leute so oft Nachschlag holen, wie sie wollen?«

»Ja. Und sie dürfen auch so viel nehmen, wie sie wollen.«

»Kichert nicht, wenn ihr das erklärt«, ermahnte sie Kit. »Die Gäste wollen sich wohlfühlen, deshalb müßt ihr sie ernst nehmen.« Die Mädchen betrachteten sie ehrfürchtig. »Philip und ich lernen diese Dinge auf der Hotelfachschule.« Die Mädchen sollten nicht denken, daß Kit sie nur schikanieren wollte.

»Und ihr bekommt das alles gratis beigebracht«, fügte Philip hinzu.

Die Mädchen strahlten sich an. Er würde Kit nie genug für ihre Hilfe danken können.

»Ich habe ein kleines Ansteckbukett für dich besorgt«, sagte er. »Es liegt im Kühlschrank, damit es frisch bleibt. Nur als kleines Dankeschön unter Freunden.«

»Du bist ein wirklich guter Freund«, erwiderte sie und schlang ihm die Arme um den Hals.

Als Philip spürte, wie ihr Busen sich gegen seinen Körper drückte, mußte er sich sehr beherrschen – sonst hätte er Kit fest an sich gepreßt und sie auf den Mund geküßt. »Du auch«, antwortete er und bemühte sich dabei, ganz normal zu klingen.

Das Dublin-Kontingent traf gegen sechs Uhr abends in drei verschiedenen Autos ein. Zu diesem Zeitpunkt war die Bar schon einladend erleuchtet, und Philip ließ sie als erste von dem Glühwein kosten. »Wenn euch das umhaut, wissen wir, daß wir es den echten Gästen nicht servieren dürfen«, sagte er.

Kevin O'Connor musterte ihn überrascht. Das war nicht der stille, zurückhaltende Philip, den er aus der Schule kannte. Und das Hotel war alles andere als eine Bruchbude, wie Michael behauptet hatte, der neulich daran vorbeigefahren war. Das grün überwucherte Gebäude mit den geschmackvollen Pflanzenkübeln vor dem Eingang und den schicken Neujahrs-Dekorationen wirkte ziemlich elegant.

Auch ihre Zimmer waren sehr viel wohnlicher, als man ihn glauben gemacht hatte. Kevin teilte sich ein Zimmer mit seinem Freund Matthew, auf den er aufpassen würde. Warum auch hätte er mit seinem Zwillingsbruder zusammenwohnen sollen? Der würde sich zu fortgeschrittener Stunde nur mit Clio Kelly amüsieren wollen. Daß Michael mit *seinem* Mädchen aus Lough Glass so einen Glücksgriff getan hatte, ging Kevin bis heute nicht in den Kopf.

»Ist ja ein prima Schuppen«, lobte Kevin, und die anderen nickten.

»Danke«, nahm Philip das Kompliment selbstbewußt entgegen. Er hatte seine Eltern gebeten, erst später auf der Bildfläche zu erscheinen; sie sollten um halb acht – wenn die Feier begann – in die Bar kommen und die Gäste begrüßen. Und nun fühlte er, wie ihn eine bisher nicht gekannte Erregung erfaßte. Sein Traum würde wahr werden. Heute abend nahmen seine Karriere und sein seit langem gehegter Plan, Kit McMahon zu heiraten, konkret Gestalt an.

Kit hatte ihren Vater und Maura gebeten, unter den ersten Gästen zu sein.

»Eigentlich wollte ich vorher mit Peter auf ein Bier zu Paddles gehen«, wandte Martin ein.
»Trinkt es doch an der Bar.«
»Da ist es so ungemütlich …«
»Warte ab, du wirst heute abend Augen machen«, prophezeite Kit. Maura sah phantastisch aus in ihrem schwarzen Kleid mit den schwarzen Chiffon-Ärmeln.
»Eigentlich würde ich lieber ohne Mantel gehen, aber wahrscheinlich friere ich mich auf dem Weg dorthin zu Tode …«
»Ach, die paar Meter«, redete Kit ihr zu. »Es wäre schade, wenn man von deinem prachtvollen Anblick nichts zu sehen bekäme.«
»Sei vernünftig, Maura, und zieh den Mantel über. Sonst holst du dir noch eine Lungenentzündung.«
»Lilian trägt eine Stola, aber ich sehe mit so etwas immer wie ein Waschweib aus«, meinte Maura geknickt.
»Vater, darf ich dich mal was fragen?« Martin wirkte überrascht. »Erinnerst du dich noch an die Pelzstola von Mutter, die wie ein kurzes Cape geschnitten war?«
»Ja, ich glaube schon. Warum?«
»Mutter hat sie so selten getragen, daß ich dachte, du hättest sie vielleicht vergessen. Die Stola liegt in einer Schachtel in meinem Kleiderschrank, falls ich sie einmal tragen will. Doch ich glaube nicht, daß sie mir steht, ich würde sie lieber Maura geben.« Kit wußte, daß sie gefährliches Terrain betrat. Denn sie hatten noch nie über Mutters Sachen gesprochen.
»Das ist sehr lieb von dir, Kit, aber ich glaube wirklich nicht …«
»Warte, ich hole sie mal … ich darf doch, Vater?«
»Kind, sie gehört dir, und es würde mich freuen, wenn sie Maura gefällt. Ja, das würde mich wirklich freuen.«
Kit war im Nu zurück. Das kleine Cape mit der Schnalle lag in Seidenpapier eingeschlagen in einer Schachtel. Es roch leicht nach Mottenkugeln. Und obwohl die Stola altmodisch geschnitten war, würde Maura bestimmt elegant damit aussehen. Kit drapierte sie um die Schultern ihrer Stiefmutter und betrachtete die Wirkung. »*Bezaubernd* … komm und schau in den Spiegel.«

Ja, sie sah wirklich schick aus – und als wäre sie eigens für Maura gemacht. Leider hielt die Schnalle nicht. »Aber ein schwarzes Band wirkt sowieso viel besser«, meinte Kit geistesgegenwärtig. »Ich habe welches in meiner Kommode.«
Als sie wiederkam, hielten Maura und ihr Vater Händchen, und Tränen schimmerten in Mauras Augen. Hoffentlich war nichts schiefgegangen. »Ich habe gerade gesagt, vielleicht sollte ich sie lieber doch nicht tragen. Falls sich jemand daran erinnert, wie Helen sie trug ...«
»Ich habe Helen nie damit gesehen, nicht ein einziges Mal.«
»Hast du sie ihr gekauft, Vater?«
»Ich kann mich nicht daran erinnern. Nein, sie muß sie schon gehabt haben, obwohl ich mich auch nicht erinnere, daß sie die Stola früher einmal umhatte. Und ich fände es sehr schön, wenn du sie tragen würdest, meine liebe Maura.«
»Vielleicht hat sie sehr an ihr gehangen?« Maura war noch nicht überzeugt.
»Das kann nicht sein, sonst hätte sie ...« Kit hielt erschrocken inne. Beinahe wäre ihr herausgerutscht, daß sie die Stola doch sonst mit nach London genommen hätte.
»Sonst hätte sie was ...?« Maura schaute sie fragend an.
»Sonst hätten wir sie doch mal damit gesehen ... Hier, laß mich das Band einziehen. Damit wirst du die Ballkönigin.«
»Wann ziehst du dich eigentlich um?«
»Ich hab mein Kleid unten im Hotel, damit ich mich erst noch um die Küche kümmern kann.«
»Stört es den Meisterkoch nicht, wenn du ihm ins Handwerk pfuschst?«
»Ich glaube kaum, daß man Con Daly als Meisterkoch bezeichnen kann, beim besten Willen nicht ... selbst Koch ist schon ein bißchen hoch gegriffen. Und er ist so froh über unsere Unterstützung, daß er uns vor Dankbarkeit fast die Füße küßt.«
Emmet kam herein und wollte seine Fliege gebunden haben. »Du solltest eine Freundin haben, die so was für dich tut«, meinte Maura, während sie fachmännisch die Schleife band.

»Ach, bis ich mal Zeit habe, mich mit Mädchen zu befassen, vergehen noch Jahre«, erwiderte Emmet.

Kit fing seinen Blick auf und lächelte.

»Sehr vernünftig«, lobte Martin McMahon. »Unser Land wäre in besserer Verfassung, wenn jeder so denken würde.«

»Ich sehe euch dann im Hotel«, rief Kit und war auf und davon.

Im Obergeschoß des Hauses gegenüber klopfte Stevie Sullivan an eine Fensterscheibe. »Kommst du hoch und hilfst mir beim Anziehen?«

»Geht leider nicht«, rief sie zurück. »Ich bin schon fünf Minuten zu spät dran, und dabei ist der Schlachtplan bis auf die Sekunde ausgetüftelt. Größtenteils auch noch von mir.«

»Du hast dich aber nicht gerade in Schale geworfen«, bemerkte Stevie enttäuscht.

Kit trug ihren Dufflecoat und ein Kopftuch, das die großen Lockenwickler in ihrem Haar verbarg. »In Schale ... was für eine treffende Beschreibung ... bis später dann.«

Er sah ihr nach, wie sie ins Hotel hineinstürmte. Man erkannte das Central nicht wieder, so herausgeputzt war es mit den eleganten Pflanzenkübeln, dem zugeschnittenen Efeu und dem glitzernden neuen Schild, das ebenso wie die große alte Eiche vorteilhaft angestrahlt war.

Komisch, daß Kit das nackte Verlangen in Philip O'Briens Gesicht nicht bemerkte. Denn Kit war nicht herzlos, sie würde keine koketten Spielchen mit ihm treiben. Nein, sie sah einfach nicht, daß der junge O'Brien vom Hotel bis über beide Ohren in sie verliebt war.

Kit schlüpfte in die Küche. Denn sie wollte sich nicht zu der lärmenden Gruppe an der Bar gesellen, wo Matthew die anderen noch übertönte. Auf keinen Fall durfte sie vergessen, Kevin daran zu erinnern, daß er Matthew den Abend über nicht aus den Augen lassen durfte.

In der Küche war es viel zu heiß; sie öffnete ein Fenster, doch der Luftzug fegte fast ein Regal leer. »Stellt einen Stuhl vor die Tür, damit sie offenbleibt«, ordnete sie an.

»Ja, genau, ich mach' das schon«, erklärte Con Daly, der in makellosem Weiß erstrahlte. Und dabei hatte er zu manchen Zeiten ausgesehen, als habe ihm jemand gerade den Inhalt von mindestens fünfunddreißig Tellern übergekippt.
Die jungen Bedienungen standen kichernd vor Aufregung beisammen. Kit runzelte die Stirn. Wie oft hatte sie ihnen schon eingeschärft ... aber als sie und Clio jung waren, hatten sie da nicht drei Jahre lang kaum etwas anderes getan als gekichert? Wie hätten sie sich verhalten, wenn man sie gebeten hätte, bei den O'Briens auszuhelfen?
»Hört mal zu«, sagte sie zu den Mädchen. »Ich weiß, daß ihr uns für ziemlich alt und wahrscheinlich für verrückt haltet, deshalb will ich euch erklären, was wir uns vorgenommen haben. Wir wollen beweisen, daß wir es genauso gut oder sogar noch besser machen können wie die Erwachsenen. Denn die Erwachsenen halten auch uns noch für Kinder ... gerade deshalb müssen wir so geschniegelt aussehen. Und deshalb müssen wir die Vorspeise fehlerfrei aussprechen können.«
»Hors d'oeuvres.«
»Wir müssen erklären können, was Estragon ist ...«
»Ein Gewürz in der Soße«, antworteten sie.
»Doch vor allem müssen wir ihnen zeigen, daß ihr richtige Bedienungen seid, nicht einfach nur Schulmädchen. Und aus irgendeinem Grund, ich weiß nicht, warum, wirkt es nicht professionell, wenn ihr lacht und herumalbert. Wir können uns vor Lachen kugeln, wenn der Abend vorbei ist. Übrigens hat Philip versprochen, daß es vier Shillinge extra für jede von euch gibt, wenn er kein Gekicher hört.« Das war eine beträchtliche Summe. Ungläubig sahen sie einander an. »Aber das gilt nur für alle oder keine. Beim ersten Kichern ist das Geld flöten, verstanden?«
Sie nickten mit ernsten Gesichtern und vermieden es, sich anzusehen.
»Gut«, meinte Kit. »So, was wollte ich jetzt noch tun?«
»Dich umziehen, wahrscheinlich«, schlug eines der Mädchen vor.

Die anderen liefen rot an, doch keine platzte heraus. Der versprochene Gehaltszuschlag tat seine Wirkung.
Sie nahm das scharlachrote Kleid vom Bügel. Philip hatte ihr angeboten, sich in seinem Zimmer umzuziehen; er hatte eigens aufgeräumt und da und dort Dinge plaziert, die ihn in einem vorteilhafteren Licht erscheinen lassen sollten: Bücher, die er nie gelesen hatte, saubere Handtücher, und eine teure, nie benutzte Seife.
Das Kleid saß wie angegossen. Da es keine Träger hatte, konnte sie keinen Büstenhalter darunter tragen, was dank des perfekten Schnittes aber auch nicht nötig war. Während sie in ihrem Unterrock dastand und sich an Philips Waschbecken wusch, musterte Kit im Spiegel ihr Gesicht. Sie war nicht mit dem Herzen bei dem heutigen Fest. Wie gern hätte sie Lena angerufen und mit ihr geredet.
Zudem forderte die viele Arbeit ihren Tribut. Sie sah blaß aus und erschöpft. Dabei mußte sie die sich heute abend bietende Gelegenheit beim Schopf packen. Das war doch der Sinn des Ganzen! Diese kleine Giftschlange Anna, deren lindgrünes Abendkleid von Brown Thomas stammte und Berichten zufolge einfach umwerfend war, durfte keinen Fußbreit an Boden gewinnen. Kit hatte sich doch nicht all die Mühe gemacht und dieses Hotel aufgemöbelt, nur damit Philips Eltern sich auf den Lorbeeren ausruhen konnten. Nein, sie hatte sich den richtigen Rahmen schaffen wollen, eine Bühne, damit Stevie Sullivan ihr vor aller Augen den Hof machte.
Sie mußte die verschlagene kleine Anna Kelly ausstechen, so daß sie sich unter Tränen in die Arme des braven Emmet warf, der sich selbstverständlich ihrer erbarmen würde. Kit hatte ein Versprechen gegeben, das sie unbedingt halten wollte. Doch inzwischen ging es ihr um weit mehr als das – um etwas, was sie von sich aus wollte, ja beinahe schmerzlich begehrte.
Als Kit ihren Auftritt hatte, war bereits eine beträchtliche Gästeschar versammelt, doch Stevie und seine Kunden ließen noch auf sich warten. Obwohl sie den Saal gründlich nach ihnen absuchte,

konnte sie die Gruppe nirgends entdecken. Also ging sie zu ihrem Vater und Maura hinüber, die mit den Kellys beisammenstanden. Maura trug noch immer die Pelzstola.

»Wie elegant«, hatte Lilian bereits bewundernd bemerkt; der neidische Unterton war Maura nicht entgangen.

»Danke. Ich laß sie noch ein bißchen an, denke ich. Denn ich kann mir nicht vorstellen, daß die O'Briens wirklich genug eingeheizt haben«, flüsterte Maura.

»Ich habe dich bis jetzt noch nie damit gesehen.«

»Es gibt selten einen entsprechenden Anlaß«, erwiderte Maura. Sie hatte sich entschieden, ihre Schwester nicht einzuweihen, daß das gute Stück einst Helen gehört hatte. Und ganz offensichtlich hatte Lilian die Stola noch nie zuvor gesehen. Was für eine merkwürdige Frau mußte diese Helen McMahon gewesen sein, daß sie ein so hübsches Kleidungsstück nie getragen hatte.

»Ich hätte den Saal beinahe nicht wiedererkannt, Kit.« Entzückt sah ihr Vater sich um. »Ich muß dich demnächst mal an die Apotheke ranlassen.«

»Gut, solange du dich nicht alle zwei Minuten über die neuen Löcher in der Wand aufregst wie Mildred O'Brien«, flüsterte Kit. »Ihr blödes Gemäuer stürzt fast ein, weil überall der Schwamm drinsitzt, aber sie kreischt: *Nicht zu viele Nägel, bitte nicht zu viele Nägel.*«

Mildred stand wie eine königliche Hoheit neben dem Kamin und nahm Komplimente entgegen. »Nun, das alte Gebäude hat eben einen gewissen Charme«, erwiderte sie bescheiden, als hätte das Central schon immer so ausgesehen.

Dann ging Kit hinüber zu Clio und den O'Connors. Clios cremefarbenes Kleid mit den Rosenknospen am Ausschnitt war zwar hübsch, aber nicht gerade aufregend. In der Menge würde sie nicht herausstechen – ganz im Gegensatz zu Kit in ihrem scharlachroten Kleid oder zu Anna in ihrem lindgrünen. Da Clio dies allmählich dämmerte, zog sie eine Schnute.

»Willkommen in Lough Glass«, begrüßte Kit die Gruppe.

»Du siehst *umwerfend* aus«, sagte Frankie Barry.

»Danke, zumindest falle ich auf. In London würde man mich für einen Briefkasten halten.«
»Oder für einen Bus«, meinte Clio. Alle sahen sie erstaunt an. »Die sind auch rot«, erklärte sie lahm.
»Ja, natürlich«, lächelte Kit. »Wie war's denn in London?« fragte sie die O'Connor-Zwillinge.
»Fabelhaft ...«, antwortete Michael.
»Keine dort könnte dir das Wasser reichen, Kit«, meinte Kevin.
Clio blickte säuerlicher drein denn je.
Doch Kit schien nichts davon zu bemerken. »Erzählt mir vom Verlobten eurer Schwester. Ist er soweit in Ordnung?«
Warum hatte *sie* nicht danach gefragt, haderte Clio mit sich. Kit flogen immer alle Herzen zu. Obwohl sie Kevin O'Connor nicht ausstehen konnte, hing er an ihren Lippen.
»Doch ja, ganz in Ordnung«, erzählte Kevin. »Natürlich ist er ziemlich alt und so, aber ein netter Kerl. Man kann verstehen, warum sie ihn mag. Er hat uns in seinem Auto in London herumkutschiert ... wir waren überall, an den Docks, in Covent Garden ... er hat richtig den Fremdenführer gespielt.«
»Aber mußte er denn nicht arbeiten?« fragte Kit.
»Es war doch Weihnachten.«
»Aber ist das denn nicht der große Nachteil in der Hotelbranche, daß wir auch an Weihnachten arbeiten müssen?«
Kevin sah Michael an. »Das stimmt. Vielleicht hatte er sich freigenommen?«
»Ich glaube eher, er hatte in seinem Hotel bereits gekündigt. Schließlich heiraten sie bald, sehr bald sogar, wenn ihr wißt, was ich meine.« Michael stupste Clio in die Seite.
Woraufhin Clio noch mehr verstimmt war. Kit aber erkundigte sich interessiert: »Und werdet ihr zur Hochzeit wieder alle hinfahren?«
»Nein, die beiden kommen her. Die Feier findet in Dublin statt.«
Kit hätte gerne noch gefragt, ob sie seine Familie kennengelernt hatten und was er bis jetzt gearbeitet hatte. Am liebsten hätte sie diese beiden strohdummen O'Connors am Kragen gepackt und

die Antworten aus ihnen herausgeprügelt. Und dann hätte sie ihnen erzählt, daß Mary Paula auf einen Lügner und Hochstapler erster Güte reingefallen war. Und daß sie ihnen Geschichten über ihren zukünftigen Schwager und seine Seitensprünge auftischen könnte, bei denen ihnen ihr pomadenverklebtes Haar zu Berge stehen würde.

»Ist das eine neue Uhr, Clio?« fragte sie statt dessen.

Denn Clio hielt ihr Handgelenk so verdreht, daß es die Blicke einfach auf sich ziehen mußte. »Ja, Michael hat sie mir geschenkt«, lächelte sie affektiert.

»Wie hübsch«, sagte Kit, und alle bewunderten das Ührchen.

Nächstes Jahr würde es dann der Verlobungsring sein. Denn so lauteten die Regeln der Balz. Mit der Uhr fing es an. Kit betrachtete Clio mit neuen Augen. Ja, Clio würde Michael O'Connor heiraten. Schon bald war Clio eine Schwägerin von Louis Gray.

Mrs. Hanley war voll des Lobes über die glänzende Arbeit der jungen Leute. »Und meine Patsy war von Anfang an dabei«, erzählte sie Mrs. Dillon vom Zeitungsladen. »Mich wundert, daß Ihre Orla nicht mit von der Partie war.«

»Nun, meine Orla führt natürlich jetzt ihr eigenes Leben, wo sie doch verheiratet ist und so abgeschieden auf dem Lande lebt.«

»Sie kommt wohl heute abend nicht?« fragte Mrs. Hanley.

»Wer weiß«, erwiderte Mrs. Dillon kühl und verschwand.

Sie hatte ihrer Tochter Orla klipp und klar gesagt, daß sie sich ja nicht allein beim Ball des Golfclubs blicken lassen sollte. Entweder sie käme mit ihrem Mann und seiner Familie oder gar nicht. »Dieser Haufen weiß doch nicht mal, was ein anständiger Ball ist«, hatte Orla erwidert. »Und wenn ich Lust dazu habe, komme ich auch allein. Sie werden sich darum reißen, mit mir zu tanzen.« Da Mrs. Dillon fürchtete, daß vor allem Stevie Sullivan sich darum reißen würde, hatte sie mißbilligend die Lippen zusammengekniffen.

Der allgemeine Geräuschpegel war schon beträchtlich angeschwollen, als Philip und Kit beschlossen, Bobby Boylan und seiner Tanzkapelle grünes Licht zu geben. Sie hatten warten wollen, bis es laut genug war.

»Zuerst etwas Leises ohne allzuviel Rättättätäng«, schlug Philip vor.

»Was meint er damit – *Rättättätäng*?« fragte Bobby Boylan ungnädig.

»Wahrscheinlich Schlagzeug«, erwiderte Kit entschuldigend.

»Hat eine merkwürdige Art, sich auszudrücken, Ihr Verehrer.«

»Er ist nicht mein Verehrer.« Nicht einmal Bobby Boylan, den sie wohl hoffentlich nie wiedersehen würde, sollte einen falschen Eindruck von ihrem Verhältnis zu Philip bekommen.

Es war eine Fünf-Mann-Kapelle in blaßrosa Jacketts, die sie gekauft haben mußten, als sie noch sehr viel schlanker gewesen waren. Oder sie hatten die Jacketts von einer weniger wohlgenährten Kapelle ausgeliehen.

»Ist ›Red Sails in the Sunset‹ leise genug?« brummte Bobby Boylan, der Hotel-Dinnerpartys haßte. Viel lieber hätte er an Silvester in einem großen Ballsaal aufgespielt, aber die Zeiten waren eben nicht mehr das, was sie früher einmal waren. Heutzutage mußte man sich von Kindern im Smoking herumkommandieren lassen. Seufzend gab er der Kapelle, die seinen Namen trug, mit dem Taktstock ein Zeichen.

»Wann, meinst du, sollen wir anfangen, das Essen aufzutragen?« fragte Philip Kit.

»Noch nicht. Alle unterhalten sich gerade prächtig, und keiner schaut auf die Uhr.«

»Hat Clio dir ihre Uhr gezeigt?«

»Ja, allerdings. Ich dachte schon, sie würde Bobby Boylan um einen Trommelwirbel bitten und das Ding dann im ganzen Saal herumzeigen.«

Philip lachte. »Gut zu wissen, daß du genauso biestig sein kannst wie jede andere.«

»Was soll das denn heißen? Ich bin doch fast nie anders. Na, jedenfalls sollten wir noch zehn Minuten warten.« Stevie Sullivan und seine Gäste waren immer noch nicht aufgetaucht. Und sie

wollte nicht anfangen, solange der Star des Abends nicht anwesend war.
Mitten im Gespräch hielt Anna plötzlich inne. »Entschuldigt bitte, ich muß kurz was erledigen«, sagte sie.
Kits Blicke folgten ihr. War denn schon etwas von der Dekoration entzweigegangen? Aber nein: Anna Kelly hatte Stevie Sullivan entdeckt und wollte ihn gleich begrüßen.
Kit musterte Annas zarte Haut und die blonden Locken, die ihr über den Rücken fielen; kleine Bänder in dem lindgrünen Ton des Kleides waren in ihr Haar eingeflochten. Sie sah traumhaft aus.
Verglichen damit wirkte Kit möglicherweise streng und hart. Vielleicht war Scharlachrot eine unglückliche Farbwahl. Zu auffallend. Zu protzig für Lough Glass.
Stevie Sullivan war mit seinen Freunden erst noch bei Paddles gewesen, und jetzt wirkten alle sehr aufgeräumt.
»Himmel, ich erkenne das Central nicht wieder«, sagte ein Autohändler. »Früher hätte ich niemandem vorgeschlagen hierherzukommen, damit er keinen Herzschlag kriegt.«
»Und hörst du die Musik, Stevie? Hat wirklich Stil, daß du uns hierher eingeladen hast.«
Die rotgesichtigen Männer, wahrscheinlich Junggesellen, hatten im Lauf der Jahre viele Traktoren, Lieferwägen und Lastwägen bei ihm bestellt; es waren wichtige Kunden. Ja, sie hatten sogar eine Menge anderer landwirtschaftlicher Maschinen über den jungen Stevie Sullivan gekauft, der ihnen immer gute Konditionen einräumte und sich persönlich für die Qualität seiner Ware verbürgte.
Nun waren sie geschmeichelt, daß sie an einem so eleganten Ereignis wie dem Ball des Golfclubs von Lough Glass teilnehmen durften – wo sie normalerweise keinen Zutritt gehabt hätten.
Kit nahm sich vor, ihnen unbedingt einen Extrakorb warme Brötchen auf den Tisch zu stellen. Diese Burschen würden sonst die Dekoration auffuttern, wenn das Essen nicht schnell genug da war.

Große Reservierungsschilder mit den Namen der Gäste standen auf den Tischen; so mußte man nicht erst lang mit zusammengekniffenen Augen herumsuchen. Allerdings hatten sie auf Platzkärtchen verzichtet; es stand einfach McMahon oder Wall da … und so gab es noch einiges Hin und Her, bis sich jede Gruppe auf ihre Sitzordnung geeinigt hatte. Aufmerksam beobachtete Emmet das Treiben, denn er war ja für Tische und Stühle verantwortlich. Sollten Sitzgelegenheiten fehlen, mußte er sofort welche herbeischaffen oder die Leute höflich bitten aufzurücken.

Auf den Tischen standen bereits Körbe mit warmen Brötchen – hereingebracht von ernst dreinblickenden Schulmädchen aus dem Konvent; eine schaute feierlicher als die andere, und jede hielt die Augen niedergeschlagen. Nachdem Kit ihnen eingeschärft hatte, nicht zu kichern, trauten sie sich nun offenbar auch nicht zu lächeln. Nun gut, das würde ihr eine Lehre sein.

Sie hatten oft geübt, wie das Buffet eröffnet werden sollte. Kit wollte die am entferntest sitzenden Gäste bitten, sich zuerst zu bedienen. Es klappte wie am Schnürchen.

Zudem wußte bald wirklich jeder, daß genug Essen vorhanden war. »Nehmen Sie sich bitte, so oft Sie wollen«, wiederholten die Mädchen in den weißen Blusen mit Leichenbittermiene.

In der Küchentür stand, über das ganze Gesicht strahlend, Con Daly, der Koch – ein Mann, der für die besseren Kreise ein völlig unbeschriebenes Blatt war. Mit seiner weißen Schürze und der Kochmütze auf dem Kopf schien er Ruhm und Ehre für sich allein zu beanspruchen, obwohl Kit und Philip ihm doch jeden Handgriff hatten vorschreiben müssen.

Aus den Augenwinkeln entdeckte Kit, wie Orla Dillon – inzwischen Orla Reilly – den Saal betrat. Verhuscht und schäbig, in einem schlechtsitzenden Kleid und mit strähnigem Haar, sah sie aus, als hätte sie draußen lange im Regen gestanden, ehe sie sich hereingetraut hatte. Vor ein paar Jahren noch hatten alle Orla als rassige Schönheit bewundert, auch wenn sie über allzu reichliche Erfahrung mit dem anderen Geschlecht verfügte. Heute abend sah sie nur erbärmlich aus.

Daß sie nicht am Tisch von Mrs. Dillon sitzen würde, stand außer Frage. Denn die sechs Leute dort schienen ganz und gar nicht erfreut über das Auftauchen des ungebärdigen Mädchens, das für eine Nacht des Vergnügens ihr Heim in den Bergen verlassen hatte.

Kit trat auf sie zu.

»Hallo, Kit.« Ihre Augen waren ohne Glanz.

»Guten Abend, Orla. Gehörst du zu einer bestimmten Gruppe?«

»Das ist ein prima Kleid. Hast du das in Dublin gekauft?«

»Ja.« Kit wurde unruhig.

»Ich würde auch gern nach Dublin gehen, sogar zum Arbeiten.«

Orla roch nach Alkohol.

Eine unangenehme Situation, überlegte Kit. Sie konnte Orla schließlich nicht rauswerfen. Aber wo sollte sie sitzen? Daß sie einmal etwas mit Stevie Sullivan gehabt hatte, wußte Kit nur zu gut. Wahrscheinlich war Orla sogar seinetwegen aus diesem gottverlassenen Nest am Ende der Welt hierhergekommen – um sich an Silvester ein bißchen zu amüsieren.

»Nun, Orla, wo möchtest du beim Essen sitzen?«

»Ich hab' gehört, es gibt 'nen Tisch, wo man hingeht und sich selbst bedient.«

»Ja, das stimmt.«

»Dann ist es doch egal, wo ich sitze.«

»Ich möchte nicht, daß du ohne festen Platz bist.«

»Reiß dir deshalb kein Bein aus. Ich find' schon irgendwo 'nen Stuhl.«

Das hatte ihr gerade noch gefehlt, dachte Kit. Eine betrunkene Ex-Freundin von Stevie. Und wahrscheinlich war ihr bereits die rohe Sippschaft ihres Mannes auf den Fersen und schwang die Äxte.

Als Orla sich aufs Buffet stürzte, trat Philip zu Kit. »Probleme?« fragte er.

»Sturzbetrunken«, antwortete Kit lakonisch.

»Himmel, was sollen wir mit ihr machen?«

»Wir könnten ihr noch mehr Alkohol einflößen, damit sie um-

kippt, und sie dann in einen Schrank oder eine Kiste stekken.«
Dankbar sah Philip sie an, weil sie kein Drama daraus machte.
»Oder wir könnten sie ihrer Mutter übergeben. Schließlich gehört doch auch ein schwarzes Schaf zur Familie, oder ...?«
»Mrs. Dillon wird nicht gerade begeistert sein. Nein, ich denke, am besten schauen wir, wohin sie torkelt, und bringen sie dort irgendwie unter. Emmet kann ihr einen Stuhl hinstellen.«
Sie beobachteten, wie Orla, die ihren Teller gefährlich hoch beladen hatte, auf Stevie Sullivans Tisch zusteuerte. Emmet tauchte mit einem Stuhl auf und blieb stehen, bis man ihn fortschickte.
»Zumindest sitzt sie jetzt«, meinte Kit.
Es ärgerte sie sehr, daß Stevie heute abend von einem Teil seiner Vergangenheit eingeholt wurde. Aber sie war nicht eifersüchtig, nicht auf die arme, lallende Orla mit dem verhärmten Gesicht. Obwohl Orla Stevie natürlich auf viel intimere Weise gekannt hatte als Kit. Sie hatte sich nicht geziert wie Miss Keuschheit.
»Es ist dem armen Stevie gegenüber nicht fair, wenn wir zulassen, daß sie in seine fröhliche Tischgesellschaft platzt«, überlegte Philip. »Wo er doch so ein netter Kerl ist.«
Kit spürte, wie Schuldgefühle an ihr nagten. Denn wenn sich die Dinge wunschgemäß entwickelten, würde sie den ganzen Abend beim Tanz in Stevies Armen liegen. Dann würde Philip ihn bestimmt nicht mehr einen netten Kerl nennen.
Da sah sie, wie Stevie zum Tisch ihrer eigenen Gruppe hinüberging. Er sprach mit seinem Bruder Michael und drückte ihm die Autoschlüssel in die Hand. Michael nickte ernst und mit stolzgeschwellter Brust. Dann kehrte Stevie zu seinen Gästen zurück. Mittlerweile war die Kapelle zu dezenter Hintergrundmusik übergegangen, damit sich die Gäste in Ruhe ihrer Verdauung widmen konnten. Die echten Tanznummern würden erst später folgen, wenn Bobby Boylan mit seinen Leuten eine Pause gemacht und in einem anderen Raum ebenfalls gegessen hatte.
»Es läuft prima, Philip«, sagte Kit. »Besser als erhofft.«
»Endlich haben wir's geschafft.«

»Habe ich das nicht von Anfang an gesagt?«
Stolz betrachteten sie ihr Werk. Die Bedienungen machten sich mit ernsten Gesichtern ans Abräumen. Dabei kratzten sie nicht die Reste von den Tellern, sondern trugen sie ordentlich gestapelt in die Küche, wie Kit es ihnen beigebracht hatte. Auf dem Buffettisch wurde jetzt das Dessert angerichtet. Es würde keine Hektik entstehen, denn jeder konnte sehen, wie das Trifle Schale um Schale aufgereiht wurde. Bald würden sich die Damen im Waschraum die Nasen pudern gehen, und dann begann der Tanz.
Mach dir keine Sorgen wegen Orla Dillon, schärfte Kit sich ein. Stevie Sullivan würde schon dafür sorgen, daß die unangenehme Konfrontation mit seiner Vergangenheit nicht zu einer Szene ausartete. Stevie Sullivan wurde doch schließlich immer mit allem fertig.
Da trat Michael Sullivan auf sie zu. »Ich weiß, daß ich eigentlich helfen sollte, die Tanzfläche freizuräumen, aber es ist etwas dazwischengekommen.«
»Was genau?«
»Stevie möchte, daß ich eine gewisse Dame heimfahre. Anscheinend ist ihr nicht ganz wohl.«
»Er fährt nicht selbst?«
»Nein. Ich werde es zwar behaupten, aber es stimmt nicht – wenn du verstehst, was ich meine.«
»Ich verstehe ganz gut«, freute sich Kit.
Das Ganze war geschickt eingefädelt. Stevie führte die schwankende Orla zur Tür und flüsterte ihr etwas ins Ohr. Lammfromm ging sie zu seinem Auto, während sein Bruder Michael ihr folgte.
»Wo isch Schtevie?« lallte Orla.
»Ich fahr dich hin. So ist es viel diskreter, und ihr trefft euch dann dort.«
»Wo isch er?«
»Wir fahren jetzt los, Orla«, sagte Michael Sullivan und steuerte den Wagen durch die mondbeschienene Landschaft, wo man immer wieder den See schimmern sah.
Nach knapp zwanzig Kilometern hatte er den Hof der Reillys

erreicht, wo Orla inzwischen lebte. Aus der Küche hörte man Gesang.
»He, hier wollte ich nicht hin«, meinte Orla.
»Aber Stevie meint, es ist besser so. Du sollst einfach sagen, daß du in Lough Glass noch eine Flasche Whiskey für heute nacht besorgt hast.«
»Aber das stimmt doch nicht. Ich hab' gar keine.« Jetzt klang Orla ängstlich.
»Doch. Stevie hat mir eine für dich mitgegeben. Und ich soll hier warten, falls einer denkt, daß du etwa bei Stevie warst oder so.«
»Aber sie wissen doch, daß du sein Bruder bist.«
»Nein. Und in ihren Augen bin ich noch ein Kind. Nur ein Schuljunge. Du würdest dich doch nie mit einem Schuljungen einlassen.«
»Weiß nicht.« Orla musterte ihn. Dann kletterte sie aus dem Wagen und ging mit unsicheren Schritten zur Tür. Michael betete, daß sie die Whiskeyflasche nicht fallen lassen würde.
Einer der rauhen Kerle öffnete die Tür, und Michael hörte, wie er sie anschnauzte: »Wer sitzt da draußen im Wagen?« Dabei drückte er sich an ihr vorbei.
»Nur ein Kind«, antwortete Orla stockend.
Der Mann kam näher, um sich zu überzeugen.
»Guten Abend, Mr. Reilly«, sagte Michael nervös. »Die Dame wollte Ihnen eine Flasche Whiskey kaufen und wußte nicht, wie sie zurückkommen sollte. Da hat Paddles mich gebeten, sie hier abzusetzen.«
»Warum dich?« fragte der Mann.
»Ich kenne ihre Mutter, Mrs. Dillon«, antwortete Michael.
»Ah, gut. Danke.« Der Mann war kurz angebunden.
»Ein gutes neues Jahr«, rief Michael, während er bereits den Wagen wendete.
»Dir auch, mein Junge.«
Michael fuhr wieder zum Ball zurück. Das war ja großartig gelaufen. Er hatte Stevie gesagt, daß er ihm den Gefallen nur tun würde,

wenn er ihm dafür einen eigenen Wagen besorgte, es konnte auch ein ganz klappriger sein. Und Stevie war in einer verzweifelten Lage gewesen.

Als Michael den Ballsaal betrat, war der Tanz voll im Gange. »Hab ich was verpaßt?« fragte er Emmet.

»Nur, wie wir eine Menge Tische und Stühle herumgeschleppt haben. Und die Fenster waren offen, damit ein bißchen frische Luft reinkam.«

»Ah ja. Hat das geklappt?« fragte Michael interessiert.

»Allerdings, denn dabei sind sämtliche Kerzen ausgegangen. Die mußten wir danach wieder anzünden.«

Bobby Boylan kündigte »Carolina Moon« an und bat alle auf die Tanzfläche.

»Tanzt du mit mir, Kit?« forderte Philip sie auf.

Es war das mindeste, was sie tun konnte. Schließlich hatten sie wochenlang einträchtig zusammengearbeitet, der Abend war ihr gemeinsamer Erfolg. Und sie hatte bereits aufgeschnappt, daß es für das Central der Beginn einer neuen Ära sein würde. So hatte ihr Kevin Walls Vater von einer großen Abendeinladung erzählt, die ursprünglich im Castle Hotel hätte stattfinden sollen; doch jetzt würde er sich nachdrücklich dafür einsetzen, daß man ins Central ging.

Dan O'Brien hatte ihr die Hand geschüttelt und gesagt, er könne sich des Gefühls nicht erwehren, daß sie bei den Vorbereitungen nicht ganz unbeteiligt gewesen sei und er wohl nicht umhinkomme, ihr seinen Dank auszudrücken. Diese gewundene Rede voller Verneinungen zeigte Kit, daß er vor Freude kaum wußte, was er sagen sollte.

Orlas Mutter hatte sie in der Damentoilette abgepaßt und gelobt, was für ein anständiges und feines Mädchen sie doch sei; nie würde sie ihr vergessen, wie taktvoll sie Orlas Unwohlsein kaschiert habe. »Das werde ich dir nie vergessen«, wiederholte Mrs. Dillon mehrmals. Kit war erstaunt. Denn ihrem Gefühl nach hatte sie sich mehr schlecht als recht um Orla gekümmert. Doch anscheinend hatte Stevies Bruder das Mädchen zurück zu den Männern in die Berge gefahren, und alles war in Ordnung.

Stevie. Wann würde er sich Zeit für sie nehmen?

Während Bobby Boylans Kapelle versuchte, den Mond von Carolina aufscheinen zu lassen, betraten Kit und Philip als erste die Tanzfläche; in diesem Moment erhoben sich alle an ihrem Tisch und ließen sie hochleben.

»Bravo, Philip«, riefen sie. »Bravo, Kit.«

Auch die anderen Ballgäste klatschten ihnen Beifall. Dem hübschen Mädchen in dem scharlachroten Kleid und dem Sohn des Hauses. Kit war wie vom Donner gerührt. Wenn Stevie jetzt glaubte, daß sie diesen Auftritt geplant hatte? Daß sie um Aufmerksamkeit buhlte, damit jeder sie in den Armen von Philip sah? Aber es blieb ihr nichts anderes übrig, als zu lächeln und sich über das Lob zu freuen.

Draußen war der Mond zwischen den Wolken aufgetaucht und malte ein schmales Silberdreieck auf den See.

»Schau mal dort, Philip. Ist es nicht wie im Märchen ...«

Allerdings zeigte sie auch auf das Fenster, um sich von Philip lösen zu können. Denn sie wußte, daß Stevie sie beobachtete. Andererseits wollte sie Philip auch nicht vor den Kopf stoßen und einfach stehenlassen. Er sah hinaus. Alles war, wie sie es sich gewünscht hatten.

»Ist das nicht die schönste Aussicht, die man überhaupt haben kann?« meinte Kit.

»Ja«, antwortete er schlicht.

»Ich bin heute abend so stolz auf Lough Glass«, sagte Kit. »Ich könnte es laut herausschreien. Normalerweise muß ich damit rechnen, daß jeder *woher?* fragt, wenn ich sage, daß ich von hier stamme.«

»Schau mal, drüben steht jemand vom Castle Hotel ... anscheinend wollen sie einen Bericht.«

»Na, da werden sie ja einiges zu hören bekommen.« Kit hatte erreicht, daß sie sich wieder auf einer rein freundschaftlichen Ebene unterhielten.

»Er hat sich für den Pavillon interessiert ... ein richtiges Schmuckstück, meinte er ... anscheinend haben sie drüben gerade einen abgerissen ... waren wir nicht schlau?« freute sich Philip. Sie blickten aus dem großen Panoramafenster hinüber zu dem angestrahlten Pavillon und dem See dahinter. »Wo könnte es an einem Silvesterabend schöner sein?« meinte Philip.

Kit sah auf die Uhr: Es war Viertel vor elf. Noch fünfundsiebzig Minuten, um Stevie Sullivan auf die Tanzfläche zu schleppen, wo sie sich vor den Augen des ganzen Städtchens von ihm küssen und ein frohes neues Jahr wünschen lassen wollte. Sie konnte es kaum erwarten.

Maura und Martin tanzten zu den Klängen von »On the Street Where You Live«. »Es gibt wohl keinen anderen Ort auf der Welt, wo praktisch jeder in der gleichen Straße wohnt«, überlegte Martin.

»Haben sie es nicht prima hingekriegt? Es ist hier zwanzigmal schöner als oben im Club.«

»Du siehst heute abend zauberhaft aus, Maura.«

»Du auch, so jung und fesch.«

»Na, na, das geht wohl doch zu weit«, lachte er.

»Ich sage nur, was ich sehe.« Mauras Aufrichtigkeit war augenscheinlich.

Er drückte sie noch ein bißchen fester an sich.

Ganz in der Nähe tanzten Peter und Lilian, allerdings etwas steifer und nicht so eng umschlungen. Es sah eher nach einem Pflichttanz aus. Bald würde Peter in Richtung Bar verschwinden.

Philip O'Brien tanzte mit seiner Mutter.

Ein Junge, der wußte, was sich gehörte, dachte Martin. Er sah sich nach seiner schönen Tochter in ihrem auffallend roten Kleid um und entdeckte sie, wie sie gerade nach Stevie Sullivans Hand faßte. Stevie von der Autowerkstatt sah wie ein Filmstar aus – dunkel und ein klein wenig verrucht. Und schon bei ihren ersten Schritten sah es aus, als würden sie bereits seit geraumer Zeit zusammen tanzen. Was natürlich lächerlich war; die beiden kannten sich ja kaum.

»Nicht jetzt, Emmet, ich muß mich um die Dekorationen kümmern«, fuhr Anna Kelly ihn an.
»Natürlich.« Er überhörte ihren barschen Ton. »Ich wollte ja nur sichergehen, daß ich mit jeder von unserem Tisch getanzt habe. Patsy«, hob er die Stimme, »… gibst du mir die Ehre?«
Patsy Hanleys Gesicht hellte sich auf. Und als sie in ihrem recht ansehnlichen Taftkleid mit der breiten Schärpe an der Seite des gutaussehenden jungen Apothekersohns Emmet McMahon zur Tanzfläche schritt, strahlte auch ihre Mutter voller Stolz.
An diesen Abend würde man sich in Lough Glass noch ewig erinnern. »Ist das nicht wunderschön hier?« fragte Kevin O'Connor, der mit Frankie Barry tanzte.
»Und diese Aussicht«, schwärmte Frankie. »Mit so einem Hotel in der Tasche ist Philip O'Brien die beste Partie, die man in Irland machen kann.«
»Dann mal ran an den Speck, Frankie«, lachte Kevin.
»Nein, ich glaube, er hat nur Augen für Miss McMahon … wie alle anderen auch.«
»Da muß er sich aber in acht nehmen … die wird gleich handgreiflich, wenn man ihr zu nahe kommt.«
»Der Typ, den sie den Jungen von nebenan nennt, hat anscheinend nichts dergleichen zu befürchten«, stellte Frankie fest.
Und sie beobachteten, wie Kit McMahon und Stevie Sullivan ihre Runden drehten, als ob sonst niemand im Saal wäre und für sie weder Zeit noch Raum existierten.

»Du siehst prima aus, Clio«, bemerkte Michael.
»Warum sagst du das?«
»Weil es stimmt.«
»Und?«
»Weil du ziemlich miesepetrig dreinschaust.«
»Und?«
»Und weil ich will, daß du mit mir aufs Zimmer kommst. Jetzt gleich.«
»Jetzt, wo alle zusehen? Du bist verrückt.«

»Das mag jetzt ein ziemlicher Schock für dich sein, liebste Clio, Traum meiner schlaflosen Nächte, aber niemand in diesem Saal würdigt uns eines Blickes oder denkt auch nur an uns ... alle sind viel zu sehr mit sich selbst beschäftigt.«

Das stimmte wahrscheinlich. Clio warf einen Blick auf die Tanzfläche. Kit mußte den Verstand verloren haben; sie schmiegte sich an Stevie Sullivan, als wollte sie ihn nie wieder loslassen. Ausgerechnet an Stevie, der es mit jeder weit und breit getrieben hatte. Kit war wohl nicht mehr ganz bei Trost!

»Ich gehe zuerst und tue so, als müßte ich mal. Du wartest mindestens drei Minuten, klar?«

»Aber sicher.« Michael hatte mit mehr Widerstand gerechnet.

In diesem Augenblick kam Anna Kelly zurück an den Tisch. »Möchtest du tanzen?« fragte sie Michael.

»Später, ja?« vertröstete er sie und sah, wie ihr Gesicht dunkelrot anlief.

»Und wenn du der einzige Mann im Saal wärst, der noch auf den Beinen stehen kann, würde ich nicht mit dir tanzen, Michael«, keifte sie und rauschte davon, zu einem Tisch, wo hauptsächlich Männer saßen. »Ich bin eine ausgezeichnete Tänzerin«, hörte Michael sie sagen.

Sie war auch ein sehr hübsches Mädchen in diesem lindgrünen Kleid. Und so war er nicht überrascht, daß sich sofort fünf Männer schwankend erhoben und sie um die Ehre eines Tanzes baten. Zumindest war sie jetzt abgelenkt.

Michael schlich aus dem Saal und die Treppe hinauf.

»Ich habe den Heizstrahler angemacht«, sagte Clio, die bereits im Bett lag. Ihr Kleid hatte sie sorgsam über eine Stuhllehne gehängt. Hastig wollte er zu ihr schlüpfen. »Schließ um Himmels willen zuerst ab«, flüsterte Clio.

»Du hast anscheinend viel Erfahrung bei so etwas«, meinte Michael bewundernd.

Entsetzt sah sie ihn an. »Du weißt, daß das nicht stimmt. Es hat nie einen gegeben außer dir.«

»Das sagst du.«

»Du weißt, daß es stimmt.«
»Wie Sie meinen, Verehrteste.« Er legte die Arme um sie.
Clio war beunruhigt. Was, wenn Michael wirklich glaubte, sie sei auch mit anderen ins Bett gegangen? Dann war sie für ihn nichts Besonderes mehr. »Ich liebe dich, Michael«, hauchte sie.
»Ja, und ich liebe dich«, erwiderte er mechanisch, wie man auch einen Gruß erwiderte. War es nicht ein Ding der Unmöglichkeit herauszubekommen, ob ein Mensch wirklich meinte, was er sagte?

Der Mann, mit dem Anna Kelly tanzte, war ein Ford-Händler. Er betreute ein großes Gebiet, und Stevie Sullivan war einer seiner besten Kunden. Der Junge hatte wirklich ein goldenes Händchen fürs Geschäft; der würde es weit bringen. Joe Murphy war sehr geschmeichelt über die Einladung zu dem heutigen Ball. Zwar hatte ihm Stevie angeboten, er könne auch gern seine Frau mitbringen … aber Joe hatte sich dagegen entschieden, denn warum sollte man die Sache komplizieren? Und nun, mit diesem kleinen Engel im Arm, wußte er, daß diese Entscheidung richtig war. Außerdem – was hätten sie für Scherereien gehabt, jemanden zu finden, der sich um die Kinder kümmerte! Überdies war Carmel schüchtern. Sie würde nicht hierher passen.
»Sie tanzen sehr gut«, sagte Anna.
Er hielt sie fest an sich gepreßt. Was für ein prima Abend. Dabei hatte er erst heute morgen überlegt, daß er allmählich alt und fett wurde und seine Jugend nun unwiderruflich beim Teufel war. Doch das hatte er sich wohl nur eingebildet. »Komm, wir legen mal 'ne flotte Sohle aufs Parkett«, schlug er vor und machte eine verwegene Einlage mit Seitschritten. Es stimmte wohl, was man immer über beleibte Männer sagte; sie waren leichtfüßiger als andere. Anna schien es Spaß zu machen.
»Bleib da«, sagte Stevie.
»Die Musik hat aufgehört«, erwiderte Kit.
»Nur vorübergehend.«
»Ich liebe dich«, sagte sie.

»Vorsicht, solche Sätze können die Leute von den Lippen ablesen.«
»Hast du etwa Angst davor, was die Leute hören oder von den Lippen lesen könnten?«
»Nein, keineswegs. Ich liebe dich, Kit McMahon. Ich liebe dich, daß mir fast das Herz zerspringt. Ich kann nicht ohne dich sein. Du sollst mir gehören ... und das meine ich nicht irgendwie besitzergreifend oder so ... denn ich will auch dir gehören. In diesem Sinne meine ich das.«
Stevie lächelte sie an, mit seinem liebenswerten jungenhaften Lächeln.
Als die Musik wieder einsetzte, standen sie, noch immer eng umschlungen, in der Nähe eines Fensters.
»Schau mal, der Mond«, sagte Kit. »Als ob wir ihn mit einem Lichtschalter angeknipst hätten.«
»Der See sieht zauberhaft aus. Sollen wir später nicht einen Spaziergang machen ... am Pavillon vorbei und runter zum Ufer?«
»Das ist vermutlich die schlechteste Idee von der Welt.«
»Ja«, räumte er ein. »Du hast recht ... Ich würde gern da unten leben, direkt am Wasser ...«
»Wie einst Schwester Madeleine.«
»Ja. Wir könnten uns doch eines Tages eine kleine Kate zulegen, du und ich.«
»Wir werden nicht in einer kleinen Kate am Seeufer zusammenleben.«
»Warum sagst du das?« Stevie sah richtig traurig aus.
»Weil wir uns damit nur was vormachen. Aber lassen wir das.«
»Ein kleines Häuschen, in das die Vögel kommen und wo du das Wasser plätschern hörst wie damals Schwester Madeleine?«
»Sie fehlt mir«, sagte Kit.
»Mir auch.«
Dabei hätten gerade sie beide mehr als jeder andere in Lough Glass Grund gehabt, auf die Einsiedlerin böse zu sein. Schließlich hatte sie den Mann bei sich aufgenommen, der Stevies Mutter und

Kits Vater schwer verletzt hatte. Aber sie wußten, daß Schwester Madeleine es immer nur gut gemeint hatte.

»Wo sie wohl heute abend ist?«

»Oh, sie wird warm zugedeckt in ihrem Bett im St.-Brigid-Kloster schlafen«, meinte Stevie.

»Im St.-Brigid-Kloster? Du weißt, wo sie steckt?« Das wußte sonst niemand. Wohin sie gehen wollte, war immer ein Geheimnis geblieben.

»Ich hab' sie mal dort gesehen.«

Kit schnappte vor Überraschung nach Luft. »Wirklich?«

»Ja. Ich war dort und wollte die Mutter Oberin überreden, für den alten Gärtner einen Kombi zu kaufen, weil der vielseitiger verwendbar ist als ein offener Transporter. Und da habe ich sie gesehen, mit durchdringenden blauen Augen wie eh und je.«

»Hast du mit ihr gesprochen?«

»Natürlich.«

»Stevie, du erstaunst mich immer wieder.«

»Ich fahre dich mal hin. Dein Besuch würde sie sicher freuen.«

»Vielleicht versteckt sie sich ja vor der Welt?«

»Vielleicht. Aber nicht vor uns.«

Bei dem Wort »uns« überkam sie eine freudige Erregung ...

Es wurde weitergetanzt bis spät in die Nacht. Bobby Boylan und seine Mannen hielten sich mit Bier bei Laune, das der umsichtige Philip ihnen in regelmäßigen Abständen servieren ließ.

Das Aufräumen ging rasch und gründlich vonstatten. Kit und Philip hatten darauf bestanden, daß die Küche geschrubbt und alle Töpfe und Pfannen von innen und außen gescheuert wurden, so daß man sie bedenkenlos vorzeigen konnte. Spüllappen und Geschirrtücher hingen ordentlich auf einer Leine, und das übriggebliebene Essen stand entweder zugedeckt im Kühlschrank oder wurde in sauber beschrifteten und abgedeckten Kübeln draußen in der Spülküche aufbewahrt, um es später an Hunde und Schweine zu verfüttern. Dem einen oder anderen Gast wollte Philip nämlich nach dem Fest die Küche vorführen – was früher im Central völlig undenkbar gewesen wäre.

Auch gestattete man sich ein gewisses Maß an Demokratie: Con Daly, der Koch, erhielt die Erlaubnis, mit seiner Mannschaft an den Festlichkeiten teilzunehmen. Man hatte für sie einen Tisch in der Nähe der Küchentür aufgestellt, wo die ernsten Bedienungen und die etwas fröhlicheren Kellner zwischen Servieren und Aufräumen sitzen und den ersten und glanzvollsten Ball ihres Lebens genießen konnten.

»Darf ich um den nächsten Tanz bitten?« fragte Kevin O'Connor die hübsche Anna Kelly. Er konnte gar nicht verstehen, warum sein Bruder dieses reizende Mädchen als einen kratzbürstigen Drachen beschrieben hatte.

»Wie bitte?« fragte sie in einem Ton, als hätte er ihr einen unsittlichen Antrag gemacht.

»Ich habe dich nur zum Tanzen aufgefordert.«

»Und wie kommst du auf den abwegigen Gedanken, daß ich mit dir tanzen würde?« fragte Anna ungeduldig. Sie kochte immer noch vor Wut über den Korb seines Zwillingsbruders; nun mußte Kevin es ausbaden.

»Na ja, wir sind doch hier bei einer Tanzveranstaltung«, meinte er verunsichert. »Ich wollte dir nicht zu nahe treten«, fügte er kleinlaut hinzu.

»Schön, das zu hören«, gab Anna mißmutig zurück und stolzierte davon.

Joe Murphy hatte sich als unkluge Wahl erwiesen. Er hatte die ganze Zeit an ihr herumgefummelt und sogar vorgeschlagen, daß sie sich sein nagelneues Auto ansehen sollte, ein Modell, von dem es in ganz Irland nur fünf Stück gebe. Da war es ihr ratsam erschienen, ihn schnellstens abzuschütteln.

Immerhin hatte Stevie gesehen, wie sie mit ihm tanzte. Er hatte sie die ganze Zeit im Blickfeld gehabt, dafür hatte Anna schon gesorgt. Doch was um Himmel willen tat er da mit Kit? Ein Pflichttanz – schön und gut. Aber was die beiden da aufführten, einfach lächerlich!

Suchend sah sie sich nach ihrer Schwester um. Clio war schon eine Ewigkeit verschwunden. Und Michael O'Connor ebenfalls, was

Annas schlauen Äuglein nicht entgangen war. Zuerst schaute sie im Pavillon nach, von dem alle gesagt hatten, daß er ein idealer Platz für Liebespaare wäre, weil er nur außen beleuchtet war. Niemand konnte sehen, was drinnen vor sich ging. Und es stand eine lange, gepolsterte Bank darin. Natürlich wäre es ziemlich kühl …

Auf Zehenspitzen schlich sich Anna heran. Doch keine Spur von ihrer Schwester und Michael O'Connor. Sie warf einen Blick hinunter zum See, der nie schöner ausgesehen hatte. Warum brauchte Stevie so lange, bis er auf sie aufmerksam wurde, wo sie doch auf ihn wartete, elegant herausgeputzt und sehr erwachsen? Eigentlich sollte er jetzt im Mondlicht hier neben ihr stehen. Oder mit ihr im Pavillon sitzen.

Gerade als sie den Weg in Richtung See einschlagen wollte, entdeckte sie eine Gestalt. Zuerst glaubte sie, daß es der Schatten der Hecke war; aber dann sah sie, daß wirklich jemand am Boden kauerte und sich dann erhob. Eine Frau. Eine Frau in einem langen Wollrock und einem Cape, das sie vors Gesicht zog, als sie merkte, daß Anna sie entdeckt hatte. Sie rannte fort, den Weg zum See hinunter.

Anna war vor Schreck wie gelähmt und konnte nicht einmal schreien. Diese Frau mußte mindestens fünf Minuten lang direkt neben ihr gekauert haben, ohne ein Wort zu sagen und ohne sich bemerkbar zu machen. Wer war sie und was wollte sie hier?

Wahrscheinlich gehörte sie zu den Landfahrern, die wie die Raben klauten, egal, was Vater sagte. Vielleicht hatte sie sich an den Wertsachen der Gäste vergreifen wollen, Pelzmänteln und ähnlichem. Eigentlich hatte Anna es für reichlich übertrieben gehalten, daß Kit und Clio auf einer richtigen Garderobe mit Garderobiere bestanden hatten. Aber nun sah sie ein, daß die beiden recht gehabt hatten. Zigeuner, Kesselflicker, Landfahrer, egal, wie man sie auch nannte, sie waren eben nicht wie andere Leute. Hatten tatsächlich nichts Besseres zu tun, als in fremden Gärten herumzukriechen!

Mit immer noch klopfendem Herzen kehrte sie ins Hotel zurück.

Gerade als sie den Ballsaal betrat, kreuzte Stevie ihren Weg. »Was siehst du hübsch aus«, meinte er galant.
»Danke, Stevie, du bist auch sehr schick. Ich habe dich noch nie im Smoking gesehen.«
»Ach, kleine Anna.« Er betrachtete sie voller Bewunderung.
»So klein auch nicht mehr«, erwiderte sie ärgerlich. »Übrigens hast du interessante Gäste mitgebracht.«
»Hmm, aber hüte dich vor Joe Murphy. Er hat Weib und Kind.«
Jetzt wurde Anna richtig wütend. Anstatt eifersüchtig zu reagieren, erteilte er ihr freundschaftliche Ratschläge.
»Das dachte ich mir schon. Der Himmel stehe ihnen bei«, erwiderte sie leichthin.
»Ich muß mal in die Bar, nach meinen Schäfchen schauen«, meinte Stevie. »Sonst würde ich ja gern mit dir tanzen. Aber ich muß mich vergewissern, daß sie mir hier keine Schande machen.«
»Ich habe sowieso schon alle Tänze vergeben«, erwiderte Anna.
»Na, dann paßt es ja«, sagte Stevie.
Am liebsten hätte sie sich einen Stuhl geschnappt und ihm eins über den Schädel gegeben.
In der Bar bestellten Stevies Kumpane große Brandys und langweilten Peter Kelly und Martin McMahon mit ihren Lebensgeschichten. Joe Murphy schilderte in leuchtenden Farben sein Auto, von dem es in ganz Irland nur fünf Exemplare gab. Und Harry Armstrong erzählte von einer Reise nach Afrika. Es war das Interessanteste, was er je in seinem Leben unternommen hatte. Immer wieder stieß er Martin McMahon den Zeigefinger in die Brust. »Waren Sie schon mal in Afrika?« fragte er dabei.
Und wie oft Martin auch erwiderte, nein, er sei nie weiter als bis England und Belgien gekommen, Harry Armstrong schien seine Antwort einfach nicht zur Kenntnis zu nehmen.
»Afrika ist das einzig Wahre«, verkündete er wieder und wieder wie eine Schallplatte mit Sprung.
»Was haben Sie dort gemacht?« erkundigte sich Peter Kelly in der Hoffnung, dem Gespräch damit eine neue Wendung zu geben.
Es folgte eine verwickelte Geschichte über ein mögliches Ge-

schäft, das sich aber zerschlagen hatte, und über einen Burschen mit angeblich guten Verbindungen, der sich als Schaumschläger entpuppte. Doch Harry Armstrong war das piepegal gewesen, er fand Afrika als solches einfach kolossal. Und als er völlig abgebrannt war, kroch er bei seinem Onkel Jack unter, der dort als Priester lebte ... ach was, Priester, er war ein richtiger Bischof dort.

»Großartige Sache, als Bischof Armstrong in Afrika zu leben.«

»Arsch Armstrong?« kreischten Peter Kelly und Martin McMahon im Chor. »Sie waren bei Arsch?«

»Was? Wie bitte?«

»Sie sind ein Neffe von Arsch?«

»Ich verstehe nicht.« Harry Armstrong kapierte nur eins: daß diese beiden Männer, die bisher keine Spur von Interesse für ihn und seine Reise aufgebracht hatten, jetzt völlig elektrisiert waren.

»Einen großen Brandy für den Neffen von Arsch Armstrong!« rief Dr. Kelly.

Verwirrt schüttelte Stevie den Kopf. Unbegreiflicherweise lief hier alles bestens, vielleicht lag es auch nur am Alkoholgehalt der ausgeschenkten Getränke.

Clio und Michael waren immer noch nicht an den Tisch zurückgekehrt. Inzwischen hatte Anna schon überall nachgeschaut; sie waren weder in der Bar, wo Vater und Stevies gräßliche Bekannte zusehends betrunkener wurden, noch in der Halle, wo manche Paare zusammensaßen und sich unterhielten. Und Clio war auch nicht auf der Damentoilette oder in der blitzblanken Küche.

Anna Kelly, die in dem Kleid von Brown Thomas, das ein Vermögen gekostet hatte, von rechts wegen eigentlich Ballkönigin hätte sein müssen, tat sich entsetzlich leid. Stevie Sullivan würdigte sie praktisch keines Blickes. Niemand sonst am Tisch hatte ihr Avancen gemacht. Ihre einzige Eroberung war ein dicklicher, verheirateter Grapscher. Und eine Zigeunerin hatte sie fast zu Tode erschreckt.

Am liebsten hätte sie sich irgendwo ordentlich ausgeweint. Aber nicht in der neu hergerichteten Damentoilette, wo jeder sie sehen konnte. Oben am Treppenabsatz stand eine Couch. Dort, wo niemand sie vermuten würde, wollte sie ein Weilchen im Dunkeln sitzen bleiben.

Anna ging hoch und schluchzte über die Ungerechtigkeit der Welt und den Wankelmut der Männer; über die ausweglose Situation, wie ein Goldfisch im Glas in Lough Glass zu leben, wo jeder immer alles von einem wußte; und über das ordinäre, billige rote Kleid von Kit McMahon, das jedem zu gefallen schien.

Da hörte sie, wie ganz in der Nähe ein Schlüssel im Schloß gedreht wurde, und wieder fing ihr Herz an zu klopfen. Heute gab es überall merkwürdige Geräusche, Schatten und Gestalten. Doch da sah sie, wie ihre Schwester den Kopf aus einer Tür streckte. Anna schnappte nach Luft. Clio war in Michaels Zimmer gewesen! Sie hatten es tatsächlich getan. Sie waren zusammen im Bett gewesen. Mein Gott! Anscheinend hatte Clio ihren Schnaufer gehört, denn sie zog den Kopf sofort zurück. Anna schlich zu der Tür.

»Da ist jemand draußen, ich weiß es genau«, sagte Clio mit angstbebender Stimme.

»Mach dich nicht lächerlich, wer könnte da schon sein?«

»Ich weiß nicht. Irgend jemand.«

»Wer wäre am schlimmsten?« Jetzt zitterte auch Michaels Stimme.

»Meine Mutter, würde ich sagen. Oder nein, Mrs. O'Brien. Denn die würde es meiner Mutter erzählen und allen anderen und ... Himmel, Michael, was sollen wir tun?«

Anna kicherte in sich hinein, dann rüttelte sie herrisch an der Tür und rief mit Fistelstimme: »Öffnet auf der Stelle die Tür. Hier ist Mildred O'Brien. Macht sofort auf, oder ich rufe Sergeant O'Connor.«

Die Tür ging auf, und dahinter standen die beiden wie begossene Pudel. Anna biß sich in die Hand, um nicht laut herauszuplatzen, stürmte ins Zimmer und warf sich, von Lachkrämpfen geschüttelt, aufs Bett. Schließlich schneuzte sie sich, rieb sich die Augen trocken und musterte die beiden.

Die fanden das allerdings gar nicht lustig. Aber sie wirkten auch nicht mehr völlig verstört. So unangenehm es auch war, von Anna erwischt zu werden, es hätte schlimmer kommen können.

»Wie witzig«, sagte Clio schließlich.

»Herrlich, mal jemandem mit so viel Humor zu begegnen.«

Michael hatte noch kaum die Stimme wiedergefunden. »Wenn die Vorstellung vorbei ist, können wir dann vielleicht runtergehen?«

»Oh, ich bin fertig«, sagte Anna und schaute von einem zum anderen. »Aber wie steht's mit *euch*?« Darüber mußte sie wieder so lachen, daß es sie schüttelte.

Schließlich schlichen die drei die Treppe hinunter. Zu dritt waren sie vor Verdächtigungen sicher. Glücklicherweise, denn am Fußende der Treppe stand Mrs. O'Brien. »Und wo waren *wir*, bitte schön?«

»Ich habe ein paar Leuten den wunderschönen Ausblick vom oberen Korridor aus gezeigt«, entgegnete Anna ungerührt.

»Ja, es ist ein schönes altes Haus«, erwiderte Mrs. O'Brien. »Auch wenn es bisher nicht jeder zu schätzen gewußt hat.«

Unten sammelte man sich bereits zur »Auld Lang Syne«.

»Ist es schon so spät?« fragte Stevie.

»Ich hoffe nur, daß in den letzten paar Stunden alles von selbst gelaufen ist. Schließlich habe ich mich um nichts mehr gekümmert«, sagte Kit.

»Du hast dich um Wichtigeres gekümmert«, erwiderte Stevie.

Mit einem Tusch machten Bobby Boylan und seine Jungs die Gäste darauf aufmerksam, daß es an der Zeit war, einen Kreis zu bilden. Die Türen standen offen, damit man das Läuten der Kirchturmglocken hören konnte; zudem hatte jemand ein Radio eingeschaltet, wo nun laut jede Sekunde bis Mitternacht gezählt wurde.

Stevie und Kit standen Seite an Seite, als sei es nie anders gewesen. Maura sah es, und das Herz wurde ihr schwer. Auch Anna sah es und wußte, daß sie eine Schlacht verloren hatte – aber vielleicht noch nicht den Krieg? Clio dachte, daß Kit wohl nicht mehr bei Sinnen war. Frankie wiederum kam zu dem Schluß, daß Kit diesen

Jungen wohl schon immer geliebt haben mußte und alles wahrscheinlich auf dieser Party in Dublin angefangen hatte. Und Philip wurde in diesem Augenblick bewußt, daß er keine Chance mehr hatte.
Dann wünschten sich alle, die Arme über Kreuz, ein frohes neues Jahr; Luftballons kamen von der Decke, die Kapelle spielte, und die Leute gingen hinaus und riefen: »Frohes neues Jahr« über den See.
Weit weg, am anderen Ufer sah man die Feuer der Landfahrer flackern; nie hatte es einen romantischeren Ort gegeben.
Und Stevie küßte Kit, als seien er und sie ganz allein auf der Welt – im Garten des Central Hotel mit Blick auf den See, während der Mond die Hügel und die angrenzenden Wälder beschien. In diesem Augenblick gehörte das alles nur ihnen.
Sie sahen sonst niemanden im Garten. Alle anderen Ballgäste waren wieder ins Hotel gegangen, wo Bobby Boylan zu einer schnellen Polonaise aufforderte, die – angeführt von Con Daly, dem Koch, der als Küchenchef des Jahrhunderts gefeiert wurde – durch sämtliche Räume des Erdgeschosses tobte.
Und so hörten Stevie und Kit, die sich eng umschlungen hielten, vielleicht das Plätschern des Sees; doch nicht, wie jemand, der sie beobachtete, bittere Tränen vergoß. Jemand, der schon den ganzen Abend im Schutze der Dunkelheit kauerte und sie nicht aus den Augen ließ.
Als Anna sah, wie die beiden sich tief in die Augen schauten, schnitt es ihr wie ein Messer ins Herz – ja, wie ein scharfes Messer, das sich ihr zwischen die Rippen bohrte, dort wo ihr Kleid am engsten saß. Sie bot einen kläglichen Anblick.
Emmet beobachtete sie. Das war seine Chance. Jeder hier hatte gesehen, wie Kit sich Stevie Sullivan geangelt hatte. Er wußte, daß sein Vater und Maura bereits sorgenvoll den Kopf darüber schüttelten. Niemals würde er Kit genug dafür danken können. Wenn er es jetzt nicht schaffte, daß Anna zu ihm zurückkehrte, würde es ihm nie gelingen.
»Weißt du, was ich jetzt am liebsten tun würde?« fragte er Anna.

»Nein«, erwiderte sie mürrisch. Wahrscheinlich tanzen und trinken und küssen. Sie wollte nichts dergleichen, nicht mit ihrem gebrochenen Herzen.
»Ich hab die Nase voll von dem Trubel. Am liebsten würde ich mich in den Pavillon setzen.«
»Und küssen und schmusen und mich halb ausziehen, oder?«
»Aber nein.« Emmet klang entrüstet. »Haben wir beide denn nicht eine Abmachung getroffen? Du liebst einen anderen, aber wir wollten doch trotzdem Freunde bleiben.«
»Ich glaube nicht, daß er sich was aus mir macht. Deine blöde Schwester hat dazwischengefunkt.«
»Aber das hat doch nichts mit uns zu tun«, log Emmet, ohne rot zu werden. »Wir sind Freunde, du und ich. Und ich habe mir überlegt, ob wir uns nicht in den Pavillon setzen und Gedichte lesen wollen, so wie früher? Keiner kann Gedichte vortragen wie du, Anna.«
»Dazu hättest du jetzt Lust?« Sie klang mißtrauisch.
»Ja, sehr sogar.«
»Und wenn wir dort sind, versuchst du nicht … hier sagst du zwar …«
»Nein. Gedichte, sonst nichts. Ich habe sogar ein Buch mitgebracht.« Sie standen da und sahen sich in die Augen.
»Ja, gut«, stimmte Anna zu. Alles war besser, als weiter mit anzusehen, wie sich der verdorbene Abend als immer größere Katastrophe entpuppte.
Emmet hatte an alles gedacht und sogar eine warme Decke und eine Thermosflasche mit heißer Schokolade dabei.
»Das ist aber eine gute Idee«, strahlte Anna, die sich zum erstenmal seit Stunden wohlfühlte.
Sie hatten zwar einen Gedichtband dabei, aber sie schlugen ihn nicht auf. Statt dessen lauschten sie der Musik, die aus den Fenstern drang und über dem See verhallte.
»Ich wollte dir gern sagen, nur als Freund, keine Angst … also, daß du sehr hübsch aussiehst«, meinte Emmet.
»Danke.« Ein argwöhnischer Blick.

»Und nicht als jemand, der dich damit rumkriegen will ... einfach nur als ganz normaler Mensch ... so wie ein Mädchen es auch sagen würde ... na, jedenfalls ist das Kleid umwerfend. Du siehst besser aus als ein Filmstar.«
»Das ist sehr lieb von dir. Wirklich.«
»Was wäre das für eine armselige Freundschaft, wenn man nicht sagen könnte, was einem durch den Kopf geht?« meinte Emmet eifrig.
Anna sah ihn an. In ihren Augen standen Tränen.
»Du weißt, was ich meine?« fragte Emmet einfältig.
»Oh, Emmet«, heulte Anna Kelly los. »Emmet, ich liebe dich. Wie konnte ich nur so blind sein und so dumm! Danke, daß du auf mich gewartet hast! Danke für dein Verständnis.«
Und sie hielten sich in den Armen und küßten sich.
Ein paar Meter neben dem Pavillon kauerte eine Frau, die ihr Cape vors Gesicht gezogen hatte. Auch sie weinte.
Kevin O'Connor und Frankie hatten in dieser Silvesternacht mehr übereinander erfahren, als sie sich je hätten träumen lassen, und betrachteten einander mit anderen Augen. Lange waren sie am Seeufer entlangspaziert und hatten immer wieder innegehalten. Zumindest stellten sie es im nachhinein so dar.
Und als sie zu den Booten gekommen waren, hatten sie diese Frau dort gesehen: eine Frau mit dunklen Haaren in einer weißen Bluse, die das Gesicht in den Händen vergraben hatte und herzzerreißend schluchzte. Nein, sie war nicht auf dem Ball gewesen.
Noch nie hatten sie bisher einen so verzweifelten Menschen gesehen. Neben ihr am Boden hatte ein großes, dunkles Cape gelegen. Als sie nähergekommen waren und die Frau ansprechen wollten, hatte sie das Cape gepackt, es sich übergeworfen und war Hals über Kopf geflüchtet; sie sprang über die Vertäuungen der Boote und verschwand in der Dunkelheit.
Wieder im Hotel, erzählten sie den anderen davon. Die Älteren waren schon gegangen, doch die jungen Leute saßen noch in der Halle und konnten sich nicht losreißen. Kevin und Frankie hatte

die Begegnung offensichtlich erschreckt; es war irgendwie schaurig gewesen.
»Ich habe sie vorher auch schon gesehen«, berichtete Anna. »Sie gehört zu den Landfahrern. In diese Richtung ist sie gelaufen, als ich sie im Garten entdeckt habe. Sie hat versucht, von hinten ins Hotel hineinzuspähen.« Schützend legte Emmet den Arm um sie, als sie bei der Erinnerung daran zu zittern begann.
»Nein, es war keine Landfahrerin«, sagte Frankie sehr entschieden.
»Nein, ich habe ihr Gesicht gesehen«, bestätigte auch Kevin. »Sie hat ganz anders ausgesehen.«
»Und trug teure Kleidung«, ergänzte Frankie.
»Hat sie irgend etwas gesagt?« fragte Kit, deren Magen sich plötzlich angstvoll zusammenkrampfte.
»Nein, kein Wort.«
»War es vielleicht der Geist? Du weißt doch, von der Frau, die damals vor all den Jahren ins Wasser gegangen ist und dann immer gerufen haben soll …«, setzte Clio an. Doch da sah sie, wie alle sie anstarrten: Stevie, Emmet, Anna, Kevin Wall, Patsy Hanley und alle anderen Jugendlichen aus Lough Glass, die sich nur allzugut erinnerten, wer noch in diesem See ertrunken war. »Ich wollte nicht …«, begann Clio.
Aber Kit hatte sich schon losgerissen. Sie stürzte hinaus und hinunter zum See. »Lena!« schrie sie. »Lena, komm zurück, Lena. Geh nicht wieder fort. Lena, ich bin's, Kit.«
Die anderen standen im Eingang und beobachteten entsetzt, wie Kit in die dunkle Nacht rannte und unter Tränen immer wieder rief: »Komm zurück, Lena, komm zurück.«

KAPITEL ZEHN

Der Silvesterabend blieb noch lange Gesprächsthema Nummer eins.

Es gab so vieles zu erzählen. Zum Beispiel von der schamlosen Orla Reilly, die man dorthin zurückgeschickt hatte, wo sie hingehörte. Oder daß sich die Tische gebogen hatten unter der Last der Speisen – es war ein Bankett gewesen, jawohl, anders konnte man es nicht nennen. Und die großzügigen Spenden der Einwohner! Brandy, Whiskey und Sherry waren anscheinend kistenweise gestiftet worden; außerdem ein Truthahn, Lammkeulen, Rinderseiten, Pralinen, Kekse, Luxusseifen, Krawatten und Damenblusen (die umgetauscht werden konnten, wenn sie nicht paßten). Keiner im Ort hatte sich lumpen lassen.

»Weißt du noch, als die Luftballons runterkamen?« erzählte man sich. »Und Bobby Boylans Kapelle hat gespielt wie der Rattenfänger von Hameln, alle sind sie ihm im Gänsemarsch durch die Küche hinterhergelaufen. Und wie die Küche geblitzt hat! Da muß man sich ja beinahe schämen, wie es bei uns zu Hause aussieht.«

Hatte Maura McMahon mit ihrem Pelzcape nicht wie ein Mitglied der königlichen Familie ausgesehen? Und diese vielen hartgesottenen Burschen, die auf Einladung der Werkstatt gekommen waren, hatten doch tatsächlich in ihren Autos geschlafen und dann am nächsten Morgen bei Paddles weitergezecht. Ach, und das herrliche Mondlicht auf dem See!

Aber Stevie Sullivan und Kit – wie die getanzt hatten, den ganzen Abend! Und wie sie dann rauslief, als irgend jemand so eine alberne Geschichte von einem Gespenst am See erzählte, weil sie dachte, es wäre der Geist ihrer Mutter! Das arme Mädchen, sie

rannte herum und rief immer: »Verlaß mich nicht« oder so etwas. Keiner hatte es genau verstanden. Da irrte sie in ihrem roten Kleid draußen in der Kälte umher und starrte auf den See, bis Stevie sie nach Hause trug.
Ja, man hatte sich wirklich einiges zu erzählen.

»Hör mal, Maura, du kannst Stevie ruhig zu mir ins Zimmer lassen. Ich schwöre dir, daß wir uns nicht sofort die Kleider vom Leib reißen und übereinander herfallen werden.«
»Das habe ich auch nicht angenommen«, entrüstete sich Maura. Seit zwei Tagen brachte sie der schlotternden Kit Hühnerbrühe ans Bett, ohne ihr die geringsten Vorhaltungen wegen des Abends zu machen, der so merkwürdig geendet hatte. Sie hatte das rote Kleid saubergemacht, indem sie die Schmutzreste trocknen ließ und es dann ordentlich ausbürstete.
Jedesmal wenn Stevie vorbeikam, um die Kranke zu besuchen, hatte sie ein unbehagliches Gefühl. Und sie fand einen Vorwand nach dem anderen, um immer wieder in ihr Zimmer zu kommen. Kit streckte die Hand nach ihr aus und sagte: »Maura, ich weiß doch genau, was du denkst. Stevie ist ja in der ganzen Grafschaft als Schürzenjäger bekannt.«
»Nun ja.« Maura errötete.
»Aber wir kennen genügend Plätze, die verschwiegener und abgeschiedener sind als ausgerechnet mein Zuhause. Wenn ich es da nicht getan habe, dann werde ich mich wohl kaum hier dazu verleiten lassen. Das ist doch einleuchtend, oder?«
»Ich möchte nicht, daß du zu Schaden kommst.«
»Das wird auch nicht geschehen, ich verspreche es dir.«
Maura legte die Hand auf Kits Stirn. »Peter hat mir aufgetragen, aufzupassen, daß du nicht wieder Fieber bekommst. Ich glaube, du hast normale Temperatur, aber Stevie Sullivan wird dir nicht gerade dabei helfen, einen kühlen Kopf zu bewahren.«
»Ohne ihn würde es mir schlechter gehen, Maura.« Kit redete mit ihr wie mit einer Freundin.
Das rührte Maura. »Ich werde mit deinem Vater sprechen.«

»Er wird das nicht begreifen, außer wenn man es ihm sehr schonend beibringt. Ich meine, ich kann doch nicht zu Vater sagen, daß ich es mit Stevie noch nicht getan habe und es unter seinem Dach auch nicht tun werde.«

»Ich werde versuchen, es ihm ein bißchen diplomatischer zu sagen«, versprach Maura.

Niemand hatte Kit auf ihr seltsames Verhalten angesprochen. Sogar Dr. Kelly meinte, es habe nichts zu bedeuten. Wahrscheinlich hatte die Geschichte dieses dummen Dubliner Mädchens bei Kit Erinnerungen an jenen Abend wachgerufen, als ihre Mutter verschwunden war. Keiner hatte Dr. Kelly erzählt, daß seine Tochter Clio den Stein ins Rollen gebracht hatte.

Wenn niemand bei ihr im Zimmer war, lag sie – die Finger ins Laken gegraben – da, und in ihrem Kopf schwirrten die Gedanken. Es mußte Lena gewesen sein. Wer sonst wäre gekommen, nur um zuzuschauen? So hatte sie wohl ihren Sohn mit Anna Kelly im Pavillon gesehen, und ihre Tochter engumschlungen mit Stevie Sullivan auf dem mondbeschienenen Rasen. Vielleicht hatte sie auch erkannt, daß Maura Hayes ihr Pelzcape getragen hatte.

Sie sah eine Stadt, geschmückt mit Fahnen, Ballons und Blumen, die vor Leben sprühte. Eine Stadt, die damals, als sie hier gelebt hatte, grau und bedrückend gewesen war. Sie wußte auch, daß unter jenen, die da so ausgelassen feierten, die jungen O'Connors waren, Brüder des Mädchens, das Louis heiraten würde. Während eine Gesellschaft von beinahe zweihundert Menschen sich prächtig amüsierte, stand sie mit gebrochenem Herzen abseits – in einem Ort, wo jeder sie für tot hielt.

Kit fühlte sich wie eine Gefangene. Sie hatte sich erkältet, man hatte ihr Bettruhe verordnet. Nie gab es mal einen Moment, wo sie allein im Haus war und Ivy hätte anrufen können, um zu erfahren, ob Lena zurückgekehrt war. Ivy wußte es bestimmt. Aber wie konnte sie sich mit ihr in Verbindung setzen?

Emmet saß an ihrem Bett. »Ist alles in Ordnung mit dir, Kit? Sag mir die Wahrheit.«

»Aber ja. Unser Ball lief großartig, nicht?«
»Aber danach?«
»Danach war ich sehr durcheinander, ich habe einen ziemlichen Schreck bekommen. Schließlich war ich nervös und angespannt und hatte vor lauter Aufregung gar nichts gegessen.«
»Du warst wunderbar ... es hat alles prima geklappt.«
»Ja.«
»Ich weiß nicht, wie ich dir je dafür danken kann.«
»Ich wüßte schon, wie«, sagte sie.
»Ja? Ich tue alles, was du willst.«
Sie betrachtete ihn. Auf seinem Gesicht lag ein erwartungsvoller Ausdruck. Und er hatte den dümmlichen, glücklichen Blick eines Liebenden – sofern man es Liebe nennen konnte, was ihn mit der gräßlichen Anna Kelly verband. In vielfacher Hinsicht war er tatsächlich noch ein Kind.
Nein, sie konnte ihn nicht bitten, bei Ivy anzurufen. Sie konnte ihm nicht alles erzählen. Nicht, daß seine Mutter am Leben war, nicht, daß sie gekommen war und sie alle beobachtet hatte, und daß sie dann wieder weggelaufen war – zurück zum See.

Clio kam sie besuchen. »Ich könnte mich ohrfeigen, daß ich so gedankenlos bin und von Leuten im See rede ... und von Geistern. Ich bin wirklich zu blöde«, meinte sie.
»Nein, das macht nichts. Ich war überreizt, ich hatte einiges getrunken und nichts gegessen ...« Das hatte sie sich als Ausrede zurechtgelegt.
»Kannst du mir je verzeihen?«
»Aber sicher.«
»Wenn das so ist, mußt du wirklich ernsthaft krank sein. Sonst verzeihst du mir nie.«
»Oh, diesmal schon.« Kit lächelte matt.
»Der Abend war prima, was?«
»Du bist nicht erwischt worden, oder?« fragte Kit.
»Nein, nur von Anna. Die mich übrigens gebeten hat, dich auszuhorchen, wie der Stand der Dinge ist ... Sie möchte, daß ich

möglichst viel über dich und Stevie Sullivan herausfinde«, erzählte Clio kichernd.

»Und sie hat dich natürlich gebeten, es möglichst geschickt anzustellen, nicht wahr?«

»Ja, ja, sie meinte, ich müßte sehr diskret vorgehen.«

»Oh, das tust du durchaus«, bestätigte Kit.

»Diese doofe Anna wird nicht die kleinste Kleinigkeit von mir erfahren. Aber es würde mich interessieren … mich ganz persönlich … Kit, was in Gottes Namen hast du da getan? Warst du richtig betrunken?«

»Ja, wohl schon …«

»So was hat die Welt noch nicht gesehen – du hast dich förmlich an ihn rangeschmissen, den ganzen Abend.«

»Ich weiß«, erinnerte sich Kit.

»Na ja, davon geht die Welt nicht unter. Irgendwann wächst Gras über die Sache.«

»Oh, das glaube ich nicht«, entgegnete Kit.

»Doch, bestimmt. An dem Abend ging es auch sonst hoch her, das entschuldigt so manches.«

»Aber nicht, wenn alle sehen, wie ich den Rest meines Lebens wie eine Klette an ihm hänge.«

Clio starrte sie mit großen Augen und offenem Mund an. »Kit, du bist verrückt. Ausgerechnet Stevie Sullivan!«

»Ja, ausgerechnet der.«

»Aber Kit, der hat doch Mädchen wie Sand am Meer. Es ist ihm piepegal, ob sie verheiratet sind oder ledig oder dick oder dünn. Du weißt doch, was für einer das ist.«

»Ja. Und ich liebe ihn.«

»Du redest im Fieberwahn, das ist es.«

»Du hast mich gefragt. Du wolltest wissen, wie die Dinge stehen. Jetzt weißt du's.«

»Warum erzählst du mir das? Das kann doch nicht wahr sein.«

»Weil du meine Freundin bist. Du hast mir erzählt, daß du Michael O'Connor liebst und mit ihm ins Bett gehst und es dir Spaß macht. Wir sind Freundinnen, da erzählt man sich nun mal solche Din-

ge.« Während Kit das sagte, merkte sie, daß sich ihre Stimme beinahe überschlug.
»Mit Michael ist das etwas anderes, etwas … na ja, etwas Normales. Aber du kannst doch nicht den Kerl von der Werkstatt lieben, der es mit jedem weiblichen Wesen in der Gegend getrieben hat.«
»Was früher war, zählt nicht«, meinte Kit leichthin.
»Ach, sei nicht albern. So etwas ist doch nicht von einem Tag auf den anderen vorbei. Hast du nicht gesehen, wie Orla Reilly zum Ball gekommen ist und Stevie mit Blicken verschlungen hat, weil sie immer noch scharf auf ihn ist?«
»Und hast *du* nicht gesehen, wie er sie heimgeschickt hat?«
»Du meinst es wirklich ernst«, erkannte Clio entsetzt.
»Du hast doch immer gesagt, ich wäre nicht normal, weil ich nicht verliebt bin. Jetzt bin ich's, und es paßt dir wieder nicht …«
»Hör mal, ich gehe jetzt … Besuche sind noch zu anstrengend für dich.«
»Okay, und erzähle Anna ruhig, was ich dir erzählt habe, nämlich daß ich ganz verrückt nach ihm bin und nicht eher ruhen werde, bis ich ihn habe.«
»Ich werde ihr keinen Ton davon sagen. Ich erzähle ihr, daß du blau wie ein Veilchen warst und gar nicht mehr wußtest, daß du mit ihm getanzt hast.«
»Von mir wird sie aber etwas anderes zu hören bekommen, und dann kriegst du Ärger, weil du deine Aufgabe so schlecht gelöst hast.«
»Ich höre dir am besten gar nicht mehr zu, du bist ja völlig durchgedreht. Ich bin gekommen, weil ich dich fragen wollte, ob ich irgendwas für dich tun kann, Briefe zur Post bringen, Botengänge erledigen … aber jetzt habe ich das Gefühl, du brauchst vor allem einen Psychiater.«
»Danke, Clio. Du bist eine echte Freundin.«
Obwohl sie Clio kannte, seit sie denken konnte, war es eine sonderbare Freundschaft. Clio wäre die letzte, die Kit darum bitten würde, Ivy anzurufen und ihr etwas auszurichten. Sie konnte nicht zu ihr sagen: Clio, ruf bitte diese Frau in England an und

frag sie, ob mit Lena alles in Ordnung ist; stell keine Fragen, tu es einfach. Clio würde über alles genauestens Bescheid wissen wollen, und kurz darauf würde es jeder wissen.

»Bist du arg müde? Ich bleibe nicht lange.«
»Nein, Philip, ist schon gut. Schön, dich zu sehen. Hatten wir nicht den prächtigsten Silvesterball auf der ganzen Welt?«
»O ja. Ich weiß gar nicht, wie ich dir dafür danken soll.«
»Wofür, Philip? Daß ich mich zum Gespött der Leute gemacht habe ... ich war einfach völlig durcheinander, als sie anfingen, über Geister zu reden.«
»Ach, das«, sagte Philip.
»Klar, was hast du denn gedacht?« Kit sah ihn lange und durchdringend an. »Wie geht's deinen Eltern?« fragte sie schließlich.
»Ach, sie wollen jetzt an allen Ecken und Enden anbauen. Auf einmal meinen sie, es wäre alles ihre Idee gewesen und sie würden gar nicht verstehen, warum ich nie erkannt habe, welche Möglichkeiten in dem Haus stecken.«
Sein Gesichtsausdruck hatte sich verändert, von seiner hündischen Ergebenheit war kaum noch etwas zu bemerken. Als hätte ihn der Ballabend davon überzeugt, daß er und sie keine gemeinsamc Zukunft hatten.
Philip konnte sie blindlings vertrauen. Aber auch so weit, daß er Ivy für sie anrief?

Als Stevie kam, setzte sie sich mit Herzklopfen und geröteten Wangen im Bett auf. »Laß die Tür offen«, flüsterte sie.
»Wieso?«
»Sie sollen wissen, daß wir's nicht auf dem Bett miteinander treiben.«
»Warum redest du davon? Ich kann mich nur mit Mühe beherrschen. Also mach lieber keine Witze darüber«, meinte er mit breitem Lächeln.
»Ich wollte dich um einen Gefallen bitten.«
»Was immer du willst.«

»Ich hab's hier aufgeschrieben. Ich möchte, daß du etwas für mich erledigst, ein Telefongespräch führst – aber nur, wenn keiner zuhört.«
»Ein Telefongespräch wohin?«
»Nach London.«
»In Ordnung.«
»Meinst du, Mona von der Vermittlung wird mithören?«
»Bei mir nicht. Ich führe viel zu viele langweilige Telefonate mit Dagenham, Cowley und so.«
»Und nicht, wenn Maura da ist.«
»Verstehe.«
»Es ist die allerwichtigste Angelegenheit in meinem ganzen Leben. Könntest du das gleich für mich tun?«
»Ich bin schon unterwegs.«
»Hier hab' ich dir alles aufgeschrieben.«
»Gut.«
»Weißt du, es ist nicht nur eine gewöhnliche Nachricht, laß dir also Zeit damit ... und sprich nur mit Ivy, nicht mit ihrem Mann Ernest. Sag, daß du mein Freund bist und daß ich krank bin und nicht selbst telefonieren kann ... sag, daß ich glaube, ich hätte Lena an Silvester hier in Lough Glass gesehen. Ich möchte wissen, ob Ivy seitdem etwas von ihr gehört hat.« Tränen rollten über Kits Wangen.
Stevie nahm ein Taschentuch und wischte sie behutsam weg. »Meinst du, daß sie mir Auskunft gibt?«
»Vielleicht hat sie Bedenken, aber dann sag ihr, ich habe dich damit beauftragt, aber du wüßtest sonst nichts von der Sache.«
Er nickte, als würde er begreifen. Wie er dasaß, das lange dunkle Haar über dem Kragen des scharlachroten Pullovers, ging ihr das Herz über. Sie wußte, daß er sich eigens gewaschen und umgezogen hatte, nur um die Straße zu überqueren und ihr einen Besuch abzustatten. Das rührte sie beinahe zu Tränen.
»Ich bin bald zurück«, meinte er. »Trink deine Brühe, sonst wird sie kalt.«
»Danke, Stevie.«

Er war gegangen, er würde es tun, und er hatte keine Fragen gestellt. Kit schloß die Augen. Sie war sich völlig sicher, daß sie das Richtige getan hatte.

»Wie bist du denn nach Hause gekommen?« fragte Ivy, während sie Lena die kleine Tasche abnahm und ihr aus dem nassen Mantel half.
»Nach Hause?« Lena sah sie verständnislos an.
»Na, hierher nach London.«
»Mit dem Schiff und dem Zug. Das ist bequemer. Man muß mit niemandem reden und nichts buchen … und keinen Namen angeben. Man steigt einfach ein.« Ihre Stimme klang dünn und tonlos.
»Du bist per Schiff und Zug aus Brighton gekommen?«
»Ich war nicht in Brighton.«
»Doch, Lena. Du hast mir die Nummer von dort gegeben.«
»Ach so, ja, stimmt.«
»Und wo warst du danach?«
»In Irland.«
»Irland?«
»In Lough Glass. Ich wollte sie sehen.«
»Das glaube ich nicht.«
»Doch.«
»Was haben sie gesagt?«
»Sie haben mich nicht gesehen.«
»Wieso?«
»Sie wußten gar nicht, daß ich da war.«
»Hör mal, Lena, darf ich dich fragen, ob du schon irgendwas gegessen hast …?«
»Ich weiß nicht.«
»Ich könnte dir was machen … was hättest du denn gern? Truthahn biete ich dir nicht an, keine Angst …«
»Oh, ich hätte gar nichts dagegen. Ich habe dieses Jahr keinen Truthahn gegessen.« Auf ihren Lippen zeichnete sich ein sehr schwaches Lächeln ab, das war besser als nichts.

»Nun, vielleicht eine Suppe und ein Truthahnsandwich?«

»Aber nur ein ganz kleines, Ivy.«

Da klingelte das Telefon. »Na so was«, meinte Ivy. »Die Vermittlung sagt, der Anruf kommt aus Irland.«

»Kit!« Lena sprang auf. »Gib her.«

»Nein, wir wissen doch gar nicht ...« Ivy versuchte, ihr den Hörer wegzunehmen.

»Hallo?« meldete sich eine Männerstimme. »Könnte ich bitte mit Ivy sprechen? Hier ist Stevie Sullivan, ich bin der Freund von Kit McMahon.«

»Ja, hier ist Ivy«, antwortete Lena.

»Nun, es geht um Lena. Kit möchte wissen, ob mit Lena alles in Ordnung ist. Hat sie mit Ihnen telefoniert?«

»Warum ruft sie nicht selbst an?« wollte Lena wissen.

»Sie ist krank und liegt im Bett.«

»Ist es so schlimm, daß sie nicht mal telefonieren kann?«

»Nein, ich glaube, es handelt sich um so etwas wie ein Geheimnis, und sie möchte nicht von zu Hause aus anrufen, weil sonst vielleicht jemand mithört.«

»Was soll das heißen, Sie *glauben*, es ist ein Geheimnis? Wenn Sie anrufen, müssen Sie doch Bescheid wissen. Dann wissen Sie doch alles.«

»Ivy«, erwiderte der Mann. »Ich bin Kits Freund, sie hat mich gebeten, daß ich das für sie tue. Sie macht sich Sorgen wegen jemandem namens Lena. Mehr weiß ich nicht, ganz ehrlich. Aber ich möchte jetzt wieder hinübergehen und ihr sagen können, was mit Lena ist. Geht es ihr gut?«

»Ja«, antwortete Lena langsam. »Sagen Sie ihr, es ist alles in Ordnung.«

»Entschuldigen Sie, aber ich würde ihr gern noch ein bißchen mehr sagen können. Ich will nicht wissen, wer Lena ist, aber Kit war neulich sehr krank und aufgeregt und hat dauernd nach einer Lena gerufen. Ich weiß nicht, worum es geht, aber es ist wohl wichtig.«

»Ja«, meinte Lena tonlos. »Es *ist* wichtig.«

»Also?« Er wartete.
»Nun, Sie könnten ihr vielleicht ausrichten, daß Lena gut nach Hause gekommen ist, mit dem Schiff und dem Zug … und daß es ihr gutgeht und sie bald schreiben wird, einen ganz langen Brief.«
»Sie ist sehr durcheinander. Könnten Sie mir sonst noch etwas sagen, gewissermaßen als Beweis, daß ich wirklich mit Ihnen gesprochen habe?« Er wollte die Sache gründlich erledigen. Wenn er zu Kit zurückging, wollte er etwas in der Hand haben, was sie überzeugte.
Lena schwieg einen Moment.
»Sie könnten ihr sagen … ja, ich denke, daß Sie ihr sagen könnten … daß sie mit dem Ball eine echte Glanzleistung vollbracht hat. Niemand hätte es für möglich gehalten, daß das Central Hotel so schön aussehen könnte.«
»Und das würde beweisen, daß ich mit Ihnen gesprochen habe?«
»Ja, ich denke schon.«
Wieder entstand eine Pause, ehe Lena fragte: »Sie wissen wirklich nicht, worum es sich handelt?«
»Nein.«
»Danke«, meinte sie.
»Ich danke Ihnen, Ivy«, erwiderte er und legte auf.

Er rannte über die Straße und erzählte Kit wortwörtlich, was die Frau gesagt hatte. Als er das Lob für das Central Hotel erwähnte, starrte sie ihn mit weit aufgerissenen Augen an.
»Sag das noch mal.«
Er wiederholte seine Worte.
»Du hast nicht mit Ivy gesprochen. Sondern mit Lena.« Und sie brach in Tränen aus.

Ivy half Lena zurück zum Tisch. »Na, das hat ja gut gepaßt. Stell dir vor, er hätte eine Stunde früher angerufen, dann hätte ich ihm gar nichts sagen können.«
»Oh, mein Gott«, stöhnte Lena.

»Was hast du?«
»Sie wird ihn einweihen. Sie wird es ihm erzählen, und dann ist sie ihm für immer und ewig ausgeliefert.«
»Ich verstehe nicht ...«
»Stevie Sullivan wird hinter das Geheimnis kommen. Und dann hat er sie völlig in der Hand. Er kann mit ihr machen, was er will. Und wenn er sie noch so schlecht behandelt, sie muß sich damit abfinden, es gibt für sie kein Entrinnen. Er kennt ihr Geheimnis, und damit kann er sie immer erpressen.«
»Warum haßt du ihn nur so sehr?«
»Ich habe ihn gesehen, Ivy. Ich war nicht weiter von ihnen entfernt als jetzt von dir. Ich habe gesehen, wie sie sich geküßt haben. Und der Blick, mit dem sie ihn angeschaut hat ...«
»Sie hat sich eben verliebt ... willst du, daß sie ins Kloster geht?«
»Nein, aber ich habe ihn gesehen, Ivy.«
»Und was war so schlimm an ihm?«
»Er war genau wie Louis. Er hätte Louis' Sohn sein können, oder sein jüngerer Bruder. Sie wird dasselbe tun wie ich ... Siehst du, was ich meinem Kind weitervererbt habe: daß sie jemanden lieben wird, der ihr das Herz bricht.«

»Jim, es ist ein Brief von Lena gekommen«, sagte Jessie.
»Ah, Gott sei Dank. Ich habe schon befürchtet, sie würde uns für immer verlassen. Was schreibt sie?«
»Daß sie nervlich überanstrengt ist. Der Arzt meint, sie arbeite zuviel und solle sich ein paar Wochen frei nehmen. Ende Januar, schreibt sie, wird sie wieder dasein.«
»Na, es ist ja beruhigend, daß sie überhaupt zu einem Arzt gegangen ist.«
»Und sie arbeitet wirklich zuviel«, erklärte Jessie.
»Wir haben ja versucht, sie zu bremsen, und ihr geraten, mal auszuspannen.« Das hatte Jim tatsächlich mehr als einmal getan.
»Sie sagt, sie fährt vielleicht für eine Weile nach Irland«, berichtete Jessie, in den Brief vertieft.
»Das tut ihr bestimmt gut. Da drüben ist es beschaulicher als hier.

Und da sie ja aus Irland stammen, haben sie wahrscheinlich Freunde und Familie dort.«

»Von ihm schreibt sie gar nichts.«

»Nun, er wird ja wohl mitfahren.«

»Sie erzählt immer nur von sich … von ›wir‹ ist nie die Rede.«

Clio speiste mit Michael O'Connor und seiner Familie zu Mittag. Sie schienen von ihr alle recht angetan zu sein und bereit, sie in ihren Kreis aufzunehmen.

»Du kommst doch zu Mary Paulas Hochzeit?« fragte Michaels Mutter Clio.

»Ja, gern, Mrs. O'Connor.« Seit Silvester entwickelten sich die Dinge prächtig. Alle hatten in den höchsten Tönen vom Ball im CHL – wie man es inzwischen nannte – geschwärmt.

Fingers O'Connor wollte über jede Kleinigkeit Bescheid wissen.

»Und wie hat es deiner Stiefmutter gefallen? Maura Hayes?«

»Sie ist meine Tante«, erwiderte Clio.

»Sie ist Kits Stiefmutter«, erklärte Kevin O'Connor.

»Und Kit ist …?«

»… die, in die ich verknallt war«, half Kevin seinem Vater auf die Sprünge.

»Nun, wie geht es ihr?« Fingers ließ nicht locker.

»Ich würde sagen, sie ist nicht ganz bei Trost. Sie hat sich mit dem größten Schürzenjäger des Ortes eingelassen.«

»Maura Hayes?« rief Fingers ungläubig aus.

»Nein, Kit«, antworteten alle wie aus einem Munde.

Und so erfuhr Fingers nichts weiter über die hübsche, mollige Frau, auf die er schon so lange ein Auge geworfen hatte.

Kit war nach Dublin zurückgekehrt. Als sie sich mit Clio traf, vermieden sie es beide, Stevie Sullivans Namen zu erwähnen.

»Erzähl mir von Mary Paulas Hochzeit. Wollen sie richtig groß feiern?«

»Nein, es wird in aller Stille über die Bühne gehen.«

»Das klingt aber gar nicht nach den O'Connors.«

»Anscheinend hat der schöne Louis überhaupt keine Angehörigen ... oder zumindest keine, die man bei einer Hochzeit vorzeigen könnte.«
Einen Moment lang haßte Kit ihre Freundin für den überheblichen Ton, den sie anschlug. Doch dann fiel ihr ein, wen sie eigentlich haßte. »Na, aber wie soll die Hochzeitsfeier dann aussehen?«
»Sie wird nicht in einem ihrer eigenen Hotels stattfinden. Zuerst Trauung in der University Church, anschließend Mittagessen für sechzehn Personen in einem Nebenzimmer im Russell. Gleich neben dem St. Stephen's Green.«
»Im Russell! Huch, wie vornehm!«
»Allerdings. Ich weiß noch gar nicht, was ich anziehen soll. Du wirst mir wohl kaum verraten, wo du immer deine hinreißenden Kleider kaufst ...?«
»Willst du etwa mit einem scharlachroten rückenfreien Abendkleid zu einem Mittagessen ins Russell gehen?«
»Ja, schon gut, dann sagst du's mir eben nicht. Es gibt so vieles, was ich nie über dich erfahren werde, Kit.«
»Das geht mir mit dir genauso. Wir sind eben zwei geheimnisvolle Frauen.«
»Du siehst blaß aus. Hast du dich erholt von ... na, was immer es eben war?«
»Ja, ich bin nur ein bißchen müde.« Tatsächlich hatte sie die ganze Nacht wachgelegen und auf den Brief von Lena gewartet, den diese ihr versprochen hatte. Einen Brief, in dem sie alles erklären wollte. Doch dieser Brief war noch nicht angekommen.

»Tante Maura, hier ist Clio. Erinnerst du dich an dieses hübsche Pelzcape, das du beim Ball anhattest?«
»Hallo, Clio. Schön, daß du mal anrufst, und extra aus Dublin.«
»Ja, ja. Hör mal, ich kann nicht lange sprechen. Aber ich wollte dich um einen großen Gefallen bitten.«
»Welchen?«
»Ich habe mich gefragt, ob du mir vielleicht das Pelzcape leihen

würdest, wenn ich auf diese Hochzeit gehe. Ich möchte mich richtig in Schale werfen, und zu meinem cremefarbenen Kostüm würde es sich ganz wunderbar machen.«

»Du bist noch ziemlich jung für Pelz, Clio. Das ist eher was für ältere Frauen wie mich.«

»Ich weiß, was du meinst, aber deiner ist ganz besonders schön. Er würde einer Jüngeren wirklich besser stehen.«

»So, findest du?« erwiderte Maura säuerlich.

Clio versuchte, ihren Fehler wiedergutzumachen. »Ich meine, du hast prima damit ausgesehen.«

»Schön, daß es dir gefallen hat.«

»Ja, und deshalb wollte ich dich fragen …« Clio wartete vergeblich, daß Maura etwas sagte. »Ich wollte dich also fragen, ob du ihn mir leihst. Ich würde wirklich gut darauf aufpassen …«

»Nein, tut mir leid«, sagte Maura kühl. »Ich wäre dir gern behilflich, aber das ist ein ganz besonderes Geschenk, und ich möchte es nicht aus den Händen geben.«

Stevie kam an vier Abenden in der Woche nach Dublin, und dann gingen er und Kit immer zusammen aus. Sie einigten sich darauf, sich stets außer Haus zu treffen. Denn die Verlockungen des kleinen, ruhigen Untermietzimmers, wo niemand darauf achtete, wer das Haus betrat oder verließ, barg zu viele Gefahren.

Stevie wollte sein Versprechen halten. Wenn mit Kit zusammensein bedeutete, daß sie nicht miteinander ins Bett gingen, dann galt das, hatte er ihr versichert. Schließlich wollte er ja mit ihr zusammensein.

So saßen sie händchenhaltend in Imbißbuden oder fuhren mit dem Bus nach Dun Laoghaire, wo sie bei Wind und Regen am Pier entlangspazierten. Oder sie gingen in eins der großen Kinos in der O'Connell Street. Mit anderen Menschen trafen sie sich nie. Sie waren sich selbst genug.

Mit wem hätten sie sich auch schon verabreden können? Mit Philip, dessen Gesichtsausdruck ihnen beiden das Herz brechen würde? Mit Clio, die die Meinung vertrat, daß Kit ihr Leben wegwarf? Oder mit Frankie, die nur noch mit Kevin O'Connor zusammensteckte und für niemand anderen mehr Zeit hatte? Aber vom Reden, vom Lachen und von den Zärtlichkeiten konnten sie nie genug bekommen. Wenn jemand fragen würde, worüber sie gesprochen hatten, sie könnte es nicht sagen, dachte Kit eines Abends. Die Zeit war wie im Flug vergangen, aber sie wußte nicht, worüber sie eigentlich geredet hatten. Über Stevies Vergangenheit sprachen sie nie, ebensowenig wie über sein Bedürfnis, Kit auf eine andere Weise zu lieben. Und auch die Frau, mit der er damals telefoniert hatte, wurde nie erwähnt. Diese Frau blieb ein Geheimnis, das er nie zu lüften versuchte. Eines Tages würde Kit ihm erzählen, daß sie ihre Mutter war. Aber noch war die Zeit nicht reif dafür.

Liebste Kit,
ich habe so viele Anläufe gebraucht, der Papierkorb quillt über von lauter zerrissenen und zusammengeknüllten Blättern. Ich glaube, ich hatte eine Art Nervenzusammenbruch. Mehr kann ich dazu nicht sagen. Er ist jetzt hoffentlich vorbei. Aber richtig überstanden habe ich es wohl erst, wenn Louis geheiratet hat, am 26. Januar in Dublin. Wenn das alles abgehakt ist und hinter mir liegt, werde ich bestimmt wieder die alte werden. Bitte glaub mir das, Kit. Verzeih mir auch diesmal, wie Du es schon so oft getan hast. Sag mir, daß Du wieder gesund und bei Kräften bist. Und daß Du Dich wieder Deiner Arbeit widmest.
Ich habe mit Stevie gesprochen. Er dachte, ich wäre Ivy, aber Du weißt, daß dem nicht so war. Er schien ziemlich besorgt um Dich. Als würde er Dich sehr lieben. Ich schreibe Dir das, weil ich weiß, daß Du es hören willst. Und auch weil ich denke, daß es die Wahrheit ist. Was aber nicht heißt, daß es zu Deinem Besten ist. Ich habe Dich sehr, sehr lieb, Kit. Denk daran, was immer auch geschieht.

Deine Dich liebende Mutter,
Lena

Kit machte sich große Sorgen. Lena hatte wieder mit »Mutter« unterschrieben. Hatte sie wirklich einen Zusammenbruch erlitten? Warum wollte sie sie vor Stevie warnen? Und vor allem: Was hatte es zu bedeuten, daß sie sich immer daran erinnern sollte, daß Lena sie lieb hatte, egal, was geschah? Was barg die Zukunft? Was würde noch geschehen?

»Weißt du, worum ich dich wirklich gerne bitten würde?«
»Nein, ich will's mir auch gar nicht erst ausmalen«, erwiderte Kit.
Das Leuchten in Clios Augen war verdächtig. »Könntest du Mauras Cape für mich stibitzen, damit ich es bei der Hochzeit tragen kann? Sie würde es gar nicht merken. Ich zahle dir auch den Bus, damit du es danach zurückbringen kannst.«
»Spinnst du?« gab Kit zurück.
»Moment, wir wollen doch nichts verdrehen. *Du* bist diejenige, die spinnt, nicht ich. Über *dich* zerreißen sich alle das Maul, weil du mit Stevie Sullivan zusammen bist. Meine Mutter hat mich schon gefragt, was eigentlich in deinem Kopf vorgeht.«
»Es ist mir piepegal, was deine Mutter denkt oder fragt oder sagt.«
»Diesen Spruch höre ich von dir schon, seit ich denken kann«, meinte Clio.
»Dann habe ich vielleicht meine Gründe. Du redest von deiner Mutter immer, als hätte sie die Weisheit mit Löffeln gefressen, während alle anderen nur Trottel sind.«
»Warum streiten wir uns eigentlich?« wollte Clio wissen.
»Weil du ziemlich gemeine und verletzende Sachen zu mir gesagt hast. Und weil du das fast immer tust.«
»Tut mir leid.«
»Das kaufe ich dir nicht ab. Du willst ja nur Mauras Cape.«
»Doch bloß als Leihgabe. Schau, wir leihen uns doch auch immer alles: Schuhe, Handtaschen, Lippenstifte ...«
»Aber das sind Sachen, die uns gehören, nicht irgend jemand anderem.«
»Sie wird es nie erfahren.«
Kit verstummte. Welche Ironie, daß jemand Lenas Cape ausleihen und bei Louis' Hochzeit tragen wollte! Vielleicht hatte Mutter das

Cape sogar von Louis bekommen. Vor vielen Jahren. Vater konnte sich jedenfalls nicht erinnern, es ihr gekauft zu haben. Und wenn man jemandem einen Pelz geschenkt hatte, dann erinnerte man sich doch daran, oder?
Sollte sie Clio erlauben, ihn zu tragen? Um Louis auf seiner Hochzeit damit zu verblüffen – mit dem Geschenk, das er einst Lena gemacht hatte? Aber Männer waren so gedankenlos, sie vergaßen ja immer alles. Und wenn er sich doch daran erinnerte, würde er womöglich nur denken, daß Clio zufällig den gleichen Pelz hatte. Während beide schwiegen, sah Clio sie an. Es schien, als würde Kit nachdenken. Als würde sie überlegen, ob sie ihr das Cape geben sollte oder nicht.
»Nein«, entschied Kit schließlich. »Tut mir leid wegen diesem albernen Streit, aber es geht einfach nicht.«
»Ich wünschte, die blöde Hochzeit wäre schon vorbei«, sagte Clio. »Jeder ist dermaßen gereizt deswegen. Außer dem Bräutigam, wie es scheint. Er hat vier Personen eingeladen und strahlt wie ein Honigkuchenpferd. Sieht übrigens erstaunlich gut aus für sein Alter.«
»Wann hast du ihn denn zu Gesicht bekommen?«
»Oh, er ist hier in Dublin. Neulich haben wir bei Michaels Vater ein Gläschen getrunken. So wie er einem die Hand hält, könnte man meinen, daß er – unter anderen Umständen natürlich – mit einem anbändeln wolle. Ach, und sie ist schwanger, ganz ohne Zweifel. Das merkt man schon daran, wie sie dasteht.«

»Wollen wir am Wochenende nach Nordirland fahren, wir beide?« fragte Stevie sie.
»Nein«, antwortete Kit. »Ich muß in Dublin bleiben.«
»Wozu denn? Ich habe mir gedacht, eine hübsche Spazierfahrt würde dir Spaß machen. Ich muß zu einer geschäftlichen Besprechung, aber die dauert nur ungefähr fünfundzwanzig Minuten. Danach könnten wir uns einen Film ansehen, der auf dem Index steht ...«
»Damit ich ganz verrückt vor Lust werde ...?«

»Nein, nur so. Und wir könnten die Küstenstraße von Antrim hinauffahren. Sie soll grandios sein, so wie Kerry.«
»Aber das schaffen wir doch gar nicht alles an einem Tag.«
»Wir können dort übernachten. In separaten Zimmern natürlich. Ich schwör's, Hand aufs Herz.«
»Nein, es geht nicht, Stevie. Nicht an diesem Samstag. Ich möchte wirklich in Dublin bleiben.«
»Warum?«
»Gut, ich sag's dir«, meinte sie. »Ich möchte in die Kirche gehen und zusehen, wie Michael O'Connors Schwester diesen Louis Gray heiratet.«
Stevie blickte ihr ins Gesicht. »Ich wollte gerade fragen, warum um alles in der Welt … aber ich verkneife mir die Frage.«
»Danke«, erwiderte sie.
»Aber wenn du nicht mit mir in den Norden fahren willst, könnte ich doch abends noch vorbeikommen, und wir gehen zusammen aus?«
»Das wäre schön«, sagte sie mit ernster Miene.
»Also abgemacht?«
»Komm doch einfach bei mir vorbei. Wenn ich da bin, bin ich da.«
»Das klingt aber nicht so verlockend, daß man Lust bekommt, an einem kalten Januarabend fast vierhundert Kilometer auf langen, dunklen Straßen aus Nordirland zurückzufahren.«
»Es ist nur so, daß … na ja, daß mir eine bestimmte Sache Kopfzerbrechen macht. Daß ich befürchte, es könnte etwas schiefgehen.«
»Möchtest du, daß ich hier bei dir bleibe, für alle Fälle?«
Einen Moment lang war sie versucht, ja zu sagen. Doch dann entschied sie sich dagegen. Von dieser Fahrt in den Norden konnte für Stevie ein großes Geschäft abhängen. Und außerdem machte sie sich wahrscheinlich völlig umsonst verrückt: Lena hatte bestimmt nicht ernstlich vor, zu Louis' Hochzeit zu kommen.

Louis Gray spürte, daß er in die Jahre kam. Allzu viele Abende hatte er mit den Jüngeren aus dem O'Connor-Clan verbracht und dabei versucht, sich als annehmbarer Schwager zu präsentieren. Ihre Trinkfestigkeit war ungeheuer. Ehe er sich's versah, war er schon wieder mit der nächsten Runde an der Reihe. Und Mary Paula litt an morgendlicher Übelkeit und war nicht in der Stimmung, seinen Kater zu pflegen. Im Gegenteil, er mußte sich nun besonders viel um sie kümmern.
Was sich als schwierig erwies, denn er wohnte in einem Hotel der O'Connors und sie im Haus ihrer Eltern. Einen Großteil seiner Zeit verbrachte er damit, sich mit dem Unternehmen vertraut zu machen, in das er einheiraten würde.
Das Personal war ausgesprochen höflich, dachte Louis, aber nur deshalb, weil er der zukünftige Schwiegersohn des Chefs war und offensichtlich bereits für einen Erben gesorgt hatte. Diese Ober, Portiers und Empfangsangestellten behandelten nicht jeden x-beliebigen Gast so zuvorkommend.
Seinen angehenden Schwiegervater Fingers O'Connor fand er ziemlich schwierig, dessen Frau war eine nervtötende Pedantin.
Und dann gab es so manches, was ihm in diesen ereignisreichen Tagen verwirrend erschien. Zum Beispiel Mary Paulas Brüder, diese beiden jungen Flegel; anscheinend hatten sie ausgerechnet zu Lough Glass enge Beziehungen. Sie hatten es eilig gehabt, aus London wieder wegzukommen, weil sie zu irgendeiner Veranstaltung wollten, die im sogenannten CHL stattfinden sollte.
Damals, als Louis oft heimlich in Lough Glass gewesen war, hatte es ein derartiges Hotel nicht gegeben, nur eine heruntergekommene, schmuddelige Bruchbude, in die keiner freiwillig einen Fuß gesetzt hätte. Doch die O'Connor-Jungs behaupteten, die georgianische Fassade und dieser gewisse Charme des Alten seien genau das, was Irlandbesucher reizvoll fänden – weit mehr als moderne, zweckmäßige Hotelbauten. Insgeheim pflichtete Louis ihnen bei, aber das konnte er natürlich nicht laut sagen, da seine eigene Zukunft mit einem schmucklosen, funktionellen und mo-

dernen Hotelklotz verknüpft war, wo ihm Fingers O'Connor als Hochzeitsgeschenk dessen Direktion übertragen würde.
Inzwischen hatte Louis auch ein paar alte Bekannte in Dublin aufgesucht. Ihren Fragen wußte er stets geschickt auszuweichen, meist mit einem reumütigen Lachen. »Ach, ich will dich nicht mit meinen Fehlern aus der Vergangenheit langweilen. Erzähl lieber von dir – läuft alles gut?«
Ohne große Mühe fand er einen Trauzeugen, einen Mann, den er vor Jahren im Einzelhandelsgeschäft kennengelernt hatte. Vorzeigbar und phantasielos. Harry Nolan hielt Louis' Geschichte für völlig plausibel: Er sei nach Irland zurückgekehrt, weil es ihm gelungen sei, die achtundzwanzigjährige Tochter eines reichen Hoteliers zu verführen, und weil er als Belohnung dafür, daß er eine ehrbare Frau aus ihr mache, eine Schlüsselposition in einem Hotel erhalte.
Harry konnte gut mit Menschen umgehen und war im Zuhören besser als im Reden. Zwar war er verheiratet, aber er erklärte Louis, seine Frau würde nicht viel hermachen, sie kämen bei den Feierlichkeiten genausogut ohne sie aus.
Irland habe sich verändert, erzählte Harry seinem Freund Louis. Jetzt zähle der geschäftliche Erfolg, jeder versuche, das Beste aus sich zu machen. So wie sie beide. Früher hatten sie Damenunterwäsche verkauft, aber nun hatte Louis es geschafft, er war ein angehender Hotelier. Und er, Harry, führte ein sehr bedeutendes Geschäft in der Grafton Street und verkehrte in besseren Kreisen.
Mit Harry hatte Louis eine glückliche Wahl getroffen. Zum Junggesellenabschied gingen sie auf ein, zwei Drinks in eine Kneipe. Da sie beide befürchteten, nach einem Saufgelage am nächsten Tag keine allzu gute Figur zu machen, verlief der Abend ausgesprochen gesittet.
Louis blickte aus seinem Hotelzimmer über die Dächer von Dublin. Er wünschte, er könnte aufhören, dauernd an Lena zu denken. Wo sie heute abend wohl sein mochte? Sie hatte ihm versichert, sie würde ihn verstehen. Warum beunruhigte es ihn dann

so sehr, daß sie weder an ihrem Arbeitsplatz noch zu Hause aufgetaucht war?
Er rief noch einmal bei Ivy an. Obwohl er seine Stimme verstellte und einen anderen Namen nannte, hatte er immer das Gefühl, daß sie ihn erkannte.
»Ich wollte fragen, wo Mrs. Gray sich aufhält. Ich habe schon oft versucht, sie in der Agentur zu erreichen«, sagte er.
»Sie ist fort«, erwiderte Ivy mit Grabesstimme. »Niemand weiß, warum sie gegangen ist, oder wohin. Ich kann Ihnen also, fürchte ich, nicht weiterhelfen.«

Es war kalt, aber trocken. Eine fahle Wintersonne schien, als Harry Nolan und Louis Gray an der University Church am St. Stephen's Green eintrafen. Der Samstagsverkehr brauste vorüber, und in den Bussen reckten die Menschen die Hälse, um zu sehen, wer sich vor der hübschen Kirche versammelte, in der sich betuchtere Leute trauen ließen.
»In einer Stunde haben wir's überstanden. Dann sitzen wir im Russell und schlürfen Gin-Tonic«, meinte Harry.
Louis blinzelte in die Ferne. Er war heute schrecklich nervös. Es schien ihm, als würde ihn seine Vergangenheit nicht loslassen wollen. Denn es stellte sich heraus, daß Mary Paulas Bruder Michael fest entschlossen war, die hübsche Clio zu heiraten, die Tochter des Arztes von Lough Glass. Jemand, den Lena wahrscheinlich gut kannte. Er mußte sich vergegenwärtigen, daß ja alle Helen McMahon für tot hielten. Auch wenn es ihm mal herausrutschen sollte, würde ihm keiner glauben, daß er so viele Jahre mit ihr zusammengelebt hatte.
Doch während er im Sonnenlicht stand, sah er eine Frau die Straße überqueren – eine Frau mit einer dunklen Sonnenbrille, die ihn so sehr an Lena erinnerte, daß ihm die Knie weich wurden.
»Du hast nicht zufällig irgendwas zur Stärkung dabei, Harry?« fragte er.
»Doch, einen Flachmann mit Brandy. Aber gehen wir lieber in

den Vorraum, bevor du dich darüber hermachst«, schlug Harry vor.
Fingers O'Connor half seiner Tochter aus der großen Limousine. Die anderen waren schon in die Kirche vorausgegangen. »Du siehst bezaubernd aus, Mary Paula«, meinte er. »Ich hoffe, er wird dir ein guter Ehemann sein.«
»Ich will ihn und nur ihn, Daddy«, erwiderte sie.
»Na gut.« Leiser Zweifel lag in seiner Stimme.
»Ich sehe doch nicht dick aus, oder?«
»Aber nein, natürlich nicht. Schau nur, wie bewundernd dich die Leute ansehen.« Tatsächlich war eine kleine Schar von Passanten stehengeblieben, die der Braut zulächelten. Manche begaben sich sogar in den hinteren Teil der Kirche, um die Zeremonie aus gebührender Entfernung zu beobachten.
Kit hatte das Gesicht in den Händen vergraben, als betete sie. Sie trug einen gegürteten Regenmantel und ein kariertes Kopftuch. Bestimmt würde niemand von der Hochzeitsgesellschaft sie erkennen. Denn sie saß ganz hinten, fernab vom Geschehen … bei denen, die nur zuschauen wollten. Allerdings betete sie nicht, sondern spähte zwischen den Fingern hindurch. Einige ältere Leute mit Rosenkränzen beteten leise, aber mit ernsten Gesichtern, zu Gott und der Jungfrau Maria. Ein paar Studenten vertrieben sich hier offenbar nur die Zeit, bis sie zum Mittagessen in die Grafton Street gehen konnten. Etwas abseits saßen zwei Obdachlose, ein Mann in einem Sackleinenmantel und eine Frau mit fünf Tragetaschen.
Aber Lena konnte sie nirgends entdecken.
Da bemerkte sie hinter einem Beichtstuhl eine Gestalt: eine Frau in einem langen, dunklen Wollrock und einem eleganten Blazer. Gerade nahm sie ihr Kopftuch und die Sonnenbrille ab, und Kit beobachtete, wie sie einen schicken Hut aufsetzte, einen federgeschmückten Hut, der zweifellos teurer war als jede andere Kopfbedeckung auf dieser kleinen, aber feinen Hochzeit. Die Frau straffte die Schultern, bereit, nach vorne zu den geladenen Gästen zu gehen, auf den Bräutigam zu.

Lena hatte es tatsächlich getan. Obwohl Kit gehofft und gebetet hatte, es möge nicht geschehen. Sie war nach Dublin gekommen mit dem Vorsatz, Louis Gray die Hochzeit zu verderben. Sie würde alles verlieren, was ihr noch geblieben war, ihre Würde, ihre Anonymität, vielleicht auch ihre Freiheit. Womöglich würde sie sogar auf den Bräutigam oder die Braut losgehen. Kit sah Lenas unsteten Blick; sie war nicht zurechnungsfähig. Vielleicht würde sie die kommende Nacht und einen großen Teil ihres Lebens hinter Gittern verbringen.
Inzwischen war die Braut mit ihrem Vater nach vorne geschritten – zu Louis, der übers ganze Gesicht strahlte.
Kit hatte ihn zwar nur einmal gesehen, aber an sein Lächeln konnte sie sich noch erinnern. Ihr fielen auch Clios Worte wieder ein, daß er einem das Gefühl vermittelte, er würde unter anderen Umständen mit einem anbändeln wollen. Nun stand er vor den versammelten Hochzeitsgästen, wie ein gutaussehender Schauspieler, der gleich seinen Text aufsagen würde. Und da erkannte Kit, daß er nie etwas anderes gewesen war und nie etwas anderes sein würde. Dieser Nichtsnutz war es nicht wert, daß ihre wunderbare Mutter sich seinetwegen unglücklich machte!
Kit jagte förmlich zum Seitenschiff. Noch hatte niemand sie oder ihre Mutter gesehen. Sie waren zu weit hinten, als daß jemand sie bemerken würde, abgesehen von den üblichen Rosenkranzbeterinnen und den Gestrandeten. Kit packte Lena am Arm, als diese gerade die ersten Schritte auf den Mittelgang zu machte.
»He!« Lena wirbelte herum.
»Nimm mich mit«, zischte Kit.
»Verschwinde«, fuhr Lena sie an.
»Was du auch tust, Mutter, ich bin an deiner Seite«, erwiderte Kit. »Wenn du dich hier ruinieren willst, dann ruinierst du auch mich.«
»Kit, laß los, laß mich zufrieden. Das hat mit dir nichts zu tun.«
Unbemerkt von den Gästen, die mit dem Rücken zu ihnen vor dem Altargitter versammelt waren, rangen sie im Dunklen.
»Ich meine es ernst«, beharrte Kit. »Auch wenn du ein Messer

oder eine Pistole dabeihast, ich gehe mit. Dann können sie mich gleich mit verhaften.«
»Sei nicht albern. So etwas habe ich nicht.«
»Na, was für eine Szene du auch immer machen willst, ich bin dabei.« Inzwischen waren der Sakristan und zwei Ministranten auf den Tumult aufmerksam geworden und spähten angestrengt in ihre Richtung. Aber von den Gästen hatte sich noch niemand umgedreht. »Glaub mir, es ist mein voller Ernst«, sagte Kit.
»Willst du dich zugrunde richten?« Erschrocken starrte Lena sie an.
»Ich will es nicht, aber du *tust* es«, gab Kit zurück. Nach einer Weile, die ihr schier endlos erschien, spürte Kit, wie sich Lenas Arm entspannte, die Entschlossenheit schwand. »Komm mit raus, komm.« Lena rührte sich nicht. »Mutter, komm mit.«
»Nenn mich nicht so«, erwiderte Lena.
Kits Atem ging nun ruhiger, die Lage normalisierte sich. Wenn Lena bereit war, wieder ihre Scheinidentität anzunehmen, dann war die Krise wohl überstanden.
Kit zog ihre Mutter nach draußen, in die frische, kalte Luft. Ein Wind fegte durch die Straße und wirbelte Schmutz aus dem Rinnstein auf. Bald würden Braut und Bräutigam aus der Kirche treten, und die Leute würden Konfetti werfen. Bis dahin mußten sie verschwunden sein.
Lena sagte nichts. Kein Wort.
»Bist du müde, Lena?« fragte Kit.
»So müde, daß ich gleich hier auf der Straße schlafen könnte.«
»Komm, da vorne an der Ecke ist ein Taxistand.«
Lena fragte nicht, wohin das Taxi sie fahren sollte. An der Straßenecke angekommen, hörten sie eine Frauenstimme: »Kit!« Beide drehten sich um und standen einer Frau in einem schikken kurzen Mantel gegenüber. Es war Rita. Kit und Rita umarmten sich. »Das ist eine Freundin von mir, Lena Gray aus England.«
»Guten Tag«, sagte Rita.
»Hallo, Rita.« Lenas freundlicher Ton war allzu herzlich.

Ruckartig hob Rita den Kopf und sah diese Frau noch einmal an, als käme ihr der Gruß bekannt vor.
»Lena ist eine prima Freundin und hat mir viele gute Ratschläge gegeben. Sie leitet eine Stellenvermittlungsagentur«, plapperte Kit in ihrer Verzweiflung.
Rita blieb gelassen. »Ja, das ist heutzutage bestimmt ein gutes Geschäft. Man kann den jungen Leuten viel auf den Lebensweg mitgeben. Ihre Arbeit macht Ihnen sicherlich Freude.«
Lena schwieg.
»Wir sind ein bißchen in Eile«, erklärte Kit.
»War schön, dich zu sehen, Kit.« Ritas Blick ruhte lange auf Lena. »Und Sie auch, Mrs. ... Mrs. Gray«, sagte sie zum Abschied.
»Sie weiß es«, meinte Lena, als sie weitergingen.
»Nein, bestimmt nicht«, widersprach Kit. »Aber machen wir, daß wir wegkommen, damit uns nicht noch jemand über den Weg läuft. Womöglich macht Mona Fitz heute gerade einen Einkaufsbummel in Dublin.«
Der Fahrer des vordersten Taxis sah sie erwartungsvoll an. »Wohin, die Damen?« fragte er.
Lenas Miene war völlig ausdruckslos. »Sollen wir zuerst deinen Koffer holen?« schlug Kit vor.
»Koffer?«
»Na ja, oder deine Reisetasche, dein Gepäck. Wo hast du's denn?« Kit versuchte, einen beiläufigen Ton anzuschlagen.
»Ich habe kein Gepäck«, antwortete Lena.
Kit erschauerte. Vielleicht würde sie nie erfahren, was ihre Mutter bei der Hochzeit von Mary Paula O'Connor und Louis Gray vorgehabt hatte. Lena war ohne Gepäck nach Dublin gereist – und ohne sich zu überlegen, wo sie die Nacht verbringen würde. Als hätte sie nicht damit gerechnet, daß sie nach diesem Tag noch ein freier Mensch sein würde.
»Willst du zu mir in meine Wohnung kommen? Dort kannst du dich ausruhen und auch übernachten«, meinte Kit. »Daß du mal bei mir übernachtest, habe ich mir schon immer gewünscht. Ich habe auch ein Nachthemd für dich, und eine Wärmflasche ...«

»Ist denn das Bett groß genug für uns beide?«

»Ich schlafe mit Polstern auf dem Boden.« Eine Zeitlang herrschte Schweigen. »Es würde mich freuen, wenn du zu mir kommst, Lena.« Wieder Schweigen. »Ich verlange damit doch nicht viel«, fuhr Kit schließlich fort.

»Das ist allerdings wahr«, willigte Lena ein.

Kit nannte dem Taxifahrer die Adresse.

Langsam stiegen sie die Treppe hinauf. Lena schwieg, als Kit die Tür öffnete. »Na, gefällt es dir nicht? Sag, daß es hübsch ist ... daß es Charakter hat ...« Kit war verzweifelt. »Dann sag wenigstens, daß man was daraus machen könnte.«

Lena lächelte sie an. »Ich habe mir so oft vorgestellt, wie es hier wohl aussieht. Ich dachte, das Fenster wäre auf der anderen Seite.«

»Und was hast du dir als Mittagessen vorgestellt, falls du einmal hierher kämst?« fragte Kit.

Lena sah, daß auf dem kleinen Tisch neben dem Gasbrenner vier Tomaten und ein Laib Brot lagen.

»In meiner Vorstellung gab es immer Tomatenbrote und Tee«, erwiderte sie.

Und damit war der Bann gebrochen. Sie unterhielten sich wie alte Freundinnen.

Schließlich legte sich die erschöpfte Lena in dem schmalen Einzelbett schlafen. Es war erst vier Uhr nachmittags. Aber Kit hatte das Gefühl, daß ihre Mutter schon mehrere Nächte nicht mehr geschlafen hatte. Während sie auf einem Stuhl saß und aus dem Fenster schaute, fühlte sie sich völlig ausgebrannt. Wenn Stevie doch schon da wäre! Es dämmerte bereits, doch sie knipste kein Licht an.

Gegen acht sah sie seinen Wagen. Er hielt und blickte zu ihrem Fenster herauf. In ihrem Zimmer war er noch nie gewesen. Eigentlich hatte sie sich diesen Augenblick ganz anders vorgestellt – ohne daß ihre Mutter in ihrem Bett lag.

Auf Zehenspitzen schlich sie zur Tür und bat ihn herein. Sie rückte ihm einen Stuhl ans Fenster, einen Finger an den Lippen. »Sie braucht Schlaf, weck sie nicht auf«, flüsterte sie. »Es ist Lena.«

»Ich weiß.«
Schweigend saßen sie da. Er hatte ihr eine Schachtel Pralinen mitgebracht, die es nur nördlich der Grenze gab. Von Dingen, die man hier nicht kaufen konnte, schien immer ein viel größerer Reiz auszugehen. Er streichelte ihre Hand.
»Wie war die Fahrt?« fragte sie.
»Anstrengend«, antwortete er. »Und die Hochzeit?«
»Ohne besondere Ereignisse.«
»Das wolltest du ja auch, stimmt's?« Er schaute sie an, und im Licht der Straßenlaternen sah sie sein Gesicht.
Sie nickte. »Irgendwann erzähle ich dir alles, ich schwöre es dir.«
»Willst du, daß ich jetzt lieber gehe?« fragte er.
Noch nie hatte sie jemanden so enttäuscht dreinschauen sehen. Da hatte er bei Kälte und Regen diese ganze Strecke zurückgelegt, und nun war sie drauf und dran, ihn zu bitten, wieder zu gehen – wegen Lena, einer Frau, die er nicht kannte und die in Kits Bett lag.
»Nein. Wenn's dir recht ist, hinterlasse ich ihr eine Nachricht, daß wir beim Chinesen sind.«
»Von Schweinefleisch süßsauer träume ich schon seit Drogheda«, freute er sich.
»Wenn sie aufwacht, kann sie ja nachkommen. Sie weiß jedenfalls, daß ich heute nacht wieder da bin ...«
»Reicht dir das Licht zum Schreiben?« Er strich ihr über das Haar, während sie sich über den Tisch beugte und schrieb:

Lena, Du hast so fest geschlafen, daß ich Dich nicht wecken wollte. Es ist jetzt Viertel nach acht, Stevie und ich sind in ein chinesisches Restaurant gegangen. Ich lege Dir die Visitenkarte von dem Lokal neben den Zettel, damit Du hinfindest. Komm doch bitte auch noch vorbei. Ansonsten werde ich bis Mitternacht wieder dasein und auf den Polstern schlafen ... aber ich würde mich wirklich sehr freuen, wenn Du uns noch Gesellschaft leisten würdest.

Liebe Grüße
Deine Kit

Dann verließen sie auf Zehenspitzen das Zimmer und zogen die Tür hinter sich zu.
Kaum waren sie draußen, setzte Lena sich auf. Sie las den Zettel und sah ihnen vom Fenster aus nach, wie sie eng umschlungen die Straße entlangspazierten. Dieser Junge machte sich tatsächlich etwas aus Kit, sie bedeutete ihm sehr viel. Sie fand bestätigt, daß er wirklich nichts Genaues wußte – nur daß sie eine ihm unbekannte Freundin von Kit war, eine gewisse Lena aus London. Aber sie spürte auch, daß er alle Eigenschaften von Louis Gray in sich trug. Wenn er jemanden liebte, dann aus vollem Herzen. Zumindest für den Augenblick. Der jedoch mit Sicherheit nicht allzu lange währte. Wenn sie doch ihre Tochter davor bewahren könnte!
Kit kam allein zurück und las die Nachricht.

Ich bin zwar aufgewacht, aber sei mir nicht böse, ich hatte nicht mehr die Kraft, auszugehen und Euch zu treffen. Ich habe hier ein paar Kekse gegessen und lege mich jetzt wieder schlafen. Mach's gut, liebste Kit, bis morgen.

Kit legte sich auf die Polster und Decken auf den Boden. Irgendwie hatte sie das sichere Gefühl, daß ihre Mutter allzu gleichmäßig atmete. Es klang nicht wie der Atem einer Frau, die seit Wochen zum erstenmal richtig schlief.

»Was hältst du davon, wenn ich dir Dublin zeige?« schlug Kit vor.
»Nein, ich fahre lieber nach London zurück. Der Urlaub ist vorbei.«
Mit Widerwillen sah Kit, wie ihre Mutter bei dem Wort »Urlaub« das Gesicht verzog. Sie beschloß, darauf einzusteigen. »Nicht gerade ein umwerfender Urlaub. Allein in Brighton, und zwei Kurzbesuche hier.«
»Tja, da hast du recht. Das nächste Mal organisiere ich es besser.«
»Ich wünschte, du würdest Stevie kennenlernen. Ich möchte es so gern.«

»Nein.«
»Du hältst ihn für unzuverlässig.«
»Als ich fortging, war er noch ein Kind. Ich muß mich auf das verlassen, was du mir von ihm erzählst.«
»Ich habe dir doch alles von ihm erzählt, jede Einzelheit ... wenn du weiterhin so zugeknöpft und abweisend bist, erzähle ich dir bald gar nichts mehr.«
»Ich glaube, das wird bald der Fall sein.«
»Du meinst, wir sind im Begriff, ein Liebespaar zu werden, ja?«
»Glaub mir, ich will dir keine Vorhaltungen machen«, erklärte Lena.
»Aber warum bist du dann dagegen?«
»Weil ich das Gefühl habe, daß er dir das Herz brechen wird.«
»Meinst du? Na, ich werde darüber hinwegkommen.«
»Nicht, wenn es dich wirklich schlimm erwischt hat.«
»Lena, ich weiß, du siehst so etwas wie ... na, sagen wir mal, gewisse Ähnlichkeiten ...«
»Wenn man sie sieht, könnte es doch sein, daß sie tatsächlich existieren, oder?«
»Nein, überhaupt nicht.« Kit reckte trotzig das Kinn vor.
»Ich weiß doch, was dir durch den Kopf geht ...«, versuchte Lena einzulenken. »Du denkst dir, wenn Lena Stevie ein paar Monate früher kennengelernt hätte ... zu einem Zeitpunkt, wo Louis noch bei ihr war ... dann hätte sie dir recht gegeben, Verständnis gezeigt und gesagt, daß man seinem Glücksstern vertrauen muß.«
»Haargenau!« rief Kit.
»Vielleicht aber auch nicht. Ich habe dir gesagt, daß es sich gelohnt hat. Ich meine, was hätte das alles sonst für einen Sinn gehabt, wenn ich nicht daran geglaubt hätte, das Richtige zu tun? Es hätte bedeutet, daß ich wegen nichts und wieder nichts das Leben von so vielen Menschen verpfuscht habe – was ich ja getan habe. Und das, weil ich nur an mich gedacht habe.«
»Nein, das stimmt nicht«, wandte Kit sachte ein.
»Doch. Ich sehe es, wohin ich auch schaue.«

»Aber Vater geht es gut mit Maura. Und Emmet ist glücklich, und ich bin verliebt. Und du und Louis ... nun, du hast einmal gesagt, eure Beziehung ist etwas, das alles überstrahlt ... und es sei besser, sich in der Flamme zu verzehren als langsam zu verglimmen ... eine ganz wundervolle Liebe ...«

Lena wirkte völlig verloren. »In gewisser Weise sagst du, daß ich nicht das Leben aller anderen verpfuscht habe, daß jeder es ganz gut überstanden hat, einschließlich Louis. Nur ich selbst nicht. Und daß ich mein Leben genauso zerstört habe, als wenn ich damals ertrunken wäre.«

»Das habe ich *nicht* gesagt! Leg mir nicht irgendwelche Dinge in den Mund. Ich sage nur, du sollst nicht solche Schuldgefühle haben. Du warst immer gut zu den Menschen, hast ihnen geholfen, ihnen etwas gegeben ... du hast nichts zerstört.«

»Wenn du gestern nicht dagewesen wärst ...«

Darauf wollte Kit allerdings nicht näher eingehen. »Sag, was hast du an Louis am meisten gemocht?«

»Wie er mich anstrahlte, wenn er mich sah. Als hätte jemand einen Lichtschalter angeknipst ...«

Ein seltsamer Ausdruck, dachte Kit, vor allem, weil sie Louis seit der Hochzeitszeremonie durchschaut hatte – ein Schauspieler, der seinen Text aufsagte. Diesen Schalter anzuknipsen fiel ihm weiß Gott nicht schwer. »Und was hat dir am wenigsten an ihm gefallen?«

»Daß er dachte, ich würde ihm seine Lügen abkaufen. Dadurch haben wir uns beide zum Narren gemacht.«

»Und was meinst du, warum es mit dir und Louis zu Ende gegangen ist?« Sanft und mit Fingerspitzengefühl hakte sie nach, denn sie hatte den Eindruck, daß Lena darüber reden wollte. Um sich selbst darüber klarzuwerden.

»Ich weiß nicht ...«, antwortete Lena nachdenklich. »Sag, was glaubst du, was der Grund war?«

»Vielleicht, daß ihr keine Kinder hattet. Wenn du einmal schwanger gewesen wärst ...«

»Das war ich«, erwiderte Lena. »Genau wie Mary Paula O'Connor.

Deshalb bin ich fortgegangen, von dir und Emmet, von Lough Glass und Irland. Ich war sehr wohl schwanger.«
»Und dann?« fragte Kit.
»Ich hatte eine Fehlgeburt. Ich habe das Kind verloren, auf der Rückfahrt von Brighton, an der Victoria Station und in Earl's Court. Das Kind von Louis und mir.«
Kit ergriff ihre Hand. »Aber hättet ihr nicht ... habt ihr nie versucht ...?«
»Er wollte kein Kind mehr. Er wollte es nicht, bis ich zu alt dafür war. Aber dann wollte er es mit einer anderen.« Auf ihrem blassen Gesicht lag Bitterkeit.
Kit McMahon fühlte sich bekümmerter als je zuvor in ihrem Leben.
Sie sprachen nicht davon, was Lena nach Dublin geführt hatte. Was sie getan hätte, wenn Kit sie nicht im letzten Moment zurückgehalten und weggebracht hätte. Darüber konnten sie auch noch ein andermal reden.
Lena kam zusehends zu Kräften, wie eine verdorrte Pflanze, die Wasser brauchte. Irgend etwas gab ihr die Energie, die Hoffnung und Entschlußkraft zurück. Im Nu war sie wieder die alte Lena, voller Pläne und Tatendrang. Sie war zur Telefonzelle gelaufen und hatte sich nach den Flugzeiten erkundigt. Sie hatte Ivy angerufen und ihr gesagt, daß sie am Abend zurücksein würde. Und Jessie Millar mitgeteilt, daß sie am nächsten Tag wieder arbeiten würde.
»Ich begleite dich zum Flughafen«, meinte Kit.
»Nein, wir könnten ein Dutzend Leute treffen, die uns kennen.«
»Das ist mir egal. Ich komme mit.«
»Was ist mit Stevie? Wenn er gerade dann hier vorbeikommt?«
»Ich hinterlasse ihm eine Nachricht an der Tür.«
Nachdenklich sah Lena sie an. »Hat er keinen Schlüssel?«
»Nein, das weißt du doch.«
»Ja, ich habe mir nur gedacht, er sollte vielleicht einen haben.«
»Aber hast du nicht gesagt ...?«
»Ich weiß, daß du ihn liebst.« Für Lena war es eine klare Sache.

Liebe war etwas, das einfach geschah, man hatte keine Kontrolle darüber. Sie überkam einen eben.
Kit war verblüfft. »Aber nach alldem, was du gesagt hast – was dir passiert ist und was sich nicht wiederholen soll?«
»Es ist zu spät«, erklärte sie sachlich. »Das einzige, was du von mir lernen solltest, ist, daß der sicherste Weg nicht unbedingt der beste ist. Daß du nicht weglaufen und einen netten, braven Mann heiraten sollst, nur weil er nett und brav ist. Das ist keine Lösung.«
Bei diesen Worten mußte Kit an Philip denken. »Ich glaube nicht, daß mir das passieren wird«, erwiderte sie langsam.
»Jetzt nicht, aber vielleicht später, wenn du dich einsam fühlst. Und das wäre ein großer Fehler. Na, du siehst ja selbst, wieviel Leid das nach sich ziehen kann.«
»Und du meinst also, ich sollte Stevie einen Schlüssel geben ... für hier?«
»Ich finde, du solltest dir überlegen, warum du etwas, das du dir so sehnlich wünschst, auf die lange Bank schiebst.« Verwundert schauten sie sich an. »Bestimmt bin ich die einzige Mutter in ganz Irland, die in dieser ewigen Streitfrage diese Meinung vertritt ...«, fügte Lena hinzu, und dann brachen beide in Gelächter aus. Welcher Wahn Lena auch gefangengehalten hatte, jetzt schien er von ihr abgefallen zu sein; oder vielleicht hatte eine Verrücktheit die andere ersetzt.
Es klopfte an der Tür. »Ich bleibe nur einen Moment«, meinte Stevie.
»Komm rein, ich mache dich mit Lena bekannt ...« Kit öffnete ihm.
»Guten Tag«, begrüßte sie ihn mit einem festen Händedruck. »Es tut mir wirklich leid, daß ich Ihnen alle Ihre Pläne fürs Wochenende verdorben habe. Kit hat sich sehr um mich gekümmert.«
»Aber nein, um Gottes willen«, lächelte er sie herzlich an. Er war weder verlegen, noch schien er sich unbehaglich zu fühlen. Bemerkenswert, dachte Lena, da er sich doch mitten in einer Situation befand, die er nicht mal ansatzweise begriff.
»Zum Glück bin ich jetzt aber schon auf dem Weg zum Flughafen.

Ich wollte Kit überreden, nicht mitzukommen … und Sie liefern mir nun einen idealen Vorwand. Vielleicht könnten wir noch alle zusammen zum Busbahnhof gehen, wo ich den Bus zum Flughafen nehmen kann.«

Ehe Kit antworten konnte, sagte Stevie: »Ich habe mein Auto vor der Tür. Es wäre mir ein Vergnügen, Sie hinzubringen, und dann fahre ich ein bißchen um den Block, damit ihr euch verabschieden könnt.«

Lena war einverstanden. Stevie sah sich nach ihrem Koffer um, schien aber nicht erstaunt zu sein, als er erfuhr, daß sie keinen bei sich hatte.

Während Lena auf dem Beifahrersitz Platz nahm, setzte sich Kit nach hinten und beugte sich zwischen Stevie und Lena vor.

Sie wies Lena auf die eine oder andere Sehenswürdigkeit hin. »Ich kann mich gar nicht erinnern – gab es die Liberty Hall zu deiner Zeit auch schon?«

»Nein.«

»Schau, siehst du das Haus an der Ecke? Da wohnt Frankies Großvater. Er ist steinreich, und die ganze Familie besucht ihn ständig und erkundigt sich nach seinem Wohlergehen. Stell dir das vor!«

»Besucht Frankie ihn auch?« wollte Lena wissen.

»Nein, sie ist vernünftiger.«

»Wahrscheinlich vererbt er ihr alles, nur um den anderen eins auszuwischen«, bemerkte Stevie.

Interessiert sah Lena zu ihm hinüber. Louis hätte gesagt, es könne nicht schaden, nett zu dem alten Knaben zu sein, man wüßte ja nie, wann es soweit sei. Eigentlich hatte sie angenommen, daß Stevie Sullivan genauso dachte.

Er redete über unverfängliche Themen und fragte nicht, woher sie kam oder warum sie hier war. Statt dessen erzählte er von Flugzeugen und daß er auch gerne mal eines fliegen würde. Es müßte doch großartig sein, sich in die Lüfte zu erheben oder im Sturzflug hinunterzusausen, wo einem der ganze Himmel zur Verfügung stand, nicht nur eine enge Straße.

Wie sich herausstellte, war er noch nie irgendwohin geflogen. »Ich bin ein echter Hinterwäldler, Lena«, meinte er grinsend. Kaum zu glauben, was aus dem Sohn dieser schrecklichen Kathleen Sullivan und ihres verrückten und versoffenen Mannes geworden war! Ein gutaussehender und selbstsicherer, dennoch angenehm zurückhaltender junger Mann.
Ihre Hände umklammerten krampfhaft die Handtasche. Sie wußte, daß ihre Tochter sich unsterblich in diesen Mann verliebt hatte und jede ihrer Warnungen in den Wind schlagen würde. Jetzt konnte sie nur noch beten und hoffen.
Wie versprochen, wollte er Lena dann mit Kit allein lassen und ein paarmal um den Block fahren. Nachdem er sie hatte aussteigen lassen, verabschiedete er sich. »Kommen Sie uns doch mal besuchen.« Es war eine herzliche, freundliche Einladung.
Und Lena antwortete im selben Ton: »Oder ihr beide kommt mich besuchen. Das wäre immerhin eine Gelegenheit, mal mit dem Flugzeug zu fliegen.«
Kit schaute sie entzückt an. Lena hatte Stevie akzeptiert, das war ganz offensichtlich, sie mochte ihn wirklich. Kit war überglücklich. Sobald Stevie außer Hörweite war, faßte sie Lena am Arm. »Ich habe doch gewußt, daß du ihn mögen wirst«, rief sie aufgeregt.
»Natürlich. Wer könnte seinem Charme widerstehen?« erwiderte Lena.
Sie holte ihre Brieftasche heraus und bezahlte den Flugschein. Sie hatte keinen Rückflug gebucht. Was hatte sie nur in Irland vorgehabt, oder hatte sie darüber gar nicht nachgedacht? Jetzt sah sie jedenfalls völlig gesund und munter aus.
Kit begleitete sie bis zum Flugsteig.
»Du kommst ganz, ganz bald, ja?« Lena blickte sie eindringlich an.
»Ja, sobald du dich daheim wieder eingewöhnt hast. Natürlich komme ich.«
»Danke, Kit. Danke für alles.«
Kit wußte nicht, wofür sie sich bedankte. Schließlich hatte sie

keine Ahnung, was für eine Tat sie verhindert hatte. Ihre Kehle war wie zugeschnürt, sie brachte kein Wort heraus. Und so drückte sie Lena nur lange fest an sich, dann rannte sie zum Ausgang davon.

Im Auto putzte sie sich geräuschvoll die Nase. »So ist's gut«, beruhigte Stevie sie, als würde er mit einem Kleinkind reden.

»Das war sehr nett von dir, sie herzufahren.«

»Ach, Unsinn.«

»Und danke, daß du keine Fragen stellst und so. Irgendwann werde ich dir alles erzählen, aber es ist zu kompliziert.«

»Schon gut. Hättest du Lust, in die Berge zu fahren?«

»Wohin?«

»Du weißt schon, in die Berge von Wicklow. Wir könnten einfach ein bißchen spazierengehen, wo man keine Häuser und keine Leute sieht. Um ein bißchen abzuschalten.«

»Das wäre schön.«

Entspannt saßen sie im Wagen, ohne ein Wort zu sprechen. Sie empfanden auch gar nicht das Bedürfnis zu reden, bis sie hinter Glendalough das Wicklow Gap erreichten. Dort stellten sie den Wagen ab und wanderten in der kalten, klaren Luft zwischen Ginsterbüschen über weichen Moorboden und schroffe Felsen.

Stevie hatte recht, hier war weit und breit keine Menschenseele. Alles, was man sah, gab es schon seit Urzeiten. Bäume. Berge. Ein Fluß.

Kit merkte, wie sie zur Ruhe kam, sie atmete tief und kräftig durch. Dann setzten sie sich auf eine große Felsplatte und schauten hinunter ins Tal.

»Es ist eine sehr lange Geschichte«, fing sie an.

»Sie ist deine Mutter«, sagte Stevie.

Ivy war überglücklich, sie zu sehen.

»Geh gleich hoch und schau dir deine neue Tapete an«, meinte sie.

Das Zimmer wirkte völlig verändert: pinkfarbene und weiße Streifen vom Boden bis zur Decke. Ein kleiner Hocker vor der Frisierkommode war mit einem dazu passenden Stoff bezogen. Das Bett stand nun an einer etwas anderen Stelle, und darauf lag eine pinkfarbene Daunendecke mit einem Besatz aus dem gestreiften Stoff.

»Es ist wunderschön, einfach herrlich«, rief Lena aus.

Sie konnte sich vorstellen, wieviel Zeit und Mühe Ivy in das Zimmer investiert hatte. Wie konnte sie ihr jemals dafür danken? Aber sie wußte, daß sie Ivy die größte Freude damit machte, daß sie gesund und wohlbehalten zurückgekehrt war.

»Zumindest sieht es jetzt anders aus«, bemerkte Ivy trocken.

»Völlig anders. Man erkennt es kaum wieder.«

»Das habe ich gehofft.« Ivy klang bitter.

»Nein, so ist es völlig in Ordnung. Mir geht es jetzt wieder gut, Ehrenwort.«

»Was hast du dann in Irland gewollt?« entgegnete Ivy.

»Ich bin nur hingegangen und habe zugeschaut ... ich wollte mit eigenen Augen sehen, daß er eine andere heiratet. Jetzt ist es vorbei.«

»Du bist zur Hochzeit gegangen?«

»Nur in die Kirche, ich war nicht eingeladen ...« Sie lachte unbeschwert.

»Du verblüffst mich«, meinte Ivy. »Willst du darüber reden, über ihn und die Hochzeit, oder lieber nicht?«

»Lieber nicht. So komme ich besser mit meinem eigenen Leben zurecht.«

Das schien Ivy zu gefallen. »Ja, das ist sicher das beste«, pflichtete sie ihr bei. »Nun, dann bist du inzwischen wohl auch wieder imstande, was zu essen. Ich habe nämlich ein paar Steaks für uns drei besorgt.«

»Ein schönes großes Steak, kurz angebraten ... genau das, was ich mir ausgemalt habe«, schwärmte Lena.

Glücklich stieg Ivy die Treppe hinunter, um Ernest mitzuteilen, daß Lena es überwunden hatte.

»Ah, Frauen kommen über so was hinweg«, meinte er im abgeklärten Ton eines welterfahrenen Mannes.

Lena stand allein in dem Zimmer, das sie mit Louis geteilt hatte. Sie würde nie mehr über ihn sprechen, mit niemandem. Vor allem aber wollte sie so wenig wie nur irgend möglich an ihn denken. Sie hatte gesehen, wie er eine andere Frau heiratete. Er war aus ihrem Leben verschwunden. Und sie war froh, daß sie es gesehen hatte, daß sie dabeigewesen war. Damit war es endgültig besiegelt. Wie sie hingekommen war und was sie dort eigentlich vorgehabt hatte, war ihr nur noch vage in Erinnerung. Aber das zählte nicht, sie war dabeigewesen und hatte es gesehen. Und sie war Kit ganz nahe gewesen und hatte erkannt, wie sehr ihre Tochter Stevie Sullivan liebte. Früher hatte ihr das Angst eingejagt. Aber jetzt hatte sie begriffen, daß es sinnlos war, dagegen ankämpfen zu wollen. Es war einfach unvermeidlich.

In der Agentur freuten sich alle, daß Mrs. Gray zurück war. Es habe ein paar Probleme gegeben, aber man habe sie natürlich während ihres Krankenurlaubs nicht damit belästigen wollen. Wie wunderbar, daß sie endlich wieder da sei!

»Die Weihnachtsfeier war ohne Sie nicht halb so schön«, sagte man ihr.

»Ach, die Weihnachtsfeier!« Das schien ihr unendlich lange her zu sein. Sie hatte völlig vergessen, daß sie nicht dabeigewesen war.

»Oh, Sie sind sicher auch ohne mich zurechtgekommen«, meinte sie.

»Aber lange nicht so gut. Irgendwie kam nicht die richtige Stimmung auf … Haben Sie schöne Weihnachten verbracht, oder waren Sie noch krank?«

»Ich war immer noch angeschlagen, aber das ist ja jetzt Gott sei Dank vorbei.« Ihr Lächeln war strahlend, sie wirkte voller Elan. »Morgen, wenn ich mich über den aktuellen Stand informiert habe, treffen wir uns zu einer Besprechung … Es tut mir so leid, daß ich Sie alle mit der ganzen Arbeit alleingelassen habe, aber so etwas kommt eben vor … Nun, ich möchte, daß Sie mich im Lauf des heutigen Tages unterrichten, wo es in Ihrem Bereich Schwierigkeiten gibt.«

Durch die Agentur ging ein allgemeiner Seufzer der Erleichterung. Mrs. Gray war zurück, alles war wieder gut.

»James?«

»Sind Sie es, Lena?«

»Ja, ich wollte Sie fragen, wann Sie mal Zeit hätten, mit mir zu Mittag zu essen?«

»Für Sie habe ich immer Zeit. Heute, morgen, jeden Tag.«

»Sie schmeicheln mir, James. Sagen wir doch morgen, im selben Lokal wie letztes Mal, um eins?«

»Mit dem größten Vergnügen«, erwiderte er.

Lena ging die Unterlagen durch und sah, wo Gelegenheiten verpaßt worden, wo Verträge geplatzt waren und wo man zuviel Zeit mit den falschen Leuten vergeudet hatte. Die übliche monatliche Durchsicht der Anzeigen in Zeitungen und anderen Veröffentlichungen war ziemlich schlampig durchgeführt worden.

Selbst das Büro sah nicht ganz so gepflegt aus wie sonst. Es waren nur Kleinigkeiten, aber sie fielen ihr auf.

Die Papierkörbe waren nicht richtig geleert, auf den Tischen sah man Ränder von Kaffeetassen, die Kalender zeigten nicht das heutige Datum, auf dem Blumenwasser hatte sich Schaum gebildet. Bei all diesen Dingen mußte sie diplomatisch vorgehen und die Angestellten so dezent darauf hinweisen, daß sie glaubten, sie selbst hätten es bemerkt.

Und sie mußte nicht nur für das Büro, sondern auch für ihr eigenes Erscheinungsbild etwas tun. Nach der Arbeit ging sie zum Schönheitssalon. Grace West stellte zwar keine Fragen, aber Lena fand, daß sie ihr eine Erklärung schuldete.

»Er hat ein junges Mädchen geheiratet, das schwanger war. Ihre Brüder sind mit meiner Tochter befreundet. Tja, das war's also mit Louis«, erzählte sie.

»Geheiratet? Dann hat er die Scheidung aber ziemlich schnell durchgebracht«, meinte Grace.

»Das war nicht nötig, wir waren nicht gesetzlich verheiratet.«

»Ich bin froh, daß Sie eine Tochter haben«, erwiderte Grace schlicht.

James Williams erwartete sie bereits am Tisch.
»Sie sehen richtig gesund und munter aus«, sagte er.
»Ich fühle mich inzwischen auch wieder ganz wohl«, entgegnete Lena.
»Und ich habe mir solche Sorgen um Sie gemacht. Wissen Sie, ich habe versucht, mit Ihnen Verbindung aufzunehmen.«
»Ja, ich weiß.«
»Warum haben Sie dann nie zurückgerufen?«
»Mir ging es damals nicht gut, dafür aber jetzt. Und nun bin ich ja da«, strahlte sie ihn fröhlich an.
»Ein Glas Wein?« schlug er vor.
»Ja, das wird mir guttun.«
»Ich habe Louis vor die Tür gesetzt«, sagte er. »Wußten Sie das?«
»Nein. Ich dachte, er wäre noch bis letzte Woche im Dryden geblieben.«
»Nun, ich konnte seinen Anblick nicht mehr ertragen – nach dem, was er Ihnen angetan hat.«
Lena blieb vollkommen ruhig und gefaßt. »Ich weiß nicht, was ich sagen soll. Wahrscheinlich sollte ich Ihnen danken, daß Sie es meinetwegen getan haben ... aber eigentlich wollte ich mich mit Ihnen zum Essen verabreden, um Ihnen zu sagen, daß ich mit Louis nichts mehr zu tun habe. Ich habe ihn aus dem Gedächtnis gestrichen, ich will nicht mehr von ihm reden oder an ihn denken ...«
»Gut«, nickte er erfreut.
»Ja, vor vier Tagen bin ich fortgegangen – anders kann man es nicht nennen – und habe mitangesehen, wie er geheiratet hat. Jetzt ist es endgültig vorbei.«
»Sie wissen, es wird nicht lange gutgehen. Er wird sie genauso betrügen.«
»Sie meinen es gut, James. Aber es tröstet mich nicht und hilft mir

auch nicht zu wissen, daß ich froh sein kann, ihn los zu sein. So ein Gefühl kommt von innen.«
»Sie haben völlig recht«, sagte er. »Sein Name soll zwischen uns nie wieder erwähnt werden, aber …«
»Ja?«
»Ich hoffte, wir könnten über andere Dinge sprechen, beispielsweise ob Sie mit mir ins Theater, in eine Ausstellung oder einfach nur so ausgehen wollen?«
Nachdenklich sah sie ihn an. »Ab und an würde ich gerne mit Ihnen ausgehen, aber nur als Freund, nicht mehr. Ich möchte Ihnen nichts unterstellen, aber ich habe gelernt, daß man es manchmal tun muß, um Mißverständnissen vorzubeugen …«
»Allerdings«, murmelte er.
»Ich meine das ernst, James. Ich habe zwei Ehen, wie ich es nenne, hinter mir, zwei lange Beziehungen. Und ich habe nicht vor, mich jemals wieder auf eine einzulassen.«
»Ich verstehe Sie vollkommen …«
»Nicht einmal auf eine kurzzeitige Liebelei. Wenn Sie also wollen, daß wir Freunde werden und uns gelegentlich zum Mittagessen einladen …«
»Und zum Abendessen?« fragte er.
»Und zu Theaterbesuchen«, spann sie den Faden fort.
»Man muß ja nicht alle Hoffnung begraben …«, schöpfte er neuen Mut.
»Aber ein intelligenter Mensch wie Sie weiß, daß es sehr töricht wäre, sein Leben mit falschen Hoffnungen zu vergeuden.« Ihre Stimme klang hart bei diesen Worten. Als wüßte sie das selbst nur allzu gut.
Er hob sein Glas. »Auf unsere Freundschaft«, sagte er.

Ivy wachte mit Argusaugen über sie.
Oft kam Lena auf einen Sprung bei ihrer Vermieterin vorbei. Nachdem sie eine Wand eingerissen hatten, war das Zimmer nun wesentlich größer. Jetzt saß Ernest beim Fernsehen ein ganzes Stück weit weg, abgetrennt durch einen großen Wandschirm.

Diesen Wandschirm hatte Lena für die beiden aufgetrieben, in einem Gebrauchtmöbelgeschäft, wie sie behauptete. Tatsächlich war es ein antikes Stück und paßte wunderbar in das Zimmer. Außerdem konnte sie so ungestört mit Ivy zusammensitzen und plaudern.
Manchmal tranken sie gemeinsam Kaffee, und Ivy nötigte ihr oft ein Sandwich auf. Sie sehe wieder besser aus, stellte Ivy zufrieden fest. Ihre Haut sei wieder straff und jugendlich, und seit sie ein paar Pfund zugenommen habe, wirke sie nicht mehr so ausgezehrt und kränklich.
Noch immer kamen Kits Briefe bei Ivy an, obwohl es nicht mehr nötig gewesen wäre. Als ob sie ahnte, daß Ivy gern den Postboten spielte.
Gelegentlich las Lena ihr kurze Auszüge daraus vor.

Wir haben Schwester Madeleine besucht. In vielerlei Hinsicht hat sie sich kaum verändert. Sie arbeitet in der Küche und im Hof. Sie hat eine Taube mit einer Beinprothese, die sie selbst geschnitzt hat, und einen Hasen, einen armen alten Mümmelmann, der den ganzen Tag in einer Kiste schläft und Corn-flakes frißt. Anscheinend hat er beim Weglaufen einen Schlag auf den Kopf bekommen und seitdem die Orientierung verloren.
Sie freute sich richtig, mich zu sehen. Natürlich erkundigte sie sich nach Dir nicht namentlich, schon gar nicht in Stevies Gegenwart. Aber sie fragte, ob drüben in London alles in Ordnung sei, und ich sagte, ja. Man hat den Eindruck, als hätte sie immer schon dort gelebt. Wenn ich ihr von Tommy erzählt habe oder von anderen Leuten, die sie kennt, schaute sie immer so geistesabwesend in die Ferne, als hätte sie von diesen Menschen irgendwann mal geträumt.
Ich frage mich, ob sie tatsächlich mal verheiratet war. Du erinnerst Dich doch an die Geschichte, die sie Clio und mir vor Jahren erzählt hat und die wir so lange geheimgehalten haben? Neulich habe ich Clio nach ihrer Meinung gefragt. Aber sie sagte doch glatt, sie habe es vergessen. Ich kann es nicht fassen! Es war das größte Geheimnis, das wir als Kinder je hatten. Allerdings hat Clio in letzter Zeit ihre eigenen Geheimnisse

und Probleme. Diesmal ist sie ziemlich sicher, daß sie schwanger ist. Und sie hat Angst, es Michael zu sagen.

»Ist es nicht wunderbar, daß sie dir all diese Dinge schreiben kann?« staunte Ivy.
Lena stimmte ihr zu. Keine Mutter konnte so mit ihrer Tochter reden. Aber da war irgend etwas, sie konnte es nicht genau sagen, etwas mit Stevie, das Kit ihr verschwieg. Aber darüber wollte sie sich nicht den Kopf zerbrechen. Eines Tages würde Kit es ihr schon sagen ... wenn es wichtig war.

»Ich liefere mich dir auf Gedeih und Verderb aus«, sagte Clio zu Kit.
»Tu's lieber nicht, du wirst es später nur bereuen.« Sie saßen in Kits Wohnung, Clio war unerwartet vorbeigekommen.
»Ich brauche unbedingt Hilfe.«
»Dann weißt du es jetzt sicher? Hast du den Test gemacht?«
»Ja, ich habe unter einem falschen Namen eine Urinprobe in die Klinik in der Holles Street geschickt.«
»Und Michael weiß noch immer nichts davon?«
»Ich kann es ihm nicht sagen, Kit. Es wäre zuviel für seine Eltern. Die zweite Muß-Heirat innerhalb weniger Monate ...«
»Aber deine Hochzeit brauchen sie gar nicht auszurichten, das tun doch deine Eltern.«
»Himmel, das weiß ich selbst. Was meinst du, warum ich solche Angst habe? Denen muß ich es ja auch sagen.«
»Nun, dann bring es möglichst schnell hinter dich. Erzähle es heute noch Michael, dann fahre ich mit dir nach Lough Glass und helfe dir, es deinen Eltern beizubringen. Na, sollen wir das machen?« In Erwartung eines Dankes sah sie Clio an. Wie großmütig sie doch war! Obwohl Clio immer so abfällig, ja richtig gehässig von Stevie sprach.
»Nein, ich wollte dich um einen anderen Gefallen bitten.«
»Welchen denn?« fragte Kit.
»Ich möchte eine Abtreibung machen lassen.«

»Das ist nicht dein Ernst!«
»Es ist die einzige Möglichkeit.«
»Du mußt verrückt sein. Willst du ihn denn nicht heiraten? Du redest doch von früh bis spät von nichts anderem. Jetzt mußt du. Und er auch.«
»Vielleicht will er aber nicht.«
»Natürlich. Jedenfalls ist an diese andere Sache überhaupt nicht zu denken.«
»Das machen doch viele Leute. Wenn ich nur wüßte, an wen man sich wenden muß ... ich wollte dich bitten, dich umzuhören.«
»Ich werde bestimmt nichts dergleichen tun. Reiß dich zusammen, Clio. Das ist die Chance deines Lebens.«
Clio schluchzte. »Du verstehst das nicht. Du weißt nicht, wie gräßlich das alles werden wird, wie man sich dabei fühlt.«
Kit legte Clio eine Hand auf die Schulter. »Weißt du noch, als wir klein waren, haben wir uns bei allen Sachen immer überlegt, was es Gutes hat ...«
»Ach ja?«
»Ja. Nun laß uns mal sehen, was es für Pluspunkte gibt. Er kommt aus einer respektablen Familie. Deine Eltern können also nicht Zeter und Mordio schreien, wie sie es bei jemandem wie Stevie Sullivan täten.«
»Stimmt«, schniefte Clio.
»Du liebst ihn, und du denkst, daß er dich auch liebt.«
»Das denke ich schon, ja.«
»Seine Familie wird wegen einer Muß-Heirat nicht aus allen Wolken fallen. Sie haben das schon mal erlebt, sie wissen, daß deshalb die Welt nicht untergeht.«
»Ja, ja.«
»Du könntest Maura bitten, ein gutes Wort für dich einzulegen. Sie versteht es ausgezeichnet zu vermitteln, das habe ich selbst festgestellt.«
»Meinst du? Ich habe das Gefühl, sie mag mich nicht besonders.«
»Dann frage ich sie eben«, schlug Kit vor.
»Aber wenn ... wenn ...«

»Vielleicht bietet Maura euch sogar an, daß ihr in ihre Wohnung ziehen könnt – sie ist wirklich hübsch. Michael könnte sie ihr ja abkaufen, sie wollte sie sowieso verkaufen. Und ein Garten ist auch dabei, das wäre doch prima für das Baby.«
»Baby!« heulte Clio.
»Ja, das bekommst du nun«, klärte Kit sie auf.
»Wirst du meine Brautjungfer sein?« fragte Clio. »Ich meine, wenn alles klappt?«
»Ja, selbstverständlich. Danke«, versuchte Kit sie zu trösten.
»Und es muß ja keine große Hochzeit sein. Nur im kleinen Kreis … wir könnten im Central feiern. Michaels Familie, Mary Paula und Louis und …«
Kit gefror das Blut in den Adern. Unter keinen Umständen durfte Louis Gray nach Lough Glass kommen. Sie mußte sich schnellstens etwas einfallen lassen. »Ich halte es für keine gute Idee, zu Hause zu feiern. Weißt du, in Lough Glass ist doch jeder tödlich beleidigt, wenn er nicht eingeladen wird.«
»Aber wenn es nur im ganz kleinen Rahmen ist …«
»Trotzdem werden alle beleidigt sein. Die Tochter des Arztes, und sie werden übergangen … du kennst doch die Leute …«
»Aber wo dann?«
»Weißt du noch, wo Maura geheiratet hat? Das war recht nett … und sie würde sich geschmeichelt fühlen, wenn du sie bittest, die Feier dort für dich zu arrangieren.«
»Kit, du bist wirklich mit allen Wassern gewaschen. Du solltest als Spionin für den Geheimdienst arbeiten«, sagte Clio voller Bewunderung.

Als unmittelbares Resultat des Silvesterballs erhielt das Central Hotel Lough Glass vier weitere Anfragen.
Philip geriet in Panik. »Wir können doch nicht jedesmal alle Räume mit Kerzenlicht beleuchten.«
»Nein, deine Eltern müssen eben in den sauren Apfel beißen und das Hotel herrichten. Wir können auch nicht ewig mit irgendwas die Wände drapieren. Und stell dir vor, es kommen Leute

zum Mittagessen, bei Tageslicht ... dann wissen sie ja gleich Bescheid.«
»Hilfst du mir, es ihnen beizubringen?« bat Philip.
»Warum ausgerechnet ich?« Kit hatte das Gefühl, daß sie sich schon zuviel von anderen Leuten aufhalsen ließ.
»Weil du einen geschäftsmäßigen, ruhigen Ton hast und nicht so aufgeregt plapperst wie wir anderen«, erklärte er.
»Okay.«
Und bald darauf begannen im Central Hotel umfangreiche Renovierungsarbeiten.
Selbst wenn Dr. Kelly und seine Frau es gewollt hätten, wäre es nicht möglich gewesen, die Hochzeitsgäste hier zu empfangen. Glücklicherweise war ihnen Maura bei dieser ganzen leidigen Angelegenheit eine große Stütze.
»Sie ist ja so nett zu Clio«, beteuerte Lilian ein ums andere Mal. »Dabei habe ich immer gedacht, daß es in letzter Zeit Spannungen zwischen ihnen gäbe.«
»So kann man sich eben täuschen«, erwiderte Peter Kelly. Daß ihn die Nachricht von der Schwangerschaft seiner Tochter so erregte, war für ihn selbst überraschend. Und auch, daß Michael O'Connor, der Kindsvater, und sogar Clio es derart gelassen hinnahmen. Anscheinend glaubten alle, nur weil Maura ihnen ihre Wohnung verkaufte, wäre alles bestens. Niemand verlor ein Wort darüber, daß es ohne vorehelichen Geschlechtsverkehr gar nicht erst dazu gekommen wäre. In Dr. Kellys Generation hatte es vor der Ehe schlichtweg keinen Sex gegeben. Wie hatte sich nur in seiner eigenen Familie soviel ändern können, ohne daß er es bemerkt hatte?
»Du hast es gewußt, Daddy, stimmt's? Du mußt doch gewußt haben, daß ich schwanger bin«, meinte Clio.
»Nein, wirklich nicht. Ich kann dir sagen, es war ein ziemlicher Schock für mich.«
»Aber Ärzte merken so was doch oft«, beharrte sie.
»In diesem Fall nicht.«
Aus einem unerfindlichen Grund fiel ihm ein, wie er an einem

Abend vor vielen Jahren Helen McMahon gesehen und erkannt hatte, daß sie schwanger war. Und dann hatte sie sich im See ertränkt. In mancher Hinsicht hatte sich die Welt auch zum Besseren verändert, dachte er bei sich und tätschelte seiner Tochter den Arm.

»Ich sage dir, was du als Brautjungfer anziehen sollst«, meinte Clio. »Heute abend spreche ich mit Mary Paula darüber, dann entscheiden wir, was jeder anzieht.«
»Nein, so haben wir nicht gewettet. Ich sage *dir*, was ich als Brautjungfer tragen werde«, widersprach Kit.
»Was denn?«
»Ein cremefarbenes Leinenkleid mit einem Jäckchen und dazu entweder einen breitkrempigen Hut oder einen Haarschmuck aus Blumen und Bändern – das darfst du entscheiden. Das Kleid hat Dreiviertellänge. Jedenfalls werde ich nicht im Abendkleid in einer eiskalten Kirche herumlaufen und auch nicht irgend etwas Extravagantes anziehen, nur weil du dir mit Mary Paula irgendwelche Farbkombinationen ausdenkst ...«
»Ich ... ich kann's nicht fassen«, keuchte Clio.
»Das solltest du aber, denn so wird es sein. Sonst mußt du dich nach einer anderen Brautjungfer umschauen.«
»Vielleicht wäre das nicht das Schlechteste.«
»Es ist dein gutes Recht, Clio. Und ich versichere dir, daß es mir nichts ausmachen würde. Ich werde deshalb keinen Streit vom Zaun brechen.« In vielerlei Hinsicht wäre Kit ein Streit sogar sehr gelegen gekommen. Dann hätte sie nicht zu dieser Familienfeier gehen und Louis begegnen müssen – Mutters Louis.
Kit seufzte.
»Ich möchte mal wissen, was du zu seufzen hast«, brummte Clio. »Schließlich bin ich diejenige, die sich mit all dem abfinden muß. Ich bin die Braut, Herrgott noch mal. Da kann man doch eigentlich erwarten, daß die Leute nett zu einem sind.«
»Ich bin doch nett zu dir« fauchte Kit sie an. »Ich hab dir gesagt, daß dieser Hanswurst dich heiraten wird, ich hab' dir Maura als

Vermittlerin vorgeschlagen und die Sache mit ihrer Wohnung und dem Hotel in Dublin. Jesus, Maria und Josef, wie nett soll ich denn noch zu dir sein?«

Ihr Wutausbruch brachte sie beide zum Lachen.

»Du hast gewonnen«, meinte Clio. »Ich erzähle Mary Paula, daß ich eine Verrückte als Brautjungfer habe. Das macht den Kohl jetzt auch nicht mehr fett.«

Willst Du mit Stevie nach London kommen? schrieb Lena. *Hier findet gerade eine Automobilausstellung statt. Sie würde ihn bestimmt interessieren, und wir beide hätten Zeit für einen kleinen Plausch. Sag mir, was Du davon hältst. Das Geld für den Flug schicke ich Dir für alle Fälle gleich mit. Für Stevie zahle ich nicht, er hat da wahrscheinlich seinen Stolz. Aber es wäre bestimmt eine gute Gelegenheit für ihn, neue Autos zu sehen und Geschäftskontakte zu knüpfen.*

Gib mir Bescheid, ob es Euch passen würde.

Kit rief Lena an.

»Ich habe den Brief gerade vor fünf Minuten geöffnet. Wir kommen liebend gern nach London. Ja, wir können's kaum erwarten.«

»Und Stevie? Will er auch?«

Man hörte es Lenas Stimme an, wie sehr sie sich über die Zusage freute.

»Er weiß noch nichts davon, aber er wird begeistert sein, wenn ich's ihm sage.«

»Das klingt, als ob du dir seiner ziemlich sicher wärst«, meinte Lena.

»Bin ich auch«, antwortete Kit.

»Wo bist du? Ich würde mir gerne vorstellen, wo du gerade bist.«

»In der Telefonzelle vor meiner Wohnung.«

»Ah ja, ich erinnere mich. Ich habe das Bild deutlich vor mir.«

»Na, du solltest mal mein strahlendes Gesicht sehen.«

»Kann ich mir gut vorstellen. Ja, ich sehe es beinahe«, erwiderte Lena.

Philip schlenderte die Straße entlang.
»Na, siehst du aber fröhlich aus«, sagte er vorwurfsvoll.
Kit glaubte, seine Mutter zu hören. Und sie überlegte, ob sie wohl manchmal auch wie ihre Mutter redete. War das nicht bei jedem so? Clio zum Beispiel redete oft genauso versnobt daher wie Mrs. Kelly.
Vielleicht werde ich wirklich das gleiche Leben wie meine Mutter führen, schoß es ihr durch den Kopf. Sie schaute Philip an, als sähe sie ihn zum erstenmal.
»He, Kit, nimm's leicht ... ich wollte sagen, schön, daß du so fröhlich bist«, meinte er.
»Was?«
»Sag mal, bist du nicht ganz da? Du siehst aus wie eine Schlafwandlerin«, brummte Philip.
Sie hakte sich bei ihm unter, während sie zu ihrer Schule gingen. Dabei redeten sie über alles mögliche, nur nicht über das, was sie beschäftigte. Philip fragte sich, ob Stevie Sullivan und Kit schon miteinander geschlafen hatten. Und Kit dachte daran, was Philip und die O'Briens sagen würden, wenn sie wüßten, warum Kit so fröhlich war: Weil ihre lang verstorbene Mutter sie soeben nach London eingeladen hatte.

Ich habe in einer Pension in der Nähe für Euch zwei Einzelzimmer reservieren lassen, schrieb Lena. Ihr seid meine Gäste. Wie Ihr es mit den Betten arrangieren wollt, ist Eure Sache.

Da gibt es nichts zu arrangieren. Du weißt doch, daß ich es Dir sagen würde, wenn da irgend etwas wäre, schrieb Kit zurück.

»Ich bekomme demnächst Besuch ... ich werde unser Vorhaben ein paar Wochen auf Eis legen«, berichtete Lena den Millars am Samstag beim Mittagessen.
Ihr Vorhaben bestand darin, eine Zweigstelle der Agentur Millar in Manchester zu eröffnen. Die Leitung würde eine Frau übernehmen, die beste Voraussetzungen dafür mitbrachte. Peggy Forbes

wurde bereits hier bei ihnen in London eingearbeitet. Jetzt brauchte man nur noch geeignete Räumlichkeiten, entsprechendes Personal und einen guten Einstieg. Es kamen so viele Bewerbungen aus Nordengland, daß es sinnvoll erschien, dort vor Ort präsent zu sein. Und Peggy stammte selbst aus Lancashire. Wenn alles gutging – und daran zweifelten sie nicht –, würden sie Peggy bald zu ihrer Teilhaberin machen.

»Ich finde den Gedanken unerträglich, daß du vor mir mit einem Flugzeug geflogen bist«, meinte Stevie bei der Gepäckaufgabe am Dubliner Flughafen.
»Oh, es gibt schließlich auch vieles, was du gemacht hast und ich nicht. Viel zuviel sogar.«
Spontan nahm er sie in den Arm. »Das war alles nicht wichtig«, versicherte er ihr.
»Ich weiß«, erwiderte Kit leichthin.
Daß er eine verruchte Vergangenheit hatte und sie noch Jungfrau war, stellte kein Hindernis für die beiden dar. Irgendwann würden sich die Dinge von selbst regeln.
Und Kit wußte, daß Stevie hoffte, es würde während ihres Aufenthalts in London passieren.
»Wirst du ihr sagen, daß ich Bescheid weiß?« fragte er.
»Ja. Allerdings glaube ich, daß sie es ohnehin schon erraten hat. Wir können in den Briefen, die wir uns schicken, auch zwischen den Zeilen lesen. Es ist richtig unheimlich.«
»Ich werde jedenfalls nicht versuchen, ihr zu schmeicheln oder sie zu beeindrucken, damit sie glaubt, ich wäre der einzig Richtige für dich«, sagte er sehr ernst.
»Das würde sie auch sofort durchschauen«, entgegnete Kit, während sie sich im Duty-free-Shop umsahen.
»Ich frage mich, was ich ihr mitbringen könnte.« Er blieb vor den Regalen mit den Getränken und Zigaretten stehen. Schließlich griff er nach einer Flasche Champagner. »Es ist eigentlich nicht so wichtig, ob sie das mag oder nicht. Es ist etwas Festliches, etwas zum Feiern«, meinte er.

Nach allem, was Lena ihr erzählt hatte, hätte Louis Gray genau dasselbe gesagt und getan.
Lena erwartete sie am Flughafen. Stevie war verblüfft, wie erholt sie aussah. Vor zwei Monaten war ihr Gesicht eingefallen und ausgemergelt gewesen, aber jetzt strotzte sie vor Gesundheit und Lebensfreude.
»Ein Freund hat mich hergefahren, der euch unbedingt kennenlernen möchte«, erklärte sie. »Er wartet draußen auf uns.«
»Ich weiß, Sie wollen sich in erster Linie Autos widmen. Aber wenn Sie ein bißchen Zeit haben, würde ich Ihnen sehr gern zeigen, wo ich wohne ...«, meinte James. »Es liegt gar nicht so weit draußen, und ich würde mich freuen, wenn ich Sie alle als meine Gäste im finstersten Surrey begrüßen dürfte.«
Kit sah, wie Lena die Stirn runzelte. »Vielleicht ein andermal, James«, entgegnete sie. »Sie haben nicht soviel Zeit.«
Er nahm es gelassen hin. »Sicher, aber das Angebot gilt. Ich würde es Ihnen gern zeigen. Weite grüne Wiesen und ausgedehnte Parklandschaften gibt es in England genauso wie in Irland.«
»Hier sind sie wahrscheinlich noch viel schöner«, bemerkte Stevie, »und nicht mit ausgedienten Landmaschinen und baufälligen Katen verschandelt.«
Sie aßen in Earl's Court zu Abend, und dann verabschiedete sich James. Er wollte nach Hause fahren.
»Eine so weite Strecke?« wunderte sich Stevie.
»Bis dahin ist es ungefähr so weit wie von Lough Glass nach Dublin«, erklärte Lena.
»Na, dann ist es ja halb so schlimm. Diese Strecke fahre ich oft viermal die Woche hin und zurück.« Er schenkte Kit einen liebevollen Blick.
»Wie jedermann weiß, bist du eben ein wahrer Heiliger«, gab Kit zurück.
Stevie nahm das Gepäck und meinte, er wolle sie beide nun ein Weilchen allein lassen. »Ich bringe die Sachen auf die Zimmer und komme dann später runter.«
Nachdem er gegangen war, faßten sich Kit und Lena bei den

Händen. Glücklich sah Kit ihrer Mutter in die Augen. Alles würde gut werden.

»Lena, er weiß es«, beichtete sie. »Aber ich habe es ihm nicht gesagt. Er ist von selbst darauf gekommen.«

»Er ist eben ein kluger Bursche, und er liebt dich sehr. Natürlich weiß er es, das hätten wir uns eigentlich denken können.«

»Aber es wird sich dadurch nichts ändern.«

»Ich weiß.«

»Ich meine das ganz im Ernst. Wer weiß es denn eigentlich alles? Ivy, Stevie, in gewisser Weise Schwester Madeleine. Sonst noch jemand?« Fragend blickte Kit ihre Mutter an.

»Nein, James weiß es nicht.«

»Und von diesen Menschen wird uns niemand Schwierigkeiten machen, oder?«

»Nein, sicherlich nicht. Ich bin froh, daß Stevie es weiß. Froh um deinetwillen, weil es sehr belastend ist, wenn man ein Geheimnis bewahren muß«, meinte sie nachdenklich.

Kit wurde klar, daß Lena jahrelang Geheimnisse gehütet hatte: erst ihre Briefe, dann ihr Wiedersehen. Wie schwer mußte es sein, wenn man sich einem geliebten Menschen nicht anvertrauen konnte!

Als Stevie zu ihnen zurückkam, stand sie auf und küßte ihn. »Ich freue mich, daß du hier mit mir in London bist, Stevie. Jetzt bring mich nach Hause, ja?«

Das Wochenende war traumhaft. Sie gingen zum Trafalgar Square und ließen sich mit den Tauben fotografieren. »Schwester Madeleine würde hier völlig aus dem Häuschen geraten, was?« sagte Kit.

»Sie müßte einen Lastwagen mieten, um sie alle mitzunehmen. Und sie würde sich besorgt fragen, wie sie es denn bei all dem Verkehr und den Autoabgasen aushalten können.«

Als sie in der National Gallery Hand in Hand zwischen den Bildern umherwanderten, meinte Stevie: »Ich werde mich künftig jeden Monat mit einem bestimmten Künstler beschäftigen und ein Buch pro Monat lesen. Du sollst keinen ungebildeten Ignoranten heiraten.« Es war das erste Mal, daß er vom Heiraten sprach. Sie warf ihm einen forschenden Blick zu. »Irgendwann mal«, fügte er mit seinem unwiderstehlichen Lächeln hinzu.

Stevie verbrachte viel Zeit damit, sich Autos anzusehen. Einmal nahm er Ernest mit, ein andermal James. Und beide waren sich darin einig, daß er eine Menge davon verstand. Keiner konnte ihm etwas vormachen, wenn es um Motoren und Karosserien ging.

Lena zeigte Kit ihren Arbeitsplatz. Die Agentur war viel größer und eleganter, als Kit angenommen hatte. Und Lena war hier offensichtlich die wichtigste Person.

»Eine Freundin von mir aus Irland«, so wurde Kit vorgestellt.

Die anderen schienen sich sehr für sie zu interessieren, denn Lena Gray gab in der Agentur nur wenig von ihrem Privatleben preis. Von ihrem gutaussehenden Gatten hatte man schon lange nichts mehr gesehen oder gehört. Aber niemand hatte sich getraut, sie direkt darauf anzusprechen.

»Und das ist meine eigene kleine Besenkammer«, erklärte Lena lachend, als sie die Tür hinter ihnen schloß.

Staunend schaute Kit sich um. Ein großer, mit Schnitzereien verzierter Schreibtisch, Bilder und Urkunden an der Wand, gerahmte Anerkennungsschreiben und Zeitungsausschnitte, eine blau-goldene Vase mit frischen Blumen.

Kit war sprachlos.

»Wie findest du es?« fragte Lena sanft.

»Nun, so sonderbar es klingt, aber ich habe gerade gedacht, wie schade, daß zu Hause keiner weiß und jemals erfahren wird, wie weit du es gebracht hast«, antwortete sie stockend.

»Manchmal denke ich mir, wie schade, daß von den Leuten hier nie jemand erfahren wird, wie glücklich ich mich in anderer Hinsicht schätzen kann … sie werden nie erfahren, daß du meine Tochter bist.«

»Hast du auch Louis weitgehend aus deiner Arbeit herausgehalten?« fragte Kit schnell, um ihre Rührung zu verbergen.

»Ja, das war wohl eine Art Schutz für mich. Ich brauchte einen

Bereich, wo ich das Sagen hatte. Nicht, daß es immer funktioniert hätte. Wie sich herausstellte, war eines der besten Mädchen, die je hier gearbeitet haben, eine seiner zahlreichen Herzensdamen. Dawn, Dawn Jones. Ich vermisse sie noch immer.«

»Was ist aus ihr geworden?«

»Ich habe sie gefeuert ... ich konnte mich nicht Tag für Tag mit einer Frau abgeben, die etwas mit Louis gehabt hatte«, sagte Lena.

»Halb Irland hat etwas mit Stevie gehabt«, meinte Kit kleinlaut. »Damit muß ich mich abfinden.«

»Ah, aber das ist etwas anderes«, erwiderte Lena. »Etwas Vergangenes, was abgeschlossen ist. Aber wenn es bis in die Gegenwart hineinreicht und solche Leute immer wieder auftauchen, dann stört es.«

»Ja, da hast du recht. Das würde mir nicht gefallen«, bestätigte Kit und kaute dabei auf ihrer Unterlippe, was Lena nicht entging.

»Mein Fehler war, daß ich weggesehen habe«, erklärte Lena. »Ich denke, es war durchaus richtig, daß ich ihn nie nach seiner Vergangenheit gefragt habe. Aber ich hätte ihm zu verstehen geben müssen, daß ich über sein gegenwärtiges Leben sehr wohl im Bilde war ... tja, das war wohl der Fehler. Ich habe ihm alles durchgehen lassen, nur damit er bei mir blieb.«

Kit war in Gedanken ganz woanders, nämlich bei dem, was Clio gesagt hatte: Jeder wisse doch, daß Stevie noch immer hinter den Mädchen her sei. Und wenn Kit nicht mit ihm ins Bett ginge, würde er genügend andere finden, die sich weniger zierten. Ein beunruhigender Gedanke.

Die Haltestelle der Zubringerlinie zum Flughafen befand sich in der Nähe ihrer Pension, in der Cromwell Road. Lena begleitete sie. »James hätte uns sicher gern hingefahren, aber ihr wißt ja ...«

»Du möchtest ihn nicht über Gebühr beanspruchen«, mutmaßte Kit.

»Genau. Was für ein treffender Ausdruck.«

»Ich fürchte, ich muß immer ein Wörterbuch dabeihaben, damit ich mit ihr mithalten kann«, bemerkte Stevie.

»Das glaube ich nicht, Stevie. Mich können Sie nicht täuschen«, meinte Lena.

»Nicht, daß ich versuchen will, Ihnen ein Auto anzudrehen, aber warum haben Sie keines? Kit sagt, Sie hätten mal eines gehabt.«

»Das stimmt, aber ich habe es Louis geschenkt. Um ganz ehrlich zu sein: Eigentlich hatte ich es für ihn gekauft und es ihm deshalb auch überlassen.« Sie sprach Stevie gegenüber so beiläufig von Louis, daß Kit angesichts dieser Vertraulichkeit ganz warm ums Herz wurde.

»Sie sollten aber eines haben, ein kleines Stadtauto, mit dem Sie immer leicht einen Parkplatz finden. Ich werde mir überlegen, was für Sie geeignet wäre, und wenn Sie wieder mal rüberkommen, sage ich es Ihnen.«

»Nach Lough Glass zu kommen wäre ziemlich problematisch.«

»Ich meinte Dublin.«

»Ich weiß nicht, es ist komisch. Aber als Sie mich damals zum Flughafen brachten und ich dann die Stadt unter mir sah, hatte ich so ein dummes Gefühl ... als wäre ich zum letztenmal dort gewesen.«

»Das ist aber ein ziemlich schauriger Gedanke«, meinte Stevie.

»Nein, es war nicht so, wie Sie denken. Ich wußte, daß ich euch beide noch oft wiedersehen würde ... nein, es hatte nichts mit Tod oder Flugzeugabsturz oder so was zu tun ... ich habe einfach nur gespürt, daß ein Abschnitt meines Lebens nun zu Ende ging. Vielleicht könnt ihr mich beim nächstenmal ja in Manchester besuchen ... und euch die Zweigstelle ansehen, die wir dort aufbauen ...«

»Aber du bist doch in Irland zu Hause.« Kits Unterlippe begann zu zittern.

»Nein, zu Hause ist man da, wo die Angehörigen sind, egal in welchem Land. Glaub mir, es ist so. Und ich habe ja dich, nicht wahr?«

»Willst du nicht nach Dublin zurück, weil Louis dort wohnt?«

»Er wohnt nicht dort, jedenfalls nicht für mich, in keinerlei Hinsicht. Ich schwöre dir, für mich ist es, als würde er auf dem

Mars leben. Nein, ich dachte nur, ihr würdet vielleicht gern öfter hierher kommen ...«
»Und werden Sie auch bei unserer Hochzeit dabeisein? In ein paar Jahren oder so«, fragte Stevie.
»Hört, hört! Davon wußte ich noch gar nichts«, sagte Lena.
»Ich auch nicht«, meinte Kit.
»Na, ist das womöglich ein richtiger Heiratsantrag, hier in der Flughafenhalle?«
Sie nahm es auf die leichte Schulter, und Kit beschloß, ebenso zu reagieren. »Hör gar nicht auf ihn, Lena. Bis wir verheiratet sind, Stevie und ich, bist du so alt, daß du vielleicht schon einen Rollstuhl brauchst. Das ist so ungefähr die zeitliche Planung, die uns vorschwebt.«
Ihr Flug wurde aufgerufen.
Stevie küßte Lena auf beide Wangen.
»Ich kann dir gar nicht sagen, wie dankbar ich dir bin, daß wir hier so eine schöne Zeit verbringen durften und daß du mich all deinen netten Freunden vorgestellt hast.« Mit Tränen in den Augen umarmte Kit sie.
Die Menge strömte zum Ausgang und den Bussen. Es war Zeit zu gehen.
Da drehte Stevie sich plötzlich um, kam zu Lena zurück und umarmte sie ebenfalls. »Ich werde mich um sie kümmern. Bitte glauben Sie mir, daß ich gut zu ihr sein werde. Wenn ich das nicht vorhätte, würde ich sie jetzt verlassen.« Sie war so überrascht, daß es ihr beinahe den Atem verschlug.
Als sie im Bus saßen, fragte Kit ihn: »Warum hast du das getan?«
»Weil ich es wollte«, antwortete er. Und nach einer Weile fügte er hinzu: »Ich hatte plötzlich das komische Gefühl, daß ich sie nie wiedersehen werde.«
»Na, wie wundervoll!« brauste Kit auf. »Wie kommst du dazu, so etwas zu sagen? Wen von euch beiden soll ich nun also verlieren? Meine Mutter oder den Mann, den ich heiraten möchte?«
»Erwischt!« entgegnete Stevie fröhlich. »Du hast gerade versprochen, mich zu heiraten. Haben Sie das gehört?« Er wandte sich

an einen amerikanischen Touristen. »Mary Katherine McMahon hat mir die Ehe versprochen.«
»Denken Sie an die Unterhaltszahlungen«, erwiderte der Mann, der den Eindruck erweckte, als hätte er in seinem Leben sehr, sehr viel darüber nachdenken müssen.

Die Planung von Clios Hochzeit erwies sich als schwieriger, als Kit geglaubt hätte. Und anscheinend mußte jede Einzelheit mit der Brautjungfer erörtert werden.
»Wenn du wirklich darauf bestehst, lade ich Stevie auch ein«, sagte Clio. »Aber das heißt, daß es auf der Seite des Bräutigams auch noch einer mehr sein wird. Und Michael sagt, er hat es auf das absolute Minimum beschränkt. Wenn nur einer dazu kommt, wollen Dutzende andere auch dabeisein.«
»Stevie hat sowieso zu tun«, behauptete Kit. Was nicht stimmte. Und sie ärgerte sich maßlos darüber, daß man ihn nicht eingeladen hatte. Wenn die blöde Clio nur einsehen würde, daß Stevie eine echte Bereicherung wäre!
Aber zwei Tage später erfuhren sie, daß eine Tante von Michael aus Belfast zu Besuch in Dublin weilen würde. Man konnte sie nicht ausschließen, also durfte nun auch Stevie dabeisein.
Clio murrte wegen des Hotels. Es war ihr nicht schick genug.
»Du wolltest doch einen bescheidenen Rahmen«, entgegnete Kit.
»Nein, *du* wolltest das«, behauptete Clio.
»Freut sich Michael auf das Baby?«
»Ich bitte dich, sag bloß nichts von dem Baby«, schärfte Clio ihr ein.
»Hör mal, ich werde mich nicht beim Hochzeitsessen hinstellen und eine Rede darüber halten. Ich wollte mich nur erkundigen, ob dein Zukünftiger sich freut, daß er Vater wird.«
»Na ja, er ist nicht so wie Louis, wenn du das meinst. Louis hat ja ständig die Hand auf Mary Paulas Bauch und glaubt immer, es würde sich bewegen oder zappeln oder so was. Ich kann's nicht mehr hören.«
»Deines ist eben noch kleiner, das macht so was noch nicht.«

»Ach, hör mir auf mit dem Baby«, brummte Clio. »Die Flitterwochen sind jetzt das Problem. Mr. O'Connor meint, Michael soll diesen Intensivkurs in Buchhaltung machen, damit er ihn in einem seiner Hotels unterbringen kann.«
»Na, das klingt doch ganz vernünftig. Er ist keine ausgebildete Hotelfachkraft, und irgendeine Arbeit braucht er ja.«
»Wir wollten doch nach Südfrankreich fahren«, quengelte Clio und sah dabei aus wie eine Vierjährige, der man die Puppe weggenommen hat.

»Willst du das Pelzcape tragen, das dir so gut steht? Es würde sich bei Clios Hochzeit bestimmt glänzend machen«, schlug Martin vor.
»Nein, Schatz, wenn du nichts dagegen hast, lieber nicht. Ich möchte etwas ganz anderes tragen.«
»Du hast aber wirklich elegant damit ausgesehen«, beharrte Martin.
»Ich werde es gut aufheben und bei Kits Hochzeit tragen«, erklärte Maura.
»Sag bloß nicht, daß die auch schon ins Haus steht!« Entsetzt starrte Martin sie an.
»Nein, natürlich nicht«, lachte Maura. »Aber eines Tages wird sie wohl heiraten, und mit ein bißchen Glück erleben wir beide das noch.«
»Sie ist ziemlich angetan von Stevie.« Er klang besorgt.
»Ich weiß. Anfangs hatte ich auch meine Bedenken, aber er hat sich inzwischen gebessert. Von seinen Schätzchen ruft ihn keine einzige mehr an. Die einzige, wegen der er alles stehen und liegen läßt, ist Kit.«
»Vielleicht können manche Männer wirklich durch eine Frau gewandelt werden«, meinte Martin zweifelnd.
»Na, dafür gibt es durchaus Beispiele in der Geschichte«, versicherte ihm Maura und hoffte, daß er nicht genauer nachfragte. Denn die Frauen, die ihr dabei in den Sinn kamen, waren die schöne Helena, Kleopatra und Kittie O'Shea, die dem irischen

Politiker Parnell zum Verhängnis geworden war. Abgesehen von einer Frau in einem Westernfilm fiel ihr keine einzige ein, die einen Mann auf den Pfad der Tugend gebracht hatte.

Es herrschte eine merkwürdige Niedergeschlagenheit an Clio Kellys Hochzeitstag.

Die angestrengten Versuche der O'Connors, Fröhlichkeit zu verbreiten und Schwangerschaftsprobleme zu überspielen, hatten sich bald erschöpft. Kaum hatte Fingers O'Connor Maura McMahon erblickt, nahm er sie am Arm. »Es läuft schlecht, ausgesprochen schlecht«, meinte er.

Maura machte sich sehr entschieden von ihm los. »Wenn Sie für Ihre Söhne ein besseres Beispiel abgegeben hätten, wäre es vielleicht gar nicht so weit gekommen«, erwiderte sie brüsk.

Lilian Kelly hätte sich niemals träumen lassen, daß ihre älteste Tochter unter so unwürdigen Umständen würde heiraten müssen. In Gedanken hatte sie sich diesen Tag oft in den schönsten Farben ausgemalt ... in ihrem Heimatort, mit einem Empfang im Castle Hotel. Diese anonyme Kirche in Dublin, das Hotel, für das sich auch die ältliche Maura entschieden hatte – all das erschien ihr doch sehr zweitklassig.

Clio trug zwar ein weißes Kleid, aber Kits Kostüm wirkte reichlich gewöhnlich. Zugegeben, sie war ein hübsches Ding, das konnte man nicht leugnen, und der breitkrempige, weiße Hut mit den langen Bändern wirkte elegant.

Für Lilian Kelly war es zumindest ein schwacher Trost, daß Kit noch mehr Schande über sich brachte als Clio. Na schön, auch wenn alle argwöhnten, die Hochzeit sei etwas überstürzt, so heiratete Clio doch immerhin in die Familie der O'Connors ein. Während Kit sich mit diesem Halbstarken abgab, einem höchst verrufenen Kerl, dem Sohn der armen alten Kathleen und ihres Mannes, der sich um den Verstand gesoffen hatte. Nein, wie konnte sie nur!

Wie Kit von Anfang an gewußt hatte, erwies sich Stevies Anwesenheit als wahrer Segen. Er redete mit Michaels Tante über Belfast, erzählte ihr, daß er wegen Autogeschäften gelegentlich dort sei, und versprach, sich bei seinem nächsten Besuch nach einem gut erhaltenen, gebrauchten Morris Minor umzusehen. Mr. O'Connor stellte er höfliche Fragen über die Hotelbranche, und er versprach Father Baily, ihm einen Wagen für eine Tombola zu besorgen. Seinen Schilderungen über den Aufenthalt in London entnahm Maura zu ihrer Beruhigung, daß er und Kit in getrennten Zimmern geschlafen hatten.

»Wie seid ihr denn auf diese Pension gekommen?« erkundigte sie sich arglos.

»Ach, in dieser Branche kennt man immer jemanden, der einem was empfehlen kann«, antwortete er.

Mit Kevin unterhielt er sich über den gelungenen Silvesterabend. Und er erzählte Martin McMahon, daß er vorhabe, seine Werkstatt zu vergrößern. »Ich möchte meinen netten Nachbarn nicht das Leben sauer machen, nur weil bei mir immer mehr Betrieb herrscht ... Ich ziehe an den Ortsrand um, da ist mehr Platz«, sagte er und zerstreute damit eine Sorge, die Martin insgeheim schon länger geplagt hatte.

Dann gesellte er sich zu Mary Paula und Louis. Louis war so freundlich und umgänglich, daß es Stevie die Kehle zuschnürte. Wegen diesem Mann hatte Kits Mutter ihre Familie verlassen und alle in dem Glauben gelassen, sie sei ertrunken. Und mit diesem treulosen Kerl hatte sie so lange zusammengelebt, daß es sie beinahe den Verstand gekostet hätte.

Louis erzählte von seinem Wagen, einem Triumph Herald, den er in London gekauft habe. Inzwischen habe er ihn schon eine ganze Weile, aber er sehe immer noch gut aus und sei prima in Schuß. Ja, er habe ihn neu gekauft.

Stevie kam die Galle hoch, als er hörte, daß Louis Mary Paula auf dem Weg zu einem Seminar kennengelernt hatte. Voller Bewunderung für den Mann in dem weißen Triumph habe sie gesagt: »Das ist aber ein hübscher Wagen«, woraufhin er erwiderte: »Dann machen wir doch eine kleine Spritztour.« Und so waren sie beide nicht bei dem Seminar erschienen.

»Aber erzählen Sie das bloß nicht meinem Schwiegervater«, flüsterte Louis, »sonst hält er mich noch für unzuverlässig.« Mary Paula kicherte.
»Sind Sie das denn nicht?« entgegnete Stevie eisig.
»Nein.« Entsetzt starrte Louis ihn an. Dieser Junge musterte ihn so merkwürdig.
Stevie entfernte sich raschen Schrittes. Kit hatte ihn beobachtet.
»Bitte«, flüsterte sie ihm ins Ohr, »bitte, wir dürfen nichts sagen ... wegen Lena. Und wegen Vater und Maura.«
Mit haßerfülltem Blick schaute sie zu Louis hinüber.
War er denn so ein Trottel, daß er nicht merkte, wen er hier vor sich hatte? Er wußte doch, daß Lena mit Martin McMahon, dem Apotheker aus Lough Glass, verheiratet gewesen war. Und daß Clio aus Lough Glass stammte. Oder war es ihm schlichtweg egal? Lag die Zeit mit Lena für ihn so weit zurück, daß es ihn nicht kümmerte, wenn er und seine schwangere Frau Lenas Ehemann und ihre Tochter bei einer Familienfeier trafen?
Sicher, er ging davon aus, daß alle glaubten, Helen McMahon sei tot, im See ertrunken und auf dem Kirchhof beerdigt. Aber bestimmt hatte es ihn einige Überwindung gekostet, diesen Leuten gegenüberzutreten.
Lena hatte Vater gegenüber nie seinen Namen erwähnt, soviel wußte Kit. Sie hatte immer nur gesagt, sie habe einen anderen Mann geliebt. Niemals hatte sie seinen Namen ausgesprochen, denn damit wäre er zu einem Teil ihres gemeinsamen Lebens geworden. Sicher, sie hatte ihn in dem Brief erwähnt, aber den hatte Martin ja nie erhalten.
In der ruhigen Bar des Hotels wurde weder gesungen noch ausgiebig gezecht. Die Festlichkeiten gingen früher zu Ende, als so mancher Liebhaber irischer Hochzeiten es erwartet hätte. Bald ging Clio, um sich umzuziehen.
»Es war wundervoll«, log Kit, als sie ihrer Freundin aus dem Brautkleid half.
»Es war schrecklich«, erwiderte Clio.
»Aber nein. Warte nur, bis du die Fotos siehst.«

»Warte nur, bis ich die Blicke all der Leute vergessen habe, solltest du besser sagen. Himmel, diese Mrs. O'Connor ist ein richtiges Brechmittel. Daß ihre eigene Tochter schwanger ist, darüber verliert sie kein Wort. Aber natürlich bin ich diejenige, die ihren Sohn verführt hat, das steht ihr auf dem Gesicht geschrieben.«

»Hör auf, es war großartig«, besänftigte Kit sie.

»Immerhin hat Stevie sich anständig benommen.«

»Schön«, gab Kit knapp zurück.

»Er ist von einem zum anderen gegangen und hat sich mit den Leuten unterhalten, als ob er das jeden Tag täte.«

»Das tut er wahrscheinlich auch, in seinem Geschäft.« Kit hielt sich würdevoll zurück.

»Nein, ich meine, mit Leuten wie denen, die hier waren.«

Es würde kein Brautstrauß geworfen werden. Jetzt mußte Clio nur noch ein paar Minuten lang ihr Reisekostüm vorzeigen, dann würden sie und Michael sich verabschieden. Und die anderen würden auch bald gehen.

Louis gesellte sich zu Kit, womit sie gerechnet hatte. Er wußte zwar, daß sie Lenas Tochter war, aber er hatte keine Ahnung, daß sie die Zusammenhänge kannte.

Lieber wäre sie möglichst weit weg von ihm gewesen, doch die Höflichkeit gebot, zumindest sein freundliches Lächeln zu erwidern. »Ein schöner Tag heute, nicht wahr?«

»Ja, zweifellos.«

»Ist da nicht etwas zwischen Ihnen und dem Trauzeugen? Bahnt sich vielleicht eine weitere Hochzeit an, und ich bekomme noch eine reizende Schwägerin?«

»Nein, nein. Kevin ist mit meiner Freundin Frankie zusammen.« Sie brachte die Worte nur mühsam heraus und fühlte sich äußerst unwohl. Schließlich ließ sie ihn einfach stehen.

Etwas verwundert wandte Louis sich einem neuen Gesprächspartner zu. Normalerweise kehrten ihm junge Frauen nicht ohne weiteres den Rücken. Stevie hatte ihn beobachtet und gesehen, wie er ganz beiläufig und unverfänglich seine Hand auf Kits Arm gelegt hatte. Aber Stevie schluckte seine Wut hinunter.

Die Menge versammelte sich vor der Tür, um Braut und Bräutigam zum Abschied nachzuwinken. Louis und Stevie standen ein wenig abseits. »Sie sind auch aus Lough Glass, hat mir Clio erzählt. Es scheint ein netter Ort zu sein, da müssen wir mal hinfahren«, meinte Louis.
Stevie rückte ganz nah an ihn heran. Langsam und bedächtig sagte er: »Sie *waren* bereits in Lough Glass.« Schweigen. Dann fuhr er in drohendem Ton fort: »Und wenn Sie wissen, was gut für Sie ist, dann sollten Sie sich dort nie wieder blicken lassen.« Daraufhin wandte er sich ab.
Louis war kreidebleich geworden. Was wollte der Kerl damit sagen? Er sah, wie Stevie den Arm um Kit legte und sie seine Hand drückte. Kit McMahon, Lenas Tochter. Und ihr Freund. Aber, Herrgott, sie *wußten* doch nichts.
Keiner von ihnen wußte etwas.

Sie sei nun in Manchester, schrieb Lena. Die Menschen hier seien so freundlich und hätten offenbar viel mehr Zeit füreinander als in London, sie seien nicht ständig in Eile. Und man traf hier immer wieder auf Leute, die man schon kannte. So ähnlich wie in Dublin, obwohl man in Dublin natürlich viel zu oft Bekannten über den Weg lief. An die Begegnung mit Rita erinnerte sich Lena nur vage, aber sie wußte, daß Kit die Situation irgendwie gerettet haben mußte. Und sie fragte sich, ob sie damals unter einer vorübergehenden Bewußtseinsstörung oder einem Anfall von Wahnsinn gelitten hatte.
Aber das war jetzt unwichtig. Was zählte, war, daß sie für ihre Tochter dasein konnte, wann immer Kit sie brauchte.
Lena erkannte, daß sie Emmet aufgeben mußte. Ihr war zu vieles aus seinem Leben entgangen, als daß sie sich jemals wiedersehen konnten. Als sie ihn verlassen hatte, war er noch ein Kind gewesen, ein richtiges Kind. Nun war er alt genug, ein Mädchen in den Arm zu nehmen und ihr seine Liebe zu erklären. Es gab keine Möglichkeit für sie, an seinem Leben teilzuhaben. Mit Hirngespinsten hatte sie abgeschlossen … damit war es ein für allemal vorbei.

Sie sah sich in Manchester sogar nach einer kleinen Wohnung um. Peggy Forbes lebte bei ihrer Mutter, und außerdem wäre es ohnehin ungeschickt gewesen, eine Wohnung mit einer Arbeitskollegin zu teilen. Peggy war in den Vierzigern, geschieden und konnte wunderbar mit Menschen umgehen. Beim nächsten Englandbesuch sollten Stevie und Kit nach Manchester kommen. Peggy würde ihnen allen einen Einblick in die nordenglische Lebensweise geben.

Manchmal ließ Kit Stevie Ausschnitte aus Lenas Briefen lesen.
»Ich will nicht lesen, was sie dir geschrieben hat. Das ist doch etwas Persönliches.«
»Ich zeige dir auch nur einzelne Passagen, nicht die vertraulichen Dinge.«
»Geht es dabei um mich?«
»Ab und zu.«
»Mit Warnungen, nicht in ihre Fußstapfen zu treten, weil das Dolce vita ein böses Ende nehmen könnte?« Gespannt sah er sie an. Es interessierte ihn wirklich.
»Früher schon. Jetzt nicht mehr.«
»Seit wann nicht mehr?«
»Seit sie dich kennengelernt hat.«

Fast unmittelbar nach der Hochzeit zogen Clio und Michael in Mauras Wohnung ein. Man einigte sich sehr rasch auf einen Preis. Fingers hatte den Scheck unterschrieben, ohne zu feilschen.
»Aber, Pa, das ist doch erst die Verhandlungsbasis«, meinte Michael. »Du könntest den Preis bestimmt noch um ein paar hundert herunterdrücken.«
»Wir zahlen, was sie verlangt.« Fingers hatte von Maura Hayes und ihrer Stieftochter Kit soviel einstecken müssen, daß es ihm für eine Weile reichte. Er hatte ganz und gar keine Lust, lange zu feilschen und sich auch noch den Zorn der beiden zuzuziehen.
»Du mußt mal vorbeikommen und uns besuchen«, schlug Clio vor. »Du kannst auch Stevie mitbringen, wenn du willst.«

»Danke«, antwortete Kit. »Aber ich komme lieber an einem Abend, wenn er nicht in Dublin ist.«
»Ist das oft der Fall?«
»Nun, wie du weißt, wohnt und arbeitet er in einem Ort, der zwei Autostunden entfernt liegt.« Kit wußte, daß ihre Antwort schroff und sarkastisch gewesen war. Nur Clio schaffte es immer, sie so zu reizen.

Als Kit dann eines Abends vorbeikam, war Clio ziemlich übel gelaunt. »Hast du schon was gegessen?« fragte sie mürrisch.
»Eigentlich nicht, aber ich habe keinen Hunger«, sagte Kit.
»Weißt du, ich habe überhaupt nichts da …«
»Schon gut.« Sie fragte sich, was Clio sich eigentlich dabei gedacht hatte, als sie Kit für sechs Uhr eingeladen hatte.
Schließlich gab es bei den meisten Leuten doch abends irgendwas zu essen.
Kit bewunderte die Wohnung und die Hochzeitsgeschenke. Einige davon standen noch immer unausgepackt in Schachteln herum.
»Ich glaube, ich kriege eine Schwangerschaftsdepression«, meinte Clio. »Hast du davon schon mal gehört?«
»Nein«, gab Kit ehrlich zu. »Ich habe gedacht, in dieser Zeit wäre man aufgeregt und lebhaft und würde stricken und Essen kochen für seinen Mann und seine Freunde.«
Clio brach in Tränen aus.
»Komm, erzähl's mir«, forderte Kit sie auf. Sie wußte, daß sie jetzt irgendeine Leidensgeschichte zu hören bekommen würde. Sollte sie Clio durchschütteln, bis ihr die Zähne klapperten? Hätte sie das vielleicht schon vor Jahren tun sollen? Dr. Kelly und seine Frau hatten ihr immer alles durchgehen lassen.
»Alles ist einfach so schrecklich! Am Mittwoch war Michael die ganze Nacht fort. Sie feierten eine Party drüben im Hotel, wo er arbeitet, und keiner von ihnen ist nach Hause gegangen. Nicht mal Louis, obwohl er gleich neben dem Hotel wohnt. Und Mary Paula hat eine Stinkwut auf Louis, obwohl er ihr jeden Tag

Blumen bringt. Aber Michael bringt mir keine Blumen und sagt nur, ich wäre eine hysterische Ziege. Jetzt schon! Ich bin gerade ein paar Wochen verheiratet und schon eine hysterische Ziege.«
»Beruhige dich. Das meint er nicht so«, tröstete Kit sie.
»Und weder von Daddy noch von Mummy kriege ich auch nur die geringste Unterstützung. Ich habe gesagt, ich würde gern für ein paar Tage zu ihnen fahren, aber sie waren dagegen. Wie man sich bettet, so liegt man, haben sie gemeint. Und ich finde diese Wohnung gräßlich, alles hier erinnert an Tante Maura ... Jeder ist momentan so gereizt, Kit.«
»Ich nicht.«
»Weil du dich von deinem Stevie Sullivan rannehmen läßt, bis dir Hören und Sehen vergeht, und an gar nichts anderes mehr denken kannst.«
»Das tue ich nicht, wenn du's genau wissen willst.«
»Na, vielleicht solltest du das.«
»Clio, nicht ich habe ein Problem, sondern du. Reden wir darüber. Sehen wir uns doch mal die positiven Seiten an. Michael blieb nur eine Nacht fort, und er war mit ... mit deinem Schwager zusammen. Also wird er wohl nichts angestellt haben.«
»Ich weiß nicht«, wandte Clio düster ein. »Mary Paula hat erzählt, es seien auch Mädchen dabeigewesen. Leichte Mädchen.«
Flüchtig kam Kit die Frage in den Sinn, mit welchem Recht Mary Paula und Clio, die beide als schwangere Frauen geheiratet hatten, andere Mädchen als leichtfertig bezeichneten. Aber sie schob den Gedanken beiseite.
»Welche positiven Aspekte gibt es noch?« bohrte Kit hartnäckig weiter. »Du hast ein hübsches Zuhause, Michael hat eine Stellung, ihr bekommt bald ein Kind.«
»Was bedeutet, daß ich nicht arbeiten gehen kann«, maulte Clio.
»Das wolltest du doch auch nie. Du hast mir gesagt, du gehst nur aufs College, um dir einen Mann zu angeln. Jetzt hast du einen.«
»Nichts ist mehr so wie früher«, schluchzte Clio.
»Ja, es ist manches anders geworden. Aber da müssen wir uns eben auch ändern, so ist der Lauf der Welt.«

»Ich wünschte, wir wären wieder jung, könnten zu Schwester Madeleine gehen, und zu Hause würde der Tee auf uns warten.«
»Tja, jetzt sind wir diejenigen, die den Tee machen müssen. Soll ich was einkaufen gehen?«
»Wärst du so nett? Ich bin so schwach und wackelig auf den Beinen, daß ich keine zehn Meter gehen kann.«
»Genau wie Mary Paula. Wann soll ihr Kind eigentlich kommen?«
»Diese Woche. Deshalb ist diese ganze Geschichte mit Louis auch so schrecklich. Und Michaels Vater hatte mit Louis einen Streit, es ging um Geld. Anscheinend hat er jeden Monat einfach sein Gehalt eingestrichen und nicht gewußt, daß er davon auch Rechnungen bezahlen muß. Neulich abend gab es deswegen eine entsetzliche Szene.«
»Apropos Geld: Ich habe nicht viel; wenn ich fürs Abendessen einkaufen soll …«, meinte Kit.
»Oh, unter der Uhr auf dem Kaminsims liegt ein Fünfer«, erklärte Clio mit einer fahrigen Handbewegung. Da klingelte das Telefon.
»Gehst du bitte ran, Kit?«
Es war Louis.
»Das ist aber nicht Clio«, stellte er fest.
»Nein, hier spricht Kit McMahon. Was kann ich für Sie tun?«
»Meine Frau ist jetzt im Krankenhaus, die Wehen haben eingesetzt.«
»Herzlichen Glückwunsch«, sagte Kit kühl.
»Augenblick noch. Ich habe mir gedacht, daß Clio vielleicht ihren Schwiegervater anrufen und es ihm sagen könnte.«
»Warum rufen Sie ihn denn nicht selbst an?«
»Nun, um ehrlich zu sein, ich hatte eine kleine Auseinandersetzung mit ihm. Ich denke, er würde es lieber von einem anderen Mitglied seiner Familie erfahren. Und Michael oder Kevin kann ich nirgends auftreiben.«
»Ja, ich habe schon gehört, daß Sie ein Problem mit Ihrem Schwiegervater haben.« Kit wußte selbst nicht, warum sie das sagte. Aber der Gedanke, daß dieser Schmarotzer Louis ständig auf Kosten anderer lebte, war ihr unerträglich.

Da schlug er einen anderen Ton an. »Was soll das heißen, Sie haben davon gehört? Von wem?«

»Von Clio, und die hat es von Ihrer Frau erfahren«, entgegnete sie frech.

»Und geht Sie das irgend etwas an?«

»Nein, überhaupt nicht«, stimmte sie zu.

»Würden Sie mir dann bitte Clio geben?«

»Sie ist nicht da.«

»Na gut.«

»Soll ich Fingers anrufen?«

»Was?«

»Fingers O'Connor. So heißt er doch, oder?«

»Das ist ein höchst beleidigender Spitzname. Er heißt Mr. O'Connor.«

»Wollen Sie nun, daß ich ihn anrufe und ihm sage, daß Mary Paula im Kreißsaal liegt? Und daß Sie sich nicht trauen, es ihm selbst zu sagen?«

Louis legte auf.

»Was war denn los?« Clio starrte sie mit offenem Mund an.

»Dieser widerliche Louis Gray! Er hat nicht mal den Mumm, mit eurem Schwiegervater zu sprechen.«

»Warum warst du so grob zu ihm?«

»Ich hasse ihn.«

»Wieso denn, um Himmels willen?«

»Ich weiß nicht, es ist so ein Gefühl. Manchmal hat man einfach eine intuitive Abneigung gegen jemanden.«

»Hör mal, ich bin immerhin mit diesen Leuten verschwägert, Kit. Laß deine Wut nicht an ihnen aus, bloß weil es mit Stevie nicht gut läuft.«

»Wer sagt denn, daß es mit Stevie nicht gut läuft?«

»Das muß ja wohl so sein. Sonst wäre er nicht zu dieser Party gegangen, wo Louis und Michael waren. Im Hotel, letzten Mittwoch.«

Ungläubig sah Kit sie an. »Stevie war auch dabei?«

»Ja, hat er dir das denn nicht erzählt?«

»Dann würde ich ja wohl nicht fragen, oder?«
Letzten Mittwoch … er hatte ihr gesagt, er müsse zu einer Feier nach Athlone. Zur Hölle mit ihm und all diesen gutaussehenden Männern, die sich gegenseitig deckten! Kit zog ihre Jacke an und stürmte zur Tür.
»Kit, der Fünfer.« Clio deutete zum Kamin.
»Geh selber einkaufen, Clio«, erwiderte Kit und schlug die Tür hinter sich zu.

Sie empfand das dringende Bedürfnis, Lena mitzuteilen, daß Louis' Ehe bereits fünf Monate nach der Hochzeit in einer Krise steckte. Wie gern hätte sie sich in den Armen ihrer Mutter ausgeweint. Und sie um Rat gefragt, ob sie Stevie zur Rede stellen sollte. Oder sollte sie sich erkundigen, ob diese Feier in Athlone tatsächlich stattgefunden hatte?
Hatte ihre Mutter nicht denselben Weg eingeschlagen und es dann bitter bereut, daß sie zwar nachgeforscht, aber schließlich doch darüber hinweggesehen hatte? Während Kit vor sich hin trottete, beobachtete sie die anderen Menschen, die ein normales Leben führten und ihren Geschäften nachgingen: Männer, die von der Arbeit heimkamen; Frauen, die ihnen die Haustür öffneten; Kinder, die in den Gärten spielten, während die Sonne langsam unterging.
Sie durfte Lena nichts von Louis' Sündenfall erzählen. Denn Lena hatte gesagt, sie finde nur Frieden, wenn sie nie wieder von ihm höre. Sogar zu diesem Zeitpunkt bestand noch die Gefahr, daß Lena ihn mit offenen Armen wieder aufnehmen würde. Alles vergeben und vergessen … Sie hatte schon so vieles verziehen, warum nicht auch noch eine Ehefrau und ein Kind?

Am Abend nach der offiziellen Eröffnung gingen Lena und Peggy Forbes in ein indisches Lokal in Manchester zum Essen. Peggy war dreiundvierzig, blond und eine gepflegte Erscheinung. Sie hatte sehr jung geheiratet, was ziemlich dumm gewesen war, erzählte sie. Einen Mann, der besser einen Buchmacher geheiratet hätte.

Daß sie ihn beim Pferderennen kennengelernt hatte, hätte ihr bereits eine Warnung sein müssen. Im Alter von siebenundzwanzig Jahren wurde sie geschieden, nach einer sechsjährigen, unglücklichen Ehe.

Dann stürzte sie sich ganz in die Arbeit, die ihr großen Spaß machte, sagte sie. Nicht des Geldes wegen, denn reich werden sei nicht ihr Ziel. Nein, sie hatte gern Umgang mit Menschen und freute sich, wenn sie sie überzeugen konnte. Und sie genoß es, eine gewisse Sicherheit zu haben und nicht befürchten zu müssen, daß irgendein Mann ihren Eßtisch und ihre Stühle verpfändete, wie es an ihrem fünfundzwanzigsten Geburtstag geschehen war.

Normalerweise, meinte Peggy, erzähle sie nicht jedem ihre ganze Lebensgeschichte, aber da Lena ihr soviel Vertrauen entgegenbringe, habe sie vielleicht mehr über sie wissen wollen.

»Ich habe selbst eine ziemlich bewegte Vergangenheit hinter mir«, sagte Lena. »Ich war zweimal verheiratet, aber es hat mit keinem geklappt. In der Arbeit spreche ich nie davon. Die meisten Mitarbeiter wissen gar nichts von meiner ersten Ehe und glauben, ich wäre noch immer mit meinem zweiten Mann verheiratet.«

Peggy nickte. »Es ist oft besser so.«

»Ich erzähle Ihnen das nur«, erklärte Lena, »weil ich auf Ihre Offenheit nicht mit Distanz und Verschlossenheit reagieren möchte.«

»Das hätte mir nichts ausgemacht.«

»Weil Sie ein praktisch denkender Mensch sind und Ihnen bewußt ist, daß ich die Chefin bin. Aber ich würde mich freuen, wenn wir Freundinnen werden könnten.«

»Das werden wir bestimmt.«

»Und es wäre nett, wenn wir hier in Manchester gelegentlich ins Kino oder essen gehen würden. Vielleicht könnte ich auch mal Ihre Mutter kennenlernen? Allerdings habe ich für das sogenannte Nachtleben nichts übrig.«

»Ich auch nicht«, erwiderte Peggy. »Die Jüngeren in der Arbeit bedauern mich immer und meinen ständig, ich sollte mich mal amüsieren, wie sie es nennen.«

»Ja, das kenne ich«, meinte Lena mitfühlend.
»Das einzige, was ich bedauere, ist, daß ich keine Kinder habe. Ich hätte gern eine Tochter gehabt, Sie auch?«
Lena zögerte. »Wie das Leben so spielt, habe ich eine Tochter. Aber das weiß niemand.«
»Keine Sorge, ich werde es für mich behalten«, versicherte ihr Peggy mit einem breiten, freundlichen Lächeln.
»Wir werden diese Agentur genauso groß aufziehen wie die in London«, versprach Lena.
»In fünf Jahren werdet ihr da unten unsere Zweigstelle sein«, lachte Peggy.

»Ich glaube, wir haben eine wirklich gute Wahl getroffen«, sagte Lena zu Jim und Jessie Millar, nachdem sie ins Londoner Büro zurückgekehrt war. Die Vorstellung, daß ihre Agentur bald eine Zweigstelle von Manchester sein würde, amüsierte die beiden.
»Das ist genau die richtige Einstellung«, meinte Jim.
Lena lächelte still in sich hinein, als sie sich erinnerte, wie zögerlich er anfangs gewesen war; damals mußte jede noch so kleine Änderung oder Neuerung behutsam über die Hintertür eingeführt werden.
Das Mädchen vom Empfang trat ein. »Entschuldigen Sie vielmals, Mrs. Gray, aber Sie haben doch gesagt, wir sollten ruhig selbst die Initiative ergreifen …«
»Ja, Karen. Was gibt's?«
»Mr. Gray ist am Apparat. Er sagt, es sei sehr dringend. Er müsse Sie unbedingt sprechen.«
»Telefonieren Sie gleich hier«, bot Jim Millar an, und er und Jessie erhoben sich, um den Raum zu verlassen.
Doch das wollte Lena nicht. »Lassen Sie sich seine Nummer geben, Karen, und sagen Sie ihm, daß ich in fünf Minuten zurückrufe.«
Sie ging in ihr Büro und betrachtete sich im Spiegel. Sie sah gesund und munter aus. Und sie war im Vollbesitz ihrer geistigen

Kräfte. Unter keinen Umständen würde sie sich von ihm aus der Fassung bringen lassen. Und wenn er in noch so großer Bedrängnis war – was hatte das mit ihr zu tun?

Als sie die Dubliner Nummer gewählt hatte, meldete sich ein Hotel. Louis rief von der Arbeit aus an. Gab es sonst noch etwas Neues?

»Hier ist Lena«, sagte sie.

»Danke, daß du zurückrufst. Dabei hätte ich es wissen müssen. Auf dich war immer Verlaß.«

»Richtig. Was kann ich für dich tun?« Ihre Stimme war gelassen.

»Bist du allein?«

»So allein, wie man bei diesen Telefonverbindungen eben ist. Warum?«

»Ich stecke in großen Schwierigkeiten, und du auch.«

»Wieso ich?«

»Sie wissen es.«

»Wer weiß was?«

»Jeder in Lough Glass weiß Bescheid.«

»Worüber, Louis?«

»Über dich.«

»Das bezweifle ich. Es sei denn, du hast es ihnen gesagt.«

»Ich schwöre, von mir weiß keiner etwas. Ich habe bis jetzt kein Sterbenswörtchen gesagt. Zu niemandem.«

Da war sie, die Drohung. Der erpresserische Unterton in seiner Stimme. *Bis jetzt.* »Und wer genau scheint etwas zu wissen?« fragte sie.

»Ein Bursche namens Sullivan. Kennst du ihn?«

»Ich erinnere mich an ihn. Seine Familie besitzt eine Werkstatt.«

»Und Kit … sie auch. Sie war gestern so grob zu mir.«

»Das glaube ich nicht.«

»Doch, wirklich. Sie hat gesagt, sie hätte gerüchtehalber gehört, ich hätte Krach mit meinem Schwiegervater.«

»Tut mir leid, daß du mit deiner Verwandtschaft im Streit liegst.« Ihre Stimme klang so ungerührt, daß sie ihr selbst fremd schien.

»Lena, laß das. Ich stecke tatsächlich in Schwierigkeiten.« Sie

wartete. »Man erwartet von mir, Geld hervorzuzaubern, das ich nicht habe.«
»So?«
»Und ich habe in der Zeitung gelesen, daß ihr ein neues Büro in Manchester eröffnet habt ... und in den Wirtschaftsseiten steht auch einiges über euch.«
»Ja. Die Millars sind gut im Geschäft.«
»Ich habe es nachprüfen lassen, Lena.«
»Was?«
»Ich habe jemanden im Handelsregister nachschlagen lassen. Du bist einer der Direktoren der Agentur Millar.«
»Ja, und?«
»Also bist du Teilhaberin. In deiner Position kannst du mir sicherlich helfen. Ich habe dich nie um etwas gebeten, es ist das erste Mal.«
»O nein, das ist keine Bitte. Das ist der Versuch, mich zu erpressen.«
»Hast du nicht gesagt, es könnte vielleicht jemand mithören?«
»Wahrscheinlich nicht an meinem Ende, aber an deinem ... wer weiß?«
Für einen Augenblick herrschte Stille. »Wir haben uns in Freundschaft getrennt, Lena. Können wir nicht weiterhin Freunde bleiben?«
»Wir haben uns nicht in Freundschaft getrennt, Louis.«
»Doch, ich erinnere mich noch gut an jenen Abend.«
»Wir sind ohne Streit und ohne eine Szene auseinandergegangen. Aber ich habe mit Sicherheit keine freundschaftlichen Gefühle für dich gehegt, ebensowenig wie jetzt.« Wieder trat Schweigen ein.
Schließlich fuhr Lena fort: »Also, wenn das alles war, dann leb wohl. Und ich hoffe, du kannst dieses Problem mit deinem Schwiegervater klären. Das schaffst du bestimmt, mit deinem Charme.«
»Nur eine einzige Zahlung, Lena. Danach verlange ich nie wieder etwas von dir.«

»Nein. Und ich hoffe, du rufst auch nicht mehr an. Andernfalls gebe ich dem Personal Anweisungen, deine Anrufe nicht durchzustellen.«
»Glaub bloß nicht, daß du mit diesem arroganten Getue durchkommst. Du weißt nicht, mit wem du es zu tun hast«, schrie er.
»Mit einem Mann, der seinem Schwiegervater Geld schuldet, wie es scheint.«
»Es ist nicht so, daß ich es geliehen oder gestohlen hätte. Er geht lediglich davon aus, daß ich über gewisse private Mittel verfüge.«
»Oder daß du gelegentlich mal aus eigener Tasche bezahlst?«
Das waren genau die Worte, die Fingers gebraucht hatte. Louis hatte ihn belogen und gesagt, er spare für die Geburt seines Kindes.
»Ich habe einen Sohn«, meinte er.
»Wie schön«, erwiderte Lena.
»Nein, ich meine damit, daß ich etwas Geld brauche, um ein Konto für ihn zu eröffnen. Genau das habe ich ihm gesagt, daß ich ein Konto eröffnen will.«
»Leb wohl, Louis.«
»Das wird dir noch leid tun.«
»Was kannst du mir schon anhaben?«
»Ich kann dich fertigmachen. Ich erzähle diesen Bauerntrampeln, Martin, Maura und Peter und allen, daß du keineswegs tot bist, sondern dir als Direktorin einer Firma in England ein flottes Leben machst. Ha, da werden die Wände wackeln in Lough Glass! Bigamie! Maura steht als leichtes Mädchen da ... Kit und ihr Bruder, von ihrer treulosen Mutter im Stich gelassen ...«
Lena fiel auf, daß er nicht einmal Emmets Namen wußte. »Tu das, Louis, und du wirst tiefer sinken, als du es je für möglich gehalten hättest.«
»Leere Drohungen«, lachte er.
»Nein, keineswegs. Es war ein großer Fehler von dir, mich heute anzurufen und mir das zu sagen. Wenn du dein Blut literweise an den Blutspendedienst verkauft oder bei einem Juwelier in der

Grafton Street eingebrochen hättest, wärst du eher zu Geld gekommen.«

»Lena …«, fing er wieder an.

Aber die Verbindung war bereits unterbrochen.

Sie wählte die Nummer von Sullivans Werkstatt. Es meldete sich Maura McMahon. Lena überlegte, ob sie auflegen sollte, aber die Zeit war knapp. Mit verstellter Stimme und einem dürftig nachgeahmten Cockney-Akzent fragte sie, ob sie Stevie sprechen könne.

»Bedauerlicherweise ist er momentan nicht da. Mit wem spreche ich, bitte?«

Sie hatte Mauras Akzent ganz vergessen. Der höfliche Ton, die sanfte Stimme. Um so mehr fühlte sie sich in ihrem Entschluß bestärkt, das ruhige, gleichmäßige Leben dieser Frau durch nichts erschüttern zu lassen. Ihr Glück mit Martin McMahon durfte nicht zerstört werden.

»Es ist wirklich sehr dringend. Ich leite eine Pension in London, wo er neulich übernachtet hat.«

»Ach so?« Mauras Stimme klang betroffen, als wäre sie nun hellhörig geworden …

»Und er kann bestimmt nicht ans Telefon kommen?«

»Gab es irgendein Problem wegen der Rechnung oder so?«

»Ncin, nein, nichts dergleichen.« Lena wußte, daß ihr Akzent unecht klang, aber besser ging es nicht.

»Nun, kann er Sie zurückrufen, wenn er wieder da ist?«

»Wann wird das sein?«

»Morgen. Er ist gerade in Dublin.«

»Gibt es irgendeine Möglichkeit, ihn dort zu erreichen?«

»Ich fürchte, nein. Aber wenn Sie mir Ihren Namen und Ihre Nummer geben …«

Sie nannte Maura Ivys Namen und Telefonnummer. Dann vergrub sie das Gesicht in den Händen.

Stevie war ihre einzige Hoffnung.

Am selben Abend rief Kit zu Hause an und unterhielt sich mit Maura.
»Ich habe gehört, daß Clio nun Tante ist«, berichtete Maura.
»Ach, tatsächlich?« entgegnete Kit.
»Ja. Sie hat einen kleinen Neffen, hat Lilian mir erzählt.«
»Schön.«
»Du hast also wieder mal Streit mit Clio?«
»Zum letztenmal.«
»Freut mich, das zu hören.«
»Nein, ich meine, mit unserer Freundschaft ist es aus und vorbei.«
»Kit, du bist alt genug, um zu wissen, daß das nicht stimmt. Eine Freundschaft ist nie vorbei.«
»Wenn es keine richtige war, dann schon«, beharrte Kit.
»Reden wir lieber von erfreulicheren Dingen«, schlug Maura vor. »Triffst du Stevie heute abend?«
»Ich weiß es nicht«, antwortete Kit wahrheitsgetreu. Sie hatten vereinbart, daß er um acht bei ihr vorbeikommen würde, wenn er es schaffte. Und sie wußte auch nicht, ob sie ihn überhaupt sehen wollte.
»Na, aber wenn du ihn siehst, richtest du ihm dann bitte etwas aus?«
»Augenblick.« Kit zückte ihren Notizblock. »Schieß los, Maura.«
»Er soll in dieser Pension in London anrufen ...«
»Was?«
»Nein, es ist nicht wegen einer Rechnung, das habe ich schon in Erfahrung gebracht. Aber die Frau war ziemlich zugeknöpft und ließ sich nicht aushorchen. Sie möchte, daß er sie unter dieser Nummer zurückruft ...«
»Ich glaube, ich habe die Nummer«, sagte Kit.
»Ich gebe sie dir trotzdem. Die Frau heißt Ivy Brown, und ihre Nummer in London ist ...«
Ivy. Kit stützte sich an die Wand der Telefonzelle. Irgend etwas mußte Lena zugestoßen sein. Und wenn sie Stevie um einen Rückruf bat, war es wohl wirklich etwas Schlimmes. Kit fühlte sich plötzlich ungeheuer schwach. Was mochte geschehen sein?

Wie herrlich wäre es, soviel Geld zu haben, daß sie gleich in London anrufen könnte, von irgendeiner Telefonzelle aus. Statt dessen mußte sie die Münzen immer ein paar Tage ansparen, um überhaupt nach Lough Glass telefonieren zu können. Ab acht Uhr waren die Gespräche zwar billiger, aber solange konnte sie nicht warten, es war gerade erst Viertel nach sechs. Sie beschloß, sich von jemandem Geld zu leihen.

Als sie die Telefonzelle verließ, sah sie Stevie mit seinem Wagen vorfahren. Er öffnete den Kofferraum und nahm seine feine Jacke heraus. Zum Fahren zog er oft die alte an, weil sie bequemer war, sagte er. Daß er sich immer noch Mühe gab, bei ihr einen guten Eindruck zu machen …

»Eitler Gockel«, murmelte sie vor sich hin, als ihr einfiel, was Lena über Louis' Jacketts in ihrem Schrank erzählt hatte. Aber sie brauchte ihn jetzt. Also ging sie zu ihm hinüber, noch bevor er die alte Jacke verstaut hatte.

»Nun hast du mich ertappt«, meinte er.

»Daß ich dich *dabei* erwischt habe, macht dir wohl kaum etwas aus, oder?«

»Stimmt was nicht?«

»Wie kommst du darauf?«

»Du klingst, als hätte ich eine ganze Reihe von Verbrechen begangen, bei denen ich auf gar keinen Fall ertappt werden möchte«, erklärte er.

»Ist es nicht so?« fragte sie.

»Nein, zufälligerweise nicht. Was ist eigentlich los? Du bist ja kreidebleich.«

Sie erzählte ihm von dem Anruf. »Es muß irgendeine verschlüsselte Nachricht sein.«

»Ich rufe sie an«, beschloß er. »Willst du mit in die Zelle?«

»Nein.« Sie rückte von ihm ab. Ihr war nicht danach zumute, in der engen Telefonzelle seine Nähe zu spüren.

»Na schön.«

Sie sah, wie er eine Weile am Telefon redete, dann auflegte und sich zurückrufen ließ. Was immer es war, es mußte etwas Ernstes sein. Doch als sie um die Zelle herumging, stellte sie fest, daß sein Gesichtsausdruck weder entsetzt noch besorgt war, wie es bei einer Krankheit oder einem Unfall doch wohl der Fall gewesen wäre. Vielmehr schien er wütend zu sein.

Vorsichtig öffnete sie die Tür und hörte ihn sagen: »... nein, nein. Ich werde ihr nichts sagen, bis es vorbei ist. Ich verstehe vollkommen. Ja, Sie können sich auf mich verlassen. Ich rufe Sie morgen an. Wiederhören.«

Dann kam er heraus.

»Was ist?« fragte sie.

»Mit deiner Mutter ist alles in Ordnung. Ich habe mit ihr geredet, sie ist kerngesund und klang ganz ruhig. Sie hat mich gebeten, etwas für sie zu erledigen, und ich werde es tun. Aber sie möchte nicht, daß du darin verwickelt wirst.«

»Das glaube ich dir nicht.«

»Hm, seltsam. Wenn du mir so etwas erzählen würdest, würde ich es schon glauben.«

»Ich trau dir keinen Meter über den Weg!« schrie sie ihn an. »Du benutzt meine Mutter auf ganz miese Art, um dir ein Alibi zu verschaffen.«

»Kit, du hast ja nicht alle Tassen im Schrank«, entgegnete er ruhig. »Du hast mir ausgerichtet, ich solle zurückrufen, das habe ich getan. Ich weiß nicht, wovon du sprichst.«

»Das weißt du sehr wohl! Ich rede vom letzten Mittwoch. Du willst, daß sie die Sache für dich vertuscht.«

»Mittwoch?« Er schien ehrlich erstaunt zu sein.

»Mittwoch. Jemand hat dich gewarnt, daß die Geschichte aufgeflogen ist. Und dann hast du irgendwas mit meiner Mutter ausgeheckt, weil du denkst, sie mag dich.«

»Ich glaube, sie mag mich wirklich, jedenfalls hoffe ich es. Und ich weiß, daß sie mir vertraut.«

»Stevie, du bist ein Lügner.«

»Nein«, erwiderte er ganz schlicht. »Das bin ich nicht.« Eine Weile standen sie nur da und starrten einander an. »Hör mal, ich werde dich nicht wegen einem dummen Mißverständnis verlassen. Aber ich glaube, du bist zu verärgert, um vernünftig mit mir zu reden … also, was sollen wir tun, sollen wir irgendwo hingehen?«

»Geh zum Teufel«, fauchte Kit.

»Warum … warum sagst du so was?«

»Weil ich zwar die Tochter meiner Mutter bin, aber mich nicht mit einem Leben abfinden werde, wie sie es geführt hat. Und das solltest du besser gleich kapieren und nicht erst nach Jahren, wenn es zu spät ist.«

»Ich muß jetzt weg und etwas erledigen. Für deine Mutter erledigen. Aber ich würde dann gern zurückkommen und mit dir reden.«

»Dann wirst du vor einer verschlossenen Tür stehen«, entgegnete Kit.

»Sie hat mich ausdrücklich gebeten, dich aus der Sache herauszuhalten. Aber wenn du es nachprüfen willst und wenn du deiner Mutter noch mehr Kummer und Sorgen bereiten willst, dann kannst du sie jederzeit selbst anrufen und herausfinden, ob ich die Wahrheit gesagt habe. Andererseits, wozu die Mühe?«

»Ja, wozu?« erwiderte Kit.

»Ich meine, wenn du mir nicht glaubst und denkst, du mußt es nachprüfen, dann wirst du deiner Mutter wahrscheinlich auch nicht glauben. Also spar dir lieber das Geld.« Er stieg in seinen Wagen und brauste ziemlich schnell davon.

Kit lag noch lange wach, aber er kam nicht zurück. Er hinterließ ihr auch keine Nachricht an der Tür. Nichts.

Als es endlich Morgen wurde, hatte sie rote Augen.

In der Schule traf sie Philip. »Wie geht's dir, Kit? Bist du erkältet?«

»Na ja, ein bißchen. Wie geht es dir?«

»Gut, aber überarbeitet. Für den Sommer haben sich sechs Touristengruppen angemeldet. Kit, willst du nicht vielleicht bei uns im Hotel arbeiten? Hast du schon eine Stelle?«

»Ich weiß nicht, Philip. Frag mich heute lieber nicht.«

»Ich muß es aber bald wissen«, drängte er.

»Ende der Woche«, versprach sie.

»Ach, noch was, Kit. Clio hat dich gesucht.«

»Wann?«

»Gerade als ich aus dem Haus gehen wollte. Sie sagte, wenn ich dich sehe, soll ich dir ausrichten, daß du sie anrufen sollst. Es sei sehr dringend.«

»Das ist es bei ihr immer«, meinte Kit. »Wahrscheinlich braucht sie jemanden, der ihr das Taschentuch reicht.« Als sie mittags aus einem Unterrichtsraum kam, sah sie Clio im Gang sitzen. »Hast du nicht Angst, daß du dir irgendwelche Bazillen einfängst, so weit weg von deiner schicken Wohngegend?«

Clio war leichenblaß. »Es ist alles meine Schuld, Kit. Ich habe das nur gesagt, damit wir quitt sind.«

»Was gesagt?«

»Daß Stevie bei der Party war. Es stimmt nicht. Ich habe mir das nur ausgedacht, weil du mir so selbstgefällig vorgekommen bist.«

»Na gut. Danke, daß du es mir zumindest jetzt sagst.«

Kits Augen glänzten, das Herz pochte ihr vor Freude. Eigentlich hätte sie schon die ganze Zeit wissen müssen, daß es nur eine Gemeinheit von Clio gewesen war. Und daß Stevie sie nicht belügen würde. Doch da fiel ihr das Gespräch ein, das sie gestern abend mit ihm vor der Telefonzelle geführt hatte, und sie schauderte.

Clio starrte sie noch immer an.

»Du hättest nicht extra hierher kommen müssen, um mir das zu sagen«, meinte Kit.

»Ich konnte einfach nicht anders. Nach dem, was passiert ist.«

»Was ist denn passiert?«

»Stevie. Er hat Louis nach Strich und Faden verprügelt. Er hat ihm drei Zähne ausgeschlagen und den Kiefer gebrochen.«

»Was?«

»Louis liegt im Krankenhaus. Mary Paula dreht fast durch. Nächste Woche ist die Taufe, und Louis sieht aus wie einer, den sie nach der Sperrstunde an den Docks aufgelesen haben.«

»Aber warum hat Stevie das getan?«

»Wahrscheinlich weil er dachte, Louis hätte dir erzählt, er sei bei der Party gewesen.«

»Ich habe mit Stevie überhaupt nicht über die Party gesprochen.«

»Na, dann hat ihm wohl ein anderer erzählt, daß Louis es gesagt hätte. Wieso hätte er ihn sonst zusammengeschlagen? Mein Gott, es tut mir so leid, Kit. In letzter Zeit passieren lauter so schreckliche Sachen.«

Sie hatte einiges zu erledigen. Aus Manchester war die Nachricht gekommen, daß sich im selben Haus eine Firma eingemietet hatte, die Begleitservice anbot. Davon hatte man nichts gewußt, und die Kunden verwechselten oft die beiden Büros. Es bedurfte größten Fingerspitzengefühls und der nötigen finanziellen Mittel, um die Hosteßagentur zu einem Umzug zu bewegen und ihre Büroräume zu übernehmen. Lena versprach, sie würde kommen und sich selbst darum kümmern.

Am Nachmittag rief Louis an. »Wie ich sehe, hast du mich noch nicht auf die schwarze Liste gesetzt. Ich bin gleich durchgestellt worden.«

»Was ist denn mit deiner Stimme los, Louis? Du klingst ganz anders.«

»Tu doch nicht so, als wüßtest du nicht Bescheid. Du hast doch diesen Schläger auf mich angesetzt.«

»Nein, habe ich nicht. Ich habe einen Freund zu dir geschickt, der mit dir reden sollte.«

»Er hat mir den Kiefer gebrochen, ein Veilchen verpaßt und drei Zähne ausgeschlagen. Ich werde ein hübscher Anblick bei der Taufe sein.«

»So ein Pech.«

»Ja, aber nicht für mich, sondern für dich. Ich werde den Kerl nämlich verklagen, und dann packe ich vor Gericht aus. Der Bursche hat eine Menge Geld, und die Kröten wirst natürlich du ausspucken, wenn er mehr Schadenersatz zahlen muß, als ihr gedacht habt.«

Lena lachte. »Das tust du nie und nimmer. Alles aufgeben, was du erreicht hast? Eine geruhsame Stellung, eine junge Frau, ein

Baby ... Du wirst ihnen doch nicht auf die Nase binden wollen, daß du mit einer Frau zusammengelebt hast, die Mann und Kinder sitzengelassen hat. Nein, ich kenne dich zu gut, als daß ich auf diesen Bluff hereinfalle.«

»Bis du mir diesen Preisboxer auf den Hals gehetzt hast, war es vielleicht wirklich nur ein Bluff. Aber jetzt ist sowieso schon alles beim Teufel. Ich habe nichts mehr zu verlieren. Meine ganze Glaubwürdigkeit ist dahin. Ich bin ruiniert, aber dich ziehe ich mit in den Abgrund. Das wollte ich dir nur sagen, falls es dir bisher noch vergönnt war, ruhig zu schlafen.«

»Ich glaube dir kein Wort. Und von jetzt an stehst du auf der schwarzen Liste, verlaß dich drauf. Du wirst nie wieder mit mir sprechen.«

»Nein, aber du wirst mit Sicherheit noch von mir hören, Helen McMahon.«

»Fahren Sie doch morgen«, meinte Jessie. »Sie haben einen langen Tag hinter sich.«

»Nein. Je früher ich dort bin, desto besser.«

»Dann nehmen Sie den Zug, da können Sie schlafen.«

»Aber ich brauche dort das Auto.« Auf Stevies Empfehlung hin hatte sie sich einen VW Käfer gekauft, der sie nie im Stich gelassen hatte und auf den sie nicht mehr verzichten wollte. »Ich mag es, so ganz allein in meinem Wagen zu sitzen. Da kann ich über vieles nachdenken.«

»Denken Sie nicht zuviel nach«, sorgte sich Jessie. »Und legen Sie eine Pause ein, wenn Sie müde werden. Nach Manchester ist es ein weiter Weg.«

»Ach, fahr doch morgen früh«, riet Ivy.

»Quatsch. Und von wegen lange Nacht. Den größten Teil der Strecke fahre ich noch bei Tageslicht«, erklärte Lena.

»Nimm eine Thermoskanne mit Kaffee mit. In zwei Minuten habe ich ihn dir gekocht. Bis du deine Reisetasche gepackt hast, ist er fertig.«

»Gut. Du wirst sehen, bald habe ich da oben meine eigene kleine Wohnung und kann mir das Packen sparen.«
»Nobel geht die Welt zugrunde«, bemerkte Ivy.

Sie fuhr schon eine ganze Weile auf der A 6, als sie wieder jenes Gefühl überkam wie damals nach Neujahr. Alles schien so unwirklich, der Erdboden unendlich weit weg, die Geräusche wirkten verzerrt. Damit einher ging ein beklemmendes Gefühl im Brustkorb und die Angst, ohnmächtig zu werden.
Aber das war Unsinn. Sie saß in ihrem Wagen und fuhr mit völlig normaler Geschwindigkeit. Sollte sie eine Pause machen? Als sie eine geeignete Stelle sah, hielt sie am Straßenrand an. Sie trank ihren Kaffee und stieg dann aus, um sich die Beine zu vertreten. Doch da kehrte dieses seltsame Gefühl zurück. Der Boden schien zu schwanken, sie suchte am Auto Halt. Wohin sie auch schaute, überall sah sie Louis' Gesicht. Und sie hörte seine Stimme: »Ich habe nichts mehr zu verlieren. Ich ziehe dich mit mir in den Abgrund, Helen McMahon.«
In diesem Zustand konnte sie nicht fahren. Aber sie konnte auch nicht hier stehenbleiben. Am besten stieg sie wieder ins Auto. Der Sitz und das Lenkrad waren etwas Vertrautes, Gewohntes; es war nur ihr Kopf, der ihr diese Streiche spielte. Nach einer Weile reihte sie sich wieder in den Verkehrsstrom Richtung Norden ein.
Sie zwang sich, an die Agentur in Manchester zu denken. Wie hatte es passieren können, daß man die anderen Büros nicht überprüft hatte? Vielleicht hatte sich die Firma irgendeinen respektablen Namen zugelegt, so daß zunächst niemand Verdacht geschöpft hatte, bis die Situation offensichtlich wurde.
Inzwischen fuhren die Autos mit Licht. Die Straße glänzte, anscheinend hatte es geregnet. Louis' Gesicht tauchte wieder vor ihren Augen auf. Sie konnte sich nicht vorstellen, wie es nun aussah, blau, verschwollen, mit Zahnlücken. Sie hatte Stevie gebeten, ihn einzuschüchtern. Aber nicht, ihn zusammenzuschlagen. Vielleicht hatte sie ihm das nicht deutlich genug zu verstehen gegeben. Aber da war es schon wieder. Sein gutaussehendes

Gesicht starrte sie gereizt und ungeduldig an, so wie früher, wenn er nicht bekam, was er wollte.
»Verschwinde, Louis«, sagte sie laut.
»Ich habe jetzt nichts mehr zu verlieren«, erwiderte Louis. »Ich ziehe dich mit in den Abgrund. Es wird dir noch leid tun, daß du nicht auf mich gehört hast. Ich habe nichts zu verlieren.«
Plötzlich war da ein riesiger Lastwagen. Die Lichter eines Lastwagens und das entsetzliche Klirren von Glas und ...
... dann nichts mehr.

Peggy Forbes erwartete Lenas Anruf, sobald diese im Hotel angekommen war. Das sollte spätestens um elf Uhr abends sein. Gegen Mitternacht begann sie sich Sorgen zu machen.
Der Mann vom Hotel war verärgert. »Wir hätten ihr Zimmer schon mehrmals vergeben können«, empörte er sich.
»Ich finde es wichtiger zu erfahren, ob Mrs. Gray einen Unfall hatte, als über die Zimmerbelegung zu diskutieren«, entgegnete Peggy Forbes.
Der Hotelangestellte entschuldigte sich vielmals.

Um zwei Uhr nachts wurde Ivy benachrichtigt.
Ein junger Polizist klopfte an ihre Tür. »Darf ich reinkommen?« sagte er.
»Ernest«, rief sie. »Ernest, komm schnell. Lena ist tot.«
Sie sei auf der Stelle tot gewesen, berichtete der Polizist. Sie war von ihrer Spur abgekommen und auf die Gegenfahrbahn geraten. Vielleicht sei sie übermüdet oder unkonzentriert gewesen. Der Fahrer des Lastwagens war untröstlich. Heulend wie ein Kind saß er am Straßenrand und klagte, das würde ihn bis ans Ende seiner Tage verfolgen. Er meinte, er würde gern der Familie der Frau sagen, daß er wirklich nichts dafür konnte, er hätte nie und nimmer ausweichen können. Anscheinend hatte sie die Kontrolle über ihren Wagen verloren. Aber das sei für ihre Familie wohl auch kein Trost, meinte er dann.
»Sie hat keine Familie«, erklärte Ivy dem Polizisten. »Sie hatte ihre

Arbeit und mich, mehr nicht. Wir sind ihre Familie, und morgen früh werde ich in ihrer Arbeit Bescheid sagen.«

»Wie es scheint, sind das auch die einzigen Adressen, die man in ihrem Terminkalender und in ihrer Brieftasche gefunden hat«, meinte der Polizist. »Unsere Kollegen vor Ort haben nur Sie und die Leute von der Agentur Millar als Kontaktpersonen feststellen können. Ich denke also, das ist in Ordnung.«

»Ja, Officer«, bestätigte Ivy. »Das ist in Ordnung. Danke.«

Um neun Uhr morgens ging Ivy zur Agentur Millar, ganz in Schwarz gekleidet und mit einer Liste, was sie alles mit Jessie Millar besprechen wollte: die amtlichen Formalitäten und was dazu gehörte, das Bestattungsunternehmen, die Beisetzung, die Todesanzeige in der Zeitung.

Daß die Nachricht Jessie Millar so mitnehmen würde, hätte Ivy nie gedacht. Offenbar war sie Lena nicht nur eine Kollegin, sondern eine echte Freundin gewesen. Nachdem sie ihre Tränen getrocknet hatte, klärten sie die formalen Dinge.

»Was Mr. Gray angeht, so ist das eine etwas heikle Angelegenheit. Vielleicht sollte ich das in die Hand nehmen«, schlug Ivy vor.

»Aber natürlich. Bitte kommen Sie, setzen Sie sich an ihren Schreibtisch und telefonieren Sie nach Belieben. Fühlen Sie sich wie zu Hause.«

Noch nie hatte Ivy im Chefsessel eines so eleganten Büros gesessen. Wie gern hätte sie mit Lena darüber geredet. Statt dessen arrangierte sie mit dem Bestattungsinstitut Lenas Beerdigung. Als nächstes wollte sie Mr. Gray benachrichtigen. Sie wußte noch den Namen des Hotels, in dem er arbeitete. Seine barsche Reaktion traf sie völlig unvorbereitet.

»Das ist doch nur wieder ein mieser, billiger Trick, Ivy«, sagte er.

»Ich wünschte, es wäre so.« Ivys Stimme bebte.

»Wenn sie glaubt, daß sie sich damit aus der Affäre ziehen kann, muß sie sich etwas Besseres einfallen lassen.«

»Die Beerdigung ist nächsten Donnerstag, Louis. Es wäre gut, wenn du kommen könntest.«

»Beerdigung! Daß ich nicht lache«, erwiderte er.
Sie gab ihm den Namen und die Telefonnummer des Bestattungsunternehmens. Sie versprach, ihm eine schriftliche Bestätigung zu schicken, mit dem Vermerk »Persönlich« auf dem Kuvert. Dann wiederholte sie mit ruhiger Stimme: »Es wäre gut, wenn du kommen könntest.«
Anschließend rief sie Stevie Sullivan an. Es meldete sich die Frau, die Martin McMahons zweite Ehefrau sein mußte. »Hier ist Ivy«, sagte sie.
»Oh, wir haben schon mal miteinander gesprochen, nicht wahr? Sie sind die Frau von der Pension«, meinte Maura liebenswürdig.
Ivy erinnerte sich an die Finte. Wie seltsam, daß das erst ein paar Tage zurücklag, als Lena noch gesund und munter gewesen war.
»Kann ich Stevie Sullivan sprechen?« fragte sie.
»Natürlich.« Maura wunderte sich; diese Ivy klang nun ganz anders.
»Ich muß nach Dublin, Maura«, erklärte Stevie, während er verschiedene Papiere in seine Aktentasche steckte und sich einen Autoschlüssel schnappte. »Ich muß gleich los, es ist ziemlich dringend. Ich werde ein paar Tage fort sein.«
»Sie haben doch Termine und Besprechungen ...«
»Sagen Sie sie ab. Seien Sie so nett.«
»Mit irgendeiner Begründung?«
»Nein, ich kann Ihnen momentan keine geben. Lassen Sie sich einfach was einfallen.«
»Können Sie mir nicht mehr verraten? Bitte, Stevie. Ich bin ein wenig beunruhigt. Diese Anrufe aus London ...«
Stevie sah sie an. »Ja, ich fahre tatsächlich nach London. Und unterwegs hole ich Kit ab. Eine Freundin von uns ist gestorben.«
»Aber was für eine Freundin denn ...?«
»Bitte, Maura ... ich weiß, Sie machen sich Sorgen. Aber es ist gerade ein sehr ungünstiger Zeitpunkt.«
»Kits Vater wird wissen wollen, was los ist, daß sie so Hals über Kopf wegrennt ...«
»Nein, sie rennt nicht weg. Sehen Sie, ich weiß, daß Sie mich nicht

gerade für den Allerzuverlässigsten halten, aber ich würde um nichts auf der Welt zulassen, daß Kit irgend etwas zustößt. Ich glaube, das wissen Sie. Ich habe sie nie verführt und werde es auch nicht versuchen … ich hoffe, daß sie mich irgendwann, in ein paar Jahren vielleicht, heiratet, was aber auch ganz und gar nicht sicher ist. Deutlicher kann ich es Ihnen nicht sagen.«

»Gehen Sie und packen Sie Ihre Sachen, Stevie«, meinte sie, »ich werde das schon in Ordnung bringen.«

Er holte Kit aus dem Unterricht. Er streckte ihr die Hände entgegen und sagte: »Das ist das zweitemal, daß dir jemand diese Nachricht überbringen muß, Kit.« Und sie legte den Kopf an seine Schultern und weinte.

Als die Leiche vom Krankenhaus freigegeben wurde, überführte man sie in eine Londoner Leichenhalle. Stevie hielt Kits Hand, als sie den Raum betraten. Seite an Seite standen sie vor dem Sarg. Lena sah aus wie eine Schlafende. Welche Flecken oder Verletzungen auch immer an ihrer Stirn sein mochten, sie wurden von ihrem Haar verdeckt. Keiner von ihnen weinte. Sie standen nur da und sahen sie lange an.

Ivy bat sie, in Lenas Zimmer zu übernachten. »Sie hätte gewollt, daß ihr dort wohnt«, sagte sie. »Ich habe es für euch hergerichtet.«

Langsam, wie in Trance, stiegen sie die Treppe hinauf.

»Sie haben neu tapeziert, hat sie mir erzählt«, meinte Kit.

»Ja, nachdem er verschwunden war, um hier jede Erinnerung an ihn zu tilgen. Ich glaube, eine Zeitlang hat es auch funktioniert.«

»Zweifellos«, nickte Stevie.

»Sie hatte noch ihr ganzes Leben vor sich.« Ivy verzog das Gesicht, dann wandte sie sich ab. »Ich lasse euch jetzt allein. Kommt runter, wenn ihr etwas braucht.«

»Es ist nur ein Bett da«, stellte Stevie fest.

»Das werden wir auch überstehen«, erwiderte Kit. Sie zog das Kleid und ihre Sandaletten aus. Am Waschbecken, vor dem ihre Mutter so oft gestanden haben mußte, wusch sie sich Gesicht,

Arme und Hals. Dann legte sie sich auf die eine Seite des Betts und Stevie auf die andere. Und sie hielten sich bei den Händen, bis Stevie merkte, daß sie eingeschlafen war.

»Er wird nicht zur Beerdigung kommen«, meinte Ivy.
»O doch«, entgegnete Kit. Sie war blaß, aber gefaßt.
»Könnten wir nicht auf ihn verzichten? Ihm haben wir doch das alles zu verdanken«, sagte Ernest.
»Ich werde nicht zulassen, daß sie beerdigt wird und dieser Mistkerl es nicht mit ansehen muß«, beharrte Kit. »Das ist das mindeste, was er ihr schuldet. Daß er mit einer schwarzen Krawatte vor ihrem Grab steht.«
»Aber wenn er nicht kommt?«
»Ich bringe ihn schon dazu«, antwortete Kit.

Louis Gray nahm keine Anrufe von Miss Kit McMahon aus London entgegen. Die Sekretärin meinte, sie habe Anweisung, Miss McMahon nicht durchzustellen. »Würden Sie ihm dann bitte etwas ausrichten?«
»Selbstverständlich.«
»Er wird bei einer gewissen Zusammenkunft hier in London erwartet, und ich müßte wissen, ob er beabsichtigt, daran teilzunehmen.«
»Bleiben Sie dran, ich frage ihn.« Nach einer Weile meldete sich die Frau wieder: »Es tut mir leid, die Antwort lautet bedauerlicherweise nein.«
»Dann sagen Sie ihm, daß ich mich bedauerlicherweise gezwungen sehe, vorbeizukommen und ihn abzuholen.« Kit legte auf.
In der Agentur lieh sie sich von Jessie hundert Pfund. Für zusätzliche Bestattungskosten, sagte sie, und bekam das Geld anstandslos. Dann hinterließ sie Stevie eine Nachricht und fuhr direkt zum Flughafen. Der Flug dauerte eine Stunde, die Taxifahrt zu Louis' Hotel eine weitere. Sie war ruhig und gelassen, als sie bei der Vorzimmerdame vorsprach. Er sei in einer Besprechung, hieß es,

mit Mr. O'Connor senior und einigen Mitgliedern des Aufsichtsrats.

»Draußen wartet mein Taxi«, erwiderte Kit. »Ich muß ihn also sofort sprechen.« Ehe die Sekretärin sie zurückhalten konnte, stand Kit schon im Besprechungszimmer. »Ich bitte vielmals um Entschuldigung, aber es handelt sich um einen Notfall«, verkündete sie.

Fingers erkannte das Mädchen und wußte, daß mit ihr nicht zu spaßen war.

»Verschwinden Sie auf der Stelle«, herrschte Louis sie an.

»Louis, hör sie an«, befahl Fingers.

Louis griff sich unwillkürlich an die Kehle.

»Leider muß ich Ihnen mitteilen, daß ein hochgeschätzter Freund von uns in London verstorben ist und Sie unbedingt zur Beerdigung erscheinen müssen. Ich würde kein solches Drama daraus machen, wenn Ihre Anwesenheit nicht zwingend erforderlich wäre.«

»Was war das für ein Freund?« fragte Fingers O'Connor, denn Louis schien es die Sprache verschlagen zu haben.

Und Kit erwiderte, wobei sie jedes Wort betonte: »Es handelt sich um Leonard Williams, einen Bruder von James Williams, Ihrem ehemaligen Arbeitgeber. Die Familie besteht darauf, daß Sie kommen.« Dabei blickte sie Louis direkt in die Augen. Sie gab ihm zu verstehen, daß sie Stillschweigen bewahren und ihn nicht ans Messer liefern würde, wenn er mitkam.

»Dieser James Williams, den wir damals im Dryden kennengelernt haben?« fragte Fingers.

»Ja, genau dieser. Ich möchte Sie nun bitten, mir zu folgen, draußen wartet ein Taxi.«

»Sie können doch nicht von mir verlangen, daß ich auf der Stelle losfahre«, keuchte Louis.

»Es geht darum, möglichst frühzeitig dort zu sein.« Noch immer starrten Kit und Louis sich unverwandt an.

Louis wußte, daß ihr alles zuzutrauen war. Und daß er keine Wahl hatte. »Ich muß zur Taufe zurück sein«, wandte er ein.

»Der Tod trifft uns immer unerwartet«, gab Kit zurück. »Glücklicherweise läßt sich eine Taufe verschieben, ein Begräbnis infolge eines plötzlichen Todesfalls aber nicht.«
»Ich fliege hin, aber erst später, am Abend«, gab er sich geschlagen.
»Sie wissen ja, wo Sie erwartet werden, in dem Haus in Westlondon. Dort erfahren Sie die näheren Einzelheiten.«
»Ja, ja, ich weiß.«
»Was haben Sie eigentlich mit dieser Sache zu tun?« Fingers musterte sie mißtrauisch.
»Der Verstorbene war ein sehr guter und großherziger Freund von mir und von uns allen. Deshalb müssen die Menschen, die in seinem Leben eine wichtige Rolle gespielt haben, selbstverständlich an seinem Begräbnis teilnehmen«, antwortete sie.
Die anderen Konferenzteilnehmer begriffen nicht, was hier vor sich ging, und tauschten verwunderte Blicke. Erst wurde Louis Gray, der neue Star des Unternehmens zusammengeschlagen, als hätte er sich mit jemandem in einer Spelunke angelegt, und dann dieser bedeutungsschwangere Auftritt einer Jugendlichen, vor der Fingers ganz außergewöhnlichen Respekt zu haben schien.
Louis Gray und sein Schwiegervater verließen zusammen den Raum und beobachteten, wie Kit wieder ins Taxi stieg. »Fahr lieber hin, Louis«, meinte Fingers. »Wenn sie dich genauso in der Hand hat wie den Rest der Familie, dann gute Nacht.«

Für eine Beerdigung war es viel zu sonnig. London wirkte zu freundlich, um eine passende Kulisse für solch ein trauriges Ereignis abzugeben. Kit trug ein schlichtes schwarzes Baumwollkleid und einen von Lenas Hüten, dazu eine kleine schwarze Handtasche, die sie in Lenas Frisierkommode gefunden hatte.
Ivy, Jessie, Grace West und die alte Mrs. Park in ihrem Rollstuhl kamen; Peggy Forbes war zutiefst erschüttert aus Manchester angereist; die gesamte Belegschaft der Agentur Millar, James Williams, alle Mieter von Ivy, Kundinnen der Agentur, Kellner aus den Restaurants der Gegend, Bankangestellte – sie alle wollten

Lena die letzte Ehre erweisen. So fand sich eine sehr große Menschenmenge in der katholischen Kirche ein, die Kit für die Totenmesse ausgesucht hatte

Als der Priester das Gebet vorlas, in dem es darum ging, daß sie nun in den Himmel eingehen und von den Engeln begrüßt werden würde, drückte Kit Stevies Hand etwas fester. Sie waren beide in der Pfarrkirche von Lough Glass gewesen, als Father Baily dasselbe Gebet schon einmal für Lena gesprochen hatte. Aber damals betete man für die Seele von Helen McMahon.

Zuvor hatte der Priester gefragt, ob sie irgendein bestimmtes Kirchenlied singen wollten. Aber Kit fiel kein Kirchenlied ein, kein einziges. Dann vielleicht eines, das sie in der Schule gesungen hatten, schlug der Priester vor.

»Heil dir, Königin der Gnaden«, hatte Kit erwidert.

Das war keine gute Wahl gewesen. Der Organist nahm einen zweiten Anlauf, doch die Trauergäste, von denen die meisten der anglikanischen Kirche angehörten, kannte diese Hymne an die Gottesmutter Maria nicht. Aber davon ließ sich Kit nicht beirren. Sie würde das Lied singen, und wenn sie die einzige war.

Heil dir, Königin der Gnaden

fing sie an, und Stevie fiel ein.

Du Stern des Himmelszelts,
Leuchte den Weg dem Wandrer hienieden.
Schutzlos an des Lebens Klippen, flehen wir zu dir:
Steh uns bei und schenk uns Frieden.

Da fiel eine weitere Stimme ein, und sie sahen Louis Gray, in einem dunklen Mantel und mit einer schwarzen Krawatte, mit einem verschwollenen Gesicht voller Blutergüsse und einem blauen Auge. Die meisten Leute nahmen an, er habe neben Lena im Auto gesessen, als der Unfall passierte. Mit seiner wohltönenden, kräftigen Stimme unterstützte er Stevie und Kit.

Mutter Christi, verlasse uns nicht,
Bet für uns Wandrer, schenk uns dein Licht.

Froh darüber, daß endlich jemand sang, intonierte der Organist eine weitere Strophe, und so wiederholten die drei die Worte. Als die Zeile »Bet für uns Wandrer, schenk uns dein Licht« kam, sangen alle in der Kirche mit. Kit und Stevie schauten einander an. Sie hatten Lena in London alle Ehre gemacht.

Nur wenige Leute kamen ins Krematorium mit, wie Ivy und Kit es sich ausgebeten hatten.

Louis sah Kit gequält an. »Soll ich mitgehen?«

»Ja«, antwortete sie.

So etwas Merkwürdiges hatte Kit noch nie erlebt – kein Sarg, den man in ein Grab hinabließ, keine Geräusche von Spatenstichen und hinabfallender Erde; nur Vorhänge, die sich öffneten und schlossen. Es kam ihr ganz unwirklich vor.

Dann standen sie alle draußen vor der Kapelle des Krematoriums.

»Wann haben Sie es herausgefunden?« fragte Louis Kit.

»Ich habe es schon immer gewußt«, erwiderte sie.

»Unsinn. Am ersten Weihnachtsfest wäre sie vor Kummer beinahe gestorben, weil sie euch nicht anrufen konnte.«

»Sie hat mir bald darauf geschrieben«, sagte sie.

»Das glaube ich Ihnen nicht.«

»Glauben Sie, was Sie wollen. Ich war das Geheimnis, von dem Sie nichts wußten. Sie hingegen hatten viele, sehr viele Geheimnisse, von denen meine Mutter nichts wußte. Ich würde sagen, wir sind quitt.«

»Gut«, meinte Louis.

Er sah alt und müde aus. Das war Kits Rache.

Kit wurde in eine Anwaltskanzlei gebeten, wo sie erfuhr, daß Lena ihr Vermögen an Mary Katherine McMahon aus Lough Glass vererbt hatte. Kit war nun mit fünfundzwanzig Prozent an der

Agentur Millar beteiligt, von denen nur die kleineren Hinterlassenschaften an Ivy und Grace West abgingen.
»Wie soll ich Ihnen Ihr Erbe zukommen lassen, wenn das Testament gerichtlich bestätigt worden ist? Es geht schließlich um vierzig- oder fünfzigtausend Pfund«, meinte der Anwalt.
»Das werde ich Ihnen noch schriftlich mitteilen«, erklärte Kit.

Mit einem Leihwagen fuhren sie durch England in Richtung Heimat, vorbei an Feldern, durch Wälder und kleine Ortschaften, und schließlich erreichten sie Wales.
Sie würden eines Tages wieder nach London kommen, versprachen sie einander, um Freunde wie Ivy, Ernest, Grace und Jessie zu besuchen.
Aber jetzt wollten sie nur nach Hause.
»Was soll ich mit dem Geld machen? Ich kann ja niemandem erzählen, daß ich fünfzigtausend Pfund geerbt habe.«
»Nein.« Stevie dachte nach.
»Also, was soll ich damit anfangen? Es war ihr Wille, daß ich es bekommen sollte ... aber ich möchte nichts falsch machen. Es wäre schrecklich, wenn die ganze Geschichte jetzt noch herauskäme.«
»Du könntest es mir geben«, sagte Stevie.
»Was?«
»Du könntest es in mein Geschäft investieren.«
»Spinnst du?«
»Keineswegs. Dann könnte ich die Firma ganz anders aufziehen, und wenn du mich heiratest, gehört ja sowieso alles dir. Inzwischen ist dein Geld bei mir gut angelegt.«
»Warum sollte ich dir vertrauen?«
»Lena hat es getan.«
»Stimmt. Aber das wäre doch blanker Wahnsinn.«
»Nein, wieso? Wir könnten zu einem Anwalt gehen und einen rechtskräftigen Vertrag abschließen. Du wärst meine stille Teilhaberin.«
»Ich weiß nicht, Stevie.«

»Laß dir was Besseres einfallen«, erwiderte er, und schweigend fuhren sie auf den Straßen von Wales dahin.
Sie übernachteten in Anglesey.
Es war eine hübsche kleine Pension, und die Hauswirtin begrüßte sie mit ihrem klangvollen Akzent. »Ich habe ein schönes Zimmer für Sie«, meinte sie. »Mit einem Himmelbett und einem herrlichen Ausblick, wo Sie beinahe bis nach Irland sehen können.«
Sie waren zu müde, um die Frau über den tatsächlichen Sachverhalt aufzuklären: oder vielleicht dachte auch einer vom anderen, er hätte es getan. Außerdem hatten sie in Lenas Bett in London ebenfalls ganz manierlich Seite an Seite geschlafen. So gingen sie auf ihr Zimmer und legten sich hin. Stevie sah im Mondlicht hinreißend aus mit seinem langen, dunklen Haar auf dem Kissen. Und da schob Kit ihre Hand zu ihm hinüber. »Wenn ich schon Teilhaberin werden soll«, sagte sie, »dann will ich auch etwas anderes mit dir teilen.«
Sie blieben drei Tage in Anglesey. Und drei Nächte.
Dann fuhren sie nach Hause.

Sie mußten einige Erklärungen abgeben, aber das machte ihnen nichts aus. Kit kam mit Philip überein, daß sie den Sommer über im Central Hotel arbeiten würde. Und Stevie erzählte Maura, daß die Werkstatt eine Finanzspritze bekommen würde.
»Ich weiß, woher Sie das Geld haben«, erwiderte Maura unvermittelt.
»Lieber Himmel, Sie wissen es?« entgegnete Stevie.
»Ja. Von den Windhundrennen«, triumphierte Maura. »Habe ich nicht recht? Sagen Sie schon.«
»Etwas in der Art«, antwortete Stevie mit der Miene des ertappten Sünders.
»Und da soll ich Sie für einen verläßlichen Mann halten?«
»Aber das tun Sie doch, oder nicht?«
»Stimmt. Komisch, aber an dem Tag, als Sie zu Ihrer kleinen Spritztour aufgebrochen sind und mir erzählt haben, daß Sie Kit

nicht verführen würden, da wußte ich, daß es die Wahrheit ist«, entgegnete Maura.
Stevie hoffte, sie würde ihn nicht noch einmal danach fragen.

In der Sonnwendnacht, der kürzesten Nacht des Jahres, ruderten Stevie und Kit auf den See hinaus.
Inzwischen hatte man sich daran gewöhnt, daß die beiden immer zusammensteckten und händchenhaltend am See entlangspazierten. Niemand fand das mehr sonderlich erwähnenswert. Sie waren nun schon eine Ewigkeit ein festes Paar, genau wie Anna Kelly und Emmet. Oder Philip O'Brien und dieses bemerkenswert dominante Fräulein; sie hieß Barbara und hatte bei Martin McMahon als Pharmaziestudentin ein Praktikum gemacht. Alle waren sich einig, daß sie genau das Mädchen war, nach dem Philip sein Leben lang gesucht hatte, ohne es zu wissen. Schwester Madeleine war inzwischen in Vergessenheit geraten, und Orla Reilly kam nur noch selten in den Ort. Bei Paddles herrschte abends weiterhin immer Hochbetrieb, und Mona Fitz war in einem Sanatorium.
Das Leben ging weiter. Und es war nichts Ungewöhnliches, wenn man abends junge Leute mit dem Boot auf den See von Lough Glass hinausrudern sah.
Stevie und Kit öffneten die kleine Urne und streuten die Asche ins Wasser. Der Mond stand hoch am Himmel, und sie empfanden keine Trauer dabei. Es war nicht wie bei einer richtigen Bestattung. All das lag schon lange hinter ihnen, damals in London, vor Jahren ... Es war keine traurige Zeremonie, sie taten einfach, was sie für das einzig Richtige hielten.
Genauso, wie es ihnen richtig erschienen war, ihre Liebe in Wales zu besiegeln.
In späteren Jahren, wenn die Leute auf die Geschichte des Ortes und seiner Menschen zurückblickten, kam vielleicht auch einmal die Rede auf Helen McMahon, die im See ertrunken war. So würden ihre sterblichen Überreste nun tatsächlich in diesem See ruhen. Doch im Unterschied zu vielen anderen Menschen, die

hier ein schreckliches Ende gefunden hatten, hatte man Lenas Überreste friedlich beigesetzt.

Es war merkwürdig, aber über derlei Dinge brauchten sie nicht miteinander zu reden. Stevie wußte es, und Kit wußte es. Und sie wußten auch, daß sie eines Tages an diesem See zusammenleben würden.

Eines Tages, wenn sie alt genug waren, um ein Heim und eine Familie zu gründen.